Brigitte Kronauer

Zwei schwarze Jäger

Roman

Klett-Cotta

Klett-Cotta
www.klett-cotta.de

Printed in Germany
Schutzumschlag: Klett-Cotta Design
Unter Verwendung einer Abbildung der Skulptur »Schwarze Jäger« von Giovanni Campi
Foto: © Soprintendenza Speciale per il Patrimonio Storico, Artistico ed Etnoantropologico e per il Polo Museale della città di Roma
Gesetzt aus der Greta Text von Dörlemann Satz, Lemförde
Auf säure- und holzfreiem Werkdruckpapier gedruckt
und gebunden von CPI – Clausen & Bosse, Leck
ISBN 978-3-608-93885-2

Zweite Auflage, 2009

Für Armin

Personal der Schriftstellerin Rita Palka:

Rita Palka, Schriftstellerin
Herr Schüssel, Veranstalter in W.
Frau Schüssel, Mutter und Hausfrau
Ein Archäologe in Sperlonga
Wilhelm Franzbauer, ein Schlesier
Zerstrittenes Paar
Gräfin Aurora von Königsmarck
Kurfürst August der Starke
Herr Schöffel, vorübergehender Liebhaber von Wally
Oom Henk, Onkel und Weltreisender
Wally Mülleis, Hauptfigur, Nichte von Oom Henk
Heiner Krapp, Lektor
Rolf, Kellner, Liebhaber von Krapp
Fritz Grosse, Maler, Spezialist für Schüttelreime
Hilde Tisch, div. Berufe, Schwester von Rolf
Stefania, Zahnärztin
Martina Jeckchen, Steuerberaterin, Freundin Stefanias
Helene Pilz, Exgeliebte, Nachbarin von Wally Mülleis
Frau Bernadotte, Frau Lemnitz, Frau Rottmann,
Frau Becher-Hahn, Nachbarinnen
Leo Graubube, Nachbar, verliebt in Frau Jeckchen

I

Zwei schwarze Jäger

Wie entmutigt, fast gedemütigt der kleine, vor circa 45 Minuten noch so aufgedrehte Mann Rita Palka verlassen hat!

»Da«, sagt sie jetzt, »in der sehr niederschmetternden Sekunde, als sie in das zum Gähnen aufgerissene weibliche Maul starrte, schossen alle Widerwärtigkeiten ihres Berufs in diesem einen Schlund zusammen.«

Rita, aus professionellen Gründen gewohnt, solche Sätze zur Probe vor sich hin zu murmeln, bevor sie später eventuell von ihr aufgeschrieben werden, lacht ins Dunkle, ins Dunkel des Städtchens W., in der angeblich verträumten Mittelgebirgslandschaft E. des verschlafenen Bundeslandes I.

Sie stutzt, sie sitzt mit angezogenen Knien auf dem Bett, das man ihr für die eine Nacht zugedacht hat, hungrig vom Frösteln oder umgekehrt, und spricht auch diesen zweiten Satz aus:

»Rita, aus professionellen Gründen gewohnt, solche Sätze zur Probe vor sich hin zu murmeln, bevor sie später eventuell von ihr aufgeschrieben werden, lacht ins Dunkle, ins Dunkel des Städtchens W., in der angeblich verträumten Mittelgebirgslandschaft E. des verschlafenen Bundeslandes I.«

In Zuständen der Überreizung passiert das gelegentlich. Kaum gelingt es dann einer Situation, Ritas nachhetzenden Sätzen zu entkommen. Bis es gut ist und sie, Rita Palka, eingerollt wie eine gesunde Katze, viele Stunden schläft. Jetzt allerdings ist sie wach und schneidet Fratzen vor Vergnügen darüber, daß sie der gähnenden Frau die geistesgegenwärtige Beleidigung in den unflätigen Rachen gestopft hat.

Und die große, damit verknüpfte Betrübtheit von deren

kleinem Mann, jenem gewissen Herrn Schüssel, von dem sie eben nach einem winzigen Zögern mit gesenktem Kopf verlassen worden ist, so daß sie ihm nachhorcht und auch jetzt noch immer weiter das Gerassel des Schlüssels hört, mit dem er sie unten, nach etwas schräger Sitte des Hauses, eingesperrt hat?

Aus seinem dicken Wald heraus, von dessen Finsternis Rita Palka nichts hatte ahnen können, war seine dringende, nahezu flehentliche Bitte gekommen, und zwar dreimal innerhalb von acht Monaten, die nach ihr gierende Bevölkerung des malerischen Mittelgebirgsstädtchens W., Geheimtip unter Kennern der schönen Literatur und Künste generell, doch nicht durch eine neue Absage zu enttäuschen, nein, in Dreieinigkeitsnamen nicht schon wieder! Es warte nicht nur ein kundiges, zahlreiches Publikum (»Warum nicht gleich zahlloses, zahnloses, hoffentlich aber zahlendes«, hatte Rita beim Lesen ziemlich albern vor sich hin gemurmelt.) und ein bei Eingeweihten berühmtes Pausenbüfett mit warmen Speisen auf sie, sondern in ihm, Schüssel, ein Leser, dessen Herzenswunsch es sei, daß sie seine Einladung, die er zu seinem fünfzigsten Geburtstag erneut con brio und fuoco vortrage, nicht abschlagen möge. Das Bezauberndste – die lange Liste ihrer illustren Vorgänger, wenn er so vorgreifen dürfe, bestätige es, sie könne es im Gästebuch nachlesen, ein Kleinod allein schon das, für sich genommen –, das viele ihrer Kollegen geradezu Ergreifende sei aber der Veranstaltungsort, nämlich der großartig restaurierte Gartensaal ihres Schlosses. Ja, so dürfe man es getrost nennen. 18. Jahrhundert, ein wahrlich würdiger Rahmen, eine silberne Schale für ihre, der verehrten Rita Palka, goldenen Worte, um unseren Olympier aus Weimar einmal abzuwandeln.

Sie möge das bitte bei der Nennung ihrer Honorarforderung ein klein wenig bedenken. Der städtische Etat sei durch die Schloßrenovierungen arg strapaziert. Ein Hindernis jedoch, ein Hindernisgrund dürfe hieraus niemals entstehen. Und: Und vor allen Dingen bitte er sie, ihrem treulich harrenden Publikum doch um Gottes willen »Zwei schwarze Jäger« vorzulesen!

Wenn die Leute ihr aufmerksam zuhören, liest Rita zur Not auch vor fünfen in einem Kuhstall. Das Schloß lockte sie nicht besonders, aber schließlich doch die übrige hartnäckige Kasperei, und so ist sie am Ende, gegen ihren Instinkt, losgefahren. Nicht wissen konnte sie, daß Herr Schüssel ein so klein geratener und nervöser Mann sein würde und seine Frau, in bodenlanger Kutte auf der Freitreppe neben ihm, derart häßlich und zornig. Die beiden stiegen zu ihr herab, und während Herr Schüssel ihr die Hand küßte, sagte die Frau und Mutter Schüssel:

»Unser Bastian hat Fieber!«

Rita Palka ging zwischen dem Duft eines Herrenduschgels und Geruch von Gesottenem. Am Treppenabsatz folgte die Auskunft: »Gabriel hat sich eine dicke Beule am Kopf geholt!«

Süß sang seitlich der steinernen Stufen zu üppigem Flieder- und Goldregenduft in den Büschen die Nachtigall. Was war mit Ritas Fähigkeit, durch den unverhofften Lichteinfall in eine Schattenzone, durch gedämmte Vogelrufe im Dunst die angenehmste Ausbreitung bis zum Horizont zu erleben, um sich flimmernd mit ihm zu vermischen, das Gedächtnis, die Vergangenheit, alle Gewichte zu verlieren zugunsten einer wunschlos vorherrschenden Gegenwart? Das galt für andere Tage. Aber auch jetzt hatte sie wieder das beängstigende Gefühl, dies alles sei ihr anvertraut und sie müsse es vor einem drohenden Untergang retten. Als sie gemeinsam oben angelangt waren, stieß die geplagte Mutter böse hervor, immer zu ihrem Mann hin, als träfe sie, die fremde Frau Palka, hauptsächlich die Schuld:

»Trudchen hat Durchfall.«

Dann starrte sie Rita Palka direkt ins Gesicht und fuhr fort:

»Heute tagt unser Leseclub. Mein Lieblingsautor Carlos Heller wird verhandelt. Das ist nun wirklich ein hinreißender Schriftsteller! Und wer muß passen wegen schlechter Terminabsprache? Ich!«

Aha, dachte Rita, jetzt gehen ihr die Kinder aus, da muß der nationale Leseclubliebling herhalten. Immerhin erlebte sie bei der Gelegenheit, welcher Art die Damen waren, die ihn groß gemacht hatten. Aber ob die alle so stierten mit extra weit aufgerissenen Augen, als wollten sie sagen: Verstell dich nicht! Ich sehe dir ja doch von Frau zu Frau bis auf den schäbigen Herzensgrund! Als hätten sie niemals abendländische Diskretion gelernt, geschweige die Weisheit der Scham? Wieder hörte sie seitlich aus grün funkelndem Abendlicht die Nachtigall. Fast, glaubte sie für einen Moment, würde sie ihr Leben geben, wenn sie mit ihr tauschen könnte. »Das geht ja gar nicht«, sagte sie dann verdutzt und sehr leise vor sich hin.

Die Schloßfrau griff sich mit riesigen Händen, die hoffentlich nicht das warme Büfett zubereitet hatten, ins rote Gesicht: »Eben doch! Mit Verstand und gutem Willen hätte man es einrichten können!« Herrn Schüssels fein geschnittener Mund, der Mann mußte ein hübsches Kind gewesen sein, zuckte in Trotz oder vielleicht Schmerz. Die Traurigkeit der Vogelstimme, überlegte Rita Palka weiter, die hätte ich von mir aus zu bieten, aber woher die andere Hälfte, das Stählerne, nehmen? Mutlosigkeit überfiel sie plötzlich, ohne Ankündigung. Nichts fürchtete sie mehr. Sie biß sich daher immer fester in den Zeigefinger.

Zwischen ihrem Wohnort und der Stadt W. liegt eine beträchtliche Strecke. Am längsten ist sie ihr auf dieser Schloßgartentreppe erschienen, lächerlich in die Länge gezogen aber schon auf den letzten Kilometern. Der Veranstaltungsort sollte ein unterhalb des Burgfelsens, nach 1750 gänzlich neu erbautes Schloß sein, auf den Fundamenten eines Bauwerks aus dem 16. Jahrhunderts ruhend, ein Schloß im Tal also, nicht unbedingt von weitem sichtbar. So viel wußte sie aus Schüssels Briefen, nicht mehr. Ein Städtchen aber mit einer derart großspurigen Sehenswürdigkeit würde es bestimmt dem Fremden leichtmachen, ans Ziel seiner Wünsche zu kommen.

Wünsche? Das gerade nicht! Was half das jetzt? Nichts! Sie hatte A gesagt, nun war das B dran. Schon stand auch ein Einwohner mit einer kleinen Stirnwunde am Straßeneckpapierkorb und bestarrte das unbekannte Auto. Als sie hielt, wich er zurück. Als sie ihre Frage stellte, schüttelte er sich, vielleicht juckte ihn etwas im Rücken. Jedenfalls machte er sich stumm, mit eingezogenen Schultern, auf etwas fahrige Weise wie ein Schuldbewußter davon.

Stimmt die Bezeichnung, die Adresse nicht? hatte sie sich, hier noch arglos, gefragt. Da schlurfte schon ein weiterer Mensch aus einer Gasse. Dieser schob das Kinn, auf dem ein sauberes Pflaster klebte, neugierig vor, als sie bei ihm hielt, schüttelte aber zu ihrer Bitte um Auskunft heftig mit dem Kopf, schleuderte allerdings seinen rechten Arm in die Richtung, aus der sie kam, den linken in die entgegengesetzte und rief: »Uh, Uh«. Dann riß er kichernd aus. Ein dritter Bürger tauchte auf, ein vierter. Wieder zerrüttete Gestalten! Sie wandten sich schnell ab, als Rita näher kam. Dabei war sie jetzt entschlossen, die beiden festzuhalten, bis sie ihr geholfen hätten. Sie schienen aber bereits zu ahnen, was sie im Schilde führte, und wiesen aus einiger Entfernung, wobei sie Laute von sich gaben, die glänzend die Art ihrer Gesten untermalten, nach rechts, dann nach links, wieder nach links. Auch sie vermieden die erleichternden Begriffe. Ihre Zeichen jedoch wirkten, bei aller Unbeholfenheit, vernünftig. Also prägte sie sich ein: rechts, links, links.

Stieß dann aber nicht auf das Schloß, sondern auf einen Hinkenden.

Sie sah ihn von hinten, stoppte, stieg aus und holte ihn mit schnellen, möglichst leisen Schritten ein. Ihn überraschen wollte sie, ihn stellen. Er sollte nicht flüchten können. Als sie ihn ansprach, fuhr er zusammenknickend, wohl auch zähneknirschend, herum und glotzte sie dann regelrecht entsetzt an: Es war wieder der erste, der mit der Stirnwunde! Der spukhafte Depp schnitt ein qualvolles Gesicht. Diesmal begann auch er, ungefragt, mit den Armen zu rudern. Da sah sie, daß ihm an beiden Händen Finger fehlten.

Frauen und Kinder waren offenbar vor ihr versteckt worden. Ein Mann an Krücken strich sich auf ihre Frage hin langsam, in großer Aufregung, über den schneeweißen Bart. Er hielt eine Pfeife in der Hand und pfiff auf ihr. Vielleicht erwog der Gute, ob er sie in die Irre schicken sollte. Sie verstand ihn nicht, nur am Ende: »Otto! Mein Otto!«, dabei warf er die Arme noch verzweifelter oder auch leidenschaftlicher als die anderen in die liebliche, doch nun etwas stickige Abendluft. Er wäre bei seiner Akrobatik fast gestürzt.

Sie mußte weiter, die Zeit verrann.

Sie war der Habicht im Hühnerhof, vor dem man kopflos floh. Ob denn in dieser Stadt nur Beschränkte lebten? Oder ging es ihr wie den blasierten englischen Bergsteigerpionieren, damals, im Wallis. Sie glaubten, in den Dörfern existierten nur Debile, wußten nicht und wollten nicht wissen, daß sich die Gesunden im Sommer, wenn die Arbeit auf dem eigenen Land getan war, für Wochen in anderen Gebieten verdingten, für den nötigsten Lebensunterhalt. Ja sicher! Die lokalen Überflieger würden alle im Schloß zu ihrer Lesung versammelt sein und beim Erwarten schöner Geistesnahrung allmählich die Geduld verlieren.

Die Idioten hielten währenddessen im Ort Wache.

Aber auch wenn man hier plante, Burg oder Schloß vor Feinden zu verstecken, zum Schluß fand sie es dann doch. Gleich neben einem Parkplatz entdeckte sie die Gartenseite des Herrenhauses, von der aus man das Anwesen betrat, wie Herr Schüssel geschrieben hatte. Das Äußere war, bis auf das Wappen im Giebel, wohl noch nicht renoviert worden. Braun und bröcklig, obschon einleuchtend gegliedert, stand es im verwilderten Grün, ja beinahe Gestrüpp. Sie malte sich lieber gar nicht aus, wie die Hoffassade aussehen mochte. Nirgendwo eine Menschenseele, alles harrte längst drinnen des Ereignisses. Die sich so rar machende Autorin würde, wen konnte das wundern, zu allem Übel unerhört verspätet eintreffen! Für wann war eigentlich der Beginn festgesetzt? Der Wasserschleier einer bescheidenen Schloßfontäne, die verloren stieg, wurde vom Wind gegen ihr Gesicht geweht. Mit nassen Augen hatte sie im ersten Moment Herrn und Frau Schüssel dort oben für Steinfiguren gehalten. Sie war wütend, sie schämte sich.

»Ist es nicht wunderschön?« fragte Herr Schüssel, als er sie, zusammen mit seiner Frau in das totenstille Treppenhaus führte. Kein Räuspern, Raunen, Scharren, kein Laut. Um ein ›Kleinod‹ handelte es sich jedoch gewiß, in Weiß,

Gold und einem schwebenden Blau oder verblichenen Grün gehalten. Der mit Wappen bemalte Pfeiler in der Mitte trug den unteren Teil der Treppe, die in zwei Läufen apart geschwungen nach oben führte. Hölzernes Spitzenwerk um tanzende Löwen herum. Eine Ahnung beschlich sie. Ihr Beruf würde sich hier als zutiefst absurd herausstellen. Sie stieg unaufhaltsam in die kompakteste Absurdität hinein. Kompakt? War sie nicht eher ein saugendes Vakuum? Ein Saugheber? »Rocaille-Schnitzerei«, flüsterte Herr Schüssel. »Balthasar Neumann« sagte laut seine Frau. Er schüttelte daraufhin hinter ihrem Rücken den Kopf und murmelte in Ritas Ohr: »So sagt man nur, Beweise hat man keine.«

Kaum war die erste Etage erreicht, drängten sich zwischen Trompe-l'œil-Nischen mit vorgetäuschten Vogelbauern geräuschlos Besucher vor. »Liebe, verehrte Frau Palka«, sagte Herr Schüssel, »Darf ich Ihnen Frau Luise Bork, die tüchtige Leiterin unserer Bücherei, vorstellen? Dann Frau Carla Altpeter von der Gebäudereinigung, einschließlich der Schloßtoiletten, was fingen wir wohl ohne sie an, Frau Regina Lachmund, unsere Schloßhausmeisterin und Garderobiere, Herr Leo Ochs, unser Kassenwart. Frau Venona Vaternahm, sie hat vor vier Tagen geheiratet, bis dahin Venona Haselhuhn, unsere, ich möchte sagen, Kreisbuchhändlerin.«

Rita Palka wurde von allen freundlich, allerdings in tiefem Ernst, in womöglich heimlichem Kummer begrüßt, im Grunde so, als wäre ein Unglück im Anzug oder bereits eingetreten. Besonders Frau Altpeter und Frau Lachmund hatten den gleichen Schwermutszug um den Mund, der wiederum, wie ihr schien, Ähnlichkeit mit dem von Frau Schüssel aufwies. Schon wollte sie den gottlob keineswegs bedrückten Herrn Schüssel fragen, ob ein örtlicher Trauerfall oder ähnliches, von dem sie nichts wissen konnte, auf den Gemütern laste. War etwa ihre Verspätung so schlimm? Sie konnte doch alles gleich öffentlich und charmant begründen! Da sah sie, daß Herr Ochs Schüssel etwas zuflüsterte. Den betroffenen Gesichtsausdruck trug daraufhin auch Herr Schüssel. Seine Frau dagegen lächelte, lächelte mit spöttisch verzogenem, grobem Mund.

Natürlich war ihr, Rita, längst ein Verdacht gekommen. Sie bekämpfte aber solche bösen Gedanken und bemühte sich, noch rasch vor Beginn einen Spiegel zu entdecken. Denn Herr Schüssel entführte sie jetzt Frau Lachmund und Frau Bork und ihnen allen, die angetreten waren zur Begrüßung. Sieben Leute immerhin zusammen mit dem Ehepaar Schüssel, die ihr in dieser fremden Stadt schon die Hand gegeben hatten! Es mußte an der unheimlichen und ja wohl auch unnatürlichen Lautlosigkeit liegen, daß in Rita Palka die Menschenfurcht aufstieg. Eine schwarze Wolkenwand, vor der es keine Rettung gab, das wußte sie.

»Bei uns gehen die Uhren anders«, verkündete Herr Schüssel und ergriff ihren Arm. »Lassen Sie uns noch ein Weilchen die Räumlichkeiten betrachten. Wir sind so stolz auf unser Juwel! Wollen Sie den Festsaal sehen? Zu Ihrer Lesung sind wir nämlich umgezogen. Erst vorhin kam uns der Gedanke, wieviel passender es sein müsse, Sie, gnädige Frau, in unserem grünen Kabinett zu hören, anstatt in der kühlen Pracht des großen Prunkraums. Zwischen einer weißen Marmornymphe und einem weißen Marmorfaun werden Sie ›Zwei schwarze Jäger‹ lesen. Ist das nicht zauberhaft? In diesem Raum können wir auch auf ein Mikrofon verzichten.«

Herr Schüssel schwitzte. Und Frau Palka wußte, was die Stunde geschlagen hatte. »Sehr reizvoll!«, versuchte sie zurückzulispeln. Ihre Stimme war rauh, als stieße sie einen Fluch aus.

Er öffnete eine Flügeltür und sah dabei unauffällig auf seine Armbanduhr, Rita aber hauptsächlich auf den gleißenden Parkettboden, in dessen Mitte ein kleiner Perserteppich lag. Stühle gab es nur an den Wänden, weiße Pompstühlchen, vielleicht sieben insgesamt. »Sehen Sie noch schnell die stuckierte Decke an. In der Mitte die göttliche Weisheit, von der die goldenen Strahlen bis zu den Rändern laufen, in dem Strahlenfeld Glaube, Hoffnung, Liebe und die vier Kardinaltugenden. In den Feldern am Rande die vier Weltteile, in den Ecken vier Monarchien. Babylon mit Nebukadnezar, Persien mit Cyrus, Griechenland mit Alexander, Rom mit Romulus.«

Er warf ihr einen stolzen und ängstlichen Blick zu: Immerhin war die Örtlichkeit grandios, oder etwa nicht? So blähte sich das Provinzstädtchen unangefochten in Welt und Kosmos, Zeit und Raum. Ihr wurde ebenfalls immer bänglicher zumute, nur fehlte bei ihr der Stolz. Aus Schüssel aber hätte man sich noch während des Dreißigjährigen Krieges bei Hofe durch frühzeitiges Einsperren in einen wachstumshindernden Käfig einen Hofnarren gezüchtet.

»Zu meinem großen Bedauern kann unser fast hundertjähriges Ehepaar Erna und Eitel Pott wegen eines gemeinsamen Schwächeanfalls nicht kommen. Er war ein großartiger Stukkateur und daher auch Tortenverzierer«, sagte der kleine Mann im tapferen Bemühen um eine Gnadenfrist und rief dann plötzlich wie verdutzt: »Mein Gott, höchste Zeit!«

Abrupt machten sich die beiden Komödianten auf den Weg zurück. »Schon der Fußboden des Kabinetts ist köstlich, aufwendig renovierte Intarsienarbeit«, plauderte er scheinbar heiter, »Wir haben Läufer für die Stühle ausgelegt.« Er nahm ihre Frage vorweg und tätschelte kurz ihren Arm, als müßte man sie für ihren Auftritt vor der Menschenmenge beruhigen. »Sie werden staunen. Die Wände sind mit grünen Glasplatten verkleidet und mit einem aufstuckierten, weißen Netz überzogen. An den Kreuzungspunkten sind jeweils Spiegelplättchen aufgesetzt. Man hat sie aus dem Schutt des abgerissenen Vorgängerbaus geborgen.«

Rita Palka bemühte sich sehr, ihm zuzuhören und nicht, wie in Wirklichkeit ja auch er, zu lauschen. Sie horchten beide, ob aus der Richtung ihres Ziels ermunternde Laute zu ihnen vordrängen. Sicher kannte sich Herr Schüssel mit der Akustik des Schlosses aus und kam zu eigenen Deutungen, die ihn trotz allem bravourös ausschreiten ließen. Für die Ohren seines Gastes, dem immer heißer wurde, blieb alles stumm. Da aber erschien die Schloßfrau im Sackkleid. Sie lachte, sie schien eine gute Nachricht zu haben. Das Ehepaar tauschte schnelle Blicke. »Charlotte Kissel läßt sich entschuldigen. Ihre Schwiegermutter ist zu Besuch gekommen.« »Und Bogisch? Was ist mit Rudi Bogisch?« erkundigte sich beinahe schon schrill Herr Schüssel. »Fühlt sich nicht wohl. Hat abgesagt. Das nächste Mal kannst du aber, das hat er versprochen, felsenfest mit ihm rechnen. So hat sich auch die Kissel geäußert.«

Der kleine Mann ließ die Schultern sacken. Die Frau zertrümmerte offenbar seine letzten Hoffnungen. Das mochte sie stärken und daraufhin rühren, denn nun meinte sie in tröstlichem Ton: »Es hilft ja nichts, Schatz, wir müssen irgendwie anfangen.«

Zu dritt zogen sie in das Lesekabinett ein. Der niedliche Raum konnte die Seele zum Hüpfen bringen. Er bildete das geordnete Herzstück des grün blitzenden, zuckenden Abendlichts in der schönen Wildnis draußen. Rita Palka sah auf Anhieb, daß sie fast alle Leute kannte. Man hatte sie ihr ja eben vorgestellt.

Nur ein einziges Wesen mit dickem, rotem Kopf und ein alter Mann waren noch hinzugekommen. Beide blickten sich wie die anderen dauernd suchend und sehnsüchtig um. Sie wußte sofort: Das eine war ein Kind der Schüssels, das mit dem hohen Fieber, gewiß das älteste, hier in einen kleinen Herrenanzug gesteckt, um es als Erwachsenen zu verkleiden, der andere, jede Wette, der Schloßgärtner. Alles zusammengetrommelte Leibeigene, und sie alle ausgeliefert an den Saugheber des Absurden? Jawohl, Saugheber! Schon prustete sie leise los und tarnte es routiniert als Räuspern.

Gerade als Herr Schüssel sie, nun offiziell, noch einmal den Leuten vorstellte und behauptete, sie seien, welch ein Luxus, ganz »entre nous und en famille«, stürmte ein beleibter Herr ins Kabinett. Er dampfte vor Jovialität und hatte eine junge Frau im Schlepptau, die sofort den schütteren Zuhörerkreis durch ihre Brille konsterniert, dann ironisch musterte und zu notieren begann.

»Also doch noch«, entfuhr es Herrn Schüssel erschrocken. »Der Herr Bürgermeister! Willkommen, willkommen, Herr Dr. Gräfling! Sie hier! Mein Gott, Herr Dr. Gräfling! Trotz plötzlich anberaumter Krisensitzung dürfen wir unseren Herrn Bürgermeister in unserm Kreis begrüßen. Welche Freude, welche Ehre! Bitte, Herr Dr. Gräfling!«

Den Bürgermeister verblüffte die geringe Anzahl der Lauschenden keineswegs. Er nahm sie wohl gar nicht erst wahr, sondern legte gleich los. »Guten Abend, guten Abend«, rief er in großer Gemütlichkeit in den Raum, suchte und fand dabei ein Zettelchen in seiner inneren Jackentasche. »Welche

Freude, welche Ehre für uns alle, unseren lieben, weitgereisten Gast in unserem herrlichen, erst kürzlich unter größten finanziellen Anstrengungen renovierten Schloß begrüßen zu dürfen, das jetzt sogar ein bescheidenes Museum beherbergt, vollständig dem hochberühmten Sohn unserer Stadt, Fabrizius Pulmer, gewidmet. Trotz kommunaler Geldsorgen, auch Sie wissen ein Lied davon zu singen, mein guter Schüssel, liegt uns die Kultur am Herzen, und zwar in Gestalt von Ihnen, Herr Schüssel, aber auch Frau Schüssel, die ja einen Lesekreis ins Leben gerufen hat. Sie, verehrte Frau Autorin, Ida Palmer, nicht wahr?, ich hatte nicht die Zeit, nicht das Vergnügen, Sie zu lesen, gelten als anspruchsvolle, man sagt sogar, schwierige und extrem gebildete Autorin, mit vielen Anspielungen aus der Literatur. Nicht jedermanns Sache. Nun gut, um so mutiger die Initiative unseres verantwortlichen lieben Schüssel, Sie einzuladen und hier lesen zu lassen. Er steht, hahaha, für alles gerade! Sie werden nicht alle Tage in so schöner Räumlichkeit, wenn auch, so hoffe ich, vor geneigten Ohren Ihre Vorträge abhalten. Ihnen also, liebe Einwohner, ich will es kurz machen, ein ›Wohl bekomm's!‹ Bevor ich weitermuß, zu meinem großen Bedauern, natürlich, natürlich, von den heiteren Stätten der Kunst zurück zur Krise – Sie alle wissen vom heimtückischen, noch nicht aufgeklärten Mordversuch durch Erstechen an einem Behinderten, und zwar nicht an irgendeinem, sondern an unserem verdienstvollen, ehemaligen Vorsitzenden des Schützenvereins Seppel Honigmann in unserer idyllischen Stadt. Der Bürger fragt fassungslos: Was sind das für Menschen, die so etwas tun? Ich füge hinzu, frank und frei: Sind es denn Menschen? Der gute Seppel würde, wenn er nur könnte, jetzt unter uns weilen –, von den heiteren Stätten der Kunst also zurück zur

Krise, möchte ich darauf hinweisen, daß ich am Donnerstag selbst und höchstpersönlich hier sprechen werde. Ein Diavortrag über Neuseeland wird's diesmal sein, der hoffentlich große Bevölkerungsschichten, wenn schon nicht des ganzen Bundeslandes I. – Sie verstehen meine Art zu scherzen –, so doch unserer schön verträumten Mittelgebirgslandschaft E., erreicht, was mir immer an solchen im doppelten Sinne teuren Stätten kommunaler Begegnung, meine Damen und Herren, liebe Mitbürgerinnen und Mitbürger unseres malerischen W., sehr, sehr am Herzen liegt. Wie ich höre, gibt es dann auch wieder, anders als heute, das sagenhafte Büfett.«

Hier ergriff Rita Palka eine ihr bisher unbekannte neutrale Schwerelosigkeit.

Er schüttelte ihr die Hand, streckte den Daumen hoch und entschwand im Laufschritt. Vielleicht gab es niemanden im Kabinett bis auf Herrn Schüssel, der es ihm nicht gern gleichgetan hätte. Herr Schüssel, der einzige Freiwillige, aber verschloß flugs die Tür. Acht Camouflagezuhörer, zählte die Schriftstellerin. Schüssel war, als der Bürgermeister »Ida Palmer« gesagt hatte, dunkelrot geworden, und während er sie zum Lesepult geleitete, zwischen dem Faun, dessen kreideweißer Unterleib dort, wo es indezent wurde, in Ornamentik überging, und der Nymphe, die für ihn die linke ihrer Brüste entblößte, raunte er ihr zu: »›Palmer‹ sollte ein Witz sein wegen unseres großen Malers Fabrizius Pulmer. Kein Versehen, nur das ›Ida‹ war wohl ein Versprecher. Typisch Dr. Gräfling! Es ist nämlich so.«

Sie glaubte ihm allerdings nicht, fühlte sich völlig gewichtlos, beklommen vor Gewichtlosigkeit.

Die junge Frau steckte den Stift weg und machte flink zwei Fotos, eins von Rita Palka, sobald sie die Brille aufgesetzt hatte, das andere, etwas erstaunlich, warum denn das?, vom Publikum. »Ich begrüße auch noch Judith Bork, Journalistin beim uns allen vertrauten ›Schloßblick‹, Tochter unserer treuen Frau Bork von der Bücherei, mittlerweile und eh man sich's versieht, recht flügge geworden, die Kleine, großartig!« rief da in Windeseile Herr Schüssel.

Sogar dem fiebernden Kind Bastian konnte nicht entgangen sein, daß Schüssel es sagte, um das Mädchen festzunageln. Sie sollte nicht dem Bürgermeister hinterherlaufen, was sie sich augenscheinlich vorgenommen hatte. Vielleicht bekam Schüssel nur die benötigten Zuschüsse, wenn eine bestimmte minimale Teilnehmerzahl erreicht wurde? Nein, nicht nur um das Festnageln ging es ihm. Die Abiturientin, allenfalls Praktikantin, mußte durch Schmeichelei zu einem freundlichen Bericht ohne Foto vom dürftigen hauseigenen Publikum bewogen werden.

»Frau Rita Palka, mit unglaublich zahlreichen und wer weiß wie hoch dotierten Preisen überschüttet, liest Ihnen jetzt bis zur Pause die Geschichte ›Zwei schwarze Jäger‹ vor. Ich bitte um Aufmerksamkeit.« Herr Schüssel hatte inzwischen so viele Leute vorgestellt, daß er es mit diesen Worten gut sein ließ. Er saß direkt vor ihr und hielt schweißüberströmt einen Zettel in der Hand.

Auf ihrem Bett, im dunklen Zimmer hockend, fällt Rita nun wieder ein, wie oft er während ihrer Lesung mit diesem Stück Papier geraschelt und das darauf Notierte studiert hatte. Ist es nicht kalt? Sie erinnert sich an ihre Frage, eben, auf dem Weg ins Dachgeschoß, ob er, Herr Schüssel, denn nicht, wie brieflich angekündigt, Geburtstag habe. Das sei übertragen, mehr metaphysisch gemeint gewesen, lautete die verzagte Antwort, auch metaphorisch, ein bißchen.

»Zwei schwarze Jäger«, las sie im konzentrierten Abendlichtgefunkel des grünen Kabinetts und zwang sich zu einem zuversichtlichen Trompeten dabei, als müßten mindestens achtzig Zuhörer erreicht werden von ihrer Stimme. Diese wenigen würde es immerhin aufrütteln aus ihrer Vereinsamung, aus einer Kränkung, die sie ihnen schuldlos angetan hatte: So ein schöner, hier drinnen versäumter Abend! »Viele Anspielungen«, hatte der Bürgermeister gesagt. Das also auch noch, das verfolgte sie bis in dieses Kaff! Die Faulen plapperten es als Vorwurf ungeprüft nach, die Ambitionierten witterten es in den schlichtesten Sätzen, egal, ob sie von einem Schloß oder einem Campingwagen schrieb. Es kam in seiner Verkehrtheit auf dasselbe raus.

Sie sah, bevor sie der Versammlung, da es ja keinen Ausweg gab, ihre ersten Sätze zumuten mußte, noch einmal hoch. Ihr Blick fiel auf Carla Altpeter, die Putzhilfe. Da konnte sie es leider nicht unterlassen, sich zu fragen, ob die Frau wohl Stundenlohn bekam für ihre Anwesenheit. Es war Carla angesichts dessen, was sie erwartete, nur zu wünschen! Warum können wir uns nicht schon jetzt an die berühmte Pausenstärkung machen?, dachte Rita noch, gestattete sich ausdrücklich diese kleine Wehleidigkeit und erinnerte sich auch plötzlich an die Botschaft des Bürgermeisters, mit dem Büfett sei heute nichts, bevor sie begann:

»Sie starrten die Löwen an, jeder für sich, zwei Meter voneinander entfernt, der athletische Mann, die dünne Frau.«

Meine Gegner, sagte sie sich, sind ja keinesfalls die Leute. Das darf ich nicht vergessen. Es sind die leeren Stuhlreihen. Als hätte ich nicht schon genug mit den Fratzen zu tun, die mich aus meinen eigenen Sätzen – was keiner wissen darf – immer öfter anstarren! Wie diese Stühle vor sich hin gähnen! Weiß der Himmel, warum man so viele von den Unbestechlichen hat aufmarschieren lassen! Mir eingebrockt zu meiner Demütigung? Diese Zeichen enttäuschter Hoffnungen lassen sich doch keine Sekunde ignorieren, genau wie die Büchertürme dahinten nicht, erst recht, wenn die Kreisbuchhändlerin Vaternahm, geborene Haselhuhn, sich allenfalls selbst ein Exemplar verkaufen wird, damit ich was zum Signieren habe.

Solche Sprechpausen kamen immer gut an. Die wurden zuverlässig als bedeutungsvoll ausgelegt.

»Der Mann hatte den schwarzen Löwen, die Frau die schwarze Löwin vor sich, ein belangloser Unterschied, den sie erst einige Zeit später bemerkten. Das starke Glänzen der Oberflächen verbarg zunächst solche Abweichungen von der Symmetrie.«

Herr Schüssel lächelte, seine Frau nicht. Zwischen ihnen, damit es nicht entwischte, das kranke Kind Bastian. Was konnte den zweifellos gutartigen Schüssel nur bewogen haben, sie, die unschuldige Rita Palka, hierher einzuladen? Immerhin hatte er sich für das karge Publikum nicht einmal mit der üblichen »Konkurrenzveranstaltung« in der Wirklichkeit oder im Fernsehen rauszureden versucht.

»Während aber die beiden lebendig und selbstverständlich menschengroß vor den Tieren standen, befanden sich hinter den spiegelnden Figuren auf ihrem Podest in entsprechendem Maßstab aus demselben Material die beiden halbnackten Jäger mit goldenen Riemen schräg über der Brust. Auch sie vollkommen schwarz. Aus der Dschungelnacht ihrer afrikanischen Gesichter glomm lediglich das Weiß der Iris, eher angstvoll als in wachsamer Jagdleidenschaft, vierfach hervor.«

Hatte sie nicht bereits hier zum ersten Mal das Geräusch gehört, von dem sie dachte, Herr Schüssel hätte es zu verantworten beim entschiedenen Zerreißen seines Zettels? Aber nein, er hielt ihn unversehrt in der Hand und blickte darauf.

Das also konnte es nicht sein. Roch es hier womöglich nach zerquetschten Marienkäferchen?

»Die Jäger hielten die leicht geduckt voranschreitenden Tiere an schweren Eisenketten! Nein, das waren keine Jäger, die das starre Gebirge durchstreifen, um Dynamik ins Steinerne zu bringen. Diese hier mußte man anderen Revieren zuordnen. Ohne sich untereinander zu verständigen, grübelten die Frau und der Mann darüber nach, wie und auf welches Wild gehend, sich diese Jagd denn im einzelnen vollziehen mochte. Sie hatten sich am dritten Tag ihrer Reise heftig um eine Kleinigkeit gestritten. Was war es noch? Was war es jetzt wieder? Gelegentlich brauchten sie so eine Entladung ihrer Gefühle für einander, und irgendwann bot sich dann ein lächerlicher Anlaß, den sie im Moment als etwas Wesentliches ansehen konnten. Beim gegenwärtigen Stand der Dinge war es gut so, daß sie einerseits Abstand hielten, um ihrer Erbitterung, die sie für Sekunden mit Wonne als Haß begriffen, noch etwas Auslauf zuzugestehen. Auf der anderen Seite bahnte sich eine längst schon gewünschte Versöhnung gewöhnlich am besten, nämlich diskretesten an, wenn beide im selben Raum gleichzeitig auf dasselbe Dritte konzentriert waren. Der Mann sagte dann irgendwann ein, zwei Sätze. Manchmal schaffte es auch die störrischere Frau und verbiß sich schon ein Lächeln dabei. Fünf Minuten später war die Sache in der Regel erledigt. Diesmal nicht ganz. Die kalte Zone ums Herz herum zeigte keine Temperaturveränderung, im Gegenteil, es wurde mit jedem Augenblick frostiger dort. Wenn das passierte, erschien ihnen auf einmal die Unerheblichkeit des Anlasses wie der Hinweis auf etwas schlimmes Grundsätzliches. Etwas ist in mir abgestorben, dachte dann wenigstens die Frau, finster begeistert in solchen seltenen Fällen, etwas ist im Leben für immer vorbei. Ein Trost, daß es so radikal vor sich geht!«

Da hörte Rita Palka wieder das reißende Geräusch, gleich zweimal hintereinander, ritsch-ratsch ging das, und um nicht allzu decouvrierend mit den Augen zwischen den Leuten nach der Ursache zu forschen, legte sie kurz den Kopf in den Nacken und sah die verliebte Stuckarbeit der Decke an, eigensinnige Lochstickerei, eine perfekt gebügelte, schneeweiße Großmutterschürze. In den Ecken überschlugen sich die Ornamente wie bei den Fensterbögen. Viel abzustauben! Da mochte Frau Altpeter von der Gebäudereinigung, die bisher krumm und unruhig dagesessen hatte, gut und gerne einen langen Putztag hinter sich haben. Ritas Blick nach oben verfehlte seine Wirkung nicht. Es wurde vollkommen still trotz des Parkettbodens unter den Läufern. Sie mußte es sich als eigenen Fehler ankreiden, daß sie bei solchen Störungen derart widerstandslos aus der Konzentration geriet. War es Arroganz, altertümlich hochfahrende Überzeugung von der Wichtigkeit des Gelesenen? Das wohl nicht, bloß das Bestehen auf einem Entweder-Oder. Es ist zum Lachen, zum Heulen, sagte sie sich und griente deplaziert.

»Sobald sie sich aber wieder versöhnt hatten, dachte die Frau üblicherweise Sätze wie diese: ›Es ist wie bei optischen Täuschungen, wenn man durchs geschlossene Fenster auf einen Baum starrt und plötzlich erschrickt, weil ein riesiges Tier aus dem Laub klettert, bis man erkennt, daß es bloß eine Wespe ist, die sich am Glas hochbewegt. Man reagiert einfach nicht adäquat!‹ Jetzt aber sprang beiden etwas vermutlich zur gleichen Zeit ins Auge. Nur zuckte allein die Frau unter dem Schock zusammen. Sie ging nahe an die etwa einen halben Meter hohe Figur heran, bis der Wärter sie mißbilligend zurückrief. Sie wollte ganz sicher sein, daß sie sich nicht täuschte, und kam dann zu ihrem Mann hinüber, der sofort ihre Blässe bemerkte. Er schwieg allerdings dazu. Die Frau sagte ebenfalls vorerst kein Wort, als zählte jetzt nicht im geringsten der Mann, sondern nur die Untersuchung des zweiten Jägers. Auch der führte, wie der andere, die große Raubkatze bloß halbwegs, führte sie bloß zur Hälfte an der Kette, denn er war, kein Zweifel, ja selbst gefesselt, wie der erste gefesselt an den Löwen! Deshalb schleppte er breite Eisenringe um Handgelenke und Hals.«

Feinde sind sie tatsächlich nicht, weder die leeren Stühle, noch die Leute. Sie sind nur völlig gleichgültig, die einen wie die anderen, sagte sich Rita Palka und horchte auf das Reißen, das wieder eingesetzt hatte. Bei der kleinsten Ablenkung drehten ihre kindischen Zuhörer sofort erwartungsvoll den Kopf. Sie entdeckte jetzt auch selbst die Person, die den Lärm veranstaltete. Es war die Putzfrau, Frau Carla Altpeter, die sich über die große Tasche auf ihrem Schoß beugte und einen Reißverschluß nach dem anderen, innen und außen aufzog und wieder schloß, ohne etwas anderes in ihrer Versunkenheit wahrzunehmen. Bastian, im Festanzug mit dem rot geschwollenen Fieberkopf, konnte den Blick gar nicht mehr wenden davon. Frau Schüssel lächelte erfreut. Ihr Mann dagegen schien gleich weinen zu wollen und gab einen räuspernden Preßlaut von sich, um Frau Altpeter zu verwarnen, die er ja eventuell für ihr Dasitzen bezahlte, die zwecks Aufrechterhaltung der Kultur zur Leih- oder Mietzuhörerin gewordene Altpeter. Zwischendurch sah er besorgt zu Judith Bork hinüber, die ihren Stift in der Hand hielt.

Rita machte eine deutliche Pause. Das schreckte die Zuhörer noch am ehesten auf. Manchmal erlebte sie beim Lesen wieder die prächtigen Reiche der Vorstellung, die zu den Sätzen geführt hatten. Aber sie welkten hier unter den schlummerigen Blicken dahin, verfielen auch vor ihr selbst.

»Der Löwe und der Jäger waren wechselseitig aneinandergeschmiedet, keiner konnte einen Schritt ohne den anderen tun, geschweige denn fliehen. Gegeneinander zu kämpfen als bestialisches Schauspiel aber, das wäre ihnen wohl ohne weiteres möglich. Die Frau hielt den Atem an, denn, überzeugt von der Realistik des skandalösen Gespanns, schloß sie sofort aus, es könnte sich um eine Allegorie handeln. Sie beugte sich fasziniert, in ungläubiger Empörung, schon wieder zu weit vor gegen die Statuette an der Seite ihres stumm und steif dastehenden, sie beobachtenden Mannes.«

Rita sah an dieser Stelle, als prüfte sie die Wirkung ihrer Sätze, gespielt wichtigtuerisch die Zuhörer an. Bei anderen Autoren flößte das dem Publikum tiefen Respekt ein, warum sollte sie das in ihrer Halbnot nicht auch mal versuchen? Ließ die Blicke dann gemütlich, vielleicht auch zaudernd, schweifen zu den blitzenden Spiegelstückchen an den Wänden des Kabinetts, in dem das grüngoldene Abendlicht gurgelte und zuckte mit wechselnden Schattierungen, und kam dabei Frau Altpeter auf die Schliche: Die zog und knöpfte gar nicht aus Langeweile oder allgemeiner Unrast an Tasche und Jacke herum. Dann nämlich hätte sie nicht so ein verzweifeltes Gesicht geschnitten. Die Schloßpflegerin Carla Altvater oder Altpeter suchte einen Gegenstand, immer an denselben Stellen, immer fassungsloser und fand ihn nicht. So vergeblich aber ihr Fingern und Tasten war, so wenig konnte sie davon lassen.

»Die magere, fast dürre und trotzdem für manche Männer wohl anziehende Frau bewegte sich nun zwischen den Zwillingsfiguren hin und her in ihrem gepunkteten Sommerfähnchen auf roten, hochhackigen Schuhen, die das

Nervöse ihres Typus extra betonten, sogar ein bißchen hinausschrien. Eine Gestalt, die zu sagen schien: Entweder man mag mich, oder man läßt die Pfoten von mir! Sie begann allmählich damit Aufsehen zu erregen. Andere Besucher hatten die besondere Situation der schwarzen Jäger bis dahin gar nicht bemerkt. Sie wandten auch jetzt ihr Interesse mehr der erregten Frau als den Plastiken zu. Der Mann aber ließ sie nicht aus den Augen. Er begann, heftiger mit den Kiefern zu mahlen.«

Sie, Rita, hatte dann, immer bemüht, die Geräusche der unglücklichen Putzfrau nicht wahrzunehmen, mutig und sinnlos weitergelesen von einer in der gepunkteten Frau aufkeimenden Idee. Nachdem deren Mitgefühl mit den Jägern verflogen war, sah sie nämlich etwas ganz anderes in ihnen abgebildet, konnte sich nicht länger gegen den steigenden Druck eines seit ihrer Schulzeit gehätschelten Interpretationsbedürfnisses stemmen. Handelte es sich hier nicht um eine Darstellung, auch der Mann mußte es doch erkennen, von ihrer beider Liebe? Wie sie aneinander gebunden und einander ausgeliefert waren, nicht voneinander fliehen, aber sich sehr wohl gegenseitig zerfleischen konnten?

Rita las den Leuten vor, wie die rotbeschuhte Frau sich erinnerte, daß sie vom ersten Augenblick an, als sie den Mann gesehen hatte, um die handfesten Leiden wußte, die er ihr bereiten würde. Was sie natürlich nicht abschreckte, nein, das nicht!

Rita las vom Zündstoff in den damals auf die Frau gerichteten Augen, dachte zwischendurch: Hoffentlich ist wenigstens mein Zimmer heute nacht passabel!

Las von der Macht, die dem Mann zufiel, weil er, und nie ein anderer vor ihm, etwas in der dünnen Frau entdeckt und in die Wirklichkeit geholt hatte, das ohne ihn nicht ans

Licht getreten wäre, ein Splitter nur oder ein riesiges Land. Umgekehrt konnte es doch nicht ganz anders sein, denn wären sie beide sonst noch immer zusammen gewesen?

Während Rita Palka in einem Nebenzimmer ihres Kopfes erwog, ob sie der sicher hochverdienten Carla von der Gebäudereinigung ihre Hilfe beim Suchen anbieten solle, sprang diese sicher schlecht verdienende Frau plötzlich auf, stieß in Richtung von Herrn Schüssel hervor: »Mein Portemonnaie mit allem drin ist weg«, und hastete, gegen Stuhlbeine tretend, aus dem Kabinett. Rita konnte nicht unterbinden, daß es in ihr kommentierte: Der Kreis ist noch intimer geworden! Das fieberkranke Kind Bastian aber schüttelte sein Haupt wie ein Alter und grinste dazu, als würde es von dem Zwischenfall gleich ein bißchen gesünder. Was machten eigentlich Vaternahm, Ochs und Lachmund oder Haselhuhn und Bork? Erstarrt, verstört durch die Flucht der Gebäudereinigerin?

Die kleine, zeitvertreibende Unruhe mußte sich wohl erst legen, sie konnte nicht einfach überbrüllt werden. Ritas Gehirn nutzte aus eigenem Antrieb die Unterbrechung, um ihr, Rita Palka, en passant eine Lebensphase zu präsentieren, in der sie von jedem Satz der großen Dichter gewissermaßen zurückgeschleudert worden war in Sumpf und Schlamm der eigenen Unzulänglichkeit. Und es doch nicht aufgeben konnte! Sie lächelte gerührt über sich selbst. Sieh da, Herr Ochs hielt sich für gemeint und lächelte zurück.

Frau Altpeters scharfes Reißen fehlte ihr jetzt fast. Sie las jedoch konzentriert weiter von der Überschlanken, der aparten Vogelscheuche, die plötzlich auf ihren Stöckelschuhen gewaltsam die Erkenntnis durchfuhr, daß es bei Jäger und Löwe um viel Erregenderes ging, als sie noch eben geglaubt hatte. In die Skulpturen schlüpfte etwas Ernsteres, Kompaktes. Der Stein, falls es welcher war, wurde durch unsichtbaren Materialaustausch zu Erz, oder das Erz verdichtete sich erneut unter starkem Druck zu etwas noch Unerbittlicherem bei strikter Aufrechterhaltung der Oberflächen. Alles falsch, natürlich, aber so empfand sie, die Frau im Sommerfähnchen, den Vorgang, dem sie, vielleicht als einzige unter den Besuchern an diesem Ort, Rom, Donnerstag, 14.30 Uhr, bewußt beiwohnte.

Wichtig war nicht mehr die Demonstration, wie sie und ihr Mann dramatisch oder gewohnheitsmäßig aneinandergefesselt blieben, vielmehr, daß jeder für sich, unüberbrückbar einsam, an seine ursprünglich großartige Idee von der Liebe geschmiedet war, und, sogar wenn er vor ihr flüchten oder sie vergessen wollte, nicht ohne sie sein konnte. Selbst wenn er verdreckt, zerschlissen, halb tot und nicht zum Wiedererkennen hinter ihr, der Vision, hergeschleift wurde: Los kam er nicht von ihr. Das pubertäre Bild einer Leidenschaft von Augenblick zu Augenblick, von Angesicht zu Angesicht, ob sie sich inzwischen darüber gemeinsam mokierten oder nicht, war, für jeden allein, das einzige, was in Wahrheit zählte, was alle Nichtswürdigkeiten schwach, aber unbeirrbar und nicht zu vernichten, durchglomm.

Bevor sie sich aber vollständig in dieser Überraschung zu verlieren begann, hatte sich die Frau zu dicht an einen der Jäger herangemacht und wurde vom Wärter zurückgerissen. Dann passierte etwas, was er gewiß nicht beabsichtigt hatte. Die Frau, die in ihrer körperlichen Zerbrechlichkeit keinen großen Widerstand bot, verlor das Gleichgewicht, taumelte kurz, stürzte. Das gepunktete Kleid habe sehr gut ausgesehen auf den schwarz-weißen Kacheln und der über und über sommersprossigen Haut und eine unklare Dunkelheit zwischen den Beinen freigegeben. Man habe fast glauben können, alles sei nur passiert um dieses Designs willen. Auch habe sie einen Laut ausgestoßen, nicht unbedingt einen Schmerzensschrei, vielleicht nur einen des Schrekkens, der aber leider seine Wirkung getan habe.

Sie, Rita, ohne die geringste Hoffnung, von irgend jemandem im Raum verstanden zu werden, machte einfach weiter, las Nymphe und Faun vor. Las in die Luft hinein, daß daraufhin der Mann auf einmal aus seiner Regungslosigkeit erwacht sei und den Aufseher weggestoßen habe, der sich nun seinerseits rempelnd wehrte, worauf der Mann ihn an der Jacke packte und von ihm eine Entschuldigung bei der vom Wärterschuh tatsächlich leicht angestoßenen, noch immer am Boden liegenden Frau verlangte. Ein Ansinnen, das der Wärter mit Gelächter quittierte. Daraufhin habe ihn der Mann ins Gesicht geschlagen und erst dann endlich der Frau aufgeholfen, die Mühe hatte, auf den glatten Fliesen und im engen Kleid, wenn schon nicht in Eleganz, so wenigstens mit Anstand zurechtzukommen. Das Paar sei schließlich durch Besucher vom Uniformierten getrennt und bis zum Eintreffen eines Streifenbeamten festgehalten worden. Ach ja, nach der Turbulenz dann die übliche, umständliche Prozedur. Die Frau habe sich, was sie zu verheimlichen suchte, die Kniescheibe verletzt und gar nicht gewußt, was werden solle, wenn sie erst von ihrem Stuhl aufstehen würde. Der Mann mußte sie dann rundum umfassen und stützen, damit sie den Weg nach draußen schaffte.

Sie, die Verfasserin, las von Satz zu Satz zweifelnder gegenüber ihrer unangenehm schwerelosen Lage, nicht aber am Inhalt und den Wörtern zweifelnd. Oder doch? Schwand nicht deren Sinn und Festigkeit, wenn sie dermaßen verhallten und verwaisten zwischen Ohr und Verstand ihrer in die fernen Räume des Dösens forttreibenden Gemeinde? Nur Herr Schüssel, der achtete tröstlich konstant auf jede der Silben.

Sah allerdings dazwischen immer wieder auf seinen Zettel.

»Der Mann indessen«, benutzte man das Wort eigentlich noch?, »der Mann indessen, der seinen athletischen Übermut gezeigt hatte und im übrigen von Glück sagen konnte, daß er nicht in Handschellen und getrennt von seiner Frau in die Finsternis eines mediterranen Kerkers verschleppt wurde, hatte noch nie, und sein Erstaunen darüber war tief, ein so weiches, aufreizend füllig machendes und gleichzeitig geistesabwesendes Lächeln im Gesicht, nein, im gesamten Körper der dünnen Frau wahrgenommen wie in diesem Moment, wozu sie ihn nicht einmal ansehen mußte.

Und sie sah ihn nicht an.«

Wenn sie, Rita Palka, sich nicht sehr täuschte, dann hatte Herr Schüssel, so unmittelbar vor ihr, den vorletzten langen und den letzten kurzen Satz stumm, jedoch unter deutlicher Bewegung der Lippen mitgesprochen, ihr Stottern zu Anfang ausgenommen, und dazu eine Miene gemacht, als wäre er in die Rolle der dünnen Frau geschlüpft. Nun aber klatschte er eilig, so fest er konnte. Vermutlich taten die meisten mit, Rita sah lieber nicht hin. Sie zog es vor, sich halbtief zu verbeugen.

»Wunderbar, einfach wunderbar« rief Schüssel. Er riskierte dabei sogar einen leichten Tänzelschritt, um seine Animiertheit möglichst ansteckend zu bekräftigen. »Nun zu Pausenstärkung und Pausengespräch! Leider diesmal, da die Leseclubfrauen streiken, nur mit aufgewärmtem Zwiebelkuchen aus der Tiefkühltruhe. Dazu unser guter Landwein!«

Sie hatte noch nicht ihre Brille verstaut, da hielten alle anderen bereits Glas und Kuchen in den Händen, schüttelten sich wie junge Hunde, schwadronierten erlöst drauflos. Man gestand ihr aufs Zutraulichste, man sei im selben Jahr geboren wie sie, in derselben Stadt, das stelle sie sich nur vor! Ob sie Kinder habe? Man selbst besitze zwei, besitze vier, verfüge über entzückende Enkel, schreibe auch ein bißchen, gelegentlich. Zu mehr reiche die Zeit nicht.

Sie war von der arglosen Fröhlichkeit um sie herum überrascht. Richtig herzlich bedrängte man sie mit heißem Gebäck und kühlem Getränk. Herr Schüssel überwachte alles und lächelte sie ununterbrochen vielsagend an. Sie verstand schon, es schien ihm das beste Mittel, seine private Kennerfreude wegen des erfüllten Herzenswunsches anzuzeigen. »Zwei schwarze Jäger«, sagte er nur hin und wieder. Das fiebernde, hoffentlich nicht in die Veranstaltung geprügelte Kind Bastian verabschiedete sich mit geschwollenen Augen. Sie hätte ihm gern ein Geschenk zur Belohnung gemacht. Der Junge verdiente durchaus einen bescheidenen Tapferkeitsorden. Auf seiner kleinen Krawatte entdeckte sie eine Anstecknadel, eine Perle, die mochte gut und gern vom Großvater sein. Fast hätte sie ihm ihren teuren Kuli geschenkt. Aber da feixte er sie gerade noch rechtzeitig mit dem frivol-hinterhältigen Lächeln seiner Mutter an. Frau Schüssel starrte, als hätte ausgerechnet sie, Rita Palka, ihrem Nachwuchs die erhöhte Temperatur angehext. Die straffe Judith Bork verließ die Gesellschaft sehr unabhängig, ohne Gruß. »Kind, Kind!« sagte Frau Bork, die Kreisbüchereileiterin, und sah der flüggen Tochter kopfschüttelnd, dabei kichernd, nach.

Herr Ochs wiederum, der Kassenwart, trat aus der überschaubaren Gemeinde noch rasch vor Beginn des zweiten Teils diskret an Rita Palka heran: »Frau Altpeter hat uns alle blamiert. Dabei lag die Geldbörse selbstverständlich zu Hause auf ihrem Küchentisch. Wir wissen es durch ihre Nachricht, gerade eben. Und vorher unser Bürgermeister! ›Ida Palmer‹, ich bitte Sie, Frau Palka, ›Palmer‹! Gräfling ist ein Ei, und Sie, Rita Palka, sind eine bekannte Persönlichkeit, preisgekrönt! Unmöglich! Von Gräflings Patzer wird aber unsere kleine Judith keine Silbe verlauten lassen in ihrem Blättchen. Ist viel zu schlau dazu. Nur sagen Sie mal, um Gottes willen, Rita, Mädel, warum nicht weniger künstlich dichten? Warum nicht ein bißchen mehr frisch drauflos erzählt?«

Sie roch ihn, während er raunte, so nah beugte er sich zu ihr hin, schien ihr fast ins Ohr beißen zu wollen. Empfahl er sich als Liebhaber für die kommende einsame Nacht? »Sieh an! Ein umgekehrtes Hofmeistern! Zum Ort passend und auch wieder nicht!« wisperte sie in intimer Manier zurück. Sie lachte dem rundlichen Ochs ins Gesicht und spuckte dabei ein Wimpernhärchen von ihrer Lippe schräg nach unten weg.

»Und jetzt, meine Damen und Herren, liebe Freunde, liest unsere verehrte Dichterin, für mich ist sie Dichterin, etwas auch mir noch Unbekanntes. Ich glaube, wir werden hier gar Ohrenzeugen einer Uraufführung. Den Titel der Geschichte verrät Ihnen unsere Frau Palka selbst.«

Die Anzahl der Zuhörer ließ sich nun auf einen Streich simultan erfassen. Sie waren jetzt gesättigt, getränkt, gutmütig. Die Weingläser behielten sie in der Hand.

Noch immer, ganz zusammengefaltet in der kalten Dunkelheit sitzend, fragt sich Rita, für die Nacht eingesperrt, ob sie, nachdem Schüssels Schlüsselgeprassel verrasselt ist, ihm nicht sehr unrecht getan hat, vielleicht nicht seiner

Frau vorhin, aber, als sie sich jetzt seine verschwörerisch glückliche Miene beim Lesen der Jägergeschichte ins Gedächtnis ruft, vor einigen Augenblicken sicherlich ihm. Wo war eigentlich die Schloßhausmeisterin Lachmund geblieben? Die wohnte wohl gar nicht hier? Vielleicht arbeitete die jetzt in ihrem Neben-, richtiger: Hauptjob. Schüssel hatte ja gestanden, der Trupp, der vor der Lesung zu ihrer Begrüßung aufmarschiert sei, habe in den meisten Fällen neben der Schmuckposition in Verbindung mit dem Schloß noch andere, bürgerlichere Verpflichtungen, Schicht- und Stundenarbeit, Kioskverkauf, Postpaketdienst, Altenpflege. Sonst würde man finanziell nicht rumkommen. Schüssel selbst mochte dazugehören. Lieber nicht nachfragen!

»Die Grotte«, hatte sie mit aller Anstrengung, gebieterisch zu klingen, ins grüne Kabinett gerufen. Die Ankündigung sollte wie ein Sturm in die klägliche Runde fahren, damit ihr die Leute unterwegs nicht selig wegschliefen. Die schienen alle an Körpergewicht zugelegt zu haben, nicht nur durch den Zwiebelkuchen. Eine seelische Korpulenz machte sie zerstreut. Selbst Schüssel bildete, nachdem seine »Schwarzen Jäger« dahin waren, bei dieser Art Beleibtheit keine Ausnahme.

Schon nach Nennung der Überschrift, als hätte sie bereits tausend Grottengeschichten in ihrem Leben gehört oder noch niemals das Wort »Grotte«, trat Frau Schüssel, da das Ritsch-Ratsch der Altpeter beseitigt war, durch eine neue Art von Störung in deren Fußspuren. Gleich beim ersten Blick in deren Gesicht mußte sich ja bei jedem die Hoffnung regen, ihr Mund möge nicht die schönste Partie ihrer physischen Erscheinung sein. Rita hatte bisher versucht, nicht hinzusehen. Das war nicht länger zu vermeiden, da die Schloßherrin direkt vis-à-vis den Mund überm haferflockenfarbenen Sackkleid wie in maßlosem Staunen oder eben Überdruß in alle Richtungen zugleich öffnete. Langsam, aber fast unbegrenzt in der Dehnungsfähigkeit, tat sich der unheimliche Muskel auf und gähnte die Autorin an.

»Die Grotte«, wiederholte Rita Palka entgeistert.

»Ich höre dieses scharfe, plötzliche Reißen noch wie damals«, fuhr sie dann schnell fort. Dabei fragte sie sich, wie wohl der Schloßgärtner, Frau Bork, Kassenwart Ochs usw. ein solches »Ich« mißverstehen würden. Mußte sie, die Schriftstellerin, ihnen nicht eigentlich etwas vorlesen, in dem sich dieses Häuflein Aufrechter wiederfinden würde oder bei dem sie zumindest glauben konnten, sie täten es? So daß sie sich das fremde Kleid anzogen und im Spiegel sagten: Ja, das bin ich! Oder das Gegenteil: Das bin ich nicht? Doch wie, um Himmels Willen, sollte sie das vor diesen sanft beduselt Lauschenden bewerkstelligen?

»... plötzliche Reißen noch wie damals«, sagte sie. Da ritt sie auf einmal der Teufel mit der Idee, ihre Geschichte gar nicht zu lesen, sondern zu improvisieren. Keiner der Anwesenden kannte den Text, also mußte sie nicht ihn, mußte sie nicht sich für das Honorar zu Markte tragen. Ihr Plaudern, das vorgetäuschte Lesen (gelegentliches Umblättern nicht vergessen!), würde man für eine besonders gelungene Art lockeren Vortrags halten. Sofort fühlte sie sich beurlaubt, fast ausgelassen:

»Der Mann, der das Papier vor unseren Augen zur Demonstration zerriß, sah aus wie, nun, wie ein alter Schloßgärtner.« Sie lächelte den echten, hier anwesenden Gärtner, dessen Namen sie nicht erfahren hatte, freundlich an. Er verstand sie offensichtlich nicht. Er war ja auch sehr, sehr alt.

Genaugenommen schlief er.

»Kerzengerade aber, mit funkelnden Augen und wehendem weißem Haar stand er vor uns, in den Ruinen am Meer von Sperlonga, nördlich von Neapel. Um seine Füße herum blühten Margeriten, Lichtnelken, wilde Lupinen. Der Regen störte ihn nicht. Er ging selbstverständlich davon aus, daß ein bißchen windige Nässe auch uns nicht hinderte, ihm aufmerksam zu folgen, und drehte die beiden gerade entstandenen Papierfetzen in der Luft gegeneinander. ›Sehen Sie die Abrißlinie an diesem Stück und jetzt an jenem. Bemerken Sie, daß die beiden identisch sind?‹ Es gelang keinem von uns. Es freute, aber überraschte ihn nicht. ›Das ist normal‹, tröstete er zufrieden. ›Ich allerdings erkenne es mühelos. Ein Fachmann, Neurologe, hat mich darauf aufmerksam gemacht. Eine Sonderbegabung wie das absolute Gehör. Unerläßlich für meinen Beruf.‹ Er schob die beiden Teile paßgenau zusammen.

Hinter ihm gähnte modrig schwarz der zahnlose Höhlenschlund am Fuß eines Abhangs. Zwischendurch führte er ein Fernrohr, das er um den Hals trug, vor seine Augen und beobachtete etwas am Hügel, exakt über dem Gipfel der Grottenöffnung. Wir erkannten schwach eine kleine Figur. Was er sah, schien ihn zu beruhigen. Er nickte vergnügt. ›Ganymed, der schöne Mundschenk der Götter aus zweierlei Marmor. Erkennen Sie ihn? Wir haben ihn damals mit dem Hubschrauber aufstellen lassen. Dort, wo er jetzt steht, gehört er seit zwei Jahrtausenden hin. Das erklärt die leichte Schräglage, die sonst unsinnig wäre. Wie ich feststelle, ist er noch immer solide plaziert. Beweist alles die Richtigkeit meiner Vermutung. Man wird schließlich angefeindet. Und nun in die Höhle! Ich sehe dort ganz anderes, als Sie sehen. Das soll sich ändern. Kommen Sie!‹«

Rita Palka vergaß das Umblättern nicht und bewegte sich

geschickt zwischen simuliertem Lesen und realem Anekdotengeplauder. Sie erzählte, so mußte es wirken, freihand und privat dem echten Schloßgärtner, der vor ihr saß, von seinem optischen Verwandten, dem Wissenschaftler, der über das Zusammensetzen unzähliger bei der Grotte gefundener Fragmente berichtete. Die Leute sollten die abenteuerlichen Figuren vor sich sehen, im leeren Höhlendunkel durch Anleitung des Archäologen. Was sie dort allerdings als erstes entdeckten, waren zwei Gestalten, seitlich, im Dämmerlicht, ein älterer Herr und ein junges Mädchen, das vor ihm kniete. Der Mann zog fluchend seinen Hosenschlitz zu. Dann verschwanden beide, sprichwörtlich, wie vom Erdboden verschluckt. »Höchst bemerkenswert«, hatte der Archäologe kommentiert, »daß sich die beiden für ihr trübes Geschäft ausgerechnet diesen Ort aussuchen. Rein technisch gesehen gibt es viel geeignetere Plätze in der Nähe.« Sie überging diese und die nächste Passage, wo ein in jeder Hinsicht schwammiger Dichter, der sofort »Manuel« genannt sein wollte, zu den sich draußen unter dem Regen kräftig überschlagenden Wellen bemerkt hatte: »Die 24-Stunden-Rosenkränze der Brandung!«, um gleich ein klagendes Miauen hinzuzufügen: »Aber es stimmt ja alles nicht, nicht in Wirklichkeit, man bildet sich das bloß ein. Allein, schöne Dame, können wir die Natur auch nur einen Moment lang lieben, erleben, ohne daß sie uns etwas illustriert, und sei es die Hölle oder das Paradies, und ohne unsere Unverschämtheit, immer gleich ein Ding mit dem anderen vergleichen zu wollen? Sie sollten mich zur Ordnung rufen, zuviel Unsinn kommt in Sperlonga aus der Spelunke meines Hirns. Schimpfen Sie mit mir! Nicht so viel Respekt vor der Kunst, wenn ich bitten darf!«

Irgendwie würde es mit der Schlußkurve der Geschichte

trotz Annullierung solcher Literatenidiotien hinhauen, notfalls mußte sie die Pointe eben durch dramatisches Lesen suggerieren. Wenn man das grüne Kabinett mit seinen Spiegelscherben als blitzendes Unterwasserreich betrachtete, dann harmonierte Frau Schüssels verlangsamtes Mundöffnen, still und stumm, samt umgestülpten Karpfenlippen, vortrefflich damit.

»›Höhlen‹, fuhr der Professor fort, ›wirken auf viele Besucher wie eine große Gruft. Hier sogar zu Recht. Als in dieser 26 n. Chr. Kaiser Tiberius ein Bankett gab, wurden durch einen Steinschlag viele seiner Diener getötet. Ein grausiger Zwischenfall. Ansonsten war sie als Ort des Vergnügens gedacht, mehr aber noch als ein für alle sichtbares Gehirn. Sie blieb teilweise naturbelassen, zum Teil wurde sie künstlich und künstlerisch ausgestaltet. Marmorboden, Mosaike, Verkleidung der Mauern mittels Nachbildung der natürlichen Grottenoberfläche, etwa künstlicher Stalaktiten. Durch Lichter ließ sich das Meereswasserbecken, das von außen bis weit in den Bereich der Apsis reicht, wunderbar in die theatralische Darbietung mit einbeziehen. Sehen Sie es vor sich? Sehen Sie es? Das Wichtigste sehen Sie nicht! Seit 1957, als nach den Ausgrabungen großer und winziger Skulpturentrümmer das mühselige Puzzle des Zusammensetzens begann‹, hier hielt er wieder seine zwei Papierteile in die Luft, ›– ich war damals ein junger Mann und zufällig in der Nähe, uns raste allen das Herz vor Freude über die Entdeckungen –, seit den letzten Jahren der Fünfziger kann man sich vorstellen, kann man sicher sein und nicht bloß spekulieren, ich sagte ja, man wird angefeindet, wie es hier einmal ausgesehen hat: Es war, zwischen Meeresrauschen und Vogelgezwitscher, ein Prachtsaal mit wenigstens vier Figurengruppen aus Marmor. Es geht um Ereignisse mit wechselnden

Besetzungen. Immer aber ist die Hauptperson der listenreiche, der verschlagene und kühne Held Odysseus, der ›große Dulder‹ wie Homer sagt. Sie wissen es.‹«

»In der Odyssee!«

Rita Palka hatte es gehört, kein Zweifel war möglich, geflüstert von einer bisher unbekannten männlichen Stimme. Es mußte also der alte Schloßgärtner gewesen sein! Da, er nickte ja auch immer noch!

»Unser Führer zauberte aus seiner Jackentasche für jeden von uns eine farbige Kopie. Wir erkannten die Höhle wieder, auch oben, zwischen Felsgestein und Gestrüpp, den kleinen, im Auftrag von Zeus geraubten Ganymed, den die Adlerschwingen wie ein indianischer Kopfputz umschlossen. Neu aber waren die vier Szenen mit den Marmorstatuen, die man rechts und links, in die Mitte und in den Hintergrund der Grotte einmontiert hatte. In diesem Augenblick meldete sich bei mir angesichts des alten Herrn in seiner dumpf feuchten Höhle das Gefühl eines undeutlichen Hinweises auf eine andere Physiognomie, so sehr, daß es mich zeitweise stärker beschäftigte als angemessenes Zuhören. Es konnte doch nicht nur das Ähnliche eines gewissen Typus alter Männergesichter sein?«

Sie sah hoch und betrachtete ein Weilchen zur Kontrolle ungeniert den Schloßgärtner. Wären die Zuhörer nur ein bißchen aufmerksamer gewesen, hätten sie jetzt schmunzeln, jedenfalls irgendeine Wirkung zeigen müssen. Dann bemühte sie sich, vor dem andächtig dämmernden rudimentären Haus- und Verlegenheitspublikum, Publikum aus Bordmitteln sozusagen, die Beschreibung der in Marmor gebannten, legendären Abenteuer des griechischen Heros abzukürzen. Vier, vielleicht sogar fünf Personen mochte der Name Odysseus nicht ganz fremd und gleichgültig sein. Sie erzählte also, so knapp wie eben statthaft, von links nach rechts:

»Odysseus hält den im Kampf um Troja tödlich getroffenen Achilles in den Armen, um dessen Waffen zu übernehmen.

Odysseus, mit sieben Genossen auf der Rückfahrt nach Ithaka, wird von der schrecklichen Skylla, einem Ungeheuer mit Frauenoberkörper und einem aus Schlangen und Hundeköpfen bestehenden Unterleib, angegriffen. Ihr letztes Opfer ist der Steuermann, den Odysseus als nächster am Steuer ablösen will.

Odysseus und Diomedes haben die wundermächtige Statue der Göttin Pallas Athene geraubt und kehren mit ihr zum Kampf zurück. Odysseus marschiert hinter Diomedes, der die Statue trägt, und will ihn erschlagen, um die Ehre für sich allein zu haben. Diomedes bemerkt den Plan und zwingt den verschlagenen Odysseus, vor ihm zu gehen.

Im Hintergrund der Grotte: Odysseus, die höchste Figur der dramatischen Gruppe – nur hier ist uns sein Gesicht erhalten –, stößt mit Hilfe seiner Genossen dem riesigen Polyphem, dem Einäugigen, der sie in seiner Höhle gefangen hält, mit der glühenden Lanze das Auge aus.

›Vier große, uns überlieferte Augenblicke im Leben des Helden‹, rief der Professor, ›von uns in unendlicher Arbeit aus Millionen von Bruchstücken restauriert, rekonstruiert und, nun, notfalls auch: vervollständigend phantasiert!‹

Im gönnerhaften Wohlwollen der Jüngeren staunten wir über die Fixigkeit, mit der er zwischen den vermuteten Standorten hin- und herrannte.«

Hier konnte es sich Rita nicht verkneifen, zu ergänzen: »Denn wir selbst bildeten ein eher träges Publikum. Erst jetzt begreife ich, daß etwas Derartiges schlimmer als Pest und Schwefel ist.« Danach atmete sie eine Minute freier und gab sich Mühe, den Anblick von Frau Schüssels, dieser bösen Sieben, beinahe rhythmisch klaffendem Mund zu meiden.

»›Wir damals und Sie heute wußten und wissen natürlich, warum wir die Fragmente unbedingt wieder zu Figuren und Szenen zusammensetzen wollten‹, sagte der Archäologe und kümmerte sich nicht um den mittlerweile in die Grotte peitschenden Regen. Die Frage sei aber, warum Kaiser Tiberius, dem man, als er später auf Capri residierte, alle Ausschweifungen, Perversitäten, ja Bestialitäten eines unvergleichlichen Wüstlings nachsagte – wohl zu Unrecht, übrigens –, warum dieser Tiberius sich eine so aufwendige Installation des griechischen Mythos in den Kopf gesetzt habe.«

Die komplizierten Träumereien des gebildeten Tiberius zu Nachweisen seiner Abstammung aus dem Geschlecht des Odysseus und damit aus der überaus vornehmen, hochedlen »Gens Claudia«, hatte Rita sogar in der Originalgeschichte stark vereinfacht. Tiberius berief sich mit seiner Manifestation, als Adoptivsohn des Kaisers Augustus, wodurch er zum Geschlecht der Julier gehörte, auf doppelt noble Ahnenstränge. Hier, in ihrer Scheinlesung, betonte sie nur das für die Erzählung Unerläßliche. Tiberius habe seinen letzten Endes zweifach göttlichen Ursprung bestätigen und diese als Tatsache beschworene Sehnsucht in der, man könnte sagen, Gedächtnisregion eines öffentlichen Gehirns als marmorne Fakten ansiedeln wollen.

»Mir ging dabei die Ähnlichkeit des begeisternden alten Mannes mit einem anderen aus meiner Kindheit oder frühen Jugend nicht aus dem Kopf. Ein Gesicht, das mir allerdings eine andere Stimmungsbotschaft durch die Trübungen der Zeit hindurch überbrachte. Ich fühlte, daß ich kurz vor der Entdeckung stand, als der Archäologe uns aufforderte, mit ihm im Museum das Werk der Restauratoren, die plastischen Szenen um den großen Odysseus in natura zu betrachten, was wir wegen einer Besuchergruppe, die bereits die engen Räumlichkeiten bei unserer Ankunft füllte, entgegen dem logischen Ablauf der Führung verschoben hatten. Ich aber sah ausgerechnet da eine Gartenlaube vor mir, eine Schrebergartenbude, in der mein viel jüngerer Vater mit dem von mir gesuchten alten Herrn Schach spielte, roch den untrüglichen Sommergeruch des Holzes und seinen Wintergeruch, vermischt mit dem von Punsch und Pfeife: Herr Franzbauer! Kein anderer als er war es. Ach, der kranke Herr Franzbauer mit schlohweißem Haar und, nicht weniger schön, tiefen blauen Ringen unter den Augen!

Gerade in diesem Moment mußte der elende dicke Dichter Manuel vom Grottenrand rutschen, ertrank jedoch nicht, wurde mit allerlei Gejubel von seitlich vorschnellenden Armen gepackt und hatte nur ein durchnäßtes Hosenbein samt Schuh zu beklagen. Da der Aufbruch nun um so schneller erfolgte, blieb ich ungestört, unbemerkt zurück.«

Rita Palka, in ihrem kalten alten Schloßzimmer, legt sich das Oberbett um die Schultern und macht noch immer kein Licht. Der Dichter, nach dessen feuchten Hosen die »Rosenkränze der Brandung« indirekt gegriffen hatten, war für die Zuhörer ja gar nicht von ihr eingeführt worden! Ob sie dadurch Lachmund, Bork, Vaternahm geb. Haselhuhn verwirrt hatte? War das noch möglich gewesen? Wenn sie ins Dunkle späht, erzeugt sie sich mühelos auch hier oben eine Grotte, in der sich Bilder aufstellen lassen, nicht die ausgeschmückte Höhle des Tiberius, sondern eine schwarze wie bei der Besichtigung und auf der Kopie. Dort nämlich standen die Figuren nicht prächtig im Prächtigen, hoben sich statt dessen strahlend in ihren dramatischen Augenblicken von der Finsternis ab.

»Ein Wogen der Anblicke begann, ein Strömen, das mich mitriß, dann wieder anhielt, Wellen, die sich wie diejenigen draußen aufgipfelten zu festen Formen, zu blitzschnell gemeißelten Arien, und zurücksanken. Die rührenden Szenen des Vergänglichen, mit Göttern verknüpft aus unvergänglichem Marmor, erhaben über das Leben aller anderen! Darüber der Himmel, das Meer in lautlosem Spottgelächter. Die Erde mußte ihren Rücken nur einmal zucken lassen und alles wäre vorbei. Aber wie soll man anders existieren als in anekdotischen Hoffnungen? Selbst die Religion, bei strengstem Formverwalten, verfährt nicht anders.«

Und auch die improvisierende Palka hatte es unten für ein paar Sekunden mitgerissen, als sie ohne Hemmungen, ohne Höflichkeit ihre Gedanken in die grünen, resonanzlosen Tiefen des Kabinetts hineinspann und sogar des dikken Manuels »Rosenkränze des Meeres« übertraf. Macht nichts, sagte sie sich, das macht jetzt auch schon nichts mehr!

»Als Kind belauschte ich in einer Ecke des Gartenhäuschens Herrn Franzbauer mit seinen Geschichten. Hinzu kam, was nach seinem Tod in der Nachbarschaft von ihm erzählt wurde. Auch später noch sprach mein Vater von ihm, aber immer nur beim Schachspiel. Franzbauer war ihm ein guter Gegner gewesen. Jetzt, in der Grotte des Tiberius, entfaltete es sich noch einmal. Dabei starrte ich wahrscheinlich auf die Stellen der Höhle, an die uns der Archäologe eben seinen Odysseus geflunkert hatte. Sie waren wieder unbesetzt.

Herr Wilhelm Franzbauer, ja, so war sein vollständiger Name. Sehen Sie nur: Da sitzt er im Riesengebirge auf einem

Hügel und hält eine Mandoline im Arm. Er ist sehr jung, ein junger Mensch, eher ein Jugendlicher, ein richtiger Halbwüchsiger noch, der glücklich und traurig gleichzeitig in die weit geschwungene Landschaft unterm schönen Sommerabendhimmel sieht, hübsch, jung und arm. Man könnte ihn für verliebt halten. Aber das ist er nicht, nicht in diesem Sinn, jetzt noch nicht.

Sein Vater, Bergmann, zeugte ihn im ersten Jahrzehnt des zwanzigsten Jahrhunderts, Wilhelm, sein soundsovieltes Kind. Sobald dieser Sohn körperlich dazu in der Lage war, hat er in den Schulferien in der Kiesgrube gearbeitet, nach geschaufelten Kubikmetern bezahlt. Acht Reichsmark für acht Kubikmeter, viele Male acht Kubikmeter für ein verbissen, ein glühend erstrebtes Ziel.

Er sitzt an einem der vielen Bachläufe des Riesengebirges zwischen Eisenhut, Goldrute und den Latschenkiefern, die man auch ›Knieholz‹ nennt. Warum ist er glücklich? Weil er hier allein ganz für sich ein italienisches Liebesliedchen auf seiner ersten eigenen Mandoline klimpert und den Tönen nachlauscht, wie sie die Landschaft durchzittern. Warum ist er unglücklich? Weil er nicht nur Mandoline spielen kann! Auch andere Zupfinstrumente, Gitarre, Laute, kein Kunststück für ihn, es fällt ihm leicht, Zither, etwas Geige, Klavier. Orgel sogar, als fleißiger Meßdiener kennt er auch die. Von allem etwas aus Liebhaberei. Es steckt ihm in den Fingern und brennt ihm im Leib, zwitschert ihm im Herzen. Ein richtiger Beruf soll für ihn daraus werden! Die Instrumentalmusik hat er von Grund auf lernen wollen, bei einem Kapellmeister in die Lehre gehen, das Handwerk beherrschen. Träumte davon, mit einer Kapelle bei Festen und Hochzeiten aufzuspielen und den Steifen und Stumpfen als tänzelnd heiterer ›Musensohn‹, wie es ihm der Kapellmeister einmal vorgesungen hat, das Feuer in die Glieder fahren zu lassen.

Es ist nichts draus geworden. Achthundert Reichsmark hat er in der Kiesgrube erschuftet und erspart, dann macht ihm die Geldentwertung einen Strich durch die Rechnung. Der Betrag reicht nur noch für eine Mandoline, für diese hier! Er wird dann weiterarbeiten in der Grube und ein kräftiger Mann dabei werden. Franzbauer ist ein guter Schüler. Zum Polizisten reicht es trotzdem nicht. Man entdeckt bei der Urinprobe Spuren von Eiweiß. Wilhelm scheitert daran. Da entschließt er sich, dritter Anlauf aufs Leben, was bleibt ihm schon übrig, zur Verwaltungslehre. Er wird, achtundzwanzigjährig, zum Regierungsinspektor ernannt. In Hirschberg arbeitet er, dann in Schmiedeberg. Er leitet das kleine Arbeitsamt dort, lernt den Fabrikbesitzer des Städtchens kennen, durch ihn auch ein neues Getränk: den Wein!

Wilhelm beginnt, Briefmarken zu sammeln. Die ganze Behörde hilft mit. Alle bewahren Umschläge für ihn auf. Zu Hause löst er die Marken ab, vorsichtig, vorsichtig, tütet sie vorschriftsmäßig ein, schickt sie zu Sammelstellen, tauscht sie gegen wertvollere.

Eines Tages sieht er eine große Blonde.

Ein dörfliches Kostümfest wird gefeiert. Sie hat sich als Schornsteinfeger verkleidet, als Kellner vielleicht, als Mann jedenfalls. Er beobachtet sie. Sie bewegt sich selbstbewußt, auch ein bißchen hölzern, ziegenartig wegen der schlanken Länge, bewegt sich zwischen den rundlichen Dorfschönen störrisch. Den schwarzen Schnurrbart hat sie sich aufgeschminkt und tut den ganzen Abend so, als würde sie Zigaretten rauchen.

Ein reicher Bauernflegel, er steckt mit einem andern in

einem Sack, kriegt den ersten Preis, eine Flasche Sekt, für die Kostümidee. Wilhelm entgeht nicht ihre Enttäuschung: Nur weil der einen mächtigen Vater hat, wird gekuscht! Verwunden hat sie das, bis an ihr frühes Lebensende, nicht. Immerhin erobert sie unwillkürlich an diesem Abend einen Verehrer, der hartnäckig ist und nicht abzuschütteln.

Die Liebe verdrängt alles andere, vernichtet den Kleinkram, das Kleinliche. Jetzt lebt Wilhelm wie im italienischen Liedchen, auch wie in dem, das der Kapellmeister ihm vom Musensohn vorsang, leichtfüßig. Das Leben gehorcht ohne ernstlichen Einspruch zum ersten Mal der Poesie.«

War es nicht aber, fragte sich Rita hier und verschwieg es den Zuhörern, in Wahrheit ein Lumpenball in der armen Zeit um 1946? Mann im Krieg, drei kleine Kinder und ein Sechskilobrot als Preis für die beste Verkleidung, die Frau mit roter Perücke, Schuhe verkehrt rum und dicke Pocken ins Gesicht gesetzt?

»Das ganze Dorf schimpft, als das Mädchen, hübsch, jung, arm, den Antrag des Sägewerkbesitzersohns zu Wilhelms Gunsten ausschlägt. Er, der Fremde und Städter, spielt ihr abends, an einem Platz mit herrlichem Weitblick und Latschenkiefern, auf seiner Mandoline vor, spielt mit ihren Fingern, ist wohl vollständig glücklich. Sie ist ja seine Frau geworden und der katholisch getaufte Wilhelm deshalb evangelisch.

So könnte es doch eine Weile, vielleicht sogar für sehr lange Zeit weitergehen, so, zu zweit. Er besteht darauf, unbedingt. Eines Abends, als er vom Dienst kommt, ist überall in der Wohnung Blut. Seine Frau hat sich – ihre Mutter, Hebamme, Küsterin, war, gottlob, rechtzeitig da – die Adern geöffnet. Die Mutter beachtet den Ehemann nicht, zischt nur vor sich hin: Eine Kreuzotter giftet aus ihrem Loch. Und sieh an, der Stammhalter wird zehn Monate später, natürlich mit ihrer Hilfe, geboren.

Ich stand und starrte in die Grotte des Tiberius, dessen Ahnengalerie in ihren bedeutungsvoll episodischen Momenten verschwunden war. Im Dunkel erkannte ich den jetzt deutlich älteren Wilhelm Franzbauer, diesmal auf einer Bank in einer kleinen norddeutschen Mietshausküche. Die Ellenbogen hat er auf das Wachstuch des Tisches gestemmt, zwischen den Fäusten steht eine fast leere Schnapsflasche. Er hält den Kopf tief gesenkt. Seine Kinder hat er mit je einer Tafel Schokolade ins Bett geschickt. Ein eisiger Karfreitagabend zu Beginn der fünfziger Jahre, Beerdigungstag seiner nicht einmal vierzigjährigen Frau.

Es waren, da sie nun doch eine Familie darstellten und kein Mandolinen-Liebespaar mehr, noch zwei Söhne gefolgt. Aber da herrscht schon Krieg. Im Jahr 1943 darf der Soldat, aus Frankreich, noch einmal nach Hause fahren. Er schärft seiner Frau gründlich ein, welche Briefmarken, die kostbarsten nur, sie mitnehmen soll bei einer Flucht vor den Russen, mit der er rechnet, vor Kontrollen gut am Körper versteckt. Aus Paris kommt ein Brief an den ältesten Sohn. Er soll, der Kleine, der Älteste, um Gottes willen die Mutter erinnern, an die richtigen Marken, ihr Kapital. Der Knirps kann jedoch noch gar nicht lesen, erst recht nicht die väterliche Schrift. Die Mutter liest lachend die Mahnungen vor, hat sich, allerdings, nichts merken können, auch nie an eine Flucht geglaubt.

Nach Kriegsende sammelt sie in der schönen Jahreszeit mit ihren Kindern im Wald jenseits der Grenze Pilze und Beeren. Man behauptet im Dorf, sie seien dort schmackhafter. Wenn die scharfen tschechischen Grenzbeamten kommen, ducken sie sich in Schützengräben. Still! Ganz still! Daß nur die Uniformierten ihre Herzen nicht klopfen hören! Einmal in der Woche schickt sie im Winter den Ältesten zur Frau Pastorin. Die erklärt die märchenhaften Bilder: Adam und Eva, Kain und Abel, Abrahams Opfer. Die Kinder bringen je ein Brikett für den Ofen mit.

Als die Einwohner zum Mitmarschieren in den Flüchtlingstrecks getrieben werden, wählt sie hastig die schönsten Motive aus, die hübschen aus Österreich, Blumenbilder. Es sind die allerbilligsten, die sie den Kindern ins Leibchen näht! Alle teuren bleiben den Polen zurück.

Drei Jahre nach Kriegsende kehrt Wilhelm mit Erfrierungen heim, aus der Gegend nahe dem Kaukasus. Dann wohnen sie alle in Schleswig zusammen. Vom Stahlhelmtragen hat er nicht, wie andere, eine Glatze gekriegt. Die Frau, seit Verlassen des Dorfes, leidet am Herzen. Die schmalen Füße, die schlanken Beine, die Finger, die er beim Eisenhut küßte, alles schwillt an. Man will die Frau aus der kalten Heimat nicht zügig behandeln: ›Medikamente sind knapp für alle, andere brauchen sie schließlich auch!‹ Die Herzschwäche aber verschlimmert sich, ›Herzwasser‹ wird dazu gesagt. Es darf keinesfalls bis zum Herzen steigen. Man stirbt dann. Wilhelm tritt aus der Kirche aus.

Er ist jetzt beim Arbeitsamt in Schleswig beschäftigt. Beweisen, daß er in Schlesien bereits Regierungsinspektor war, kann er nicht. So fängt er, mit über vierzig, als einfacher Bürobote an. Lange kämpft er vergeblich um Anerkennung des früheren Ranges. Es hilft nichts. Friß, Franzbauer, Staub!

War Wilhelm Nazi? Man sprach nie davon. Eine Rolle hat die Partei in seinem Leben nicht gespielt. Doch, doch, er war, widerwillig wie viele, Mitglied, damals, in Schmiedeberg, doch. Hätte sonst seinen Posten verloren. Jetzt, mit dem Beerdigungstag, beginnt er zu trinken. Wutanfälle, sobald er zu Hause ist. Im Dienst läßt er sich nichts zuschulden kommen. Was soll er bloß mit drei Söhnen anfangen? Der älteste zwölf, der kleinste sieben.

Ich hörte nun sicher den Regen und das Rumoren der Brandung nicht mehr, war versessen auf das nächste Bild, wo Franzbauer in seiner Schrebergartenhütte sitzt. Sein Haar ist grau geworden. Er hustet stark und raucht viele Zigaretten. Neben ihm, in eine andere Richtung sehend, eine mollige Brünette mit ängstlichen Augen. Es ist die Tochter eines Bahnwärters, der ein Häuschen am Deich besaß mit ein paar Schweinen und Hühnern. Die drei Kinder sagen ›Tante‹ zu ihr, nicht ›Mutter‹, ›Mutter‹ nicht. Das sagt ein vierter Junge. Sie hat ihn unehelich mitgebracht. Ihr richtiger Mann ist im Krieg geblieben. Heiraten konnte man sich nicht leisten, nicht den Verlust der Feldwebelrente. Der Vater des Kindes ›taugte‹ auch nichts. Sie und jetzt Wilhelm leben in ›wilder Ehe‹, zusammen, der Grund ist derselbe. Es wird ja jeder Pfennig gebraucht.

Wilhelm möchte raus aus der Wohnung mit den vielen Parteien, hinaus in die Landschaft, träumt vom Gartenhaus zum Wohnen, im Grünen, irgendwann, Stockrosen, Geißblatt, das Rauschen großer Bäume vielleicht, raus, raus, ins Freie, in die Natur! Auch der Schrebergarten ist nur ein kleinkarierter Ersatz. Auf der Gartenterrasse könnte er es noch mal mit der Mandoline versuchen, aber erst dann, vorher nicht. Ihre Feldwebelrente, auf die Seite gelegt, wird es eines Tages möglich machen. Doch, bestimmt!

Die Frau bekommt von ihm das Haushaltsgeld. Mit ihr wird das Leben wieder menschlicher, ein bißchen luxuriös sogar. Die Jungen, alle im hungrigen Alter, sind nach jeder Mahlzeit satt. Wilhelm denkt nicht drüber nach, woher die neue Behaglichkeit rührt. Von dem freundlich Weiblichen, das zu ihnen aus Bremen durch Vermittlung ins Haus geweht ist?

Sonntagnachmittags werden die Kinder mit ein paar Pfennigen auf die Straße geschickt. Die Eltern müssen ausruhen, im Bett, von der Woche.

Er ist nun, im Jahr 54, Amtmann, hat sich spezialisiert. Versicherungswesen, sein Fachgebiet. Auf einem Lehrgang zur Fortbildung trifft er einen alten Bekannten, Kollege aus Schlesien. Der kann Franzbauers Stellung in Schmiedeberg, natürlich kann er's, beglaubigen. Ja, jetzt!

An diesem Nachmittag lacht Wilhelm eine halbe Stunde lang und betrinkt sich am Abend ein letztes Mal. Die Schützenhilfe kommt viel zu spät. Mit dem Berufsleben ist es inzwischen auch ohne sie gelaufen, nur mühevoll eben. Alles noch einmal beschwerlich von vorn.

Ins Grüne, ins Grüne! Er hört fürs erste auf zu rauchen. Herz und Lunge schicken Warnsignale. Das Gartenhaus! Ein ganz einfaches, kein reizendes grünes Kabinettstück wie dieses hier, liebe Zuhörer, hahaha! Irgendwann, nein, jetzt soll es soweit sein. Seine Söhne finden sich in bescheidenem Rahmen allein zurecht. Wilhelm scheidet vorzeitig krankheitshalber aus dem Dienst. Er probiert schon ein bißchen Mandolinenspiel, auch wenn es nicht die von früher ist. Das Grüne, die Musik! Es wird wieder. Wird noch einmal beginnen. Das Ersparte der Frau müßte dafür reichen.

Es reicht aber nicht.

Da ist gar kein Guthaben, nicht das geringste! Die Frau hat alles in Haushalt und Gegenwart gesteckt. Kein Pfennig blieb übrig, hat ihr ganzes Geld für die verwilderten Kinder verbraucht, keine Silbe verloren darüber, an das Häuschen im Grünen nie geglaubt. Für Wilhelm ist der Schmerz tief und stechend, er verkraftet ihn nicht, eine letzte Enttäuschung und Schändlichkeit, ein Nichts, vor dem er hilflos steht, bitter, erschöpft bis in den Grund.

Herr Franzbauer weiß nicht mehr, was er mit der Frau reden soll. Deren leiblicher Sohn, als müßte er sich unsichtbar machen, geistert durch die winzige, unentrinnbare Mietshauswohnung. Manchmal spielt der weißhaarige Mann dann noch Schach mit einem jüngeren Nachbarn im Schrebergarten. Ein kleines Mädchen kramt vor sich hin in der Laubenecke. Oft sieht es Herrn Franzbauer an, ganz still. Seine Ringe unter den Augen sind schön, so dunkelblau. Selbst im Winter sitzt er dort lieber als im Betonhaus. Es gibt ein Öfchen, in der Bude, im Garten. Nachts springt er manchmal aus dem Bett: Ach Gott, dieses Jahr ist schon wieder halb um. Aber dann gibt es als verdoppelten Herzschlag, nachhinkend, etwas Unheimliches. Den Gedanken: Gut, sehr gut, daß die Hälfte geschafft ist!

Ich, in der Grotte, während die Wasserspiegel sich allmählich aufhellten, rüstete mich nun für die vierte Szene. Dort liegt der alte Herr Franzbauer, nein, noch gar nicht sehr alt, noch keine fünfundsechzig, im Krankenhausbett. Er wird nun sterben und atmet qualvoll. ›Im Glück ist man immer jung, im Unglück immer alt‹, sagt er zu seinem Ältesten. Er keucht, aber lächelt dabei. Noch immer ist er ein schöner Mann. Die Ringe unter seinen Augen sind schwarz. In seiner letzten Nacht schreit er: ›Das Schiff! Das Schiff‹, ruft es wieder und wieder in höchster Not, beinahe weinend. Der restliche Stolz des Gesichts zerbricht. Ein Kriegserlebnis? Den Vorfall kennt keiner, nur er. Wilhelm bleibt einsam in schrecklicher Traumwelt. Am Morgen verlangt er einen Priester. Auch das wußte niemand: Wilhelm ist heimlich zur Kirche der Kindheit zurückgekehrt.

Jedes arme Räupchen, jede Feldmaus hat ihm nun etwas triumphierend voraus: das Leben. Hinter den Scheiben die Äste, die Wolken, das Abend- vielleicht auch Morgenlicht: Die Selbstverständlichkeit hört auf. Es gibt keine mehr.

Vielleicht sind alles nur Abkürzungen?

Als der Priester sich über ihn beugt, riecht Wilhelm nicht den Weihrauch an ihm, sagt statt dessen mit immer jüngerem Gesicht, immer kindlicherem: ›Ah Linden, Geißblatt! Der Musensohn!‹ Jetzt weiß er, daß er nicht die Jugend in Schlesien, nicht die Mandoline, nicht seine junge Frau ersehnt, nur die Gefühle von damals, die wollte er noch einmal spüren. Jetzt nicht mehr.

Jetzt sind sie da, jetzt, als der Tod mit rauschendem Gefieder auf ihn herabstößt. Er spürt die Krallen in seiner Brust und wie er ihn fortreißt.«

An dieser Stelle, sagt sich Rita Palka, auf dem kühlen Bett hockend, ihre kalten Zehen umklammernd, die verkrampften Zehen massierend (zwischendurch nur blindlings zum Bad getappt und einen Apfel gegessen), ist es zum Eklat gekommen. Sie sagt es sich ganz ohne Reue, aber inzwischen auch ohne Zorn. Sie hatte unten während der letzten Minuten ihres als Lesung kaschierten Vortrags vor Eifer nicht mehr aufgesehen.

Als sie es endlich nachholte, fiel ihr Blick in die gleichmütig gähnende Mundhöhle der Schloßfrau.

Das war die Sekunde, in der sie die Beherrschung verlor. Was hat sie eigentlich, gut vernehmbar, genau geflüstert? »So blieb Wilhelm Franzbauer erspart, anders als mir, unmanierliche und ungerührte Zuhörerin da vorn, in die abscheulich sich auftuende Schüssel Ihres Gesichts glotzen zu müssen«? Jedenfalls das ungefähr und mindestens so beleidigend.

Alle waren aufgesprungen, eher mutlos, ziellos, als empört. Man wußte nicht, ob man sich verhört hatte und was nun noch geschehen sollte. Rita Palka verließ schnell den Raum und kümmerte sich nicht um die Anwesenden. Allerdings stellte sich eine neuen Peinlichkeit ein: Sie wußte, draußen im Flur, nicht, wohin mit sich! Da lief aber schon Herr Schüssel, wenn auch leichenblaß, an ihre Seite, leitete sie ohne Worte, nur mit Gesten, zu ihrem Wagen, damit sie ihm das Gepäck für die Nacht entnähme, und führte sie genauso diskret ins Schloß zurück. Dort herrschte vollkommene Stille, feindselige oder nur menschenleere. Sie änderten nichts daran, als sie und der bestürzte Mann das heiter bemalte Treppenhaus hochstiegen, das kokette, über das Zickzack der Treppen.

Oben, im zweiten Stockwerk, begann Schüssel endlich zu sprechen. »Sehen Sie, Frau Palka, sehen Sie nur. Alles Pulmer-Bilder, wenn auch Kopien, aus Sicherheitsgründen. Aber das ist besser als gar nichts, nicht wahr? Die Originale sind im Museum. Er hat immer nur Marien gemalt, ihr Lebenslauf muß ihn brennend interessiert haben: Mariä Geburt, Verkündigung, die stillende Maria, die Pietà, Mariä Tod, die Krönung durch ihren Sohn. Diese sechs Themen oder Motive, sein Leben lang.«

Sie blieben eine Weile vor einzelnen Werken stehen, sprachen aber nichts weiter. Schließlich flüsterte Herr Schüssel: »Meine Frau war sehr müde. Sie hat den ganzen Tag mit den drei kranken Kindern zu tun gehabt.«

»Das tut mir leid«, antwortete Rita Palka, höflich und dumm. Sie wollte es aber auch nicht anders.

Der kleine Mann bemerkte sogleich ihre Unversöhnlichkeit und fügte plötzlich hinzu: »Es war natürlich ein Boykott. Sie haßt die Geschichte von den schwarzen Jägern. Es ist meine Schuld, ich habe zu sehr davon geschwärmt, habe mich zu sehr darauf gefreut, sie von Ihnen zu hören. Sie hat dafür gesorgt, daß die Leute nicht gekommen sind. Als ich es begriff, hoffte ich, um ehrlich zu sein, Sie würden aus irgendeinem Grund absagen.«

Oder, dachte Rita Palka, ich würde den Weg zum Schloß nicht finden.

»Dabei war ich so begeistert über Ihr Ja, hier, in meiner Einöde und Wildnis. Ich glaube nämlich, diese Erzählung zu verstehen. Sie spricht mir aus dem Herzen.«

»Es tut mir leid«, sagte sie, diesmal aufrichtig und trotzdem wieder ziemlich dumm.

Standen ihm etwa Tränen in den Augen? Er sagte dann nur noch sehr schnell, es sei ein schönes Zimmer, ein besonderes, sie werde das schon sehen. Die Tür unten müsse er gleich abschließen. Er sei verpflichtet, es so zu machen, sie solle sich nicht eingesperrt fühlen. Etwas merkwürdig sei das vielleicht, aber sie müsse unbedingt in diesem Schloß wohnen! Morgen früh sei sie frei. Dann stieg er eilig die Treppen hinunter. Kurz vorher war es ihr so vorgekommen, als hätte er mit und zu ihr in das Zimmer eintreten wollen, einen Moment jedenfalls, da täuschte sie sich bestimmt nicht. Dann hatte sie es tatsächlich unten rasseln gehört und dem wohl längere Zeit nachgelauscht.

Und jetzt? Was ist das? Jetzt rumoren die Schlüssel da unten ja schon wieder! Kann denn eine ganze Nacht so in Gedanken und Grübelei vergangen sein, daß Schüssel zum Wecken kommt? Sie knipst mit einem Ruck nun endlich das Licht an.

Ihr Blick fällt sofort auf die zwei schwarzen Jäger!

Haut und Gold glänzen unter der Deckenbeleuchtung, auch das Weiß der Augäpfel, wie in Rom. Sie springt vom

Bett auf die Kommode zu. Da klopft es bereits, und sie, noch betäubt von der Entdeckung, reißt ohne Zögern und Überlegen weit die Tür auf.

Herr Schüssel steht ganz zusammengefaltet auf der Schwelle. Als er sieht, daß sie ihn keineswegs unfreundlich, nur wehrlos vor Überraschung anstarrt, wächst er, reckt sich ein bißchen, füllt seinen Anzug gleich etwas selbstbewußter aus. Sogar das Geknitterte des Gesichts spannt sich im frischen Wind eines neuen, sehr vorsichtigen Zutrauens. Er lächelt, er wagt, einen Fuß ins Zimmer zu setzen.

Schüssel sagt: »Sehen Sie, Frau Palka, Sie mußten die Geschichte lesen, Sie mußten einfach, so, wie Sie unbedingt in diesem Zimmer schlafen müssen.« Nun hält er sich mit beiden Beinen im Raum auf und wiederholt: »Unbedingt. Da gibt es gar nichts«. Dann befindet er sich neben den Figuren, die etwas zu dicht beieinanderstehen.

»Sie sehen, verehrte Frau Palka, in diesem Haus hat man keine Angst vor Kopien. Diese fand ich vor, als ich die Stelle antrat. Erst später las ich Ihre Geschichte, auch die römischen Originale waren mir da längst vertraut. Wie die Imitationen ins Schloß kamen? Niemand weiß es, auch nicht, wer sie hergestellt hat. Ich kenne keine zweite Kopie. Porzellan übrigens. Bei genauerem Hinsehen entdeckt man die Schwächen. Der Gesamteindruck ist selbstverständlich viel gröber als bei den echten Skulpturen, aber ist es nicht trotzdem wunderbar, eine solche Fälschung, wenn man es so nennen will, zu besitzen?«

Der kleine Herr Schüssel, in seinem redlichen Feuer, scheint vollständig die Situation vergessen zu haben. Ihn stört nicht im geringsten, mitten in der Nacht ins Schlafzimmer der fremden Autorin eingedrungen zu sein. Das bildet sich offenbar in seinem unbefangenen Kopf überhaupt nicht ab. Mein Gott, sagt sich Rita, immerhin bin ich doch eine Frau, und man kann es nicht komplett übersehen. Reiner Zufall, daß sie noch nicht im Nachthemd steckt.

»Ich bin baff«, sagt sie nur zuvorkommend.

»Natürlich, wie sollte das auch anders sein. Damit rechnet man nicht, wenn man, in der tiefsten Provinz, von den Jägern der Villa Borghese liest. Vorliest, natürlich.« Auf einmal besinnt er sich, fällt ein wenig zusammen und gesteht, leiser als vorher: »Ich bin eigentlich noch einmal zu Ihnen hinaufgestiegen, weil ich nichts vom Frühstück gesagt hatte. Sie müssen gut frühstücken, ich bitte Sie, vor einer so langen Rückreise! Sie sind zu uns eingeladen. Gleich rechts von der Schloßtreppe, im reizend renovierten, ehemaligen Dienstbotenhäuschen wohnen wir ja. Wir haben dort auch Schildkröten.«

Sie schweigt vor Grausen, ist sprachlos angesichts seines Angebots. Schlagartig wird ihr dabei klar, daß es sich bei Carla Altpeter von der Gebäudereinigung inklusive Toiletten, bei Regina Lachmund, Hausmeisterin und Garderobiere, und Frau Schüssel um Schwestern handelt, die vermutlich alle drei dort zusammen wohnen. Doch, so muß es sein.

»Ich kann mir aber vorstellen« fährt er flüsternd fort, »daß Sie dazu keine Lust verspüren. Tun sie, wie Ihnen beliebt. Ich wollte nur nicht unterlassen ... Aber die Jäger! Denken Sie bitte nicht, ich hätte Sie wegen des Witzes und Zufalls hierher eingeladen. O nein, das ist nur eine kuriose Zugabe, Frau Palka, weiter nichts. Viel wichtiger sind die Gedanken, ah, die Gedanken in Ihren Sätzen und in den Figuren.«

Der kleine Mann scheint, zwischen Verzagtheit und aufkeimendem Heldentum, geradezu körperlich Trost zu benötigen. Sie bezwingt sich aber. Und auf einen Schlag ist auch der Zettel, den er so begierig studiert hat, wieder da, in seiner Hand!

»Ich habe mir einiges aufgeschrieben. Sehen Sie, Frau Palka, ich bin Vater, bin Liebhaber meiner Frau gewesen, bin es, so erstaunlich das klingen mag, immer noch. Hier ein Schnappschuß von unserer Trauung!« Er holt flugs ein Foto hervor. Sie erkennt das Paar: Hübsch vor Verliebtheit, bis über die Augen hinaus überflutet von ihr, wendet sich die junge Frau Schüssel ihrem damals wohl noch etwas größeren Frischvermählten zu.

»Wir sprechen von der Utopie, von den Lebensvisionen, die uns voranziehen, an die wir, wie Sie so unvergeßlich schreiben, angeschmiedet sind wie die Jäger an die Löwen. Hier, auf diesem Bild, trotz aller enttäuschenden Gegenwart, sehen Sie, was ich meine. Bitte, sehen Sie doch nur!«

Sie fühlt sich plötzlich so müde, daß sie sich wieder aufs Bett setzen muß. In seiner Redebegeisterung nimmt Herr Schüssel, offensichtlich ohne es wirklich zu bemerken, neben ihr Platz. »Ich habe Kinder, bin Vater, dreifach Vater geworden. Und nun: die Utopie!« Er sieht flüchtig auf seinen Zettel. »Die Utopie, die Löwen, Frau Palka, liebe, verehrte Frau. Was sage ich diesen mir anvertrauten Kleinen? Mache ich ihnen klar, daß es in der Politik ausschließlich, faktisch betrachtet, um Geld und Macht geht, um private Bereicherung und solche im Sinne ›nationaler Interessen‹? Darf ich das, wo doch die Ideale zum Leben unerläßlich sind? Verrate ich ihnen, wie viele Leute in Uniform, im staatlichen Auftrag, egal welcher Sorte, sobald sie unbeaufsichtigt sind, Sadisten werden? Soll ich? Soll ich nicht? Weise ich sie hin auf die Verhökerung unserer heimatlichen Mittelgebirgslandschaft E., zerstört durch eine korrupte Wirtschaft, beim Bürgermeister angefangen, anstatt zu sagen: Kneift die Augen zusammen, Kinder, dann erlebt ihr die wahre, die unversehrte Schönheit dieser sanften Schwünge? Darf ich denn, liebe Frau Dichterin, im Auftrag der Wahrheit und Realität die Eisenketten zwischen uns und den Löwen zerschlagen? Was wären die Folgen, um Gottes willen?«

Die verehrte Dichterin, die den Schweiß des sich ereifernden Mannes nun ziemlich stark riecht, denkt in ihrer Erschöpfung nur noch: Nein, das habe ich nicht gewollt! »Aber«, ruft Herr Schüssel, »das alles beiseite. Die eigentliche Frage ist eine andere. Wohin streben Jäger und Löwe gemeinsam? Welche Fährte? Welche Witterung? Wohin? Wohin? Was ist«, er holt Luft für seine bilanzierende Frage, »die Utopie der Vision?« Das Bett wippt rhythmisch unter ihm und schneidet eine harmlose Miene dazu.

»Mit anderen Worten: Welchem Wild hetzen sie mit vereinter, verdoppelter Kraft hinterher? Der Löwe ist ja hier nicht als Beute eingesetzt. Er, der sonst vom Menschen Gejagte, hat inbrünstig, mit wilderem Trieb als der an ihn gekettete Schwarze, in dessen Auftrag ein weiteres Ziel ins Auge gefaßt. Was steckt hinter dem Jagen, dem hoffnungslosen, nach dem Ideal, dem erotischen, ethischen, künstlerischen?«

Der kleine Mann neben ihr tobt nun fast in seiner Ereiferung: »Immer voran, voran, sonst verdickt das Blut, sonst richtet sich der Löwe gegen den Jäger. Wir verstehen uns? Aber: Wohin voran? Was ergreift und packt uns dermaßen an dieser Mensch und Tier durchströmenden Energie, deren Ziel uns verborgen bleibt?

Rita Palka, sosehr sie sich bei ihrer Arbeit Mühe gibt, so streng (und fast immer vergebens, jedoch stets von neuem) sie innerlich Aufmerksamkeit bei Lesungen fordert, ist diese Hingabe nicht angenehm. Solcherart Gespräche werden ihr schnell peinlich, ihr rückt da etwas mißverständlich auf den Leib. Nein, auf diese Dinge will sie nicht angesprochen werden. Sie hat es gewissermaßen in Reimen formuliert, und nun rekapituliert man es im Parlando. Aber wohin soll sie ausreißen, wenn sie Herrn Schüssel nicht rauswirft? Viel lieber hätte sie einem Vortrag über die Geologie des Mittelgebirges um das Städtchen W. herum gelauscht, notfalls auch über die Historie des Bundeslandes I.

Jetzt fällt ihr nur ein: »Ja, was? Wüßte man's nur!« Vielleicht genügt das Herrn Schüssel, vielleicht kommt sie damit durch.

»Ja, wenn man das nur wüßte«, wiederholt er träumerisch neben ihr, schmiegt sich in nachdenklicher Stimmung beinahe an ihre Schulter, die sich etwas höher als seine befindet. So sitzen sie da, wer weiß wie lange, gegenüber den wie unter einer Schweißschicht schimmernden Jägern mit ihren Tieren und weiß funkelnden Augen. Rita rührt sich nicht, atmet, so schwach sie kann, nur um Schüssel nicht anzuregen zu Aufpeitschendem, zu Fragen der Existenz, zu Gestammel über die deutlich lauernde Ewigkeit.

Na klar. Darum geht's ihm.

Sie sitzen in einer Betäubung unter dem hellen Deckenlicht, als wäre es die Dämmerung, die schwarzgrüne Unterwasserwelt eines Dschungels, in den von oben verwirrend tanzende Lichter fallen. Sie könnten sie mit schwerer Zunge benennen, wie es bereits geschehen ist: Visionen! Utopien! Könnten die Wörter hervorlallen in der Art sehr müder Betrunkener, könnten nach ihnen greifen und danebentappen, nach den schwankenden Lichtflecken, die bei Annäherung zu einem Pulver zerstäuben, das sich nach einer Weile neu zusammenfügt.

Nur manchmal hört sie ihn heftiger die Luft einsaugen. Es entsteht ein seufzender Ton, mit dem er zum Sprechen ansetzt, und jedesmal bleibt es dabei. Regungslos ringt er weiter nach Worten, unterbrochen aber von langem Schweigen. Er müht sich bloß, wenn es ihm wieder einfällt. Schläfriger Frieden herrscht, gegen den nichts ankann. Geistesabwesend lehnt sich sein Körper leicht an Rita.

Für die Person, die plötzlich mit der weit auffliegenden Tür wie ein Besen fürs Grobe in den Raum fährt, in Sackleinen und großer Häßlichkeit, stellen sie sich in zweideutigem Paar-, wenn auch nicht gleich Paarungsverdacht dar. Man kann der Schloßfrau, grimmig aus dem Nichts in den hier herrschenden visionären Halbschlummer geschnellt, nicht ankreiden, nein, keineswegs verübeln, daß sie, den schrecklichen Mund verächtlich nach unten gestülpt, mit zwei Schritten bei den verhaßten Skulpturen ist und sie, da sie, zu ihrem Unglück, aus Mangel an Stil und Platz, zu eng zusammengerückt sind, gleichzeitig hoch über ihren Kopf hebt.

Rita Palka hat die Jäger, die mit den Löwen, wie sich nun erweist, nicht nur durch die Ketten, sondern auch durch die einen Steppenboden suggerierende Standfläche fest verbunden sind, für viel schwerer gehalten. Die starke Frau Schüssel reißt die Figuren, die wahrscheinlich die verdächtige Leichtigkeit von Attrappen besitzen (nein, »Porzellan« hatte Schüssel behauptet), mühelos, wenn auch mit dem Schrei, den man von Gewichthebern kennt, steil bis zum Stemmen über ihr Haupt.

Sie steht, fauchend in ihrer Entrüstung, vor den beiden. Die sind plötzlich Ertappte. Das weiße Feuer der Schüssel-Augen übertrifft das der Jäger.

Herr Schüssel und Frau Palka empfinden sich in der Situation, die ihnen von der Rachegöttin nahegelegt wird, wider

Willen als schuldig. Sie besitzen, so überrumpelt, gar nicht die Kraft, der Frau in den Arm zu fallen. Erwarten – sie wissen es selbst nicht, es geht in großer Geschwindigkeit vor sich –, daß die Frau, so wutgeladen, die Figuren in schrecklicher Gleichzeitigkeit auf ihre Köpfe niederschlägt. Sie würden sich gern dagegen verwahren, würden sich wehren, doch sie können es nicht. Der Schrecken lähmt sie, oder ein Rest von Entrückung.

Beide stecken sie in einer verlangsamten Zeit, die düstere Frau Schüssel dagegen in einer rasend schnellen.

Symphonieschlüsse, denkt Rita Palka noch: peng, peng, peng dadamm, daaaam. Dann liegen die Jäger mit ihren Löwen in einem Durcheinander von Scherben auf den Fliesen. Sie und Herr Schüssel sind heil davongekommen. Seine Frau hatte es lediglich auf die Skulpturen abgesehen und lacht auf die Zerstörung zu ihren Füßen hinab. »Schund«, sagt sie dann, ruhig ihr Werk begutachtend, knetet massierend die Oberarme, gähnt.

Herr Schüssel sieht sie an. In seinen Augen stehen nun wirklich Tränen. Ein Schmerz zieht sein Gesicht zusammen, deformiert den kläglichen Körper, der sich vor der Frau, dieser Ringerin, zu strecken, zu behaupten versucht. Da aber wird Rita Palka Zeugin einer unverständlichen Verwandlung:

Die Schloßherrin beginnt, obschon sie ihren Mann überragt, sich unter Schüssels Blick zu winden!

Sie will es verbergen, aber das Licht ist zu hell. Lachen und Gähnen hören auf. Sie blickt hinunter auf die Trümmer zu ihren Füßen, sieht wieder ihren Mann an. Keiner sagt ein Wort, nicht das kleinste Zucken jetzt. Doch, Frau Schüssel bewegt sich auf einmal schwerfällig, ein bißchen taumelnd, um auf die Knie zu kommen.

Unten beginnt sie, die Scherben zart zu berühren, sie schließlich in mächtigen Pranken tastend zu drehen. Rita Palka, nach wie vor auf dem Bett sitzend, bemerkt, wie schwielig diese Hände sind, krankhaft dick an den Gelenken, und daß der Mann sich ebenfalls auf die Knie hinunterläßt, um sogleich ohne Umstände mit der Frau gemeinsam die großen und kleinen Fragmente zu sortieren. Das mag besonders leicht oder auch besonders schwierig sein. Es handelt sich ja um Zwillingsfiguren.

Da hockt sich Rita, die weiß und nie vergessen kann, daß alles, was als Geschichte erzählt wird, eine Beschwichtigung darstellt, in Gottes Namen zum Sammeln mit auf den Boden nieder.

II

In Deiner Drangsalshitze

Sehen Sie die schrankenlose, die ganz hemmungslose Hingabe?

Ein Bock in Menschengestalt, schimmernd allerdings, der sich über wer weiß wie weibliche Empfindsamkeit in Form eines Gesichts beugt. Seine Hände streifen, zufällig oder nicht, das nach der Mode hochgewölbte, ungewöhnlich geschmückte Fleisch im Dekolleté. Es hebt sich ihm sogleich mit einem Aufseufzen noch höher entgegen.

Und ist das nicht der Frauenteich mit seiner kleinen Insel? Seit langem gibt es hier fleischfressende Pflanzen, Kiebitz, Bekassine, Braunkehlchen, Rohrammer und Pirol, auch Fischadler auf der Durchreise und Fischotter, vergoldete Gondeln dagegen erst seit ein paar Wochen. Die Stunde ist gut gewählt, das Wasser nimmt für kurze Zeit die Farbe des Kahns an, wie aus demselben glühenden Stoff. Alles gehorcht der beleuchteten Mythengestalt, auch die Frau, die im Boot sitzt. Sie tut es gern, aus freien Stücken.

Nein, nicht der Frauenteich. Etwas Künstlicheres, wie das angesteuerte Inselchen, wie der kostümierte Pan, der ein leidenschaftlicher Jäger ist, stark, daß er mit bloßen Händen ein eisernes Hufeisen auseinanderbiegt. Er könnte sich mit der Frau, wenn er Lust dazu hätte, auf italienisch, französisch, spanisch unterhalten. Lieber schweigt er jetzt schlau. Der Pan mit den herrischen, schwarzen Augenbrauen, der mittlerweile auf schaukelndem Boden – das ist ihm sehr recht – vor der Frau kniet, hat zwei Jahre lang, gerade siebzehn geworden, mit Gefolge inkognito ganz Europa bereist und einen Kopf voller Pläne mitgebracht, Macht,

Pracht, Herrlichkeit, bisher in zwei Kriegen gekämpft und vor einem Jahr geheiratet, ist vierundzwanzig Jahre alt und gerade Kurfürst geworden. Dazu gab es ein tosendes Fest. Venezianischer Karneval mit allen Schikanen. Viele, viele Taler mußten her. Er kennt Venedig von seiner Grand Tour, Schweden, Portugal, England, Paris.

In drei Jahren wird er durch List und Bestechung König sein. Das meiste an der im Wasser gespiegelten Szene ist Wiederholung. Die schöne Frau auf dem Teich hat es so gewünscht, gefordert. Als er sacht, leise lachend wegen des anzüglich benebelnden Schwankens, seinen Mund zwischen ihre Lippen drängt, spürt sie das Gleißen von überall her. Wasser, Pan, metallischer Abend, flutender Himmel. Goldglimmendes Gewebe und Wogen hinter geschlossenen Lidern, wobei sie den Kopf ohne Widerstand, und sich dran begeisternd, emphatisch in den Nacken wirft.

Vor einer Woche, beim ersten Mal, als alles exakt war wie jetzt, wie beinahe in diesem Moment, hatte die Gräfin den jungen Mann trotz Glanz und taumelnder Gondel spöttisch abgewehrt. Das ist vergessen von dieser Sekunde an, ist nun passé. Auf Rekapitulation, mit der sie ihn aus Anstand ein bißchen quälen wollte, hat sie als Bedingung gepocht. Doch die fällige Fortsetzung auf der Insel vom letzten Sonntag, für ihn erfolglos, Septembervollmond, Anno sechzehnhundertvierundneunzig? Die erläßt sie ihm plötzlich, ungeplant.

Am letzten Sonntag hatte er nach dem Landen die Verkleidung abgeworfen und war ihr in einem Zelt à la manière orientale als morgenländischer Herrscher erschienen, in Farben, die ihr den Atem verschlugen, feurige Tücher, allerfeinstes Material, gebauscht und gedreht, ein Sultan, zwischen Kissen und Haremsgeschöpfen hingelagert, der den blöden, abendländischen Stolz, blitzschnell erkannte sie das, durch Düfte, Musik und Wollust verhöhnte.

Die Gräfin indessen bewahrte Haltung vor sieben Tagen, Etikette, Tugend und Nein. Sie ist einunddreißig.

Allerdings fiel es ihr, niemand durfte es ahnen, schwer, eine Woche lang ganz ungeheuerlich schwer.

Als der junge Satyr, der Faun, was er will, Pan, alles, was er will, seinen Mund von ihr löst, versucht sie, um zur Besinnung zu kommen, schnell die Augen zu öffnen. Es gelingt ihr nur halb: Ein Lid bleibt geschlossen, unwillkürlich, es widersetzt sich, die Wimpern sind ineinander verklammert. Sie starrt den Mann, einäugig, ein zweiwöchiges Kätzchen, erschrocken an, will ihm kein albernes Schauspiel bieten. Der Kurfürst aber zwinkert zurück: Sieh an!

Das ist neu für ihn. Ein ländlich derbes Liebessignal. Er kennt es noch nicht und begreift. So deftig sagt also die Gräfin Aurora: Einverstanden! Abgemacht! Welche Überraschung. Nein, das hat er nicht gedacht.

Zur Antwort und Bekräftigung schiebt er, gieriger bei diesem zweiten Mal, seine Zunge zwischen die Puppenlippen, klein, beinahe geschwollen sind die, mittlerweile sehr rot. Sie kann nicht verhindern, automatische Schwäche, daß die Lider sich senken, durchlässig nur für das Gold des Moments. Schon fürchtet sie, was folgen wird. Als er sein Gesicht ein kleines Stück von ihr entfernt, bleibt ein Auge, schon wieder das linke, ungewollt scherzhaft zugekniffen. Ändern kann sie es leider nicht, nicht durch Gebet und nicht durch Fluch.

Was? Wiederholt die Bildschöne, das demnächst eroberte Persönchen, so rasch und ohne Variation, was eben, nur eben jedoch, ein netter Witz war? Er probiert und prüft es, ungläubig, noch ein weiteres Mal. Da zwingt sie sich, die

Augen weit, wie gefroren, offenzuhalten, ausdruckslose, steinerne Kugeln, spürt dafür seinen Kuß aber nicht, nur den Krampf erboster Willensstärke, Blick in Blick. Zu Ende geht es, nachdem vier Pupillen sich wortlos lange beraten haben.

Um so herrlicher, nach so stolzem Beweis endlich fallen zu dürfen, ohne Rückhalt, von Kopf bis Fuß. Drüben im Zelt wartet vergeblich die Dekoration, halb nackt und verschleiert. Oder diesmal, wortbrüchig in weiser Voraussicht, gar nicht bestellt?

Seit vor einem Monat die Gräfin Aurora von Hamburg in familiärer Mission nach Dresden gekommen ist, spricht man hier überall von ihrer Waffe, einer stets, wenn sie will, siegreichen, alles versprechenden, dann jedoch überaus spröden Schönheit. Manchmal spürt sie in der Nacht das Saugen des schwarzen Raums, heiße, eisige Körper treiben und sausen darinnen, oben, in der Verlorenheit. Alle Gefühle gehen zu Bruch, stäuben, für immer zerlegt, davon. Sie hört das Knirschen der wüsten Leere, endlos klaffend. Über den höchsten Dächern und Türmen beginnt sie, nein, schon über dem hochfrisierten Haar. Dann ruft sie, um sich an der Schwerkraft festzuhalten: »Sternbilder, Schöpfung, Gottes Himmel!«

Von der ersten Begegnung an wußte sie: Hier muß sie sehr auf der Hut sein, um nicht zugrunde zu gehen. Die vierundzwanzigjährige Sonne schickte unverzüglich versengende Strahlen.

Das war ihr neu, ein Liebessignal, das sie noch nicht kannte, so ländlich derb.

Man lebt zur Zeit, wo der Kurfürst jagt, bei Wild und Wald, auf Schloß Moritzburg. Das war ihr neu: Nach zwei Tagen in seiner Gegenwart hätte sie aus seinem Glas getrunken, den Fisch von seinem Teller gegessen, sich Herz und Nerven zucken lassen unter dem schwarzen Augenblitz.

Er begann sofort, ihr nachzustellen, trieb kostspielig Aufwand. Die umworbene Gräfin hütete sich, kehrte kühl und kaum noch beherrscht, von Gondel und Inselsouper zurück. An der großen Festtafel fand sie, unter der Serviette verborgen, ein phantastisches Kleinod. Es wurde bemerkt, diskret und ringsum. Die Gräfin dankte mit strahlendem Nicken. Vor den Augen der Gäste, bei klarem Verstand, so hoffte sie, akzeptierte sie das Geschäftsgebaren. So saßen sie, mit kühlen Mienen fürs Publikum, bemalte Schüsseln zwischen sich, flammende Kerzen, auch Blumenräusche. Aurora zog sich früh zurück. Sie schloß ihre Tür ab. Am nächsten Morgen trug sie ihn offen auf bloßer Haut, den Diamanten, im tiefen Ausschnitt.

Noch bevor der fürstliche Jäger sie ansprach, hörte sie sich schon selbst, hörte an, was sie nüchtern und grußlos im Park verlangte. Nicht mehr, nicht weniger als die Imitation. Nachgeahmt bis ins Kleinste die Gondel- und Zeltinszenierung, samt Maskerade als Sultan und Pan. (Sie kennt nur die deutschen und schwedischen Höfe, läßt sich jedoch nicht für dumm verkaufen. Ihre Sprachkenntnis ist exquisiter als seine. Sie versteht nicht allein, wie der Wettiner, ein bißchen von dieser und jener Kunst. Sie dichtet, malt und komponiert. Höchstselbst, immerhin.) Dann kehrte sie um, hielt den Kopf sehr hoch, mit äußerster Mühe, niemand sah ihr Gesicht, riß im Zimmer sofort das Schmuckstück ab, verspottete es in ihren Händen, indem sie es zärtlich »Kaufpreis« nannte, warf es zu Boden, nahm's in den Mund.

Bei sorgfältig zugezogenen Vorhängen bildete sie sich ein, der Stein sei die kristallisierte Erniedrigung. Was für ein Genuß, dem Glanz der Materie nachzugeben! Legte den Kopf schief vor dem Spiegel, fragte sich, ob sie es glauben solle, spielte ein schwieriges Stück auf der Laute, weinte zwei Tränen mit jedem Auge.

Der Schnitt seines Mundes war die strenge Aufforderung, alles über Bord zu werfen. Ihr ganz ungewohnt: Seit der ersten Sekunde wußte sie, der einzig richtige Ort für sie beide würde das Bett sein. Der Lauf der Stunden triebe sie von allein dorthin. Nach wenigen Tagen maß sie die Begegnung mit anderen Menschen an der mit ihm. Da gab's nur Verlierer. Sie freute sich über jeden von ihnen.

Schon in diesem Jahr unternahm der Kurfürst, sein Gefieder erstmals schüttelnd – ein Knistern, noch kein Donnergrollen –, erste Versuche, die Rechte der Stände zu beschneiden. Wachsam beäugten ihn alter Adel und Dresdens ehrgeiziges Bürgertum. Bei den Kriegen gegen die Türken in Ungarn hatte er oberste Befehlsgewalt, mit wenig Erfolg: Der Generalstab des Kaiserheeres, beleidigt durch sein geringes Alter, intrigierte gegen ihn.

Aurora nahm sie alle, die Präsidenten, Generäle, Gelehrten, Ordensträger, bei den Banketten nicht ernst. Die glaubten, die Welt zu erkennen. Aurora aber wußte es besser. Man konnte nur Einfälle haben über die Welt!

Einer von ihnen erzählte ihr, hinter vorgehaltener Hand natürlich, von einer Prinzessin. Sie hatte sich ins Köpfchen gesetzt, katholisch zu werden, wollte, die adlige Konvertitin, pardon, unbedingt in der Schloßküche helfen, pardon, und das nur in Unterkleidern, beim Kuchenbacken, pardon, Allergnädigste, Schönste, pardon. (Drei Jahre später hätte er die Bemerkung gelassen. Da war sein Herrscher, heimlich zunächst, um zum König von Polen gekrönt zu werden, selber Katholik geworden.)

Aurora aber blühte, wohlig ertaubt und blind, im Licht

der kurfürstlichen Augen, war nichts als ein gläserner Echoraum für das rauchige, rötliche Gold, sobald sie im Arm ihres Jupiters die Lider schloß.

Viele erklärte Mätressen sind ihr gefolgt, Gräfinnen, Wirtinnen, Tänzerinnen, überschnitten sich, wurden immer jünger. Sie aber, Maria Aurora von Königsmarck, führt die Reihe an, offiziell, unkorrigierbar für alle Zeit.

Sehen Sie die schrankenlose, die ganz hemmungslose Hingabe? Zu ihrem Schrecken schießt ihr, während alles verschwimmt in Gold und Glanz, im Schaukeln und Vogelrufen vom Ufer, Katastrophales durch den Kopf: Mein Gott, ich bin überhaupt nicht, nicht wie es sich schickt, voll reizender Launen, bin nicht im mindesten kapriziös! Ankündigung einer Glücksdämmerung? Noch zorniger wirft sie sich daraufhin in den Augenblick. Das Urteil hat sie selbst schon gesprochen. Ohne Genie und Talent zur Caprice! Für sie gilt: alles, und wenn das nicht mehr: nichts. Schauerlich, das jetzt schon zu wissen: Nicht die geringste Begabung zum Spiel! Nur zur Not, zum Schein. Doch das bloß kurz. Sie muß die Schwerfälligkeit ihres Ernstes verbergen, lächelnd, insgeheim keuchend dabei.

Nie hat sie Opern und Lieder so angehört wie jetzt, so verzückt, so erleuchtet, wo alles in ihn als Fluchtpunkt mündet, ihren absolutistischen Beherrscher, der ohne Rest jede Note der Virtuosen durchpulst, jeden Atemzug der Interpreten.

In ihren Gemächern begleitet sie sich auf der Laute, nachts, wenn er abwesend ist, meist zu dem einen, gesungenen Wort. Sie singt es als Drohung, als Rettung, singt es als Leben und singt es als Tod: »Vorher! Vorher, vorher, vorher.«

Als sie schwanger wird, ist sie es also, Aurora, die, zuvorkommend, den Rückzug bestimmt. Sie selbst erzwingt, daß alles ein einziger Höhepunkt war. Ein Absterben gestattet sie nicht, es soll ein geraffter Naturlauf sein, die reißende Strömung vor dem Absturz des Wassers.

Bevor sie Moritzburg verläßt – der Kurfürst trauert nicht lange um sie, die nächste Geliebte, Johanna Theresia, steht schon bereit –, setzt Aurora ein bauliches Wunderwerk durch. Das Schlößchen Hoflößnitz bei Radebeul, in den Weinberghügeln, zunächst ein stattliches Winzerhaus, wird umgebaut, wird in ein glückliches Jahr verwandelt, ein Jahr, in Stein geschlagen, in Stein für immer aufgehoben. Sehen Sie das Treppenhaus! Zählen Sie die Stufen! Es sind dreihundertfünfundsechzig. Zweiundfünfzig Absätze gibt es und für jeden der zwölf Monate einen Ruheplatz.

In Goslar erwartet sie die Niederkunft. Fast immer klopft ihr Herz zu stark, als würde sie rennen, hoch in entrückte Turmzimmer steigen, über denen bei Nacht die grausigen Wüsteneien beginnen. Ist die eine durchflogen, tut sich, eine kosmische Zimmerflucht, sofort der Rachen der nächsten auf. Sie weiß nicht, wie sie sich beruhigen soll. Der größte Schmerz, das ahnt sie, kommt später, wenn die Geburt überstanden ist und sie, Aurora, vollständig erwacht im neuen Dasein. Ob sie sterben wird? Ob sie es wünscht?

Der Kurfürst, zwischen Jagden, Liebschaften, Kriegen, Intrigen, gedeiht. Sie lächelt erschöpft. Wie gern der Mensch sich malen läßt! Besonders vom willigen De Silvestre, der stellt ihn in herrischen Posen dar, in schwarzem Harnisch auf weißem Pferd, rot wallend der Mantel, grau die Perücke à la mode, strotzend vor überschüssiger Kraft.

Von Georg Neumark kennt sie jetzt ein langes Gedicht. Auf ihrer Laute spielt sie, bis das Instrument ihren anschwellenden Bauch belästigt, dazu eine selbst erfundene Melodie. Sie singt nur die eine, die fünfte Strophe, immer öfter, je näher die Niederkunft rückt:

»Denk nicht in Deiner Drangsalshitze /
Daß Du von Gott verlassen seyst /
Und daß Gott der im Schoße sitze /
Der sich mit stetem Glücke speist.
Die Folgezeit verändert viel /
Und setzet Jeglichem sein Ziel.«

»Trostlied« heißt das Gedicht. Der bettelarme Neumark, erzählt man, schrieb es nach großer Verzweiflung mit zwanzig Jahren. Es kommt ihr einfach so über die Lippen. Unumstößlich weiß sie: Ihr Leib teilt von nun an nie wieder Bett oder Gondel mit einem Mann. Vorbei, für immer und ewig vorbei, die Lust, die Freuden. Das war der allergrößte Schmerz, ein Entsetzen zu Anfang, als sie diesen einen so klug verließ. Ein paar Gesten hat er ihr hinterlassen, Handgriffe einer Leidenschaft, die sie manchmal herbeizaubern kann, fast direkt und knapp bis unter den schillernden Wasserspiegel zur einmal versengenden Wirklichkeit.

Sie erinnert sich dann an die Pracht der Säle wie an Goldturbulenzen hinter den Lidern von Liebenden. Sie begreift es erst jetzt, weit weg davon. Weiß und Gold umschlingen sich dort, tun es immer noch, ob sie anwesend ist oder unvermißt fehlt, wie Septemberabend und Wintermorgen, zwei gegensätzliche Temperaturen. Die Herrlichkeit bei geschlossenen Augen erscheint dort den Sehenden erstarrt als ein rauschloses Abbild.

Anderes macht ihr zu schaffen. Sie bemerkt an sich etwas bisher unbekannt Bösartiges. Ist sie verdrossen, nun, wo ihr die Liebesbegeisterung nicht mehr die Seelensegel bläht? Vielleicht ist es die Schwermut der Schwangerschaft, medizinisch betrachtet. Sie weiß es noch nicht, spürt, wie sie kleinlich, engherzig wird, die Menschen noch schlechter erträgt als irgendeinen Gegenstand. Und was sollte ihr noch die Musik beflügeln? Gerade beginnt sie, die Augen endgültig aufzuschlagen, erstmals zu trostloser Nüchternheit, da setzen bei ihr die Wehen ein.

Aurora leidet schärfste Drangsalshitze, drei Tage lang. Dann bringt sie den Sohn, Hermann Moritz, zur Welt, der später ein »Graf von Sachsen« sein wird, Kavalier und strahlender Abenteurer, draufgängerisch, ein Held der Schönen von Paris. Er wird ihr gesamtes Vermögen verpulvern.

Sein Vater August hat sich einen Hofjuden Lehmann nach Dresden geholt. Mit ihm plant er die finanzielle Seite seiner polnischen Königskandidatur. Er verkauft Ländereien, auch die Erbvogtei über das uralte Reichsstift Quedlinburg. Dresdens Häuser aus Gotik und Renaissance werden abgerissen, eine neue Stadt birst aus Augusts Willen und Kraft, die sich überschäumend im Elbwasser spiegeln. Was sollte diesem Mann widerstehen? Alles blüht, Wirtschaft, Wissenschaft, Architektur, Mätressenwesen und Sammlungen. Die Dinge, die Mengen, die Massen, der Glanz.

Ihr Söhnchen ist vier Jahre alt, da wird Aurora Pröpstin zu Quedlinburg, Quedlinburg, im nordöstlichen Harzvorland, seit 1540 protestantisch, wo man Gotik und Renaissance überleben läßt. Unter der linken Brust hat sie einen sehr juckenden Hautausschlag, der nach Wochen verschwindet. »In Deiner Drangsalshitze« singt sie nachts zur Laute und betrachtet die alten, frommen Gemälde, die goldenen Himmel, vor denen Maria ihr Kind im Schoß hält, wehmütig lächelnd, mit großer Zartheit. Aurora hat einen neuen Gott. Der Knabe Marias und ihrer verschwimmen. In ihn mündet alles Vergangene ein, erhebt sich verjüngt und im Fleisch als ihr Kind. Ist das jetzt das Glück? Sie bewacht die aufkeimende Ähnlichkeit, die Züge, die schon zu entwaffnen beginnen.

Als ihr Sohn sechs ist, bittet sie der Kurfürst, der sich Auroras Verführungskraft erinnert, um Hilfe. Er schickt sie in geheimer Mission mit Schmeicheleien zum Schwedenkönig ins Lager nach Kurland. Die geistreiche Schöne soll günstigen Boden bereiten beim jungen Karl, für August, dem jener jedoch, für kurze Zeit Sieger im Nordischen Krieg, die Krone der Polen entreißen wird, vorübergehend. Sie ist jetzt vierzig, willigt ein ihres Kindes wegen, doch ohne Erfolg.

Ihre Künste haben nichts mehr bewirkt.

Ihr Sohn Moritz ist zehn, da zieht sie sich, nach verschiedenen Reisen, entschlossen in die Abtei zurück. Es gibt Augenblicke maßlosen Glücks, ganz plötzlich im stillen Tageslauf. Sie kommen und gehen, im Wiederholen immer derselben Regeln, im liturgischen Gliedern der Monate, der Wochen, der Tage.

Die Pröpstin Aurora, Gräfin von Königsmarck, lebt im Zauber der Zeremonien, im Reich poetischer Form. Es ist ein märchenhaftes Gehäuse, über dessen Dach es kein Grausen gibt. Aurora gleitet in sture und rhythmische Rituale, in den Takt des klösterlichen Lebens, aus dem manchmal steil eine Flamme aufschießt, eine Ewigkeit, ein Augenblick. Absprung in gegenstandslose Seligkeit, für die man keinen Namen weiß.

Auch weht sie plötzlich der Atem, die Gegenwart alter Empfindungen an, unverjährt, durchbrausend wie damals in Moritzburg, jetzt außerhalb chronologischer Ordnung. Dabei starrt sie auf eine nackte Mauer, einen Haufen aus Steinen, eine rennende Ratte, eine Sterbende im Klosterhof, auch auf kalte Schatten im ersten Frühling.

Ihr Sohn ist inzwischen ein junger Mann, ein »Graf von Sachsen«, wild und galant. Ach, der kleine Makel seiner

Geburt! Seine Laufbahn erfordert viele Dukaten. Aurora verschwendet an ihn, was sie hat. Sie besitzt nur den einen, dessen Glanz von Jahr zu Jahr wachsen soll.

Der Kurfürst von Sachsen und König von Polen aber hat Kinder, sagt man, in rauhen Mengen, für alle Tage des Jahres eins. Er zählt sie nicht, berauscht sich an Kriegen, an Dingen wie Frauen, Schlössern und Erfindungen. Man porträtiert ihn mit Orden, Schärpe, Hermelin. Ein geschmückter, posierender Herkules, herrisch und satt. Das fiebrig Unersättliche aber, das Aurora insgeheim mit ihm teilt, erkennt nicht de Silvestre, erkennt auch der Bildhauer Schlüter nicht. Die Mengen, die Pracht, die Macht, die Massen! Er verkauft dem preußischen König sechshundert sächsische Untertanen mit Kopf und Kragen als Soldaten, für hundertfünfzig Vasen aus China. Vier Männer pro Porzellangefäß. Eins gibt's gratis dazu.

Zur Hochzeit seines einzigen ehelichen Sohnes, neun Jahre vor Auroras Tod und vierzehn vor Augusts, wird den ganzen September hindurch täglich zumindest ein Fest gefeiert, oft sind es zwei. Opern, Komödien, Maskeraden! Tragödien, Bälle, Feuerwerke! Volksbelustigung, Trinkgelage! Vor allem aber: spendable Jagden!

Es gibt eine »Kampfjagd«, hört Aurora. Dafür läßt der triumphale Mann ein Amphitheater aus Holz errichten. Dort werden Tiere, gefährlich und kostbar, wie im alten Rom aufeinandergehetzt, zur Riesenfreude des Publikums, dem man das gigantische Sterben vorspielt, Kunstwerke aus dem Augenblick, original zum hochfreudigen Anlaß bestellt. Ein großes, ängstliches Zerfleischen, man lobt die Mischung von Löwen, Panther, Pavian, von Bären und einem Auerochsen, einem der letzten in Europa. Wildschweine als Fußvolk, als Bauern und billige Lückenfüller. Was noch an blutigen Klumpen lebt, wird zum Schluß vom Herrscher persönlich und vom glücklichen Brautpaar abgeschossen.

Zur »Wasserjagd« treibt man vierhundert Hirsche, Rehe und Wildschweine in die Elbe. Man ergötzt sich am panischen Entsetzen. Was für ein festliches Ertrinken! Was für ein tobender Todeskampf! Am Ende erlegt man aus schwankenden Booten, von Blut und Wasser umperlt, vergnüglich die Überlebenden.

Sie läßt sich berichten und sieht auf die Mauern der Abtei, auf ihr zartes Grau, sieht dort das betäubende Licht des Septembers, eines fernen Vollmonds von Moritzburg, das nun schwindet, dessen goldener Rauch für immer und alle Zeit verweht. Man sagt ihr, daß sich unter den Kompositeuren, die zu den Festen angereist sind, auch Telemann und Händel befinden. Die Musik ist, wie alles, seit langem schon Augusts Mätresse geworden.

Auroras Vermögen schwindet und wird nicht nachgefüllt. Sie bedauert es kaum, gibt dem Sohn, dem Grafen von Sachsen, dem in manchen Kreisen schon legendären, mit leichter Hand, was zu erben wäre. Fehlt ihr der Glanz der Kabinette, der edle Ramsch und Trödelkram?

Muß nicht für die Ungenügsame etwas jenseits der Addition existieren, das selbst ihre Liebe zu Moritz durchbricht? Packt der Kurfürst, der monatlich, wöchentlich fetter wird, mit seinen Händen ein mächtiges Gold, das sie, Aurora, nicht kennt und besitzt?

Wenn sie für sich an Nachmittagen Laute oder Viola da gamba spielt – ihren letzten Schatz, den Pokal aus vergoldetem Silber, eingraviert ihr Name, Wappen und Geburtsjahr, hat sie Moritz geschickt –, erscheint ihr das Leben als Schneise durch ein lautloses Meer. Immer dann, wenn die Mauern nicht dick genug sind, in Gefahr, wirbelt das Leben wie außer sich. Sie dreht es um: Immer dann, wenn es wild zu zucken beginnt, verrät das Leben: Es schwebt in Not. Die Unendlichkeit drängt von der anderen Seite. Es hört erschrocken ihr Rauschen und Schlagen und sucht nach dem Schutz massiverer Wände.

Was konnte der zwanzigjährige Neumark ahnen über die Drangsalshitze der nun sterbenden Pröpstin? Sie ist bettelarm, wie der junge Dichter es damals war. Die Hinterlassenschaft reicht nicht fürs Begräbnis. Augusts Herz wird, auf seinen Befehl, fünf Jahre später, nach seinem Tod aus Warschau in goldener Hülle nach Dresden gebracht. Aurora, erzählt man, warf zum Schluß den Kopf emphatisch weit in den Nacken, wie begeistert, kein Widerstand.

Sehen Sie das Gleißen plötzlich von überall her, das Fluten und Wogen, goldglimmend?

Herr Schöffel

Es geht ihm nicht mehr aus dem Kopf. Der Mann steigt mit seinem kindischen Eimerchen so langsam die Treppe hoch, daß er es auf jeder zweiten Stufe beim Verschnaufen vor sich hin sagt: »Der Sterne heil'ge Redensarten.« Ein Vers, wie er selbst, von alters her.

Dazwischen denkt er jedesmal einen anderen Satz: *Wenn es nur nicht wieder zu regnen anfängt!* Statt ihn auszusprechen, nutzt er die Pause zum Keuchen. Das Geländer, beim Raufsteigen links, beim Runtersteigen rechts, ein wichtiger Unterschied, läßt er lieber nicht los. Hier darf man, wie beim Tasten und Aufsetzen der Füße, keinen Fehler machen. Bloß keine Unachtsamkeit! Bei »heil'ge Redensarten« lächelt er meist und schüttelt den Kopf, nicht aus Unglauben, nur über sich selbst.

Er bemerkt gar nicht, wie durchnäßt er inzwischen ist, auch nicht den Einbruch der Dämmerung. Hier, im Blutbuchenschatten auf der geborstenen Kellertreppe zum Garten hoch, mit aufgeschwemmtem Moos in den Rissen, im späten Mai, wenn das Geißblatt zu duften beginnt, herrscht ja immer gedämpftes Licht, heute erst recht und für seine Augen sowieso. Merkwürdig, wo bleiben in diesem Jahr denn die blühenden Roßkastanien? Die darf er keinesfalls versäumen.

Wenn es nur nicht wieder zu regnen anfängt! Wie oft er das in der letzten Stunde nach innen gemurmelt hat? Er weiß es nicht, pendelt nach oben, nach unten, ein Auf und Ab, eine Schematik, der er sich fügt ohne Widerstand und Frage. Sie geht über seine Kräfte und passiert doch von allein. »Der

Sterne heil'ge Redensarten.« Eine Mechanik, die eigentlich wohltut. Ganz stur stapft der Automat, Herr Schöffel, Arbeiter im Gehäuse einer Uhr. *Wenn es nur nicht wieder zu regnen anfängt!*

Was ihm warm übers Gesicht rinnt, wischt er nicht ab. In seinem Alter weint man entweder leicht oder eben nie mehr, und es tropft auch in seinen schönen Bart, den er noch immer pflegt, obschon ihn seit langem keiner mehr bewundert, auch sein Hündchen Otto nicht. Den Bart hat er sich wachsen lassen, als die schönen Muskeln an den Armen und Oberschenkeln schwanden. Otto! Statt des Sternensatzes sagt Herr Schöffel jetzt: »Von den Tieren sollte man nur Geschichten weitererzählen, die glücklich enden. Die traurigen sind zu traurig.« Hören Sie das? Er hat Otto damals verloren, obschon es ihm nun, wo er nicht mehr auf Krücken angewiesen ist, eigentlich bessergeht, bis auf die Augen natürlich. Er sieht mit ihnen die Sterne nicht mehr, also muß er belauschen, was sie reden.

Er sieht jetzt auch die Stufen nicht länger und muß gut aufpassen, wenn er das Eimerchen hochschleppt. Noch mehr aber, wenn er es runterträgt. Die Zeit drängt, er will sich beeilen, klammert sich statt dessen aber ans Geländer und bleibt nun ganz stehen. Die Reise in die Schweiz! Es war die Hochzeitsreise, und die Berge stellten das Gelobte Land für sie beide dar. Nirgendwo hielten sie sich auf, damit es niemals für sie unterginge. Morgens die unablässigen Prozesse, Finsternis, Auftritt der Sonne. Damals war er erwachsen, nach der langen Kindheit und vor dem langen Alter. Ja, in der Kindheit, denkt sich Herr Schöffel, und merkt nicht, wie klatschnaß er ist, bis auf die Haut, da sang meine Mutter immer »Du, Du, nur Du allein« für mich, ich wußte genau: nur für mich!

Auf der Reise durch die Schweiz stand er jedoch mit einer eigenen Frau am Hotelfenster. Himmel und Erde hatten am Morgen ihre prächtigsten Schaustücke geboten, frisch hingestellt die riesigen Gedecke, die Berge. Herr und Frau Schöffel sahen die höchste Erhebung der Alpen, den Mont Blanc. Aber einmal war es doch am schönsten gewesen, als der Vollmond über einen anderen Berg stieg, er wußte den Namen nicht. Sie hielten beide den Atem an, kein Laut von irgendwoher, und sahen, als wäre es ihnen verboten, einer Verästelung zu, einem Lichtstrom aus dem Weltall und einem durchsichtigen Dampfen, das vom Schneekörper des Berges aufstieg, bis sich das eine flimmernd – ganz für sich die beiden fernab der Menschenaugen – mit dem anderen vereinigte. Eine heimliche Sommernacht im Eis.

Er hat seine Frau dreimal betrogen. Einmal aus Mitleid und beinahe zufällig, eigentlich nur, weil er Erste Hilfe nach einem Autounfall geleistet hatte. Bei der Wiederholung mit demselben Mädchen tat er es mißmutig und schon voller Reue. Die Kleine, trotz ihrer dreißig Jahre noch ganz unbeholfen, wohnte in einer Villa, der die Eltern den Namen »Villa Wally« gegeben hatten. Sie schien gar nicht zu merken, daß Vater und Mutter einen Scherz mit ihrem Namen trieben. Das arme, mißglückte Mädchen hatte es fertiggebracht, sogar im Bett von ihrem »Oom Henk« aus Amsterdam zu erzählen!

Diese beiden Ehebrüche gestand er seiner Frau. Den dritten nicht. Da hatte er sich schon ein Bärtchen wachsen lassen und drei Stunden lang, sonst nichts, angesichts eines jungen Paares mit aller Kraft seines Herzens gewünscht, sich zu verlieben, einen Monat noch einmal verrückt vor Liebe zu sein.

Wieder ist Herr Schöffel auf der Treppe unterwegs. Ob er wirklich weiß, wie gefährlich es für ihn mit seinen siebenundachtzig Jahren ist, im Dunkeln auf den rutschigen Steinen stundenlang auf und ab zu wandern? Wer soll ihm denn helfen und beistehen, wenn es plötzlich darauf ankommen sollte? Seine Frau ist lange tot, seine Töchter leiten in Berchtesgaden und auf Sylt eine Fremdenpension, leben von der schönen, nutzbringenden Natur. Er wohnt dazwischen, im Städtchen W., nicht im Norden, nicht im Süden, aber nah am Wald, und das Haus ist von ihm nicht mehr zu bewältigen. Bei einem Regenunglück wie diesem hier jedenfalls nicht. Die Töchter sind leider aus der herrlichen Lebensphase heraus, wo sie bereits in Blüte stehen, aber, wie bei den Kerzen von Lupine und Fingerhut, die Zukunft noch eine grüne Spitze aus fest geschlossenen Knospen bildet. Und er? Er hat schon lange die kurze Zeit hinter sich, wo jede neue Maschine in seinem Gesichtskreis ihn herausforderte, ihr auf die Schliche zu kommen.

Nach dem Tod der Frau, noch vor dem Hündchen Otto, bekam er zum Trost die Katze. Zu Ostern hat er ihr kleine Fischstücke im Garten versteckt. Für einen neuen Tierkameraden hätte er nach dem Verlust von Otto in seinem hohen Alter nicht mehr garantieren können. Auch diese Möglichkeit zu Geselligem war vorbeigegangen, war ihm, dem Greis, aus Menschlichkeit gegenüber dem Tier untersagt. Man mußte sich eben die Zeit mit Langeweile kurzweilig machen!

Als er damals das gefleckte, eher häßliche Hündchen im Tierheim ausgewählt hatte, hörte er vorher aus dem Nebenraum etwas, das ihn tief beunruhigte, die lieblich-frische Stimme eines jungen Mädchens: »Otto hat die Arschkarte gezogen. Gestern ist wieder kein Gassigeher für ihn gekommen.« Otto zu mir! dachte da Herr Schöffel, ohne ihn gesehen zu haben.

Ein bißchen pausieren jetzt, um die Benommenheit zu bekämpfen! Das Wasser hat aufgehört, aus den Kellerwänden zu springen. In Wasserfällen ist es dort, wo man nicht mal warnende Spalten oder Löcher sieht, herausgelaufen und schließlich herausgestürzt. Es hat ihn entsetzt, daß selbst die Hausmauern keinen Schutz bieten. Dieses Hervorbrechen von Quellen unter dem eigenen Schlafzimmer erschüttert ihn noch viel mehr als das sanfte Klingeln der leeren Flaschen, die nach dem starken Regen, diesem Getrommel von Faustschlägen ohne Erbarmen, durch die Kellerräume treiben und aneinanderstoßen. Die Nachbarn sind in der allgemeinen Notlage mit sich selbst beschäftigt. Bei Feuerwehr und Polizei geht man nicht ans Telefon, die haben anderswo zu tun. Man ist im Stich gelassen, jetzt, wo es zählt.

»Hilfe!« ruft Herr Schöffel sehr leise in die Nacht. Wie soll er den Keller je wieder trocken kriegen, frei von den schwarzen Fluten? Er kann nur noch das Kindereimerchen beim Schöpfen hochtragen, in den Garten, es dort ausleeren und neu an die Arbeit gehen. Die Siele haben versagt. Von selbst fließt das Wasser auch jetzt nicht ab. *Wenn es nur nicht wieder zu regnen anfängt!* Er traut sich nicht, aus Angst auszugleiten nämlich, die Gittersiebe im Boden vom angeschwemmten Unrat freizuräumen. Überraschend war die kalte Moderluft dort unten. Er ist lange nicht mehr in seinem eigenen Keller gewesen. Am liebsten hätte er bei Beginn der Katastrophe oben die Tür abgeschlossen, sich zusammengerollt und um nichts weiter da unten gekümmert. Allerdings wäre das sein Einverständnis mit dem Untergang gewesen, und so hätten es auch die fernen Töchter beurteilt. Und was dann?

Das zuckende blaue Licht ist schon seit Stunden zu sehen. Ein Trost in der Schwärze, keine Sterne, kein Mond, denn er hat vergessen, die Hoflampe zu reparieren. Die Feuerwehr ist in der Nähe, er hört die Sirenen, aber es zuckt und heult nicht für ihn. Zu unwichtig ist sein Fall, er sieht es ja ein. Nach dem großen Regen fühlt er seine Kleinheit besonders. Die riesige Natur, auf deren Seite er sein Leben lang gewesen ist, mehr als alle, die er kannte, rauscht und dröhnt mächtig auf ihn herab, pausiert aber gerade, wie er.

Ja, er pausiert, schon wieder, mit dem gefüllten Eimer und der linken Hand am Geländer stehend. Sein Ausatmen ist ein Stöhnen, sein Einatmen ein Schluchzen. »Der Sterne heil'ge Redensarten.« Da ist der Satz ja! Voran! Das Verzagen bekämpfen, Herr Schöffel! Nein, noch einen Augenblick warten damit. O doch, er hatte sie früher laut und deutlich gehört, die Sterne, und nicht nur die, als Kind, auch die Geister der Pflanzen. Gesehen, sogar gesehen, das Kleine Volk in den Gebüschen, das sich dort wiegte und flüsterte. Kein Wald war ihm damals dicht und dunkel genug, und doch genügte schon immer die Andeutung einer Wildnis, um des zwielichtigen Gewimmels, der Naturgespensterchen, die sich in den Schatten formierten, ansichtig zu werden. Fürchten mußte er sich nicht vor ihnen. Es kam ja allein darauf an, daß man gut zu den Tieren war. Das Gute konnte sich auf der Erde nur durch Gutsein zu den Tieren zeigen. Was sollte er da Angst haben vor Wesen, die andere vielleicht nicht sahen? Oder wollten die nur nicht zugeben, was sie in Wahrheit eben doch bemerkten?

Er malte Pferde und buk sie sich aus Ziegelstaub, der schnell zerbröselte, immer neu. Er legte sich an Bahndammböschungen heimlich Gärtchen an und baute aus Glasscherben ein Treibhaus für das Unkraut, genoß den schönen

Schrecken, wenn sich plötzlich eine unbekannte Blüte zeigte, und spürte Ekel, wenn sie welkte. Ekel auch vor den Vögeln, Kaninchenjungen, Katzen, wenn er sie als Tote sah. Solange sie lebten, hätte er fast sein Leben für sie gegeben.

Wäre nur schon wieder Morgen, der nächste Morgen, der helle Morgen des folgenden Tages! Herr Schöffel, durchnäßt und schwer atmend in der blau durchblitzten Dunkelheit, erinnert sich lächelnd. Wie herrlich waren doch die alten Gemälde von der Welterschaffung! Wie viele Stunden hatte er sie angesehen, wie gut verstanden, durch und durch! Stück für Stück waren die Tiere hingezählt aus der Ewigkeit, auch beim Eintritt in die große Arche, so strahlend und einfach, die Juwelen der Welt: Tiger und Kuh, Giraffe und Papagei.

Ein Mann mit grünem Hut und grünem Mantel, in Stiefeln und mit einem langen Stab in der Hand stand auf einer Bergwiese. Im Hintergrund stürzten Bäche aus dunstiger Höhe in die schlammige Landschaft. Der Mann hielt den Kopf gesenkt. Er umarmte ein Pferd. Sein Gesicht konnte man nicht sehen. Er drückte es an den Hals des hellbraunen und milchfarbenen Tieres, das sich auf die Hinterbeine stellte, wohl, um auch ein Zweibeiner zu sein. Unter seinem weißen Bauch wuchs etwas mit großen Blättern. Das Kind Schöffel hatte immer gedacht, der Mann würde weinen und sich trösten an seinem jungen, lustigen Pferd. So sah es aus auf dem Bild über seinem Bett. Seitdem liebte er das feuchte Grüne, das hier so vertraulich um die beiden, die er am meisten liebte, herumstand. Das Grüne gefiel ihm von da an überall, in den kleinsten Winkeln noch, als könnte dort wer weiß was geschehen.

Mantel, Gummistiefel, Hut. Genau das braucht Herr Schöffel in dieser Notlage! Warum hat er es nur nicht vorsorglich angezogen? Gleich wird er danach suchen, gleich, wenn der Eimer ausgeschüttet ist. Die Zeit, die er dadurch verliert, wird den Schadensbraten nicht fett machen. Wetterfester Mantel, Hut, Gummistiefel, natürlich, gleich!

Dann hörte er von den Festen des sächsischen Kurfürsten, den man »August den Starken« nannte, ein donnernder Mann, ein ganz anderer als der im Lodenmantel mit seinem Stab, ein furchtbarer Feierer von schaurigen Abschlachtungen wilder Tiere in großen Mengen, von Wildschweinen und Rotwild, ohne Gnade. Dieser Mann, August, triumphierte lachend, wenn dem gehetzten Wild die Augen brachen. Er gröhlte, wenn sie röchelten mit ihren Todeswunden tausendfach.

In der Nacht träumte Herr Schöffel, das Kind, die Tiere wären eines Tages zu Ende gejagt, die ganze Welt wäre von ihnen entleert. Überall klafften die riesigen Lücken, wo einmal die Tiere geherrscht und geatmet hatten. Da war er schreiend aufgewacht und hat das Bild von den Menschen, die sich ihrer eigenen Schlechtigkeit jetzt nicht mehr erwehren konnten und wie leblos über die asphaltierte Erde taumelten, der prunkende August in ihrer Mitte, nie mehr vergessen. Später dachte er: Ob es dahin kommen wird? Ratlos fragte er sich in seinem Haus in der Nähe des Waldes: Lassen sie es wirklich dahin kommen? Dann würde er sich wohl auch davontrollen müssen.

Einen Augenblick noch, Herr Schöffel, nicht zu viel von sich selbst verlangen! Das predigen ihm auch ständig die Töchter am Telefon aus Sylt und Berchtesgaden. Ob er riskieren kann, sich auf die nassen Stufen zu setzen? Es regnet doch nicht zur Zeit. Feuchtigkeit herrscht überall, und seine Beine tun nicht mehr, wie sie sollten. Das schwere Schleppen eben, wenn der Eimer auch noch so klein ist.

Wie verwüstet das Gesicht der jungen Frau im Supermarkt gestern! Dazu das riesige Gesäß unter den Hosen, eng zum Erbarmen. Der Kinderwagen, den sie dabeihatte, glich einer arabischen Räuberhöhle. In der Mitte, fast begraben von den Waren, ein wimmerndes Kind, das sich immer an die Augen griff, als fühlte es da einen großen Schmerz. Zwei Jungen gehörten dazu, wäßrig bleiche Kartoffelkeime. Der eine versuchte ein kleines Kunststück, probierte, ob er mit einer Crackerpackung ganz oben im Schritt herumgehen konnte. Dazu die Haut der Kassiererin, putzlappengrau, silberne, schmutzige Fingernägel, während sie für die Pieptöne sorgte und großartig verpackte Eßsachen wie Dreck aufs Transportband schmiß.

Er hatte sich nicht mal gegraust, nur wußte er nicht, wo ihm der Kopf stand, auch fürchtete er, sich mit den Zigarettenstangen, dem Waschpulver und den Windelpackungen zu vermischen. Wo war er eigentlich zu Ende? Dort, wo sie im Wald rodeten und ihn immer durchsichtiger machten, zogen sie ihm, Albrecht Schöffel, genauso den Boden unter den Füßen weg, wie hier im Supermarkt, ja, richtig. Sie rissen nicht nur der Erde, sondern auch ihm die Haare aus. Es war die Macht des Stärkeren, die hier wirkte. Ein Gesetz der Natur, an das er, Schöffel, niemals geglaubt hat. Die vom Stapel rollenden Holzstämme haben ihm vor vielen Jahren den einzigen Bruder erschlagen, in dem Moment, als er, Schöffel, fünf Minuten davon entfernt, bestaunte, wie sich Geißblatt, Wildrosen und Holunder ineinanderschlangen und er nicht wußte, ob ihm das Herz bersten wollte angesichts des in solche Bilder Eingeschmolzenen. Gerade da hatte er das Donnern und die Schreie des Sterbenden gehört.

Er fühlt sich etwas schwindlig und will aufstehen, sackt aber träge zurück. Sich bloß nicht gehenlassen, Herr Schöffel, nicht mal in Gedanken! Gerade jetzt nicht. Sie sind, nicht vergessen, siebenundachtzig Jahre alt! Aufstehen, in die Senkrechte, um Gottes willen!

Es ist meine Aufgabe, da ich zu nichts mehr nutze bin, dachte er, wenn er durch die Straßen ging, längst wieder ohne Krücken und Stock, die Städte zumindest in meinem Gehirn zurückzuverwandeln. Das zunehmende Asphaltieren ist eine Grundkränkung. Man raubt den seit Jahrtausenden angestammten Besitz. Viel bleibt nicht übrig, mit jedem Atemzug weniger. Wie hält man die schreckliche Uhr an? Wer brächte das fertig? Wie wäre es denn als Wurm oder Käfer im letzten Stück Wald und Wurzelwerk?

»Der Sterne heil'ge Redensarten.«

In der Jugend hatte er sich unwillkürlich alle Gäßchen und Häuser scharf eingeprägt. Die heimatlichen Muster drangen ihm in die Blutgefäße, ins Aderngeäst, in die Nerven. Aber dann kam das Verändern unter der Hand, ein Zerstören ganzer Straßenzüge und schließlich das Auslöschen der Wege und Miniaturen, auf denen seine Erinnerung ohne Hinweisschilder gewandert war. Stahl und Stein machten sich breit, Gebäudekomplexe für Ungeheuer, Geschäfte für mechanische Heerscharen.

Schön müßte es sein, auf einem Küchenstuhl mit gerader Lehne an einem Fenster im Frühling zu sitzen, an kleine Pfade zu denken, die im dunklen Grün verschwinden, und er, er unter Gezwitscher mit ihnen. In seiner Hosentasche klingelt das Mobiltelefon. Auf Befehl seiner Töchter trägt er es immer bei sich. Aha, Berchtesgaden oder Sylt! Da ist ihm klar, daß er hier, auf der Stufe hockend, in Wirklichkeit gewartet hat. Die guten Töchter sind informiert über »sintflutartige Regenfälle« in seiner Region und fragen nach seinem Wohlergehen. Die aus Sylt könnte den Sohn, den energischen Enkel, zu ihm schicken. Sofort, in der Nacht noch braust er los mit dem schnellen Auto, nimmt stante pede die Angelegenheit für den Großvater in die Hand. Er, der gerettete alte Mann, könnte sich endlich, endlich mit letzter Kraft im warmen Bett zusammenrollen.

»Ja? Ja? Schöffel! Der Vater!« Das Telefon rutscht aus den klammen Fingern und gleich die Treppe hinab, wo das Wasser ein Stück überm Boden steht. Schon ist es im Kellerdunkel verschwunden. Ob die Tochter das Wogen der Fluten hört und das feine Klingeln der treibenden Flaschen? Er sieht nichts, nur das zuckende Blau weithin, das nicht ihm gilt. Egal, man weiß in Nord oder Süd von diesem Moment an Bescheid. Das ist ein Glück, denn er muß sich gestehen, wie sehr er sich sorgt, ob er die Stufen noch runterkommt und im Inneren des Hauses wieder hoch. »Wenn es nur nicht wieder zu regnen anfängt!« Das sagt er jetzt laut, denn er sitzt ja, hat ja genug Atem dafür.

Wo ist Herr Schöffel stehengeblieben? Keine Tierverstecke mehr, auch nachts nicht. Das war's. Er hat Angst vor den nachquellenden Straßenpflasterern. Die gesamte, sich ohne Gewissen und Verstand um ihrer selbst willen vermehrende Menschheit will asphaltieren über jeden Horizont hinaus, wie vor langer Zeit von ihm schweißgebadet vorgeträumt. Ist das ihr Schöpfungsziel? Wie bewerkstelligt man, daß einem darüber nicht das Herz bricht?

Bei seiner Frau aber, als der Vollmond auf den Berg schien, störte ihn ihr Wunsch nach Vermehrung nicht. Es war ihre Natur, es war die lachend animalische Natur selbst, die sich in ihr gebärdete. Ach, wie war er gerade dadurch für sie entbrannt! Nun sind die Töchter weit weg, am oberen und unteren deutschen Ende, aber in schöner Landschaft. Da haben sie alle drei Glück gehabt, sie und er.

Er jedoch, Herr Schöffel, der alte, ehemalige Wanderkamerad und Schachclubspieler Albrecht, geht jetzt engere Bögen in seiner zerstörten Umgebung, weiß, wie er rechtzeitig Haken schlagen und Kurven vor dem Unheil nehmen muß zu seinem Schutz und um sein Herz in eisernen Ringen vor dem Zerbersten zu bewahren. Nein, er trauert nicht um den Untergang des Mobiltelefons. Man wird ihn hier schon finden, ob der Regen noch einmal einsetzt oder nicht. Herr Schöffel hat für heute schleppend und schöpfend genug geleistet. Wie ihn die Feuchtigkeit umfriedet! Wo fängt er an, wo endet er? Nein, das Wasser fürchtet er nicht mehr, er streckt die Waffen, er verschwimmt mit ihm, das Getümmel der Buche über sich. Seine Rettung ist auf den Weg gebracht! Irgendwann war ihm auch das Eimerchen aus der Hand geglitten. Gefüllt? Geleert? War er selbst auf der Strecke zum Garten hoch oder zum Keller zurück?

Aber der Schmerz der Anblicke! Er zittert ein bißchen, es schüttelt ihn. Wenn er herumgeht in der Welt, meidet er neuerdings Orte, wo der Kahlschlag lauert. Er erkennt die schmählichen Ankündigungen. In der Zeitung überschlägt er die Bilder der Wüsten von Menschenhand. Herr Schöffel ertappt sich und besteht trotzig darauf, daß er Fotos der vergehenden Tiere nicht länger studiert, nur die anhänglichen Zeichnungen von ihnen in alten Büchern.

Etwas allerdings rumort in ihm. Verhöhnt der brausende Frühlingsabend nicht den, der allein, ungeliebt, am Fenster sitzt, aber auch nicht weiß, wen er lieben könnte? Man meint, die Augen wären getrübt, ein Manko von innen oder durch Dunst. Doch es ist der fruchtbare Nebel der Fülle, das graue Gespinst einer zarten Verwurzelung zwischen den Bäumen und hoch zu den Wolken. Die Luft hält das rasende Knospen ja kaum. Wer aber, gezwungenermaßen, einsam ist, den läßt auch die Natur im Stich, macht sich lustig, kehrt ihm den Rücken zu.

Dann erweist sich plötzlich das Seelenlose! Die Erde nichts als ein schrundiger Ball. Erosion, Rotation, Witterung, Licht: Vorgänge mit und ohne Menschen. Es ist ihr egal wie oben den Sternen. »Jedoch«, seufzt Herr Schöffel, blau überblitzt, »die Natur spielt mit alldem auf uns Klavier! Eine süße, wüste, eine übermächtige Musik!« Weiter weiß er fürs erste nicht. Der Enkel wird noch unterwegs sein, um schließlich bei ihm als rettender Engel einzutreffen. Vielleicht kommt die Tochter gleich mit, um nach dem Rechten zu sehen? Er hat noch Broccoli vom Vortag, aber auch Schlamm im Keller.

Das sind nur so Anflüge. Weg mit dem Kleinmut! Herr Schöffel kennt die Bezauberung, kennt den Aufschwung des Herzens in Wald und Moos, durchglüht von der Maisonne um 18 Uhr. Nur eins begreift er noch nicht, gesteht es sich jetzt, im nassen Dunkel, erst ein: Mitten im dichten Grün zwischen Geißblatt und Farn hat er unter den Wölbungen der Laubbäume schon oft das Wort »wälderwärts« gedacht und daß er zu den Wäldern flüchten möchte. Verrückt! Welches Geheimnis verbarg sich da?

Mitten im Wald, alles da, was man sich nur wünschen konnte, hatte er Sehnsucht nach »den Wäldern«, nach dem »Wald«?

Den Töchtern darf er das nicht erzählen. Die würden ihn aus seinem Häuschen holen wegen Abständigkeit. Herr Schöffel hat die nötige Ruhe zum Grübeln. Was meinte er denn? Doch bestimmt nicht Hektar, Anzahl der Bäume, Festmeter Holz.

Es gab Sekunden, das kann er schwören, auch wenn er inzwischen am ganzen Leib schlottert, da zeigten sich ihm, draußen, im Grün, diamantene Lichtungen und verschwanden sofort. »Das wunschlose Glück?« murmelt Herr Schöffel und wüßte wohl nicht, ob es wirklich jetzt kommt, ob er bloß davon träumt. Denn wie könnte man lieben, denkt er noch, was nicht einen Moment lang ewig steht, der Zeit entrissen, dem Zerfall geraubt?

Die Ereignisse seines Lebens laufen ineinander. Wie aufreibend es war, nachts an das Schicksal der Waldtiere zu denken! Direkt über ihm singt ein Vogel wie aus weiter, weiter Ferne, weiter Ferne, Ferne.

Sehen Sie den Mann in der Dunkelheit, die Figur, die sich halb überschlägt und ohne Kampf die Treppe hinabrutscht, nach unten, dorthin, wo das feine Klingen herkommt, wo die schwimmenden Gläser klingelnd aneinanderstoßen?

Oom Henk

Oom Henk ist gekommen! Nach jahrelangen Reisen ist er wieder aufgetaucht und schon unten im Haus.

Die kleine Wally ist kein Kind mehr, wie sie es damals, beim Abschied, war. Sie sieht auf dem Schulweg den Rauch unverdient schön gewunden aus dem Schornstein des Hauses ihrer Feindin steigen. Sie weiß inzwischen, anders als früher, sehr wohl, daß die Blumen gierige Schlünde sind, in unentwegtem Streit miteinander, Hauen und Stechen über der Erde, unter der Erde. Lautlose Schlachten ohne Pause unter dem Zucken der Schmetterlinge, die ihre Jäger irreführen. Für Sekunden das Heraufblitzen des Bösen selbst in der täuschenden Blütengestalt. Sie sieht die Wiese und observiert einen Kriegsschauplatz. Da sagt man Wally nichts Neues. Das Erstaunliche ist für sie etwas anderes. Sie vergißt das Kämpfen immer wieder! Wie früher an der Hand von Oom Henk kommt ihr das sommerliche Wiesenleben, wenn sie sich nicht zur Ordnung ruft, paradiesisch vor, selbst wenn er ihr von »Onze Lieve Vrouw« erzählte, die zwischen Gräsern und Blumen droht und als Spur schwarze Schnekken hinterläßt.

Er hat ihr auch den Hochsitz gezeigt, auf dem Jäger einen Arbeitlosen fanden, der sich dort auf einer Matratze aus Schaumstoff drei Wochen lang im Spätherbst zu Tode hungerte, mit Absicht, aus Scham.

Aber als sie eine junge Frau im Schaufenster sahen, gezwängt in ein viel zu enges Kleid, denn sie sollte als Salamander erscheinen und alle paar Augenblicke für Geld ans Glas klopfen mit ihrem Schwanz und so die Passanten aufmerksam machen, da war Oom Henk mit der kleinen Wally an seiner Hand ins Geschäft gegangen und hatte gesagt: »Was Sie machen, ist gegen die Menschenwürde!«

Nein, nein, natürlich ist sie kein Kind mehr, körperlich ein bißchen klein vielleicht und nach wie vor mit der gepolsterten Haut einer Fünfjährigen. Und selbstverständlich hat Wally kürzlich komplett begriffen, was sich im Dunkel der Wallfahrtskirche abgespielt hat, hinten, in der Einöde, als sich plötzlich die Wand auftat, nämlich die Sakristeitür aufging. Ein zerzauster Mann, es mußte der Küster sein, kam heraus, trat vor den Altar, öffnete seinen Hosenschlitz, direkt vor dem Tabernakel unterm Kruzifix, schlug das Kreuzzeichen, zog den Reißverschluß hoch und ging zurück. Er hatte Wally bei ihrer Besichtigung nicht bemerkt, aber zwischen seinen Sünden im Raum hinter dem Altar, zur Steigerung seines Vergnügens, Gott gelästert. Bei solchen Sachen zuckt Wally doch bloß mit den Mundwinkeln.

Allerdings fragt sie sich, besonders bei Modefotos mit Verliebten an herbstlichen Waldrändern, in Pariser Cafés im Kaffee rührend und in Lackmänteln elegisch auf rohen Bahnsteigen Abschied nehmend, wie das grämliche Würzelchen der Männer da unten eigentliches Drehkreuz und Geheimnis solcher Verbindungen sein soll. Das Mysteriöse ist eher, daß die Frauen den Männern das komische Ding verzeihen und in gewisser Weise über seinen Normalzustand hinwegsehen!

Es paßt alles nicht richtig zusammen. Denn oft hört sie versengende Liebesmusik, Arien, Tänze voll Leidenschaft. Doch, die Oper gefällt ihr, sie geht dort manchmal hin. Aber dann die dicklichen und trostlosen Paare, die zu diesem Gesang ihre Köpfe wiegen. Das ist doch nicht für die bestimmt!

Sie hat sich für Oom Henk extra schön angezogen, trägt

heute sogar Schuhe mit kleinen Absätzen, obschon ihr die Füße schnell weh darin tun. Ist das nicht schon seine Stimme, die von unten zu ihr heraufdringt, wo die Eltern mit ihm jetzt das Wiedersehen feiern? »Und da sah ich«, hat Wallys Mutter eben gesagt, »zum ersten Mal nach so langer Ehe etwas gründlicher seinen Fuß an, den geschwollenen Zehen, den verunglückten Nagel und dachte, wirklich erschrocken: ›Mein Gott, ich kenne den Fuß meines eigenen Mannes nicht!‹« Die Stimme, die sich dann meldet, muß die von Oom Henk sein: »Vielleicht kennt er ihn selbst nicht!«

Alle lachen. Wally geht einen Schritt zurück und schließt ihre Tür lieber noch einmal. Sie will ein bißchen für sich hier oben bleiben. Unten sind bestimmt Verwandte zur Begrüßung eingetroffen, und wieder wird es geschehen, daß ihr Leute ungefragt rechtwinklig ins Gesicht greifen, um ein Krümelchen zu entfernen oder im Scherz an ihrer Nasenspitze zu drehen, alle diese gut gemeinten Unverschämtheiten und das in der Gegenwart von Oom Henk!

Der erste Satz, den sie von ihm seit ihrer Kindheit, bevor er seine Weltreisen begann, gehört hatte, lautet also: »Vielleicht kennt er ihn selbst nicht!« Ein Satz, um lange darüber nachzudenken, für sich genommen, eigentlich ein wunderschöner Satz, der viel bedeuten kann. »Vielleicht kennt er ihn selbst nicht!« sagt sie zu sich. Sie verwahrt ein kleines Foto in einer Gedichtsammlung, die er ihr zum Abschied geschenkt hat. Dort sitzt sie ihm in ihrem geblümten Hängerchen auf dem Schoß. So alt ist das Bildchen! Er hält sein Gesicht vermutlich hoch zu einem Waldkauz, der damals oft beim Schornstein hockte. Was für ein kühnes Profil der Oom Henk doch besitzt!

Aber nun ist er ja da, in der Wirklichkeit, unten in ihrem Haus und wartet bestimmt schon auf sie und wundert sich, wieviel Zeit sie braucht, fragt sich sogar, ob sie sich nach der langen Abwesenheit nicht erinnert an ihn, lieber noch schläft, ob sie ihm ganz fremd geworden ist. Niemals! Sie greift vor Schreck sofort nach der Türklinke.

Nur ist es eben manchmal so, daß die Gedanken unbeweglich auf dem Grund eines Gewässers stehen, ein leuchtender Grund, über den sie, Wally, schnell dahintreibt. Ab und zu gelingt ihr ein flüchtiger Blick auf den Boden, auf die Schlingpflanzen, halb Bild, halb Buchstabe. Sie selbst denkt nicht, nein, es ist eher ein Wiedererkennen, undeutlich aber.

Wally wünscht, es wäre nicht heute. Es wäre statt dessen überübermorgen, Oom Henk wäre also schon drei Tage vertraulich bei ihnen, und man müßte sich über nichts mehr wundern, wie früher. Ja, es müßte bereits alles Neue verflogen sein. Man wäre vollkommen ruhig, man wäre hier glücklich zusammen, als würde man ohne Angst schwimmen in einem friedlichen Teich.

Hört sie, als sie nun die Tür wieder öffnet, etwa ihren Namen? Um Gottes willen! Nein, wohl doch nicht. Die vielen Leute im Wohnzimmer haben mit sich und vor allem natürlich mit Oom Henk zu tun.

Auch geht sie nun die Treppe hinunter, faßt sich ein Herz, die Hand auf dem Geländer, damit ihr auf den Absätzen nur ja kein Malheur zustößt. Sie hat eine Kusine, die sieht eine ganze Stunde ohne ein Wort die Werbeseiten an, dann läuft sie los und kauft sich Unterwäsche oder Parfüm, das sie in einem Geheimfach versteckt. Sie, Wally, geht lieber zu den Teichen und zu einem Pferd, das sie manchmal so eigenartig anstarrt.

Da, wieder die Stimme von Oom Henk. Sie erkennt sie noch immer, kann sie jetzt riechen, mit dem Zigarilloduft zusammen riecht sie die Stimme! Es sind wohl doch nicht die vielen Verwandten da, wohl doch nur zum Glück die Eltern und er. Dann darf sie noch lauschen. Sie spürt ja den Druck und die mächtige Welle, die aus dem Zimmer rollt, die das Zimmer verbarrikadiert vor ihr. Sie weiß noch gar nicht, wie sie den Wall überwinden soll, auch das hohe Herzklopfen überwinden, sie weiß es einfach nicht. Die Kindheit war weg, als Oom Henk sie verließ, abgereist und abgerissen auch die alte, wunderbare Zeit. Jetzt ist alles zurück, er und die Jahre von früher sind da, neu aufgetaucht, gleich, noch nicht jetzt.

Er soll nicht spüren, wie feucht ihre Hände sind, so, als wäre er gar nicht ihr Freund. Ein Gegner! Er, Oom Henk, ihr Widersacher! Daß es sie unbedingt jetzt überfallen muß. Gleich wird sie sich kaum noch vom Fleck rühren können, wenn die Starre sie überkommt.

Da ist es klüger, mit den Schuhen in der Hand, unten ins Nebenzimmer zu schleichen. Dort kann sie ihm ganz nah sein und gewöhnt sich an ihn. Etwas später wird sie ihn sogar fragen, wenn sie durch die Wiesen wandern, warum das schwarzgefleckte Pferd an einigen Tagen so tückisch stiert, als wäre es das den Menschen nicht wohlgesonnene Tier schlechthin, und auch, was der verblüffte und in letzter Zeit fast kummervolle Blick der Eltern auf sie, auf Wally, bedeuten könnte. Bei anderen braucht sie sich nicht erst zu erkundigen. Oom Henk weiß als einziger die Antwort.

Jetzt ist sie angekommen und wird, ohne entdeckt zu werden, alles hören. Sie macht die Augen zu, dann achtet sie besser auf seine Stimme, der sie hier, allein im Nebenzimmer, gewachsen ist, die Stimme, die nach Zigarillos riecht. Ein Dampf und Qualm der Vertraulichkeit breitet sich aus, denn kein anderer spricht, nur, von tropischer Sonne gebräunt, Oom Henk.

Er erzählt vom fürchterlichen Christi-Himmelfahrtstag. Fünfzehn Jahre alt war er und ist am heißen Nachmittag in einer unbekannten Allee gegangen mit einem Kindergrab unter aufgehäuften Blumen am Rand des Mittelstreifens. Kein Mensch auf der Straße, auch in den Vorgärten der Bungalows kein einziges Lebewesen, kein Vogel, kein Insekt. Er marschierte die lange Strecke ohne Sinn und Verstand, weil er nicht wußte, was er sonst hätte tun sollen, bis, in pfingstlichem Brausen genaht, vor einem der Häuser ein Sportwagen hielt. Fast gleichzeitig sprangen der Fahrer aus dem Auto und irgendein Mädchen mit langem Haar im Sommerkleid (»Gepunktet«, rief Oom Henk, »gepunktet zu allem Überfluß!«) aus dem Haus und die Stufen herunter dem Mann in die Arme, der es unverzüglich im Auto verstaute und zur blaugrünen Hügellandschaft entführte. »Ach, unterm Aufjauchzen der Maschine. Kann sich jemand meinen Schmerz vorstellen? Begreift ihr beiden mein Ersticken vor so viel Blühen? Mein Todesurteil für Monate! Ich habe es bis heute nicht vergessen. Aber«, und nun lacht der schlanke, elegante Oom Henk leise vor sich hin, spricht jetzt auch kaum hörbar, aber Wally kommt dicht mit dem Ohr an die angelehnte Tür, »natürlich habe ich in meiner wüsten Sehnsucht damals nicht geahnt, was für eine Legende daraus werden würde! Später, in der Phase der Sättigung, wünscht man sich noch einmal das heiße Unglücksgefühl herbei.«

Das letzte versteht sie nur akustisch. Was meint er? Alles davor aber gut, sehr gut!

»Was ich damals nicht wußte: Man braucht für jedes Ereignis einen Schutzheiligen oder einen Teufel. Die Realität an sich, Antje, Max, ihr wißt, was ich meine, genügt nie, niemals!«

»Oom Henk?« flüstert Wally in ihrem Versteck.

Er lacht zwischendurch immer wieder: »Geschichten aus diesem Alter, ihr kennt es ja alles, habt's ja auch erlebt!« Wally hört die Gläser auf dem Glastisch klingeln. Er erzählt von einer Kassiererin, einer Frau, nicht mehr jung, aber duftend vermutlich, wer weiß wie duftend. Er sah kaum ihr Gesicht an, sei jedoch fast in Ohnmacht gefallen, nicht nur weich in den Knien geworden, besinnungslos fast von Dunst und Aroma des Weiblichen. »Zum ersten Mal!« ruft Oom Henk, »Zum ersten Mal so nah, so direkt in die Eingeweide gejagt! Und nie wieder so unverschämt. Mein Todesurteil war aufgehoben.«

Nein, er hat noch nicht nach ihr gefragt, er ist mit den Eltern beschäftigt. Für Wally bleibt Aufschub, Zeit, das springende Herz zu beruhigen.

»Und dann die Liebe. Ich sage euch! Sie war's letzten Endes, die mich dann viel später um die Erde trieb. Na ja, wenigstens möchte ich mir das einbilden. Das Mädchen hatte eine junge Stiefmutter mit blutroten Fingernägeln. Wir empörten uns beide bitter darüber. Wie die Hexe den treulosen Vater bezirzte! Ich wünschte mir heimlich, die Stiefmutter wäre gleichzeitig, zusätzlich, Antjes Mutter, und Antje würde die eigenen Nägel, sobald es ging, genau im selben Farbton lackieren. Dann muß sie, malte ich mir aus, dieses Luziferrot in die Nähe ihrer Gesichtshaut bringen, falls sie beim Denken das Kinn in die Hand stützt. Beim Lächeln – Antje hieß sie, Antje, wie du, Antje – erschien, und nur dann, ein kleiner Strich, hier links, seht her, hier links, ein verborgener Hinweis. Sie verriet etwas und wußte es nicht. Ich sah es an und wußte nicht, was. Die Narbe verschwand beim Lachen sofort, doch sie lachte fast nie. Ich fragte nicht nach. Es lag ja immer ein Tau auf ihr, das schwache Schimmern von Elfenbein, von Glas. Sie lächelte, und ich löste mich auf. Es kam mir vor, als würde sie mühelos eine Schrift, ganze Schriftzüge lesen, in mir. Es gab Momente, da ahnte ich in ihrem Gesicht einen Widerschein. Sie las die Formel, dann lächelte sie. Ausgeplaudert hat sie nicht, was sie studierte, in mir. Ihre unbeschränkte Macht, die aber rührte allein daher. Wir verloren keine Silbe darüber. Es gab keinen Zweifel. Aber auch keinen Rat. Sie trug weiße Söckchen mit roten Punkten, beim Badeanzug andersherum. Sie war vierzehn, ich fünfzehn. Die Stiefmutter erteilte mir Hausverbot. Bald darauf verschwand Antje nach Ägypten, zu Verwandten, sagten mir die Spione. Ein einziges Foto besaß ich von ihr. Sie sieht darauf viel älter aus. Keine Narbe, kein Lächeln. Ägypten! Mit einer solchen Haut! Ihr wißt ja, die Frauen, später, waren durchweg sehr, sehr freundlich zu mir. Es gab auch welche mit blutroten Nägeln darunter. Aber ...«

»Ja, ja, Oom Hengst!« sagt der Vater lachend.

Wally ist sechzehn.

»Aber diese kleine, allwissende Narbe! Ägypten ...«

Wally ist sechzehn, und Oom Henk hat sie vergessen.

Jetzt und schon lange. Schon damals eigentlich, das begreift sie nun. In der alten, wunderbaren Zeit, als sie durch die Wiesen gewandert sind, hat er sie mitten im Gespräch, streng genommen, vergessen, obschon sie neben ihm ging! Das Herz klopft nun fast überhaupt nicht mehr. Sie sollte sich vielleicht besser auf den Boden legen, um nicht plötzlich umzufallen? Wie hat sie sich in der Kindheit und in Oom Henk getäuscht, Oom Henk aus Amsterdam, die kleine, verratene Wally! Sie kann ein Aufschluchzen nicht verhindern, aber zum Glück setzt jemand nebenan gerade sein Glas ziemlich laut auf die Tischplatte. Am liebsten, wenn sie dazu die Kraft hätte, würde sie sich jetzt zurückschleichen ins Bett.

»Eine Weile war ich für die Welt verloren, natürlich. Ein grausamer Aufschlag auf den Boden ohne Abfederung. Erst das Leiden, dann das Ernüchtern. Das aber betraf nicht das Mädchen, gerade nicht! Diese Antje hätte, für sich genommen, gar nichts Besseres tun können, als nach Ägypten zu entweichen, also fast zu sterben. Nichts verleiht eine solche Gloriole wie die exklusive Entfernung in ein Land mit Pharaonen, Pyramiden, dem keuschen Josef und einer unbarmherzigen Sonne. Für mich war es ein Eingehen in die Unerreichbarkeit, ins Unwirkliche, ja, entschuldigt, ins hinreißend Sakrale, beinahe Göttliche. Ich war fünfzehn, sechzehn, bedenkt das bitte! Gut ein Vierteljahrhundert her. Habe sie nie vergessen, bei aller Liebe, diese eine nicht. Wie gesagt, ein gläserner Schimmer um sie her, eine kleine Narbe, reserviert nur für die, die sie lächeln sahen, diese leicht verschleierten, schläfrigen Augen, immer ein wenig wie in Trance, die mich umweglos entziffern konnten. Ich machte gar nicht erst den Versuch, irgendwas zu verbergen vor ihr.«

Oom Henk lacht und hustet dabei.

Er erzählt den Eltern, die selten dazwischenfragen (nach einer Stadt, nach notwendigen Impfungen, nach den Schwierigkeiten mit der Landessprache, der Polizei und lokalen Kriegen) von seinen Reisen, sobald er sie sich in größerem Stil erlauben konnte. »Aus Fernweh«, sagt er zuerst, dann fügt er aber doch hinzu, es habe wohl immer, ohne daß es ihm bewußt gewesen sei, die Hoffnung dahinter gestanden, dem Mädchen noch einmal, noch einmal diesem Gesicht zu begegnen, irgendwo auf der Welt. In Ägypten nämlich sei sie nicht geblieben, sei, früh verheiratet, dem Mann nach Indien gefolgt und habe sich, schon wenig später, in Indonesien von ihm scheiden lassen.

»Ich habe zu Hause auf Post gewartet, auf die versprochenen Karten, die immer seltener gekommen sind!« flüstert Wally in ihre klammen Hände.

»Zwischendurch gab es selbstverständlich anderes. Anderes zu tun, andere zu lieben. Ich behaupte ja auch nur: Hinter allem war dieses eine Mädchen insgeheim anwesend. Ich habe es selbst oft gar nicht bemerkt, verglich aber streng die erwachsenen Frauen mit diesem Mädchen von vierzehn Jahren. Mir fiel nicht auf, wie sentimental, wie verrückt das war.«

Es ist jetzt ein unterdrückter Tumult da drüben entstanden, so, als hätte jemand den Raum mit schnellem Schritt verlassen wollen und wäre daran gehindert worden, begleitet, so scheint es Wally, vom beschwichtigenden Gemurmel Oom Henks: »Laß nur, laß nur. Das wird schon, das wird schon.«

»Und was glaubt ihr? Max, Antje! Ich habe sie wiedergesehen, dort, wo ich nicht damit rechnete, versteht sich. Nein, nicht im Botanischen Garten von Rom, Lissabon, nicht in Katmandu oder Dubai. Am Bahnhof in Immenstadt, Allgäu, da war's, und ich weiß nicht: Hat es mir gutgetan? Ich wäre wohl nicht drauf gekommen, daß sie es war, Antje, die lang Entbehrte, immer Gesuchte, bis sie lächelte. Da natürlich! Sie hielt einen Strauß blauer Lupinen im Arm, um jemanden abzuholen, einen Dichter, im Auftrag ihres zweiten Mannes, so ungefähr der Hintergrund. Kam mir entgegen im ernsten Kostüm, mit Hochfrisur, eine Dame etwas über vierzig, hintereinander drei Kinder geboren, sah ganz danach aus, als würde sie das vierte erwarten. Hätte sie nicht kurz nach dem unsicheren Wiedererkennen gelächelt, wäre ich lausiger Junggeselle wohl an ihr vorbeigelaufen und sie an mir. Aber aus bestimmten Gründen wurde mein Name über

Lautsprecher ausgerufen. Hochanständige, schon ein wenig gesetzte Kleinstadtfrau, ursprünglich alles andere als der Typ, der, entschuldigt, durch spezielle biologische Reize reiche Nachkommenschaft verspricht. Sie erinnerte sich an unsere Vergangenheit wie an einen Witz aus der frühen Jugend, herzlich, zerstreut. Mit den Augen suchte sie nach dem Gast, der nicht kam oder von ihr verpaßt worden war. Ich aber forschte in den ihren nach dem Rest geheimer Verschworenheit. Nein, sie ließ es nicht zu. Besser so! Ich hätte wohl nichts mehr gefunden dort. Und ihr habt recht, selbstverständlich, Antje, Max, ich weiß, alles andere wäre ein Wunder gewesen. Ihr, im Glück eurer Ehe, habt gut reden. Glückliche Ehe: halb Geschenk, halb Verdienst. Ich weiß auch das.«

»Sitzt du gut? Ist es dir so bequem?« fragt die Mutter besorgt. Frage und Tonfall verblüffen Wally. »Keine Umstände«, sagt Oom Henk, »Prächtig, ganz prächtig.«

Etwas kann hier nicht stimmen.

»Wann war ich zum letzten Mal in eurem Palast? Acht Jahre her? Acht Jahre verstärktes Reisen, Reisen, beruflich, vor allem freiwillig. Verrückte Zeit. Nutzt aber nichts. Außerdem sind mir unter anderem Beruf und Geld ausgegangen. Am meisten, vorerst, die Lust auf das Ferne und Berühmte. Die Erde soll ihre Legenden behalten, ach Gott, diese Städte und Länder, von denen ich immer gelesen hatte! Es genügt, unter uns, Bilder davon im Kopf zu haben, die Namen zu sagen: Feuerland! Patagonien! Filme sind fast zu viel Einmischung, zu viel Banalität, zu viel Poesie. Bleibt mir doch mit der Felsenstadt Petra weg und mit dem Rock auf Cashel genauso!«

Er lacht einmal seufzend auf.

»Schön, man muß ausschwärmen und überprüfen, aber

irgendwann begreift man, daß die unerschütterlichen Träume das Eigentliche und das Würzmittel sind. Mancher, wie ich, der alte zerknirschte Henk, Bruder Henk, Schwager Henk, braucht unanständig viel Zeit dafür. Endlich weiß ich, die Anfänge, die geballte Kraft des Gefühls ...«

Er hat sogar vergessen, daß es einmal immer nur »Oom Henk« geheißen hat!

»Eure kleine Wally ...«

Wally zieht, noch bevor ihr Herz loshämmern kann, im ersten Schreck sofort ihre Schuhe an.

»... meine kleine Wally, die ist es, die mich interessiert! Sie wird jetzt, wartet nur, etwa sechzehn sein? Ein großes Mädchen geworden? Nein, nicht so sehr groß? Um so besser. Das macht's ein klein bißchen einfacher, gnädiger für den alten Oom. Wie ich sie kenne, und wenn sie noch die Wally von früher ist, ahnt sie gar nicht, daß sie jetzt die Macht hat, einer ganzen Abendgesellschaft durch ihre stumme Unschuld und Jugend ein schlechtes Gewissen zu bereiten, sobald sie den Raum mit den verdutzten Erwachsenen betritt. Sie wird große Selbstzweifel haben, meine kleine Wally mit ihren sechzehn Jahren, na klar, versteht sich. Und trotzdem, ohne irgendwas zu tun, kann sie die Leute zumindest flüchtig in ihren Grundfesten beschämen, sie reumütig stimmen, als wäre deren Leben sinnlos geworden, seit sie dieses Unberührte unter schüchtern und träge gesenkten Lidern verloren haben. Das ist ungerecht, aber wird wohl so sein.«

Wieder lacht Oom Henk. Er lacht als einziger, lacht auch nur kaum, und wieder klingt es nach einem Seufzer und Luftholen. Wally steht ganz steif im Nebenzimmer.

»Es ist die bezwingende Wirkung aller jungen Mädchen, für kurze Zeit. Was uns Erwachsene beinahe tröstet und entschädigt: für oft nur sehr kurze Zeit. Und Wally weiß nichts davon? Liest aber viel? Kann sich also keinen Reim darauf machen, warum die Leute erleichtert sind, wenn sie auf die Frage nach ihrer Lektüre antwortet: ›Moby Dick‹, erleichtert, weil sie bald dann doch eine der unseren werden wird und wir den außerirdischen Zauberbann abschütteln können?«

Woher weiß er, daß sie vor einer Woche mit »Moby Dick« angefangen hat?

Er hebt kaum die Stimme: »Und nun, meine kleine Wally, komm endlich aus deinem Versteck!«

Ohne zu überlegen, geht Wally los, schneller, als sie zögern kann, durch die angelehnte Tür.

Die Eltern stutzten und starren, wenden dann aber sofort die Gesichter dem dicken Herrn im Lehnstuhl zu, der sich etwas mühsam erhebt. Er lächelt, und erstaunlicherweise errötet er ein bißchen. Das fällt auf, weil er eigentlich so bleich ist, glatt, kahl, bleich und ungeheuer umfangreich in einem viel zu engen Anzug. Wally, die sich so sehr davor fürchtete, von Oom Henk in ihrer Kleinheit angesehen zu werden, hat ihre Angst völlig vergessen. Sie, Wally, ist es, die wahrnimmt und beobachtet, die zunächst zurückgeworfen, fast aus dem Raum gedrängt wird von einem Anblick, denn der Herr – der Oom Henk sein muß, es geht ja nicht anders, niemand sonst ist außer den Eltern im Zimmer – ruft leise, als wären sie beide allein: »Meine Wally!«

Etwas fehlt. Er hat »kleine« weggelassen! Es beunruhigt sie nicht. Sie ist zu stark beschäftigt mit der Erscheinung, die auf sie zukommt und die sie nun als weiße, weiche Masse fest in die Arme schließt. Und Wally sträubt sich nicht vor Überwältigung und Untergang in Oom Henks langem, dreifachem Wangenkuß. Sie versucht nur fieberhaft, etwas zu fühlen, Schrecken, Freude.

Da murmelt der Blasse und schiebt sie ein Stückchen von sich weg: »Recht hast du, aus deinem Oom Henk ist ein ausgewachsenes Mondkalb geworden.«

Wally laufen Tränen übers Gesicht: »Oom Henk, Oom Henk!« Zur gleichen Zeit sagt jemand in ihrem Kopf aus seinem Versteck heraus unhörbar verzweifelt, unüberhörbar eisig: »Mondochse, Mondhengst, Mondochse!« Hören Sie?

Mein Gott, hören Sie nur, wie kalt!

Kleine Verhältnisse oder *A dream of the shadow of smoke*

»Idiot!«

Nicht so sehr die hingezischte Beleidigung hat für Heiner Krapp den Zusammensturz des gesamten Gebäudes bewirkt (samt Marmor, Stuckmarmor, Blattgold in Bibliothek und Festsaal, mit Muscheln und Füllhörnern als Symbolen des Überflusses in den Fassadenreliefs). Es war die Sekunde danach. Und dann: die Minute danach. Noch eben hatte ihm der Hausherr lächelnd mitgeteilt, ein dänischer Architekt, Spezialist für großbürgerliche Villen um die Jahrhundertwende, habe den Bau in Abstimmung mit den Wünschen eines damals äußerst erfolgreichen Champagnerfabrikanten entworfen (Wappen im Giebeldreieck, sechs Terrassen, neoklassizistische Ausstattung, Trompe-l'œil-Effekte im Treppenhaus). Wobei Krapp nicht entging, daß der jetzige Besitzer, dem ein Jahreseinkommen von dreizehn Millionen Euro nachgesagt wurde, ohne Berücksichtigung vermutlich üppiger Nebeneinkünfte, dabei mehrmals sein eigenes markantes Gesicht in einem Wandspiegel prüfte und vielleicht allein aus Zufriedenheit über das Resultat lächelte. Er war zweifellos einer der Männer, die nicht wie er, Krapp, über einen konventionell gefüllten Terminkalender verfügten, sondern deren Agenda von ihrer Privatsekretärin nach Viertelstunden strukturiert wurde. Es hatten wohl auch die Krapp zugemessenen Höflichkeiten mit dieser hingeplauderten Auskunft beendet sein sollen. Denn Krapp, völlig unbedeutend, wenn auch in seinem besten Anzug und wie verrückt gewienerten Schuhen, war nur mitgeschleppt worden, eingeschleust von seinem alten Grundschulfreund Bolko, der

Krapp mit dem ihm, Bolko Vomberge, der sich neuerdings wieder »vom Berge« schrieb, viel selbstverständlicheren Ambiente auf gutmütige Weise blenden und auch necken wollte.

Krapp durchschaute das. Er stellte einen Fremdkörper dar wie die altfränkische kleine Person, die sich neben ihm mit irgendeinem ›Jan‹ an einen gewissen »Oom Henk« erinnerte und wie die vier jungen Frauen des Streichquartetts, die ein bißchen Béla Bartók abgeliefert hatten (immerhin: hübsche Frauen, straff gekämmt das Haar, straff vor musikalischer Leidenschaft und Ehrgeiz ihre Körper!) und mit präziser Witterung, bald nach ihrem Auftritt in einer Ecke des Treppenhauses ihre Abendkleider aus- und ihre Jeans angezogen hatten und verschwunden waren.

Jetzt aber sehen Sie Heiner Krapp als gekränkten Besserwisser, angesichts der schneidigen Beschränktheit selbst der intelligentesten der tonangebenden Gäste naturgemäß noch völlig ahnungslos, was die dann ganz und gar andere Umgebung betrifft, in der er schon bald den Abend fortsetzen wird, diesen für ihn so denkwürdigen Abend, der unter venezianischen Lüstern und restaurierten Historiengemälden begonnen hat.

Obschon es eine zarte Anspielung ja bereits gab! Er konnte sie bloß nicht als Wink aus der anderen Welt verstehen. Ist er nicht eben beinahe mit einem kleinen deplazierten Mann, einem bankrotten Galeristen und demolierten Star der zwielichtigen Branche zusammengestoßen, der tat, als würde er Krapp nicht wiedererkennen? Dabei war es doch genau dieses runde Herrchen, das ihn vor zwei Wochen auf einer Vernissage des Malers Fritz Grosse, als kein Wein mehr ausgeschenkt wurde, um den Rest in seinem Glas angebettelt hatte: »Falls Sie keine Verwendung mehr dafür haben, ich übernehm's gern.« Und schwupps, war der Chianti weg! Ob den bereits sehr rotnasigen Kerl ein Freund aus Kindertagen, wie es bei ihm, Krapp, der Fall war, in die Villa eingewunken hat? fragte sich Krapp. Und das, damit hier zu allem Überfluß ein paar offensichtlich schräge Vögel mit linkischem Flügelschlag schwirren? Soll es einige Leute mit weiß der Kuckuck oder Satan welchen Grundgehältern, Sondervergütungen, Aktienoptionen auf Wunsch des Hausherrn und zu dessen Vergnügen, in ihrem Selbstwertgefühl ein bißchen unterminieren, ein wenig verwirren in der Einordnung des Empfangs und ihrer Anwesenheit als Geladene? Diese federnden Zentralpersönlichkeiten und Raubmenschen, die ihrerseits charakterlich schwache Führungskräfte aus den Belegschaften angeekelt mit paraluxuriösen Nutten bestechen ließen, diese Löwen, denen sie, Lämmer wie Krapp und Co., vermutlich nie in ihrem Leben jemals vorgestellt würden.

Der mächtige Mann im besten Alter also war dabei, ihn mit liebenwürdiger Kälte aus der kurzen Audienz, die Krapp lediglich Bolko vom Berge zuliebe gewährt worden war, entschieden zu entlassen und ihm dabei, nein, Krapp verhörte sich durchaus nicht, halb zerstreut den Rat zu erteilen: »Und nun, mein Lieber, entspannen Sie sich«, um dann, als dieses »Rührt Euch!« kaum verklungen und sich in seiner Unverschämtheit tief in Krapp hereingebohrt hatte, zur Seite hin ein einziges Wort zu fauchen oder zu spucken: »Idiot!«

Es galt einem jungen Kellner, der, ohne weiteren Schaden anzurichten, beziehungsweise ihn mit großer Geschicklichkeit verhütend, den Hausherrn bei dessen unvorhersehbarer Schulterbewegung mit seinem Gläsertablett etwas unsanft am Ärmel berührt hatte.

In diesem Augenblick bemerkte Krapp, daß die Gastgeberin, die in ihrem feurig roten Kleid von Anfang an als züngelnde Flamme in der Gesellschaft fungierte, die Schuhe wie in plötzlicher Eingebung abstreifte und barfuß ihren Weg zwischen den Gästen fortsetzte. Das hat sie bestimmt beim Finishing für Klassefrauen gelernt, nämlich, daß man als lodernde Herrscherin so etwas ruhig machen darf, ja sogar machen sollte, und zwar als Zeichen souveränen Stilgefühls und des Vorrechts, auch auf diesem Parkett kontrolliert nachlässig zu sein, dachte Krapp, und deshalb drang die zweite Kränkung aus demselben Mund, die sich ja diesmal nicht auf ihn bezog, erst im Nachhall an sein Ohr.

Da sah er endlich in die aktuelle Richtung, und zwar in tiefblaue, von schwarzen Wimpern umgebene Augen, die sich in mehreren Schüben zu vergrößern schienen. Augen, so durchfuhr es Krapp, die mich fressen werden, auch wenn sie jetzt noch gar keinen Appetit auf mich verspüren! Sie gehörten dem jungen Kellner, der dem hochgewachsenen Krapp gerade bis zum Kinn reichte.

Irgendwo in einer kleinen Gruppe hatte man eine halbe Stunde vorher unter diskretem Zungenschnalzen von Mouna Ayoub gesprochen, einer libanesischen Immobilienhändlerin aus Kuwait mit einem Vermögen von mindestens 500 Millionen Dollar und großen Brüsten, die gerade, wer weiß warum, den größten Diamanten der Welt verkauft habe. Immerhin koste allein der Unterhalt der Yacht dieser prunkvollen, von Kleidern und Schmuck besessenen Frau, ursprünglich Aushilfskellnerin in Paris, circa acht Millionen Euro im Jahr. Krapp hatte erst gar nicht versucht, sich das Gebirge von Frau und Multimillionärin auszumalen. Aber während jemand, offenbar um den Klatsch zu adeln, aus den Essays von Montaigne zitierte und man »Hehe, haha« machte, war ihm seine geschiedene Ehefrau eingefallen, die er leider aus ihrem damaligen gemeinsamen Hochbett gescheucht hatte, weil er gewöhnlich am Morgen – er konnte es trotz ihrer Empörung nicht lassen – in unbefangener Fröhlichkeit und Zuneigung ihre Beischlafäußerungen nachträllerte. Warum denn nicht? Wie die eines Vogels, einer Nachtigall doch nur! Bis es zu spät gewesen war.

Die blauen Augen des jungen Kellners?

Vorher sollten Sie noch wissen, wie Krapp zu seinem jetzigen Beruf gekommen ist, eigentlich gegen seine ursprünglichen Neigungen. Die Verhältnisse, denen er entstammt, Sie werden es längst gemerkt haben, sind kleine, sind solche, in denen die Mark umgedreht und die Besohlung der Schuhe jedesmal zum Problem wird. Bereits als Säugling von sieben Monaten soll er futterneidisch gewesen sein und beim Anblick voller Teller grundsätzlich vor Gier geschrien haben. Mit Eintritt ins Grundschulalter legte sich das.

Einmal allerdings, in Krapps Kindheit, brach eine größere Geldgabe über die Eltern herein, ein Geschenk, das, so schien es Krapp nachträglich, zur Bedingung hatte, daß man es auf der Stelle ausgab. Die Eltern fuhren, wahrscheinlich einem geheimen Befehl kopfschüttelnd gehorchend, mißbilligend, aber dann immer ausgelassener, mit ihrem Sohn an die ligurische Felsküste. »Das Leben muß nun mal gelebt werden« war bisher der Wahlspruch des Vaters gewesen. Es hatte aus seinem Mund stets wie eine Beschwerde geklungen, nun, im Angesicht des italienischen Meeres, klang es wie eine achselzuckende Entschuldigung für den Leichtsinn.

An einem dieser paradiesischen, für das Kind Heiner Krapp endlosen Tage am steinigen Strand, wo er kleine graue Vögel beobachten konnte, Vögel mit Raubtierschnäbeln beim Jagen der schönen Schmetterlinge, die um ihr Leben gaukelten und ihren Verfolgern manchmal entkamen, sah er einen sehr alten, krummen Mann, der sich aus seiner tief gebückten Haltung nie mehr strecken, nicht mal aufrichten konnte. Eine zarte, bis auf zwei winzige Stoffteile nackte Frau ging neben ihm und stützte, als wäre der Mann aus zerbrechlichem Teig gebacken, den überaus langsam und mühselig Vorwärtsgehenden. Sie tat es mit nicht nachlassender Geduld, jede Sekunde aufmerksam. So tasteten sie sich über einen im Fels verlaufenden Betonweg. Der gebückte Vater zog sich, als der Weg anstieg, an den Felszakken hoch, mit der anderen Hand umklammerte er die Tochter. Sie wankten bis zum höchsten Punkt des Pfades, wo der Mann wohl noch einmal in seinem Leben in den verborgenen Teil der Bucht sehen wollte. Dann kehrten sie um und schwankten zurück, genauso behutsam wie davor. Bis heute hat Krapp die beiden nicht vergessen.

Möglicherweise, weil die Szene die nächste vorbereitete. Es hatte aus heiterem Himmel ein gewaltiges Gerenne und Geschrei gegeben. Man wußte nicht, was passiert war, es mußte aber eine Strandkatastrophe sein. Plötzlich sah der Junge einen Mann in Badehose mit großen Schritten, ja Sprüngen und einem Behälter in der Hand zu der Menschenmenge, die alles verdeckte, hinlaufen, und sofort spürte man die Ruhe, das allgemeine Ausatmen. Nach einigen Minuten kam ein Riese mit ungeheuerlichem Kugelbauch zum Vorschein. Auf seinen weiß umwickelten Kopf drückte er einen Kühlbeutel, abwechselnd mit der rechten, dann mit der linken Hand. Der Mann war auf dem grünen Schleim der Steine ausgerutscht und auf den Kopf gefallen. Er wartete nun, fürs erste versorgt, auf die Ambulanz. Von diesem Moment an stand für Heiner fest, daß er Arzt werden wollte, einer, der im Laufschritt zur Rettung Verunglückter eilte und sich der Niedergedrückten voller Langmut annähme. Das schöne, doppelte Helfen am Meer! Vielleicht trüge er selbst dann einen wehenden weißen Kittel dabei.

Kindliche Träume vom Gutsein! Verwehender Rauch! Es wurde dann natürlich doch nichts daraus. Sein bester Freund, Bolko vom Berge, der als Student den Namen vorübergehend in revolutionärem Anflug zusammenschrieb, verschwand in einem Internat, und es dauerte lange Zeit, bis Heiner begriff, daß eine solche Anstalt keine Strafe war, kein Schicksal von Pechvögeln, denen die mütterliche Liebe vorenthalten wurde, sondern eine geheimnisvolle Schmiede, in der einige einfache, aber später nie mehr nachzuholende Riten gesellschaftlichen Umgangs eingeübt wurden. Alle neuen Freunde Bolkos, von denen er einige kennenlernte, besaßen diesen rätselhaften Schliff, und zu ihnen allen bestand eine Ferne, die weniger mit dem Wohlstand ihrer Elternhäuser als eben damit zusammenhing: Man legte mit Körperwendungen und Plaudereien, mit der Beiläufigkeit, in der man nach einer Serviette griff und ein Glas zerbrach, eine ruckzuck gelesene Visitenkarte ab. Und der Instinkt, der Geruchssinn dieser Leute war nicht zu täuschen, auch wenn sie gelernt hatten, ihre Erkenntnisse, falls sie negativ ausfielen, mit lässiger Grazie zu überspielen. »Ein erfolgreicher Fischverkäufer mit Familiensinn«, so lautete ein vertraulicher Tip des Studenten Vomberge, »sollte seine Kinder auf ein allererstklassigstes Internat schicken und sich dann bis aufs Finanzielle eisern zurückhalten. Wenn seine Sprößlinge einigermaßen intelligent sind, haben sie gute Chancen, fundiert aufzusteigen.«

Bitte, und wie hat es sich, fragt man zu Recht, so entwikkelt, daß er, ein im Großen und Ganzen weltläufig gewordener Verlagslektor mit kleinkarierten Ressentiments, auf diesem für ihn überdimensionalen Empfang herumsteht? Lag der Wahl des Studiums etwa Rache, Notwehr gegenüber der schmerzlich juckenden Nachsicht jener »Freunde« und »Kreise« zugrunde? Die Hoffnung, sie, wenn schon nicht auf dem Gebiet des Small talks, der Manieren und exzellent trainierter ostentativer Entschlußfreudigkeit zu schlagen, dann wenigstens da, wo es ihm ein leichtes sein würde, also auf dem noch immer geheiligten der Bildung und Literatur, ohne gleich als armer Hauslehrer aufzutreten?

»Und so ist es mit der Liebe der Freunde: ohne Mahnung, ohne Rütteln, in aller Stille fällt sie nieder und beglückt. Sie begehrt nichts für sich und gibt alles von sich«, hatte er einmal, nicht ohne geheime Bosheit Nietzsche zitierend, zu Bolko gesagt. Der hatte schallend gelacht und das Zitat schnurstracks ergänzt: »Nun vergleiche die scheußlich-gierige Geschlechtsliebe mit der Freundschaft!« Krapp, Krapp, in diesen Verhältnissen weiß man, daß neben dem Geld auch kulturelles Wissen Macht ist und wie man sich seiner zu bedienen hat!

Nur seine Eltern, die hatte Krapp ohne Absicht häufig gekränkt, da ihm das Zitieren leider Gewohnheit geworden war, besonders das in Fremdsprachen. Sie empfanden es, bei seinen Besuchen zu ihrem Trost immer enger zusammensitzend, als Vorwurf an seine Herkunft, und es passierte ihm ganz gegen seinen Willen. »A dream of the shadow of smoke!« Wie hatte er mit diesen paar unbedacht gemurmelten Wörtern von Sheridan Le Fanu ausgerechnet den glücklich begonnenen letzten Lebenstag seiner Mutter, die bis zu ihrem Tod feine Ohren besaß und sich durch sein Englisch zurechtgewiesen fühlte, zerstört!

»Idiot!«

An Krapps Ohr, ans linke oder rechte, war, fast gleichzeitig, auch ein hinter ihm geführtes Gespräch über gebaute und geplante Türme gedrungen, Türme mit angestrebten, im geplanten Endergebnis geheimgehaltenen Höhen bis zu 1000 Metern, eine Herausforderung an die Kühnheit großer Architekturbüros aus aller Welt zwischen Chicago und dem unvermeidlichen Dubai. Jetzt gerade! heiße die Maxime der himmelbedrohenden nationalen Erektionen, es sei, nach dem 11.9. und den nicht lange anhaltenden Schocks und Fragezeichen, ein rasender Wettkampf, wie vor mehr als einem halben Jahrhundert um die patriotische Eroberung der Achttausender, um die Errichtung des höchsten und auffälligsten dieser, immerhin schon alttestamentarischen, Symbolbauten entbrannt, Wahrzeichen, für die man keine Opfer scheue, eine Bombenstimmung, eine Bombenspannung diesbezüglich zwischen Europa, USA, Asien.

Vielleicht irrte er sich auch in der Reihenfolge, und es war nur später seine Erinnerung, die Gesprächsfetzen zusammenzog. Jetzt aber, in dieser Sekunde, ist er in die tiefblauen, schnell sich vergrößernden Augen gestürzt, die sich noch nicht für ihn interessieren, die, nach außen geweitet, sich nach innen auf einen Punkt sammeln, als würde dort die gesprochene Beschimpfung zu einer optischen Erscheinung, so wie Krapp als Achtjähriger den Satz »Lieb', o Lieb', ich will dich fassen« unbedingt unter ein Mikroskop legen wollte, er wußte nur nicht wie, um ihn durch immer schärfere Einstellung schließlich verstehen zu können.

Gar nicht sehr viel später sitzt er mit dem seit eben arbeitslosen, schönäugigen Eddie, den er bald nur noch bei seinem richtigen Namen nennen wird, in einem Taxi auf dem Weg zu einer Frau Tisch, Eddies Schwester, bei der er gegenwärtig wohnt, Kassiererin in einem Drogeriemarkt, die seit über einem Jahr verwitwet ist. Ihr Mann hatte seine

Stellung als Nachwächter verloren und wollte es ihr aus Scham nicht erzählen. Statt dessen verbrachte er zwei Januarnächte auf einem Parkplatz in seinem kleinen Auto. In der besonders kalten dritten ist er bei seinem Täuschungsmanöver erfroren. »Sie macht sich noch immer Vorwürfe.«

Krapp hört dem Jungen zu, genauer, Krapp horcht, wie sich ihm der noch Unbekannte bei seinen Geschichten präsentiert, lebhaft, leidenschaftlich, parteiisch. Krapp horcht benommen, denn vor sich sieht er das Bild eines Ochsen, dem der Metzger mit dem Hammer vor den Schädel schlägt. Der Ochse ist er, Krapp!

Hatte er nicht schon damit begonnen, wieder wie früher als Kind über Verliebte zu lachen, über ihren unverständlichen, kuriosen Zustand, nun aber wie ein Greis jenseits von Gut und Böse? Und was mache ich hier eigentlich jetzt? Ein Strudel reiner Energie, sagt er sich immer wieder und muß aufpassen, daß er es nicht flüstert. Er setzt die Nüchternheit und die Gier außer Kraft. Worauf lasse ich mich hier womöglich unwiderruflich ein? Es veralbert jede Einsicht über das Leben und die gültigen Spielregeln.

»Vielleicht nichts Besonderes zu essen, aber einen wirklich reinen Wein gibt es bei uns verläßlich. Wir haben eine saubere Quelle!« lacht Eddie, offenbar sorglos. Ein Glück, daß er von meinen beruflichen Deformationen nichts ahnt, sagt sich Krapp und studiert, so gut es im Halbdunkel des Taxis geht, den nach seinem Auftritt in der Villa erstaunlich unbekümmerten Jungen neben sich, an dem vielleicht nur die Augen unwiderstehlich sind, schwarzblau vorhin in einem Gesicht, aus dem, wie man sagt, jeder Tropfen Blut gewichen war.

Als der Junge jetzt die Tür aufschließt, spürt Krapp im unseligen Deckenlicht die Oberfläche der Wohnung auf Anhieb. Es ist der Geruch nach hermetischer Flauschigkeit, dabei sauber bis in jeden Winkel. Viel zu viele Gegenstände und Farben, Stofftiere. Muscheln, wo nur ein bißchen Platz dafür ist. Noch stößt ihn die auf der Haut juckende Behausung ab. Wenn er einen Schritt weiter macht, nimmt sie ihn auf wie in einer geblümten Hausfrauenschürze.

Schon hat er den Schritt getan.

Die Schürze schlägt über ihm zusammen. Das Gesicht des Jungen ist gebräunt, die Augen strahlen vor Lustigkeit azurblau. Eine hübsche, verweinte Frau mit Brüsten, die es wahrscheinlich mit denen von Mouna Ayoub aufnehmen können, kommt aus der kleinen Küche in die Diele. »Heiner, Hilde, Eddie«, sagt der Junge. »Es ist nicht sein richtiger Name, er heißt Rolf«, bemerkt Hilde ohne Überraschung.

Ob sie noch immer um den Erfrorenen trauert? Das träfe sich gut, überlegt Heiner, sonst brächten mich ihre Augen in Kalamitäten. Es sind ja die des Jungen, nur etwas stumpfer vielleicht.

»Was ist passiert?« fragt Eddie.

»Herr Leber, ein Kollege aus dem Warenlager, ist heute gestorben. Und was daran so tragisch ist: Tod ausgerechnet durch Leberkrebs!« Heiner kann nicht anders, er lacht laut heraus und ruft, um davon abzulenken: »Tragisch, tragisch!« Eddie schließt sich dem Gelächter an. Hilde erschrickt, starrt einsam zu den beiden Männer hin, dann lacht sie mit. Heiner beschließt daraufhin zweierlei. Er wird Eddie ab sofort nur noch Rolf nennen und Hilde brüderlich ins Herz schließen.

Krapp hat keine Ahnung, was der Abend noch bringen wird, aber er würde gern mit den beiden in der Küche sitzen. Das ist nicht gestattet. Es muß unbedingt das Wohnzimmer sein! Heiner empfindet eine Schwerfälligkeit, er läßt sich führen wie ein Lamm, und ein Hüpfen, so leicht ist alles, ohne Gewicht. Merkwürdig, schießt ihm durch den Kopf, diese Teddys, diese Stellvertretung der Tiere! Das würdigste Bild seines Großvaters zeigt ihn, wie er einem aufgerichteten Eisbären, unter dem ein Mann steckt, wie wagemutig einen Finger ins Maul schiebt. Das Foto, auf dem seine Eltern die beste Figur machen, wurde vor einer Kulisse mit italienischer Landschaft geknipst, beide legen einem ausgestopften, folkloristisch aufgeputzten Eselchen die Hand auf den Rücken, als wäre es ihr Besitz. Ob es etwas bedeutet?

Der Weißwein, den Rolf samt drei bombastischen Gläsern ins Zimmer trägt, überzeugt Heiner sofort. Zwei Klassen besser, mindestens, als der Geschmack der Wohnung. Hilde bringt, wenn auch mit schlurfenden Schritten, Spiegeleier und Frühstücksspeck. An den Fingern jeder Hand stecken glitzernde Ringe jeweils zu zweit übereinander. Sie kichert noch immer, wischt seitlich Tränen weg und schüttelt den Kopf über sich. Zwischendurch richtet sie die verwirrenden Augen in erwartungsvollem Spott auf Heiner und den Bruder. Dann sieht sie auf ihre Pantoffeln runter, geht schnell weg und kommt auf Stöckelschuhen zurück.

Eigentlich hat sie mit den Männern essen wollen, aber nun schiebt sie den Teller von sich. »Heiner«, sagt sie, »du hast studiert. Die Manieren und wie du dich ausdrückst! Ich besitze nicht viel Geld, dafür Menschenkenntnis. Auch ich wäre furchtbar gern aufs Gymnasium gegangen. Es kam nicht dazu.« Rolf hat zu Hildes Geständnis geduldig lächelnd den Kopf in den Nacken gelegt. Das steht ihm so gut, daß es in Krapp Angst erzeugt. »Studium ist nicht so wichtig«, antwortet er, ohne sich lange zu besinnen. Er zieht es vor, sich nicht nach den Bildungshindernissen zu erkundigen. Lieber läßt er galant ihren letzten Satz im Vagen verklingen.

Hilde teilt ohne Umstände ihre Spiegeleier zwischen den beiden auf. »Leber ist ja in Wirklichkeit nicht wegen Leberkrebs, sondern an seiner blödsinnigen Arbeit gestorben. ›Es ist das Leben, das Leber auf die Leber schlägt‹, sagte er oft in der Zigarettenpause auf dem Hof zu mir. Bei jeder Zigarette, die sich der kranke Mann anzündete, flüsterte er vor sich hin: ›Pourquoi pas!‹ Wie ich das noch im Ohr habe! Ich selbst lebe ja. Keine Ahnung, wieso. Wieso halte ich so ein Sklavendasein aus? ›Haben Sie eine Kundenkarte?‹ Wir verkaufen denen Seele und Körper, sagen wir immer. ›Neun Euro, dreißig Cent.‹ Der Körper ist eingezwängt in die Box hinter der Kasse, das Hirn wird abgestellt, und der Mund sagt die ganze Zeit. ›Guten Tag‹, neuerdings ist gewünscht: ›Hallo‹, ›Neun Euro, dreißig Cent‹, ›Haben Sie eine Kundenkarte?‹, ›Danke schön‹, ›Und siebzig Cent zurück‹, ›Einen schönen Tag noch‹. Die kontrollieren! Keine Silbe zusätzlich ist erlaubt, das hält den Betrieb auf, keine weniger, der Kunde muß hofiert werden. Ob ich durchdrehe? ›Hallo. Neun Euro, dreißig Cent. Haben Sie eine Kundenkarte? Danke schön. Und siebzig Cent zurück. Einen schönen Tag noch.‹ Das ist mein ganzes Arbeitsleben. Sie machen uns zu Idioten. Dabei ist die Kamera auf uns gerichtet, zwei Sätze mehr, und wir kriegen einen Anpfiff. Ich kann es auch rückwärts sagen: ›Einen schönen Tag noch. Und siebzig Cent zurück. Danke schön. Haben Sie eine Kundenkarte? Neun Euro, dreißig Cent. Hallo.‹«

Sie verzieht traurig, vielleicht auch extra theatralisch, das niedliche Gesicht. Rolf sagt kein Wort, erst recht nichts von seinem Rausschmiß. Er lächelt Heiner abwiegelnd an, es bedeutet wohl: nicht so schwer nehmen. Morgen macht sie wieder ihre Späße!

Krapp aber kann sich nicht wehren. Ihm ist zu heiß ums

Herz, als daß Hildes Rauhreif nicht sofort darauf tauen müßte. Für ihn steht das Lächeln ohne Begründung als mächtiger Zauber in diesem noch eben beklemmend geschmacklosen Raum. Kein Geröll, keine Stacheln der Abwehr mehr. »Das ist bei den Ärzten doch mittlerweile kaum noch anders«, lallt er vor sich hin.

»Idiot!« Der junge Kellner hatte schließlich, immer bleicher werdend, immer schwarzblauer die Augen, das Wort verstanden und regte sich einen Moment lang nicht, blieb auch stumm, nicht beschämt allerdings. Etwas erwägend? Sich sammelnd auf die folgende Handlung? Das Tablett mit gefüllten Gläsern glitt ihm allmählich, wie zufällig, nichts anderes ließe sich nachweisen, aus der Hand. Es kippte dem Gastgeber, der gebannt von der spektakulären Verfärbung im Gesicht des jungen Mannes dastand, auf die Brust, befleckte ihn rot. Der Wein rann ihm die Hosenbeine hinunter, die Gläser zerbrachen auf dem Parkett. Sehr fix griff nun der Junge in seine Jackentasche, holte kleine Geldscheine daraus hervor und steckte sie seinem Beleidiger hinters fröhliche Ziertuch aus Krawattenseide. Nahe stehende gruppierten sich schon um sie herum.

Ganz wie damals, als der Dicke am Strand auf den Schädel gestürzt war!

Eine Sekunde lang schien es so, als wollte der Mann im besten Alter, dem der Kopf schwoll, da nun auch seine Feuerrote auf bloßen Sohlen herbeischlich, den Jungen schlagen. Rechtzeitig erkannte er dann jedoch am professionell elastischen Ducken seines Gegners, daß er sich auf einen Boxkampf mit einem trainierten Jüngeren einlassen müßte.

Wurde denn gar nicht gesprochen? Kein Laut irgendwoher?

Krapp weiß es nicht. Er glaubt, sich an eine Stille zu erinnern, die unmöglich geherrscht haben kann. Der Junge aber hat seine Kellnerjacke ausgezogen und über einen Stuhl geworfen. Danach ist er, in vollendetem Pathos, ohne sich umzudrehen, aus der Villa mit dem Marmor, Stuckmarmor – Träume, Schatten – und Blattgold und dem Wappen im Giebeldreieck gegangen. Krapp ist ihm einfach, ohne nachzudenken, gefolgt.

Denn so, wußte er endlich, wie alle großartigen Boulevards, Paläste, Kirchen und Rathäuser Täuschungsmanöver darstellen und stets in Wirklichkeit die Liebe gemeint ist, so, wie die Leute unter ihren Kleidern nackt gehen in ihrer Sterblichkeit, so sind Bibliothek und Festsaal mit Muscheln, Füllhörnern und allem lebendigen und toten Inventar, das sie beide zurückließen, in jenem Augenblick auf Nimmerwiedersehen zerstäubt.

Und nur ganz von fern nimmt er ein Geräusch wahr, Sie aber hören es deutlicher: »›Danke schön. Bitte schön. Einen schönen Tag noch.‹ Mein Leben lang? Ich mach Schluß damit. Gute Nacht, ihr zwei Hübschen, gute Nacht!«

Licht auf Körpern

Auf Anhieb, nicht wahr, erkennen Sie, daß dieser Mann nicht zu denen gehört, die Frauen innerhalb von drei Sekunden durch Blick, Stimme, Geruch in ein entwicklungsgeschichtlich frühes Weibchenstadium zurückkatapultieren, mit Konsequenzen, von denen man, unter uns, einige lieber nicht im Hellen studiert?

Andererseits kann Ihnen doch unmöglich entgehen, wie gebannt die übertrieben geschminkte Zuhörerin im kurzen Rock an seinen Lippen hängt! Der Mann redet schon so lange auf sie ein, und doch läßt ihre Aufmerksamkeit keineswegs nach, im Gegenteil, immer größer und lebhafter bewegt sie die stark umrandeten Augen, Ausdruck der Gefühlszustände: Staunen, Bewunderung, Begeisterung. Sie folgt jeder seiner energischen Handbewegungen, rauf, runter, nach rechts, nach links und hört, ganz perplex, verschiedene Wörter an: »Kunsthistorikerwahn«, »Abstraktion«, »evokativer Grund«. Mit solchen Begriffen wird diese Frau, die er übrigens als »Uschi« anredet (dabei aber jedesmal kurz zu schlucken scheint), nicht gerade auf die Welt gekommen sein. Sehen Sie bloß diese irrsinnigen Stiefelabsätze! Um so größer das Wunder ihres sichtbaren Interesses. Ist sie eigentlich so richtig jung? Taufrisch?

Bis auch in Ihnen der Verdacht aufsteigt, sie, Uschi, triebe in geschickt kaschierter Langeweile, höflich und ohne den in seine leidenschaftliche Erörterung Versunkenen im geringsten zu kränken, eine spezielle, für solche Fälle bereitgehaltene Augengymnastik, die ihr im Hauptberuf am waldigen Rand einer Bundesstraße zugute kommt.

Der Maler Fritz Grosse kennt Uschi Tisch nicht von einschlägigen Besuchen in ihrem Camper, sondern durch deren Bruder Rolf, den Freund von Heiner Krapp, der ein früher Sammler von Grosses Grafiken ist. Grosse hat sie in sein Atelier gebeten, um von ihr gegen Honorar eine Reihe Stützfotos für ein Gemälde zu machen. Ihr Körper verfügt über ausgesprochen konzeptuelle Rundungen, die, entsprechend gedreht und beleuchtet, seiner Figurenauffassung, ja, seiner Art der Stilisierung von Dingen überhaupt, zufriedenstellend entgegenkommen. Sie erleichtern seine Arbeit auf der Leinwand und sichern sie ab.

»In Indien sind die Rinder in –
out ist dort nur die Inderin.«

hat er sie, angeregt durch ihre farbenprächtige Aufmachung, begrüßt, als sie etwas zögernd an der Tür stand. Sie lachte, da gab es noch gleich einen Stegreif-Schüttler hinterher:

»Vom Saufen werden Mauerblümchen
nicht blonder, sondern blauer, Mühmchen.«

Diesmal bezog sich der Vers auf Uschis hellgefärbtes Haar. Sie nahm auch das nicht krumm, und schon herrschte eine angenehme Kumpelhaftigkeit zwischen den beiden, die dem Maler erlaubte, sie überall anzufassen, um sie rascher in die richtige Haltung zu bringen. Nur ganz zu Anfang hatte er versucht, ihr die gewünschten Posen vorzumachen. Da er selbst aber keineswegs über die körperliche Geschmeidigkeit und Lässigkeit verfügt, die er für seine Bilder benötigt, mißverstand Uschi ihn und bemühte sich zunächst ziemlich ratlos, Grosses spezielle Umständlichkeit, die ihr fremd ist, nachzuahmen. Ein Irrtum, der den Maler, als er ihn noch nicht durchschaute, ungeduldig machte. Er ahnte ja nicht, wie kurios seine Verrenkungen auf die eigentlich so unbefangene Frau wirkten. Als er schließlich beide Arme über den Kopf hob und ein herzförmiges Muster von Mottenlöchern sichtbar wurde, gelang Uschi zufällig im überraschten Herausprusten eine so vollkommene und sogar von ihr wiederholbare Geste, daß er zur Belohnung ein drittes Mal, ohne Konzentrationsverlust mitten im Fotografieren, loslegte:

»Was Mottenkugeln gegen Fremdenhaß
sind Lichterketten gegen Hemdenfraß.«

Die beiden verstehen sich also ausgezeichnet und ohne viel Worte. Auch während des neuen, zwischen ihnen waltenden Mißverständnisses, als Grosse über seine künstlerischen Absichten spricht und Uschi die Zeit für ihre Augenturnerei besser nutzt.

»Man muß malen, statt zu theoretisieren!« ruft er gerade. Und: »Nachts träume ich manchmal, ich würde mißlungene Bilder von Picasso zu Spitzenwerken ummalen.« Dann dazwischen: »Hübsch, Ihr gestreiftes Hemd. Über Wölbungen betont es die Plastizität. Herrlich konzeptuell!«

Er wischt sich echte dicke Schweißperlen von der Stirn. Sie sieht große Flecken unter seinen Achseln, auch die Haare, die vorhin struppig um seinen Kopf standen, sind angeklatscht vor Nässe: »Ich muß mich abrubbeln. Das Fotografieren strengt mehr an, als man glaubt.«

Uschi staunt, wie unbesorgt er seinen mageren und totenblassen Oberkörper, während er in einer Ecke des Ateliers mit einem Frotteetuch hantiert, ihren Blicken präsentiert. Es scheint ihm gar nicht bewußt zu sein. »Bilder«, ruft er, »müssen die Kraft haben, die Erlebnisse sonst erst durch die Erinnerung gewinnen. Die Erlebnisse stauen sich in der Erinnerung wie im Gemälde. Die Dinge wollen Glanz und Volumen von Legenden erhalten. Die Gegenwart genügt nie, sagen wir: genügt nur in Ausnahmefällen, so, wie dem einen vermutlich immer die Musik zu den Ereignissen und dem Frommen in allen Dingen Gott fehlt.« Er steht ganz still beim Sprechen. Dann besinnt er sich und trocknet sich weiter mit mächtigen Kampfbewegungen ab.

»Was? Gepunktete Schuhe tragen Sie?« ruft er plötzlich. »Zum Teufel! Sie machen einfach alles richtig!« Nun kann sich Uschi über etwas anderes wundern. Der Maler, der doch eben so sehr schwitzte, zieht sich in zügiger Selbstverständlichkeit drei Strickwesten und zwei Pullover übereinander an.

In diesem Moment betreten zwei weitere Frauen nach eher symbolischem Klingeln den Raum, der drei Ebenen besitzt: die Hauptfläche mit der Staffelei, wo sich Grosse gerade befindet, eine Galerie und einen tiefer gelegenen Bereich, zu dem eine kleine Treppe führt, gemütlich wie ein altes Wohnzimmer mit rundem Tisch und einer Stehlampe. Dort sitzt Uschi und hört die Frauen besser, als sie die beiden sehen kann.

»Fritz«, ruft die eine, »da sind wir. Du siehst gut aus. Ich schleppe dir hier Martina Jeckchen an. Sie will Grafik kaufen und hat übrigens eine bildschöne Tochter. Beneidenswert. Komm, umarme deine Stefania!«

Umgehend, das hat Uschi nicht anders erwartet, fragt der Maler, warum Frau Jeckchen die Tochter nicht mitgebracht hat. Auch Frau Jeckchen rechnete bestimmt mit dieser Frage und lächelt deshalb nur freundlich. Uschi fühlt sich nicht mehr wohl. Bürgerliche Frauen! Das Kapitel liegt hinter ihr. Wie soll sie sich verhalten? Zu ihnen das Treppchen hochsteigen? »Interessiert« die kleinen Zeichnungen an den Wänden betrachten und bescheiden sitzen bleiben in ihrem lädierten Sessel und abwarten, ob man kommt oder sie ruft?

Sie versteht die Situation nicht und ist einem unprofessionellen Herzklopfen ausgeliefert.

»Mein Gott, was riecht das muffig! Werden hier Schimmelpilze gezüchtet? Die feuchten Wände sind eine Pest für dich und deine Bilder.« Stefania nähert sich mit schnellem Schritt dem Wohnzimmeridyll und streckt Uschi die Hand hin: »Und ich bin Zahnärztin«, sagt sie. Offenbar hat sie mit einem einzigen Blick Uschis Beruf erraten. Sie selbst ist eine ansehnliche Frau mit schwarzem, am Ansatz momentan nicht einwandfrei gefärbtem Haar. Ihr Selbstbewußtsein gegenüber dem Maler verrät Uschi, daß sie einmal seine Geliebte gewesen ist. »Zahnärzte sind furchtbare Menschen. Immer reden sie von Zähnen, nichts als Zahnregulierungen, Kieferoperationen, Fortbildungskurse, Kosten neuer Instrumente, selbst auf Zahnarztbällen. In ihrer Freizeit schießen sie Tiere tot oder lesen die gerade populärsten Kinderbücher. Was ist nur aus mir geworden! Früher wollte ich Tänzerin werden.«

»Nicht über die Kunden? Entschuldigung, ich meine, sprechen Sie alle nie über Patienten?« Uschi hat ihr Verplappern nicht ohne ein leichtes Rotwerden überspielen können.

Stefania, die kurz stutzt, weil sie sich fragt, ob die Frau sie eventuell mit dem Nuttenvokabular provozieren wollte, läßt Uschi keine Möglichkeit zu Verlegenheit oder Trotz. In ihrem glatten Gesicht gibt es nur feste, entschiedene Konturen: »Martina Jeckchen ist meine Steuerberaterin, und ich kann sie allen Anwesenden guten Gewissens empfehlen. Dir, Fritz, bringe ich sie als Interessentin, ganz ohne Provision, nur einen Kuß und einen Schüttelreim verlange ich. Sie kennt von dir bisher eine einzige Grafik, und zwar aus meiner Praxis: ›Frau unter der Höhensonne‹, damals Vorzugsangebot der Galerie Langer, Braunschweig.«

Frau Jeckchen ist eine ganz andere Person. Etwas Gedämpftes, auch Fahriges geht von der sehr hellhäutigen Frau aus, die noch kein Wort gesagt hat. Sie sieht Uschi aber direkt in die Augen, nur forschend, ohne Zustimmung oder Ablehnung. Es kann sein, daß sie mit einem Nebenblick die Rocklänge Uschis mit der ihrer Tochter vergleicht.

Der Maler gießt allen einen Amaretto ein. Er berührt Frau Jeckchen aus irgendeinem Grund an der Schulter. »Ich bin noch ganz fertig«, sagt Stefania, »bevor wir zu deinen Bildern kommen, Fritz, muß ich was loswerden. Heute morgen rufe ich meinen Frisör an, wie seit fünfzehn Jahren schon, ja, wohl gut fünfzehn Jahren schon. Es meldet sich niemand. Ich versuche es etwas später, wieder vergebens. Ich habe meine Hilfe am Geschäft vorbeigeschickt. Und? Der Laden ist vollkommen leergeräumt und wird zur Vermietung angeboten! Schon lange hatte ich den Verdacht, daß der Mann an einer verborgenen Krankheit leidet. Aber nun, so plötzlich, so sang- und klanglos aus dem Leben gegangen, so ruckzuck! Ich bin noch immer erledigt.«

»Am Grab des Geliebten, auf einer Steinbank:
sie schnüffelte süchtig, wie sein Gebein stank.«

Stefania sieht Grosse einen Moment lang böse an, dann sagt sie: »Gut. Ekelhaft, aber gut. Ich habe selbstverständlich Erkundigungen eingezogen. Und siehe da: Er ist gar nicht tot, eventuell nicht mal krank! Der hatte nur die Nase voll und lauerte auf einen günstigen Absprung zum Traumleben. Mit seiner Frau, die ebenfalls Friseurmeisterin ist, hat er angeblich über Nacht alles aus dem Laden geholt und ist mit ihr, wahrscheinlich auf Nimmerwiedersehen, nach Mallorca abgedampft. Martina vermutet natürlich Steuerschulden. Wir Kundinnen, deren chemische Zusammensetzungen auf seinen verschwundenen Karteikarten stehen, müssen es ertragen.«

Stefanias Stimme ist krächzend scharf, nicht schön, aber sympathisch. Sie packt jetzt einen Kuchen aus, den der Maler, nach einem Kuß auf ihren Hals, anschneiden darf. Innen besteht er aus gelben und dunkelbraunen Partien, die Scheibe für Scheibe unterschiedliche Anteile und Muster bilden. Der Maler weiß jedesmal, was dargestellt wird: ein Bär für Uschi, eine afrikanische Maske für Frau Jeckchen, ein Backenzahn für Stefania, Afrika für ihn selbst.

Das Telefon klingelt. Stefania horcht halb hin, als Grosse spricht. »Wien«, sagt sie, »sein alter Vater.« Sie lacht leise. »Seht euch den Mann an, wie er durch die Gegend schlurft. Aber er ist charmant, verbissen und charmant. Ein großer Maler, das steht fest. Mein Gott, ist der Kerl stur. Seit Jahrzehnten keinen Zentimeter von seinen Ideen abgewichen, ob man ihn feiert oder vergißt.«

Sie horcht wieder. Der Maler wandert im oberen Teil des Ateliers heftig gestikulierend auf und ab. »Man weiß nicht recht: Liebt er seinen Vater, der allein in Wien lebt, oder haßt er ihn? Normalerweise dauern die Gespräche eine Stunde. Er muß den einsamen Vater mit Worten aufpäppeln, damit er wieder Lebensmut hat bis zum nächsten Anruf. Dabei braucht Fritz die meiste Zeit und Kraft für seine großen Ölgemälde. Ihr versteht das sofort, wenn er sie euch zeigt. Beim Malen muß er irgendwie auch die Gegenstände hochpäppeln, bis sie so sind, wie er sie will.«

Bemerken Sie den Stolz Stefanias, das alles zu wissen, aber auch ihre Erleichterung, die Affäre mit dem schwierigen Mann hinter sich zu haben und frei und wesentlich einfacher zu leben? »Bei Frauen schätzt er Schönheit noch mehr als Witz. Er selbst aber rennt in Lumpen rum und färbt sich lieber die Schuhe im Notfall schwarz, als sie regelmäßig zu putzen. Flecken im Teppich beseitigt er zum Beispiel, indem er den Flor abschneidet. Auf den Gedanken, auch Frauen könnten Schönheit bei einem Mann lieben, kommt er nur theoretisch, allenfalls theoretisch.« Ganz leise: »Wer mit ihm zusammenlebt, muß eine Kreuzung aus Krankenschwester und toller Frau sein, aber die beiden dürfen nichts voneinander wissen. Grell lackierte Fingernägel entzücken ihn, aber wehe, er riecht den frischen Nagellack! Genauso ist es mit hohen Absätzen. Sie sind ihm eine Augenweide, aber laßt ihm um Gottes willen nie das Gehämmere auf dem Fußboden zu Ohren kommen, wenn er sich gerade ausruht.«

Stefania lacht wie erlöst von jedem Übel. Selbst die argwöhnischen Geschlechtsgenossinnen betrachten sie ohne Vorbehalt und Unglauben.

»Eine Zeitlang hielt er in seinem Schlafzimmer ein Meerschweinchen. Ist ja klar, daß ich das bemerkt habe, nur wäre es ein Riesenfehler gewesen, das zu verraten. Es sollte unbedingt sein Geheimnis bleiben. Ich habe sogar, wenn er weg war, den Käfig gereinigt, aber kein Wort darüber verloren.«

Die amüsierten Gesichter der beiden Frauen regen Stefania zu noch weiteren Geständnissen an, dabei fixiert sie ununterbrochen Uschi, als würde sie überlegen, ob sie vor einer solchen Kapazität auch mit Bettgeschichten rausrükken soll: »Ich selbst habe allerdings was viel Schlimmeres gemacht, nämlich versehentlich während seiner Abwesenheit einen Brand verursacht. Durch geradezu unwahrscheinliches Glück hat sich das Feuer selbst gelöscht. Ich bin gar nicht im Zimmer gewesen. Erst hinterher konnte ich es an den Verkohlungen feststellen. Ein großer Teil seiner Gemälde, die im Nebenraum gestapelt waren, hätte verbrennen können. Verbrennen! Seitdem rauche ich nicht mehr. Und er? Keine Silbe. Er hat es vorgezogen, kein Wort darüber zu verlieren. So ist der Typ, und man sollte es lieber wissen. Verdrängt im Leben, um absolute Klarheit auf den Bildern hinzukriegen.«

Jetzt werden sich beide Zuhörerinnen fragen, an wessen Adresse die Warnung geht.

»Die Frauen, o je! Ich habe es oft studiert. Die meinen sofort, heimliche Übereinstimmungen mit ihm zu spüren. Sie wittern in ihm den exklusiven Erkenner ihrer Seele. Gleichzeitig spricht er das Mütterliche in ihnen an. Er hebt sie für Augenblicke in schwindelerregende Höhen: ›Wer weiß das schon, wer sieht das schon außer Ihnen?‹ ›Wer lobt mich sonst schon?‹ ›Wann bekommt man sonst schon mal so was Gutes zu essen?‹ Für diese eine Stunde sind sie einmalig auf der Welt. Fritz steigert sich regelrecht in solche Glorifizierungen hinein. Übrigens wie bei seinen Bildern, wo es die Dinge sind, Schmerzgrimassen, Krötenhaut, Pferdeärsche, die er ins Extrem treibt.«

Ist Stefania etwa doch eifersüchtig? Rächt sie sich als Verschmähte? Der Maler telefoniert immer noch. Aus dem beschwörenden Ton wird ein wütender, aus dem Pilgern ein Auf- und Abtigern.

»Das richtige Licht spielt bei ihm, glaube ich, aber die Hauptrolle«, wirft Uschi plötzlich ein, ehe sie sich versieht, schüchtern und ein bißchen erblassend. Es muß ihr vorhin, beim Fotografiertwerden, aufgefallen sein.

»Lassen Sie sich nicht täuschen durch sein, na ja, korrekt geurteilt, verwahrlostes Äußeres. Seine Bilder sind perfekt. Da geht seine gesamte Energie rein. Von den Frauen genügt ihm deren Aufleuchten, wenn er seine Komplimente macht.«

Jetzt wechseln Uschi und Frau Jeckchen einen verstohlenen Blick.

»In Gesellschaft wirft er alles nach vorn, wie berauscht, wie besoffen. Er kann nicht anders, auch jetzt, beim Sprechen mit dem Vater: Immer wer weiß wie leidenschaftlich! Hinterher bleibt er frierend, schwitzend von solcher Anstrengung zurück. Ein Häufchen Asche, das kaum noch atmet. Er ist in Wirklichkeit menschenscheu, wenn aber wohl oder übel Leute da sind, dreht er, um sich zu retten, ganz besessen auf. Anders hält er's nicht aus.«

Stefania steckt sich ein großes Stück Kuchen in den Mund, um sich einen Moment lang zur Stille zu zwingen. Die anderen sagen nichts. Sie hören nur den Maler: »Du mußt! Ich nehm's dir nicht ab. Los, versuch's selbst!« Er spricht sanft, wie kurz vor der Explosion. Man kann nicht sagen, ob der Vater es bis nach Wien wahrnimmt. »Ja, ja, ich komme. Ich komme so bald wie möglich. Ich komme, komme, Herrgott, ich komme!« Er packt einen alten Mallappen, schmeißt ihn zu Boden, tritt ihn in die Luft und trampelt darauf herum.

»Ich liebe den Mann. Aus der Entfernung funktioniert das glänzend. Sehen Sie, bei Frauen fesselt ihn das Künstliche, das Geschminkte, das Maskenartige, bei den Tieren erotisieren ihn Makis, Leguane und so weiter, gestreifte, gefleckte Katzen. Der optische Reiz, ... die Falle, das Schema, ... das Starre, nicht das Heikle, Differenzierte, sondern das Deutliche, das ... Prangende, Bengalische. Hm. Vielleicht rede ich jetzt in Wirklichkeit von seinen Gemälden? Kann sein. So wird es sein. Auch von seinen Gemälden, ja sicher.«

Fritz ist bei der Schlußzeremonie angelangt. Stefania winkt ab: »Das dauert bei ihm am längsten. Noch eins, vielleicht überflüssig, es zu erwähnen: Er ist ein Verfechter der Oberfläche. Die Sachen sollen sich selbst genügen, nichts Tiefschürfendes dahinter. Das hält er für Kappes. Das darf man bei ihm nicht erwarten. Ich sage es für alle Fälle, damit gleich kein Ärger entsteht.«

Jetzt ist Fritz fertig. Er seufzt markerschütternd, hält zwei Sekunden still, selbstvergessen, gleichzeitig melodramatisch für seine Zuschauerinnen. Dann reißt er sich die Oberbekleidung vom Leib und beginnt, nach seinem Frotteetuch zu suchen. Als er es nicht sofort findet, greift er zu einem herumliegenden Hemd. Er rubbelt, als ginge es ums Überleben, den nassen Oberkörper ab. Dabei murmelt er unentwegt: »Scheiß der Hund drauf!« Die Frauen tun so, als sprächen sie miteinander.

Fritz geht zu einer Staffelei, um seine Hemden über Balken und Haken zu hängen, und holt sich dort ein bereits getrocknetes Unter- und Oberhemd. Nur Frau Jeckchen weiß nicht im voraus, wie es jetzt ordnungsgemäß weitergeht. Die Pullover werden alle, nun teilweise auf links, wieder angezogen. Die Staffelei wirkt wie das Modell für eine Kreuzigungsgruppe. Grosse schneidet sich ein gewaltiges Stück Kuchen ab, hat es in zwei Bissen runter.

Während er das erste der drei zum Zeigen angekündigten Werke aus der Noppenfolie wickelt, sagt er, nun wieder freundlicher Herr der Situation: »Wir haben Glück. Die Bilder sind bis auf eins verkauft. Bei mir sind sie nur kurze Zeit zwischengelagert wegen einer Ausstellung. Ihr könnt dann mal raten, welches das nicht verkaufte Bild ist.«

Die Frauen lachen überrascht auf, alle drei, als sie den Porträtierten sehen. Das ist ja ein berühmter Manager, der in den letzten Monaten häufig in Zeitungen und Magazinen abgebildet war! Sie erkennen ihn sofort, und doch ist er, in seinem düsteren Glanz vor grauem Himmel und dunkler Landschaft, ein ganz anderer, ein fremdes Lebewesen, obwohl mit menschlichen und außerdem bekannten Zügen.

»Der Auftraggeber war enttäuscht, hatte eine Idealisierung erwartet. Offenlegung seiner verborgenen Schönheit und schönen Seele. Statt dessen fand er sich, so unverklärt, zu alt. Zu viele Falten im Gesicht, zu viele Wülste in der Jacke. Die brauche ich aber wegen der Lichtwirkung, sonst hat für mich die ganze Mühe keinen Sinn. Als er sein Konterfei endgültig abholte, war er extra jungenhaft angezogen als Kontrast. Er wollte mich wohl durch die Realität beschämen. Ich habe ihn getröstet: ›Sie sehen doch gar nicht in die untergehende Sonne! Nein, es ist die, die Ihnen aufgeht und Sie beleuchtet.‹ Und habe kassiert.«

»Und er ist doch vergoldet«, meldet sich da Frau Jeckchen mit etwas heiserer Stimme. Dann, noch etwas rauher: »Sie haben eine imposante Figur aus ihm gemacht. Dagegen das angespannte Gesicht! Dadurch bleibt er hinter dem metallischen Pomp zurück, den das Licht seiner Gestalt eigentlich, finde ich, verleiht. Er ist dem nicht gewachsen. Ich will sagen: Die Beleuchtung kritisiert ihn. Er steht da, trotz der Hände in den Hosentaschen, als würde er vors Jüngste Gericht zitiert, auch wenn er das nicht wahrhaben will.«

Stefania beäugt Frau Jeckchen mißtrauisch. Ob die Gute, die hier so schwafelt, steuerlich gar nicht so kompetent ist, wie sie bisher dachte? Der Künstler schmunzelt. Ihm ist es beim Malen auf ganz anderes angekommen, aber er hört den weiblichen Phantasien nicht ungern zu. Frau Jeckchen erschrickt flüchtig, flüchtig nur, und rechtfertigt sich unverzüglich: »Ich wäre als Jugendliche so schrecklich gern Schriftstellerin geworden! Manchmal geht es eben, wie gerade jetzt, noch mit mir durch. Am Ende werden Zahnärztinnen und Steuerberaterinnen aus uns. Ich hatte damals das Gefühl, auch wenn ich mir Mühe gab, immer mit meinen groben Wörtern das Wirkliche zu verwässern, zu vernebeln. Ich will nicht behaupten: auszulöschen. Da ließ ich schließlich das Ganze bleiben. Also keine Dichterei. Aber hier bin ich begeistert.«

Der Maler verbeugt sich. So sieht man sein amüsiertes Lächeln nicht. Er ist daran gewöhnt, daß sich die Leute in seinem Atelier sentimental früher Berufsambitionen erinnern.

»Schon, schon«, sagt Stefania, einerseits stolz auf ihren verflossenen Fritz, andererseits doch eifersüchtig gereizt. »Man fühlt sich von Grosses Bildern, wenn man sie lange genug ansieht, sogar körperlich verwandelt, aufgebaut, richtig aufgepumpt. Es gibt da nichts Selbstverständliches. Immer das Pathos des ersten Schöpfungstages, selbst wenn er den dürren Arm einer sterbenden Greisin malt.«

Sehen Sie, wie Uschi sich zu fürchten beginnt vor den Redeströmen der Frauen und davor, daß man sie fragen könnte, als Dritte im Bunde, was denn sie zunächst erträumt habe und wie es mit ihr beruflich ausgegangen sei? Sie kämmt sich schnell, um stabil zu bleiben.

Doch da kommt ihr Augenblick!

Fritz Grosse packt das zweite Bild aus, das sich offenbar schwer bewegen läßt. Es sei ein wegen seiner Empfindlichkeit besonders gesichertes Pastell, 250 cm mal 170 cm, und trage den Titel »Selbstmörderin auf Autodach«. Als die Frauen es ansehen können, bleiben sie ganz still, wie konsterniert. Schließlich sagt Uschi entschlossen: »Der Maiglöckchenstrauß und die gelblich-weißen Handschuhe! Wie traurig, aber auch wie schön! Es geht zu Herzen. Sie ist bestimmt aus unglücklicher Liebe gestorben.« Diesmal ist sie die Zuständige.

»Eher aus Angst und Abneigung vor den Menschen«, murmelt die Steuerberaterin, dann äußert sie laut ihre Vermutungen: »Von hoch oben gesprungen, deshalb ist das Autodach so verbeult. Aber sie liegt in dem geknautschten Blech ja unversehrt auf dem Rücken, wie ein allen entrücktes Juwel in einer seidig ausgeschlagenen Schatulle, wenn auch mit gebrochenem Genick und gestauchtem Körper und verbogenen Beinen. Alles ist silbrig in der unteren Hälfte des Bildes. Wie jung! Die Augen hat ihr noch keiner geschlossen. Man hört noch den Aufprall, das Knirschen des Metalls und spürt die Zugluft vom tiefen Fall an der roten Backsteinmauer entlang. Diese erbarmungslos sture Mauer hinter dem verformten Körper! Es hat ihr einen Strumpf und den Schuh runtergerissen. Wie man in das Bild hineinstürzt, brutal hineingesaugt wird, und doch geht eine solche ...«, sie sucht nach einem Wort (endlich einmal, nicht wahr?), »eine solche, ja, Frische, ein so, wie soll ich sagen, unnahbarer Frieden geht davon aus! Sie ist in einem Zustand angelangt, der, ich kann es nicht anders ausdrücken, unzerstörbar, nicht mehr kaputtzukriegen ist.«

Der Maler und Stefania sehen Frau Jeckchen auf sehr unterschiedliche Weise an, Uschi aber hat die Augen niedergeschlagen. Noch vor einer Stunde residierte sie hier allein, um nackt und keusch der Kunst zu dienen. Jetzt ist sie überflüssig.

Fritz macht sich ans Auspacken des letzten Bildes: »Ein kleines, allerdings sehr arbeitsaufwendiges Ölbild. Darauf seht ihr die New Yorker Wolkenkratzer, von denen sich die

Selbstmörderin einen zum Runterspringen ausgesucht hat. Wieder ist Sonnenauf- oder -untergang, wie auf dem Gesicht des Managers. Jedenfalls steht sie tief. Es müssen schwarze Schatten möglich sein, scharf gegen die angeleuchteten Häuserfassaden.«

Diesmal rufen alle drei Frauen: »Aaah!« angesichts der hohen und hochberühmten Häuser, auf die ein feuriges Licht fällt, mitten hinein in die finsteren Schächte und Schluchten der Stadt.

»Es ist wie im Gebirge. Auch da gibt es solche Verwandlungen durch die unglaublichen Lichtschneisen. Oder wie an sehr frühen Sommermorgen in Gärten mit hochwachsenden Blumen, wenn die Blütenscheiben, aus der Schwärze herausgerissen, wie Planeten im All beschienen, hier mit Reklame auf dem Dach und Hubschrauberlandeplatz ...« Da erschrickt Frau Jeckchen nun doch über sich, wartet kurz, ob nicht ein anderer sprechen will, und dreht weiter auf: »Es erinnert mich an eine Zeit, wo ich Häuser und Straßen mehr schmeckte und leckte, als sie wirklich zu sehen. Einer Stadt war man doch völlig ausgeliefert als Kind, so auch hier. Man fühlt, wie die Häuser stürmisch aus dem Dunkel der Beleuchtung entgegendrängen.«

Sie geht nah an die Leinwand heran und tritt wieder zurück. Martina Jeckchen vergißt Welt, Geschlechtsgenossinnen und Anstand. Sie holt tief Luft, ihr fällt immer noch mehr ein: »Aber hier im Vordergrund das schwebende Flugobjekt über den Abgründen, ohne Absturzgefahr über dem versteinerten, dämonischen Garten, eine riesenhafte Schmetterlingsgestalt, von den Aufwinden, nehme ich an ... die Beseelung ...«

»Ich muß sofort weg«, unterbricht da Uschi übertrieben laut, man könnte es einen Schrei nennen, und packt ihre

Billigtasche, die graue Eleganz imitiert, an der aber ein rosa Bärchen baumelt.

Fritz hindert sie keineswegs daran: »Wir telefonieren. Doch zum Abschied, extra für Sie, Uschi, mit Dank ein letzter Schüttelreim:

Hörst Du die Sommerbäume rauschen?
Man fühlt, wie sich die Räume bauschen.
Drum wehe – wenn man diese fällt,
sich unsre Welt ins Fiese dellt!«

Und nun achten Sie mit eigenen Ohren darauf, was die Zahnärztin zu ihr sagt: »Einen schönen Tag noch für Sie, einen schönen Tag noch!«

Uschi erstarrt. Uschi läßt die Tasche fallen. Sie sieht Stefania entsetzt an, nicht wahr, sie ist totenblaß geworden um die Augen herum, tiefblaue Augen wie die ihres Bruders? Handelt es sich um eine schwere Beleidigung? Unmöglich! Plötzlich beginnt sie zu schluchzen, bückt sich zu ihrem Gepäck und läuft auf riskanten Absätzen mit kleinen stechenden Geräuschen nach draußen.

Stefania, die niemanden verspotten wollte, ist offensichtlich betroffen, zögert aber nicht lange. »Ich kenne die Bilder schließlich schon. Ich werde ihr verraten, daß ihr Maiglöckchenmädchen dasjenige ohne Käufer ist. Baci, baci! Ihr habt sicher noch zu tun.« Sie sieht die zwei dabei ausdrücklich nicht an, und schon rennt sie hinter Uschi her.

Der Maler hält Frau Jeckchen, die bestürzt ihren Mantel anziehen will, lächelnd an der Schulter zurück: »Steuerberaterin? Eine kluge Entscheidung. Schriftstellerinnen sind unvernünftige Geschöpfe. Ich kenne eine. Ida oder auch Rita Palka heißt sie. Sagt Ihnen nichts, der Name? Sie hetzt realen Welten nach, wie jetzt unsere gute Stefania dieser Uschi. Welten, Gesichtskreise, die kurz vor ihr auftauchen, so etwa drückt sie das aus. Immer ist sie in Angst, sie würden vor dem Festhalten wieder absinken. Ich, als Maler, verstehe zum Glück nichts davon. Ist mir erst was ins Auge gefallen, entkommt es meinem Scheinwerfer nicht.«

Er führt Frau Jeckchen sacht an der Hüfte zur Kochnische. »Martina, brauchen wir jetzt nicht einen Espresso?«

Destruktion

Die elegante Frau, wie sie erschrocken am Fenster sitzt! Und was für ein kerzengerader Oberkörper! Sie ist seit ein paar Minuten immer bleicher geworden, verblichen all die schöne Jugendlichkeit, an die doch auch Sie auf den ersten Blick geglaubt haben. Da hilft das Rouge, so vorbildlich auf den Wangenknochen aufgetragen, überhaupt nichts.

Ganz weiß ist Helene Pilz geworden. Der Mann bemerkt nichts davon. Er hat ja auch das echte und künstliche Blühen ihres Teints zu Anfang weder unterschieden, noch wenigstens wahrgenommen. »Da«, sagt sie, wie leicht betrunken oder gegen eine große Erschöpfung ankämpfend, »auf der anderen Straßenseite kannst du sie alle begutachten, Frau Bernadotte, Frau Lemnitz, Frau Rottmann, Frau Becher-Hahn. Kein Wunder, daß Frau Mülleis, Wally Mülleis, die große Ausnahme hier, in diesem Gremium fehlt.«

Hört er das denn nicht? Er sitzt tiefer als sie, das liegt an dem hölzernen Podest, auf dem ihr Stuhl steht. Ein kleine Rampe führt zu ihr hoch und zu ihm auf den normalen Fußboden runter. Der Mann muß ein guter Sportler sein, etwas Durchtrainiertes, auf dem Sprung Stehendes geht von ihm aus, trotz der ersten grauen Haare, die Sie oben auf seinem Kopf sehen. Er hat seine Stirn gegen den nackten Oberarm der Frau gepreßt. Wirkt es nicht unfreiwillig bußfertig?

Auch der Frau, wenn sie den Blick vom Fenster wendet, entgeht das Grau zwischen dem Schwarz nicht. Sie berührt die Strähnen mit der freien Hand. Im ersten Moment wollte sie ihm wohl fünffingrig und roh in die dicken Locken fahren. Dann hat sie es sich mitten in der Bewegung anders überlegt und findet ihre Kursänderung, die sie selbst überrascht, gravierend. Vor Kummer beginnt sie zu lächeln, spielt nur sehr behutsam mit diesem und jenem Haar. Auch Sie werden sich fragen, ob solche Vorsicht nicht übertrieben ist, und ob, natürlich, die Frau in Wahrheit mit Erinnerungen tändelt, und ob nicht die es sind, die sie geistesabwesend nach ihren verschiedenen Tönungen zählt und sortiert. Die Maserung ist anscheinend etwas Neues für sie. Das Haupthaar selbst ist es nicht. Da kennt sie wohl alle Wirbel. Ihr betrübtes Lächeln bleibt ihm verborgen.

»Heimkehr des verlorenen Sohnes«, flüstert die Frau schließlich und mit großer Anstrengung, besonders der spöttische Ton hat sie harte Arbeit gekostet.

Der Mann sagt noch immer nichts, rührt sich nicht. Da greift die Frau nach einem Messer auf der Fensterbank.

Etappenweise prüft sie ihr Gesicht in der spiegelnden Klinge. Sie wird doch nicht zu weinen anfangen? Um dem zuvorzukommen, murmelt sie vor sich hin: »Meine Hände sind richtige Eidechsen geworden.« Eine kaum rückgängig zu machende Brutalität ist das, deshalb fügt sie, mit dem winzigen Überrest einer Hoffnung den Locksatz hinzu: »Ich sollte sie lieber in Handschuhen verstecken.«

Da hebt er tatsächlich aufwachend den Kopf, er erinnert sich! Er lächelt sie an: »Helena!« »Also doch«, flüstert die Frau und wird, sehen Sie nur genau hin, ein bißchen rot. Er konzentriert sich und plustert dazu, genau wie früher, ganz kurios den oberen Wangenteil auf. Wie früher legt er den Kaffeelöffel prinzipiell auf die Tischdecke und stellt die Tasse immer neben die Untertasse. Eine Art Freiheitsdurst wahrscheinlich.

Von allein fällt es ihm aber nicht vollständig ein, denkt die Frau und wird wieder um das Wangenrouge herum blasser. »Moment, ich hab's gleich, Moment, Moment.« Auch das genau wie damals, denkt die Frau, zur Bekräftigung immer die Wortwiederholung! »Natürlich, ja sicher, der schwarze Samt über der Innenhand, darin der Hotelzimmerschlüssel mit der Nummer nach oben gedreht.« »Dreiundachtzig«, entwischt der Frau. Sie ärgert sich, zu spät, über ihre Voreiligkeit. »Natürlich!« Er schlägt sich locker gegen die Stirn. »Nur kurz hast du böses Mädchen die Hand geöffnet. Dein Mann saß neben dir. Warte, dann verschwand der Schlüssel in deiner Tasche. Dann hast du ihn, warte, im Abendkleid zum Bahnhof gefahren. Jedenfalls war nicht er es, der bei dir übernachtet hat. Das kann ich bezeugen.« Er lacht fröhlich, charmant gockelhaft. Mein Gott, nichts verlernt! »Da steht es wieder vor mir. Ach, du Gute, wie lange das her ist, ein ganzes Leben. Ich hätte dich öfter besuchen sollen. Du Gute und dein treues Gedächtnis!«

Weinen kann sie jetzt trotzdem nicht, nicht bei dieser Art von Schmerz zu seinem Wortgetätschel. Es hätte ihrer Niederlage die Krone aufgesetzt. »In dieser Nacht«, fährt sie fort und spielt nun, gewitzter, stammelndes Vergegenwärtigen, »da hast du mir gestanden, daß du mit achtzehn, oder neunzehn? stundenlang versucht hast, die Unterschrift deines Vaters zu imitieren, um dir in seinem Namen Schecks auszustellen.« Das gefällt ihm nicht: »Um Gottes willen. Ich hab's doch dann nie gemacht.« »Und, daß ihr bei Polizeiverhören die milde Zigarettenfolter benutzt, nämlich die Leute mit den gelben Fingerspitzen durch Vorqualmen erst nervös, dann weich kriegt.«

»So ein Zeugs hast du aus einer solchen Nacht behalten?«

»Du, Schätzchen, hast es in einer solchen Nacht erzählt.«

Ah, zumindest ist er jetzt leicht gekränkt! Er fährt ja richtig von ihr zurück. Das hübsche, beleidigte Schnütchen!

»Nun, nun«, meint sie, »vielleicht verwechsle ich was, zu lange her.«

Und schrecklich ist es, und ein Genuß, so zu lügen!

Eigentlich riecht er auch noch wie früher und ahnt nach wie vor nicht im mindesten, was sie für ihn ohne einen einzigen Klagelaut hingeworfen hat. Amour fou, das herrliche Wort! Kein Blick zurück auf den Ehemann und den kleinen, gemeinsamen Sohn (nur allein, bei abgeschlossener Tür), keine Angst vor dem gewaltigen Altersunterschied.

Der Wunsch zur Geburt ihres Kindes war aber doch der gewesen, Gott hätte nur dieses eine zugelassen auf der Welt. Unbegreiflich, daß ein solches Wunder ein Massenphänomen sein sollte. Weg mit den unerwünschten Relativierungen durch Milliarden säugender Mütter! Sie alle banalisierten ihren Einzigen.

Doch dann, etwas später, hatte es sie durchfahren, an einem Dienstag, während der Arbeit des Fensterputzers, der seine Anzüglichkeiten steif und fest für Service an den Hausfrauen hielt, gerade, als die Scheiben in der Sonne zu blitzen anfingen: Das Leben, die Liebe, die Fülle der Jugend! War sie nicht immer auf solche Leuchttürme zugesegelt, und plötzlich merkte sie, wie sie daran vorüberglitt, wie sie nicht mehr in steiler Vorwärtsfahrt die Lichter im Visier hatte, sondern schon, ohne ihnen nahe gekommen zu sein, in voller Fahrt und Entfernung, begierig darauf zurückblickte?

Gerade da mußte dieser hier auftauchen, unwiderstehlich geeignet für ihre Seelenlage. Ein Mann, der sich irgendwann, womit zu rechnen gewesen war, nach vier Jahren und zwei Monaten auf- und davonmachte. Für ihn ging das allmählich vor sich, ihr verriet er sich nach vier Jahren und zwei Wochen in einer einzigen ausschlaggebenden Sekunde. Durch die Schaufensterscheibe irgendeines Geschäftes hindurch, vor der er sie ohne Zeitgefühl warten ließ, plauderte er es aus, in die Augen der blutjungen Kassiererin hinein, das kindlich glückliche, sich brüstende Verführerlächeln, das noch anhielt, als er nach draußen trat, und sofort erlosch, als er sie warten sah, als sie ihm wieder in den Sinn kam. Gefallene Würfel, ein für allemal.

Und doch haut es sie beinahe um, wie selbstverständlich er den Sohn spielt mit dem wieder gebeugten, wie reumütig kuschelnden Kopf an ihrem Arm. Nein, nie mehr zurückzuerobern, der Schlitzohrige.

Aus diesem anziehend verschlagenen Gesicht heraus empfindet er in aller Unschuld die Welt. Man müßte sich diesen Schnitt der Augen kaufen, mieten, man müßte ihn durch Heirat an sich fesseln können. Dann hätte man eine so leichtsinnige Deutung der Welt, durch pure Mimik vielleicht ansteckend, immer um sich herum.

Nun ist der Mensch zurück, in gewisser Weise zufällig, will erotisch neutral hier wohnen, umständehalber, als Freund bei seiner »Guten«, besser noch, so sieht er es nun mal, als Sohn bei der mütterlichen, allem Bösen, allem Irdischen entrückten Altgeliebten, da ihm das Leben einige Schwanzfedern, vielleicht sogar die prächtigsten, ausgerupft hat.

Man selbst möchte schreien und ihm ins Gesicht schlagen! Kann nicht mal wegrennen. Man hat keine verrückten Träume gehegt, man ist »alt«, man ist »krank«, man legt ohne Rollstuhl keine größeren Strecken mehr zurück. Aber man hat vorhin beim erregten Schminken, beim Schminken, das eine Erregung im Gesicht bekräftigen sollte, beim Erwägen der Ausschnittiefe noch einmal auf ein Zucken am Horizont gehofft, Widerschein untergegangener Glut, etwas wie ein Zitat zumindest, kein Lodern, das plötzliche Zucken, wenigstens Zwinkern eines Erinnerungsfeuers aber doch?

Sie ist tief beschämt, bitte sehen Sie, sie senkt den gedemütigten Kopf. Da berührt sie die Büschel schwarz-grauer Locken unter sich, und, verdammt, er knistert sie an, der bekannte Bettgeruch des ab jetzt, selbst in spirituellster Auslegung, gegen sie für alle Zeit gepanzerten Liebhabers. Statt dessen verlorener, verdorbener Sohn! Wenig fehlt, und wir haben die klassische Pietà-Haltung. Heißt sie nicht auch, Gott sei's geklagt, zu allem Übel mit drittem Namen Maria? Sie müßte im Stammbuch nachsehen. Wie schwer es ist, geschmeidig einen Satz zu sagen, ohne daß man die Tränen hört.

»Du leitest also das Kommissariat für Staatsschutz in deiner alten Polizeidirektion, drüben im Osten, nicht mehr?« Die Worte sind ganz manierlich herausgekommen. Ernstgemeinte, mitfühlende Erkundigung. Tatsächlich, haben Sie das gehört? Silbe für Silbe: »Du leitest also das Kommissariat für Staatsschutz in deiner alten Polizeidirektion, drüben im Osten, nicht mehr?«

Hui, da spürt man sofort den anderen Wind! Da läuft ihm eine Elektrizität durch den Körper. Schon ist er aufgesprungen, hochgefedert, malerisch in seinem Zorn, der das Schlawinergesicht verschwinden läßt.

»Helene, ich bin ein gebrochener Mann!«

Sie sollte laut herauslachen, legt aber den Kopf, damit ihr der Mann nicht wegläuft, beherrscht zum Reden auffordernd, im Nachzittern schräg. Innen ist nichts, glaubt sie, ein Keller. Nicht mal die klägliche Dürre der Desillusion, nur ein Hohlraum, in dem der Atem angehalten wird.

»Was habe ich anderes getan, als den Ministerpräsidenten und den neuen Innenminister beim Wort zu nehmen!«

Schwarze Handschuhe auf dem Samt, in Wirklichkeit war es Satin, der Schlüssel …

»Der frühere Innenminister hat sogenannte fremdenfeindliche Gesinnung mit Milde betrachtet. Verstehst du? Als einer unserer Brüder in Schwarz – Asylbewerber aus Afrika, machte auf offener Straße Randale, seine Freundin ließ ihn nicht an den gemeinsamen Sohn – gefesselt in der Polizeizelle verbrannte, kriegte der Oberrat, der sich intern über das lange Sterben lustig gemacht hatte, bloß einen Verweis. Kapiert, Helene? Der Korpsgeist der Polizei hat aber den, der sich als einziger wegen der Äußerungen des Beamten beim Polizeipräsidenten beschwerte, statt dessen von seiner Stelle weggeekelt. Man bittet dann am Ende von sich aus um Versetzung.«

Er gefällt ihr so gut in seiner neuen, erbitterten Unnahbarkeit, daß sie dem Himmel dankt für ihre fast bewegungslosen Beine. Sonst müßte sie aufspringen und ihn berühren. Ach, der empörte Schwung der unverschämten Lippen, die jetzt nichts von Verwöhnung wissen wollen. Nur weiter mit dem schönen, stürmischen Trotz des windigen Mannes! Das immerhin kann sie sich sagen, zur Rache in ihrer sichtbaren und, hofft sie, ihrer unsichtbaren Hilflosigkeit.

»Der Neue und der Ministerpräsident wollten dann einen scharfen Kurs. Kampf den extremen Rechten! Hörst du mir zu? Aufmerksamkeit beim Ermitteln erhöht die Fallzahlen, verstehst du? Träumst du oder nicht? Das treibt die Statistik rechtsextremer Delikte im Bundesland hoch. Paßt manchen Herren natürlich nicht. Da ist man plötzlich, das alte Lied, nur ein kleiner Staatsschützer, der die Aufgaben etwas zu wichtig nimmt, der die Kunst des Wegsehens nicht beherrscht.«

Wie kleine Kinder bemerkt er sofort jede Abschweifung.

»Fast zwanzig Fälle sind aus der Statistik entfernt worden. Was sagte mir der Vizechef der Polizeidirektion? Ich solle die Berichte nicht so schnell schreiben, auch was liegenlassen, nicht immer so genau hinsehen.«

»Und die Weisung des Innenministers?« fragt sie artig.

»›Aaaaaaach!‹ meinte der Vize, der müsse so reden, der könne nicht anders! Sie werden den Kerl wohl in Pension schicken nach dem Trara im Untersuchungsausschuß wegen gedeckter Ermittlungsschlamperei. Zu spät für mich. Ich hab's nicht mehr ausgehalten, ich bin nicht mehr dort.«

Sie müßte fragen, wie es mit ihm weitergeht. Hat er den Posten aufgegeben? Sich versetzen lassen? Ist das hier nur eine lange Beurlaubung? Urlaub als Entschädigung? Wie er auf- und abtigert, elastisch. Herrlich gereizter Blick. Sie aber, an ihrem Fensterplatz, wird von Minute zu Minute müder, merkwürdig, sie spürt gerade jetzt ihr Leben verrinnen, aus sich heraussickern, das blutrote, pulsierende Leben, das hier hinter den Scheiben verglüht, ihr falsches, brennendes Leben, wie hinfällig.

»Da drüben, die jungen Frauen, Frau Rottmann, Frau Becher-Hahn, Frau Bernadotte, Frau Lemnitz. Sie stehen noch immer zusammen und reden wie wild über ihre Kleinen.«

»Denkst du, ich hätte mir das so lammfromm bieten lassen? Kennst du mich so schlecht? So schlecht deinen alten Tom?«

Sie müßte zusammenzucken vor Glück über die persönliche Anrede, nur ist die Erschöpfung mittlerweile zu groß. Maßlose Enttäuschung nach maßloser Vorfreude: Zu dumm gewesen!

»Natürlich habe ich mich gerächt. Viele Mittel standen mir nicht zu Verfügung. Eines schon. Der Vize ist ein tonloser Mensch, Büromensch, gemütlicher Feigling, Aktentasche, trockener Hund. Da ist die Frau von anderem Kaliber, stolz auf ihr Temperament, das nicht recht zum Zuge kommt. Ich habe sie auf einem Polizeifest kennengelernt. Er war dabei.«

Der Schlüssel, nun endlich, für ihr ganzes Leben, ein Schlüssel ohne Nummer, aber mit ihrem Namen darauf: Maßlose Enttäuschung nach maßloser Vorfreude! Was redet er?

»Du hast längst begriffen, schlechtes Mädchen, da schwör ich drauf. Ich habe ihm mit seiner Frau die stämmigsten Hörner aufgesetzt, und die spitzesten. Ein Kinderspiel für einen guten Tänzer. Hat mir gutgetan.«

Sie möchte ihm befehlen zu verschwinden. Doch aus ihrem Mund, auf den sie hätte schlagen sollen, wenn sie es nur vorher gewußt hätte, glitscht die schwächliche Frage. »Hat sie dich etwa geliebt?«

Ein kleiner Schatten, ein bißchen Licht flattert über sein Gesicht wie Bedauern und Stolz: »Ich bin sicher! Sie hatte so was noch nie erlebt.«

Bei der zu befürchtenden, aber unterbliebenen Ergänzung »wie du« hätte sie ihn, Tom, den Vorbeigeschneiten, mit ihren armseligen Kräften rausgeworfen. Und wenn sie daran zugrunde gegangen wäre. Gut, daß sie es nicht getan hat, denn plötzlich passiert etwas. Sie ist selbst wie vom Donner gerührt. Wir hören sie lächelnd sagen, bei wohlig rosiger Gesichtsfarbe: »Manchmal hilft mir jemand in den Zoo. An sehr seltenen Glückstagen, ein- zweimal im Jahr, ich hab's nicht anders verdient, ist das ohne zu große Ungeduld mein eigener Sohn. Von ihm weiß ich, daß sich sein Vater, mittlerweile erfolgreich als Manager, kürzlich hat porträtieren lassen. Im Zoo seh ich stundenlang zur Stärkung die tropischen Vögel an, diese Verrückten. Irgend jemand holt mich ab, auf Bestellung. Die Vögel erinnern mich an die Frauen, die auf Opernbühnen mitten im Singen, ohne hinzusehen, neuerdings barfuß nach Stöckelschuhen angeln.«

Er achtet nicht darauf. Egal, eigensinnig fährt sie fort: »Da, gerade wollte ich eine Fluse von der Tischdecke nehmen. Dabei ist es ein Kaffeefleck. Immer öfter brauche ich jetzt meine kleine Lupe. Sie stammt aus einem Schokoladen-Überraschungsei für Kinder.«

Sie läßt sich schlagartig ins Alter fallen wie in eine Ohnmacht. Eine Wonne, es ohne Rücksicht auf sich oder ihn einzugestehen! Aber warum, fragen Sie, warum das auf einmal? Lauert sie nicht sogar tückisch zu ihm hin?

»Also geliebt hat sie dich«, sagt sie, in sich gekehrt, mit verblüffend harter Stimme, die ihn zwingt, im Hin- und Herrennen anzuhalten. »Regelrecht im Handumdrehen geliebt? Dann tut sie es noch! Und das schaffst du nach wie vor? Gut, sehr, sehr gut.« Sie scheint einen Plan zu haben, eine Idee, die den Schmerz von eben besänftigt, ja tilgt. Eine stechende Freude funkelt ihr aus den frisch zum Leben erwachten Augen, eine, offen gesagt, nicht ganz geheure Jugendlichkeit. Sie flüstert sich zu, er weiß es nicht: »Schafft der mit links. Es setzt dem Körper die Seele ein, ein Herz aus Fleisch, wo bisher eins aus Stein war. Man zehrt sein restliches Leben davon, daß es an einem zehrt.« Der Mann hört, stutzt, begreift aber nichts. »Und zerrt«, fügt sie richtig ausgelassen hinzu. Sehen Sie nur, wie sie Luft holt zur Vorbereitung für irgendwas!

»Noch immer da drüben Frau Lemnitz, Frau Bernadotte, Frau Rottmann, Frau Becher-Hahn! Vier junge Mütter, kein proletarischer Speck, auch kein Kummerspeck, da sie in ihrem Fett schwimmen. Sieh sie dir an, ganz hübsch alle vier. Da stehen sie und schwätzen und sorgen sich über wohlbehütete Kleine, jede über die ihren, die geplante Kontaktpause mit der Konkurrenz, im Hamsterrad, im Familiären, in der Geschäftigkeit, wo sie pomadig und sinnvoll, wenn auch gescheucht von täglichen Pflichten, jeden Tag rennen in gut finanzierter Aufopferung. Hörst du die hohen Milchstimmen? Kinder machen lassen sie sich schon, aber alles in mütterlich duftiger Unschuld, hellrosa, hellblau.«

Sie schmunzelt finster erheitert. Tom setzt sich auf seinen Hocker, staunt seine unfreundliche Gute aus der Tiefe sprachlos an. Was ist los mit ihr?

»Hellrosa, hellblau, das Schäfchenbunt ist ihre Kriegsfarbe. Ich muß hier hocken, festgeschmiedet ihr unbarmherziges Tapetenmuster anstarren, ewige Wiederholung, eisern gefeites Familienglück. Abgepackt, versiegelt, eins, zwei, drei und vier und fünf und so weiter. Wie sie durch nichts zu erschüttern, Himmel und Hölle fern, aus ihren großen Staatsbürgerautos springen, angefochten von nichts. Jeden Tag die riesigen, vernünftigen Einkaufsladungen. Der Rattenschwanz der Neuanschaffungen, Roller, Sturzhelm, Kinderrad in endloser Bordüre, so daß ich zu den Irren, den Zoovögeln flüchten muß.«

Tom erkennt ihre Stimme nicht mehr. Jetzt bemerkt er die roten Flecken auf ihren Wangen. Ja schon, die hat er einmal leidenschaftlich geküßt, doch, das schon, früher mal. Gott, ja.

»Da tratschen die Hätschlerinnen in der Sonne! Siehst du die schwarzen Schlagschatten? Das sind die anderen, die Rabenmütter, die ihren Nachwuchs töten. Erst vorigen Samstag hat eine ihren Säugling, der ihr die Treppe runtergefallen war, zwölfmal, wie einen geangelten, noch lebendigen Fisch, gegen die Steine geschlagen, totgeschlagen, aus Angst vor einem behinderten Kind. Danach offenbar keine

Schuldgefühle, nur Angst vor Bestrafung als lästiger Folge. Das war in einem anderen Viertel, ach was, in eurem Osten war's. Hier nun aber das Gegenteil. Hier wiegt man die kleinen Herren der Zukunft. Auch wenn die Frauen zusammen schwätzen, lose befreundet. Bei geringster Gefahr hockt die Familie, besten Gewissens, jede für sich unter Panzerglas. Verdammt, wenn sie doch einmal von innen zu beben anfingen, diese gottlos biederen Stirnen, diese Granithäuser!«

Was hat sie vorhin gesagt: »Himmel und Hölle fern«? Er, Tom, war gekommen, um ihr sein Herz auszuschütten. Was hat er gesucht? Bewunderung für ihn, den angeschlagenen Couragierten, und vorübergehend ein warmes Nest. Aus der Traum. Was will sie denn? »Worüber beschwerst du dich?« fragt er schließlich, benommen vor Enttäuschung, und bewegt sich, um seine Muskeln zu lockern, durch den Raum, zeigt dabei seinen einsatzfähigen Körper versehentlich, aus Gewohnheit. Der Rücken: Pure heroische Männlichkeit! Selbst die Verdrossenheit steht ihm. Eigentlich gerade die.

»Tom! Ein Auftrag für dich, Tom, komm.« Zum ersten Mal nennt sie ihn heute so, zum ersten Mal sieht sie ihn, obschon sie höher sitzt, von unten, wie früher so oft, voller Selbstbewußtsein, in verwegener Sicherheit, an.

Um Himmels willen, was will die Frau?

»Was verlangst du von mir?«

»Du sollst in diese Mütterseligkeit fahren, Tom. Ihnen, einer nach der anderen, das frostige Herz zerreißen. Stürze sie in Depression und Verwahrlosung, der Reihe nach: Bernadotte, Lemnitz, Rottmann, Becher-Hahn. Du hast wie kein anderer das Zeug dazu, Tom!

Die kleine, verschrobene Wally Mülleis erspare ich dir, der erspare ich dich. Die hat nichts getan.

Sie sollen zersplittern, Frau Becher-Hahn, die jetzt zu Kindergarten und Bäcker wetzt, Frau Lemnitz, die erschrocken auf die Uhr sieht und mit ihrem Kleinsten zum Größeren davonhetzt, Frau Bernadotte, die zum Kinderzahnarzt jagt, Frau Rottmann, die ihre vier vom nervös werdenden Babysitter in Empfang nehmen muß. Höchste Zeit! Höchste Zeit! Hörst du das unherzliche Lachen von ihnen allen? Diese fischigen Umarmungen, die siehst doch auch du! Bring ihnen andere bei. Laß sie brennen und frieren, laß sie in Geistesabwesenheit und Raserei verfallen. Bedenke Tom, ein Heidenspaß, denn die haben ›so was noch nie erlebt‹.«

Er ist platt. »Wofür hältst du mich? Für den Teufel, den Messias? Meine Liebe, Gute, du bist ein bißchen, nimm's mir nicht übel, regelrecht wahnsinnig geworden mit der Zeit.«

»Und wenn es sie zermalmt! Tu endlich was Gutes. Zerstöre sie, zu ihrem Besten zerstöre sie! Es kostet dich nichts. Sie sind alle vier, schwarz, blond, hellbraun, rotbraun, ganz hübsch. Ein Kinderspiel, wie du selbst gesagt hast. Laß sie die Luftballons an der Haustür vergessen, mach, daß ihr hochangesehenes Traben und Hoppeln von Windel zu Milchzahn und Ponyreiten sie, und wenn die Welt drüber unterginge, anzuekeln beginnt. Laß sie ehrvergessen und endlich nicht im Recht sein, Tom.«

Tom ist ernst geworden. Wie das Gesicht seiner Altgeliebten leuchtet und wetterleuchtet! Er setzt sich so dicht wie möglich an sie heran: »Du planst einen Rachefeldzug? Schickst mich denen ins Bett? Wofür hältst du mich?«

»Für einen Casanova natürlich, für das, was du bist und immer bleiben wirst. Für ein Werkzeug des Himmels, für unwiderstehlich, ob du es drauf anlegst oder nicht.« Sie funkelt ihn an, schmeichlerisch, gnadenlos.

»Genügt es nicht, wenn ich nur eine verführe?«

»Alle vier müssen dran. Sei nicht ungerecht den Verschmähten, Verschonten gegenüber. Die Reihenfolge bestimmst du selbst. Von diesem Platz aus studiere das Quartett deiner Opfer, bis du fertig bist und dich aus dem Staub machst, unbeschadet. Ihre Männer sind der Typ deiner Feinde, nebenbei gesagt.« Säuselnd fügt sie hinzu: »Ich berufe und ernenne dich offiziell zum Ehebrecher. Meinen weiblichen Rat wirst du bei der Errettung der armen Seelen nicht brauchen.«

»Keine Eifersucht, Helena?«

»Für immer vorbei. Nur eins: Zwing sie, dich zu lieben! Weniger darf es nicht sein. Jede muß, wenn du sie für die nächste verläßt, ganz einsam sein, muß sich winden in ihrem Schmerz, darf nicht mehr ein noch aus wissen. Es muß sie verwunden für den Rest des Lebens. Hör mir zu, Tom, du bist ein Leichtfuß, ein Luftikus, sonst nichts, nichts zu machen. Doch du kannst sie in richtige Menschen verwandeln, jede einzeln gezeichnet von Schnitten und Narben, Bernadotte, Lemnitz, Rottmann, Becher-Hahn:

Sieh *mich* an!«

Die Stille der Straße

Erst am Montagnachmittag, als sie die Post in ihre Wohnung holte, entdeckte Helene Pilz unter den Drucksachen einen handschriftlich an sie gerichteten unfrankierten Umschlag. Er muß, dachte sie, heute morgen oder möglicherweise schon irgendwann am Samstag, nach meinem letzten Blick in den Kasten, dort eingeworfen worden sein. Auch der Brief, der sie dann wegen seiner Länge zunächst verärgerte, war mit der Hand geschrieben, auf Rechenpapier, und nicht unterzeichnet. Gleich bei Beginn des Lesens erinnerte sich Helene an eine gleichgültig überflogene Zeitungsnotiz vom Morgen desselben Tages, die sie jetzt als eindeutige Beglaubigung des Briefinhalts erkannte. Die wenigen Sätze des Lokalblatts bewirkten nachträglich in ihr eine starke Beklommenheit.

Ein Hobby-Fotograf hatte laut Polizeisprecher beim Studieren seiner am frühen Sonntag geschossenen Entenbilder vom Brackbacher Teich eine an der Wasseroberfläche schwimmende Leiche entdeckt und daraufhin die Polizei alarmiert, die beim Auswerten der Ablichtungen die Umrisse eines Kindes zu erkennen glaubte. Man fand in dem Teich auch wirklich eine Tote. Diese stellte sich dann allerdings als etwa 50 Jahre alte, wenn auch kindlich kleine Frau mit dem besonderen Kennzeichen einer Halsnarbe heraus.

Helene genehmigte sich, ganz gegen ihre Prinzipien, ein Glas Sekt. Die Flasche war ja schon am Vorabend von dem zur Zeit bei ihr gastierenden Spezial-Polizisten geöffnet worden. Sie fing noch einmal von vorn an.

Sehr geehrte Frau Pilz,
vielleicht werden Sie von mir hören, wenn man mich im Brackbacher Teich gefunden hat. Doch, ich bin ganz sicher. Man wird mich dort finden. Auch diese Tat werde ich mit der Entschiedenheit der vorangegangenen ausführen. Meine Taten stehen wie unabhängige Wesen, wie gepackte Koffer neben mir, die ich bloß noch zu einer bestimmten Adresse tragen muß. Erinnern Sie sich, wie wir uns vor langer Zeit auf einem Geburtstagsfest zu meinem vierzigsten Geburtstag, als mein Unheil im Verborgenen schon begonnen hatte, amüsiert haben? Es wurde einmal gelacht an dem Abend. Damals waren Sie eine bewundernswert schöne, liebenswürdige Frau, die sich ohne Mühe auf ihren zwei Beinen bewegte, während ich für Sie, wie für alle, sicher nichts als eine skurrile, kleine, aber wohlhabende Person darstellte. Ich habe beobachtet, daß es sich jetzt mit Ihren Beinen anders verhält. Es freut mich, daß neuerdings, trotz Ihrer körperlichen Einschränkung, ein Mann bei Ihnen wohnt, denn wenn man als allein lebender Mensch auch oft einen Ekel, eine hysterische Furcht vor Berührungen spürt, so doch an manchen Tagen eine wilde Sehnsucht danach. Behinderungen aber sind vielleicht gar nicht so schlimm. Ab und zu sehe ich einen Mann in einem Gefährt wie ein Spielzeugauto, der seinen kleinen Hund hinter sich laufen läßt, und neulich hat mir eine Frau aus ihrem Rollstuhl im Supermarkt Befehle erteilt: »Bohnen von da oben, bitte«, »Rosa Pfeffer aus der hinteren Reihe«, »Da, bitte aufheben, mir ist was runtergefallen! Der Senf«. Sie hat das so getan, als würde sie mir eine Barmherzigkeit zukommen lassen damit. Wenn sie gewußt hätte!

Dieses Geständnis schreibe ich nur an Sie, obschon es unsere ganze Straße betrifft. Es hätte ein Rundbrief daraus werden können, und ich habe daran gedacht, ihn wenigstens auch dem freundlichen Herrn Graubube, Leo Graubube, der so gerne Grausamkeiten erzählt, zuzustecken. Aber dann war es mir wichtiger, den Namen meiner Eltern in Ehren zu halten. Darum verrate ich mein furchtbares

Geheimnis nur Ihnen. Denn verraten muß es sein, muß zumindest an einer einzigen Stelle ausgesprochen werden! Zu Ihnen habe ich, es ist mir ein Rätsel, weshalb eigentlich, Vertrauen, gerade jetzt, angesichts meines Endes, wo ich mich in solcher Not und Klarheit befinde.

Nach meinem ersten Mord, Tötung Nummer eins, zwei Jahre vor meinem vierzigsten Geburtstag, hörte ich fünf Minuten später als ersten menschlichen Laut eine Kinderstimme. Sie rief hinter einer Hecke dreimal den Satz: »Monika, wann kommst du denn?« Dreimal. »Monika, wann kommst du denn?« Ich heiße nicht Monika, aber mir sind plötzlich Tränen übers Gesicht gelaufen. »Monika, wann kommst du denn?«

Ich war an diesem Tag in eine süddeutsche Stadt gefahren, hatte eine junge Frau, irgendeine, die offenbar betrunken im Regen auf einer abgeschiedenen Parkbank saß, von hinten über ihre Schulter weg mit einem Messer, das mir mein Oom Henk vor vielen Jahren von seiner letzten Weltreise wegen der besonders scharfen und daher kostbaren Klinge mitgebracht hatte, erstochen, weit über sie gebeugt, von unten, wie man es muß, ich bin ja sehr klein und von geringer Körperkraft, und fuhr mit dem Zug wieder nach Hause, in den Norden, in die Straße, in der auch Sie wohnen. Seit ich das Messer besitze, habe ich diese Bewegung immer mal, nur zum Spaß, an Kissen geübt.

Ausgerechnet am Abend vor meinem vierzigsten Geburtstag sah ich im Bahnhof ein Mädchen, vielleicht lag es an dessen Alkoholkonsum, das meinem Opfer wie aus dem Gesicht geschnitten schien. Es ist mir durch und durch gegangen.

Damals, auf dem Geburtstag, hatte ich übrigens den Eindruck, daß Sie sich in Wirklichkeit langweilten und mit den Leuten nichts anzufangen wußten. Deshalb begannen Sie zu vorgerückter Stunde, nur damit es dramatischer wurde, immer spitzer über einige Nachbarinnen zu reden. Die waren natürlich abwesend, denn ich hatte wohlweislich aus unserer Straße allein Sie eingeladen und Herrn Graubube, damals noch mit Frau. Ob Sie ahnten, daß ich aus dem Wald meines Elternhauses hierhergezogen bin, um unter Menschen zu sein und mich tagtäglich zu überzeugen, daß es alles Einzelwesen sind, und um das Feindselige in mir zu übertönen, so, wie ich auch laufend, meine Erbschaft gestattet es mir, Gutes tue, nur um meine Kälte vor mir zu verstecken? Oder täusche ich mich? Könnte mir wohl jemand beweisen, daß ich mich täusche in mir selbst? Jetzt ist es zu spät. Ich bin auch noch immer sicher: Meine bösen Taten sind notwendige und insofern aus der Sicht des Weltalls: gute!

Merkwürdig, fast bin ich mir einer gewissen Sympathie Ihrerseits sicher. Aber Vorsicht! Wohnten Sie oder Graubube zufällig in Süddeutschland, sechs Stunden hin, sechs Stunden zurück, dann könnten auch Sie beide meine mir unbekannten Opfer geworden sein! Gerade Sie, Frau Pilz, in Ihrem Rollstuhl.

Vertrauen habe ich deshalb zu Ihnen, weil ich nicht vermute, daß Sie, wie bestimmt Graubube es täte, jetzt sagen: »Das glaube ich nicht! Nein, das glaube ich einfach nicht!« Oft wird das so hingeworfen, als wäre damit das Schlechte aus der Welt geschafft oder als bewiese man mit diesem Unglauben, wie gut man selbst ist, nur, weil man etwas so Schlechtes für unmöglich hält. So machen sich viele was vor. Sie und ich aber, wir nicht! Das spüre ich. Ich weiß, Sie sitzen viele Stunden am Fenster und starren, weiß Gott nicht liebenswürdig, auf das Pflaster, auf die Vorgartenkästchen und die schwätzenden jungen Frauen bei den Buchsbaumkugeln. Ob diese Engstirnigen jemals den weitgestirnten Himmel betrachten?

Ich bin, seit ich in dieser Straße wohne, ganz vernarrt in nächtliche Spaziergänge im Winterhalbjahr, nicht allzu nächtlich, denn man muß noch in die Räume sehen können. Manchmal war ich tief gerührt darüber, wie sich die Menschen in ihren Wohnungen eingerichtet haben mit ihrem Eigentum. Wie für die Ewigkeit! Nach Todesfällen werden die Schätze der Heimat plötzlich in alle Winde verstreut. Als meine Eltern starben, war ich fünfunddreißig. Dann verkaufte ich alles, um aus der Einsamkeit herauszukommen. Kostbare Stücke habe ich verwahrt, anderes verschenkt, den Rest holte die Entrümpelungsfirma. Ich habe zugesehen, extra ohne Tränen, aber noch heute bin ich entsetzt, wie das Leben verfährt mit der Auflösung.

Hätte ich diese leicht gewundene, stille Straße, unsere Straße, nicht eines Tages entdeckt, dann wäre es vielleicht weder zum Verkauf meines schönen Elterngrundstücks, noch zu meinen Untaten gekommen. Was mich hier gleich angezogen, ja eingesogen hat, das war das Seltsame. Alles kleine Einzelvillen, tap, tap tap, so waren sie aufgereiht, jede etwa hundert Jahre alt, weiß, gelb, ocker, alle ein bißchen unterschiedlich, das Grün davor mit Eifer gepflegt, hier und da ein Hortensienbusch. Etwas Spärliches, beinahe Herzloses ging davon aus. Lag ein Spielzeug anheimelnd achtlos hingeworfen auf dem Rasen, sollte es lediglich das Haus einbruchsicherer machen. Das habe ich schnell begriffen. Gelegentlich fuhr ein Radfahrer daran entlang. Das schönste Haus mit Balkons, Wintergarten, Loggia wurde zum Kauf angeboten. Fast aus einer Laune heraus habe ich es erworben, ich war ja nun Waise, um nach der Waldeinsamkeit unter Menschen, in der Nähe richtiger Familien zu sein, wenn auch nicht zu dicht. Ich wollte schließlich unter den vielen Bäumen aus meiner Kindheit, so allein da draußen, nicht den Verstand verlieren.

Sie haben Pech mit Halsketten, nicht wahr? Damals auf dem Gartenfest ist Ihnen eine doppelte Perlenkette gerissen, und Sie lächelten nur, als wäre ein billiges Wasserglas zersprungen. Wenig später ist Ihnen vor meinem Haus dasselbe mit einer roten Modekette passiert. Niemand half Ihnen, trotz Ihrer damaligen Schönheit, die gläsernen Sterne und Plastikherzchen aus dem Rinnstein aufzusammeln, und Sie standen da und haben, beinahe unbemerkt, geweint!

Verzeihen Sie, daß ich mich in meinen letzten Stunden an diese

Bilder erinnere und klammere. Sie sind ein Lichtblick für mich, Sie und Graubube. Wären die anderen wie Sie beide, hätte ich nicht dreimal nach Süddeutschland fahren müssen. Denn das Besondere, das, was mich allein veranlaßt hat, hier wohnen zu wollen, ist die durchlaufende Ligusterhecke vis-à-vis der Häuserreihe, tap, tap, tap. Auf der einen Seite der Straße ein tadelloses Haus neben dem anderen, auf der gegenüberliegenden nichts als schattige Gärten! Verschieden lange, schief endende Gärten, weil dahinter die S-Bahn-Linie schräg die Grundstücke abschneidet, und nur, weil es die dort gibt, ist hier nicht längst gebaut worden. Das war mir sofort klar. Etwas anderes natürlich nicht: Diese struppigen Gärten, zufällig bearbeitet, hier ein wirres Bohnenbeet, dort ein drausfloswuchernder Rosenbusch, Büschel von Sommerblumen, ein in Ruhe gelassener rostiger Tisch, ein weißer Stuhl unter Schilf in der Wildnis, die haben mit den Villenbesitzern gar nichts zu schaffen!

Ich stellte mir aber zu Beginn vor, beides gehörte in der Aufteilung und Sortierung zusammen. Anderes kam für mich anfangs überhaupt nicht in Frage. Das war doch gerade der Zauber, der vom einen Ufer zum anderen übersprang! Die Häuser mit ihren Bewohnern gestatteten sich über die saubere Straße weg das Wüste. Wie kraus das alles, Unordnung, richtig herzlich, krautiges Durcheinander der Pflanzen. Ihr unaufgeräumtes Kinderzimmer, ihre dunkle Seite und andere Hälfte, das, was sie träumten, ihr Inneres, dämmrige, feuchte Winkel, die sie eingestanden, offen zugaben bei Licht, damit sie nie vollkommen in Vergessenheit gerieten.

So meine Idee beim Kauf. Aber ich wurde und blieb die einzige, die drüben einen Garten hat, jenseits der Jahrhundertwendehäuser, dort, wo das Gartenfest stattfand zu meinem Vierzigsten.

Ich weiß, man hat mich hier nur wegen meines vermuteten Reichtums einigermaßen respektiert. Wissen Sie, wie ich mein Herz fühle? Nicht aufgewühlt. Es ist ein abgeleckter, schwarzer Stein, sonst nichts. Aber in meinem Zwergenkörper, da ist mir bange.

Die wirklichen Eigentümer der Gärten kommen meist am späten Nachmittag mit Aktentaschen auf Fahrrädern, graben ein bißchen, pflanzen ein bißchen, mähen ein bißchen, trinken Bier, grillen und bauen manchmal sogar eins der weißen, mietbaren Festzelte auf, wie sie eben Lust haben. Sie, Frau Pilz, wissen es selbst! Richtige Schrebergartenleute eigentlich, nur viel sorgloser. Es kann sie ja keiner wegen Schlamperei vertreiben.

Die Atmosphäre unserer bis auf die schwätzenden Mütter so schweigsamen Straße, die also eine Trennlinie ist und nicht das Rückgrat einer einzigen Person, verändert sich, wenn man um diesen Hintergrund weiß, der meines Erachtens gegen den ersten Augenschein geht. Man spürt eine Bedeutung, aber welche? Sie fesselt, aber freut mich nicht. Ich habe seit diesem Wissen um die Verhältnisse immer eine Spannung gefühlt zwischen den beiden Lagern. Ein knirschendes Zusammenbeißen der Zähne in der Stille. Die hohe Ligusterhecke, hinter der man die Gärten nur bemerkt, wenn man durch die kleinen, in sie eingeschnittenen Eingänge sieht, ist von beiden Hälften gewünscht. Sie wollen nichts voneinander mitkriegen. Die Gärten wenden den Häusern den Rücken zu, die Häuser aber stieren zornig gegen die Pflanzenmauer, die wie zähes grünes Leder wirkt.

Die verlogenen Häuser beherrschen die Straße, man übersieht sie nicht, niemand kann sie leugnen. Und so ist es beabsichtigt von denen, die darin wohnen. Ich hätte mit Oom Henks Dolch weder das Mädchen noch den Behinderten erstochen, wenn mich die anschwellende Heuchelei der Häuser nicht dazu getrieben hätte. Ihre Vormachtstellung ist bedrückend, und ich mache sogar mit, habe mitgemacht und die Oberfläche wie verrückt polieren lassen, um nicht Anstoß zu erregen. Aber drinnen! Ich sagen Ihnen: Bei mir drinnen herrscht Verwahrlosung! Und mit Absicht!! Das Hausinnere hat schon lange keiner mehr gesehen. Und ich sage Ihnen: Zum Glück!

Die Häuser sind im Laufe der Jahre von Monat zu Monat bösartiger geworden. Man konnte den stummen Kampf schließlich Tag und Nacht hören, wie da geschrubbt und gerupft wurde, um die Lumpen, die Schandflecke von drüben, bei den Gärten, nichtig zu machen durch die Übermacht, die Gewalt des Tadellosen, davon spreche ich, die alle Spalten und Löcher überschreit. Aber die Löcher und Spalten bleiben ja trotzdem! Sie tünchen es über, rosa, ocker, hellblau, hellgrau, und nur ich muß merken, wie schweflig es in Wahrheit ist.

Haben Sie jemals mit dem Ehepaar Lemnitz geredet? Oder mit Frau Becher-Hahn? Sind Sie einmal mit Familie Rottmann wegen einer Lappalie aneinandergeraten? Wenn ja, dann wissen Sie, was ich meine. Leute, die im Laufe der Zeit ausgezogen sind, wurden durch dieselbe Sorte ersetzt.

Finden Sie nicht auch, daß man jemanden erstechen kann, irgendeinen Unbekannten, dessen Gesicht man gar nicht erst sehen will? Bei dem man den strahlend geschliffenen und doch vor Schärfe matt wirkenden Stahl mit einem entschlossenen, aber auch besinnungslosen, rasenden Schwung ohne den geringsten Umweg und ohne Zaudern Stoff und Haut und Fleisch durchdringen läßt? Das gesamte Textil- und Körpergewebe? Es gehört ja viel Vertrauen in die Waffe dazu, daß sie es schafft, durch die Hindernisse zu brechen, ohne Zögern, Stochern und Verbiegen, schnell wie der Blitz, um mit diesem befreienden, ja, ja, erlösenden, tief eindringenden Hieb aus dem hundertprozentig richtigen Winkel, der es Opfer und Täter in ihrer Hilflosigkeit leichter macht, dem Grauen der Welt zu antworten. Etwa nicht? Man weint erst, wenn man, ein Stück entfernt von der zusammengesackten Figur, ein Kind rufen hört: »Monika, wann kommst du denn!«

Seit diesem Moment wird mir, wenn ich den Namen höre, sofort übel. Ich weiß auch nicht.

Haben Sie einmal kleine Kälber auf einer Weide angesehen?

Zutraulich und furchtsam stehen sie beieinander und träumen in die Luft und in die Wiese hinein. Was für eine Schönheit, wie geht es zu Herzen! Die herrlichen Augen, Ohren, Wimpern, die Kälberseele, wie zärtlich gearbeitet das alles bis ins Kleinste und Allerkleinste! Schon jetzt gilt dem Schlachter das alles als Abfall und lästige Umständlichkeit. Warum sie nicht gleich in Würfeln züchten, wenn doch todsicher Gehacktes, Ragout, Frikassee, Geschnetzeltes daraus wird? Weil das Fleisch schmackhafter ist, wenn es durch solche Augen vorher Wiesenblumen angesehen hat?

Bevor ich zum zweiten Mal blindlings nach Süddeutschland fuhr, diesmal natürlich an einen anderen Ort als beim ersten Mord, las ich in der Zeitung einen unvergeßlichen Satz: »Ein Kilo konventionelles Schweinefleisch herzustellen«, ich hatte das Gefühl, man würde mich zwingen, ruckartig endgültig erwachsen zu werden, »verursacht so viel CO_2 wie ein Mittelklassewagen, der 26 km fährt.«

Da fiel es mir viel leichter, meine Aufgabe auszuführen! Man hat mich schon einmal als ›partiell infantil‹ bezeichnet. »Ein Kilo konventionelles Schweinefleisch herzustellen«, das ging mir den ganzen Tag im Kopf herum. Es war ein Tag, an dem ich, am Rand einer Stadt, deren Name mir vage von früher bekannt vorkam (Willmersbronn? Willmersfelde?), einen Mann, der seine Krücken neben sich gestellt hatte und auf einer moosigen Waldbank saß (ich mußte ja immer meine körperliche Schwäche berücksichtigen!), nein, nicht richtig, er saß ja im Rollstuhl, von hinten, seitlich schräg weit über ihn gebeugt, durch sein Hemd hindurch mit Oom Henks Messer hingeschlachtet habe. Er war korpulent, ich mußte mehrfach kräftig zustechen. Er stöhnte noch, nur instinktiv, trotzdem schnitt es mir ins Herz. Aber ich hörte nicht weiter hin, ich wollte nur fort, und es gelang mir auch. Keine Menschenseele war Zeuge. Ich erreichte den Zug für die Rückfahrt auf die Minute genau. Ich kann mich in einer Menschenmenge unsichtbar machen, im Grunde auflösen. Man nimmt mich nicht wahr. Pünktlich war ich zu Hause. Niemand *bemerkte meine Abwesenheit. Die Handschuhe hatte ich am Bahnhof in einen Abfallcontainer geworfen. Leichtsinnig oder nicht, es lenkte niemanden auf meine Spur. Alles ging ja, wie beabsichtigt, so unsinnig, so zufällig vonstatten. Ich habe mich nicht einmal bemüht, die Berichterstattung über die Fälle zu verfolgen.*

Zwei Jahre ist es her.

Warum?

Warum aber? Wegen Gottes Erbarmen? Wollte ich durch eine böse Tat eindeutig schuldig werden und bereuen können, anders als alle die Halbschuldigen in dieser Straße, die in helle Farben gekleidet, so unschuldig tun? Um durch und durch in das Leben verwickelt zu sein? Ich habe mir nachts oft diese Fragen gestellt und es mir nicht leichtgemacht. Ich weiß, man denkt in dieser stillen Straße ab und zu über mich nach. Man denkt: Die Brave, die Harmlose! Die phantasiert allenfalls von bösen Ausschweifungen!

Hahaha.

Es ist ja genau das Umgekehrte wahr. Ich bin schlecht, träume jedoch vom Gutsein, nämlich, daß es eine gute Tat ist, so zu handeln, wie ich es ausgeführt habe, um mich zu strafen, vielmehr zu opfern, indem ich das unverstellt Schlechte auf mich nehme.

Es ist eigentlich nicht so, daß ich diese scheinheilige Straße offiziell beflecken will, ich muß nur das Böse, wenn auch in verborgener Tat, gesammelt zum Vorschein bringen. Ich muß die Rückseite dieser gewienerten Lebensoberflächen ertragen. Die teuflische! Die Schatten, die Finsternis sollen irgendwo greifbar werden. In mir! Der Wirklichkeit oder Wahrheit wegen. Ein anderer übernimmt es nicht, wirft sich nicht in die Bresche.

Oom Henk aus Amsterdam hat mir, als ich noch ein Kind war, erzählt, daß ein Wesen, Onze Lieve Vrouw, durch die Wiesen geht. Sie hinterläßt Schneckenspuren und ist der böse Geist des Ortes zwischen den Gräsern und Blumen. Sie gibt dem Bösen ihren Geisterkörper. Er nimmt Platz in ihrer Person. Da können die Pflanzen unbehelligt und ohne Schuld blühen. Für die Wahrheit des Bösen sorgt sie, die Lieve Vrouw!

Ich habe unserer Straße ein Geheimnis gegeben und es ausgedrückt. Wie am Tatort in Süddeutschland. Als ich das Mädchen auf der Parkbank und den Krüppel im Rollstuhl entdeckte, sah ich der Gegend schon den zukünftigen Mord an.

Direkt danach wußte keiner, was geschehen war. Nur ich. Das Gebiet dampfte von den Anzeichen des Todes und der Wahrhaftigkeit, die offenbar wurde unter dem verschlagenen Frieden durch meine Tat. Eine Woche später hatte ich, als ich zufällig an einer Ampel dicht hinter einem Menschen im Rollstuhl wartete, das Gefühl, der Behinderte würde sich dauernd ängstlich nach mir umsehen. Roch er mein Messer, das ich doch gar nicht bei mir trug? Es ging mir ja oft so, als wären die Morde nie von mir verübt worden. Es wußte doch keiner was! Warum dann ausgerechnet ich? Hier aber mußte ich mich an den Ampelpfosten lehnen, obschon die Farben einige Male wechselten, mußte unter dem Papierkorb einen Fleck anstarren. Er stammte sicher von einer dunklen, wenn nicht gar schwarzen Flüssigkeit. Ich fürchtete, er würde sich auf mich zubewegen wie eine Tat, oder anfangen zu kriechen wie ein flaches Tier auf dem Meeresboden, oder einfach wachsen, immer weiter wachsen. Ich wäre nicht von ihm losgekommen, wenn mich nicht ein Jugendlicher ohne zu fragen gepackt und über die Straße geführt hätte.

Bei meiner Rückkehr vom dritten Ausflug nach Süddeutschland an unserem Hauptbahnhof bemerkte ich in einem zugigen Kachelgang hinter Kesseln mit Eintöpfen und Würsten eine ältere Frau mit einem Schirmkäppi. Sie hatte den Kopf über einen der Töpfe gebeugt. Als sie ihn hob, zeigte sie ihr Gesicht, und der Abdruck, der genaue Abklatsch dieser brodelnden Fleischgerichte auf ihrer Haut und ihren Zügen unter dem Reklamehütchen mit einer lustigen Tier-Mensch-Figur darauf, räderte und entgeisterte mich. Kann es Gott geben, wenn er das an seinen Geschöpfen zuläßt? Oder muß es ihn gerade deshalb geben? Löscht ihn diese Verkommenheit aber nicht aus?

Ich habe allerdings nicht deshalb beschlossen, »mich selbst zu richten«. Diese Formulierung kenne ich aus Büchern meiner Kindheit, und sie gefällt mir noch immer. Vor wenigen Tagen war es erst, daß ich zum dritten Mal nach Süden fuhr, jetzt in die Nähe von Würzburg. Wieder regnete es schwach von Sonnenaufgang bis Sonnenuntergang. Da erkannte ich, noch gerade rechtzeitig, an dem dicken Menschen, der auf der einzigen Bank am Rand eines verlassenen Parkplatzes saß, weil er sich umdrehte, als ich zum Messer greifen wollte, wie ungeheuerlich er meinem Oom Henk von früher, als ich ihn nach langer Abwesenheit wiedersah, ähnelte. Es wäre mir vorgekommen, als würde ich Oom Henk mit seinem eigenen Messer töten! Oom Henk sah mich durch diesen Fremden hindurch an und sagte: »Genug, meine kleine Wally, genug!« Also unterhielt ich mich, statt ihn umzubringen, ein bißchen mit dem Mann, der an dieser Stelle um seine kleine, verunglückte Enkelin trauerte.

Erst auf der Heimfahrt wurde mir klar, daß schon meine letzte Tötung überflüssig gewesen war, das hätte erst recht für diese gegolten. Meine Taten, die zu der Sorte der »heimtückischen« zählen, verselbständigten sich! Etwas in mir drängte mit Macht, und ich gehorchte einfach, ohne Widerstand. Ich weiß, es wird nicht aufhören, es ist ein geweckter Durst oder Hunger nach blutigen Vollstreckungen.

Einer verbrecherischen Wiederholung will ich zuvorkommen (obschon ich gar nicht genau weiß, warum denn eigentlich), indem ich mich selbst als Sühne dem Tod hingebe. Mir fällt für mich so schnell keine andere Todesart ein, ich spüre aber, daß ich sofort handeln muß, und ich gehe dann ja im tröstlichen Wald zugrunde! Eigenartig, jetzt schreibe ich das alles noch, in wenigen Stunden werde ich ohne Leben im Brackbacher Teich treiben. Es ist unausweichlich, und doch klafft dazwischen eine Lücke, vor der ich zittere.

Meinen Opfern habe ich das Zittern vor dem Tod, so gut ich konnte, erspart. Ich bitte den Himmel um Stärke für das nun Kommende. Etwas ist zur Neige geleert. Wenn auch in größter Verlassenheit, so sterbe ich, auf diese Gnade hoffe ich fest, nach glücklicher Kindheit und unglücklichem Leben, in Frieden oder darf dann endlich in ihn eingehen.

Es liegt natürlich in Ihren Händen, Frau Pilz, ob Sie nun »Ihr Gewissen erleichtern« und zur Polizei gehen. Ich selbst wäre von Dankbarkeit erfüllt, wenn das Andenken meiner lieben Eltern und ihr Name unbeschädigt bliebe.

Helene Pilz zweifelt nicht am Wahrheitsgehalt des Geständnisses der kleinen Frau Mülleis, an die sie sich gut erinnert. Sie bleibt eine Weile sitzen, bewegt sich überhaupt nicht. Plötzlich erhebt sie sich mühsam aus ihrem Rollstuhl, geht, auf eine Krücke gestützt, in die Küche und verbrennt ohne Zögern den Brief im Ausguß ihrer Spüle. Sie beeilt sich, denn dem gegenwärtig bei ihr wohnenden Staatsschützer, der jeden Augenblick klingeln kann, wird sie nichts erzählen.

Über das eigentümliche Zusammentreffen des Briefes mit der Gegenwart eines Gesetzeshüters und den polizeilich entwürdigenden Streich, den sie ihm mit der Vernichtung der Papiere spielt, würde sie fast lachen, wäre in ihr nicht das Gefühl, ihr Körper gliche einer Kirche oder Fabrikhalle, aus der man jegliches Inventar entfernt hat. Nur ein ohrenbetäubendes – für Sie unhörbares? –, durch nichts gedämpftes Dröhnen bleibt zurück.

III

Wally

»Ich habe«, sagt Wally und versteckt fast das ganze Gesicht in den Händen, »ich habe seit damals an nichts anderes mehr gedacht.«

Wie ihr die Finger zittern!

»Hinterher, nach dem ersten Mal, hat mich im Zugabteil ein fremder Mann gefragt: ›So sehr gesündigt letzte Nacht?‹ Derart mitgenommen sah ich wohl aus. Als ich beim Umsteigen im Bahnhofscafé saß, erkundigte sich wieder ein Fremder: ›Ich bin ein paar Tage allein hier und suche eine Freundin für mich, genau so nett wie Sie. Helfen Sie mir?‹ Das ist mir noch nie passiert. Ich bin ja nicht hübsch.«

Wally, die schon dreißig ist und aussieht wie ein zartes, rundes Kind mit Grübchen, hat nach einem harmlosen Autounfall, nur eine kleine Narbe am Hals wird bleiben, als Folge des Unglücks drei Wochen später in einem Hotelzimmer mit einem verheirateten Mann eine Nacht zugebracht, vor einem Vierteljahr und vor zwei Tagen, beide Male mit demselben. Ihre klugen Eltern, denen nicht nur eine Villa gehört, sondern auch der Wald drumherum, sähen lieber für ihre Kleine einen noch nicht gebundenen, etwas jüngeren Mann. Vielleicht hat er auch Kinder? Immerhin ist ein Anfang gemacht, und das freut sie von Herzen.

Zu oft mußten sie ja beobachten, zehn, ach was, fünfzehn Jahre lang, wie sich Wallys Gesicht beim Anhören von Musik, besonders von Tangos, aus dem Inneren stark erleuchtete. Fast beängstigend war das. Wallys Erfahrungen mit dem anderen Geschlecht sind nicht groß – sie kennt ihren Vater, ihren Vetter Jan, vor allem ihren Oom Henk –, es gibt da sonst nichts. Darum ist sie jetzt natürlich viel aufgeregter als andere Frauen, wenn sie dreißig sind.

»Mein Vater hat mich bei meiner Heimkehr an der Haustür getroffen und mich im Dunkeln in den Arm genommen, so, wie in meinem ganzen Leben noch nicht.«

Sie meint, sie habe seit »damals« wie mit geschlossenen Augen gelebt. Nichts sollte von der Erinnerung verlorengehen. Sie habe sich wochenlang auf diese Nacht, auf die erste und die zweite, zugesehnt, sei fast nur noch auf ihrem Pferd über die Wiesen galoppiert, einmal bei vollem Tempo beinahe gegen einen Baum. Sie lächelt nicht, während sie das sagt.

Man verkneift sich eine Grimasse.

»Nun denn!« habe der sehr gutaussehende Mann gesagt – sie sei regelrecht beschwipst gewesen davon, daß ausgerechnet ihr plötzlich ein so unwiderstehlich, ja unverschämt und vor allem unverdient anziehender Liebhaber vom Himmel bestimmt sein sollte, und sie glaube jetzt auch wieder ohne Mühe an Gott –, »Nun denn«, habe er schließlich geflüstert, um vom aufrechten Stehen zum Liegen in einem schrecklich aufgedonnerten Bett überzuleiten. Es sei diese wunderbare Sachlichkeit gewesen, dieses Knochentrokkene, das sie – ein völlig neues Gefühl, das wahrscheinlich niemand, niemand sonst kenne – zum Hinschmelzen gebracht habe, Wörter, die ihr in der gesamten Zwischenzeit überallhin gefolgt seien. In den Ohren hätten sie ihr gehaust, ein Flüstern Tag und Nacht. Ihrem Pferd habe sie es, um es nicht dauernd in sich einzusperren, bei den Ausritten auf den Sandwegen und an den Brennesselgebüschen entlang hundertmal zugemurmelt: »Nun denn!« So leise, so verführerisch wie sie selbst es in ihrer Erinnerung immerzu hörte. Tausendmal. Wie hätte sie sonst die vielen Monate, fast fünf, nein, drei Monate ertragen sollen! Die ganze Welt sei ihr nachträglich in dieses »Nun denn!«, dem Signal zum Aufbruch, endlich, endlich, aus dem Gesellschaftlichen, aus dem Förmlichen in die Zauberei ihrer nächtlichen Liebesstunden eingesammelt gewesen und alles andere nichts als ein lästiger Ablenkungsversuch der »Bevölkerung« (sie meint natürlich: Menschen, Umgebung), der aber immer mißlungen sei. Sie habe den Blick gewissermaßen gesenkt und die Ohren verschlossen gehalten, um die geheime Formel und Parole unversehrt in sich zu bewahren. Wie eine Nonne ihr Gebet, denkt man erheitert, ohne besondere Bosheit. Direkt dumm ist sie eigentlich nicht, nur sehr unschuldig, kriminell unschuldig.

Es sei dann aber, sagt die kleine, dreißigjährige Wally mit bleichem Kindergesicht, beim zweiten Mal ganz anders gewesen.

Sie könne es sich nicht erklären. Was habe sie nur getan und falsch gemacht? Ja, gewiß sei es auch diesmal wieder zum Beischlaf gekommen. Der Mann habe sich aber gleich, anders als beim ersten Mal, aufs Bett gesetzt, dort prüfend gewippt und sie auch sofort niedergedrückt, ohne ein Wort zu reden, und nachdem sie einmal zu ihrem Schrecken laut aufgestöhnt habe, sei er gleich wieder gegangen, nach unten in die Hotelbar: Man könne dort einen Kaffee nehmen. Sie solle dann nachkommen dahin.

Es passierte ja diesmal am hellen, vielmehr trüben Nachmittag.

Sie weint nicht, aber ihre Lippen beben sehr. Sie muß fest darauf beißen, um sie zu zähmen. Ohne weitere Worte und ohne Bestrafung, der Mann habe ja etwa das Alter ihres Oom Henk gehabt, sei er aber nicht verschwunden. An der Tür habe er Richtung Erdgeschoß, Richtung Kaffeekännchen genickt, mit einem »Nun denn!«, sie täusche sich nicht, auch wenn es kaum wiederzuerkennen gewesen sei, dieses zweite »Nun denn!«, nicht zu vergleichen mit dem ersten vor nur zwei, nein, drei Monaten. Sie habe es erst nicht richtig gehört, aber im Ohr aufbewahrt und nach einer Weile identifiziert, noch immer wie erschlagen und, wie vom Mann auf dem Bettlaken zurückgelassen, daliegend.

Da sei sie aufgesprungen, um nicht unterzugehen, sei, so schnell sie nur konnte, ausgerissen, zurück in den Wald, der ihr Elternhaus umschließt, in die heisere Novemberlandschaft, wo die Pferde stehen, träumerisch im kalten Licht. Während der Rückfahrt aber, im Zugabteil, habe ein alter Mann, so, als gäbe es sie, Wally, gar nicht, zwanzig Minuten lang eine junge Frau zu Wallys Neid und Ekel mit Weintrauben gefüttert, mit seinen runzligen Fingern habe er dem Mädchen die Beeren zwischen die Lippen geschoben, dazu geschmatzt, als äße er sie selbst, die ganze Zeit, und das ihr, Wally, direkt gegenüber.

Ist heimwärts geflüchtet, Wally, das erblaßte Kind.

Mann mit Pfeife

Sein Hund, Herrn Schöffels ungebärdiges Hündchen Otto, war verschwunden, hatte sich zwischen den Krücken verheddert, und während der Mann, zusätzlich behindert von seinem schönen langen Bart, sich niedergebückt hatte, um Otto zu befreien, war das kleine Tier mit der unseligerweise hinter ihm schleifenden Leine davongeschossen. Herr Schöffel blies, so wild und wüst er das noch schaffte, auf der Hundepfeife. Niemand half, nichts zeigte sich.

Da drang sie in ihn ein, die Vorahnung, er würde seinen einzigen Freund nie wiedersehen. Ihm war, trotz des grünlich leuchtenden Abendfriedens neben dem Eckpapierkorb, gegen den er sich zum Verschnaufen ein bißchen lehnte, finster zumute. Es meldete sich die Verlassenheit, schon ganz nahe dem klammen Todesabgrund. Er spürte es in seiner Hilflosigkeit auf der nach da und dort leeren Straße. Wie weit seine Töchter entfernt von ihm wohnten, im Süden, im Norden, er in der Mitte, im Städtchen W.

Ein Auto hielt jedoch neben ihm, plötzlich hinterrücks angeschlichen. Er dachte: im letzten, in meinem allerletzten Moment! Heraus stieg eine hübsche Frau, die er als jugendliche Erscheinung empfand. Sie konnte ihm nutzen in seiner Not. Die Sonne ging auf, ging noch einmal hell auf für Herrn Schöffel. Es wäre doch gelacht und auch noch nicht aller Tage Abend für ihn! Jetzt kam es darauf an! Um sich zu beruhigen, strich er über seinen schneeweißen Bart. Nur dann nämlich, in Gelassenheit, würde er seine Lage der Fremden schildern können, damit sie ihm Otto wiederbrächte, zumal sie ja motorisiert war. Er sprach, da er einsam lebte, kaum noch mit Menschen und mußte sich sammeln, hörte nicht recht, was sie redete, auch schien sie sehr eilig zu sein. Also mußte er schnell machen, damit sich Otto nicht in der Zwischenzeit mit der Leine erwürgte, mußte die Sätze nehmen, wie sie in ihm aufstiegen aus seinem alten Leibesinneren, jede Sekunde zählte doch. Auch die Gliedmaßen, wären nur die Krücken nicht gewesen!, galt es zum Reden zu benutzen.

Herr Schöffel beschrieb stammelnd sein Unglück, so gut er konnte, zeigte zumindest, wohin das Hündchen, sein Freund Otto nämlich, entwichen war. Dorthin, vielleicht auch hierhin? Er stürzte in seinem Eifer beinahe aufs gefährliche Kopfsteinpflaster. So etwas konnte für einen Menschen seines Alters der Tod sein. Als er jedoch aufsah, war die fremde Dame schon davongebraust.

Nun kam es darauf an, sich in Geduld, getrost auch in Hoffnung zu fassen, die Minuten zu zählen, bis sie, die sich so prompt, ohne ihn bis zu Ende anzuhören, auf die Suche begeben hatte, ihm Freund Otto heimführte, sein Hündchen, den Otto.

Zufall und Schrebergärten

Nach einem verregneten September war zum ersten Mal ein Tag so beschaffen, daß man, augenscheinlich befriedigt über sein wider Erwarten doch noch zuverlässiges Eintreffen, kurz vom »Gold des Herbstes« u.ä. sprach. Man lobte an Haltestellen und Ladenkassen, meist halb ironisch und vage eine poetische Schulerinnerung zitierend, die alte Pünktlichkeit der jahreszeitlichen Symptome.

Die zwei Frauen waren unter streng wolkenlosem Himmel aus gegensätzlichen Richtungen gekommen, ohne auf dem leeren Weg bewußt aufeinander zuzugehen, blieben dann allerdings beide vor einem in der allgemeinen Ordnung überraschend verwilderten Schrebergarten mit vollständig überwucherter Laube stehen. Dabei hatten beide flüchtig gezögert, als sie bemerkten, wie gleichzeitig das geschah. Außer ihnen gestattete sich niemand, an diesem Donnerstagvormittag in der Kolonie zwischen dem Einkaufszentrum und den drei teilweise unbenutzten Wohntürmen müßig herumzuschlendern. Weit und breit gab es sonst keinen einzigen Spaziergänger.

Wally Mülleis bemerkte neidlos, daß es sich bei der Frau neben ihr um eine junge und gutgewachsene Gestalt handelte. Hilde Tisch jedoch sah erschrocken, wie ältlich, aus der Nähe, die Kleine neben ihr war. Beide benötigten für ihre Musterung nur einen einzigen Seitenblick. Das mächtige geblümte Hinterteil, auf das sie parallel starrten, schien eine riesige Blüte zwischen Schlinggewächsen zu sein. Die Person, zu der es gehörte und die sich, vornübergebeugt bis zur Erde, bei der Bude beschäftigte, richtete sich nicht auf, während die einander fremden Frauen ihr knappes Gespräch führten, als wäre es der verabredete Austausch von Informationen auf Anweisung, hineingesprochen in die Wildnis von welkender Clematis und letzten Geißblattblüten.

»Wenn man so einen Garten sieht, fühlt man sich wie zu Hause, wie drinnen in den eigenen vier Wänden. Bei mir jedenfalls ist es genauso plüschig wie hier«, fing Hilde an.

»Mir ist mit den Jahren das Aufräumen auch immer gleichgültiger geworden.«

»Ich wohne in der Nähe und renne hier oft rum, um nicht durchzudrehen.«

»Warum drehen Sie durch? Ich bin zum ersten Mal hier. Warum drehen Sie durch?«

Hilde Tisch: »Wahrscheinlich, weil ich ohne was zu tun im Haus rumsitze. Das hat es in meinem ganzen Leben noch nicht gegeben, deshalb bekommt's mir nicht, vom Geldmangel natürlich mal abgesehen.«

Wally Mülleis: »Suchen Sie sich doch Arbeit, wenn sie Ihnen fehlt!«

Hilde: »Ich hatte eine und einen Mann. Der Mann ist gestorben wegen Arbeitslosigkeit. Ich bin beinahe auch gestorben, wegen des Idiotenjobs als Kassiererin.«

Sie sah sich die kleine, abwartende Frau etwas gründlicher an und fügte plötzlich hinzu: »Ich habe beschlossen, anschaffen zu gehen. Der Entschluß steht fest, da rüttelt keiner mehr dran. Meinem Bruder Rolf, der auf Männer steht und gerade eine Stelle sucht, macht's nix aus. Ich brauche keine Bedenkzeit mehr, nur noch Mut für den Absprung. Diese Schrebergartenwelt hat dann wohl nichts mehr mit mir zu tun.«

Hilde erkannte gleich, daß die verschrobene Kleine elektrisiert war!

»Und Sie werden das hinkriegen, dauernd mit wildfremden Männern zu schlafen? Ich bewundere das! Darf ich Ihnen etwas gestehen? Es weiß sonst keiner, und ich schäme mich deshalb: In meinem ganzen Leben bin ich erst zweimal mit einem Mann ins Bett gegangen, noch dazu mit demselben! Albrecht hieß er, viel älter als ich, aber sehr schön, mein Gott, viel zu schön für mich. Ich hätte ihn niemals halten können.« Es brach aus Wally einfach so hervor.

»Ist lange her, was?« fragte Hilde, ohne sich mit Ungläubigkeit aufzuhalten.

»Rund zwanzig Jahre.«

»Sehr lange! Auch wenn man sich eine Weile ganz gut mit sich selbst amüsieren kann.«

Wie war das wohl gemeint? Wally fühlte sich ertappt, aber sie wurde nicht verlegen. Beide Frauen gingen davon aus, daß sie sich nie wiedersehen würden. Es beschwingte sie, in diese Anonymität hinein unter blauem Himmel im »Oktobergold« Geständnisse abzulegen.

»Noch wichtiger war für mich mein Onkel aus Amsterdam, von klein auf, mein Oom Henk«, verriet Wally dann in Richtung des großen Gesäßes. »Oom Henk ist mir ein Rätsel geblieben. Er ist viele Jahre hinter dem Lächeln seiner Jugendliebe Antje hergereist, so, wie ich ihn, den Oom Henk, mit meinen Gedanken verfolgt habe. Noch immer frage ich mich, ob sein Geheimnis ein gutes oder ein bösartiges ist. Ich besitze ein sehr scharfes Messer von ihm, einen Dolch, der keinerlei Hindernis kennt, nichts hält ihn auf, ein Andenken. Hätte Oom Henk mich nicht verlassen, wäre es besser gewesen, viel besser für mich, wäre manches vielleicht nicht passiert. Oder vielleicht gerade doch!«

Die kindliche Stimme Wallys war rauh, richtig wüst geworden. Sie hatte ja den letzten Satz, aber erst den, zornig, nein, wie entsetzt, hervorgestoßen. Hilde zog es trotzdem vor, lieber nicht zu fragen angesichts eines solchen Aufruhrs, vielleicht könnte dann die Kleine ihre Tränen nicht zurückhalten, und sie, Hilde, hatte augenblicklich ausreichend eigene Sorgen.

»Wann beginnen Sie? Wie wollen Sie es bewerkstelligen? Privat, ich meine selbständig, oder eher öffentlich in so einem Haus?« Wally bemühte sich, die Fassung wiederzugewinnen.

Im Grunde reizte es Hilde nicht, weiter mit der naiven kleinen Figur zu reden, aber, warum nicht, es war so eine merkwürdige halbe Stunde bei diesem Schrebergarten: »Vor allem werde ich mich ›Uschi‹ nennen!«

Schon zog die grämliche Kleine die Schultern ein, als fühlte sie sich verspottet.

»Mir schwebt vor«, fuhr Hilde deshalb großzügig fort, »die Freier in einem Campingwagen zu empfangen, wie man sie öfter an waldigen Bundesstraßen mit den vielen Wildwechselschildern sieht. Über die Bedingungen habe ich verläßliche Auskünfte. Ist alles durchkalkuliert. Hart ist das schon, klar, aber dafür mit echtem Menschenkontakt. Viele Männer wollen vor allem reden. Meinen Mann habe ich damals als Angestellte in einer Bar kennengelernt. Mir fehlt nur noch das Geld für die Investition. Den Mut für die Sache besitze ich, ehrlich gesagt, wenn ich mir's überlege, schon jetzt.«

Wally Mülleis, die stets ein Leben in vollkommener finanzieller Sorglosigkeit geführt hatte, sagte eine Weile nichts. Die pathetische Art, wie sie schwieg, hinderte Hilde daran, unhöflich wegzugehen. Wie gut Wally dieses Wuchern bis zur Verwahrlosung gefiel! Sie wußte, es wäre ihr unmöglich, an einer anderen Stelle als angesichts des entgleisenden

Grüns, ihren Vorschlag, der sie mit Glut erfüllte, der Unbekannten zu unterbreiten.

Schließlich sagte sie, und es klang jetzt heiser vor Schüchternheit: »Tun Sie es, bitte! Es läßt sich doch machen, ganz leicht. Wieviel brauchen Sie? Dieser Camper, was kostet der denn? Und dann fangen Sie an. Bitte, tun Sie das doch!«

Bauernweisheit

Damals, irgendwann vor kurzem, war es so gewesen: Noch am Abend hatte Rita einen grüngoldenen Abend erlebt. Draußen sang die Nachtigall, schluchzte und meißelte, während sie, Rita, drinnen aus beruflichen Gründen die Segnungen der Kultur in peinlichen Einzelerlebnissen durchstehen mußte. Gestern in einem Schloß, heute auf der morgendlichen Autobahn im Regen festgehalten von ihresgleichen!

Sie hatte noch nicht gefrühstückt und viel zu wenig geschlafen, wollte aber schnell, schnell zurück nach Norden flüchten. Nun wurde sie, nach zwei Stunden flüssiger Fahrt, zum Stillhalten gezwungen. Zum Ausreißen blieb ihr nur das Radio. Nicht allein der insgesamt nasse Frühsommer, hörte sie, sei verantwortlich für die kaum zu bewältigende Schneckenplage. Es sei der allgemeine Klimawandel, verbunden mit dem Einwandern etwa der giftigen spanischen Wegschnecke, für natürliche Schneckenfeinde ungenießbar und in rasantem Vormarsch begriffen. Vom einst sprichwörtlichen Schneckentempo mochte man gar nicht mehr reden.

Es handelte sich um eine volkstümliche Sendung für den Gartenfreund, die mit einer Live-Umfrage unter Praktikern in einer Schrebergartenkolonie endete. Das alte Lied. Nichts als ein Schwarm hausbackener und bestialischer Ratschläge der hilflosen Geschädigten zur Bekämpfung der Schneckenflut, des Schneckenansturms, der Schneckenherrschaft, -tyrannei, -diktatur. Bis endlich ein der Stimme nach alter Mann mit niederländischem Akzent, so vermutete die Schriftstellerin, zu lachen anfing, die genannten Rezepte und Einfälle multilingual verhöhnte und alle genannten Bekämpfungsmittel als Herumdoktern an den Symptomen deklassierte.

Es sei, meinte er, völlig unsinnig, die Schnecken mit Bier, Körnern, Salz oder Säure auf Dauer dezimieren, gar ausrotten zu wollen. Statt dessen gelte es, die Verursacherin des Übels, wenn man es denn so nennen möge, zur Rechenschaft zu ziehen. Das aber sei Onze Lieve Vrouw, die mit jedem Tritt ihrer schönen Füße, mit jedem Berühren der Erde Schnecken hinterlasse, schwarze, jetzt auch rote und getigerte. Onze Lieve Vrouw sei es, die man unbedingt fangen müsse. In eine Falle locken und vor Gericht stellen! Onze Lieve Vrouw, keine üble Person, ganz im Gegenteil. Aber schädlich, strafbar, das schon. Allerdings sei sie selten zu sehen, sie zu fangen nahezu unmöglich.

Und überdies ja ganz und gar unmöglich. Er kenne sich aus, oho, weiß Gott, mit Onze Lieve Vrouw, dem schlanken Biest, mit der kenne er sich aus von Jugend auf. »Niemals nachlassen also in der Jagd. Jamais! Die erwischen Sie nie. Never, never. Giammai.«

Das sei sein Rat, für Gottes Lohn. Der Interviewer wollte noch scharf nachfragen. Da war ihm der Alte, wie ein Junger vor sich hin flötend, auch schon entschlüpft.

Pourquoi pas?

Er liebte Theatralik. Aber nur, wenn sie stramm saß.

In der Pause, bei einem, das mußte er widerwillig zugeben, für sich genommen euphorisch stimmenden Kaffee aus sehr kleiner Tasse, hatte er sich plötzlich nach einem guten Eishockeyspiel gesehnt, vor allem nach der Ouvertüre, wenn die gesamte gastgebende Mannschaft durch Lichtbögen, ein Spieler nach dem anderen, unter dem Toben des Publikums aufs Eis rast.

Hier, in der vielgerühmten Wiener Staatsoper, in der er die »Tosca« sah, enttäuschte man ihn mit einer vollkommen apathischen Aufführung. Als das Täßchen ausgetrunken war, im Grunde durch einen einzigen Schluck, fuhr er ins Hotel und am nächsten Tag, ohne sich umzudrehen, gleich weiter nach Zürich.

In Zürich, wo er, wie in Wien, in Verlagsgeschäften zu tun und, hier wie dort, Pflichtbesuche bei Schriftstellerwitwen (jedenfalls Dichtergefährtinnen bis ans Grab) zu absolvieren hatte, wurde im Opernhaus »Linda von Chamonix« gegeben, eine Donizettioper, die er überhaupt noch nicht kannte, nein, nicht mal eine einzige Arie daraus kannte er. Schön! Sonderbar! Sehr schön! Diesmal war er zufrieden, ging zu Fuß zu seiner Unterkunft zurück, und dabei fiel ihm plötzlich die Großtante ein, die man in der Verwandtschaft seit ihrem Tod immer nur »Es dröhnt« nannte. Man sprach damals öfter von ihr, denn sie hatte ein üppiges Vermögen weit gestreut vererbt. Persönlich war sie ihm fremd, obschon es ein Foto gab, auf dem sie ihn, Heiner Krapp, als Baby auf dem Arm hielt.

»Es dröhnt« war vor vielen Jahren aus heiterem Himmel, ohne jemanden zu benachrichtigen, völlig grundlos vom heiligen Köln nach Chamonix gereist und dort unter nicht geklärten Umständen zu Tode gekommen, genauer gesagt: spurlos verschwunden. Es hieß, sie habe anfallweise unter der Furcht gelitten, wahnsinnig zu werden. Die Erbberechtigten lächelten stets, wenn sie von der kuriosen, heute fast vergessenen Großtante sprachen, die ihr Vermögen allerdings tatkräftig und selbständig durch den Handel mit Antiquitäten aus Fernost, so glaubte er sich zu erinnern, erwirtschaftet und vier Ehemänner überlebt hatte. Viel mehr wußte Krapp nicht über sie, reiste aber, da das Wort »Chamonix« einmal gefallen war, am Morgen nach der Opernaufführung der toten Tante hinterher, aus dem Stand, und statt einen ganzen Tag mit der Witwe des Dichters in der »einzigartigen« Sukkulentensammlung am Zürichsee (»einzigartig«, wie sonst nur noch ihr teurer Verstorbener) ebenso pietätvoll wie geschäftstüchtig zu vergeuden.

Chamonix! Eine Eingebung, ein wunderlicher Befehl? Er wollte extra nicht darüber nachdenken, wollte ruckzuck handeln. Immer, wenn er es selbst am wenigsten erwartete, galt es, etwas Unvernünftiges zu tun. Das hatte er in seinem Leben schon oft gemacht, aus Prinzip, aber in den letzten Jahren vielleicht zu selten. Ihn reizte auf einmal das völlig Unvermutete, andererseits Vorgezeichnete. Denn dort war nach wie vor der höchste Berg Europas, das wußte er schon als Kind. Auch Mont-Blanc-Füllhalter gab es ja noch immer. Ein so trefflicher Abschluß seiner dramatisch-musikalischen Erlebnisse mußte ihm nach der Mühsal mit den Witwen gegönnt sein. Und auch so viel Schnapsidee und Geheimnistuerei wie die der längst verwitterten Tante standen ihm zu.

Der Mont Blanc aber ließ sich, auf die gesamte Erde bezogen, nur noch mit dem Mount Everest vergleichen. Die Fünf-, Sechs-, Siebentausender der Anden kamen nicht gegen seine gewaltige Aura an, und doch war der Berg für ihn, Heiner, von Zürich aus nur Sache von ein paar Stunden. Seinen Freund Rolf, unten im banalen Flachland, würde er mit einem Anruf von dort in Erstaunen versetzen. Das freute ihn im voraus so sehr, daß er einen Moment lang fürchtete, nur deshalb zum Mont Blanc zu fahren.

Rolf wurde in anderen Kreisen »Eddie« genannt. Dem hübschen Eddie mit der hohen Kochmütze über dem kleinen Rumpf hatten die zusammenbrechenden Wolkenkratzer in New York angeblich das Leben gerettet. Ein früherer Bekannter sei, so Rolf, gerade dabei gewesen, ihn vor dem eingeschalteten Fernsehapparat umzubringen, »mit seinen starken Würgehänden«, als die Bilder von den brennenden Türmen erschienen seien und den Angreifer abgelenkt hätten, so daß er, Rolf, entschlüpfen konnte. Von seiner eigenen damaligen Anwesenheit ganz in der Nähe der Gebäude hatte Krapp dem Kleinen nie erzählt, um dem Würgeerlebnis nicht seinen exklusiven Glanz zu rauben.

Rolfs Schwester, eine verwitwete Frau Tisch, ging ihrem neuen Beruf seit einiger Zeit als »Uschi« nach, in einem Campingwagen am Waldrand, nicht ungefährlich, an einer Bundesstraße. Sie hasse den Namen, meinte Rolf sachlich, aber er sei eine Geschäftsempfehlung, es fehle ja nur das M vorneweg. Heiner besuchte sie dort ab und zu mit Rolf auf eine Flasche Wein. Es gab in ihrem Verrichtungssalon einen roten Teppich, den sie zu einem Wucherpreis in einer türkischen Weberei gekauft hatte, auf einer zufällig gewonnenen Reise nach Antalya mit Busrundfahrt. Eine ganze Woche umsonst! »Für so viel Glück muß man sich doch bedanken!« sagte sie mit dem schönen Augenaufschlag ihres Bruders.

Krapp verehrte sie gewissermaßen. Uschi erinnerte ihn an Kim Novak in Billy Wilders »Küß mich, Dummkopf«.

Der Bruder Rolfs war Winzer an der Mosel. Er fuhr mit einem Camper voller Weinflaschen, einer Kiste mit Hemden, einer mit Hosen und mit ein paar Pfannen durch Norddeutschland, um dort seinen Wein an Stammkunden zu verkaufen, saß, dann immer im Nadelstreifenanzug, das Hemd weiß, die Krawatte gelb, in fremden Wohnzimmern und studierte aufmerksam die leidenschaftlichen Ausdünstungen der jeweiligen vier Wände. Er erwog deren Verwertbarkeit für sein Geschäft und verließ sie wieder, ganz so, wie Krapp es bei der Lektüre von Manuskripten machte. Manchmal kam Rolfs Bruder bei Uschi am Waldrand vorbei. Dort hatte Krapp den Winzer auch kennengelernt. Alle drei Geschwister pflegten beruflich den Kontakt mit Menschen, Krapp nicht so sehr, er eher den mit Buchstaben.

Hoffentlich konnte man den Gipfel von Chamonix aus überhaupt sehen! Für langatmige Wanderungen zu eventuell erforderlichen Ausgangspunkten würde der eine Tag nicht reichen.

Als ihm solche Bedenken kamen, näherte sich sein Zug bereits dem Genfer See. Klassische Witwengegend! War die Tante vielleicht vom Blitz erschlagen worden? Gewitter galten als die größte Gefahr für den Wanderer in hohen Bergen. Aber dann hätte man sie am Ende ja irgendwo finden müssen, sie selbst, nicht nur den Zettel im Hotelpapierkorb. Übrigens, was für eine Geschmacklosigkeit des Zufalls: Noch gestern hatte ihm die Zürcher Witwe, sonst eine kiebig-kämpferische Nachlaßverwalterin, im großbürgerlichen Salon zu einem Glas mit stillem Wasser beim Zittern von Brillantohrringen ihre »Coop Treuesupercardprämie« gezeigt, einen sogenannten »Simple Human Abfalleimer«. Der gähnte ihn so opferheischend an, daß er seine Liste für literarische Gipfelbegeisterung auf Klappentexten zusammengeknüllt hineingeworfen hatte. Ade also: »frech«, »frivol«, »famos«, »fabelhaft«, »fulminant«, »furios«, »fantastisch« usf. Außerdem konnte er solcherart Ekstasen sowieso jederzeit aus dem Kopf, zack, auf den Markt werfen.

Die Angelegenheit der Großtante war ihm von Erzählungen in Erinnerung geblieben, als sie, königinnengleich aus der Todesferne, am Ende nämlich für tot erklärt, von Chamonix schnell vergängliche Geldströme (in der Folge von den im Umgang mit Kapital ungeübten Erben meist im Nu auf den Kopf gehauene Reichtümer) posthum in die Haushaltungen Bluts- und Anverwandter geschickt hatte. Die brauchten, bemerkte er erst jetzt, sogar nicht für eine Beerdigung und ein Grab zu sorgen. Er wußte nicht den richtigen Namen von »Es dröhnt«, zumindest nicht im Augenblick.

Krapp saß versehentlich in einem »Silent-Abteil«. Die Schweizer nahmen das wörtlich. Niemand redete, man hörte nur die Verkrampfung der erzwungenen Stille, die ein wenig würgte, ein wenig strangulierte. Sie alle waren zum Schweigen verdonnert von der Schweizer Bundesbahn, auch die Landschaft draußen flog gehorsam in tiefer Lautlosigkeit an ihnen vorüber. Nur einmal erschlug eine Frau eine Mücke, wobei sie, trotz schwerer Bergschuhe an den Füßen, ein schuldbewußtes Salon-Schnütchen zog. Die Tante aber hätte vielleicht selbst hier das Dröhnen gehört, von dem sie dann der Nachwelt in einer letzten Botschaft Zeugnis gab. Auf dem Stück Papier, das man damals im Hotelzimmer zusammengeknüllt im Abfallkorb entdeckt hatte, stand viele Male der Satz: »Es dröhnt!« Immer nur diese zwei Wörter, vielleicht in einem einsamen Nervenzusammenbruch aufgeschrieben, bestimmt zwanzigmal, als könnte sie das Geräusch damit zum Verstummen bringen: »Es dröhnt! Es dröhnt! Es dröhnt! Es dröhnt! ...« Man tippte auf einen Gehörsturz. Was sollte es sonst sein? Als vom Tinnitus Gepeinigte mochte sie sich im Gebirge tödlich verirrt haben. Damals war so etwas sicher noch möglich, vor bestimmt dreißig Jahren.

Er selbst las unwillkürlich die aufgeschlagenen Todesanzeigen in der Zeitung auf dem Fenstertisch. Was für abstruse Angehörige: Waleska Sulger Büel Keller, Luitwin Sulger Büel-Stutz, Vreni, Edi und Andi Cotton-Russel, Max, Malgo und Marc von Muralt! Und sich vorzustellen, daß die sich nicht vor Lachen über ihre Namen bogen und auf die Lippen bissen, sondern sich zur Zeit offiziell, vielleicht sogar in dem einen oder anderen Fall privat, in »tiefer Trauer« befanden! Solche Kleinodien begegneten einem nur in der Schweiz. Doch, auch in dieser Hinsicht, nicht nur geologisch, war das Land ziemlich schräge! Diese lang vergessene Großtante jedoch, wie hieß sie bloß wirklich? In Lausanne stieg er um.

Immer hellgrüner wurde der anfänglich silbrige See. Flüchtig sah er im Wasser das reizende, heuchlerische Chillon stehen. Verfügte es nicht über schreckliche Verliese in seinen Kellern? Dann, als es auf Martigny zuging, wurde er, im Rhônetal zwischen den Bergen, von einer kühn manövrierenden Flugzeugstaffel unterhalten, die patriotische Farbschwänze in Rot, Blau und Weiß am Himmel hinterließ. »Es dröhnt!« sagte Krapp da lächelnd vor sich hin und entdeckte auf der rechten Seite einen ersten sehr hohen und spitzen Berg. »Dent du Midi«, behauptete jemand im Abteil. Ein anderer meinte, er habe sogar ihn, den Monarchen selbst, per Blick schon kurz erwischt, konnte es jedoch nicht beweisen. »Viertausendachthundertfünfzig Meter«, rief er emporschnellend, »volle viertausendachthundertfünfzig!« Es war offenbar ein Schwabe. Ein Dritter schüttelte dazu spöttisch hinter seiner Zeitung den Kopf. Heiner stellte überrascht fest, daß er alle jungen Männer ab jetzt für Bergsteiger, für Alpinisten hielt, Westalpenmänner, erprobt in Fels und Eis, vor allem die mit den schulterlangen Locken. Wie wild, wie schön! Er kannte das Ziel der Leute im Zug. Lauter Verschworene! Er wunderte sich, daß in Martigny nicht jeder in die Bahn nach Chamonix umstieg. Alles andere war doch sinnlos.

Wie interessant, endlich einmal von Osten nach Westen fast den gesamten Alpenbogen abzufahren, der auf Landkarten wie ein dicker schlafender Braunbär wirkte! Es erregte ihn zwiespältig, etwas noch nie im Leben betrachtet und dann in vermutlich wenigen Stunden ein für allemal gesehen zu haben, irreparabel und letztmalig zum ersten Mal. Und, verdammt, wenn der Mont Blanc ihn enttäuschte, dann würde bestimmt auch Gott selbst es tun, falls es ihn gab, am Jüngsten Tag.

Mit der Zahnradbahn ging es sofort aufs Ganze, nämlich unerwartet schnell und steil bergauf. Fast blieb ihm die Luft weg. Er ertappte sich dabei, dauernd in behaglicher Geistlosigkeit: »Wie schön! Ist das schön!« vor sich hin zu ächzen. Wollte er sich überreden? Wovor hatte er Angst? Die Chamonix-Bahn feierte einem Plakat zufolge ihren hundertsten Geburtstag. Hundert! Wie die spurlose Tante vielleicht auch! Der Tante mußte, er rechnete nicht nach, die Bahn also schon mit ihrem Knirschen und Gedröhn in den Ohren gelegen, mußte furchtbar, »zum Wahnsinnigwerden«, dachte Heiner erfreut über die kleine Frivolität, in ihren strapazierten Ohren gelärmt haben, falls sie bei der Hinfahrt, was niemand wußte, bereits leidend gewesen war. Hatte es nicht auch geheißen, sie sei im 1. Weltkrieg als Kind infolge unglücklicher Umstände allein in die Nähe eines Schlachtfelds geraten und habe wochenlang vom Gebrüll der Geschütze phantasiert?

Eine nervöse Mutter in Krapps Alter keifte ihren Nachwuchs an. Und doch war von solchen Konfigurationen einmal die liebliche Vorstellung der säugenden ägyptischen Isis und später einer milden christlichen Madonna mit Jesus und spielendem Johannes ausgegangen! Krapp hatte ein bißchen Kunstgeschichte studiert und kritisierte stumm die Vorlage.

Direkt am Bahngleis fielen ohne Übergang und weitere Befestigung tiefe Schluchten ab. An schief gelegenen Orten fuhr die Bahn in furchtloser Selbstverständlichkeit vorbei. Was für ein abschüssiges Dasein wurde hier in den Häuseransammlungen geführt! Felsen, Moos, Bäche, Abgründe. In einem langen Tunnel kam durch die offenen Fenster schwarze Grabesluft. Um so beschwichtigender dann wieder die späte Sonne. Man hatte noch einmal bei Le Châtelard-Front die Bahn wechseln müssen und die Grenze zu Frankreich passiert.

Dann aber erschien der Berg.

Der Berg erschien. Heiner erkannte ihn sofort. Für einen Augenblick stand der strahlende Helm im Blau, aus Nebeln, die gar nicht existierten, aus der Tiefe der Alpen eine Sekunde lang aufgetaucht. Er würde es nie vergessen, würde es dem Riesenberg nie vergessen, nicht diesen allerersten schwebenden Auftritt, den Glanz der gerundeten Masse, dieses Anblitzen, selbst wenn es das einzige bleiben sollte. Es wurde ihm ja erst in diesem Moment klar, daß er einfältig mit gutem Wetter gerechnet hatte. Das galt aber gerade hier bestimmt als Geschenk des Zufalls. Man konnte ganz in der Nähe des Berges sein, und er blieb trotzdem in Wolken und Unwetter verborgen. Nun war der alte ominöse Berg der Kindheit und der Großtante, der alle Gipfel von Hoch-Savoyen bis zur Ostgrenze Österreichs überragte, für alle Zeit mit eigenen Augen gesichtet worden, wenn auch im Nu verschwunden.

Man hätte es Krapp in den Paß stempeln können.

Ohne Geräusch und doch mit einem Explosionsknall war der Berg in die Wirklichkeit geplatzt und wieder weg, erschien auch vorerst nicht mehr, aber hatte sich ihm doch wahrhaftig für zwei, drei Sekunden gezeigt. Daran ließ sich nicht rütteln, war vor einem Tag noch völlig undenkbar gewesen, in Zürich, bei der gelb-ledrigen Witwe in ihrer Bibliothek. Nein, kein Gedanke an ein solches Gleißen und so ruckhaftes Entweichen.

Aus dem gegenüberliegenden Fenster sah Krapp ja nicht.

Ihm fiel jetzt auch ein, wer zum letzten Mal vor dem Opernbesuch in Zürich die Gegend um den Mont Blanc ins Spiel gebracht hatte: ein für seinen Familienroman mit dem Prix Goncourt geehrter Autor in einem Streit über das Pathetische. Krapp war der Meinung gewesen, dessen Hauptbedingung sei die Isolation von mittleren Phänomenen. Der Familien-Franzose vertrat die Ansicht, das sei unmöglich, man dürfe und könne doch auch den Mont Blanc nicht ohne sein gesamtes Massiv erleben. Blödsinn, sagte sich Krapp. Mußte man etwa wegen Victor Hugo Frankreich mögen und wegen dessen phantastischem Roman »Die Arbeiter des Meeres« den ganzen Hugo und wegen seines Freundes Rolf die Menschheit?

Am kleinen Bahnhof von Chamonix war es noch heiß, und doch spürte man eine Kühle irgendwo gut versteckt auf der Lauer. Jederzeit konnte sie loslegen. Er ging einfach geradewegs auf breiter Straße in die Mitte des Städtchens hinein, in dem man an allen Ecken national oder touristisch Krach schlug. Kinder wackelten mit den Hüften, als Eskimos verkleidet und im nächsten Moment fast nackt als Südseebewohner, andere rumorten, indem sie auf grobe Instrumente einschlugen. Eine geschmückte Tram transportierte eine schwankende bayerische Blaskapelle. Das alles überraschte ihn nicht.

Nein, das gerade nicht.

Einmal allerdings hob er zufällig den Kopf, und da schrie er, keiner beachtete es, vor Verblüffung und wegen der Schönheit auf, denn er sah geradewegs, wie man manchmal, ohne es zu wollen, umweglos in die Sonne blickt, sehr hoch über der Stadt, ganz dicht den Gipfel, den einen vor allen anderen. Damit hatte er nicht gerechnet, daß der Berg aus seiner steilen Höhe, ob man es bemerkte oder nicht, aus seinem Schweigen diesen Ort so direkt, so unangefochten im Griff hatte und sich dabei bequem in die scharfe Bläue da oben zurücklehnte und stellvertretend seinen Gletscherstrom als Bart oder Schweif über finstere Flanken tief hinunter beinahe zwischen die Häuser ausschickte. »Alter Junge«, redete er stammelnd den Berg an und stieß gegen irgendwas. »Altes Schlitzohr!« Krapp war derart entwaffnet, daß er sofort zwanzig Postkarten kaufte, falls das Phänomen sich doch noch als Täuschung herausstellen sollte.

Hatte er eben ›dröhnend‹ gedacht? Gut jedenfalls, daß er hierhergekommen war! Warum, wußte er nicht, aber es war das Richtige. Man meinte es bestens mit ihm, ganz klar. Drüben entdeckte er ein rosa angestrichenes Hotel »Vallée Blanche«. Ein Zimmer über der zügig rauschenden, ja ratternden Arve. Als er ans Fenster trat, war auch da der Berg schon anwesend, beanspruchte den ganzen Raum. Er dachte zuerst, es wären Wolken da oben. Er mußte den Kopf waagerecht unter den Fensterrahmen quetschen, in solcher Höhe konnten es sicher nur noch Wolken sein, aber das Gebilde blieb konstant und lächelte geradezu, lächelte ihm nachsichtig zu, entrückt, aus der Kühle, die er nun bis ans Herz zu spüren begann. Daß sich der Berg als so hoch erwies, erfüllte ihn mit einer schon jetzt unerschütterlichen Parteilichkeit.

»Rundlich wie euer Bugatti 57 SC Atlantic und weiß wie bei dir Jacke und Mütze, wenn du im Dienst bist!« sagte er zu Rolf am Telefon. Er mußte das Fenster schließen, weil der Fluß dermaßen lärmte. Rolf arbeitete zur Zeit am Büffet im Restaurant »Lagune Foodhalls« des VW-Werks in Wolfsburg Autostadt. Er hatte Heiner neulich den Bugatti als schnellsten und spektakulärsten europäischen Sportwagen um 1939 im Ausstellungsraum gezeigt. »Aber, Junge, das hier ist kein Museum, das ist spektakuläre europäische Gegenwart, mein Lieber. Mit meiner Reisetasche in der Hand habe ich mich auf einen Platz treiben lassen, geradewegs auf zwei dunkle Figuren zu, eine groß, eine klein, beide auf einem Sockel. Fast könnten wir beide das sein, ja, du und ich. Die kleine Gestalt zeigt der großen etwas Sensationelles Richtung Himmel, mit einer so schwungvollen Armbewegung, daß man automatisch mit den Augen folgen muß. Und was entdeckt man da oben? Ihn, in voller Pracht, den Berg, wie es toller gar nicht geht. Die beiden unten sind Paccard und Balmat, die Erstbezwinger. Widerliches Wort, übrigens.«

»Extrem sexy!« sagte Rolf. »Der Höchste! Das ist schlicht sexy.« Er interessierte sich für Vorgänge zwischen Menschen, stets zu Diensten, Natur war für ihn Kulisse, Blödheit, Leere. Ihm fiel der Tunnelbrand vor einigen Jahren ein, die vielen Toten im Mont-Blanc-Tunnel bei dem schrecklichen Feuer dort. Manche hatten gedacht, jetzt würden die Gletscher abschmelzen. »Im Mont-Blanc-Massiv sind Todesfälle nichts Besonderes«, versuchte Heiner abzuwiegeln, »ich meine die natürlichen, die Bergunfälle.« Er erzählte Rolf noch schnell von der Tante »Es dröhnt«. Dann wollte er wieder am offenen Fenster stehen und in die Dämmerung und Dunkelheit sehen, auf das Schimmern, das noch ahnbar blieb. Still war es nicht, das Wasser krakeelte stetig. Er hörte auch Flugzeuge und meinte, jetzt sogar zwei Rettungshubschrauber an der Flanke bei der Arbeit zu erkennen, nichts Genaues natürlich, aber was in der Art.

Spät in der Nacht läutete das Telefon. Es war Rolf, der, eigentlich ungebeten, bei einem alten Onkel von Heiner Erkundigungen über »Es dröhnt« eingezogen und, was er erfahren hatte, nicht bis zum nächsten Tag für sich behalten konnte. Die Großtante, damals Gast im Hotel »Richmond«, sei in Wirklichkeit, im Gegensatz zu Heiners kindlicher Erinnerung, etwa drei Monate nach ihrem Verschwinden tot in einer Felsritze aufgefunden worden. Die schon recht betagte Dame habe sich vermutlich, ohne vorher nach den Wetteraussichten zu fragen und ohne ihre Pläne im Hotel bekanntzugeben, auf eine Wanderung gemacht, die schließlich in die Nähe des »Eismeers« führte, eines berühmt-berüchtigten Gletschers dort. Unterwegs müsse sie, vom Nebel überrascht oder auch nur, weil sie ihre Brille verloren habe, weit vom Weg abgeirrt und, zunächst unauffindbar, in den Tod gestürzt sein. So sehe die Realität aus. Sie heiße im übrigen Tante Daphne, Daphne Galhau, Galhau, der letzte ihrer Männer. »Die historische Wahrheit, jaja«, ergänzte Heiner amüsiert.

Er hörte an der Heiserkeit in Rolfs Stimme einen heimlichen Triumph, eine rührende Rache wegen des Abenteuers, das sich Heiner ohne seinen Freund gestattete. Und wirklich reizte es ihn etwas, daß man ihm so rechthaberisch die Tantenlegende zerstörte und seinem Ausflug dermaßen schnell alles kriminalistische Flair raubte. Er lobte Rolf aber laut für dessen niederträchtige Detektivarbeit. Was nun mit dem Zettel im Papierkorb sei? Auch eine Erfindung? Nein, das Papier mit den zigfach wiederholten Worten, das sei tatsächlich in ihrem Zimmer laut Auskunft des alten Onkels, Groß- oder Patenonkels, entdeckt worden, gab Rolf, die Hellhörigkeit des Telefons verriet es, nun seinerseits leicht betreten zu. So ärgerte einer den anderen als kleinen Scherz zur Nacht.

»Mer de Glace«! Der Berg Mont Blanc stand am Morgen schon am Fenster bereit, in einem dauerhaften, von allen anderen Erhebungen zurückgelehnten Glanz. Heiner hörte das Tosen der Flugzeuge und der Arve. Die Straßen lagen, so weit er sehen konnte, still und menschenleer. »... aber im Lichte/ Blüht hoch der silberne Schnee«, murmelte er vor sich hin. Hölderlin hatte das gut getroffen. Zum »Mer de Glace«, erklärte ein schwarzhäutiger Herr an der Rezeption (für diesbezügliche Auskünfte sollten sie hier nur Albinos einstellen, dachte Krapp völlig unrassistisch, rief sich aber trotzdem schleunigst zur Ordnung), fahre man mit der Seilbahn bis »Plan de l'Aiguille« und marschiere dann an der Flanke unterhalb der »Aiguilles de Chamonix« bis Montenvers. »Erst gestern am Spätnachmittag hier eingetroffen und heute schon Wandern im Mont-Blanc-Massiv«, sagte Krapp hoch zufrieden, kaufte sich auf dem Weg zur Station ein Paar Bergschuhe mit Profisocken und wollte am Abend seine Reiseslipper dort wieder abholen.

Auf dem Weg sah er immer nach dem Berg, der mit seiner Gletschersturzflut in die Wurst- und Käsewelt des Städtchens unvermischt durch dunklen Fels und Wald jederzeit einbrach. Er bemerkte auch zum ersten Mal das Züngeln der Bergketten zu beiden Seiten des Tales, manche im Schattenriß wie Teufelshörner, drohende Zähne, spitzer, als er je gedacht hätte, ein Drachengebiß mit ihm, Heiner Krapp, und ganz Chamonix zwischen den gefrorenen Flammen. Natürlich, das mußten genau die Berge sein, von denen die Menschen früher glaubten, Gott habe die diabolischen Zakken zur Strafe für ihre Sünden geschaffen. Gefürchtet nicht nur wegen der Geröll-, Schnee- und Eislawinen, auch wegen ihres bösartigen und irrsinnigen Aussehens, das bei verbrecherischen Taten der Dorfbewohner noch zunahm, schwarze Dämonen aus lebendigem Stein, die schlaflos, mit nie gesenkten Lidern alle Bewegungen der eingezwängten menschlichen Leiber und Herzen beäugten. Doch, das war Krapp jetzt sehr deutlich und eine erregende Idee: Konnten wohl solche bizarren Grate jemals ein alltäglicher Anblick werden?

Was deren Entstehung anging, so durfte man sicher sein, daß sich hier kein Riesenungeheuer in der weichen Erdmasse gerollt hatte, die dann geknautscht erstarrt war. Eine monströse Handkante, viel härter als Granit, mußte von oben herabgefahren sein, um den Bergmassen, wie man es bei Kissen und Hüten macht, den richtigen Kniff und Schmiß zu verpassen.

Als er sich den eher kleinwüchsigen Rolf mit seiner hohen Kochmütze vorstellte, runzelte er die Stirn. Wie weit sich auch die leidigen Pflicht-Witwen zurückgezogen hatten!

In den Straßen sah er immer noch niemanden, dann jedoch, beim Abbiegen zur Seilbahnstation, eine so große Menschenansammlung, daß er einen Moment ungläubig stehenblieb. Die Leute sprachen miteinander, aber sahen zwischendurch immer nach oben, immer wieder. Sie lächelten trotz des Gedränges wie wehrlos in die Höhe, stießen aneinander und lächelten sofort wieder im Anhauch des großen Berges. Seine gewaltige Ferne reichte unmittelbar bis an ihre Gesichter. Man hatte, wie etwa vor den Uffizien, geschlängelte Metallgeländer angebracht, um die Masse der Leute vor den Kassen und Kabinen zu regulieren.

Sie alle wollten mindestens nach »Plan de l'Aiguille«, die vielen Asiaten sicher alle zur fast viertausend Meter hohen »Aiguille du Midi« oder noch weiter, zur Fahrt über die, las Krapp auf einem Zettel, bis zu 70 Meter tiefen Spalten des »Vallée Blanche« und des »Glacier du Géant«, wollten in einem Käfig über die eisigen Abgründe bis nach Italien hinübergondeln und wieder zurück. Millionen aus der ganzen Welt, womöglich bald Milliarden alles in allem?, mußten es einmal, Auge in Auge mit dem höchsten Berg der Alpen und der Europäer, ein einziges Mal als Salto mortale ihres Lebens gemacht haben.

Da wollte Krapp lieber doch nicht.

Es gab ja noch eine andere Möglichkeit, das hatte ihm der Freundliche an der Rezeption verraten. Dort würde sicher etwas Einsamkeit herrschen, man mußte nur auf die Sensation verzichten und auf die Gegenseite überwechseln, also nicht in den Ausläufern des sogenannten »Alpengiganten« und »Monarchen« wandern, statt dessen im immerwährenden Anblick des ganzen Massivs. Also fuhr er vom Bahnhof aus in die entgegengesetzte Richtung eine Station bis Les Praz und von dort mit der Seilbahn nach Flégère, in eine Höhe, die er sich in früheren Jahrhunderten erst hätte erkämpfen müssen. Die ernüchternde Kahlheit von Bergstationen war ihm bekannt. Es kam darauf an, sie einfach zu negieren und sich schnell davon zu entfernen.

Erst dann sah er ausführlich hinüber.

Er konnte nicht gänzlich aufhören, an die wahnsinnig durch die Bergwelt irrende Tante und ihr Dröhnen, an Rolf mit der Kochmütze, seine Kim-Novak-Schwester und den Winzer-Bruder zu denken, an die schwierigen Witwen, an Balmat und Paccard auf ihrem Sockel im Angesicht des Berges, auch an die Mückentöterin aus dem Zug und an Linda von Chamonix, die arme Linda im sündigen Paris, und die trauernden Anverwandten mit den skurrilen Namen. Sie ließen sich nicht ausschalten. Und doch, sagte er sich entschlossen, schlottern mir ganz großartig die Gebeine beim Anblick des Fels- und Gletscherwalls. Was für ein Gleißen auf den Graten, das an der Wallmauer des Massivs herunterfließt! Es versickerte weiter unten im Lichtdunst oder Lichtstaub. Das garantierte, obschon alles so entblößt vor ihm dalag, die Wohltat des Geheimnisvollen. Auf den Flächen und schiefen Ebenen der Wände glühte grüner und roter Pelz. Darüber, ohne Mittelgrund, das vor Kraft beinahe knirschende Leuchten der Gipfelregionen in gestauchter Herrlichkeit. Immer war der Mont Blanc, dort hinten, weit weg von Krapp, noch höher, als man dachte, kein helles Gewölk, immer war er es selbst, der sich träge zurücklehnte, wie unbestiegen, unbesteigbar. Er war der Abt und der Papst, der Kaiser und wachsame Gott ringsum, die Kaskade aber streng geschnittener Prophetenbart und bleckende Zunge, mit der er sich stumm predigend verströmte.

Nichts anderes existierte, nein, in Wirklichkeit momentan nichts darüber hinaus. Der Schatten eines Lämmergeiers senkte sich über Krapp, dann doch nur der eines Gleitfliegers, lautlos dicht hinwischend. Ein Mann wanderte

Krapp geschickt voran und telefonierte dabei, hüpfte über die Felsbrocken beim Telefonieren. Auf einem vom Sonnenlicht gesprenkelten Weg kamen ihm die Fragmente eines rüstig ausschreitenden Wanderers entgegen. Ob diese Berge, dachte er wieder, die luziferischen, von der Natur kreuz und quer hingepfefferten Nadeln, die nun für alle Zeit dem Himmel Fratzen schnitten, jemals selbstverständlich werden konnten? Begann wohl, nach häufigem Hinsehen, die Höhe der Berge zu schmelzen wie Eis an der Sonne, von Besuch zu Besuch unter dem allzu hungrig leckenden Blick?

Er durchquerte eine blättrige Flanke aus phosphorgrünen Steinen. Ein Ur- und Erzblitz schien sie so furchtbar verfärbt zu haben. Wenn ihm ein Wanderer begegnete, kam es jedesmal zu Begrüßungen, denn in dieser Vereinzelung, bei diesem unbeabsichtigt feierlichen Auftritt eines Fremden und Lebewesens, flackerte sofort eine mühelose Menschenfreundlichkeit auf. Ein sehr altes, krummes Paar kehrte, als der Weg schwieriger wurde, vorsichtig um. Sie waren sicher ein letztes Mal, nach vielen verwegenen Wanderungen, abschiednehmend hierhergekommen. Vielleicht würden sie gerade jetzt gern sterben mit diesem beinahe seligen Lächeln im ganzen hutzeligen Körper. Da überfiel Krapp etwas Merkwürdiges: War dadurch, daß er sich diese Anblicke gönnte, etwas beunruhigend endgültig in Erfüllung gegangen?

Das ist lustig! Ich werde offenbar noch schneller überspannt als die gute alte »Es dröhnt«, die arme, mir immer verständlichere Großtante Daphne vor dreißig Jahren.

Er setzte aufmerksam Fuß vor Fuß in den neuen, noch nicht eingelaufenen Schuhen, stärkte und berauschte sich am Vorhandensein der Bergbarriere mit ihren Schaustükken, an ihrem triumphalen Dasein. Man sah doch, daß so etwas möglich war: Ein Abgrund in der Mitte Europas, jawohl, diese Berge stellten, während die Menschenmassen wie gescheucht um die Erde hetzten, eine ragende und klaffende Unendlichkeit dar, etwas, das er einmal geträumt und vergessen hatte und das nun wieder auftauchte.

Er wußte ja längst, daß man den günstigen Moment des wunschlosen Genusses erwischen mußte, anders gab es kein Glück. Aber hier, beim Aufprallen des Blicks auf die Kette der in sanft grauen Fels und Schutt eingelassenen, göttergleichen »Glaciers«, der teuflischen »Aiguilles« und umgekehrt, galt es für einen ganzen Tag. Man sah einen unaufhörlichen, in die Länge gezogenen Schrei, zu Stein, zu Eis und stählern geworden. Man müßte die Berge bespringen, beschlafen können! Da lachte er über sich.

Wann hatte es nur aufgehört, daß ihn die Anblicke in der Seele trafen? Das aber, als sie es noch taten, bedeutete Pausieren aller Unruhe, Anschwellen der Gegenwart zum gesamten Horizont ringsum. Aufgetrunken waren von diesem Augenblick Furcht und Hoffnung, Leben, Erinnerung, Liebe. Da sagte man nicht: Wie schön! Es war überflüssig, schließlich gehörte man dazu. Wann denn aber? In der Kindheit? In der frühen Jugend zum letzten Mal? Bekümmerte ihn Schönheit danach nicht immer auch, weil sie ihn abriegelte und ihm nicht mehr glühender Extrakt und Lebenselixier sein konnte?

Jemand rastete auf einem Stein am Wegrand, gewissermaßen der Innenminister, exakt, bis hin zu den Rasierklingenlippen. Einer hatte das Galgenvogelgesicht des russischen Präsidenten. Kein Wunder, daß kurz darauf eine Frau grauenhaft lachte wie die amerikanische Außenministerin. Sollte Krapp daran gehindert werden, im Gesichtskreis der ungetrübt euphorischen Stimmung zu verharren? Fuhr ihm ein zeitgenössischer, internationaler Schrecken in die Glieder von fernen Weltenden und nahen? Er mußte die Anwandlung unbedingt verkleinern bis zur Gefühllosigkeit, damit alle Empfindung wenigstens hier in das momentan so Hochherzige einschießen konnte!

Er schloß die Augen, und als er sie öffnete, war alles noch großartiger, als von ihm gedacht. Das hatte es bisher für ihn nicht mal in der Liebe gegeben. Erstmals war die Wirklichkeit stärker, war diese gezügelte Wildnis kraftvoller als seine Einbildung. Er sah zum »Mer de Glace« hinüber. Dort irgendwo mußte die Tante umgekommen sein, auf der Flucht vor dem peinigenden Dröhnen oder in ihrer Begeisterung, weil sie es als Pulsieren der monströsen Landschaft hörte. Vielleicht hatte sie die Worte in einem beschwörenden Stammeln, nicht in Verzweiflung, auf den Zettel geschrieben, ein bißchen verschoben im Kopf, wie sie eben war.

Krapp spürte die Konfrontation, stur oder gebieterisch. Es hörte ja nicht auf, unglaublich, der Anblick änderte sich kaum, sosehr er auch voranwanderte. Das Massiv blieb in dieser Direktheit unverändert. Der Weg, auf dem er ging, malte sich gar nicht recht in seinem Bewußtsein ab. Vom Gegenüber aber fühlte er sich durchbraust, auch zerhämmert, manchmal gepreßt von der optischen Druckwelle. Ob das pure Bild, wenn er es Stunde um Stunde ansah, das Tal von Chamonix in ganzer Breite überspringend, auf ihn abfärbte, einfach, indem er, Heiner Krapp, sich in seinem barbarischen Anblick spiegelte? Was konnte dem Mont Blanc die ordinäre Realität auf seinem Gipfel, in seinem Inneren, an seinen Hängen ausmachen, da er, aus der Entfernung, ein solches Bild abgab und ausströmte wie einen Duft oder Sturm, allen Bekletterungen zum Trotz? Das, nichts anderes, war seine Mission. Heimlich stand er hinter allen Bergen der Alpen als Vision, als Maßstab und uneinholbares Ziel. Krapp warf einen Stein in die Luft, der ihm um ein Haar auf den eigenen Kopf fiel, so gut und bombensicher wußte er das jetzt. »Heiner von Krapp-Mont-Blanc« sollte er sich nennen. »Heiner von Krapp-Chamonix« als trauernder Anverwandter von »Daphne Galhau-Es-dröhnt«? In diesem Land war das doch alles möglich!

Zur Beruhigung fragte er sich, mehr zum Schein und doch auch etwas bang, gerade, als eine Frau mit dem Gesicht der Zürcher Sukkulenten-Witwe auf dem schmalen Pfad an der gefahrlosen Hangseite Durchlaß erbat, ob das Heroische, die beflügelnde Kraft seines Blicks – er, Heiner Krapp, war ja kein Dummkopf und wußte Bescheid – nicht bald schon schrumpfen würde, ob die Herrlichkeit denn den Erschöpfungen eines langen Tages würde Paroli bieten, ob ihn der Anblick auf der Höhe der Empfindung, des Augenscheins, wohl halten könne, und er, Krapp, den Berg.

Er zweifelte nicht daran, wollte nun aber nicht zu sehr voran auf den so schamhaft Gewaltigen sehen, sondern eine Weile aus Neugier, aber auch aus treulicher Pietät, hinüber zur Stelle, wo man, am Rand des Eisstroms vermutlich, die fremde, umwitterte Tante gefunden hatte und wo, über die Distanz des Tales hinweg, kein einziges Lebewesen erkennbar und eigentlich jedes undenkbar war.

Genau für diesen Blick hatte man eine Bank aufgestellt. Ein älterer, luftgetrockneter Mann saß an der einen Ecke, Krapp grüßte und nahm an der anderen Platz. Nun starrten sie beide stumm auf das Massiv, verfolgten beide den Rettungshubschrauber, dem ein zweiter folgte, bis der Mann fragte, ob er sich auskenne mit den Bergen. Er sprach erstaunlich gut Deutsch. Gleich nach dem »Bonjour« Krapps wußte er offenbar, woran er mit ihm war. Denn viele würden die Gipfel miteinander verwechseln, meinten, sie bewunderten die ganze Zeit den Mont Blanc, es sei aber in Wahrheit meist der besser zu betrachtende Dôme du Goûter, der immerhin fünfhundert Meter niedriger sei als der Monarch, der sich gern etwas rar mache.

Krapp zeigte, emphatisch wie Balmat auf dem Sockel, nein, doch wohl ein bißchen mehr um Lässigkeit bemüht, sofort den richtigen Gipfel und fragte, um seinerseits den Mann ein wenig zu ducken, wie er zu seinem nahezu fehlerfreien Deutsch komme. Dabei hatte der Mann völlig korrekt gesprochen, nur mit deutlichem Akzent eben.

»Mehr Todesfälle als an jedem anderen Berg, vielleicht in allerletzter Zeit etwas weniger, wegen der Hütten, Mobiltelefone und Rettungshubschrauber«, erwiderte der Mann, hartnäckig bei seinem Thema bleibend. »Die Wetterstürze, die Höhe!« Seine Vorfahren seien alle Bergführer gewesen, damals, als die Männer keine Helme, sondern nur genagelte Schuhe, ihre Hüte und, statt Spezialanoraks, ihre normalen Jacken trugen. Er selbst sei Glaziologe, sagte er und biß in ein Stück Früchtebrot.

»Wieviel Tote sind es denn? Zehn? Hundert?« fragte Krapp ein bißchen lüstern.

Der Mann lachte, als stürzten in der Ferne polternd Kletterer von den Felsen. »Sehen Sie diese Wände und Grate! Ein Walter Bonatti, ein Gaston Rébuffat bin ich nicht gewesen. Kein Gedanke! Fast göttliche Bergsteiger zu ihrer Zeit! Die ganze Großartigkeit des Sinnlosen! Schwierigste und elegante Erstbegehungen, überall erkenne ich die phantastische Linienführung ihrer Routen. Bemühen Sie sich nicht, die sind unsichtbar, haha!« Aha, sagte sich Krapp, der nichts zu essen mit hatte außer sauren Drops, diese Leute, die auf jeden Gipfel und Zacken gierige Blicke werfen und es sich absichtlich schwermachen beim Klettern: Ob es denen nicht komisch vorkommt, daß man jederzeit ohne Anstrengung über das alles wegfliegen kann? Gerade war wieder ein Flugzeug über den Gipfeln zugange. Andererseits mußten diese Bergsteiger wohl beauftragt sein, mit ihren rastlos nach oben steigenden Körpern etwas Bestimmtes darzustellen, wie Berge Erhabenheit und Adler Kühnheit, damit solche Tugenden nicht in Vergessenheit geraten.

»Nur einfacher Glaziologe.« Schon fürchtete Krapp, nun würde es ungebeten losgehen mit Nähr- und Zehrgebiet, Eisbrüchen und Séracs. »Unser Bossonsgletscher da drüben stürzt sich bei einer Länge von insgesamt 7 Kilometern 3600 Meter in die Tiefe, also hohe Fließgeschwindigkeit, Eistürme bis zu 40 Metern. Glaziale Ablagerungen können Sie dagegen sehr schön drüben, am Mer de Glace studieren. Da sehen Sie, wie sich Seiten- und Mittelmoräne am Gletscherende zur Obermoräne vereinigen, natürlich auch das fatale Zurückweichen der Gletscher.«

Der Mann lachte. Er hatte seine Sätze, offenbar karikierend, geleiert, wie auswendig gelernt und erklärte, er mache immer noch, wie früher öfter, Führungen für Deutsche. Er hielt Krapp ein abgebrochenes Stück Früchtebrot hin, stieß ihn fast gegen die Brust damit, so heftig, daß der nicht ablehnen konnte und nun brav kaute.

»Das Interessanteste für mich waren damals die glazialen Abtragungsformen. Sie verstehen: Trog- und Kerbtäler, Felsgrate wie hier der Bossesgrat, Karseen, Fjorde usw.« Krapp kam sich neben dem Mann auf einmal weichlich vor, vielmehr aufgeweicht, ein Milchbrötchen neben einem Stein. Der war ja bestimmt dort überall rumgeklettert, außerdem ärgerte ihn dessen ungefragtes Auftrumpfen. Deshalb wiederholte er, ein bißchen verkniffen, ein bißchen pedantisch, ein verschnupftes Milchbrötchen eben: »Aber wie sind Sie an Ihr ausgezeichnetes Deutsch gekommen?«

Sein Banknachbar oder auch Gastgeber drehte ihm die scharf geschnittene, wie leicht frierende Nase zu und beäugte ihn mit Ironie: »Ich dachte nicht, daß Sie das wirklich wissen wollen. Mein ausgezeichnetes Deutsch! Die meisten sagen es nur so dahin, vielleicht aus Höflichkeit.«

Die Tante, vermutete Krapp mittlerweile, hatte mit niemandem geredet, weil sie nur noch das immer stärkere Dröhnen des Bergmassivs hören wollte, die vibrierenden Motoren im Berginneren. Er sah nicht zum Mont Blanc, er starrte hinüber zum Ort ihres Todes, der vielleicht ein plötzlicher, vielleicht ein langsames Sterben unter Schmerzen in großer Verlassenheit gewesen war. Keiner wußte es.

»Wir waren damals jung und leichtsinnig, niemand kannte die Berge im Sommer und im Winter besser als wir. Sie wollen wirklich wissen, weshalb ich ein passables Deutsch spreche?« Der Mann lachte wieder und diesmal wie auf einer Bühne, auf Fernwirkung berechnet, mit übertriebenem Schulterzucken. Vielleicht stellte er sich vor, jemand würde ihn von der Mont-Blanc-Flanke aus durch ein Fernglas beobachten. Krapp wollte es in Wahrheit überhaupt nicht erfahren. Er konnte jetzt nur nicht einfach aufstehen und gehen.

»Wir waren vier oder fünf, sahen gut aus, Sportler, alle erstklassige Skifahrer und Bergführer und eben sehr jung, ziemlich mittellos jeder von uns. Wir hofften natürlich, im Leben ein bißchen weiterzukommen. Sehen Sie, diese deutschen Touristinnen, alle, wie sagt man, gut betucht, sehr, sehr gut betucht, dabei lebenslustig ... und so weiter ...« Der Mann lachte und prüfte dabei neugierig mit blanken Augen, ob Krapp schon begriffe.

Der verzog aber keine Miene. Er überlegte gerade etwas: Ob man sich eventuell als Erwachsener gar nicht wirklich nach der Kindheit sehnt, sondern nur nach dem Erleben, das einem als Kind vergönnt war? Nach der Wucht und Einmaligkeit aller Dinge? Und auch nicht nach einem verlorenen Liebesobjekt, sondern bloß nach der Begeisterung, die mit der Liebe erlischt? Und, und – er kam nicht recht weiter – später einmal nicht nach den Bergen selbst, sondern allein nach ihrem Dröhnen, das Körper und Verstand vollkommen unter sein Regiment zwingt? Die Hubschrauber lösten sich aus dem Hintergrund und folgten einander, knurrend, stammelnd, mit frischer, verletzter oder toter Last auf dem Weg zu deren Begutachtung. Der Mann observierte sie jetzt mit einem Fernglas. Er sagte aber nicht, was er erwog.

»Nun gut, was wir verdienten bei den wohlhabenden deutschen Urlauberinnen, das war nicht schlecht. Mon Dieu, nicht schlecht!« Er biß sich in gespielter Verlegenheit auf die Unterlippe, ein international verständliches Zeichen.

Hier fiel Heiner plötzlich wieder ein, was er einmal aus dem Nachbarzimmer gehört hatte, als er schon im Bett lag. Die Erwachsenen sprachen von der Großtante und daß sie, da ihr Ehemann viel älter als sie und abends im Bett immer so müde sei, den Wecker stelle. Alle drei Tage gehe nachts bei denen das Geklingel los, gegen drei, durch den Schrekken werde der Ehemann hellwach. »Und so weiter.« Heiner hatte damals über das eigentümliche »Und so weiter«, das alle nebenan dermaßen zum Lachen brachte, vergeblich gegrübelt, so lange, daß er es jetzt wieder hörte, gerade wieder hörte.

»Nun, bitte sehr. Ich wollte schon damals Gletscherforscher werden und hatte fast noch mehr Glück als die anderen. Verstehen Sie meine Position, ich bitte Sie. Die Damen Ihres Landes waren großzügig gegenüber ihren Favoriten, gaben auch die Empfehlung an ihre Freundinnen in Deutschland weiter, alle aus guten, honetten Verhältnissen, alle schon älter, mais oui, das versteht sich, sehr, sehr viel älter als wir Burschen.«

Ob dem Gebirgscasanova im Ruhestand, fragte sich Heiner, nicht doch gleich ein »Oh là là« herausrutschen würde?

»Pourquoi pas? So glichen sich die Vorteile mit den Nachteilen aus. Wenn die eine abreiste, kam sofort die Ablösung. Sehr erwartungsvoll, sehr großzügig. Wir taten unser möglichstes. Manche unglaublich viel älter als wir, aber leidenschaftlich wie junge Mäuse, im Sommer wie im Winter. Die Damen mit ihrer allzu langen Vergangenheit hatten noch einmal eine Gegenwart. Wir verdienten uns dabei die Zukunft.«

Der Mann blinzelte ihn an: »Das ist dreißig Jahre und länger her. Heute kann ich auch einem Fremden ohne Scham davon erzählen. Ich habe dabei mein, wie sagen Sie, ausgezeichnetes Deutsch gelernt und mein Studium finanziert, finanzieren lassen. Es konnte Schenkungen geben, wenn man solchen Ehrgeiz äußerte. Fast immer handelte es sich ja um eine ... Witwe, ja pardon, Witwe. Uns machte das alles nicht viel aus. Es hatte, unter uns, ja auch rührende Aspekte.« Krapp entging nicht, daß es dem Glaziologen Vergnügen machte, bei ihm eine Befangenheit oder Unruhe festzustellen. Er ahnte ja nicht, an wen Krapp, während er auf das tadellose, inzwischen mit stärkerem Akzent gesprochene Deutsch hörte, wider Willen denken mußte.

Krapp-Mont-Blanc fragte möglichst gleichmütig, ob auch Zwischenfälle eingetreten seien, Skandale? Ja sicher, hin und wieder. Skandale nicht, aber Erkrankungen der nicht mehr allzu jugendlichen Damen, die sich bei Höhenwanderungen übernahmen, zwei, drei Todesfälle, was hier aber nichts Ungewöhnliches sei, tödliche Unfälle. Immer dann, wenn sich die Frauen selbständig gemacht hätten und ohne sie, die unerläßlichen Führer, in Schnee oder Wetterstürze geraten seien. Der Mann schraubte eine Wasserflasche auf und goß Krapp einen halben Becher ein, den der in heimlicher Wut wiederum nicht ablehnen konnte, und pauschalisierte dabei: »Diese Dinge sind passiert, als ich schon weg zum Studium war.«

Aha, Abwehr in Bausch und Bogen! Also erwähnte Krapp nicht den Namen Daphne Galhau, sagte aber trocken: »Sie hatten Ihr Geld beisammen.« »Schwer erarbeitet«, antwortete seelenruhig der Glaziologe, wenn er einer war. »Hier ist es seit der Erstbesteigung immer ums Geld gegangen. Doch nie so gierig wie heute. Aus der Nähe merken Sie das auf Schritt und Tritt. In den Schneemulden und auf den Graten riecht es in jeder Hinsicht nach Fäkalien.« Er war nun übergangslos bekümmert, zornig, düster geworden. Dann hob er mit einem Schwung den Kopf, zeigte von links nach rechts und rief: »Aiguille Verte, Les Drus, Grandes Jorasses, Aiguilles de Chamonix, Aiguille du Charmoz, sehen Sie doch nur, sehen Sie, Aiguille du Grépon usw. aah, aaaah, Aiguille du Midi, Mont Blanc du Talcul, Mont Maudit, Mont Blanc, Dôme du Goûter, Aiguille du Goûter.«

Krapps Augen kamen nicht so schnell mit, man mußte es wohl als abschließende Litanei, als Anrufung begreifen, die hier in tiefem Schmerz gesungen wurde.

Danach, wieder unterwegs und froh, die hochberühmte Mont-Blanc-Gruppe allein für sich zu sehen und an sich heranbranden zu lassen, gedachte er noch einmal der unseligen Tante, die aber vielleicht gerade in diesem Tal und

Gebirge äußerst selig geworden war, in zweideutiger, wenigstens zweifacher Weise, als alte Geliebte eines jungen, fürs dröhnende Lieben bezahlten Bergführers oder, noch verrückter, ergriffen von der Gebirgswelt. Warum nicht auch beides, warum nicht! »Pourquoi pas?« sagte er laut vor sich hin zum Mer de Glace hinüber, zur sterbenden Tante, die den Mont Blanc und sein Massiv noch ein bißchen unberührter erlebt hatte.

»Pourquoi pas!« stand bei Rolfs und des nomadisierenden Winzers Schwester Uschi aus rosa Buchstaben gestickt im Campingsalon an der Wand.

Man wußte nicht einmal, ob Daphne in ihrer Euphorie? späten Verliebtheit? Gutgläubigkeit? von ihrem Liebhaber ausgeraubt und sogar in den Tod gestoßen worden war. Solcherart Vorfälle ließen sich in einer Gegend wie dieser sicher leicht vertuschen. Auch konnte es ja sein, daß ihn der »Glaziologe« zum Narren gehalten hatte.

Plötzlich fiel ihm ein, daß man im Verlag sein eigenes Tun und Unterlassen bei den Witwen in Wien und Zürich vielleicht durchaus nicht als Erfolg werten würde, im Gegenteil.

Eine schleichende Eintrübung, kein dramatischer Wetterumschwung, hatte begonnen. Bloß jetzt nicht die Brille verlieren! Es kam ja nun, auf der letzten Wegstrecke, darauf an, aus allem die Wurzel zu ziehen, aus diesem ihn begleitenden Panorama, ehe es in Dunst oder Nebel versank. Eine Essenz mußte irgendwo austreten und von ihm, Krapp Heiner, aufgesaugt werden. Dieser noch eben lichtschmetternde Wall sollte sich weiterhin zwischen ihn und eine schreckliche Leere, tödliche Abschüssigkeit schieben, die überall im normalen Leben, auch beim hübschen, um seine Kochmütze verlängerten Rolf auf ihn lauerte und gegen die man sich nur mit theatralischen Ausschweifungen zur Wehr setzen konnte. Die hohe, weiß der Teufel, vielversprechende Bergfront würde jene lautlose Ödnis vielleicht sogar als Irrtum, als optische Täuschung beiseite schieben?

Natürlich degradierten und verwüsteten die Kohorten und ihre Wegbereiter das Massiv, aber blieb es aus der Distanz nicht unantastbar? Sah er, Krapp, dachte er überstürzt, um der Trübe zuvorzukommen, nicht dabei in ein anderes, sich hier lediglich spiegelndes Gebiet, von den felsigen Ausgeburten und den aus der Höhe kurvenden Gletscher veranschaulicht, ein Areal, das sich, von der Oberfläche hervorgerufen, aus der Ferne vollständig von der schwerfälligen Realität löste? Das zu erkennen, nichts anderes, das war die hier eigentlich geforderte Leistung, viel gravierender als ein bißchen Kletterei! Er bemerkte, daß er im Moment nicht gut sah, und wußte nicht, ob es von den überanstrengten Augen, den beschlagenen Gläsern oder der veränderten Luft herrührte, stolperte zudem immer öfter wegen nachlassender Trittsicherheit.

Spürte er nicht, nachdem er sich stundenlang im Bergmassiv betrachtet, ja gewissermaßen studiert hatte, die Entsprechung in sich drinnen, ungeheuer kraftvoll ruhend, so daß er das Bild des Berges als Erinnerung an das eigene, vor ihm aufgetauchte Innere im Moment eines unerhofften Glanzes mit sich nehmen konnte? Nein, schon nicht mehr, schon alles wieder vorbei?

Was war nur geschehen und doch von Anfang an klar gewesen? Auch hier begegnete ihm eine Landschaft, in der die Menschen ihre kleinen Nachfolger in die Welt setzten, dann verdutzt alterten und starben wie überall. Aber wider seine Vernunft hatte er dösend gehofft, hier würde alles ewig dauern, so ehern standen die Gletscher und Zacken wie das Gute und Böse innerhalb der Wirkungen von Wetter und Licht.

Wenn sich jetzt aber zeigte, daß es unter sehr dünner, gleich zerreißender Haut nur glotzende Materie gab in physikalisch-chemischem Stumpfsinn, da sie keine Wahl hatte, nichts weiter?

Er fror, er hatte keinen Pullover bei sich.

»Rätselhaft bleibt mir trotzdem eines«, sagte er und setzte sich, ach so beschwerlich, wie ein alter Herr auf einen Stein am abgetretenen Wegrand, die kahle Seilbahn schon im Blick, »Worauf beziehen sich diese Anblicke aus Stein, ihr Dröhnen und Hallen, so präzise, so zielgenau in mir auftreffend? Da soll sich in Wirklichkeit gar nichts befinden? Und umgekehrt: Was sehe ich tatsächlich vor mir, wenn da nichts existiert als blöder, aus der Entfernung hinreißender, aus der Nähe zu Geld gemachter Granit und zertrampelter Schnee voller Urinspuren? Alles nur ein wechselseitiges Mißverständnis und schon wieder perdu?«

Ihn fröstelte so sehr, daß er gleich wieder in die Senkrechte mußte.

Schon erkannte er die Leute an der Station. Da, als er mit ihnen unter grobem Rucken und Rütteln der Gruppengondel ins Tal fuhr, hätte er am liebsten, in einem Anfall von kontrolliertem Irrwitz, einen tapfer Gebirgslieder flötenden Vater mit seiner Frau und den vier, von ihrer Mutter ständig beim Namen genannten Kindern (blonde und rothaarige Köpfe: Noah, Rachel, Marie und Säugling Siggi) heimlich, um die Restfamilie zu schonen, etwas gefragt.

Ob, hätte er sich bei ihm erkundigt, in metaphysischer Hinsicht, etwa gar nicht die Sehnsucht, sondern, wie überraschend, ausgerechnet die unausbleibliche Enttäuschung und Bitternis angesichts der Dinge, auch der ganz und gar überwältigenden – die Gelegenheit ergab sich dann zum Glück aber doch nicht –, das wichtigste, anspornendste Gefühl sei und, pourquoi pas, beabsichtigt höheren Orts?

He, kleiner Waldschrat!

Die kleine Wally war weg aus ihrem Waldgrundstück unter die Leute gezogen, in eine Straße, wo auf der einen Seite gutbürgerliche Einzelhäuser ganz regulär in einer Reihe standen. Sie nannte sich mit ihren fünfunddreißig Jahren, nach dem kurz hintereinander erfolgten Ableben ihrer Eltern Max und Antje aus der in Finanzkreisen berühmten Mülleis-Familie, allen Ernstes »Vollwaise«, und schon jetzt ahnte sie, daß es auch mit nahen Nachbarn nicht besser, vielmehr ebenfalls schiefgehen würde. Obwohl doch die Einsamkeit zwischen Bäumen und Teichen in ihr allmählich die Angst erzeugt hatte, sie könnte irgendwann zu sehr aus der normalen Menschheit ausscheren.

Zunächst aber wartete sie eine Weile in dem riesigen Haus, in dem die Eltern früher so oft Besuch empfangen und dafür viel Platz benötigt hatten. Währenddessen machte das menschenleere Gebäude sie noch kleiner. Eine geschrumpfte Wally harrte aus, weil vielleicht der Oom Henk von ihrem Schicksal gehört haben könnte, vom Tod seines Schwagers und seiner Schwester, irgendwo auf der Welt, und vor allem von ihr, seiner kleinen Wally, in der Einöde da draußen, in der sie feststeckte. Nein, sie besaß nicht genug Masse, um allein gegen das alles anzukommen.

Er blieb jedoch unauffindbar, unerreichbar, wie lange schon. Und so hatte sie mit trockenen Augen der Plünderung, Entrümpelung zugesehen, auch, wie man den Lehnstuhl kopfüber wegschaffte, in dem Oom Henk, nachdem er ein bleicher Koloß geworden war, als einzigem bequem sitzen konnte.

Es schmerzte sie und tat ihr aber merkwürdig gut. Das alles war ein Fleddern und eine Entblößung, eine Lust auf ihrer eigenen Haut. Sie spürte es deutlich, während sie steif, fast unsichtbar in einer Ecke stand und die Räumung für den Verkauf beobachtete. Das Technische hatte ihr Vetter Jan für sie in die Wege geleitet. Sie selbst mußte es nur überwachen, so, wie sie die Entfernung ihrer toten Eltern aus Schlafzimmer und Villa nacheinander, in kurzem Abstand, observiert hatte.

Es mischte sich mit einer Liebeserinnerung, als von ihrem wehrlosen Körper in der einen, einzigen Nacht, Kleider und Wäsche mit sachtem Schürfen, ohne daß man sie hätte halten können, abgeblättert waren, vor einigen Jahren erst, alles fortgenommen, fortgeschwommen, bis sie vollständig nackt im Hotelzimmer stand.

So sah sie es auch an den Bäumen in deren goldener Räudigkeit. Die blutig roten Blätter fluteten durch die Äste, weggespült von leichtesten Luftströmungen, und niemand konnte das anhalten. Bebend genossen Ahorn und Buchen ihre neue leibliche Armut.

Sie wußte das jetzt.

Einige Zeit danach ging sie, gegen ihre Vorsätze, noch einmal an die veräußerte Heimatstelle. Man war dabei, die von den Eltern einst übernommene Villa aus der Zeit der Jahrhundertwende von Grund auf zu sanieren. Überall standen Baracken und Plastiksäcke mit Baustoffen. Man grub sogar ringsum die Fundamente an. Die meisten Fenster waren rausgerissen worden. Der Balkon ihres Zimmers, von dem sie in klaren Winternächten durch die Bäume hindurch die Sterne studiert hatte, wo war er hin? Sauber abgehauen vom Gemäuer für andere Planungen der neuen Eigentümer, die, entgegen ihrem Versprechen, auch um das

Haus herum offenbar mühelos bei der wie üblich verdeckt bestechlichen Behörde eine immer breitere Lichtung durchgesetzt hatten.

»Alles dahin!« flüsterte Wally vom zurückgewichenen Waldrand aus. Weiter traute sie sich nicht mehr. Dann erkannte sie, daß man sogar den Namen, den die Eltern zu ihrer Geburt über dem Eingangsportal in den Stein hatten schneiden lassen, »Villa Wally«, weggeschlagen oder zuzementiert hatte. Auch das entsetzte sie kurz und tat dann gut, sehr gut. Sie stimmte der Maßnahme zu.

Gerade jetzt aber, als sie das Fehlen ihres Namens bemerkte, wurde sie selbst, leibhaftig, von den Bauarbeitern entdeckt, wie sie so winzig, mit ihrer Regenkapuze über dem Kopf, obwohl die Sonne schien, unter den Bäumen am Rand der Lichtung der Zerstörung ihres Elternhauses beiwohnte. Man kannte sie ja nicht, man sah nur die spaßige Gestalt vor dem schon kahl werdenden Wald. »He, kleiner Waldschrat, komm her zu uns!« rief einer der Männer, der gerade ein Brötchen verdrückte, zu ihr hin, winkte mit der Bierflasche wie mit einem zaubermächtigen Köder. War Wally etwa eine Schnecke? Zwei andere taten, als wollten sie das Gespenstchen einkreisen und fangen.

Drei Sekunden später stürzte einer der Arbeiter, offenbar schlecht gesichert, von der höchsten Etage des Gerüsts viele Meter in die Tiefe und gewiß in den Tod. Wally hatte ihn unmittelbar vorher schwanken und über den »Waldschrat« lachen sehen. Nun hörte sie die furchtbaren Schreie.

Da biß sie sich zufrieden auf die Lippen und entwischte, da es für sie gut ausgegangen war, wieselschnell.

Nachmittag, freier

Ohne irgendeine in Aussicht gestellte Kostenerstattung hatte die seit zehn Jahren verheiratete Zahnärztin Stefania D. vor ein paar Minuten den Maler Fritz Grosse an ihre Steuerberaterin Martina Jeckchen verloren und mußte sich außerdem selbst die Schuld zuschreiben. Die von ihr in Fritz Grosses Atelier großzügig mitgebrachte Martina war, ohne durch sie, Stefania, in die Schranken gewiesen zu werden, ganz wider Erwarten vor den Bildern nahezu durchgedreht in ihrer Euphorie.

Die Zahnärztin ging schnell und atemlos. Anstatt dazwischenzufunken, war sie gerade hinter einem bei Grosse als Modell eingesetzten, ebenfalls anwesenden Flittchen hergerannt, das durch sie, Stefania, offenbar (und völlig unrekonstruierbar) ohne irgendeine böse Absicht beleidigt worden war. Um das schluchzende Mädchen zu beschwichtigen, hatte sie sich gleich mit ihr verabschiedet. Auch wenn man unterstellen könnte, der plötzliche, nobel begründete Aufbruch sei eine elegant spöttische Ehrenrettung der eigenen Position gegenüber dem gerade entstehenden Paar gewesen. Die hier als Fotomodell auftretende Uschi jedenfalls, wie es schien eine waschechte Proletarierin, womöglich viel gekränkter durch Martinas hochtrabenden Redeschwall als durch Stefania, erwies sich als renitent und hatte die Zahnärztin, nachdem sie zunächst deren Ruf: »Nun warten Sie doch!« Folge zu leisten schien, auf offener Straße stehen lassen. Und außerdem, Stefania war sicher, sich nicht verhört zu haben, hatte sie, was gar nicht recht zu der eingeschüchterten Frau von eben paßte, »Fick dich doch selbst!« gezischt.

Stefania, bei den Patienten berühmt für ihre einfühlsame Arbeit im empfindlichen Bereich der Zähne und Schmerzen, brach sich in diesem Moment vor Ärger einen Absatz in einer Ritze des Pflasters und mußte nun wesentlich langsamer gehen. Ihr Herz beschwerte sich, außerdem war sie auf die S-Bahn angewiesen, da die Steuerberaterin mit ihrem Auto ja zurückgeblieben und in diesem Augenblick bestimmt höchst zufrieden deswegen war. Ja, ganz gewiß und ohne Rücksicht auf Verluste von irgendwem, sehr froh.

Stefania galt als solide Person. Zwar hatte sie vorhin behauptet, ihr Traum sei gewesen, Tänzerin zu werden, in Wirklichkeit beschränkte sich dieser Traum auf das Jobben während des Studiums als Bauchtänzerin. Ihre Praxis teilte sie sich mit einer befreundeten Kollegin. Sie arbeiteten umschichtig vormittags/nachmittags. Dieselben Räume und Apparaturen, getrennter Patientenkreis. Jede hatte ihre Lieblingsinstrumente mitgebracht, die meist alt, verbogen und besonders erprobt waren. Sooft sie konnte, ging sie mit ihrem großen Hund aus dem Tierheim spazieren. Den Urlaub verbrachte die Ärztin mit ihrem Mann in einem Häuschen in Südschweden. Schon vor ihrer Ehe mit dem Sinologen war das Verhältnis zu Grosse ein gewissermaßen platonisches geworden. Darin aber exklusiv. Es bedeutete für sie das Eintauchen oder Aufsteigen in eine andere, von ihr aus den verbliebenen Kräften nicht erreichbare, freiere Luftzone. Sie nannte die Region bei sich »leuchtend strenge Welt der Künste«. Stefania besuchte den Maler unregelmäßig, aber nicht allzuselten und kehrte immer beflügelt von ihm zurück, auch deshalb, weil sie die Lasten des beschwerlichen Zusammenlebens mit ihm kannte, aber nicht mehr zu tragen hatte, den Glanz seiner Bilder und seines Charmes also ohne trübe Nebenwirkungen genoß.

Das galt nicht für heute. Wenn sie nicht aufpaßte, würde sie, mit dem ramponierten Schuh und in ihrer, gelinde gesagt, Verstimmung, noch ein zweites Mal stolpern und womöglich, dann vollständig demoralisiert, der Länge nach hinschlagen. Man hatte ihr ihren Maler Fritz geraubt, den Schimmer in ihrem tüchtigen Leben, und sie hatte ihn doch eben noch besessen. Mit etwaigen Liebschaften Grosses durfte man das nicht verwechseln. Es handelte sich hier um anderes. Die Steuerberaterin war zwischen sie beide geschlüpft, vielleicht bemerkte sie es erst in dieser Sekunde oder noch viel später. Sie, Stefania, aber wußte die Zeichen zu deuten!

In der S-Bahn trat ihr ein kleines Mädchen gegen das Schienbein. Als sie das Kind, nicht einmal unhöflich, fragte, warum es das tue, schoß die rasant gestylte Mutter von ihrem Platz hoch und mit ihr gleich zwei in schwarzes Leder gekleidete Männer. Die Frau höhnte, mit osteuropäischem Akzent. »Iist kleines Mädchen! Iiist schliiimm?«

Stefania spürte nicht die Kraft, der drohenden Dreiermannschaft standzuhalten, beistehen würde ihr sowieso niemand von den Fahrgästen. Diese Leute, vermutlich Russen, sprangen mit ihr um wie mit einer Idiotin! Sie gab sich stumm geschlagen, was ihr grundsätzlich zuwider war, und hätte am liebsten geheult wie jene Uschi.

Beim schwankenden Aussteigen wegen des Absatzes wankte ihr dann prompt und ausgerechnet ein sehr junger Mann im Alter eines manchmal von ihr imaginierten Sohnes entgegen und bat flüsternd um ein bißchen Geld. Sein bleiches Gesicht und die rotumränderten Augen ließen keinen Zweifel daran, wofür er es benötigte. »Scher dich zum Teufel!« lag ihr auf der Zunge, und der Junge zog sich bereits bei ihrem Zögern in schlaffer Demut zurück.

Ein unbarmherziger Nachmittag! Man konnte das nicht mehr stoppen. Da lächelte sie, genau gegen ihre Stimmung, dem Mann unsicher in die Augen und sagte: »Warten Sie! Nun warten Sie doch!«

Zwei Stunden später war Stefania ehrlich genug, das Motiv für den Handel »Selbstrettung in letzter Minute auf beiden Seiten« zu nennen.

Staub

Hilde Tisch, die früh verwitwete Schwester von Rolf, den man in gewissen Kreisen »Eddie« nannte, so, wie sich dann später auch sie, Hilde, für ihre neue Tätigkeit aus guten Gründen einen widerstandslos dahinflutschenden Namen gab, fragte sich manchmal, besonders, nachdem sie ihren Beruf als Kassiererin in einem Dromarkt, um nicht verrückt zu werden, aufgegeben hatte und noch nicht »Uschi« geworden war, warum sie ihre kleine, aber verwinkelte und zusätzlich mit Teddybären in allen Größen und mit umständlich zu reinigenden Andenken an ihren Mann gemütlich gemachte Wohnung, die sie mit Rolf teilte, eigentlich so aufwendig sauberhielt. Doch bestimmt nicht aus Anhänglichkeit an die gekündigte Stelle, wo sie ein bißchen billiger an Putzmittel herangekommen war!

Wenn sie etwas haßte außer den vom Filialleiter befohlenen Grußformeln an der Kasse, dann das Staubwischen, das selbst durch die modernen Mikrofasertücher, durch gebogene Bürsten und raffinierte Saugapparate die oberste Höllenstrafe nach dem Sündenfall blieb. Die so offensichtlich vergebliche Bekämpfung jener alles überkriechenden und unaufhörlich, Tag und Nacht, unsichtbar wirkenden Macht, die sich schlafend stellte, aber doch keine Ruhe in ihrer Arbeit kannte, blieb ihr, Hilde Tisch, ständig auf den Fersen, nein, war schon immer vor ihr da, sobald man sie aus den Augen ließ, und das noch beklemmender, in lauernder Gegenwärtigkeit, als Uschi nach der Kündigung viel Zeit in den eigenen vier Wänden verbrachte. Ihr fehlte noch der Mut zu dem neuen Job, für den sie sich aber fest entschieden hatte.

Ab und zu spazierte sie zur Beschwichtigung durch die Schrebergärten in der Nachbarschaft, von denen, zu ihrer anfänglichen Überraschung, kaum einer dem anderen ähnelte.

Hinzu kam, daß ihr Bruder, der im gastronomischen Gewerbe arbeitete, und dessen neuer Freund Heiner sie gönnerhaft als typisch weiblichen Putzteufel verspotteten, für den jede Fluse zum Stein des Anstoßes werde.

Schließlich glaubte sie, es sei nicht einmal die Notwendigkeit, Geld zu verdienen gewesen, als vielmehr der stündlich frecher werdende, wie eine Welttrübnis über allen Flächen hausende Staub, der sie den Absprung zur Beschäftigung im Camper am Waldrand wagen ließ.

Wie gerührt aber war sie eines Tages, als ihr einer der seit Monaten treuesten Freier, den sie nur unter dem Vor- oder Decknamen »Ruben« kannte, stockend vor Verlegenheit gestand, da er seit fünfundzwanzig Wochen arbeitsloser Sinologe sei – »Sinnologe? Du erforschst den Sinn?« hatte Uschi unausweichlich gefragt –, aber mit einer immer vielbeschäftigteren Zahnärztin verheiratet, würden ihm sämtliche Hausmannspflichten obliegen, denn ihre Putzfrau von früher, aus besseren Zeiten, bedeute jetzt eine Störung. Wenn man das hauptberuflich mache, ob Mann oder Frau, nehme man die Sauberkeit und deren pausenlos bedrohte Vollkommenheit bitter ernst. Jede Fluse werde zum Stein des Anstoßes, ob man sich dessen schäme oder nicht.

Es sei nun mal so. Gegen den Staub, diesen Feind allen Glanzes, Todfeind des gewissen Schimmers, den man zum Leben aber doch unbedingt benötige, gegen den sei kein Kraut gewachsen. Um dessen filzigem Einflußbereich wenigstens gelegentlich zu entkommen, besuche er sie.

Sie nämlich, Uschi, sei dieser Schimmer, sei ihm staubloser Glanz!

Lord Nicht

Taufrisch sind die Zeitungspacken in Altona. Frischer, viel frischer an diesem sicher wieder gefährlichen Tag die Morgenluft und hinten das, wo die Züge alle hinwollen, um sie auszulöschen: Die Ferne! Obschon sie sich doch, da hilft nichts, ununterbrochen verjüngt zur neuen Ferne. Immer der Lokomotive voraus. Soll man sie weich oder starr, nachgiebig oder widerborstig nennen? Schlag ihr das Haupt ab, sofort wächst ihr gottlob ein zweites nach. Die Ferne ist einfach nicht umzubringen.

Aber sie, Martina Jeckchen, rührt sich ja nicht vom Fleck. Sie sieht von ihrem Platz aus an den Schienen entlang bis dorthin, wo die Überdachung aufhört und die schöne Freiheit der Reisenden beginnt. Natürlich, die möchten sich irgendwo die Haushalts- und Lebenshandgriffe verfremden lassen! Viele sind hier unterwegs, die gar nicht weiter wegwollen. Die durchqueren nur das Bahnhofsgelände, bei der einen Öffnung rein, bei der anderen raus in alltäglichen Geschäften. Oder sie tun als ob, gehen extra schnell, aber ohne Notwendigkeit, spielen, ohne Arbeitsstelle, Auf-dem-Weg-zur-Arbeit-sein. Etwa jede achte Person sieht gut aus, jede dritte nach nichts, jede Menge Individuen, Gesichtshaut empfindlich, jeder fünfte, als wäre er gerade erst, ohne Sorge um seinen Ruf, aus einem üblen Verschlag gekrochen. Auch junge Mütter mit gefüllten Kinderwagen sind unter diesen letzten. Wie viele der Passanten fühlen sich erst durch Abgabe der Steuererklärung zu gültigen Mitgliedern der menschlichen Gesellschaft avanciert, wie viele der wahren menschlichen Freiheit beraubt?

Plötzlich schwant Frau Jeckchen, was ihr gleich blühen könnte. Sie fürchtet es sehr und würde gern schleunigst weggehen, muß jedoch den stark verspäteten Nachtzug aus Wien erwarten. Solche Zustände haben die Aura epileptischer Anfälle. Sie sagt sich also, um sich im letzten Moment auf andere Gedanken zu bringen, nicht »Taufrisch«, nicht »Nordlicht«, nicht »Baugrube«, sie dreht um, sie »schüttelt«: »Frau Tisch«, »Lord Nicht«, »Graubube«. Jemand hat das für sie erfunden, der Maler, er wird gleich eintreffen. Es bringt sie auch jetzt zum Lachen, allerdings nicht genug, nein, leider nicht genug. Noch könnte sie sich die Leute alle lustig verkleinert, versteinert, mit ulkigen Nasen, als putzige Hasen vorstellen, wie sie philosophieren über die Schwangerschaft einer, Moment, Prinzessin oder über unsterbliche Kriegslust. Ein Pulsieren von Nah- und Vogelperspektive könnte ihr helfen.

Da ist es zu spät! Furchtbar, daß die hier alle Menschen sein wollen. Und jeder einzelne überzeugt, sich vor lauter Wichtigkeit am Himmelsrund zu scheuern in seinem verborgenen Riesenformat – sonst könnte er auch gar nicht von A nach B gehen, von Gleis drei zu Gleis zehn wechseln, würde, wenn er sich nicht so aufbliese, sofort in sich zusammenfallen.

Dabei hatte sie eben noch ohne Bosheit die Reisekerlchen angesehen mit ihren Schein-Rucksäcken und rosa Ziertieren, auch die Eltern dazu mit den Kühlboxen. Diese kleinen Rudel und ihre Bestandteile! Könnte man, wünschte sie ganz harmlos, diese familiären Behaglichkeiten doch auf dem Hintergrund eines Schmerzes oder Schreckens begreifen! Hatte sich erinnert, wie nach drei, vier Wochen die Kinder eine Unendlichkeit abgelegt haben, Unwiederholbares hinter sich lassen. Erste Einsamkeit mitten im Schoß der

Familie, zum erstenmal klaffende Fremdheit des eigenen Zimmers. Wochen, in denen Jahre vergingen. Das blieb Frau Jeckchen nicht erspart, nicht ihrer schönen Tochter, keinem, niemals.

Wirklich, sie schwört, bis hierher war alles richtig menschenfreundlich und anteilnehmend von ihr gedacht.

Aber dann kann sie es nicht mehr unterdrücken. Die Wahrheit zeigt sich, offenbart sich ihr, sonst wohl keinem zur Zeit?, sehr aufdringlich. Da können sie noch so persönlich, so privat tun, jeder für sich und wer weiß wie extra, der eine mit Frühfritte und tätowiertem Drachen am Hinterbackenansatz, der andere mit Pappbecher und charmantem Köfferchen. Die alte verschlissene Ausstattung eben. Sie, Frau Jeckchen, täuscht man leider nicht damit. Sie muß offenen Auges den klappernden Apparat erkennen. Glänzende, zerschrammte, komplette, amputierte Blechfiguren gehen auf und ab, stellen unterschiedliche Gemütszustände und althergebrachte Seele dar. Dabei ist alles Serie, mechanisches Spielzeug, egal für wen. Was knirscht in ihr? Das Herz? Sind's nur die Zähne? Musik würde vielleicht helfen, wäre jetzt genau das Richtige.

Sicher, so kann man sich das ausmalen, das Aufmarschieren und Paradieren der Automaten, die sich zu Lebewesen aufwerfen wollen, die Phantasten.

Die Entartete ist natürlich sie, wenn es sie überfällt wie jetzt. Sie sieht die Leute nicht an, ohne zu schmecken, was sie in sich reinstopfen, sieht sie nicht, wie man sie sehen sollte, sieht die Einnahmen und Ausgaben, die Sofas, auf denen sie sich gemütlich lümmeln, Schreibtische, Montagebänder, Begattungen und Bestattungen en masse. Würden sie doch weinen! Dann wäre mit etwas Glück alles wieder gut. Man müßte ihnen Tränen entlocken, hier und da. Jedem Fünften? Jedem Zwanzigsten? Auch hier, bei der kurzen Bahnhofspassage oder -promenade artikulieren sich die Reißbrettberufungen. Die Lämmer, die Schakale. Opfer und Führer, Revolutionäre und Erlöser strampeln schon in den Kinderwagen, verraten sich noch nicht in aller Deutlichkeit, trotzdem ist das, ungeschönt gesagt, verdammt schlichte Raster über jeden Quadratmeter gesenkt. Man muß nur maßstabsgetreu vergrößern, dann hat man die typischen Exemplare alle zur Hand. Hier sind sie, gekleidet nach der Monatsmode, so gut es geht, klassenübergreifend dem groben Blick, feinst klassenspezifisch dem schärferen.

Es kratzt momentan niemanden außer sie. Sie jedoch sehr, nur weglaufen kann sie nicht, weil der Wiener Zug samt Inhalt noch immer nicht eintrifft. Gestern morgen hat sie an jemanden, der gleich ankommen wird, wie an eine Zahl gedacht. Sollte sie nicht darüber erschrecken? Es »Liebe« nennen und dann 84 oder 9 oder 503 denken? Noch schlimmer: einen Blick auf ein Foto aus Wien werfen und meinen, man hätte auf die Schreibtischuhr gekuckt? Darf man das überhaupt zugeben? In den Urwäldern, im wilden Buschwerk, wo nichts als Natur, Natur, Natur ist, da verwandeln sich letzte Waldindianer unter körperlicher Qual, aber gern, in Kunstpflanzen, Kunsttiere, demolieren sich Ohren, Hälse, Schädel. Hier, zwischen Plastik und Beton, braucht man keine ausgeklügelte Deformation. Der Kontrast zur schönen Naturgestalt stellt sich ein wie vom Himmel gefallen. Da sind sie schwammig, dürr, schlammig, verhornt, formlos, wie's gerade kommt.

Jetzt die Steigerung. Die wird ihr nicht erlassen. Sie rotten sich zusammen zu räuberischen Stoffwechselprozessen, ein Zerfließen, ein Verschmelzen vielleicht zum blöden Organismus, der sich dämonisch von links nach rechts quetscht, sich an ihr vorbeiwälzt, desinteressiert an ihrem Ekel vor der potthäßlichen Menschheit.

Wie soll sie bloß zurück zu ihrem Anfangsfrieden gelangen mit dem Wispern der Zeitungsstapel im Rücken?

Tun als ob, das genügt vielleicht schon. Zwischen Erdbebentoten, kräht jemand neben ihr, überfallen wir Lebenden Krankenhäuser, stehlen, was uns in die Hände fällt. Helfen Sterbenden notfalls, schneller zu Tode zu kommen! Wer von diesen hier würde mitmachen, hielte nicht ein blitzschnelles Messer, die abgebrochene Flasche in der Faust, einer auf dem Bauch des anderen stehend im panisch reißenden Gedränge? Jetzt kommt raus, daß hier keiner den anderen leiden mag, nicht ausstehen kann unter all dem »Hallo«, »Servus«, »Grüß Gott!« von eben. Was ist mit den Familien? Den Liebespaaren? Stabil im Katastrophenfall? Ein einziges freiwilliges Lamm und Opfertier darunter, um alles zu wenden auf seine Kosten?

Vielleicht, vielleicht wäre das die Lösung: den Haß gegen einen Einzigen richten, der uns von oben überblickt, der es deichseln könnte, wenn er nur wollte, der Erzverantwortliche da oben? Leider gelingen ihr für so was nicht die Ab- und Hochflüge. Ihr Gebrechen ist die kindische Erwartung, noch immer, sie weiß es wohl, ein unausrottbares Hoffen: Vollkommenheit, Ewigkeit auf Erden. Ein Unding, bei der flüchtigsten Menschenbegegnung immer mit dem Großartigsten zu rechnen, jederzeit für Offenbarungen gewappnet.

Sie preßt sich den Daumennagel ins Kinn, wird aber nicht wach davon. Ob sie sich unauffällig ohrfeigen sollte? Tut sie nicht. Statt dessen bläht sie sich, hier auf ihrem Posten, über alle Maßen auf. Dieses Anschwellen, direkte Folge kleinlauter Verfassung, kann sie nicht verhindern. Obschon das Aufpumpen verwerflich ist, stimmt sie ihm zu, durchschaut sie alle, alle übertrumpft sie, selbst die Exzentriker, selbst die Kleingenies. Zu deren Höchstleistungen wäre sie, wenn sie nur wollte, da kann sie sich rausgreifen, wen sie mag, ebenfalls fähig, will aber nicht.

Wenn Frau Jeckchen jetzt eine Bombe würfe, in diese Menge hinein, ganz ohne Grund, ohne Vorstrafe, Vorwarnung, wäre kein Kraut, ihren Einfall zu stoppen, nein, wäre nichts dagegen gewachsen. Könnte sie nicht, ganz namenlos, ganz bescheiden den einen oder anderen töten, diese oder jene Zahl, 85 oder 601? Wahrscheinlich wird Frau Jeckchen dabei sterben, aber in diesem Fall eine hübsche Reisegruppe von zwanzig, dreißig Leuten mitnehmen, immerhin. Vorher nicht, nur hinterher wäre das traditionsgemäß ungeheuerlich.

Frau Jeckchen weiß momentan sehr wohl, wie man sich fühlt als Königin, als herrischer Gott, dem der Kamm schwillt, wenn er, als neuzeitlicher Tyrann getarnt, den Teig des Volkskörpers modelliert, ihn schnürt durch Uniform und Willkür, ihn, um die Wirkung zu mehren, mit unsinnigen Tabus korsettiert. Und dann die Nerven dieses Leibes zu kennen, mit ihnen zu scherzen! Berauschend, die Urgewalt der Volksgefühle umzuleiten für seine Zwecke, den Panzer der Eigenliebe zu knacken durch Wiedergeburt als Patriot! Zwischendurch gut dosierte Belohnung mittels bewachter Ausschweifung in den unterschiedlichen Arenen, dabei ihren jeweiligen Klassendünkel kitzeln! Verblöde sie, damit aus der Bevölkerung ein verdummter Riese, damit dressierter Mob draus wird.

Sie wird noch durchdrehen.

Wie soll sie da jetzt runterkommen? An den Maler denken, der gleich aus Wien eintrifft und doch neuerdings ihr sogenanntes Glück darstellt? Soll sie sich immer nur die Einzelteile von den vielen vornehmen? Die Haare, hier glatt, dort gelockt, dort schwarz, hier rot? Die Augen, hier schräge, dort rund, dort grün, dort kühn? Die verkrampften, erobernden, heimlichtuerischen Gangarten miteinander vergleichen, um das Verschiedene wiederzuentdecken, das Tröstliche, den Unterschied? Sie könnte sie auch als Tiergruppen ansprechen, bei Tieren macht die Masse nichts aus, Kröte und Kranich, Schildkröte, Frosch? Ob sich jeder einzelne hier so aufplustern kann wie Frau Jeckchen sich selbst? Da müßten aber alle scheußlich aneinanderstoßen! Diese Quellkörper, dies Gedränge der Geschwollenen.

Da jedoch, sie ahnt es sofort, bahnt sich die Rettung an. Für dieses Mal liegt es hinter ihr.

Dort, das winzige, vorübergefahrene Kindergesicht, lauter Eßwaren drumherumgeworfen. Verschüttet beinahe unter Massen gekaufter Artikel das grämliche Frätzchen, ganz verkrochen in eigensinnigen Schlaf. Ein Leichengesichtchen, entschlossen, der Welt die kleinen Augenlider nicht aufzuschlagen. Was erwärmt sie plötzlich, wie angeflogen?

Ach, da bist du ja, schöne Seele der Frau Jeckchen!

Was fällt ihr sonst noch ein? Der Maler, Fritz, der ein vergeßlicher Sohn ist, sie kennt ihn gut, nur zu gut. Am Ende ist ihm als Kleinod der Kindheit sein gestammelter, verstümmelter Name geblieben: Der Vater in Wien ruft ihn wie jemand, der Träume mühsam ins Wachsein rettet, wie von einer Gruft die Steine wegräumend. Letzte Inbrunst gegen Lord Nicht, den unbesiegbaren Tod. Durch das Todesdunkel, das einsetzt, dem schwachen Signal der Gefühle folgend, durch Schatten bahnt sich die Kraft der Empfindung, noch einmal, aus uneinholbarer Ferne, den Weg.

Ein Gelähmter wird vorübergerollt, verzieht keine Miene. Innen schneidet er dauernd Gesichter, so wie im Strom der

Passanten die Leute ihr Leben als stets zerbrechliches Bauwerk tragen, unverwüstlicher noch als die Ferne, jeder für sich.

Komplett wiederhergestellt, schöne Großspurigkeit von Frau Jeckchens Seele.

Und da, die Belohnung, der Zug!

Graubube

Wenn wir eine Grabrede auf Graubube halten müßten, wäre es ein leichtes für uns. Er war ein Lichtblick in unserem Dasein, so könnten wir beginnen. Das meinen wir wörtlich, denn wohin der Blick dieses Zeitgenossen fiel, der sich auf stille Weise als Beispiel für die Siege des guten Willens in uns einbrannte, da tauchte er die Welt in ein besseres Licht. Sie erblühte in seiner Gegenwart zu ihrem schöneren Selbst, einfach indem er, der Bescheidene, Ritterliche, an diese andere Hälfte der Wirklichkeit, besonders natürlich der Menschen, glauben wollte.

Aber er ist ja gar nicht tot! Tot ist seine Frau, und das seit zwei Jahren schon. Zwei Jahre Trauer sind heutzutage für einen Mann zu lange, sagen seine Freunde. Graubube jedoch weiß, was er tut. Er muß sich nur an das verschleierte Lächeln von Iris erinnern, dann ist ihm wieder klar, wie sehr sie ihm fehlen wird, immer. Was er gerade begreift, was ihm zumindest dämmert, hat ebenfalls mit ihr zu tun, und es sticht Graubube so schmerzlich ins Herz, als wandelte Iris noch unter uns.

Ein Wort zu ihm. Er wohnt in einer stillen Straße. Sein Wunsch, die Welt möge ein Ort des Glücks sein, ist ungeheuer groß. Selbst wenn es ihm schlechtgeht, vergleicht er seinen Kummer sofort mit den stärkeren Leiden anderer. Schon allein deshalb sieht man ihn meist lächeln. Auf die Frage nach seinem Befinden antwortet er zuverlässig: »Gut! Sehr gut!« Man schämt sich der Klagen, die man gewöhnlich wegen kleiner Belästigungen anstimmt. Dabei wäre er der letzte, der jemandem Vorwürfe macht. Er preist statt dessen sein Geschick, sein Schicksal, das sehr viel ärger sein könnte, auch wenn ihm nach dem Tod der Frau nicht nur das Haus, sondern auch davor die herrliche Kastanie zu riesig geworden ist, und wechselt schnell über von sich selbst auf großartige Vorfälle und Personen, solche der Umgebung wie des Globus und des Universums da oben mit den Sternen darinnen.

Man geniert sich in seiner Nähe schon bald, man stutzt, weil man ein Schwarzseher ja nur aus Routine geworden ist, aus Bequemlichkeit, ohne es überhaupt zu bemerken, jemand, der immer als Wichtigstes die Enttäuschungen vermerkt und nicht das Begeisternde, wie Graubube es macht. Die Wörter, die er am meisten benutzt, mit denen er sich und andere aus dem irdischen Jammertal hochreißt, lauten deshalb auch: »Begeisterung!« »Gute Stimmung!« Überflüssig zu betonen, daß er ein gewaltiger Versöhner ist, das Gegenteil von einem Intriganten. Und das sind doch, realistisch gesehen, die meisten, auch unter Freunden: nie einer zivilisierten Schadenfreude abgeneigt.

Anders Leo Graubube! Sein mildes Leuchten fällt auf das Krumme und biegt es gerade. Er überschlägt das Böse, und siehe da, das Bessere überwuchert es.

Trotzdem ist Graubube, weder dösig noch blind, kein reiner Tor, kein Unschuldsengel. Manchmal packt es ihn nämlich. Alles bricht plötzlich aus ihm heraus. Schreckliche Unfälle schildert Graubube dann, unmenschliche Tierquälereien im Namen der Wissenschaft, Abscheulichkeiten, die Schulkameraden begangen haben, nein, falsch, deren scheußliche Erkrankung. Keine Pustel läßt Graubube aus in seiner Entrüstung, in seinem Zorn über Elend und Schrekken der Existenz.

Es hat uns immer besonders getroffen, wenn unser Lichtblick sich dergestalt in der Qual seines Mitgefühls verdunkelt und die Welt einschwärzt, die er noch eben erhellt hat. Seine beste Zuhörerin dabei war Iris. Nur Graubube wußte, warum.

Sie lauschte, anders als wir, seinen wütenden Schauerlichkeiten mit eigenartigem, stummem Lächeln.

Graubube wand sich in verborgener Wonne unter den Augen seiner Sphinx. Er fühlte sich ja, und nur von ihr, seiner klugen Herzogin, durchschaut! Iris nämlich verstand diskret und: verzieh.

Verzieh, ohne je ein Wort darüber zu verlieren, daß auch er ohne das Gewürz der Grausamkeit nicht auskam, in all seinem eisernen Willen zur Güte, nicht ohne die Roßkur eines anfallweisen Sadismus, um sich an ihm zu sättigen, ein Quartalssäufer des Elends, und dann wieder entschlossen davon abzustoßen. Ja, so verhielt es sich wohl. Er ahnte es, erfüllt von Dankbarkeit. Sie bannte ihn, trotz mangelnder Schönheit, durch dieses Wissen über ihren Tod hinaus.

Nur gestern sah er zufällig, als er zerstreut die politischen Tiraden eines Bekannten vor einem Schaufenster, ausgerechnet mit Damenunterwäsche, ertrug, sein eigenes Gesicht in der Scheibe.

Mit Verblüffung und Schrecken konstatierte er ein gewisses, eigenartiges, stummes Lächeln, dessen Rätselhaftigkeit ihm vertraut vorkam. Er kannte es allzu gut. Graubube begriff es als nachträgliche Katastrophe erst in diesem Moment: Seine Erbitterungen waren vor Iris, wenn sie lasziv den Mund verzog – wie es ihm das Herz umgräbt! –, stets ungehört verhallt, wurden keineswegs durchschaut.

Wurden nicht einmal wahrgenommen!

Sie hatte, wie gerade er selbst, der schlagartig ausgeraubte Graubube, an alles mögliche gedacht, war, der Oberfläche nach lauschend, in Wirklichkeit geflüchtet zu einer Bohnensuppe mit frischem Majoran oder zu einem anderen Mann, jeweils schon bei seinem ersten Satz.

Und das, nichts weiter, soll nun ihr unvergleichlicher Zauber gewesen sein, das ganze Geheimnis, der Kern seines trotzigen, aber nicht sternlosen Trauerns? Nichts als Verwechslung, Mißverständnis, Augenbetrug?

Parkplatz

An ihrem vierzigsten Geburtstag, den Wally, nun schon seit zehn Jahren herzleidend, vom Nachmittag an mit Freunden feiern wollte, fiel ihr um sieben Uhr dreißig ein Spruch der Indianer ein: »Ein schöner Tag zum Sterben!« Sie sagen das am Morgen vor einer Schlacht, hatte ihr Oom Henk einmal erzählt. Vor fünf Jahren, als ihr Vater, Max Mülleis, gestorben und die Mutter, trotz der Sorge um ihr einziges Kind, ihm zwei Monate später nachgefolgt war, hatte Wally das große Haus der Eltern verkauft und eine kleine Villa in einer stillen Straße erworben.

Dachte sie in der Frühe an den Satz, weil sie am Abend vorher ein verdrecktes, sehr junges Mädchen, betrunken mit betrunkenem Freund, angesehen hatte, bevor die beiden in der Betonunterführung des Bahnhofs verschwanden? Ein Anblick, der ihr für Minuten den Boden unter den Füßen wegzog und einen schrecklichen Punkt in ihrer Vergangenheit auftauchen ließ. Er mußte schnell von der Gegenwart geleugnet werden.

Oder rührte die Vorahnung von den Kinder- und Vogelstimmen her? Alles ist ein Abschiednehmen, sagte sie sich also lieber, sogar jede Note nimmt von der folgenden Abschied. In allem ist der Wurm. Wie angenehm, sich an einem solchen Morgen leicht tränenselig zu fühlen! War nicht jeder dieser Sommertage in Wirklichkeit ein Räuber an ihrem vergehenden Leben? Wenn die Ewigkeit, überlegte Wally, wirklich das Eingehen ins Licht bedeutet, den ewigen Stillstand des Augenblicks (so einmal Oom Henk in einem Brief aus der Himalayaregion), was ist dann das Geklingel der Kinderstimmen, dieses wimmelnde Leben der Kinder und kleinen Hunde und Knospen wert? Ein Hindernis? Ein Umweg nur? Die Vorgestalt des Kommenden? Wie betrüblich ist die Hinfälligkeit oder besser noch Gebrechlichkeit von allem und jedem, auch wenn sich die Stimmen der Vögel, der Kinder, der Mütter ein ganzes Leben lang immer neu ähneln! Dieses Gezwitscher zum Beispiel erinnert mich an früher, viel früher, richtig, an Wiesenspaziergänge mit Oom Henk, als alles noch gutging. Vom Hindukusch hatte Oom Henk einmal geschrieben, die christliche Religion halte dem dröhnenden Allmächtigen die lautlose Geschichte von Jesus entgegen.

Die Kuchen waren gebacken, das Abendessen würde geliefert. Deshalb konnte sie sich noch ein Weilchen weiter versteigen und was zurechtspinnen.

Sie ist keine scharfe Denkerin, das nicht, sie fühlt aber viel, von klein auf, ohne daß es sich vernünftig ordnet. Alles, was Wally gefällt, muß ewige Dauer versprechen, darf sich nicht gleich wieder verflüchtigen.

Deshalb, sagt sich Wally mit ihren vierzig Jahren, die ihr plötzlich bangemachen, obwohl sie noch immer aussieht wie ein weiches und weißes, zu beschützendes Unschuldslamm (aber wer soll sie hegen, die kleine Wally?), deshalb ist das Furchtbare bei aller Zerstörung, daß es die Ewigkeit für einige Zeit mit zerstört. Ob dies mein letzter Lebenstag ist? Ob ich wirklich, wie mir mein Herz sagt, an diesem Tag sterben muß?

Sie spürt ihr Herz unruhig, beinahe wehmütig, beinahe panisch schlagen. Das darf es eigentlich nicht, aus Gesundheitsgründen. Warum denkt sie das bloß alles ausgerechnet heute? Ist der Raum, den die Vogelstimmen füllen, in Wirklichkeit bewohnt von den Bildern entschwundener Augenblicke? »Mohnkuchen«, sagt sie laut, »ich habe diesmal Mohnkuchen und eine Sahneschichttorte versucht.«

Ist das hier das Ende? fragt sich die kleine Wally. Denn die Schönheit der Welt, ich merke es ja, ist doch nie mehr so wie in meiner Jugend und Nach-Jugend. Immer sehe ich die Dinge in Gefahr. Entschwinden sie gleich? Nur aus dieser Schwärze aber leuchten die Gegenstände hervor. Alles sehe ich, wenn ich es mir eingestehe, in diesem schrecklichen Ernst, sonst berührt es mich gar nicht.

Wally denkt das nicht auf einen Schlag. Sie überlegt es am Morgen und beim Kuchenessen und bei Wein und kaltem Braten inmitten der fröhlichen, fremden Freunde. Das macht es um so schlimmer für sie. Die dunkle Ahnung von ihrem heutigen Untergang verfestigt sich.

Da erzählt ihr Vetter Jan, der neuerdings nur noch mit Schiebermütze das Haus verläßt, zu vorgerückter Stunde, er habe an diesem Vormittag vor dem Finanzamt einen Platz zum Parken gesucht. Alles sei besetzt gewesen, nur die Stellplätze für die Behinderten nicht. Außer seinem sei noch ein anderes, blaues Auto suchend umhergefahren, bis ein tomatenroter Wagen in dem freien, für Behinderte reservierten, aber für Gesunde verbotenen Bereich geparkt habe. Aus dem zweiten Auto sei nun der Fahrer gesprungen und habe eine Weile gelauert, wer das rote Auto verlassen würde, bis ihm schließlich zwei Männer, die man gut und gerne für Osteuropäer habe halten können, entstiegen seien. Ohne sich umzudrehen und sich um irgendwas zu scheren, seien sie davongegangen, und nicht einmal ins Finanzamt! Nun aber (Wally sieht beklommen, wie der Zeiger ihrer Armbanduhr auf Mitternacht rückt) habe der Fahrer des blauen Autos – »Achtung, jetzt wird's absolut symbolisch!« unterbrach sich Vetter Jan und hämmerte gegen seine Stirn, »symbolisch,

Leute, absolut spruchreif symbolisch«, als wüßte er nicht, wieso eigentlich, fühlte aber eine Offensichtlichkeit, die unabweisbar vor der Tür stand – einen Triumphschrei ausgestoßen und auf den Boden gestampft. »Nicht behindert!« habe er immerzu gerufen, den Ertappten hinterher, in geradezu rasender Schadenfreude, sie bei ihrem Vergehen, nämlich einer schändlichen, schofeligen Gesundheit, erwischt zu haben: »Nicht behindert! Nicht behindert!« Lauter und lauter: »Nicht behindert! Kein bißchen behindert!«

Und während Wally und alle Freunde lachen, auch die immer noch schöne Helene Pilz und der Herr Graubube, ist der vierzigste Geburtstag, von Wally mit einem schnell verscheuchten, wie geträumten Schuldgefühl begonnen, ohne Mühe, ein Atem und Windhauch, ein Schatten und Rauch, in seiner letzten Minute ganz unbemerkt, niemand weiß wohin, entglitten, entwichen, als wäre nichts.

Gegen Morgengrauen, als alle Gäste gegangen waren, fand der angetrunkene Vetter, der beim Aufräumen half, einen Brief von Oom Henk aus Andalusien, alt, aber wie ausgerechnet zu Wallys Vierzigstem frisch eingetroffen.

»Natürlich, meine kleine Wally«, schrieb der Onkel, »erteilt die Vergangenheit der Zukunft strikte Befehle, aber die Zukunft, die schließlich irgendwann die Herrschaft über die Beleuchtung an sich reißt, wirft die Vergangenheit nach Laune und Geschmack über den Haufen.«

»Ich lach' mich tot!« brüllte Jan.

Wally dagegen fragte sich zum ersten Mal, ob Oom Henk, damals etwa in ihrem jetzigen Alter, als sie doch ein sehr junges Mädchen gewesen war, ihr, Wally, mit seinen Botschaften und Lebensweisheiten in Wahrheit nur den noch kindlichen Kopf und das andächtige Herz für den Rest ihres Lebens absichtlich hatte verwirren wollen.

Die Türschwelle

Hallo? Ob ich einfach »hallo« rufe? ›Wer da?‹

Für Nachtangst ist die fetteste Beute immer noch die Einzelperson.

Ich wollte, ich würde kein Geräusch hören, würde keinesfalls den Atem anhalten, ich wollte, der Bottroper wäre bei mir. Ich müßte mir nicht einbilden und sagen, um ausgestreckt Haltung zu bewahren: Es ist Ida, warum nicht irgendeine Ida Palmer, die in der Nacht liegt und horcht, ich, Rita Palka, bin es nicht. Ida ist hochgefahren aus dem Schlaf, aber nicht körperlich, nur so, im Geiste, und rührt sich nicht, verrät nichts nach außen, will niemanden reizen.

Ein bißchen hatte Ida sich diese Furcht gewünscht, ein kleines Gruseln in der Dunkelheit, in der Einsamkeit. Beim ersten Tageslicht wäre das sofort ungültig. Vielleicht hat sie sich geirrt? Sie hofft augenblicklich dringend, daß es sich um eine Täuschung handelt, und stellt sich tot. Dann geht, wenn kein einziger Muskel bebt, die Gefahr vorüber, weht wie eine große Motte wieder zum geschlossenen Fenster hinaus. Die Gefahr kann das, die Motte nicht. Die Gefahr erkennt ihren Irrtum: Nicht hier, in Idas Schlafzimmer, nicht in Idas gemietetem Haus soll sie stattfinden. Es gibt andere Häuser, voll mit Schläfern, da lohnt sich's. Aber so dumm ist sie natürlich nicht, die Bedrohung nicht, nicht die Gefahr. Die lauschende Ida, die sich mit stummem Schwadronieren abzulenken versucht, Ida, der sogar beim plötzlichen Aufwachen, was die Hitze vorher nicht schaffte, der Schweiß ausbricht, ist sehr einzeln, ist ganz allein, schutzlos alleinstehend in der schwarzen Wildnis, in der die freundlichen Hügel von eben grunzen und ihre Krallen wetzen, wo jetzt die Tiere einander umbringen. Sie kann die falschen, die abweichenden Laute, die unzulässigen, sehr wohl heraussortieren, besonders im Traum, wenn der Körper ungestört Wache hält, abgebrüht gegenüber dem Meeresgedröhn, aber sofort von Herzen, genauer: mit klopfendem Herzen, wie verrückt, stocksteif beim geringsten ungehörigen Wispern, der brave! Im Dunkeln könnte hier ein Riesenmaul aufgehen und Ida verschlucken, eine Riesenkehle, die sie einfach runterschlingt.

Ein Tuscheln hat Ida ja mitgekriegt, verschwörerisches Flüstern. Ein verstohlenes Selbstgespräch hat sie geweckt, und da kein Nachbar oder Freund jetzt mehr in erreichbarer Nähe ist, setzt sogleich die Furcht ein. Es wird mir nicht lange helfen, so zu tun, als wären Ida und ich verschiedene Personen, als könnte ich Ida bei ihrer Unruhe zusehen, damit ich selbst in Sicherheit bin. Aber noch beschwichtigt es mich ein bißchen. Kindische Ida, kann ich schimpfen und spotten, reiß dich zusammen. Zeigt sich so schnell, wie sehr du dich übernommen hast beim Vorstoß in nicht bekanntes Gelände? Wer unbedingt für ein paar Wochen in der Einsiedelei wohnen will, muß nachts seine Phantasie zu beherrschen wissen, ob gerade Neumond oder Vollmond ist, darf nicht an kriminelles Gelichter bei der Schleier- und Rasterfahndung, oho Ida, gut aufgepaßt vorhin, Ida!, noch an umherkrebsende Gespenster beim großen Lauschangriff glauben, die durch Ritzen blinzeln, wie du Ida, jetzt umgekehrt nach draußen, und nicht an Charakterschatten, die an den vier Ecken des Hauses Posten beziehen.

Vorhin waren Menschen da, halbwegs gute Bekannte. Da rumorte es kräftig, Lachen, Gläserklirren, alles in Ordnung,

Ausrufe. Man verstieg sich zu klingenden Behauptungen: »Wir leben zu Hause in einem Präventionsstaat, überall zappeln wir im immer dichteren Erfassungsnetz.« Wie durfte sich Ida da rückblickend sicher fühlen, nicht frei, aber geborgen. Beobachtet durch Video, durchsucht und abgehört eventuell, überwacht Computer, Konto, Telefon, aber behütet vom Frühwarnsystem!

Dann aber, sobald die Leute, alles ehemalige Freunde des Bottropers, in ihren Autos saßen, Scheinwerfer und rote Lichter den Hang hoch, danach unverschämt dicke Finsternis, lebte sie augenblicklich in der Gegenwart und Naturstille, in der Fremde, wie sie es gewollt und durchgesetzt hatte, frei und ungeborgen oben in der hohlen Monsternacht, unten in massiger Nachtschwärze, von der Ida lässig mit links zerkrümelt wurde, sobald sie die Laternen gelöscht hatte, nur oben flimmernd die Sterne, zuckend die Satelliten, viel zu weit weg. Lieber nun doch schnell die Türen fest zu, abgeschlossen und eingeschlafen im Mottenpulvergeruch des Hauses und bevor ihr die weißen, rostigen Rokokostühle auf der Lichtung im Hang einfielen, zur Besichtigung des Sonnenuntergangs gedacht, aber schon gleich in aller Heimlichkeit Sitze einer vermummten Gerichtsbarkeit und Inquisition, gleich, gleich.

Hatte sie sich mit dem kürzlich in einem indonesischen Gefängnis verstorbenen Bottroper verwechselt, dem unerschrockenen Urwaldreisenden, irrtümlich inhaftiert und, falls es der Wahrheit entsprach, elend zugrunde gegangen in Polizeigewahrsam? Mit ihm verwechselt in puncto Mut, so wie sie auch seit Wochen unwillkürlich sein Hüsteln, seinen kichernden Ansatz beim Sprechen nachahmte, als wären sie vertauscht worden oder einer im anderen wiedergeboren? Nur war sie im krassen Unterschied zu ihm immer ein rasch halluzinierender Feigling gewesen, und das hatte sich, sie merkt es beschämt, nicht geändert.

Kein Laut im Moment, nur die Künstlichkeit mitten im Verwilderten, in den vier Wänden das Atemanhalten, bis wieder im Hauptzimmer das Rennen und Hin und Her auf Zehenspitzen anfängt. Wir sitzen aufrecht im Bett, Ida und ich, und in der Falle. Der Spion, der Feind ist mit uns in einem Haus. Sicherlich nur ein einziger, gottlob, da er so blitzschnell reagiert. Ausbrechen, sich durchs Fenster nach draußen stehlen, könnte noch brenzliger sein. Ida muß sich ein Herz fassen, für alle Eventualitäten mit der Schere in der Hand.

Los! Licht an! Sofa und Tisch sofort unbewegt, die Fußbodenkacheln spiegelblank. Nichts rührt sich, alles verstellt sich.

So ist es inzwischen in dieser Nacht dreimal abgelaufen, d.h. nicht ganz so. Bei den ersten beiden Malen hat Ida nur die Schlafzimmertür einen Spaltbreit geöffnet, kein Licht gemacht, bloß ungläubig gelauscht. Ida, ich, wir haben jetzt Tür und Fenster geprüft. Alles ist von innen verschlossen. Kaum liegen wir wieder im Bett, geht's von neuem los. Man kommt drüben aus der Deckung, sobald wir uns zurückziehen, und beäugt uns also, vielleicht sogar schmunzelnd aus einem Winkel, will uns, die ins noch unbekannte Haus gesperrte Ida und mich, vom Dickicht umkreist, womöglich hysterisch machen.

Ida läßt mittlerweile das Licht brennen. Ach nein, knipst es aus diesem und jenem Grund doch wieder aus. Hätten wir nur einen Hund, einen Hund oder wenigstens ein Mobiltelefon! Ida hat beides verschmäht wegen des Bottropers, hat aus Leichtsinn in memoriam »am Ende der Welt« gespielt, »Ende der Welt« im Kleinen, jedenfalls in der Nacht. Klar, ein Hund wäre die Rettung, wenn sie nur einen hätte, einen großen und treuen, ein Wächtertier mit seinem untrüglichen Wittern, eingehüllt in warmes Fell, bellend in selbstloser Verteidigung, tapsig und scharf. Wie wollte ich mich ihm blind anvertrauen, wenn sie nur erschiene, die wohlgesonnene, menschengute gefleckte Tiergestalt!

»Hallo? Wer Da?« ruft Ida, die sich sehr fürchtet, immer mehr ängstigt vor ungeheuerlichen, phantastischen Möglichkeiten, die ihr die Nerven und schließlich der Kopf nahelegen und ausbrüten. Das ist in Wahrheit das Schlimmste, das spintisierende Hirn, aus dem wir nicht rauskönnen. Denn was sollte draußen schon sein, wenn ich nur schön verrammelt bleibe im von Ida oder in drei Teufels Namen ausschließlich von mir selbst bevölkerten Schlafraum, bis es auf natürliche Weise hell wird?

Leider hält sie es nicht aus. Ida dreht leise durch. Raus aus dem Bett, raus aus dem Zimmer! schreit es in ihr, sie erstickt sonst, kann nicht drinnen seelenruhig abwarten wie die Gefahr draußen. Ob das Gewisper nur in ihren Ohren vorhanden ist? Da, aber da, der Beweis: Ein Gegenstand fällt zu Boden, ein Buch bestimmt, danach wird Porzellan, ein hedonistisch bemalter Landhausteller vermutlich, auf den Kacheln zertrümmert. Keine Zweifel, keine Einbildungen mehr. Die wenigstens haben aufgehört. Aus dem Regal im Hauptraum gerissen und kaputtgeschlagen! Dann Stille, eine wie mit dem Beil gehauene. Absichtlich ist das da draußen wohl nicht passiert? Oder soll Ida durch den Lärm zum bösen Spielchen wieder rausgelockt werden? Klüger wäre es nun ganz gewiß, von innen einen Stuhl unter die Türklinke zu stemmen und ohne einen Laut Wache zu halten bis zum Morgengrauen.

Ida aber wartet, packt die Schere, steht sprungbereit,

dreht plötzlich, die Hand kennt nun den Weg zum Schalter wie geschult, mit so schnellem Ruck das Licht an, daß sie Glück hat. Diesmal sieht sie den großen Schatten am Boden hinter den Polstermöbeln verschwinden. Sie lacht flüchtig. »Du also bist«, sagt sie mit kicherndem Ansatz, »der Zugriff des Verfassungsschutzes!«

Eine große bunte Salatschüssel liegt in Scherben auf den Kacheln. Natürlich: Der Widersacher, ins Haus geschlüpft auf Beutezug, während Ida den Freunden des Bottropers auf der Terrasse etwas zum Trinken brachte, später von der ahnungslosen Ida eingesperrt, hat im Regal nach Fressen gesucht, und dabei ist die Balance flötengegangen. Es ist uns sehr peinlich, gottlob ohne Zeugen, derart wegen eines Nichts den Kopf verloren zu haben. Trotzdem wollen wir nicht, ausgerechnet mit diesem Gast, Wand an Wand die Nacht verbringen. Allerdings: Wie kriegen wir sie aus ihrem Versteck? Wie jagt man eine Ratte, wenn man allein mit ihr ist?

Ich kann sicher sein, daß sie mich nicht aus den Augen läßt. Jedes Hüsteln, wie Ida es am Bottroper so geliebt hat, nimmt sie wahr, geduckt im Verborgenen, jedes Drehen der Pupillen wird verfolgt. Wir, Ida oder ich, nachdem wir aufgeräumt haben, knien uns vor das Sofa, pressen das Gesicht auf die Kacheln, um im schmalen Zwischenraum darunter Ausschau zu halten. Ob der Feind riskiert, Ida anzugreifen, nun, wo er sich identifiziert und in die Enge getrieben fühlt? Wie soll er von seiner Entlarvung wissen? Wir wissen: Er weiß es. Wir sind zusammen eingeschlossen in die Nacht, die Ratte spürt an Idas veränderten Bewegungen, wie Ida den Gegner neuerdings einschätzt: ein unberechenbar starkes Luderchen, fett oder räudig, mit dem jede Berührung zu vermeiden ist.

Unterm Sofa steckt sie nicht. Es erleichtert Ida, sie dort nicht zu sehen, ihr nicht auf gleicher Höhe ins freche, graugrausige Gesicht starren zu müssen. Es beunruhigt sie. Denn aufgestöbert werden muß das bei aller Liebe widerliche Unrattier, das seine Kräfte sammelt, um unversehens in seiner Abscheulichkeit tobend hervorzuschießen gegen Idas Fuß, Ferse, Knie.

Sie hebt den Kopf vom Boden und mustert in der Hocke den Raum. Etwas hat sich verändert, eine laut sprechende Kleinigkeit, etwas stört oder befremdet, anders als die Scherben vorhin. Die Ratte wird von irgendwoher observieren, wie Idas Blick wandert, über Sessel und Regal, über Teppich und Fußleisten und wieder zurück.

Da! Der angeblich tote Bottroper, niemand weiß, warum er so genannt wurde, er stammte ja gar nicht aus dem Ruhrgebiet, nicht mal aus Deutschland, wäre diesmal endlich stolz auf sie! An der unauffälligsten Stelle hat sie das Entscheidende entdeckt, eigentlich erst wirklich den Beweis: In der Bohle der Türschwelle sind frische, helle Nagespuren!

Es handelt sich um kompaktes Holz, und falls das Tier sich jemals durchgearbeitet hätte, wäre es nach der ganzen Plage, stunden-, tage-, jahrhundertlang auf eine dahinter liegende Steinstufe wie auf die eigene Grabplatte gestoßen. Die Ratte hat in der kurzen Zeit, sagt sich Ida, mit dem Mut der Verzweiflung an ihrem Entkommen gewirkt, aber ohne jede Aussicht auf Erfolg, hat nichts anderes im Sinn gehabt, als reumütig den winzigsten Spalt zum Rausschlüpfen zu ermitteln. Auch das Klettern im Regal war ein desperates Unternehmen, dem Haus und Ida zu entwischen.

Ida setzt sich aufs Sofa und sieht die Schwelle mit den Nagespuren an. Irgendwo verfolgt das Tier Idas Gedanken, ihr Atmen mit pochendem Herzen an seinem Zufluchtsort, in seinem Ernstfall, aber ich und Ida, wir kommen nicht weg über den Anblick, tun nichts, raffen uns zu nichts auf. Wir starren auf das dicke, von heftiger Empfindung gezeichnete Schwellenholz, auf die vergeblich gegrabenen Rillen der Ratte, die, in ihrer Hoffnung durch unser Auftauchen rhythmisch entmutigt, jedesmal zu neuen Befreiungsversuchen angesetzt hat, wir sehen im Fleische das Entsetzen des Wildnistiers in der Häuserfalle, abgetrennt von der erschnüffelten Nacht außerhalb. Nein, Ida und ich, wir rühren uns nicht. Wir lauschen auf den eiligen und bangen Herzschlag unserer Gefangenen, auf unseren, Idas und meinen, auf den der Nacht. Wir riechen die Ausdünstung des vertauschten Gefühls, denken nicht, sehen nur die Spur der Zähne im massiven Balken mit der unvermutet steinernen Nacht dahinter.

Wir vergessen, träge versunken in schmerzliche Gemütlichkeit, die gegenwärtige Bedrängnis, sind gepackt von einer, jawohl, mitreißenden Anteilnahme und Übernahme der Beflügelung des Tieres bei jedem Erlöschen des elektrischen Lichts. Eine Not, in der es, unvernehmbar für unsere Ohren, keucht und schluchzt wie wir selbst vor nicht allzulanger Zeit, als es niemand merkte, nur sie, die es, in die eigenen, womöglich Rattentränen abpressenden Sorgen verstrickt, nicht begriff. Draußen die grandiose Nacht über Berg und Meer, ach Gott, dagegen hier drinnen der zum Himmel schreiende Gemütsabdruck und Zustandsbericht.

Aber jetzt, ein feines Räuspern, ein unterdrücktes Hüsteln, das nicht von uns stammt, das aus dem versteckten Tier herausgestiegen sein muß und das uns sofort den Bottroper hören läßt. Da sitzen wir plötzlich kerzengerade und wissen, was zu tun ist, kein Zögern, kein Zweifel.

Der Bottroper hätte die Tür geöffnet, nicht weit, fünf Zentimeter breit. Die Nacht wäre sofort luftig geworden, ohne alles Steinerne, wieder der unendliche Raum, der warm einströmt und sich kühl wölbt. Ritual und Verwilderung hätten unverzüglich eingesetzt. Der tote Bottroper wäre, vertraut mit dem, was das flüchtende Geschoß jauchzend täte, bei gelöschtem Licht in sein Bett gegangen, hätte also der Ratte den Weg freigeräumt, nur mit kicherndem Ansatz im Einschlafen gemurmelt: »Konkreter Tatverdacht zur Gefährdung der inneren Sicherheit.«

Wie leicht geht mir das Öffnen von der Hand! Es stammt wohl von mir, der wirklichen Rita.

Danach kein Geräusch mehr, nicht das leiseste. Stille.

Praxis

Frau Jeckchen wußte es von Graubube, dem sie die Finanzen in Ordnung brachte, von Herrn Graubube, der sie ab und zu mit schlechten Nachrichten versorgte. Bei einer Frage zur Steuererklärung ihrer Zahnärztin, die sie auch dem zimperlichen Graubube empfohlen hatte, fragte sie zum Schluß: »Erinnerst du dich an eine gewisse Wally Mülleis? Eine Kundin von mir. Ich habe sie dir irgendwann in die Praxis geschickt.«

Stefania war, wie ihre Steuerberaterin, da sie beide mit Menschen in vertraulichen Situationen tun hatten, geübt, Gesichter und Namen im Kopf zu behalten. Martina Jeckchen kannte die Geldbeutel vieler Zeitgenossen, Stefania deren Gebiß. Im Fall von Wally Mülleis sah sie sofort eine kleinwüchsige, verstaubt jungfräuliche Person vor sich.

»Sie hat sich ertränkt.«

»Erhängt?« fragte Stefania erschrocken. Sie wollte sich gerade bei einer Zigarette ein bißchen erholen, nachdem sie einem nervösen Patienten unter großer Anstrengung ein einzementiertes Provisorium losgehämmert hatte.

»Nicht erhängt. Ertränkt! Ins Wasser gegangen mit Steinen in der Tasche, am letzten Samstagabend. Niemand weiß, warum. Kein Verwandter, kein Freund, kein Nachbar. Sie hat keinen Brief, keine Notiz hinterlassen.«

Stefania war im ersten Moment froh, nicht selbst diejenige zu sein, denn nicht einmal ihr Mann, der sie doch liebte, konnte die rasend abspulenden Jahreszeiten und Jahre aufhalten. Und sie, half sie nicht beim übertriebenen Vergehen der Zeit mit, indem sie die einmaligen Zähne aus dem lebendigen Fleisch herausriß, Tag für Tag, ganze Berge von Zähnen am Ende? War das logisch gedacht? Das nicht, aber logisch gefühlt.

Ja, sie erinnerte sich ohne Schwierigkeiten an die seltsame, offenbar trotz ihrer altmodischen Kleidung recht wohlhabende Frau, die eine beunruhigende, wenn auch bewundernswerte Gleichgültigkeit gegenüber Kosten wie Schmerzen an den Tag gelegt hatte. Stefania kannte die Verhaltensweisen beherrschter Menschen, wenn sie unter ihren Händen litten, was manchmal unvermeidlich war. Wally Mülleis aber schien der ihr zugefügte Schmerz gar nicht zu berühren, übrigens auch nicht der anderer Lebewesen. Das ließ sich während einer längeren Behandlungsserie studieren. Auf Katastrophenmeldungen aus dem Radio, die gelegentlich die Musik unterbrachen und dann von Stefanias Assistentin lauter gestellt wurden, antwortete sie nie mit der kleinsten Bemerkung, nicht mit dem bescheidensten konventionellen Seufzer. Stefania wußte, daß in ihrem Beruf Mitleid nur dann eine Tugend war, wenn sie sich in Professionalität übersetzte. Sie mußte anfangs systematisch trainieren, sich nicht in mögliche Schmerzen der Leute unfruchtbar zu vertiefen. Aber diese, offenbar doch durch keinerlei Arbeit zu solcher Neutralität gezwungene Frau, die hatte sie zunächst als harte, vielleicht auch hartherzige, schon etwas schrumpelige Nuß empfunden.

Nur ein einziges Mal, und deshalb war ihr die Person in ihrer Eigenart so unvergeßlich geblieben, bei einer Meldung aus der süddeutschen Provinz, reagierte die Patientin Mülleis auf unbegreifliche Weise anders, nämlich mit einer geradezu entsetzlichen Anteilnahme an einem fremden, entfernten Schicksal. Ein behinderter Mann war etwas außerhalb der Kleinstadt Willmersbronn, in der er wohnte, hinterrücks und »heimtückisch« in seinem Rollstuhl, ohne jede Möglichkeit zu Gegenwehr und Vermutung über die Identität des Angreifers, wie wahllos niedergestochen und, durch die Rückenlehne verborgen, beinahe schon im Sterben liegend, blutüberströmt von seinem Enkelkind aufgefunden worden. Vom Täter fehlte jede Spur, auch ein nachvollziehbares Motiv für die Tat an dem völlig hilflosen Mann schien undenkbar. So hatte Stefania die Nachricht von dem Verbrechen in Erinnerung, das wohl wegen seiner besonderen Grausamkeit als beispielhaft für bestimmte Entwicklungen auf dem Gebiet solcher Delikte diskutiert wurde.

Ihre Patientin aber war nicht nur totenblaß geworden, sondern hatte mit einer wilden, nicht ungefährlichen Bewegung ihren, Stefanias, Arm weggestoßen und zu zittern angefangen, war dann aufgesprungen, die kleine Gestalt, hatte aufschluchzend den sofortigen Abbruch der Behandlung gefordert und, mit noch, plötzlich schauerlich wirkendem, blutverschmiertem Mund, ein Taxi rufen lassen. Die Rechnung war wie gewohnt korrekt beglichen worden, sie selbst aber nie mehr bei der Zahnärztin aufgetaucht. Diese ungehemmt ausbrechende Fähigkeit zur Anteilnahme unter täuschender Kühle hatte Stefania nicht vergessen. Der Vorfall war ihr eine Lehre in der Beurteilung von Menschen gewesen.

Nun aber ging diese Frau hin und ertränkte sich, ohne eine Erklärung zu hinterlassen, starb ohne eine Silbe auf eigenen Wunsch gottverlassen in einem Waldgewässer! Stefania versuchte, inzwischen bei der wohlverdienten Zigarette, sich das trübselige, vielleicht verantwortliche Wetter des letzten Samstagabends vorzustellen. Es gelang aber nicht.

Und niemand weiß, sagte sie am Abend zu ihrem Mann,

dem Sinologen, ob Wally Mülleis die Tat ausführte, als ein der Restwelt unbekanntes Maß für sie voll war, ohne jedes Mitleid mit sich selbst, oder ob davon zu viel in ihr existierte, oder ob, endlich, gerade genug.

Die Liebe zu den schlechten Karten

»Ach so!« sagte die Schriftstellerin beim Putzen ihres kleinen Hausflurs. In allen vier Ecken sagte und dachte sie nichts als: »Ach so!« Sie war erleichtert über die bei ihr so seltene Wortkargheit. Eine steinpilzfarbene Katze hörte ihr durch die offene Tür zu und merkte sich das ungewohnt schlichte »Ach so!« für alle Fälle. Man hatte Rita vor Jahren das sechs Wochen alte Tierchen über den Zaun in den Garten geworfen. Beim Aufrichten von den Flurkacheln sagte sie ein letztes Mal »Ach so!«

Jetzt also erreichte es sie. So also verhielt es sich mit dem, was sie bisher nur vom Hörensagen kannte. Zum erstenmal hatte ein wesentlich jüngerer Mann, der von diesem Umstand offenbar wenig ahnte, mit ihr die gewissen tiefen Blicke gewechselt. Aus tiefem Schlaf öffneten sich noch einmal die Augen für eine winzige Körperdrehung, die Ohren für das teuflische Leiserwerden einer Stimme, das den Inhalt des Satzes ignorierte oder verspottete. Erst jetzt aber spürte Rita ihr eigenes Lächeln. Es reichte für alle vier Ecken und länger.

Bis vor kurzem waren es fast immer verheiratete Männer gewesen, die ihr Interesse geweckt hatten. Die Neuigkeit bestand darin, daß diesmal der vermutlich absurd große Altersabstand das entflammende Hindernis darstellte, das sie stets für eine Lieb- oder gar Leidenschaft benötigte, auch wenn sie dann, vielmehr: damit sie dann am Schluß beinahe sterben wollte.

Sie malte sich aus, mit schlechtem Gewissen und mit dem Schrubber noch in der Hand, wie sie das neue Erlebnis in einer Geschichte verwenden würde, die damit beginnen sollte, daß Ameisen ein Stückchen Wurst abtransportieren, als würden Feuerwehrmänner ein Sprungtuch aufhalten, worauf ein Chirurg im Ruhestand das zukünftige Schicksal eines Kindes erwägt, das aus Lust und Laune die ganze kleine Rettungsmannschaft tottritt.

Der Mann würde es dann irgendwo lesen.

Damit wäre die Peinlichkeit bei ihrem Wiedersehen unvermeidlich. Sie beschloß, auch seine (hoffentlich) amüsante Verlegenheit angesichts ihres tatsächlichen Alters (das er spätestens in den Angaben zur Person erfahren hätte) und ihr bedenkenloses Gefühlsausbeuten mit einzubeziehen, obendrein die Überlegung, daß eine richtige Liebesaffäre trotzdem, wer weiß, durchaus nicht unmöglich wäre bei einiger Großzügigkeit seinerseits, und, nicht zu vergessen, wie dasjenige, was sie gezwungen hatte, diesen zunächst fremden Menschen und Mann immerzu und wohl unbeabsichtigt herausfordernd anzustarren, platterweise in seiner ans Phantastische grenzenden Ähnlichkeit mit der stets doppeldeutigen Miene eines in einzelnen Partien von ihr verabscheuten Fernsehmoderators bestand.

Hinter einer so trotzigen Liebe zu von vornherein schlechten Karten verbirgt sich natürlich die leidenschaftliche und immer neue Hoffnung auf das alles über den Haufen werfende Wunder eines schicksalhaften ROYAL FLUSH. Kein Zweifel.

Das einmal beiseite: Ist es wohl eine Eigentümlichkeit dieser Person Rita, daß sie, als sie vom gewaltsamen Tod der Wally Mülleis erfuhr, in der ersten halben Sekunde einen original unwillkürlichen Schrei ausstieß, aber dann sofort überlegte, welche Grimasse sie schneiden und welchen Satz der Entgeisterung sie aussprechen sollte, kurzum, daß sie automatisch in Positur ging, hier in die des Erschreckens, des Mitgefühls?

Und das ist nicht alles. Selbst der muskulöseste olympische Ringer, meint Rita, der seligste Quizgewinner zieht, nach kurzem Intervall ungehemmt ausbrechenden Jauchzens, ein Gesicht, das den Jubel, jetzt ein optischer Genuß für jedermann, nur noch zitiert. Von alltäglicheren Fällen ganz zu schweigen.

Dieser frische junge Mann nun hat ihr gesagt: Ach was! Sie solle getrost auf das Gütesiegel von Nässe und Leuchten der Augen achten, auch gebe es, als Echtheitsgarantie für wahres Gefühl, das bis zum unteren Lidrand hochgeschobene Wangenpolster beim Lächeln vor Glück!

Dreidamentreffen

Helene Pilz, vor die Wahl gestellt, ihre Wohnung nur noch selten, nämlich mit fremder Hilfe, verlassen zu können oder sich mit ihrem elektrischen Rollstuhl ohne Eitelkeit auf der Straße zu zeigen, hatte sich entschieden. Jetzt fuhr ihr von weitem Frau Rottmann den Kinderwagen entgegen. Helenes Augen waren mit den Jahren, im Kontrast zu ihren Beinen, was die Ferne betraf, immer verläßlicher geworden. Deshalb entging ihr nicht, daß Nachbarin Rottmann auch sie bereits identifiziert hatte, kein Wunder!, und sich offenbar aus diesem Grund, um ihre Verlegenheit zu überspielen, weit zu ihrem Kind vorbeugte.

Erstaunlicherweise hatten beide Frauen den schmalen Bürgersteig der S-Bahn-Seite gewählt, wo die Gärten lagen, in denen man es, so die Villenbesitzer von gegenüber, »toll trieb«, allerdings wurden sie nie deutlicher. Vielleicht meinten sie auch bloß das dort wuchernde Unkraut?

Die beiden Gefährte bewegten sich bei diesigem Wetter voran. Bloß einmal hörte Helene das Geräusch der Bahn, dann, auf der sonst leeren Straße, einen telefonierenden Fahrradfahrer. Schon jetzt war klar: Die zwei Frauen würden nur mit Mühe aneinander vorbeikommen.

Nein, Helene Pilz mußte nicht mehr eitel sein, auch nicht eifersüchtig. Das hatte sie vor drei Wochen beschlossen. Sie kannte den Duft des Parfums von Frau Rottmann sowie den darunter verborgenen des Körpers. Sie roch ihn auf der Haut ihres ehemaligen polizeilichen Liebhabers, wenn er nach Hause kam.

Während Frau Rottmann sich scheinheilig über ihren

Säugling beugte und zwei weitere Kinder hinter ihr hertrollten, dachte Helene: Recht so! Alles funktioniert nach Plan. Was die fanatische Mutter noch vor kurzem mit erbarmungslosem Stolz der Welt präsentiert hat, ist ihr jetzt Last und Gewissensbeschwernis. Da kenne ich mich leider bestens aus. Mein Staatsschützer auf Urlaub hat ihr befehlsgemäß den Kopf verdreht und das Herz schlimnm angeknackst. Nun geniert sich die Person, meint, sie hätte mir den Mann weggenommen, und schwankt, die Gute, in ihrem verräterisch kurzen Kleidchen, ob sie mich, wenn's geht, unschuldig oder triumphierend ansehen soll. Überholte Gefühle! Denn was sie, das Opfer Rottmann, nicht ahnt: Ich bin außerdem informiert über den inzwischen erfolgten Wechsel des Casanovas zu Frau Becher-Hahn, über das also, was sie gerade so tief unglücklich macht. Ist gelaufen wie geschmiert.

Gespannt, richtig angenehm aufgeregt war Helene, als sie Frau Rottmann unaufhaltsam entgegenfuhr, mit welcher Miene die »Rivalin« bei der bevorstehenden Begegnung aufwarten würde. Sie verschwendete keinen Gedanken an ihr eigenes Gesicht, das sie allerdings immer, bevor sie ihre Wohnung verließ, um von der Behinderung ein bißchen abzulenken, sorgfältig zurechtmachte. Pures Verteidigungsmanöver. Ausreißen konnte die Nachbarin jetzt nicht mehr. Wer ausweichen würde, das war die Frage. Wem gebührte mehr Respekt, der Behinderten oder der Mutter, der alten oder der neueren Geliebten?

Denn nun begegnete der Kinderwagen dem Rollstuhl, und der eine versperrte dem anderen den Weg. Helene Pilz sagte, schneller als sie wollte: »Sieh an! Da treffen wir uns Knall auf Fall!« »Knall auf Fall«? Das dachte und äußerte sie doch sonst nie, nein, eigentlich niemals. Es war ihr ohne Zutun über die Lippen gesprungen, geturnt sozusagen aus Lebens- und Schadensfreude.

Danach erst bemerkte sie, daß die weiterhin wie unter Gewichten vorgebeugte Frau Rottmann, sie, Helene in ihrem Transportmittel, und eine dritte Gestalt durch die momentanen Umstände annähernd die gleiche Größe hatten. Die Stelle, wo die beiden Fahrzeuge standen, befand sich genau vor dem in die Ligusterhecke geschnittenen Eingang zum Garten von Wally Mülleis, deren kurzer Körper trotz der beinahe feuchten, trüben Witterung gut einsehbar in ihrer Hängematte lag, vielleicht schlafend oder wenigstens vor sich hin träumend und tief eingesunken in das zwischen zwei Apfelbäumen aufgehängte Netz.

Es war der überraschten Helene Pilz plötzlich so vorgekommen, als wären sie beide, Frau Rottmann und sie, sehr gegen ihre Absicht, durch dieselbe, fast schon mit Sehnsucht zu verwechselnde Empfindung geeint: Wir beide sind Gefangene, festgeschmiedet an unser Gefährt. Die da, die kleine, ältliche Mülleis, ist frei, wörtlich frei schwebend in ihrer Matte, glücklich, entrückt, an keinen gebunden, von niemandem festgehalten!

Vielleicht erinnert sie sich allenfalls an ihren dubiosen »Oom Henk«, vielleicht an einen gewissen »Albrecht«, erwog Helene zusätzlich, ja sicher, ein »Albrecht« war's, von dem diese Wally ein einziges Mal, deshalb war Helene der Name aufgefallen, gesprochen hatte wie von einer verschollenen, kaum noch deutlichen Angelegenheit.

Irgendwie mußten die Frauen Pilz und Rottmann durch die Ablenkung im Mülleis-Garten ohne Gesichtsverlust dann das eben so ernstgenommene Ausweichen bewerkstelligt haben.

Erst zu Hause, an ihrem Fensterplatz mit Aussicht auf die

stille Straße, noch bevor sie den Brief Wallys mit den furchtbaren Geständnissen erhielt, vermutete Helene, wie die allermeisten Frauen stolz auf ihren »sechsten Sinn«, in dem Anblick von eben eine andere Auskunft, und wenig später begriff sie, wie frech die Erinnerung und das schummrig Vorausgeahnte in Wirklichkeit mit unserem, nach Vergangenheit und Zukunft trügerisch, wenn auch beruhigend geordneten Zeitgefühl spielen.

Die kleine, längst nicht mehr junge Wally: Hatte sie sich, verpuppt und eingewickelt, nicht offenbart? Zugesponnen als fertig verpackte, auf ihren Tod wartende Beute eines stärkeren Tieres, oder auch als ins Netz gegangener Fisch, der es aufgegeben hatte, noch länger zu zappeln?

Nachmittag eines Witwers

Der freundliche Leo Graubube, der sich oft so vorkam, als wäre er mit dem Witwerstand gleichzeitig in den des Rentners eingetreten, erfuhr am Dienstagnachmittag, als er von der Arbeit kommend den Vorgarten seines Hauses inspizierte, vom Selbstmord der Wally Mülleis, einer Nachbarin. »Aus unbegreiflichen Gründen ins Wasser gerannt«, sagte ihm Frau Rottmann im Vorübergehen (Wie eigenartig, ein Mensch, der bei seiner Vorwärtsbewegung nicht telefonierte, fotografierte oder Musik hörte! Es mußte daran liegen, daß die Frau einen Kinderwagen bei sich hatte, insgesamt eine Zentaurenfiguration.). »Am Samstagabend hat sie sich im Brackbacher Teich ertränkt. Schon gestern stand in unserem Blatt, daß dort eine Leiche geschwommen ist. Aber wer ahnte denn, daß die aus unserer stillen Straße sein würde!« Graubube glaubte, einen empörten Unterton zu hören, und erwiderte, noch bevor er richtig erschrak, automatisch abwiegelnd, das könne vielleicht jedem passieren.

Das Zentaurenweibchen, in erstaunlich kurzem Kleid, jedoch bisher vor allem als Mutter in Erscheinung getreten, drückte die Augen ruckartig nach vorn, starrte ihn an, zwei eisige Sekunden oder drei, und ging eilig mit knallenden Schritten weiter, um sich nicht anzustecken an dem Verrückten.

»Sie hat ja recht«, murmelte Graubube, »sie ist noch jung, auch ein bißchen hübsch. Und daß sie so auffallend und, wenn man es bedenkt, sympathisch blaß ist, hängt natürlich mit dem Schock zusammen.« Dann setzte er sich auf einen steinernen Pfosten, denn die Meldung war doch furchtbar und erschlug ihn beinahe im ersten, eigentlich eher im zweiten Moment: »Ertränkt!« Das Wort hatte ihn erreicht. Es ließ sich nicht mehr so ohne weiteres verdrängen.

Besonders nach dem Tod seiner Frau Iris hatte sich Graubube angewöhnt, Nachrichten in seiner Zeitung und im Fernsehen nur noch atmosphärisch wahrzunehmen, gewissermaßen durch eine beschlagene Brille, nicht in den Einzelheiten, er ertrug die Scheußlichkeiten der Welt nicht mehr in solchen Mengen. Wozu sollte das nutze sein? Es reichte, wenn sich das alles zu einem Gesamtgefühl für die Gegenwart zusammenzog, Kriege, Naturgewalten und so weiter, zu einer Wehmut, die sich nicht länger beim Himmel oder woanders beschwerte, um sich nicht lächerlich zu machen, besonders aber, um eine Art Nächstenliebe zu bewahren, die andere tröstete.

Manchmal erspähte er versehentlich, durch die Spalten zwischen den Fingern, mit denen er sich die Augen zuhielt, die Drastik einer Katastrophe. Dann schmeckte sie ihm plötzlich wie eine verbotene Frucht in all ihrer Schauerlichkeit. Er genoß es, er genoß es! Er weidete sich am Schlechten, und es beschämte ihn. Willenlos erkannte er solche Wonneschauer als periodischen Sündenfall.

Hin und wieder unterlief ihm auch, daß er staunte, wie das Volk seine Vertreter wählte. (Man ermunterte es dazu, um eine »Demokratie« zu sein, wie es im Westen zum guten Ton gehörte.) Und doch handelten die Gewählten dann ständig genau gegen den Vorteil des Volkes, nannten sich weit- und umsichtige Fachleute, waren aber, wie sich jedesmal zu spät zeigte, genauso dumm, gerissen und korrupt wie die Bevölkerung, die, erschöpft von Daseinskampf und Abendunterhaltung, die Leitung an solche Führungskräfte delegiert hatte. Und immer wieder gelang es denen, die an Kriegen gewannen, diejenigen, die an ihnen nur verlieren konnten, für das Abschlachten heiß zu entbrennen! Vielleicht wurde in diskreten Beratungszimmern über diesen Umstand seit Ewigkeiten geschmunzelt. Zornig wie in seiner Jugend machte ihn das nicht mehr, und er hütete sich davor, es je wieder zu werden. Längst hatte er beschlossen, sich am Guten zu erfreuen und dadurch selbst ein bißchen gut zu sein. Bevor er wütend wurde, ließ er sich rechtzeitig in eine Art benebelter Ohnmacht fallen, für die er das schöne Wort »Menschenliebe« fand.

Die kleine, ein bißchen abgestandene Wally Mülleis also! Kleine, altbackene Runkelrübe! »Ach«, sagte er vor sich hin, »tieftraurig ist das. Eine Selbsttötung! Ich hätte mich mehr um sie kümmern müssen! Ich weiß doch, was es bedeutet, einsam zu sein!« Er sagte es inbrünstig, bereuend.

Er sagte es mehrfach. Selbst das tat ihm nicht so gut, wie er hoffte.

An manchen Tagen hatte er in ihrem träumerischen Garten gesessen, mit ihr und der reizenden Frau Jeckchen, die dann auch seine Steuerberaterin geworden war und ihm sogar eine recht ordentliche Zahnärztin empfehlen konnte. Die aber berichtete ihm einmal, als die betäubende Wirkung einer Spritze abgewartet wurde, lachend von der schönen Tochter der Frau Jeckchen, von der sie, Jeckchen, niemals sprach, als hätte sie das Kind vergessen. Oder wollte sie die Schönheit des Mädchens vor der Welt verstecken?

Wally Mülleis erzählte bei den Gartengesprächen auf, ehrlich gesagt, ein bißchen störende Weise von ihrem geradezu übertrieben verehrten »Oom Henk« aus Amsterdam, einem sehr zwielichtigen Weltreisenden, der sogar in den Urwäldern des Amazonas herumgegeistert war, in denen, mit Verlaub, dieser unruhige Holländer im Grunde gar nichts verloren hatte.

Dagegen Frau Jeckchen! Entzückend, trotz ihres strengen Berufs, wenn auch zwischendurch für kurze Zeit immer mal fast feindselig. Oder nur geistesabwesend? Ab und zu befand sie sich leider auf völlig überflüssigen Reisen. Zur Zeit war sie aber im Lande, die sehr einleuchtende Frau. Natürlich, er mußte sie anrufen. Ach, wie es ihn unwiderstehlich drängte zur Erfüllung der traurigen Pflicht!

Wally, armes, ältliches Würmchen. Graubube sprang auf, verjüngt, berauscht, um Martina, die er so gern bei diesem Namen nennen würde – wer weiß, vielleicht ergab sich beim heutigen würdigen Anlaß ganz spielerisch die Gelegenheit? –, seine bittere Meldung sogleich zu erstatten.

Mit Riesenschritten stürmte der Witwer, die Mütze flog ihm vom Kopf, und da war es wieder, das erregte Ohrenzukken ferner, glücklicher Tage, ins Haus.

Tief verborgene Geheimnisse

Später dann, als sich in der stillen Straße, in der Helene Pilz wohnte, einiges geändert hatte, fuhr Herr Graubube sie an den Wochenenden ins Grüne. Beide stellten sich vor, da sie die entsprechende Vermutung den Gesichtern Entgegenkommender ablasen, sie wären tatsächlich ein Ehepaar, die gutaussehende Frau im Rollstuhl, der milde lächelnde Mann, der sie schob. Sie spielten es für ein paar Stunden zu ihrem Vergnügen. Damit hatte es sich. Graubube unterhielt Helene mit allerlei gut endenden Geschichten aus dem Weltgeschehen (Als würde sie nicht über dieselben Quellen wie er verfügen!). Sie verwöhnte ihn mit gezähmter Koketterie (Als könnte er je vergessen, daß die Frau nicht mehr selbständig auf ihren Beinen ging!). So machten sie beide einander an Samstagnachmittagen bei schönem Wetter etwas vor.

Das ergab sich auch deshalb fast zwangsläufig, weil Helenes ehemaliger Liebhaber aus dem Osten, der in der Straße auftragsgemäß für zwei unglückliche Ehefrauen gesorgt hatte, inzwischen wieder abgereist war. Der Witwer Graubube mußte seinerseits einsehen, daß sich Martina Jeckchen nicht von ihm erobern ließ. Gut denn, so entging ihm Glück, jedoch blieb ihm seine mühevoll erkämpfte Heiterkeit erhalten! Die Steuerberaterin Jeckchen schien anderweitig heftig interessiert zu sein. Immerhin durfte er aber ihre Tochter kennenlernen, ein ungewöhnlich schönes junges Mädchen, das schon kleine Gedichte verfaßte und gerade irgendein dickes Buch über die Jagd nach einem Weißen Wal las, worüber sich die Mutter offenbar kindisch freute.

Bis weit in den November saßen die beiden durch die Umstände notgedrungen Kompromißbereiten meist an einem der drei lädierten, sicherlich gebraucht gekauften Eisentische, die ein Grieche mit aufreizend albernem Kinnbärtchen unter das Glasdach seines kleinen Zoorestaurants gestellt hatte, lästerten über das Bärtchen des Mannes, sagten, daß sein Cappuccino jedesmal eine persönliche Wohltat sei, und fragten sich ab und zu, wie wohl die Zukunft der Villa von Wally Mülleis nach deren Tod aussehen mochte. Der dazugehörende Garten auf der anderen Straßenseite war bereits getrennt verkauft worden. Wallys Vetter Jan, wußte Graubube, wartete mit dem Haus noch auf ein günstiges Kaufangebot, anstatt klug zu sein und es von vornherein einem Makler zu übergeben.

Graubube beförderte Helene Pilz in einem geliehenen Camper, an den er für das Ein- und Aussteigen eine kleine Holzrampe stellte. Man fand die beiden dann bald in einem der Vogelhäuser, vorzugsweise bei den Exoten, den herrlichen Hysterikern, oder bei den Affen. Direkt gegenüber den hinter Gittern auf sie gerichteten Schimpansen-, Gorilla-, Orang-Utan-Augen, denen gar nicht sehr lange ohne weiteres standzuhalten war, entkorkte Graubube ein Fläschchen Champagner, das sie auf das Wohl dieser rätselhaften, nach dem ersten Schluck manchmal aufwühlenden Gesichter tranken, besonders, wenn die Tiere dicht an die Stäbe rückten und starrten, ohne Bewegung, in bohrender Unversöhnlichkeit.

Sie hätten lange Zeit dort sitzen können, ohne ein Wort. Aber es kam ihnen beiden so vor, als erwarteten die Affen eine Unterhaltung von ihnen, zumindest an Tagen, wo sie allein mit ihnen waren. Einmal, als Helene und Graubube der Stoff ausging, fingen sie an, einander abwechselnd zu fragen, welche der berühmten Personen, die sie nannten, noch lebte oder schon tot sei.

»Karl Lagerfeld?« fragte Helene.

»Tot«, sagte Graubube.

Da lachte die Frau, denn sie stellte sich vor, wie es den Modeschöpfer und alten Zyniker kränken würde, dabei sprach die Antwort ja nur gegen Graubube selbst.

»Gerhard Schröder? Schopenhauer?« fragte Graubube.

Da lachten sie beide gleichzeitig.

»Der Mount-Everest-Bezwinger Sherpa Tensing? Der ›Mann von der Straße‹?« fragte der Mann, »Günter Klee? Paul Grass?« (Es war ihnen nichts zu blöde, extra nicht.)

So ging es ein Weilchen. Ab und zu waren beide unsicher, ob ein Prominentenleben noch andauerte oder sich schon für immer erledigt hatte, und zwar durch »Lord Nicht«, den Unsterblichen, eine Bezeichnung, die Graubube von Frau Jeckchen übernommen hatte, die ihn vom Maler Fritz Grosse kannte. Es handelte sich um ein Geschenk seiner Schüttelreimpassion.

Plötzlich, vielleicht nur, weil er durch die unausweichlich dringliche Annäherung eines schwarzen Gorillagesichts abgelenkt war und nicht wachsam, sagte Graubube:

»Oom Henk?«

Er spürte sofort, daß er einen Fehler begangen hatte, wußte aber nicht genau, weshalb eigentlich. »Weshalb eigentlich?« sagte er sich auch sofort wütend, ohne den Fauxpas rückgängig machen zu können. Helene Pilz hätte es ja selbst nicht sagen können. Wally Mülleis, die arme, kleine Nachbarin, war doch oft in ihren Gesprächen als gewissermaßen am Leben Verunglückte aufgetaucht.

Helene gab ihr frisch gefülltes Champagnerglas mit großer Anstrengung, weil ihre Hand so bebte, an Graubube ab.

Er hatte den Eindruck, sie würfe es ihm an den Kopf, und sah hilflos die schwer atmende Nachbarin um Fassung ringen. »Es geht schon vorbei«, sagt sie schließlich.

Das tat es aber nicht. Hielten nicht alle Affen bei aufgerissenen Augen die Luft an? »Es geht schon vorbei und vorüber, eine kleine Schwäche nur!«

Graubube glaubte ihr auf der Stelle.

Sie dachte an das Glasdach des Griechen. Es war im Lauf der Wochen immer grüner geworden, und gezackte Blätter schienen darauf zu schwimmen. Blickte man nicht in Wirklichkeit von tief unten hinauf gegen eine helle Wasseroberfläche?

»Oom Henk!« flüsterte sie für sich. Unglaublich, welche Entsiegelungskraft das Wort besaß, nachdem doch über alles und allen öffentlichen und verborgenen Aufruhr in der Straße Gras gewachsen war und niemand ahnte, um wen es sich bei der bedauernswerten Wally und der gelassen ihr Schicksal tragenden Frau Pilz in Wahrheit handelte. Die aber wußte nun kaum ihre beiden Geheimnisse länger in sich zu verschließen.

»Längst tot, natürlich!« antwortete sie – die Affen schienen alle gleichzeitig aufzuhorchen beim Klang ihrer Stimme – und riß das Glas an sich, um es in einem Zug auszutrinken, dann aber fallen und zerspringen zu sehen.

Graubube fühlte, daß Geräusche der Weisheit, ja Volksweisheit angebracht waren. Wer sich denn, verehrte Frau Pilz, so sehr aufregen werde und den Zooleuten unnötig Mühe mache, sagt er, vor lauter Güte den Rollstuhl unwillkürlich hin- und herschiebend, na, na, nun, nun! Was hatte diese dem pulsierenden Leben vielleicht durch ihre Krankheit allzu entrückte Frau Helene denn nur? Dann, etwas später, in ihre, ehrlich gesagt, ein bißchen rücksichtslose Versteinerung hinein: Was man denn schon wisse über den sicherlich netten Onkel, Ohm oder Oom der lieben, lieben, leider so unseligen Person Mülleis.

»Da, mein Gott, sehen Sie nur: die Affen!« rief, schrie Helene Pilz.

So? Was war denn? Was denn jetzt wieder?

Der Bote

(Für Ulrich Keicher)

»Sagt mir an, ihr stillen Geisterfalter
Auf der Lichtung: Wieviel Zeitenalter
Ihr im Banne laget bei den Toten,
Eh ihr wurdet solche Wunderboten?«
(Christian Wagner: Auf der Lichtung)

In einer der glücklichen Nächte seiner Hochzeitsreise durch die Schweiz trat Herr Schöffel (richtig, derjenige, der seit der Volksschule die Spitznamen »Naturschöffel«, »Naturstoffel«, »Naturtrottel« trug, und der viele Jahre später und lange Zeit schon Witwer, bei einem schweren Unwetter die Kellertreppe außerhalb des Hauses hinuntergestürzt und dort unten in Finsternis und Einsamkeit, ohne es zu wissen, gestorben ist) in seinem direkt gegenüber dem hohen Berg gelegenen und nach ihm benannten Hotel nackt ans Fenster.

Schöffels Frau schlief fest.

Noch am Nachmittag waren an ihr auf einem Waldweg Eichhörnchen bis zur Hüfte hochgeklettert, und Tannenhäher hatten ihr auf der Hand gesessen. Bei seinem nächtlichen Aufstehen aber überlegte er plötzlich, ob sie ihn wohl verachten würde, wenn er ihr gestände, daß er an seinen gepachteten Garten wie an eine Person, wie an seine Eltern oder ein treues Hündchen aus der Kindheit dachte. Erst recht wollte er ihr vorsichtshalber fürs erste keinesfalls von seiner Fähigkeit erzählen, die vergangenen Landschaften, die alten Wälder und Moose, die Wildnisse und Teiche unter der stählernen Zivilisation zu erkennen wie noch vorhanden, wie noch nicht überwältigt. Und das zu seinem Schmerz, da er parteiisch war.

Nun aber sah er im Eislicht des Mondes unmittelbar den Berg vor sich aufragen, auf Armeslänge herangerückt, so daß Herr Schöffel zunächst ein Stück zurückfuhr, dann allerdings auf den Balkon hinaustrat und die Tür hinter sich zuzog, ganz allein auf der Welt mit dem schrundigen Koloß und vielleicht sogar hochheiligen Ungetüm.

In diesem Moment geschah etwas, von dem Schöffel am ehesten hätte sagen können: Der Berg hat sein Lid hochgeklappt! Man ahnt ja nicht, daß er das Auge bisher geschlossen hielt. Es ist jetzt aufgeschlagen und starrt mich an. Starrt? Glotzt!

Die versöhnliche Oberfläche war beiseite geräumt und darunter die Pupille blanker Materie, nichts als roher und reiner Stoff. Schöffel begann im Freien zu schlottern. Wäre dieses Nein bloß nicht so riesig gewesen, von derart unvorstellbarem Gewicht! Er duckte sich im sehr ungleichen Kampf.

»Ich bin weder Freund noch Widersacher!« brüllte der Berg, »Wicht! Ich werde dein bißchen Seelengeflatter zermalmen, Wurm!« donnerte er. »Ich bin der wahre Furcht- und Schreckenbringer. Ich bin der aus der Tiefe gestülpte Abgrund des Garnichts!«

»Nicht verwandt«, flüsterte Schöffel.

»Nicht verwandt?« lachte der Berg. »Ich nicht mit dir, schwärmendes Staubkorn, aber du, alberner Schuttkegel, du ab sofort mit mir. Komm her! Her mit dir, damit ich dich fresse!«

»Ich werde es ihr nicht sagen«, schwor sich Schöffel. Er

zitterte im Frosthauch und blinzelte, während er zu der in ihrem Vanilleparfum friedlich Träumenden auf Zehenspitzen flüchtete. Er floh rückwärts, behutsam, um niemanden da draußen zu reizen. Blinzelte sehr, damit der Berg abtauchte, dorthin, wo er jeder Beschreibung spottete und auch für ihn, Schöffel, und den Rest seines Lebens das malerisch faltige Lid wieder schlösse.

Als wir starben

Da sah man sie, Yapo und Lupo, getauft als Malgo und Marc, die Raubkatzen, Brüder. Eine römische Zeitung stellte sie mir vor, 31 und 29 Jahre alt, Männer in Maßanzügen, an den Schläfen das Haar geschoren, im Nacken bis zu den Schultern flatternd. Schöne Verwilderung geliebter Enkel eines gestorbenen Großvaters, altes, gesichertes Geld, die Augen glühend in Vorfreude auf frische Exzesse, der verwöhnte Mund patzig verzogen im Ärger über einen Erbschaftsstreit. Inbegriffe von ausgekosteter Lust und allnächtlichem Wüten in vollen Zügen.

Der Klang ihrer Namen, wie zärtlich! Noch im Erwachsenenalter wurden sie mit Kosenamen gerufen wie oft bei Proleten und Nachkommen reicher Familien, etwa Duddi und Kikko, in Kindersprache. Selbst, wenn sie tödlich verunglückten oder, sei es aus Achtlosigkeit, sei es in Verstrickung der Triebe, einen Mord begingen, hießen sie immer weiter Pippi und Pappo, diese hier Yapo und Lupo, reinrassige Mischlinge aus Hitze und Mattigkeit. Beiden gönnten sie ihre Rechte.

Ein Vorwurf waren sie an diejenigen, die jeden Morgen zur gleichen Zeit aufstanden, sich von ihren Pflichten rufen und die zwangsläufigen Lebensversäumnisse vom Gesicht ablesen ließen.

Dann rutschte mir die Zeitung aus den Händen. Das passierte öfter in der letzten Zeit. Ich ließ die Dinge eigentlich nicht direkt fallen, die Finger hielten sie nur nicht wie früher unwillkürlich fest. Daß sie es einmal getan hatten, merkte ich erst jetzt. Ich lag an diesem stillen Abend nach erledigter Arbeit in der ihrem Alter entsprechend maroden, nach wie vor zuverlässigen Hängematte. Niemand mußte mich schaukeln, das tat der Wind, da ich ziemlich dünn geworden war, ein ganz schwaches Windchen reichte schon, in dieser Stille, in der ich nicht allein war, während sich die Büsche und Bäume im Dunst allmählich zu blähen begannen und mit ihren großen Leibern plötzlich, ruckartig, in einer anderen Zeit verharrten als unvergängliche Laubfackeln. Selbst ein Lufthauch konnte sie nicht mehr berühren. Man hätte angesichts der geräuschlosen Verwandlung schreien oder keuchen mögen vor Freude, nur war das Schweigen viel verführerischer.

Früher, wenn ich dort lag, kam die Katze – eine wandernde Pupille im weit geöffneten Gartenauge –, die sich nun zum Sterben in die Wiese begeben hatte, egal aus welchem Winkel, sofort dazu, sprang auf meinen Körper, balancierte stehend ohne Mühe das Hin und Her des Untergrundes aus. Irgendwann fing an, daß ich sie, wenn sie wartete, hob. Viel später erst sah ich sie stolpern. Im Gras sah ich sie taumeln, zum ersten Mal. Ein Wind, ein ganz schwaches Windchen reichte schon, brachte die Jägerin aus dem Gleichgewicht. Aber nun lag sie ja wohlverborgen im hoch blühenden Gras, das über ihr wogte. Ich hatte noch Handschuhe an, Spontex-Einweghandschuhe vom Setzen vorgezogener Pflänzchen. Sie umschlossen fest meine Hände. Schlaff ließ ich sie über die Ränder der Matte hängen.

Wir dachten nicht und dösten nicht, waren aber vorhanden. Das Laue, der Glanz auf den Gräsern bewegte sich durch uns hindurch. Wir vergingen langsam, wir hatten begriffen, daß wir, anders als lange gedacht, nur zur Miete wohnten, gingen über in die Vogellaute, in Licht, in Dämmerung.

Ich stand der Sterbenden bei, ohne mich ihr zu nähern. Wir standen einander bei – auch wenn wir schließlich anders, und getrennt, starben.

Denn es herrschte ja nicht wirklich Stille unter dem immer noch hellen Himmel, obwohl sie uns beinahe erstickte und wir uns gegen ihre Wucht kaum wehrten. Wenn man die Augen schloß, konnte man sie, die Stille, sehen. Sie war ein riesiger Badeschwamm, in dem die Vogelstimmen mit harten Schlägen und zuckenden Bohrungen ein Höhlensystem schufen. Der Schwamm füllte jetzt alles bis zum Himmel aus. Er überwucherte uns, wir atmeten in seinem Inneren. Andererseits erschien die Stille jedoch in Gestalt eines Rechtecks, das genau die Form des Gartens hatte und mit ihm endete, exakt. Sie reichte in Wahrheit keinen Zentimeter weiter, nahm uns jedoch auf wie eine ausformulierte Welt.

Kiri horchte an der Erde. Die Vögel waren längst nicht mehr ihre Beute. Ein Zaunkönig hatte sie noch am Morgen beäugt und verflucht. Er verstand das Wanken seines Feindes nicht, verstand es nicht zu lesen. Vielleicht begriff sie nun, begierdelos, zum erstenmal die Vogellaute als stürmische Musik? Sie lauschte mit hinfälligem Körper an der Erdkugel, dem großen Verbündeten, und rüstete sich, in ihn einzusickern.

Da stellte ich überrascht fest, daß wir die Vögel gar nicht mehr über uns hörten, sondern nur noch in großer Ferne unter uns, als winkten wir den Amseln in der Tiefe aus der Höhe noch einmal zu, ihrer blökenden, süßen Selbstbehauptung.

Ich erkannte die Sterbende nur als Dunkelheit, als schwärzlichen Fleck im noch ungemähten Gras, ahnte sie nur. Es gab Stellen, Wiesenhöhlungen, wo ich sie vermutete, aber da war gar nichts, nur ein Schatten, eine Vertiefung, auf die ich eingeflüstert hatte. Dann erschrak ich im ersten Moment vor der Leere, vor diesem sinnlos trügerischen Fleck, der mich bald wieder irreführte, weil er sich diesmal mit ihr gefüllt hatte, als läge es in seiner Macht und nicht mehr in ihrer.

Ja, wir vergingen.

Endlich trat das Glück ein, das ich schon immer gewittert hatte an solchen Juniabenden, die Lust, zu verschwimmen, auszurinnen in Geruch und Geäder, in die gewaltigen Ansammlungen der Wesen, in ihre Fasern und Zellen ringsum, mich zu verströmen und zu zersetzen. Man mußte nur geduldig, willenlos warten, daß es geschah.

Warum erschreckte es mich jedesmal, wenn ich statt ihrer eine leere Mulde sah? Ich wußte es wohl. Ich sah dann direkt ohne Verstellung den schattigen Abdruck an, den sie in mir hinterlassen würde nach ihrem Tod und Zerfall.

Erkannte aber auch uns, ja, viel stärker noch erkannte ich uns, sie und mich, in der Erinnerung anderer, nachdem wir ihnen entwichen waren. Täuschende Dunkelheit im Bewußtsein Zurückbleibender, inhaltlose Vertiefung, die am Ende der Wind sacht zwischen den Gräsern löschte.

Wir hörten noch die beiden jungen Männer, die pünktlich am Morgen und Abend, ein organisches Uhrwerk, sich unterhaltend, nach Atem ringend, auf hochgezüchteten Rädern die Hecke passierten und alle Tage weitermachten.

So lagen wir, so schwankten wir, jeder an seinem Platz lautlos zusammenbrechend, ohne Absprache, ohne gegenständliche Zukunft und über diejenigen lächelnd, die das als Verlust ansehen würden, in einem Zustand, für den das Wort Glück zu schrill gewesen wäre in unseren empfindlichen Ohren. Das richtigere Wort entglitt uns, wie mir die Namen Rita und Ida, wie mir Yako und Lupo, Malgo und Marc entglitten waren, als wir ohne Schmerzen dahinstarben, das Tier Kiri und ich, nicht länger ins eigene Leben vertieft, um so mehr in sie entschwindend, in sie, die Welt.

Allerschönste Tage

wünscht Martina Jeckchen dem glücklichen Brautpaar! Was lange währt! Höhepunkt des Lebens! Flittern zwischen Rom und Neapel! Trefft Ihr da unten den Maler? Ach! Aber, bitte, grüßt ihn ja nicht von mir, auch nicht aus Versehen! Versprecht mir das.

In der Mongolei ist mir leider ein Arm gebrochen, in Bhutan der andere. Hier liegt Schnee, aber nur wie gepudert. Es wird schon noch welcher im Januar kommen, bin nicht scharf drauf. Wally Mülleis – erinnert Ihr Euch? Ich erzählte von ihr, mit fünfzig, über fünfzig, noch immer von ihrem »Oom Henk« besessen. Ich glaube, er lebt noch, hat sich, wie es scheint, nur nicht mehr um die Kleine gekümmert, vielleicht aber doch, und man weiß es bloß nicht? – ist vor kurzem verstorben, sehr unglücklich wohl. Keiner hat sie gerettet.

Ihr Vetter Jan, der sich rühmt, »Spezialist für elektronisches Entertainment und Anverwandtes« zu sein, dreht langsam wegen der Umstände durch. Obschon er Geld, viel Geld erbt, kann ich Euch verraten! Habe ja Einblick. Hat vor einer Woche beinahe das ganze Haus abgefackelt, ging noch mal gut aus, im letzten Moment. In der stillen Straße ein Heidenspektakel!

Adieu, Heiner und Rolf, glückliches Brautpaar. Grüßt irgendwann Uschi. Von Frau Jeckchen, von Eurer Martina Jeckchen und Tochter, das Beste zum Allerschönsten des Lebens!!

M. J.

Der richtige Name

Im Zwielicht der neuerdings so früh einbrechenden Herbstdämmerung hält man vieles für möglich, erst recht, wenn dazu die Eulen rufen und die Schweine im Morast grunzen. Trotzdem traute ich meinen Augen erst nach vorsichtigem Annähern: Kein Zweifel, ich kannte das Paar. Es handelte sich tatsächlich um Helene Pilz und Sohn!

Unser Zoo bietet unzertrennlichen Besuchern wie mir die Möglichkeit, auch noch eine Stunde nach der Schließungszeit durchs Drehkreuz das Gelände zu verlassen. Das wissen wenige. Kaum jemand nutzt es. Derjenige, der gerade dann mit Lust das Gelände durchstreicht, wenn sich schon manches verbirgt und viele Tiere in den Häusern verschlossen sind, hofft, daß es so bleiben möge. Die beiden genossen wie ich im Dunst der Regennässe und bei leisem Wogen der Luft das Flüstern, die schwer zu beweisenden Absprachen vor und hinter den Zäunen. Selbst in der beginnenden Dunkelheit sanken unentwegt goldene und rote Blätter auf das Maschendach der Käfige und würden es die ganze Nacht weiter tun.

Helene Pilz und ihr Sohn, der sie in ihrem Rollstuhl schob, waren zugelassen, wie ich, den Geruch der Zoodämmerung einzuatmen. Er stemmte die Stadt weg und verstrickte hier alles ineinander, auch uns und die Waldbisons. Sie verkörperten wie immer unwillkürlich ihr eigenes Geschick, lagerten eingewurzelt unter hohen Bäumen und hatten in ihrer Gestalt die Dunkelheit schon lange vorweggenommen.

Ein weißer Vogel schrie sich die Seele aus dem Leib.

Da aber kreuzten die beiden meinen Weg. Sie kannten mich nicht, wollten auch nicht meinen Namen wissen, sondern nur den der außer sich geratenen kleinen Bestie, da man das Schild mit den Angaben zur Person nicht mehr entziffern konnte. »Molukken-Kakadu«, sagte ich, weil ich es vor zwei Stunden gelesen hatte. Sie lachten. »Makaken-Kakadu«, »Makaken-Kakadu«, probierte erst die weibliche, dann die männliche Stimme.

Der Vogel kreischte sie nieder.

»Molukken-Kakadu«, korrigierte ich. Jetzt wiederholten beide es fehlerlos.

Der Vogel flüsterte unverständlich.

Es war beinahe finster geworden. Wir trennten uns als inzwischen letzte Besucher. Der wahnsinnige Vogel schrie uns nach. Er fürchtete vielleicht, von der Nacht, so allein, ums Leben gebracht zu werden. Ich glaube, die beiden kehrten daraufhin noch einmal zu ihm um. Auch hörte ich sie wieder ein paarmal den Namen sagen. »Molukken-Kakadu.« »Molukken-Kakadu.« So, wie man, um seine Verwunderung anzudeuten, den Kopf schüttelt? Nein, so war es nicht. Sie konnten einfach nicht widerstehen, die Silben in einem mechanischen Stottern aneinanderzureihen.

Als die Zeit kam, den Zoo zu verlassen, in der Nähe des Drehkreuzes, sah ich sie zum zweiten Mal. Der junge Mann beugte sich weit zu seiner Mutter vor. Sie beobachteten schweigend etwas im Wasser, denn sie standen auf einer Brücke, die sich über einen Teich wölbte, auf dem die weißen Leiber der größtenteils schon schlafenden Pelikane leuchteten. Alles andere war schwarz, alles war geräuschlos. Nur die goldenen und roten Blätter segelten mit einer Geste, die den fächelnden Segen, das segnende Sündenvergeben kirchlicher Würdenträger frappierend nachahmte, auf den

Wasserspiegel zwischen die hellen Körper herab, schwebten, rieselten unerschöpflich und verloren ihre Farbe auch im rußigen Anbruch der Herbstnacht nicht. Ob die beiden mich bemerkten, blieb gleichgültig. Wir standen still, standen in uns selbst still und sahen zu.

Das war der Augenblick, in dem es Helene Pilz auf einmal, abschließend, wie nach reiflichem Erwägen aussprach: »Ja, ich werde ihn ›Wallys Weiher‹ nennen, ›Wallys Weiher‹, so soll er heißen.«

Meldung aus dem Städtchen W.

Auf der Suche nach einem, weiß Gott, ganz anderen Andenken fiel Rita ein alter Brief in die Hände. Sie erinnerte sich, damals nicht geantwortet zu haben. Was war noch der Grund gewesen, die Zeilen dieses eigentümlich frenetischen Mannes aus dem Städtchen W., eines gewissen Herrn Schüssel, unerwidert zu lassen?

Verehrte, liebe Frau Palka,
verzeihen Sie bitte die nochmalige Behelligung, nun immerhin eine, die Sie auch wirklich im Hellen und nicht in finsterer Schloßnacht treffen wird. Ich danke Ihnen für die übergroße Nachsicht, die Sie gegenüber meinen persönlichen Verhältnissen geübt, und ebenso für die Geduld, die Sie in einer unvergeßlichen Stunde für das mich tief beeindruckende Anhören meiner allzu stammelnden Begeisterung, Ihre »Zwei schwarzen Jäger« betreffend, in jenen Tagen aufgebracht haben, als unser idyllisches Nest von einem nach wie vor nicht aufgeklärten Mordversuch an einem uns allen teuren Behinderten heimgesucht wurde.

An dieser Stelle wußte Rita, weshalb sie auf den Brief geschwiegen hatte: Dem armen Mann sollten nicht schon wieder durch sie, Rita, eheliche Dissonanzen blühen, falls seine machtvolle Frau die Post kontrollierte!

Verfahren Sie bitte auch jetzt, dieses eine Mal noch, nicht anders mit mir!

Wir sprachen über die unerläßlichen (bei Hunger und Durst im körperlichen, gefühlsmäßigen, geistigen Sinn) uns voranziehenden Visionen. Wir sprachen von dem, was die Utopie der Vision (oder sagten wir: Vision der Utopie?) sein könnte. Seit dieser Unterhal-

BERNHARD HENNEN

DIE CHRONIKEN VON AZUHR

DIE WEISSE KÖNIGIN

TOR

Limitierte und signierte Leinenausgabe

MIX
Papier aus verantwortungsvollen Quellen
FSC® C083411

Erschienen bei FISCHER Tor
Frankfurt am Main, Oktober 2018

Dieses Werk wurde vermittelt durch die
Michael Meller Literary Agency GmbH, München

Satz: Dörlemann Satz, Lemförde
Druck und Bindung: CPI books GmbH, Leck
Printed in Germany
ISBN 978-3-596-70365-4

Für ein Zimmer voller Kerzen in dunkelster Sommernacht

Libenter homines id, quod volunt, credunt.
Die Menschen glauben gerne, was sie wünschen.
(GAIUS JULIUS CAESAR, DE BELLO GALLICO)

WESTERMARK, SÜDLICH DES SCHWARZFORSTES,
STUNDE DER SCHLANGE, 11. TAG DES ERNTEMONDES,
18. JAHR VOR SASMIRAS ZWEITER THRONERHEBUNG

Ihr werdet noch Euer Kind umbringen. Ihr solltet das nicht tun.«

»Dieses Kind bedeutet mir nichts.«

Bao Li betrachtete die fremde Kaisertochter mit dem goldenen Haar aus den Augenwinkeln. Noch nie war er einer so kaltherzigen Frau begegnet. Nicht in all den Jahren am Wandernden Hof des Khans, wo Verrat und Intrige das Leben so selbstverständlich prägten wie die strengen Regeln der Teezeremonie.

Prinzessin Marcia saß, obwohl es höchstens noch zwei Wochen bis zu ihrer Niederkunft sein konnten, wie ein Mann im Sattel. Bao hatte darüber gewacht, wie dieses Kind gezeugt worden war. Er hatte den Vater ausgewählt und der Mutter kräftigende Fischbrühe bereitet und einen Sud aus Storchschnabelkraut, der sie dazu bereitmachte, ein Kind zu empfangen.

Als er sich ganz sicher gewesen war, dass sie ein Kind trug, hatte er das Gift gemischt, das dem Erzeuger in einem kleinen Krug mit Reisschnaps gebracht worden war. Alles war gut gewesen, bis der Khan entschieden hatte, dass es für die Mutter und das heranwachsende Kind am Wandernden Hof zu gefährlich war.

Bao blickte die endlose Reiterkolonne entlang. Die Eherne Horde zog nach Osten. Sie würde die roten Städte der Westermark niederbrennen. Städte, die niemals hätten gebaut werden dürfen.

»Dies ist kein Platz für eine Frau«, setzte er noch einmal an.

»Inmitten von Heerscharen ungewaschener Mordbrenner, die ihre …«

»Hier sind die Männer das, wonach sie aussehen, und keine in Seide gewandeten Schöngeister, die heimtückisch mit Gift morden, während sie mit einem arglosen Gast über die Schönheit einer neuen Orchideenzüchtung plaudern.«

»Ihr äußert Eure Gedanken ungebührlich direkt, meine Dame«, erwiderte er brüskiert. Die Prinzessin hatte sich sehr verändert, seit sie den Wandernden Hof verlassen hatte. Vor einem halben Jahr noch war Marcia nur eine schüchterne junge Frau gewesen, die es kaum gewagt hatte, ihm direkt in die Augen zu sehen. Jetzt führte sie sich auf, als sei sie eine Herrscherin.

Er bemerkte, dass auch die Männer in ihrer Umgebung ihn mit kalten Augen musterten. Sie hatten Respekt vor der jungen Frau mit dem goldenen Haar, dachte Bao. Sie waren keine Bewacher, sie waren Gefolgsleute. Es war also noch schlimmer, als die Gerüchte, die am Wandernden Hof umliefen, hatten erahnen lassen. Wie hatte General Xiang Yu seinen Khan derart hintergehen können? War das der Beginn einer Revolte?

»Fühlt Ihr Euch nicht wohl, Herr Bao?«

Wie hätte er sich wohlfühlen können, nachdem er die halbe Welt auf dem Rücken eines Pferdes durchquert hatte statt in einer Sänfte, wie es sich für einen Mann seines Ranges geziemte? »Ich bin ein wenig von der Reise erschöpft, meine Dame.«

»Sie ist nicht deine Dame, du Seidenfurz!«, fuhr ihn einer der Reiter aus Marcias Gefolge an. »Nenn die kleine Kaiserin noch einmal so, und dein Kopf wird aus dem Gras zu ihr aufschauen, während dein Arsch noch im Sattel sitzt.« Der Krieger zog seinen breiten Säbel halb aus der Scheide und trieb sein Pferd zwischen ihn und die Prinzessin.

Seinem runden, fast konturlosen Gesicht nach zu urteilen gehörte der Rüpel zum Volk der Kargasen aus der nördlichen Steppe. Er trug abgewetztes Leder und eine pelzgesäumte Kappe. An den Mundwinkeln hingen dünne schwarze Barthaare herab. Einfältig sah er aus und brutal.

»Du sprichst mit Bao Li, dem zweiten Leibarzt des Khans, Leng. Einem Mann von großem Einfluss am Wandernden Hof. Er ist jeden Morgen der Erste, der in das Nachtgeschirr des Khans blicken darf«, bemerkte Marcia spöttisch.

»Nachtgeschirr?« Der einfältige Pferdehüter blickte verwirrt zu seiner Herrin.

»Der Topf, in den der Kaiser sich erleichtert, wenn …«

Leng begann zu prusten. »Du bekommst diese Seidenkleider dafür, dass du Scheiße anglotzt? Ich sollte mein Glück am Wandernden Hof versuchen. Habt ihr das gehört?« Er blickte zu den anderen Leibwächtern, die ebenfalls breit grinsten.

»Du solltest mich wirklich einmal am Wandernden Hof besuchen, Leng«, entgegnete Bao und dachte an die Kammern der gelösten Zungen. Er hatte nur jene Männer und Frauen zu sehen bekommen, die bereit waren, alles zu erzählen. Es war seine Aufgabe gewesen, ihre Wunden zu behandeln und sie so lange am Leben zu erhalten, bis sie auch ihr letztes Wissen preisgegeben hatten. Ihm fehlte es an Vorstellungskraft, um sich auszumalen, was man ihnen angetan hatte. Wunden wie dort hatte er selbst auf den schrecklichsten Schlachtfeldern nicht gesehen. Es läge sicherlich im Rahmen seiner Möglichkeiten, Leng dorthin zu bringen. Und die selbstgefällige Prinzessin mit dem goldenen Haar vielleicht sogar auch, wenn sie noch Fehler machte.

»Der Khan ist in großer Sorge um Euch, edle Dame. Er wünscht sich, dass Ihr an den Wandernden Hof zurückkehrt.«

»Hast du das in seinem Nachttopf gelesen?«, spottete der Kargase.

»Nein, der Khan erweist mir gelegentlich die große Gunst, seine Gedanken mit mir zu teilen.« Bao legte seine Hand auf die schwarzlackierte Kiste, die mit Seidenbändern an seinem Sattel festgebunden war. »Da unserem Herrscher in seiner unermesslichen Weisheit nicht verborgen blieb, dass diese Welt voller Zweifler ist, hat er mir sein persönliches Siegel anvertraut, um es jenen zu zeigen, die nicht glauben wollen, dass meine Zunge seinen Willen verkündet.«

»Und was ist sein Wille?«, fragte ihn die Prinzessin von oben herab.

»Nun, ich soll mit General Xiang Yu darüber sprechen, was zu tun ist, um Eure Blutlinie zu erhalten, meine Dame.«

Es war ihm eine stille Genugtuung zu sehen, wie ihre Selbstgefälligkeit ein Opfer des Schreckens wurde, als sie begriff, dass die Frucht ihres Leibes genügen würde, um genau dafür zu sorgen, und dass ihr Leben von der Gunst des Mannes abhing, der die Ehre hatte, den Inhalt des Nachtgeschirrs des Khans zu begutachten.

WESTERMARK, ÖSTLICH DES SCHWARZFORSTES, FRÜHER NACHMITTAG, 11. TAG DES ERNTEMONDES, 18. JAHR VOR SASMIRAS ZWEITER THRONERHEBUNG

Sie sind da!«, keuchte der Reiter. Sein Gesicht war rot von der Hitze und dem scharfen Ritt. Seine Hosen und die Flanken des Schecken mit Schaumflocken bedeckt. »Keine zehn Meilen mehr.«

»Wen hast du gesehen?«, fragte Zaneta ruhig.

»Wir sind an ihren Spähern vorbei. Wir waren zu dritt …«, stammelte der junge Reiter atemlos. Sein rabenschwarzes Haar hing ihm in nassen Strähnen in die Stirn. »Ihre Späher haben uns bemerkt, aber wir haben sie gesehen. Die ganze Horde. Ein meilenlanger Reiterzug.«

»Was ist aus deinen Gefährten geworden?«, fragte sie.

»Tot …« Der junge Späher schien geradezu durch sie hindurchzublicken. Sein Gesicht war aschfahl, als durchlebte er den Tod seiner Gefährten ein weiteres Mal. »Ihre Späher kamen aus einem Wald. Diese Hundefresser schießen im Sattel so gut wie unsere besten Schützen zu Fuß … Bratis und Iwo sind ihnen entgegengeprescht, um mir Zeit zu erkaufen …«

»Tapfere Männer.« Zaneta löste einen Lederschlauch von ihrem Sattelhorn und reichte ihn dem jungen Späher. »Trink auf die beiden. Sie sind Helden! Und wir werden dafür sorgen, dass sie sich nicht vergebens geopfert haben.« Sie drückte ihm den Schlauch mit dem Apfelschnaps in die Hand. »Schließ dich den Wagen an. Ich finde dich heute Abend. Dann wirst du mir von Bratis und Iwo erzählen, und wir trinken gemeinsam … Nun geh!«

Der Späher wendete sein Pferd. Mit hängenden Schultern ritt er die Wagenkolonne entlang, bis ihm einer der Kutscher einen Platz auf dem Bock anbot.

»Dein Wille wird also geschehen«, bemerkte ihr Oheim Jan von Tanow, der wie stets an ihrer Seite ritt. »Jetzt können wir ihnen nicht mehr entkommen.«

Sie blickte ihn an. Er war ein kleiner Mann mit einem Pagenschnitt und einem runden Gesicht. Erstes Grau mischte sich in sein schwarzes Haar. Er sah nicht besonders aus, war nicht von stattlicher Gestalt und doch der beste Schwertkämpfer der Westermark. Stets trug er einen bestickten weißen Seidenschal. Immer denselben. Er war ausgefranst, und sein strahlendes Weiß von einst könnte ihm keine Wäscherin der Welt mehr zurückgeben. Solange Zaneta ihren Oheim kannte, begleitete ihn dieser Schal. Sie empfand diese Marotte als schrullig. Doch Jan von Tanow pflegte diese Schrulle. Wer ihn nicht kannte, der machte gern den Fehler, diesen kleinen, verschrobenen Mann zu unterschätzen.

»Ich habe gewollt, dass es so kommt. Es ist nicht die Eherne Horde, die *uns* überrascht. Ich habe sie gelockt, und *sie* werden überrascht werden.«

Ihr Oheim schenkte ihr ein schiefes Lächeln und blickte die endlose Kolonne aus Fuhrwerken entlang. Schwerfällige Planwagen, auf den ersten Blick … »Dreihundert Wagen und alles, was von den freien Rittern der Westermark noch übrig ist. Dazu Jäger, bewaffnete Bauern und Holzfäller, ein paar Söldner …«

Er sah über das wellige, von Waldinseln durchsetzte Grasland nach Westen. Das Gras reichte ihm bis zu den Steigbügeln. Die

Sommerhitze hatte es golden gefärbt. Wenn der Nordwind darüberstrich, wogte es wie das Meer. »Und irgendwo dort drüben kommt die Eherne Horde, die unlängst auf dem Krähenfeld das Heer der Reichsfürsten niedergemetzelt hat. Deren Heer war zehnmal so stark wie unseres …«

»Sie waren ein Haufen eingebildeter Stutzer«, unterbrach Zaneta ihn, »die das Schlachtfeld mit den Turnierplätzen des Reiches verwechselt haben. Wir wissen, gegen wen wir kämpfen. Wir haben sie schon immer bekämpft …«

»Und wir haben fast immer gegen sie verloren«, bemerkte ihr Oheim spitz.

»Der Orden vom Schwarzen Adler wird uns unterstützen. Ich habe dem Hochmeister Gamrath von Hatzfeld Boten geschickt und ihm den Schlachtplan verraten.« Ihr Blick wanderte über das weite Grasland. Etwa eine Meile entfernt zog sich ein breites, dunkles Band durch das Gold des Hügellands. Der Schwarzforst, das einzige größere Waldstück in dieser Gegend. Etwa eine halbe Wegstunde südlich erhob sich ein großer, flacher Hügel. »Dort werden wir uns stellen.«

Ihr Oheim nickte. »Fällt auf der Rückseite steil ab. Dort fließt die Geiße. Nicht weit dahinter schließen die Marschen an. Kein schlechter Platz. Aber auf die Ordensritter hoffe ich nicht. Wären sie auf dem Krähenfeld gewesen, hätten sie den Unterschied zwischen Sieg und Niederlage ausgemacht. Warum sollten sie hier erscheinen?«

Manchmal war ihr Oheim blind für die Welt, dachte Zaneta verärgert. »Die Ordensritter haben natürlich nicht an der Seite der Kaisermörder gekämpft.«

»Dass die Reichsfürsten Kaiser Orelian aus dem Fenster seiner Burg gestürzt haben, ist mehr als zwanzig Jahre her. Wenn wir die alten Feindschaften nicht endlich begraben, dann wird jeder für sich untergehen.«

Zaneta bemerkte weit im Westen drei Reiter. Einer stieg auf seinen Sattel und spähte zu ihnen herüber. »Sie sind da.« Ein Schauder überlief sie. Sie war zuversichtlich, dass sie es besser machen würde als die Reichsfürsten in der Schlacht auf dem Krähenfeld. Aber das würde nicht genügen, wenn die Ordensritter nicht kamen.

Zaneta wendete ihr Pferd und ritt zur Wagenkolonne zurück. »Auf den Hügel!«, rief sie aus Leibeskräften. »Bildet eine Wagenburg auf der Hügelkuppe.«

WESTERMARK, SÜDLICH DES SCHWARZFORSTES, STUNDE DES HUHNS, 11. TAG DES ERNTEMONDES, 18. JAHR VOR SASMIRAS ZWEITER THRONERHEBUNG

Xiang Yu erwartete die Schlacht mit Freude. Er hatte die Horde in etwa einer Meile Abstand zu dem Hügel, auf den sich die Karrenritter zurückgezogen hatten, mehrere Lager aufschlagen lassen. Die Wagen würden ihm nicht mehr entrinnen. Deutlich waren die Planen gegen den dunklen Himmel im Osten auszumachen. Das letzte Abendlicht gab dem Leinen die Farbe zarter Kirschblüten.

Manchmal vermisste er den tiefen Frieden der Parkanlagen des Khans. Es war lange her, dass er mit dem Herrscher zur Falkenjagd geritten war, und so, wie die Dinge standen, war er froh, Tausende Meilen vom Wandernden Hof entfernt zu sein.

Irgendwo im Lager erklang das klagende Lied einer Pferdekopfgeige. Xiang gestattete sich einen Augenblick der Ruhe. Er schloss die Augen und genoss die Musik. Er liebte den Schlachtenlärm nicht, auch wenn ihn seine Erfolge in nur zwölf Jahren von einem einfachen Reiterführer zum General der Ehernen Horde gemacht hatten.

»Xiang?« Ang Min, sein Stellvertreter, trat durch den lockeren Kreis der Wachen, die ihn vor Neugierigen aus dem Lager abschirmten. Ang war noch sehr den Attitüden des Hofes verfallen. Unter seiner geschwärzten Brustplatte trug er ein langes mohnrotes Seidengewand, auf das prachtvolle goldene Phönixe gestickt waren. Sein Haar war straff zurückgekämmt und geölt, so dass es glänzte wie schwarzer Lack. Noch ein Winter in der Westermark, dachte Xiang schmunzelnd, und dieser Glanz würde verlorengehen. Er selbst trug längst nur noch groben Stoff und Leder. Das war angenehmer auf einem Feldzug.

»Xiang!« Der zweite General hatte es unangemessen eilig, an seine Seite zu gelangen. Er sollte sich mäßigen. Solche Auftritte sorgten für Gerüchte.

»Was ist? Sind die Ordensritter erschienen?«

»Nein. Sie sind immer noch jenseits der Wolfsmarschen. Sie werden fünf oder sechs Tagesritte brauchen, um die Sümpfe zu umgehen. Es ist Bao Li …« Ang senkte die Stimme zu einem Flüstern. »Er trägt das Jadesiegel des Khans. Er hat es mir gezeigt. Und wahrscheinlich auch schon anderen Anführern. Der Alte ist ungehalten und verlangt, dich zu sprechen. Du solltest ihn empfangen. Vielleicht …«

Xiang ließ seine Reitgerte in seine offene Hand klatschen. Er wusste, was der zweite Leibarzt des Khans wollte. Ihm war klargeworden, dass der Khan einen Boten schicken würde. Allerdings war der Leibarzt nicht der Mann, mit dem er gerechnet hatte. Er hätte eher einen Onkel des Khans erwartet.

»Lass ihn durch«, befahl er. Große Müdigkeit überkam ihn. Er wusste, welchen Fehler er begangen hatte und dass seine Lage aussichtslos war. Außer vielleicht, er entschied sich zu offener Rebellion …

Ang Min sah ihn fragend an. Wie alle in der Ehernen Horde wusste auch er, was Xiang getan hatte. Es war im Siegestaumel nach der Schlacht auf dem Krähenfeld geschehen. Marcia war genauso glücklich gewesen wie alle in der Horde, dass sie das Heer der Reichsritter besiegt hatten. Sie war über das Schlachtfeld geschritten und hatte in die Gesichter der Toten geblickt, die einst ihren Vater aus dem Fenster seiner Burg gestürzt hatten.

Xiang war neben ihr gegangen. Hatte sie die Namen nennen hören. Namen von Männern, die ihre Mutter und Schwestern geschändet hatten. Männern, die ihre Brüder vor ihren Augen mit Keulen totgeprügelt hatten. Männern, die zuletzt auch sie aus dem Turmfenster geworfen hatten. Sie war auf die Toten und Sterbenden ihrer Familie gefallen. Auf manche, die gleich ihr den Fenstersturz überlebt hatten, nur um ein weiteres Mal ihren Peinigern in die Augen zu sehen.

In dieser Nacht der Genugtuung, dass altes Unrecht endlich gesühnt war, war geschehen, was niemals hätte sein dürfen.

»Wie du wünschst«, sagte Ang leise und zog sich zurück.

Xiang straffte sich. Lieber würde er noch einmal an der Spitze der Ehernen Horde gegen die Lanzen der Reichsfürsten anreiten, als auf diesen Leibarzt des Khans zu warten. Marcia hatte ihm bereits von ihrem Gespräch mit Bao berichtet.

Der Leibarzt trat durch die Reihen der Krieger. Er trug eine kleine Kiste aus schwarzem Lack. Abgesehen von ihrem goldenen Verschluss, war sie schmucklos.

Xiang überragte ihn um Haupteslänge. Bao war ein kahler Mann, dem ein dünner weißer Bart vom Kinn hing. Fein wie Seidenfäden waren die Haare. Große schwarze Augen musterten Xiang. Bao hatte keine Angst vor ihm.

»Ehrenwerter Meister Li.« Xiang verbeugte sich. Er war sich nicht ganz sicher, wer von ihnen in der Hierarchie des Wandernden Hofes höher stand. Eigentlich sollte er, der niemals auf dem Schlachtfeld besiegt worden war und ein Heer von Dreißigtausend führte, der Bedeutendere sein. Aber Bao gehörte offensichtlich zu dem sehr kleinen Kreis der engsten Vertrauten des Khans. Eine Ehre, die Xiang eingebüßt hatte.

»Ehrenwerter General Yu.« Bao verbeugte sich ebenfalls.

Xiang entging nicht, dass diese Verbeugung weniger tief war als seine.

»Das Licht des Himmels hat mich gesandt, ehrenwerter General Yu.«

Licht des Himmels war einer von mehr als einem Dutzend Ehrentiteln, die der Khan führte. Xiang hatte für diesen verschwenderischen Umgang mit rühmenden Worten keinen Sinn. Er war der Einzige unter den Befehlshabern des Khans, der Titel ablehnte, obwohl er zugleich der mit den meisten Siegen war. Diese Einstellung war einer der Gründe, warum er den Wandernden Hof hatte verlassen müssen, denn alle anderen Generäle des Khans – Männer mit so klingenden Ehrentiteln wie *Geißel des Nordens* oder *Städtezerstörer* – hatten sich durch ihn brüskiert gefühlt.

»Bitte seht, was ich Euch mitgebracht habe, General Yu.« Der Leibarzt reichte ihm das Kästchen. Es war ungewöhnlich schwer. Wie es die Etikette erforderte, öffnete Xiang es, auch wenn er wusste, was er darin sehen würde: Ein Jadeblock, groß wie ein Mauerstein, füllte das Lackkästchen fast vollständig aus. Ein Phönix und ein schlangenhafter Drache entwuchsen der Oberfläche des rechteckigen Jadeblocks. Sie konnten als Griff genutzt werden. Xiang kannte das Siegel. Er wusste um die Inschrift auf der Unterseite: *Frieden und Ruhe unter den Schwingen weiser Herrschaft.*

»Ihr versteht die Botschaft, die der Khan Euch schickt, General Yu?«

Xiang räusperte sich. Er nahm sich Zeit, die Lage zu überdenken. Bao hatte das Siegel schon einigen seiner Befehlshaber gezeigt. Wer es gesehen hatte und sich dennoch auf Xiangs Seite stellte, beging Verrat am Willen des Khans. Was also war die Botschaft? Dass jeder Widerstand zwecklos war? So schnell würde er sich nicht geschlagen geben!

»Ich fürchte, Ihr werdet mir weiterhelfen müssen, ehrenwerter Meister Li. Ich begreife nicht ganz …«

Der Leibarzt bedachte ihn mit einem frostigen Blick. Offensichtlich war er ein Mann, der es liebte, im Nebel des Unausgesprochenen verborgen zu stehen. »Ihr seid Euch, so hoffe ich, bewusst, auf welch infame Weise Ihr den Khan hintergangen habt. Prinzessin Marcia steht unter seinem Schutz. Er gab sie in Eure Obhut, um sie vor Schaden zu bewahren. Damit sie in Sicherheit ihr Kind austragen kann.«

Xiang schenkte ihm ein schmallippiges Lächeln. »Ich hoffe, Euch ist der Widersinn dieses Wunsches bewusst, Meister Li.«

Er machte eine weit ausholende Bewegung zum Nachtlager der Truppen. »Prinzessin Marcia befindet sich inmitten eines marschierenden Heeres in einem Krieg. Ich glaube, im Reich des Khans gibt es viele Orte, die sicherer sind.«

Der Leibarzt hob verärgert eine Braue. »Darf ich daraus schließen, dass Ihr die Weisheit der Entscheidungen des Khans in Frage stellt, General Yu?«

»Schenken wir uns doch die Spitzfindigkeiten, Li. Man schickt niemanden in einen Krieg, dessen Sicherheit man wünscht!«

»Nehmt es als Hinweis auf das grenzenlose Vertrauen, das der Khan in Euch, seinen liebsten General, gesetzt hat.«

Xiang klappte das Kästchen mit dem Siegel zu und reichte es dem Leibarzt, der es jedoch nicht entgegennahm, sondern ihn weiterhin tadelnd ansah. »Könnt Ihr Euch das Ausmaß der Enttäuschung des Lichts des Himmels vorstellen, als Euer Verrat ruchbar wurde, da der Khan erfuhr, dass Ihr jener Frau beiwohnt, die einzig und allein den Interessen des Herrschers dienen darf und nicht der Befriedigung Eurer Gelüste?«

Xiang war überrascht, dass der Leibarzt doch so deutlich geworden war. »Und was schließe ich daraus, dass Ihr als Bote geschickt wurdet, ehrenwerter Meister Li, und nicht ein anderer General, der mich hinrichten lässt, um dann mein Kommando zu übernehmen?«

»Nehmt es als Zeichen dafür, wie hoch Ihr einmal in der Gunst des Khans standet. Das Licht des Himmels überlässt es Euch, zwischen einem von zwei Wegen zu wählen.« Der Leibarzt senkte den Blick. »Es ist ein großes Glück, dass die Prinzessin bereits mit einer Frucht des Leibes gesegnet ist, so dass Euer brünstiges Verhalten keinen Schaden anrichten konnte. Allerdings glaube ich, dass es jede Stunde zur Niederkunft kommen kann. Da sie reitet, statt zu ruhen, gefährdet sie sich und das Kind. Und ich habe den Befehl, sobald die Prinzessin das Kind gebiert, Eure sofortige Hinrichtung anzuordnen, General Yu. Es sei denn, Ihr seid den anderen Weg gegangen, den der Khan Euch in seiner grenzenlosen Großmut gewährt.«

»Ihr steht mitten unter meinen Männern und droht mir, Bao Li?«

»Ich bin mit dem Siegel des Khans geschickt worden, was belegt, dass meine Worte seine Wünsche tragen. Seid Ihr Euch Eurer Männer ganz sicher, ehrenwerter General Yu? Glaubt Ihr, sie würden ihre Schwerter gegen mich richten? Das wäre, als würden sie die Klingen gegen den Khan selbst führen. Werden sie das tun?«

»Ihr spracht von einem anderen Weg …« Xiang war sich in der Tat nicht sicher. Die einfachen Krieger liebten ihn, weil er wie einer von ihnen war. Aber konnte er sich auf Männer wie Ang Min verlassen, wenn es hart auf hart kam?

»Damit wären wir bei dem Grund, warum der Khan mich als Boten geschickt hat …« Der Leibarzt sah ihn immer noch nicht direkt an. »Wenn der Khan sich für immer sicher sein könnte, dass Ihr keine Kinder mehr zeugen könnt …«

Xiang ließ das Kästchen mit dem Siegel fallen.

»Er … er hat Euch geschickt, um mich zu entmannen?«, keuchte er.

»Wenn Ihr bereit seid, dieses Opfer zu bringen, dann dürft Ihr weiter über die Prinzessin wachen, und alles, was Ihr getan habt, wird Euch vergeben sein. Es muss allerdings schnell geschehen.«

Siebenmal war Xiang in seinen Kämpfen für den Khan ernsthaft verwundet worden. Oft folgte auf eine Verletzung eine gewisse Taubheit. Der Schmerz kam erst später … So empfand er auch jetzt. Er musste ein Mann sein, um diese Horde wilder Barbaren zu führen. Einem Eunuchen würden sie nicht folgen. Sie würden nicht länger auf das Glück eines Anführers vertrauen, der sein Yang aufgegeben hatte. Die Kraft zu siegen!

»Geht!«, fuhr er den Leibarzt an. »Schnell! Aus meinen Augen! Was Ihr verlangt, ist unmöglich!«

Jetzt sah ihm der Leibarzt wieder in die Augen. »Ich bedauere, dass Ihr Euch so entschieden habt, General Yu.« Er hob das Kästchen mit dem Siegel auf und verbeugte sich knapp.

Xiang fühlte sich immer noch wie betäubt. Er durfte an der Seite der Frau bleiben, die er liebte, wenn er für immer darauf verzichtete, seine Liebe vollziehen zu können? Wie konnte der Khan das von ihm verlangen?

Er sah dem Leibarzt nach, der sich, kaum dass er den Kreis der Wachen durchschritten hatte, an Ang Min wandte, um, wie es schien, etwas mit ihm zu besprechen …

WESTERMARK, SÜDLICH DES SCHWARZFORSTES,
STUNDE DES HUNDES, 11. TAG DES ERNTEMONDES,
18. JAHR VOR SASMIRAS ZWEITER THRONERHEBUNG

Marcias Küsse brannten noch auf seinen Lippen.

»Du willst ihn noch einmal treffen?«, fragte sie besorgt.

Er strich über ihre Brüste. Ihr Geruch hatte sich in den letzten Wochen verändert. Er mochte es, ihren Nacken zu küssen, ihr langes goldenes Haar auf seinem Gesicht zu spüren und tief einzuatmen. Sie ganz in sich aufzunehmen. So wie jetzt. Seine Hände lagen unter ihrem Bauch.

Die Glut im kleinen Feuerkreis knisterte leise. Eigentlich war es zu warm, um in der Jurte auch noch ein Feuer zu haben, aber Marcia liebte es, mit ihm Tee aus den kostbaren Schalen zu trinken, die sie zu diesem Anlass stets mitbrachte. Fast sechzehn Jahre hatte sie am Wandernden Hof verbracht. Mehr als doppelt so lang wie am Kaiserhof ihres Vaters. Sie war die letzte Überlebende aus dem Geschlecht derer von Greifenberg, und doch hatte die Kultur des fernen Westens sie tiefer geprägt als die ihres eigenen Volkes.

Xiang genoss den Augenblick der Harmonie. Er spürte den Pulsschlag in ihrem Bauch. Sein Herz schlug im gleichen Rhythmus. Sie waren eins. Osten und Westen in Frieden vereint. Der Traum des Khans. Warum nur konnte im Großen nicht Wirklichkeit werden, was zwischen ihnen so selbstverständlich geworden war?

Wieder strich er über die glatte, warme Haut ihres Bauchs. Erst seit kurzem sah man Marcia an, dass sie ein Kind unter dem Herzen trug. Selbst jetzt wirkte sie noch sehr schlank, wenn er sie von hinten betrachtete. Sie hatte knabenhaft schmale Hüften. »Ich freue mich auf unser Kind«, hauchte er in ihren Nacken.

»Es ist nicht unser Kind«, sagte sie leise. »Nicht dieses. Aber ich verspreche es dir, bald … Ein Jahr, und du wirst deinen ersten Sohn in den Armen halten.«

Seine Hände glitten behutsam über ihren Bauch. Er konnte spüren, wie sich das Kind bewegte. »Fühlst du, wie es tritt?«

»Besser als du«, entgegnete sie lachend und wollte sich umdrehen. Doch er hielt sie fest. Er wollte verweilen, wollte ihren Duft mit sich nehmen. Für immer. Er wusste nicht, was die Welt für ihn künftig noch bereithalten mochte.

»Was ist los mit dir?«

»Nur melancholische Stimmungen am Abend vor einer Schlacht …«, flüsterte er in ihr Haar.

»Was hat Bao Li von dir gewollt?« Sie löste sich mit Kraft aus seiner Umarmung. »Was?« Ihre wunderschönen himmelblauen Augen funkelten vor Zorn. »Ich werde Leng schicken, um ihm die Kehle durchzuschneiden!«

»Nein, Marcia. Das wird nicht helfen. Er trägt das Siegel des Khans und hat es bereits unter meinen Reiterführern herumgezeigt … Sie können das nicht ignorieren. Wenn er getötet wird, dann wird es zu Kämpfen kommen. Nicht alle werden mir folgen, wenn das bedeutet, sich gegen den Khan zu stellen.«

»Und was werden wir tun?«

Es gefiel ihm, wie sie immerzu *wir* sagte. Sie war eine starke Frau. Er hatte sie völlig falsch eingeschätzt, als der Khan sie seiner Obhut unterstellt hatte.

»Was ich immer vor einer Schlacht tue. Ich werde eine Nacht gut schlafen und gründlich darüber nachdenken, wie ich siege. Morgen nehme ich dann den Kampf auf.« Er lächelte breit.

Sie ging nicht darauf ein, sondern blieb ernst. »Du hast also zwei Schlachten zu schlagen. Die eine gegen den zweiten Leibarzt des Khans, die andere gegen die Wagenburg.«

»Die zweite bereitet mir keine großen Sorgen. Sie werden nicht gegen uns bestehen können …«

Marcia nickte. Sie wirkte bedrückt.

»Was ist?«

»Die Wappen«, sagte sie. »Etliche Planen der Wagen sind mit Wappen geschmückt. Viele freie Ritter begleiten den Zug. Männer, die sich geweigert haben, den Reichsfürsten, die meine Familie ermordet haben, die Treue zu schwören. Sie mussten mit ihren Familien aus dem Reich fliehen. Sie haben für ihre Treue alles aufgegeben. Es ist anders als vor der Schlacht auf dem Krähenfeld … Sie sollten nicht sterben.«

Xiang war überrascht, sie so reden zu hören. Zugleich war er dankbar, dass sie nicht mehr über diesen verfluchten Leibarzt sprachen. »Ich werde mit ihnen verhandeln, bevor wir angreifen. Sie sollen Gelegenheit haben, diesen aussichtslosen Kampf zu vermeiden, ohne ihr Gesicht zu verlieren.«

Marcia war sichtlich erleichtert. Sie sammelte ihre Kleider von den Teppichen auf, mit denen die Jurte ausgelegt war. Xiang mochte die Jurten mit den dicken Filzwänden nicht. Vor allem im Sommer war es heiß und stickig hier drinnen. Er zog es vor, unter freiem Himmel zu schlafen, so wie seine Krieger.

»Soll ich nicht doch bleiben?«, fragte Marcia plötzlich.

Nichts wäre ihm lieber! Doch ihm stand anderes bevor.

»Nein«, sagte er entschieden. »Du weißt, wenn die Karrenritter mein Angebot, sich zu ergeben, nicht annehmen, werde ich an der Seite meiner Männer kämpfen. Ich muss ausgeruht und bei Kräften sein …« Er betrachtete den gewölbten Bauch und ihre Brüste, die sich deutlich üppiger als sonst unter dem blassblauen Seidenkleid abzeichneten. »Ich bin ein schwacher Mann. Wenn du hier bist, werde ich den Verlockungen nicht widerstehen und dich die ganze Nacht liebkosen und mich mit dir unseren Träumen hingeben.«

Ihre Augen strahlten wie der Sommerhimmel. »Ich weiß«, entgegnete sie mit einem sinnlichen Lächeln, und es war, als versuchte sie, ihn allein kraft ihres Lächelns zu verführen.

So gern hätte er ihr nachgegeben.

Schließlich bückte sie sich und schlug die beiden kostbaren Trinkschalen aus hauchzartem dunkelblauem Porzellan in ein Seidentuch ein. Sie waren ein Geschenk des Khans. Rotgoldene Greifen waren auf die Schalen gemalt, die Wappentiere des Hauses von Greifenberg.

»Danke«, sagte er leise und bereute es sofort. Seine Stimme hatte zu melancholisch geklungen!

Marcia sah zu ihm auf. »Wofür?«

»Für diesen Augenblick des Friedens. Dafür, dass ich erst durch dich weiß, was das Ziel meines Lebens ist.«

»Du hast also beschlossen, mein Diener zu sein?« Sie bedachte ihn mit ihrem wenig damenhaften breiten Grinsen.

»Jetzt und für immer!«, sagte er ernst. »Ich werde dich beschützen, und wenn die Westermark unterworfen ist, werde ich weiter ins Reich mit dir ziehen und erst ruhen, wenn du wieder auf dem Thron sitzt, der einst deinem Vater gehörte.«

»Der Khan wird das nicht gestatten …«

»Der Khan träumt davon, dass Westen und Osten in immerwährendem Frieden vereint sind«, entgegnete Xiang entschieden. »Könnten wir einen besseren Weg zu diesem Ziel beschreiten, als dich wieder auf den Thron zu heben, der dir dank deines Blutes gehört?«

Sie sah ihn traurig an. »Wer groß träumt, schreitet am Rande des Abgrunds, sagt man in meinem Volk. Du allein genügst mir, General Xiang. Du hast die Leere meines Lebens mit Liebe gefüllt. Ich brauche kein Reich. Ich habe mein Glück schon gefunden. Vergiss das nicht, wenn du deine Schlachten planst.« Sie hob den Filzvorhang am Eingang und verließ die Jurte.

Xiang blickte in die Glut des Feuers. Wie hätte er ihr sagen können, dass in dieser Nacht ihre Zukunft enden würde?

WESTERMARK, SÜDLICH DES SCHWARZFORSTES, STUNDE DES EBERS, 11. TAG DES ERNTEMONDES, 18. JAHR VOR SASMIRAS ZWEITER THRONERHEBUNG

Bao Li war überrascht, den General nackt zu sehen, als er mitten in der Nacht in dessen Jurte trat. Es gab weder Frauen noch Wein in der Jurte. Xiang Yu gab sich keinen Vergnügungen hin, sondern saß im Lotussitz und wirkte tief in Gedanken versunken.

Einige Zeit wartete Bao schweigend ab. Nach einer Weile wagte er es, sich leise zu räuspern.

»Sprechen wir«, sagte der General in ruhigem Tonfall.

Bao schwitzte. Nicht weit von Xiang Yu lehnte ein blank gezogener Säbel an einem der Pfosten der Jurte. »Wie Ihr schon sagtet, seid Ihr ein Freund offener Worte, General Yu. Wenn Ihr kein Rebell sein wollt, dann werde ich Euch nun die Hoden entfernen müssen. Ich werde sie in einem Gefäß mit Alkohol konservieren und dem Khan vorzeigen, wenn ich an den Wandernden Hof zurückkehre.«

»Morgen werden sehr viele Hoden verfügbar sein, wenn wir die Wagenburg erobern …«

»Wollt Ihr mir nahelegen, den Khan zu hintergehen, General Yu?«, fragte Bao beklommen.

»Wisst Ihr, wie ich Schlachten gewinne, ehrenwerter Meister Li?«

»Ich weiß, wie man Leben bewahrt, General, nicht, wie man sie in großem Stil auslöscht.« Bao hielt es für klüger, ein wenig offensiv aufzutreten, vor allem in Anbetracht der tatsächlichen Befehle des Khans.

»Ich denke schon, dass es eine unmittelbare Verbindung zwischen meinen Hoden und der Bewahrung oder Auslöschung vieler Menschenleben gibt.« Der General blieb auf beängstigende Weise gelassen. Im Lotussitz, ganz nackt, mit geschlossenen Augen und seinem überaus eindrucksvollen, bis weit über die Brust reichenden schwarzen Bart, erinnerte er eher an einen entrückten Mönch denn an einen Krieger. Freilich verrieten die Narben an seinem Körper überdeutlich, dass sein Leben der Gewalt und nicht friedlicher Meditation gewidmet war.

»Doch kehren wir zurück zu meiner Frage, Meister Li. Ich siege, weil ich versuche, mich in meine Feinde hineinzuversetzen. Ich bedenke ihre Möglichkeiten und Ziele. Dann wäge ich meine Möglichkeiten und Ziele ab. Heute habe ich zwei Schlachten zu schlagen. Der Kampf gegen die Karrenritter sollte leicht zu gewinnen sein. Ihr seid es, Meister Li, der mir Sorge bereitet.«

Bao räusperte sich. Plötzlich wurde ihm bewusst, wie unglaublich stickig es war. Die Kehle wurde ihm eng. »Ich fürchte, ich vermag Euch nicht zu folgen, General.«

»Ich unterstelle, dass Ihr es auf Eurem Gebiet mindestens ebenso gut versteht, mit der Klinge umzugehen, wie ich auf meinem. Was dies angeht, seid also beruhigt.«

Das war er nicht, dachte Bao. Immer noch hielt Xiang Yu die Augen geschlossen. »Was sollte mich also beunruhigen?« Seine Worte waren eine Winzigkeit zu scharf gesprochen. Er wünschte, er könnte sich ebenso gelassen geben wie der General.

»Ich denke, dass der Khan mich als Bedrohung sieht und Ihr, ehrenwerter Meister Li, das Werkzeug sein sollt, das diese Bedrohung beseitigt. Nach reiflicher Überlegung bin ich zu dem Ergebnis gekommen, dass es unter meinen Anführern nur drei gibt, die vom Siegel des Khans so beeindruckt sein könnten, dass sie sich gegen mich stellen würden. Ich habe dafür gesorgt, dass sie morgen während der Kämpfe Gelegenheit haben werden, den Heldentod zu sterben.«

Bao rang mit der absurden Vorstellung, dass sich eine Schlinge um seinen Hals zuzog. Sein Atem ging keuchend, ein wahrer Sturzbach von Schweiß rann seinen Rücken hinab. »Es muss sehr beruhigend sein, sich seiner Gefolgsleute so sicher zu sein.«

»Ich hingegen befürchte, dies ist der Grund, warum ich sterben soll.«

»Das seht Ihr falsch, ehrenwerter General. Es ist die Prinzessin … Wenn es keinen Grund zu der Sorge mehr gibt, dass Ihr mit ihr Kinder zeugt …«

»Ich gestehe, das habe ich Euch bei unserem ersten Gespräch geglaubt, Meister Li.« Jetzt öffnete der General die Augen. Eine Klinge am Hals zu spüren konnte nicht schrecklicher sein, als diesen Augen ausgeliefert zu sein. Sie waren unerbittlich. Ihnen entging nichts. »Es ist in der Tat sehr warm in der Jurte«, bemerkte der General.

»Ja …« Boa hatte sich immer für einen redegewandten Mann gehalten, doch die Worte erstarben ihm in der Kehle, lange bevor sie ihm über die Lippen kommen konnten.

»Wie es scheint, hat der Khan sein Vertrauen in mich verloren«, fuhr der General fort. »Glaubt Ihr, dies sei ein Leiden, das Ihr heilen könnt, Meister Li?«

Bao setzte die kleine Kiste mit den Instrumenten und Tinkturen, die er unter dem Arm trug, neben der Feuerstelle ab und ließ sich dem General gegenüber nieder. Den Lotussitz nahm er nicht ein, das erlaubten seine müden Gelenke schon lange nicht mehr. »Wart nicht Ihr derjenige, der zuerst das Vertrauen gebrochen hat? Ihr solltet Prinzessin Marcia behüten und nicht auf Euer Lager zerren.«

»Bildet Ihr Euch häufig Eure Meinung aufgrund von Hörensagen, werter Meister Li?«

Bao überging diese Bemerkung. »Berichtigt mich, wenn ich mich irre, doch ich glaube, Ihr seid ein Mann, dem eine Frau angetraut ist. Seid Ihr Euch bewusst, dass Ihr durch diese Ehe die Prinzessin zu Eurer Konkubine macht?«

»Gestattet, dass ich die Basis, auf der Eure Meinung ruht, ein wenig erweitere, Meister Li. Ich war sieben Jahre alt, als meine Eltern entschieden, ein Eheversprechen zu geben, dessen einziges Ziel es war, ein Bündnis zwischen zwei einflussreichen Familien zu stärken, damit sie einander halfen, die Ränkespiele am Wandernden Hof zu überleben. Als ich fünfzehn war, wurde die Ehe vollzogen. Ich zeugte drei Kinder mit meiner Frau. Liebe war dabei nie im Spiel. Heute kann ich sagen, meine Gemahlin fühlt sich nur dann wirklich wohl, wenn ich mindestens tausend Meilen entfernt bin und an der Spitze eines Heeres reite, so dass die begründete Hoffnung besteht, dass ich vor der Zeit gewaltsam aus dem Leben gerissen werde.«

Das klang fast wie seine eigene Geschichte, dachte Bao. »So werden Ehen eben geschlossen«, bemerkte er trocken. »Glaubt Ihr, Euch habe ein besonders hartes Schicksal getroffen, General?«

»Wart Ihr jemals verliebt, Meister Li?«

Bao wedelte mit der Hand. Solche Gedanken musste man wie eine Pferdebremse verscheuchen. »Liebe ist nur ein Strohfeuer. Weise ist es, eine Ehe auf Vernunft zu gründen.«

Der General lächelte milde. »Das wären genau meine Worte gewesen, bevor mir die Liebe begegnete. Sie lässt das Leben auf eine Art golden werden, die man sich nicht vorstellen kann, wenn man sie nicht kennt. Sie ist ein Gewürz, das jeden Augenblick des Seins veredelt.«

Bao war erschüttert. Der bedeutendste General des Khanats redete wie ein verwirrter Jüngling, und er war zutiefst überzeugt von dem Unsinn, den er von sich gab. Ihm die Hoden zu nehmen würde vielleicht die Fesseln lösen, in die seine Wollust seinen Verstand geschlagen hatte. Es wäre von Interesse, das als Arzt zu beobachten. Aber dazu würde es nicht kommen.

»Soweit ich sehe«, sagte der General nun wieder deutlich nüchterner, »kann der Khan nur meinen Tod wollen. Lässt er mich hinrichten, könnte das eine Rebellion auslösen, denn meine Krieger dulden meinen Umgang mit Marcia, und auch ohne Hoden kann ich eine Armee gegen den Khan führen. Insofern bringt, was Ihr hier tun wollt, dem Khan keinen Nutzen. Es sei denn, Ihr verabreicht mir ein schleichendes Gift.« Xiang Yus Blick wurde stählern. »Sterbe ich auf eine Art, die man mit Euch in Verbindung bringt, dann werden meine Männer mich rächen. Was also gedenkt Ihr zu tun, Meister Li?«

»Ich werde tun, was einem treuen Diener des Khans zu tun gebührt. Ich werde die Befehle meines Herrschers ausführen.«

Der General erhob sich und griff nach dem Säbel, der an dem Stützpfosten lehnte.

»Ihr seid ein mutiger Mann, Meister Li.« Mit diesen Worten hob er die Lederscheide des Säbels auf und schob die Waffe hinein.

Bao beobachtete ihn misstrauisch. Er zweifelte nicht daran, dass der General ihn auch mit bloßen Händen töten konnte.

Xiang Yu legte die Waffe weg und blickte auf ihn hinab. Der Leib des Generals war mit Narben bedeckt. Manche waren nur noch feine weiße Linien, andere wulstige rote Wucherungen. Diese alten Wunden zu sehen und sich vorzustellen, wie sie geschlagen und danach behandelt worden waren, lenkte Bao vom Unvermeidlichen ab. Der General war mehrfach in die Hände entsetzlicher Stümper gefallen, so viel war sicher. Erstaunlich, dass er immer noch lebte.

»Wie werdet Ihr vorgehen, Meister Li?«

»Was meint Ihr …« Bao konnte Xiang Yu nicht ganz folgen.

»Wenn Ihr mich entmannt. Wie soll es vonstattengehen? Auf welche Art …« Der General stockte. »Wie werdet Ihr meine Hoden entfernen?«

»Ihr lasst mich meine Arbeit tun?«

»Ich habe die Freiheit zu entscheiden, was ich bin. Ein Rebell gegen den Khan war ich nie. Ich bin es nicht einmal jetzt, da er mir ein grausames Unrecht tut.«

Bao sah ihn verständnislos an. War das eine Falle?

Der General legte sich auf die Matten im Zelt. »Fangt an! Der Khan hat die Macht, mich töten zu lassen, aber ich schenke ihm nicht die Macht, mich zu jemandem zu machen, der ich nicht sein will. Nur eines muss ich wissen: Bleiben mir noch ein paar Stunden?«

»Ihr werdet ganz gewiss nicht daran sterben, dass ich Euch die Hoden entferne«, sagte Bao beruhigend und schämte sich für seine Worte, die keine Lüge waren, jedoch die Wahrheit verbargen. Er öffnete den kleinen Kasten, nahm das Messer mit dem Elfenbeingriff und ein Seidentuch. »Es ist nur ein Schnitt in den Hautbeutel, in dem sie liegen. Ich werde die Stränge durchtrennen, an denen sie hängen. Ihr seid oft schwerer in Eurem Leben verwundet worden, General. Wenn Ihr Euch jetzt eine der Nackenrollen dort vorn unter Eure Hüfte schieben könntet? Das würde mir meine Arbeit erleichtern.«

Xiang Yu befolgte seine Anweisung. »Ich muss noch einen Tag leben«, beharrte er.

»Ich bin Leibarzt und kein Scharfrichter«, log Bao. Er nahm ein kristallenes Fläschchen aus dem Kistchen und träufelte ein wenig Drachenwurzelsud auf die Klinge. Einen Sud, dem er noch eine Kleinigkeit hinzugefügt hatte.

Der General beobachtete ihn misstrauisch. So oft, wie sein Fleisch wieder zusammengenäht worden war, musste ihm eigentlich vertraut sein, dass ein guter Leibarzt seine Werkzeuge reinigte, bevor er sie nutzte.

»Es wird ein erlesener Schmerz sein, wie Ihr ihn noch nicht kennt, General. Ich könnte Euch eine Traumkugel …«

»Ich habe morgen eine Schlacht zu schlagen, Meister Li, sofern ich unsere Gegner nicht überzeugen kann, sich zu ergeben. Ich brauche einen scharfen Verstand, wenn ich Blutvergießen vermeiden will. Es kommt für mich nicht in Frage, meine Sinne zu vernebeln. Ich werde über den Schmerz triumphieren.«

Heroischer Unsinn, dachte Bao. Über Schmerz triumphierte man nicht. Bestenfalls schaffte man es, Schmerzenslaute zu unterdrücken.

Er würde den General vergiften. Und es war ihm zuwider! Dieser Xiang Yu hatte mehr von einem Khan an sich als der Mann, auf dessen Befehl er hier war. Der Khan hatte entschieden, seinem General alles zu nehmen. Am Ende würden es die Männer der Ehernen Horde sein, die ihren Feldherrn töteten.

WESTERMARK, SÜDLICH DES SCHWARZFORSTES, FRÜHER MORGEN, 12. TAG DES ERNTEMONDES, 18. JAHR VOR SASMIRAS ZWEITER THRONERHEBUNG

»Das ist eine Falle!«, beharrte Jan von Tanow. Ihr Oheim hielt ihr Pferd am Zügel zurück.

»Ich komm da schon raus«, entgegnete Zaneta zuversichtlich. »Die beiden sind die einzigen Reiter. Was sollte mir schon geschehen?«

»Sie halten sich außer Reichweite unserer Armbrustschützen! Das allein sagt …«

»Das täte ich auch, wenn ich an ihrer Stelle wäre.« Sie legte die Hand auf die mit Flugrost bedeckte Brustplatte, die sie über dem schweren Kettenhemd trug. »Wir sehen aus, als wären wir Feiglinge, wenn wir darauf nicht eingehen. Der Kerl in der Seidenrobe hält die Standarte des Feldherrn. Und der andere, das könnte Xiang Yu höchstselbst sein.«

Ihr Oheim nickte sichtlich widerstrebend. »Ein Mann in der einfachen Lederrüstung eines Steppenreiters und mit üppigem Bart. Das könnte er sein. Aber es könnte auch irgendein Meuchler sein. Beim Herrn des Himmels, du führst die Karrenritter an. Willst du es dem Gegner so leichtmachen, dich umzubringen?«

»Ich habe auch dein Pferd satteln lassen, Oheim. Ich könnte mir keinen besseren Leibwächter vorstellen.«

»Sehe ich irgendwie verrückt aus?«

Zaneta machte eine vage Geste. Im hellen Sonnenlicht sah man deutlicher die feinen Fältchen, die sein Gesicht durchzogen, und der Nordwind zupfte an seinem schwarzen Haar und dem Seidenschal, der lose um seinen Hals geschlungen war.

»Verdammt! Also schön. Ich lasse dich nicht allein gehen!«

Sie hob den Arm, und aus dem inneren Wagenkreis wurde das gesattelte Schlachtross ihres Oheims herbeigeführt.

»Du warst dir sicher, dass ich mitkommen würde?«

Zaneta entschied, dass es klüger wäre, darauf nicht zu antworten, und lächelte nur.

Seite an Seite ritten sie den Hügel hinab. Die beiden fremden Reiter verharrten indes bewegungslos auf ihren Steppenponys. Als sie auf fünf Schritt heran waren, zügelte Zaneta ihr Pferd. Die beiden Männer, die sie erwarteten, hätten unterschiedlicher nicht sein können. Der Standartenträger war glattrasiert. Er trug ein mohnrotes Seidengewand mit goldenen Stickereien. Sein Sattel und Zaumzeug waren mit Gold beschlagen. Kleine Glöckchen hingen an seinen Zügeln. Sein Haar war streng zurückgekämmt. Kein Stäubchen lag auf seinen Kleidern.

Ganz anders der Mann an seiner Seite. Der trug eine verschrammte lederne Brustplatte. Ein wilder schwarzer Bart reichte ihm bis weit über die Brust. Seine Kleider waren abgetragen. Dunkle Schweißränder waren unter den Achseln zu sehen. Er wirkte, als fühle er sich unwohl im Sattel. Dabei hieß es von den Steppenreitern des Khanats doch immer, sie würden reiten lernen, bevor sie laufen lernten.

»Ich …«, begann sie in der zungenbrechenden Sprache des fernen Westens und zeigte dabei mit der Rechten auf ihre Brust. »Ich Zaneta von der Birkenau. Ich …«

»Wir können uns gern in Eurer Sprache unterhalten. Ang Min und ich sprechen sie ganz gut, Ritterin«, unterbrach sie der Bärtige.

»Und Ihr seid?«

»General Yu«, antwortete der Glattrasierte anstelle des Bärtigen.

Zaneta maß den Befehlshaber mit Blicken. Ihr Pferd war wesentlich größer als seines. Wenn sie beide absteigen würden, sollte sie ihn fast um Haupteslänge überragen. Er musste zu ihr aufschauen. Schweiß stand ihm auf der Stirn. Er wirkte angespannt.

»Was gibt es zu besprechen, General?«

»Ich denke über meine Gegner lange nach …« Er deutete zu der Wagenburg auf der Hügelkuppe. »Ich gehe davon aus, dass Ihr einen zweiten inneren Wagenkreis aufgestellt habt, auf den Eure Männer zurückfallen können, wenn wir den Hügel stürmen.«

Zaneta verbarg ihren Ärger über die geplatzte Überraschung hinter einem Lächeln. »Das wäre wohl möglich, General.«

»Ich bezweifele nicht, dass Ihr tapfer kämpfen werdet. Die Karrenritter haben sich einen Namen gemacht …« Der General deutete auf die verschiedenen Feldlager seiner Armee im weiten Grasland. »Dennoch ist unsere Übermacht so erdrückend, dass es keinen Zweifel am Ausgang dieser Schlacht geben kann. Deshalb biete ich Euch an, Euch zu ergeben. Ich mag es nicht, wenn tapfere Männer und Frauen sinnlos ihr Leben fortwerfen.«

Mit einem solchen Angebot hatte Zaneta nicht gerechnet. Sie stutzte, schüttelte dann aber den Kopf. »Wir sind nicht in die Westermark gekommen, um uns dem Khan zu unterwerfen. Wir leben in Freiheit. Ohne Herren, vor denen wir das Knie beugen!«

»Und wenn die rechtmäßige Kaiserin Marcia aus dem Geschlecht derer von Greifenberg Euch darum bitten würde?«

Zaneta fühlte sich vollends überrumpelt. Sie blickte zu ihrem Oheim, der ärgerlich den Kopf schüttelte. »Ich weiß nicht, was für ein übles Spiel Ihr treibt, General Yu. Das Geschlecht derer von Greifenberg wurde ausgelöscht. Es gibt keine Überlebenden. Die Reichsfürsten waren überaus gründlich!«

»Ihr irrt, werter Ritter. Nach Eurer Gestalt zu urteilen müsst Ihr Jan von Tanow sein. Ihr habt das Reich bereist und einst als bester Schwertkämpfer in dem berühmten Kaiserturnier gesiegt. Ihr kennt gewiss viele Geschichten. Habt Ihr nie von der Magd gehört, die zwischen den Toten und Sterbenden am Fuß des Palastturms ein Mädchen hervorgezogen hat, das noch lebte? Die siebenjährige Prinzessin Marcia …«

Ihr Oheim hob abwehrend die Hände. »Das ist nur eine Mär!«

»Es ist im Interesse der Reichsfürsten, dass man das glaubt«, entgegnete der General ruhig. »Marcias lange Flucht endete am

Wandernden Hof, als sie elf Jahre alt war. Sie ist ein Mündel des Khans.«

»Davon habe ich noch nie gehört! Ihr seid einer Hochstaplerin aufgesessen, General Yu!«

»Folgt uns in mein Lager. Ich biete Euch und Eurem Oheim freies Geleit, Ritterin«, erwiderte der General und wandte sich an ihren Oheim: »Ihr müsst den kaiserlichen Hof noch mit eigenen Augen gesehen haben, als Ihr ein junger Ritter wart, Jan von Tanow.«

»Nein!«, sagte Zaneta entschieden. »Wenn Euch daran gelegen ist, Frieden zu schließen und uns zu überzeugen, was hindert Euch dann daran, die Kaiserin hierher, zwischen unsere Lager, zu führen?«

»Unterstellt Ihr mir, ich würde mein Wort nicht halten?« Die Andeutung eines Unwohlseins war aus den Zügen des Feldherrn verschwunden. Seine dunklen Augen blickten kalt zu ihr empor. »Ich wollte Euch die Hand reichen, Ihr habt sie ausgeschlagen. Nun beginnt das Sterben! In einer Stunde greifen wir an. Sprecht Eure letzten Gebete an den Herrn des Himmels!« Er wendete sein Pferd und ritt mit seinem Begleiter davon.

»Glaubst du seine Geschichte, Oheim?«, fragte Zaneta beklommen. Hatte sie die Männer und Frauen, die ihr folgten, leichtfertig zum Untergang verdammt?

»Nein! Es ist nur eine Mär. Die Wahrheit ist, dass die Reichsfürsten bei ihrem Massaker an der Kaiserfamilie dafür gesorgt haben, dass es keine Überlebenden gab.«

Auch Zaneta wendete ihr schweres Schlachtross. Sie hatte das Gefühl, einen ganzen Berg auf ihren Schultern zu tragen, als sie zur Wagenburg auf dem Hügel hinaufblickte. »Manchmal wünschte ich mir, Mären könnten wahr werden.«

WESTERMARK, SÜDLICH DER WOLFSMARSCHEN,
FRÜHER MORGEN, 12. TAG DES ERNTEMONDES,
18. JAHR VOR SASMIRAS ZWEITER THRONERHEBUNG

»Das ist nicht zu schaffen!« Er hieb wütend mit der Faust auf den Tisch. »Sie hätte weiter nach Osten ausweichen sollen!«

Einige Herzschläge lang herrschte Schweigen in dem großen weißen Zelt. Niemand wagte es, ihm, Gamrath von Hatzfeld, dem Hochmeister des Ordens vom Schwarzen Adler, unmittelbar zu widersprechen.

»Man sollte Harnischweibern, die noch grün hinter den Ohren sind, keine Befehlsgewalt übertragen«, grollte er weiter.

»Sie wurde gewählt, Hochmeister«, bemerkte der junge Ritter, den Zaneta geschickt hatte.

»Jaroslaw von Naklow, richtig?«

Der junge Ritter nickte.

»Dein Vater war ein tapferer Mann … Hab mit ihm gekämpft.« Gamrath schüttelte ärgerlich den Kopf. »Aber dieser Unsinn, Frauen zum Kämpfen auszubilden und ihnen auch noch die Ritterwürde zu verleihen …« Er fuhr mit der Hand über die Karte. »Sie hätte ausweichen sollen.«

»Mit Verlaub, Hochmeister: Das konnte sie nicht. Nicht mit den dreihundert schweren Karren.« Jaroslaw deutete auf die Karte. »Hier im Osten liegen dichte Wälder. Da gibt es keine Straße. Die Eherne Horde ist schneller vorgedrungen, als wir alle erwartet hatten, und … Eure Ritterschaft hat lange gebraucht, um sich zu versammeln.«

»Natürlich ging das nicht über Nacht! Wir haben die besten Männer aus den Ordensfestungen im Umkreis von mehr als siebenhundert Meilen zusammengeführt. Dazu ein großes Aufgebot, das aus dem Reich zu uns gestoßen ist. Es ist die Blüte unserer Ritterschaft, die dort draußen Holz fällt und Flöße baut.

Männer, wie wir keine mehr haben, wenn wir die verdammte Horde nicht an der Geiße besiegen.«

Jaroslaw deutete auf eine Stelle am Fluss. »Diese Karte ist nicht sehr gut. Ich vermute, Zaneta wird die Wagenburg hier errichten. Das ist der am besten geeignete Platz.«

Gamrath betrachtete den Jüngling. Ihm wuchs gerade der erste Flaum, aber er war kräftig. In seinen blauen Augen lag etwas … Er war ein Kämpfer. Einer, der nichts hinnahm. Der den Mut hatte, selbst ihm, dem Hochmeister, Widerworte zu geben. Aus ihm hätte man einen guten Ordenskomtur schmieden können. Diese freie Ritterschaft der Westermark war aus hartem Holz geschnitzt! Sie fügten sich keinen Regeln, kannten keine Disziplin. Abenteurer und Rebellen … Familien, die dem Kaiser auch über dessen Tod hinaus die Treue hielten, geradeso wie der Orden. Beinahe jedenfalls …

Noch immer dachte Gamrath voller Zorn an die Versammlung der Komture vor zweiundzwanzig Jahren. Kaiserritter nannte das Volk die Ordensritter oft. Doch sie hatten nichts getan, um den Mord an Kaiser Orelian und seiner Familie zu sühnen. Der damalige Hochmeister hatte so entschieden, um das Reich nicht in einen Bürgerkrieg zu stürzen. Er, Gamrath, hatte das immer als einen feigen Verrat empfunden. Aber er war damals nur einer der Komture gewesen und hatte gehorchen müssen. Der Orden vom Schwarzen Adler hatte seither Abstand zu den Reichsfürsten gehalten. Doch das war nicht genug. Sie hätten diese dreckigen Mörder an den Zinnen ihrer Burgen aufknüpfen sollen!

An jenem Tag vor ein paar Monden, als er von der Niederlage der Reichsfürsten auf dem Krähenfeld gehört hatte, hatte er einen großen Krug kamarinischen Roten auf den einstigen Kaiser getrunken. Etliche der Mörder des Kaisers hatte auf jenem Schlachtfeld endlich Gerechtigkeit ereilt.

»Dieses Harnischweib, Zaneta … Wie lange wird sie den Hügel halten können?«

Gamrath folgte Jaroslaws Blick in die Runde der Komture. Sie waren allesamt erfahrene Krieger. Jeder von ihnen hatte schon gegen die Horden des Khanats gekämpft. »Das ist schwer zu sagen.«

»Ist es nicht«, mischte sich Mario Canali ein. Der Komtur von Mewen entstammte einer großen Kaufmannsfamilie aus Cilia, die, nachdem der Erzpriester der Insel die Stadt Arbora hatte niederbrennen lassen, ins Reich ausgewandert war. Mario war weniger ein Mann des Schwertes als vielmehr einer der Zahlen. Er hatte seinen Wert für den Orden bewiesen, indem er Nachschubwege aufgebaut, die Überschüsse der bewirtschafteten Ländereien mit gutem Gewinn verkauft und den Seehandel zu einer nie dagewesenen Blüte geführt hatte.

Mario deutete mit seinen schlanken sonnengebräunten Fingern auf die Karte. »Wir stehen hier. Eigentlich keine zehn Meilen von der Wagenburg entfernt, aber die Marschen trennen uns. Unsere schwer gepanzerten Reiter können sie nicht durchqueren. Außer auf den Flößen, an denen wir arbeiten.« Er fuhr in weitem Bogen um die Marschen. »Die Sümpfe erstrecken sich so weit nach Osten, dass wir einen Umweg von fast hundert Meilen in Kauf nähmen, wenn wir auf festem Grund ritten. Wollten wir nicht auf völlig erschöpften Pferden in die Schlacht ziehen, sollten wir für den Umweg drei Tage einplanen. Besser vier. Ganz sicher wird General Yu diesen Weg überwachen lassen. Wir würden ihn also auf keinen Fall überraschen, wenn wir von dort angreifen.« Mario streckte sich. Er war der Kleinste in der Runde der Ritter, aber er strotzte vor Selbstbewusstsein. Er war sich seiner Bedeutung für den Orden – für Gamraths Geschmack – etwas zu bewusst. »Ich würde empfehlen, die Karrenritter aufzugeben. Wir können sie nicht mehr rechtzeitig erreichen. Wenn es zu zwei getrennten Schlachten käme, besäße der Feind beide Male eine deutliche Übermacht. Wir würden ihm nur in die Hände spielen, wenn wir uns nicht zurückzögen.«

»Ich reite!«, verkündete der junge Jaroslaw trotzig. »Ich lasse Zaneta und die Karrenritter nicht im Stich!« Er sah sie alle herausfordernd an. »Zaneta hat auf Euch vertraut. Gegen den Rat ihres Oheims.«

»Wir können ihrer Fehler wegen nicht den Orden riskieren«, erwiderte der Komtur von Mewen knapp.

»Wie lange wird sie die Wagenburg halten können?«, fragte Gamrath den jungen Karrenritter noch einmal.

»Einen Tag vielleicht … Wenn General Yu wirklich dreißigtausend Mann ins Feld führt, greift er mit mehr als zehnfacher Übermacht an.«

Erneut fiel Mario Canali ihm ins Wort. »Sprechen die Zahlen nicht eine überdeutliche Sprache, Bruder Gamrath?«

»Dann gebt mir wenigstens die leichten Reiter des Ordens, Hochmeister«, bat Jaroslaw. »Die Waffenknechte und Sarjantbrüder. Mit ihnen könnte ich bis zur Wagenburg durchbrechen!«

»Um dann mit den Karrenrittern zu sterben?«, entgegnete Mario empört. »Eine großartige ritterliche Geste!«

»Zaneta wird nicht aufgeben. Sie wird bis zum letzten Mann kämpfen!« Jaroslaw sah die Versammelten der Reihe nach an. Wartete offenbar auf eine Antwort. Als niemand etwas sagte, nickte er. »Wisst Ihr, hohe Herren, ich hätte niemals geglaubt, dass es ausgerechnet wir wären, auf die Ihr mit Euren erlesenen Stammbäumen allesamt herabblickt, die der Westermark beweisen, was das Wort Ritterlichkeit bedeutet!«

»Setzt den Mann fest!«, rief Gamrath den Wachen vor dem Zelt zu.

»Das könnt Ihr nicht …«

Mehrere Ritterbrüder traten ein und packten Jaroslaw bei den Armen.

»Bei den schweren Entscheidungen, die es nun zu treffen gilt, können wir niemanden gebrauchen, der im Feldlager Unfrieden verbreitet.«

Der Karrenritter wurde fortgebracht.

»Es wird eine Entscheidung sein, die von den Zahlen diktiert wird«, bemerkte Mario sichtlich zufrieden. »Wir haben gar keine andere Wahl.«

»Bleibt Ihr nur bei Euren Zahlen!«, fuhr Gamrath die versammelten Komture an. »Ich kann in diesem Zelt nicht mehr atmen.«

»Aber wir müssen über den Weg beraten, auf dem wir uns nach Kapau zurückziehen«, wandte einer der anderen Komture ein.

»Ich bin sicher, der Herr der Zahlen weiß auch darauf schon eine Antwort!«, zischte Gamrath und trat hinaus.

Auch außerhalb des Zeltes herrschte trotz der frühen Stunde bereits drückende Hitze. Dunkle Wolken von Stechmücken tanzten über dem Heerlager, das sich über drei Meilen entlang der Marschen hinzog. Bei einem Winterfeldzug wäre der verfluchte Sumpf kein Hindernis gewesen. Spätestens im Eisnebelmond wäre der Sumpf so hart gefroren, dass selbst schwerste Karren das Eis hätten befahren können. Üblicherweise führte die Eherne Horde im Winter Krieg. Der Sommerfeldzug des Generals Yu hatte alle überrascht.

Traurig blickte Gamrath auf die Flöße, die schon bereitlagen. Sie waren mit Wänden aus Schilf versehen. Beim Vorwärtsstaken im Sumpf wären sie so gut wie unsichtbar. Einen einzigen Tag mehr hätten sie gebraucht! Einen Tag nur! Doch nun gab es nicht einmal genug Flöße für die Hälfte seiner schwer gepanzerten Reiter. Von den Waffenknechten ganz zu schweigen ...

Immer noch schleppten Pferdegespanne aus den nahen Wäldern Holz zum Ufer. Ritter, Bauern und Zimmerleute arbeiteten Seite an Seite, als gäbe es keine Standesunterschiede.

War er zu alt geworden?, fragte sich Gamrath. Wann hatte Mathematik die Ideale des Rittertums abgelöst? Als er in den Orden vom Schwarzen Adler eingetreten war, war die Ehre das Maß der Dinge gewesen. Damals hätte er nicht gezögert, mit Jaroslaw selbst in eine von Anfang an verlorene Schlacht zu reiten. Aber wenn er jetzt einen Fehler beging, dann schlug er dem Orden eine Wunde, von der dieser sich nicht mehr erholen würde.

Doch welche Entscheidung wäre am Ende die verhängnisvollere: den Großteil der Ritterschaft in den Untergang zu führen oder sich als Hochmeister des Ordens dagegen zu entscheiden, ritterlich zu handeln?

WESTERMARK, SÜDLICH DES SCHWARZFORSTES,
STUNDE DES DRACHEN, 12. TAG DES ERNTEMONDES,
18. JAHR VOR SASMIRAS ZWEITER THRONERHEBUNG

Sie hatten es sich selbst zuzuschreiben, dachte Xiang wütend. Er hatte ihnen das Leben geboten! Er hatte ihnen die Wiederauferstehung des Kaiserhauses geboten, von dem sie träumten, und sie hatten es vorgezogen zu sterben.

Nun, zunächst einmal würden sie ihm helfen, die drei Befehlshaber aus seinem Heer zu entfernen, denen er nicht traute. Bao Li hatte mit all seinen Unterführern gesprochen, das wusste er inzwischen. Diese drei wären die Ersten, die sich gegen ihn wenden würden.

Er blickte aus dem Augenwinkel zu Ang Min. Wann der sich wohl von seiner höfischen Seidentracht und der albernen Frisur trennen würde? Auch er war dem Khan etwas zu sehr verbunden.

»Und nun, General?«

»Uru, Gabbar und Dschani werden die Ehre haben, den ersten Angriff gegen die Wagenburg zu führen. Bring sie in meine Jurte. Schnell!«

Ang Min trieb sein Pferd an und ritt ihm eilig voraus. Konnte er diesem Höfling trauen? Und war es möglich, dass Bao Li auch einen seiner Leibwächter bestochen hatte? Es brauchte nicht mehr als ein Messer … Warum bloß hatte er den zweiten Leibarzt des Khans letzte Nacht nicht einfach erschlagen? Nur wegen des Siegels? Für diese dumme, sentimentale Treue gegenüber dem Khan würde er bald teuer bezahlen.

Er stieg vor seiner Jurte aus dem Sattel. Ohne auf die Männer, die draußen auf ihn warteten, zu achten, betrat er sein Quartier. Er musste seinen Zorn beherrschen, und es galt, noch etwas zu vollenden.

Er setzte sich im Lotussitz vor den niedrigen Tisch. Die schwarzlackierte Platte war mit Intarsien aus Perlmutt und Rosenquarz geschmückt. Die kostbare Arbeit zeigte einen blühenden Kirschbaum, der die ersten Blüten verlor.

Er griff nach dem Schriftstück, an dem er bis zum ersten Morgengrauen gearbeitet hatte. Ihm war nur zu bewusst, wie wenig Talent er als Dichter besaß. Seine Gabe war es, Kriege zu führen. Sein Leben war voller Gewalt, beherrscht vom Grauen der Schlachtfelder. Wie sollte er da Worte der Liebe finden?

Er überflog die erste Zeile. War sie gelungen? Seine Schriftzeichen wirkten so ungelenk, wie die Worte in seinen Ohren klangen, als er sie leise vorlas:

Lebe wohl, meine Kaiserin …

Er versank in der Erinnerung an ihre erste Nacht und dachte daran, dass es ein Schlachtfeld gewesen war, auf dem ihre Liebe geboren wurde.

»General?« Ang Min stand im Eingang der Jurte. »Uru, Gabbar und Dschani erwarten deine Befehle.«

Xiang brauchte einen Augenblick, um in die Gegenwart zurückzufinden. War da ein Lächeln über Angs Antlitz gehuscht? Belustigte er seinen Stellvertreter? Wartete Ang darauf, die Befehlsgewalt an sich zu reißen?

»Bring die drei herein!« Eine Hitzewallung quälte Xiang. Lag es an dem, was Bao Li ihm angetan hatte? Daran, dass er kein Mann mehr war? Wusste Ang das etwa? Hatte er deshalb gelächelt?

Die drei Befehlshaber traten ein. Uru und Dschani trugen schwere Kettenhemden, die sie auf dem Krähenfeld erbeutet hatten, unter ihren ledernen Brustplatten. Sollten sie wirklich an Verrat denken, ließ sich davon nichts an ihren Gesichtern ablesen.

Gabbar war recht korpulent. Sein stattlicher Bauch wurde durch überlappende Eisenschuppen geschützt. Darunter trug er ein gelbes Gewand mit grüner Stickerei. Sogar seine Stiefel waren gelb. Er wirkte herausgeputzt, als sei er an den Wandernden Hof geladen.

»Sammelt eure Männer, meine treuen Weggefährten«, begrüßte Xiang die drei Krieger. »Euch gebührt die Ehre, die Wagenburg zu stürmen. Euren Truppen werden jeweils tausend Bogenschützen folgen, um eure Feinde zu schwächen. Da Reiter gegen die Wagen nicht helfen werden, erwarte ich, dass ihr zu Fuß angreift. Nehmt schwere Äxte mit, um euch euren Weg zu bahnen.«

»Gibt es etwas, was wir über die Verteidiger wissen sollten?«, fragte Gabbar, dem in der Hitze der Jurte bereits dicke Schweißtropfen auf der Stirn standen.

»Sie werden sich verbissen zur Wehr setzen. Es wird kein leichter Kampf werden.« Xiang sah die drei der Reihe nach an. »Ich mache euch nichts vor. Dieser Kampf wird kein Spaziergang. Zur Belohnung dürft ihr die Wagen plündern. Jeder eurer Männer darf so viele Schätze mitnehmen, wie er zu tragen vermag.«

Alle drei lächelten. Üblicherweise wurde Kriegsbeute gerecht unter allen Truppen der Horde aufgeteilt.

»Ich erwarte, dass ihr die Wagenburg bis zur Mittagsstunde gestürmt habt.«

»So lange werden wir nicht brauchen«, sagte Uru selbstbewusst.

»Macht mich stolz, meine Kriegsherren.« Xiang deutete mit einer Geste an, dass sie entlassen waren, und die drei zogen sich zurück.

Nur Ang Min blieb. »Hättest du ihnen nicht sagen sollen, was sie erwartet, General?«

»Sie kennen die Westermark. Sie sind schon gegen die Karrenritter gezogen. Wenn sie nicht erraten, welche Kriegslist der Feind anwenden wird, verdienen sie es nicht, Anführer der Ehernen Horde zu sein.« Der Widerspruch Ang Mins missfiel ihm. Früher hatte sein Stellvertreter sich nicht so viel herausgenommen. »Du wirst nach Westen reiten und den Kameltross heranführen!«

WESTERMARK, SÜDLICH DES SCHWARZFORSTES,
MORGEN, 12. TAG DES ERNTEMONDES,
18. JAHR VOR SASMIRAS ZWEITER THRONERHEBUNG

Zaneta bückte sich, nahm ein wenig Erde und zerrieb sie zwischen den Händen. Es würde ein langer, heißer Tag werden. Eben erst hatte sie sich davon überzeugt, dass alle Wagen mit ausreichend Wasser versorgt waren.

»Nervös?« Ihr Oheim, Jan von Tanow, wirkte gelassen. Er hatte seine Rüstung angelegt. Er war einer der bestgerüsteten Männer in ihrem kleinen Heerhaufen, mit aus Eisenplatten getriebenen Beinlingen und Armstücken und einer maßgefertigten Brustplatte über dem Kettenhemd. Auf seinem Kopf saß eine Hundsgugel, ein eng anliegender Helm mit einem vor dem Mund spitz zulaufenden Visier, das ein wenig an eine Hundeschnauze erinnerte, wenn es herabgeklappt war. Jetzt aber trug er seinen Helm offen. Sein Gesicht war gerötet von der Hitze unter den vielen Rüstungsschichten.

Zaneta selbst trug eine Beckenhaube, einen Helm ganz ohne Visier. Sie mochte es nicht, wenn ihre Sicht auf zwei kleine Sehschlitze beschränkt war. Sie führte hier den Befehl. Sie musste mitbekommen, was um sie herum geschah.

»Mir wäre es lieber, wenn es endlich anfangen würde«, murrte sie übellaunig. »Fürs Warten bin ich nicht gemacht.« Sie spähte zwischen zwei Wagen hindurch zu den Lagern der Ehernen Horde. Alle Wagen standen Rad an Rad mit hochgeklappten Deichseln. Zwischen die Speichen der Räder waren schwere Eisenketten geschlungen, welche die Wagen miteinander verbanden, so dass keiner aus dem Bollwerk herausgezogen werden konnte.

Auf der zum Inneren der Wagenburg gewandten Seite waren breite Laufstege herabgeklappt, über die jeder einzelne Wagen betreten werden konnte.

Zaneta sah, wie sich vor den Lagern der Horde drei Heerhaufen versammelten. »Sie werden nicht zu Pferd angreifen«, murmelte sie verärgert.

»Xiang Yu ist kein Dummkopf«, sagte ihr Oheim hinter ihr. »Er wird wissen, dass Reiter dieses Bollwerk nicht überwinden können.«

»Sehe ich!« Sie blickte die Wagen entlang. »Spannt die Armbrüste!«, rief sie mit lauter Stimme. »Geschossen wird erst, wenn ich es befehle. Die Reiter im inneren Kreis sollen sich bereithalten.«

»Wann wirst du den Mummenschanz mit den Planen beenden?«

Sie sah ihren Oheim an.

»Zaneta, sie müssen wissen, was das für Wagen sind«, sagte er eindringlich.

Das war ihr auch klar. »Die Planen schützen unsere Männer vor der Sonne. Wir werden sie an den Vorderseiten der Wagen aufrollen.« Sie hatte die Bogenschützen gesehen, die hinter den Truppen aufmarschierten, welche für den Sturmangriff ausgewählt waren. »Geh zu den Reitern. Du führst den Ausfall, wenn ich es befehle.«

»Wir sollten vielleicht …«

»Dieses Mal brauche ich deinen Rat nicht, Oheim.« Ihre Unruhe war verschwunden. Das Warten war zu Ende. Sie winkte Waffenknechten, die sich zwischen den beiden Wagenreihen bereithielten. »Schafft Pavesen in die Wagen. Wir müssen unsere Kämpfer vor einem verfluchten Pfeilhagel schützen. Wer nicht in den Wagen kämpft und nicht zur Ausfalltruppe gehört, kriecht unter die Wagen in der zweiten Reihe.«

»Zaneta …«, begann ihr Oheim erneut.

»Jan von Tanow, du hast deine Befehle! Auf deinen Posten!«

Ihr Oheim fluchte und schloss das Visier seines Helms.

Es tat ihr leid, ihn barsch abzuweisen, aber vor den anderen Männern musste sie Härte zeigen.

Sie betrat die Holzrampe des Kriegswagens vor ihr.

Ein Mann in einem abgewetzten grünen Gambeson grinste sie breit an. Sein blondes Haar war schon schütter, und über seine linke Wange lief eine hässliche rote Narbe. »Hab noch nie erlebt, dass einer so mit dem Turniermeister spricht. Ist nicht der Größte, aber er hat 'ne flinke Klinge. Ich hätt mich das nicht getraut.«

»Ich bin eure Anführerin, weil ich mich Dinge traue, die andere nicht wagen«, entgegnete sie schmunzelnd und trat in den Karren.

Es stank nach Schweiß und Salzheringen. Der Wagen war eng. Keine zwei Schritt breit. Dafür mehr als acht Schritt lang. Mannshohe Holzwände fassten die Pritsche ein. Sie waren unter einer Plane aus gewachstem Tuch verborgen, so dass sie, von außen betrachtet, wie Wagen eines Kaufmannszugs aussahen. Die Holzwand, die den Feinden zugewandt war, wies vier dreieckige Schießscharten auf, jede fast so groß wie eine Hand.

Sechs Mann drängten sich im Inneren. Sechs weitere standen draußen bereit, um für die Schützen Armbrüste zu spannen. Kriegssensen und Dreschflegel lagen auf dem hölzernen Boden. Auch drei Saustecher, bestehend aus einer spitz zugefeilten dreikantigen Eisenstange, die fast einen halben Schritt lang war und auf einem doppelt so langen Holzschaft saß. Im Wagenboden verteilt, gab es knapp ein Dutzend Öffnungen, jede etwa so groß wie ein Silbergroschen. Auf den ersten Blick sahen sie in den dicken Eichenbohlen wie herausgebrochene Astlöcher aus. Sie waren für die Sauspieße. Für den Fall, dass Angreifer versuchten, unter den Wagen hindurchzukriechen.

»Hunger?« Einer der Männer bot ihr in einer flachen Holzschale salzverkrustete Heringe an.

»Bei mir kommt der Hunger immer erst, wenn die Schlacht vorüber ist«, sagte sie mit einem Achselzucken. »Vorher bekomm ich nichts runter. Danach könnte ich einen Bären fressen.«

Der mit der Narbe im Gesicht nickte heftig. »Ist bei mir genauso. Ich könnte …«

Kriegshörner erklangen. Geschrei aus Hunderten von Kehlen.

»Planen hoch!«, rief Zaneta mit Donnerstimme.

Zwei der Krieger im Wagen zerrten an Leinen. Vor der Wagenwand mit den Schießscharten glitt das Tuch hoch.

Zaneta sah drei Horden von Kriegern, die der Wagenburg entgegenstürmten.

»Wollt Ihr?« Der Waffenknecht mit der Narbe reichte ihr eine gespannte Armbrust.

Sie winkte ab. »Ich treff ein Scheunentor nicht, wenn ich davorstehe. Das werdet ihr besser machen.« Sie legte die Hand auf den Griff ihres Schwerts. »Ich halte sie euch vom Leib, wenn sie auf Armeslänge heran sind. Mein Oheim war mein Waffenmeister, und ich wette mit euch, dass keiner aus dieser Horde so fürchterlich ist wie er.«

Sie trat von den Schießscharten zurück, und der Narbengesichtige nahm ihren Platz ein. Er legte einen Bolzen auf, hob die Armbrust an die Schulter und zielte in aller Ruhe, während die Pfeile der Angreifer krachend in das dicke Holz der Wagenwände schlugen.

Zaneta nahm eine der Pavesen, jener mehr als einen Schritt hohen, breiten Schilde, und hob sie über den Kopf, um sich und die Umstehenden zu schützen.

»Schießt!«, befahl sie.

Armbrustsehnen sirrten, und die Schlachtrufe ihrer Feinde verwandelten sich in Todesschreie.

WESTERMARK, SÜDLICH DES SCHWARZFORSTES,
STUNDE DES DRACHEN, 12. TAG DES ERNTEMONDES,
18. JAHR VOR SASMIRAS ZWEITER THRONERHEBUNG

Gabbar rang keuchend um Atem. Seine Krieger überholten ihn beim Angriff den Hügel hinauf. Er fluchte. Kargasen waren ein Reitervolk. Sie preschten ihren Feinden auf dem Pferderücken entgegen. Das hier war eine verdammte Schmach.

Armbrustbolzen schlugen in die vorderste Reihe seiner Männer ein. Gabbar war froh, nicht der Erste zu sein. Er war kein Feigling, aber er wusste das Leben doch zu schätzen …

»Soll ich ziehen?« Tanju streckte ihm eine Hand entgegen. Der junge Kerl war durch und durch ein Krieger! Muskelbepackt, für einen Kargasen ungewöhnlich groß gewachsen, und ein hübsches Gesicht hatte er auch.

»Soll ich dir in den Arsch treten, Lümmel? Ich bin dein Anführer, und ich brauche weder einen Krückstock noch ans Händchen genommen zu werden!« Blanker Schweiß stand Gabbar auf dem Gesicht. Verdammter Hügel! Er stieg über einen hechelnden Mann hinweg und vermied es, ihn genauer anzusehen – die Hände des Sterbenden waren um einen Bolzen geklammert, der bis zur Befiederung in seinem Bauch verschwunden war.

Pfeile sirrten über ihre Köpfe hinweg und hämmerten gegen das Holz der Kampfwagen, denn die verdammten Schusslöcher in den Wänden waren kaum so groß wie eine Männerhand. Nicht einmal jeder hundertste Pfeil würde so ein Ziel finden und Schaden im Wagen anrichten.

Es wäre klug zurückzufallen. Sie sollten sich etwas holen, womit sie die verdammten Wagen in Brand stecken konnten. Da oben gab es keine Beute! Die verdammten Wagen waren voller Armbrustschützen.

Gabbar blickte nach links, wo Dschani mit seinen Männern angriff. Die Kerle hatten fast die Wagen erreicht. Wenn er jetzt den Befehl gab, sich zurückzuziehen, dann würden diese Ziegenficker ihn bis ans Ende seiner Tage als Feigling verspotten!

»Vorwärts!«, stieß er keuchend hervor. »Wir brechen als Erste durch die Holzmauer.«

Tanju blickte verwundert zu ihm zurück. Er hatte sich eine der großen Äxte, die im Lager verteilt worden waren, auf den Rücken geschnallt.

»Glotz nicht wie ein Lämmchen! Gib mir deine Hand und zieh mich hinter dir her. Ein Kriegsherr führt seine Männer aus vorderster Linie.«

Ringsum ertönte das dumpfe Geräusch, mit dem Armbrustbolzen Lederpanzer durchschlugen. Wie schafften es diese verdammten Mistkerle, ihre Waffen so schnell nachzuladen?

Gabbar sah vor seinen Männern einen blau und rot bemalten Kriegswagen aufragen. Daneben stand ein gelber Wagen, auf den ein schwarzer Adler mit ausgebreiteten Schwingen gemalt war. Gelb war immer eine Farbe gewesen, die ihm Glück gebracht hatte.

»Dorthin!«, drängte er Tanju. »Bei dem sonnengelben Wagen brechen wir durch!«

»Warum bei dem?«, wollte der hochgewachsene Krieger wissen.

»Weil das Schicksal es bestimmt hat! Stell keine dummen Fragen. Du schwingst die Axt, und ich denke.« Gabbar zog seinen Säbel. Seine Hand war nass vor Schweiß. »Los, Männer! Der gelbe Wagen! Stürmt den gelben Wagen!«

Noch fünf Schritt.

Gabbar blickte wieder nach links. Dschanis Männer brandeten schon gegen die Wagen. Sie hatten den Feind als Erste angegriffen. Das ließ sich nicht mehr ändern. Aber er war derjenige, der als Erster durchbrechen würde!

»Los jetzt!« Sie hatten das Ziel erreicht. Der gelbe Wagen war fast drei Schritt hoch. Es war, wie vor einer Mauer zu stehen. Und sie hatten keine Leitern. Hunderte Pfeile steckten im Holz. Der Kriegswagen sah aus wie ein riesiges Stacheltier. Gabbar dachte an Igel, die in Lehmkruste in einem Erdloch gebacken wurden. Eine Köstlichkeit, die er schon lange nicht mehr hatte genießen dürfen …

Er führte einen Säbelhieb gegen den Kriegswagen. Die Klinge schlug nur eine dünne Furche in die gelbe Farbe. »Los, Tanju, die Axt! Schlag mit der Axt drein!«

Etwas flog über den Rand des Wagens. Gabbar duckte sich zur Seite. Ein kopfgroßer Feldstein traf einen seiner Männer vor die Brust, und dieser taumelte zurück.

Durch eine der Schießscharten wurde ein Spieß gerammt.

Gabbar lenkte die Spitze der Waffe seitlich ab. »Schützt Tanju mit euren Schilden!«, befahl er. Ein Armbrustbolzen zischte so dicht an seinem Gesicht vorbei, dass er den Luftzug spürte. »Schützt Tanju!«

Auch andere Äxte krachten jetzt auf Wagenwände. Holzspäne wirbelten durch die Luft. »Weiter!«

»Achtung!«

Ein kleiner rußgeschwärzter Kessel, dessen Henkel vom Haken einer Hellebarde hing, wurde vor ihnen über die Holzwand des Wagens gehoben. Der Schaft einer Stangenwaffe von unten gegen den Kessel gestoßen, so dass der kippte. Eine klare, dampfende Flüssigkeit traf Tanju, der in dem Augenblick hinaufsah, als sich der Kessel neigte.

Gabbar warf sich zur Seite. Rauch wogte über ihn. Gellende Schreie hallten ihm in den Ohren. Tanju ließ die Axt fallen. Sein Gesicht war rot wie das Fleisch eines gehäuteten Kaninchens. Die Augen nur noch weiße Kugeln. Er brach in die Knie und schrie.

Etliche seiner Männer flohen den Hügel hinab.

»Bleibt hier! Verdammte Feiglinge! Kommt zurück. Wir brechen als Erste durch. Wir …«

Ein Stein traf Gabbar an der Schulter. Grelle Lichtpunkte tanzten ihm vor den Augen. Er griff in die Speichen des Wagenrads und wollte sich daran hochziehen. Sein Angriff begann zusammenzubrechen. Vor ihm stürzte ein Krieger. Er fiel auf sein Gesicht. Ein blutiger Armbrustbolzen ragte hinten aus seinem Helm.

Ihre eigenen Bogenschützen schossen nun über die Wagen hinweg ins Innere der Wagenburg. Gabbar spähte zwischen den Speichen hindurch. Der Boden des Kriegswagens lag mehr als einen halben Schritt über dem trockenen, niedergetrampelten Gras. Er konnte die Beine einiger Feinde sehen. Direkt hinter dem Wagen wurden Armbrüste gespannt. Daher die hohe Schussfolge, dachte er verärgert.

Gabbar ging auf alle viere. Wie dumm von ihnen, das Hindernis erstürmen zu wollen, wenn man doch einfach darunter hinwegkriechen konnte.

»Folgt mir!«, rief er den Letzten zu, die noch nicht aufgegeben hatten und mit ihren Waffen auf die dicken Holzwände einschlugen. »Wir kriechen hinein!«

Er würde der Erste in der Wagenburg sein, dachte er begeistert. Ganz, wie er es sich erträumt hatte. Und die Männer, welche die Armbrüste spannten, blickten nie unter die Wagen. Er lächelte. Sie hatten eben nicht mit ihm gerechnet. Er schob sich vorwärts.

Sein Schuppenpanzer schrammte leicht über die Bohlen des Wagenbodens. Plötzlich war da ein Druck in seinem Rücken. Er wurde niedergepresst.

Gabbar versuchte, schneller voranzukommen. Etwas kratzte hart über den Schuppenpanzer. Er verdoppelte seine Anstrengungen zu entkommen und jubilierte innerlich über seinen altmodischen Schuppenpanzer, für den er so oft verspottet worden war.

Der Druck ließ nach. Gabbar rollte sich zur Seite. Und jetzt sah er, was ihn da gequält hatte. Ein scharf geschliffener Dreikant stach ins Leere, wo er eben noch gewesen war. Der verdammte Eisendorn hätte ihn in seinen Hintern getroffen, wenn er nicht zur Seite ausgewichen wäre.

Empörte Rufe erklangen über ihm.

Er spannte sich an. Er sollte schnell unter dem Wagen hervorkommen. Dann würde sein Säbel unter den Bauernkriegern blutige Ernte halten.

Er kroch weiter voran und ließ den Dreikant nicht aus dem Blick, der wieder im Wagenboden verschwand.

Geschafft!, dachte er unendlich erleichtert.

Er wandte den Kopf. Sah den gewaltigen Kriegshammer, der genau auf sein Gesicht zielte, als er unter dem Wagen hervorkam.

Dann sah er nichts mehr …

WESTERMARK, SÜDLICH DES SCHWARZFORSTES, MORGEN, 12. TAG DES ERNTEMONDES, 18. JAHR VOR SASMIRAS ZWEITER THRONERHEBUNG

Zaneta lehnte den Sauspieß an die Wand des Wagens.

»Sie hauen ab«, jubelte der Narbengesichtige. »Wir haben gesiegt!«

Sie wusste es besser. Dieser Angriff war nur ein erstes Vorfühlen gewesen. Aber das würde sie ihren Männern nicht sagen.

»Gut gemacht!«, rief sie im Brustton tiefster Überzeugung und blickte auf den Toten in der Ecke des Wagens. Ihn hatte ein Pfeil durch eine Schießscharte getroffen. Was für ein verdammtes Pech!

Jetzt musste sie hinaus. Dringend! »Bleibt wachsam!«, ermahnte sie die Männer und stürmte die kurze Rampe auf der Rückseite des Wagens hinab.

Daneben lag ein toter Krieger, der in gelbe Seide gehüllt und mit einem altmodischen Schuppenpanzer gerüstet war. Sein Gesicht war unkenntlich, nur noch eine blutige Masse. Zaneta wandte den Blick ab.

»Sind die Ausfallwagen schon zur Seite geschoben?«, rief sie einem Unterführer zu. Der Mann lehnte mit einem Pfeil im Oberarm an einem Wagen.

»Ich glaube nicht.« Das Gesicht des jungen Kriegers war aschfahl. Der dick gepolsterte Arm seines Gambesons war mit Blut vollgesogen.

Überall in dem breiten Grasstreifen zwischen den beiden Wagenringen steckten Pfeile. Es mussten Tausende sein. Hier hatte der Tod reichere Ernte gehalten. Die Männer und die wenigen Frauen im Gefolge, die Armbrüste gespannt hatten, waren nicht durch dicke Eichenbohlen geschützt gewesen.

Zaneta bahnte sich ihren Weg zwischen Verwundeten und Kriegern, die einfach nur glücklich waren, noch zu leben. Fast alle hielten Wasserschläuche in den Händen. Während des Gefechts war keine Zeit geblieben zu trinken.

Erst jetzt wurde sie sich bewusst, wie durstig auch sie war. Aber zuerst musste sie ihren Oheim finden. Der Angriff auf die Flüchtenden durfte nicht stattfinden!

Endlich erreichte sie eine Lücke im inneren Kreis der Wagenburg. Genau genommen war es nur ein Halbkreis … Ein tödlicher Fehler, wie sich nun zeigte. Der Steilhang zur Geiße hin war ihr unüberwindlich erschienen. Tatsächlich war auch kein Gegner von dieser Seite her ins Lager gekommen, aber der seichte Fluss dort unten wimmelte nur so von Steppenreitern mit diesen vermaledeiten Kurzbögen, und hier oben auf dem Hügel lagen überall sterbende und tote Zugochsen und Pferde. Der größte Teil ihrer Leute hatte sich unter und in die Wagen geflüchtet. Doch nicht alle hatten es geschafft.

»Jan!«, rief sie aus Leibeskräften. »Jan von Tanow!«

Ein Pfeil schlug dicht neben ihr in einen Wagen. Sie schritt an toten Pferden vorbei und bückte sich nach einem Schild, auf dem ein rotes Schwert auf weißem Grund prangte.

Mehrere Pfeile schlugen um sie herum ein. »Treibt die überlebenden Tiere in den Zwischenraum zwischen beiden Wagenburgen!«, befahl sie wütend. »Kriecht aus euren Löchern, ihr …« Die Spitze eines Pfeils kratzte kreischend über ihre Brustplatte.

In kostbarer Plattenrüstung trat ihr Oheim aus einem der Wagen. Mit großen Schritten stieg er über die toten Tiere hinweg.

Zaneta hob den Schild, um ihren Kopf zu schützen.

»Ich hab dir zwei Boten geschickt!«, hallte es blechern aus der Hundsgugel ihres Oheims. »Sie konnten dich nicht finden. Komm in Deckung!«

Ihre Wut war plötzlich verraucht, und sie war froh, ihre Männer nicht Feiglinge genannt zu haben. »Wir müssen die überlebenden Pferde in Sicherheit bringen. Ohne Zugtiere kommen wir hier nie mehr weg!«

Ihr Oheim hatte sie inzwischen erreicht. »Hast du wirklich geglaubt, wir würden von hier noch einmal fortkommen?«

»Ich dachte …« Sie senkte den Kopf. »Wir haben uns gut geschlagen und …« Ein Pfeil traf sie ins linke Auge und riss sie zu Boden.

WESTERMARK, SÜDLICH DES SCHWARZFORSTES, MORGEN, 12. TAG DES ERNTEMONDES, 18. JAHR VOR SASMIRAS ZWEITER THRONERHEBUNG

Da waren Stimmen wie aus weiter Ferne. Und ein Schmerz, wie sie ihn noch nie gespürt hatte. Alles war dunkel.

»Wir brauchen eine Zange! Und sauberes Tuch!«

War das die Stimme ihres Oheims? Sie klang fremd. Rau vor kaum beherrschter Sorge.

Zaneta wollte die Augen öffnen, aber es fühlte sich an, als sei die linke Augenhöhle mit flüssigem Blei ausgegossen.

»Sie hört nicht auf zu bluten«, sagte eine Stimme, die sie nicht zuordnen konnte.

»Ist sie bei Sinnen?«, fragte ihr Oheim bestürzt.

»Ich hoffe nicht«, entgegnete die fremde Stimme.

»Ihr rechtes Auge. Ist es noch zu retten? Sie … Sie weint blutige Tränen. Sie …«

»Der Pfeil hat ihren Schädel an der Schläfe durchschlagen. Ihr verdammter Helm war sein Geld nicht wert. Der … Ah. Da ist ja endlich die Zange!«

Ein trockenes Knacken erklang.

Keiner sprach mehr.

Ihr Helm drückte plötzlich gegen ihre rechte Wange. Dann wurde er vorsichtig von ihrem Kopf gelöst.

»Das sieht nicht gut aus …«

Irgendwo erklang lautes Würgen.

»Raus aus dem Wagen, verdammt!«, fluchte ihr Oheim.

»Was …«, murmelte Zaneta. Das Sprechen fiel ihr schwer. Es fühlte sich an, als sei ihre Zunge vollkommen schlaff.

Jemand ergriff ihre Hand. »Ein Pfeil hat dich getroffen. Aber wir bringen das in Ordnung. Du musst jetzt tapfer sein. Es wird wehtun ...«

»Meine ... Augen.«

»Dein linkes Auge ...« Ihr Oheim stockte. »Es ...«

»Hilf mir!«, befahl die fremde Stimme. »Zaneta. Ich schiebe dir jetzt etwas in den Mund. Du wirst darauf beißen, hörst du? Fest zubeißen. Und beweg dich nicht. Du musst ganz stillhalten.«

Ihr wurde der Mund aufgezwängt. Etwas, das nach Leder schmeckte, wurde ihr zwischen die Zähne geschoben.

»Macht das Eisen fertig!«, rief die fremde Stimme.

»Du musst ihre Blutung stillen«, flüsterte ihr Oheim.

»Erst die Pfeilspitze!«

Etwas ruckte in ihrer Augenhöhle. Es fühlte sich an, als nistete dort ein Igel, der seine Stacheln sträubte, um sich dann langsam zu drehen. Zaneta keuchte auf. Sie spürte, wie ihr heiße Tränen über die Wangen liefen. Oder war es Blut?

»Durchhalten!« Ihr Oheim drückte fest ihre Hand.

Wieder ein Rucken. Zaneta bäumte sich auf.

»Halt sie still!« Der Fremde fluchte. »Sie darf sich nicht bewegen!«

»Was machst du denn da?«, fuhr ihr Oheim ihn an. »Warum dauert das so lange?«

»Die Pfeilspitze sitzt irgendwo hinter ihrer Nase. Sie hat Widerhaken. Ich kann sie nur langsam bewegen. Ich werde sie nicht durch das Loch im Schläfenknochen ziehen können. Ich bewege sie ein Stück zurück. Dann hole ich sie durch das Auge heraus.«

Wieder ruckte es.

Zaneta wand sich. Sie war in Schweiß gebadet. Ihr Oheim hielt sie fest. Noch andere schienen da zu sein, die sie niederdrückten. Unablässig strömte warmes Blut aus der Wunde. Es rann ihr die Wange hinab, über den Hals und sickerte in den dick gepolsterten Gambeson unter ihrer Rüstung.

»Gleich ist es geschafft«, murmelte ihr Oheim.

Sie versuchte, an etwas anderes zu denken, um den Schmerz zurückzudrängen. Und die Angst. Was würde General Xiang Yu als Nächstes tun? Das hier war nur ein Vorgeplänkel gewesen. Wie konnte sie dem nächsten Angriff begegnen? Sie hatte keine Reiter mehr, die den fliehenden Truppen in die Flanke fallen konnten.

Sie versuchte, etwas zu sagen, doch mit dem zähen Stück Leder im Mund war es unmöglich.

Etwas glitt aus ihrem Auge. Sie spürte, wie das linke Lid von innen zerschnitten wurde, als sie die Pfeilspitze herauszogen. Keuchend sackte sie in sich zusammen. Es war geschafft!

»Das Eisen!«, befahl die fremde Stimme.

Zaneta spürte etwas Heißes vor ihrem Gesicht. Dann fuhr es zischend in das zerschundene Fleisch ihrer Augenhöhle, und der Schmerz blendete alle ihre Sinne.

WESTERMARK, SÜDLICH DES SCHWARZFORSTES, STUNDE DER SCHLANGE, 12. TAG DES ERNTEMONDES, 18. JAHR VOR SASMIRAS ZWEITER THRONERHEBUNG

Marcia betrachtete Xiang, der mit versteinerter Miene zu dem Hügel mit der Wagenburg hochblickte. Sie stand kaum einen Schritt von ihm entfernt. Zu gern hätte sie ihn bei der Hand genommen oder auch nur flüchtig berührt. Doch sie wusste, dass er das schon unter normalen Bedingungen nicht mochte. Wenn seine Horde zusah, war er ihr gegenüber immer schon zurückhaltend gewesen. Aber heute war er noch anders. In sich zurückgezogen, fast schon abweisend. So hatte sie ihn seit der Schlacht auf dem Krähenfeld nicht mehr erlebt.

Der Hang des Hügels war mit Toten bedeckt. Verwundete krochen zu ihnen herab. Niemand eilte ihnen zu Hilfe. Die Armbrustschützen in den Kriegswagen lagen immer noch auf der Lauer. Wann immer jemand es wagte, den Verletzten helfen zu wollen, schossen sie.

Etliche Steppenreiter kreisten um die Festung der Karrenritter. Sie schossen mit ihren kurzen Reflexbögen. Doch unter den gut verschanzten Feinden richteten sie kaum Schaden an.

In den Lagern, die die Wagenburg umringten, waren Tausende von Kriegern angetreten. Sie standen in großen Gruppen beieinander. Etliche trugen Rüstungsteile, die sie auf dem Krähenfeld erbeutet hatten: Helme und Brustplatten, kostbare Schwerter und goldbeschlagene Waffengurte. Ein einziger Wink Xiangs, und sie würden wie eine Sturmflut über die Wagenburg hinwegspülen. Doch das würde viele Leben kosten.

Der General war auch deshalb so beliebt, weil er keine Leben unnütz opferte.

Marcia blickte wieder zu dem Hügel. All diese Toten … Das sah Xiang gar nicht ähnlich.

Ihr Leibwächter Leng hatte ihr verraten, dass Bao Li, der zweite Leibarzt des Khans, noch spät in der Nacht in Xiangs Jurte geschlüpft und lange geblieben war. Was ging da vor sich?

»Heute wird es keine weiteren Angriffe geben«, verkündete Xiang mit lauter Stimme seinen Hauptleuten. »Gedenken wir der Anführer Gabbar, Uru und Dschani. Sie haben mit ihren Männern tapfer gekämpft. Sie haben mich gelehrt, dass ich diesen Weg kein zweites Mal gehen darf. Ihr Tod war nicht vergebens. Morgen werden wir unsere Feinde zermalmen, so wie der stolze Hengst unter seinem Huf einen Skorpion zermalmt, ohne ihn auch nur zu bemerken.«

Marcia sah den anderen Anführern an, dass sie Fragen hatten, doch keiner wagte es, den General anzusprechen.

»Marcia!« Er gab ihr ein Zeichen, ihm zu folgen, und ging zu seiner Jurte, ohne sich noch einmal nach ihr umzusehen.

Das war ungewöhnlich. So hatte er sich in den vergangenen Wochen nicht verhalten. Als sie sein Quartier erreichte, fiel ihr auf, dass sie keine einzige der Wachen kannte. Dabei war sie seit drei Monden fast täglich in der Jurte ein und aus gegangen.

Die Männer ihrerseits aber kannten sie. Ohne Fragen wurde sie eingelassen.

Xiang war allein. Er wirkte bleich. Schweiß stand ihm auf dem Gesicht. Er hatte die Lippen zusammengepresst, als kämpfe er gegen Schmerzen. Als er zu ihr aufblickte, wirkte sein Lächeln gequält.

»Was ist mit dir?«

»Mir geht es gut«, antwortete er zu hastig.

Sie trat dicht an ihn heran und berührte ihn sanft an der Schläfe. »Was ist los? Liegt es an Bao Li?«

Er lächelte. »Du wärst eine gute Kaiserin geworden. Du liest in den Menschen … Es ist nicht leicht, dir etwas vorzumachen.«

»Leng würde den Leibarzt töten, wenn ich ihn darum bitte.«

Xiang hob abwehrend die Hände. »Das darfst du nicht. Er steht unter dem Schutz des Khans. Wenn wir das tun, wenden wir uns gegen den Herrscher. Ich bin kein Rebell …« Er schnitt eine Grimasse, als habe er von zu saurem Wein gekostet.

»Ich finde, gegen einen ungerechten Herrscher darf man aufbegehren.«

Er nahm einen Krug und schenkte sich einen Becher Schnaps ein. Sie hatte ihn am Mittag noch nie trinken sehen.

»Glaubst du, dein Vater war ein ungerechter Herrscher? Haben seine Fürsten deshalb rebelliert?«

»Ich war ein Kind …«, entgegnete sie unschlüssig. Ihr Vater, Kaiser Orelian, war zu ihr immer freundlich gewesen. »Manche sagen, er hätte an der natürlichen Ordnung gerührt. Er wollte eine neue Steuer erheben und alle Gelder daraus dem Orden vom Schwarzen Adler zukommen lassen. Da der Orden dem Kaiser treu ergeben ist, hatten die Reichsfürsten Angst, dass mein Vater sie nicht mehr um Rat fragen, sondern künftig das Reich allein regieren würde.«

»Sie waren Verräter«, sagte Xiang erbost. »Im Khanat betrachten wir es als natürliche Ordnung der Dinge, dass der Khan allein entscheidet. Er umgibt sich mit Beratern. Sie sind keine Fürsten in seinem Reich, sondern Gelehrte, die ihm helfen, stets die weiseste Entscheidung zu treffen. Weil ich an die Weisheit hinter dem Thron glaube, kann ich kein Rebell sein.«

Marcia ballte die Hände zu Fäusten, so dass sich die Fingernägel in ihre Handflächen gruben. »Also wirst du mich an den Wandernden Hof zurückschicken?«

»Nein!«, entgegnete er entschieden. »Das kann ich nicht. Ich werde alles tun, um das zu verhindern, jedes Opfer bringen …«

Etwas an dem Ton, in dem er die letzten Worte gesprochen hatte, ließ sie erschauern. »Was hast du getan?«

»Ich habe dafür gesorgt, dass wir zusammenbleiben …« Sein Blick huschte zu dem niedrigen Tisch. Dort lag ein Blatt, auf das mit einem Pinsel kunstvolle Schriftzeichen gemalt waren.

»Hast du das geschrieben?« Marcia hatte ihn noch nie schreiben sehen.

»Nur eine Übung.«

Sie wollte hinübergehen und es sich ansehen, doch er vertrat ihr den Weg, zog sie an sich und küsste sie voller Leidenschaft. »Lass mir noch etwas Zeit damit. Es ist ein Gedicht … für dich. Ich fürchte, ich bin nicht sehr gut darin. Du sollst es erst sehen, wenn ich fertig bin.«

Was hatte ihn dazu gebracht, ein Liebesgedicht zu verfassen? Das war ganz und gar nicht seine Art. Sie blickte über seine Schulter zu dem niedrigen Tisch.

»Bitte.« Er sagte es auf eine Weise, die keinen Widerspruch duldete. Noch hielten sie sich in den Armen, aber sie konnte spüren, wie er sich anspannte.

Marcia ließ ihn los und trat einen Schritt von ihm zurück. »Du bist mein Leben, Xiang. Als ich an den Wandernden Hof kam, war ich nur noch eine Geisel im Spiel der Mächtigen. Man achtete auf mich, um mich eines Tages zu benutzen. Wie eine Zuchtstute hat man mich von einem niederen Adligen aus meinem Volk schwängern lassen, damit die Blutlinie der Kaiserfamilie nicht erlischt. Blond und blauäugig musste er sein …« Sie stockte. Legte die Hände auf ihren Bauch. »Und ich weiß, wenn ich einen Jungen zur Welt bringe, wird man ihn töten. Es sind Mütter, mit denen man eine Blutlinie begründet, die über jeden Zweifel erhaben ist.«

»Das ist unser Kind. Niemand wird es töten.«

Es war die Gelassenheit, mit der er das sagte, die sie an ihm liebte. Er war nicht aufbrausend oder in irgendeiner Form theatralisch. Das ließ seine Worte umso schwerer wiegen. Bei ihm war sie sicher. Immer!

Er küsste sie auf die Stirn. »Ich freue mich auf unser Kind. Nun zieh dich zurück. Ich muss mit meinen Anführern reden. Morgen werden wir die Karrenritter vernichten. Keiner wird lebend diesen Hügel verlassen.«

Sie wollte etwas sagen, doch sein Blick brachte sie zum Schweigen.

»Ich bin zu ihnen geritten, Marcia. Du hast es gesehen. Es war ihre Wahl, sich gegen das Leben zu entscheiden.«

»Aber du könntest sie noch einmal fragen. Sie haben sicher verstanden ...«

»Nein!«

Noch nie hatte er sie so angefahren.

»Heute sind mehr als vierhundert meiner Krieger gestorben. Noch einmal zu verhandeln hieße, die Toten zu verhöhnen. Diese Karrenritter haben den Tod gewählt. Wahrscheinlich hoffen sie auf die Ordensritter. Doch die werden nicht mehr rechtzeitig kommen. Meine Späher hätten es mir sonst längst gemeldet. Morgen werden alle dort oben in der Wagenburg sterben.«

»Aber auch du wirst sehr viele Krieger verlieren«, versuchte sie es noch einmal. Sie mochte die Männer, die zu Ausgestoßenen geworden waren, weil sie dem Kaiser, ihrem Vater, die Treue gehalten hatten, nicht einfach aufgeben.

»Das werde ich nicht.«

Da war sie wieder, seine unerschütterliche Selbstsicherheit, und dieses Mal machte sie ihr Angst.

»Morgen werden wir eine ganz andere Schlacht schlagen. Und nun geh, Marcia!«

Schweiß glänzte auf seinem Antlitz. Ob er krank war? Und da

war noch etwas. In seinen Augen. Ein Blick, als würde er gehetzt. Das war ihr noch nie an ihm aufgefallen.

Ein Reiterführer wartete vor der Jurte. Ein junger Mann mit dünnem Bart und einer geschwärzten Brustplatte, auf die ein roter Phönix gemalt war. Er schenkte ihr ein flüchtiges Lächeln und trat ein.

»Wo steckt Ang Min?«, fuhr der General ihn so laut an, dass sie stehen blieb und lauschte.

»Er kann gerade erst die Lastenkarawane erreicht haben«, entgegnete der Hauptmann ruhig.

»Nimmst du ihn in Schutz? Ich sage dir, wenn er ein Verräter ist, lasse ich ihn an einen Baum nageln, und du wirst vom Baum neben ihm hängen.«

Leng, ihr Leibwächter, trat neben sie. »Du solltest hier nicht verweilen, Herrin. Der General ist launisch heute. Morgen wird es bestimmt besser sein.«

WESTERMARK, SÜDLICH DES SCHWARZFORSTES, ABEND, 12. TAG DES ERNTEMONDES, 18. JAHR VOR SASMIRAS ZWEITER THRONERHEBUNG

Zaneta?«

Die Stimme drang nur langsam durch den Schmerz. Sie lag. Das Letzte, woran sie sich erinnerte, war, wie der Schmerz sie ins Dunkel gerissen hatte. Zaneta wollte die Augen aufschlagen, doch das Dunkel wich nicht.

Sie hob die Hände. Tastete über ihr Gesicht.

»Du sollst den Verband nicht abnehmen!«, ermahnte sie eine gestrenge Stimme. Das war unverwechselbar ihr Oheim.

Sie ignorierte ihn. Berührte die linke Schläfe und keuchte auf vor Schmerz. Der Verband war nass von Blut.

»Ich hab dir doch gesagt …« Starke Hände griffen nach ihr. Hielten sie davon ab, den lästigen Verband zu lösen.

»Was ist mit mir passiert, Oheim?«

Sein Schweigen war so beredt, dass sie sich sein Gesicht deutlich vorstellen konnte, auch ohne den Verband über ihren Augen zu lüften. Sie spürte seine Beklommenheit.

»Dich hat ein Pfeil getroffen. Sehr unglücklich.« Er seufzte. »Du …« Seine Stimme erstarb.

Wieder tastete sie über den Verband. Der Schmerz überraschte sie jetzt nicht mehr. Sie zupfte an dem groben Stoff, der durch das Blut mit der Wunde verklebt war. »Sag es!«, forderte sie mit rauer Stimme.

»Du hast dein linkes Auge verloren. Und das rechte … war so voller Blut, dass … Du sollst den Verband nicht abnehmen. Das rechte Auge soll sich erholen.«

Zaneta schluckte. Die Hitze der Sommernacht war vergessen. Sie erinnerte sich wieder an Bruchstücke der Ereignisse. Die Kämpfe. Das Krachen des brechenden Pfeils. Mit einem Auge konnte sie im Schwertkampf nicht mehr bestehen. Ihr Oheim hatte mit ihr Übungsrunden gefochten, vor Jahren … Dabei hatte er eines ihrer Augen mit einem Stoffstreifen abgedeckt, um ihr deutlich zu machen, wie wichtig es war, klar zu sehen. Sie hatte den Abstand der Schwerter nicht mehr richtig einschätzen können, hatte nicht mehr sauber pariert … Ein einäugiger Schwertkämpfer war nichts mehr wert. Vielleicht würde er es noch mit einem Bauern aufnehmen können, keinesfalls aber mit einem Ritter, der sein Leben lang im Umgang mit der Klinge geschult war.

Zaneta setzte sich auf. »Wie ist die Schlacht verlaufen?«

»Sie haben den ganzen Tag über keinen weiteren Angriff unternommen. Fast scheint es, als würden diese verdammten Hundefresser auf etwas warten.«

»So wie wir«, sagte Zaneta, ohne wirklich Hoffnung zu haben, dass die Ritter des Ordens vom Schwarzen Adler noch auf dem Schlachtfeld erscheinen würden. Sie hätten längst eingreifen sollen. Vielleicht hatte die Eherne Horde sie auch abgefangen und bereits besiegt, geradeso wie das Heer der Reichsritter auf dem

Krähenfeld. General Xiang Yu hatte angeblich noch nie eine Feldschlacht verloren. Zaneta lächelte bitter. Es war wohl nicht ihr bester Einfall gewesen, sich ausgerechnet ihm in den Weg zu stellen.

»Hilf mir auf!«, befahl sie ihrem Oheim.

»Du sollst ruhen, verdammt!«

»Ich werde nicht die letzte Nacht meines Lebens verschlafen. Ich habe lange genug geruht. Es wird Zeit, dass ich nach meinen Männern sehe.« Sie schob die Binde über ihren Augen hoch. Der Stoff klebte an den Wunden. Schmerz stach ihr in die Schläfe. Die Kruste über dem zerstörten Auge riss. Sie spürte Blut über ihre Wange rinnen. Und sie sah nichts!

Ungläubig tastete sie über ihre Augen. Links fühlte sie Wundschorf und zerschundenes Fleisch. Rechts war es besser, allerdings völlig verklebt. Sie rieb das Auge, wieder und wieder. Dann endlich öffnete es sich. Es fühlte sich an, als würde es aufreißen.

Sie sah ihren Oheim undeutlich. Er war nur ein Schatten vor dem Lagerfeuer. Aber immerhin sah sie noch etwas.

»Du solltest das nicht tun«, schalt ihr Oheim sie, ohne sie jedoch aufzuhalten.

Langsam gewann der Schattenriss an Konturen. Ihr Oheim trug eine lederne Brustplatte wie die Krieger, die die Wagenburg angegriffen hatten. Dazu auch einen Helm ihrer Feinde.

»Was soll diese Maskerade?«, knurrte sie ihn an. Sie ertastete hinter sich die Speichen eines Karrenrads, griff hinein und stemmte sich auf die Beine.

Dabei wurde sie sich bewusst, wie die Gespräche an den Feuern nahebei verstummten. Alle Blicke ruhten jetzt vermutlich auf ihr. »Ich bin noch nicht tot!«, verkündete sie laut. »Und ich bekomme noch genau mit, wer von euch verdammten Hurenböcken auf meinen Arsch starrt. Also Vorsicht!«

Leises Gelächter war der Lohn für ihre Worte. Sie wusste, wie sie die rauen Männer der Westermark zu nehmen hatte. »Heute haben sich die Hundefresser an uns die Zähne ausgebissen. Morgen werden wir ihnen zeigen, was wir mit zahnlosen Gegnern anstellen. Ich hoffe, sie kommen wieder in solchen Scharen, dass selbst ich nicht danebenschießen kann. Und nun habt ihr eure Ruhe vor meinen schlauen Reden. Schlaft, und trinkt vorher nicht zu viel Zielwasser!«

»In welchem Karren wirst du kämpfen?«, rief jemand.

Zaneta starrte zu den Feuern hinüber. Sie konnte nicht erkennen, wer gesprochen hatte. Da waren nur ineinander übergehende Schatten und eine verschwommene, helle Fläche, wo das Feuer brannte. »Morgen lass ich es langsamer angehen, Männer. Ich werde hinter der Linie stehen, und der erste Karren, der gestürmt wird, bekommt Besuch von mir. Und glaubt mir, wenn ich mit den Hundefressern fertig bin, werdet ihr euch wünschen, sie wären euer Problem, denn ich glaube, in einen vernünftig verteidigten Wagen werden sie niemals auch nur einen Fuß setzen können.«

Niemand lachte, und ihr ging auf, dass sie diesmal die Stimmung ihrer Krieger falsch eingeschätzt hatte.

»Das war die schlechte Nachricht …«, setzte sie nach. »Die gute ist, dass bei den Trosswagen ein ganzes Fass kamarinischer Roter steht. Wer morgen Abend den größten Haufen erschlagener Feinde vor seinem Wagen liegen hat, mit dem teile ich das Fass. Die Jungs im Adlerwagen waren gut heute … Aber soweit ich gesehen habe, hat sich auch die Besatzung des Greifenkarrens gut geschlagen. Genauso die Drei Kelche und das Schwarze Pferd. Das Rennen ist also ziemlich offen …«

»Der Rote Löwe hat gehörig seine Krallen gezeigt!«, rief jemand aus dem Dunkel.

»Und der Basiliskenkarren«, sagte ihr Oheim laut.

»Die Drei Schwerter haben siebzehn von den Hundefressern erlegt!«, ertönte es in Zanetas Rücken.

Andere Stimmen fielen ein, und an den Feuern wurde lebhaft darüber gestritten, wer die meisten Feinde besiegt hatte. Dann begannen sie zu prahlen, was der morgige Tag bringen würde.

Zaneta hörte eine Weile zu, dann wandte sie sich wieder an ihren Oheim. »Und nun zu deinem Aufzug …«

»Das hast du gut gemacht. Sie brauchten es, dich zu sehen und über etwas anderes nachzudenken als darüber, ob sie morgen sterben werden. Ich bin stolz auf dich!«

Das hatte er noch nie zu ihr gesagt. Sie hatte es gespürt, dass er sie schätzte, und es genossen. Aber es aus seinem Mund zu hören … Etwas stimmte da nicht! »Was hast du vor?«

»Meine Reiter haben mehr als die Hälfte ihrer Pferde verloren. Und dieser verdammte General Xiang Yu sichert sich ab. Wenn dort unten am Fuß des Hügels ein paar tausend Bogenschützen stehen, brauchen wir erst gar keinen berittenen Ausfall zu wagen. Sie würden uns nur abschlachten. Ich habe einen anderen Plan, was ich tun könnte. Ich brauche lediglich eine Handvoll meiner besten Schwertkämpfer …« Er erklärte ihr ruhig, was er vorhatte.

Zaneta hatte das Gefühl, als wachse eine Kugel aus Blei in ihrem Magen. Solange sie sich erinnern konnte, war Jan von Tanow, ihr Oheim, der Leitstern ihres Lebens gewesen. Er war – einmal abgesehen von seiner Größe – der vollkommene Ritter. Immer hatte sie sein wollen wie er.

»Das kannst du nicht tun, du …«

Er lächelte schief. »Hätte ich jedes Mal, wenn man mir das in meinem Leben gesagt hat, einen Kaisertaler bekommen, wäre ich reich und fett geworden und stünde nicht auf diesem namenlosen Hügel mitten im Nichts. Glaub mir, Zaneta, ich kann das tun. Bitte versuche nicht, mich aufzuhalten. Wir greifen diese verdammten Hundefresser an ihrer einzigen Schwachstelle an. Wenn es glückt, schenke ich dir damit einen Tag. Das wird das beste Geschenk sein, das du je erhalten hast.«

Zaneta schüttelte den Kopf. »Ich will das nicht …«

Er lächelte so, wie er vor mehr als einem Jahrzehnt manchmal am Ende einer Fechtstunde gelächelt hatte. Er war ihr ein gestrenger Lehrer gewesen. Ein Lob war ihm nie über die Lippen gekommen. Aber wenn sie etwas gut gemacht hatte, dann hatte er gelächelt wie jetzt. Er hatte sie zu sich genommen, nachdem ihre Eltern bei einem Überfall durch plündernde Steppenreiter umgekommen waren. Sie war ein junges Mädchen gewesen. Mit etlichen anderen war sie schon in einer Sklavenkarawane nach Westen unterwegs. Und dann war er gekommen. Nur mit einer Handvoll Männer. Und dennoch hatte er sie alle gerettet.

»Du brauchst mich nicht mehr, Zaneta.« Ihr Oheim lächelte noch immer. Aber sie sah die Traurigkeit in seinen Augen.

WESTERMARK, SÜDLICH DES SCHWARZFORSTES, SPÄTER ABEND, 12. TAG DES ERNTEMONDES, 18. JAHR VOR SASMIRAS ZWEITER THRONERHEBUNG

Ohne dass ein Laut über seine Lippen kam, erschlafften die Glieder des Wächters. Jan hielt ihn fest gegen seine Brust gedrückt. Das Blut aus der durchschnittenen Kehle des Mannes drang durch den Ärmel seines groben Leinenhemds.

Seine Ritterideale waren das erste Opfer dieser Nacht gewesen. Er hatte Zaneta angelogen. Er wusste, dass die Ordensritter nicht kommen würden. Er hatte es auch schon gewusst, als er den jungen Jaroslaw zu ihnen geschickt hatte. Er kannte ihren Hochmeister aus den Zeiten, als Gamrath von Hatzfeld noch Komtur gewesen war. Er war ihm bei den Turnieren im Reich begegnet. Zu alt, um noch selbst in der Turnierbahn zu reiten, hatte Gamrath sich doch gern das Lanzenstechen angesehen.

Gamrath hatte ihn auf einige kleinere Mängel seiner Beinstellung beim Schwertkampf hingewiesen. Der Ordensritter war gekommen und hatte ihn in seinem Zelt besucht, nachdem Jan als bester Schwertkämpfer im Kaiserturnier ausgezeichnet worden war.

Der Komtur hatte ihm eine ganze Nacht lang von Schlachten und Turnieren erzählt und schließlich versucht, ihn für den Orden anzuwerben. Gamrath war überzeugend gewesen. Er hatte ihm verraten, wie viele Ritter, die sich dem ausgelöschten Kaiserhaus verbunden fühlten, in den Orden eingetreten waren.

Vielleicht wäre er dem Ruf gefolgt, hätte es nicht Zaneta gegeben.

Gamrath hatte seine Absage gut aufgenommen. Sie waren Freunde geblieben. Und deshalb wusste Jan, dass der Hochmeister niemals das Überleben des Ordens gefährden würde. Er würde seine Ritter nicht in eine Schlacht führen, in der es keinen Sieg zu erringen gab. Die Eherne Horde war zu übermächtig, ihr General zu gerissen.

Auch wenn Xiang Yu in den Kämpfen heute sein überragendes Verständnis der Kriegskunst nicht hatte aufleuchten lassen. Diese Angriffe waren Jan wie durch den General angeordnete Hinrichtungen erschienen.

Jan ließ den toten Wächter zu Boden sinken und blickte über die Weide, die sich im Dunkel verlor. Ein ganzes Stück entfernt sah er Laternen. Ein langer Zug von Lastkamelen näherte sich dem Hauptlager.

Die Pferde wichen den hoch beladenen Tieren aus und weideten. Ein paar Männer streiften in ihrer Nähe umher. Unzählige Male hatte Jan Witze darüber gehört, dass die Steppenreiter ihre Pferde mehr liebten als ihre Frauen. Er glaubte das nicht. Allerdings verbrachten sie zweifellos mehr Zeit mit ihnen.

Einigen der Tiere waren Fußfesseln angelegt. Lederschlaufen, die um die Vorderbeine geschlungen waren, so dass sie sich nur mit kleinen Schritten bewegen konnten. Auf die Weise grasten sie, ohne sich über Nacht zu weit zu entfernen. Bei der Mehrzahl der Pferde hatte man jedoch darauf verzichtet.

Er blickte zu einem Krieger, der etwa zehn Schritt entfernt vor einer gescheckten Stute stand und feierlich auf sie einredete. Jan verstand diesen Dialekt des Khanats nicht. Allerdings hörte es sich ein wenig so an, als würde der Kerl wohlbetont ein Gedicht aufsagen. Vor einem verdammten Gaul! Sie waren schon anders, diese Hundefresser …

Er hatte einmal einen Ritter gekannt, der seiner Stute abends einen Eimer mit Bier brachte, wenn sie beide sich gut auf einem Turnier geschlagen hatten. Das war schon schräg gewesen; aber

Gedichte … Doch was wollte man von Männern erwarten, die statt unter Bannern unter Standarten mit Pferdeschweifen in den Krieg zogen?

Jan sah sich um. Zwei seiner Gefährten hatten ebenfalls die Weide betreten. Nur zehn Männer hatte er mitgenommen. Sie alle hatten Familien. Vielleicht würden es zwei oder drei von ihnen schaffen zu entkommen. Große Hoffnungen hatte er allerdings nicht. Was sie planten, war eine Verzweiflungstat. Mit Ritterlichkeit hatte es nichts mehr zu tun. Aber wenn es glückte, würde er Zaneta einen weiteren Tag erkaufen. Und wenn ein Wunder geschah, würden diese verdammten Hundefresser vielleicht sogar abziehen. War bei Männern, die Pferden Gedichte vortrugen, nicht alles möglich?

Er gab seinen beiden Gefährten ein Zeichen, dass sie anfangen konnten. Dann zog er die beiden Eichenbretter aus seinem Gürtel. Sie waren kaum so dick wie ein Finger und nur etwas mehr als eine Elle lang. So wie sie in seinem Gürtel steckten, mochte sie ein flüchtiger Beobachter im Dunkel für eine Schwertscheide halten.

Beide Bretter waren an einem Ende durch ein Scharnier miteinander verbunden. Er klappte sie auseinander, wie man ein Buch aufklappte. Und dann schlug er sie mit aller Kraft zusammen. Ein scharfer Knall hallte durch die Nacht.

Alle Pferde rissen die Köpfe hoch.

Jan hieb einem der Tiere nahebei mit den Brettern auf die Kruppe. Der Hengst stieß ein schrilles Wiehern aus und preschte los.

Wieder schlug Jan die Bretter zusammen. Jetzt war auch rechts und links von ihm ein Knallen zu hören, und etliche der Pferde galoppierten los, entfernten sich blindlings von der vermeintlichen Gefahr. Sie stürmten dem Wald entgegen.

Bald erbebte der Boden unter dem Donnern Tausender Hufe. Die ganze Herde war in Bewegung. Die Pferde mit den Fußfesseln strauchelten. Andere rannten in sie hinein. Sie stürzten, überschlugen sich. Weitere fliehende Pferde sprangen oder trampelten über sie hinweg. Wachen an Feuern wurden umgerissen.

Jan bedauerte, was er hatte tun müssen. Er mochte Pferde. Nicht gegen sie führte er Krieg. Er hatte einmal erlebt, wie ein einzelner Blitzschlag mitten in der Nacht eine Herde in Panik versetzt hatte. Auch sie waren in einen Wald gestürmt. Hatten sich im Wurzelwerk die Fesseln gebrochen, sich in Brombeerdickichten verfangen oder an abgebrochenen Ästen aufgespießt. Und dann war da die Schlucht gewesen. Niemals würde er dieses Bild vergessen. Die ineinander verknäulten Leiber. Die zuckenden Beine. Die angstweiten Augen der sterbenden Schlachtrösser. Und alles nur wegen eines einzelnen Blitzschlags. Es hatte nicht einmal ein Gewitter gegeben. Die Erinnerung an jene Nacht hatte ihn auf diese Idee gebracht.

Er wich einem schwarzen Hengst aus, griff ihm in die Mähne und wurde von dem davonstürmenden Pferd mitgerissen. Aus dieser Bewegung heraus schwang er sich auf den Rücken des Hengstes. Er presste sein Gesicht in die flatternde Mähne. Die Pferde der Steppenreiter waren deutlich kleiner als die Schlachtrösser der Karrenritter. Aber es waren wendige und ausdauernde Tiere.

Er sprach beruhigend auf den Hengst ein, doch der wurde nicht langsamer.

Die Führer der Kamelkarawane versuchten schreiend und mit ausgestreckten Armen, die fliehenden Pferde aufzuhalten. Schon brachen die ersten Pferde zwischen den Kamelen durch und versetzten auch sie in Panik.

Jans Rappe stürmte geradewegs auf eines der großen Lasttiere zu.

Ein Steppenreiter mit einer Lanze, an deren Spitze nicht einfach ein Stoßblatt, sondern eine gekrümmte Schwertklinge funkelte, tötete eines der durchgehenden Pferde mit einem Hieb. Der Hundefresser trug Seide. Sein Haar glänzte im Sternenlicht, als sei es mit Öl übergossen.

Jan war sich bewusst, dass der edel gewandete Krieger ihn gesehen hatte. Mit erstaunlicher Ruhe versuchte der Steppenreiter, seinen Fuchs zwischen den panischen Pferden hindurchzubringen.

Jan rammte seinem Rappen die Fersen in die Flanken und riss grob an der Mähne. Er zog den Hengst nach links. Sie preschten dicht an einem mit zugeschnittenen Balken beladenen Kamel vorbei.

Als einer der Karawanenführer ein Lasso nach ihm warf, griff Jan das Lederseil aus der Luft und riss den Hundefresser mit einem Ruck von den Beinen. Etwa hundert Schritt entfernt erhob sich der Wald wie eine schwarze Mauer. Unzählige Pferde stürmten der Dunkelheit entgegen. Jan konnte vor sich keinen einzigen Feind mehr entdecken. Er würde entkommen.

Plötzlich stieg sein Rappe, wieherte und brach zusammen. Jan schaffte es gerade noch, sich vom Rücken des Pferdes zu werfen. Hastig wich er den zuckenden Läufen aus, war kaum auf den Beinen, da wurde er von einer gescheckten Stute umgerissen. Überall waren Pferde, stampften Hufe. Jan rollte sich auf der zertrampelten Weide hin und her.

Aus dem Augenwinkel sah er den Schwertspeer des in Seide gewandeten Steppenreiters in der Kruppe seines Hengstes stecken. Immer noch schlug das sterbende Tier mit den Hufen.

Wieder wich Jan einem Pferd aus. Dann war er mit einem Satz auf den Beinen.

Immer noch versuchte der Steppenreiter, zu ihm vorzudringen. Er hatte nun ein langes Schwert mit schmaler Klinge gezogen.

Von einem Schimmel gerammt, drehte Jan sich mit dem Stoß, wurde fast von den Beinen gerissen. Er hätte in die Mähne des Tiers greifen können, um in die Sicherheit des Waldes zu fliehen. Aber dieser Hundefresser suchte den Kampf mit ihm, und Jan war in seinem ganzen Leben noch nicht vor einem Zweikampf davongelaufen. Immer hatten die anderen auf ihn herabgeblickt. Nur den kleinen Mann gesehen, der in Rüstung auf dem Turnierplatz zwischen all den hünenhaften Recken stand und fehl am Platze wirkte. Immer hatten diese Hünen von ihm erwartet, dass er fortlaufen würde. Er hatte es nie getan und würde auch heute nicht damit anfangen.

Er wich einem weiteren Pferd aus.

Der Steppenreiter hatte ihn fast erreicht.

Jan drehte sich, sprang über die zuckenden Läufe des Rappen hinweg und griff nach dem langen Schaft des Schwertspeers. Die Waffe war ungewohnt. Er riss sie hoch. Parierte einen Schwertstreich seines Gegners. Kreischend glitten die Klingen übereinander.

Der sterbende Rappe bäumte sich auf, rammte seinen Kopf gegen den Bauch des Hengstes des Steppenreiters, als dieser über ihn hinwegsetzte. Beide gingen zu Boden.

Jans Gegner war behände wie eine Katze. Er sprang aus dem Sattel, landete federnd auf den Füßen und richtete die Spitze seines Schwertes auf Jan.

Jan packte den Schwertspeer und zerbrach den Schaft, so dass nur ein Stück, so lang wie ein Schwertgriff, übrig blieb. Die Klinge war kopflastig. Er hob sie zum Gruß.

Der Steppenreiter lächelte, erwiderte den Gruß und wich einem Pferd aus. Nur noch wenige Tiere zogen vorüber. Der größte Teil der Herde war im Wald verschwunden.

Jetzt hörte Jan Rufe hinter sich. Er widerstand der Versuchung, über die Schulter zu blicken. Seinen Gegner auch nur einen Herzschlag lang aus den Augen zu lassen mochte ein tödlicher Fehler sein. Der Hundefresser bewegte sich wie ein erfahrener Kämpfer. Vorsichtig, bereit, jederzeit zuzustoßen oder auszuweichen, kam er näher.

Jemand rief etwas hinter Jan.

Er riss die Klinge hoch. Das Schwert seines Gegners glitt ab. Ein Stoß mit dem Ellenbogen zielte auf Jans Kehle; er beugte sich zurück, wollte gleichzeitig zustoßen, doch ein Rückhandschlag prellte sein Schwert zur Seite.

Sie beide trennten sich, waren sofort wieder in Grundstellung. Die Klingen wachsam erhoben, umkreisten sie einander.

Sein Gegner wechselte den Griff. Sein Schwert zeigte nun mit der Spitze nach unten.

Jan lächelte grimmig. Der Kerl war gut.

Schon folgte ein neuer Angriff. Ein Hieb zielte auf Jans linkes Bein. Stahl klirrte auf Stahl. Die Klinge des Hundefressers schnellte hoch. Jan fing den Hieb ab, der auf seine Kehle gezielt hatte. Einen Augenblick lang waren ihre Gesichter kaum eine Handbreit voneinander entfernt. Der verdammte Mistkerl wirkte ziemlich siegessicher. Sein Antlitz verriet keinerlei Gefühlsregung, aber in seinen Augen stand Respekt. Jetzt erkannte ihn Jan. Es war der Krieger, der mit General Xiang Yu zu den Verhandlungen zwischen den Linien gekommen war.

Sie traten jeder einen Schritt zurück. Ganz in Ruhe. Das würde ein ritterlicher Zweikampf, dachte Jan.

Er war unsicher, ob er diesen Seidenkrieger besiegen konnte, aber er war glücklich über diese unerwartete Wendung. Die besten Stunden seines Lebens waren die Zweikämpfe gewesen. Die Augenblicke, in denen jene Recken, denen das Leben alles geschenkt hatte, auf ihn, den kleinen Mann mit dem Allerweltsgesicht, hinabgeblickt hatten und Respekt in ihren Augen stand.

Der in Seide gewandete Krieger hob sein Schwert. Jan war bereit! Dieses Mal griff er an. Ihre Klingen sangen ein stählernes Lied. Es war seine Erfahrung, die ihn überleben ließ. Die Fähigkeit, einen Angriff parieren zu können, ohne nachdenken zu müssen, wo er erfolgen würde.

Als sie diesmal auseinandertraten, atmeten sie schwer. Eine Strähne hatte sich aus dem lackglänzenden Haar seines Gegners gelöst und hing ihm in die Stirn. Ein Schnitt hatte den linken Ärmel des weiten Seidengewandes durchtrennt.

Nie hatte Jan einem Gegner gegenübergestanden, der so focht wie dieser Hundefresser. Der Kerl war gut. Doch Jan war zuversichtlich, dass er ihn besiegen konnte.

Er hob das Schwert, um den anderen zur nächsten Runde in ihrem tödlichen Tanz aufzufordern, als sich etwas um seinen Hals legte.

Eine Lederschlinge!

Mit einem Ruck wurde sie zusammengezogen, und er taumelte nach hinten.

WESTERMARK, SÜDLICH DES SCHWARZFORSTES,
STUNDE DER RATTE, 12. TAG DES ERNTEMONDES,
18. JAHR VOR SASMIRAS ZWEITER THRONERHEBUNG

Er war bei ihr gewesen, kaum dass die durchgehenden Pferde ins Lager gestürmt waren. Sie war sein erster Gedanke gewesen. Immer noch hielt Xiang sie eng an sich gedrückt, obwohl er längst Befehle gab. Er ordnete das Chaos. Er formte die Welt um ihn herum. Nichts konnte ihn erschüttern.

»Die Karawane ist in alle Winde verstreut«, berichtete ein Reiterführer, den Marcia nicht kannte. Ein hagerer Mann mit faltigem Gesicht und rasiertem Schädel. Nur eine einzige geflochtene Strähne war von seinem Haar geblieben.

»Wo steckt Ang Min?«

Sie spürte, wie Xiang sich anspannte.

»Wie konnte es geschehen, dass er so überrascht wurde?«

»Wir waren inmitten der weidenden Herde, General«, erklärte der Reiterführer. »Ang Min konnte nichts tun. Es kam völlig unerwartet.«

»Ein guter Feldherr lässt sich nicht überraschen«, entgegnete Xiang eisig.

Eine Gruppe von Kriegern führte einen Gefangenen heran. Einen kleinen schwarzhaarigen Mann, der eine Rüstung wie ein Steppenreiter trug und doch unverkennbar keiner war. Marcia war sich nicht ganz sicher, aber sie glaubte, ihn schon einmal gesehen zu haben, vor langer Zeit. Als Kind. Als sie wirklich noch eine Kaisertochter war.

»Ich protestiere, General!« Ang Min drängte sich zwischen den Kriegern hindurch. Sein mohnrotes Gewand war mit Staub bedeckt, eine Strähne hatte sich aus seinem streng zurückgekämmten Haar gelöst. Nie zuvor hatte Marcia ihn so derangiert gesehen. »Dieser Mann stand im Duell mit mir, als er heimtückisch überwältigt wurde. Ich fordere, dass wir den ehrenhaften Zweikampf zu Ende bringen.«

»Pferdemörder haben keine Ehre!«, entschied Xiang gereizt. Dann wandte er sich an den Gefangenen: »Du bist tief gesunken, Jan von Tanow!« Die letzten Worte sprach er in Marcias Muttersprache.

Der Ritter stand aufrecht, das Kinn stolz vorgereckt, und sah Xiang geradewegs in die Augen. »Ich bin bereit zu sterben, General Yu. Das war ich schon, als ich ohne Erlaubnis meiner Anführerin das Lager verlassen habe.«

Xiang lachte kurz und freudlos. »Ich glaube dir nicht, dass dieses Ritterweib nicht wusste, was du tun wolltest. Du willst sie mit deinen Worten schützen. Aber morgen zur Mittagsstunde wird ihr Kopf auf einem Pfahl stecken.«

»Der Weg zu ihrem Kopf führt über ein Gebirge toter Männer. Deiner Männer, General!« Der Ritter hatte in die Sprache der Steppenreiter gewechselt, so dass ihn alle Umstehenden verstehen konnten, auch wenn er mit schwerem Akzent sprach.

»Lass ihn mich im Schwertkampf töten, General!«, forderte Ang Min. »Ich habe ihn zum Duell gefordert. Ich verliere mein Gesicht, wenn ich diesen Kampf nicht ehrenhaft führe.«

»Jan von Tanow ist ein Schwertkämpfer, dessen Name selbst im Khanat bekannt ist. Es wird ihm sicherlich eine Freude sein, noch einen meiner Anführer zu töten, bevor er stirbt.« Xiang bedachte den Ritter mit einem kalten Lächeln. »Und mich würdest du sicherlich auch gern zum Kampf fordern, um mich …«

»Ich werde ihn besiegen!«, unterbrach ihn Ang Min.

»Bist du von Sinnen?« Xiang versetze Ang Min eine schallende Ohrfeige. »Wie kannst du es wagen, deinem General ins Wort zu fallen? Packt sie! Zu Boden mit ihnen! Beide sollen sie nebeneinanderliegen!«

Die Krieger der Wache Xiangs gehorchten umgehend. Ang

Min leistete keinen Widerstand. Sein Gesicht war aschfahl. Jan von Tanow, dem die Hände auf den Rücken gefesselt waren, trat nach den Kriegern. Er wurde mit Speerschäften zu Boden geknüppelt.

Es tat Marcia in der Seele weh, ihn so zu sehen. Sie erinnerte sich jetzt klarer an den kleinen Ritter, über den so gern gespottet worden war. Sie hatte ihn als Kind auf Turnieren kämpfen sehen. Vor einer Ewigkeit hatte sie ihm als Siegespreis einen Seidenschal ihrer Mutter um den Hals gelegt.

»Bringt die Männer, die die Pferde bewachen sollten«, forderte Xiang. »Und holt den hölzernen Boden aus der Jurte der Prinzessin!«

Etliche Krieger entfernten sich. Niemand stellte Fragen zu den Befehlen des Generals. Aber etwas hatte sich verändert. Die Gesichter der verbliebenen Krieger waren verschlossen. Niemand sprach. Alle blickten auf die beiden Männer am Boden.

»Ist der große General ein Feigling?«, fragte Jan von Tanow. »Will er sich nicht mit mir messen? Hat er Angst? Schickt er nur seine Männer zum Sterben, so wie heute Morgen?«

»Ein Tiger gibt nichts auf das Gekläff von Hunden«, zischte Xiang.

Marcia schaute ihn an. Schweiß stand auf seinem Gesicht. Er wirkte angespannt. Verändert.

Sie wollte an seine Seite treten, wollte ihn warnen, aber das würde alles nur noch verschlimmern. Er beging einen Fehler! Warum merkte er das nicht? Sonst war er so feinfühlig, wusste stets um die Stimmung in der Horde und verstand die Männer zu lenken wie kein anderer. Auch war er nie unnötig grausam gewesen.

Sie sah ihn eindringlich an. Normalerweise spürte er ihren Blick.

Alles war falsch, was hier geschah! Ang Min war der zweite General der Horde. Er war begabt, hatte mächtige Freunde am Wandernden Hof und hatte sich auch Xiangs Vertrauen erworben. Und Jan von Tanow hatte sich gegen die Reichsfürsten gestellt, die ihre Familie ermordet hatten. In gewisser Hinsicht war er ihr Ritter. Sie musste verhindern, was hier geschehen sollte!

»Ehrenwerter General, ist Gnade nicht die goldene Seite der Macht?«, wagte sie zu fragen.

»Ist Schweigen nicht die goldene Seite weiblicher Tugend?«, fuhr er sie mit einer Schärfe an, wie er es noch nie getan hatte. »Leng, bring das Mündel des Khans in meine Jurte. Ich will ihr die Schande ersparen, dass ich sie vor aller Augen züchtige. Offenbar verträgt ihre zarte Seele den Anblick der Gerechtigkeit nicht!«

»General …« Jan von Tanow hielt den Blick gesenkt, als sei es der Khan selbst, den er ansprach. »Ich weiß, was mich erwartet. Ich bitte nicht für mich …«

Marcia bemerkte, wie seine Augen kurz zu ihr schweiften.

Er nahm den ausgefransten Seidenschal ab, den er lose um den Hals geschlungen trug. »Einst habe ich diesen Schal der Kaiserin für meine Schwertkunst im Turnier erhalten. Ihre Tochter brachte ihn mir.« Nun blickte er auf, sah ihr geradewegs in die Augen und lächelte. »Marcia.«

Sie erinnerte sich an den strahlenden Nachmittag, als sie mit klopfendem Herzen an all den hünenhaften Recken in ihren schimmernden Rüstungen vorübergegangen war, um dem kleinsten Ritter auf dem Platz den Siegespreis zu überreichen. Diesen Schal, den ihre Mutter den ganzen Sommer lang getragen hatte.

»Der Schal war in all den Jahren seit dem Turnier mein kostbarstes Gut. Ich möchte nicht, dass er nun verlorengeht. Er soll wieder in den Händen des Mädchens ruhen, das ihn mir einst gebracht hat. Wollt Ihr mir diese eine Gunst gewähren, General Yu?«

Marcia blickte zu ihrem Geliebten. Dem Mann, der ihr noch nie etwas verwehrt hatte, und sah erschrocken, wie er mit sich rang. Er wollte ablehnen! Fürchtete er, das Gesicht zu verlieren, weil es nicht seine Entscheidung gewesen war?

»Bitte …« Kaum dass das Wort über ihre Lippen war, bereute sie es. Sein Gesicht verhärtete sich.

Der Ritter erhob sich vor Xiang auf die Knie und hielt demütig mit beiden Händen den Schal empor.

»Bring ihr den Schal, Leng!«, befahl Xiang ihrem Leibwächter.

Der Steppenreiter gehorchte.

Jan von Tanow blickte zu ihr auf. Er wirkte erleichtert, als sie den Schal an sich nahm.

Sie besaß nichts mehr, was sie mit ihrer Familie verband. Nichts hatte die lange Flucht und die Jahre am Wandernden Hof überdauert. Und nun war da dieses ausgefranste Stück Seide. Und alle Erinnerungen erhoben sich mit Macht, wie schon seit vielen Jahren nicht mehr.

Jan von Tanow verneigte sich vor ihr. »Ich bin froh, dass ich in meiner letzten Stunde noch erfahren durfte, dass Mären manchmal wahr sind, Prinzessin Marcia.«

»Genug!«, zischte Xiang. »Geh nun, Weib! Was jetzt geschehen muss, ist nichts für deine Augen!«

WESTERMARK, SÜDLICH DES SCHWARZFORSTES, STUNDE DER RATTE, 12. TAG DES ERNTEMONDES, 18. JAHR VOR SASMIRAS ZWEITER THRONERHEBUNG

Bao Li sah der Prinzessin nach. Trotz all der Jahre am Wandernden Hof hatte Marcia es nie gelernt, ihre Gefühle hinter einer Maske der Gleichmut zu verbergen.

Und auch General Yu vermochte sich nicht mehr zu beherrschen. Wut und Enttäuschung standen ihm ins Gesicht geschrieben.

Noch nie hatte Bao mit eigenen Augen gesehen, wie Drachenwurzelsud wirkte. Er kannte ihn nur aus gelehrten Schriften und aus Erzählungen. Er hatte die Geschichten für übertrieben gehalten. Jetzt wusste er es besser. Das Gift zerstörte den Charakter. Ließ den Vergifteten aufbrausend und jähzornig werden. Pflanzte ihm das Gefühl ins Herz, dass alle sich gegen ihn verschworen hatten. Der Ruf, den sich Xiang Yu in einem ganzen Leben aufgebaut hatte, würde in zwei oder drei Tagen restlos zerstört sein. Nicht der Khan würde den General für seinen Frevel richten müssen – seine eigenen Männer würden es sein, die den wahnsinnig gewordenen General töteten.

Sobald das geschehen war, würde sich ihm, Bao Li, dem zweiten Leibarzt des Khans, niemand widersetzen, wenn er im Namen des Khans forderte, Prinzessin Marcia an den Wandernden Hof zurückzuschicken.

Die unglücklichen Wachen wurden herbeigebracht. Viele der Männer waren verletzt, weil sie versucht hatten, die durchgehenden Pferde aufzuhalten. Es war keine Gerechtigkeit, die hier geübt wurde. Niemand hätte den heimtückischen Angriff der Käsestinker vorhersehen können. Es war eine Tat ohne Sinn und Verstand. Die Eherne Horde brauchte keine Pferde, um die Wagenburg anzugreifen. Sie würden zu Fuß attackieren, so wie heute. Nur dass es diesmal gewiss mehr und bessere Truppen sein würden, die der General den Hügel hinaufschickte. Was brachte es also, die Pferde davonzujagen?

Aber es war müßig, die Gedanken eines Volkes verstehen zu wollen, das noch nicht einmal begriffen hatte, wie hilfreich es war, sich mindestens ein Mal am Tag zu waschen, wollte man Fremde nicht schon bei einer ersten Begegnung mit dem eigenen Gestank verschrecken.

Die Wachen wurden neben dem Ritter und Ang Min zu Boden gezwungen. In vier Reihen lagen sie nebeneinander. Ein weiter Kreis hatte sich um sie gebildet. Von überall kamen weitere Männer herbei, um zuzuschauen, und immer neue Wachen wurden herangeführt und mussten sich nun auf jene Männer legen, die bereits am Boden waren.

Leises Stimmengemurmel wogte unter den Schaulustigen. Bao erlauschte geflüstertes Unverständnis über die Strafe. Er hatte immer schon scharfe Ohren gehabt, eine Gnade, die ihm bei seinem Aufstieg am Wandernden Hof mindestens genauso zugutegekommen war wie sein Wissen als Arzt.

»Holt Ang Min dort heraus!«, befahl General Yu plötzlich. »Er soll auf andere Art Gelegenheit bekommen, für seine Versäumnisse zu büßen. Die anderen Männer aber überlassen wir den Pferden.«

Der in Seide gekleidete Heerführer wurde zwischen den Kriegern hervorgezogen und abgeführt. Kaum war dies geschehen, wurde der hölzerne Jurtenboden über die Verurteilten gelegt. Er bestand aus einem Grundgerüst aus Balken, auf die Bretter aufgenagelt waren.

Der Boden lag fast waagerecht auf den Männern, als eine breite Laufplanke an ihn gelehnt wurde. Über diese geleitete ein Diener das Pferd des Generals, ein schwarzes Steppenpony, auf den Jurtenboden.

Bao hörte die Männer unter dem Boden keuchen und stöhnen, als die Balken auf ihre Knochen drückten, während der Diener das Pferd am Zügel im Kreis führte.

General Yu winkte weitere Männer mit Pferden heran. Eins ums andere wurden sie auf den Holzboden geführt.

Jetzt drangen Schmerzensschreie unter den Planken hervor.

Das Flüstern unter den Kriegern war verstummt. Mit versteinerten Mienen sahen sie zu.

Blut färbte die Erde rund um den Holzboden dunkel. Dieser war bald so weit herabgesunken, dass die Pferde, die nun hinaufstiegen, keine Laufplanke mehr benötigten.

Langsam verstummten die Laute der Sterbenden. Wer nicht unter dem Gewicht der Pferde zerquetscht worden war, musste zwischen den zusammengedrängten Leibern erstickt sein.

»Mein Bruder ist da unten«, hörte Bao jemanden hinter sich flüstern. »Er hat meine Wache übernommen …« Tödlicher Hass lag in den geraunten Worten.

Das Gift, das er dem General verabreicht hatte, begann auch in die Herzen des Gefolges des Feldherrn zu sickern, dachte Bao zufrieden.

WESTERMARK, SÜDLICH DES SCHWARZFORSTES, STUNDE DER RATTE, 12. TAG DES ERNTEMONDES, 18. JAHR VOR SASMIRAS ZWEITER THRONERHEBUNG

Marcia hörte, wie Xiang den Wachen befahl, auf zehn Schritt Abstand zu seiner Jurte zu gehen und niemanden zu ihm durchzulassen.

Würde er sie wirklich züchtigen? Sie drückte den Rücken durch und wartete auf ihn.

Als er den Filzvorhang am Eingang zurückschlug, wirkte er gehetzt. Seine Augen funkelten wild. Schweiß stand auf seinem Gesicht. »Eine Frau widerspricht nicht!«, herrschte er sie an und ließ den Vorhang sinken.

Er zitterte und hob seine Reitgerte.

Marcia presste in Erwartung des Schlags die Lippen zusammen.

Die Gerte zischte nieder. Ein scharfer Knall ertönte. Xiang hatte sich in die offene Handfläche geschlagen.

»Schrei!«, flüsterte er, ehe er brüllte: »Zieh dein Seidengewand aus, Weib. Es ist zu kostbar, um es in Fetzen zu reißen!« In seinen Augen stand Wahnsinn.

Marcia schrie, als würde sie geprügelt, doch sie dachte nicht daran, sich vor Xiang zu entblößen. Stattdessen wich sie vor ihm zurück, während er die Gerte immer wieder in seine Handfläche klatschen ließ, bis dunkles Blut aus den Striemen troff.

Mit langen Schritten durchmaß er die Jurte, ging dicht an ihr vorüber und kniete vor der Truhe nieder, die neben seinem Lager stand. Die verletzte Hand streckte er zur Seite, als er den Deckel hob und jenen in Seide eingeschlagenen Kelch heraushob, den ihm der Khan nach dem Sieg auf dem Krähenfeld geschenkt hatte. Das kostbare Gefäß hatte die Farbe von Siegellack und war aus einem einzigen Stück roter Jade geschnitten, wie man sie nur in Tsi Hong fand, wo das Blut der Erde aus schwarzen Bergen rann und, als die Welt noch jung war, die Feuervögel ebendiesem Blut entstiegen waren, um den Khan und alle seine Völker zu beschützen.

Xiang stellte den Kelch auf den niedrigen Tisch. Dann hielt er seine verletzte Hand darüber und ließ sein Blut hineintropfen.

»Sieh«, flüsterte er und bedeutete ihr, näher zu kommen.

Dunkel rann das Blut an der Innenwand des Kelches hinab. Sie konnte nichts Ungewöhnliches entdecken.

Xiang nahm das Seidentuch und wischte ein wenig von dem Blut fort. Die Jade war noch immer dunkel.

»Der Kelch zeigt, wenn Gift ihn berührt«, erklärte Xiang leise. »Bao Li hat mir das angetan. Es ist ein besonders heimtückisches Gift. Ich bin nicht mehr der Mann, der ich war …«

Marcia blickte in seine dunklen Augen. Sah die abgrundtiefe Verzweiflung.

»Er wurde geschickt, um dich an den Wandernden Hof zurückzuholen, meine Liebe.«

»Du musst ihn töten! Zerstampf dieses Ungeziefer!«

Xiang schüttelte den Kopf. »Wende ich mich gegen den Gesandten des Khans, dann ist es, als würde ich mich gegen den Khan selbst wenden. Viele meiner Männer würden sich daraufhin gegen mich stellen. Das ist kein Weg, der uns offensteht.«

Marcia dachte an die Männer, die der Khan in ihr Gemach geschickt hatte. An die Verachtung, die sie im Blick ihrer Dienerinnen gesehen hatte. »Nie wieder werde ich dorthin zurückkehren!«

Xiang legte seine unverletzte Hand sanft auf ihre Schulter. »Das wird nicht geschehen. Im Gepäck der Karawane, die Ang Min hergeleitet hat, befindet sich eine Kiste mit meiner alten Rüstung. In deren Helm, sicher in Tuch eingeschlagen, verwahre ich eine Phiole mit einem Gegengift, welches das Blut von allen bekannten Giften reinigt. Ich werde …« Xiang begann zu zittern. Seine Augen wurden glasig, als litte er an einem starken Fieber.

»Wo finde ich die Kiste?«

Er schüttelte langsam den Kopf. Es sah aus, als müsse er erst unsichtbare Fesseln sprengen, bevor ihm auch nur diese leichte

Bewegung möglich war. »Zu verdächtig …«, presste er hervor. »Ich weiß nicht, wer …« Seine Stimme erstarb. »Knie vor mir, Weib!«, schrie er sie an, und feine Speicheltröpfchen stoben aus seinem Mund.

Sie packte ihn mit beiden Händen und schüttelte ihn. »Was ist mit dir? Xiang?«

Er riss sich los und stieß sie zu Boden, die Rechte zum Schlag erhoben.

»Xiang?«

Tränen rannen ihm über die Wangen. Sein Blick war wieder klar. »Das Gift … Es ist wie eine zweite, dunkle Seele in mir.«

»Ich hole die Phiole!«

Er schüttelte den Kopf. »Das geht nicht. Ich weiß nicht, wer auf Bao Lis Seite steht. Du würdest verfolgt werden. Wenn ich morgen vor der Schlacht meine Rüstung anlege, dann wird das niemandem verdächtig erscheinen. Ich komme an die Kiste heran. Du nicht.«

»Ich kann doch nicht einfach zuschauen …« Sie nahm seine Hände, küsste die blutigen Striemen. »Du bist mein Leben.«

»Nein, dein Leben ist viel größer als ich. Du bist stark, meine Kaiserin. Du hast Freunde, von denen du noch nichts weißt. Du brauchst mich nicht. Aber ich brauche dich. Du hast einen besseren Mann aus mir gemacht …«

Sie wollte ihn so nicht reden hören! »Du bist die Sonne, die mich hat aufblühen lassen. Ohne dich bin ich nichts. Wer sollten diese Freunde sein?«

»Manchmal muss die Stunde der höchsten Not kommen, damit man seine Freunde erkennt. Du …« Ein Zittern durchlief ihn. Sein Blick schweifte unstet durch das Zelt. »Bitte geh jetzt. Lass nicht zu, dass dieser Schatten, der in mich gepflanzt wurde, unsere Liebe zerstört. Das bin nicht ich!« Die letzten Worte schrie er. Wieder stieß er sie von sich. »Geh, Weib!«

»Nein!«

Sein Schlag traf sie unerwartet. Die Kraft riss sie von den Beinen.

Xiang heulte auf wie ein verletztes Tier. »Bitte geh … Morgen werde ich siegen. Ich siege immer. Das weißt du. Warte in der Jurte auf mich. Und wenn der Abend kommt, dann öffnest du den Wein. Ich möchte ihn auf deinen Lippen schmecken, wenn ich wiederkehre. Wirst du mir das versprechen? Trink ihn, wenn der Abend kommt!« Er wies auf eine kleine Amphore mit wachsversiegeltem Mund.

Marcia erinnerte sich. Der Wein war ein Geschenk Ang Mins. Er hatte ihn in der Nacht nach dem Sieg auf dem Krähenfeld gefunden. Es war ein kostbarer alter Wein aus Cilia. Er gehörte zur Beute aus den Zelten der Reichsfürsten. Xiang hatte ihn für eine besondere Nacht aufheben wollen.

»Du musst aus der Schlacht zu mir zurückkehren«, sagte sie verzweifelt. »Du musst! Vergiss nicht: Du bist meine Sonne! Ohne dich gäbe es in meinem Leben nur noch Schatten.«

»Ich habe noch nie eine Schlacht verloren!«, sagte er mit jener Selbstsicherheit, die sie mehr als alles andere an ihm liebte. Für einen Herzschlag war er wieder ganz der Mann, in den sie sich verliebt hatte. Der, den nichts auf der Welt aufhalten konnte.

Dann wurde sein Blick erneut unstet. »Geh!« Sein Stolz war erloschen, seine Stimme nur noch ein Wimmern. »Du darfst mich so nicht sehen. Kein Gegengift könnte diese Erinnerungen je löschen. Wenn du mich wirklich liebst, dann musst du jetzt gehen!«

WESTERMARK, SÜDLICH DES SCHWARZFORSTES, STUNDE DES DRACHEN, 13. TAG DES ERNTEMONDES, 18. JAHR VOR SASMIRAS ZWEITER THRONERHEBUNG

Xiang schritt an dem Sichtschutz entlang und blickte nach Süden, wo auf der großen Weide die eingefangenen Pferde und Kamele zusammengetrieben wurden. Vor Anspannung ballte er die Hände zu Fäusten und löste sie wieder, nur um sie gleich darauf erneut zu ballen. Hatten sie die Kiste endlich sichergestellt? Er rang mit der Wut, die er immer schwerer beherrschen konnte.

Das Summen der Fliegen lenkte ihn ab. Nur ein Stück entfernt lag der Holzboden aus Marcias Jurte. Überall um die Bretter tanzten Fliegen in der Luft, um dann irgendwann in dem Dunkel zwischen den Balken zu verschwinden.

Es war ein Fehler gewesen, sich seinem Zorn so hinzugeben. Dergleichen durfte sich nicht wiederholen. Er brauchte das Gegengift! Wieder ballte er die Fäuste. Er wusste, dass er sich nicht würde beherrschen können. Er vermochte seine Launen nicht mehr willentlich zu unterdrücken ... Schon jetzt folgten ihm deswegen auf Schritt und Tritt argwöhnische Blicke. Er konnte niemandem mehr trauen. Niemandem!

Hammerschläge und leise Flüche ertönten hinter dem Sichtschutz. Die Bahnen aus schwarzer Ziegenwolle waren so zwischen Pfosten aufgespannt, dass die Karrenritter nicht beobachten konnten, wie sie in den Lagern rings um den Hügel den Angriff vorbereiteten. Er würde dieses Ritterpack auslöschen! Spätestens zur Mittagsstunde würde es auf dem Hügel keinen einzigen Überlebenden mehr geben.

Ang Min kam von der Weide zu ihm herüber. Mit großen Schritten eilte er an den Planen entlang, an denen der stetige Nordwind zerrte, der seit Sonnenaufgang über das weite Hügelland strich.

Xiang blieb stehen. Er zwang sich zur Ruhe und verschränkte die Hände hinter dem Rücken.

»Das Kamel mit deiner Rüstung konnte nicht gefunden werden, General.«

Eine Woge der Wut erfasste Xiang. Seine Hände krampften sich ineinander. Es wäre besser für ihn, dachte er, wenn auch er nicht von diesem verdammten Hügel zurückkäme! Dieser kleine Ritter, der da unter dem Jurtenboden lag, hatte ihn umgebracht, und es hatte dazu nicht einmal seiner berühmten Schwertkunst bedurft.

Wenn er im Kampf starb, überlegte Xiang, würde zumindest sein guter Name überdauern. Oder das, was davon nach den Ereignissen des vergangenen Tages noch übrig war. Der sinnlose, blutige Angriff, die grausamen Hinrichtungen – das war nicht er! Der Herr des Himmels hatte über sein Schicksal entschieden. Aber vielleicht konnte er Marcia noch retten. Sie durfte nicht an den Wandernden Hof zurück! Wenn er sie zu den Kaiserrittern bringen ließe … Dort würde sie mit Respekt behandelt werden. Und sie wäre sicher vor dem Khan. Es sei denn, der Herrscher schickte eine seiner Weißen Tigerinnen …

Xiang stutzte. Er würde noch ein letztes Mal den Brief ändern, den er Marcia geschrieben hatte. Sie musste begreifen, dass es überlebenswichtig für sie war, dass geheim blieb, wo sie sich aufhielt. Vor einer Weißen Tigerin wäre sie selbst inmitten der mächtigsten Burg der Kaiserritter, umgeben von einem Dutzend Leibwächtern, nicht sicher.

»General?«

Er blickte zu Ang Min auf.

»Warum ist die Rüstung von so großer Bedeutung? Es wird noch weiter nach ihr gesucht, aber …«

»Sie hat mir Glück gebracht«, log Xiang glatt. »Ich bin nie schwer verwundet worden, wenn ich sie im Kampf getragen habe.«

»Im Kampf?«

»Heute gehe ich mit euch den Hügel hinauf!« Xiang wählte einen Ton, der deutlich machte, dass dieses Gespräch nun endete. »Ich habe meinen Kriegern nie etwas befohlen, was ich nicht selbst zu tun bereit war. Nach dem Massaker gestern schulde ich der Ehernen Horde einen Angriff, den ich anführe.«

WESTERMARK, SÜDLICH DES SCHWARZFORSTES, STUNDE DES DRACHEN, 13. TAG DES ERNTEMONDES, 18. JAHR VOR SASMIRAS ZWEITER THRONERHEBUNG

Xiang zerknüllte wütend das Seidenpapier und warf es in die Feuerschale, in der noch die Asche der anderen Briefe glomm. Er war nicht bereit, Abschied zu nehmen. Und ihm war erneut klargeworden, dass es für Marcia keine Fluchtmöglichkeit gab. Er konnte niemandem mehr trauen. Nicht Ang Min, diesem geschniegelten Höfling, der sich mit Freuden die Gunst des Khans erkaufen würde, indem er Marcia auslieferte. Und auch keiner seiner Hauptleute würde ihm über den Tod hinaus die Treue halten, wenn ihnen Bao Li das Siegel zeigte und erklärte, ein Gesandter des Khans zu sein. Selbst Leng, der seit Kindertagen sein Diener war und nun Marcia als Leibwächter schützte, Leng, der Treueste der Treuen, würde sich der Autorität des Siegels beugen. Sobald er selbst tot war, war auch Marcia verloren. Es gab für sie keinen Weg aus diesem Lager heraus. Ohne seine Hilfe würde sie niemals zu den Kaiserrittern gelangen. Er musste überleben! Und zugleich musste er heute an der Spitze seiner Leute stehen, sonst wäre es um seine Autorität geschehen.

Oder sah er die Welt zu schwarz? Zersetzte das Gift bereits seinen Verstand?

Er nahm den Pinsel, tauchte ihn in die Tusche auf dem Reibstein, verharrte mit der Hand in der Luft über dem neuen Blatt Seidenpapier. Dieses Mal musste er die rechten Worte finden!

Lebe wohl, meine Kaiserin …

Er hatte das Gefühl, ein Eisenklumpen säße ihm in der Kehle, als er auf das letzte Zeichen blickte und den Pinsel zur Seite legte. Ganz gleich, wie sehr er schluckte, der Klumpen wollte nicht weichen. Sie durfte diesen Brief nur lesen, wenn er nicht zurückkehrte.

Die Tusche brauchte noch ein wenig Zeit, um zu trocknen. Er spülte den Pinsel in einem Wasserbecher sauber und strich sorgfältig die rötlichen Haare glatt, bis sie wieder eine feine Spitze formten. Gefasst legte er ihn neben den Reibstein. Dann erhob er sich und ging zu der kleinen Truhe bei seinem Lager. Im untersten Fach verwahrte er eine Phiole mit Mondfischgift. Es lähmte die Muskeln langsam, ohne Schmerzen zu bereiten, und es hatte auch die Eigenschaft, dem aufgewühlten Geist Ruhe zu schenken. Die Heilkundigen nannten es den *sanften Tod*.

Vorsichtig öffnete er das Siegel an der Amphore mit dem kostbaren kamarinischen Roten mit einem scharfen Federmesser. Er zögerte. Betrachtete die schwarzen Ritterfiguren, die kunstvoll auf den roten Ton gemalt waren. So oft hatten sie es verschoben, diesen Wein zu trinken. Hatten auf den großen Tag gewartet, der es würdig war, mit diesem edlen Tropfen seinen Ausklang zu finden.

Der Eisenklumpen in seiner Kehle schien immer weiter zu wachsen. Xiang zog den feingeschliffen Kristallverschluss aus der Phiole mit dem Gift und leerte das Fläschchen in die Amphore. Dann nahm er den Pinsel, schob dessen langen Bambusgriff durch den engen Amphorenhals und rührte, damit sich Gift und Wein gut vermischten.

Schließlich verschloss er die Amphore wieder und drückte mit dem Daumen auf das Siegelwachs, bis der feine Schnitt verschwand.

… bin ich aber zur Abendstunde noch nicht zurückgekehrt,
dann öffne unseren Wein
und nimm einen ersten Schluck,
denn ich möchte sein köstliches Aroma
auf deinen Lippen schmecken,
wenn wir uns wiederbegegnen,
meine geliebte Kaiserin.

Er rollte den Brief zusammen, schob ihn in einen zylindrischen Lederbehälter und verschloss diesen. Behutsam legte er ihn neben den Kelch aus roter Jade. Es war an der Zeit, sich für den Kampf bereitzumachen. Er nahm den Waffenrock aus roter Seide. Ein Gewand wie das seiner Leibwachen, nur dass sein Waffenrock mit goldenen Drachen bestickt war.

Er legte es an. Immer noch schmerzte die Verletzung zwischen seinen Beinen. Es war nur ein kleiner Schnitt, doch die Wunde brach immer wieder auf.

Er biss die Zähne zusammen, schnallte die schwarze Brustplatte um und hob den Helm von seinem Lager, um ihn sich unter den Arm zu klemmen.

Ein letztes Mal blickte er zu der Lederrolle, die seinen Abschiedsbrief in sich trug. Er durfte auf keinen Fall zulassen, dass Marcia an den Wandernden Hof zurückgebracht wurde. Sie würde dort zugrunde gehen … Und für ihn war es besser, diese Schlacht nicht zu überleben. Nur so konnte er einem Ende in Schande entgehen.

Aber würde Marcia die Botschaft verstehen? War sie lange genug am Wandernden Hof gewesen, um zwischen den Zeilen lesen zu können, dass er sie aufforderte, sich das Leben zu nehmen, damit sie sich in der jenseitigen Welt wiederbegegnen konnten? Oder würde er ihr Mörder sein, weil sie die Worte befolgte, ohne ihren verborgenen Inhalt erkannt zu haben?

WESTERMARK, SÜDLICH DES SCHWARZFORSTES, SPÄTER MORGEN, 13. TAG DES ERNTEMONDES, 18. JAHR VOR SASMIRAS ZWEITER THRONERHEBUNG

Du kommst also doch zu uns«, empfing der Narbengesichtige Zaneta im Adlerwagen.

»Bildet euch nur keine Schwachheiten ein! Der rote Greif hat gewonnen. Ich hab mir den Leichenhaufen vor dem Wagen persönlich angesehen. Eindrucksvoll …« Wäre da nicht die wulstige Narbe, würde er gar nicht mal schlecht aussehen, dachte Zaneta. »Ich bin eben eurem raubeinigen Charme verfallen.« Sie trat an die hölzerne Wand und blickte durch eine der dreieckigen Schießscharten. »Außerdem hat man von hier aus die beste Sicht auf das Hauptlager der Hundefresser.« Sie stockte kurz. Besser, sie würde nicht fragen, aber sie brachte es nicht über sich. Da war immer noch ein Funke Hoffnung. »Habt ihr gesehen, was aus unseren Männern geworden ist? Hat einer versucht, sich zurück zur Wagenburg durchzuschlagen?«

Der Narbengesichtige trat neben sie und blickte ebenfalls durch eine Schießscharte. »Nein«, sagte er mit belegter Stimme. »Es ist keiner zurückgekehrt. Aber ich glaube, wir haben es ihnen zu verdanken, dass es die Hundefresser heute Morgen so langsam angehen lassen und immer noch nicht vor unseren Wagen stehen.«

Zaneta dachte an die Worte ihres Oheims. Er hatte ihnen Zeit erkaufen wollen. Aber was nutzte das? Spielte es noch eine Rolle, ob sie zur Mittagsstunde oder zur Zeit der Abenddämmerung starben? Was waren diese wenigen geschenkten Stunden wert? Sie wäre ihren letzten Weg lieber mit ihm gegangen.

Sie sah Speerspitzen hinter den von den Hundefressern aufgespannten Zeltbahnen aufragen. Truppen bewegten sich dort. Der Feind bereitete sich auf den nächsten Angriff vor. Lange würde es nicht mehr dauern.

Sie wandte sich ab und ging zu der Rampe, die aus dem engen Wagen führte.

»Du verlässt uns schon?«

»Ich habe angekündigt, zu Beginn der Schlacht hinter den Wagen zu stehen, um dann jene heimzusuchen, die schlecht kämpfen.« Sie bedachte den vernarbten Wagenführer mit einem schiefen Lächeln. »Also betet lieber, dass ihr mich die nächsten Stunden nicht wiederseht.«

»Das werden … verdammt!«

»Was?«, fuhr sie den Narbengesichtigen scharf an.

»Sie haben die Zeltbahnen niedergelegt. Da …«

Mit zwei langen Schritten war Zaneta zurück bei der Schießscharte. Hinter den Zeltbahnen waren Ballisten aufgestellt worden. Dutzende! Überall rings um den Hügel. Belagerungsgeschütze, die Speere oder Steinkugeln verschießen konnten.

Ein langer, klagender Hornstoß ertönte. Dann das Klacken der Geschütze.

»Wir müssen …«, schrie Zaneta, als ein gewaltiger Schlag den Kriegswagen traf. Dolchlange Holzsplitter wirbelten durch das Innere.

Der Kopf des Narbengesichtigen war verschwunden. Blut schoss ihm aus dem Hals. Er kippte nach hinten und rutschte an der Rückwand hinab.

»Raus hier!«, befahl Zaneta und schrie gegen das Getöse an, mit dem überall ringsum Steinkugeln durch die dicken Eichenplanken der Kriegswagen schmetterten.

»Raus hier!«, wiederholte sie, und jetzt endlich stürzten die anderen Männer aus dem Kriegswagen über die Rampe hinaus.

Zaneta ging als Letzte. Ein weiterer Treffer erschütterte den Adlerwagen, doch diesmal wurden die zolldicken Planken nur eingedrückt und splitterten nicht.

»Unter die Wagen!«, rief sie. »Und nehmt eure Armbrüste mit!«

WESTERMARK, SÜDLICH DES SCHWARZFORSTES, STUNDE DER SCHLANGE, 13. TAG DES ERNTEMONDES, 18. JAHR VOR SASMIRAS ZWEITER THRONERHEBUNG

Marcia winkte Xiang zu. Es war eine vage, halbherzige Geste. Sie wusste, dass er es nicht schätzte, wenn sie vor seinen Männern ihre Gefühle zeigte.

Er stand inmitten seiner Leibwache, hundert handverlesenen Kriegern. Alle hatten sich in mindestens zwanzig Schlachten bewähren müssen, um in diese Truppe aufgenommen zu werden. Sie trugen Brustplatten aus bestem Eisen, das geschwärzt worden war, um unter den widrigen Umständen eines Feldzugs keinen Rost anzusetzen. Auf den spitzen Helmen, von denen Kettengeflecht über Nacken und Wangen der Krieger hing, wippten rot gefärbte Reiherfedern. Eisenplatten waren in die prächtigen roten Waffenröcke eingenäht.

Es war diese Leibwache, die Xiangs Heer seinen Namen gegeben hatte: die Eherne Horde. Die Krieger waren wahrlich Männer aus Eisen. Heute trugen sie nicht die leichten Lederschilde, mit denen sie sonst in den Kampf zogen, sondern fast mannshohe Turmschilde, ähnlich den Pavesen, mit denen sich die Armbrustschützen des Reiches schützten. Eigentlich wurden die schweren Schilde nur bei Belagerungen eingesetzt. Doch der Sturm auf die Wagenburg war in der Tat auch mehr Belagerungskampf denn Feldschlacht.

Mit gezogenem Säbel wies Xiang eine der Geschützmannschaften an, welchen Wagen sie als nächstes Ziel wählen sollten. Sorgenvoll betrachtete Marcia die goldfunkelnde Pracht seines Waffenrocks. Schildträger würden ihm Deckung geben, jeder der Leibwächter mit dem Leben für ihn einstehen, und doch wäre er das bevorzugte Ziel eines jeden Schützen dort oben auf dem Hügel.

»Er ist nicht leicht umzubringen«, sagte Leng, als habe er ihre Gedanken gelesen. »Du musst dir keine Sorgen um ihn machen.«

Dankbar blickte sie zu ihrem Leibwächter. Er war nur ein einfacher Mann, ein Viehhirte, aufgewachsen in der Steppe, und doch begegnete er ihr mit mehr Gefühl und Aufmerksamkeit, als es je einer der blasierten Diener am Wandernden Hof getan hatte.

»Ich kenne ihn schon lange. Xiang hat bereits ganz andere Schlachten ohne eine Schramme durchgestanden. Wusstest du, dass er im Alter von sieben Jahren einen Wolf nur mit einem Messer getötet hat?« Leng grinste so stolz, als würde er von den Heldentaten seines eigenen Sohnes sprechen. »Jeder Mann in der Ehernen Horde kennt die Geschichte, obwohl der General nie darüber spricht.« Er zwinkerte ihr verschwörerisch zu. »Das habe ich für ihn erledigt. Solche Geschichten sind dazu da, an Lagerfeuern erzählt zu werden, und nicht dazu, dass man sie in seinem Herzen begräbt. Xiang ist ein guter General, aber solche Dinge versteht er manchmal nicht. Dafür hat er mich.«

Marcia rang sich ein Lächeln ab, aber ihre Sorgen waren nicht geschwunden. Sie wusste, dass Xiang in vorderster Linie kämpfen würde, und gestern hatte etwas in seinem Blick gelegen, als wollte er Abschied nehmen.

WESTERMARK, SÜDLICH DES SCHWARZFORSTES, KURZ VOR DER MITTAGSSTUNDE, 13. TAG DES ERNTEMONDES, 18. JAHR VOR SASMIRAS ZWEITER THRONERHEBUNG

Zaneta kroch zurück unter den Adlerkarren. Alles war vorbereitet. Würde es genügen?

Der Wagen über ihr erbebte unter einem weiteren Treffer. Das Rad links vor ihr zersplitterte. Der Wagen sackte leicht nach vorn. Unwillkürlich zog Zaneta den Kopf zwischen die Schultern.

»Es gibt ein Fass, das die Ladefläche stützt«, sagte der Mann neben ihr, ein Rotschopf, den sie nicht kannte. »Hier fällt uns nichts auf den Kopf.«

Sie musste an den Narbengesichtigen denken. Solange sie derart unter Beschuss standen, war kein Kopf sicher. Doch unter den Wagen zu liegen war wahrscheinlich noch der beste Schutz.

Sie beobachtete die feindlichen Krieger, die neben den Reihen der Geschütze aufmarschiert waren und mit grimmiger Genugtuung die Zerstörung der Wagenburg beobachteten. Es waren Tausende. Wie viele von ihnen in der Nacht wohl ihr Pferd verloren hatten?

In diesem letzten Kampf würden sie und ihre Karrenritter untergehen, das war Zaneta klar. Nach den Ereignissen der Nacht würden die Angreifer keine Gnade kennen. Unklar war allein, wie viele Feinde mit ihnen sterben würden. Und sie waren darauf vorbereitet, ihre Haut so teuer wie möglich zu verkaufen, dachte Zaneta grimmig.

Der Beschuss wurde schwächer. Ob den Hundefressern die Steine ausgingen? Das Krachen und Splittern, das seit mehr als einer Stunde an ihren Nerven gezerrt hatte, erstarb.

Ein einzelnes Hornsignal erklang im Lager der Feinde.

Zaneta robbte ein Stück weiter vor, um besser sehen zu können. Dumpfe, tief in den Bauch fahrende Trommelschläge ertönten. Hinter den Ballisten war eine Reihe von Kamelreitern erschienen, vor deren Sättel mächtige Kesselpauken geschnallt waren. Sie schlugen in langsamem Rhythmus die straff gespannten Felle.

Die Blöcke der Krieger setzten sich in Bewegung. Ganz anders als am Tag zuvor. Es waren keine wild heranstürmenden Horden. Sie gingen im Gleichschritt. Im Takt, den die Kesselpauken vorgaben. Unheimlich. Unaufhaltsam.

Unmittelbar vor dem Adlerkarren war eine Schar mit fast mannshohen roten Schilden angetreten. Schild an Schild formten sie einen beweglichen Wall.

»Schießt auf ihre Beine!«, rief Zaneta.

Bolzen schlugen in die Schilde. Plötzlich tat sich eine Lücke auf. Ein Mann stürzte lautlos, doch mit schmerzverzerrtem Gesicht. Neben ihm ging ein Krieger in goldbesticktem Waffenrock. Obwohl er noch mehr als fünfzig Schritt entfernt war, erkannte Zaneta ihn. General Xiang Yu!

Bolzen schlugen in die Lücke im Schildwall.

Weitere Steppenkrieger gingen nieder. Der General taumelte. Dann schloss sich die Mauer aus Schilden.

Der Mann neben ihr gab seine Armbrust nach hinten und bekam eine geladene Waffe gereicht.

»Ich auch!«, rief Zaneta.

Unter dem Karren liegend, war es unmöglich, eine Armbrust zu spannen. Der Platz reichte nicht. In Deckung hinter den halbzerstörten Wagen standen leicht Verwundete. Gebückt kurbelten sie die Windengriffe auf beiden Seiten der Waffen, bis die stählernen Bögen bis zum Anschlag gespannt waren.

Eine Waffe wurde zu Zaneta geschoben. Ein Jüngling, keine vierzehn Sommer alt, warf ihr einen Bolzen zu.

Pfeile schlugen in den Wagen über ihr. Andere stürzten in steiler Kurve vom Himmel herab, um die Männer hinter den Wagen zu treffen. Hundertfach ertönte ihr Aufschlag im Holz.

Zaneta zog die Armbrust zu sich heran und legte den Bolzen auf die Führungsschiene. Sie brachte die Waffe in Anschlag.

Der Wall aus roten Schilden war keine zwanzig Schritt mehr entfernt. Deutlich sah sie die Stiefel der Krieger unter den Schildrändern. Wie Dornen steckten Armbrustbolzen in dem wandernden Schutzwall.

Pfeile schlugen in das Gras dicht vor ihrem Wagen.

Der Rothaarige neben ihr schoss und fluchte leise.

»Zieh dich zurück!«, befahl sie.

»Und du?«

»Ein letzter Schuss …« Sie peilte über die Führungsschiene. Zielte dorthin, wo sie den General vermutete. Wenn er strauchelte und zurückfiel …

Wild johlend stürmten die ersten Feinde auf die zerschossenen Wagen zu. Die Krieger rechts und links des Schildwalls waren weniger schwer gerüstet und hatten es schneller den Hügel hinauf geschafft.

»Rückzug!«, schrie Zaneta aus Leibeskräften.

Einen Herzschlag später waren zwei kurze Hornstöße zu hören. Das vereinbarte Signal. Ihre Männer sollten nicht auf dem Trümmerwall kämpfen. Noch stand der innere Kreis der Wagen. Dort würden sie die Hundefresser aufhalten!

Noch zehn Schritt. Deutlich konnte sie die Stiefel unterscheiden, die unter den Schildkanten zu sehen waren. Sie wünschte sich, sie wäre eine bessere Schützin. Wünschte, das hier wäre eine Sache, die sich mit dem Schwert erledigen ließe. Sie musste es schaffen! Wenn der General fiel, dann würde das seine ganze Horde aufhalten. Zumindest, bis sich seine Hauptleute auf einen neuen Anführer verständigt hatten.

Sie zielte, so gut es mit nur einem Auge ging, auf das einzige Paar schwarzer Stiefel. Sie waren besser als die klobigen, schmutzig braunen Stiefel der anderen Krieger.

Zaneta atmete aus und zog den Abzug durch.

Der Bolzen durchschlug den linken Stiefel auf Höhe des Knöchels. Der Mann brach in die Knie.

Zaneta ließ die Armbrust ins Gras sinken und schob sich zurück. Als sie sich hinter dem Wagen aufrichtete, funkelte eine Klinge neben ihr. Sie duckte sich zur Seite. Ihr Panzerhandschuh schmetterte in ein flaches, konturloses Gesicht. Sie spürte einen Knochen brechen. Blut quoll aus der zerschmetterten Nase und der aufgeplatzten Oberlippe ihres Gegners. Seine Klinge sank.

Sie griff nach dem Schwertarm des Mannes, entwand ihm ohne Mühe die Klinge mit einem Hebelgriff, den ihr Oheim sie gelehrt hatte. Wie beiläufig schlitzte sie ihm die Kehle auf.

Überall auf dem Grasstreifen zwischen den beiden Karrenwällen waren jetzt Hundefresser. Letzte Verteidiger schoben sich durch die schmalen Lücken, die in der Front des zweiten Wagenwalls noch nicht durch Pavesen geschlossen waren. Ein Krieger mit rotem Helmbusch kam schreiend auf sie zugelaufen, das Krummschwert hoch über den Kopf erhoben, als wolle er sie mit einem einzigen mächtigen Streich vom Scheitel bis zur Sohle spalten.

Sie schleuderte ihm das Schwert des ersten Angreifers entgegen. Die Klinge drang durch den ledernen Brustpanzer tief in die Brust des Hundefressers.

Zaneta zog ihre eigene Waffe. Endlose Stunden hatte ihr Oheim sie üben lassen. Er hatte ihre Arme mit Gewichten beschwert und sie so fechten lassen, hatte sie gezwungen, zehn Runden um die Palisaden der kleinen Siedlung zu laufen, über die er als Ritter wachte, wenn sie glaubte, sie sei am Ende ihrer Kräfte.

Jetzt bewegte sie sich mit tödlicher Leichtigkeit durch die Reihen ihrer Gegner. Und sie bemerkte, wie der Hass in den schmalen Augen ihrer Feinde der Angst wich, die sie in ihre Herzen gepflanzt hatte.

Ohne Mühe erreichte sie den Durchgang zwischen den Wagen. Schützen hinter den Holzwänden schossen Bolzen um Bolzen auf die Krieger, die versuchten, ihr zu folgen.

Kaum hatte sie sich an der grüngestrichenen Deichsel vorbeigeschoben, die neben ihr senkrecht emporragte, drängten sich zwei ihrer Pavesenträger in die Lücke. Hinter ihnen folgten weitere Männer, die mit Speeren und Hellebarden jeden Angreifer auf Abstand hielten.

Zaneta sah die Reiter, die etwa hundert Schritt vom Steilufer auf der Rückseite des Hügels in den seichten Fluss ritten. Sah, wie sie ihre kurzen Bögen aus den großen Köchern zogen. Und sie wusste, sie hatten sich keine Zeit erkauft.

Aber sie würden die Hundefresser bluten lassen!

»Alles bereit?«, rief sie trotzig.

WESTERMARK, SÜDLICH DES SCHWARZFORSTES,
STUNDE DES PFERDES, 13. TAG DES ERNTEMONDES,
18. JAHR VOR SASMIRAS ZWEITER THRONERHEBUNG

Fluchend ging Cheng neben ihm in die Knie.

Xiang klopfte dem Hauptmann, der als Einziger glänzende schwarze Stiefel trug, auf die Schulter. »Wir rächen dich! Lass dich hinunterbringen und fang schon mal mit der Siegesfeier an.«

Ihr Vormarsch war für einen Augenblick ins Stocken geraten.

»Vorwärts!«, befahl Xiang scharf.

Seine Männer stiegen über den gestrauchelten Hauptmann hinweg, der sich den Knöchel hielt, aus dem ein Armbrustbolzen ragte.

Der Sieg war zum Greifen nah, dachte Xiang. Ang Min würde in diesem Augenblick mit seinen Männern in den Fluss reiten, um den Hügel von der Rückseite anzugreifen.

»Vorwärts!«, drängte er seine Männer. »Vorwärts!«

Sie fielen in leichten Laufschritt, bis sie die zerschmetterten Wagen erreichten. Mit einem kurzen Blick nach links sah Xiang, dass ein Stück entfernt andere Krieger bereits die Wagenmauer überwunden hatten. Die schweren Schilde hatten seine Leibwache langsam gemacht. Aber sie würden als Erste durch den zweiten Wagenring brechen, dachte er grimmig und griff nach einem Pfosten, der wohl einst die schweren Bretterwände gehalten hatte.

Er trat in die Speichen eines Rades und zog sich an dem Pfosten hoch. Ein plötzlicher scharfer Schmerz ließ ihn gepresst ausatmen. Er drückte die Hand auf seine Brustplatte, dicht über dem Gürtel. Aber er würde sich von diesem unglücklichen Treffer nicht aufhalten lassen!

Ein weiterer Armbrustbolzen verfehlte ihn knapp.

Überall zwischen den beiden Wagenkreisen drängten sich bereits Krieger. Vorsichtig trat er in die Trümmer. Es stank nach starkem Branntwein. Zwischen den zersplitterten Planken sah er die gewölbten Dauben eines Fasses und schnaubte verächtlich. Auch in den Heeren des Khans gab es Befehlshaber, die glaubten, den Kampfesmut ihrer Männer stärken zu müssen, indem sie ihnen vor der Schlacht Schnaps zu trinken gaben. Er selbst hielt davon nichts. Männer, die wussten, wofür sie kämpften, brauchten so etwas nicht.

Einer seiner Leibwächter stieg neben ihn auf den Wagen, um ihn mit einem weiteren Schild abzuschirmen.

Kritisch blickte Xiang die zweite Wagenreihe entlang. Seine Ballisten hatten hier so gut wie keinen Schaden angerichtet. Es erwartete sie ein harter Kampf gegen die Karrenritter. Aber er würde dafür sorgen, dass diese Käsestinker mit allen Sinnen bei ihm und seinen Kriegern waren. Dann würden sie Ang Min erst bemerken, wenn es zu spät war.

Er blickte kurz über seine Schulter. Tausende drängten hinter ihm den Hügel hinauf. Sie würden die Karrenritter unter ihren Leibern begraben!

Entschlossen sprang er von dem Wagen herab und keuchte vor Schmerz auf. Ein Bolzen kreischte über seine geschwärzte Brustplatte – er war im falschen Winkel aufgeschlagen und hatte das Eisen nicht durchdringen können.

Rasch tastete Xiang nach dem Loch dicht über seinem Gürtel. Kein Blut rann über seinen Harnisch. Es spürte, wie es von seinem mit Schafwolle gepolsterten Untergewand aufgesogen wurde, an der Innenseite seines linken Beins hinablief. Er verlor nicht viel Blut, aber stetig. Er sollte sich bald darum kümmern.

Seine Leibwächter folgten ihm. Die übrigen seiner Krieger in der Nähe wichen zurück. Alle wussten sie um den Ruf der Elitekämpfer, der Keimzelle, aus der ihr Heer geboren worden war.

Ein Schutzwall aus großen Schilden umgab Xiang. Armbrustbolzen pochten gegen das schwere Holz. Nur selten drang eines der Geschosse auch nur so weit durch, dass ein kleines Stück der stählernen Spitze sichtbar wurde.

Sie erreichten die zweite Wagenreihe.

»Speere!«, befahl Xiang.

In den hinteren Reihen wurden Speere hochgerissen. Ihre Stichblätter zuckten durch die dreieckigen Schießscharten in der Wagenwand vor ihnen, um die verfluchten Armbrustschützen zurückzutreiben.

»Schilde!«, gab Xiang das nächste Kommando.

Jeder Zweite der Männer in der ersten Reihe stemmte seinen schweren Turmschild so hoch, dass jeweils zwei Krieger von ihm gedeckt wurden.

»Äxte!« Noch während er den Befehl rief, zog Xiang seine schwere Axt aus der Lederschlaufe auf seinem Rücken.

Der Schmerz meldete sich heftiger als erwartet, als er sich streckte. Er umklammerte den Griff der Axt mit verzweifelter Wut und lenkte den Schmerz in den Hieb, den er gegen die Wagenwand führte. Die Erschütterung, die sich durch den Griff der Axt auf seinen Körper übertrug, ließ ihn leise stöhnen.

Xiang biss sich auf die Lippe. Er durfte sich nichts anmerken lassen. Durfte keine Schwäche zeigen. Der Grat, auf dem er wanderte, war zu schmal. Dies war sein letzter Kampf. Er wollte ein Held sein!

Links und rechts neben ihm droschen seine Männer auf die Wagenwand ein. Geschützt durch die Schilde, waren sie unangreifbar. Andere Speerträger waren hinter ihnen in die Hocke gegangen, um sie vor Angriffen zu warnen, die von unterhalb des Wagens vorgetragen wurden. Zwei seiner Männer hatten sich sogar Armbrüste von erschlagenen Feinden genommen.

Splitter flogen, und die erste Planke zerbrach!

Hinter ihnen erscholl ein Warnruf, der in ein Fauchen überging, als habe sich ein Feuervogel mit Glutschwingen aus seiner Asche erhoben.

Xiang wandte sich um. Der Wagen, über den sie vorhin gestiegen waren, stand in hellen Flammen. Xiang sah eine Fackel fliegen. Keinen Herzschlag später stand ein weiterer Kriegswagen in Flammen. Der Branntwein! Keiner ihrer Feinde war betrunken. Im Gegenteil, dieses verdammte Harnischweib hatte einen wachen Verstand, und obwohl sie wissen musste, dass sie nicht siegen konnte, war sie nicht bereit aufzugeben.

»General …« Seine Männer hatten die Äxte sinken lassen. Sie waren in einem Ring aus Feuer gefangen. Die Hitze brannte auf ihren Gesichtern.

Nur ein einziger Wagen stand nicht in Flammen.

Schon stürmten etliche seiner Krieger dorthin zurück, jene leicht Gerüsteten, die als Erste in den Wagenkreis eingedrungen waren … und gerieten in ein mörderisches Kreuzfeuer der gegnerischen Armbrustschützen.

Doch die verfluchten Käsestinker konnten nicht so schnell nachladen, wie neue Ziele erschienen.

»Weitermachen!«, befahl Xiang scharf. »Entweder wir brechen durch, oder wir verbrennen! Wir ziehen uns nicht zurück!«

WESTERMARK, SÜDLICH DES SCHWARZFORSTES, STUNDE DES PFERDES, 13. TAG DES ERNTEMONDES, 18. JAHR VOR SASMIRAS ZWEITER THRONERHEBUNG

Ang Min hielt den Atem an, als die Wagen in Flammen aufgingen. Sein General war allem Anschein nach zwischen der zweiten Linie der Karrenritter und dem Feuer gefangen. Er sah, wie Truppen vom Hügel zurückwichen. Die ganze Horde war in Gefahr. Sie waren an Siege gewöhnt. Daran, dass so etwas wie hier niemals geschah. Xiang Yu hatte sie ein weiteres Mal enttäuscht.

Wenn er sich jetzt zurückzog, dann könnte er immer sagen, er habe die demoralisierten Krieger ordnen wollen. Vor dem Khan würde er damit durchkommen, da war er sich ganz sicher.

Ang spürte die fragenden Blicke seiner Krieger auf sich. Wenn er seine Ehre aufgab, würde er ein Heer gewinnen. Den ersehnten Oberbefehl. Aber seine Krieger würden wissen, was er getan hatte. Er würde es in ihren Augen lesen, an jedem Tag, an dem er weiterlebte.

Er tastete über den breiten Ledergurt mit Dolchen, der über seiner Brustplatte lag und damit sein Äußeres ungebührlich verunstaltete. Selbst eine Schlacht sollte eigentlich kein Anlass sein, seine Kleidung zu vernachlässigen, auch wenn das alle um ihn herum anders sahen.

Ang glaubte zu spüren, dass die Männer seinen Verrat erwarteten. In ihren Augen war er ein Höfling, kein Krieger. Ganz gleich, wie meisterlich er sein Schwert führte. Ganz gleich, dass auch er noch nie ein Gefecht verloren hatte. Er wusste um den Spitznamen, den sie ihm gegeben hatten, selbst wenn es nie jemand gewagt hatte, ihn vor seinen Ohren auszusprechen: die Seidenraupe. Für sie war er der in Seide gewandete Kriecher vom Wandernden Hof, den es aus unerfindlichen Gründen in die Eherne Horde verschlagen hatte.

Ang lächelte. Es war an der Zeit, all die heimlichen Spötter und offenen Zweifler zu überraschen.

Er wandte sich den Bogenschützen zu, die in den Fluss geritten waren. »Schießt! Ich will, dass sich keiner der Käsestinker dem Steilufer nähern kann, ohne von euren Pfeilen durchbohrt zu werden!«

Er trieb sein Pferd ins Wasser und bedeutete den handverlesenen Kriegern, die er am Morgen ausgewählt hatte, ihm zu folgen. Hundert Mann. Sie würden General Xiang Yu retten, und binnen eines Mondes würde jedes Kind im Khanat von dieser Heldentat wissen.

Die Bogenschützen begannen, auf den Hügel und die Wagen zu schießen. Die wenigen Wachen dort oben duckten sich tief hinter ihre Pavesen. Das Gros der Feinde war in den Wagen. Bis hierher hörte man die Axtschläge von Xiangs Männern. Sie hatten keineswegs aufgegeben.

Ang ritt bis an den steilen Uferabbruch. Acht Schritt ging es senkrecht in die Höhe bis zur Hügelkuppe. Das Erdreich war zwar lehmig und fest, bot einem Kletterer aber keinen Halt, abgesehen von den flachen Höhlen, die Uferschwalben ein Stück über der Hochwassermarke ins Erdreich gewühlt hatten.

Ang nahm den ersten Dolch aus dem breiten Gurt und rammte ihn in den Lehm. Die Klinge drang zur Hälfte ein. Er zog den kleinen Hammer aus seinem Gürtel und schlug auf den Knauf der Waffe, bis sie bis zum Heft im Steilufer versunken war. Prüfend stützte er sich auf den Griff und war zufrieden. Er hatte den ersten Tritt auf dem Weg nach oben.

Er und seine Männer würden die Käsestinker in ihren Wagen überrumpeln und sie ohne Gnade niedermachen!

WESTERMARK, SÜDLICH DES SCHWARZFORSTES, KURZ NACH DER MITTAGSSTUNDE, 13. TAG DES ERNTEMONDES, 18. JAHR VOR SASMIRAS ZWEITER THRONERHEBUNG

Keuchend rannte Jaroslaw durch den Wald. Hinter sich hörte er Äste knacken und das trockene Laub rascheln. Er sah sie nicht, aber sie waren immer noch da. Die verfluchten Steppenreiter, die mitten in der Nacht wie aus dem Nichts aufgetaucht waren. Er war am Ende! Dabei hatte alles so hoffnungsvoll angefangen.

Obwohl ihn der alte Hochmeister unter dem Geleit von Wachen aus seinem Zelt hatte führen lassen, war Gamrath von Hatzfeld keine Stunde später zu ihm gekommen. Erst war Jaroslaw misstrauisch gewesen. Zu tief saß seine Enttäuschung über den Orden. Wie konnte nur eine Kreatur wie dieser Canali in Amt und Würden aufsteigen? Ein Mann, der statt mit Schwert und Lanze mit einem Rechenschieber in die Schlacht zog.

Aber Gamrath war anders. Der Hochmeister hatte zwar deutlich gemacht, dass er seine Ritter nicht für eine aussichtslose Sache opfern würde, doch er hatte es ihm gestattet, unter den Waffenknechten, die kein Ordensgelübde geleistet hatten, bis zu zehn Männer anzuwerben.

Jaroslaw hatte nur drei gefunden, die mit ihm reiten wollten. Jeder von ihnen hatte zwei Pferde bekommen und den Rat des Ordensmeisters.

Gamrath von Hatzfeld kannte das Land an der Geiße von ausgedehnten Wildschweinjagden. Er hatte ihnen geraten, weit nach Westen zu reiten und mindestens zehn Meilen Abstand zum Lager der Ehernen Horde zu halten. Und er hatte ihnen erklärt, dass der Nordwind ihr einziger Verbündeter sei.

Jaroslaw musste innehalten. Es fühlte sich an, als würden in seiner Lunge Flammen wüten. Er konnte nicht mehr laufen. Es war vorbei. Die Pferde waren tot. Seine Gefährten waren tot. Dieser verfluchte Komtur mit seinem Rechenschieber hatte recht behalten.

In der vergangenen Nacht hatte das Unglück sie heimgesucht. Erst waren sie durchgehenden Steppenponys begegnet und hatten versucht, ihnen auszuweichen. Aber die Tiere waren überall. Und dann waren die Hundefresser gekommen.

Sie hatten beschlossen, sich zu trennen, um ihren Feinden zu entgehen. Die Kerle ritten, als seien sie mit ihren Pferden verwachsen. Und im Sattel konnten sie mit ihren kurzen Bögen sogar nach hinten schießen.

Er selbst hatte versucht, ihnen in den Wäldern zu entkommen. Vergebens! Beide Pferde hatte er verloren.

Sein Atem ging jetzt ruhiger. Er hielt die Luft an, lauschte. Da war das dumpfe Geräusch von Hufen auf Waldboden.

Er begann wieder zu laufen.

Der Hufschlag wurde lauter.

Vor ihm lag ein großes Brombeerdickicht. Ohne auf seine Haut zu achten, kroch er unter die Dornenranken. Sie zerrten an seinen Kleidern, zupften an seinem Haar, bohrten sich in seine Kopfhaut, seine Hände.

Immer weiter kroch er.

Der Hufschlag verstummte.

Ein Pfeil schlug keine Handbreit von ihm entfernt ein.

Jaroslaw lag still.

Jemand rief etwas in der unverständlichen Sprache der Hundefresser.

Ein weiterer Pfeil schlug durch die Ranken. Jaroslaw stieß einen gellenden Schrei aus, als sei er getroffen. Er zerrte an den Ranken, begann zu gurgeln, als würde er in seinem Blut ersticken.

Wieder ein Ruf in der Sprache der Steppenreiter.

Jaroslaw ließ seine Bewegungen träger werden. Dann lag er ganz still.

Ein Pferd schnaubte. Schließlich ertönte ein Geräusch, als versuchte sich jemand mit dem Schwert einen Weg durch die Dornenranken zu bahnen.

Jaroslaw hielt seinen Speer ganz fest. Er lauschte. Wie nah war der Kerl? War er allein? Er durfte sich nicht zu früh bewegen, dachte er verzweifelt. Die Ranken würden ihn festhalten. Er musste noch warten. Er blickte durch das Dickicht zu den Baumkronen hinauf. Die Blätter hatten welke Ränder. Seit zwei Wochen war kein Regen mehr gefallen.

Wie nah war der Hundefresser? Der Kerl murmelte vor sich hin, während er auf die Ranken eindrosch. Es hieß, dass die Steppenreiter ihren Opfern die Köpfe abschnitten und für jeden Kopf zwei Kaisertaler bekamen. Dreckige Barbaren!

Der Steppenreiter rief etwas. Das klang verdammt nah.

Er konnte doch nicht warten, bis der Kerl auf ihn trat, dachte Jaroslaw. Es war an der Zeit! Oder nicht?

Er sprang auf. Dornenranken kratzten ihm über Gesicht und Hände. Der Hundefresser war keine zwei Schritt entfernt.

Jaroslaw rammte seinen Speer vor.

Sein Gegner versuchte, mit einem Säbelhieb die Spitze abzulenken. Zu spät. Der Stahl drang dem Krieger in die Brust.

Dem Hundefresser wuchs kein Bart. Seine schmalen braunen Augen wurden weit. Blut quoll ihm über die Lippen.

Jaroslaw drückte die Klinge tiefer.

Der Steppenreiter tat einen Seufzer, der fast erleichtert klang. Er ließ seinen Säbel fallen, packte mit beiden Händen den Schaft des Speers, doch er hatte keine Kraft mehr.

»Verrecke endlich!«, blaffte Jaroslaw ihn an und bereute es sofort. Er sollte still sein. Vielleicht waren ja weitere Feinde in der Nähe.

Der Blick des anderen veränderte sich. Er wurde starr. War er tot? Er ließ jedenfalls nicht los.

Jaroslaw zerrte an dem Speer. Endlich bekam er ihn frei. Sein Gegner kippte nach vorn. Versank im Dornengestrüpp, als sei er nie da gewesen.

Das fahlbraune Pony sah ihnen ungerührt zu. Es zupfte mit den Lippen an den Blättern des Brombeerdickichts.

Jaroslaw redete beruhigend auf das Tier ein. Vorsichtig, Zoll um Zoll, kämpfte er sich durch die Ranken. Dann bekam er die hängenden Zügel zu fassen. Das Pony machte keinen Versuch zu fliehen. Es ließ ihn in den Sattel steigen und gehorchte dem Druck seiner Schenkel.

Im Schritt lenkte er es um das Dornendickicht herum, in einen lichten Abschnitt des Waldes, wo vor allem junge Birken standen.

Er war vielleicht eine halbe Stunde geritten, als er zwischen den Bäumen die Rauchsäule sah. Und dann die Flammen. Die Wagenburg! Sie brannte!

Alles war vergebens gewesen!

Der Hügel an der Geiße war etwa zwei Meilen entfernt. Zaneta hatte genau dort, wo er vermutet hatte, die Wagen zusammengezogen.

Der Hügel war zu weit weg, um deutlich erkennen zu können, was geschah. Etwas Dunkles bewegte sich auf den Flanken. Es sah aber nicht so aus, als ob dort noch gekämpft würde.

Jaroslaw glitt aus dem Sattel. Auch wenn er zu spät war, konnte er die Toten zumindest rächen.

Hufschlag ließ ihn aufhorchen. Am Waldrand ritten fünf Hundefresser entlang. Er duckte sich hinter einen Haselnussstrauch. Dort zog er sein zerfetztes Hemd aus. Mit Lederschnüren, die er von seinem Gürtel schnitt, band er es um die Speerspitze.

Kümmerlich, dachte er, streifte auch noch seine Hose ab, schnitt den Stoff in Streifen und wickelte sie ebenfalls um die Speerspitze, sicherte sie mit weiteren Lederriemen, bis eine fast kindskopfgroße Stoffkugel entstanden war. Dann nahm er die Lederflasche mit feinem Lampenöl, die ihm der Hochmeister mitgegeben hatte, und tränkte den Stoff sorgfältig mit dem Öl.

Als der letzte Tropfen aufgesogen war, löste er Rindenbahnen von den Birken, sammelte trockene Grashalme und schichtete alles zu einem kleinen Haufen. Anschließend nahm er Feuerstein und Stahl und schlug so lange, bis Funken die Rinde aufglimmen ließen. Vorsichtig blies er in die zögerliche Glut, bis sich ein kleines Flämmchen erhob.

Er legte Rinde und Grashalme nach und ließ sich Zeit.

Als die Flammen größer wurden, hielt er die Stoffkugel hinein. Mit einem Laut, als habe man mit der Faust in einen Mehlhaufen geschlagen, gingen seine Kleider in Flammen auf.

Sein Pony schnaubte unruhig.

Jaroslaw nahm den Speer und schwang sich in den Sattel. Er würde die Karrenritter auf dem Hügel rächen! Er rammte dem Pony die Fersen in die Flanken und trieb es zwischen den Birken hindurch aus dem Wald hinaus. Das goldbraune Gras stand fast einen halben Schritt hoch. Er senkte den Speer. Sofort fing das Steppengras Feuer.

Das kleine Pferd schnaubte ängstlich und versuchte, dem Feuer davonzulaufen. Hinter ihnen stieg eine Flammenwand auf. Der Nordwind trieb den Brand vor sich her, den Lagern der Ehernen Horde entgegen.

Wütende Rufe mischten sich in das Prasseln der Flammen. Hufschlag folgte ihm. Jaroslaw blickte über die Schulter und entdeckte die fünf Krieger, die eben am Waldrand entlanggeritten waren.

Seinem Pony noch einmal die Fersen in die Flanken zu rammen wäre sinnlos. Es lief ohnehin schon, so schnell es konnte, um den Flammen zu entkommen. Jaroslaw hielt seinen Speer fest umklammert und dachte an Mona und seine beiden Jungs. Für sie war er hier, damit diese Barbaren niemals seinen kleinen Waldhof erreichten.

Der Hufschlag kam näher. Jaroslaw duckte sich, presste sein Gesicht in die Mähne. Er spürte, wie das Herz des Pferdes raste. Flocken flogen dem Pony vom Maul. Die Augen des Tieres waren angstweit.

Den rechten Arm hielt Jaroslaw nach hinten gestreckt. Gierig fraß sich das Feuer in das trockene Gras.

Ein Pfeil zischte über seine linke Schulter hinweg, verfehlte ihn nur um wenige Zoll. Er trieb das Pferd nach rechts, leicht in Richtung des Hügels, auf dem die Wagenburg der Karrenritter in hellen Flammen stand.

Ein dumpfer Schlag traf ihn in den Rücken. Seine Linke verkrampfte sich um die Zügel des Ponys. Er atmete durch den Mund. Schmerz durchflutete seinen Leib.

Er blickte noch einmal zurück. Eine Flammenwand wälzte sich hinter ihm nach Süden. Seine Verfolger hielten sich nördlich davon, ritten durch das verbrannte Gras. Sie hatten ihn fast erreicht. Alle fünf zielten auf ihn.

Er riss das Pony herum. Noch hundert Schritt wollte er schaffen. Er wollte mehr Feuer. Wollte …

Ein Pfeil schrammte über seinen Kopf. Riss Haare mit sich und schnitt eine Furche. Blut rann ihm über die Stirn, troff ihm in die Augen.

Er spürte einen weiteren Schlag, diesmal hoch im Rücken, fast in seinem Nacken.

Abrupt endete der Schmerz.

Jaroslaw wollte noch einmal ausweichen, wollte das Pony nach links lenken, aber seine Beine gehorchten ihm nicht mehr. Er konnte sie nicht länger spüren. Auch die Hand nicht, die sich um die Zügel krallte.

Sein Körper neigte sich im Sattel nach links.

Verzweifelt versuchte er, das auszugleichen und wieder gerade zu sitzen.

Er stürzte und spürte den Aufschlag nur am Kopf, lag reglos im Gras. Er blickte in den strahlend blauen Nachmittagshimmel, nahm am Rande seines Gesichtsfeldes den schwarzen Rauch wahr.

Den Kopf konnte er nicht drehen. Aber aus den Augenwinkeln sah er die Feuerwand, die die Lager der Hundefresser zerstören würde.

Der Nordwind wird euer einziger Verbündeter sein, hatte der Hochmeister ihm zum Abschied gesagt. So war es gekommen.

Der Wind war ein treuer Kampfgefährte. Einer, dem Pfeile nichts anhaben konnten.

Jaroslaw lächelte. Über ihm erschienen die Gesichter der Steppenreiter. Sie waren flach, mit lächerlich kleinen Nasen und Augen, die nur schmale Schlitze waren. Einer spuckte ihm ins Gesicht.

Ein anderer hatte den Feuerspeer aufgehoben. Nur einige Streifen schwelenden Stoffs hingen noch vom geschwärzten Schaft der Waffe.

Die Speerspitze deutete auf seine Brust. Langsam senkte sich der Stahl.

Jaroslaw sah, wie das Stichblatt in seiner Brust verschwand. Aber da war kein Schmerz. Ein metallischer Geschmack füllte seinen Mund.

Er verdrehte die Augen. Als Letztes wollte er nicht in die Gesichter seiner Feinde schauen, auch wenn in ihren Grimassen kein Triumph stand. Er blickte ins unendliche Blau. Es war jener Farbton, den der Himmel über der Westermark nur an den schönsten Sommertagen annahm. Azuhr.

WESTERMARK, SÜDLICH DES SCHWARZFORSTES, KURZ NACH DER MITTAGSSTUNDE, 13. TAG DES ERNTEMONDES, 18. JAHR VOR SASMIRAS ZWEITER THRONERHEBUNG

Jetzt!«, rief Gamrath von Hatzfeld, der Hochmeister des Ordens vom Schwarzen Adler, aus Leibeskräften und winkte mit beiden Armen.

Sein Ruf wurde im hohen Schilf weitergegeben.

Obwohl er sich in ihrer Mitte befand und bereits im Sattel saß, konnte auch er nur einen Bruchteil seiner Streitmacht sehen. Das hohe Schilf verbarg die Flöße. Wie nah das Ufer war, wusste er von seinen Spähern: keine dreihundert Schritt!

Waffenknechte stießen lange Stangen in das dunkle Wasser der Wolfsmarsch. Sie stakten sein Floß dem sicheren Grund entgegen.

Sein Schlachtross stampfte unruhig mit den Hufen. Gamrath strich ihm über den Hals. »Bald«, sagte er mit ruhiger Stimme.

Er betrachtete die brennenden Karren auf dem Hügel am Fluss. Und auch die zweite Linie aus Karren. Dort wurde noch gekämpft. Waren zähe Burschen, diese Karrenritter. Selbst mit der sicheren Niederlage vor Augen gaben sie nicht auf. Vielleicht würde er ein paar von ihnen retten können?

Gamrath blickte zu den wirbelnden Rauchschleiern, die weiter im Norden über den strahlend blauen Himmel zogen. Dieser Jaroslaw hatte es geschafft!

Gamrath hatte auf den Rauch gewartet. Hatte sein kleines Heer im Schilf verharren lassen. Sie brauchten die brennende Steppe, um gegen die Hundefresser losschlagen zu können. Das Feuer würde deren Truppen durcheinanderbringen, ihre Lager vernichten und für Panik unter den Feinden sorgen. Ein Anführer mit einem kühlen Kopf würde das schnell wieder in den Griff bekommen. Aber das war der Haken, wenn man dreißigtausend Krieger befehligte. So genial dieser General Xiang Yu auch sein mochte, er konnte nicht überall zugleich sein. Das Feuer würde seinen Schlachtplan durcheinanderbringen. Dies war der Augenblick, um loszuschlagen!

Gamrath hatte nicht einmal ein Drittel seines Heeres in die Sümpfe geführt. Und bis zuletzt hatte Mario Canali entschieden gegen diesen *Unsinn*, wie er es nannte, protestiert.

Gamrath hatte nur Freiwillige auf dieses zweifelhafte Unternehmen mitgenommen. Und er hatte Jaroslaw mit Bedacht nichts davon gesagt. Ihre einzige Hoffnung auf Erfolg bestand darin, die verdammten Hundefresser zu überraschen. Das Risiko, dass Jaroslaw und seine Mitstreiter gefangen wurden und alles ausplauderten, war viel zu groß gewesen. Aber jetzt hatten sie es tatsächlich geschafft, die Steppe in Brand zu setzen und dabei den Nordwind zu nutzen, gerade so, wie er es sich erhofft hatte.

Er blickte auf die Männer auf dem Floß: fünf Ritter seiner Leibwache und zwölf Waffenknechte. Dass viel mehr Krieger, die kein Ordensgelübde abgelegt hatten und nicht im Rang eines Ritters standen, bereit waren, in diesem verzweifelten Kampf ihr Leben zu wagen, gab Gamrath zu denken. Wenn er das hier überlebte, war es an der Zeit, innerhalb des Ordens Reformen anzugehen.

Betrachtete man es mit *kaltem Herzen* – noch so eine Phrase, die Komtur Canali liebte –, war dieser Angriff die blanke Unvernunft. Rechnerisch gesehen, konnten sie nur untergehen. Selbst wenn man für den Kampf um die Wagenburg erstaunlich hohe Verluste aufseiten der Hundefresser annahm, war ihnen die Eherne Horde immer noch acht zu eins überlegen.

»Schlachten werden nicht am Rechenschieber entschieden!«

Gamrath wurde sich erst bewusst, dass er seinen Gedanken laut ausgesprochen hatte, als die Ritter seiner Leibwache ihn fragend ansahen.

Er räusperte sich. Er durfte jetzt nicht den Eindruck eines verwirrten alten Mannes erwecken, der begann, mit sich selbst zu reden. »Wir formen unsere Welt durch unsere Taten«, sagte er mit fester Stimme. »Wir, die wir hier sind, haben keine kalten Herzen, in denen ein Rechenschieber entscheidet, welchen Weg wir in unserem Leben nehmen. In meinem Herzen lodert eine Flamme. Und sie wird befeuert davon, dass ich weiß, was ritterlich ist. All jene in der Westermark, die keine Waffe führen können, erwarten, dass wir uns schützend vor sie stellen. Dass wir die blutrünstige Eherne Horde in die endlosen Weiten der Steppe zurückjagen. Und genau das will ich hier und heute tun. Wir werden diese Barbaren besiegen. Oder bei dem Versuch, das Richtige zu tun, ehrenhaft untergehen!«

Die Ritter und Waffenknechte schlugen mit ihren gepanzerten Fäusten auf ihre Schilde.

Ohne dass sie seine Worte gehört haben konnten, wurde der Salut auf den benachbarten Flößen aufgenommen. Dann auf den weiter entfernten. Bald rollte ein dumpfes Donnergrollen von den Marschen dem umkämpften Hügel entgegen, so wie sich an heißen Sommertagen ein heraufziehender Sturm mit fernem Gewittergrollen ankündigte.

»Wir haben Grund!«, rief einer der Waffenknechte vorn auf dem Floß, und Gamrath gab seinem Hengst die Sporen, um dem immer noch unsichtbaren Feind entgegenzureiten, der ihn jenseits der Mauer aus Schilfrohr erwartete.

WESTERMARK, SÜDLICH DES SCHWARZFORSTES, STUNDE DES PFERDES, 13. TAG DES ERNTEMONDES, 18. JAHR VOR SASMIRAS ZWEITER THRONERHEBUNG

Die Axtblätter wurden in den zersplitterten Planken des Wagens verkantet. Seine Männer zerrten aus Leibeskräften. Holz krachte. Nägel quietschten, als sie aus dem zähen Holz glitten.

Xiang Yu ließ die Axt fallen, mit der er selbst auf die Karrenwand eingeschlagen hatte, und zog seinen Säbel.

Aus der Lücke in der Wand schnellte wie ein Skorpionsstachel eine Hellebardenspitze hervor. Xiang hörte das scharfe Klacken zweier Armbrüste hinter sich. Bolzen schossen durch die Lücke. Ein Stöhnen erklang.

Xiang griff in die Lücke.

Ein Arm schlang sich um seine Brust. Er wurde nach hinten gerissen. Kaum dass er losgelassen hatte, sauste ein Haumesser auf die Stelle der zersplitterten Holzwand, an der er sich eben noch festgehalten hatte, um hineinzusteigen.

»Bitte, General …«, sagte einer der Männer, während schwere Äxte in die Lücke schmetterten, um den Durchbruch zu erweitern. Splitter wirbelten durch die Luft.

Eine Gestalt erschien in der Lücke, hob eine Armbrust, zielte auf Xiang. Doch noch bevor der Kerl den Abzugshebel drücken konnte, stanzte ein Armbrustbolzen ein Loch in seine Stirn.

Unablässig fuhren die schweren Äxte nieder.

»Ich gehe als Erster!«, schrie Xiang, um den Lärm der Äxte, die Kampfschreie und das Tosen des Feuers hinter ihnen zu übertönen. Der Wind trieb den Rauch über die Hügelkuppe. Er brannte Xiang in den Augen. Die Hitze sorgte dafür, dass seine Zunge sich wie ein Stück Dörrfleisch anfühlte. Er wollte der Erste sein, der die letzte Verteidigungslinie der Karrenritter durchbrach.

Weitere Planken wurden aus der Wagenwand gerissen. Die Verteidiger waren geflohen.

Wieder griff Xiang nach der zersplitterten Wand. Er zog sich auf die Pritsche. Ein scharfes Stechen in seiner Wunde ließ ihn aufkeuchen. Er presste die Linke auf das Loch in seiner Brustplatte. Die Verletzung blutete wieder.

Vorsichtig machte er einen Schritt. Die Bretter der Pritsche waren rutschig vom Blut der Feinde. Vor ihm lag der blonde Kämpfer, in dessen Stirn der Armbrustbolzen geschlagen war.

In der Rückwand des Wagens gab es eine mannshohe Öffnung. Am Ende einer Rampe standen zwei Kämpfer mit rußgeschwärzten Gesichtern, die ihre Speere drohend auf den Durchgang gerichtet hielten.

Die Ritterin, die mit ihm verhandelt hatte, kam herbeigelaufen. Ein blutiger Verband bedeckte ihr halbes Gesicht. Sie hob herausfordernd ihr Schwert, als stünden sie nicht auf einem Schlachtfeld, sondern auf einem Turnierplatz.

Xiang erwiderte den Gruß mit seinem Säbel. Er wollte schon die Rampe hinab, als sein Blick über den Hügel zu den Marschen hinüberwanderte.

Hunderte Reiter in weißen Waffenröcken brachen aus der Schilfwand hervor. Adler mit weit ausgebreiteten schwarzen Schwingen schmückten ihre Schilde. Waffenknechte liefen an ihrer Seite, Männer mit Armbrüsten, Speeren und Hellebarden.

Xiang stand für einen Herzschlag wie versteinert. Der Angriff traf seine siegessichere Horde völlig unerwartet.

Marcia, dachte er. Er musste sie retten, bevor die Feinde das

Lager erreichten. Sie hatte zwar goldenes Haar, aber sie war gekleidet wie eine Edeldame des Wandernden Hofs.

Xiang hatte zu viele Schlachtfelder gesehen, um darauf zu hoffen, dass die ritterlichen Ideale der Feinde noch etwas galten, wenn die Plünderung seines Heerlagers begann.

Er wandte sich um und sprang durch die Lücke in der Wagenwand zurück, mitten unter seine Leibwächter, die ihn verwundert ansahen. »Wir müssen umkehren!«

Er starrte auf den Ring aus Feuer. Davon würde er sich nicht aufhalten lassen!

WESTERMARK, SÜDLICH DES SCHWARZFORSTES, STUNDE DES PFERDES, 13. TAG DES ERNTEMONDES, 18. JAHR VOR SASMIRAS ZWEITER THRONERHEBUNG

Ang Min schob einen Arm über die Abbruchkante des Steilufers und zog sich hastig hoch. Der Beschuss seiner reitenden Bogenschützen hatte nachgelassen. Sollte es noch Überlebende in der Wagenburg vor ihm geben, war dies der gefährlichste Augenblick, denn er war fast wehrlos.

Hastig richtete er sich auf und zog sein Schwert aus dem Gurt, den er über den Rücken geschlungen trug.

Dicht wie Stoppeln auf einem abgemähten Kornfeld ragten Tausende Pfeile aus der Hügelkuppe und den Wagenflanken. Nur wenige Tote lagen hinter den Karren. Die Verteidiger hatten sich offensichtlich schnell vor seinen Bogenschützen zurückgezogen.

Weitere Steppenreiter erklommen rechts und links von ihm das Steilufer. Sie hatten sich beim Aufstieg zurückgehalten und ihm die Ehre überlassen, als Erster vor dem Feind zu stehen. Jetzt aber stürmten sie vor, um die letzten Verteidiger zu töten und als Erste mit der Plünderung der Wagen zu beginnen.

Alarmrufe erschollen.

Die Türen und Einstiegsluken der Wagen waren alle zum Steilhang ausgerichtet. Die Käsestinker hatten sich völlig sicher gefühlt. Jetzt erschienen einzelne von ihnen in den Türen und richteten ihre Armbrüste gegen den neuen Feind.

Ang fiel eine Ritterin mit einem Verband am Kopf auf, die anscheinend gerade einen Wagen betreten wollte, auf dessen Pritsche Xiang Yu stand. Der General hatte sein Schwert bereits zum Angriff erhoben.

Plötzlich legte sich ein Ausdruck blanken Entsetzens auf das Antlitz des Generals. Einige Herzschläge stand er wie versteinert. Dann wandte er sich ab und floh.

Ang blickte über seine Schulter. Er hatte das Gefühl, dass sein Blut zu Eis wurde. Die Ordensritter waren doch noch gekommen. In Scharen brachen sie aus dem Schilf hervor. Sie würden die Horde überrumpeln.

Auch wenn hier oben in den Karren kaum jemand mehr lebte, war diese Schlacht verloren! Er wusste, was ihnen nun bevorstand. Meist starben mehr Krieger, sobald die Schlachtreihen brachen und die Flucht begann, als im eigentlichen Kampf.

Die Stunde des Gemetzels hatte begonnen. Und er konnte nichts tun, um das abzuwenden.

Immer noch kamen weitere seiner Krieger über den Steilhang oben auf dem Hügel an. Der schwere Anstieg hatte es ihnen nicht erlaubt zurückzublicken, und jetzt, die leichte Beute vor Augen, sahen sie immer noch nicht hinter sich.

Die Ritterin – es war die Frau, mit der sie verhandelt hatten – wandte sich mit ihrem mächtigen Sattelbaumschwert den neuen Angreifern zu. Die lange Klinge beidhändig schwingend, stürmte sie in den Kampf.

Ang wich zurück. Auf dem Hügel bleiben hieße, sich der Gnade der Käsestinker auszuliefern. Sehr schnell würden die Ordensritter auf ihren großen Schlachtrössern zur Wagenburg durchbrechen. Dann saßen alle, die es hier hinauf geschafft hatten, in der Falle.

Sein Leben war zu kostbar, um es einfach fortzuwerfen, entschied Ang Min. Er trat zurück an den Steilhang und machte sich an den Abstieg. Vorsichtig tasteten seine Füße nach den Dolchgriffen, die aus dem Lehm ragten.

Einzelne Nachzügler, denen er entgegenkam, sahen ihn verwundert an. Fragten, was geschehen sei.

»Blickt hinter euch«, sagte er leise. Er wusste, dass er in ihren Augen als Feigling dastand. Aber auch die reitenden Bogenschützen der Horde begannen bereits, vor den Rittern zu fliehen, die über den nur knapp eine halbe Meile breiten Grasstreifen zwischen dem Schilf der Marschen und dem Ufer der Geiße heranpreschten.

Erste Armbrustbolzen schlugen in das Steilufer. Abgeschossen von Waffenknechten aus dem Gefolge der Ritter, obwohl die Entfernung viel zu groß war, um zielen zu können.

Ang ließ sich die letzten paar Mannslängen an der Steilwand hinabgleiten. Sobald er ins seichte Wasser platschte, streifte er seine kostbaren Seidengewänder ab, an denen er leicht als einer der Anführer der Ehernen Horde zu erkennen gewesen wäre.

Einzelne Armbrustbolzen hatten doch ein Ziel gefunden. Wo die Geiße tiefer war, trieben drei tote Reiter und zwei Pferdekadaver.

Ang tat ein paar kräftige Schwimmzüge.

Wie Donner grollte der Hufschlag der Feinde. Sie würden westlich des Hügels die Geiße durchqueren, um das Heerlager des Generals und die Kämpfer auf den sanft ansteigenden Hügelflanken anzugreifen.

Glücklicherweise schien ihn niemand zu beachten.

Ang breitete die Arme aus und ließ sich mit der Strömung zwischen den Toten nach Osten treiben. Er würde den Kampf an einem anderen Tag wieder aufnehmen. Für heute war alles verloren. Dabei hatten sie den Sieg schon in Händen gehalten.

WESTERMARK, SÜDLICH DES SCHWARZFORSTES, STUNDE DES PFERDES, 13. TAG DES ERNTEMONDES, 18. JAHR VOR SASMIRAS ZWEITER THRONERHEBUNG

Die Hitze raubte ihm den Atem, und dennoch sprang Xiang auf einen der zerschossenen Wagen des ersten Verteidigungsrings. Die halbverbrannte Pritsche knirschte unter jedem seiner Schritte. Eine falsche Bewegung, und er würde durch die Bohlen brechen. Er würde bei lebendigem Leib verbrennen, wenn das geschah.

Schon rauchte sein seidener Waffenrock. Flammen leckten an dem kostbaren Stoff. Xiang sammelte seine Kräfte, machte einen gewaltigen Satz durch den dichten Rauch und landete auf den aufgedunsenen Leibern der Toten, die noch von den Kämpfen am Vortag auf dem Hügel lagen.

Grelle Lichtpunkte tanzten ihm vor den Augen. Der Bolzen, der durch seine Brustplatte geschlagen war, steckte in seinen Eingeweiden. Durch die Erschütterung des Aufpralls fühlte es sich an, als sei er ihm ein zweites Mal in den Leib gedrungen.

Taumelnd kam Xiang auf die Beine und wurde sich der Flammen bewusst, die von den Säumen seines Waffenrocks weiter nach oben leckten.

Er durchtrennte den Stoff mit seinem Säbel. Voller Entsetzen sah er die Flammenmauer, die von Norden über die Steppe getrieben wurde. Seine Horde war gefangen zwischen den Ordensrittern und der Feuerwand. Überall herrschte Panik. Die meisten Männer suchten ihr Heil in kopfloser Flucht, statt sich zusammenzurotten und sich dem Feind zu stellen, dem sie offensichtlich an Zahl überlegen waren.

Er hätte beim Heer bleiben sollen, statt den Angriff zu führen. Umgeben von seinen Anführern in rückwärtiger Stellung hätte er die Truppen ordnen und zu einem Gegenschlag führen können. Und vor allem wäre er bei Marcia gewesen!

Er musste sich zu ihr durchschlagen, koste es, was es wolle. Sie könnte mit Leng fliehen. Könnte in diesem Durcheinander sowohl den Ordensrittern als auch den Häschern des Khans entkommen. Er könnte ihr die Freiheit schenken. Es wäre seine letzte Gabe an sie.

Mit neuer Kraft eilte er den Hügel hinab. »Sammelt euch beim Lager!«, schrie er den wenigen Kriegern zu, die noch nicht einfach fortgelaufen waren.

Von Ferne sah er, wie die Männer an den Ballisten ihre Geschütze auf die Front der Ordensritter ausrichteten. Mehr als zwei Schuss würden sie nicht haben, bevor die Feinde sie erreichten.

Xiang rannte, so schnell seine Beine ihn tragen wollten. Die große rote Jurte war alles, was er noch sah. Er spürte, wie das Blut aus seiner Wunde strömte. Aber aller Schmerz war vergessen. Es gab nur noch eines: Marcia! Sie musste entkommen!

Scheppernd schlugen die Steine der Ballisten in die Reiterfront. Xiang sah, wie ein Geschoss den Kopf eines Pferdes in sprühenden roten Nebel verwandelte, um danach ein Loch in die Brustplatte des Reiters zu stanzen.

Der Teil der gegnerischen Schlachtreihe, der auf den Hügel zugeprescht war, löste sich auf. Die Ritter hatten erkannt, dass hier kein Widerstand mehr zu erwarten war. Einzeln machten sie Jagd auf die Flüchtenden der Horde. Keine zehn Schritt vor Xiang wurde einem seiner Krieger eine Lanze in den Rücken gerammt. Der Schaft zersplitterte unter der Wucht des Aufpralls. Mehr als einen halben Schritt ragte die stählerne Spitze aus der Brust des Sterbenden.

Der Ordensritter ließ das nutzlose Lanzenende fallen und zog sein Schwert. Die schmalen Sehschlitze seines Helms engten offenbar seine Sicht ein. Ruckartig bewegte er den Kopf. Als er Xiang entdeckte, riss er sein Pferd am Zügel herum und preschte ihm entgegen.

Xiang fasste seinen Säbel mit beiden Händen. Es waren noch andere Ritter in der Nähe, aber sie würden ihren Kameraden nicht behindern, indem sie ihn ebenfalls angriffen. Es gab genügend Flüchtende, unter denen sie mit ihren langen, geraden Klingen reiche Ernte halten konnten.

Xiang hob den Säbel und atmete aus. Sein Gegner war nur noch fünf Schritt entfernt. Er würde nicht versuchen, ihn niederzureiten, wie es schien. Stattdessen beugte er sich im Sattel leicht nach rechts, um ihn mit einem wuchtigen Schwerthieb von den Beinen zu holen.

Xiang wartete bis zum letzten Augenblick. Dann warf er sich nach links. Seine Klinge schnellte herab und durchtrennte beide Vorderläufe des Schlachtrosses.

Der General rollte sich über die linke Schulter ab und war sofort wieder auf den Beinen, während das Pferd in vollem Galopp stürzte. Der Ritter wurde aus dem Sattel geschleudert.

Mit zwei Schritten war Xiang an der Seite des Mannes und hämmerte ihm seinen Säbel in den Nacken, wo ihn der Helm nicht schützte.

Hinter sich hörte Xiang einen Wutschrei. Ein Ritter mit Morgenstern preschte ihm entgegen. Die schwere, mit Dornen gespickte Eisenkugel wirbelte über dem Helm seines Angreifers. Xiang packte seinen Säbel mit beiden Händen an der Klinge.

Der Morgenstern sauste nieder. Waagrecht stieß Xiang den Säbel nach vorn, hielt ihn so weit wie möglich von seiner Brust und seinem Kopf entfernt. Klirrend traf die Kette auf den Stahl und wickelte sich um die Klinge. Mit einem Ruck zog Xiang den Säbel an sich und entwaffnete so den Ritter.

Dessen Pferd tänzelte zur Seite. Xiang setzte nach, griff in den Gürtel des Ritters und schwang sich hinter dem Mann in den Sattel. Seinen Säbel ließ er fallen.

Der Ritter rammte ihm den rechten Ellenbogen gegen die Brustplatte. Eine Welle aus Schmerz presste Xiang einen hechelnden Laut von den Lippen. Einen Herzschlag wurde ihm schwarz vor Augen. Er tastete nach dem Dolch in seinem Gürtel und griff mit der Linken an der Hüfte des Ritters vorbei, um nach den Zügeln zu fassen.

Als er wieder klar sah, bemerkte er aus dem Augenwinkel einen Armbrustschützen im weißen Ordensgewand, der auf ihn anlegte.

Xiang bekam den Zügel zu packen und riss mit aller Kraft daran.

Das Schlachtross schwenkte herum.

Ein Rucken lief durch den Ritter, als der Armbrustbolzen seine Brustplatte durchdrang. Xiang spürte, wie der Leib vor ihm erschlaffte. Ein hohl klingendes Röcheln drang aus dem wuchtigen Helm des Ritters.

Xiang ließ den Dolch sinken, den er unter den Rand der Rückenplatte hatte stoßen wollen. Er presste die Fersen in die Flanken des Schlachtrosses und beugte sich zur Seite. Sein Lager war etwa dreihundert Schritt entfernt.

Wie Glockenschläge klangen die Treffer der Ballisten auf den Rüstungen der Ritter. Dann hatten die Ordenskrieger die Geschütze erreicht und hackten mit ihren langen Schwertern die Mannschaften nieder.

Xiang lenkte den Hengst durch das Getümmel der Kämpfenden. Nur noch zweihundert Schritt bis zur roten Jurte. Von Ferne sah er einige Wachen mit Pferden. Aber auch eine Gruppe von Rittern, die sich schon fast bis zu ihnen durchgekämpft hatten. Verzweifelt trieb er das Schlachtross an.

Der Wald nördlich des Heerlagers stand in Flammen. Das Feuer im Gras hatte auf Bäume und Unterholz übergegriffen. Fahlgraue Rauchschwaden trieben wie Nebel zwischen den Stämmen hindurch und griffen nach dem Lager.

Xiang blinzelte. Es schien, als formte sich dort eine riesige Gestalt. Ein Drache aus Rauch, der seine Krallen um die rote Jurte legte.

Xiang schüttelte den Kopf. Kniff kurz die Augen zusammen. »Es ist nur Rauch!«, sagte er in einem Ton, in dem man einen Schutzzauber sprach.

Der Tod hatte seine Hand nach dem Heerlager ausgestreckt und nach allen, die noch dort waren.

WESTERMARK, SÜDLICH DES SCHWARZFORSTES, STUNDE DES PFERDES, 13. TAG DES ERNTEMONDES, 18. JAHR VOR SASMIRAS ZWEITER THRONERHEBUNG

Herrin, bitte. Wir müssen fliehen!«, drängte Leng. Er stand im Eingang der Jurte und zog immer wieder den Vorhang leicht zur Seite, um nach draußen zu spähen.

Immer näher kamen das Klirren der Schwerter und die Schreie der Verwundeten und Sterbenden.

»Er hat recht, Prinzessin«, stimmte Bao Li zu. Der Leibarzt des Khan wirkte blass. Ihm standen dicke Schweißperlen auf der Stirn.

»Ich warte auf Xiang!«, sagte sie entschieden, obwohl die Melancholie des Briefes, den sie vorgefunden hatte, sie zutiefst beunruhigte.

Sie tastete über die breite Seidenschärpe um ihre Hüften. Darunter verbarg sie einen Dolch. Sie hatte ihn, nachdem sie den Brief gelesen hatte, aus der Truhe neben Xiangs Schlaflager genommen. Xiang wurde nicht deutlich in den Zeilen, die er niedergeschrieben hatte, aber der Leibarzt des Khans hatte ihn nicht nur vergiftet, sondern ihm auch noch irgendetwas anderes angetan. Dieser Bao Li war schlimmer als ein Skorpion. Ein falsches Wort, und sie würde ihm mit Freuden den Dolch unter sein schwabbelndes Doppelkinn rammen! Stumm betete sie zum Herrn des Himmels, dass ihr der Heiler einen Anlass gab.

»Herrin, der General wird mich köpfen lassen, wenn du in Gefahr gerätst«, sagte Leng.

»Völlig zu Recht«, knurrte Bao Li. »Wir packen jetzt dieses widerspenstige Weib und heben ihren knochigen Hintern auf das nächstbeste Pferd!«

Marcia zog den Dolch. »Ich habe Xiang versprochen, hier auf ihn zu warten. Du solltest mich nicht weniger fürchten als die Ritter dort draußen, Bao Li!«

Voller Genugtuung sah sie, wie sich seine Augen weiteten. Der dicke Leibarzt starrte auf die schlanke Klinge mit den bläulichen Wellenmustern.

»Ich versichere dir, dieser Dolch ist fast so scharf wie jene legendären Schwerter, die aus Mondlicht geschmiedet wurden. Und jetzt sagst du mir, was du Xiang angetan hast!«

Der Leibarzt blickte zu Leng, doch der Leibwächter machte keine Anstalten, ihm zu Hilfe zu eilen. Im Gegenteil. Er legte seine Hand an den Säbel. »Er hat dem General etwas angetan?«

»Ich war lediglich die Hand des Khans.« Ein leichtes Zittern lag in Bao Lis Stimme, als er sich an Leng wandte. »Ich war der Vollstrecker seines Willens. Es war Gerechtigkeit, die ich übte. Der Khan hat General Yu vertraut wie keinem Zweiten. Seine Enttäuschung war maßlos, als er erfuhr, dass der General Prinzessin Marcia Nacht für Nacht wie ein läufiger Hund bespringt. Ich sollte …«

»Was hast du getan?« Marcia war mit einem einzigen großen Schritt neben ihm. Der Dolch lag jetzt an seinem ausufernden Kinn.

»Ich habe ihm seine Männlichkeit genommen«, sagte Bao Li mit überraschend fester Stimme. Er hatte sich gefasst, ganz augenscheinlich mit seinem Schicksal seinen Frieden gemacht.

Ihre Hand begann zu zittern. Ein dünner Faden Blut rann von der Kehle des Leibarztes. »Du hast … was?«

»Ich habe ihm seine Hoden genommen. Das war der Wunsch des Khans. Ihr werdet kein Kind mit ihm haben, Prinzessin. Niemals!«

»Dir stand es nicht zu, so über mein Schicksal zu entscheiden. Du …« Mühsam rang sie den Wunsch nieder, ihm die Kehle durchzuschneiden. Denn vielleicht würde sie ihn noch brauchen. Er war immerhin ein Vertrauter des Khans.

Sie ließ den Dolch sinken, wandte sich ab, nahm den Brief, den Xiang ihr geschrieben hatte, von dem kleinen Tisch. Sie hasste die Art, wie am Wandernden Hof die eigentliche Botschaft zwischen den Worten versteckt wurde. Was hatte Xiang ihr sagen wollen? *Lebe wohl*, so begann das Schreiben. Hatte er schon gewusst, dass er nicht wiederkommen würde? Aber wie hätte er den katastrophalen Verlauf der Schlacht vorhersehen sollen?

»Bitte, Herrin«, drängte Leng erneut.

Er musste den Vorhang am Eingang der Jurte nicht mehr anheben, damit sie verstand, wie gefährlich ihre Lage war. So, wie das Lied der Schwerter klang, wurde bereits ein paar Schritt entfernt gekämpft.

Erneut überflog sie die Zeilen. Die Einladung zum Wein …

»Er wird ganz sicher hierher zurückkommen!«, sagte sie. Er hatte ihr geschworen, wohin auch immer ihr Weg sie führte, sie würden ihn gemeinsam gehen. »Wir warten!«

WESTERMARK, SÜDLICH DES SCHWARZFORSTES, STUNDE DES PFERDES, 13. TAG DES ERNTEMONDES, 18. JAHR VOR SASMIRAS ZWEITER THRONERHEBUNG

Da ist ein Hundefresser!«

Xiang war inmitten einer Gruppe von Ordensrittern in sein Heerlager geprescht. Vor Blicken von vorn hatte ihn der tote Ritter, den er im Sattel festhielt, geschützt, doch jetzt waren die weißgewandeten Krieger überall. Der Rauch spie sie aus wie fleischgewordene böse Geister.

Xiang sah nur noch verschwommen.

Eine Lanzenspitze stieß nach ihm. Er riss an den Zügeln. Das Schlachtross stieg auf die Hinterhand, und das stählerne Stichblatt bohrte sich durch das nachtschwarze Fell.

Xiang zog das Schwert des toten Ritters und ließ sich über die Kruppe vom Rücken des Rappen gleiten. Seine Beine fühlten sich an, als habe ihm jemand die Knochen aus dem Fleisch gestohlen. Er schwankte. Der Rauch ließ seine Augen tränen. Zwischen den weißen Rittern sah er die rote Jurte. Nur noch ein paar Schritte …

Er schlug mit dem schweren Schwert des Ritters eine Lanze zur Seite, die auf seine Brust zielte. Entschlossen unterlief er einen anderen Speer. Es war möglich, dachte er. Er konnte bis zu Marcia gelangen …

Er hieb das Schwert über das Maul eines Pferdes. Die Klinge spaltete Lippe und Nüstern bis auf den Knochen. Mit schrillem Wiehern stieg der Rote und warf seinen Reiter ab.

Xiang drosch die Axt eines Waffenknechts zur Seite und taumelte erneut. Er kniff die Augen zusammen. Etwas schrammte knirschend über seine Rückenplatte. Die Waffe durchdrang die Rüstung nicht, ließ ihn aber in die Knie brechen.

Er schwang das Schwert im Halbkreis nach hinten. Spürte, dass er etwas getroffen hatte, hörte einen Mann aufschreien.

Da traf ein Lanzenstoß seinen Helm, so dass dieser verrutschte und ihm über die Augen geriet.

Xiang warf sich nach links, rollte über die Schulter ab und versuchte, aus der Bewegung heraus wieder auf die Füße zu kommen, so wie er es vor langer Zeit von seinem Fechtmeister gelernt hatte. Doch er schaffte es nur auf die Knie.

Ein wuchtiger Hieb traf ihn an der linken Schulter. Dieses Mal fing die Rüstung die Waffe nicht ab. Aber er spürte keinen Schmerz. Grelle Lichter tanzten ihm vor den Augen. Ganz nah war die rote Jurte. Vielleicht noch drei Schritt …

Er biss sich so fest auf die Lippe, dass Blut seinen Mund füllte. Er musste es schaffen!

Er parierte einen Schwerthieb, der auf seine Brust zielte, ließ die Klinge des Gegners an seiner Waffe abgleiten, warf sich nach vorn und landete einen sauberen Stich unterhalb der Brustplatte des Ritters.

Da waren Armbrustschützen am Eingang zur Jurte. Ein Ritter mit offenem Visier, aus dem ein grauer Bart quoll, riss den Filzvorhang zur Seite.

Xiang versuchte, seine Klinge freizubekommen, als ein Streitkolben auf seine Hände niedersauste.

WESTERMARK, SÜDLICH DES SCHWARZFORSTES, STUNDE DES PFERDES, 13. TAG DES ERNTEMONDES, 18. JAHR VOR SASMIRAS ZWEITER THRONERHEBUNG

Ihr Leibwächter Leng zog sein Schwert, als der Filzvorhang am Eingang zurückgerissen wurde. Er machte einen Schritt nach vorn. Mit dumpfem Laut schlugen drei Armbrustbolzen in seine lederne Brustplatte. Wie von der Faust eines unsichtbaren Riesen getroffen, wurde er von den Füßen gefegt und auf Xiangs Lager geschleudert.

Ein Ritter betrat die Jurte. Ein alter Mann mit eisgrauen Augen. Einen Herzschlag lang traf sein Blick ihren, und es fröstelte Marcia. Dann stieß der Fremde im weißen Waffenrock des Ordens vom Schwarzen Adler ihrem Leibwächter das Schwert durch die Brustplatte. Der Stoß war mit Kraft geführt und wirkte doch wie beiläufig, als er das Herz des Steppenreiters durchbohrte.

In fließender Bewegung zog der alte Ritter mit der anderen Hand einen Dolch aus seinem Gürtel und richtete die Spitze drohend auf Bao Lis breite Brust.

»Ihr seid meine Gefangenen!«, sagte er mit dem melodischen Akzent des südlichen Kaiserreiches, den Marcia seit ihrer Kindheit nicht mehr gehört hatte. Der Ritter musste aus einer der großen Handelsstädte am Mondmeer stammen.

Mit einem Ruck befreite er sein Schwert aus der Brust des Toten.

»Ich bin keine Gefahr«, versuchte sich Bao Li in der Sprache des Ostens. »Ich bin heilkundig. Ich kann Euch als Arzt zu Diensten sein, wenn die Kämpfe vorüber sind.«

Der Ritter stieß einen Grunzlaut aus, der alles von Verachtung bis Zustimmung bedeuten konnte. Er betrachtete Marcia mit missbilligendem Gesichtsausdruck. »Die Konkubine eines Hundefressers?«, knurrte er abfällig.

Bao Li schien sie mit seinem Blick anzuflehen, nicht zu verraten, wer sie wirklich war.

»Wo ist der General?«, fragte der Ritter barsch.

»Auf dem Schlachtfeld, edler Herr«, ergriff Bao Li das Wort. »Er hat den Angriff auf die Wagenburg geführt. Ihr werdet ihn auf dem Hügel bei seinen Kriegern finden …«

»Du meinst wohl bei den Toten.« Der Ritter schob seinen Dolch in den Gürtel zurück. »Eure Horde ist in alle Winde zerstreut. Auf dem Schlachtfeld liegen die Leichen so dicht, dass man es überqueren kann, ohne einen Fuß auf die Erde zu setzen.« Er deutete mit dem blutigen Schwert auf den Schal ihrer Mutter, den Marcia seitlich über ihrer Hüfte zu einer Schleife gebunden trug. »Gib mir den Seidenfetzen! Ich will damit meine Klinge säubern.«

»Wer bist du, dass du glaubst, mir in der Jurte des Generals Xiang Yu Befehle erteilen zu können?«, erwiderte Marcia kühl. So fadenscheinig der alte Schal auch sein mochte, er war ihr größter Schatz, das einzige Überbleibsel aus ihrem alten Leben.

Die buschigen Augenbrauen des alten Ritters ruckten zusammen. »Ich bin Gamrath von Hatzfeld, Hochmeister des Ordens vom Schwarzen Adler, und du solltest dich hüten, mich noch einmal auf solch unverschämte Art anzusprechen, Hundefresserhure!«

Marcia hielt dem eisgrauen Blick stand. Am Wandernden Hof war sie ganz anderen Schrecken begegnet. »Einst war der Orden vom Schwarzen Adler dafür berühmt, dass jeder seiner Ritter ohne zu zögern sein Leben für die Kaiserfamilie gegeben hätte. Und nun steht dessen Hochmeister vor mir und fordert den Seidenschal meiner Mutter, der letzten Kaiserin, um damit das Blut meines Leibwächters von seinem Schwert zu wischen? Das ist ein Bild, das euren Verrat besser beschreibt, als tausend Worte es könnten.«

»Deiner Mutter?«, knurrte Gamrath wie ein tollwütiger Hund. »Die Kaiserfamilie wurde von den Verrätern zehn Schritt tief auf ein steinernes Pflaster geschleudert. Und wer danach noch einen Funken Leben in sich trug, wurde mit dem Schwert durchbohrt. Ich selbst habe die Toten gesehen!«

»Ich weiß, wie wenig die Kaiserritter getan haben, um mich und meine Familie zu schützen oder auch nur zu rächen! Du nennst mich eine Hundefresserhure? General Yu war es, der die Mörder meiner Familie gerichtet hat. Ihm gebührt mehr Ehre, als eurem ganzen doppelzüngigen Orden zusammen.«

Das Schwert des Hochmeisters fuhr empor und deutete nun auf ihre Kehle. »Schweig, Weib!«

»Weil die Wahrheit schmerzt? Die Feinde meines Reiches haben mich behütet, während der Orden der Kaiserritter nichts getan hat, um die feigen Morde zu sühnen. Du zweifelst an mir? Stell mich auf die Probe! Frage etwas, was nur eine Tochter des Kaisers Orelian wissen kann!«

Sie sah, wie es in seinem Gesicht arbeitete. Sah, wie Zweifel an ihm nagten.

»Was ist das für ein Seidentuch?«, fragte er schließlich.

»Das ist der Siegespreis, den meine Mutter einst am Ende eines Kaiserturniers durch mich dem Ritter Jan von Tanow aushändigen ließ. Er war der beste Schwertkämpfer des Tages.«

»Der kleine Ritter …«, murmelte der Hochmeister. »Ich war an jenem Tag auch dort.« Einen Moment lang lag ein melancholischer Ausdruck auf seinem Antlitz. Dann wurden die Augen des Hochmeisters wieder hart. »Von welcher Farbe war das Kleid, das du trugst, als du den Ritter geehrt hast?«

»Es war vom Gelb reifer Aprikosen.« Sie erinnerte sich an den Tag, als sei es erst gestern gewesen. An den strahlenden Sonnenschein, die ausgelassene Stimmung …

»Jeder, der dort war, hätte das wissen können«, murrte der Hochmeister. »Aber am Abend hat die kaiserliche Familie ein Essen für ausgewählte Gäste gegeben. Was für ein Kleid hast du an dem Abend getragen?«

Sie bedachte ihn mit einem abfälligen Lächeln. »Seid Ihr wirklich ein Mann, der sich nach so vielen Jahren noch an das Kleid einer von drei Prinzessinnen erinnern würde? Das Kleid eines unscheinbaren Mädchens, das nicht einmal an der Haupttafel saß?«

Er starrte sie eindringlich an.

»Ich könnte Euch jede Farbe nennen«, fuhr sie fort, »und Ihr müsstet mir glauben, Hochmeister. Denn Ihr wart – im Gegensatz zu mir – an jenem Abend nicht anwesend.«

Etwas änderte sich in dem wettergegerbten Gesicht, das wirkte, als sei es aus altem Eichenholz geschnitten. »Ich war da«, sagte er mit einem Blick, als sei er in der Zeit zurückgegangen und würde alles noch einmal vor sich sehen, »am nächsten Morgen, als sie aufgebahrt wurden. Die ganze Familie, die drei Mädchen …« Er presste die Lippen zusammen. »Ich habe sie gesehen. Auch die Leiche der zweiten Kaisertochter!« Sein Blick richtete sich wieder auf sie. »Und du bist eine Betrügerin!«

Marcia blieb ungerührt. Sie kannte die Geschichte. Er war nicht der Erste, dem sie begegnete, der davon überzeugt war, ihren Leichnam gesehen zu haben. »Denkt an die Toten, die Ihr gesehen habt. War das Gesicht der dort aufgebahrten Kaisertochter nicht unkenntlich gemacht?«

»Sie war zehn Schritt tief auf Pflastersteine gefallen. Mit dem Gesicht voran. Sie …« Der alte Ritter schüttelte den Kopf. »Sie sah aus, als habe ihr jemand einen Streitkolben ins Gesicht geschlagen. Ich kann mich noch deutlich erinnern …«

»Sie haben die Tochter einer Magd genommen und sie in eines meiner Kleider gesteckt. Und vielleicht haben sie dann auch einen Streitkolben benutzt … um ganz sicherzugehen. Ihnen war jedes Mittel recht, um der Welt zu beweisen, dass sie meine Familie ausgelöscht hatten. Sie waren Kaisermörder! Sie hatten den Mann getötet, dem sie alles zu verdanken hatten.«

Gamrath machte eine abwehrende Geste. Fast, als würde sie ihn mit einer Waffe in der Hand bedrängen, statt nur mit Worten. »Das ist nur eine Mär! Eine Geschichte, mit der du mich überrumpeln und auf deine Seite ziehen willst.«

»Welche Beweise braucht Ihr noch, Hochmeister? Soll ich Euch den Namen des Lieblingsfalken meines Vaters nennen?

Oder Euch sagen, an welchen Körperteilen mein Vater Narben trug? Wollt Ihr wissen, wie der Erzpriester bei Hof hieß? Oder die Priesterin, die meiner Mutter beistand, wenn die Schwermut sie überkam? Ihr wisst, dass sie manchmal wochenlang ihre Gemächer nicht verlassen hat. Es hieß, sie würde beten und sei überaus fromm. Die Wahrheit lautet, dass sie manchmal die Kraft nicht aufbrachte, sich aus ihrem Bett zu erheben, weil die Dunkelheit der Welt auch ihre Seele verdunkelte.«

Mit einem Mal wirkte der Hochmeister erschrocken. »Wie hieß diese Priesterin?«

»Narna.«

»Das stimmt«, sagte er mit tonloser Stimme. »Sie war meine Tante. Sie … Die Schwermut der Kaiserin war eines der am sorgfältigsten gehüteten Geheimnisse bei Hofe. Nicht einmal die Diener wussten davon. Die Kaiserin duldete in solchen Wochen nur Narna an ihrer Seite. Und sie hat allen anderen erzählt, dass die Kaiserin betet. Wie kannst du das wissen?«

»Weil ich Marcia bin! Die Tochter der Kaiserin!«

Der Hochmeister sah sie an. Wirkte verwirrt.

»Das Kind«, sagte er schließlich und blickte auf ihren Bauch. »Ist es …«

»Nein. Ich wünschte mir nichts sehnlicher als ein Kind von General Yu …«

»Von einem Hundefresser?«, unterbrach der Hochmeister sie entsetzt.

»Von dem Mann, der die Mörder meiner Eltern bestraft hat. Er war für mich da. Ganz anders, als all jene, die sich hochtrabend Kaiserritter nennen und den Mord an ihrem ach so geliebten Kaiser einfach hingenommen haben.«

»Das Kind …«, begann er erneut.

»Dieses verfluchte Balg? Ich habe in den letzten Monden mehr als ein Dutzend Mal versucht, es zu töten. Aber es ist zäh …« Sie legte ihre Linke auf ihren gerundeten Bauch. In der Rechten hielt sie immer noch den Dolch, mit dem sie Bao Li bedroht hatte. »Der Khan schickte mir blonde Männer von guter Abstammung. Ich wurde nicht gefragt …« Sie versuchte, sich gegen die Erinnerung zu verschließen. Manche hatten sich bemüht, freundlich zu sein, und sie mit schönen Worten umgarnen wollen. Andere hatten sie einfach nur besprungen wie ein Flittchen im Hurenhaus. Sie alle hatten die Nächte mit ihr mit ihrem Leben bezahlt. Der Khan wollte lediglich die Blutlinie des Kaiserhauses erhalten. Die Männer hatten ihre Nützlichkeit stets nach kurzer Zeit überlebt. Marcia hatte keinem von ihnen auch nur eine Träne nachgeweint.

»Das …«

Sie sah dem Hochmeister an, wie der Gedanke in ihm keimte, dass sie womöglich die Wahrheit sagte.

»Du musst …«

»Nein«, unterbrach sie ihn barsch. »Ich bin die Tochter Eures Kaisers. Und Ihr seid ein Kaiserritter. Ihr schuldet mir unverbrüchliche Treue. Ihr müsst mir gehorchen! Und ich verlange von Euch, dass Ihr niederkniet, denn Ihr seid mein Ritter, so wie alle, die Euch dienen, Hochmeister.«

Die Kälte war aus seinem Blick gewichen. Er zögerte.

»Vor zweiundzwanzig Jahren, in der Stunde, da der Kaiser Euch am dringendsten an seiner Seite gebraucht hätte, war kein Kaiserritter da. Ich gebe Euch nun Gelegenheit, diese alte Schuld zu sühnen, Gamrath von Hatzfeld. Reitet an der Seite meines Auserwählten und seiner Horde und erobert mir gemeinsam mit ihm meinen Thron zurück! Gebt dem Orden Gelegenheit, seine Ehre zurückzuerlangen. Kämpft endlich wieder für die Kaiserfamilie!«

Der alte Ritter blickte zu Bao Li. Marcia wusste, wofür sie im Osten die Untertanen des Khans hielten. Für grausame Barbaren mit unbegreiflichen Bräuchen. Vor den Augen eines solchen Mannes niederzuknien war aus Sicht des Hochmeisters vermutlich undenkbar …

»Am Hof des Khans war die Mär von der überlebenden Prinzessin bekannt«, ergriff nun Bao Li zu Marcias Überraschung das Wort. »Vor zwanzig Jahren hat man sieben Mädchen ausgewählt, ihren Verstand gebrochen und sie dann in dem Glauben aufwachsen lassen, sie seien die überlebende Prinzessin, von der die Mär erzählt. Die sieben sind einander nie begegnet. Man hat sie über die Jahre immer strengeren Prüfungen unterzogen …«

»Lüge!«, fuhr Marcia auf.

»Sie ist wirklich gut, nicht wahr, Hochmeister?«

Der Ordensritter wirkte erleichtert.

»Er versucht, Euch zu hintergehen!«, stieß Marcia empört hervor. »Der Khan hat ihn geschickt, um mich zurückzuholen!«

»Sie glaubt selbst, was sie da sagt. An ihre wirkliche Kindheit kann sie sich nicht mehr erinnern. Nur an das, wovon man ihr jahrelang immer wieder erzählt hat, dass es ihr Leben gewesen sei. Ich gehörte zu den Heilkundigen, die geholfen haben, jene Kräuter zusammenzustellen, die ihre Erinnerung löschten und ihre Persönlichkeit veränderten … In Wahrheit ist sie die Tochter eines Köhlers aus der Westermark. Sie wurde als Kind geraubt. Ihre Familie getötet. Sie hat das mit angesehen. Deshalb fiel es ihr so leicht, sich in die Märengestalt der Prinzessin Marcia hineinzuversetzen. Sie wird ganz sicher …«

»Schweig!« Sie wollte Bao Li die Kehle durchschneiden, ihn für immer zum Schweigen bringen, wollte …

Der Filzvorhang am Eingang wurde zurückgeschlagen, und eine hochgewachsene Frau in einer Rüstung, bedeckt von Rost und Blut, trat ein. Ein schmutziger Verband verlief quer über ihre Stirn und verbarg ihr eines Auge. Sie hielt etwas in der Hand. An langem schwarzem Haar hängend, baumelte es neben ihrem Knie. Das Gesicht abgewandt …

Der Kopf schwang herum. Weit aufgerissene, tote Augen starrten sie an.

Marcia wurde die Kehle eng. »Xiang …«

»Er hat wie ein Löwe gekämpft«, sagte die Ritterin. »Ich habe so etwas noch nie gesehen. Ihm steckte eine abgebrochene Lanze im Rücken. Er blutete aus vielen Wunden und hat selbst dann noch einen Mann niedergemacht, der ihm den Weg zu diesem roten Zelt verstellen wollte.«

Jedes ihrer Worte traf Marcia wie ein Dolch. Bis zuletzt hatte er versucht, zu ihr zu gelangen. Sie dachte an seinen Schwur. Daran, dass er mit ihr hatte gehen wollen, wohin auch immer ihr Weg sie führte.

Er war der Einzige, der nur sie gesehen hatte. Für den sie etwas anderes gewesen war als nur eine Figur in einem Schattenspiel der Intrigen.

»Ich werde dir folgen, wo auch immer du nun sein magst, mein Geliebter«, sagte sie leise, »wie wir es einander versprochen haben.«

Sie hob den Dolch und zog ihn sich mit einem kräftigen Ruck über die Kehle.

WESTERMARK, SÜDLICH DES SCHWARZFORSTES, NACH DER MITTAGSSTUNDE, 13. TAG DES ERNTEMONDES, 18. JAHR VOR SASMIRAS ZWEITER THRONERHEBUNG

Gamrath stand wie versteinert. Blut sprühte aus der schrecklichen Wunde. Die blauen Augen der jungen Frau sahen ihn vorwurfsvoll an.

»Sie war wirklich die Tochter der Kaiserin«, sagte der heilkundige Hundefresser mit seinem grässlichen Akzent. »Ich habe Euch angelogen, Hochmeister.«

Zaneta war die Erste, die sich rührte. Sie fing die Sterbende mit beiden Armen auf. Dem Tode nahe, griff diese nach dem Kopf ihres Geliebten und presste ihn an sich.

»So dumm«, sagte der Heilkundige voller Verachtung. »So dumm!«

Der Blick der Prinzessin brach.

»Was meinst du?«, fragte Zaneta benommen.

»Sie glaubte, sie ginge zu ihm. Das hat sie doch gesagt. Dummes goldhaariges Mädchen. So lange hat sie am Wandernden Hof gelebt und doch nichts begriffen.« Der Heilkundige sah nun zu ihm, Gamrath, obwohl die Ritterin ihn angesprochen hatte. »Es kommt darauf an, wie man stirbt. General Xiang Yu war ein Held, der ins Licht geht. Eine Selbstmörderin aber wird für hundert mal hundert Jahre in der Dunkelheit gefangen sein und ihre schlimmsten Stunden wieder und wieder durchleben. Als Lebende war sie dem toten General näher, als sie es jetzt ist.«

»Das glaube ich nicht!« Zaneta bettete die Tote sanft auf den Zeltboden. »Die Liebe findet einen Weg …«

Der dicke Hundefresser lachte auf. »Dummes Weibergeschwätz!«

Gamrath konnte seinen Blick nicht von der Toten wenden. Doch sein Entsetzen wich langsam der Wut. Wie hatte er diesem verlogenen Quacksalber glauben können? Sie war es. Marcia. Die Tochter des Kaisers Orelian. Sie hatte so viel gewusst. Das Festmahl nach dem Turnier. Das konnten sich nicht die Berater des Khans ausgedacht haben. Es stimmte einfach. Sie war dort gewesen. Die Mär von der überlebenden Kaisertochter war Wahrheit gewesen.

Er hatte einst dem Geschlecht derer von Greifenberg die Treue geschworen. Jeder einzelne Ritter in seinem Orden hatte das getan. Und jetzt war er ein zweites Mal wortbrüchig geworden. Sein Vorgänger im Amt hatte entschieden, keinen Bürgerkrieg im Reich zu entfachen. Nicht für eine Kaiserfamilie, von der niemand mehr lebte. Und nun hatte er selbst einem Hundefresser geglaubt statt der Kaisertochter.

Wäre er ihr anders begegnet, hätte er ihr Hoffnung geschenkt, statt sie allzu leichtfertig für eine Lügnerin zu halten, vielleicht würde sie dann noch leben …

Hasserfüllt musterte er den Heilkundigen, der selbstgefällig lächelte. Für den Khan war es besser, dass sie tot war, als dass sie unter dem Schutz des Ordens vom Schwarzen Adler lebte.

Gamrath blickte auf die Tote. Auf ihren Bauch, über den der Khan in seiner grenzenlosen Machtgier verfügt hatte.

»Du holst ihr Kind«, sagte er ruhig und sah den Heilkundigen durchdringend an.

»Nein!«, entgegnete der dicke Hundefresser entschieden. »Zaneta, gib mir ihren Dolch!«

Die Ritterin sah ihn fragend an, reichte ihm aber die Waffe.

Gamrath packte den Heilkundigen bei seinem Zopf, riss ihn an sich heran und zwang ihn in die Knie. Er setzte die Klinge an sein linkes Ohr und schnitt es ab.

Der Hundefresser schrie auf, presste beide Hände auf die Wunde.

»Du holst ihr Kind! Ich weiß, dass die Heiler, die an Fürstenhöfen dienen, so etwas können.«

»Das hier ist anders«, schluchzte der Hundefresser. »Sie ist tot. Man darf nicht das Kind einer Toten holen. Es würde ohne Seele geboren und großes Unglück in die Welt bringen.«

Gamrath riss den Kopf des Heilkundigen herum und schnitt ihm die zweite Ohrmuschel ab. »Du wirst es tun. Ich werde so lange Körperteile, die du nicht brauchst, von dir abschneiden, bis du mir gehorchst.«

»Das Kind … Es wäre durch und durch verdorben …«

»Du hast mich ein Mal belogen. Denke nicht, dass ich dir noch ein zweites Mal Glauben schenke!« Er setzte dem Hundefresser die Klinge auf den Nasenrücken.

»Ich … Ich werde es tun«, stammelte der Heilkundige. Er richtete sich auf und blickte mit schreckensweiten Augen auf den Dolch. »Ich tue es …« Seine Stimme klang nun gefasster. »Es ist richtig.« Er trat einen Schritt auf Gamrath zu. Dann warf er sich nach vorn. Die Klinge drang unter dem Rippenbogen in seinen Leib. Er keuchte. Lächelte. »Auf diese Weise gehe ich in die Schatten …«

Fluchend zog Gamrath den Dolch zurück. Er hatte genug Wunden wie diese gesehen. Der Hundefresser würde nicht schnell sterben, sondern lange Schmerzen leiden, und doch konnte er ihnen nun nicht mehr helfen.

Wütend stieß Gamrath ihn von sich, und er sank neben dem Lager nieder, auf dem schon der tote Leibwächter lag. Das Zelt füllte sich mit Leichen …

»Gib mir den Dolch!«, forderte Zaneta. »Wir können nichts mehr falsch machen. Tun wir nichts, stirbt das Kind. Bin ich ungeschickt, stirbt das Kind. Aber wenn uns das Glück hold ist …«

Sie hatte recht. Gamrath reichte ihr die Waffe. »Möge der Herr des Himmels deine Hand führen.«

WESTERMARK, SÜDLICH DES SCHWARZFORSTES, NACH DER MITTAGSSTUNDE, 13. TAG DES ERNTEMONDES, 18. JAHR VOR SASMIRAS ZWEITER THRONERHEBUNG

Zanetas Hände zitterten, als sie durch den halbmondförmigen Schnitt unten am Bauch der Toten griff. Immer wieder sagte sie sich stumm, dass es die einzige Hoffnung war, das Kind zu retten, und dass es doch nicht anders sei, als am Ende einer Jagd einen Eber auszuweiden.

Sie bekam etwas zu fassen. Ein Bein?

Sie zog vorsichtig daran. Ein kleiner Fuß erschien. Sie holte das Kind durch den klaffenden Schnitt. Bedeckt mit Blut und Schleim, erschien es unheimlich blass. Als sei es aus feinstem Marmor geschnitten.

Es war still. Es regte sich nicht. Die kleinen Lider waren geschlossen.

Ein Mädchen, dachte sie und wischte das winzige Gesicht gründlich mit der kostbaren Schärpe sauber, welche die Mutter um die Hüften getragen hatte.

»Ist es tot?«, fragte der Hochmeister.

Zaneta hatte noch nie einer Geburt beigewohnt. Hebammen duldeten Frauen wie sie nicht in einem Raum, in dem ein Kind das Licht der Welt erblicken sollte.

Es war so klein, so zerbrechlich. Sie fühlte sich unbeholfen.

»Du musst es schlagen!« Der Hochmeister klang, als wäre er sich nicht ganz sicher. Dennoch kniete er sich neben sie, nahm ihr das Kind aus den Händen, hielt es mit dem Kopf nach unten wie Wild, das man zum Ausbluten aufhängte, und versetzte ihm einen Klaps auf den Hintern.

Die Kleine schlug die Augen auf. Sie waren hellblau wie der Sommerhimmel. Und auch ihr Mund öffnete sich. Ein wütender Schrei entwand sich der kleinen Kehle.

»Ich glaube, du solltest es nicht länger mit dem Kopf nach unten halten …«, sagte Zaneta zögerlich. »Und vielleicht sollten wir auch die Nabelschnur durchtrennen.«

Der Hochmeister legte ihr das Kind in die Arme. »Du kannst das sicher besser als ich.«

Zaneta löste einen der dünnen Lederriemen, die ihr Haar zurückhielten, band die Nabelschnur ab und kappte sie mit dem Dolch, ehe sie das Kind ein wenig unbeholfen an die Brustplatte ihrer Rüstung drückte und der Kleinen über das verklebte goldblonde Haar strich.

Das Mädchen hörte nicht mehr auf zu schreien. Hatte sie es zu fest gedrückt? Lag es an dem kalten Metall der Rüstung? Zaneta hielt es ein wenig von sich. Streichelte es. Liebkoste mit einem schwieligen Finger die winzigen Lippen.

Die Kleine begann, mit erstaunlicher Kraft an ihrem Zeigefinger zu saugen, und machte leise schmatzende Geräusche.

»Wohl getan«, murmelte der Hochmeister hörbar erleichtert. »Frauen haben eben doch eine Hand für Kinder.«

Zaneta überlegte, ob sie widersprechen sollte. Es fühlte sich nicht so an, als hätte sie etwas richtig gemacht. Was sollte sie tun, wenn die Kleine begriff, dass ein Finger keine Milch gab?

»Wir müssen eine Amme finden …«

»Stimmt!«, erwiderte der Hochmeister bekräftigend. »Und wir haben uns auch einen guten Schluck verdient.« Er hob eine mit schwarzen Figuren geschmückte Amphore vom Boden. »Kamarinischer Roter. Der beste Wein, den Silber kaufen kann.« Seine grauen Augen blitzten. »Wir haben gesiegt. Und wir haben wieder eine Kaiserin.«

Er zog sein Messer, schnitt das Wachssiegel vom Korkverschluss der Amphore und schenkte ihnen ein.

WESTERMARK, SÜDLICH DES SCHWARZFORSTES,
NACH DER MITTAGSSTUNDE, 13. TAG DES ERNTEMONDES,
18. JAHR VOR SASMIRAS ZWEITER THRONERHEBUNG

Gamrath schnupperte an dem Wein, atmete das kostbare Aroma ein. Da war ein Hauch wie von Waldbeeren. Seine Kehle war ausgedörrt. Stunden waren vergangen, seit er zuletzt getrunken hatte.

Zufrieden blickte er auf Zaneta. Als der Tag angebrochen war, war er davon ausgegangen, zusammen mit der Blüte seiner Ritterschaft in den Tod zu ziehen. Und nun hatte er einen vollständigen Sieg errungen.

Allerdings sollten auch sie das Lager jetzt räumen. Der Kampfeslärm war verstummt. Nur das Stöhnen der Verwundeten und Sterbenden war noch zu hören. Und die heiseren Stimmen der Überlebenden. Dazu das Fauchen von Flammen. Sie waren zu nah am brennenden Schwarzforst. Hier konnten sie nicht mehr länger bleiben!

Blaugrauer Rauch zog unter dem Filzvorhang am Zelteingang hindurch und reizte seine trockene Kehle. Er griff nach dem Kelch. Erstaunlich, dass ein Barbar einen solchen Wein in seinem Zelt hatte. Vielleicht ein Geschenk Marcias? Er schluckte trocken und wünschte sich, er hätte der Prinzessin geglaubt.

Er hob den großen roten Steinkelch an die Lippen.

»Nicht!« Zaneta griff plötzlich nach dem Kelch und schleuderte ihn zu Boden. Der kostbare Wein spritzte über die Schaffelle.

»Was …« Gamrath verstummte.

»Sieh doch!« Zaneta deutete auf den Jadekelch.

So hoch, wie eben noch der Wein im Kelch gestanden hatte, war die rote Jade von dunklen Adern durchzogen.

Das kleine Mädchen, das keinen Finger mehr zum Lutschen hatte, begann unruhig zu wimmern.

»So etwas habe ich noch nie gesehen«, stieß Gamrath hervor. »Ich habe von Edelsteinen gehört, die ihre Farbe ändern, wenn sie vergiftete Speisen berühren. Aber ein Kelch … Das ist ein Wunder!« Er blickte auf das kleine Mädchen. »Sie ist nicht verflucht, sie hat uns Glück gebracht!«

Zaneta tätschelte die Kleine, die ein zufriedenes Glucksen von sich gab. »Es sind zwei Wunder geschehen. Eine Tote hat ein Kind geboren, und der Herr des Himmels hat uns ein Zeichen geschickt, damit wir die Lügen dieses falschen Heilers durchschauen. Der rote Kelch ist ein Symbol dafür, dass wir die Wahrheit erkennen und das Richtige tun. Er wird künftig mein Wappen sein. Und ich gelobe feierlich, dass ich nicht ruhen werde, bis die alte Ordnung wiederhergestellt und der Thron zurückerobert ist.«

Betroffen blickte Gamrath auf die tote Kaisertochter. Sie durfte hier nicht bleiben, durfte nicht noch einmal im Stich gelassen werden.

Er kniete sich neben sie und nahm sie auf seine Arme. Er war überrascht, wie leicht Marcia war. Mit einem der Felle vom Boden versuchte er, ihre Wunden zu bedecken. Der Kopf der Prinzessin rutschte aus seiner Armbeuge und fiel unnatürlich weit nach hinten. Ihre durchtrennte Kehle klaffte wie ein zweiter riesiger Mund.

Gamrath griff in das goldene Haar der Toten und drückte ihren Kopf an seine Brust. »Dir wurde das Leben als Kaisertochter gestohlen. Zumindest im Tode soll dir Gerechtigkeit widerfahren. Du sollst ein Grab bekommen, wie es sich für eine Kaisertochter geziemt.« Er blickte zu Zaneta, die den Kelch aufgehoben hatte. »Nimm auch den Kopf des Generals.«

»Soll er doch hier verbrennen!«, entgegnete die Ritterin empört. »Er hat meinen Oheim grausam töten lassen. Ihm erweise ich keine Ehre!«

»Und doch war er es, der als Einziger die Tochter unseres Kaisers glücklich gemacht hat. Und wie es scheint, galten seine letzten Gedanken ihr. Warum sonst hätte er versucht, hier zu diesem

Zelt zu gelangen, statt sich in Sicherheit zu bringen? Welche Rache kannst du noch an einem Toten üben? Nimm seinen Kopf! Wir wollen ihn zusammen mit der Prinzessin bestatten.«

»Du weißt nicht, was er meinem Oheim angetan hat …«, sagte sie voller Bitternis.

Gamrath sah sie bedauernd an. »Seine Taten sind nicht das Maß meiner Taten. Und nun nimm den Kopf!« Die letzten Worte sprach er in einem Ton, der keinen Widerspruch mehr duldete.

Der Hochmeister sah, wie viel Überwindung es Zaneta kostete, Xiang Yus Kopf aufzuheben. Doch sie gehorchte, und dann traten sie Seite an Seite aus dem Zelt.

Obwohl der brennende Schwarzforst fast zweihundert Schritt entfernt war, schlug ihnen eine Hitze entgegen, die jeden Atemzug zur Qual werden ließ. Dichte Rauchschwaden trieben vor dem Nordwind durch das Lager. Die Luft war erfüllt von Ascheflocken und wirbelnden Funken. Der ekelerregende Geruch verbrannten Fleisches war allgegenwärtig. Gamrath blickte nach Norden. Es hatte den Anschein, als würde die ganze Welt in Flammen stehen.

»Das fühlt sich nicht wie ein Sieg an«, murmelte Zaneta beklommen. »So viele Tote …«

»Kennst du die Mär vom Feuervogel?«, fragte Gamrath.

»Ich interessiere mich nicht für die Geschichten der Hundefresser.«

»Ein Fehler. Der Feuervogel steht für Gerechtigkeit und Reinheit. In seinem Kampf für eine gute Sache verzehrt er sich in seinen eigenen Flammen und muss sterben. Aber er kann aus seiner Asche wieder neu geboren werden.«

Er betrachtete das kleine Mädchen auf Zanetas Arm, das sie in den ein wenig fadenscheinigen Seidenschal gewickelt hatte, den ihr Oheim Jan von Tanow einst von der schwermütigen Kaiserin geschenkt bekommen hatte.

»Wir sollten sie nach der ersten Kaiserin benennen, von der unsere Chroniken berichten. Nach der großen Einigerin der streitenden Königreiche: Sasmira. Sie ist unser Feuervogel, Zaneta. Erstanden aus der Asche dieses Schlachtfeldes. Eine leuchtende Flamme, der alle folgen werden, die den falschen Versprechungen der Reichsfürsten nicht länger trauen wollen. Ich werde den Thron für sie zurückerobern oder bei dem Versuch mein Leben geben. Sie wird unsere Kaiserin sein!«

Sasmiras blaue Augen ruhten auf ihm, und er hatte das beklemmende Gefühl, dass dieses noch keine Stunde alte Kind jedes seiner Worte verstanden hatte.

»Die Tochter einer Toten, zur Welt gekommen auf einem Schlachtfeld, auf dem ein unbesiegbarer Feldherr von einer verzweifelten Schar geschlagen wurde«, sagte er feierlich. »Sie ist viel mehr als nur ein Kind. Mit Sasmira wurde an diesem Nachmittag eine Legende geboren, wie es sie nur ein Mal in einem Jahrtausend gibt.«

18 JAHRE SPÄTER

CILIA, SÜDLICHER SCHWERTWALD, FRÜHER ABEND, 11. TAG DES WEINMONDES IM JAHR VON SASMIRAS ZWEITER THRONERHEBUNG

Schneller!«, drängte Milan. Er hatte sein Schwert von der Hüfte genommen und hielt es nun in den Händen, damit es ihn beim Laufen nicht behinderte.

Hinter sich hörte er die schweren Schritte Rainulfs. Der Bogenschütze war ein ausdauernder, aber kein sehr guter Läufer.

Beklommen blickte Milan zu der glühend roten Sonnenscheibe. Sie stand nur noch eine Handbreit über der bewaldeten Hügelkette im Westen.

»Schneller, der Grym kommt in der Stunde der Dämmerung!«, keuchte er.

»Weiter links«, rief Rainulf. »Der Eichenhain muss dort sein.«

Milan setzte mit einem Sprung über ein paar heimtückische Wurzelstränge hinweg und strauchelte fast, als er wieder auf dem weichen Waldboden landete. Gehetzt blickte er nach Norden, wo sich ein dichter Pinienwald erhob. Das Gelände war von Felsen und buschigem Unterholz durchsetzt. Niemand sammelte Brennholz oder hegte den Wald. Dort war er am finstersten. Von dort würde der Grym kommen.

Rainulf holte zu ihm auf. »Wir schaffen das!« Seine Stimme war ruhig. Ihn schien das Laufen nicht anzustrengen. Wahrscheinlich würde er so noch die halbe Nacht durchhalten. Er hatte ein wettergegerbtes Gesicht mit breitem Kinn und schmalen Lippen. Ein Gesicht, dem man ansah, dass er nur selten unter einem schützenden Dach Zuflucht suchte. Wind und Sonne hatten ihm sein Aussehen gegeben. Er war im Schwertwald aufgewachsen. War Wilderer gewesen, Leibwächter und Geliebter der Herzogin Felicia, des Schwertes der Rosen. Ein Mann, der drei Pfeile in die Luft brachte, bevor der erste einschlug. Und obwohl sie beide keinen guten Anfang miteinander gehabt hatten, gab es niemanden, dem Milan so vertraute wie dem Bogenschützen.

Ein lautes Grunzen schreckte Milan aus seinen Gedanken auf.

»Er ist noch mit den Schweinen hier«, stellte Rainulf fest.

Milan fluchte. Man hatte ihnen im Dorf gesagt, dass der Junge meist erst im Dunklen heimkehrte. Deshalb waren sie hierhergekommen, während die Dorfbewohner die anderen Hirten heimholten. Der Grym betrat nie eine der Siedlungen. Er suchte sich seine Opfer stets in der Wildnis. Bevorzugt im Wald.

Eine große schwarzrosa Sau trottete Milan entgegen. Mit dem Rüssel dicht über dem Erdreich suchte sie Eicheln.

»Paolo?«, rief Rainulf.

Milan trabte an der Sau vorbei, die sich von ihm nicht stören ließ. Der Boden fiel hier leicht ab zu einer von Eichen umstandenen Senke. Ein breiter Kranz rissigen Schlamms umgab den letzten Rest eines fast ausgetrockneten Tümpels. Milan sah weitere Schweine, die sich im Dreck suhlten oder dösten.

Besorgt blickte er zu den Hügeln im Westen. Die rote Sonne war halb hinter den Bäumen verschwunden.

Da trat ein Junge von höchstens elf Jahren mit drohend erhobenem Hirtenstab hinter einer Eiche hervor. Er war barfuß, trug nur ein langes, schmuddeliges Hemd. »Hau ab!«, zischte er. »Du kriegst keine meiner Sauen!«

»Paolo …« Milan bemühte sich, beruhigend zu klingen.

»Haut ab!«

Rainulf schritt an Milan vorüber, ohne sich auch nur im Geringsten beirren zu lassen. Er packte den Stecken, als der Knabe versuchte, ihn damit zu schlagen, entwand ihn ihm mit grober Gewalt und klemmte sich den fluchenden und strampelnden Paolo kurzerhand unter den Arm. All das hatte kaum mehr als drei Herzschläge gedauert. »Gehen wir? Du kannst ihm unterwegs erklären, warum wir hier sind.«

Milan war einen Augenblick konsterniert. »Ja … Wir …«

Ohne sich um die Sauen zu scheren, verließ sein Gefährte die Senke.

»Meine Tiere!«, protestierte Paolo. »Die häuten mich, wenn ich ohne die Schweine ins Dorf zurückkomme.«

»Heute nicht«, sagte Milan. »Heute …«

Eine riesige schwarze Gestalt löste sich aus dem Schatten der Eichen zu ihrer Rechten. Ein Bär, mehr als doppelt so groß, wie er sein sollte. Mit einem tiefen kehligen Knurren lief er ihnen entgegen.

»Auf den nächsten Baum!«, stieß Milan hervor.

Rainulf hob den Hirtenjungen hoch, der nach einem der unteren Äste griff.

»Verdammt«, knurrte Milan und sprang mit gestreckten Armen empor. Seine Hände schlossen sich um einen Ast. »Schnell, Rainulf! Er wird sich nur den Hirten holen wollen. Aber ich bin mir sicher, es wäre nicht gut, ihm im Wege zu stehen.«

Der Bogenschütze zog sich zurück. »Du weißt, dass Bären klettern können?«, rief er und zog einen Pfeil aus seinem Köcher.

Das wusste Milan nicht. Woher auch? Er hatte seine Jugend unter der Aufsicht eines gestrengen Vaters damit verbracht, die Mären zu studieren und ein guter Schwertkämpfer zu werden. Über Bären und sonstiges Getier hatte er nichts gelernt. Aber er kannte den Grym. Kannte alle Mären, die man sich auf der Insel Cilia über ihn erzählte. Und hatte der Grym sich einmal ein Opfer erwählt, dann hetzte er es, bis er es verschlingen konnte. Aber wahrscheinlich würde er auch alles können, was normale Bären konnten.

Jetzt richtete sich die Bestie auf ihre Hinterbeine auf.

»Wir müssen höher!«, schrie Milan erschrocken. Der Hirtenjunge war schon weiter die Eiche hinaufgeklettert. Milan folgte ihm, während der Grym mit seinen mächtigen Tatzen nach dem

Ast schlug, auf dem er eben noch gehockt hatte. Die Bärenkrallen verfehlten ihn nur um wenige Zoll.

Ein Pfeil traf den breiten Rücken des Grym. Die Bestie schien es gar nicht zu spüren. Es sah aus, als wolle das Ungeheuer die alte Eiche umarmen. Die Rinde des Baumes knirschte, als sich die langen Krallen hineingruben und der Bär sich am Stamm emporzog.

Milan kletterte höher. Der Baum war alt. Die Äste, die fast waagerecht vom Stamm fortstrebten, waren dicker als sein Oberschenkel. War das genug, um auch das Gewicht des Bären zu tragen?

Bislang brauchte der Grym keine Äste. Er zog sich weiter am Stamm hoch.

Ein Pfeil schlug in das Holz der Eiche. Rainulf fluchte.

Es sah dem Schützen nicht ähnlich, auf so kurze Entfernung ein derart riesiges Ziel zu verfehlen. Aber es passte zu der Mär. Der Grym verschlang seine Opfer immer, egal ob es sich um Hirtenjungen, Scherenschleifer und Barbiere, die von Dorf zu Dorf zogen, um fliegende Händler, verirrte Wanderer oder um Kinder handelte, die beim Spielen zu tief in den Wald geraten waren. Wen er alles fraß, variierte, je nachdem, wo seine Geschichte erzählt wurde. Was gleich blieb, war, dass die Bauern, die sich zusammenrotteten, um ihn zu jagen, jämmerlich scheiterten. Je nach Herzogtum im Schwertwald war es der Pfeil der Rosen, der Pfeil der Schlangen oder der Pfeil der Kelche, der den Grym besiegte – jener Bogenschütze, den der jeweilige Herzog zum obersten Jagdaufseher gemacht hatte, meist ein erfahrener, zäher Mann in fortgeschrittenem Alter, der von allen respektiert wurde. Er tötet den Grym mit einem einzigen Schuss durchs Auge.

Milan überlegte, in wessen Herzogtum sie sich befanden, war sich aber nicht ganz sicher. »Der Pfeil der Rosen wird dich töten, wenn du nicht abhaust …«

Der Bär kletterte weiter. Schon war er ihm wieder auf weniger als einen Schritt nahe gerückt.

»Ich glaube nicht, dass der Grym dich versteht«, erklang es weiter oben aus dem Geäst.

Milan verkniff sich eine schnippische Antwort und arbeitete sich weiter hinauf. Sein Schwert hatte er am Fuße des Baumes liegen lassen. Er musste nur hoch genug kommen, sagte er sich stumm. Irgendwann würde der Stamm zu dünn, um den riesigen Bären zu tragen. Oder gab es eine andere Lösung?

»Feuer!«, rief er. »Der Grym mag kein Feuer! Damit kann man ihn zurückdrängen.«

»Du willst, dass ich hier mitten im Wald ein Feuer mache?«, rief Rainulf ungläubig. »Dies ist die trockenste Erntezeit seit mehr als einem Jahrzehnt. Es hat seit elf Tagen keinen Regen mehr gegeben. Ist dir klar, was passieren wird, wenn ich ein Feuer entzünde?«

»Ja«, erwiderte Milan zerknirscht. »Ich denke nur …«

»Hierher!« Die Stimme des Hirtenjungen erklang links von ihm aus dem dichten Astwerk. »Hier kommen wir auf den Nachbarbaum.«

Milan vertraute sich einem dicken Ast an. Es war inzwischen deutlich dunkler geworden. Er ahnte mehr, wo Paolo zwischen den Zweigen steckte, als dass er den Hirtenjungen wirklich sah. Vorsichtig balancierte er über den Ast, der sich unter seinem Gewicht langsam bog. Mit beiden Händen hielt er sich an den Zweigen über seinem Kopf fest, um nicht das Gleichgewicht zu verlieren.

Immer schmaler wurde der Ast. Und dann krachte es hinter Milan.

Der Grym versuchte, ihnen zu folgen!

»Nein, du …«

Der Ast splitterte …

Milan krallte die Hände in die dünnen Zweige. Einen Augenblick lang hing er in Luft. Dann knickten sie ab, und er stürzte.

Er versuchte den Aufprall abzumildern, indem er in die Knie ging und sich abrollte. Ganz gelang es ihm nicht. Ein Schmerz, als habe man einen Nagel in seinen Knöchel geschlagen, ließ ihn aufkeuchen.

Er hob den Kopf. Unmittelbar vor ihm lag inmitten von Blättern und zersplitterten Ästen der Grym. Die schwarzen Augen hefteten sich auf ihn. Langsam erhob sich das Untier und schüttelte sich. Es hatte den Sturz anscheinend unbeschadet überstanden.

Das Ungeheuer öffnete sein Maul. Ein leises Knacken erklang. Es sah aus, als habe sich der Grym den Kiefer ausgerenkt. Immer größer wurde das Maul, gesäumt von gelben Reißzähnen. In den Mären vermochte er seine Opfer mit einem Happs zu verschlingen. Er würgte sie im Ganzen herunter, wie Schlangen es mit Mäusen taten.

»He!« Rainulf erschien hinter dem Bären. Er hatte das Schwert aufgehoben und warf es Milan zu.

Milan fing es im Flug und zog die Klinge, als der Grym ihn auch schon angriff.

Töten konnte nur ein Jäger der Herzöge diese Bestie. Aber mit etwas Glück würde er es schaffen, sie aufzuhalten. Milan wich vor dem riesigen Bären nicht zurück.

Als das weit offene Maul ihn erreichte, hielt er das Schwert senkrecht. Die Kiefer schnappten zu.

Milan kniff die Augen zusammen. Ein grässliches Knirschen ertönte. Ein halbersticktes Grollen folgte.

Milan blinzelte. Der Grym hatte wohl versucht, ihm beide Arme abzubeißen. Nun klemmte das Schwert lotrecht zwischen den Kiefern.

Hastig trat Milan ein Stück zurück. Der Bär schüttelte den Kopf und tastete mit den mächtigen Tatzen nach seinem Maul.

»Lasst uns abhauen!«, rief Rainulf. »Schaut nicht länger hin!«

Milan war ganz seiner Meinung. »Paolo! Komm mit uns. Wir müssen ins Dorf. Dort sind wir sicher.«

»Und die Schweine?«, erklang es zaghaft aus dem Geäst über ihm.

»Er frisst keine Schweine. Nur Hirten! Du kennst doch die Mär vom Grym.« Während er sprach, entfernte sich Milan, langsam rückwärtsgehend, von dem riesigen Bären.

Der Grym folgte ihm nur halbherzig. Er schüttelte immer

wieder den Kopf, dann schob er sich tastend eine Tatze ins Maul, berührte das Schwert und stieß einen kehligen Schmerzenslaut aus. Die Spitze der Klinge hatte sich durch den Knochen seines Oberkiefers gebohrt und ragte ihm kurz vor den Augen wie ein metallenes Horn aus der Schnauze.

»Auf zum Dorf!«, rief Milan dem Jungen zu. »Wir müssen von hier fort, solange der Grym abgelenkt ist.«

Rainulf sicherte ihren Rückzug mit gespanntem Bogen, auch wenn seine Pfeile bislang so gut wie keine Wirkung gezeigt hatten.

Es raschelte im Geäst über Milan, dann tauchte der Junge hinter einem Eichenstamm auf.

Unterdessen war der Grym knurrend zu einem Baum getrottet und schubberte seine Schnauze an der rauen Rinde, als hoffte er, die Klinge, die seine Kiefer sperrte, auf diese Weise loszuwerden.

Milan bedeutete dem Jungen, ihm zu folgen, ohne den Bären aus dem Blick zu lassen. Das Ungeheuer schien sie in seiner Pein vergessen zu haben.

Vorsichtig verließen sie den Eichenhain. Erst als der Grym außer Sicht war, begannen sie zu laufen.

CILIA, CANTALDO, FRÜHER MORGEN, 12. TAG DES WEINMONDES IM JAHR VON SASMIRAS ZWEITER THRONERHEBUNG

Milan stieg auf den Tisch, der in die Mitte der Scheune getragen worden war.

Rainulf beobachtete den Jüngling voller Stolz. Er war schlank und von athletischer Statur. Endlose Fechtstunden hatten ihm Kraft und Ausdauer verliehen. So war er schon bei ihrer ersten Begegnung in jenem dunklen Zimmer in Dahlia gewesen, als Milan gerade die Silberscheibe aus dem Oktagon seines Vaters gestohlen und er dem völlig überraschten Dieb eine Klinge an die

Kehle gesetzt hatte. Und doch war Milan nun ein völlig anderer. Seine Augen waren hart geworden, und er lächelte nur noch selten. Als Milan gesehen hatte, wie Herzogin Felicia, seine große Liebe, von seinem Vater Nandus Tormeno als Hexe verbrannt worden war, war offenkundig etwas in ihm zerbrochen. Und dann war da noch der Kampf mit dem Krähenmann gewesen … Diese Märengestalt hatte Milan besiegt und verschleppt, und doch war der jüngste Sohn des Erzpriesters aus der Zwischenwelt zurückgekehrt und hatte die verschwundenen Kinder mitgebracht. Er war zum Helden Dahlias geworden, und seine Geschichte verbreitete sich wie ein Lauffeuer auf der Insel. Nun stand er dort auf dem Tisch. Und sah blendend aus mit seinem schwarzgelockten Haar und dem herausfordernden Blick.

Ein breiter Streifen klaren Morgenlichts fiel durch das weit geöffnete Tor der Scheune. Der Duft von frisch geschnittenem Heu beherrschte den alten Bau aus Naturstein. Es lag in Haufen entlang der Wände und hing durch die Spalten zwischen den Brettern des Trockenbodens zu ihren Häuptern. Fast zweihundert Menschen drängten sich um den Tisch. Und Rainulf sah die Angst in den Gesichtern.

»War es wirklich der Grym?«, fragte eine Frau in mittleren Jahren mit hängenden Wangen und früh ergrautem Haar. »Das ist doch …« Sie hob hilflos die Hände. »Es ist eine Mär!«

»Und Mären werden nun wahr«, sagte Milan ernst.

Rainulf fand, dass der Jüngling denselben Tonfall anschlug wie sein Vater, wenn dieser, vor dem Altar seines Oktagons stehend, den Gläubigen ins Gewissen redete.

»Wenn ihr mir nicht glaubt, so habt ihr doch gehört, was Paolo gesehen hat«, fuhr Milan fort. »Der Grym ist dort draußen!« Er deutete auf das weit geöffnete Scheunentor. »Und er wird nicht mehr fortgehen. Wir müssen ihn stellen und töten!«

Unruhiges Gemurmel erhob sich unter den Dörflern. »Wir können ihn nicht töten. Der Herzog muss den Pfeil schicken. So ist es in der Mär«, sagte ein alter Mann, den die Gicht gekrümmt hatte. »Wir können den Grym nicht besiegen.«

»Und deshalb gibt es keinen Grund zur Sorge!« Rainulf war erstaunt, wie selbstsicher sich Milan gab. Sie hatten besprochen, was nun kommen sollte, und er hatte kein gutes Gefühl dabei.

»Mein Gefährte ist der Pfeil der Rosen. Der außerwählte Schütze Felicias, des Schwertes der Rosen.«

Alle Blicke wandten sich Rainulf zu. Er mochte es nicht, im Mittelpunkt zu stehen und angegafft zu werden. Und er mochte Milans Lügengeschichte nicht!

»Heißt es nicht, Felicia sei tot?«, wandte der krumme Alte ein. Mochte sein Körper auch gebeugt sein, sein Blick war klar und wachsam. »Sie ist doch vom Erzpriester verbrannt worden.«

Rainulf war unfähig, darauf zu antworten. Er war zu spät gekommen. Nandus Tormeno hatte sie alle getäuscht … Das Bild, wie sie schwarz verbrannt an dem Pfahl hing, würde er niemals vergessen. Er … Seine Lippen bebten. Er wollte etwas sagen, aber er konnte nichts erwidern.

»Fragt nicht meinen Freund«, sagte Milan kaltblütig. »Es war nicht die Herzogin, die an jenem Tag verbrannte. Seine Freundin stand an dem Pfahl. Eine sehr schöne rothaarige Frau. Sie sah der Herzogin sogar ein wenig ähnlich.«

»Und wie kommt es, dass ihre Schwester jetzt das Schwert der Rosen ist, wenn die Herzogin Felicia noch lebt?«, setzte der Alte unbarmherzig nach.

Milan zuckte mit den Schultern. »Erkläre du mir die Ränkespiele der Mächtigen, alter Mann. Du scheinst weiser zu sein als ich.«

Es war nicht zu übersehen, wie die Worte dem Alten schmeichelten. Einige der Umstehenden nickten zustimmend. Offenbar war er so etwas wie der Sprecher der kleinen Siedlung.

»Du weißt sicher, dass die verfluchten Ligisten, wann immer sie einen unserer Herzöge fingen, ihm die Haut vom Rücken gezogen haben, um sie auf einen Schild zu spannen. Die Haut mit der Tätowierung, die seinen Rang auswies. Warum wurde das Schwert der Rosen nie ausgestellt? Glaubst du, diese Barbaren hätten darauf verzichtet?«

Der Alte schüttelte bedächtig den Kopf. »Gnade kennen diese verfluchten Kaufherren nicht«, stimmte er zu. Dann trat ein Strahlen in seine Augen. »Sie können nicht vorzeigen, was sie nicht haben.«

»Genau!«, erwiderte Milan mit beängstigender Selbstverständlichkeit und fuhr mit seinen Lügen fort: »Ich bin ihr erst vor zwei Wochen begegnet. Sie setzt den Söldnern des Erzpriesters im nördlichen Schwertwald zu. Felicia führt einen kleinen Trupp Bogenschützen an, streift aber meist allein durch die Wälder. Sie schützt ihre Untertanen vor den Übergriffen der Söldner und auch vor Märengestalten, die ihr Unwesen treiben. Als sie vom Grym hörte, hat sie Rainulf und mich gebeten, der Bestie nachzuspüren.«

»Und warum habt ihr ihn nicht getötet?«, fragte die Frau, die sich schon vorher zu Wort gemeldet hatte.

»Weil manche der Märengestalten für unsere Feinde gefährlicher sind als für uns«, entgegnete Milan in verschwörerischem Tonfall. »Wir müssen jede dieser Bestien erst beobachten und dürfen uns nur zur Wehr setzen, wenn wir angegriffen werden. Zur Zeit der Abenddämmerung werden wir hinausgehen und den Grym suchen.«

Rainulf presste die Lippen zusammen.

Milan deutete mit großer Geste auf ihn. »Nun werde ich mich gemeinsam mit dem Pfeil der Rosen zurückziehen und ruhen, damit wir für die Jagd bei Kräften sind. Vertraut ihm. Wenn Rainulf schießt, um zu töten, dann vermag keine Märengestalt seinem Zorn zu entgehen.«

Ein Mädchen von vielleicht acht Jahren griff nach Rainulfs Hand und blickte aus großen braunen Augen zu ihm auf. »Machst du den bösen Bären tot? Mein Bruder Paolo hat von ihm erzählt. Er sagt, sein Maul ist so groß, dass er selbst das fetteste Schwein mit einem Happs auffressen könnte.«

Rainulf hasste es, Versprechen zu geben, von denen er nicht wusste, ob er sie halten konnte. Er nickte dem Mädchen zu, sagte aber nichts.

Milan indes stieg vom Tisch herab. Er wurde mit etlichen Fragen bestürmt, bahnte sich aber, ohne sich aufhalten zu lassen, einen Weg durch die Menge. »Komm!«, forderte er knapp und trat durch das Scheunentor.

Es war ein kühler, klarer Herbstmorgen. Rainulf war froh, dem Gedränge in der Scheune zu entkommen. Gemeinsam gingen sie die Dorfstraße hinauf. Sie wurde von niedrigen, grob verputzten Häusern gesäumt, deren Dächer mit orangeroten Schindeln gedeckt waren.

»Du warst ziemlich …« Ein wenig hilflos suchte er das richtige Wort. »… eindrucksvoll?«

»Das klingt nicht gerade begeistert«, bemerkte Milan.

»Es hat mich überrascht, wie leicht dir die Lügen von den Lippen gingen, Priestersohn.«

Milan blieb unvermittelt stehen und blickte herausfordernd zu Rainulf auf. »Lügen für einen guten Zweck! Mein Vater sagte mir einst, ein Erzpriester sei ein Gestalter der Wahrheit. Damals habe ich ihm entschieden widersprochen. Doch jetzt weiß ich es besser. Wahrheit kann gestaltet werden. Sie ist keine unumstößliche Größe.« Milan seufzte. »Nicht, dass mir diese Erkenntnis gefallen würde. Aber es wäre töricht, dieses Feld einfach nur den anderen zu überlassen.«

»Wen meinst du mit *den anderen*?«

»Meinen Vater und jedem, der durchschaut, warum die Märengestalten erstehen. Er wird gewiss nicht der Einzige sein …«

Milan hatte die Mär von Felicia, seit sie miteinander unterwegs waren, schon oft erzählt. Rainulf fühlte sich dabei jedes Mal unwohl. Immer wieder dachte er an jenen schrecklichen Morgen, an dem die Herzogin gestorben war. Das konnte man nicht einfach wegreden, ganz gleich, was dieser Jüngling dachte.

Andererseits … Es gab ja auch den Grym …

»Du hast gestern Abend ziemlich schlecht geschossen.« Milan hatte sich wieder in Bewegung gesetzt. Sie hatten in einem verlassenen Gehöft etwa eine Meile vor dem Dorf, wo die Bewohner Cantaldos sie kaum stören würden, Quartier bezogen.

»Ich verstehe das nicht«, murrte Rainulf. »Der Pfeil, der in den Baum schlug, hätte den Grym ins Auge treffen sollen. Es gab keinen Wind, und der Bär hat keine plötzliche Bewegung gemacht. Ich war nah genug …«

»Es liegt an der Mär«, erklärte Milan. »Der Grym wird vom ersten Jäger eines Herzogtums getötet. Du konntest nicht mehr erreichen, als ihn zu verletzen. Aber jetzt bist du der Pfeil der Rosen. Heute Abend wird es anders sein. Wir werden Cantaldo von der Bestie befreien!«

»Und wenn du dich irrst, Milan?«

»Dann sollten wir gut ausgeruht sein und schnell laufen können«, sagte der Jüngling ernst.

DAHLIA, VIERTEL DER TUCHHÄNDLER, STUNDE DES SCHAFES, 12. TAG DES WEINMONDES IM JAHR VON SASMIRAS ZWEITER THRONERHEBUNG

Nok rollte die Nachricht zusammen, die ihr der Albatros von der *Atem der See* gebracht hatte, und kämpfte gegen ihren Ärger an. Diese Narren nannten sich Gelehrte. Sie maßten sich an, aus einer Entfernung von Tausenden von Meilen besser als sie beurteilen zu können, was geschickt und klug war. Verdammte Ohrenbläser des Khans! Wie hatten sie es nur geschafft, sich das Vertrauen des Herrschers zu erschleichen und die Weißen Tigerinnen vom Wandernden Hof zu verdrängen?

Sie sollte Milan fangen oder töten. So oder so wäre er dann verloren für die Sache des Khans. Dabei konnte der Junge die Welt verändern, wenn man ihn nur geschickt zu nehmen wusste!

Nok war sich ganz sicher, dass er auf Druck mit Trotz reagieren würde. Er musste glauben, den Weg, den er einschlug, aus freiem Willen gewählt zu haben. Und er musste ihn in der Überzeugung gehen, das Richtige zu tun. Milan war eine Alte Seele, auch wenn er sich dessen nicht bewusst war. Er war der

Mann des Feuers oder der Sohn des Lichts, von denen in den alten Knochenbüchern geschrieben stand. Die Schriften sprachen von dreien, denen es gegeben sein würde, die Gedanken und Träume der Menschen zu beherrschen. Sie konnten hinter Lügen die Wirklichkeit verblassen lassen und eine neue Welt erschaffen. Stellten sich die drei hinter den Khan, könnte unter seiner Herrschaft eine Welt des immerwährenden Friedens geschaffen werden. Stellten sie sich gegen den Khan, dann würde sein Reich in Flammen vergehen.

Nok nahm das dünne Pergament mit den winzigen Schriftzeichen und ließ es in eine Kupferschale mit glühenden Kohlen fallen. Tief in Gedanken schaute sie zu, wie aus der Botschaft feine graue Asche wurde. Sie war verpflichtet, die Befehle des Khans auszuführen, ohne Fragen zu stellen. Die Weißen Tigerinnen hatten das immer getan. Sie musste auch jenen gehorchen, die im Namen des Khans sprachen.

Nok spürte, wie tief in ihrem Inneren eine unbändige Hitze aufstieg.

Langsam atmete sie aus, dachte an den Teich mit den Lotusblüten hinter der Schriftensammlung der Tigerinnen, erschuf in Gedanken ein Bild tiefen Friedens. Ihre Pflichten waren einfach. Ein Befehl war ein Befehl. Und wenn sie ihn nicht ausführte, würde General Hong Ying auf der *Atem der See* andere Diener des Khans damit beauftragen, den Willen des Herrschers zu vollstrecken. Sie könnte das, was geschehen sollte, vielleicht ein wenig hinauszögern. Verhindern konnte sie es nicht.

»Herrin«, erklang die Stimme einer Dienerin hinter der dünnen Tür zum Innenhof. »Der Gast ist gekommen.«

Nok straffte sich. Eine weitere Pflicht. Sie war dem Mann noch nie begegnet, der sie heute besuchen würde, doch sein Name war ihr seit vielen Jahren bekannt. Er war einer der mächtigsten Feinde des Khanats. Großkomtur Mario Canali, der Stellvertreter des Hochmeisters und Verwalter von Handel und Schifffahrt des Ordens. Nach allem, was Nok erfahren hatte, war er erst am vergangenen Tag in Dahlia eingetroffen, um sich mit den fünf

Komturen der Insel zu beraten. Francesco Forazi, der Komtur Dahlias, besuchte Nok hin und wieder. Er wusste ihre Vorzüge zu genießen. Sie war sich sicher, dass sie den neuen Gast seiner Empfehlung verdankte.

Nok erhob sich aus dem Lotussitz und ordnete ihr Gewand aus halb durchscheinender weißer Seide. Es betonte ihre Schönheit und verhüllte wenig, ohne dabei vulgär zu wirken.

Behutsam tastete sie nach ihrem Haar. Es war zu einem schweren Knoten hochgesteckt, den zwei lange Haarnadeln zusammenhielten. Auf den ersten Blick wirkten sie wie lackierte Holzstäbchen. In Wahrheit jedoch waren die langen Nadeln aus geschwärztem Stahl gefertigt.

Nok trat zu den Schiebetüren zum angrenzenden Zimmer und öffnete sie mit anmutiger Bewegung. Ein kleiner Mann mit grauem Haar erwartete sie.

Dunstschwaden wogten über dem großen Zuber. Nok begann jede ihrer Begegnungen mit Gästen mit einem Bad. Der Name *Käsestinker*, den man im Khanat meist für die Bewohner des Reiches verwendete, hatte seine Berechtigung. Die meisten nahmen es mit der Reinlichkeit nicht sonderlich genau.

Der Großkomtur schien eine Ausnahme zu sein. Seine Kleidung war von strahlendem Weiß, sein Haar geordnet, die Wangen ohne Stoppeln, seine Fingernägel geschnitten. Ein prächtig gestickter schwarzer Adler mit weit ausgebreiteten Schwingen prangte auf der Brust seines Wamses. Darüber lag eine schwere goldene Kette. Soweit Nok wusste, duldeten die Kaiserritter nur goldene Sporen und geschmückte Waffengurte. Diese Kette war ein Verstoß gegen die Gepflogenheiten des Ordens.

Mario Canali betrachtete sie auf eine Art, wie man einen Ochsen auf einem Viehmarkt schätzte. Die Zunge strich über seine schmalen Lippen. »Du bist in der Tat so schön, wie Bruder Francesco behauptet hat.«

Nok faltete die Hände vor der Brust und verbeugte sich. »Und Ihr scheint ein Mann zu sein, der die schönen Dinge der Welt zu genießen weiß.«

Sein Lachen erinnerte Nok an zerbrechendes Glas. Ihn mit dem Spiel von Wolke und Regen zu erfreuen würde kein Vergnügen sein, auch wenn sie erfahren darin war, an Abenden wie diesen ihren Geist an einem anderen Ort weilen zu lassen als ihren Körper.

Und doch war sie froh, einen guten Grund zu haben, die Suche nach Milan noch ein wenig hinauszuschieben.

THOUAR, PALAS DER ROSENBURG, FRÜHER ABEND, 12. TAG DES WEINMONDES IM JAHR VON SASMIRAS ZWEITER THRONERHEBUNG

Falce di Luna beobachtete Lucille da Rosa nun schon eine ganze Weile. Er stand hinter einer Fahne verborgen, die einer der Schwertherzöge in den endlosen Kriegen gegen die Liga erbeutet hatte. Es war das rote Banner mit den drei goldenen Ähren, das der Stadtstaat Panorma ins Feld führte. Drei weitere Fahnen schmückten neben Hunderten von erbeuteten Waffen die Halle im Palas. Der Saal war darauf ausgelegt, den Gästen der Herzöge der Rosen zu zeigen, dass sie das Haus eines kriegerischen Geschlechts betreten hatten, einer Familie, die es verstand, siegreich das Feld der Ehre zu verlassen.

Der Meuchler schmunzelte. *Feld der Ehre*. Was für eine groteske Verzerrung dessen, was auf einem Schlachtfeld geschah. Dort wurde gemordet. War ein Ritter, der einen Haufen mit Spießen bewaffneter Bauern niederritt, nicht letztlich auch ein Mörder? Ritter wurden ein Leben lang im Kriegshandwerk ausgebildet. Welche Aussichten hatte ein Bauer, gegen solch einen geübten Schlächter zu bestehen? Aber über Ritter verfasste man die großartigsten Heldenepen, während ein Mann wie er, der im Grunde dieselbe Kunst ausübte, gut beraten war, sich in Heimlichkeit zu üben.

Lucille saß über Papiere und Landkarten gebeugt. Der Feldzug der Schwertherzöge verlief nicht glücklich. Der Schwarzen Schar, mit der der Erzpriester Nandus Tormeno ritt, gingen sie aus dem Weg. Auch gegen die beiden anderen Heere der Liga hatten sie noch keine Schlacht gesucht. Ein paar kleinere Scharmützel und Pfeile aus dem Hinterhalt, das war alles. Aber zumindest hatten sie bislang verhindert, dass sich die drei Heere ihrer Feinde vereinten.

Lucille da Rosa führte die Schwertherzöge nicht mehr an. Dass ihr die beiden Söhne des Erzpriesters entflohen waren, hatte sie all ihr Ansehen gekostet.

Falce beschloss, dass er sie lange genug beobachtet hatte. Sie war allein im weiten Hauptsaal des Palas. Und draußen vor der schweren Eichentür standen keine Wachen. In der Hauptstadt Thouar waren Männer rar. Die meisten, die eine Waffe tragen konnten, waren draußen im Schwertwald.

Lautlos trat er an den Tisch.

Erst als er sich leise räusperte, blickte Lucille auf. Ihre grünen Augen musterten ihn kühl. Sollte sein Erscheinen sie überrascht haben, verstand sie es meisterlich, das zu verbergen. Ihr schmales Gesicht war umrahmt von kastanienbraunem Haar. Tiefe dunkle Ringe lagen unter ihren Augen. Falten hatten sich in ihre Mundwinkel gegraben. Sie wirkte erschöpft, doch zugleich auch kämpferisch. Die wenigen Edeldamen, denen Falce bisher begegnet war, hatten ganz anders ausgesehen. Lucille war durchaus schön, schien darauf aber nicht zu achten. Statt eines Kleides trug sie einen abgewetzten Gambeson. Ein dick mit Schafswolle gepolstertes Wams voller dunkler Flecken, die das Waffenfett ihrer Rüstung auf ihm hinterlassen haben musste.

»Es ist schön zu sehen, dass dir mein Wunsch, dich zu sprechen, zu Ohren gekommen ist.« Lucilles Stimme war angenehm. Das einzig wirklich Weibliche an ihr. »Es gab Gerüchte, du seist verschieden …«

Falce zuckte mit den Schultern. »Ich hatte eine überaus unangenehme Begegnung mit einem Brückentroll. Er ist tot. Ich war …« Er machte eine kurze Pause. Der Kampf an der Seite des

Erzpriesters Nandus Tormeno war mörderisch gewesen. Einem Troll würde er sich nie wieder in den Weg stellen, das hatte er sich geschworen. Mehr tot als lebendig hatte er sich vom Kampfplatz fortgeschleppt. Eine freundliche Bauersfrau hatte ihn danach gepflegt. Schwach wie ein neugeborenes Kätzchen war er gewesen. Es hatte eine Woche gedauert, bis er sich aus eigener Kraft von seinem Krankenlager hatte erheben können.

Falce sah in die grünen Augen, die ihn eindringlich musterten. »Ich bin sicher, man hat Euch bereits zugetragen, dass ich schwer umzubringen bin.«

Ein flüchtiges Lächeln umspielte ihre Lippen. »Offensichtlich. Die einzige Brücke nach Thouar ist hochgezogen«, fuhr sie ernst fort. »Mir wurde nicht gemeldet, dass heute ein Boot angelegt hätte … und doch bist du hier. Erstaunlich.«

»Dort zu sein, wo man mich nicht vermutet, ist der Schlüssel zum Erfolg in meinem Geschäft.«

Das Schwert der Rosen lachte auf. »Dass du auch noch Witz hast, hat man mir nicht von dir berichtet.«

Leichte Konversation war nicht seine Sache. Er liebte es, direkt und ohne Umschweife zur Sache zu kommen. Sein Geschäft waren Morde, und die Aufträge, die er vollstreckte, waren in aller Regel aus niedersten Gründen geboren. Da gab es nichts schönzureden, ganz gleich, wie sehr man es versuchte. Aber Lucille gegenüber war es angebracht, vorsichtig und höflich zu sein. Nach allem, was er über sie gehört hatte, hatte sie ein Gemüt wie eine gereizte Viper.

»Würdet Ihr mir verraten, welches Ärgernis ich für Euch aus der Welt schaffen soll?«

Ihr Lächeln schwand. »Milan Tormeno.« Lucille deutete auf eine prallgefüllte Geldkatze neben der Landkarte, über der sie gebrütet hatte. »Zwanzig Goldstücke für den Anfang. Und wenn du mir seinen Kopf bringst, werde ich ihn dir in Gold aufwiegen.«

Das war der mit Abstand bestbezahlte Auftrag, den man ihm je angeboten hatte. Dennoch widerstrebte es ihm zuzustimmen. Er hatte den Jüngling gesehen, als er Felicia und ihren Handlanger beobachtet hatte. Dieser Milan war mutig, ein wenig zu dickköpfig und hatte seinem Vater Nandus Tormeno einigen Kummer bereitet. Auch hatte er Geschichten über Milans Kampf mit dem Krähenmann und die geretteten Kinder gehört. Der Junge war auf dem Weg, ein Held wie in den alten Mären zu werden.

Wenn er Milan umbrachte, würde er Cilia für immer verlassen müssen, und der Erzpriester wäre fortan sein Todfeind. Andererseits könnte er mit so viel Gold leben, wo immer er wollte.

Falce nickte langsam. »Es wird ein wenig dauern. Soweit ich gehört habe, hat Milan Dahlia verlassen.«

»Du findest ihn im südlichen Schwertwald. Er streift dort mit einem Bogenschützen umher, der früher meine Schwester begleitet hat. Rainulf heißt der Kerl. Wenn du mir auch seinen Kopf bringst, lege ich noch fünfzig Kaisertaler auf deinen Lohn obendrauf.«

Wie sehr musste Lucille ihre Schwester gehasst haben, wenn sie selbst deren Leibwächter töten lassen wollte! Falce hütete sich, irgendwelche Fragen zu stellen. Warum Leute sterben mussten, ging ihn nichts an. Er blickte auf die Karte. Auf die Reihe schwarzer Holzklötzchen, die sich bedrohlich der Landzunge genähert hatten, an deren Ende auf einer steilen Felsnadel die Stadt Thouar lag. Es war die einzige Stadt im Herrschaftsgebiet der Schwertherzöge. Kam man vom Meer, lag sie am Ende des Knochenfjords, der nur mit kleinen und wendigen Schiffe befahrbar war. Thouar war nie erobert worden. Das Meer schützte die Stadt. Man konnte ihr nicht den Nachschub abschneiden. Aber vielleicht würde ausgerechnet dieses Meer bald schon Thouars größter Feind sein.

Falce dachte an die Geschichten, die er in den Kneipen der Hafenstadt gehört hatte. Die Fischer und Seefahrer fürchteten sich. Sobald die Sonne ihr Antlitz verbarg, wagten sie sich nicht mehr aufs Wasser hinaus.

»Nimmst du den Auftrag an?«, fragte Lucille barsch.

Falce nickte. »Ich werde Milan Tormeno für dich töten.«

DAHLIA, VIERTEL DER TUCHHÄNDLER, STUNDE DES HUHNS, 12. TAG DES WEINMONDES IM JAHR VON SASMIRAS ZWEITER THRONERHEBUNG

Die Hand des Großkomturs Mario Canali fuhr langsam Noks Rücken hinauf. Es fühlte sich an, als striche ein vertrockneter Entenfuß über ihre Haut. Als die Hand ihren Nacken erreichte und verweilte, überlief Nok ein Schauder. Sie täuschte einen wohligen Seufzer vor. Ihre linke Hand lag auf dem Jadestängel des Großkomturs. Kunstvoll bearbeiteten ihre Finger, was sich in das Dickicht grauer Haare zurückgezogen hatte. Doch seine Männlichkeit wollte nicht mehr das Haupt erheben. Zwei Mal hatte sie in den vergangenen Stunden von der Milch des Stiers gekostet. Es war nicht zu erwarten, dass dies ein drittes Mal geschehen würde.

Mario Canalis Hand schloss sich fester um ihren Nacken. Seine braunen Augen glänzten fast wie im Fieber. Er hatte etwas Unheimliches an sich. Beim Spiel von Wolke und Regen hatte er einen Hang zur Grausamkeit offenbart. Er hatte sie geschlagen, und es hatte ihm gefallen, sie zu demütigen und mit unflätigen Worten zu bedenken. Meist war dies ein Zeichen von Schwäche. Doch nicht beim Großkomtur. Sein Yang, das sie in sich aufgenommen hatte, war stark. Er war von Macht durchdrungen.

Canali hatte nicht mit seinen Taten und seinem Rang bei den Kaiserrittern geprahlt. Nach zwei vorsichtigen Versuchen, ihn auszuhorchen, hatte Nok es aus Sorge, dass er sie durchschauen würde, aufgegeben. Er war nicht nur für Handel und Schifffahrt des Ordens verantwortlich. Da gab es noch ein drittes, ein geheimes Amt.

Für die meisten war das nur ein Gerücht, doch die Weißen Tigerinnen wussten es besser. Die Ritter vom Orden des Schwarzen Adlers unterhielten ein ausgedehntes Netz von Spitzeln, das vielleicht sogar bis zum Wandernden Hof reichte.

Manche der Männer, die vorgaben, nur Händler und Seefahrer zu sein, nutzten ihre weiten Reisen auch, um dem Ritterorden als Augen und Ohren zu dienen. Sie waren geschickt darin, andere auszuhorchen und die Unzufriedenen in ihren Dienst zu nehmen, ohne dass diese es bemerkten. Mario Canali war der Kopf dieses Kraken, dessen Fangarme sich bis in fernste Provinzen erstreckten.

»Du bist schön, Nok.« Seine Stimme klang schmeichelnd, aber die Augen, die sie musterten, blieben kalt.

Die Hand in ihrem Nacken zwang ihren Kopf herab. Er raubte ihr einen Kuss. Seine Zunge bahnte sich fordernd einen Weg zwischen ihren Lippen hindurch, tastete in ihr.

Er schmeckte säuerlich, als habe er den Saft von Äpfeln getrunken.

Endlich zog er sich zurück. Seine Hand fuhr um ihren Hals herum, glitt über ihre Brust und verharrte bei der Knospe. Er drückte sie zwischen Daumen und Zeigefinger. Aber viel zu fest! Warum dachten Männer, dass Frauen das gefallen würde? Nok stöhnte, als empfände sie Lust.

Seine Augen ließen nicht von ihr ab. Ahnte er, dass sie ihm nur etwas vorspielte?

»Kennst du die Familie Tormeno?« Die Frage klang beiläufig, doch Mario Canali war kein Mann, der je etwas beiläufig tat. Jede seiner Handlungen hatte ein Ziel.

»Ich glaube, es gibt niemanden in Dahlia, der die Familie des Erzpriesters nicht kennt«, antwortete sie lächelnd.

Er drückte die Knospe noch fester zwischen Daumen und Zeigefinger.

Sie gab einen leisen Schmerzenslaut von sich. Immer noch lag ihre linke Hand auf seinem Jadestängel. Sie spürte, wie er sich wieder regte. Nok verachtete Männer, die es erregte, wenn sie Frauen Schmerzen zufügten. Vielleicht war er einer von jener Sorte, die eine Sklavin erwürgten, nur um zu spüren, wie sich die Jadepforte im letzten Augenblick des Lebens der Unglücklichen so sehr zusammenzog, wie sie es nie zuvor gespürt hatten.

Nok widerstand der Versuchung, einen Blick auf ihre Haarnadeln zu werfen, die neben ihrem Lager auf einem kleinen Tischchen ruhten. Wenn sie den Großkomtur tötete, würde sie damit einen mächtigen Feind des Khanats vernichten. Doch sie müsste noch in derselben Stunde Cilia verlassen.

Nein. Hierzubleiben und Milans Vertrauen erneut zu gewinnen war wichtiger!

Mario Canali verstärkte den Druck noch ein wenig. »Ich wollte eigentlich wissen, ob einer der Tormenos schon zu Gast war in diesem kleinen … Wie nennt ihr das? *Blumenhof?*«

»Ihr seid gut vertraut mit den Sitten und Gebräuchen des Khanats, ehrwürdiger Großmeister.«

»Das mag sein«, murmelte er. Sein Blick wurde noch bohrender.

Es wäre nicht klug, ihm länger auszuweichen. Vielleicht wusste er auch etwas? Womöglich stellte er sie auf die Probe? »Der Erzpriester hat seinen Sohn Milan zu mir geschickt, damit wir gemeinsam den Berg des Zaubers besteigen.«

Mario Canali ließ von ihr ab. »Das passt nicht zu Nandus …«

»Es war der Wunsch des Erzpriesters, dass ich seinem Sohn Milan so schöne Stunden bereite, dass die Begegnung mit einer gewöhnlichen Frau für den Jungen ohne Reiz bleiben würde. Der Erzpriester war in Sorge, sein Sohn könne den süßen Verlockungen unschuldiger Liebe erliegen. Milan war im richtigen Alter dafür, als er zu mir kam.« Nok sprach langsam und mit Bedacht. Sie erinnerte sich an eine der ersten Lektionen ihrer Ausbildung zur Weißen Tigerin. Die besten Lügen blieben stets so nah wie möglich an der Wahrheit.

Der Großkomtur schmunzelte. »In der Tat. Wer dich genießen durfte, wird in den Armen einer Magd keine Erfüllung mehr finden.« Das Lächeln verflog. »Und wer aus der Familie Tormeno besuchte dich noch?«

»Der Erzpriester selbst …«, antwortete sie zögerlich.

Canali nickte. Er tat es auf eine Art, die Nok vermuten ließ, dass er auch dies bereits gewusst hatte. Wie viel wusste er noch?

»Ich wünsche, dass du für mich einen Blick auf die Familie Tormeno hast«, sagte er leise, aber mit Nachdruck. »Ich werde in einigen Wochen nach Cilia zurückkehren und dich erneut besuchen. Dann sollst du mir über sie berichten.«

»Zurzeit weilt nur Fabricio Tormeno in der Stadt, und dieser …«

»… ist ein berüchtigter Weiberheld«, unterbrach Canali sie. »Es sollte dir keine Schwierigkeiten bereiten, ihn in dein Bett zu locken. Und ich schätze ihn ganz so ein, dass er gern an der Seite einer schönen Frau plaudert. Er wird dir alles über seine Familie erzählen. Und du wirst mir berichten.« Der Großkomtur schob ihre Linke zur Seite und erhob sich. Er deutete auf ihre Haarnadeln. »So etwas wünsche ich nicht mehr zu sehen, wenn ich dich das nächste Mal besuche. Glaubst du, ich wüsste nicht, was das ist?«

Sie senkte demütig den Blick und dachte bei sich, dass sie ihn auch ohne Mühe mit bloßen Händen ermorden könnte, wenn seine Stunde gekommen war. Mario Canali war zwar noch kein Greis, aber er war klein und von schmaler Gestalt. So wie sie. Doch sie war eine Weiße Tigerin.

Sie half ihm die Brouch, seine lange Unterhose, anzulegen. Dann rollte sie die Beinlinge an seinen haarigen Schenkeln empor, während der Großkomtur gefällig auf sie herablächelte.

Selbst ein Mann wie dieser Canali verfiel dümmlichen Machtgedanken, wenn eine Frau vor ihm kniete. Sie waren so leicht zu lenken, dachte Nok und berührte wie zufällig den Jadestängel des Großkomturs.

Mario Canali seufzte leise.

Sie berührte seine Brustwarzen mit ihren Lippen, dann half sie ihm in sein Hemd. Sie ließ nicht zu, dass er auch nur einen Finger rührte, und kleidete ihn vollständig an. Dann geleitete sie ihn zu der Schiebetür, hinter der die Treppe hinab zum Hof lag. »Ich sehne unser nächstes Treffen herbei«, hauchte sie in sein Ohr und schenkte ihm einen letzten leidenschaftlichen Kuss.

»Ich werde dich mit Jade beschenken, wenn du mir über die

Tormenos berichtest«, sagte er lächelnd. Dann ging er, ohne sich noch einmal nach ihr umzusehen.

Als sie hörte, wie der Großkomtur den Hof verließ, klatschte sie in die Hände. Fast augenblicklich erschienen ihre Dienerinnen mit Eimern voll heißem Wasser. Nok konnte es kaum erwarten, sich seinen Geruch von der Haut zu waschen.

Voller Sorge dachte sie an seine Worte. Er wollte wiederkommen? Was brachte die rechte Hand des Hochmeisters dazu, zweimal innerhalb weniger Monde in die südlichste Provinz des Kaiserreichs zu reisen, nachdem er zuvor nicht ein einziges Mal nach Cilia gekommen war? Und warum interessierte er sich so sehr für die Tormenos? Wusste der Orden etwa schon um die besondere Begabung Milans?

Nok sah ihren Dienerinnen zu, wie sie das heiße Wasser in den großen Badezuber gossen. Dampf wogte durch das kleine Zimmer. Sie genoss die feuchte Hitze auf ihrer Haut. Dies würde wohl für einige Zeit ihr letztes Bad sein. Sie sollte es genießen. Noch vor Sonnenaufgang würde sie die Stadt verlassen, um nach Milan zu suchen. Irgendwo im Süden sollte er sein. Das war das Letzte, was sie von ihm gehört hatte.

CILIA, SÜDLICHER SCHWERTWALD, FRÜHER ABEND, 12. TAG DES WEINMONDES IM JAHR VON SASMIRAS ZWEITER THRONERHEBUNG

Milan hatte die schlammige Senke im Eichenhain erreicht. Wie erwartet, war den Schweinen nichts geschehen. Sie glotzen ihn an, suhlten sich im Dreck und machten einen zufriedenen Eindruck.

Der Grym war nicht weit, da war sich Milan sicher. Irgendwo hinter ihm hielt sich Rainulf bereit. Der Schütze würde den riesigen Bären erlegen, davon war Milan überzeugt. Ein ganzes Dorf glaubte jetzt fest daran, dass Rainulf der Pfeil der Rosen war. Das sollte genügen. Ihr Plan konnte nicht schiefgehen! Und doch hatte Milan ein ungutes Gefühl in der Magengrube. Als er den Krähenmann zum Kampf gefordert hatte, war er auch überzeugt gewesen, dass er auf keinen Fall verlieren konnte …

Unruhig sah Milan sich um. Etwas Blinkendes, halb im Schlamm Versunkenes erweckte seine Aufmerksamkeit. Er scheuchte zwei Sauen davon und hob es auf. Es war ein Stück seiner Schwertklinge! Der Grym würde also wieder zuschnappen können.

Milan tastete nach der kurzen Klinge an seinem Gürtel. Rainulf hatte ihm eines der beiden Schwerter geliehen, mit denen sonst er in den Kampf zog.

Ein leises Knurren erklang aus einem Dickicht auf der anderen Seite der Senke. Plötzlich wirbelten Blätter und dünnes Astwerk in Fetzen durch die Luft. Geballte Dunkelheit brach aus dem Gebüsch hervor. Der Grym!

Quiekend stoben die Schweine auseinander. Milan riss das Schwert aus der Scheide und machte einen Schritt zur Seite, in der Hoffnung, die Flanke des Bären angreifen zu können.

Doch der Grym war für seine Größe erstaunlich flink. Er stemmte die Vordertatzen in den Schlamm, warf sich halb herum und war heran. Sein Maul klaffte auf, riesig! Alles verschlingend! Seine lange Zunge schnellte vor. Wand sich um Milans Handgelenk.

Verzweifelt versuchte Milan, sich loszureißen. Er fühlte sich überrumpelt. Alles ging so schnell. Er öffnete seine Hand, fing mit der Linken das fallende Schwert auf und stieß mit der Klinge nach der Zunge des Ungeheuers.

Immer weiter öffnete sich dessen Maul. Verwesungsgestank schlug Milan entgegen. Erbarmungslos zerrte die Zunge ihn auf den Schlund zu.

Was machte Rainulf? Warum schoss er nicht?

Milan duckte sich, um den Reißzähnen des Oberkiefers auszuweichen. Unglaublich, wie riesig das Maul war. Und der dunkle Schlund vor ihm wurde immer weiter.

Die Zunge zerrte ihn unerbittlich vorwärts. Drohte ihm den Arm auszukugeln, überwand seinen Widerstand. Milan gab nach. Er stolperte über die Zahnreihe des Unterkiefers in das riesige Maul des Bären hinein.

Und die Kiefer der Bestie schlossen sich.

CILIA, SÜDLICHER SCHWERTWALD, FRÜHER ABEND, 12. TAG DES WEINMONDES IM JAHR VON SASMIRAS ZWEITER THRONERHEBUNG

Zur Seite!«, schrie Rainulf und wich selbst nach links aus. Milan schien ihn nicht zu hören. Der Bursche schaffte es, die ganze Zeit in der Schusslinie zu stehen!

Rainulf hatte diesen selbstmörderischen Plan von Anfang an nicht gemocht. Sie hätten sich eine Balliste besorgen sollen, um diese verdammte Bestie zur Strecke zu bringen. Eine Speerschleuder, deren Geschosse das Ungeheuer einfach aufspießen würden. Der Bär war viel zu groß, um ihn mit Pfeil und Bogen zu erlegen. Rainulf hastete weiter.

Milan war viel zu nah dran. Was tat er da? Warum stolperte er dem Bären entgegen?

Mit einem Pfeil auf der Sehne lief Rainulf am Rand der Senke entlang, suchte nach einer Schussposition.

Sein junger Gefährte torkelte in das aufgerissene Maul. Die Kiefer der Bestie schlossen sich. Milan schrie! Dann war er verschwunden.

Einige Herzschläge lang stand Rainulf wie gelähmt.

Der Grym rülpste zufrieden. Mit einer blutigen Zunge fuhr er sich über das Maul.

Rainulf hob den Bogen. Es war mehr ein Reflex als eine überlegte Tat, als er den Pfeil von der Sehne schnellen ließ. Das Geschoss traf den Bären ins rechte Auge und verschwand zu mehr als der Hälfte in dem riesigen Schädel des Ungetüms.

Der Grym brach zusammen. Ein Zucken lief durch den riesigen Körper. Dann lag er still. Genau wie in der Mär vom Grym, in der ihn der Pfeil der Rosen stellte und mit einem Schuss durchs Auge tötete.

Rainulf kannte die Geschichte seit seiner Kindheit. Noch gut erinnerte er sich daran, wie seine Mutter sie ihm abends am Feuer erzählt und wie er wohlig erschaudernd in ihren Armen gelegen hatte.

Mit fliegenden Schritten lief er hinab in die Senke. Seine Stiefel platschten durch den Schlamm. Einige neugierige Schweine streckten ihre Schnauzen aus dem Gebüsch, in das sie geflohen waren. Erst unmittelbar vor dem Bären verharrte er. Die Hinterbeine des Ungeheuers zuckten und zerwühlten den zähen Matsch. Rainulf hatte oft genug gejagt, um zu wissen, dass vom Grym keine Gefahr mehr drohte. Aber selbst so war die Bestie noch ehrfurchtgebietend. Auch liegend reichte ihm der Kadaver bis zur Brust. Der Leib war aufgedunsen und …

Rainulf wagte seinen Augen kaum zu trauen. Dort im Bauch bewegte sich etwas! Es schien, als drückte da etwas von innen. Etwas, was sich einen Weg aus dem Bärenleib bahnen wollte.

Rainulf keuchte, dachte an die Mär. Hastig zog er sein langes Jagdmesser und kniete nieder. Das war unmöglich! Vernünftigerweise sollte er sich keine Hoffnung gestatten. Gefressen zu werden überlebte man nicht.

Er setzte das Messer am Bauch des Ungetüms an. Vorsichtig schnitt er den Leib auf. »Milan?«, schrie er. »Milan?« Er zerteilte die Haut und die Bauchschwarte. Sehr vorsichtig. Mit beiden Händen griff er in den klaffenden Schnitt, zerrte die Ränder auseinander. Etwas Helles quoll ihm entgegen. Es sah aus wie ein Stück Magenwand. »Milan? Vorsicht! Beweg dich nicht!«

Rainulf durchtrennte die letzte Haut. Eine Hand schoss aus der Wunde hervor. »Schnell«, erklang es von drinnen, »ich … keine Luft.«

Hastig arbeitete der erfahrene Jäger weiter. Ein paar Schnitte, und er konnte Milan aus den Eingeweiden des Bären ziehen.

Das Gesicht des Jünglings war gerötet, aber er grinste breit. »Genau wie in der Mär!«, sagte er triumphierend. »Der Pfeil der Rosen schneidet dem Grym den Bauch auf und befreit den Jungen.«

Rainulf schüttelte den Kopf. Er packte Milan mit beiden Händen und zog ihn ganz aus dem Kadaver heraus. Ungläubig tastete er seinen Gefährten ab. Er schien tatsächlich völlig unverletzt.

Milan strich sich mit beiden Händen über das Gesicht. »Das brennt«, murmelte er und begann, seine Kleider abzustreifen, um sich dann in dem Schlammloch zu waschen. Die ganze Zeit murmelte Milan vor sich hin.

»Geht es dir wirklich gut?«, erkundigte sich Rainulf besorgt.

Der Priestersohn hielt inne und blickte aus dem Schlamm zu ihm auf. »Wir haben den Grym getötet«, sagte er ernst. »Die Menschen im Dorf müssen sich nicht mehr fürchten. Und wir …« Da lag ein Glanz in Milans Augen, der Rainulf beunruhigte. »… wir werden uns das nächste Dorf suchen, das unter einer fleischgewordenen Mär leidet.«

»Du bist gerade gefressen worden«, stieß Rainulf hervor. »Bist du noch ganz bei Trost? Musst du das wiederholen?«

Milan hob beschwichtigend die Hände. »Das konnte nur beim Grym passieren. Da draußen gibt es noch Dutzende andere Geschöpfe. Den Basilisken zum Beispiel. Der könnte …«

»Nein!«, unterbrach Rainulf ihn. »Nicht den Basilisken. Ich kenne die Mär. Wer einmal versteinert ist, der bleibt es auch. Dir ist doch wohl klar, dass die meisten Mären nicht so gut ausgehen wie die vom Grym?«

Milan nickte ernst. »Weiß ich …« Er deutete auf den Kadaver des Bären. »Weide ihn aus. Ich war nicht allein. Da ist mindestens noch ein echter Hirtenjunge. Für den ist es nicht gut ausgegangen … und gerade deshalb müssen wir weitermachen. Wir müssen Cilia vor seinen Mären schützen!«

Rainulf sah seinen jungen Gefährten an. Er wusste, woran

Milan noch dachte, auch wenn er es nicht aussprach: Vielleicht lebten sie ja in einer Zeit, in der nicht nur Mären, sondern auch Träume wahr wurden …

AUF DER LANDZUNGE VOR THOUAR, MORGEN, 13. TAG DES WEINMONDES IM JAHR VON SASMIRAS ZWEITER THRONERHEBUNG

Wolfhard von Urschlingen saß auf seinem riesigen Rappen und betrachtete den Vorbeimarsch seiner Söldner. Dieser Mann in schwarzer Rüstung auf einem schwarzen Hengst war eine eindrucksvolle Gestalt. Doch Nandus Tormeno, der Erzpriester Cilias, mochte den Condottiere nicht. Der Söldnerführer hatte aufseiten der Reichsfürsten gegen die Kaiserin Sasmira gekämpft. Und Nandus war sich sicher, dass Wolfhard nun nicht allein wegen des Geldes hergekommen war, das ihm die Vertreter der Handelshäuser der Liga geboten hatten. Nein, er war vermutlich auf der Suche nach einer dauerhafteren Bleibe für sich und seine Männer, die ihm den größtmöglichen Abstand zu der frisch gekrönten Herrscherin und ihrem unberechenbaren Zorn verschaffte. Weiter als Cilia lag keine Reichsprovinz entfernt. Die große Insel war der südlichste Zipfel des Kaiserreichs.

Nandus nickte Hauptmann Orlando zu, der mit seinen Armbrustschützen voraus auf die Halbinsel marschierte. Sie waren die Vorhut der Schwarzen Schar. Wolfhard schickte sie meist als Erste ins Gefecht, und die Krieger, die auf den ersten Blick wie ein verwahrloster Haufen wirkten, waren zumeist auch die Letzten, die das Schlachtfeld verließen und den Rückzug ihrer Kameraden deckten. Nandus hatte mit ihrem Hauptmann gegen den Riesen Gideon gekämpft. Jetzt grinste Orlando ihm zu. Heute sollte er mit seinen Schützen den Aufbau ihres Heerlagers decken. Falls die Rebellen einen Ausfall aus ihrer Stadt Thouar wagten, würden sie in einen mörderischen Hagel von Armbrustbolzen geraten. Orlando duldete nur Männer in seiner Truppe, die es schafften, auf fünfzig Schritt einen Apfel zu treffen. Sie waren die Besten der Schwarzen Schar.

Wolfhard beugte sich im Sattel zu Nandus herüber. »Hier sind wir nun. Ich halte das Ganze nach wie vor für eine gewaltige Verschwendung von Kräften. Der Herbst hat begonnen. Jeden Tag kann sich das Wetter verschlechtern, und wir schlagen unser Lager vor einer Stadt auf, die als uneinnehmbar gilt. Ich hielte es für aussichtsreicher, wenn wir gemeinsam mit den beiden anderen Heeren der Liga versuchten, die Truppen der Rebellen einzukreisen und in einer großen Schlacht zu vernichten.« Er deutete zu den hoch aufragenden Stadtmauern. »Dort werden wir niemals einmarschieren.«

Nandus blickte in das wettergegerbte Gesicht des Söldnerführers. Der Condottiere hatte nach der neuen Mode seine Schläfen ausrasiert, und nur das Haar auf der Mitte des Kopfes war geblieben. Es fiel in schwarzen Strähnen herab, in die sich schon reichlich Grau mischte. Sein Kinn war kantig und vorspringend. Fast wie ein Fels ragte es kühn über seinen Brustharnisch. Weiße Stoppeln bedeckten es wie Raureif. Über Wolfhards linke Wange lief eine wulstige Narbe bis zum Ohr, das durch einen Schwerthieb gespalten worden war. »Noch bevor sie auf dem Schlachtfeld die Klingen kreuzen, werden Kämpfe in den Köpfen der Krieger gewonnen, Wolfhard. Wenn wir ihre einzige Stadt erobern, brechen wir die Moral der Rebellen in den Wäldern.«

»Ich bin ganz deiner Meinung, Erzpriester. Nur leider stehen wir vor den Mauern einer Stadt, die, wie ich bereits sagte, als uneinnehmbar gilt. Also verschwenden wir hier unsere Zeit.«

Nandus war sich seiner Sache völlig sicher. Der Söldnerführer hatte keine Ahnung, wie gut er dessen Schwarze Schar inzwischen kannte. Menschen auszuhorchen, ohne dass sie es bemerkten, war nur eine der vielen Künste, die man ihn im Roten Kloster gelehrt hatte. Seit dem Kampf mit dem Riesen war er in der Schwarzen Schar respektiert, ja, er war sogar beliebt. Die Männer sprachen mit ihm, wenn er sich zu ihnen an die abendlichen Lagerfeuer setzte. Er kannte ihre Sorgen und ihre Geschichten. Viele waren genau wie Wolfhard auf der Flucht vor der neuen Kaiserin. Mehr als ein Jahrzehnt hatten viele dieser Männer gegen Sasmira gekämpft, und sie stand nicht in dem Ruf, gnädig zu sein.

»Bist du in der Stimmung für eine Wette?«, fragte Nandus.

Wolfhard betrachtete ihn argwöhnisch. »Was für eine Wette?«

»Ich wette, wie werden binnen einer Woche innerhalb der Mauern von Thouar lagern.«

Der Söldnerführer lachte auf. »In einer Woche? Niemals, Erzpriester.« Er wies zur Stadt hinüber. »Binnen einer Woche schaffen wir es nicht einmal, eine Bresche in die Mauern zu schießen.«

Nandus blickte zu der trutzigen Stadt hinüber. Etwa zwei Meilen ragte eine Landzunge in den Fjord hinein. An ihrem Rand fielen steile Klippen zur See hin ab. Die Stadt der Rebellen lag etwa hundert Schritt hinter der Landzunge auf einer Felsnadel. Nur eine einzige schmale Brücke verlief über den Abgrund. Ein Weg in den Himmel hineingebaut, dachte Nandus. Der letzte Abschnitt fehlte. Die hölzerne Zugbrücke war hochgezogen und verschloss das Festungstor.

Eine mächtige Mauer mit halbrunden Bastionen schützte die Stadt zur Landseite hin. Das imposante Bollwerk war aus dem knochenfarbenen Gestein errichtet, das dem Fjord seinen Namen gegeben hatte: Knochenfjord. Auch alle Häuser, die sich dicht an die Felsnadel schmiegten, waren aus diesem Stein gebaut. Einzig die Dächer aus hellroten Schindeln hoben sich vom gelblichen Weiß des Gesteins ab. Von Ferne erinnerte die Stadt an eine Bienenwabe. Dicht an dicht drängten sich die Häuser, als suchten sie auf dem steilen Felsen Zuflucht vor der See.

Nandus war sich bewusst, dass diese Stadt einer Belagerung viele Monde lang trotzen könnte. Ihre einzige Schwäche war, dass alle sie für uneinnehmbar hielten.

»Worum wollen wir wetten?«, fragte Wolfhard, nun nicht mehr ganz abgeneigt.

»Wenn wir Thouar binnen einer Woche besetzen, dann werden Hauptmann Orlando und seine Armbrustschützen meinem persönlichen Kommando unterstellt. Ich werde es in Zukunft sein, der ihnen ihre Befehle erteilt und über ihre Einsätze entscheidet.«

Der Söldnerführer schüttelte ärgerlich den Kopf. »Ich vermiete die Dienste meiner Männer. Ich verschenke sie nicht!«

»Also bist du doch nicht der Meinung, dass Thouar uneinnehmbar ist?«, entgegnete Nandus.

Wolfhard zögerte. »Wenn wir Thouar nicht binnen sieben Tagen besetzen können, dann verlange ich die Ruinen von Arbora. Du wirst höchstpersönlich sämtliche Geister der Toten aus der verlassenen Stadt vertreiben, und dein Sitz als Erzpriester soll künftig Arbora und nicht länger Dahlia sein.«

Nandus war überrascht. Ihm war absolut bewusst, wie gut die Aussichten waren, dass sein Plan scheiterte. »Ich kann dir nichts überlassen, was mir nicht gehört«, erwiderte er ausweichend.

Wolfhard nickte. »Mir genügt dein Wort, dass du dich im Rat der Liga für mich verwendest. Arbora ist nichts als ein Haufen verlassener Steine. Alle fürchten die alte Stadt. Ich nicht. Die Liga würde also auf etwas verzichten, was ihr ohnehin keinen Nutzen bringt.«

»Alles, was ich dir versprechen kann, ist, mich mit dem vollen Gewicht meines Namens und meines Amtes für dich einzusetzen, Wolfhard.«

»Das genügt mir.« Der Söldnerführer beugte sich im Sattel herab und streckte ihm die Hand entgegen. »Gilt unsere Wette?«

Nandus schlug ein. Er hatte noch nie um etwas gewettet, was ihm nicht gehörte. Er durfte nicht verlieren!

Wolfhard richtete sich gutgelaunt im Sattel auf. »Ich kümmere mich um den Tross. Wähle du die Standorte für unsere Katapulte.« Mit diesen Worten wendete er seinen Rappen und galoppierte an der Marschkolonne entlang, die auf die Landzunge zog.

Bertrand, der Ritter vom Orden des Schwarzen Adlers, der

Nandus seit Wochen als Leibwächter begleitete, trat ihm zur Seite.

»Ich kam nicht umhin, einen Teil des Gesprächs zu vernehmen, auch wenn ich nicht gelauscht habe.« Er sprach leise. Wie fast immer lag ein mürrischer Tonfall in seiner Stimme. Bertrand hatte auf zu vielen Schlachtfeldern gestanden. Er betrachtete die Welt voller Misstrauen und sah in jedem einen möglichen Feind. Wie das Gesicht des Condottiere und das fast aller kämpfenden Männer, die Nandus kannte, war auch Bertrands Gesicht durch eine Narbe gezeichnet. Einst hatte ihm ein Schwerthieb beide Lippen gespalten und sein Fleisch bis hinab zum Kinn zerteilt. Doch er war von einem der Wundärzte des Ordens behandelt worden, und so war nur eine feine weiße Linie zurückgeblieben. Ganz anders als bei Wolfhard.

»Ich finde, Ihr wagt zu viel, Erhabener. Diese Wette …«

Nandus sah ihm an, wie viel Überwindung es den Ritter kostete, höflich zu bleiben.

»Das war mehr als verwegen, Erhabener. Wie sollen wir diese Mauern erstürmen? Es liegt eine Kluft, hundert Schritt weit, zwischen dem Festland und dem verdammten Felsen, auf dem Thouar erbaut ist. Zwei Dutzend Bogenschützen genügen, um jeden Trupp zusammenzuschießen, der sich über die steinerne Brücke nähert. Und dann wird die Zugbrücke hochgezogen sein. Wie sollen wir diese Festung stürmen? Wollt Ihr der Schwarzen Schar beibringen zu fliegen? Das sind nur dreckige Halsabschneider. Nicht die Schildmaiden der Kaiserin!«

Nandus hatte Gerüchte über die Leibwachen Sasmiras gehört, Ritterinnen, von denen niemand wirklich wusste, woher sie kamen. Jede Einzelne eine Schwertmeisterin. Gewappnet in vergoldete Rüstungen, und über ihren Schultern erhoben sich mächtige weiße Schwingen. Manche behaupteten, die Ritterinnen könnten fliegen.

Solchen Unsinn glaubte Nandus natürlich nicht. »Mein Vater wird mir helfen, Thouar zu erstürmen«, sagte er bestimmt.

Bertrands kalte braune Augen blickten ihn ohne einen Funken

Humor an. Der Ritter war um etwa zwei Handbreit kleiner als Nandus, aber er machte den Eindruck, als würde er nichts auf der Welt fürchten. Auch er war dabei gewesen, als sie den Riesen Gideon herausgefordert hatten. »Euer Vater ist seit mehr als fünfzig Jahren tot, Erhabener. Und wir sind weit entfernt von Arbora. Glaubt Ihr wirklich, sein Geist wird Euch beistehen?«

»Seit er gestorben ist, hat der Name Tormeno einen anderen Klang.« Auch Lucio Tormeno war Erzpriester gewesen. Er hatte die Stadt Arbora und alle ihre Bewohner verbrennen lassen, nachdem ein Schiff mit Pestkranken an Bord im Hafen angelegt hatte. Auch sich selbst hatte er geopfert. Dank dieser Tat war Cilia nie von der Pest heimgesucht worden. Doch noch heute stritt man, ob Lucio ein Held oder ein Henker gewesen war.

CILIA, RAVANUNA, SPÄTER NACHMITTAG, 13. TAG DES WEINMONDES IM JAHR VON SASMIRAS ZWEITER THRONERHEBUNG

Das kleine Dorf schmiegte sich an den Hang. Die Häuser schienen an ihrer Rückseite mit dem Hügel zu verschmelzen. Als seien sie von einem Riesen in weiches Erdreich gedrückt worden.

Milan sah sich aufmerksam um. Ein Stück vor ihnen pickte ein einsames Huhn auf der Straße. Sonst wirkte alles verlassen. Kein Hund schlug an. Nirgends konnte er in den kleinen Fenstern, die sich in dicken Steinmauern öffneten, ein Gesicht entdecken.

»Sie halten sich versteckt.« Rainulf sah sich auf eine Art um, als fürchtete er jeden Augenblick einen Hinterhalt.

Es gab keine Anzeichen, dass plündernde Söldner hierhergekommen waren. Warum also verbargen sich alle? Wirklich verlassen war das Dorf gewiss nicht. Alle Türen waren intakt und verschlossen. Keines der Dächer eingesackt. Sie waren an Feldern vorbeigeritten, die bestellt wurden.

Der Hufschlag ihrer Pferde klang in der Stille unnatürlich laut auf dem ausgetrockneten Lehmweg, der zwischen den Häusern hindurch auf einen Platz führte, auf dem eine Pferdetränke neben einem gedeckten Brunnen zur Rast einlud.

Sie hatten Cantaldo erst am Mittag verlassen. Seitdem waren sie nur etwas mehr als zehn Meilen geritten. Die Dörfler in Cantaldo hatten sie bedrängt, noch eine Weile zu bleiben, und als ihnen klarwurde, dass sie sie nicht halten konnten, hatten sie ihnen die Satteltaschen mit Schinken, Käse und frisch gebackenem Brot vollgestopft.

Milan hatte die Dankbarkeit genossen. Das Gefühl, das Richtige getan zu haben. Es gab nichts Besseres! Er deutete auf den Brunnen. »Lass uns hier rasten.«

Rainulf wirkte unglücklich. »Daraus wird nichts Gutes erwachsen. Hier haben sich alle verkrochen. Wenn wir ihre Ruhe stören, greifen sie uns noch an.«

»Hast du Angst?«

»Je nach dem, was geschieht, würde ich mich wehren, und das würde kein gutes Ende nehmen …«

Milan schwang sich aus dem Sattel. »Das sehe ich anders. Lassen wir es drauf ankommen!« Er wickelte die Zügel um einen der Stützpfeiler des Brunnendachs und setzte sich auf einen Stein im Schatten.

Rainulf gab einen mürrischen Laut von sich, doch dann saß auch er ab. »Also warten wir.«

Mehr als eine Stunde verging. Die Sonne wurde zu einer glutfarbenen Feuerscheibe und neigte sich dem Horizont zu, als plötzlich eine Frau auf der Straße stand. Milan hatte nicht gesehen, woher sie gekommen war. Sie war einfach da, wie aus dem Erdboden gewachsen. Er kannte einige Mären von Gestalten der Nacht, die so unvermittelt erschienen und auf den ersten Blick wie Menschen aussahen.

Er ließ seine Hand auf den Knauf der Waffe sinken, die Rainulf ihm überlassen hatte. Das kurze Schwert an seiner Hüfte war für ihn ungewohnt. Er fühlte sich nicht wohl damit.

»Eine Bäuerin?«, fragte der Bogenschütze leise. Er saß am Boden, den Rücken an den Wassertrog gelehnt, und bis eben war Milan der Überzeugung gewesen, dass Rainulf schlief.

»Ich könnte sie fragen …«

Sein Gefährte packte ihn am Arm. »Lass sie herkommen.«

»Sie sieht nicht gefährlich aus«, flüsterte Milan zurück.

Rainulf sagte nichts mehr. Er stand lediglich auf, nahm seinen Bogen und legte einen Pfeil auf die Sehne.

Etwas zehn Schritt vor dem Brunnen blieb die Frau stehen. Sie hatte strähniges schwarzes Haar und wirkte müde und ängstlich. Dunkle Ringe lagen unter ihren Augen. »Ihr müsst gehen«, sagte sie eindringlich. »Er wird bei Sonnenuntergang kommen. Und er frisst Hirten und Wanderer.«

Milan traute seinen Ohren nicht. »Von wem redest du da?«

Die Frau blickte über ihre Schulter zu den bewaldeten Hügeln am Horizont. »Vom Grym«, flüsterte sie.

CILIA, RAVANUNA, SPÄTER NACHMITTAG, 13. TAG DES WEINMONDES IM JAHR VON SASMIRAS ZWEITER THRONERHEBUNG

Rainulf war überrascht, wie ruhig Milan blieb.

»Wann hast du ihn gesehen?«

Die Frau blickte wieder über ihre Schulter. »Gestern. Er kam Armano hinterhergelaufen. Wir alle haben ihn schreien hören. Ein paar Männer wollten ihm helfen. Sie haben Heugabeln und Äxte ergriffen, aber …« Die Frau verstummte.

Milan nahm ihre Hände. »Du musst keine Angst haben.«

»Du verstehst das nicht.« Ihre Stimme überschlug sich. »Keiner konnte ihn aufhalten. Er hat die Männer einfach zur Seite gefegt. Und er war riesig. Größer als ein Ochse …« Sie schluchzte und zeigte auf einen Hauseingang auf der anderen Seite des kleinen Platzes. »Dort hat er Armano erwischt. Er …«

»Wer ist Armano?«, fragte Milan sachlich.

Die Frau sah Milan verwirrt an. Dann blickte sie auch zu ihm. Rainulf nickte ihr zu. »Sag es ihm. Alles ist wichtig.«

»Armano ist … Er war unser Schweinehirt. Der Grym hat ihn einfach verschlungen. Und das halbe Dorf hat zugesehen.«

Rainulf begriff das nicht. Das war schlechterdings unmöglich. Der Grym war tot. Er hatte ihn erlegt und mit seinen eigenen Händen ausgeweidet! Toter konnte eine Bestie gar nicht sein.

»Wann genau ist das geschehen?«, fragte Milan.

»Gestern. In der Stunde der Dämmerung … Er war die ganze Nacht im Dorf, hat an den verriegelten Türen geschnuppert. Keiner hier hat geschlafen. Erst im Morgengrauen ist er endlich davongetrottet.« Sie deutete die Straße entlang. »Dorthin. Nach Westen. Wo die Wälder am dunkelsten sind.«

»Das ist unmög…«, setzte Rainulf an, da gebot Milan ihm mit einer Geste zu schweigen.

»Ihr beide müsst gehen«, fuhr die Frau fort, »sonst wird der Grym euretwegen ins Dorf zurückkommen! Er frisst alle Fremden. Reitet nach Osten. Auf euren Pferden seid ihr bestimmt schneller als dieses Ungeheuer.«

»Das werden wir nicht tun.« Milan sprach so ruhig, als würde er mit einer Marktfrau über den Preis für ein paar Äpfel verhandeln. »Ihr habt großes Glück hier … Wie heißt dieses Dorf eigentlich?«

»Ravanuna.«

»Ravanuna«, wiederholte Milan. Dann blickte er zu seinem Gefährten. »Das hier ist Rainulf, der Pfeil der Rosen. Herzogin Felicia hat ihn geschickt. Wir haben schon davon gehört, dass der Grym sein Unwesen treibt.«

»Aber ich dachte …«

»Dass die Herzogin tot ist?« Milan machte eine wegwerfende Handbewegung. »Vergiss das! Das sind nur Lügengeschichten, die der Erzpriester verbreiten lässt. Er will uns unseren Mut rauben. In Wahrheit ist das Schwert der Rosen in den Wäldern. Ich hab sie erst vor ein paar Tagen gesehen. Eigentlich sollten wir mit ihr gegen die Söldnerscharen im Wald kämpfen. Aber als sie vom Grym hörte, hat sie uns hierhergeschickt.«

Rainulf zog die Brauen zusammen. Dieser jüngste Sohn des Erzpriesters hatte etwas an sich, das unheimlich war. Er wusste, dass alles, was Milan sagte, erstunken und erlogen war, er hatte die schwarz verkohlte Leiche der Herzogin mit eigenen Augen gesehen, und doch war er jetzt geneigt, Milan zu glauben.

War es vielleicht wirklich eine List des Erzpriesters gewesen? Hatte Nandus Tormeno vielleicht nur eine Frau verbrannt, die Felicia da Rosa zum Verwechseln ähnlich sah? Als ihr Scheiterhaufen in Brand gesteckt wurde, war er nicht dort gewesen. Er hatte nur die völlig unkenntliche Leiche gesehen. Das hätte jede Frau gewesen sein können.

Die Bilder jenes Morgens standen ihm wieder deutlich vor Augen. Er war zu spät gekommen. Zu spät …

Auch das Gefühl blanken Grauens war wieder da. Er war ihr Leibwächter gewesen. Und er war nicht bei ihr gewesen, als sie ihn am dringendsten gebraucht hätte.

»Heh!« Milan schnippte ihm mit den Fingern vor dem Gesicht. »Wo bist du?«

»In Gedanken«, murmelte Rainulf. Unwillig schüttelte er den Kopf. So etwas geschah ihm sonst nie! Milans Worte über Felicia hatten etwas in ihm durcheinandergebracht. »Wo ist die Frau aus dem Dorf?«

»Zu ihren Leuten zurückgekehrt. Du stehst hier schon eine ganze Weile und starrst vor dich hin. Was ist los mit dir?«

»Nichts!«, schnaubte Rainulf.

Milan hob beschwichtigend die Hände. »Schon gut. Ich hab nichts gesagt. Aber als Pfeil der Rosen solltest du etwas höflicher sein. Die Frau erzählt gerade gewiss allen, wer du bist.«

»Aber ich bin nicht der Pfeil der Rosen, verdammt!«

Diesmal blieb Milan von seinem Ärger unbeeindruckt. Stattdessen sah er ihn auf eine Art an … als sei er alt wie die Zeit. Da waren eine Härte und Entschlossenheit in seinem Blick, die ihn als jemanden auswiesen, der keinen Widerspruch duldete.

Von dem verträumten Jüngling, dem Rainulf erst vor ein paar Wochen zum ersten Mal begegnet war, war nichts mehr übrig geblieben.

»Ich bin mir sicher, wenn Felicia jetzt hier wäre«, begann Milan, »dann hätte sie dich zum Pfeil der Rosen gemacht, Rainulf. Es gibt keinen, der diese Ehre eindeutiger verdient hätte!«

»Aber sie weilt doch längst nicht mehr unter uns«, begehrte Rainulf auf und hatte dabei ein Gefühl, als glitte ein Hobel über sein Herz.

Milan sagte darauf nichts. Der Jüngling sah ihn einfach nur mit seinen dunklen Augen an. Wie schwarze Abgründe erschienen sie Rainulf im letzten Abendlicht. Er musste den Blick abwenden, weil ihn plötzlich das abwegige Gefühl überkam, er würde in diese Abgründe hineinstürzen, wenn er Milan auch nur einen Herzschlag länger ansah.

»Oder war sie das nicht? Dort auf dem Markt …«, flüsterte er.

Milan war dabei gewesen. Der Junge hatte die Frau auf dem Scheiterhaufen gesehen. Sie hatten darüber gesprochen, als er ihn aus der Kutsche befreit hatte … Aber Rainulf konnte sich nicht mehr genau erinnern, was Milan ihm damals erzählt hatte.

»Du wärst ihr Pfeil der Rosen, wenn sie jetzt hier wäre«, sagte Milan mit solchem Nachdruck, dass Rainulf es einfach glauben wollte. Ihm wurde die Kehle eng. Auch er hatte Felicia geliebt.

Fahrig wischte er sich über die Augen und wandte den Blick ab. Und da sah er ihn! Im Osten, auf der Straße zum Dorf. Weniger als eine Meile entfernt. Er war riesig. Der Grym!

Sein Kopf war zu Boden gerichtet, so dass der gewaltige Bär wirkte, als habe er Witterung aufgenommen wie ein Jagdhund.

»Hier, alter Schlinger, komm her!«, ertönte da Milans Stimme an Rainulfs Seite. »Hier wartet der Tod auf dich!« Der Junge riss die Arme hoch und winkte.

Rainulf erschauderte. Der Grym hatte sie gesehen. Er begann zu laufen. Erschreckend schnell für seine massige Gestalt.

Rainulf stieß Milan aus dem Weg. »Du rennst mir diesmal

nicht vor meinem Bogen herum. An den Straßenrand mit dir! Halt dich dicht bei den Häusern!«

Der Grym hatte bereits den Eingang zum Dorf erreicht.

Immerhin gehorchte Milan. Allerdings schrie er immer noch und versuchte, den Grym zu sich zu lenken.

Rainulf zögerte, überlegte. Der Kopf des Bären schwang, während das Untier lief, hin und her. Es wäre töricht, wenn er versuchen würde, ihm in eines seiner Augen zu schießen. Er sollte ihn besser gleich ins Herz treffen!

Entschlossen setzte er sich in Bewegung. Er stürmte der Bestie entgegen, die nur Augen für Milan hatte. Gleich würde das Biest den Jüngling erreichen. Rainulf zog die Sehne bis hinter sein Ohr zurück. Atmete aus und ließ den Pfeil davonschnellen.

In eben diesem Moment wandte der Grym den Kopf und sah ihn an. Das Geschoss schlug dem Biest ins Auge und bohrte sich tief in den Schädel. Der gewaltige Bär taumelte; dann sackte er zu Boden.

Milan aber kam zu ihm herüber und klopfte ihm anerkennend auf den Arm. »Der Pfeil der Rosen. Ganz, wie ich es sagte.«

AUF DER LANDZUNGE VOR THOUAR, MORGEN, 14. TAG DES WEINMONDES IM JAHR VON SASMIRAS ZWEITER THRONERHEBUNG

Nandus suchte nach seinem Sohn. Juliano hielt sich immer etwas abseits. Er schloss nicht leicht Freundschaften. Nur Rutger, der ihm bei seiner Flucht geholfen hatte, war immer in Julianos Nähe. Das gefiel Nandus nicht. Der Kerl war ein Rebell. Ein Bogenschütze aus dem Schwertwald! Das waren die Männer, die sie bekämpften, und nun hatten sie einen von ihnen mitten in ihrem Heerlager.

Nandus blickte zu den Katapulten, die etwa dreihundert Schritt von der Stadtmauer entfernt standen. Schon im ersten

Morgenlicht hatten die Zimmerleute ihre Arbeit wieder aufgenommen. Die Katapulte waren, in Teile zerlegt, im Tross mitgeführt worden und hatten ihren Vormarsch durch den Schwertwald erheblich aufgehalten. Die Wurfarme der sieben Trebuchets waren fünfzehn Schritt und mehr lang. Sie auf Fuhrwerken über Waldwege zu bringen war eine Geduldsprobe für das ganze Heer gewesen.

Verdrossen blickte Nandus zu der gewaltigen Wehrmauer Thouars. Er musste hier siegen. Er hatte zu viel gewagt, um eine Niederlage hinnehmen zu können. Und ihm war bitter bewusst, wie gering die Aussichten waren.

In bedrückter Stimmung wanderte er durch das Heerlager, grüßte Krieger, die sich an ihren Feuern Kräutersud und warme Suppe kochten. Es war eine kühle Nacht gewesen. Der Herbst hielt Einzug. Jeden Tag konnte der kalte Regen beginnen, den der Ostwind in dieser Jahreszeit allzu oft nach Cilia brachte. Ein Regen, der Tage dauern und das Heerlager in einen einzigen Morast verwandeln würde.

Er blickte die langen Reihen der Zelte entlang. Es war erstaunlich, wie gut der Condottiere Wolfhard von Urschlingen diese Dinge im Griff hatte. Nandus kannte kein anderes Heer, das so vorbildlich Disziplin hielt und so gut ausgerüstet war. Überall im Lager standen Karren mit riesigen Wasserfässern. Es gab eine Abteilung, die dafür zuständig war, dass jeden Morgen Hunderte Brote frisch gebacken wurden. Wolfhard nahm bevorzugt Männer in seine Schwarze Schar auf, die auch ein Handwerk beherrschten. Seine Trebuchets waren von seinen eigenen Zimmerleuten gebaut worden; er verfügte aber auch über Küfer, Bäcker, Grobschmiede, Fleischhauer, Steinmetze und Bootsbauer. Wenn er Arbora besetzte, dann wäre seine Truppe in der Lage, der Stadt neues Leben einzuhauchen.

Er sollte dem Condottiere helfen, dachte Nandus. Dann könnte er das, was sein Vater zerstört hatte, wieder erblühen sehen, bevor das Grab ihn rief.

»Frischer Pfefferminzsud, Erzpriester.« Ein Krieger mit

eingeschlagenen Vorderzähnen reichte ihm einen dampfenden Tonbecher.

Nandus roch daran. Der Duft war betörend. Er nahm einen Schluck. »Gut!«, sagte er mit einem anerkennenden Nicken. Er erinnerte sich an den Mann. Er gehörte zu den Armbrustschützen aus Hauptmann Orlandos Truppe und hatte an der Blutbrücke gegen den Troll Dorgul gekämpft, der den Kaiserritter Swinegard in den Abgrund geschleudert hatte.

»Roberto, nicht wahr?«

Der Schütze drehte sich zu seinen Kameraden am Feuer um. »Habt ihr das gehört? Der Erhabene kennt meinen Namen!« Roberto strahlte. Tiefe Grübchen erschienen in seinen mit schwarzen Stoppeln übersäten Wangen.

Nandus reichte ihm den Becher zurück. »Danke.« Dann ging er weiter. Er hörte das aufgeregte Gerede der Männer, spürte ihre Blicke in seinem Rücken.

Er bemerkte auch, wie Bertrands Laune einen neuen Tiefpunkt erreichte. Sein Leibwächter war ein Ritter des Ordens vom Schwarzen Adler, und dieser Ritterorden hatte fast zwei Jahrzehnte zusammen mit den Karrenrittern gegen die Reichsfürsten gekämpft, die neben vielen anderen Söldnern auch die Schwarze Schar ins Feld geschickt hatten. Bertrand misstraute den Männern und hasste Wolfhard von Urschlingen. Vor nicht einmal einem Jahr hatte er noch gegen sie gekämpft.

»Willst du mir etwas sagen?«, fragte Nandus, während sie weiter durch das Lager streiften und er nach Juliano Ausschau hielt.

»Ich finde es erstaunlich, wie Ihr Euch manchmal mit einfachen Männern gemeinmacht, Erhabener«, kam es knurrig von dem Ritter.

»Orlandos Armbrustschützen sind eine gute Truppe. Ich werde sie brauchen.«

»Um die Stadt zu erstürmen?«, fragte Bertrand. »Eine Bresche zu stürmen ist eine Aufgabe für Schwertkämpfer. Nicht für Feiglinge, die nur auf Entfernung töten.«

Nandus war erstaunt, wie sehr Bertrand in überkommener

ritterlicher Abneigung gefangen war. Aber Armbrustschützen und Bogenschützen hatten den Kampf auf den Schlachtfeldern verändert. Schwer gepanzerte Ritter waren nicht länger die unumschränkten Herrscher der Schlachten. Ein einfacher Bauer konnte einen Ritter, der sein ganzes Leben der Schwertkunst gewidmet hatte, töten, indem er den Hebel einer Armbrust zog. So war es nun mal! Dieser Wahrheit galt es, ins Auge zu blicken, statt sich alte Zeiten, die nie mehr wiederkehren würden, zurück zu wünschen.

»Ich brauche eine Truppe, die mir verschworen ist, Bertrand. Vermagst du zu ermessen, wie viel es Roberto bedeutet, dass ich aus seinem Becher getrunken habe und seinen Namen kannte? Diese Geschichte wird er den Rest seines Lebens erzählen. Was aber noch viel wichtiger ist: Wenn ich seine Treue brauche, wird er bis zuletzt an meiner Seite stehen.« Nandus blickte zu dem Ritter, der schräg hinter ihm ging. Bertrand trug ein zusammengerolltes Banner über der Schulter. Eine lederne Hülle schützte die Fahne. »Mit ein paar Worten habe ich einen Mann gewonnen, der mir in den Tod folgt, wenn es sein muss. Das ist kein hoher Preis.«

Eine steile Furche erschien zwischen Bertrands Brauen. »Die Ritter des Ordens vom Schwarzen Adler sind Euch zum Gehorsam verpflichtet, Erzpriester. Wozu braucht Ihr diese ungewaschenen Halunken, wenn Ihr über die besten Ritter des Reiches verfügen könnt?«

»Es gibt Schlachten, die gewinnt man, indem man an der Spitze der Blüte der Ritterschaft des Reiches reitet. Für andere braucht man eine Schar von Halunken.«

Er dachte an die Weiße Königin. Es sah so aus, als habe sie sich noch nicht in Fleisch gekleidet. Ihre Mär besagte, dass sie erscheinen würde, sobald für den Schwertwald alles verloren schien. Wenn er es schaffte, Thouar zu erobern, wäre ihre Stunde womöglich gekommen …

Die Kaiserritter aber, deren Hilfe er dann dringend bräuchte, hatten sich bislang aus den Auseinandersetzungen auf Cilia herausgehalten und wären nicht einmal in der Nähe, um in die Kämpfe eingreifen zu können.

Nandus war sich zudem bewusst, dass er im Ritterorden Feinde hatte. Die Taten seines Vaters warfen einen langen Schatten auf sein Leben. Ein Leben, das nicht mehr lange währen würde. Nach Nächten wie der letzten spürte er es besonders deutlich. Die Kälte war ihm in die Knochen gekrochen. Jedes Gelenk schmerzte. Er konnte es nach außen hin recht gut überspielen. Er konnte noch seine Rüstung tragen und was ihm im Kampf an Schnelligkeit fehlte, durch Erfahrung ausgleichen.

Die anderen vermochte er zu blenden. Sich selbst nicht. Er dachte erneut an Arbora. Die Stadt wiederauferstehen zu sehen würde ihm Frieden schenken …

Am Rand der Landzunge entdeckte er Juliano. Bei ihm hatte er am meisten verdorben. Er hatte ihn zu deutlich seine Enttäuschung spüren lassen. Jetzt war es an der Zeit, ihm Rückgrat zu verleihen. Was er heute Morgen von Juliano verlangen würde, wäre für seinen Sohn das blanke Grauen. Doch er musste ihn diesen Weg gehen lassen, damit er stark werden konnte.

Juliano stand am Rand der Steilklippe und blickte hinab aufs Meer, das gegen den knochenbleichen Felsen brandete. Sein langes schwarzes Haar flatterte im Wind. Er hielt sich gebeugt, die Hände hinter dem Rücken verschränkt. Mit der großen Nase in seinem schmalen Gesicht hatte er etwas von einer Krähe. Ganz in der Nähe lungerte Rutger herum.

Nandus betrachtete den großen Bogenschützen eine Weile. Ein paarmal hatte er in den vergangenen Wochen mit ihm geredet. Der Mann hatte ein einfaches, wohl geordnetes Weltbild. Er war nicht dumm. Aber er war nicht der rechte Umgang für einen Tormeno.

»Juliano!« Nandus winkte seinen Sohn zu sich, der mit fast hündischer Ergebenheit kam. »Ich möchte, dass du heute etwas lernst, mein Junge. Es wird dich am Anfang vielleicht erschrecken … aber wenn du deine Angst überwindest, wirst du es genießen.«

Juliano sah ihn mit großen Augen an. Auch wenn er sein Ältester war, war er auf eine gewisse Art immer Kind geblieben. Juliano hing an seinen Lippen. Nie hatte er etwas hinterfragt, was sein Vater sagte.

»Du musst die Gegenwart genießen, mein Junge, denn nur dann wirst du in der Zukunft einmal eine schöne Vergangenheit haben.«

Nandus gab Bertrand einen Wink, und der Kaiserritter zog die lederne Hülle von dem kostbaren Seidenbanner. Der frische Seewind entfaltete das schwefelgelbe Tuch.

»Du, Juliano, wirst für mich als Herold vor das Stadttor von Thouar treten. Ich werde hinter dir stehen, aber du wirst reden. Soweit ich gehört habe, führt Lucille da Rosa den Oberbefehl in der Stadt.«

Es schmerzte Nandus, das Entsetzen in den Augen seines Sohnes zu sehen. Aber Juliano musste diesen Weg gehen.

AUF DER LANDZUNGE VOR THOUAR, MORGEN, 14. TAG DES WEINMONDES IM JAHR VON SASMIRAS ZWEITER THRONERHEBUNG

Juliano hatte das Gefühl, keine Knochen in den Beinen zu haben. Er ging an der Spitze einer kleinen Gruppe von Männern über die schmale Brücke auf die Stadt zu. Nervös beobachtete er die Zinnen. Er traute den verdammten Rebellen zu, dass sie das schwefelgelbe Heroldsbanner einfach ignorierten. Es wäre ja nicht das erste Mal.

Auch einige Söldner aus Orlandos Armbrustschützentruppe begleiteten ihn. Die Schützen trugen große schwarze Pavesen, hinter denen sie zur Not Deckung suchen könnten.

Juliano blickte kurz über die Schulter. Rutger war im Lager geblieben. Seit ihrer gemeinsamen Flucht aus Thouar war der stämmige Bogenschütze nie von seiner Seite gewichen. Er hatte es sich zur Aufgabe gemacht, ihn zu beschützen. Juliano begriff nicht ganz, warum. Er wusste, wie sehr Rutger darunter litt, bei den Belagerern seiner Stadt zu sein. Mehrfach hatte Juliano ihm angeboten, sich in den Wald zurückzuziehen, um wieder an der Seite der Rebellen zu kämpfen. Aber Rutger befürchtete, dass sich sein Verrat an der Schwertherzogin bereits herumgesprochen hatte. Für ihn gab es keine Seite mehr, zu der gehörte. Der Schwertwald hatte ihn verstoßen, und die Männer der Schwarzen Schar betrachteten ihn voller Misstrauen.

Juliano straffte sich. Solange er denken konnte, ermahnte ihn sein Vater schon, nicht gebeugt zu gehen. Heute wollte er Nandus nicht enttäuschen. Er hatte protestiert, als sein Vater ihm befohlen hatte, das hier zu tun. Er konnte dieser Furie nicht noch einmal entgegentreten. Er hatte Angst, ein weiteres Mal zu versagen, und dieses Mal vor den Augen des ganzen Heeres. Er wünschte sich so sehr, seinem Vater keine Schande zu bereiten. Aber er war nicht wie sein Vater, war kein unbarmherziger, im Roten Kloster gestählter Erzpriester.

Juliano blickte zu der Zugbrücke, die emporgezogen war. Einer der Männer aus seinem Gefolge blies in ein Signalhorn. Überflüssig. Den Rebellen entging keine Bewegung der Belagerer. Aber sich mit einem Hornstoß anzukündigen gehörte nun einmal zu den Ritualen eines Heroldsbesuchs, ebenso wie das schwefelgelbe Banner, das Bertrand hinter ihm trug.

Juliano blieb kurz vor dem Ende der steinernen Brücke stehen. Er hörte das Meer tief unter sich gegen die mächtigen steinernen Pfeiler anstürmen, die den Weg durch den Himmel trugen. Eine Lücke von fast zehn Schritt klaffte zwischen dem Ende der Brücke und dem großen Tor in der Stadtmauer. Eine Lücke, die sich nur schloss, wenn die Zugbrücke herabgelassen wurde.

Aus der Tiefe des Mauerwerks erklang ein Klirren. Die schweren rostigen Kettenglieder der Zugbrücke bewegten sich. Langsam sank die Brücke aus grau gewordenem Eichenholz nieder. Das Stadttor schwang auf. Laternen leuchteten im finsteren Tortunnel, der durch die mächtige Mauer nach Thouar hineinführte.

Eine kleine Gruppe von Unterhändlern erwartete sie, angeführt von der Frau, die Juliano mehr fürchtete als die schrecklichsten Märengestalten des Schwertwaldes. Selbst im dick gepolsterten Waffenrock mit dem Rosenwappen auf der Brust wirkte sie schlank. Ein roter, mit Gold beschlagener Schwertgurt lag um ihre Hüften. Die Schließe war von einem Kunstschmied gefertigt und sah aus wie eine Rosenblüte.

Juliano starrte auf die goldene Blüte. Seine Hände begannen zu zittern. Er wollte das nicht. Wollte nicht wie eine Jammergestalt aussehen, aber er konnte nichts dagegen tun. Er presste die Hände flach gegen seine Beine und wappnete sich, um der Frau ins Antlitz zu sehen, die ihn in den tiefsten Kerker Thouars hatte werfen lassen, damit er dort bei lebendigem Leib zum Fraß der Ratten wurde und sich in seiner Verzweiflung mit Hilfe eines bösartigen Mechanismus selbst enthauptete.

Er zwang sich, zu ihr aufzublicken. Ihre grünen Augen sahen ihn spöttisch an. Lucille trug Hosen, hohe Stiefel, abgewetzte Lederhandschuhe und unter dem Waffenrock ein verblichenes rotes Hemd. Sie wirkte wie eine Kriegerin nach einem langen Feldzug, hielt sich kerzengerade, jeder Zoll trotzige Verachtung.

»Ihr seid gekommen, um Euch zu ergeben?«

Juliano sah sie mit großen Augen an. Wie konnte sie auf diesen widersinnigen Einfall kommen? »Ich … wir …«

»Ich muss leider ablehnen«, fuhr sie lächelnd fort. »Uns fehlen in der Stadt die Mittel, um so viele Gefangene zu versorgen. Wir müssten euch an die Händler aus dem Khanat überstellen …«

Sie meinte die Sklavenhändler, die mit ihren großen Schiffen jeden Tag vor der Küste erscheinen konnten. Der größte Teil der Bewohner des Schwertwaldes sollte verkauft und fortgeschafft werden, um den Widerstand der Rebellen für alle Zeiten zu brechen.

»Wir fordern, dass ihr uns die Schlüssel der Stadt überreicht«, brachte Juliano mühsam hervor.

»Warum sollten wir das tun? Thouar ist uneinnehmbar. Wir werden auf den Mauern stehen und zusehen, wie Verzweiflung,

Hunger und Krankheit die Schwarze Schar vernichten. Und wenn ihr dann die Waffen streckt, könnten wir alle, die noch leben, ziehen lassen – außer dich, deinen Vater und den Verräter Rutger.« Sie bedachte ihn mit einem boshaften Lächeln. »Es war ein großer Fehler von dir, noch einmal zurückzukommen. Du kennst den Ort ja schon, der auf dich wartet.«

Ein unkontrolliertes Zittern überkam Juliano bei der Erinnerung an die dunkle Kammer voller Ratten. »Ich ...« Er schämte sich, spürte die Hitze in seinen Wangen. Er wollte so hart und unbarmherzig wie sie sein. Ein richtiger Tormeno! Der Sohn, den sein Vater sich wünschte ...

»In dieser Stunde bewegen sich unsere Truppen im Wald in euren Rücken. Sie werden der Schwarzen Schar jeden Nachschub abschneiden. Und bald beginnt der Regen. Ihr werdet im Schlamm vor unseren Festungsmauern verrecken. Diese Stadt ist uneinnehmbar. Ihr werdet scheitern!«

Was sollte er darauf erwidern? Womöglich hatte sie ja recht ...

»Euer Riese Gideon galt auch als unbesiegbar«, hörte Juliano plötzlich die Stimme seines Vaters hinter sich. »Als ich mit ihm fertig war, konnte er sich kaum noch auf den Beinen halten und ist blindlings davongelaufen!«

Juliano sah, wie Unbehagen in den Gesichtern von Lucilles Gefolgschaft erwuchs. Es waren allesamt kampferprobte, harte Männer. Sie trugen die Waffenröcke der anderen Herzogshäuser des Schwertwaldes. Und doch erlagen sie der Macht der Worte seines Vaters. Er wünschte sich, auch er könnte so sprechen.

»Morgen werde ich zwei Stunden nach Sonnenaufgang eine Salve auf eure Stadt schießen lassen. Danach gebe ich euch eine Stunde, um vor die Tore zu treten und die Waffen zu strecken. Solltet ihr das nicht tun, gibt es keine weiteren Verhandlungen. Nehmt ihr dieses letzte Angebot nicht an, wird alles sterben, was in Thouar lebt: Männer, Frauen, Kinder ...« Nandus machte eine kurze Pause. »Und sogar die Ratten.«

»Große Worte zu machen ist die Gabe von Priestern, nicht wahr, Schwätzer?«, spottete Lucille.

»Das mag sein, Herzogin«, fuhr Nandus unbeeindruckt fort. »Aber die Männer, die dich begleiten, kennen meine Familie und ihren Ruf. Verwechsle uns nicht mit den Worteschmieden, die man in jedem Oktagon trifft. Wir Tormenos lassen unseren Worten stets Taten folgen! Und nun geht und beratet, ob ihr es wirklich wagen wollt, meinen Zorn herauszufordern.«

Das war doch mal was! Juliano presste die Lippen zusammen, schob den Unterkiefer vor, holte tief Luft. »Und du«, sagte er und deutete mit ausgestrecktem Arm auf Lucille, »dein Leben ist verwirkt.« Er wandte sich an ihr Gefolge. »Wir werden die Schlüssel der Stadt und eure Unterwerfung nur annehmen, wenn ihr auch den Kopf von Lucille da Rosa mitbringt.«

CILIA, RAVANUNA, SPÄTER MORGEN,
14. TAG DES WEINMONDES IM JAHR VON SASMIRAS
ZWEITER THRONERHEBUNG

Milan drückte sich in eine Seitengasse. Das Gasthaus mit dem pinienumstandenen Hof war nicht mehr weit. Er blickte zum Himmel. Die grauen Wolken hingen tief an diesem Mittag, verbargen die Sonne. Von Norden eilte Dunkelheit heran. Es war nicht die Nacht. Es war eine Gewitterfront.

Milan blickte zum Ende der Gasse. Zweihundert Schritt, vielleicht ein wenig mehr, und er könnte sich an einen trockenen Platz flüchten, aber seine Füße waren plötzlich wie verwurzelt mit dem lehmigen Boden. Er konnte sich keinen Zoll mehr weiterbewegen.

Krähen krächzten. Ganz nah. Er konnte sie nicht sehen. Sein Sichtfeld war durch die enge Gasse eingeschränkt. Sein Blick strikt nach Norden gerichtet. Wie Brandung rollten die schwarzen Wolken heran. Schneller und schneller. Sie verschlangen selbst das graue Licht.

Jetzt hörte er Flügelschläge. Schwere, große Schwingen mussten das sein. Er verdrehte den Kopf so weit nach hinten, wie es nur möglich war. Erhaschte einen letzten Blick auf den helleren Südhimmel.

Sein Herz schlug so wild, dass es sich anfühlte, als trommelte eine Faust gegen seine Rippen.

Er kämpfte gegen den Bann an, der ihn in der Gasse gefangen hielt. Vielleicht genügte es, sich vorzustellen, dass er leicht wie ein Windhauch dahinglitt? Dass ihn nichts hielt? Dass er wie ein treibendes Blatt in der lauen Herbstbrise war?

Eine eisige Bö schlug ihm ins Gesicht.

»Rainulf!«, schrie er aus Leibeskräften. »Rainulf!«

Der Bogenschütze sollte ihn holen. Er könnte ihn retten. Rainulf würde …

Der Flügelschlag war über ihm. Schwere Krallenfüße senkten sich auf seine Schultern, gruben sich in sein Fleisch. Jetzt war er wirklich wie ein Blatt im Wind. Er wurde emporgehoben. Stieg in den Himmel hinauf.

Eisiger Wind zerrte an ihm. Er versuchte, nach oben zu blicken. Versuchte zu sehen, wer da gekommen war, um ihn zu holen, auch wenn er es in seinem Herzen schon wusste.

Mit eisigen Handstreichen ohrfeigte ihn der Wind. Sein Kopf wurde hin und her gerissen. Dann war er in den Wolken, und es gab nur noch Dunkelheit.

Milan kämpfte nicht länger gegen die Macht an, die ihn verschleppte. Er verschränkte die Arme vor der Brust. Kalt wie Eis lagen seine Handflächen auf dem dünnen Stoff seines Hemdes.

Er brach durch die Wolkendecke. Mit einem Mal spannte sich ein weiter Sternenhimmel über ihm. Groß und rund stand das Nachtauge des Herrn des Himmels zwischen den Gestirnen. Hier gab es keinen Wind mehr. Die Luft war lau wie in einer Spätsommernacht.

Milan legte den Kopf in den Nacken, sah die weiten Schwingen und den Kopf des Krähenmanns.

»Hast du mich vergessen, Milan Tormeno?« Die Stimme klang nicht mehr so freundlich wie bei ihrer letzten Begegnung.

»Mehr als ein Mond ist vergangen, seit du mir am zehnten Tag des Apfelmondes ein Versprechen gabst.«

»Gar nichts habe ich vergessen«, rief Milan. »Aber was du verlangst, ist keine Kleinigkeit.«

»Deshalb würde es mich beruhigen, dich daran arbeiten zu sehen.«

»Du hast mir versprochen, du würdest in deinem Zwischenreich bleiben«, erinnerte Milan ihn. »Gilt dein Wort nur einen Mond lang?«

Der Krähenkopf neigte sich zu ihm herunter. Große schwarze Augen starrten auf ihn herab. »Weißt du, wie einsam es dort ist, wo du mich ohne die Kinder zurückgelassen hast? Dank ihnen konnte ich die Jahrhunderte überstehen. Nun dehnen sich Stunden zu Tagen. Die Zeit steht still. Und du tust nichts, um einen zweiten Mond an den Himmel zu stellen. Hast du mich vergessen?«

»Ich brauche Zeit …«, begann Milan.

»Sieh zum Himmel hinauf! Siehst du, wie die Dunkelheit wächst? Wie sie die Sterne verschlingt? Wir haben keine Zeit mehr. Meine Prinzessin kehrt zurück, und wenn es keinen Platz für sie gibt, dann kann sie nicht verweilen!« Die Krallen schlossen sich fester um Milans Schultern. »Vergiss nicht, was du mir versprochen hast!«

Der Krähenmann ließ ihn los, und schreiend stürzte er der Dunkelheit entgegen.

CILIA, RAVANUNA, SPÄTER MORGEN, 14. TAG DES WEINMONDES IM JAHR VON SASMIRAS ZWEITER THRONERHEBUNG

Milan!«

Er blinzelte. Grelles Licht stach ihm in die Augen. Verschwommen sah er eine große Gestalt.

»Milan!«, dröhnte die Stimme in seinen Ohren.

Er riss die Augen auf. Goldenes Sonnenlicht fiel über den Hof, den ein Spalier von Pinien zu dem kleinen Bach an der Westseite des Dorfes hin abschirmte.

Milan wurde sich bewusst, wie er angestarrt wurde. Da waren andere auf der Schattenseite des Hofs. Bauern, die Wirtin, ein paar Kinder.

»Du hast geschrien, als seist du von einem Schwert durchbohrt worden«, raunte Rainulf ihm zu.

Milan saß auf einem Stuhl im hellen Sonnenlicht. Er musste eingenickt sein. Jetzt erinnerte er sich an das üppige Frühstück. Auf einem der Tische im Schatten lag noch frisch aufgeschnittenes Brot. Daneben standen eine Schale voll schwarzer Oliven und ein Krug mit stark verdünntem Wein. Milan hatte noch den herzhaften Geschmack des Ziegenkäses auf der Zunge. Alles andere war nur ein Traum gewesen!

Er beugte sich vor, lächelte den anderen zu und hob beruhigend die Hände. »Ein Albtraum«, sagte er so laut, dass jeder auf dem Hof es hören konnte. »Es war nur ein Albtraum.«

Sein Hemd war durchgeschwitzt und klebte an der Stuhllehne. Seine Schultern schmerzten, als sei er mit einer Rute geprügelt worden. Seine Hände hatte er zu Fäusten geballt. Er öffnete sie und blickte auf eine nachtschwarze Feder.

Die Kehle wurde ihm eng.

Dafür musste es eine Erklärung geben!

Ein Krähenruf schallte über den Hof. Auf dem gegenüberliegenden Dach hockte ein halbes Dutzend der großen schwarzen Vögel. Sie blickten mit ihren seltsam klugen Augen auf ihn herab.

»War jemand bei mir?«, flüsterte er.

Rainulf sah ihn verwundert an. »Ein paar der Kinder haben Verstecken gespielt. Eines hat sich hinter deinen Stuhl geduckt. Sie sind an dir vorbeigelaufen. Als du plötzlich geschrien hast, haben sie sich zu Tode erschreckt.«

Milan betrachtete die schwarze Feder in seiner Hand. Vielleicht hatten die Kleinen ihm einen Streich gespielt? Die andere

Erklärung wollte er nicht wahrhaben. Der Krähenmann konnte vielleicht in seinen Träumen sein … aber mehr auch nicht! Von ihm konnte diese Feder nicht stammen. Das durfte nicht sein!

Milan schluckte. Sein Mund war wie ausgedörrt. »Ich … ich setze mich besser wieder in den Schatten.« Er blickte zu den anderen, die dort um den Tisch versammelt waren. Er hatte gestern schon seine Geschichte über Felicia erzählt. Über die geheimnisvolle rothaarige Bogenschützin in den Wäldern, die den Mordbrennern der Liga zusetzte. Andächtig hatten sie ihm zugehört. Felicia war beliebt gewesen. Das Gerücht von ihrem Tod auf dem Scheiterhaufen in Dahlia hatte sich schnell verbreitet und für Verzweiflung gesorgt. Die Menschen wollten nun die Geschichte glauben, die er ihnen schenkte, auch wenn es eine Lüge war.

Jedes Mal, wenn er sie erzählte, schmückte er die Mär ein wenig aus, ließ Felicia noch mehr selbstlose Heldin sein.

Aber wenn er dann spät in der Nacht mit seinen Lügen für sich allein war, überkam ihn Bitternis. Denn ganz gleich, was er erzählte – er hatte stets das Gefühl, dass seine Worte der Felicia, die er gekannt hatte, nicht gerecht wurden. Der Felicia, die seine große Liebe gewesen war.

Rainulfs Hand sank schwer auf seine Schulter, als er gerade aufstehen wollte. »Wir sollten das Dorf verlassen«, flüsterte der Bogenschütze. »Wir sind schon viel zu lange hier. Wir sollten immer in Bewegung bleiben.«

Milan seufzte. In der letzten Nacht hatte er zum ersten Mal seit Wochen wieder in einem richtigen Bett geschlafen. Und er hatte es unglaublich genossen. Rainulf mochte dafür geschaffen sein, in kühlen Herbstnächten auf feuchtem Moos unter Bäumen zu schlafen, er war das nicht. »Die Weiße Königin weiß ohnehin, wo wir sind. Solange wir Cilia nicht verlassen, werden wir ihr nicht entkommen«, antwortete er leise.

»Von der rede ich nicht. Glaubst du, Lucille hätte uns vergessen, nur weil wir ihr einmal entkommen sind? Uns sind bestimmt einige ihrer Bogenschützen auf den Fersen. Dein Vater wird sicher ebenfalls nach dir suchen lassen. Und gewiss gibt es auch einige Feinde deines Vaters, die uns nur zu gern in ihrer Gewalt hätten, um ihn sich gefügig zu machen. Denen allen machen wir es leichter, wenn wir aufhören, uns zu bewegen, und zwei Tage am selben Ort bleiben.«

Milan blickte zu dem Tisch. Einer der Männer, die zu alt waren, um nun, am Ende der Erntezeit, auf den Feldern zu arbeiten, winkte ihm aufmunternd zu.

Hatte er genug getan?, fragte sich Milan. Hatte er die Geschichte Felicias auf eine Art erzählt, dass sie einen festen Platz in der Erinnerung seiner Zuhörer fand und hoffentlich auch weitergetragen wurde?

Er dachte an die Stunden, die er heimlich mit ihr in seiner Kammer oder in ihrer Zuflucht verbracht hatte. An ihre Küsse und ihre Ängste, die sie ihm einmal kurz vor dem Morgengrauen zugeraunt hatte.

Dann überfiel ihn die Erinnerung an den Scheiterhaufen. An den letzten Augenblick, in dem ihre Blicke einander begegnet waren.

Er schuldete es ihr, nicht gefasst zu werden.

»Wir gehen«, sagte er mit einem entschuldigenden Lächeln in Richtung des Alten, der wohl auf weitere Geschichten gehofft hatte.

»Das ist die richtige Entscheidung.« Rainulf war die Erleichterung anzuhören. Der Bogenschütze schritt davon, um ihre Pferde zu satteln.

Milan aber blickte noch einmal zu den Krähen auf dem gegenüberliegenden Dach. Sie alle starrten zu ihm herab, und er hatte die beklemmende Vorstellung, dass der Krähenmann ihn durch ihre Augen hindurch sehen konnte.

CILIA, EINE WEGSTUNDE ÖSTLICH VON RAVANUNA, MITTAG, 14. TAG DES WEINMONDES IM JAHR VON SASMIRAS ZWEITER THRONERHEBUNG

Rainulf zog an den Zügeln und brachte seinen Roten zum Stehen. Er drehte sich im Sattel und blickte auf die staubige Straße zurück, die sich als breites lehmfarbenes Band durch die hügelige Landschaft zog. Auf dem Hügel, der ihnen die Sicht auf das Dorf Ravanuna nahm, lag ein Olivenhain. Die Bäume waren abgeerntet. Kein Bauer war hinter der Bruchsteinmauer, die den Hain einfasste, zu sehen. Felder gab es keine. Vereinzelte Steineichen standen zwischen Felsen und dichtem Gebüsch. Nördlich des Olivenhains erhob sich ein düsterer Wald. Im Westen vor ihnen lag ein weiterer Waldstreifen. Der Schwertwald, der einst das ganze Hügelland bedeckt hatte, war Holzfällern und Köhlern zum Opfer gefallen. Dem unersättlichen Hunger der Essen von Ferranta, jener Stadt, die auch manchmal das eiserne Herz der Insel genannt wurde, denn dort entstanden die Klingen und Rüstungen, die über fast zwei Jahrzehnte an die um den Kaiserthron streitenden Heere verkauft worden waren.

»Was ist los?«, fragte ihn Milan.

Rainulf ließ seinen Blick weiter über das Land schweifen, suchte nach verborgenen Beobachtern. »Das frage ich dich. Vorgestern haben wir den Grym getötet. Gestern noch einmal. Wie ist das möglich?«

Als sein Gefährte nicht antwortete, sah er schließlich zu ihm hinüber. Milan wich seinem Blick aus. »Ich weiß es nicht. Vielleicht wäre das eines der Geheimnisse, die ich im Roten Kloster erfahren hätte …« Er zuckte mit den Achseln. »Jetzt werden wir wohl unseren Scharfsinn bemühen müssen.«

»Komm mir nicht so, Priestersohn. Ich bin nur ein Bogenschütze. Wie sollte ich eine Erklärung für etwas finden, das selbst du nicht begreifst?«

»Du bist der Jäger. Du kennst die Wälder …«

»Und du kennst die Mären«, unterbrach ihn Rainulf schroff. »Also erkläre es mir. Es gibt nur einen Grym. Warum mussten wir ihn zweimal töten?« Er machte eine weit ausholende Geste zum Hügelland. »Wie viele von diesen Biestern lauern noch dort draußen?«

»Ich weiß es nicht«, gestand Milan niedergeschlagen. »Aber wir werden sie finden!« Etwas von der Entschlossenheit, mit der ihn sein junger Gefährte in den letzten Monden immer wieder beeindruckt hatte, war in dessen Stimme zurückgekehrt. »Gestern bin ich ja schon nicht mehr verschlungen worden. Du hast deine Sache sehr gut gemacht, Pfeil der Rosen.«

Rainulf gefiel es nicht, wenn Milan ihm diesen Titel anhängte. Es war eine Ehre, zum Pfeil der Rosen berufen zu werden. Sich ohne Recht so zu nennen war schändlich!

»Das gestern war ein Glücksschuss. Verlass dich besser nicht darauf, dass du künftig nicht mehr gefressen wirst.« Ihm war es immer noch ein Rätsel, wie Milan die erste Auseinandersetzung mit dem riesigen Bären so gut wie unverletzt überlebt hatte. Abgesehen von ein paar Prellungen und der leicht verätzten Haut war er gut davongekommen. Dabei hätten ihn die Zähne des Grym in Fetzen reißen müssen.

»Das war kein Glück!«, sagte Milan entschieden. »Es musste so kommen. So geht die Mär. Der Pfeil der Rosen erlegt den Grym, indem er ihm ins Auge schießt.«

Rainulf schüttelte den Kopf. Er sah es noch ganz klar vor sich. »Ein verdammter Zufall war das. Er hat den Kopf zur Seite gedreht …«

»Aber so musste es kommen! Alles musste ganz genau so geschehen wie in der Mär.«

»Du glaubst das wirklich, Milan? Und was war dann mit dem Krähenmann?«

»Ich war wohl nicht der Richtige«, sagte Milan jetzt wesentlich weniger enthusiastisch.

»Ich glaube, was hier auf der Insel vor sich geht, ist nicht so einfach zu erklären, wie du denkst.« Rainulf ließ den Blick wieder über die Landschaft schweifen. Seit einer Weile schon achtete er darauf, ob irgendwo plötzlich Vögel aufflogen. Doch das Land war menschenleer. Was auch kein Wunder war. Drei Heere waren um den Schwertwald aufmarschiert. Da waren keine Händler, Kesselflicker oder Wanderpriester mehr auf den Straßen. Sie hatten sich entweder den Kriegern angeschlossen oder mieden sie.

Irgendwo südlich von ihnen musste der einäugige Rudolfo Acuto unterwegs sein. Ein Condottiere, der zuletzt im Auftrag der Reichsfürsten gekämpft hatte. Angeblich hatte er drei Siege über die Truppen der Kaiserin errungen.

Diese verdammte Liga, dachte Rainulf verzweifelt, hatte Unsummen an Silber aufgeboten, um die besten Söldner anzuwerben.

Das zweite Heer marschierte von Ferranta aus auf den mittleren Schwertwald zu und wurde von Nicolo Trimini, dem einflussreichsten Kaufherren Ferrantas, angeführt. Und im Norden war Wolfhard von Urschlingen mit seiner Schwarzen Schar auf dem Marsch.

Die Schwertherzöge fochten diesmal einen aussichtslosen Kampf. Er hätte an ihrer Seite sein sollen, dachte Rainulf. Aber er war sich ganz sicher, dass Felicia gewollt hätte, dass er Milan beschützte. Der Jüngling war manchmal zu tollkühn. Ohne jemanden, der ihm den Rücken freihielt, wenn es darauf ankam, würde er den Winter nicht überleben. Die Tormenos hatten einfach zu viele Feinde.

Rainulf schwang sich aus dem Sattel, nahm sein Pferd am Zügel und führte es vom Weg.

»Was wird das?«, fragte Milan.

»Deine verfluchten Heldentaten werden es allen, die uns verfolgen, leichtmachen, uns zu finden. Im Dorf habe ich erzählt, dass wir weiter nach Westen ziehen.« Er deutete auf den felsigen Untergrund. »Aber hier werden sich unsere Spuren verlieren. Von nun an führt unser Weg nach Norden!«

Mit leichtem Unbehagen blickte er zu dem dichten Wald auf den fernen Hängen. »Bleibt nur noch zu hoffen, dass wir nicht über den nächsten Grym stolpern. Dieses Monstrum frisst für meinen Geschmack viel zu gern einsame Wanderer.«

CILIA, IN DEN HÜGELN WESTLICH DES MATANI, NACHMITTAG, 14. TAG DES WEINMONDES IM JAHR VON SASMIRAS ZWEITER THRONERHEBUNG

Rollo setzte sich auf einen Stein am Wegesrand und tat einen tiefen Seufzer. »Keinen Schritt gehe ich heute mehr«, verkündete er müde. »Ihr solltet mich einfach hier zurücklassen. Bin eh nur eine Last. Ich wette, die Söldner der Liga würden mich sowieso nicht beachten. Und wenn doch …«

»Das genügt!«, schnitt Sara ihm das Wort ab. Den ganzen Tag über lamentierte ihr Knecht schon, dass es ihm egal wäre, wenn sie ihm die Kehle durchschnitten. »Ihr passt auf ihn auf«, schärfte sie ihren beiden Söhnen ein.

Adelmo und Flavio sahen sie unglücklich an. »Wo gehst du hin, Mutter?«

»Nur den Hang hinauf. Ich will sehen, wie es hinter uns ausschaut.«

»Glaubst du, sie kommen schon?«, fragte Adelmo voller Sorge.

»Nein«, log sie, so gut sie konnte. »Feine Herren auf edlen Rössern. Ich bitte dich, Adelmo. Beides zusammen ist ein Versprechen, dass gar nichts schnell geht. Jedenfalls nicht an einem heißen Herbsttag. Ich bin gleich wieder bei euch.«

Sie machte sich daran, den Steilhang am Wegesrand zu erklimmen. Das Hügelland war hier besonders schroff. Die Straße, die nach Westen führte, in einem erbärmlichen Zustand. Seit Jahrzehnten gab es hier keinen Handel mehr. Überall lagen Steine, die sich aus der Böschung gelöst hatten. Hier und da ragten Büsche aus dem Fahrweg. Und doch blieb Nicolo Trimini keine andere Wahl, als hier entlangzuziehen, wenn er zum Schwertwald wollte. Das hier war in weitem Umkreis die beste Straße. Außer jener, auf die sich nur noch Narren wagten, seit ein Basilisk dort herumstreifte.

Sie hatte fast den Rand der Böschung erreicht, als ihr eine Hand entgegengestreckt wurde. Ohne zu zögern, griff sie zu und ließ sich hinaufziehen. Oben warteten drei kräftige Burschen. Kerle, die sie noch nie in dieser Gegend gesehen hatte.

Sie bemerkte die Langbögen und Köcher, die an einem Felsbrocken lehnten, und verzichtete darauf, das Offensichtliche auszusprechen.

Der Mann, der sie hinaufgezogen hatte, hatte kupferrotes Haar und ein rundes Gesicht. »Du hast das Auge eines Feldherrn«, sagte er freundlich.

»Wie meinst du das?« Von Feldherren hatte sie als Bäuerin ungefähr genauso viel Ahnung wie vom Schwerterschmieden.

»Ist der beste Platz, um über das Land zu blicken. Und um den verdammten Bastarden der Liga richtig Ärger zu machen.«

Sara musterte die drei Männer abschätzend. Sie waren allesamt hochgewachsen und hatte breite Schultern. Vermutlich hatten sie von Kindesbeinen an mit ihren Bogen geübt. »Ihr drei wollt das Heer aus Ferranta aufhalten?«

»Ist der beste Platz dafür«, entgegnete der Rothaarige gelassen. »Aber ein wenig Hilfe würden wir schon annehmen.«

Sara blickte nach Osten, sah die Rauchsäulen über dem Land, wo Gehöfte oder ganze Dörfer brannten. Diese Gegend war seit dem letzten Krieg herrenlos. Silvia di Orsa, das Schwert der Bären, hatte den Streifen Land aufgegeben. Der Großteil des Waldes war abgeholzt worden. Allerdings hatte keine der Städte der Liga sich zur neuen Schutzmacht erhoben. Ab und an waren Streiftrupps der Liga oder der Schwertherzöge durch das Hügelland gezogen und hatten Abgaben eingefordert. Aber es war viel weniger gewesen als der doppelte Zehnt, den sie früher einmal entrichtet hatten. Es waren Jahre ohne Hunger gewesen.

Doch nun zahlten sie den Preis. Nicolo Trimini, der Anführer des Heerzugs der Liga, behandelte sie wie Feinde. Die Dörfer wurden geplündert, grausame Strafen verhängt. Alles, was Beine hatte, floh nach Westen, um den Schutz des Schwertwaldes zu erreichen.

Auf der gewundenen Straße zu ihren Füßen drängten sich Hunderte von Flüchtlingen. Einige führten Maultiere mit sich, die hoch mit beweglichen Habseligkeiten beladen waren: mit Kochkesseln, Kleiderbündeln, Säcken voller Lebensmittel, eisernen Pflugscharen, Sensen, Heugabeln und Spaten. Manche trugen auch große Truhen. Selbst auf die Entfernung war zu erkennen, wie schwer die Maultiere an ihren Lasten zu tragen hatten. Sara bezweifelte, dass sie alle den rettenden Schwertwald erreichen würden.

»Sind deine Leute dort unten?« Es lag ein Ton des Bedauerns in der Stimme des Rothaarigen, der Sara einen eiskalten Schauer über den Rücken jagte.

»Meine beiden Söhne und ein Knecht.«

»Bald werden Reiter kommen«, sagte der Schütze mit tonloser Stimme. »Du solltest mit den Deinen die Straße verlassen. Zwischen den Hügeln wird es sicherer sein.«

Sara blickte zu Rollo, der tief nach vorn gebeugt auf dem Stein hockte. Schon auf dieser Straße kam er kaum voran. Sich abseits aller Wege durch die Hügel zu schlagen würde seine Kräfte übersteigen. Rollo war immer schon auf ihrem Hof gewesen. Schon als sie ein Kind gewesen war. Er hatte ihr einst kleine Holzfiguren geschnitzt, hatte ihr an langen Winterabenden wunderbare Mären erzählt und sie zum Lachen gebracht, wenn die Welt allzu schwer auf ihren Schultern lastete. Sie konnte ihn nicht einfach zurücklassen.

»Ihr glaubt wirklich, wir können ein ganzes Heer aufhalten?«

»Wenn uns sieben oder acht kräftige Männer oder Frauen helfen …« Der Rothaarige maß sie abschätzend. »Du wärst ein guter Anfang. Es muss jetzt schnell gehen.«

Sie wies nach unten, auf die Straße. »Kräftige Männer gibt es hier nicht mehr viele. Die haben sich in den letzten Wochen fast alle für die eine oder andere Seite entschieden.«

»Wir nehmen alle, die wir kriegen können.«

Sara blickte zu Adelmo, Flavio und Rollo. »Wie viel Zeit werden wir gewinnen?«

Der Rothaarige schüttelte den Kopf. »Ich werde dir keine Lügengeschichten erzählen – ich weiß es nicht. Aber die Aussichten der Fliehenden, es bis zum Wald zu schaffen, würden sich verbessern. Hast du mal einen der Galgenbäume dieser verfluchten Ligisten gesehen?«

Sara ließ den Kopf sinken. Ja, das hatte sie! Sieben oder acht war sie damals gewesen. Sie würde das Bild nie vergessen. So durfte es für ihre Familie nicht enden. »Ich besorge euch eure Helfer.«

Sie wollte die steile Böschung hinabsteigen, doch der Bogenschütze hielt sie zurück. Seine dunkelgrünen Augen wirkten traurig. »Du weißt, dass alle, die sich den Ligisten widersetzen, sterben werden?«

»Wenn mein Tod bedeutet, dass meine Söhne leben werden …« Sie hielt seinem Blick stand. »Sterben müssen wir alle irgendwann.«

Der Schütze ließ sie los. Sich an Büsche und Wurzelwerk klammernd, kletterte sie hinab.

Adelmo empfing sie freudestrahlend. Er war der Jüngere. Gerade erst vierzehn geworden. Sein schwarzes Haar ragte trotzig in alle Richtungen. Er war gegen Ende des Sommers ein wenig kräftiger geworden. Das stand ihm gut. »Wir werden Rollo stützen. Er hat sich etwas erholt. Kann man den Schwertwald von dort oben schon sehen?«

»Nein.« Was sollte sie ihm sagen? Die Wahrheit kam nicht in Frage. Aber sich mit einer Lüge auf den Lippen von ihnen zu trennen … »Ihr müsst vorgehen.«

»Warum?« Adelmo sah sie mit seinen großen braunen Augen verwundert an. Er hatte die Augen seines Vaters geerbt. Sie lebten durch ihn weiter.

»Ich werde den Bogenschützen zur Hand gehen.« Sie deutete

den Steilhang hinauf. »Dort oben gibt es jede Menge Geröll. Wir werden es auf die Straße stürzen. Das wird den Vormarsch der Ligisten aufhalten.«

»Was ist los?« Flavio kam zu ihnen herüber. Er war hager, hatte etwas zu lange Arme und misstrauische dunkle Augen. Etwas Verschlagenes lag in seinem Blick. Er war zu umtriebig, um ein guter Bauer zu werden. Lange schon fürchtete Sara, dass er eines Morgens auf und davon sein würde, um sich irgendwelchen Wilderern im Schwertwald anzuschließen.

»Ihr werdet mit Rollo vorangehen«, sagte sie in einem Ton, der keinen Widerspruch duldete.

»Und du?«, fragte Flavio fast genauso unerbittlich.

»Ich helfe, hier an der Engstelle die Straße zu versperren. Damit gewinnen wir Zeit.«

Flavio blickte die steile Böschung hinauf. Dann trat er an den Rand der Straße und sah den Hang hinab. »Könnte klappen«, sagte er halblaut und sah sie an. »Ich sollte bleiben. Ich bin stärker und kann schneller laufen.«

»Und genau deshalb wirst du gehen«, erwiderte Sara und war insgeheim stolz auf ihn. Flavio war schon sechzehn und kein Dummkopf. Er wusste, was es hieß, sich dem Zorn des Feindes auszusetzen. »Da du stärker bist als ich«, sagte sie, »kannst du Rollo besser stützen. Zusammen mit deinem Bruder wirst du ihn weiter wegbringen können, als ich es könnte. Und das ist es, was zählt: so schnell wie möglich so weit wie möglich von hier fortzukommen. Und außerdem brauchen sie hier noch mehr Helfer. Was glaubst du, auf wen sie hören werden?« Sie blickte zu den Flüchtlingen, die in kleinen Gruppen über die Straße zogen. »Auf einen Jüngling, dem nicht mal der Bart sprießt, oder auf eine gestandene Frau, die schon mehr graue als schwarze Haare auf dem Kopf hat?«

Flavio schwieg eine Weile. Seine Lippen waren zu einer dünnen Linie zusammengepresst. Endlich nickte er. »Aber du wirst kommen … Mama?«

Sara schluckte. So hatte er sie schon lange nicht mehr genannt.

»Natürlich.« Ihre Stimme klang rau. Sie las in seinen Augen, dass er ihre Lüge durchschaute.

Plötzlich trat er vor, nahm sie in die Arme und drückte sie fest an sich. »Ich werde auf Adelmo und Rollo gut aufpassen. Sie werden es in den Schwertwald schaffen«, sagte er. Dann löste er sich von ihr und ging davon, ohne noch einmal zu ihr zu blicken.

Sie winkte Rollo und Adelmo. Mehr Abschied konnte sie nicht ertragen. Stattdessen wandte sie sich einer kleinen Gruppe von Flüchtlingen zu, einem älteren Bauern, begleitet von drei Frauen, von denen eine mit einem Kind im Arm auf einem Esel saß. Weitere Kinder liefen um sie herum. Jedes trug ein verschnürtes Bündel aus Decken auf dem Rücken.

»Ich brauche deine Hilfe«, sprach sie den Mann unvermittelt an. Erst war er störrisch, aber als sie ihn an die Galgenbäume erinnerte, wich alle Farbe aus seinem Gesicht. Er betrachtete die Frau mit dem Kind im Arm. Zögernd nickte er.

Sara wies ihm den Weg die Klippe hinauf, dann ging sie ein Stück die Straße hinab, der nächsten Flüchtlingsgruppe entgegen.

Vor einer Woche noch hatte sie sich an ihrem Glück erfreut, auf einem einsamen Gehöft im Niemandsland zu leben. Einem Gehöft, auf dem das kleine Volk Einzug gehalten hatte: Kobolde, die ihr heimlich im Haus und in den Ställen halfen und ihr unerwartet das Leben leichtgemacht hatten. Nur für ein wenig Brot und frische Milch, die sie ihnen hingestellt hatte. Sie hatte ihr Geheimnis wohlgehütet, wusste sie doch, wie scheu das kleine Volk war, und dennoch hatten die beiden Flüchtlinge aus dem Schwertwald, die vor fast sechs Wochen bei ihr Unterschlupf gefunden hatten, es entdeckt. Wahrscheinlich war es der Jüngere der beiden gewesen. Ein aufgeweckter Kerl. Was wohl aus den beiden geworden war?

Gestern früh hatte sie die erste Rauchsäule im Osten gesehen, und ihr war klargeworden, von wie kurzer Dauer ihr Glück sein würde. Alles, worauf sie jetzt noch hoffen durfte, war, dass ihre beiden Jungen und Rollo entkamen.

Sie sprach die nächsten Flüchtlinge an.

CILIA, IN DEN HÜGELN WESTLICH DES MATANI, SPÄTER NACHMITTAG, 14. TAG DES WEINMONDES IM JAHR VON SASMIRAS ZWEITER THRONERHEBUNG

Sara hörte den fernen Hufschlag. Und dann die Schreie. Die drei Bogenschützen hatten ihr und den sieben anderen Helfern eingeschärft, sich vom Rand der Böschung fernzuhalten. Doch unmittelbar vor ihr wuchs ein Busch, der sie vor Blicken von der Straße verbergen würde. Langsam schob sie sich ein Stück nach vorn.

Immer drängender wurden die Schreie. Eilige Schritte waren zu hören. Atemlos gesprochene Gebete und Flüche.

Die Gruppe von knapp zwanzig Flüchtlingen war nur noch etwa dreißig Schritt entfernt. Eine Schar Reiter folgte ihnen: Männer in den leuchtend gelben Waffenröcken Ferrantas mit dem Wappen des schwarzen Hammers auf der Brust.

Sara sah eine alte Frau in einem grünen Kleid von schönem Schnitt stürzen, doch niemand blieb stehen, um ihr wieder auf die Beine zu helfen. Sie musste reich gewesen sein. Jetzt geriet sie unter die Hufe der Schlachtrösser. Sie riss die Arme hoch, um sich zu schützen. Vergebens!

Die Reiter preschten weiter, an den anderen Flüchtlingen vorbei. Der vorderste überholte eine junge Frau, der das lange blonde Haar in wilden Strähnen ins Antlitz hing. Er hatte sein Schwert hoch über den Kopf erhoben. Just in dem Augenblick, in dem er an der Blonden vorbeiritt, ließ er es in weitem Bogen nach unten schwingen und traf die Frau mit der Klinge der Länge nach ins Gesicht. Sie wurde nach hinten geschleudert. Blut tränkte ihr Haar.

»Jetzt!«, erscholl eine Stimme hinter Sara. Die drei Bogenschützen erhoben sich aus der Deckung. Sie hatten bereits Pfeile in den Sehnen eingenockt. Mit fließenden Bewegungen spannten sie die Waffen. Die Pfeile schnellten davon.

Verblüfft sah Sara, dass die drei nicht auf die Spitze der Reiter gezielt hatten. Drei Krieger wurden aus den Sätteln gerissen. Pferde scheuten. Schreie ertönten.

Ein Reiter schaffte es gerade noch, seinen Fuchs vom Straßenrand fortzuzerren, als die nächste Salve Pfeile auf sie niederging. In den Hals getroffen, kippte der Fuchs zur Seite und stürzte mit seinem Reiter die steile Böschung hinab.

»Zurück!«, schrie der Reiter mit dem blutigen Schwert.

Die Krieger versuchten, auf der engen Straße ihre Pferde zu wenden.

»Steine!«, befahl der rothaarige Anführer der Bogenschützen.

Sara sprang auf. Zusammen mit den anderen Freiwilligen eilte sie zu einem mannshohen Felsbrocken, der hier oben aus der Abbruchkante der Böschung ragte. Daneben hatten sie armdicke Äste bereitgelegt. Sie rammten sie ins Erdreich und stemmten sich mit vereinten Kräften gegen die Hebel.

Zwischen den Pferden sah Sara die Frau mit dem blonden Haar auf dem Pflaster liegen. »Ihr Ungeheuer!«, stieß sie keuchend hervor. »Ihr Schinder! Ihr …« Der Fels gab nach. Er löste sich aus dem trockenen Erdreich, riss Geröll mit sich, entwurzelte Büsche in seinem Weg und traf wie die Faust eines Riesen zwischen den Reitern auf.

Pferde wieherten, Hufe schlugen Funken auf dem Pflaster, Männer schrien. Einer wurde aus dem Sattel geworfen, und der mächtige Stein rollte ihm über beide Beine. Verzweifelt versuchten seine Kameraden, dem Felsbrocken auszuweichen, und stürzten über die seitliche Böschung in die Tiefe, während immer noch Pfeile auf sie niedergingen.

Sara griff nach einem kopfgroßen Stein und schleuderte ihn hinab. Sie hatten Dutzende Steine wie diesen entlang des Steilhangs zusammengetragen. Nun prasselten die Wurfgeschosse auf Pferdeköpfe und hastig erhobene Schilde.

Die hintersten Krieger hatten ihre Rösser gewendet und preschten in gestrecktem Galopp davon. Den vordersten aus der Gruppe versperrte der Felsbrocken auf der Straße den Fluchtweg. Sie versuchten, die Pferde seitlich auf die Böschung zu treiben, doch der Hang war zu steil. Und die Pfeile der Schützen ließen alle Fluchtgedanken ersterben.

Sara hatte das Gefühl, dass es keine hundert Herzschläge her war, dass die Reiter eingetroffen waren. Nun saß keiner mehr im Sattel.

»Blanker Stahl!«, rief der rothaarige Bogenschütze grimmig, und seine Gefährten zogen ihre Schwerter.

Zwischen den panischen Pferden krochen Verwundete.

»Los!« Der Rothaarige gab auch Sara und den anderen Helferinnen und Helfern einen Wink. Dann stiegen die drei Männer vorsichtig die Böschung hinab.

Sara nahm ihren schweren Knüppel auf und folgte, zusammen mit den anderen, den Schützen. Voller Hass blickte sie auf die Männer im blutbefleckten Gelb.

Als sie die Straße erreichte, hatten die Schützen die Blutarbeit schon erledigt. Keiner ihrer Feinde regte sich mehr. Wer den Stein- und Pfeilhagel überlebt hatte, lag nun mit aufgeschlitzter Kehle im Staub.

»Nehmt euch Pferde!«, befahl der rothaarige Bogenschütze.

Einige der Tiere waren nach Westen davongeprescht, die meisten aber waren bei ihren toten Reitern geblieben. Ihre Flanken zitterten. Mit angstweiten Augen sahen sie die Sieger an.

»Wir reiten eine Meile nach Westen und legen einen neuen Hinterhalt. Wer von euch hilft uns?«, fragte der Rothaarige.

Sara griff nach den Zügeln eines Fuchses mit einer handgroßen weißen Blesse auf der Stirn. Sie vermied es, zu ihrem Anführer zu blicken. Sie hatte ein Pferd. Sie könnte Rollo in den Sattel hieven, sobald sie wieder bei ihm war. Sie würde jetzt viel schneller vorankommen. Sie könnte es schaffen, den Alten und ihre beiden Söhne in die Sicherheit des Schwertwaldes zu bringen. Wenn sie hingegen bei den Schützen blieb, hieße das, das Schicksal herauszufordern …

Ihr Blick schweifte zu der Blonden. Mit Schrecken sah sie, wie sich die Finger der rechten Hand der jungen Frau öffneten und schlossen. Trotz ihrer schrecklichen Verletzung lebte sie noch. Sara zog das Pferd am Zügel hinter sich her und kniete neben der Verwundeten nieder.

Die Nase der jungen Frau war zerteilt, genau wie ihre Lippen. Der Hieb lief schräg über ihr Gesicht, von links am Kinn bis hinauf zur rechten Braue.

»Mein … Bruder …« Blut quoll über ihre Lippen, als sie sprach. Ihre hellgrauen Augen hielten Saras Blick gefangen.

»Sie sind alle entkommen«, sagte Sara und ergriff die Hand der Frau.

Die Verwundete seufzte erleichtert. »Ist es schlimm? Meine Wunde. Ich … ich spüre nichts. Das Schwert …« Sie blinzelte. Schwieg.

Sara drückte ihre Hand. »Das wird heilen. Zum nächsten Frühlingsfest wirst du um die Dorfeiche tanzen, und die Jünglinge werden dir sehnsüchtig hinterherschauen.«

Die klaffenden Lippen verzogen sich zu einem Lächeln.

»Ihr ist nicht mehr zu helfen«, hörte Sara die leise Stimme des rothaarigen Schützen dicht hinter sich.

Wütend drehte sie sich um und blickte auf in das sommersprossige Gesicht mit den traurigen Augen. »Du wirst sie hinter mir in den Sattel heben!«, sagte sie in dem Tonfall, den sie gegenüber ihren Jungs anschlug, wenn sie wirklich wütend war.

»Ihr Schädel ist offen. An der Braue. Siehst du das nicht?«, flüsterte er. »Sie wird den Abend nicht mehr erleben. Sie wird …«

»Schweig!«, fuhr Sara ihn an. Sie hatte Angst, dass die Sterbende die Worte des Schützen hören könnte. »Ich sitze jetzt auf. Du hebst sie hinter mich und bindest sie an mir fest.« Behutsam löste sie ihre Finger aus der kühlen Hand der jungen Frau. Dann schwang sie sich in den Sattel.

Der Schütze gehorchte ihr überraschenderweise. Er sagte nichts mehr.

Zitternde Hände legten sich auf Saras Bauch. Der Kopf der Verwundeten sank gegen ihre Schulter.

Der Schütze schlang ein Seil um sie beide und zog es fest.

Sanft presste Sara die Fersen in die Flanken des Fuchses. Sie spürte den Atem der Verwundeten in ihrem Nacken. Flatternd, unstet, dem Tode nahe.

CILIA, IN DEN HÜGELN WESTLICH DES MATANI, FRÜHER ABEND, 14. TAG DES WEINMONDES IM JAHR VON SASMIRAS ZWEITER THRONERHEBUNG

Nicolo Trimini sah, wie ihm der Hauptmann im gelben Waffenrock Ferrantas vom Kamm des Abhangs aus zuwinkte.

»Vorwärts!«, befahl Nicolo. Es bestand keine weitere Gefahr mehr, in einen Hinterhalt durch Bogenschützen zu geraten. Dieses verdammte Pack führte einfach keinen ordentlichen Krieg. Statt sich ihnen in einer Feldschlacht zu stellen, legten sie einen Hinterhalt nach dem anderen und sorgten dafür, dass sein Heer so langsam marschierte wie eine Herde hufkranker Mulis.

Er lenkte sein Schlachtross bis zu dem großen Felsbrocken, der mitten auf der Straße lag. Hier würde kein Karren mehr vorbeikommen. Noch eine verfluchte Verzögerung!

Rodrigo Apolita brachte sein Schlachtross an seine Seite. Der kleine, zierliche Mann sah auf dem riesigen Pferd wie ein Kind aus. Er befehligte die Truppen aus Dahlia, die sich dem Heer angeschlossen hatten: eine Miliz aus Bürgern und einem Teil der Stadtwache. Mehr als zweihundert Mann, aber von zweifelhaftem Wert, wie die meisten Truppen der Stadtstaaten.

»Soll ich den Befehl geben, ein Lager aufzuschlagen?«

»Nein!«, fuhr Nicolo ihn an. »Wir haben nicht einmal die Hälfte dessen geschafft, was unsere Tagesmarschleistung sein sollte. Fußkranke Greise schaffen es, vor uns davonzulaufen, so langsam ist dieser Haufen von Faulpelzen.«

»Es hat auch mit dem Zustand der Straße zu tun«, entgegnete Rodrigo in einem Ton, als fühlte er sich persönlich beleidigt. Er blickte auf die Toten rings um den Felsbrocken. »Da hat uns wohl eine ganze Horde von Bogenschützen aufgelauert. Was für ein Massaker …«

Nicolo war sich sicher, dass Rodrigo es besser wusste. So klein der Patrizier auch war, sollte man ihn doch besser nicht unterschätzen. Er schien seine Augen und Ohren überall zu haben. Nur sehr selten überraschte ihn etwas. Vielleicht wurde man so, wenn man ein Weib ehelichte, das einen Kopf größer war, doppelt so schwer wie man selbst und ein Temperament hatte wie ein gereizter Stier. Nicolo bezweifelte, dass Liebe im Spiel gewesen war, als Rodrigo seine Maria zur Frau genommen hatte. Ohne Zweifel waren beide Familien – die Familie Apolita wie auch die Familie Canali – durch die Hochzeit mächtiger geworden.

»Ich nehme an, du weißt, dass es nur drei Bogenschützen waren …« Die Männer, die dem Hinterhalt entkommen waren, hatten ihm persönlich berichten müssen. Er hatte davon abgesehen, sie zu bestrafen. Er wusste nur zu gut, wie tödlich die Langbogenschützen des Schwertwaldes waren. Oben auf dem Kamm des Abhangs waren sie für die Reiter unangreifbar gewesen.

Rodrigo lächelte. Er hatte ein schmales Gesicht mit sinnlichen, fleischigen Lippen. Sein schwarzes Haar war kurz geschoren und größtenteils unter einem blauen Barrett verborgen. Die dunkelbraunen Augen wirkten viel zu groß. »Was wird uns im Schwertwald erwarten, wenn wir hier schon so schlecht dastehen?«

»Dort können uns diese verdammten Rebellen keinen Hinterhalt legen«, entgegnete Nicolo verbittert. »Wir werden sie zur Schlacht zwingen. Mann gegen Mann.«

»Sofern sie plötzlich ihre Liebe zum ritterlichen Kampf entdecken sollten …«

Nicolo spürte das unbändige Verlangen, Rodrigo den Streithammer in sein freches Maul zu stopfen. Der kleine Kaufherr befehligte die Späher des Heeres. Von richtigen Kämpfen hatte er keine Ahnung! Bei seiner Statur hatte er vermutlich noch nie im Leben ein Schwert in der Hand gehalten … Es machte diesem Kindmann Spaß, ihn vorzuführen, dachte Nicolo wütend.

Aber dieses Spiel beherrschte er auch. »Was sagen deine Späher über den Basilisken?«

Rodrigo zog die buschigen Brauen zusammen. Eine steile Furche erschien auf seiner Stirn. Die Frage hatte ganz offensichtlich gesessen.

»Meine Späher sind nicht zurückgekehrt. Ich nehme also an, sie haben es geschafft, dieses Biestes ansichtig zu werden.«

»So ein Pech.« Nicolo gab sich keine Mühe, betroffen zu klingen. Es waren ausschließlich Männer aus Dahlia, die unter Rodrigos Befehl standen. Wie viele von ihnen verreckten, scherte ihn nicht.

»Bis keine Nachricht mehr kam, haben sie mir regelmäßig Boten geschickt. Der Basilisk muss sich mehr als zwanzig Meilen südlich aufhalten. Er stellt also keine Gefahr für uns dar.«

Nicolo nickte nachdenklich. Wenn es ihnen gelänge, das Heer der Schwertherzöge in Richtung des Basilisken abzudrängen, würden sie vielleicht keine Schlacht mehr schlagen müssen. Wer immer den Basilisken anblickte, versteinerte auf der Stelle. Folglich gab es niemanden, der davon berichten konnte, wie die Bestie aussah.

Vielleicht war der Basilisk eine Mischung aus Schlange und Hahn, gefiedert und geschuppt, so groß wie ein Hund? Sein Atem sollte giftig sein. Das erzählten die Mären. Dass es ihn gab, war gewiss. Einige der Späher, die ihm nicht begegnet waren, hatten versteinerte Tiere mitgebracht. Kleine Vögel und ein Eichhörnchen, und sie hatten von Menschen gesprochen, die zu Statuen geworden waren.

Was für eine unvergleichliche Waffe wäre dieser Basilisk, wenn man ihn nur beherrschen könnte! So aber hatte das Geschöpf sie gezwungen, diese schlechtere Straße zu nehmen, um ihm auszuweichen.

Eine einzige Märengestalt zwang ein ganzes Heer, einen anderen Weg zu nehmen. Was würde erst geschehen, wenn die Weiße Königin erschien?

Nicolo wusste, dass er diesen Feldzug schnell zu einem Ende

bringen musste. Er schwang sich aus dem Sattel. »Los, Männer, rollen wir den Felsen von der Straße!«

Seine Leibwache folgte seinem Beispiel. Rodrigo Apolita stieg nicht ab. Mit leicht spöttischem Blick verfolgte er, wie sie sich gemeinsam gegen den Felsbrocken stemmten. Sieben Mann waren nötig, um ihn zu bewegen.

Geröll knirschte auf dem Pflaster der Straße, als er in Bewegung geriet. Nicolo drückte mit der Schulter gegen den Stein. Seine eine Hand ruhte dicht neben seiner Wange auf der rauen Oberfläche.

Zoll um Zoll rollte der Brocken voran, dann erreichte er endlich den Straßenrand und polterte mit Getöse die Böschung hinab.

Auf dem Pflaster lagen die Überreste eines Mannes. Verbogene Eisenringe eines Kettenhemdes, durchsetzt mit Knochensplittern. Lediglich eine Hand war unberührt geblieben. Alles andere ließ nur noch erahnen, dass es sich einmal um einen Krieger gehandelt hatte.

Nicolo wandte den Blick ab. Er winkte seinen Leibwachen. »Vorwärts!«

»Ist das klug, einfach loszureiten?«, fragte Rodrigo. »Eine Meile weiter könnten der nächste Hinterhalt lauern. Was geschieht, wenn unser Heerführer von Pfeilen durchbohrt wird?«

»Was für ein Anführer wäre ich, wenn ich mich nicht an der Seite meiner Männer der Gefahr aussetzte?«

Rodrigo seufzte. »Ich glaube, es ist den meisten unserer Krieger egal, wo wir stecken, solange wir siegen und darauf achten, dass nicht zu viele von ihnen ins Gras beißen. Ich empfehle, dass wir langsamer vorgehen.«

Nicolo zog sich in den Sattel. Er vertraute auf seine Brustplatte. Er selbst hatte sie, bevor er die Schmiede entlohnte, mit einem Bogen beschossen, um herauszufinden, wie viel sie taugte. Alle Pfeile waren an der gerundeten Oberfläche abgeglitten. Ihm war bewusst, dass er nicht unverwundbar war. Ein Geschoss mochte ihn unter den Achseln verwunden, durch den Sehschlitz des Helms eindringen oder unglücklich eine Stelle treffen, die schlechter gearbeitet war. Aber er würde nicht leicht umzubringen sein. Arm- und Beinschutz, die Halsberge neuester Machart, all das war von den besten Schmieden Ferrantas geschaffen. Seine Rüstung wog mehr als dreißig Kilo. Sie war das Beste, was man mit Silber kaufen konnte.

Rodrigo trug gar keine Rüstung, nur ein schön geschnittenes Wams in Himmelblau und Weiß, den Wappenfarben Dahlias. Es war auf den ersten Blick offensichtlich, dass er nicht die Absicht hatte, auch nur in die Nähe von Kämpfen zu kommen.

»Zehn Meilen von hier spannt sich die Sternenbrücke über den Timeso, der sich dort tief ins Land gefressen hat.«

Nicolo kannte die Stelle von den Scharmützeln vergangener Jahre. Reiter waren auf die Brücke angewiesen, und auch für Krieger zu Fuß waren die steilen Ufer des Timeso ein ernsthaftes Hindernis, obwohl man an dieser Stelle den recht seichten Fluss leicht durchwaten konnte. Es gab im Umkreis von mehr als zwanzig Meilen keine weitere Brücke. »Und?«

Rodrigos Augen blitzten. »Ich habe da etwas vorbereitet. Aber es wäre besser, wenn wir die Sternenbrücke morgen etwa zur Mittagsstunde erreichten.«

»Etwas vorbereitet …« Nicolo äffte den geheimnistuerischen Tonfall des Mannes nach. »Schön, dass du dir Gedanken machst, aber führst du auch Befehle aus? Du solltest den Jungen für mich finden. Wie sieht es damit aus?«

»Vor einer Stunde hat mich ein Bote erreicht.« Rodrigo wirkte bedrückt.

Es war Nicolo klar, dass der Patrizier aus Dahlia ein Problem mit diesem Befehl hatte. Schließlich hatte Milan Tormeno seinen Sohn Antonio aus der Gefangenschaft des Krähenmanns befreit.

»Milan Tormeno wurde vor zwei Tagen in dem kleinen Dorf Cantaldo gesehen. Das ist etwas mehr als fünfzehn Meilen von hier. Er hat in der Nähe des Dorfes zusammen mit dem Pfeil der Rosen den Grym erlegt.« Rodrigo klang geradezu ehrfürchtig, als er sprach, doch jetzt senkte er den Blick. »Zehn Reiter sind auf der Suche nach ihm. Sie werden ihn uns bringen.«

»Das sind die ersten guten Nachrichten heute!« Nicolo stieg in den Sattel. »Wir warten hier auf weitere Truppen«, wies er seine Leibwache an. Dann lenkte er sein Schlachtross zu Rodrigo.

Wenn er Milan Tormeno in die Hand bekäme, würde das alles ändern. Er hatte die Geschichten über den Riesen im Schwertwald gehört, und er war sich sicher, dass es dort noch weitere Ungeheuer geben würde. Milan aber stammte aus Dahlia! Er war der Sohn des Erzpriesters. Er war es der Liga verdammt noch mal schuldig, ihnen in diesem Krieg zu helfen! Und Nicolo war sich ganz sicher, dass er einen Weg finden würde, Milan dazu zu bringen.

»Erzähl mir von den anderen Plänen, Rodrigo«, forderte er in aufgeräumter Stimmung.

»Es wimmelt nur so von Flüchtlingen bei der Sternenbrücke«, begann der kleine Kaufherr. »Das wird unser Schlüssel zum Sieg sein, denn ich habe …«

AUF DER LANDZUNGE VOR THOUAR,
EINE STUNDE VOR DEM MORGENGRAUEN,
15. TAG DES WEINMONDES IM JAHR VON SASMIRAS
ZWEITER THRONERHEBUNG

Lautlos erhob sich Rutger von seinem Lager. Er hatte die ganze Nacht nicht geschlafen, sondern mit offenen Augen den weiten Sternenhimmel betrachtet. Dabei war ihm eine kleine Stelle aufgefallen, an der alle Sterne erloschen waren. Erst hatte er gedacht, es läge vielleicht an einer vorüberziehenden Wolke. Aber der sternenlose Fleck verschob sich nicht. War er ein Omen für kommendes Unheil?

Rutger blickte zu Juliano, der auf der anderen Seite der Feuerstelle lag. Der älteste Sohn des Erzpriesters schnarchte leise.

Ab und zu entrang sich seiner Kehle ein Seufzen, als würde die Last der Welt selbst im Schlaf nicht leichter für ihn. Juliano war kein schlechter Mann. Aber jeder maß ihn an seinem Vater. Da konnte er nur verlieren.

»Ich wünsch dir Glück«, sagte Rutger leise, denn er war sich nur allzu bewusst, dass sie sich nicht mehr wiedersehen würden. In höchstens einer Stunde würde er tot sein. Es gab keinerlei Hoffnung, das zu überleben, was zu tun war.

Aufrecht ging er zwischen den Schlafenden hindurch. Zu Hunderten lagen sie um die Feuer vor der stolzen Stadt der Schwertherzöge.

»Wer da?«, fuhr ihn bei einem der großen Fasskarren eine Wache an.

»Muss pissen«, grummelte er, als spräche er im Halbschlaf. Von dem Wächter kamen keine weiteren Fragen.

Im Osten, wo der Weg von der Landzunge zum Schwertwald hin abfiel, glühten die Erdöfen der Bäcker bereits. Alles in der Schwarzen Schar war perfekt durchorganisiert. Das machte sie gemeinhin stark. Doch heute Morgen würde es sie verletzlich machen.

Rutger ging nach Süden an den Rand der Klippe, hob sein langes Hemd, schob die Brouch zur Seite und erleichterte sich die Felsen hinab. Es war kühl. Am westlichen Horizont verdunkelten Wolkenbänke die Sterne. Bald würde der Regen einsetzen. Rutger lächelte wehmütig. Er musste sich keine Sorgen mehr machen, dass er nass würde.

Langsam ging er an den Klippen entlang auf die Stadt zu. Vereinzelt war hinter den Zinnen das rote Glühen von Kohlenbecken zu sehen. Die Wachen wärmten sich dort in den langen, einsamen Nächten, in denen sie auf den Wehrgängen patrouillierten. Rutger dachte an die Nächte, die er dort oben gestanden hatte. Seit er Juliano befreit hatte, war er ein Ausgestoßener. Seine Kameraden von einst würden ihn, ohne zu zögern, niederschießen, wenn er ihnen vor den Bogen lief. Lucille, das Schwert der Rosen, hatte ein Kopfgeld auf ihn ausgesetzt. In dieser Stadt gab es nur noch den Tod für ihn, und doch schlug sein Herz für Thouar. Er wollte nicht mit ansehen, wie Felsbrocken die Schenken zerschmetterten, in denen er getrunken hatte, oder die Häuser einstürzen ließen, in die er sich geschlichen hatte, um bei irgendwelchen Mägden ins Bett zu schlüpfen. Er musste lächeln. Das Leben hatte ihn reich beschenkt. Es war ihm immer leichtgefallen, Frauenherzen zu erobern. An diesem Morgen würde er seine Schulden begleichen. Er hatte ein gutes Leben gehabt. Nun würde er etwas dafür zurückgeben.

Er schlenderte zu den Trebuchets. Die Armbrustschützen des Hauptmanns Orlando lagerten bei den großen Geschützen. Die meisten schliefen. Der Erzpriester nutzte sie gern als seine persönliche Eskorte. Es war erstaunlich, wie sehr er diesen Halsabschneidern vertraute. Noch erstaunlicher aber war, dass der Erzpriester das Vertrauen dieser Raubeine gewonnen hatte. Nandus war wahrlich in jeder Hinsicht besonders.

Er wäre gern der Gefolgsmann eines solchen Mannes gewesen, dachte Rutger. Für Lucille empfand er nur Verachtung. Was sie Juliano hatte antun wollen, war ehrlos. Und doch war er in das Herzogtum der Rosen hineingeboren. Er musste alles tun, um es zu schützen. Wenn es der Schwarzen Schar gelänge, Thouar zu erobern, dann wäre der Schwertwald verloren! Dieser Hafen war das Tor seines Volkes zur Welt. Von hier konnte Nachschub in den Wald gebracht werden, oder sie könnten über das Meer fliehen, wenn die Lage zu verzweifelt wurde.

Thouar war eine uneinnehmbare Festung. Aber er hatte die Zuversicht im Antlitz des Erzpriesters gesehen. Nandus Tormeno war ein Mann, dem nichts unmöglich war. Er hatte den Riesen Gideon bezwungen und die Schwarze Vedora, die gefürchtetste Hexe des Schwertwaldes, dazu überredet, seinen Freund im fernen Dahlia zu heilen. Nandus bekam, was er wollte!

Die Trebuchets standen im Abstand von zehn Schritt voneinander entfernt. Jedes der Geschütze war mehr als zehn Schritt hoch. Zwischen zwei dreieckigen Rahmen aus schweren Stützbalken war ein langer Wurfarm befestigt. An seinem Ende hing ein massiver Holzkasten, der mit Geröll und Erde gefüllt war. Er war schwer wie ein vollbeladenes Ochsenfuhrwerk. Zwanzig Männer waren nötig, um dieses Gegengewicht am Wurfarm über Winden in die Höhe zu ziehen. Sauste es nieder, schleuderte es einen Stein, groß wie ein Männertorso, auf die Stadt.

Rutger hatte den ganzen Nachmittag überlegt, wie er Thouar von dieser Bedrohung erlösen könnte. Die Katapulte waren zu massiv. Ein einzelner Mann würde selbst mit einer Axt keinen nennenswerten Schaden anrichten, bevor ihn die Wachen überwältigten. Es war zum Verzweifeln!

Dicht bei den Trebuchets waren je drei Maultiere angepflockt. Sie würden den Tag über eingesetzt werden, um weiter hinten am Klippenrand behauene Steine abzuholen. Schon lagen neben jedem der Katapulte zwanzig grob zugeschlagene Steinkugeln bereit. Hundertvierzig Geschosse! Es würde wenig nutzen, wenn man sie gegen die Mauer schleuderte, denn selbst wenn die Stadtmauer einstürzte, würden die Angreifer über die schmale Brücke stürmen müssen und wären einem mörderischen Beschuss ausgesetzt. Aber sie könnten die Dächer der Häuser zerschmettern und auf diese Weise Not und Elend in die Stadt bringen. Es wurde mit jedem Tag kühler. Regen war zu erwarten. Kinder und Alte wären die Ersten, die krank würden.

Er könnte diese Not mindern, dachte Rutger. Das war es wert, sein Leben einzusetzen! Für jedes Maultier waren zwei Ledereimer mit Wasser bereitgestellt, um sie am Morgen zu tränken, bevor sie die ersten Lasten bei den Steinmetzen abholten. Bei jedem Katapult stand eine Feuerschale mit glühenden Kohlen, an denen sich die Wachen wärmen konnten.

Rutger ging langsam auf das südlichste der Geschütze zu.

»Wer da?«, rief ihm der Wächter vom Kohlenbecken her zu.

Rutger winkte ihm zum Gruß. »Rutger. Juliano Tormenos Leibwächter.« Dafür hielten ihn die meisten, und er hatte nicht widersprochen. Er selbst sah sich eher als so etwas wie den großen Bruder des Priestersohns. Er hatte Juliano zugehört. Ihn beraten. Es steckte viel Gutes in ihm, davon war Rutger überzeugt.

Der Wächter senkte seinen Speer. Rötliches Licht strahlte von unten das bärtige Gesicht an, als er seine Linke über das Kohlenbecken hielt. Der Mann hatte eine Wolldecke um seine Schultern geschlungen. Er wirkte müde und verfroren.

»Ganz schön frisch«, sagte Rutger leise, als er den Wächter schon fast erreicht hatte.

Der Krieger nickte. »War ’ne lange Nacht. Ich …« Weiter kam er nicht. Rutger schlug ihm die Faust gegen die Kehle. Der Halsknorpel zerquetschte die Luftröhre des Wächters. Mit erstickten Lauten rang er um Atem.

Rutger legte ihm eine Hand auf den Mund. Sein linker Arm schloss sich um den Brustkorb des Mannes, und er zog den Wächter zu Boden. Noch zuckte der, hatte aber schon nicht mehr die Kraft, sich aus der Umklammerung zu befreien.

Vorsichtig sah Rutger sich um. Sein Angriff hatte kaum länger als zehn Herzschläge gedauert. Es hatte keinen Lärm gegeben. Alles schien gut.

Der Leib des Wächters erschlaffte. Mit weit aufgerissenen Augen lag er am Boden und starrte Rutger anklagend an.

Rutger nahm dem Krieger die Wolldecke ab und griff nach dem eisernen Ständer, auf dem die Feuerschale ruhte.

»Jetzt!«, ertönte die vertraute Stimme des Erzpriesters hinter ihm.

Rutger blickte über die Schulter. Ringsum erhoben sich Männer, die nur so getan hatten, als würden sie schlafen. Man hatte ihn erwartet!

Ohne zu zögern, stieß Rutger das Feuerbecken um. Die glühenden Kohlen prasselten gegen das trockene Holz des Trebuchets. Er nährte die Flammen mit der Wolldecke. Dichter, nach verbranntem Haar stinkender Rauch stieg auf.

Ein Armbrustbolzen schlug neben ihm ins Holz. Rutger duckte sich zwischen den dicken Balken des Trebuchets hindurch. Klingen schimmerten rötlich im Licht der Kohlenbecken. Von allen Seiten stürmten Krieger auf ihn zu.

Geduckt lief er zum nächsten Katapult, wich einem Schwerthieb aus und trat gegen das nächste Kohlenbecken, so dass dessen Inhalt in einer Kaskade funkenstiebender Glut gegen den zweiten Trebuchet brandete.

»Löschen!«, rief Hauptmann Orlando.

Ein Schlag traf Rutger in den Rücken. Er taumelte ein Stück nach vorn, ging in die Knie. Kalter Stahl schob sich unter sein Kinn. Der Druck der Schwertklinge zwang ihn aufzublicken. Nandus Tormeno stand vor ihm.

»Ich wusste, dass du kommen würdest«, sagte der Erzpriester. »Du konntest einfach nicht …«

Fauchend erhob sich eine Flamme, wo der erste Eimer über die glühenden Kohlen geschüttet wurde. Eine Feuersäule schoss an dem Katapult hinauf.

Nandus fuhr erschrocken herum. »Nein, ihr dürft nicht …«

Zu spät! Auch beim zweiten Katapult hatten die Wächter bereits nach den Ledereimern vor den Maultieren gegriffen. Rutger hatte spät am Abend das Wasser darin gegen feines Lampenöl ausgetauscht. Ihm war klar gewesen, dass er mit glühenden Kohlen die schweren Balken der Geschütze nicht hätte entzünden können.

Auch am zweiten Trebuchet leckten Flammen empor. Er blickte zu den Mauern von Thouar. Er hatte seine Stadt nicht retten können, aber zumindest hatte er ihr ein wenig Leid erspart. Morgen würden nicht mehr sieben Katapulte schießen, sondern nur noch fünf.

Rutger wurde von hinten gepackt und zu Boden gezwungen.

»Rammt vor dem mittleren Trebuchet einen Pfahl tief in den Boden«, befahl Nandus ruhig. »Und bewacht mir diesen Bogenschützen gut. Versorgt auch seine Wunde. Er soll nicht einfach verbluten.«

Der Erzpriester ging neben ihm in die Hocke. »Du bist ein mutiger Mann, Rutger. Ich wusste, dass du das tun musstest.« Nandus klopfte ihm auf die unverletzte Schulter. »Ich hege keinen Zorn gegen dich. Im Gegenteil. Ich empfinde Respekt. Aber nun muss ich tun, wozu mich deine Taten zwingen.«

AUF DER LANDZUNGE VOR THOUAR,
EINE STUNDE NACH SONNENAUFGANG,
15. TAG DES WEINMONDES IM JAHR VON SASMIRAS
ZWEITER THRONERHEBUNG

Nandus versuchte, die vorwurfsvollen Blicke Julianos zu ignorieren. Immerhin war sein Sohn klug genug, nichts zu sagen. Rutger hatte einen Armbrustschützen der Schwarzen Schar getötet. Er hatte zwei der großen Trebuchets zerstört. Geblieben waren nur noch rußgeschwärzte Holzrahmen. Auch wenn sie aufrecht standen, wäre es nicht klug, sie den Kräften auszusetzen, die wirkten, wenn das schwere Gegengewicht einen Felsbrocken in den Himmel katapultierte.

Hunderte Krieger der Schwarzen Schar waren vor der Reihe der Trebuchets aufmarschiert. Wolfhard von Urschlingen saß auf seinem Rappen und blickte auf den nackten Rebellen. Das Gesicht des Condottiere war ausdruckslos. Er verstand es meisterlich, seine Gefühle zu verbergen. Die Narbe, die über seine Wange bis zu seinem gespaltenen Ohr führte, wirkte noch röter im klaren Morgenlicht.

»Hast du noch etwas zu sagen?«, fragte Nandus den Rebellen mit lauter Stimme.

»Möge Thouar euch auf ewig widerstehen!« Rutger konnte die Worte nur noch nuscheln. Als die Armbrustschützen ihren toten Kameraden entdeckt hatten, hatten sie mit den Schäften ihrer Waffen auf den Gefesselten eingedroschen. Wäre Nandus nicht eingeschritten, hätten sie den Rebellen totgeprügelt. Sie hatten ihm die Zähne eingeschlagen und ihm sicherlich auch einige Rippen gebrochen. Der Leib des Bogenschützen war über und über mit Prellungen bedeckt.

Rutgers rechter Arm und sein rechtes Bein waren mit Seilen an dem Pfahl festgebunden, den Orlandos Männer bei dem Katapult in den Boden gerammt hatten. Der Trebuchet war schussbereit. Das schwere Gegengewicht ragte am Ende des Wurfarms in den Himmel. Zwei Seile führten vom unteren Ende des Wurfarms zu Rutgers linkem Arm und seinem linken Bein.

»Wir werden dir deinen Wunsch nicht erfüllen, Rebell. Thouar wird fallen. Deine Taten werden uns nicht aufhalten.«

Rutger hob den Kopf und sah ihn an. Nandus konnte in seinem Blick lesen, dass er wusste, dass seine Stadt verloren war.

»Du hast gekämpft wie ein Mann. Und ich werde dir niemals vergessen, dass du mir meinen Sohn zurückgebracht hast. Doch habe ich dich schon einmal vor dem Galgen bewahrt. Ich stehe nicht mehr in deiner Schuld. Möge der Herr des Himmels dich in Gnade empfangen!« Nandus zog sein Schwert. Er setzte die Klinge unter Rutgers rechte Achsel und schnitt ihm tief ins Fleisch. Der Bogenschütze krümmte sich, gab aber keinen Laut von sich.

Nandus senkte sein Schwert. Er schnitt dem Mann in die rechte Leiste. So war sichergestellt, dass es den Schützen zerreißen würde. Ähnlich hatte er es in der Vergangenheit gemacht, wenn er Kinderschänder und Gotteslästerer durch kräftige Kaltblüter hatte vierteilen lassen.

Eine Hinrichtung mit einem Katapult hatte er noch nie befohlen. Aber die Strafe erschien ihm der Tat des Bogenschützen angemessen.

Nandus gab Orlando, der an dem mächtigen Sperrriegel des Trebuchets stand, einen Wink. »Jetzt!«

Der Hauptmann drückte den Riegel herab. Der Katapultarm schnellte hoch. Fleisch riss.

Rutger, der bislang alles ohne Schmerzenslaut ertragen hatte, stieß einen gellenden Schrei aus, als er in das weite Blau hinaufgerissen wurde, während sein rechter Arm und sein rechtes Bein von den Seilen am Pfahl hingen.

Die steile Kurve zum Himmel endete mit einem grässlichen Ruck, als ihn die Seile daran hinderten, gegen die Stadtmauer geschleudert zu werden. Sein verstümmelter Leib schwang im Bogen um den Wurfarm und prallte dann mit solcher Wucht gegen die massigen Balken des Katapults, dass Nandus die Knochen des Schützen brechen hörte.

Juliano übergab sich.

Selbst die hartgesottenen Armbrustschützen aus Orlandos Schar wandten den Blick ab.

»Holt ihn da runter!« Nandus zwang sich, nicht wegzusehen. Rutgers geschundener Leib hing in den Fesseln vom Wurfarm herab. Trotz seiner grässlichen Wunden wand er sich noch.

Eine lange Leiter wurde an den Trebuchet gelehnt. Orlando stieg hinauf und durchtrennte die Fesseln.

Rutger fiel zu Boden.

Nandus trat neben den Rebellen. Der Glanz in den Augen des Schützen war erloschen. Endlich hatte ihn der Tod geholt.

»Begrabt ihn.« Nandus' Stimme klang rau. Sein Mund war trocken. Er hatte keine Wahl gehabt. Ebenso wenig wie Rutger. Er kniete neben dem Toten nieder und drückte ihm die Lider zu. »Du warst ein Held«, sagte er leise.

»Ein verdammter Idiot war er!«, fluchte Orlando. »Was hat er erreicht? Nichts!«

Nandus blickte zu den Schützen, die sich schweigend zurückzogen. Manche der Männer schlugen das Zeichen der Sichel, um jede Verbindung zwischen sich und dem Toten zu trennen. Sie fürchteten offensichtlich, dass sein zorniger Geist zurückkehren könnte. Andere berührten das Eisen ihrer Kettenhemden oder Schwertknäufe, um Übel abzuwenden.

»Ihm war klar, dass er sterben würde«, sagte Nandus. »Aber er hat seine Feinde beeindruckt. Das ist mehr als nichts, Orlando.«

Der Hauptmann der Schützen blieb die Antwort schuldig. Zornig blickte er auf den Toten. Es war die Art von Wut, die man empfand, wenn jemand zu früh aus dem Leben schied.

Wolfhard von Urschlingen wendete seinen Rappen und ritt ohne ein Wort davon.

»Du wirst jetzt den Wagen holen, von dem du mir letzte Woche erzählt hast«, sagte Nandus leise zu Orlando.

Der Hauptmann blickte ihn erschrocken an.

»Du weißt, welchen Wagen ich meine. Den, dessen Ladung es in diesem Heer nicht geben sollte …«

Der Halsknorpel des Hauptmanns ruckte auf und nieder. »Ich werde nie wieder mit dir zechen, Erzpriester.«

»Du solltest nichts versprechen, was du nicht halten kannst«, bemerkte Nandus kühl.

»Wolfhard wird mich umbringen lassen …«

Nandus schüttelte den Kopf. »Das wird er nicht mehr ohne meine Zustimmung tun können. Am Ende wird dir der Condottiere noch dankbar sein. Wir nehmen damit eine schwere Last von ihm.«

Orlandos Gesicht war aschfahl. »Nein, so wird er das nicht sehen. Niemals!«

»Willst du mir den Gehorsam verweigern?« Nandus blickte zu Bertrand hinüber. Der Ritter des Ordens vom Schwarzen Adler stand keine zehn Schritt entfernt und beobachtete sie aufmerksam. »Wenn ich ihm sage, was sich in dem Wagen befindet …«

»Ich hole dir deine Fracht«, zischte Orlando. »Aber ich flehe dich an: Öffne den Wagen nicht! Dir muss doch klar sein, welches Unglück du damit heraufbeschwörst!«

AUF DEM WEHRGANG ÜBER DEM STADTTOR VON THOUAR, DREI STUNDEN NACH SONNENAUFGANG, 15. TAG DES WEINMONDES IM JAHR VON SASMIRAS ZWEITER THRONERHEBUNG

Wieder flogen Felsbrocken über ihre Häupter hinweg. Krachend schlugen sie dreißig Schritt hinter der Stadtmauer in Häuserdächer ein. Balken barsten, Schindeln brachen und rutschten von den Dachschrägen, zerschellten auf dem Pflaster.

Lucille da Rosa verzog den Mund zu einem abfälligen Lächeln und wandte sich an die Kapitäne, die mit ihr über dem Stadttor auf dem Wehrgang standen. »Wie ich Euch sagte: nur Worte. Er mag der Erzpriester Cilias sein, aber Wunder kann er deshalb noch keine wirken.«

Kapitän Ferrus spuckte über die Zinnen. Wo er den Klumpen Bitterkraut mit der Zunge zurechtschob, beulte sich seine Wange aus. Ein paar gelblich braun verfärbte Stoppeln an seinem Kinn zeugten davon, dass er es nicht immer schaffte, weit genug zu speien. Lucille mochte den alten Kerl nicht, aber irgendwie hatte er es geschafft, sich zum Sprecher all jener Kapitäne aufzuschwingen, die die abwesenden Schwertherzöge vertraten.

»Das gefällt mir nicht«, murrte der Alte und stierte mit seinem verbliebenen Auge zu den Katapulten der Schwarzen Schar. »Die müssen wissen, dass das allein nicht genügt.«

»Ich sage Euch: Nandus baut allein auf seinen Ruf. Mit seinen Trebuchets vermag er einigen Schaden anzurichten, aber erobern wird er Thouar niemals!«, hielt sie dagegen.

Ferrus rieb sich das stoppelige Kinn. »Mag sein, Ihr habt recht, Schwert der Rosen. Wir sollten alle Häuser räumen lassen, die der Landzunge zugewandt sind, und darauf hoffen, dass die Weiße Königin kommt, um uns von diesem schwarzgewandeten Gesindel zu erlösen.«

Das Sonnenlicht spiegelte sich auf einer fast handgroßen Eisenplatte, die auf der rechten Hälfte seines kahlrasierten Schädels auflag. Wo sein rechtes Auge sein sollte, war nur noch ein Schlund aus knotigem Narbengewebe. Ein säuerlicher Geruch ging von dem Kapitän aus, der nicht allein von dem Bitterkraut herrührte, das er kaute. Lucille war überzeugt, dass sich Ferrus seit Tagen nicht mehr gewaschen hatte.

Obwohl es schon recht frisch war, trug der Kapitän nur ein speckiges Lederwams und eine Hose, die einst von dunkelgrüner Farbe gewesen sein mochte. Seine prächtig tätowierten Arme hatte er vor der Brust verschränkt. Eine Seeschlange wand sich um den ganzen linken Arm, während sich auf dem rechten Arm zwei Meerjungfrauen mit einem nackten Seemann amüsierten.

Er war ein Schmuggler und ein Aufschneider. Auf seiner letzten Reise wollte er einem riesigen Schiff aus dem Khanat begegnet sein. Einem Siebenmaster! Das war grotesk. Jedes Kind wusste, dass selbst die größten Schiffe aus dem fernen Westen nicht mehr als fünf Maste trugen. Es war ihr ein Rätsel, warum Umbaldo di Biscia, das Schwert der Schlange, Ferrus zu seinem Vertreter berufen hatte. Vermutlich, weil er wusste, wie wenig sie den alten Kerl ausstehen konnte.

Ein kleineres Geschoss flog über sie hinweg. Ein Klirren wie von zerbrechendem Glas ertönte. Und schon folgte das nächste Geschoss.

Lucille drehte sich zur Stadt. Gerade rechtzeitig, um etwas gläsern Glänzendes auf einem bislang unversehrten Dach zerschellen zu sehen. Blassblaue Flammen erhoben sich auf den orangeroten Schindeln.

Aber Letztere waren aus Ton gebrannt. Sie sollten kein Feuer fangen!

Die Flammen *flossen* die Dachschräge herunter und troffen in die Gasse darunter. Gellende Schreie waren zu hören.

Lucille rang um Atem, als sie begriff, was sie da sah.

Aus dem beschädigten Dachstuhl des Hauses, das von dem ersten auffällig kleinen Katapultgeschoss getroffen worden war, schlugen nun ebenfalls blaue Flammen empor.

»Kaiserwasser«, stieß Ferrus entsetzt hervor, ehe er aus Leibeskräften brüllte: »Kaiserwasser!« Und damit wandte sich der Alte an die anderen Kapitäne: »Dieser Tormeno wird es mit Thouar genauso machen wie sein Vater damals mit Arbora! Er wird unsere Stadt verbrennen! Erinnert Ihr Euch an seine Worte? Jede Frau, jeden Mann, jedes Kind wird er töten. Nicht einmal die Ratten werden überleben. Kaiserwasser! So wird er es tun! Thouar wird nur noch ein rußgeschwärzter Felsen sein, wenn er mit uns fertig ist.«

»Das kann er nicht machen …«, erwiderte Lucille.

»Ach nein? Und warum nicht?« Blankes Grauen stand dem alten Kapitän ins Gesicht geschrieben.

»Die Liga will Sklaven«, begann sie zögerlich, »und was nutzt ihnen eine verbrannte Stadt? Die wollen …«

»Vor den Mauern unserer Stadt steht Nandus Tormeno, Erzpriester von Cilia, Sohn des Lucio Tormeno, des Städteverbrenners«, schnitt ihr Ferrus kurzerhand das Wort ab. »Sein Vater hat sich damals auch einen Dreck darum geschert, was die Kaufherren in den Räten der Liga dachten. Er hat einfach beschlossen, die Pest auszubrennen, und das in seiner eigenen Heimatstadt! Glaubt Ihr, dieser Nandus wird auch nur einen Herzschlag lang zögern, die Hauptstadt seiner Feinde niederzubrennen?«

Das Haus, das zuerst vom Kaiserwasser getroffen worden war, brannte inzwischen lichterloh. Lucille trat an die zur Stadt gelegene Brüstung des Wehrgangs. Sie reckte den Kopf und sah, wie eine Spur blauer Flammen über das Pflaster einer der angrenzenden Gasse zog.

»Lucille da Rosa«, hörte sie Ferrus' barsche Stimme und drehte sich um, »Ihr steht unter Arrest! Wir werden Euch an den Erzpriester ausliefern und ihm die Schlüssel der Stadt übergeben. Thouar darf kein zweites Arbora werden!«

Lucille sah die versammelten Kapitäne an, wollte etwas sagen, doch dann begriff sie, dass ihr Worte hier nicht mehr helfen würden. Sie alle dachten wie Ferrus. Sie alle wollten dem Kaiserwasser entgehen …

AUF DEM WEHRGANG ÜBER DEM STADTTOR VON THOUAR, DREI STUNDEN NACH SONNENAUFGANG, 15. TAG DES WEINMONDES IM JAHR VON SASMIRAS ZWEITER THRONERHEBUNG

Tja …« Lucille hob die Hände. »Dann sollte ich mich jetzt wohl in das Unausweichliche fügen.« Sie trat einen Schritt auf Ferrus zu.

»Gut, dass Ihr das einseht«, sagte der Kapitän.

Lucille tat noch einen Schritt und stieß ihn mit aller Kraft vor die Brust, so dass Ferrus in die anderen Kapitäne taumelte; dann machte sie auf dem Absatz kehrt.

»Haltet sie!«, schrie Ferrus hinter ihr. »Haltet das Schwert der Rosen!«

Lucille erreichte die nächste Treppe, die vom Wehrgang hinabführte. Drei Bogenschützen kamen ihr von unten entgegen. Sie würde nicht an ihnen vorbeikommen.

Zu allem entschlossen, zog sie ihr Schwert und rannte los.

Der vorderste der Schützen ließ seinen Bogen fallen und zog ebenfalls ein Schwert.

Lucille war mit einem Satz auf der steinernen Brüstung der Treppe. Jenseits der Mauer lag nur eine schmale Gasse. Keine drei Schritt breit. Auf der anderen Seite erhoben sich dicht an dicht schmale Häuser, wie überall auf der Felsnadel waren sie hoch. Land war hier fast unerschwinglich. Also baute jeder, so hoch er konnte. Das Haus gegenüber hatte im zweiten Geschoss schöne geschwungene Buntglasfenster. Sie lagen etwa zwei Schritt tiefer als die Brüstung, auf der sie stand. Hinab bis zur Gasse waren es mehr als acht Schritt. Damit war die Sache entschieden.

Lucille hob die Arme schützend vors Gesicht und sprang. Der Aufprall auf das Bleiglasfenster war härter, als sie erwartet hatte. Es splitterte in tausend funkelnde Scherben. Dünne Bleirahmen griffen wie Spinnweben nach ihr, bremsten ihren Fall. Sie schlug auf einem dicken Teppich auf. Einen Herzschlag lang starrte sie benommen auf die verschlungenen roten und weißen Rankenmuster. Sie spürte Blut über ihre Wange rinnen. Sah die dunklen Tropfen auf dem Weiß des Teppichs. Tastete nach ihrer Stirn.

Es war nur ein harmloser Schnitt, dachte sie.

»Da!«, ertönte es von der anderen Seite der Gasse.

Lucille blickte über ihre Schulter. Die drei Bogenschützen hatten die Stelle auf der Treppe erreicht, von der aus sie gesprungen war. Einer von ihnen hob seine Waffe.

Lucille duckte sich flach auf den Boden. Der Pfeil verfehlte sie nur um Haaresbreite und schlug in eine Truhe mit Elfenbeinintarsien ein.

Kriechend arbeitete sie sich zur Tür vor. Draußen hörte sie schwere Schritte auf hölzernen Dielen. Sie hielt immer noch ihr Schwert umklammert.

Die Tür öffnete sich. Ein bärtiger Mann in mittleren Jahren starrte auf das Chaos im Raum, das zerbrochene Fenster, den Pfeil in der Truhe.

»Runter!«, zischte Lucille, packte den Fremden am Bein und zerrte ihn ruckartig nach vorn. Er verlor das Gleichgewicht und taumelte ins Zimmer hinein.

Sie nutzte den kurzen Augenblick, in dem er das Schussfeld versperrte, um durch die Tür zu schlüpfen. Mit zwei Schritten war sie bei der Treppe. Immer zwei Stufen auf einmal nehmend, stürmte sie hinab, bis sie den Hausflur erreichte.

Eine große Tür führte hinaus auf die Gasse vor der Wehrmauer. Dort wäre sie erneut den Bogenschützen ausgeliefert. Rasch legte sie den eisernen Sperrriegel vor die Tür. Es würde nicht mehr lange dauern, bis ihre Verfolger das Haus stürmten. Das sollte sie ein wenig aufhalten!

Atemlos hastete sie in die entgegengesetzte Richtung. Viele Häuser Thouars waren mit dem Netz aus Tunneln und Höhlen verbunden, das die gesamte Felsnadel durchzog. Am Ende des Flurs wich auch hier das Mauerwerk der Wände massivem Fels.

Lucille öffnete die letzte Tür. Der kleine Raum, in den sie trat, war spürbar kühler. Am Boden gab es eine große Falltür. Mehrere Laternen standen in Nischen an den Wänden bereit. Sie entzündete eine und griff nach dem Eisenring der Falltür.

AUF DEM WEHRGANG ÜBER DEM STADTTOR VON THOUAR, DREI STUNDEN NACH SONNENAUFGANG, 15. TAG DES WEINMONDES IM JAHR VON SASMIRAS ZWEITER THRONERHEBUNG

Verfluchte Füchsin!« Ferrus kämpfte sich auf die Beine. An Bord der *Seefalke* wäre ihm das nicht passiert! Er war berühmt für seinen sicheren Stand, ganz gleich, wie stark der Seegang war.

Er beugte sich über die Brüstung des Wehrgangs. Unten in der Gasse an der Festungsmauer sah er drei Bogenschützen, die die Farben Umbaldo di Biscias, des Schwertes der Schlangen, trugen. Er winkte den Männern zu. »Haltet sie!«, rief er so laut, wie er bei Sturm seine Befehle gegen den Wind anbellte. »Haltet das Schwert der Rosen!«

Er drehte sich um und wandte sich an die übrigen Kapitäne. Die meisten waren ehrbare Kauffahrer, keine Schmuggler und Piraten wie er. »Sie wird versuchen, sich zum Hafen durchzuschlagen. Wir müssen sie aufhalten. Wenn wir sie nicht ausliefern, werden wir keine guten Bedingungen für die Übergabe aushandeln können.«

»Du willst wirklich die Stadt aufgeben?« Raimund von Sahm, einer der Kauffahrer, die für Alessio di Calice, das Schwert der Kelche, segelten, schüttelte fassungslos den Kopf. »Wenn wir Thouar verlieren, ist alles verloren.« Der Kauffahrer war für seine überaus rüden Methoden bekannt, wenn es darum ging, sich gute Anker- und Stapelplätze sowie vorteilhafte Handelsoptionen zu verschaffen. Allerdings legte er zugleich großen Wert darauf, ein Deckmäntelchen der Ehrbarkeit zu bewahren. »Wir können doch nicht einfach so die Waffen strecken. Diese Schande würde …«

Ferrus musste an sich halten. Jetzt kam dieser Speichellecker mit den kostbaren Gewändern und guten Manieren endlich zur

Sache. Die Schande! »Siehst du die Feuer dort in der Stadt?«, fuhr er ihn an und blickte dann einem Kapitän nach dem anderen in die Augen. »Wir alle wissen, dass Wasser diese Brände nicht löschen wird. Wir werden alle Hände voll zu tun haben, sie einzudämmen und darauf zu hoffen, dass sie sich selbst verzehren, wenn es nichts gibt, das noch brennen könnte. Wie viele Treffer dieser Art kann Thouar vertragen, bevor die ganze Stadt in einem Feuersturm verglühen wird?«

Raimund hielt seinem Blick stand. »Und wenn der Erzpriester nur blufft? Vielleicht hat er ja gar keine weiteren dieser Geschosse?«

»Kann sein …« Natürlich war Ferrus das auch schon durch den Kopf gegangen. Und wenn er nur über das Schicksal seines eigenen Schiffes zu entscheiden hätte, wäre er das Risiko eingegangen, so wie er vor wenigen Wochen erst durch ein tollkühnes Manöver einem riesigen Kriegsschiff des Khanats entgangen war, an dessen Existenz keiner in der Stadt glauben wollte. Aber Thouar zu riskieren, die Hauptstadt und das Leben aller ihrer Bewohner aufs Spiel zu setzen … »Doch wenn wir uns irren, wenn dieser verfluchte Tormeno nicht blufft, dann werden wir alle innerhalb der Mauern verbrennen.«

Raimund schaute zu den Katapulten, und Ferrus folgte seinem Blick. Wagen mit festen Aufbauten fuhren hinter den Trebuchets auf. Selbst auf die Entfernung war zu sehen, wie Kisten ausgeladen wurden, aus denen die Bedienungsmannschaften große Gefäße hoben, die mit einem Schutzmantel aus geflochtenem Stroh umgeben waren.

»Nun, du hast recht. Wir müssen Lucille stellen«, sagte Raimund entschieden. »Wenn wir die Herzogin nicht ausliefern, erfüllen wir nicht alle Bedingungen des Erzpriesters. Sie kann nur zum Hafen geflohen sein.«

Ferrus blickte zum Tagauge des Herrn des Himmels, das als verschwommener Fleck hinter den Wolken stand. »Ablaufendes Wasser.« Er nickte. »Ein guter Zeitpunkt, um aus dem Fjord zu fliehen.« Die Tide hob das Wasser im Fjord um bis zu zehn

Schritt. Wenn es wieder abfloss, gab es in den ersten beiden Stunden eine gefährliche Strömung. Sie war stark genug, um ein Boot ganz ohne Ruder oder Segel hinaus auf das offene Meer zu ziehen.

»Wir werden sie stellen!«, sagte Raimund entschlossen.

»Und die Übergabe der Stadt?«, drängte Ferrus.

Der Kauffahrer blieb ihm die Antwort schuldig. Zusammen mit den anderen Kapitänen hatte er es eilig, die Wehrmauer zu verlassen.

Ferrus war sich sicher, dass alle diese sauberen Kapitäne nun selbst ihre Schiffe besteigen würden. Und auch er könnte sich zur *Seefalke* begeben. Ihm stand ein Fluchtweg offen. Die meisten Bewohner der Stadt hingegen würden auf kein Schiff gelangen. Jetzt gab es nur noch Plätze für die Reichen.

Tief in Gedanken ging er die Mauer entlang. Er wünschte sich, er hätte die Ehre abgelehnt, Umbaldo di Biscia, das Schwert der Schlange, zu vertreten.

Langsam stieg er die Treppe hinab, die ins Innere der Torfestung führte. Bogenschützen wachten an jeder der Schießscharten. Sie sahen ihn mit bangen Augen an.

Ferrus sprach mit keinem. Er trat in die enge Kammer, die ganz von der hölzernen Winde beherrscht wurde, über die jene schweren Eisenketten liefen, mit denen die Zugbrücke vor dem Tor bewegt wurde.

Männer mit dem Wappen von Schwert und Schlange erwarteten ihn. Er schob sie zur Seite und trat an die Schießscharte, von der aus man die Landzunge vor Thouar überblicken konnte. Ein Krieger in schwarzer Rüstung preschte auf einem Rappen zu den mächtigen Katapulten.

Ferrus sah, wie sich die Kontergewichte der Trebuchets langsam dem Himmel entgegenhoben. Sie wurden für die nächste Salve bereitgemacht.

AUF DER LANDZUNGE VOR THOUAR, DREI STUNDEN NACH SONNENAUFGANG, 15. TAG DES WEINMONDES IM JAHR VON SASMIRAS ZWEITER THRONERHEBUNG

Er kommt«, sagte Orlando, der Hauptmann der Armbrustschützen, leise.

Nandus wandte den Blick von der Stadt. Schon von weitem war Wolfhard von Urschlingen deutlich zu erkennen. Er preschte in vollem Galopp auf seinem gewaltigen Rappen durch das Lager.

»Du solltest jetzt gehen und den Abschnitt bei den Klippen sichern«, schlug Nandus dem Hauptmann vor.

Doch dieser schüttelte den Kopf. »Es ist nicht meine Art, vor Ärger davonzulaufen.«

Nandus nickte bedächtig. Orlando war eindeutig der Richtige für ihn. Wenn denn alles gutging. Ihm war bewusst, wie riskant das Spiel war, das er trieb.

Erst unmittelbar vor ihnen riss Wolfhard seinen Rappen herum. Erde spritzte unter den schweren Hufen auf. Dem großen Pferd troff Schaum vom Maul.

»Du hast mich bestohlen«, schrie der Condottiere von seinem Hengst herab. »Ich lasse dich in Ketten legen!« Er deutete auf Orlando. »Und dich wird dasselbe Schicksal ereilen wie den verdammten Rebellen heute Morgen, Verräter!«

Nandus wandte sich an seinen Leibwächter, den Ritter des Ordens vom Schwarzen Adler. »Bertrand, würdest du bitte einen Spaziergang entlang der Klippen machen? Ich befinde mich nicht in Gefahr«, sagte er freundlich.

Seit der Beschießung der Stadt mit dem Kaiserwasser hatte Bertrand kein Wort mehr gesagt, sondern nur noch verbissen vor sich hin gestarrt. Nandus rechnete jeden Moment damit, dass der Ritter auf sein Pferd steigen würde, um das Heerlager zu verlassen und nach Dahlia zur nächstgelegenen Komturei seines Ordens zu reiten. Kaiserwasser durfte sich einzig im Besitz des Ordens befinden. Jeder Verstoß gegen diese Regel wurde mit schwersten Strafen geahndet.

»Erhabener, meine Pflicht als Ritter verlangt, dass ich mit anhöre, was hier nun gesprochen wird. Ich werde meinem Komtur über diesen Vorfall berichten müssen.«

»Ist es nicht ebenso deine Pflicht, mir zu gehorchen, Bertrand?«, sagte Nandus bedächtig.

Der Ritter versteifte sich. Ihm war anzusehen, wie er einen inneren Kampf ausfocht. Doch er rührte sich nicht vom Fleck.

»Ist dir klar, dass selbst dein Komtur mir gehorchen müsste? Wie in jeder anderen Reichsprovinz untersteht auch auf Cilia der Orden dem Befehl des Erzpriesters«, setzte Nandus nach.

Der Zorn des Condottiere war sichtlich abgekühlt. Nandus sah, dass dem Söldnerführer nur zu bewusst war, auf wie dünnem Eis er stand. Dass das Kaiserwasser in Anwesenheit eines Ritters des Ordens vom Schwarzen Adler zum Einsatz gekommen war, war gleichbedeutend mit einem Todesurteil für ihn. Der Orden würde ihn jagen, und vermutlich würden ihn nicht einmal seine eigenen Truppen schützen. Sie hatten schließlich auch keine Ahnung gehabt, dass ihr Feldherr einen kleinen Vorrat der gebannten Waffe in seinem Tross mit sich führte.

»Vielleicht hilft es dir, Bertrand, meinem Befehl nachzukommen«, sagte Nandus mit einem süffisanten Lächeln, »wenn ich dir erkläre, dass das Kaiserwasser aus meinem privaten Vorrat in Dahlia stammt und auf meinen Befehl hierhergeschafft wurde. Wie ich in seinen Besitz gelangt bin, werde ich gern deinem Komtur Francesco Forazi erklären. Natürlich werden wir ihm diesen Vorfall erläutern müssen, wenn wir nach Dahlia zurückkehren. Und nun folge meinem Befehl! Ich würde deinem Komtur nur ungern von deiner Pflichtvergessenheit berichten.«

Bertrand bedachte den Condottiere mit einem feindseligen Blick, dann verneigte er sich knapp vor Nandus und zog sich zurück.

Wolfhard stieg aus dem Sattel. Er trug volle Gefechtsrüstung. Trotz seines Alters war er eine überaus eindrucksvolle Erscheinung. Sein Gesicht war fahl vor Zorn. »Eine meisterliche Intrige, Tormeno«, zischte er.

»Eine Intrige?«, fragte Nandus eisig. »Ich habe dich vor deinem Größenwahn gerettet, Trottel. Du solltest auf Knien vor mir liegen und mir danken.«

»Dafür, dass du mich bestohlen hast?«, polterte Wolfhard los. »Ich …« Seine Hand fuhr zum Schwert, doch er beherrschte sich und zog nicht blank.

»Du weißt, dass der Orden dich festsetzen und öffentlich rädern lassen wird. Bertrand wird einen Weg finden, seinem Komtur eine Nachricht zukommen zu lassen, was hier geschehen ist. Und selbst wenn er das nicht täte, gäbe es Tausende von Augenzeugen. Der Orden vom Schwarzen Adler wird davon erfahren, dass Thouar mit Kaiserwasser beschossen wurde. Und ich bin der Einzige, der dich davor bewahren kann, dass du auf einem Richtgerüst landest, wo dir mit einem eisenbeschlagenen Rad die Knochen im Leib zertrümmert werden.«

Der Condottiere nahm die Hand vom Schwert, doch in seinen Augen glomm immer noch der Hass. »Meisterlich«, sagte er mühsam beherrscht und wandte sich an Orlando: »Es ist und bleibt wahr: Söldnern darf man nie ein Geheimnis anvertrauen.«

Nandus war vor zwei Wochen aufgefallen, dass Orlando auf einen einzelnen leicht beladenen Wagen im Tross immer ein besonderes Augenmerk hatte. Die vielleicht größte Schwäche des Hauptmanns war seine Liebe zum Wein. Nandus hatte ihn vor einer Woche geschickt abgefüllt, und da hatte Orlando sein Geheimnis spät in der Nacht und sturzbetrunken ausgeplaudert. Vermutlich nicht zuletzt, weil ihm der Wagen schlaflose Nächte bereitete. Orlando wusste schließlich, wie streng der Orden vom Schwarzen Adler jeden bestrafte, der sich Kaiserwasser aneignete.

»Hat dir dein Priesterfreund erzählt, dass er mit mir um dich gewettet hat, Orlando?« Wolfhard würdigte Orlando keines weiteren Blickes. Er sah jetzt zu Nandus, und es ging ihm offensichtlich nur noch um Rache. »So wie Söldner um eine Gossenhure würfeln. Hat er dir vorgegaukelt, dein Freund zu sein, Orlando? Verlangt man einen Freund als Einsatz in einer Wette? Er benutzt dich nur. Das ist alles. Er weiß gar nicht, was das ist: Freundschaft.«

»Stimmt das? Habt ihr um mich gewettet?«, stammelte Orlando.

»Wolfhard wählt schändliche Worte, um die Wahrheit zu verdrehen«, begann Nandus. »Ich hatte ihm lediglich vorgeschlagen, dich und deine Männer meinem Kommando zu unterstellen …«

Der Condottiere lachte bellend auf. »Hörst du es, Orlando? Er will dich unter sich bringen wie der geile Freier seine Hure, die er im Würfelspiel gewonnen hat. Daran gibt es nichts schönzureden.« Wolfhard deutete auf die großen gläsernen Weinballons, die mit Manschetten aus geflochtenem Stroh geschützt waren und neben den Trebuchets aufgereiht standen. »Was wird das hier eigentlich, Erzpriester? Beschießt du die Stadt nun auch noch mit meinem persönlichen Weinvorrat?«

»Von der Stadtmauer aus muss es so aussehen, als hätten wir weitere Gefäße mit Kaiserwasser bereitgestellt«, erklärte Nandus ruhig.

Wolfhard nickte anerkennend. »Ein Meister der Täuschung, dein neuer Freund, Orlando.«

Nandus sah aus dem Augenwinkel, wie es in dem Hauptmann arbeitete. Das Gift, das Wolfhard verspritzte, wirkte.

Das Rasseln schwerer Ketten erklang von der Festungsmauer her. Die Zugbrücke senkte sich. Überall im Lager wurden Hörner geblasen. Männer hasteten zu den Erdschanzen, die dem Festungstor gegenüberlagen.

Mit einem Mal war Orlando wie ausgewechselt. »Achtung!«, rief der Hauptmann mit fester Stimme. »Greift eure Pavesen!« Auch er nahm sich seinen mehr als einen Schritt hohen Schutzschild, der an einem der Karren lehnte, von denen sie die Weinvorräte abgeladen hatten. Er hob die schwere Armbrust hoch, die er auf der Ladefläche abgelegt hatte, und prüfte kurz die beiden Winden, die seitlich des Holzschaftes angebracht waren. Dann schlang er sich die Pavese mit einem breiten Lederriemen über den Rücken.

Seine Schützen sammelten sich hinter der Reihe von Katapulten. Ungewaschene Kerle in abgerissenen Waffenröcken und Schuhwerk, bei dem allzu oft Riemen notwendig waren, um die Sohle an den Resten des Oberleders zu halten. Die Waffen der Männer waren jedoch in tadellosem Zustand – samt und sonders schwere Windenarmbrüste, deren Bolzen auf zwanzig Schritt auch den besten Harnisch durchschlagen würden.

Mit den großen Pavesen auf dem Rücken sahen die Männer ein wenig aus wie Landschildkröten, dachte Nandus. Doch dieser Vergleich trog, denn abgesehen von ihren Rückenpanzern, hatten sie mit den friedlichen Tieren nichts gemeinsam.

Im Laufschritt führte Orlando sie der Stadtmauer entgegen.

Donnernd senkte sich die hölzerne Zugbrücke auf die Steinbrücke, die über den Abgrund zwischen Landzunge und Festungsstadt führte.

Ohne dass es dafür eines Befehls bedurft hätte, brachte Bertrand Nandus seinen Schimmel und führte dabei auch sein eigenes Pferd am Zügel mit.

»Du willst in Reichweite der Bogenschützen auf den Mauern?« Wolfhard sah Nandus ungläubig an. »Nachdem du Kaiserwasser auf ihre Stadt geschossen hast?«

»Wir können ihre Verhandlungsdelegation schlecht neben den Trebuchets empfangen, wo sie sehen werden, dass wir dem Kaiserwasser nur noch Rotwein folgen lassen können.« Nandus blickte zu den Zinnen. Schwarzer Rauch stieg in dichten Schwaden hinter der Mauer auf. Es war fast windstill. Zwei dunkle Säulen wogten dem grauen Himmel entgegen.

Auf der Mauer blinkten eiserne Helme. Deutlich waren die oberen Hälften der langen Bögen zu sehen, mit denen die Rebellen schon oft ein tödliches Geschick bewiesen hatten. Nandus schätzte, dass etwa dreißig Bogenschützen auf der Mauer waren. Vielleicht nur, um ihre eigene Delegation zu schützen. Vielleicht aber auch, um blutige Rache für das Feuer in der Stadt zu nehmen.

Nandus saß auf.

»Beim Herrn des Himmels.« Wolfhard sah zu ihm hoch. Der Hass war aus seinem Blick gewichen. »Du hast verdammt wenig von einem Priester an dir, Nandus Tormeno.«

Nandus lächelte zu dem Condottiere hinab. »Darum bin ich auch Erzpriester geworden.«

Der Feldherr hob die Hand zu einem Gruß, der fast schon ein Salut wurde. »Mut hast du, Erzpriester. Mögest du einen leichten Tod haben!«

AUF DER LANDZUNGE VOR THOUAR, DREI STUNDEN NACH SONNENAUFGANG, 15. TAG DES WEINMONDES IM JAHR VON SASMIRAS ZWEITER THRONERHEBUNG

Aus dem dumpfen Hufschlag wurde ein scharfes Klacken, als Ferrus von der Zugbrücke auf die steinerne Brücke überwechselte. Er fühlte sich im Sattel unwohl, aber er hatte nicht zu Fuß den berittenen Anführern der Belagerer entgegentreten wollen. Wenn er schon über die Übergabe der Stadt verhandeln musste, dann wollte er seinen Feinden wenigstens auf Augenhöhe begegnen.

Kurz sah er zu den Zinnen hinauf. Er hatte nur Schützen Umbaldo di Biscias, des Schwerts der Schlange, auf die Mauer befohlen. Sie wussten, dass er im Namen ihres Herzogs verhandelte, und hatten mit angesehen, wie sich die übrigen Kapitäne lieber auf die Verfolgungsjagd gemacht hatten.

Ferrus hatte offen mit den Männern mit der Schlange auf dem Waffenrock gesprochen. Er glaubte nicht daran, dass die anderen Kapitäne Lucille stellen würden oder dass er sie noch einmal zu sehen bekäme. Das Wetter war klar, das Wasser floss aus dem engen Fjord ab. Es war der ideale Zeitpunkt, um auszulaufen und dem Schicksal, das der Stadt drohte, zu entfliehen. Sei es nun durch die blauen Flammen des Kaiserwassers oder in Gestalt der Schande der Kapitulation, auf die womöglich ihrer aller Versklavung folgte.

Sollten die Feinde den Versuch unternehmen, mit einer kühnen Reiterattacke das Stadttor zu nehmen, solange die Zugbrücke herabgelassen war, würde sie ein tödlicher Pfeilsturm empfangen. Solange es aber kein Anzeichen von Verrat gab, würden die Bogenschützen nur beobachten.

Ferrus strich sich über den stoppeligen Schädel und kratzte an der Eisenplatte, die das Loch in seinem Kopf verschloss. Er schwitzte, obwohl es ein diesiger Tag war. Und wie immer, wenn er schwitzte, juckte das wundgescheuerte Fleisch dort, wo das Metall auflag.

Er ritt allein. Über die steinerne Brücke, die pfeilgerade zur Landzunge führte. Sein Blick schweifte zu den beiden Katapulten, die halbverkohlt in den Himmel ragten. Er fragte sich, wer in der Nacht versucht hatte, die Stadt vor dem Untergang zu bewahren. Zu gern hätte er den Namen dieses Helden gekannt. Jeder in Thouar sollte ihn auf den Lippen tragen!

Ferrus hatte mit angesehen, wie grausam die Strafe für Heldentum war.

Armbrustschützen besetzten jenen Teil der Landzunge, in den die Brücke mündete. Sie fächerten auf, drehten ihm den Rücken zu und knieten nieder, so dass der untere Rand der Pavesen auf dem Boden aufsetzte und sie vollkommen von den großen Schilden geschützt waren. Er wusste, dass sie nun ihre schweren Windenarmbrüste spannten, um bereit zu sein, ihn mit einem Hagel von Bolzen einzudecken, sollte es ihr Anführer befehlen.

Ferrus war sich sicher, dass seine Bogenschützen bereits Pfeile auf die Sehnen legten. Wenn die Armbrustschützen schießen wollten, mussten sie sich umdrehen. Dann würden die Pavesen ihnen keine Deckung mehr geben. Gewiss, das dauerte nur zwei oder drei Herzschläge. Und doch wäre es Zeit genug für seine Bogner, um ihrerseits zu schießen, und er war zuversichtlich, dass seine Männer dieses Duell gewinnen würden.

Aus dem Heerlager näherten sich zwei Reiter im Schritt. Ein Ritter im weißen Ordensornat mit dem Schwarzen Adler auf der Brust. Der andere war selbst auf die Entfernung unverwechselbar. Schlohweißes Haar, das ein markantes Gesicht umrahmte. Eine sorgsam polierte Vollrüstung. Als er näher kam, waren auch die tiefen Furchen zu sehen, die eine mörderische Klauenhand auf der Brustplatte hinterlassen hatte.

Selbst in Thouar erzählte man sich Geschichten über den Erzpriester. Über seinen Kampf gegen den Krähenmann, und dass er angeblich schon zwei Trolle getötet hatte. Nandus Tormeno war eine lebende Legende. Und dieses Mal verzichtete er offensichtlich darauf, seinen Sohn Juliano vorzuschicken.

Ferrus fragte sich, ob das ein gutes oder ein schlechtes Zeichen war. Es hieß, der Erzpriester sei ein ehrenhafter Mann. Vielleicht könnte er mit ihm über das Schicksal der Bevölkerung verhandeln. Womöglich ließ sich die drohende Sklaverei für die Bewohner der Stadt noch abwenden. Nandus war schließlich der Erzpriester ganz Cilias, und auch wenn man ihn nie in die Stadt gebeten hatte, glaubten sie in Thouar doch ebenso wie in der Liga an den Herrn des Himmels. Als Priester konnte er nicht zulassen, dass die Stadtbevölkerung an die Barbaren im Khanat versilbert wurde, nur um die Truhen der Kaufherren der Liga zu füllen. Und sie wollten sich ergeben. Dafür hatten sie es verdient, anständig behandelt zu werden …

Ferrus zügelte sein Pferd am Ende der Brücke und erwartete die Ankunft der beiden Reiter.

Der Erzpriester hielt sein Pferd nur zwei Schritt von der Brücke entfernt an. Er stütze die Hände auf den Sattelknauf, beugte sich leicht vor und musterte ihn mit unbarmherzigen Augen.

Ferrus hatte sich noch nie für einen Feigling gehalten. Er war in das Herz von Stürmen gesegelt, hatte Piraten und den Galeeren des Ordens vom Schwarzen Adler getrotzt, aber dieser Erzpriester hatte etwas an sich, was ihm das Blut in den Adern gefrieren ließ. Er war unerbittlich.

»Du bist hier, um uns die Schlüssel der Stadt zu übergeben?« Der Tonfall des Erzpriesters war unverbindlich, fast freundlich, und stand in seltsamem Gegensatz zu seinem stechenden Blick.

»Es gibt Gerüchte, dass die Bevölkerung von Thouar in die Sklaverei verkauft werden soll.«

Nandus hob eine Braue, sagte jedoch nichts.

»Das ist nicht recht«, polterte Ferrus los. »Ihr könnt das nicht tun! Sie werden sich ergeben. Lasst uns den Krieg zwischen den Schwertherzögen und der Liga ein für alle Mal beenden. Beginnt den Frieden mit einer Geste der Großmut!«

»Ihr sprecht für alle Schwertherzöge?« Jetzt war die Stimme des Priesters schneidend. »Ihr verhandelt über die Kapitulation der Schwertherzöge?«

Ferrus hob beschwörend die Hände. »Ihr wisst, wie ich es meine …«

»Nein, das tue ich nicht. Ich ersuche Euch also höflich, Euch klar auszudrücken und Euch nicht eine Stellung anzumaßen, die Ihr gar nicht besitzt. Fangen wir mit etwas Einfachem an. Euer Name?«

»Ferrus.« Er musste sich zwingen, vor diesem arroganten Mistkerl nicht den Blick zu senken. »Kapitän Ferrus«, sagte er, nun selbstbewusster.

»Ich habe von Euch gehört.«

Nur ein paar Worte. Und doch war Ferrus am Rand der Panik. Am liebsten hätte er sein Pferd herumgerissen, wäre in die Stadt zurückgeprescht und hätte den Bogenschützen zugerufen, dieses Ungeheuer aus dem Sattel zu schießen.

»Die Kaufherren der Liga haben ein Kopfgeld auf Euch ausgesetzt, Kapitän Ferrus. Ist den Schwertherzögen nicht bewusst, welch ein Affront es ist, einen Mann wie Euch zu den Verhandlungen zu schicken?«

»Mich hat niemand geschickt«, entgegnete Ferrus wütend.

»Ich bin hier, weil es sonst niemanden gibt. Ich wollte das Schwert der Rosen verhaften lassen, doch Lucille da Rosa ist flüchtig, und die übrigen Kapitäne sind auf dem Weg zu ihren Schiffen. Ich bin der Einzige, der sich der Schande stellt, mit Euch über die Kapitulation der Stadt zu sprechen. Also bringen wir das zu einem Ende. Und wenn es Euch Befriedigung verschafft, ein Büttel der Kaufherren der Liga zu sein, dann legt mich in Eisen, sobald wir die Übergabe der Stadt geregelt haben.«

Ein flüchtiges Lächeln umspielte die Lippen des alten Erzpriesters. »Einen *Büttel der Kaufherren* hat mich noch niemand genannt. Ich rechne es Euch hoch an, dass Ihr hier seid, um zu verhandeln. Dass Ihr Eure Stadt über Euren Ruf stellt. Alles, was ich Euch bieten kann, ist das Versprechen, dass niemand, der sich innerhalb der Mauern Thouars aufhält, in die Sklaverei verkauft wird. Es steht nicht in meiner Macht, die Geschäfte der Kaufherren mit dem Khanat gänzlich zu unterbinden. Damit dieses Angebot gelten kann, müssen alle Krieger innerhalb der Mauern ihre Waffen niederlegen, und der Schwarzen Schar muss binnen einer Stunde Zugang zur Stadt gewährt werden. Lehnt Ihr ab, beginnt zur Mittagsstunde die Beschießung mit dem Kaiserwasser. Weitere Verhandlungen wird es dann nicht mehr geben.«

Ferrus blickte zu der Reihe der Trebuchets. Deutlich sah er die Glasgefäße mit ihren Strohmanschetten. Hatte er eine Wahl, gegen dieses Ultimatum aufzubegehren? »Die Bewohner der Stadt werden also zu Gefangenen ihrer Mauern?«

»Innerhalb der Mauern kann ich durchsetzen, was ich anordne.« Der Erzpriester machte eine vage Geste über die Landzunge hinweg zu den Bergen. »Du weißt, zwei andere Heere sind auf dem Weg in den Schwertwald. Auf das, was dort geschieht, habe ich keinen Einfluss.«

Die harten Züge des Erzpriesters wurden ein wenig weicher. Plötzlich wirkte er wie ein müder alter Mann. »Bis zum Abend werden meine Männer niemanden aufhalten, der zum Hafen hinabsteigt, um ein Schiff zu nehmen. Mehr kann ich Euch nicht anbieten, Kapitän Ferrus.«

Ferrus war überrascht. Das war mehr, als er erwartet hatte. Vielleicht schon zu viel? Es hieß, dass die Weiße Königin in der Stunde der größten Not ihres Volkes zurückkehren würde. Wenn Nandus die Bewohner Thouars vor der Sklaverei bewahrte, verzögerte er damit womöglich die Rückkehr der Herrscherin, die alles zum Guten wenden würde. Und schlimmer noch, war sich der Erzpriester etwa bewusst, was er da tat?

IN DEN TUNNELN IM FELSEN VON THOUAR, DREI STUNDEN NACH SONNENAUFGANG, 15. TAG DES WEINMONDES IM JAHR VON SASMIRAS ZWEITER THRONERHEBUNG

Lucille tastete sich an der kühlen Felswand entlang. Das Licht der Laterne genügte gerade, um einige Schritt weit sehen zu können. Weiter vor ihr waren halblaute Rufe im Dunkel zu hören. Doch die Gänge waren wie ein Labyrinth. Dutzende von ihnen durchschnitten den Fels und kreuzten sich zuweilen, um dann doch nur in Keller und Lagerräume zu münden oder zu einer der zahllosen Zisternen zu führen, in denen das Regenwasser gespeichert wurde, denn es gab keine Quelle auf der Felsnadel, auf der sich die Häuser der Stadt drängten.

Alle Geräusche wurden in den Gängen vielfach gebrochen, so dass ihr Ursprung oft nur zu erraten war. Jetzt aber schien es, als seien viele Menschen in den Tunneln. Lucille glaubte, sogar Kinderstimmen zu hören.

Wurde die Stadt erneut beschossen? Flohen sie vor den Katapultsteinen und dem Kaiserwasser?

Lucille erreichte das Becken einer Zisterne. Das Wasser stand niedrig. Der Herbst war bislang sehr trocken gewesen und hatte kaum Niederschlag gebracht, so dass nach dem langen, heißen

Sommer die Wasserreserven der Stadt fast erschöpft waren. Dunkle Algenränder bezeichneten die sinkenden Wasserstände im Becken.

Ein schmaler Weg lief am Rand der Zisterne entlang und führte zu einem Durchgang auf der anderen Seite. Das unstete Licht von Fackeln war dort zu sehen.

Lucille wartete. Sie wollte niemandem begegnen. Erst als nur noch Schritte und leises Raunen zu hören waren, trat sie in den Durchgang. Ein paar Schritt links von ihr führte eine Wendeltreppe nach oben.

Sie würde in den Gassen der Stadt vermutlich besser vorankommen, überlegte Lucille. Sollten noch mehr Flüchtlinge in die Tunnel hinabsteigen, würde die Enge hier unten für sie bald zur Falle werden. Und ihre Verfolger sollte sie längst abgeschüttelt haben.

Sie betrat die Treppe und eilte nach oben, bis sie durch eine Falltür in einen Keller gelangte. Weiße Sinterbahnen wucherten auf den Wänden. An der gegenüberliegenden Wand lehnten bauchige Vorratsamphoren. Es roch nach Essig. Auf halbem Weg zur Tür lag ein verlorener Umhang. Er war aus roter Wolle und hatte eindeutig schon bessere Tage gesehen. Dennoch hob Lucille ihn auf, schlang ihn sich um die Schultern und verbarg unter ihm ihr langes kastanienbraunes Haar sowie das Wappen der Rose auf ihrem Waffenrock.

Dann setzte sie ihren Weg fort, lief durch einen schmalen Flur, dessen Wände mit halbverblassten Fresken von Blumenranken geschmückt waren. Ihre Schritte hallten auf dem schwarzweißen Bodenmosaik. Weiter oben im Haus wurde lautstark gestritten. Eine Männerstimme forderte, zum Hafen zu fliehen.

Lucille gelangte durch eine weitere Tür auf eine enge Gasse. Männer und Frauen mit Bündeln auf dem Rücken drängten die breiten Stufen hinab. Sie zogen Kinder hinter sich her. Eine grauhaarige Vettel verfluchte lauthals den gottlosen Erzpriester Nandus Tormeno. Ein Glatzkopf mit einem Kreuz wie ein Grobschmied schob eine Schubkarre vor sich her. Von Stufe zu

Stufe knallte ihr eisenbeschlagenes Rad laut auf das Pflaster. In der Karre lag auf einem Berg aus Decken ein gebrechlicher alter Mann, der mit beiden Händen einen Messingkäfig festhielt, in dem zwei aufgeregte Nachtigallen flügelschlagend zu fliehen versuchten.

Lucille mischte sich unter die Flüchtenden. Den Kopf gesenkt, ließ sie sich mit dem Strom treiben. Beißender Rauch wogte über ihren Köpfen.

Die Herzogin lauschte dem ängstlichen Getuschel der Menschen. Immer wieder wurde der Name Nandus Tormeno geflüstert. Feuerrichter nannten sie ihn. Und sie fürchteten sich davor, dass der verfluchte Erzpriester die Stadt den Flammen übergeben würde.

Lucille bereute es bitterlich, auf die beiden Söhne des Erzpriesters nicht besser achtgegeben zu haben. Hätte sie auch nur einen von ihnen noch in ihrer Gewalt gehabt, sie hätte das Schicksal Thouars wenden können!

Doch es war müßig, über verpasste Gelegenheiten nachzusinnen.

Die Gasse mündete auf den Weg, der außen an der Felsnadel in weiten Kehren zum Hafen hinabführte. Dicht an dicht waren die Flüchtlinge hier eingekeilt. Das Gedränge wurde immer schlimmer, je näher sie den Anlegestellen kamen.

»Dort!«, hörte sie vor sich einen Schrei. Lucille sah auf. Im Ausguck eines Schiffes stand ein Mann im Waffenrock des Schwerts der Schlangen und deutete wild gestikulierend in ihre Richtung. »Die Frau mit dem roten Kopftuch«, schrie er, »das ist die Herzogin!«

Lucille konnte in der Menschenmenge nicht erkennen, für wen diese Botschaft gedacht war. Sie streifte den Umhang ab, drängte sich, rücksichtslos die Ellenbogen einsetzend, zu der gemauerten Brüstung, die den Weg zum Hafen sicherte, und erklomm sie. Die Krone der hüfthohen Mauer war kaum mehr als eine Hand breit. Mit sicherem Schritt eilte sie auf ihr voran und hoffte, dass ihre Feinde beabsichtigten, sie lebend zu fangen.

Für einen Bogenschützen war sie nun ein kaum zu verfehlendes Ziel.

»Haltet sie!«, schrie jetzt jemand hinter ihr im Gedränge. »Sie hat uns an den Feind verraten.«

Empörtes Raunen erhob sich in der Menge. Hasserfüllte Gesichter blickten zu ihr auf. Lucille zog ihr Schwert, entschlossen, jede Hand abzuhacken, die sich nach ihr ausstreckte.

Rasch blickte sie links von sich in die Tiefe. Es waren keine sieben Schritt bis zur Wasseroberfläche. Die Masten der größeren Schiffe erhoben sich bereits deutlich höher als die Mauerkrone, auf der sie lief. Ein Sprung ins Wasser wäre von hier aus durchaus möglich. Allerdings würde sich ihr mit Schafwolle gepolsterter Gambeson in kürzester Zeit so mit Wasser vollsaugen, dass sie auf den Grund des Fjords sank. Schaffte sie es nicht, unmittelbar nach dem Sprung an Bord eines Schiffes zu klettern, wäre ihr Schicksal besiegelt.

Lucille sah über ihre Schulter. Raimund von Sahm, einer der Kapitäne, die sich auf der Festungsmauer gegen sie gewandt hatten, war nun auf die Mauerkrone gestiegen.

»Im Namen Alessio di Calices, des Schwertes der Kelche, stellt die Verräterin!«, rief er mit volltönender Stimme.

Lucille ließ ihr Schwert wirbeln, um deutlich zu machen, was den erwartete, der als Erster die Hand nach ihr ausstreckte. Sie beschleunigte ihre Schritte.

»Bringt mir ihren Kopf!«, rief der Kapitän.

Lucille fluchte.

Weiter unten stieg ein Bogenschütze auf die Brüstung und legte auf sie an.

Ihre Gedanken überschlugen sich. Würde sie sich in die Menge werfen, würde sie niedergerungen und ausgeliefert werden. Wieder blickte sie auf das dunkle Wasser des Fjords.

Der Bogenschütze zog die Sehne zurück.

Lucille sprang von der Brüstung. Mit weit ausgestreckten Armen versuchte sie, den Mast eines kleineren Segelbootes zu erreichen. Sie ließ ihr Schwert los.

Der Pfeil verfehlte sie um mehr als Armeslänge.

Sie prallte mit der Brust gegen den Mast. Ihre Hände griffen nach dem glatten Holz. Halb benommen rutschte sie tiefer.

Sie sah ihr Schwert unter sich im Deck stecken.

Wieder legte der Schütze auf sie an.

Lucille stieß sich vom Mast ab, stürzte noch zwei Schritt und landete, in den Knien federnd, auf Deck.

Ein verblüffter Steuermann starrte sie vom Heck an. Große Weinfässer stapelten sich vor ihr an Bord. Das Schiff war ein Lastkahn, nicht sonderlich wendig. Und bisher hatten ihm keinerlei Flüchtlinge ihr Leben anvertraut.

Lucille eilte zur Reling und hieb mit dem Schwert auf die Ankerleine ein. Zwei Schläge, und das erste Seil war durchtrennt. Im Sog des abfließenden Wassers schwang der schwere Lastkahn herum. Nur ein Seil am Bug hielt ihn noch mit einem Eisenring über ihnen am Fels vertäut.

»Ihr könnt doch nicht …«, begann der Steuermann, doch Lucille brachte ihn mit einem finsteren Blick zum Schweigen.

Hinter die Fässer geduckt, lief sie zum Bug. Immer wieder sah sie zu der Brüstung hoch über ihr. Jetzt standen mehrere Bogenschützen dort oben. Doch das Boot lag zu nah am Felsen, der sich hier, ausgehöhlt von der Brandung, leicht nach innen wölbte. Der Winkel war zu steil, um sie treffen zu können.

Sie erreichte das Ende der Reihe der an Deck vertäuten Fässer, hastete zur Reling und zerteilte mit einem einzigen wuchtigen Schwerthieb die zweite Ankerleine. Sofort zog die Gezeitenströmung den Frachtkahn in den Knochenfjord hinaus, wo bereits ein Dutzend größerer und kleinerer Boote der engen Öffnung zwischen den hoch aufragenden Klippen entgegenstrebte.

»Bring mich aus dem Fjord, und es soll dein Schaden nicht sein!«, rief Lucille dem untersetzten Steuermann zu, während sie sich eilends wieder hinter die Fässer zurückzog.

Schon hämmerten erste Pfeile in die Dauben. Rotwein sickerte durch gesplittertes Holz und benetzte das Deck, so dass es aussah, als hätte man an Bord ein Schwein abgestochen.

Weitere Pfeile schlugen in die Fässer. Lucille lächelte erleichtert. Es war unmöglich, sie zu treffen, solange sie, flach auf das Deck gepresst, liegen blieb.

Ein seltsames Röcheln ließ sie aufhorchen. Den Kopf zu heben wäre Wahnsinn. Ihr schwante Schreckliches. Der Frachtkahn begann, in der schwer berechenbaren Strömung des Fjords zu schlingern.

Lucille robbte, hinter den Fässern liegend, in Richtung Heck, bis sie ihre schlimmsten Befürchtungen bestätigt sah. Der Steuermann lag, von Pfeilen durchbohrt, unter der Pinne des Heckruders. Unkontrolliert trieb das Boot auf die Klippen zu, die sich gischtumtost eine halbe Meile voraus, wo sich der Fjord langsam zu einer schmalen Durchfahrt verengte, aus dem Wasser erhoben.

IM KNOCHENFJORD, DREI STUNDEN NACH SONNENAUFGANG, 15. TAG DES WEINMONDES, IM JAHR VON SASMIRAS ZWEITER THRONERHEBUNG

Wenn sie aufsprang, um den schweren Lastkahn zu steuern, würde sie von Pfeilen durchbohrt. Lucille hatte Männer wie jene, die nun auf das Boot anlegten, befehligt. Sie wusste, wie gut sie waren. Wahrscheinlich würde sie es nicht einmal bis zur Ruderpinne schaffen, wenn sie sich nun aus ihrer Deckung wagte.

Es gab allerdings auch keine Hoffnung, lebend aus dem Fjord zu kommen, wenn sie den Kahn einfach der Strömung überließ. Er würde an den Felsen im enger werdenden Ausgang des Fjords zerschellen. Und sie würde ertrinken, obwohl sie eine gute Schwimmerin war. Die Strömung war zu reißend. Um mehr als neun Schritt hob sich das Wasser im Fjord, wenn die Flut zwischen den Felsen hindurchdrängte. Und genauso weit würde es wieder fallen, während der Sog alles aufs Meer hinauszerrte, was nicht fest vertäut war.

Lucille öffnete die Schnallen an der Seite ihres Waffenrocks. Wenn sie mit dem Meer kämpfte, läge ihr Geschick in ihrer eigenen Hand, auch wenn die Aussichten zu überleben gering waren. Das aber war allemal besser, als den Bogenschützen auf Gedeih und Verderb ausgeliefert zu sein.

Sie küsste die Rose, deren Dornenranken sich um das Schwert wanden. Sie hatte versucht, ihrer Familie zu dienen und dem Schwertwald. Sie hatte dieses Ziel über ihre Ehre gestellt. Doch nie war sie wie ihre Schwester Felicia gewesen. Felicia hatte etwas an sich gehabt, wodurch ihr die Herzen der anderen nur so zuflogen. Ein Lächeln von ihr hatte genügt. Sie selbst hingegen hatte um jedes Herz, jede Stimme, jede Unterstützung kämpfen müssen.

Lucille lächelte bitter. Sie war nicht einmal lange genug Herzogin gewesen, um sich das Wappen ihrer Familie in den Rücken stechen zu lassen.

Sie legte den Waffenrock neben sich aufs Deck. Die Felsen waren noch etwa hundert Schritt entfernt. Andere Boote und kleine, wendige Schiffe mit schlankem Rumpf strebten, dicht gedrängt und voller Flüchtlinge, dem engen Ausgang des Fjords entgegen. Die Segel an den schrägstehenden Rahen waren gerefft, die Ruder eingezogen. Wer mit ablaufendem Wasser den Fjord verließ, den zog allein die Kraft des Meeres hinaus auf die weite See.

Allerdings standen an der Reling der Schiffe Männer mit langen Stangen, um die Boote auf Abstand zu den Felsen zu halten. Es erforderte erfahrene Steuerleute, um die Passage zu meistern. Doch in Thouar gab es glücklicherweise mehr als genug davon. Lange schon war es das Meer, das die Stadt und seine Bewohner nährte.

Lucille wagte einen kurzen Blick über den Rand der Fässer. Sie war schon mehr als fünfzig Schritt von der hoch aufragenden Felsnadel entfernt, an die sich die Häuser, Lagerhallen und Paläste der Stadt klammerten.

Eilig ging sie wieder in Deckung. Pfeile schnellten nur wenige Zoll über ihren Kopf hinweg. Einer traf mit dumpfem Schlag in ein Fass.

Gute Schützen, dachte sie anerkennend und blickte zum Ende der Bucht, wo tief zwischen die Felsen gekerbt der Fjord lag. Leichter Dunst wogte dort über dem Wasser. Noch während sie hinübersah, verdichtete er sich. Ein Fernhändler mit einer sich windenden Schlange auf den Segeln verschwand in den wirbelnden weißen Schwaden.

Plötzlich waren gellende Schreie zu hören. Lucille sah, wie auf einem großen Boot die Riemen ausgerannt wurden und die Besatzung verzweifelt gegen die Strömung pullte. Doch sosehr sie sich auch mühten, die Strömung war zu mächtig. Sie erreichten lediglich, dass ihr Boot scheinbar auf der Stelle stehen blieb.

Lange Nebelfinger griffen in die Bucht. Der Westwind verfing sich mit unheimlichem Heulen in den Steilklippen des Fjords.

Die feinen Härchen auf Lucilles Armen richteten sich auf. Eisige Kälte eilte dem Nebel voraus. Und mit ihr kamen die Erinnerungen an die Mär von der Meerhexe.

Es war eine Geschichte, die sie als Kind mit blankem Entsetzen erfüllt hatte, wenn ihr Vater sie in langen Winternächten am Kamin erzählte. Und selbst als erwachsene Frau hatte sie an Tagen, an denen dichter Nebel den Fjord den Blicken entzog, vom Fenster ihrer Kammer in das wogende Weiß geblickt und mit leiser Stimme geraunt: »Es ist nur eine Mär.«

Betroffen bemerkte Lucille, dass sie die Worte auch jetzt tatsächlich ausgesprochen hatte. Sie tastete nach ihrem Schwert, als ein Ruck durch den Frachter lief. Holz knirschte, der Rumpf bäumte sich unter ihr auf, und die festgezurrten Fässer an Deck erbebten. Das Boot driftete nach Steuerbord ab, drehte sich und legte sich quer zur Strömung.

Lucille sah die Schützen auf der Hafenmauer, die ihre Bögen hatten sinken lassen. Sah, wie die Flüchtlinge, die eben noch verzweifelt versucht hatten, einen Platz auf einem der ankernden Schiffe zu bekommen, zurück in die Stadt drängten.

Ein Segler mit grellgrün bemaltem Rumpf glitt an ihr vorüber. Eine junge Frau mit einem Bündel auf dem Arm warf ihr Kind über Bord. Dann sprang sie hinterher, ohne auch nur einen Versuch zu unternehmen, nach dem sinkenden Stoffbündel zu greifen, aus dem sich ein kleiner rosa Arm emporreckte, bevor es im bleifarbenen Wasser verschwand. Die junge Frau kämpfte gegen die Strömung an und wurde doch, wie alles im Wasser, der Öffnung des Fjords entgegengesogen.

Zwei Nebelarme schoben sich wie riesige tastende Tentakel in die Bucht. In dem Dunst sah Lucille die Schemen: das Gefolge der Meerhexe, das gekommen war, um für seine Herrin neue Untertanen zu holen.

IM KNOCHENFJORD, DREI STUNDEN NACH SONNENAUFGANG, 15. TAG DES WEINMONDES, IM JAHR VON SASMIRAS ZWEITER THRONERHEBUNG

Immer verzweifelter wurden die Schreie der Flüchtlinge, die begriffen, dass kein Schrecken, der mit der Schwarzen Schar über Thouar kommen mochte, so grausam war wie das Schicksal, das sie hier im Fjord erwartete.

Die Gefolgschaft der Meerhexe hielt sich im Nebel, blieb vage, aber der wogende Dunst breitete sich aus. Verschluckte die Schiffe, eines nach dem anderen.

Auch von der Felsnadel her erklang ein vielstimmiges Geschrei. Lucille blickte über ihre Schulter. Die Menschen kannten keine Ordnung, keine Rücksicht mehr auf der Flucht nach oben, immer die Straße hinauf, nur fort von den Anlegestellen. Die Bogenschützen, die sie eben noch bedroht hatten, waren in der Menge verschwunden. Lucille sah, wie ein hochbeladener Handkarren aufgegeben wurde und schwankend den Weg hinabrollte, bis er wie ein Rammbock in die Schar der Flüchtlinge prallte. Die Seile, mit denen die Fracht festgezurrt war, lösten sich. Kisten und Körbe prasselten auf die Menschen nieder, die ihnen zwischen der senkrecht aufragenden Felswand und der Mauer am Straßenrand nicht ausweichen konnten.

Ein weiteres Mal erbebte der Rumpf ihres Lastkahnes. Lucille riss die Arme hoch, um das Gleichgewicht zu halten. Sie hörte das unverwechselbare Geräusch reißender Planken, spürte, wie das ohnehin schon schwerfällige Boot noch behäbiger in seinen Bewegungen wurde, als Wasser in den Rumpf strömte.

Der Lastkahn drehte sich, trieb mit dem Heck voran geradewegs auf einen der knochenbleichen Felsen am Eingang des Fjords zu.

Der Nebel verschlang das Schiff. Lucille hörte, wie etwas dumpf gegen den Rumpf schlug. Sie ahnte, was das war.

Wie feuchte Daunenfedern streifte der Dunst ihr Gesicht, ließ sie erschauern. War der Frachter langsamer geworden? Immer näher kam sie der hoch aufragenden Klippe.

Das nahende Ende brach den Bann. Lucille überwand das Entsetzen, das sie gelähmt hatte. Ihr Vater hatte sie zur Kriegerin erzogen. Auch wenn der Untergang unausweichlich war, war das kein Grund, seinem Schicksal mit demütig gesenktem Haupt zu begegnen!

Sie hastete zur Ruderpinne, setzte ihr ganzes Gewicht ein, damit sich das Blatt des Steuerruders aus dem Wasser hob.

Wieder schlug etwas dumpf gegen das Boot. Diesmal ganz in ihrer Nähe. Lucille wagte nicht, über die Reling zu blicken. Sie wollte nicht sehen, was dort vor ihrem Boot war – und wahrscheinlich auch schon überall rings um es herum.

Das Ruderblatt traf auf die Klippe. Die Pinne erzitterte mit einer Wucht in ihrer Hand, wie sie es vom Lanzenstechen kannte. Von jenem Augenblick, in dem die Lanze aus Eschenholz mit dem Turnierkrönchen an der Spitze zersplitterte, wenn sie auf den Schild des Herausforderers traf.

Wie eine Turnierlanze splitterte auch das Ruder. Der Schiffsrumpf prallte gegen den Felsen. Dieses Mal rissen die Seile, die

die großen Fässer hielten. Mit einem Grollen wie von einem in der Ferne aufziehenden Gewitter rollten sie dem Heck entgegen.

Lucille brachte sich mit einem Satz auf die Reling in Sicherheit und klammerte sich an den altmodisch aufragenden Achtersteven, dessen Ende ein schön geschnitzter Pferdekopf schmückte.

Ein Fass durchschlug die Reling, keinen halben Schritt neben ihr. Wie an einem riesigen Hobel wurde der Lastkahn die Klippe entlanggezogen.

Fässer stießen verkantet aufeinander. Dauben wurden eingedrückt. Fassreifen lösten sich und rollten davon. Rotwein sprudelte auf das Deck und ließ es aussehen, als sei es in Blut gebadet.

Lucille betete zum Herrn des Himmels, doch der immer dichtere Nebel verbarg vor dem Tagauge des Schöpfers, was hier im Knochenfjord geschah.

Eine bleiche Hand legte sich auf die zersplitterte Reling, wo der Rotwein in Kaskaden über Bord spülte. Die Finger spannten sich an. Langes schwarzes Haar wurde sichtbar, ein Antlitz, ausgezehrt und schmal, beherrscht von Augen wie Kugeln aus makellos weißem Marmor. Eine Frau, das graue Kleid triefend nass, zog sich an Bord.

Der Lastkahn kam mit einem Ruck zum Stillstand. Lucille schlug hart gegen den Achtersteven, den sie noch immer umklammert hielt. Die Frau in dem grauen Kleid wurde von den Beinen gerissen. Sie stürzte lang hin, ohne die Arme vorzustrecken, um die Wucht des Aufpralls aufzufangen.

Als sie den Kopf wieder hob, war ihre Nase eingedrückt, die Lippen zerquetscht. Sie gab keinen Laut von sich. Stemmte sich ein Stück hoch und fixierte erneut Lucille.

Die schwarzhaarige Dienerin der Meerhexe war jetzt keine zwei Schritt von ihr entfernt! Sie senkte den Kopf, so dass ihr das strähnige Haar ins Gesicht fiel. Dann streckte sie die Arme vor und erhob sich.

Der Lastkahn lag längst zwischen Felsen eingekeilt und rührte sich nicht mehr. Deutlich war das Glucksen des Wassers zu hören, das von der Strömung in den beschädigten Rumpf gedrückt wurde.

Lucille zog ihr Schwert und schwang es in silbern glitzerndem Bogen. Der kraftvolle Hieb trennte der Toten dicht unter den Ellenbogen die Arme ab, doch das hielt die Frau nicht auf. Sie streckte die Stümpfe vor, aus denen kein Blut rann, als hätte sie immer noch Hände, mit denen sie Lucille ergreifen könnte.

Lucille holte ein zweites Mal aus. Jetzt traf der Stahl die Tote seitlich am Kopf. Die Klinge versank in ihrem Schädel. Wie eine Marionette, der die Fäden durchtrennt worden waren, sackte die Frau in sich zusammen.

Lucille wurde von dem plötzlichen Ruck fast das Schwert aus der Hand gerissen. Sie sprang auf das Deck hinab, schlitterte ein Stück über die nassen Planken, um mit rudernden Armen ihr Gleichgewicht zu finden.

Weitere Hände erschienen in der Lücke in der Reling. Lucille trat an eines der unbeschädigten Fässer und rollte es über Deck. Kurz vor der Bresche stieß sie es von sich. Grollend mahlte es über die Planken und verschwand durch die Lücke. Lucille hörte ein Klatschen wie von einem Holzhammer, den man benutzte, um Fleisch mürbe zu schlagen. Dann ein Platschen. Wasser spritzte empor. Doch die Dienerschaft der Meerhexe gab keinen Laut von sich. Schon erschienen neue Hände in der Bresche.

Der Lastkahn neigte sich leicht nach Steuerbord. In die Fässer kam Bewegung. Lucille wich mit eiligen Schritten nach Backbord aus. Das Schiff sank.

Krachend schmetterten die Fässer gegen die Steuerbordreling. Diesmal fehlte es ihnen an Wucht, um die hölzerne Wand zu durchschlagen. Doch durch die Gewichtsverlagerung neigte sich der Kahn noch weiter nach Steuerbord.

Lucille griff nach der Reling in ihrem Rücken, um auf dem schrägstehenden Deck noch einen Stand zu haben.

Jetzt tauchten überall entlang der Steuerbordreling die Kreaturen der Meerhexe auf. Sie schienen auf dem Wasser wie auf festem Grund zu stehen. Eine Phalanx von Schreckensgestalten mit Marmoraugen. Manche waren nackt. Andere trugen verrottete Fetzen. Am unheimlichsten aber waren jene, deren Kleidung noch ganz und gar in Ordnung war. Jene, die vor nicht einmal einer halben Stunde noch glücklich gewesen waren, einen Platz auf einem vermeintlich rettenden Boot gefunden zu haben.

Lucille entdeckte die Mutter, die ihr Kind den Fluten überlassen hatte, unter ihnen. Sie alle streckten die Hände nach der Bordwand aus, doch fanden sie keinen Halt. Die wie Krallen gekrümmten Finger glitten durch das feste Holz wie durch Nebel. Sie konnten nicht an Bord.

Dafür hatte es ein tätowierter Seemann durch die Bresche am Heck geschafft. Weit vorgebeugt, kämpfte er sich über das rutschige Deck vorwärts.

Lucille hob ihre Klinge zu einem spöttischen Fechtergruß. Eine dieser Gestalten allein konnte ihr nicht gefährlich werden. Eine Gefahr waren vielmehr die glatten Sohlen ihrer Stiefel. Ein falscher Schritt auf dem geneigten, vom Wein nassen Deck, und sie stürzte.

Der Ertrunkene kam näher.

Lucille entschied, ihre linke Hand nicht von der Reling zu nehmen. Sie würde auch mit einer Hand fechten können. Wenn sie ausglitt und über das Deck zur Steuerbordreling rutschte, wo all die Toten mit gierig vorgestreckten Armen standen, dann wäre es vorbei.

Sie vernahm das Glucksen im Frachtraum, der immer weiter mit Wasser volllief.

Es war ohnehin vorbei. Nicht einmal das Viertel einer Stunde würde ihr noch bleiben, bis das Boot sank.

Der Seemann war noch drei Schritt entfernt.

Lucille hob den Arm. Sie würde diese Schreckensgestalt mit einem einzigen Hieb enthaupten. Noch zwei Schritt …

Da sank der Ertrunkene durch das Deck, als sei er in ein Wasserloch getreten. Lucille traute ihren Augen kaum …

Es war wie in der Mär! Die Kreaturen der Meerhexe konnten auf Wasser gehen, doch auf trockenem Grund versanken sie wie gewöhnliche Menschen, die versuchten, über Wasser zu laufen. Der Seemann war nur so weit gekommen, wie das Deck feucht vom Rotwein war.

Lucille blickte zur offenen Frachtluke. Noch war das Wasser, das den Rumpf füllte, nur zu hören, aber nicht zu sehen. Eine letzte Gnadenfrist blieb ihr.

Das Knarren des Rumpfes hatte aufgehört. Die Strömung schien nicht länger am Lastkahn zu zerren. Und auch die Ertrunkenen waren nicht mehr da …

Dafür wurde der Nebel dichter, und mit ihm legte sich eine unheimliche Stille über das sinkende Wrack. Etwas Schlangenhaftes glitt durch den Dunst.

Die Erinnerung an die Kamingeschichten bedrängte Lucille. »Herr des Himmels, richte dein Auge auf mich«, flüsterte sie. »Gibt mir den Mut, mich dem Schrecken zu stellen. Lass mich wie eine Ritterin sterben.«

Tentakel, dick wie der Oberschenkel eines Ringers, schoben sich auf das Deck. Sie tasteten nach den Fässern …

Lucille küsste die Klinge ihres Schwertes. Kühl liebkoste der Stahl ihre Lippen. Die Feuchtigkeit des Nebels hatte sich auf dem Metall niedergeschlagen.

Die Fangarme des Kraken hielten Abstand zu ihr. Es hieß, die Meerhexe habe sich alle dunklen Geschöpfe der See untertan gemacht.

»So entschlossen zu sterben?«, drang eine samtweiche Stimme aus dem Nebel.

Lucille sah einen Schemen. Eine Frau? Mit langem Haar! Doch ihr Unterleib schien der einer Schlange zu sein. Sie erhob sich weit über die Reling, mehr als drei Schritt hoch. Ein blasser Schatten im treibenden Dunst.

»Komm her und kreuze die Klinge mit mir!«, forderte Lucille. Ihre eigene Stimme klang kratzig.

»Ich will dich nicht niederstechen«, gurrte die Stimme im Nebel. »Ich habe andere Pläne mit dir.« Jetzt war die Gestalt wieder unsichtbar.

Eine widernatürliche Kälte kroch Lucille in die Glieder. Sie biss die Zähne zusammen, damit sie nicht klapperten. Es war so eisig wie in jenen Winternächten, in denen der Nordwind Raureif in die Wälder trug. Nächte, in denen die nasse Kälte wie Klingen in warmes Fleisch schnitt und die Alten darüber klagten, ihre gichtkranken Glieder nicht mehr bewegen zu können.

»Sind das dieselben Pläne, wie du sie für mein Volk hast? All die Unschuldigen, die du dir geholt hast?«

»Sie waren ohnehin dem Untergang geweiht, Herzogin. Draußen vor der Küste ankern dreiundzwanzig große Sklavenschiffe aus dem Khanat. Und noch weiter draußen liegt ein gewaltiges Kriegsschiff mit sieben Masten. Alle warten sie darauf, ihre Fracht aufzunehmen: dein Volk. Bald schon wirst du eine Herzogin von gar nichts mehr sein. Ohne Land, ohne Untertanen.« Der Schemen schwebte durch den Nebel herab. Die Dunstschleier teilten sich. Ein mächtiger Tentakel hielt eine Frau in einer Rüstung umschlungen und setzte sie nun sanft auf dem Deck des Kahns ab.

Die Meerhexe! Die Schreckensgestalt aus den Mären! Eine schöne Frau mit blassem Teint und schmalem Gesicht. Ihre Augen hatten die Farbe von hellem Bernstein, wie man ihn an den nördlichen Küsten der Westermark fand.

Sie trug eine Vollrüstung neuester Machart. Die Brustplatte war geriffelt wie eine Herzmuschel. Auch die gewölbten Schulterstücke über den Armstücken erinnerten an Muscheln. Die Hände steckten in feinen schwarzen Lederhandschuhen.

Ihr Haar fiel in blauschwarzen, feucht glänzenden Wellen weit über ihren Rücken herab. Ein nachtblauer Wickelrock war lose um ihre Hüften geschlungen, gehalten von einem schweren Ledergürtel mit goldener Muschelschließe. Das Metall der Rüstung hatte einen dunklen Eisenton. Nicht ein Flecken Flugrost war auf ihrer Wehr zu sehen.

In der Linken hielt sie einen Dreizack, dessen silberne Spitzen auf Lucilles Kehle zeigten.

»Warum holst du unsere Leute?«, zischte Lucille und machte

einen Schritt nach links. Sie erwog, die Hexe anzugreifen. Auch wenn sie daraufhin von den Tentakeln zerfetzt werden würde. »Du wurdest auf Cilia geboren. Warum nimmst du dir nicht die Hundefresser vor?«

»Das Kriegsschiff anzugreifen würde mich mehr meiner Untertanen kosten, als ich neue hinzugewinnen könnte. Und die Sklavenschiffe …« Die Meerhexe lächelte süffisant. »Warum sollte ich sie mir jetzt holen, wo ihre Besatzung kaum mehr als sechzig Köpfe zählt? Ich warte, bis sie ihre Fracht aufgenommen haben und mehr als sechshundert Menschen an Bord sind …«

Lucille schnellte vor. Ihre Klinge zielte geradewegs auf das Gesicht der Hexe.

Doch der Dreizack fing ihr Schwert ab, bevor es sein Ziel traf. Mühelos drückte die Meerhexe ihre Waffe nieder. »Du hättest mich enttäuscht, wenn du es nicht zumindest versucht hättest, Lucille da Rosa. Doch nun ist dieses Spiel vorüber.«

Tentakel griffen nach Lucilles Beinen. Der Lastkahn gab ein Geräusch von sich wie einen langen Seufzer, und Meerwasser schwappte aus der Luke des Frachtraums an Deck. Nur noch Augenblicke, und das große Boot würde im Fjord versinken.

Lucille versuchte, ihre Klinge, die zwischen zwei Zinken des Dreizacks verkantet war, freizuziehen, doch die Hexe hatte eine erstaunliche Kraft. Ohne Mühe drehte sie ihr das Schwert aus der Hand.

Die Fangarme ruckten.

Lucille verlor das Gleichgewicht und schlug der Länge nach aufs Deck, um dann zur Luke des Frachtraums gezogen zu werden. Sie strampelte. Ihre Fingernägel krallten sich in die Fugen des Decks und splitterten. Mit unbarmherziger Kraft wurde sie weitergezerrt, bis sie neben der Öffnung lag.

Die Meerhexe setzte ihr einen Stiefel in den Nacken und drückte ihr Gesicht dem dunklen Salzwasser im Frachtraum entgegen.

Lucille bäumte sich erneut auf. Wieder vergebens. Ihr Antlitz tauchte ins Wasser. Sie schloss Augen und Mund. Hielt den

Atem an. Versuchte, ihr Leben mit einem schönen Gedanken zu beenden. Dachte an den Schwertwald im Frühling …

Der Stiefel wich aus ihrem Nacken.

Von dem Druck befreit, hob Lucille den Kopf. Gierig atmete sie ein. Da drückte sich ihr ein eisengewappnetes Knie in den Rücken, und eine unbarmherzige Hand griff ihr ins Haar. Ihr Kopf wurde nach hinten gezerrt. Eisiger Atem streifte ihre linke Wange, und eine samtweiche Stimme flüsterte ihr ins Ohr: »Du musst dich nun entscheiden, ob du mir mit oder ohne deinen Verstand dienen willst.«

HÜGELLAND,
NEUN MEILEN NÖRDLICH DER STERNENBRÜCKE,
AM WESTUFER DES TIMESO, STUNDE DES HUHNS,
16. TAG DES WEINMONDES IM JAHR VON SASMIRAS
ZWEITER THRONERHEBUNG

Jade gab ein knurrendes Geräusch von sich. Nok tätschelte die triefnasse Mähne der Stute, die sie am Zügel führte. Jade war das einzige Pferd, von dem sie je einen solchen Laut vernommen hatte. Manchmal knurrte die Fuchsstute wie ein übellauniger alter Hund.

Sie beide folgten einem Saumpfad am steilen Westufer des Timeso, der kaum mehr als ein Wildwechsel war. Die Stute wirkte unscheinbar, ja hässlich. Ihr Rücken war durchgesessen, die Beine ein wenig zu kurz. Jade war ein Pferd, das niemandes Begehrlichkeiten weckte. Davon war Nok zumindest ausgegangen. Aber sie hatte sich geirrt. Überall östlich des Timeso wimmelte es von Flüchtlingen. Sie versuchten, dem Zorn Nicolo Triminis zu entgehen, der von Ferranta aus das größte der drei Heere anführte, die gegen den Schwertwald zogen.

Nok hatte mit eigenen Augen einen der berüchtigten Galgenbäume gesehen, eine freistehende Korkeiche, bevölkert von Krähen. Dieser Krieg war anders als alle in der Vergangenheit der Insel. Die Liga wollte die Schwertherzöge nicht einfach weiter zurückdrängen und ihnen erneut ein Stück Land entreißen; sie wollte eine Lösung für die Ewigkeit. Das Volk des Waldes sollte vernichtet werden. Und Nicolo Trimini legte sehr freizügig aus, wer zum Volk des Waldes gehörte. So waren Tausende aus dem Grenzland auf der Flucht nach Westen – all jene, die im breiten Grenzstreifen, dem umstrittenen Niemandsland, gelebt hatten. Von ihrem Hab und Gut vermochten sie nur zu retten, was sie auf ihrer Flucht mitschleppen konnten. Und so weckte jedes Reit- oder Lasttier Begehrlichkeiten. Darin hatte Nok sich verschätzt.

Folglich hatte sie den Flüchtlingen ausweichen müssen. Am Mittag dann hatte sie weiter im Norden eine Furt gefunden. Einen Ort, wo das Steilufer niedergebrochen war und einen Abstieg zum breiten, aber seichten Timeso erlaubte.

Eine Stunde später hatte der Regen begonnen. Er war nicht stark, wollte aber einfach nicht mehr aufhören. Längst war sie völlig durchnässt. Das schäbige braune Schultertuch lag schwer auf ihrem Haar. Das dunkelblaue Kleid mit seinen weiten Ärmeln hatte sich vollgesogen, und das Untergewand aus grobem Leinen lag wie eine Rüstung aus Eis auf ihrer Haut.

Sie blinzelte gegen den Regen an. Blickte zum letzten roten Glühen über den Bergen im Westen. Sie sollte sich einen Platz für die Nacht suchen. Einen vorspringenden Felsen, eine Ruine oder eine verlassene Schäferhütte. Vielleicht auch nur einen dichten Busch, unter den sie kriechen konnte. Das Leben als Konkubine hatte sie weich werden lassen. Als Weiße Tigerin war sie auf Härten jeder Art vorbereitet worden. Auf Schmerzen, auf die üblen Launen von Männern, auf Hunger …

Nur auf einen wie Milan hatte sie niemand vorbereitet. Er war so anders gewesen als all die anderen Männer. Zerbrechlich, formbar, höflich. Die Art, wie er sie angesehen hatte, die zarten Worte seines Gedichtes … Er ging ihr nicht mehr aus dem Kopf. Das war ihr noch nie zuvor passiert. Nach ihrer Ausbildung hatte es für sie nur noch zwei Sorten von Männern gegeben: die Grünen Drachen, denen sie im Spiel von Wolken und Regen ihre Kraft stahl, und die Jadedrachen, weise Männer, von denen sie lernte. Milan war keines von beidem.

Die Weißen Tigerinnen hatten sie gelehrt, in der Begegnung mit Männern immer die Nehmende zu sein, auch wenn sie ihren Besuchern anderes vorgaukelte. Milan aber hatte etwas von ihr mitgenommen … Sie sorgte sich um ihn.

Auf der Straße hatte sie Geschichten über ihn gehört. Irgendwie hatte er das Wunder vollbracht, dass sowohl die Ligisten als auch die Flüchtlinge voller Bewunderung von ihm sprachen. Für die einen war er der Sohn des Erzpriesters, ein Jüngling, zur Macht geboren, der sich furchtlos den Schrecken, die sich allerorten erhoben, entgegenstellte. Für die anderen war er der Rebell, der dem schrecklichen Nandus Tormeno die Stirn bot und sein Leben für Freiheit und Gerechtigkeit wagte. Sie erzählten von seinem Kampf gegen den Krähenmann und wie er die Kinder Dahlias gerettet hatte, von seinem Besuch am Hof der Weißen Königin, die ihn zu ihrem Baumeister ernannt haben sollte. Davon, dass der Riese Gideon ihn einen Freund nannte und ihn auf seinen Schultern durch den Schwertwald trug. Dass er die heimtückische Schlange von Villa Alba, die Rindswürgerin, in ihrer Höhle eingemauert hatte und den riesigen Eber von Bisaca allein kraft seines Blickes bezwang.

Nok bezweifelte, dass Milan so viel erlebt haben konnte. Und obwohl alle über ihn sprachen, war er unauffindbar geblieben. Er war nach Süden geritten, das war das Einzige, was sie mit Sicherheit wusste. Und es schien, als wiche er sowohl den Heeren der Liga als auch den Rebellen aus.

Doch wenn dem so war, dann müsste er eigentlich zur Sternenbrücke unterwegs sein.

Nok hoffte, ihm dort zu begegnen oder zumindest etwas über ihn zu hören, was ihr verriet, wo sie nach ihm suchen sollte. Selbst wenn die Hälfte der Geschichten über Milan nur erfunden waren, setzte er sich zu vielen Gefahren aus. Sie musste ihm das Schwert, das schon in den uralten Knochenbüchern erwähnt war, geben, bevor er einer Märengestalt begegnete, die ihn einfach in Stücke riss und verschlang!

Eine Bö ließ ihr den kalten Regen wie Nadeln ins Gesicht stechen. Jade stieß wieder das ganz und gar nicht pferdeähnliche Knurren aus. Da sah Nok es. Eine Bewegung. Einen Schatten am Rand ihres Gesichtsfelds, der mit einem Busch verschmolz, mehr Ahnung als Gewissheit.

Nok griff hinter sich, wo in ihrem Rücken, halb unter dem langen Schultertuch verborgen, das alte Schwert in der breiten Stoffschärpe steckte, die sie um ihre Hüften geschlungen hatte.

Jade hielt inne. Legte die Ohren an. Nok glaubte, flüsternde Stimmen zu hören.

»Halte deine Hände so, dass ich sie sehen kann!«, erklang eine barsche Stimme ein Stück voraus vom Hang.

Nok wandte den Kopf, zwang sich, tief und ruhig zu atmen. Sie hätte sich nicht so sehr den Gedanken an Milan hingeben dürfen. Sie bereiste ein Land im Krieg. Hier gab es reichlich Männer, die erst einen Armbrustbolzen schickten und dann Fragen stellten.

Ganz langsam hob sie ihre beiden Hände vor die Brust. Alle ihre Sinne waren jetzt geschärft. Da war ein Hauch von Rauch in der Luft. Es raschelte in einem Busch hinter ihr. Mindestens vier Männer hatten sie eingekreist.

»Wer bist du?«

Ihr war bewusst, dass der Akzent, mit dem sie die Zunge des Reiches sprach, sofort Verdacht erregen würde. Allerdings waren die meisten Bewohner Cilias noch nie jemandem aus dem Khanat begegnet. Sie würden den seltsamen Klang, der ihre Worte begleitete, nicht zuordnen können.

»Ich komme von der Bernsteinküste«, erklärte sie. Dies war die nördlichste Region der Westermark. Kein Ort im Reich war weiter von Cilia entfernt. Das sollte den Männern als Erklärung genügen.

»Wer du bist, will ich wissen«, erklang es barsch. »Nicht, woher du kommst.«

»Mein Name ist Nok.«

»Sie ist allein«, verkündete eine jugendliche Stimme hinter ihr.

»Ist ziemlich weit weg von allen anderen, die Kleine.« Boshaftigkeit lag in dieser Stimme. Sie kam von einem Felsen seitlich über ihr am Hang.

Jade knurrte erneut. Die Stute hatte ein feines Gespür dafür, wenn jemandem nicht zu trauen war.

»Hat dein Pferd Husten?« Der Mann vor ihr trat aus seiner Deckung. Er trug den roten Waffenrock Panormas.

Nok war überrascht, Krieger der Liga hier am Westufer des Timeso anzutreffen. »Meine Stute hält sich manchmal für einen Hund«, entgegnete sie in leichtem Plauderton. Es war besser, wenn sie arglos, ja dumm wirkte. Männer, die sich überlegen fühlten, waren weniger misstrauisch.

»Dies ist keine Nacht, in der eine Frau allein im Regen durch ein so raues Land ziehen sollte«, sagte der Mann im roten Waffenrock. »Wir laden dich ein, uns an unser Feuer zu begleiten und unser Fleisch mit uns zu teilen. Ich habe heute Mittag einen Hasen erlegt. Du kannst etwas abbekommen.«

Nok war klar, dass sie nicht ohne Weiteres entkommen konnte. Nicht auf diesem engen Saumpfad am Steilufer des Flusses. Nicht, solange Männer mit Armbrüsten in den Büschen lauerten.

Sie lächelte. »Gern nehme ich eure Gastfreundschaft an.«

»Agusto, du bleibst hier und bewachst den Weg!«, sagte der Wortführer in Rot in einem Ton, der keinen Widerspruch duldete. »Ihr anderen kommt mit. Eine Wache ist in dieser einsamen Gegend mehr als genug.«

Nok senkte den Kopf und sagte nichts. Sie ließ es zu, dass der Anführer die Zügel ihrer Stute nahm. Sollten diese Bastarde sie ruhig für unterwürfig halten, dachte sie und kämpfte gegen die Hitze des Zorns an, die in ihr aufstieg. Sie fragte sich, was diese Männer gewesen waren, bevor der Krieg begonnen hatte und sie zur Miliz ihrer Städte gerufen worden waren. Der Anführer vielleicht ein Schankwirt oder ein Schuster oder Küfer? Waren sie Väter? Waren sie gut zu ihren Kindern? So schnell fiel all das von ihnen ab, wenn man ihnen Waffen gab und sie auf die Feinde der Liga losließ.

Sie folgten dem Pfad ein paar hundert Schritt. Jades Hufschlag auf dem steinigen Grund und das leise Rauschen des Regens waren die einzigen Geräusche, die sie begleiteten. Die Männer waren still, doch Nok spürte ihre bohrenden Blicke.

Plötzlich verharrte der Anführer, zog ein paar Büsche auseinander und führte sie um eine Hügelflanke in eine Senke, wo unter dem dichten Laubdach alter Korkeichen ein kleines Feuer brannte. Ein älterer Mann mit grauen Barstoppeln im faltigen Gesicht drehte einen abgezogenen Hasen, auf einen Ast gespießt, über den Flammen. Kurz blickte er hoch. Ein eingebluteter Verband wand sich um die Stirn des Alten. Im Licht des Feuers waren deutlich die drei goldenen Ähren Panormas auf seinem Waffenrock zu sehen.

Der Anführer brachte Jade zu einem der Bäume und schlang die Zügel um einen Aststrunk, der aus der borkigen Rinde ragte. Grimmig lächelnd, öffnete er seinen Schwertgurt und lehnte ihn an den Stamm.

»Hübsches Wild habt ihr da aufgetan«, bemerkte der Alte am Feuer.

»Jetzt, bei Licht betrachtet, ein bisschen dürr vielleicht«, ergänzte die boshafte Stimme, die Nok schon aus dem Hinterhalt kannte.

Sie drehte sich um. Vier Männer standen hinter ihr und grinsten sie an, während der Regen auf die breiten Krempen ihrer flachen Eisenhüte prasselte, die dazu geschaffen waren, von oben geführte Schwerthiebe von ihren Schultern abzulenken.

Sie alle waren unrasiert und wirkten, als hätten sie sich mindestens eine Woche nicht mehr gewaschen. Die Säume der roten Waffenröcke waren mit Schlamm bespritzt. Zwei trugen große Pavesen auf den Rücken geschnallt. Alle waren sie mit Armbrüsten bewaffnet und mit langen Dolchen oder Handäxten, die in ihren Gürteln steckten.

Nok beobachtete, wie sie sich bewegten. Sie waren müde,

fahrig. Wirkten, als seien sie mit ihren Waffen nicht allzu vertraut. Sie waren ganz gewiss keine Männer, die sich über Jahre Tag für Tag im Kriegshandwerk geübt hatten.

»Die hat ein merkwürdiges Schwert hinten in ihrer Bauchbinde stecken«, sagte der Alte am Feuer. »Warum habt ihr dem Weib die Klinge nicht abgenommen, Benito?«

»Fürchtest du dich vor einem Mädchen mit einem Brotmesser?«

Nok wandte sich wieder dem Kerl zu, der ihre Stute geführt hatte. Das war wohl dieser Benito.

Er nahm seinen Helm ab und bedachte den Alten am Feuer mit einem selbstgefälligen Lächeln. Sein Haaransatz war weit zurückgewichen. Die Stirnglatze schimmerte feucht. Strähnige rote Locken umspielten seine Schläfen.

Er blickte Nok an und machte eine einladende Geste in Richtung des Hasen. »Fleisch gegen Fleisch. So lautet das Geschäft dieses Abends.«

»Ich brauche nichts«, entgegnete Nok entschieden. »Lasst mich einfach meiner Wege ziehen.«

Benito deutete auf den mageren Hasen. »Glaubst du, das bisschen Fleisch sei genug für sechs Männer? Wir werden mehr brauchen, um durch die Nacht zu kommen.«

Anzügliches Gelächter war der Lohn für seine Worte.

Nok wich ein wenig zur Seite aus und drehte sich halb, so dass sie nun ein dichtes Gebüsch im Rücken hatte. »Ich möchte euch höflich bitten, ein Benehmen, wie es der Anstand gebietet, an den Tag zu legen.«

»Ein Benehmen, wie es der Anstand gebietet«, äffte der Kerl mit der boshaften Stimme ihren Akzent nach. »Wie die redet. Machst wohl nur für Patrizier die Beine breit, wie? Zier dich lieber nicht so. Hast du die Galgenbäume nicht gesehen?«

»Ich biete euch an, so zu tun, als seien wir alle Verbündete, die zum Heer Nicolo Triminis gehören.« Nok lockerte ihre Schultern. »Wir essen etwas zusammen, plaudern, und ich ziehe meiner Wege.«

»So tun?« Der Alte am Lagerfeuer blickte argwöhnisch zu ihr auf. »Wie meinst du das, Weib? Gehörst du etwa zu den Rebellen?«

Sie bedachte ihn mit einem Lächeln. »Ich fürchte, ihr habt weit weniger Glück.«

»Genug geschwatzt.« Der Mann mit der boshaften Stimme zog seinen Dolch.

Er war mehr als einen Kopf größer und vermutlich doppelt so schwer wie sie, schätzte Nok. Helfen würde ihm das nicht. Seine Kameraden rechts und links von ihm zogen ebenfalls die Dolche.

»Ich nehm sie mir zuerst!«, zischte der Hüne. »Und wenn der Morgen kommt, will ich sie an einem Seil tanzen sehen, bis sie sich einpisst.«

»Das ist Eure Vorstellung von einer schönen Nacht mit einer Frau?«, fragte Nok freundlich. Ihre Rechte schloss sich um den langen Griff des schlanken Schwertes. Es war nicht für diese Aufgabe geschaffen worden, und dennoch wäre es ein meisterliches Werkzeug. »Ich glaube, ohne Männer wie dich wird diese Welt ein besserer Ort sein.«

Mit einer anmutigen Drehung glitt der Stahl aus der schwarzlackierten Schwertscheide und fuhr auf Höhe der Augen durch den Kopf des Mannes, der sie erst vergewaltigen und dann erhängen wollte. So leicht glitt die Klinge durch Knochen und Hirn, als würde sie eine Melone spalten.

Mit einer kaum merklichen Abwärtsbewegung durchtrennte Nok die Kehle des zweiten Mannes, wich der Blutfontäne aus, die aus der tödlichen Wunde schoss, drehte sich weiter, sah aus dem Augenwinkel, wie der Alte am Feuer eine Decke zur Seite zog, unter der eine gespannte Armbrust lag.

Nok packte den letzten der drei Männer, die gerade noch beieinandergestanden hatten, beim klammen Stoff seines Waffenrocks, zog ihn an sich und machte eine weitere halbe Drehung. Der Aufschlag des Armbrustbolzens drückte den Unglücklichen in ihre Arme. Das Geschoss war ihm tief in die Brust gedrungen. Er gab erbärmliche glucksende Laute von sich.

Nok drehte ihm mit der Linken den Dolch aus der Hand. Sie sah, dass jener, der als Letzter in die Senke hinabgestiegen war, die Beine in die Hand nahm und ins Gebüsch fliehen wollte. Sie schleuderte den Dolch und traf ihn dicht unter dem Schädel in den Nacken, so dass die Klinge wie eine eiserne Zunge aus seinem erschrocken aufgerissenen Mund ragte.

»Wer bist du?«, stammelte Benito, der rothaarige Anführer mit der Stirnglatze, während der Alte am Feuer verzweifelt an den Kurbeln der schweren Armbrust drehte, um die Waffe erneut zu spannen.

»Eine Frau, die einen Platz an einem Feuer gesucht hat.« Sie trat drei Schritte vor, während der Alte mit zitternden Händen einen Bolzen auf die Führungsschiene der gespannten Waffe legte. Nok ging in den tiefen Stand. Das Knie ihres gestreckten linken Beins berührte fast den Boden. Ihr Arm schnellte gerade vor. Rötlich spiegelte sich das Licht des Feuers auf dem Stahl des Schwertes, als es das linke Auge des Alten durchdrang und mit einem Knacken aus seinem Hinterkopf wieder austrat.

Benito hob beide Hände. »Bitte tu mir nichts. Ich bin nur ein gutmütiger Schankwirt. Man hat mich gezwungen, in diesen Krieg zu ziehen. Ich wollte das alles nicht.«

Nok sah die Tränen in den dunkelbraunen Augen und war nicht gerührt. »Was kannst du mir erzählen, was ein Leben wert wäre?« Sie hockte sich neben den Alten, der zusammengesunken beim Feuer lag, drehte den Spieß mit dem Hasen ein Stück weiter und nahm dann die Decke, um damit ihre Klinge zu säubern.

»Du gehörst nicht zu Nicolo Triminis Heer, oder?«, fragte Benito vorsichtig.

»Nein.« Sie sah, dass ein wenig vom Blut des Alten auf den Hasen gespritzt war. Mit einem Seufzer nahm sie den Dolch des Toten und schnitt das besudelte Stück Kruste weg. »Wie viele von euch sind schon auf dieser Seite des Flusses?«

»Lässt du mich am Leben, wenn ich es dir sage?«

Sie bedachte ihn mit einem abfälligen Blick. »Männer, die feilschen, waren mir immer schon ein Gräuel. Weißt du, manchmal bin ich eine Konkubine, wenn es meinen Zwecken dient. Ich kann eine sinnliche Geliebte sein … Aber nicht bei eingebildeten Tröpfen, die glauben, sie werden dieselben Geschenke erhalten, wenn sie die Hälfte des Silbers geben.«

»Eine Konkubine …« Benito glotzte sie aus weiten Augen an.

»Beurteile mich nicht nach meinem Äußeren, nun, da ich in einfacher Kleidung durch den Regen geritten bin. Glaube mir, wenn ich als Konkubine einen Mann empfange, biete ich einen äußerst gefälligen Anblick.«

Benito räusperte sich. »Äh … gewiss.«

»Also …« Nok hob das Schwert von ihrem Schoß und warf einen letzten prüfenden Blick auf die Klinge. »Du erzählst mir jetzt alles, was du über Triminis Heer weißt. Wirklich restlos alles. Ich habe ein feines Gespür dafür, ob ich angelogen werde oder ob man mir etwas verheimlicht. Sollte ich nicht zufrieden sein, ist dein Lohn ein Kuss aus Stahl. Überzeugst du mich aber, erweise ich dir die Gunst einer sinnlichen Berührung. Sagt dir dieses Angebot zu, Benito?«

Er nickte eifrig. »Ja, Herrin. Das ist überaus großmütig.« Und dann begann er zu erzählen.

Nok nahm den Hasen vom Feuer und ließ ihn kurz abkühlen. Während sie lauschte, begann sie ihr Mahl. Und so erfuhr sie von den Befehlen, mit denen Rodrigo Apolita in die Feldzugspläne Nicolo Triminis eingegriffen hatte.

Nok reihte die abgenagten Knochen des Hasen säuberlich neben der Feuerstelle auf. »Du hast mir tatsächlich alles erzählt.« Sie bedachte Benito mit einem zufriedenen Nicken und schob das Schwert in die schwarzlackierte Scheide.

Benito seufzte erleichtert.

»Bring mir mein Pferd!«, befahl sie.

Als er ihr die Zügel reichte, strich sie ihm sanft über den Hals. Sie spürte, wie er vor Lust erschauerte, dann drückte sie auf einen Punkt, zwei Finger breit hinter seinem Ohr.

Benito keuchte. Wie von einer Axt gefällt, brach er in die Knie und krümmte sich vor Schmerz.

»Die Weißen Tigerinnen nennen das den *Biss des kranken Hundes*. Deine Muskeln verkrampfen sich. Immer mehr. Schließlich werden sie so angespannt sein, dass sie dir von den Knochen reißen. Bis dahin aber werden noch einige Stunden vergehen, in denen der Schmerz langsam über jedes Maß hinauswächst, das du dir vorzustellen vermagst. So bleibt dir ein wenig Zeit, über die Grausamkeiten, die du als Anführer zu verantworten hattest, nachzudenken.«

Nok schwang sich in den Sattel. Es galt, die Sternenbrücke vor dem Morgengrauen zu erreichen, und sie würde einen weiten Umweg nach Westen einschlagen müssen. Sie musste Milan finden und ihn eilends von dort fortbringen.

Denn wer bei der Brücke blieb, war des Todes!

GENNA, BEI DER STERNENBRÜCKE, AM OSTUFER DES TIMESO, ABEND, 16. TAG DES WEINMONDES IM JAHR VON SASMIRAS ZWEITER THRONERHEBUNG

Blast zum Rückzug!« Rodrigo Apolita duckte sich hinter eine niedrige Mauer. Keinen Augenblick zu früh. Ein Pfeil sirrte über ihn hinweg.

»Eulenaugen haben sie«, röchelte der verwundete Armbrustschütze, der neben ihm an der Mauer lehnte. Blasiges Blut quoll ihm über die Lippen. Ein langer Pfeil ragte aus seiner Brust. Die Spitze musste sich in die Lunge des Unglücklichen gebohrt haben.

»Sieht schon ziemlich gut, dieses Wildererpack … Sind's gewohnt, im Zwielicht zu schleichen.« Rodrigo wagte es nicht, den Kopf noch einmal aus der Deckung zu heben. Die Bogenschützen der Rebellen waren bis zum Ufer des Timeso zurückgedrängt, das kleine Dorf Genna ganz in der Hand der Liga. Sie hatten eine Menge Blut für dieses jämmerliche Nest von vielleicht siebzig Häusern bezahlt, das sich entlang des Steilufers vor der Brücke erstreckte. Die meisten Häuser waren eingeschossig. Es gab keine Festungsanlagen. Nur niedrige Steinmauern, die ihre kleinen Gärten voneinander trennten, und die ausgedehnten Weinberge vor dem Ortseingang. Dass die verdammten Rebellen so verzweifelt um Genna gekämpft hatten, war vermutlich der Tatsache geschuldet, dass sie hier viele Verwundete untergebracht hatten.

Hufschlag ertönte jenseits der Gartenmauer, hinter der er lag. Kamen da etwa Reiter? Rodrigo ließ sich zu Boden sinken und wagte es, auf Höhe der Lehmstraße um die Ecke der Mauer zu blicken. Da war ein einzelnes fahles Pferd auf der Straße zur Brücke. Ein alter Schimmel. Sein Rücken war durchgebogen, der Gang schleppend. Der Klepper taugte nur noch für den Pferdemetzger.

Ein Pfeil schrammte dicht vor Rodrigo an der Mauer entlang. Funken schlugen aus der Stahlspitze. Erschrocken zuckte Rodrigo zurück. Dicht neben ihm fiel der Pfeil mit zerrupfter weißer Befiederung zu Boden.

»Verdammte Bogenschützen«, zischte Rodrigo und blickte zu dem verwundeten Armbrustschützen. »Hast schon recht …« Der Mann starrte mit leblosen Augen zum Himmel. Rodrigo schluckte. Heute war er dem Tod entschieden zu nahe gekommen. Und das nur, weil dieser starrsinnige Nicolo einfach nicht auf ihn hören wollte.

Schritte platschten den Weg hinab. Es hatte vor einer Stunde aufgehört zu regnen, aber nur die Hauptstraße durch das Dorf zur Brücke war gepflastert. Alle anderen Wege hatten sich in Schlammpfade verwandelt.

Etwa dreißig Armbrustschützen kamen auf ihn zu. Selbst im Dunkeln erkannte er die gelben Waffenröcke Ferrantas mit dem schwarzen Schmiedehammer auf der Brust.

»Vorwärts! Gebt dieser dreckigen Bande den Rest!«, drang der tiefe Bass Nicolo Triminis durch die Nacht.

Rodrigo entdeckte den bulligen Feldherrn hinter den Schützen und seufzte. Es war an der Zeit, ihn aufzuhalten. Er hätte das schon vor Stunden tun sollen!

»Los, ihr Feiglinge!«, fuhr Nicolo die Männer an. »Duckt euch nicht wie die Hasen. Ran an den Feind!« Er schwang sein riesiges Schwert, als würde er es auf die Häupter der Armbrustschützen niedersausen lassen, wenn sie auch nur einen Augenblick länger zögerten.

Die Männer stürmten auf die Hauptstraße, gingen in die Hocke und drehten der Brücke den Rücken zu. Die großen Pavesen, die sie umgeschnallt hatten, schützten sie vor den Pfeilen, die sofort aus der Nacht heranschnellten. Mit wütendem Pochen schlugen die Geschosse in die schweren Schilde.

Eine zweite Truppe Schützen stürmte auf die Straße. Ihre schweren Armbrüste waren schussbereit. Sie gingen hinter ihren Kameraden in Deckung, stützten die Windenarmbrüste auf den Rand der Pavesen und suchten bei der Brücke nach Zielen.

Ein Mann wurde nach hinten gerissen. Dicht unter dem Auge hatte ihn ein Pfeil getroffen und ihm den Oberkiefer zerschmettert. Blut und Zähne spuckend, lag er auf dem nassen Pflaster.

Das dumpfe Klacken der Armbrüste erklang. Wer geschossen hatte, sprang zwei Schritte vor, drehte sich um und kauerte sich nieder, um seine Armbrust erneut mit den Winden zu spannen.

Sie waren gut, die Schützen aus Ferranta. Ohne Pause klackten die Armbrüste. Langsam, aber stetig arbeiteten sie sich die Straße hinauf in Richtung Brücke.

Irgendwo in der Finsternis ertönte ein gellender Schrei. Ein Treffer? Oder eine weitere Hinrichtung in dem eroberten Dorf?

Nicolo folgte den Armbrustschützen. Zwei Leibwächter blieben stets an seiner Seite, schirmten ihn mit ihren Schilden gegen die Pfeile der Rebellen ab. Dabei würde ihn seine Plattenrüstung auf die Distanz gegen jeden Pfeil schützen, es sei denn, den Feinden gelang es, sein offenes Visier zu treffen.

Rodrigo folgte ihm. Er trug nur eine Brigantine. Die beweglichen Eisenplättchen waren unter einem prächtigen dunkelblauen Wams verborgen. Ein jedes durch eine Niete an seinem

Platz gehalten, die von einer kleinen goldenen Rose gekrönt wurde. In der Rüstung war er beweglicher. Den ganzen Tag einen Plattenpanzer zu tragen überstieg seine Kräfte.

»Nicolo?«, rief er.

Mit einem grässlichen Knirschen schrammte ein Pfeil über den gewölbten Schulterschutz des Heerführers, wurde seitlich abgelenkt, flog zwei Handbreit vor Rodrigos Gesicht vorbei und schlug gegen eine Hauswand.

»Ha!«, schrie Nicolo in die Nacht hinaus. »Mein Tag ist noch nicht gekommen.«

»Heerführer?« Rodrigo legte ihm mit Druck die Hand auf die Rückenplatte, damit er ihn überhaupt bemerkte.

»Was?«, fuhr ihn Nicolo ärgerlich an.

»Wir sollten uns zurückziehen, damit wir …«

»Zurückziehen?«, polterte Nicolo. »Jetzt, wo wir die Bande bei den Eiern haben? Noch vor dem Morgengrauen werden wir auf der anderen Seite der Brücke sein und sie alle niedermachen!«

»Und Hunderte werden uns entkommen«, bemerkte Rodrigo ruhig.

Nicolos buschige Brauen verschmolzen zu einer Linie. Der Feldherr starrte auf ihn herab. »Wie meinst du das?«

»In den Hügeln südlich von Genna sind noch Hunderte von Flüchtlingen. Unsere Späher haben sie entdeckt. Wenn wir ihnen den Weg über die Brücke versperren, werden wir ziemlich viele Truppen abkommandieren müssen, um ihnen nachzustellen. Ziehen wir uns aber zurück, dann können sie über die Sternenbrücke zu den anderen Flüchtlingen vorstoßen, und dann erwischen wir sie morgen alle zusammen, wenn wir über den Timeso gehen.«

Nicolo grunzte und strich sich über den nassen schwarzen Vollbart, der bis auf seine Brustplatte reichte. »Ein heimtückisches Bürschchen bist du, Rodrigo Apolita. Wärst du nicht mein Bürschchen, ich müsste dich umbringen lassen.«

Das bellende Lachen, das folgte, nahm den Worten keineswegs ihr Gift. Rodrigo zweifelte nicht daran, dass Nicolo auf seinem Weg zur Macht schon einige Männer und Frauen vorzeitig ins Grab gebracht hatte.

»Aber gut. Wir machen es so«, sagte Nicolo entschieden. »Im Grunde ging mir schon ein ganz ähnlicher Gedanke durch den Kopf. Die Männer zusammenhalten, das ist die erste Pflicht eines Feldherrn, Rodrigo. Das musst du dir merken, wenn du eines Tages selbst den Befehl führen willst. Die Truppen zusammenhalten. Um dann mit vereinter Macht zuschlagen.« Er fuchtelte mit seinem riesigen Schwert. »Zurück, Männer! Auf der Straße bleiben. Und gebt diesen ungewaschenen Waldbauern noch ein paar Bolzen mit!«

Rodrigo musste sich zusammenreißen, als Nicolo ihm seinen mächtigen Arm um die Schultern legte. »Wir haben noch eine unangenehme Pflicht zu erledigen …«

Rodrigo hasste diese Bärenumarmungen, und er war sich ziemlich sicher, dass Nicolo das genau wusste.

»Balian«, fuhr der Feldherr fort, »liegt dort drüben im Lagerhaus. Wir sollten ihn holen.«

»Ich glaube, ich werde dabei keine große Hilfe sein«, bemerkte Rodrigo. Er wollte nicht in das Lagerhaus. Wollte nicht sehen, was dort geschehen war. Es zu wissen war eine Sache. Aber es mit eigenen Augen zu sehen …

Ein schrilles Pfeifen schnitt über ihnen durch den dunklen Himmel. Heuler, Pfeile, die die Rebellen dazu benutzten, um Pferde scheu zu machen. Rodrigo vermutete, dass sie heute Nacht ihrem Triumph über den Rückzug der Liga Ausdruck verleihen sollten. Die Rebellen hatten sich verdammt gut geschlagen. Den Vormarsch des Heeres auf der schmalen Straße durch das Hügelland immer wieder aufgehalten. Rodrigo wusste, dass Nicolo innerlich schäumte, weil seine Truppen als einzige in den drei Heeren der Liga immer noch nicht die Grenze des Schwertwaldes überschritten hatten.

Wachen standen bei dem großen zweiflügeligen Tor des Lagerhauses. Es war das mit Abstand größte Gebäude in Genna. Rodrigo fragte sich, womit hier Handel getrieben worden war. In den letzten Jahren waren jegliche Geschäfte mit den Schwertherzögen durch Beschluss der Liga untersagt gewesen.

»Licht!«, befahl Nicolo, und einer der Männer in den gelben Waffenröcken Ferrantas nahm eine große Stalllaterne von einem Haken neben dem Tor.

Statt Waren lagen hier Leichen auf Lagern aus Stroh und altem Sackleinen. Ihre Reihen verloren sich im Dunkel des langgestreckten Gebäudes. Ihre Kehlen waren aufgeschnitten.

»Da ist er!« Nicolo deutete auf einen Mann in Plattenrüstung, der zwischen den Getöteten in ihren schmutzigen Hemden lag. »Du musst ihn dir ansehen. Da stimmt etwas nicht. Vielleicht kannst du es mir erklären. Du hast schließlich einen recht scharfen Verstand.«

Rodrigo blickte über die Reihen der Toten. Es waren mindestens vierzig Männer in der Scheune gewesen, dazu ein paar Frauen und zwei Kerle mit blutigen Lederschürzen. Das wäre nicht nötig gewesen, dachte er bitter. Die Hälfte der hier Versammelten wäre ohnehin in den nächsten Tagen an ihren Verletzungen verreckt. Sie hätten das nicht tun müssen.

»Es erwischt die Besten immer zuerst. Ich weiß gar nicht, wie ich es meiner Nichte beibringen soll.« Der bullige Feldherr seufzte. »Sie waren noch nicht einmal ein Jahr verheiratet, und sie trägt sein Kind unter dem Herzen. War ein guter Mann, unser Balian. Ich will seinen Mörder!«

»Wer von euch war mit ihm hier im Lagerhaus?«, wandte sich Rodrigo an den Waffenknecht mit der Laterne.

»Keiner, Herr. Balian hat darauf bestanden, das allein zu machen.«

»Er hatte Freude an seiner Arbeit«, sagte Nicolo in einem Ton, als spräche er über einen Bäcker, den es glücklich machte, schon vor Sonnenaufgang fünfzig Brote gebacken zu haben. »Er war immer sehr gewissenhaft. Hat alles selbst erledigt.«

Rodrigo hatte Balian nur flüchtig gekannt. Er war ein stiller junger Mann gewesen, dem noch kaum ein Bart spross. Einer mit schmalem Gesicht und langen, schlanken Fingern voller Tintenflecke, der trotz der gebräunten Haut den Eindruck machte, als würde er seine Tage im Kontor verbringen. Er war ausnehmend hübsch gewesen und hätte es nach seiner Heirat in die Familie Trimini sicher noch weit gebracht. Vor Beginn des Feldzugs hätte Rodrigo niemals vermutet, dass Balian auch ein Mann war, der, ohne mit der Wimper zu zucken, Dutzende von Kehlen durchschnitt.

»Und es gab nichts Auffälliges?«, bedrängte Rodrigo den Waffenknecht.

»Da waren die beiden Feldschere in den Lederschürzen und ihre drei Helferinnen. Mit denen hat Balian angefangen. Und dann hat er noch den Jungen mit den Packpferden umgebracht.«

»Packpferde?«, grunzte Nicolo gereizt. »Wozu waren hier Packpferde? Und wo sind die jetzt?«

Der Waffenknecht fühlte sich sichtlich unwohl. Dicke Schweißperlen schimmerten auf seiner Stirn. Die Laterne in seiner Hand zitterte, als er sie anhob, so dass ihr Licht ein wenig weiter reichte. »Dort an der Rückseite der Halle ist noch eine Tür. Da standen sie. Ich glaube, die Rebellen wollten die weniger schwer Verwundeten noch über die Brücke bringen. Als wir Balian gefunden haben, waren die Pferde fort. Aber die Tür stand ja auch auf. Sind wahrscheinlich einfach davongetrottet.«

Rodrigo erinnerte sich an den weißen Klepper, den er auf der Straße gesehen hatte. Vielleicht war er einer der verschwundenen Gäule? Er blickte auf all die Toten. »Und das war Balian ganz allein?«

Der Waffenknecht nickte. »Er wollte das so. War ziemlich gut darin. Hat nicht lange gedauert. Ein paar Kameraden haben zugeschaut. Aber zuletzt hat er alle fortgeschickt …«

»Warum?«, fragte Rodrigo eindringlich.

Der Mann blickte unsicher zu Nicolo.

»Was hat er getan?«, knurrte der Feldherr. »Die Leichen gefleddert?«

»Ja … Er hat sie alle durchsucht. Dabei wollte er immer allein sein. Hat sich viel Zeit dafür genommen. Sehr viel Zeit …«

Rodrigo hatte das Gefühl, dass da noch etwas Unausgesprochenes mitschwang. Aber er wollte nicht mehr über Balians makabere Verirrungen wissen.

Statt weitere Fragen zu stellen, kniete er sich neben den Toten. Balians Brustplatte war dicht unter dem Herzen durchbohrt, das Loch in der Rüstung fast perfekt rund, mit einem Durchmesser von etwa drei Fingern.

»Dreh ihn um!«, befahl Nicolo.

Der Waffenknecht stellte die Laterne ab und gehorchte. Er packte Balian beim Arm und zerrte ihn auf die Seite. Die Rüstung klirrte leise, als der Tote bewegt wurde.

Auch die Rückenplatte war durchbohrt, das Eisen um das Loch nach außen gebogen. Dieses Loch war allerdings kaum so groß wie Rodrigos kleiner Finger.

»Was war das für eine Waffe?« Nicolo sah Rodrigo jetzt mit tief gerunzelter Stirn aus schmalen Augen an. »Ein Schwert ganz sicher nicht. Und auch kein Speer.«

Rodrigo dachte an einen sich verjüngenden Holzpflock. Aber der hätte niemals die Rüstung durchdrungen. »Eine der schweren hölzernen Turnierlanzen vielleicht?«

»Damit hätte man schon im vollen Galopp gegen ihn anreiten müssen, um solchen Schaden anzurichten«, knurrte Nicolo. »Vielleicht ein Rabenschnabel?«

Rodrigo stellte sich einen dieser spitz zulaufenden Hämmer vor, die dazu geschaffen waren, Brustplatten und Helme zu durchschlagen. »Nicht lang genug«, murmelte er. »Ein Rabenschnabel hätte nicht auch die Rückenplatte durchbohrt und vermutlich auch eher ein rechteckiges Loch in die Brustplatte gestanzt.« Er wandte sich an den Waffenknecht. »Roll ihn zurück und leuchte ihm ins Gesicht.«

Die so vollkommenen Züge des jungen Patriziers waren im letzten Augenblick seines Lebens zu einer Maske namenlosen Entsetzens erstarrt.

»Was, beim Herrn des Himmels, hat er als Letztes gesehen, Rodrigo?« Nicolo sprach ungewöhnlich leise, und zum allerersten Mal hörte Rodrigo einen Hauch von Unsicherheit in der Stimme des Feldherrn. »Was hat ihm solche Angst gemacht, bevor er starb? Ich muss es wissen!«

ZWEI MEILEN SÜDLICH DER STERNENBRÜCKE,
IN DEN HÜGELN AM OSTUFER DES TIMESO,
ABEND, 16. TAG DES WEINMONDES IM JAHR VON
SASMIRAS ZWEITER THRONERHEBUNG

Der Ritter hob seine Axt, bereit, sie in Felicias Antlitz von makelloser Schönheit zu schmettern.« Milan machte eine kurze Pause, um sich an der Stille zu weiden. Während er erzählte, war sein Publikum immer weiter angewachsen. Jetzt waren es nicht mehr nur Kinder, erschöpfte Mütter und Verwundete, sondern auch etliche der Krieger lauschten seiner Erzählung von Felicia, dem Schwert der Rosen.

»Felicia riss ihr Schwert hoch und schloss die Linke um die Klinge, als der mörderische Hieb niedersauste. Ihre Armgelenke krachten von der Wucht des Treffers. Schmerz durchzuckte sie, aber sie hatte den tödlichen Streich abgefangen. Mit einem Ruck zog sie die Schwertklinge unter dem Schaft der Axt entlang, hakte sie in dem geschwungenen Axtblatt ein und drehte dem Ritter die mörderische Waffe aus der Hand.«

»Ja!«, jubelte ein kleiner Junge, der unmittelbar zu Milans Füßen kauerte und ihn aus weiten Augen ansah. Der halbe Hang des Hügels vor ihm war von Zuhörern bedeckt. Es mussten über zweihundert sein. Die meisten hockten am Boden, die Hände um die Knie geschlungen, und schlotterten in der Kälte, die dem langen Regen gefolgt war. Sie waren durchnässt, abgerissen, entwurzelt. Was einmal ihr Leben gewesen war, war verloren. Sie hatten ihre Gehöfte und Handwerksbetriebe aufgegeben, alles, was durch die Arbeit von Generationen aufgebaut worden war. Viele hatten nur das, was sie am Leib trugen, retten können, und die meisten betrachteten sich noch nicht einmal als Untertanen eines der Schwertherzöge. Aber was half es, wenn Nicolo Trimini das anders sah und sie gnadenlos verfolgen ließ?

»Nun, da der Söldnerritter der Liga entwaffnet war, berührte ihn Felicia mit der Spitze des Schwertes an jener Stelle zwischen den Schenkeln, die keine Rüstung schützt«, fuhr Milan fort.

»Sie soll ihn entmannen!«, forderte eine Frau mit übel zerschlagenem Gesicht. Milan las den Hass in ihren Augen.

»Das würde Felicia niemals tun«, entgegnete er ernst. »So zu handeln hieße, die Ideale der Ritterschaft zu verraten. Sie wäre dann wie ihre Feinde. Und für was für eine Welt sollte man denn kämpfen, wenn nicht für eine vollkommene?«

Milan spürte, wie die Stimmung im Publikum kippte. Sie hatten zu viel erlebt, um sich mit solch einer Antwort zufriedenzugeben.

Er hob mit dramatischer Geste die Arme. »Ich berichte nur, was ich gesehen habe. Mir steht es nicht zu, über die Taten der Herzogin Felicia da Rosa zu urteilen oder sie in meiner Erzählung zu verfälschen, indem ich etwas hinzufüge oder auslasse.«

»Wo hast du sie gesehen?«, fragte eine abgehärmte Frau mit kurzem, schwarzem Haar.

»Nur einen Tagesritt südlich. Wie ich euch berichtet habe, eilte sie mit ihren Bogenschützen einer Schar von Flüchtlingen zu Hilfe, die von den Rittern der Liga als Sklaven verkauft werden sollten.«

»Und wo sind diese Flüchtlinge jetzt?«, fragte ein Bogenschütze aus den hinteren Reihen der Zuhörer.

»Sie hat sie über den Timeso geführt, um ihnen den Weg zum Weißen Wald zu zeigen.« Milan war sich bewusst, wie schmal der Grat war, auf dem er wandelte. Es war töricht gewesen, Felicia so nahe sein zu lassen. Das machte seine Geschichte überprüfbar. »Mich aber sandte sie aus, um von ihrem Kampf zu erzählen, damit ihr den Mut nicht fahrenlasst, so kurz vor der Rettung. Ihr müsst über den Fluss. Flüchtet euch tief in den Wald und wartet auf die Weiße Königin, die da kommen wird, um ihr Volk zu erretten, wenn die Not am größten ist.«

»Die da kommen wird«, nahmen etliche der Flüchtlinge seine Worte auf, als seien sie ein Gebet, gesprochen in einem Oktagon, »um ihr Volk zu erretten, wenn die Not am größten ist.«

Er hatte sie wieder in der Hand, dachte Milan, und im selben Augenblick wurde ihm bewusst, dass er gerade tat, wofür er seinen Vater verachtet hatte. Er formte den Glauben jener, die im vertrauten und das, was er da gerade tat, niemals von ihm erwartet hätten. Und wenn er ehrlich war, musste er sich eingestehen, dass er es keinesfalls für ein höheres Wohl tat.

Tränen traten ihm in die Augen, als er daran dachte, wie Felicia auf dem Scheiterhaufen gestanden hatte. An ihren letzten Blick auf ihn, in dem nichts als Liebe lag.

Er ballte die Hände zu Fäusten. Das durfte nicht das Ende sein! Das würde er nicht hinnehmen. Er würde die Erinnerung an sie nicht verblassen lassen. Er würde seine Felicia von den Toten zurückholen!

»Danke, Meister.«

Eine Frau in mittleren Jahren war vor ihn getreten. Ihr Gesicht war vom Leben gezeichnet. Von der Arbeit auf den Feldern, von der Mühsal, eine Familie durchzubringen, von Selbstverleugnung, aber auch von der Erfahrung tiefer Liebe, denn in ihren dunklen Augen ruhte ein innerer Frieden, wie ihn nur jene fanden, denen die Liebe begegnet war …

Sie hob einen Zipfel ihres Kopftuchs und trocknete seine Augen. »Danke, dass Ihr uns wieder Hoffnung gebt, Meister Milan, und uns daran erinnert, dass der Weg der Rache nur in den Abgrund führen kann.«

»Sie sind fort!«, erscholl ein Ruf von der Kuppe des Hügels. »Die Ligisten haben Genna verlassen! Der Weg über die Sternenbrücke ist wieder frei!«

Die Frau vor ihm sah ihn aus weiten Augen an. Dann plötzlich kniete sie nieder und küsste seine Hand. »Das ist das Wirken der Weißen Königin«, sagte sie ergriffen und so laut, dass alle Umstehenden es deutlich hören konnten. »Meister Milan hat uns davor bewahrt, in unseren Herzen den falschen Weg zu wählen, und nun gibt es wieder Hoffnung.«

»Das ist wahr!«, stimmte ein Bogenschütze zu. Andere nickten. Immer mehr knieten nieder.

Milan fühlte sich nicht ganz wohl dabei und war doch gewillt, diesen Glauben des Volkes zu nutzen. »Dankt nicht mir«, sagte er verlegen. »Nicht ich bin es, der Wunder wirkt. Dies ist das Land der Weißen Königin. Sie ist hier. Sie wacht über uns, auch wenn sie sich noch nicht zeigt. Gehen wir! Nutzen wir die Gunst der Stunde! Bringen wir uns auf der anderen Seite des Timeso in Sicherheit. Es ist der Wille der Königin!«

Jene, die eben noch zu Tode erschöpft gewesen waren, erhoben sich, erfüllt von neuer Hoffnung. Und sie halfen einander. Die Starken stützten die Schwachen und Gebrechlichen. Milan hatte das Gefühl, geradezu körperlich spüren zu können, wie eine neue Kraft zugegen war. Unsichtbar und doch allen bewusst.

»Ihr seid ein großer Mann, Meister Milan«, sagte die Frau, die sich nun wieder erhoben hatte, und hauchte ihm einen Kuss auf die Wange. »Ihr seid ein Licht in dieser Finsternis.«

Damit ließ sie ihn stehen und schloss sich den anderen an, die den Hügel hinaufstrebten, der rettenden Brücke entgegen.

Leichter Nieselregen setzte ein. Wie kühle Federn strich er über sein Gesicht.

Eine schwere Hand legte sich auf Milans Schulter. »Komm, gehen wir, bevor es sich die Ligisten anders überlegen und Genna erneut besetzen.«

Der Ärger in Rainulfs Stimme war unüberhörbar. Der Bogenschütze war nicht gut darin, seine Stimmungen zu verbergen. Meist wollte er es auch schlichtweg nicht.

»Zugegeben, es war ein Fehler zu behaupten, dass sie so nah ist«, sagte Milan nachdenklich.

»Stimmt!«, knurrte der Schütze einsilbig und schob ihn voran. Seite an Seite stiegen sie den Hügel hinauf.

»Spricht man von weit entfernten Ereignissen, ist es weniger wahrscheinlich, sich in Widersprüche zu verwickeln, weil jemand der Anwesenden es besser wissen könnte.« Milan sprach nun mehr zu sich selbst. Er erinnerte sich an die Lektionen seines Vaters über die Kunst der plausiblen Lüge. Sie war eines von vielen rhetorischen Mitteln, derer sich ein Priester bedienen sollte, um seine Gemeinde auf den von ihm gewünschten Weg zu leiten. Menschen, die einem vertrauten, waren so leicht zu verführen …

Milan sah Rainulf an. »Du bist wütend, weil ich sie belogen habe?«

Sie hatten den Gipfel des Hügels erreicht. Weit vor ihnen in der Dunkelheit wand sich ein Band von Lichtern. Fackeln. Dort zogen sich die Ligisten zurück, um sich für den nächsten Angriff neu zu sammeln. Nicht weit östlich von der Schlange aus Licht leuchteten Hunderte von Lagerfeuern auf den Hügeln. Das Heer des Nicolo Trimini war die größte der drei Armeen, die auf den Schwertwald marschierten.

»Zu lügen, Milan, ist das Geschäft eines Priesters, und du bist der Sohn eines Priesters. Ich sehe die guten Absichten … ebenso wie den falschen Traum, dem du nachläufst. Es ist nicht so, dass ich es nicht verstehen könnte. Auch ich habe Felicia geliebt …« Die letzten Worte waren stockend über die Lippen des Bogenschützen gekommen. »Was mich wütend macht, ist, wie falsch du sie darstellst. Das ist nicht Felicia da Rosa. Die wahre Felicia hätte diesem verdammten Ritter die Eier abgeschnitten und ihm dabei ins Gesicht gelacht.«

Milan dachte darüber nach. Vermutlich hatte Rainulf recht. Felicia war wild und voller Leidenschaft gewesen. Unbeherrscht … Sie hatte sich genommen, was sie wollte.

»Aber sie hätte so sein sollen«, sagte er schließlich.

»Wer bist du, dass du dir anmaßt, das zu entscheiden?«, fuhr Rainulf ihn an. »Ich fürchte mich vor dem, was deine Worte erschaffen könnten.«

BEI DER STERNENBRÜCKE AM WESTUFER DES TIMESO, FRÜHER MORGEN, 17. TAG DES WEINMONDES IM JAHR VON SASMIRAS ZWEITER THRONERHEBUNG

Der alte Krieger nahm einen eisernen Haken aus dem Feuer und tauchte ihn in den Tonbecher. Die Flüssigkeit darin zischte auf. Er reichte Milan den mit speckigem Leder umwickelten Becher. »Das vertreibt die Kälte aus den Gliedern und den Gedanken.«

Ein angenehmer Minzduft stieg Milan in die Nase. Dankbar nahm er das Gefäß entgegen. Es tat gut, etwas Warmes in Händen zu halten. Rainulf hatte seit ihrem Streit in der Nacht kein Wort mehr mit ihm gesprochen.

Milan nippte an dem Gebräu. Sein Magen knurrte. Gestern hatte er ihre Vorräte an die Kinder der Flüchtlinge verschenkt. Er blickte zu den Feuerstellen entlang der Straße, die nach Westen zu den Ausläufern der Mondberge führte. Nicht einmal bei jedem vierten Feuer stand ein Kessel in der Glut. Überall herrschte Hunger.

»Wird ein übler Tag heute.« Der Alte sah ihn mit rotgeschwollenen Augen an. »Die Ligisten werden kommen. Hab nicht das Gefühl, dass ich mir morgen noch Gedanken darüber machen müsste, wo ich mir meine Knochen wärme.«

»Denkt man das nicht vor jeder Schlacht?«, fragte Milan und nippte erneut an seinem Minztee.

»Bist du schon einmal in eine Schlacht gezogen?«

Milan schüttelte den Kopf.

»Ein verdammter Dreck ist das …« Der Alte seufzte und starrte in den verbeulten Helm, der in der Glut seines Feuers steckte, um Wasser zu wärmen. »Du siehst, wie mutige Männer sich einscheißen, wie Narren zu Helden werden, wie Aufschneider den Ruhm der Toten ernten …« Er spuckte aus. »Ein verdammter Dreck eben. Solltest dann besser nicht hier sein.«

»Ich habe mit dem Schwert umzugehen gelernt«, begehrte Milan auf. »Und ich bin kein Feigling.«

»Darauf kommt es nicht an. Das spielt alles keine Rolle, junger Meister. Ich hab die Geschichten über dich gehört. Du kannst Gutes tun. Du solltest hier heute nicht verrecken. In einer Schlacht werden keine ehrenhaften Zweikämpfe ausgetragen wie in einer Fechtschule. Du kannst dir nie sicher sein, dass dich nicht mitten im Handgemenge einer von hinten absticht. Da ist es egal, wie gut du im Schwertkampf bist. Genauso, wenn dir ein Armbrustbolzen die Eingeweide durchbohrt und du über Tage langsam verreckst. Geh weg von hier, und glaub mir: Das ist der beste Rat, den du jemals bekommen hast.«

»Und was wäre, wenn alle so handelten?«, fragte Milan entrüstet.

Der Alte sah zu ihm auf und schenkte ihm ein zahnlückiges Lächeln. »Dann gäb es keine Kriege mehr. Feine Sache, nicht?«

Milan war sprachlos. Die Wahrheit in diesen Worten war nicht von der Hand zu weisen. Eine Welt ohne Kriege … Bisher hatte er nicht einmal einen Gedanken daran verloren. Welch ein Fehler!

»Milan Tormeno?«, erklang eine scharfe Stimme hinter ihm. Er fuhr herum.

Ein großer, dürrer Mann, eskortiert von einigen Bogenschützen, kam die Straße herab. »Ich bin Dumon, der Pfeil der Kelche, und führe hier den Befehl.« Er winkte ihm. »Auf ein Wort, Meister Tormeno.«

»Ein übellauniger Kerl ist das«, murmelte der Alte, der für Milan den Tee zubereitet hatte. »Nimm dich vor ihm in Acht.«

Milan gab ihm den Becher zurück und ging zu dem Befehlshaber. Dumon hatte ein langes, mürrisch wirkendes Gesicht, durchsetzt von weißen Stoppeln. Seine Augen waren von klarem Blau, eingefasst in einen Kranz von Fältchen. Die lange, schmale Nase ließ den Bogenschützen wie einen Raubvogel aussehen. Seine hohe Stirn wurde von dichtem grauem Haar, das er kurz geschoren trug, eingefasst. Seine Kleider waren alt und abgetragen. Hohe speckige Stiefel, eine Hose aus gelblichem Leder und ein Wams mit rostigen Nieten, die nahelegten, dass sich unter dem Leder Eisenplatten verbargen. Um den Hals trug er einen zerfransten grünen Schal. Sein graubrauner Umhang wurde von einer goldenen Schließe gehalten, die einen Pfeil zeigte, der über einem Kelch lag – das Würdenzeichen seines Amtes.

Der Anführer der Bogenschützen des Herzogs musterte Milan durchdringend, dann wandte er sich an seine Männer. »Abstand!«, zischte er.

Seine Gefolgsleute zogen sich eilends zurück.

»Man hört dieser Tage viel über Euch reden, Meister Tormeno. Ihr seid jünger, als ich erwartet hatte.«

»Womit kann ich Euch dienen?«, fragte Milan unverbindlich.

»Gehen wir ein wenig.« Der Pfeil der Kelche wies die Straße zur Brücke hinab. »Euch ist bewusst, dass es hier bald zur Schlacht kommen wird?«

»Ich weiß, dass sich Nicolo Triminis Heer am anderen Ufer sammelt.«

»So ist es.« Ihre Schritte knirschten auf der gepflasterten Straße. Nebel lag über dem Fluss, der sich so tief ins Land geschnitten hatte. Das gegenüberliegende Ufer war vor ihren Blicken verborgen. Weite Marmorbögen spannten sich vor ihnen über das wogende Weiß und verloren sich nach etwa zwanzig Schritt im Ungewissen.

Große Felsbrocken waren von den Verteidigern des Schwertwaldes auf den Brückenweg gerollt worden, um einen Reiterangriff der Ligisten unmöglich zu machen. Die Ufer waren mit zugespitzten Pfählen gesichert, die drohend in Richtung der Feinde wiesen. Bogenschützen machten sich bereit für die bevorstehende Schlacht, prüften die Stahlspitzen und die Befiederung ihre Pfeile, zogen Sehnen auf ihre mannlangen Eibenholzbögen, füllten ihre Wasserflaschen.

»Ich muss wissen, auf welcher Seite Ihr steht, Meister Tormeno. Immerhin gehört Euer Vater zu den Befehlshabern eines der Heere, die gegen uns ziehen.«

»Ich glaube, dass ich mich mit meinem Vater überworfen habe, ist allgemein bekannt.«

»Und wie haltet Ihr es mit den Kriegszielen der Liga?«, insistierte der Befehlshaber.

»Ich verurteile ihre Absichten«, entgegnete Milan entschieden.

»Bedauerlicherweise hat Lucille, das Schwert der Rosen, ein Kopfgeld auf Euch ausgesetzt, Meister Tormeno …«

Milan sah den großen Mann herausfordernd an. »Da ich noch nicht in Eisen gelegt bin, gehe ich davon aus, dass Ihr Euch dieses Gold nicht verdienen wollt.«

»Versteht mich nicht falsch – ich bin kein Gefolgsmann des Schwertes der Rosen. Ich weiß nicht, welche Fehde zwischen Euch besteht, und bin nicht geneigt, ihren Wünschen zu folgen …« Er seufzte. »Aber ich bin der Befehlshaber an dieser Brücke. Und ich muss wissen, auf welchem Ufer Euer Herz steht. Sollte es noch der Liga gehören«, er machte eine vage Geste zum Brückenweg, der im Nebel verschwand, »dann steht es Euch frei, nun zu gehen.«

»Dies ist mein Ufer, Pfeil der Kelche«, entgegnete Milan, ohne zu zögern.

Im selben Augenblick ertönte ein Horn in der Ferne, und auf den Hügeln auf der anderen Seite erschienen oberhalb des Nebels Hunderte von Bannern.

Die Krieger der Liga mussten für diesen eindrucksvollen Auftritt dicht hinter den Hügelkuppen gewartet haben, um auf das Signal hin vorzutreten. Milan sah den weißen Turm auf blauem Grund, das Wappen seiner Heimatstadt Dahlia, die rote Amphore Kamarinas, den silbernen Mond von Drepana, die drei goldenen Ähren Panormas und den schwarzen Hammer auf gelbem Grund, das Wappen von Ferranta. Die geballte Macht der Stadtstaaten Cilias stand ihnen gegenüber. Und für einen Augenblick empfand er Stolz angesichts des majestätischen Anblicks all der wehenden Banner.

»Noch könnt Ihr gehen, Meister Tormeno.«

Es war ihm fremd, so angesprochen zu werden. Milan wusste, dass Dumon damit seinen Respekt ausdrücken wollte, aber er mochte es nicht, Meister genannt zu werden. »Ich stehe immer noch auf dem richtigen Ufer«, bemerkte er trocken.

»Soll ich Euch ein größeres Schwert bringen lassen? Diese Klinge erscheint mir ungenügend für eine Schlacht. Zwei davon vielleicht …«

»Ich gedenke, nicht zu kämpfen«, unterbrach Milan ihn. »Für keine der Seiten.«

Dumon räusperte sich. »Wenn sie durchbrechen sollten und das große Abschlachten beginnt, dann gibt es auf diesem Ufer nur noch zwei Arten von Menschen. Die Kämpfer und die Opfer. Und Letztere erkennt man leicht an ihrer ungenügenden Bewaffnung. Auf einem Schlachtfeld kann man nicht neutral bleiben, Meister Tormeno.«

»Ihr sagtet, Ihr habt schon von mir gehört, Dumon. Hat man Euch nicht erzählt, dass ich bekannt dafür bin, alten Geschichten ein neues Ende zu geben?«

»Ich will nicht vermessen erscheinen, junger Herr. Aber dies hier wird bald ein Schlachtfeld sein, und welches Ende die Geschichten hier nehmen, weiß ich leider nur allzu gut. Ihr seid Eures Glückes Schmied. Und Ihr seid gewarnt. Was Ihr daraus macht, ist Eure Angelegenheit. Ich verlasse mich darauf, dass Ihr Euch nicht gegen uns wenden werdet und uns in keiner Weise Schaden zufügt.«

»Ihr habt mein Wort, Pfeil der Kelche.«

»Das genügt mir.« Dumon winkte seiner Eskorte, die wieder zu ihm aufschloss, während auf der anderen Seite des Flusses dumpfer Trommelschlag ertönte. Dutzende Trommeln. Sie schlugen einen langsamen Takt, der unter die Haut ging.

Obwohl sich die Banner auf den Hügeln nicht vom Fleck bewegten, stellte sich Milan ein marschierendes Heer vor, Tausende Füße, die im Takt des Trommelschlags auf das Straßenpflaster stampften.

Ganz gleich, was Dumon sagte – er würde nicht kämpfen,

dachte Milan. Dieser Krieg war ein Fehler. Wenn nur die Weiße Königin endlich käme, um dem sinnlosen Morden ein Ende zu setzen!

Er blickte die Straße hinauf zum Wald, zwischen dessen dunklen Stämmen Nebel wogte. Sah einen alten Klepper. Einen Schimmel, der am Waldrand auftauchte und zur Brücke hinübersah, als wüsste er um das, was da kommen würde. Dann war er im wallenden Dunst verschwunden.

Erste Flüchtlinge zogen in kleinen Gruppen nach Westen. Viele waren noch nicht aufgebrochen. Sie vertrauten auf die Bogenschützen.

Milan betrachtete die Brücke. Auf den letzten zehn Schritt lagen keine Felsbrocken mehr. Das Pflaster schimmerte feucht. Nicht einmal ein Kieselstein lag dort.

Milan stieg den Hügel hinab, warf einen langen Blick auf die prächtigen Banner. Immer noch grollten die Trommeln, kündeten vom heranmarschierenden Unheil.

Ein großer, dünner Mann streifte ihn im Vorübergehen. Milan blickte ihm ins Gesicht. Irgendwie kam es ihm vertraut vor. »Wer …«

»Milan!«, erscholl Rainulfs Stimme. »Komm her! Sieh nur, wen ich gefunden habe!« Der Bogenschütze stand bei einer Frau in einem schwarzen Kleid und einem alten Mann, der sich schwer auf einen Stock stützte.

Er sollte zu ihm hinabsteigen. Es war an der Zeit, nach dem Zwist der vergangenen Nacht Frieden mit Rainulf zu schließen.

Ein weiteres Hornsignal ertönte. Dieses Mal sehr nah. Zugleich war da ein leises metallisches Klirren. Etwas bewegte sich im Nebel auf der Brücke.

Männer, ganz in Eisen gewappnet, entwuchsen dem Dunst. Sie trugen keine Waffenröcke, stellten ihre Rüstungen zur Schau. Runde Brustplatten, nach vorn spitz zulaufende Helme. Arm- und Beinschienen. Rüstwerk in Vollkommenheit. Jede Fläche abgerundet. Sie hielten große Bastardschwerter in den eisengeschützten Fäusten. Ihre Schritte klirrten auf dem Pflaster.

Dumon rief einen Befehl. Pfeile sirrten von Sehnen. Knirschend schrammten sie über das Eisen und richteten keinen Schaden an.

Eine weitere Salve folgte.

Wieder nichts!

Wie es schien, würde die Sternenbrücke schon im ersten Ansturm genommen werden, dachte Milan entsetzt. Und es lagerten noch Hunderte von Flüchtlingen unmittelbar am Ufer. Die Sklavenjäger der Liga würden reiche Menschenernte halten, wenn es niemandem gelang, diese Ritter aufzuhalten.

BEI DER STERNENBRÜCKE, AM WESTUFER DES TIMESO, FRÜHER MORGEN, 17. TAG DES WEINMONDES IM JAHR VON SASMIRAS ZWEITER THRONERHEBUNG

Milan lief der Brücke entgegen. Er musste die Ritter der Liga, die da zu Fuß auf sie zukamen, aufhalten. Irgendwie. Es waren etwa zwanzig. Immer noch prasselten Pfeile auf sie ein, doch die Schussfolge wurde langsamer. Jetzt sirrten aus dem Nebel unten am Fluss die ersten Armbrustbolzen zu den Bogenschützen aus dem Schwertwald herauf.

»Nicht!« Dumon packte ihn beim Arm und hielt ihn zurück.

»Ich werde ihnen sagen, wer ich bin, und sie bitten, Gnade walten zu lassen.«

Der Pfeil der Kelche lachte bitter. »Gnade. Sie glauben, wir können sie nicht aufhalten. Warum sollten sie da gnädig sein? Sie gewähren keine Gnade. Und wir auch nicht!«

Etwas an den letzten Worten des Bogenschützen jagte Milan einen eisigen Schauder über den Rücken.

Er blickte zu den Schützen, die hinter ihren zugespitzten Pfählen in Deckung standen. Keiner von ihnen wirkte besorgt. Ruhig schossen sie weiter. Sie hatten ihre Pfeile vor sich in den aufgeweichten Boden gesteckt. Pfeile, deren Befiederung zerzaust war oder die nicht völlig gerade wirkten. Einige Schäfte waren beschädigt, als handelte es sich um Pfeile, die schon mehrfach verschossen und dann wieder eingesammelt worden waren. Alle waren ganz offensichtlich von minderer Qualität.

»Ja!«, schrie einer der Schützen auf.

Der vorderste der Ritter war zu Boden gegangen. Seine Beine zuckten wie in Krämpfen. Das Metall der Rüstung klapperte auf dem Pflaster. Ein Geschoss war ihm durch den linken Sehschlitz im Visier gedrungen.

Die übrigen Ritter hielten nicht inne. Den Sieg vor Augen, ließen sie den Brückenabschnitt, auf dem die Felsbrocken lagen, hinter sich. Noch kaum mehr als zehn Schritt, und sie wären bei den Schützen.

Milans Hand fuhr zum Schwert, obwohl er vorhin noch geschworen hatte, nicht in die Kämpfe einzugreifen.

Hinter ihm erklangen entsetzte Schreie. Nun hatten auch die Letzten begriffen, dass die Schlacht nur sehr kurz dauern würde. Er hörte das Geräusch laufender Füße. Ein Kind rief nach seiner Mutter.

»Zielt auf die Köpfe«, sagte Dumon ruhig. »Dann auf die Brustplatten, so wie besprochen.«

Die Ritter gingen leicht vorgebeugt, als würden sie sich durch einen heftigen Sturm bewegen. Metall kreischte über Metall. Einige machten mit ihren langen Schwertern leicht wedelnde Bewegungen, als wollten sie Mücken verscheuchen.

Der Kopf eines Ritters mit goldbeschlagenem rotem Gürtel wurde nach hinten gerissen, als ein Pfeil seinen Helm traf. Sofort krachten zwei weitere Geschosse auf seine Brustplatte, wo sie deutliche Dellen hinterließen. Mit rudernden Armen taumelte er ein Stück nach hinten. Ein weiterer Pfeil traf seine Brust.

Milan konnte ihn keuchen hören. Dann stürzte der Ritter nach hinten. Ein weiterer Ritter ging mit ihm zu Boden.

»Speerträger!«, rief Dumon.

Rebellen, die sich seitlich der Brücke auf die Böschung gekauert hatten, sprangen auf.

Ein vierter Ritter ging zu Boden.

Verwundert sah Milan, wie die eisengepanzerten Männer versuchten, sich auf dem Pflaster aufzustützen, aber immer wieder ausglitten. Ihre Hände fanden keinen Halt auf dem feucht schimmernden Stein.

Die vordersten Ritter hatten sie fast erreicht, als die Speerträger angriffen.

Mit wuchtigen Schlägen versuchten die Angreifer, die Schäfte der Speere zu zerschmettern. Ihre Gegner trugen keinerlei Rüstung, ja, sie besaßen offenkundig nicht einmal Schuhe. Todesmutig stießen sie nach den Rittern. Noch einer der Ligisten ging zu Boden.

Ein Ritter mit rotem Federbusch hatte die Brücke nun fast verlassen. Zwei Schritt noch. Er packte mit der Linken nach einem der Speere, die nach ihm stießen, ohne die Rüstung zu durchdringen, zerrte daran und rammte dem unglücklichen Rebellen sein Schwert in den Leib. In dem Augenblick, als seine Klinge gebunden war, packten zwei andere Männer den Ritter bei den Schultern und warfen ihn zu Boden. Doch sofort waren weitere Ritter heran. Wie Sensen durch Gras fuhren die schweren Klingen der Gerüsteten in jene, deren einziger Schutz Leinenhemden waren.

»Benutzt die Speere, verflucht! Haltet sie auf Abstand!«, brüllte Dumon. Dann wandte er sich seinen Männern zu. »Los, zeigen wir den Bauernlümmeln, wie man es richtig macht!« Er ließ Milan los, bückte sich nach einem Speer und stürmte, begleitet von seinen Leibwachen, in den Nahkampf.

Unterdessen sirrten mehr und mehr Armbrustbolzen vom Fluss herauf. Immer wieder waren in den treibenden Nebelschwaden undeutliche Gestalten zu sehen. Sie standen, auf ihre schweren Pavesen gelehnt, im kaum kniehohen Wasser und warteten geduldig, bis sich für einen Herzschlag die Sicht klärte.

»Die sind wie Geister«, murmelte Rainulf, der Milan inzwischen gefolgt war. Er hatte eine Sehne auf den Bogen gezogen und wartete mit eingenocktem Pfeil auf ein Ziel.

Einer der Rebellen ging fluchend zu Boden, als ihn ein Armbrustbolzen in den Oberschenkel traf. Das Blut schoss in pulsierenden Stößen aus seiner Wunde. Einer seiner Gefährten kauerte sich neben ihm nieder, um ihm mit einer Bogensehne das Bein abzubinden.

Das Handgemenge auf der Brücke wurde immer verbissener. Es waren jetzt doppelt so viele Speerträger dort wie Ritter. Zwischen den Felsbrocken auf dem Brückenweg tauchten nun weitere Männer auf. Krieger im gelben Waffenrock von Ferranta. Sie hielten Hellebarden in den Fäusten, trugen Sturmhauben und leichtere Rüstungen.

Die Bogenschützen rechts und links der Sternenbrücke ließen von den Armbrustschützen im Nebel ab und richteten ihre Pfeile auf die neuen Angreifer. Milan fiel auf, dass die Männer nun nur Pfeile aus den ledernen Köchern an ihrer Hüfte zogen. Ohne sich mit dem Zielen aufzuhalten, schickten sie Schuss um Schuss in die Schar der Angreifer, deren Reihen sich überraschend schnell lichteten.

Dafür flogen ihnen nun immer mehr Armbrustbolzen um die Köpfe. Ein Junge, noch keine zwölf, der ein Maultier, beladen mit Pfeilbündeln, zur Brücke führte, wurde von einem Armbrustbolzen durchbohrt, der ihn an das hölzerne Packgerüst auf dem Sattel nagelte. Er war augenblicklich tot. Seine Fersen schleiften über den Boden, als das Maultier erschrocken durchging. Der Junge hielt immer noch die Zügel in Händen.

Milan bemerkte, wie sich die ersten Köcher der Bogenschützen leerten. Alle paar Herzschläge brachten sie einen neuen Pfeil ins Ziel.

Da er in den Kämpfen keinerlei Nutzen brachte, lief er dem Maultier hinterher, nahm dem toten Jungen die Zügel aus der Hand und zerrte das verängstigte, bockende Tier in Richtung Brücke. Doch sobald er der Böschung so nah kam, dass er für die Armbrustschützen im Fluss wieder ein sichtbares Ziel wurde, umschwirrten ihn die Bolzen wie wütende Hornissen. Eines der Geschosse zupfte an seinem Haar. Milan duckte sich.

Das Maultier wurde in die Stirn getroffen und ging, wie von einem Hammerschlag gefällt, zu Boden.

Milans Herz raste, als wollte es ihm aus der Brust springen. Nie hatte er sich dem Tod so nahe gefühlt. Wäre der Bolzen gerade nur zwei Fingerbreit tiefer geflogen gekommen, dann läge er nun tot neben dem Maultier.

Einige Kinder aus der Schar der Flüchtlinge kamen zu ihm herüber. Sie lösten Pfeilbündel vom Sattel. Jetzt erschienen auch weitere Maultiere.

Milan versuchte, ebenfalls ein Pfeilbündel loszuknoten. Doch seine Hände zitterten so sehr, dass er es aufgab, das Messer aus seinem Gürtel zog und die dünne Hanfschnur durchschnitt, mit der das Bündel an seinem Platz gehalten wurde.

Mit sieben Bündeln auf dem Arm, jedes zu zwanzig Pfeilen, eilte er zur Brücke zurück. Gerade rechtzeitig, um zu sehen, wie die Waffenknechte mit den Hellebarden ihren Angriff abbrachen und über den Brückenweg zurück zum anderen Ufer flüchteten. Die Ritter indes lagen alle am Boden.

Dumon setzte sich einem der Gestürzten auf die Brust und zog den Panzerstecher aus seinem Gürtel. »Sorgt dafür, dass der Kerl nicht zappelt«, sagte er zu niemand Bestimmtem aus seinem Gefolge.

Zwei Männer stellten ihre Füße auf die Arme des Ritters und drückten sie zu Boden.

»Ich bin reich …« Die Stimme des Ritters klang gedämpft aus dem Helm. Es war der mit den roten Federn am Helm.

Dumon hielt den Panzerstecher über einen der Sehschlitze im Helm. Die dreikantige Waffe war frisch gefettet und schimmerte silbern. Geschaffen dazu, durch jede Rüstung zu dringen, war sie etwas mehr als zwei Hand lang, der Knauf am Ende des Griffs als eine aufliegende Scheibe gearbeitet. Er sollte die Wucht des Hiebs aufnehmen und nach unten leiten, ohne dass sich der Kämpfer verletzte.

»Bitte …« Die Stimme des Ritters überschlug sich, als Dumon die Spitze des Panzerstechers in den schmalen Sehschlitz schob.

Die anderen Ritter, die auf dem Pflaster lagen, rührten sich bereits nicht mehr. Blutlachen kündeten von ihrem Schicksal. Speerkämpfer und Bogenschützen hatten bereits damit begonnen, ihnen die Rüstungen auszuziehen.

»Ich gehöre zur Sippe der Trimini!«

Dumons Hand, die schon zum Schlag erhoben war, verharrte.

»Ihr bekommt ein stattliches Lösegeld für mich …«

Milan zuckte zusammen ob so viel Dummheit. Der Kerl mochte zu dieser Familie von Kaufherren gehören, aber wie konnte man seine Feinde nur so wenig kennen? Die Rebellen kämpften für das Überleben ihres Volkes. Gold war ihnen egal.

Milan sah, wie sich die Muskeln des Pfeils der Kelche spannten.

»Nicht!« Er ließ die Bündel fallen und stürmte auf die Brücke.

Dumon sah ihn über die Schulter an. »Warum sollte ich solch ein Stück Scheiße leben lassen? Habt Ihr nicht die Galgenbäume gesehen? Habt Ihr nicht gesehen, was die Ligisten mit Frauen und Kindern machen? Warum sollte ich ihn verschonen?«

»Um Nicolo Trimini zwingen zu können, auch gnädig zu sein!«, rief Milan.

»Zu feilschen ist nicht meine Art.«

Milan fiel dem Pfeil der Kelche in den Arm. »Ich beschwöre Euch, tut es nicht! Denkt an die Galgenbäume. Wenn Ihr ihn gegen einen ganzen Baum voll Gefangener, die nicht gehenkt werden, tauschen könntet, wäre es das nicht wert?«

An der Böschung schrie ein Mann auf. Der Beschuss vom Fluss her hatte weiter zugenommen.

»Nehmt ihm die Rüstung ab, stellt ihn nackt ans Ufer und sagt den Armbrustschützen, wer dort zwischen unseren Männern steht. Es gibt so viele Möglichkeiten, einen Nutzen aus ihm zu ziehen. Überlasst mir seinen Helm.«

Dumon schnitt eine Grimasse, als habe er in einen fauligen Fisch gebissen, aber er ließ den Arm sinken und schob den Panzerstecher wieder in die Lederscheide an seinem Gürtel. Dann löste er den Kinnriemen des Helms und zog ihn grob vom Kopf des Ritters.

Das Gesicht eines bartlosen jungen Mannes kam zum Vorschein. Das schwarze Haar klebte dem Gefangenen verschwitzt am Kopf. Dankbar blickte er aus rehbraunen Augen zu Milan auf. Er mochte vielleicht achtzehn Jahre alt sein.

»Wie ist dein Name?«, fuhr Dumon ihn an.

»Joacino.«

»Kenn ich nicht«, brummte der Pfeil der Kelche.

»Ich habe in die Familie eingeheiratet. Die Tochter des Bruders von Nicolo Trimini ist mein Weib. Ich bin …«

Dumons Faust sauste in das Gesicht des jungen Mannes.

Milan hörte Joacinos Nase krachen. Blut quoll daraus hervor und rann über die aufgeplatzten Lippen.

»Warum …«, begann Milan.

»Sah zu hübsch aus für 'nen Kerl«, bemerkte der Pfeil der Kelche trocken und erhob sich. Die Männer um ihn herum lachten. »Bringt ihn nach hinten und seht zu, dass ihm keine der Frauen die Kehle durchschneidet!«

Sobald das geregelt war, drückte Dumon Milan den Helm des Ritters in die Hand. »Sorgt dafür, dass die Ligisten den Helm bekommen und wissen, dass der Schönling noch lebt, Meister Tormeno.«

Dann wandte sich Dumon wieder an seine Männer. »Holt mir drüben bei den Leichen alle Pfeile, die noch was taugen.« Mit diesen Worten deutete er zu den Waffenknechten, die zusammengeschossen ein Stück weiter hinten auf der Brücke lagen. »Hängt mir die Toten an die Eiche dort vorn und nutzt die Pfeile, die nichts mehr taugen, für sie. Die verfluchten Ligisten sollen sehen, was wir von ihnen gelernt haben.«

Milan wollte etwas sagen, doch der Pfeil der Kelche brachte ihn mit einem harten Blick zum Schweigen. »Überspannt den Bogen nicht, Meister Tormeno. Ich führe hier den Befehl, und für heute habe ich genügend Ratschläge von Euch bekommen. Sollte ich Bedarf nach mehr verspüren, werde ich Euch finden.« Er ließ Milan mit dem Helm in den Händen stehen.

Kurz zögerte Milan und überlegte, ob er ihm folgen sollte.

»Tu es nicht.« Rainulf trat ihm zur Seite. »Dumon ist kein umgänglicher Mann. Für seine Verhältnisse war er äußerst freundlich. Versuche nicht, seine dunkle Seite kennenzulernen. Ich hab da Geschichten über ihn gehört …«

Milan beschloss, auf Rainulf zu hören, und blickte ratlos auf den Helm.

»Du denkst doch nicht etwa darüber nach, ihn persönlich auf die andere Seite zu bringen?«

»Wenn ich unter dem Banner eines Herolds über die Brücke ginge? Herolde sind unberührbar.«

»So wie dein Bruder in Thouar?«, fragte Rainulf. »Die behalten dich gleich da, um dich gegen den Schönling auszutauschen.«

Die Gefahr ließ sich nicht von der Hand weisen. »Und was machen wir jetzt?«

»Du bleibst hier.« Rainulf nahm den Helm an sich. »Ich gehe über die Brücke, bis ich ihre Stimmen im Nebel höre. Dann schleudere ich ihnen den Helm vor die Füße und richte schöne Grüße von Dumon aus. Und versuche nicht, es mir auszureden. Ich kann weiter werfen und besser brüllen als du.«

Milan lächelte schief. »Wohl wahr.«

»Pass gut darauf auf.« Rainulf gab ihm seinen Bogen und zog die Stiefel aus.

»Was machst du da?«

Der Schütze deutete auf das glänzende Pflaster der Brücke. »Ich bin doch nicht bescheuert und versuche dort, mit abgewetzten Stiefelsohlen zu laufen.«

Milan verstand nicht. »Warum …«

»Du weißt es nicht?« Rainulf wirkte ehrlich überrascht. »Hast du gedacht, man holt Ritter so leicht von den Füßen, und sie wären dann in ihrer Rüstung nicht mehr in der Lage aufzustehen? Dumon hat sie nur mit schadhaften Pfeilen beschießen lassen. Er wollte, dass sie es bis ganz vorn schaffen. Aber sie sollten nicht merken, wie sie in die Falle tappen. Deshalb musste er seine Männer schießen lassen. Jeder Schütze weiß, dass die besten Panzerplatten von einem Langbogenpfeil nur dann durchschlagen werden, wenn er auf weniger als halbe Schussweite im rechten Winkel auf die Rüstung trifft und seine volle Kraft wirken kann. Und selbst dann besteht die Gefahr, dass die Pfeilspitze nicht ins Fleisch dringt, wenn der Ritter ein Kettenhemd oder ein verstärktes Lederwams unter der Brustplatte trägt. Deswegen hat Dumon die letzten paar Schritt der Brücke mit Achsnabenfett einschmieren lassen. Es ist kein Spaß, darauf zu laufen, wenn es auf ein Pflaster aufgetragen ist, das Tausende von Karrenrädern poliert haben.«

Milan blickte auf die feucht schimmernden Steine, auf denen die Leichen der nun völlig entblößten Ritter lagen. Es hatte für die Männer nie die geringste Hoffnung bestanden, diesen Angriff zu überleben …

»Tun sie dir etwa leid?«, fragte Rainulf. »Wäre das Fett nicht gewesen, hätten sie jeden niedergemacht, der sich ihnen in den Weg gestellt hätte. Du solltest dich von deinen romantischen Vorstellungen von ehrenhaften Turnieren trennen. Diese Art, vor den Augen schöner Hofdamen zu kämpfen, hat nichts mit der Wirklichkeit eines Krieges gemeinsam.«

BEI DER STERNENBRÜCKE, AM OSTUFER DES TIMESO, MORGEN, 17. TAG DES WEINMONDES IM JAHR VON SASMIRAS ZWEITER THRONERHEBUNG

So ein Trottel!« Nicolo Trimini warf den Helm einem der Pagen zu, der bereitstand, um dem Feldherrn auf Wunsch mit Wasser verdünnten Wein zu reichen.

Einen Augenblick wirkte der mächtige, bärtige Heerführer unschlüssig. Er sah zu Rodrigo. »Hätte sich der Kerl bei seinem Versuch, sich die Sporen zu verdienen, nicht einfach umbringen lassen können?«

»Wie es scheint, hat er nicht in Erwägung gezogen, welchen

Ärger sein Weiterleben verursachen könnte«, bemerkte Rodrigo trocken.

»Verspottest du mich?«, grollte Nicolo.

Nichts läge mir ferner, heldenhafter Bezwinger von Witwen und Waisen, dachte Rodrigo, hütete sich aber, es auszusprechen. »Soll ich den Angriff abbrechen lassen?«

»Wir könnten sie bis zur Mittagsstunde von der Brücke vertreiben, nicht wahr? Der Durchbruch zum Schwertwald ist zum Greifen nah! Und jetzt ist alles dahin, weil sich dieser junge Narr an die Spitze der Ritter setzen musste. Ich hatte ihm das ausdrücklich untersagt.« Wieder wirkte Nicolo hilflos, wie es sonst ganz und gar nicht seine Art war.

»Können wir es uns leisten, auf ihn zu verzichten?«, fühlte Rodrigo vorsichtig vor.

»Er ist der Mann einer Nichte. Du weißt nicht, wie es ist, einen Bruder zu haben, den der Herr des Himmels immer nur mit Töchtern beschenkt hat, nie aber mit einem Sohn, der das Kindbettalter überlebt hätte. Unter all seinen Schwiegersöhnen ist Joacino der einzige Lichtblick. Der Sohn, den er sich immer gewünscht hatte. Er ist mutig, versteht sich tatsächlich darauf, zu kämpfen, und sieht auch noch gut aus … Es wäre eine Sache, wenn er im Kampf gefallen wäre. Ein weiterer Schicksalsschlag eben. Aber wenn mein Bruder erfährt, dass ich Joacino hätte retten können und es nicht getan habe …« Nicolo stieß einen tiefen Seufzer aus. »Der Krieg, den wir hier führen, wird in spätestens drei Monden entschieden sein. Der Krieg jedoch, der mich zu Hause erwartet, wenn ich Joacino nicht rette, wird währen, bis sie mich ins Grab legen.« Er wandte sich an einen seiner Pagen. »Wein!«, schrie er ungehalten. Dann sah er in die Runde der Hauptleute, die seine Befehle erwarteten, und der Kaufherren, die dem Heer folgten, um darüber zu wachen, dass das Silber, das sie in das Heer investiert hatten, auch wieder zurückfloss. – Immerhin wurden täglich Gefangene gemacht, die für die Sklavenschiffe des Khanats bestimmt waren, und sie achteten eifersüchtig darauf, dass Nicolo Trimini sie nicht betrog.

»Lasst mich mit meinem Ersten Berater allein!«, schnauzte der Feldherr ungehalten.

Niemand wagte es, Nicolo zu widersprechen, wenn er in dieser Stimmung war. Sein Page reichte ihm einen goldenen Becher mit Wein. Der Feldherr stürzte ihn hinab, ohne auch nur einen Augenblick sein kostbares Aroma zu genießen. Dabei war es gewiss einer der erlesensten Weine, den die Insel zu bieten hatte.

Rodrigo sah zu, wie die übrigen Berater einer nach dem anderen abzogen. Dass er der wichtigste unter seinen Ohrenbläsern war, hatte Nicolo noch nie zuvor laut ausgesprochen.

»Dein Sohn ist doch geraubt worden. Von diesem Krähenmann. Und der junge Tormeno hat ihn wieder zurückgeholt.«

Rodrigo mochte es nicht, wenn dieses Thema angeschnitten wurde. Er stand in der Schuld der Tormenos. Er war nicht in der Stadt gewesen, als Antonio entführt wurde. Doch selbst wenn er zu dem Zeitpunkt im Handelskontor in Dahlia gesessen hätte, hätte der Krähenmann den Jungen geholt. Davon war Rodrigo überzeugt, aber Maria hielt ihm seine Abwesenheit immer noch vor. Als hätte ausgerechnet er dieses Ungeheuer an irgendetwas hindern können.

»Du weißt, wie es mit Familienangelegenheiten ist …« Nicolo wirkte so zerknirscht, wie Rodrigo ihn noch nicht kannte. »Gehen wir ein Stück. Ich kann dann immer besser denken.« Der massige Feldherr ließ sich aus dem Sattel gleiten. Er schwankte leicht. An diesem Morgen hatte er schon zu viel Wein getrunken. »Du musst dieses Dilemma doch verstehen können.«

Rodrigo ging voran. Er querte einen der Hügel, auf die er die Bannerträger geschickt hatte. Er wollte, dass die Rebellen auf der anderen Seite sahen, welcher Macht sie gegenüberstanden.

Von hier oben hatten sie eine gute Aussicht auf die Brücke. Rodrigo konnte der Versuchung nicht widerstehen, nach Nordwesten zu blicken, aber natürlich war dort noch nichts zu entdecken.

»Diese Schweine!«, zischte Nicolo voller Inbrunst.

Jetzt sah Rodrigo es auch. Die Korkeiche, nicht weit vom

Brückenaufgang. Wie riesige Säcke hingen nackte Leichen von ihren Ästen. Mit dem Kopf nach unten. Einige Bogenschützen standen etwa zwanzig Schritt entfernt. Und sie schossen! Ob die Männer am Baum etwa noch lebten?

»Denkst du, er befindet sich unter diesen Unglücklichen?«, fragte der Feldherr leise.

»Nicht, wenn unsere Feinde auch nur einen Funken Verstand besitzen. Tot ist Joacino nichts mehr wert. Solange er aber lebt, ist er ein wunderbares Druckmittel gegen uns. Und nach unseren bisherigen Erfahrungen haben sie sich stets eher klug angestellt. Unser Vormarsch nach Westen hat mehr als doppelt so lange gedauert wie geplant.«

»Salz in meinen Wunden«, murrte Nicolo.

»Und Hoffnung für den Mann deiner Nichte.«

»Ich werde mein Gesicht verlieren, wenn ich nach ihrer Pfeife tanze. Erst recht, wenn herauskommt, warum.«

Rodrigo betrachtete den Nebel, der langsam lichter wurde. Es versprach ein schöner Herbsttag zu werden. Er dachte an Maria, seine Frau. Geliebt hatte er sie nie. Aber ihre Heirat war, geschäftlich betrachtet, durchaus glücklich verlaufen. Marias Onkel, Großkomtur Mario Canali, hatte der Familie Apolita günstige Handelsabkommen mit den Kaiserrittern verschafft. Die Familienbande unter den Canali waren bewundernswert eng geknüpft. Sie sorgten gut füreinander. Vielleicht gerade weil sie vor mehr als fünfzig Jahren, nach dem Brand Arboras, von Cilia geflohen waren. Lucio Tormeno, der Erzpriester, der sich damals samt der ganzen Stadt und all ihrer Bewohner verbrannt hatte, hatte vor den Mauern eine Anklage gegen den mächtigen Kaufherrn Matteo Canali hinterlassen, er habe die Pest nach Cilia gebracht. Maria behauptete, dass dies alles nur bösartige Lügen seien. Aber sie behauptete ja auch, er, Rodrigo, sei ein Dummkopf und völlig verweichlicht. Letzteres war in der Tat nicht von der Hand zu weisen, aber dass sie die Frechheit besaß, ihn sogar vor den Dienstboten einen Trottel zu nennen … Er war nicht mehr Herr in seinem eigenen Haus, seit Maria eingezogen war.

Der Krieg war ihm da eine willkommene Ausrede, ihr fernzubleiben. Und danach würde er eine lange Handelsreise ins Reich unternehmen. Manchmal hatte er auch schon an Gift gedacht. Aber die Canali galten als sehr erfahren in diesen Dingen. Es war niemals klug, einen Feind auf vertrautem Terrain anzugreifen. Also doch lieber reisen. Maria aß zu gern, zu viel. Sie würde auch ohne seine Hilfe den Weg in ein frühes Grab finden.

»Woran denkst du?«, fragte Nicolo.

»An Gräber«, gab er freimütig zu. »Und daran, wie dein Problem zu lösen ist, Nicolo.« Er nickte in Richtung der Bogenschützen, welche die andere Seite der Brücke bewachten. »Gib unseren Armbrustschützen den Befehl, nicht mehr länger nach dort drüben zu schießen. Aber sie sollen sich nicht zurückziehen. Im Gegenteil, schicke noch weitere Truppen ans Ufer, so als würden wir bald über die Brücke und durch den Fluss zugleich angreifen.«

»Ich weiß auch, dass wir sie allein durch die Masse der Truppen vom Ufer verdrängen können«, fuhr ihn Nicolo an. »Aber vorher werden sie Joacino mit Pfeilen spicken.«

»Das werden sie nicht. Ich schicke einen Boten zu meinen Männern auf die andere Seite. Ich muss gestehen, ich habe deine Befehle missachtet. Ich habe Folgendes getan …«

Nicolo hörte ihm mit deutlicher Verärgerung zu. »Das könnte gelingen«, sagte er schließlich. »Ich bin nur froh, dass du auf dieser Seite des Flusses stehst, um zu kämpfen, Rodrigo Apolita. Ich hätte dich ungern zum Feind.«

»Das Schicksal meint es gut mit uns«, gab Rodrigo lächelnd zurück.

Doch Nicolo war in dem Punkt offensichtlich nicht ganz seiner Meinung. »Was war eigentlich mit unserem Balian? Hast du herausgefunden, wer sein Mörder war oder was seine Rüstung durchbohrt hat? Ich bin mir sicher, wenn wir die Waffe kennen, kennen wir auch den Mörder.«

Rodrigo seufzte. »Da gibt es nichts«, bekannte er. »Ich schätze, die Hälfte unserer Männer hat in den letzten Wochen

Dinge getan, die ihnen ihre Kinder und Ehefrauen niemals zutrauen würden. In solch einem Haufen einen Mörder zu finden ist keine Aufgabe, die über Nacht lösbar ist.«

»Dann versuch es einmal tagsüber!« Nicolo wandte sich ab und stapfte den Hügel hinauf.

Es gab zu viele Trimini in diesem Heer, dachte Rodrigo ärgerlich. Er blickte unschlüssig zu dem Leichenbaum am anderen Ufer. Wenn er Joacino nicht half, würde das auf ihn zurückfallen, aber der Krieg würde noch eine Weile dauern. Er sah dem Feldherrn nach. Und nicht jeder würde nach Hause zurückkehren …

CILIA, RAVANUNA,
MORGEN, 17. TAG DES WEINMONDES IM JAHR VON
SASMIRAS ZWEITER THRONERHEBUNG

Falce di Luna genoss den Sonnenschein auf seinem Gesicht. Er ließ die Lehne des Stuhls gegen die Mauer in seinem Rücken kippen, lauschte auf das Knirschen der Holzbeine auf dem Pflaster des Hofs. Seine Zunge glitt über die Innenseite seiner Zähne, fand Reste kalter Hühnerbrust, die sich in den Zwischenräumen festgesetzt hatten. Er schloss die Augen und schmeckte das Knoblaucharoma, das seinen Mund füllte. Das Leben war schön! Und letzte Nacht hatte es ihn überraschend beschenkt.

Als er Schritte hörte, blinzelte er. Die Magd brachte ihm einen Krug voll frischem Wasser von dem kleinen Bach, der hinter dem Spalier aus Pinien dahinplätscherte, das den Hof abschloss.

»Ihr seid wirklich ein Onkel Milan Tormenos?«, fragte sie ihn zutraulich.

»Mütterlicherseits«, bekräftigte Falce. »Mit dem Feuerrichter von Arbora bin ich nicht verwandt.« Er ließ den Stuhl nach vorn kippen. »Aber in Milan sehe ich ganz meine Schwester.« Er lächelte. »Als sie in deinem Alter war, war sie ein hübsches Ding.«

»Er ist wirklich tapfer.« Obwohl die Wangen der jungen

Magd vom langen Sommer gebräunt waren, sah Falce deutlich, wie sie errötete. »Und er sieht so gut aus.«

»Na, ich hoffe, mein Neffe ist nicht zum Herzensbrecher geworden …«

»Nein«, unterbrach sie ihn. »Ganz und gar nicht. Er hat sich wie ein feiner Herr benommen. Der Pfeil der Rosen war es, der mir nachgeschaut hat.« Sie lächelte kokett. »Auch ein stattlicher Mann. Aber Milan ist …« Sie seufzte. »Er ist so anders.«

Natürlich. Wenn man nur Ziegenhirten und Dorftrottel kennt, dachte Falce leicht verärgert. »Und er hat tatsächlich diesen Bären erledigt?« Sie hatte ihm die Geschichte schon am vergangenen Abend erzählt. Ungefragt. Wahrscheinlich war es das einzige Ereignis von Bedeutung, das sich in diesem Dorf in den letzten fünfzig Jahren zugetragen hatte. Die beste Geschichte, die man Fremden zum sauren Wein aus den Hügeln auftischen konnte.

»Den Grym«, berichtigte sie ihn ernst. »Das ist nicht irgendein Bär. Er verschlingt Menschen. Mit einem einzigen Bissen.«

Nach seinen Erfahrungen mit dem Brückentroll fand Falce nur noch sehr wenige Geschichten unglaubwürdig. Eine üble Zeit war angebrochen. Diese Biester … sollte es einfach nicht geben! »Wie hat Milan diesen Grym denn umgebracht?«

»Also, es war der Pfeil der Rosen, der den Grym getötet hat. Aber Milan hat ihn angelockt. Er war es, der sich der Bestie in den Weg gestellt hat.«

Das hörte sich verdächtig nach Schwärmerei an, dachte Falce. Aber eines war klar, der junge Tormeno war hierhergekommen, um eines dieser Ungeheuer auszulöschen, die sich überall erhoben. Und er hatte es geschafft. Männer wie ihn brauchte Cilia. Ihn zu töten wäre nicht gut für die Insel. Aber er hatte diesen Auftrag nun einmal angenommen …

Falce ließ sich mit dem Stuhl nach vorne kippen. »Holst du mein Pferd, gutes Kind?« Er legte eine dicke Messingmünze auf den Tisch neben den Teller mit den Hühnerknochen.

»Gerne, Herr.« Sie knickste artig und lief zum Stall.

Er wusste, dass sich das Mädchen in ein paar Tagen kaum noch an ihn erinnern würde. Er war kein Held, sah auch nicht gut aus. Aber er war gut in dem, was er tat. Leute ermorden.

Falce nahm das letzte Stück Brot, tunkte es in die Knoblauchsoße, in der die knochige Hühnerbrust gelegen hatte, und verschlang es mit Genuss.

Ein Bär, der einen Menschen mit einem Bissen verschlang … Er hatte die Geschichte vom Grym als Kind gehört. Warum erzählten sich die Menschen so etwas? Die Welt war doch schon schlimm genug.

Als er vom Stall Hufschlag hörte, nahm er seine Satteltaschen und die aufgerollte Decke. Langsam schlenderte er zu der Magd hinüber. Sie sah gut aus mit ihrem langen schwarzen Haar und dem schmuddeligen weißen Kleidchen. »Weißt du, wohin mein Neffe unterwegs ist?«

»Nach Westen. Das hat der Pfeil der Rosen jedenfalls gesagt. Vielleicht werden sie zum Hof der Weißen Königin reiten.«

Hoffentlich nicht, dachte Falce. »Haben sie davon gesprochen?«

»Nein, Milan hat gar nichts gesagt. Nur der Pfeil der Rosen.«

Dann war die Sache klar. Rainulf war kein Narr. Wenn er eine so deutliche Fährte hinterließ, dann konnte das nur einen Zweck haben: Er wollte etwaige Verfolger täuschen. Im Westen brauchte er also nicht zu suchen. Die größtmögliche Dummheit wäre es, sich nach Norden zu wenden, wo das Heer Nicolo Triminis wütete. Bei jungen Helden durfte man davon ausgehen, dass sie keine Dummheit ausließen. Oder reichte Rainulfs Einfluss aus, um Milan davon abzubringen?

Falce lächelte versonnen. Gewiss nicht. Er hob die Hand zum Abschied. »Ich werde Milan Grüße von dir ausrichten. Du hast mir sehr geholfen, junge Maid.«

BEI DER STERNENBRÜCKE, AM WESTUFER DES TIMESO, MORGEN, 17. TAG DES WEINMONDES IM JAHR VON SASMIRAS ZWEITER THRONERHEBUNG

Ich bin mir nicht sicher, ob Milan Tormeno mich erkannt hat. Auf jeden Fall hat er mich auffällig angestarrt«, flüsterte Bartolo.

Olmo, einst stellvertretender Hauptmann der Stadtwache von Dahlia, rieb sich über die Stoppeln an seinem Kinn. So kurz vor dem Ziel durfte er jetzt nicht in Panik verfallen. Es waren verdammt wenige Bogenschützen an der Brücke, und bald mussten die anderen Waffenknechte der Liga, die schon vor Tagen über den Timeso gegangen waren, von Norden her auftauchen. Sie würden den Rebellenabschaum überrumpeln und niedermachen. »Ist er dir gefolgt?«

»Nein.« Bartolo schüttelte den Kopf. »Ich bin mir auch nicht sicher. Er hat bloß so komisch geschaut ...«

»Hattest du je direkt mit ihm zu tun?«

»Nein. Aber er könnte mich in der Stadt gesehen haben. Er hat den Sohn einer Tante von mir vom Krähenmann zurückgeholt. Meine Familie ist ihm verpflichte. Und ...« Bartolo rang um Worte. »Er ist doch ein Held. Wie kann er hier bei den Rebellen sein? Diese Unmenschen ... Hast du gesehen, was sie mit den Rittern und Waffenknechten gemacht haben? Die waren noch nicht alle tot, als sie die an der Eiche aufgehängt haben, um Schießübungen zu machen. Wie kann der Sohn unseres Erzpriesters bei ihnen sein? Ich begreife das einfach nicht.«

»Wegen einer Frau?«, mutmaßte Olmo. Es gab Gerüchte über den langen Besuch, den Milan der Hexe abgestattet hatte, bevor sie verbrannt worden war. Er mochte ein Jüngling sein, aber unschuldig war er ganz gewiss nicht. Hauptmann Dolendo hatte nicht geduldet, dass darüber geredet wurde, doch ganz hatte er die Spekulationen nicht unterbinden können.

Zu viele Familien in Dahlia standen in der Schuld Milan Tormenos. Da war es gut, dachte Olmo, wenn dieser Held auch ein paar dunkle Seiten hatte, und seien sie auch nur angedichtet. Seit Milan die Kinder befreit hatte, lag ihm die ganze Stadt zu Füßen. Das ganze Gerede der Weiber war schwer zu ertragen gewesen. Wie mutig er war, wie gut er aussah … Schön, dass ihn jetzt so viele Männer hier gesehen hatten. Aufseiten der Rebellen zu stehen würde ihm schaden.

»Warne die anderen vor ihm«, entschied Olmo. »Und sag allen, dass sie ihm vorerst, so gut es geht, aus dem Weg gehen sollen. Wenn aber das Hornsignal ertönt, dann schnappen wir ihn uns. Und wir holen uns auch den Kerl, den sie an die Eiche gebunden haben. Und dann schneiden wir uns einen Weg durch Dumons Bogenschützen. Wir nähern uns ihnen mit ein paar Maultieren, die mit Pfeilbündeln beladen sind. Auf die Weise schöpfen sie keinen Verdacht. Bevor die Sonne sinkt, werden wir alle Helden sein, Bartolo.«

Sein Kamerad lächelte. »Werden wir.«

»Dann los. Trag die Nachricht herum. Aber unauffällig.«

Olmo war zuversichtlich, dass sie heute einen großen Teil zum Sieg der Liga beitragen würden. Dies war der Tag, für den Rodrigo Apolita sie ausgesucht hatte!

Vor fünf Wochen war der reiche Kaufherr an ihn herangetreten und hatte ihn gefragt, wie lange er noch im Schatten Hauptmann Dolendos stehen wolle. Der Patrizier war gut darin, bei seinem Gegenüber den wunden Punkt zu erkennen. Und Silber hatte er ihm auch versprochen. Alles, was Rodrigo Apolita im Gegenzug gewollt hatte, waren fünfzig harte Burschen. Männer, die sich darauf verstanden, zu kämpfen, und sich nicht mit irgendwelchen dummen Idealen von Ritterlichkeit aufhielten.

Olmo hatte sie für ihn gefunden. Unter den Streitern der Stadtwache, aber ein paar auch unter den Schmugglern und Dieben. Ihre Aufgabe war verwegen. Vor zwei Wochen hatten sie sich vom Heer Nicolo Triminis getrennt, um sich unauffällig unter die Flüchtlinge zu mischen, diese auszuspionieren und sich bereitzuhalten mit dem Ziel, den Kämpfern des Schwertwaldes bei einer günstigen Gelegenheit in den Rücken zu fallen.

Olmo blickte zu der kleinen Schar, die Dumon befehligte. Knapp fünfzig Schützen hatte der Rebell und noch einmal so viele Freiwillige, die ihm halfen. Doch unter den Freiwilligen hatte Olmo einige seiner Männer untergebracht. Sie könnten es schaffen, Dumon völlig zu überrumpeln, wenn sie nur den richtigen Augenblick abpassten.

Olmo stellte sich vor, wie er als Sieger von der Sternenbrücke geehrt wurde. Wie der Rat von Dahlia ihm den Befehl über die Stadtwache übertrug und wie die Mädchen in den Straßen ehrfürchtig tuschelten, wenn er vorüberging. Alles würde gut werden!

Wenn nur dieser verfluchte Milan Tormeno nicht aufgetaucht wäre …

Aber auch das mochte ein Geschenk des Herrn des Himmels sein. Wenn er Milan in Fesseln vor seinen Vater, den Erzpriester, brachte, dann würde er sich für immer der Gunst des Nandus Tormeno erfreuen. Und das war auf Cilia mindestens ebenso viel wert wie Rodrigo Apolitas Silber.

Der Gedanke hob seine Laune. Alles änderte sich gerade. Märengestalten wurden plötzlich zu Fleisch und Blut. Die Schwertherzöge und das Pack, das ihnen diente, würden für immer von der Insel verschwinden. Warum sollte da nicht der Sohn eines Schweinehirten zum Hauptmann der Stadtwache aufsteigen? Und vielleicht sogar noch weiter. Er konnte ein geachteter Mann werden. Ein gerngesehener Gast auf den Festen der großen Kaufherren. Alles war möglich in dieser neuen Welt!

Olmo sah zu den Flüchtlingen, die immer noch entlang der Straße lagerten. Fast die Hälfte von ihnen war nicht aufgebrochen. Er hatte seine Männer das Gerücht streuen lassen, dass nahe bei Dumons Bogenschützen der sicherste Platz wäre und dass der Pfeil der Kelche die Brücke noch bis ans Ende aller Tage verteidigen könnte. Der leichte Sieg der Rebellen über die erste Ritterschar der Liga auf dem Brückenweg hatte seinen Worten zusätzlich Gewicht verliehen. In Wahrheit allerdings wollte er bloß, dass möglichst viele Flüchtlinge noch hier waren, wenn die Falle zuschnappte. So gäbe es mehr Sklaven, die an die Händler des Khanats verkauft werden konnten.

Er schlenderte zur Straße und entdeckte Sara, eine Bäuerin, die irgendwo in den Hügeln weiter östlich ihr Gehöft verloren hatte. Er hatte mit der Frau in den letzten Tagen ein paarmal geplaudert. Sie war von zupackender Art. Nicht hübsch. Mindestens zehn Jahre zu alt für ihn. Sie war nur Ballast und würde nach der Schlacht ganz sicher an einem der Galgenbäume enden. Ebenso ihr humpelnder Knecht Rollo. Aber für ihre Söhne, Adelmo und Flavio, würden die Sklavenhändler gutes Silber geben.

Sara kam zu ihm, als sie seinen Blick bemerkte. »Sollten wir nicht langsam aufbrechen?«, fragte sie besorgt.

Olmo winkte ab. »Solange Dumon mit seinen Männern an der Brücke steht, wird kein Ritter hier herüberkommen.« Er deutete nach Westen, wo hinter den Hügeln die dicht bewaldeten Hänge der Mondberge aufragten. »Wer weiß, was uns dort erwartet. Irgendwelche Biester, die es nur in Mären geben sollte. Brückentrolle, ein Riese, der Nebelwolf der Weißen Königin. Wenn wir dorthin gehen, ist es besser, Bewaffnete an unserer Seite zu haben. Ich werde warten, bis Dumon die Brücke aufgibt. Vorher bewege ich mich nicht vom Fleck.«

Sara nickte ernst. »Vermutlich ein guter Rat.«

CILIA, NORDWESTLICH VON RAVANUNA,
MORGEN, 17. TAG DES WEINMONDES IM JAHR VON
SASMIRAS ZWEITER THRONERHEBUNG

Es war, wie er vermutet hatte. Falce hatte die Stelle gefunden, an der Milan und dieser Rainulf, der einstige Gefährte der Meisterdiebin Felicia, die Straße verlassen hatten. Genau dort hätte er es auch getan.

Im Norden stieg nur noch eine große Rauchsäule in den Himmel. Das Heer Nicolo Triminis wurde langsamer im Plündern, dachte er zynisch. Vermutlich hatten die Männer sich in den letzten Tagen zu sehr verausgabt. Wie es wohl ausgehen würde, wenn dieses Heer aus bewaffneten Handwerkern und Kaufmannssöhnchen, die sich wie Ritter fühlten, nur weil sie sich eine teure Rüstung leisten konnten, auf die Bogenschützen des Waldes trafen? Um einen Langbogen meisterlich einzusetzen, musste man ein Leben lang üben. Und man durfte nicht aufhören damit. Die Entscheidung, ein Schütze zu werden, formte den Lebensweg genauso wie den Körper des Mannes, der sich dazu entschied. Endlose Übungsstunden waren nötig, um den Flug eines Pfeils zu beherrschen. Den Einfluss von Wind und Regen richtig einzuschätzen, die gebogene Flugbahn, wenn der Schuss über eine größere Entfernung ging. Die Bogenschützen, denen er begegnet war, waren Männer mit Schultern so breit, wie man es sonst nur bei einem Grobschmied sah. Harte Männer, die mehr Tage im Wald verbracht hatten als bei ihren Familien. Sie waren ausdauernd und zäh und kamen selbst noch in unwegsamem Gelände schneller voran als das Heer Nicolo Triminis auf einer gepflasterten Straße. Sie würden ihren Wald bis zuletzt verteidigen. Die Liga würde diesen Krieg wohl gewinnen, aber ihre Truppen würden sehr viel Blut lassen, bis es vorüber war.

Falce blickte wieder zu der Rauchsäule am Horizont. Niemand mit Verstand ging dorthin. Dort gab es kein Gesetz und keine Moral mehr. Nicht, dass er auf beides viel geben würde, aber es war unendlich viel einfacher, als Meuchler in Gegenden unterwegs zu sein, in denen sich alle anderen an die Regeln hielten. Dort, wo die Plünderer wüteten, würde man ihm allein schon wegen seines Pferdes einen Armbrustbolzen verpassen. Ja, vielleicht genügte auch schon der Verdacht, dass er einen wohlgefüllten Brotbeutel unter seinem Umhang verbarg oder dass ein paar Kupferstücke in der Geldkatze an seinem Gürtel zu finden waren. Jeden Herzschlag würde er wachsam sein müssen, damit ihn nicht überraschend der Tod besuchte.

Seine Stute schnaubte und blieb stehen. Ihre Ohren lagen flach am Kopf.

Falce ließ sich aus dem Sattel gleiten. Vor ihnen erhob sich ein Hügelkamm. Noch konnte er nicht darüber hinwegsehen. Aber etwas lauerte dort. Er tastete nach der gekrümmten Klinge an seinem Gürtel. Den lederumwickelten Griff zu fühlen verlieh ihm mehr Sicherheit. Es war ungewöhnlich still. Er verharrte. Lauschte. Lange.

Nicht ein einziger Vogel zeigte sich am Himmel. Wenn ihn auf der anderen Seite der Hügelkuppe ein Hinterhalt erwartete, dürften es zumindest nicht viele Männer sein. Mehr als fünf schafften es nur selten, sich tausend Herzschläge lang still zu verhalten.

Stolz blickte Falce auf seine Stute. Sie war kein hübsches Tier, aber gut abgerichtet. Sie hatte sich nicht gerührt und schnaubte auch nicht.

Er bewegte sich nach links, parallel zum Hügelkamm. Was immer da auf der anderen Seite lauerte, er würde es sich ansehen. Und dann würde er sich überlegen, ob er es umbrachte oder eilig die Beine in die Hand nahm. Es zu töten wäre die bessere Lösung. Milans Fährte führte über diesen Hügel. Wenn er jetzt auswich und sich auf einen Umweg machte, konnte es eine Ewigkeit dauern, bis er Milans Spur wiederfand.

Etwas mehr als hundert Schritt von der Stute entfernt hielt Falce inne. Geduldig wartete er, bis sie in seine Richtung blickte. Dann winkte er weit ausholend. Es hatte lange gedauert, bis dieses Kunststück in den dicken Stutenkopf gegangen war. Aber jetzt setzte sie sich gehorsam in Bewegung und trottete dem Hügelkamm entgegen.

Was immer auf sie lauerte, würde den Hufschlag auf dem steinigen Grund hören und dorthin blicken, wo er den Ursprung des Geräusches vermutete. Was hundert Schritt weiter links über den Hügel kam, würde niemand beachten. Jedenfalls nicht, wenn sein Plan aufging.

Falce lief geduckt zum Kamm hinauf. Das letzte Stück legte er auf allen vieren zurück. Dicht an den Boden gepresst, blickte er in das Tal auf der anderen Seite. Während rechts von ihm seine Stute die höchste Stelle des Hügels erreichte und stehen blieb.

Da war nichts. Er konnte keine Feinde entdecken. Felsen, kleine Waldstreifen, wildwachsende Büsche, ein eingestürzter Unterstand, wie ihn Hirten anlegten. Aber es gab keine Menschen. Kein Wild. Nicht einmal Vögel am Himmel. Die einzigen Geräusche kamen von der leichten Brise, die durch die Blätter strich, und dem murmelnden kleinen Bach am Talgrund.

Falce sah, dass seine Stute immer noch verängstigt war. Sie starrte ins Tal hinab, die Ohren angelegt, und scharrte mit einem Vorderhuf.

Eine Weile beobachtete er einfach nur. Sollte es dort einen Feind geben, der so geduldig war wie er? Einen, der nicht einfach seine Deckung aufgab, weil ein Pferd auf einem Hügel erschien? Verstecke boten die Waldinseln und das Gebüsch mehr als genug.

Die Zeit verging. Eigentlich war er ein sehr geduldiger Beobachter. Aber hier wusste er ja noch nicht einmal, worauf er achten sollte. Seine Stute begann, an den halbverdorrten Grasbüscheln auf der Hügelkuppe zu zupfen.

Schließlich war er sich sicher, dass er keinen Pfeil aus einem Hinterhalt zu fürchten hatte. Er hatte ganz gute Beine. Vor jeder anderen Gefahr würde er davonlaufen können. Außerdem besaß er scharfe Sinne. Es würde nicht leicht sein, ihn zu überraschen.

Falce erhob sich aus der Deckung und ging zu seiner Stute hinüber, die ihn mit einem ängstlichen Schnauben begrüßte. Er strich ihr über die weichen, warmen Nüstern. »Wir gehen jetzt da hinunter. Ich passe auf dich auf.«

Er schmunzelte, erinnerte sich an die Scherze, die er in der Vergangenheit gern über Männer gemacht hatte, die mit ihren Pferden redeten. Dass es mit ihm auch einmal so weit kommen würde, hätte er sich nie träumen lassen.

Er griff nach den Zügeln. Sehr langsam führte er sein Pferd den Hang hinab, jederzeit bereit, in den Sattel zu springen und die Flucht anzutreten. Aber alles blieb ruhig. Beängstigend ruhig. Nicht einmal Grillen waren zu hören.

Nervös tastete er wieder nach seinem gekrümmten Dolch. Verharrte. Lauschte angestrengt. Ließ seinen Blick auf der Suche nach Spuren rastlos schweifen. Irgendeinem Anzeichen, was in diesem Tal geschehen sein mochte.

Da, bei dem Busch, zwischen den Wurzeln. Was war das?

Falce ließ die Zügel fahren und zog seinen Dolch. Zögernd ging er auf die Stelle zu, kniete nieder und traute seinen Augen nicht. Da lagen drei Hasenjunge, die mit angelegten Ohren über den Rand der Mulde spähten, in der ihre Eltern sie zurückgelassen hatten. Groß und ockerfarben starrten ihn ihre Augen an.

Falce packte eines der Häschen im Nacken und war überrascht, wie schwer es war. Er strich über den kleinen Körper. Sandstein.

»Der Basilisk«, stellte er fest und unterdrückte den Drang, sich noch einmal umzusehen. Er sollte den Blick von jetzt an fest auf den Boden vor sich gerichtet halten.

Seine Stute schnaubte erneut.

Er schluckte. Aber solange sie noch schnauben konnte, hatte sie den Basilisken zumindest noch nicht gesehen.

Falce versuchte, sich alles in Erinnerung zu rufen, was er aus Mären über Basilisken wusste. Viel war es nicht. Sie stammten aus einem Ei, das von einem Hahn gelegt und von einer Kröte ausgebrütet worden war. Sie sahen wie ein Hahn mit einem geringelten Schlangen- oder Echsenschwanz aus, waren aber deutlich größer als ein Hahn. Eher so groß wie ein Schaf. Und sie zogen die Blicke auf sich. Es genügte, sie anzuschauen. Und um ihre Opfer zu verlocken, gaben sie wohlgefällige Laute von sich und verbreiteten einen angenehmen Duft. Sie verstanden es, die Sinne zu betören. Kam man in ihre Nähe, wollte man ihrer auch ansichtig werden.

»Ich nicht!«, sagte Falce leise, aber entschieden. Doch um den Basilisken zu meiden, müsste er wissen, wohin der sich begeben hatte. In dem Tal, durch das er selbst hierhergekommen war, war dieses Biest nicht gewesen. Aber vielleicht stolzierte es ja gerade über den Hügelkamm in seinem Rücken.

Wieder unterdrückte Falce den Wunsch, sich kurz umzublicken. Er drückte den kleinen versteinerten Hasen an seine Brust. »So wie du werde ich nicht enden.«

Er musste versuchen, die Spur des Basilisken zu finden. Und dann würde er sich in die entgegengesetzte Richtung davonmachen und hoffen, dass diese Märengestalt nicht ziellos in Kreisen wanderte, sondern eine einmal eingeschlagene Richtung halbwegs beibehielt.

Sosehr er sich auch das Hirn zermarterte, dazu, wie Basilisken sich bewegten, wurde in den Mären nichts gesagt. Ihm fiel eine Mär ein, in der ein Held einen Basilisken durch einen Spiegel versteinerte, den er dem Ungeheuer vorhielt. Und dann erwischte es den Helden doch noch, als er triumphierend den toten Basilisken betrachtete. Selbst in lebloser Gestalt war seine Wirkung, andere, die ihn sahen, versteinern zu lassen, noch nicht dahin.

»Warum gerate immer ich in solch einen Schlamassel?«, murmelte Falce vor sich hin. »So ein einfacher Auftrag. Loszuziehen, um einem arglosen Jüngling im Schlaf die Kehle durchzuschneiden. Und jetzt habe ich einen Basilisken an der Backe.« Er dachte an seine Begegnung mit Felicia und Rainulf, die mit seinem Sturz von einem Hausdach geendet hatte. Wo dieser Milan Tormeno unterwegs war, gab es nichts als Ärger!

Nein, berichtigte er sich, das galt für alle Tormenos. An der Seite von Nandus war er in den Kampf mit diesem Brückentroll verwickelt worden. Noch nie war es so schmerzhaft für ihn gewesen zu überleben.

Falce nahm die Zügel und arbeitete sich Schritt um Schritt vor, den Blick auf den Boden dicht vor seine Stiefelspitzen gerichtet. Der Untergrund hier war von Geröll durchsetzt. Außerdem hatte es geregnet. Es war gut möglich, dass es gar keine Spuren mehr zu finden gab.

Er bemerkte eine kleine Meise, die mit ausgebreiteten Flügeln in einem dichten Grasbüschel lag. Sie wirkte, als sei sie mitten im Flug versteinert und vom Himmel gefallen.

Falce atmete schwer aus und wünschte sich, wieder dem riesigen Brückentroll mit der Keule gegenüberzustehen. Das war eine Gefahr, die er einschätzen könnte. So ein Basilisk hingegen …

Er erreichte das Ufer des kleinen Baches. Und hier fand er Spuren wie von einem Huhn. Eine Zehe nach hinten gerichtet. Drei gespreizt nach vorn. Die mittlere davon länger als die beiden seitlichen Zehen. Nur dass dieser Fußabdruck etwa dreimal so groß war, wie der eines Huhns hätte sein sollen. Auch war er ziemlich tief und hatte nur deshalb den Regen überdauert.

Falce drückte seine Hand in den Sand. Der Abdruck war fast gleich groß, aber nicht so tief. »Schweres Kerlchen«, murmelte er.

Die Spur wies direkt in den Bach. Er war hier nur drei Schritt breit, flach und sandig. Das Wasser kristallklar. So sah Falce überdeutlich, was da lag. Ein Fisch!

Falce stieg in den Bach und hob ihn vom sandigen Grund. Eine versteinerte Forelle. Noch jung, kaum länger als seine Hand. »Beim Herrn des Himmels«, entfuhr es ihm, »vor dir ist aber auch gar nichts sicher!«

Auf gewisse Art empfand er Respekt vor diesem Ungeheuer. Immerhin waren sie beide Mörder. Wenn man so einen Basilisken fangen und in einer Kiste an den Hof des Khans schicken könnte … Falce stellte sich vor, wie der Herrscher der Hundefresser und sein tausendköpfiger Hofstaat in dem Augenblick versteinerten, in dem die Kiste geöffnet wurde. Wie viel Silber würde solch ein Mord wohl einbringen? Wahrscheinlich würde die junge Kaiserin ihn mit einem Herzogtum belohnen.

»Hirngespinste!«, ermahnte Falce sich und durchquerte den kleinen Bach. Hoch am Ufer fand er zwei weitere Abdrücke von riesigen Hühnerfüßen, die der Regen nicht getilgt hatte.

Der Basilisk zog anscheinend nach Norden!

Falce wendete das Pferd. Er würde nach Süden reiten. Mindestens zwanzig Meilen. Dort würde er sich irgendwo einen Übergang über den Timeso suchen. Milan würde er auch später noch finden. Ob in drei Tagen oder einer Woche war egal. Eines Nachts würde er dem schlafenden Jungen das Messer an die Kehle setzen. Jetzt kam es nur darauf an, dieser Missgeburt aus einem Hahnenei zu entwischen.

EINE MEILE WESTLICH DER STERNENBRÜCKE,
STUNDE DER SCHLANGE, 17. TAG DES WEINMONDES
IM JAHR VON SASMIRAS ZWEITER THRONERHEBUNG

Verzweifelt gab Nok ihrer Stute Jade die Sporen. Die Straße fiel stetig ab. In der Ferne konnte sie bereits die Brücke sehen. Die Bogenschützen des Schwertwaldes bewachten das westliche Ufer. Es hatte noch nicht begonnen. Sie käme, wenn sie sich jetzt nur weiter beeilte, noch zur rechten Zeit, obwohl sie einen endlos weiten Umweg hatte machen müssen, um den Männern der Liga in den Hügeln aus dem Weg zu gehen.

Erst lange nach dem Morgengrauen war sie zehn Meilen von hier auf die gepflasterte Straße gestoßen. Seitdem ritt sie, als sei die Seelen verschlingende Weiße Schlange aus den Bergen hinter ihr her. Sie musste Milan retten, ehe das geplante Massaker begann.

»Aus dem Weg!«, schrie sie einer Gruppe von Frauen und Kindern entgegen, welche die schmale Straße fast auf ganzer Breite blockierten. »Fort von der Straße! Geht nach Süden! In den Wald!«

Ein alter Mann hob drohend seinen Krückstock. Es sah aus, als wolle er damit auf Jade eindreschen. Nok griff nach dem Schwert, das sie wieder unter ihrem Schultertuch verborgen hatte. Der Stahl funkelte im hellen Morgenlicht, als die Klinge in fließender Bewegung aus der Scheide glitt und sie mit der flachen Seite die Krücke beiseiteschlug.

Die Frauen zerrten schreiend ihre Kinder aus dem Weg.

»Friedlos soll deine Seele sein und verflucht die Frucht deines Leibes!«, rief der Alte ihr hinterher.

Das Schwert hoch erhoben, preschte Nok weiter die Straße hinab. Sie musste sich mit niemandem mehr anlegen. Wer sie sah, sprang in den Graben.

»Flieht in den Wald!«, rief sie beschwörend. »Nach Süden! Schnell!«

Noch fünfhundert Schritt. Hörner erklangen vom jenseitigen Ufer. Drei kurze Stöße. Geradezu gehetzt. Überall auf den Hügeln nördlich der Straße erhoben sich Männer aus der Deckung von Büschen und Felsen. Streiter in den schreiend bunten Waffenröcken der Liga. Sie sah goldene Ähren, rote Amphoren, weiße Türme.

Armbrustbolzen sirrten an ihr vorbei. Einer zupfte an ihrem Schultertuch.

Jade wieherte und stieg. Ein Bolzenschaft ragte aus ihrer Schulter, dicht vor dem Sattel. Mit einem dumpfen Schlag traf ein weiteres Geschoss ihren Kopf. Blut sprühte aus ihren Nüstern.

Nok sprang aus dem Sattel, landete auf den Füßen und rettete sich von der Straße, als das Pferd zusammenbrach. Die Stute sah sie mit angstweiten Augen an. Ihre Beine zuckten. Die schweren Hufe schlugen Funken aus dem Pflaster. Jade würde nicht mehr aufstehen. Mit einem Schnitt öffnete Nok die großen Adern am Hals der Stute.

Jade gab noch einmal einen bellenden Laut von sich. Sie sah Nok unverwandt an. Zuckungen durchliefen den massigen Körper. Dann wurde sie ruhiger und lag still.

Ein Bolzen sirrte so dicht an Noks Kopf vorbei, dass sie den Luftzug an der Wange spürte. Sie unterdrückte den Drang, einfach loszulaufen, ging stattdessen in die Hocke, um ein kleineres Ziel abzugeben.

Sie wusste nicht einmal sicher, ob Milan hier war. Es war nur ein Verdacht, dass sie ihn hier finden könnte. Um die Flüchtlinge zu warnen, war sie trotz aller Anstrengungen zu spät gekommen. Sollte sie den Sohn des Erzpriesters nun nicht entdecken, wäre es das Klügste, wenn auch sie sich schnell in den dichten Wald südlich der Straße zurückzog. So würde sie den Häschern der Liga gewiss ohne große Mühe entkommen. Das Spiel der Klingen musste sie nicht fürchten. Gefahr bestand allein hier bei der Straße, wo sie jederzeit ein Armbrustbolzen treffen konnte.

Gruppe für Gruppe musterte sie die Flüchtlinge auf der Straße. Suchte nach dem Jüngling mit dem leicht gelockten schwarzen Haar und dem verträumten Blick, der ihr so gut gefallen hatte. Dem einzigen von all den Männern, denen sie sich hingegeben hatte, der ihr ein Liebesgedicht geschrieben hatte.

Endlich erspähte sie ihn, ganz nah bei der Brücke. Rainulf war bei ihm. Sie mochte den Bogenschützen nicht sonderlich, aber es war gut, wenn Milan in dem bevorstehenden Handgemenge einen erfahrenen Krieger neben sich hatte.

Von der anderen Seite der Brücke rückten jetzt Hunderte von Kämpfern heran. Am gegenüberliegenden Ufer und im Fluss wimmelte es nur so vor Armbrustschützen der Liga.

Zugleich lösten sich Männer mit Dolchen und Knüppeln aus den Flüchtlingsgruppen und liefen zur Brücke.

Auch Nok sprang auf. Aber sie wusste, sie würde zu spät kommen.

BEI DER STERNENBRÜCKE AM WESTUFER DES TIMESO, SPÄTER MORGEN, 17. TAG DES WEINMONDES IM JAHR VON SASMIRAS ZWEITER THRONERHEBUNG

Drei Hornstöße beendeten die angespannte Stille. Milan stand gerade bei den Maultieren der Bogenschützen. Soeben hatte er erneut mit Rainulf gestritten. Der war der Meinung, dass sie sich so schnell wie möglich von der Brücke entfernen sollten. Aber Milan mochte nicht weiter nach Westen.

Nicht in den Schwertwald, ins Reich der Weißen Königin. Er wusste, sie würde ihn zu sich bringen lassen, ob er es wollte oder nicht. Und im Osten versperrte ihnen ein ganzes Heer den Weg. Wohin sollten sie also gehen?

Fast war er erleichtert, als er nun sah, wie die Armbrustschützen auf der anderen Seite des Ufers sich hinter ihre Pavesen duckten und zu schießen begannen. Jetzt würde die Schlacht ihm die Entscheidungen diktieren.

»Du solltest wirklich nicht hier sein, mein Freund.« Rainulf packte ihn bei den Schultern und erstarrte.

Dumon, der nur drei Schritt entfernt zwischen den Bogenschützen stand, war von einem Bolzen getroffen worden. Der Pfeil der Kelche. Der Befehlshaber der Schützen bei der Brücke. Er presste sich die Rechte auf die Brust, dicht über dem Herzen. Das Ende des Armbrustbolzens ragte zwischen seinen Fingern auf. »Ich …« Er brach in die Knie. »Rainulf … Sie sagen, du seist der Pfeil der Rosen. Du hast den … Befehl.«

Rainulf ließ von Milan ab und eilte an die Seite des Verwundeten. Milan sah, wie sein Gefährte mit sich rang und neben Dumon niederkniete. »Ich kann nicht …«

»Du musst!«, fuhr Milan ihn an, trat zu ihm und erhob die Stimme. »Er ist der Pfeil der Rosen! Herzogin Felicia hat ihn dazu ernannt.«

Die Geschichte, die er über Rainulf erzählt hatte, machte längst unter den Flüchtlingen die Runde. So musste auch Dumon davon gehört haben.

Rainulf schüttelte den Kopf, doch dann erhob er sich. »Schießt auf die Männer auf der Brücke! Füllt ihren Weg mit den Leichen ihrer toten Freunde. Lasst sie bereuen, einen Fuß auf die Brücke gesetzt zu haben. Zunächst müssen wir sie loswerden. Danach erst kümmern wir uns um die Armbrustschützen.«

Die Bogner, die vom Geländer der Brücke hinab zum Fluss geschossen hatten, zogen sich zurück und reihten sich zwischen den Schützen ein. Auch Rainulf trat mitten unter sie und hob seinen Bogen. Kein Einziger stellte seine Befehlsgewalt in Frage, auch wenn sie fast ausschließlich Gefolgsleute von Alessio di Calice, dem Schwert der Kelche, waren.

Für sie schien alles so einfach, dachte Milan. Die Männer der Liga aufzuhalten, das war ihr Ziel. Ihre eigenen Leute zu beschützen. Doch ihnen gingen die Pfeile aus.

Milan wandte sich um. Die Maultiere. Wie viele Pfeile hatten sie noch? Sie standen, griffen in die Köcher, spannten die mächtigen Langbögen und ließen die Pfeile davonschellen. Sie ignorierten die Armbrustbolzen, die vom Ufer schräg gegenüber kamen. Ab und an wurde einer von ihnen umgerissen, drehte sich halb wie ein Tänzer in einem grotesken Maskenspiel, ging zu Boden und fingen an zu schreien oder lag nur still da mit weit aufgerissenen Augen.

Die Überlebenden beachteten jene nicht, die eben noch an ihrer Seite gestanden hatten. Sie blickten nur auf das Ende der Brücke, zogen die Sehnen weit zurück und schickten den Männern der Liga den Tod.

Die gefallenen Angreifer lagen in Haufen zwischen den Hindernissen auf dem Brückenweg. Ihre Kameraden mussten schon über sie hinwegsteigen und wurden dabei von den Pfeilen nach hinten geschleudert, die Lederwämser und Kettenhemden durchschlugen.

Milan riss sich von dem Anblick los. Rannte zu den Maultieren. Die Jungen, die auf sie achten sollten, waren fortgelaufen. Er sah Männer in roten Waffenröcken in den Hügeln hinter ihnen. Wie war das möglich? Er blickte zum Fluss. Sah, wie Blut aus den Wasserspeiern an der Seite der Brücke strömte, an dem weißen Marmor hinabrann. Es schien, als würde die Sternenbrücke selbst bluten, tödlich verwundet von einem unbarmherzigen Feind.

Die Maultiere. Die Köcher der Bogenschützen waren fast leer. Milan packte zwei Maultiere bei den Zügeln. Zerrte an ihnen. »Los, ihr störrischen Biester!«

»Meister Milan?« Männer mit Knüppeln und langen Messern kamen von den Flüchtlingen zu ihm herübergelaufen.

»Bringt die anderen Maultiere!«, befahl er ihnen. »Wir brauchen die Pfeile auf der Brücke!«

»Meister Milan? Erkennt Ihr mich nicht?« Der Anführer des Trüppchens war von mittlerer Größe. Er hatte eigenartig hängende Augenlider, die ihm einen Blick wie den eines treuen Hundes verliehen. Seine braunen Augen waren von hellen Sprenkeln durchsetzt. Milan glaubte, das Gesicht schon einmal gesehen zu haben …

»Ich war der Wächter am Richtgerüst auf dem Fischmarkt. Ihr habt mich niedergeschlagen, Meister Milan, damals, als Ihr die kleine Frau aus dem Schandkragen befreit habt. Die Mutter des toten Diebes, dessen Leiche Euer Vater zur Schau stellen ließ.«

Jetzt erinnerte sich Milan wieder an den Mann. »Was machst du hier?«

»Ich kämpfe für Dahlia.« Die Gefährten des Mannes aus der Stadtwache griffen nach den Maultieren. »Ihr müsst jetzt mit uns kommen. Hier ist es nicht sicher …«

Milan sah, wie der überlebende Ritter von dem Baum, an dem seine toten Kameraden hingen, geschnitten wurde. Und da dämmerte es ihm. »Ihr wart die ganze Zeit schon hier. Ihr seid mit den Flüchtlingen gekommen, habt euch eingeschlichen.«

»Ja, wir kämpfen für die Stadt, in der wir geboren wurden. Wir haben nicht vergessen, wohin wir gehören.«

»Milan«, schrie Rainulf von der Brücke, »die Pfeile!«

»Ich möchte nicht gegen euch kämpfen und dabei …«

Der Mann aus der Stadtwache sah ihn traurig an. »Schlagt ihn nieder«, sagte er mit tonloser Stimme zu seinen Kameraden.

Milan wich zurück und zog sein kurzes Schwert. Fünf Mann waren gekommen, um ihn zu holen, während ringsum die Schlacht weitertobte.

Milan duckte sich unter einem Knüppelhieb weg, rammte dem Angreifer seinen Ellenbogen in die Magengrube und schlug mit der flachen Seite des Schwerts nach dem Knie eines anderen.

Der Stadtgardist mit den traurigen Augen versuchte, ihm einen Aufwärtshaken zu verpassen. Milan riss den Kopf zur

Seite, so dass der Schlag nur seine Wange streifte und die Haut aufschürfte. Doch im selben Augenblick traf ihn ein wuchtiger Hieb in den Rücken. Er taumelte nach vorn. Ein kräftiger Tritt traf ihn in die Seite.

Strauchelnd schlug er mit dem Schwert nach dem Angreifer. Dieses Mal achtete er nicht mehr darauf, mit der flachen Seite zu treffen. Wutgeheul ertönte.

Milan drehte sich gerade im rechten Moment, um einen Knüppelhieb zu parieren, der ihn sonst in den Rücken getroffen hätte. Seine Klinge riss Holzspäne aus dem knotigen Ast. Der Angreifer, ein junger Kerl, den Milan auch von der Stadtwache zu kennen glaubte, machte entsetzt einen Satz zurück.

Ein Schlag traf Milan in die Kniekehle und ließ ihn einknicken. Ein Knüppelhieb quer über den Rücken trieb ihm die Luft aus den Lungen. Er stürzte nach vorn, fing sich mit den Händen ab. Ein Fuß trat auf die Klinge seines Kurzschwertes, und Milan erkannte, dass fünf mittelmäßige Kämpfer vollkommen ausreichten, um ihn zur Strecke zu bringen. Er hatte den falschen Weg beschritten. Zumal er keinen von ihnen hatte töten wollen.

Der Wächter vom Fischmarkt hob einen schweren Knüppel, um ihn endgültig niederzumachen.

»Halt!« Milan legte alles, was sein Vater ihn je über die Macht der Sprache gelehrt hatte, in dieses eine Wort. Und tatsächlich, ein Ausdruck von Verwunderung trat in die braunen Augen mit den hellen Sprenkeln. »Wer von euch hat keinen Verwandten oder Freund, dem ich ein verlorenes Kind zurückgebracht habe oder dessen Kind ich vor dem Schatten des Krähenmanns bewahrte, der über Dahlia lag? Wer?«

Der Wächter vom Fischmarkt stand immer noch mit drohend erhobenem Knüppel vor ihm. Wie erstarrt.

»Was wäre geschehen, wenn ihr mich in den Kerker gesperrt hättet, bevor ich mich dem Krähenmann hätte stellen können? Mein Vater hatte doch den Befehl gegeben, mich zu ergreifen, oder?«

Der Wächter nickte langsam.

»Ich habe eine Aufgabe, die größer ist als das, was du hier siehst.«

»Hältst du uns für dumm?«, fauchte sein Gegenüber. Der Bann schien gebrochen.

»Milan! Die Pfeile!«, schrie Rainulf von der Brücke. »Komm mit den Kerlen herüber und bring uns mehr Pfeile!«

»Wie heißt du?« Milan wusste, er musste ihn herausheben. Dann war die Wirkung der Worte am stärksten.

»Ernesto …«

»Ernesto, wäre ich im Kerker von Dahlia gelandet, hätte mein Vater dich reich belohnt. Du wärest ein gemachter Mann, aber der Krähenmann würde immer noch eine ganze Stadt in Angst versetzen und …«

»Der Krähenmann ist besiegt. Die alten Geschichten sind vorbei. Packt ihn und nehmt ihn mit!«

»Das Zeitalter der alten Mären hat gerade erst begonnen! In Dahlia habe ich für die Kinder der Stadt gekämpft. Hier kämpfe ich für dich, Ernesto.« Milan blickte von einem seiner Häscher zum anderen. »Und für dich und dich. Denn ihr alle werdet sterben, wenn ihr mich nicht ziehen lasst.« Er sah die Wirkung seiner Worte. Sah, dass er Zweifel, ja, Furcht in ihre Herzen gesät hatte.

»Gerede!«, zischte Ernesto.

»Tötet sie nicht mehr!«, war die harsche Stimme Rainulfs zu hören. »Nach jedem Schuss geht ihr zwei Schritt zurück. Zielt auf ihre Bäuche. Man steigt leichter über einen toten Freund hinweg als über einen, der sich in Schmerzen windet und um Hilfe fleht.«

Milan blickte fest in Ernestos Augen. Er musste ihn jetzt gewinnen, oder alles war verloren. »Ich bin hier, um die Weiße Königin aufzuhalten«, sagte er ruhig, so, als sei es eine unumstößliche Wahrheit. »Ihr kennt die Mär. Sie wird kommen. Und sie wird siegen. Ihr wisst, die alten Mären werden alle wahr. Die Hexen in den Wäldern, der Krähenmann … Sie alle sind da. Was, glaubt ihr, wird die Weiße Königin mit Männern wie euch machen? Mit Schlächtern ihres Volkes? Ich könnte sie aufhalten, so wie den Krähenmann.« Er hob die Arme. »Oder ihr nehmt mich gefangen und wählt damit einen grausamen Tod für euch. Denn ich bin der Einzige, der zwischen euch und der Weißen Königin steht. Ihr wisst, was Nicolos Krieger getan haben. Ihr wisst, was die Weiße Königin euch und allen, die ihr liebt, antun wird. Nur ich kann verhindern, dass dieses Morden immer weitergeht.«

»Er hat recht«, keuchte der Mann neben Ernesto und griff ihm in den Arm, um den Knüppel niederzudrücken. »Wenn sie kommt, sind wir alle verloren.«

»Und wenn er lügt?« Ernesto riss sich los.

»Habe ich Dahlia vor dem Krähenmann gerettet?«, fragte Milan. »Meine nächste Pflicht ist es, Cilia zu retten. Wenn die Weiße Königin kommt, wird sich alles verändern. Wenn sie herrscht, dann seid ihr samt und sonders des Todes. Was verliert ihr, wenn ihr mich gehen lasst? Nichts! Sagt einfach, ihr habt mich nicht gefunden. Und was verliert ihr, wenn ich recht habe, aber in einem Kerker sitze?« Er sah ihn fest an. »Alles, Ernesto, alles!«

»Verdammt, Ernesto.« Ernestos Kamerad versuchte, den Stadtgardisten fortzuziehen. »Die Armbrustschützen kommen das Ufer hoch. Sie werden uns für Rebellen halten, so, wie wir aussehen. Sie schießen uns nieder. Los jetzt! Wir müssen uns in Sicherheit bringen.«

»Es gibt keinen sicheren Ort auf Cilia mehr, wenn ihr mich mitnehmt«, sagte Milan wie ein Priester, der die Worte des Herrn des Himmels verkündete. Nichts schüchterte Menschen so ein wie der Glaube, vor dem Diener einer höheren Macht zu stehen.

Ernesto blinzelte. »Gehen wir«, sagte er leise, als traue er seinen eigenen Worten nicht. Doch dann wandte er sich um und lief mit den anderen davon.

Eine Frau in abgerissenem Schultertuch und schwarzem Kleid kreuzte den Weg der Fliehenden. Sie hielt inne, sah ihnen kurz nach. In ihrer Rechten lag ein Schwert. »Milan!«

»Nok?« Er richtete sich auf. Griff nach den Zügeln eines

Maultiers und duckte sich erschrocken, als ein Armbrustbolzen ihn knapp verfehlte. Nok! Wie kam sie hierher? Und das blutige Schwert … Er erinnerte sich an die Waffe. Sie hatte sie ihm in jener Nacht, da er mit dem Krähenmann kämpfte, geben wollen.

»Du musst weg von hier«, drängte sie und griff nach seiner Hand. »Sofort! Die Streiter der Liga sind überall …«

Er sah sie an. Ihr Haar hatte sich gelöst. Breite Strähnen hingen ihr ins Gesicht. Sie sah ganz anders aus als in den Nächten, in denen sie ihn, perfekt frisiert, erwartet hatte und ihr Haar erst in den Stunden des Liebesspiels durcheinandergeriet. »Du bist hier …« Er konnte es immer noch nicht glauben. Dass sie unendlich viel mehr war, als sie ihm offenbart hatte, hatte er schon lange geahnt. Aber …

»Komm!«

»Ja, hör auf sie«, schnauzte ihn eine vertraute Stimme an. »Wir hätten die Pfeile brauchen können.« Rainulf hatte sich mit kaum mehr als zwanzig Überlebenden von der Brücke zurückgezogen. Seine Männer versorgten sich mit Pfeilbündeln. Andere lieferten sich Duelle mit den Armbrustschützen, die vom Fluss her das Ufer erklommen.

Milan begriff, wie verzweifelt die Lage war. Er sah, wie die Flüchtlinge von der Straße gezerrt wurden. Und immer neue Feinde tauchten hinter ihnen aus den Hügeln auf.

Ernesto hatte sich mit seinen Gefährten zu der Eiche mit den toten Rittern zurückgezogen. Schon waren die ersten Männer in den weißblauen Waffenröcken Dahlias bei ihnen. Milan sah, wie Ernesto gestikulierte. Aber er zeigte zumindest nicht zu ihnen herüber.

Das war allerdings auch nicht nötig. Rainulf und das kleine Häuflein Überlebender waren die letzten Männer aus dem Schwertwald, von denen noch Widerstand zu erwarten war. Alle sahen zu ihnen her. Aber alle fürchteten die tödliche Treffsicherheit der Bogenschützen. Keiner wollte der Erste sein, wenn es darum ging zu sterben.

»In den Wald«, entschied Milan. »Nehmt mit, was ihr an

Pfeilen tragen könnt. Die Maultiere werden uns nur aufhalten. Schnell!«

»Und die Straße?« Rainulf durchtrennte die Hanfschnur eines Pfeilbündels und füllte seinen Köcher.

»Den Weg haben sie uns längst abgeschnitten«, bemerkte Nok.

»Und woher kommst du?« Rainulf bedachte sie mit einem verächtlichen Blick. »Ich dachte, dein Schlachtfeld liegt zwischen Laken.«

»Ich wollte euch warnen …«

»Und du triffst zugleich mit der Gefahr ein.« Rainulf nahm einen Pfeil aus dem Köcher und hakte ihn auf der Sehne ein. »Sehr glaubwürdig.«

»Nach Süden!«, fuhr Milan die beiden an. »Streiten können wir später.«

Rainulf schnitt eine Grimasse, aber er fügte sich. »Wir bilden die Nachhut«, rief er den Schützen zu. »Jeder sucht sich seine Ziele selbst. Aber zielt sorgfältig. Wir werden bald knapp an Pfeilen sein.«

AUF DER STERNENBRÜCKE AM WESTUFER DES TIMESO, SPÄTER MORGEN, 17. TAG DES WEINMONDES IM JAHR VON SASMIRAS ZWEITER THRONERHEBUNG

Rodrigo stieg über die Toten hinweg und vermied es, in die Gesichter der Männer zu blicken. So viele waren auf der Brücke gefallen. Und es gab Dutzende von Verwundeten. Männer, die sich in Schmerzen wanden, ihn um Hilfe anflehten. Männer mit aschfahlen Gesichtern, zu denen der Tod erst in einigen Tagen kommen würde. Rodrigo sah einen Waffenknecht mit dem weißen Turm Dahlias auf der Brust. Einen Mann mit breitem, einfältigem Gesicht. Er erinnerte sich, wie er einmal miterlebt hatte, wie der Mann einen betrügerischen Zuckerbäcker bestraft hatte, indem er befahl, dass seine sämtlichen Honigkuchen an die Kinder auf dem Markt zu verschenken seien. Einen Tag lang war dieser Mann mit dem einfältigen Gesicht der Held Dahlias gewesen. Zumindest unter Dahlias Kindern. Jetzt fiel ihm sein Name auch wieder ein. Vasco.

Rodrigo kniete sich neben den Verwundeten. Vascos Waffenrock war blutgetränkt. Er presste sich beide Hände auf den Bauch. Dicht unter dem Rippenbogen hatte ihn ein Pfeil getroffen und war ihm tief in den Leib gedrungen.

»Ich werde dir einen Feldscher schicken lassen«, murmelte Rodrigo. Er wusste nicht viel über das Geschäft der Wundärzte, aber selbst ihm war bekannt, dass Männer, deren Gedärme durchbohrt waren, nur sehr selten überlebten. Ihre Wunden begannen zu schwären und zu stinken, bis sie schließlich vom Fieber oder von den Schmerzen dahingerafft wurden. »Du schaffst das, Vasco. Dahlia braucht dich noch. Auch wenn dich die Zuckerbäcker fürchten.«

»Ihr kennt mich, Herr?« Die Augen des Waffenknechts wurden weit.

»Du bist eine Legende, Vasco. Und ich hatte die Ehre, von Ferne zu sehen, was du getan hast.«

Ein Zittern lief durch den Körper des Mannes, aber er lächelte. »War mein bester Tag …«

Rodrigo nickte. »Manche haben nie einen solchen Tag.«

»Was machst du da?«, fragte Nicolo scharf. »Wir haben es eilig!«

Rodrigo erhob sich und unterdrückte einen unwilligen Seufzer. Er winkte einem Waffenknecht in seinem Gefolge. »Schaff den erstbesten Feldscher, den du findest, hierher. Sofort.«

»Ja, Herr.« Der Mann, ein schlanker Kerl, ein wenig größer als er selbst, nickte und machte sich eilends davon. Ihn hatte Rodrigo mit Bedacht in jene kleine privilegierte Gruppe gewählt, die sich bei Tag und Nacht zu seiner Verfügung hielt. Tazio hieß er. Ein lausiger Armbrustschütze und Schwertkämpfer. Kein Mann, der nützlich wäre, wenn es darum ginge, sein

Leben zu verteidigen. Doch Tazio war Barbier und Zahnausreißer in Dahlia. In beidem war er ziemlich gut. Und so, wie der Feldzug bisher verlief, brauchte Rodrigo wesentlich dringender eine tägliche Rasur, die mit Sorgfalt ausgeführt wurde, als einen bewaffneten Leibwächter.

»Du bist zu nett zu diesen Kerlen«, sagte Nicolo leise, als sie weitergingen. »Es steht einem Patrizier und reichen Kaufmann nicht gut zu Gesicht, sich mit dem einfachen Volk gemeinzumachen.«

»Ich werde das in Zukunft bedenken«, entgegnete Rodrigo höflich und dachte doch in Wahrheit: Leck mich, wo nie die Sonne scheint!

Allerdings zwang Rodrigo sich nun, wirklich niemandem mehr ins Gesicht zu blicken. Dabei lagen noch etliche Männer im blauweißen Waffenrock Dahlias auf dem Weg.

Am Ende der Brücke erwartete sie Olmo. Ein nackter Mann, der nur ein Tuch um die Hüften geschlungen hatte, stand bei ihm.

»Schwiegeronkel!«, rief der Nackte nuschelnd, aber voller Begeisterung. Nur sein Gesicht war braungebrannt, der Leib hingegen weiß wie der Bauch eines toten Fischs. Abgesehen von den Prellungen, die in allen Farben des Regenbogens schillerten. Er schien übel verprügelt worden zu sein. Auch war seine Nase gebrochen, die Lippen aufgeplatzt, und Rodrigo sah die Stümpfe abgebrochener Zähne. Hübsch anzuschauen war Joacino Trimini nicht mehr.

»Wie konntest du Trottel dich nur gefangen nehmen lassen?«, ging Nicolo den jungen Mann harsch an. »Und so herumzulaufen … Du gehörst zur Sippe der Trimini. Mach dich nicht zum Gespött des Heeres!« Er deutete auf einen Lakaien aus seinem Gefolge, der ungefähr Joacinos Größe hatte. »Ausziehen! Gib diesem Möchtegernritter deine Kleider, und sorgt dafür …«

Rodrigo empfand diese Szene als peinlich. Nicolo hatte kein Gefühl dafür, wie man die Herzen seiner Männer eroberte. Er mochte ein hervorragender Geschäftsmann sein, und wahrscheinlich war er sogar ein passabler Krieger, denn er übte sich täglich im Umgang mit Waffen und hatte nun eine der schweren Rüstungen angelegt, mit denen die Waffenschmiede Ferrantas sich einen Namen gemacht hatten, doch all das war nicht genug, um einen guten Feldherrn abzugeben.

Der Weitblick in Geschäftsangelegenheiten, den Nicolo an den Tag legte, war indes bewundernswert. Rodrigo war es zunächst kurzsichtig erschienen, ganze Landstriche zu entvölkern, indem man die Bewohner ermordete oder in die Sklaverei verkaufte. Und er hatte nicht verstanden, warum sie mit diesem blutigen Geschäft bereits im Niemandsland noch vor den Grenzen des Schwertwaldes begonnen hatten. Doch Nicolo hatte ihm die Augen geöffnet. Ferrantas Händler und Kapitäne würden Hunderte von Familien nach Cilia bringen, die in dem Kampf um die Herrschaft im Reich gegen die Kaiserin Sasmira gestanden hatten. Natürlich nur die Reichen, die für eine Überfahrt und Land mit schwerem Silber zahlen konnten. Nicolo brauchte verwaiste Landstriche und leerstehende Dörfer. Schon im Winter würde dort neues Leben einkehren.

»Auf ein Wort.« Rodrigo bedeutete dem schlaksigen Olmo, der stellvertretender Hauptmann der Stadtwache Dahlias war, mit ihm ein wenig zur Seite zu gehen, während Nicolo noch immer auf den unglücklichen Joacino einredete.

Sie gingen in Richtung der Eiche, von der die Leichen der Ritter bereits abgenommen worden waren. »Sind uns welche entkommen, oder habt ihr alle Bogenschützen erwischt?«

»Nicht alle …« Olmo wich seinem Blick aus. »Der Pfeil der Kelche hatte hier den Befehl. Er wurde verletzt und …«

»Ja?«, drängte Rodrigo.

»Milan Tormeno war hier und ist geflohen. Er kämpft aufseiten der Rebellen.« Olmo klang aufrichtig entrüstet. »Wie kann er das nur tun?«

Rodrigo schüttelte den Kopf. »Die Tormenos machen es einem nie leicht, sie zu mögen. Aber wie konnte Milan unserer Falle entgehen?«

»Im Süden hatten wir keine Männer. Milan und dieses Pack

haben sich in den Wald abgesetzt und versuchen, sich zu den Mondbergen durchzuschlagen. Ich lasse sie verfolgen. Mehr als fünfzig Armbrustschützen sind ihm und der Handvoll Bogenschützen auf den Fersen.«

»War es unmöglich, ihn hier auf der Straße zu stellen?«

Olmo verschränkte die Arme vor der Brust. Sein Blick huschte zur Brücke. »Milan war immer in der Nähe der Bogenschützen. Wir sind nicht an ihn herangekommen.«

Als Kaufmann hatte Rodrigo ein feines Gespür dafür, wenn er angelogen wurde, und gerade war er sich sehr sicher, dass Olmo ihm zumindest nicht die volle Wahrheit sagte. Kurz überlegte er, ob er Olmo weiter bedrängen sollte. Dann verwarf er das. Er wollte es nicht so machen wie Nicolo. Ihr Heer brauchte keinen weiteren gedemütigten Versager, sondern Helden, die ein Beispiel und ein Ansporn für die anderen waren.

Nicolo war mit Joacino fertig und kam samt Gefolgschaft zu ihnen herüber.

»Darf ich dir Olmo, stellvertretender Hauptmann der Stadtwache von Dahlia, vorstellen?« Rodrigo wies auf den schlaksigen Krieger. »Er befehligte jene Männer, die sich unter die Flüchtlinge gemischt und denen wir den schnellen Sieg heute Morgen zu verdanken haben. Ich finde, wir sollten Olmos Mut und Geschick belohnen und ihn gleich hier auf dem Schlachtfeld zum Hauptmann befördern.«

Nicolo bedachte Olmo mit einem abschätzigen Blick. »Schneller Sieg«, murmelte er und sah hinüber zu der Brücke voller Leichen.

Er fing wieder damit an, dachte Rodrigo ärgerlich. Statt die Heldentaten seiner Männer herauszustellen, ritt er darauf herum, was nicht gut gelaufen war.

»Seinem schnellen und beherzten Eingreifen verdanken wir, dass Joacino befreit werden konnte«, gab Rodrigo zu bedenken.

Nicolos einzige Antwort war ein mürrisches Knurren. Er ging weiter, dorthin, wo die gefangenen Flüchtlinge unter Bewachung auf der Straße kauerten. »Wie viele?«, fragte er Olmo.

»Etwas mehr als dreihundert, mein Feldherr. Ich habe Männer die Straße hinaufgeschickt, um noch weitere zu ergreifen.«

»Dreihundert.« Nicolo blickte die Reihen der Gefangenen entlang. »Meist Alte, Kranke, Fußlahme. Unnütze Esser.« Er drehte sich um und sah zur Brücke. »Unsere Toten sind noch nicht aufgesammelt. Die Felsbrocken nicht vom Brückenweg geräumt …«

»Die Kämpfe endeten erst vor einer Stunde«, erinnerte Rodrigo ihn vorsichtig.

»Wir müssen unsere Feinde hetzen. Sie dürfen keine Gelegenheit haben, sich zu sammeln und wieder zu Atem zu kommen.« Nicolos Stimme war von schneidender Kälte. »Verkauf mir keinen halben Sieg als einen Triumph, Rodrigo. Oder hältst du mich für blind oder dumm oder beides?«

»Es wäre gut für die Moral …«

»Und jetzt erklärst du mir, wie ich mein Heer führen sollte, Rodrigo Apolita?«

Rodrigo hob beschwörend die Hände. »Natürlich nicht …« Nicolo hatte vor dem Angriff auf die Brücke getrunken. Allerdings nicht ungewöhnlich viel. Er war sich unsicher, warum der Heerführer in so gereizter Stimmung war.

»Du und du!« Nicolo deutete auf zwei junge Männer unter den Flüchtlingen. »Rüber zur Brücke mit euch! Und du …«

»Bitte«, eine Frau in einem schwarzen Kleid, die neben den Jünglingen gekauert hatte, erhob sich. »Sie sind doch noch fast Kinder … Adelmo und Flavio. Meine Söhne.«

Nicolo wirkte verblüfft. »Was denkst du denn, was ich will? Sie sollen die Brücke räumen. Sie sind jung und stark. Ich verspreche dir, Mütterchen, ihnen wird kein Leid zugefügt.« Bei den Worten legte er mit großer Geste seine Rechte auf sein Herz. »Sie räumen die Toten und die Steine weg. Das ist alles.« Nicolo wandte sich an sein Gefolge. »Sucht weitere kräftige junge Männer und Frauen. Die Brücke muss frei werden. Wir haben schon eine Stunde verschenkt. Das muss schneller gehen. Warum muss ich mich um alles kümmern? War es nicht naheliegend, sofort die Brücke zu räumen?« Er stapfte zu dem Baum auf dem kleinen Hügel empor, vor dem die toten Ritter lagen.

Als Rodrigo zu ihm aufschloss, stand Nicolo vor den Leichen.

»Mit ihm dort habe ich gestern Abend noch gezecht.« Nicolo deutete auf einen jungen muskulösen Mann, dem mehrere Pfeile das Gesicht zerstört hatten. »Er hat mir von einer Frau erzählt, die er beeindrucken wollte. Und von einer Idee für ein gutes Geschäft mit der Westermark.« Der Heerführer schüttelte den Kopf. »Er war so voller Leben, so naiv …« Nicolo wandte sich abrupt um. »Ich nehme an, du weißt, wovon ich rede.«

Rodrigo lächelte freudlos. »Man redet vor Geschäftsleuten nicht von guten Ideen, die noch nicht umgesetzt sind. Ich nehme an, die Idee wird nicht mit ihm gestorben sein.«

Nicolo nickte. »Stimmt.«

Ihr Gefolge und einige Schaulustige schlossen zu ihnen auf. Männer aus Olmos Truppe lagerten unter dem Baum. Hier würde man nicht vernünftig mit Nicolo reden können. Vor so viel Publikum liebte er es, sich aufzuspielen.

»Diesen Olmo zu einem Hauptmann zu machen, ist das eine gute Idee?« Etwas Lauerndes lag in der Stimme des Feldherrn.

»Er hat heute gut gekämpft …«

»Aber das reicht nicht. Dies ist kein Patrouillengang in einer friedlichen Stadt, sondern ein Krieg!« Nicolo wandte sich nun direkt an Olmo. »Alle Flüchtlinge, die nicht zur Arbeit auf die Brücke geschickt werden, möchte ich hier am Baum hängen sehen. Bis zur Abenddämmerung. Wirst du das schaffen, Olmo? Wenn ich zufrieden bin, erwachst du morgen früh als Hauptmann.«

Rodrigo sah die Qual im Antlitz des großen, dünnen Stadtgardisten. »Ich … Welches Verbrechen haben sie begangen?«

»Wozu brauchst du ein Verbrechen? Ich habe dir einen Befehl gegeben.« Nicolo musterte den Stadtgardisten abschätzend. »Du hast doch schon einmal jemanden hingerichtet, oder?«

»Nein.« Olmos Stimme zitterte. »Dort, wo ich herkomme, ist das die Aufgabe eines Henkers. Er richtet, nachdem ein Urteil nach den Gesetzen der Stadt Dahlia ergangen ist.«

Für einige Herzschläge sah Nicolo den schlaksigen Mann mit offenem Mund an. Widerworte war der Feldherr nicht gewohnt. Es war totenstill. Die Lakaien und Waffenknechte hielten den Atem an. Sie kamen Rodrigo wie Krähen vor, die darauf warteten, über Aas herzufallen.

»Er ist wohl wirklich nicht geeignet«, versuchte Rodrigo einzulenken, doch Nicolo schnitt ihm harsch das Wort ab.

»Sieh sie dir dort unten an!« Der Heerführer wies auf all die Gefangenen, unter denen die Jungen und Starken ausgewählt und zur Brücke geschickt wurden. »Sie bestehlen in unverschämter Weise die Liga. Dafür haben sie den Tod verdient.«

Olmo runzelte verwirrt die Stirn. Er warf Rodrigo einen hilfesuchenden Blick zu.

Sag bloß nichts mehr!, dachte Rodrigo und deutete ein Kopfschütteln an.

»Ich verstehe nicht ganz …«, bekannte Olmo.

»Sie sind unsere Feinde. Bestimmt verstecken sich welche unter ihnen, die schon Waffen gegen die Liga erhoben haben. Andere reden boshaft über uns … Unsere Versorgungslage ist nicht gut. Hast du eine Vorstellung, wie viel Brot, Trockenfleisch, Fisch, Salz, Bohnen und Bier ein Heer wie dieses jeden Tag verschlingt? Unsere Rationen sind gekürzt. Ich muss Männer, die für die Liga kämpfen, hungern lassen, wenn ich die dort unten alle durchfüttere. Das kann ich nicht verantworten.«

»Wir könnten sie ja auch sich selbst überlassen«, sagte Olmo sehr leise.

»Unsere Feinde? Freilassen?«, fuhr Nicolo den Stadtgardisten in einer Lautstärke an, dass auch in fünfzig Schritt Entfernung gewiss noch jede Silbe zu verstehen war. »Hast du während der Kämpfe vielleicht einen Schlag auf den Kopf erhalten?«

Bitte, sag ja!, dachte Rodrigo verzweifelt.

»Nein, Herr. Ich wurde nicht verletzt.«

»Schön für dich, Olmo aus Dahlia. Dann befehle ich dir jetzt, dich an die Arbeit zu machen und mit dem Erhängen zu beginnen. Ich werde Seile schicken lassen.«

»Das kann ich nicht.« Olmo reckte stolz sein Kinn vor. Er hielt dem Blick des Heerführers stand.

Rodrigo mochte gar nicht hinsehen. Diese Art von Stolz half nicht. Im Gegenteil, sie führte geradewegs ins Verderben. Immer!

»Du kannst nicht?« Nicolo klang amüsiert. »Hast du zu schwache Arme?«

»Nein, Herr. Wenn ich Eurer Rede folgte, dann müsste ich zunächst Lebensmittel an die Gefangenen austeilen lassen. Denn noch haben die Gefangenen unser Heer ja gar nicht bestohlen. Sie sind unschuldig, und deshalb schlage ich vor, sie einfach ziehen zu lassen. Sollen sie doch den Rebellen die Haare vom Kopf fressen.«

»Ergreift ihn!« Nicolo winkte den Männern seines Gefolges. »Fesselt ihn und bringt ihn zu den Rebellen dort unten. Er wird mit ihnen zusammen gehenkt!«

»Das dürft Ihr nicht!«, begehrte Olmo auf. »Das ist gegen das Gesetz!«

Nicolos Häscher kümmerten sich nicht um den Protest des Stadtgardisten. Er wurde gepackt und zu Boden gedrückt. Einer riss seine Arme nach hinten, dass die Schultergelenke krachten, und schlang ihm ein grobes Hanfseil um die Handgelenke.

»Ihr dürft mich nicht grundlos hinrichten …«, protestierte Olmo.

»Olmo aus Dahlia, ich beschuldige dich der Befehlsverweigerung. Ich beschuldige dich, geplant zu haben, unser Heer zu bestehlen und die Rebellen mit unseren Lebensmitteln zu versorgen. Und ich beschuldige dich, in aller Öffentlichkeit kundgetan zu haben, dass du gefangene Feinde der Liga befreien möchtest. Jedes dieser Verbrechen ist in Kriegszeiten todeswürdig.« Nicolo machte eine Pause und sah die Männer seines Gefolges an. »Gibt es jemanden, der für den Hochverräter Olmo aus Dahlia sprechen möchte?« Zuletzt blieb sein Blick an Rodrigo hängen. »Vielleicht du, mein Freund und Berater?«

Rodrigo ballte die Fäuste so fest, dass sich seine Fingernägel tief in die Handflächen gruben. »Ich dachte, ich würde Olmo kennen.« Er senkte beschämt den Blick. Er sollte jetzt mit flammenden Worten für den Stadtgardisten sprechen. Doch sein Mund war staubtrocken, seine Beine weich wie Hafergrütze. »Ich bin erschüttert, nun sein wahres Gesicht zu sehen.« Rodrigo starrte auf Nicolos Eisenschuhe. Er könnte es nicht ertragen, die Enttäuschung in Olmos Gesicht zu sehen.

»Und, gibt es hier jemanden, der mir treuer ergeben ist als dieser Verräter?«, rief der Heerführer. »Wer will mein Urteil vollstrecken und die Rebellen zum Galgenbaum führen?«

Einige Herzschläge lang herrschte Schweigen.

»Ich werde es tun.« Einer der Männer, die im Schatten des Baumes gesessen hatten, erhob sich. Er war nicht sonderlich groß, wirkte nicht bedrohlich, hatte nicht das Gebaren eines in zahllosen Kämpfen geschmiedeten Kriegers.

»Wie heißt du?«, fragte Nicolo.

»Ich bin Ernesto aus Dahlia. Und ich will die Schande sühnen, die dieser Hochverräter meiner Stadt bereitet hat!«

AUSLÄUFER DER MONDBERGE,
DREI MEILEN SÜDWESTLICH DER STERNENBRÜCKE,
MITTAG, 17. TAG DES WEINMONDES IM JAHR VON
SASMIRAS ZWEITER THRONERHEBUNG

Du musst sie rasten lassen.«

Milan schüttelte den Kopf. »Wir können nicht. Sie sind uns zu dicht auf den Fersen.«

»Dann musst du sie zurücklassen.« Nok klang nicht bedauernd, sondern einfach nur sachlich. »Es sind Alte und Kinder. Wir sind fast zwei Stunden durch unwegsames Gelände geflohen. Die meiste Zeit bergan. Sie sind am Ende ihrer Kräfte. Sie brauchen eine Rast.«

Milan hielt mitten im Schritt inne. Sie wusste, wie sie ihn zu nehmen hatte. Natürlich würde er niemanden zurücklassen.

»Halt!«, befahl er so laut, dass die etwa zwei Dutzend Flüchtlinge ihn alle hören konnten. Sie hatten sich ihrer Gruppe unterwegs angeschlossen. Rainulf und der Großteil der Bogenschützen war zurückgefallen. Sie lieferten sich Duelle mit den Armbrustschützen der Liga, die ihnen folgten.

Milan ging zu den beiden Bognern, die Dumon stützten. Sie waren die einzigen Kämpfer, die sie noch begleiteten. Seine Männer hatten Dumons Blutung stillen können, doch der Pfeil der Kelche war zu schwach, um sich aus eigener Kraft auf den Beinen zu halten.

Sie befanden sich in dichtem Wald. Kaum ein Lichtstrahl drang durch das Dach aus Kiefernästen. Der Boden war bedeckt mit einer dicken Schicht aus braunen Nadeln, die das Geräusch der Schritte schluckten. Irgendwo in der Ferne ertönte das rhythmische Hämmern eines Spechtes. Die erschöpften Flüchtlinge flüsterten miteinander. Ansonsten war es bedrückend still.

Milan ging ein Stück den Hang hinab. Hier und dort ragten bleiche Felsen aus dem Teppich aus toten Kiefernnadeln. Er stützte sich gegen einen kühlen Stein und spähte in das Zwielicht. Von Rainulf und dessen Männern war nichts zu sehen.

Irgendwo viel weiter unten erscholl ein gellender Schrei. Von einem ihrer Männer oder von einem Waffenknecht der Liga? Milan sah hinauf zu den Flüchtlingen. Was für ein Dilemma! Ohne sie würden sie den Armbrustschützen entkommen, da war er sich ganz sicher. Aber so? Was sollte er tun? Er war sich der ängstlichen Blicke der Kinder bewusst. Die Erwachsenen und die Alten hingegen mieden es, zu ihm zu schauen, als befürchteten sie, allein ihre fragenden Augen könnten genügen, um ihn eine Entscheidung gegen sie fällen zu lassen.

Milan ließ den Blick schweifen. Den Hang hinauf hatten sie eine überdeutliche Spur hinterlassen. Aufgewühlte Kiefernnadeln. Das würden selbst die erfahrensten Waldläufer nicht auslöschen können. Verstecke gab es auch nicht. Der Wald war hier beinahe wie eine Säulenhalle. Es gab kaum Unterholz, nur die schlanken Kiefernstämme, die roten Säulen gleich das dichte

Nadeldach trugen. Es roch nach Harz und Humus. Milan strich sich über die Arme. Es war kühl. Durch den anstrengenden Marsch war er verschwitzt gewesen, doch nun begann er zu frieren. Sie sollten weitergehen.

Wieder spähte er den Hang hinab. Doch da war niemand. Als wäre Rainulf samt seinen Männern vom Erdboden verschluckt worden.

»Los!«, sagte Milan entschlossen. »Wir müssen weiter. Auf dem Hügelkamm gibt es die nächste Rast, wenn wir …«

Ein tiefes Brummen ließ ihn mitten im Satz verstummen. Nok, die am weitesten oben am Hang stand, fuhr erschrocken herum. Das Zwielicht gebar Finsternis. Etwas Großes, Schwarzes brach zwischen den Kiefernstämmen hervor und stürmte den Hang hinab auf Nok zu. Sie zog ihr Schwert, begann aber zugleich zu laufen.

»Bogenschützen!«

Milans Befehl wäre nicht nötig gewesen. Die beiden Männer, die Dumon gestützt hatten, legten bereits Pfeile auf die Sehnen.

Nok machte einen Satz in die Luft. Sie sprang dem Stamm einer Kiefer entgegen und stieß sich sogleich wieder davon ab. Sie segelte einige Schritt weit durch die Luft, traf mit den Füßen voran auf einen weiteren Stamm, doch dieses Mal griff sie mit der Linken nach einem Aststumpf, während ihre Klinge drohend nach unten auf das schwarze Ungeheuer zeigte.

»Werde ich dich denn niemals los?« Verzweifelt zog Milan sein Kurzschwert, bereit, sich dem Grym ein drittes Mal zu stellen, während die Flüchtlinge in Panik den Hang hinabrannten und den Bogenschützen das Schussfeld auf den riesigen Bären verstellten.

»Bringt Dumon nach vorne!«, befahl Milan den beiden Schützen. »Es muss der Pfeil der Kelche sein, der auf den Grym schießt. Nur er kann ihn töten. Ihr kennt die Mär.«

Die Männer sahen ihn an, als sei er verrückt geworden, aber sie gehorchten.

Milan schob ein kleines Mädchen fort, das sich weinend an ihn klammern wollte. Kurz blickte er über die Schulter. Von Rainulf und dessen Männern war nach wie vor nichts zu sehen.

Der Grym richtete sich unter der Kiefer, auf die Nok sich geflüchtet hatte, auf die Hinterbeine auf. Sie kletterte höher, hatte aber Schwierigkeiten, einen guten Halt zu finden. Auch behinderten sie die abgestorbenen Äste, die wie Dornen aus dem rotbraunen Stamm ragten.

Milan blieb fast das Herz stehen, als ein Tatzenhieb Nok um weniger als eine Handbreit verfehlte.

»Dumon«, rief er.

Der Grym würde Nok verschlingen. Er stellte Hirten nach und einsamen Wanderern und Fremden. Fremder als Nok, die aus dem Tausende von Meilen entfernten Südwesten des Khanats stammte, konnte man auf Cilia nicht sein. Sie war seine auserkorene Beute.

Nok schlug mit ihrem Schwert nach der Schnauze des Grym und verletzte das Ungeheuer. Der Bär stieß ein mörderisches Brüllen aus. Es würde weit durch die Hügel zu hören sein. Jetzt wüsste auch Rainulf, welche Gefahr hier oben drohte. Aber er würde zu spät kommen.

»Dumon, du musst ihn töten!«, drängte Milan. »Es ist deine Aufgabe, so erzählt es die Mär.«

Der alte Schütze sah ihn mit schmerzverzerrtem Gesicht an. Er hob den Bogen. Seine Gefährten hielten ihn bei den Hüften, damit er nicht stürzte. Die Flüchtlinge hatten inzwischen alle die Straße verlassen.

Nok versuchte, noch ein wenig höher zu klettern. Jetzt war sie außer Reichweite der Tatzenhiebe.

Dumon legte einen Pfeil auf die Sehne und hob den Bogen. Keuchend zog er die Sehne zurück. Seine Hände zitterten vor Anstrengung. Die Wunde in seiner Brust war wieder aufgebrochen. Milan sah, wie Blut zwischen den Nähten des ledernen Wamses hindurchsickerte.

»Komm her, Grym!«, schrie Milan. »Sieh dein Verderben!«

Mit einem Seufzer ließ Dumon den Pfeil von der Sehne schnellen und sackte nach vorn.

Der Bär drehte sich, machte sogar einen Satz zur Seite. Er gab sich geradezu Mühe, dem Pfeil entgegenzukommen, damit sich sein Schicksal erfüllte, wie die Mär es verlangte. Oder zumindest sah es für Milan so aus. Doch der geschwächte Anführer der Bogner hatte den Schuss im letzten Augenblick verrissen. Der Pfeil verfehlte den Grym um etliche Schritt und schlug weiter oben am Hang krachend gegen einen Felsen.

»Versuch es noch einmal«, bat Milan.

Das Antlitz des Schützen war von Schweiß bedeckt, als er sich, auf den Bogen gestützt, wieder hochstemmte. Sein Mund nur ein schmaler, blasser Strich. Wortlos tastete er nach seinem Köcher.

Der Grym stand wieder vor der Kiefer, die Nok erklommen hatte. Er blickte den Stamm hinauf, und plötzlich schlug er mit der Tatze zu, zerfetzte das Holz. Splitter flogen durch die Luft. Krachend neigte sich die Kiefer zu der Seite, an der Nok sich an den Stamm klammerte.

Milan sah den Schrecken in ihren Augen und ihre Entschlossenheit. »Du musst ihn töten!«, rief sie ihm zu und schleuderte ihr Schwert in seine Richtung.

Ein zweiter Tatzenhieb traf den Kiefernstamm.

Der Baum stürzte. Seine Krone pflügte durch das dicht verwobene Geäst der benachbarten Kiefern. Abgebrochene Äste hagelten rings um den Grym zu Boden.

Milan stürmte los. Zwanzig Schritt vor ihm bohrte sich Noks Schwert mit der Spitze voran in das weiche Erdreich.

Nok rollte sich zur Seite ab, als der Baum auf den Boden schlug. Doch der Grym war sofort über ihr. Seine Tatze verfehlte Nok, verfing sich aber in ihrem Kleid, so dass sie ihm nicht entfliehen konnte.

Das riesige Maul des Bären klappte auf. Ein Abgrund aus Fangzähnen und Geifer. Es weitete sich, stülpte sich über Nok, und der Grym verschlang sie mit einem einzigen Bissen.

Milan griff, ohne im Lauf innezuhalten, nach dem Schwert, das aus dem Boden ragte. Tränen blendeten ihn. Nicht Nok!

Die Kinder hinter ihm kreischten vor Entsetzen.

Milan achtete darauf, nicht in Dumons Schusslinie zu geraten. Er hielt sich seitlich. Seine Lungen brannten, ob nun von den wilden Schreien, mit denen er den Grym verfluchte, oder von seinem Lauf den Hang empor.

Der Grym wandte sich ihm zu. Schwarze Augen fixierten ihn. Blut troff von der verletzten Schnauze des Bären. Ein tiefes Grollen entstieg seiner Kehle. Langsam, fast schon behäbig, kam er Milan entgegen.

»Dieses Mal stirbst du für immer!« Milan blieb stehen. Ihm wurde plötzlich klar, dass er nicht siegen konnte. Der Mär nach war er ein Opfer. Es war der Pfeil der Kelche, der den Grym töten musste …

Milan sah sich um. Dumon schaffte es nicht mehr, den Bogen zu spannen. Er zitterte am ganzen Leib. Seine letzten Kräfte waren erschöpft.

Und dann war der Grym plötzlich vor ihm. Mit einem gewaltigen Satz überwand der Bär das letzte Stück, das sie trennte. Im Reflex riss Milan das Schwert hoch. Versuchte abzuwehren, was nicht aufzuhalten war.

Ohne auf Widerstand zu stoßen, fuhr die schlanke Klinge durch die Schnauze und dicht unterhalb des gierigen Augenpaars durch den Schädel des Grym. Die obere Hälfte des Bärenkopfes verrutschte und kippte zur Seite. Doch die Kraft, mit der sich das Ungeheuer vorwärtsbewegte, war noch da. Sterbend rammte es Milan und riss ihn von den Füßen.

Milan ließ das Schwert fallen und versuchte, sich gegen den massigen Leib zu stemmen, doch es war aussichtslos. Genauso gut hätte er versuchen können, den Sturz einer hundertjährigen Eiche mit den Händen aufzuhalten. Nur der weiche Waldboden verhinderte, dass er sich die Knochen brach, als er unter dem Kadaver begraben wurde.

Er vermochte sich nicht mal mehr einen Zoll zu bewegen. Der

Bärenleib presste ihn in den Humus. Struppiges schwarzes Fell drang ihm in Nase und Mund. Die Augen hielt er geschlossen. Er versuchte zu atmen, doch es wollte ihm nicht gelingen. Seine Lungen weiteten sich nicht mehr. Zu groß war das Gewicht auf seiner Brust.

»Holt ihn unter dem verfluchten Bären hervor!«

Endlich, dachte Milan. Das war die Stimme Rainulfs. Er spürte, wie am Leib des Bären gezerrt wurde. Doch dieser wollte sich nicht bewegen.

Milan wurde schwindelig. Grelle Lichtpunkte tanzten vor seinen geschlossenen Lidern.

»Alle zugleich!«, schrie Rainulf.

Der Druck auf Milans Brust ließ ein wenig nach. Gierig wie ein Ertrinkender, der durch die Wasseroberfläche brach, atmete er ein und spürte Fell auf Lippen und Zunge. Aber da war auch Luft. Er hustete, hatte das Gefühl, sich übergeben zu müssen. Der Bär stank nach Aas und Urin.

»Noch einmal alle zugleich!«

Der Kadaver kippte zur Seite.

Keuchend rang Milan um Atem. Im ersten Moment fühlte es sich immer noch an, als laste ein Gewicht auf ihm. Mit weit offenen Augen starrte er zu den Baumkronen hinauf. Sah das sanfte Licht zwischen den unzähligen Kiefernnadeln. Den Himmel, zersplittert in Fragmente von Blau, gebettet in dunkelstes Grün.

»Er hat Nok verschlungen!«

»Ich werde sie befreien.« Rainulf hielt bereits das schlanke Schwert in der Hand, mit dem Milan den Grym getötet hatte.

»Ich …« Milan hob die Hand. Kraftlos sank sie zurück.

»Ich werde sehr vorsichtig sein«, versprach Rainulf und lächelte schief. »Ich mache es ja nicht zum ersten Mal.«

Die Flüchtlinge und Bogenschützen sammelten sich um den Kadaver, während Rainulf niederkniete, um den Bauch des Bären zu öffnen.

Stumm betete Milan zum Herrn des Himmels, dass Nok den Angriff der Bestie unbeschadet überstanden hatte.

Es herrschte Totenstille, während Rainulf vorsichtig immer tiefer schnitt. Dann plötzlich erklang ein Schrei aus dem Kadaver. Zwei schlanke Hände erschienen in dem klaffenden Schnitt, umklammerten die Wundränder und zerrten sie auseinander.

Nok schob sich aus dem Leib des Bären. Ohne Hilfe. Es wirkte auf Milan fast wie eine Geburt. Sie war über und über mit Schleim und Blut bedeckt. Und doch war sie in seinen Augen nie so schön gewesen. Sie lebte!

»Bist du verletzt?«

Nok sah zweifelnd an sich herab. »Ich glaube … ich … nein.« Sie blinzelte. »Und du?«

Milan lächelte. »Ich auch nicht«, sagte er und setzte sich auf.

»Bogenschützen zu mir!«, befahl Rainulf. »Zurück, Männer! Die verdammten Ligisten werden es uns mit Armbrustbolzen danken, dass wir den Grym getötet haben.« Er kauerte sich vor Milan auf den Waldboden. »Das muss aufhören«, sagte er leise. »Wirf dich diesem Ungeheuer nicht immer entgegen.« Dann blickte er streng zu Nok. »Dich hätte ich auch für vernünftiger gehalten. Vor einem Bären flüchtet man nicht auf Bäume.«

Milan bemerkte ein silbernes Ehrenzeichen an dem Lederwams seines Gefährten. Es zeigte eine Rose, die sich um einen Pfeil rankte. An diesem Morgen war es noch nicht da gewesen, da war er sich ganz sicher.

»Du … du bist der Pfeil der Rosen«, stammelte er.

Rainulf sah ihn verwundert an. »Natürlich. Felicia hat mich dazu berufen, bevor wir nach Dahlia gingen.«

Milan vermochte den Blick nicht von der Anstecknadel zu wenden. Er hatte die Wirklichkeit verändert, und das weit tiefgreifender, als er erwartet hatte. Da war nicht nur diese Nadel aus dem Nichts erschienen – Rainulf konnte sich auch nicht mehr an das erinnern, was tatsächlich geschehen war. Er war nicht mehr der Mann, der er noch am Morgen gewesen war. Ob er sich wohl auch auf andere Art verändert hatte?

NAHE DER STERNENBRÜCKE AM WESTUFER DES TIMESO, NACHMITTAG, 17. TAG DES WEINMONDES IM JAHR VON SASMIRAS ZWEITER THRONERHEBUNG

Ernesto nahm einen der Galgenstricke aus dem großen Haufen von Hanfseilen, der am Fuß der Korkeiche lag. Bedächtig ließ er das sorgfältig gedrehte Seil durch die Hand gleiten. »Hauptmann«, sagte er entschlossen und so laut, dass sein Gehilfe ihn kurz anblickte, aber nicht wagte, etwas zu sagen.

Die Macht des Ranges, den er bald bekleiden würde, begann schon zu wirken, dachte Ernesto zufrieden.

Niemals hätte er sich träumen lassen, dass er es so weit bringen würde. Vielleicht könnte er sogar Hauptmann Lorenzo Dolendo als Befehlshaber der Stadtwache von Dahlia ablösen, wenn er aus dem Krieg heimkehrte. Der kleine, dicke Dolendo war zu weich! Viele dachten so. Wie sie ihn wohl nennen würden, wenn er in Dahlia einritt?, überlegte Ernesto. Den Henker von der Sternenbrücke? Das würde ihm nichts ausmachen, redete er sich ein. Respekt würden sie vor ihm haben. Sie alle würden kuschen, wenn er sie nur streng ansah. Außerdem hätte er ja nur einen Befehl ausgeführt. Nicht er hatte die Urteile gefällt!

Ernesto vermied es, zu den Gefangenen bei der Straße zu blicken. Sie waren an Händen und Füßen gefesselt und wurden von einem Dutzend Waffenknechten bewacht. Es waren verdammt viele. Weit mehr als hundert. Er sollte mit seiner Arbeit endlich anfangen.

»Knüpf mir die Schlingen ordentlich! Henkersknoten müssen es nicht sein. Wir ziehen sie an den Ästen hoch und lassen sie noch ein wenig zappeln.«

»Tanzen«, bemerkte Danilo, sein Gehilfe. Danilo hatte schon angefangen, Schlingen zu knüpfen. Sie beide waren vor zwei Jahren im selben Mond zur Stadtwache gekommen. Danilo war kein sonderlich heller Kopf. Aber er lächelte fast immer. Sein rundes

Gesicht war voller Sommersprossen, das dünne schwarze Haar wich ihm schon aus der Stirn zurück. Er hatte große, schwielige Hände, die er irgendwie nie stillhalten konnte. Unentwegt zupfte er an seinem Waffenrock, strich über den Knauf seines Schwertes oder spielte mit etwas herum, das er aufgelesen hatte. »Wenn sie aufhören, am Ende des Stricks zu zucken, dann werden sie sich einscheißen. Da sind sie alle gleich. Feine Damen und Bettler.«

Danilo spuckte aus. »Schade, dass wir keine feinen Damen oder Pfeffersäcke zum Aufknüpfen haben. Die seh ich lieber tanzen als so arme Schlucker.«

Ernesto sah seinen Gehilfen entgeistert an. »Dir ist schon klar, dass du neben den verfluchten Rebellen am Baum hängen wirst, wenn dich der Falsche so reden hört? Unsere Befehlshaber sind verdammte Pfeffersäcke. Die verstehen keinen Spaß bei so dämlichen Scherzen.«

Danilo winkte ab. »Ist doch keiner von denen hier.«

Die Befehlshaber waren in der Tat unten bei der Brücke. Nachdem die Felsbrocken vom Fahrweg geräumt worden waren, mussten die Gefangenen nun am Ufer des Timeso Gräber ausheben.

Gerade überquerte ein Trupp Reiter die Sternenbrücke. Männer in prächtigen Plattenrüstungen. Selbst ihre Pferde waren mit poliertem Eisen gepanzert.

»Wenn diese Ritter die Bogenschützen auf offenem Gelände erwischen, dann gibt es ein Massaker«, sagte Danilo voller Begeisterung.

Ernesto seufzte. »Siehst du irgendwo offenes Gelände? Schön reden werden diese Kerle und dann Männer wie uns die Blutarbeit machen lassen.«

»Dann sind wir aber auch die Ersten, die plündern!«, bemerkte sein Gehilfe zuversichtlich. »Ich werde reich sein, wenn ich nach Hause komme. Hab schon fünf Silberstücke!« Er grinste von einem Ohr bis zum anderen. »Und wenn wir mit unserer Arbeit als Tanzlehrer fertig sind, dann schnapp ich mir den Gaul dahinten. Der scheint niemandem zu gehören. Der ist jetzt meiner.« Er spuckte in die Richtung, die er meinte.

Ein Stück entfernt graste ein alter weißer Klepper mit durchhängendem Rücken.

»Das wird dein Pferd?« Ernesto lachte auf. »Ich glaub, dem wirst du nie einen Sattel auflegen. Das Vieh hält sich ja kaum noch auf den Beinen. Eher wirst du diesen Gaul tragen.«

»Spotte nur! Ich wette, du hast nie ein Pferd besessen«, grollte Danilo.

»Ja, ja.« Ernesto war das Geschwätz leid. »Geh jetzt runter und hol die ersten drei.«

»Wen soll ich denn auswählen?«

»Fang mit denen an, die der Brücke am nächsten auf der Straße sitzen.«

Danilo nickte und stieg den niedrigen Hügel hinab. Auf halbem Weg drehte er sich noch einmal um. »Nicht, dass du mir meinen Gaul klaust. Ich hab ihn zuerst gesehen!«

»Seh ich aus wie ein Pferdemetzger? Dein edles Schlachtross kann mir gestohlen bleiben!«

Danilo grummelte etwas vor sich hin, stapfte aber weiter zur Straße hinunter.

Ernesto warf die erste Schlinge über einen der höheren Äste. Waren verdammt viele Früchtchen, die sie da aufhängen würden. Hoffentlich brachen die Äste nicht. Er wollte bei Nicolo einen guten Eindruck machen. Das hier sollte ein stattlicher Galgenbaum werden.

Erstaunlich, wie einer, der kein Pferdemetzger sein will, sich so bereitwillig zum Menschenschlächter macht.

»Wer …« Ernesto fuhr herum. Da wurde ihm klar, dass diese Stimme anders war. Hier gab es niemanden, der mit ihm sprach. Die Worte waren in seinem Kopf!

Mich für niemanden zu halten ist schon ein wenig beleidigend.

Begann er, verrückt zu werden? Gehetzt blickte Ernesto sich um. Der elende Gaul hatte aufgehört zu grasen und sah zu ihm her.

Ahnst du, wer mit dir spricht?

»Ein Pferd?« Ernesto lachte auf. »Absurd!«

Jetzt bin ich mehr als nur ein wenig beleidigt. Der Schimmel trottete langsam den Hang hinauf. *Im Übrigen reden Pferde nicht mit Menschen. Das weiß doch nun wirklich jedes Kind.*

Ernesto presste sich die Hände fest gegen seine Schläfen, als könne er so zugleich auch die Stimme aus seinem Kopf pressen. Er war weder betrunken, noch hatte er Fieber. Ob er schlief? War das alles nur ein verrückter Traum?

Er sah sich um. Nein, so klar und deutlich waren seine Träume nie.

Der weiße Klepper stand nun neben dem Galgenbaum. *Dies wäre die perfekte Gelegenheit für dich, dich in die Büsche zu schlagen*, sagte die Stimme in Ernestos Kopf.

»Bist du verrückt? Willst du, dass es mir wie Olmo ergeht? Die hängen mich mit den Rebellen zusammen auf.«

Wer denn? Du bist allein auf diesem Hügel. Wenn du jetzt fortläufst, wer sollte dich fangen?

»Das Heer«, entgegnete Ernesto entsetzt. Wieder sah er sich um. Was geschah hier? Gab es unter den Rebellen eine Hexe, die es auf ihn abgesehen hatte?

Danilo war jetzt bei den Gefangenen angekommen. Er wählte zwei Frauen und Olmo aus. Einige Waffenknechte halfen ihm, die drei auf die Beine zu bringen. Ihre Fußfesseln wurden gelöst. Es war gut, dachte Ernesto, wenn sie ihren alten Befehlshaber gleich zu Anfang aufknüpften. Dann konnte er keinen Ärger mehr machen. Wie dumm konnte man auch sein! Olmo hätte nur sein Maul halten müssen, und er wäre Hauptmann geworden.

»Der Liga wird bald die ganze Insel gehören«, sagte Ernesto im Brustton der Überzeugung. »Es gibt keinen Ort, an den ich flüchten könnte. Und Hexen wie dich wird man aufspüren und verbrennen. Der Erzpriester Nandus Tormeno ist sehr gut darin!«

Eine Hexe hat mich bisher noch niemand genannt. Und was den Feldzug der Liga angeht … die Weiße Königin wird deren Heere zermalmen, wenn sie nur tief genug in den Schwertwald eindringen. Aber jetzt lauf, Ernesto! Noch klebt kein Blut Unschuldiger an deinen Händen.

Hörner erschollen am anderen Ufer. Ein Reiter preschte im Galopp über die Sternenbrücke und zwang die marschierenden Männer, ihm aus dem Weg zu springen.

Ernesto zog sein Schwert. Das Schicksal hatte ihm ein Geschenk gemacht. Er würde bei Sonnenuntergang Hauptmann sein. Die Stimme in seinem Kopf würden ihn nicht davon abhalten, das dafür Nötige zu tun.

Die Erscheinung des Schimmels änderte sich. Sie schien zu verschwimmen wie ein Spiegelbild in einer Pfütze, wenn das Wasser in Bewegung geriet. Das war kein altes Pferd. Jetzt stand etwas ganz anderes vor ihm.

Entsetzen lähmte Ernestos Glieder, als er begriff, was er da herausgefordert hatte.

BEI DER STERNENBRÜCKE AM WESTUFER DES TIMESO, NACHMITTAG, 17. TAG DES WEINMONDES IM JAHR VON SASMIRAS ZWEITER THRONERHEBUNG

Für einen Augenblick schien es, als würde Nicolo Trimini seine Klinge ziehen und den Boten einfach niederstechen.

Rodrigo streckte sein Schwert zwischen die beiden. »Und das ist ganz sicher wahr?«, fragte er den Boten.

»Ganz sicher. Er ist weniger als eine Wegstunde entfernt, im Süden. Er kommt genau auf die Heerstraße zu, die auf drei Meilen mit Lastkarren und Maultieren verstopft ist.«

»Hat ihn denn einer gesehen?«, polterte Nicolo los. »Das sind doch alles nur Gerüchte. Vermutlich von den Rebellen gestreut …«

Rodrigo schloss für einen Moment die Augen. Nicolo würde es wohl niemals begreifen. Es war schlichtweg unmöglich, mit jemandem zu reden, der den Basilisken gesehen hatte. Denn Statuen antworteten nicht.

»Ich selbst habe gesehen, wie Männer auf einem Hügelkamm zu Stein wurden.« Die Stimme des Boten überschlug sich. Er deutete über die Flusssenke hinweg nach Südosten. »Dort war es. Sie müssen den Basilisken im Tal unter sich gesehen haben.«

»Beim Herrn des Himmels«, zischte Nicolo. »Wir sind diesem Biest doch schon ausgewichen. Kommt der uns nach? Gehört er zu den Rebellen?«

»Ganz sicher nicht«, schritt Rodrigo ein. Er war sich zwar keineswegs sicher, aber ihm war klar, welche Konsequenzen es für die Moral der Truppen hätte, wenn sich im Heer das Gerücht verbreitete, der Basilisk würde für die Rebellen aus dem Schwertwald kämpfen. »Er ist nichts als ein wildes Tier, das herumstreunt und uns einigen Ärger bereitet.« Er machte eine wedelnde Handbewegung in Richtung des Boten. »Du kannst jetzt gehen. Reite die Kolonne entlang. Gib Befehl, dass die Wagen umdrehen.«

Unübersehbar erleichtert, Nicolos Jähzorn zu entkommen, wendete der Bote sein Pferd und preschte davon.

»Du …« Das Gesicht des Heerführers hatte sich dunkelrot verfärbt.

Rodrigo griff nach den Zügeln von Nicolos Rappen. »Was immer du mir zu sagen hast, tu es nicht in Hörweite der Männer.« Keine zehn Schritt entfernt hoben die Gefangenen Gräber im steinigen Boden aus. Einige blickten neugierig zu ihnen herüber. Ebenso die Wächter in den schwarzen Waffenröcken, auf die die silberne Mondscheibe Drepanas genäht war.

Nicolo hatte sich immerhin so weit in der Gewalt, dass er wartete, bis sie ein ganzes Stück am Fluss entlanggeritten waren, bevor er zwischen zusammengebissenen Zähnen hervorstieß: »Du wirst deine Sachen packen und nach Dahlia zurückreiten.«

»Warum?«

»Weil ich dieses Heer befehlige und deine Einmischungen leid bin. Erst schickst du eigenmächtig Männer auf diese Seite des Flusses, hinter die feindlichen Linien. Und jetzt gibst du in meiner Anwesenheit Befehle an die Truppe.«

Rodrigo blieb ruhig. Wenn der Feldherr ihn heimschickte, würde das dem Ansehen seiner Familie nachhaltig schaden. Er musste die Wogen glätten. »Ich habe nur angeregt, die Wagen zu wenden. Den Befehl zum Rückzug gibst du.«

»Rückzug?«, schrie Nicolo. »Wir haben doch nicht unter so großen Opfern die Brücke erstürmt, um sie dann sofort wieder aufzugeben.«

»Soweit ich das sehe, haben wir keine Wahl. Es sind weniger als tausend unserer Männer auf dieser Seite des Flusses. Der größte Teil des Heeres steht auf der Straße am anderen Ufer und wartet.«

»Wir werden dieses von uns eroberte Fleckchen Land nicht nach einer Stunde schon wieder aufgeben«, beharrte Nicolo.

»Wenn wir bleiben, werden wir von unserem Nachschub abgeschnitten. Dieser verdammte Basilisk nähert sich der Straße. Wer dort bleibt, ist verloren.«

»Wir bekommen die Fuhrwerke so schnell nicht aus dem Weg …« Nicolo schüttelte unwirsch den Kopf. »Warum ich? Die anderen haben nicht solche Schwierigkeiten. Warum muss es immer mich treffen?«

Rodrigo dachte an den Riesen, auf den Nandus Tormeno gestoßen war. Und wenn die Gerüchte stimmten, hatte sich der Condottiere Rudolfo Acuto, der das südliche Heer führte, mit der Hauptmacht der Rebellen herumzuschlagen. Dies hier war der einfachste Weg. Sie mussten es nur schaffen, dem verdammten Basilisken auszuweichen.

Aber Rodrigo verzichtete darauf, Nicolo daran zu erinnern. »Wir können die Zugtiere ausspannen und unsere Leute mit ihnen in die Hügel schicken. Den Wagen wird nichts geschehen. Der Basilisk kann nur versteinern, was lebt.«

Nicolo raufte sich den üppigen schwarzen Bart. »Das könnten wir wohl. Doch wir werden schon wieder einen Tag verlieren …«

»Eher zwei«, berichtigte ihn Rodrigo.

Der Feldherr schnaubte ärgerlich und wendete sein Pferd. »Hornisten! Hauptleute! Zu mir!«, brüllte er aus Leibeskräften und ritt dem Aufgang der Brücke entgegen. »Wir ziehen uns zurück!«

Rodrigo folgte ihm, als sich Nicolo plötzlich im Sattel zu ihm umdrehte und ihm zurief. »Du kannst beim Heer bleiben, da du mich manchmal zu guten Einfällen inspirierst. Aber du wirst nie mehr in meiner Gegenwart Befehle erteilen. Haben wir uns da verstanden? Diese Streitmacht der Liga führe ich!«

NAHE DER STERNENBRÜCKE AM WESTUFER DES TIMESO, NACHMITTAG, 17. TAG DES WEINMONDES IM JAHR VON SASMIRAS ZWEITER THRONERHEBUNG

Sara hatte nur Augen für die Schlinge, die von der Korkeiche hing. »Das ist keine Gerechtigkeit«, sagte sie nachdrücklich. »Ihr wisst das auch. Der Herr des Himmels wird euch dafür verdammen. Der Tod all der Unschuldigen wird als ewiger Fluch über eure Häupter kommen. Ihr …« Ein Schlag traf sie in den Rücken.

»Halts Maul, Weib!« Der sommersprossige Kerl, der gekommen war, um sie zu holen, packte sie im Nacken, als sei sie ein junges Kätzchen, das er in einen Sack stopfen wollte, um es im Dorfweiher zu ertränken. »Vorwärts!«

Der schlaksige Krieger, der sie noch an diesem Morgen davon abgehalten hatte, rechtzeitig die Straße bei der Brücke zu verlassen, und die andere Frau, die von den Waffenknechten zusammen mit ihr den Hang emporgetrieben worden waren, sagten gar nichts. Der Frau, einer dicken Dorfmatrone in einem schönen blauen Kleid, rannen Tränen über die Wangen. Doch sie schluchzte nicht einmal. Sie hatte sich mit ihrem Schicksal schon abgefunden.

»Ernesto! Schläfst du?«, rief der Sommersprossige hinter ihr.

Ein Mann saß mit dem Rücken an den knorrigen Stamm der Korkeiche gelehnt. Wie konnte man nur schlafen, kurz bevor man unzählige Unschuldige aufknüpfte?

Bei dem Haufen von Hanfseilen, der zwischen den Wurzeln lag, stand ein hinfälliger Gaul. Genauso alt und klapprig wie mein Rollo, dachte Sara. Dann blickte sie zur Brücke. Die Gefangenen, die eben noch Gräber ausgehoben hatten, wurden nun nach Osten auf die Straße getrieben, über die das Heer herangerückt war. Anscheinend würden ihre Söhne Adelmo und Flavio also nicht am Galgenbaum enden, dachte Sara erleichtert und sah wieder zu der Schlinge. Sie hingegen würde diesem Schicksal nicht mehr entrinnen.

»Ernesto?« Ihr Häscher ließ sie los und lief zu dem schlaksigen Kerl am Baum. »Ernesto!«

Jetzt sah auch Sara es. Das blutige Loch in der Brust des Mannes.

Hab keine Angst.

Die Stimme war in ihrem Kopf. Und sie bewirkte das genaue Gegenteil. Nie zuvor hatte sie in sich Stimmen gehört. Auch alle anderen auf dem Hügel bei der Eiche wirkten verwirrt. Der Kerl mit den Sommersprossen sah sich hektisch um.

Dir wird nichts geschehen.

Sara hob den Blick. War es der Herr des Himmels, der zu ihr sprach?

»Bringt sie her!«, befahl der Sommersprossige. Er hatte einen der Stricke aufgehoben und ließ ihn nervös durch seine Hände gleiten.

Einer der anderen Häscher stieß sie mit dem stumpfen Ende eines Speers in den Rücken. »Los, Alte. Du hast es gehört.«

Unerbittlich wurde Sara die letzten Schritte zum Galgenbaum gedrängt.

Der Kerl mit den Sommersprossen starrte den alten Gaul an. Plötzlich machte das Pferd einen Satz nach vorn und rammte ihm den Kopf gegen die Brust. Mit einem gurgelnden Schrei ging er zu Boden.

Ungläubig sah Sara die grässliche Wunde. Sie konnte unmöglich von einem Stoß herrühren. Der Sterbende sah aus, als sei er von einem spitzen Pfahl durchbohrt worden. Nur dass es hier keinen Pfahl gab.

»Das Pferd!«, schrie der Mann hinter ihr.

Mit einer abrupten Wendung, die sie dem alten Gaul so nicht zugetraut hätte, sprang er in ihre Richtung, und Sara warf sich seitlich zu Boden, um ihm auszuweichen.

Ihr Wächter riss seinen Speer hoch. Etwas schlug gegen den Schaft der Waffe, riss sie zur Seite, und dann traf den Waffenknecht etwas in die Kehle.

Das Pferd schüttelte den Kopf, als sei der Sterbende irgendwie mit ihm verbunden. Dabei hing er einige Zoll vor der Stirn des Kleppers in der Luft und folgte, verzweifelt zappelnd, jeder der Bewegungen. Blut spritzte auf das weiße Fell des Gauls. Dann endlich wurde der Mann ins Gras geschleudert, und der Klepper setzte dem dritten Waffenknecht nach, der, laut schreiend und mit den Armen winkend, den Hügel hinabrannte.

Weit kam er nicht. Der Schimmel rammte auch ihn mit dem Kopf. Dieses Mal in den Nacken. Der Waffenknecht stürzte und blieb reglos liegen.

Sara setzte sich auf, hatte aber keine Kraft, sich zu erheben. Das hier war nicht normal. Ebenso wenig wie die Tatsache, dass das kleine Volk bei ihr auf dem Hof eingezogen war.

»Der Scharfrichter der Weißen Königin«, stieß die dicke Matrone hervor, die weinend mit ihr zum Galgen geführt worden war.

»Wer?« Der schlaksige Krieger, den sie als Letzten zu den Gefangen auf der Straße gebracht hatten, ließ das unheimliche Pferd nicht aus den Augen, als sei er darauf gefasst, dass er der Nächste sein würde, den es tötete.

»Das Weiße Einhorn«, flüsterte die Matrone. »Es vollstreckt die Todesurteile der Königin. Wer es sieht, wird sterben.«

Das ist so nicht ganz richtig. Der alte Klepper drehte sich zu ihnen um und kam langsam den Hang herauf.

Der schlaksige Kerl versuchte, auf die Beine zu kommen.

Bleib ruhig, Olmo. Ich werde dir nichts tun. Der Schimmel wippte mit dem Kopf, als wollte er den verurteilten Henkersknecht grüßen. *Wisst ihr, warum man Olmo zu euch gebracht hat? Er hat dem Feldherrn Nicolo Trimini den Befehl verweigert. Er hätte euch hängen sollen und wäre zur Belohnung zum Hauptmann gemacht worden. Als er sich weigerte, war das sein Todesurteil. Einen Mann wie ihn gibt es nur einmal unter Tausenden. Ich habe größten Respekt vor ihm.*

Der Schimmel stieß ein leises Wiehern aus, als wollte er so seinen Worten mehr Gewicht verleihen.

»Ist sie denn da, die Weiße Königin? Wann wird sie unsere Feinde vernichten?«, bedrängte die Matrone das Pferd mit hoffnungsvoller Stimme.

Sara versuchte immer noch zu begreifen, was sie sah. Ein Klepper, der den Eindruck machte, als würde er tot zusammenbrechen, sobald man ihn zwang, auch nur eine Meile zu laufen, sollte in Wahrheit ein Einhorn sein? Und gar zum Hof der Weißen Königin gehören?

Über die Königin darf ich euch nichts erzählen. Sie wird …

Von der Straße ertönte Geschrei. Waffenknechte liefen zu den Gefangenen und hieben mit Schwertern auf sie ein. Armbrustschützen schossen aus kürzester Entfernung auf die Unglücklichen, so dass ihre Bolzen manchmal gleich zwei der Gefangenen niederstreckten.

Sara sprang auf. Ihre Hände waren immer noch gefesselt. Sie musste Rollo retten. Ihr alter Knecht saß inmitten der Sterbenden. Er rührte sich nicht, blickte einfach nur zu den Mördern.

Du kannst ihn nicht retten.

»Dann tu du es!«, schrie Sara, während sie sich auch schon in Bewegung setzte.

Jemand sprang sie von hinten an und riss sie von den Beinen. »Wirf dein Leben nicht fort!«

»Was weißt du schon?« Sie versuchte sich freizukämpfen, doch der schlaksige Krieger, dieser Verräter, der sich unter den Flüchtlingen eingeschlichen hatte, der Mann, mit dem sie zusammen am Lagerfeuer gesessen und den das Einhorn überraschenderweise am Leben gelassen hatte, drückte sie zu Boden, und er war stärker.

AUSLÄUFER DER MONDBERGE, ACHT MEILEN SÜDWESTLICH DER STERNENBRÜCKE, ABEND, 17. TAG DES WEINMONDES IM JAHR VON SASMIRAS ZWEITER THRONERHEBUNG

Ruhe in Frieden und nähre den Wald, der dich so lange genährt hat«, sagte Rainulf feierlich und legte einen Stein auf den flachen Erdhügel.

Milan kniete neben Dumons Grab nieder. Wie dankte man einem Mann, dem man das Leben geraubt hatte? Hätte der Pfeil der Kelche nicht versucht, seinen Bogen zu spannen und den Grym zu töten, wäre die Wunde vielleicht nicht wieder aufgebrochen, und er wäre nicht verblutet. »Du warst ein Mann, wie wir ihn sonst nur aus Mären kennen. Einer, der immer wusste, was zu tun war, und der nie fragte, welchen Preis er zu zahlen hätte, wenn es darum ging, für das Richtige einzutreten. Ich werde deine Geschichte weitertragen, Dumon vom Schwertwald. Du wirst unvergessen sein, solange man sich im Schatten der Kiefern von kühnen Männern und großen Jägern erzählt.«

Nok kniete sich neben Milan und legte einen schneeweißen Stein auf das Grab. »Danke, Fremder«, sagte sie schlicht, und doch gab ihr Akzent den Worten einen feierlichen, einen besonderen Klang, den sie niemals gehabt hätten, wenn er sie ausgesprochen hätte, dachte Milan.

Ohne eine Geste der Verständigung erhoben sie sich im selben Augenblick. Da war eine Harmonie zwischen ihnen wie damals in der siebten Nacht, in der Nok ihn in der Kunst der Liebe unterwiesen hatte, als ihre Körper einander besser kannten als ihre Herzen.

Die Flüchtlinge hatten ein Feuer entfacht, nachdem Rainulf und seine Männer mit der Nachricht gekommen waren, dass sich die Armbrustschützen der Liga aus unbegreiflichen Gründen plötzlich zurückgezogen hatten. Nun gab es keine Verfolger mehr. Sie alle waren der Liga entkommen. Zumindest für diese Nacht.

Nebel zog zwischen den Stämmen auf, über die das unstete Licht der Flammen tanzte. Milan wollte sich nicht zu den anderen setzen. Wollte noch keine Geschichten über Dumons Heldentaten erzählen.

Nok ergriff seine Hand. Ihre Finger verschränkten sich.

»Wer bist du?«, fragte er leise.

Sie schwieg. Ging mit ihm, bis das Feuer nicht mehr als ein ferner Funke im Dunkel des Bergwaldes war.

»Du hast dein Schwert mir zugeworfen, als es dein Leben hätte retten können.« Milan hütete sich, einen fragenden Ton in seine Worte zu legen. Nok schien nicht in der Stimmung, Fragen zu beantworten.

»Du, Milan, bist ein Traumweber und der Sohn des Lichts. Eine Alte Seele. Es gehört in deine Hände. Du hast die Macht, Mären neu zu gestalten. Ich nicht.«

Milan lachte bitter auf. »Ich bin ganz gewiss nicht der, den du in mir siehst. Ich bin dem Grym heute zum dritten Mal begegnet. Einmal hat er mich verschlungen, so wie dich heute. Rainulf musste ihn töten. Und ganz gleich, was wir tun, er kommt immer wieder. Gar nichts kann ich verändern!«

»Es ist anders, als du denkst.« Sie sah ihn aus ihren dunklen Mandelaugen an.

Lag da Bedauern in ihrem Blick?

»Was wird in den Mären über den Grym gesagt, wo man ihn findet? Ich denke, das ist der Schlüssel, der dir fehlt.«

»Er lauert dort, wo der Wald am dunkelsten ist. So heißt es in fast allen Geschichten über ihn.«

»Und?« Nok bedachte ihn mit einem aufmunternden Lächeln, als sei die Lösung des Rätsels zum Greifen nah.

»Wo der Wald am dunkelsten ist …«, wiederholte Milan. Und dann endlich begriff er. »Es gibt keine genaue Ortsangabe. Er kann überall sein, wo der Wald am dunkelsten ist.« Milan hatte das Gefühl, als würde ihm ein ganzer Berg auf die Schultern geladen. »Ich werde ihn immer und immer wieder töten müssen.«

»Nein.« Nok strich ihm sanft über die Wange. »So wird es nicht sein, mein trauriger Held. Es wird sich herumsprechen, dass du den Grym heute hier im Wald bei der Sternenbrücke getötet hast. Und es wird schneller gehen, wenn du auch selbst davon erzählst und eine eindrucksvolle Jagdtrophäe vorweisen kannst. Diese neue Geschichte muss sich durchsetzen.« Ihre Hand glitt hinab zu dem Schwert, das sie ihm gebracht hatte. »Diese Klinge wird dir dabei helfen, in deinem Kampf zu überleben und die Mären neu zu schreiben. Es muss nicht länger der Pfeil der Rosen sein, der den Grym erlegt, oder irgendein anderer Held aus einer Mär. Dieses Schwert wurde dazu erschaffen, die Ungeheuer, die unseren Mären entsprungen sind, zu töten. Zehntausende im Khanat glauben daran …«

»Aber nicht hier«, wandte Milan ein.

»Das spielt keine Rolle. Auch wenn die Menschen, die etwas glauben, Tausende von Meilen entfernt sind, geben sie diesem Schwert dennoch die Kraft, jedwede Märengestalt zu töten.«

Er sah sie lange an. »Du bist nicht, was du zu sein scheinst. Du hast mir von Knochenbüchern erzählt, in denen du gelesen hast. Du hast mir geholfen, das Rätsel um den Grym zu lösen, das sich mir allein einfach nicht erschließen wollte. Wer bist …«

Sie strich ihm sanft über die Lippen. »Frag nicht, und ich muss dich nicht belügen. Zu gegebener Zeit wirst du alles erfahren. Für heute Nacht genügt es, wenn du weißt, dass ich alles Unheil von dir abwenden möchte.«

»Aber warum …«

Sie lachte. »Fällt es dir so schwer, nicht zu fragen? Kennst du nicht jene Mären, in denen der Jüngling alles tun darf, außer seine Geliebte zu fragen, woher sie kommt?«

»Diese Mären nehmen meist ein trauriges Ende.« Er seufzte.

Das Beispiel war gut gewählt. Sie war wirklich wie eine Märengestalt. Ein fleischgewordenes Geheimnis!

»Sei nicht traurig, Milan. Du kannst dir meiner sicher sein. Du hast mich in Fesseln aus Pergament geschlagen. Mit deinem Liebesgedicht, einem Zauber von dreiundachtzig Worten, dem ich mich nicht mehr entziehen kann.« Sie nahm das Tuch von ihren Schultern und breitete es auf dem Waldboden aus.

Noks sanft geschwungenen Lippen lockten ihn. Er dachte an ihre erste Nacht, ihre Küsse. Er schloss die Augen und vermochte die Bilder doch nicht zu verdrängen. Dabei wollte er Felicia die Treue halten. Einer Toten, wie er nur zu gut wusste. Obwohl er diese Wahrheit mit seinen Geschichten aus der Welt erzählen wollte.

»Ich habe einen Wunsch.« Nok ließ sich auf ihrem Schultertuch nieder.

Milan wurde der Mund trocken. Wie sollte er sich ihr jetzt entziehen?

»Es ist mein Lohn für das Schwert, das ich dir gebracht habe, den ich nun einfordere.« Sie bedeutete ihm mit einer flüchtigen Geste, neben ihr Platz zu nehmen.

Milan ließ sich nieder und suchte nach einer Ausrede, um sich dem zu verweigern, was auch er wollte …

Da bettete Nok ihren Kopf auf seinen Schoß und blickte zu ihm auf. »Erzähl mir eine Mär, Milan. Seit ich ein kleines Mädchen war, hat mir niemand mehr eine Mär zur Nacht erzählt. Ich möchte, dass deine Stimme mich in süße Träume geleitet. Zurück in eine Zeit, die längst verloren ist.«

Milan strich sanft über ihr langes schwarzes Haar. Dann nahm er eine ihrer Hände. »Soll es eine Mär aus deiner Heimat sein?«

Sie schüttelte sacht den Kopf. »Am liebsten eine Mär, die ich noch nicht kenne. Eine Geschichte von zwei Liebenden. Und sie darf kein trauriges Ende nehmen.« In der Dunkelheit wirkten ihre Augen schwarz. Sie sah immer noch zu ihm auf, und nicht einmal ihr so oft erprobtes Lächeln vermochte ihre Traurigkeit zu verbergen.

Lange sah er sie einfach nur an. Sie wandte ihren Blick nicht ab. Sagte nichts. Im Schweigen war sie besser als er.

Schließlich räusperte er sich. »Zu jener Zeit, da noch zwei Monde vom nächtlichen Himmel auf Azuhr, die Welt der Sterblichen, blickten, rastete, erschöpft von der Sommerhitze, eine wunderschöne Frau an einem Bach in den Mondbergen …«, begann er seine Erzählung. Und wünschte sich nichts so sehr, wie Nok ihre Traurigkeit vergessen zu lassen, und sei es nur für einen Herzschlag.

DIE MÄR VOM VERLORENEN MOND

Zu jener Zeit, da noch zwei Monde vom nächtlichen Himmel auf Azuhr, die Welt der Sterblichen, blickten, rastete, erschöpft von der Sommerhitze, eine wunderschöne Frau an einem Bach in den Mondbergen.

Sie war in tiefen Schlummer gesunken, und so bemerkte sie nicht, wie aus dem Dunkel des Waldes eine Gestalt, so finster wie fleischgewordene Nacht, zu ihr trat. Eine Gestalt mit dem Kopf einer Krähe, mächtigen Schwingen, die ihr aus den Schultern sprossen, und rußfarbener Haut. Es war der Krähenmann.

Versonnen betrachtete er die Schöne, die alles besaß, was ihm fehlte, und er sagte sich, dass nur die Tochter des Herrn des Himmels von solcher Vollkommenheit sein konnte. Sie war es gewesen, welche die Schönheit und das Leid nach Azuhr getragen hatte. Es waren ihre Geschenke an die Schöpfung ihres Vaters, ebenso wie die Mären und alle Gestalten, die diesen Geschichten entsprungen waren.

Sie hatte auch ihn erschaffen und ihm eine dunkle Seele gegeben. Eine Seele, die sich von der Unschuld von Kindern nähren musste, um nicht zu verdorren. So war er dazu verdammt, nachts rastlos über die Insel Cilia zu streifen und nach jenen Kindern zu suchen, denen es in ihrem Zuhause an Liebe mangelte. Er holte sie, trug sie in sein Versteck, wo sie fortan nicht alterten und der Zweck ihres

Daseins einzig darin bestand, ihn zu nähren. Der Krähenmann wusste wohl, wie viel Leid er über die Insel Cilia brachte. Oft hatte er beobachtet, wie Eltern, die ihre Kinder sträflich vernachlässigt hatten, in bittere Tränen ausbrachen, wenn sie verloren, was sie zuvor kaum geachtet hatten.

Oft hatte er sich auch gefragt, warum er war, wie er war. Warum sein Gefieder schwarz war und nicht weiß oder bunt. Warum ihm nichts auf der Welt so viel bedeutete, wie unbeschwert spielenden Kindern zuzusehen.

Und vor ihm lag nun jene, die ihm alle diese Fragen beantworten könnte.

Im Schlaf seufzte die Schöne. Ein einzelner Schweißtropfen rann ihr über die Schläfe. Sie war eine Schöpferin, und doch war sie nicht vollkommen. Und der Krähenmann dachte bei sich, dass er da Abhilfe schaffen könnte. So zupfte er sich die schönsten und längsten seiner Federn von den Schwingen und fügte sie zu einem Fächer, groß wie ein Pfauenrad. Er wedelte ihr Luft zu, befreite ihre Träume vom Druck der Sommerhitze und erfreute sich daran, ein Lächeln auf das Gesicht der Schlafenden zu locken. Geduldig wartete er, bis sie die Augen aufschlug, und war verzückt, als er sah, dass ein Kranz von Silber das Schwarz ihrer Pupillen umschloss, so wie ihr Haar fast von silberner Farbe war.

Ohne Furcht blickte sie zu ihm auf und lächelte erneut. Doch plötzlich war die Zunge des Krähenmanns wie gelähmt. All die Fragen, die er ihr hatte stellen wollen, blieben unausgesprochen. Stattdessen drückte er ihr stumm den Fächer in die Hand und floh in die Dunkelheit des Bergwaldes.

Als aber der Krähenmann in der nächsten Nacht zum linken Mond, den die Menschen auch den Herzmond nennen, hinaufblickte, entdeckte er einen winzigen schwarzen Fleck, den es zuvor nicht gegeben hatte, und er wusste, die Tochter des Schöpfers hatte seinen Fächer mit sich genommen.

Es vergingen nur wenige Tage, und der Krähenmann bemerkte die Tochter des Herrn des Himmels nahe beim Fischmarkt in den dunkleren Gassen Dahlias. Sie verbarg ihre Schönheit wie auch ihr mondlichtfarbenes Haar unter einem schlichten Schultertuch. Die prächtigen Schwungfedern des Krähenmanns waren nicht nachgewachsen, er vermochte nicht mehr zu fliegen, und da er ihr nichts mehr schenken konnte und befürchtete, dass der Anblick ihrer Schönheit ihm erneut die Zunge lähmen würde, wich er ihr aus und versteckte sich.

Doch sie war es, die ihn erschaffen hatte, und so fand sie ihn zuletzt doch in der Stunde des Zwielichts zwischen Tag und Nacht. Und weil sie ihn kannte, wie kein anderes Geschöpf unter dem Blick des Herrn des Himmels ihn kannte, wusste sie, mit welchem Zauber der Bann, der seine Zunge lähmte, zu brechen war. Sie küsste ihn auf seinen schwarzen Schnabel, so dass sich seinem tiefsten Inneren ein Seufzer entrang, und plötzlich vermochte er all das zu sagen, was er seit ihrer ersten Begegnung in seinem Herzen getragen hatte.

Er vertraute sich ihr an, erzählte von seinem Kummer und den Augenblicken stillen Glücks, wenn er allein war mit den geraubten Kindern und die Welt Azuhr um ihn herum in Vergessenheit geriet.

Und auch die Silberne öffnete ihr Herz. Denn obwohl ihre Macht fast an die ihres Vaters heranreichte, fehlte ihr doch eines im Leben: jemand, mit dem sie ein offenes Wort sprechen konnte, der weder demütig ihrer Meinung war noch in väterlichem Wohlwollen nickte. Und sie begannen, sich einen eigenen Ort zu erschaffen, der nicht irdisch und auch nicht der Welt des Himmels zugehörig war. Einen Ort, an dem sie niemand mehr erreichen würde, wenn er erst einmal vollendet war.

Ihr Vater aber wurde gewahr, dass die Silberne nicht länger jede Nacht auf dem Mond weilte, den er für sie an den Himmel gestellt hatte. Als er dort nach ihr suchte, entdeckte er den Fächer aus großen schwarzen Schwungfedern, und er wusste, an wessen Flügeln diese Federn gewachsen waren. Da ergriff ihn ein maßloser Zorn, dass ein Geschöpf des Dunkels Umgang mit seiner Tochter hatte, die in den Augen des Herrn des Himmels eine Gestalt aus reinstem Licht war.

Als sie endlich auf ihren Mond zurückkehrte, erwartete ihr Vater die Silberne und machte ihr bittere Vorwürfe, weil sie sich von ihm abgewandt hatte. Seine Tochter aber bestand auf dem Recht, ihren eigenen Weg zu gehen. Und sie versuchte ihm zu erklären, dass sie sich noch nie so in Harmonie mit der Welt gefühlt hatte wie an der Seite des Krähenmannes, denn sie trug ein wenig Dunkelheit in ihrer Seele, so wie sie bei ihm ein wenig Licht entdeckt hatte. Waren sie aber vereint, dann war alles im Gleichgewicht, alle Sehnsüchte waren gestillt, und alle Ängste wichen wie Nebel im warmen Licht der Mittagssonne.

Der Herr des Himmels mochte das nicht anerkennen. Es war das erste Mal, dass sich etwas, das er erschaffen hatte, von ihm lossagte. Und so, wie seine Güte ohne Maß war, war es nun auch der Zorn, in den er geriet. Er entriss seiner Tochter die Seele, die er ihr eingehaucht hatte, und schleuderte sie vom Herzmond herab, und sie zerbrach an den schroffen Felsen des Weltenrückens in drei Teile.

Seine Tochter sank darob ohnmächtig nieder, und ihr Mond verlor all sein Strahlen und wurde schwarz wie die finsterste Nacht. Der Herr des Himmels aber nahm den Mond von seinem Platz am Himmel und schleuderte ihn davon in die endlose Finsternis hinter den Sternen.

Dergestalt ihrer Seele beraubt, war die Silberne indes keineswegs tot, sondern sie lag in tiefem Schlaf. In ihren Träumen aber war sie beim Krähenmann. Und wenn der Schwarze Mond so weit in die Finsternis gereist war, dass ihre Sehnsucht die Macht des Zorns ihres Vaters überwog, dann wendeten sich die Kräfte, und der Mond strebte an jenen Platz am Himmel über Azuhr zurück, der ihm einst zugedacht gewesen war.

Damit, seine Tochter verbannt zu haben, war der Zorn des Herrn des Himmels noch nicht gestillt. Er stieg nach Azuhr hinab und sprach einen Bann, der alle Märengestalten aus der Welt stieß, so dass sie fürderhin nur noch in den Geschichten lebten, die sich die Menschen über sie erzählten. Lediglich einer entging ihm, der Krähenmann, denn als dieser den zornigen Schöpfer nahen sah, flüchtete er sich an jenen Ort zwischen den Welten, den er mit seiner Geliebten erschaffen hatte. Einen Ort, an dem selbst das allgewaltige Wort des Herrn des Himmels keine Macht besaß.

Zuletzt tilgte der Schöpfer den Namen seiner Tochter. Er vermochte ihn zwar nicht aus den Köpfen der Menschen zu reißen, doch wob er einen Zauberbann, der dafür sorgte, dass ihr wahrer Name weder ausgesprochen noch niedergeschrieben werden konnte.

Als all dies getan war und sein Zorn verebbte, erfasste ihn eine große Melancholie. Er besuchte jenen Ort in den Mondbergen, an dem sich seine Tochter und der Krähenmann zum ersten Mal begegnet waren. Und dort schnitt er den Namen seiner Tochter in einen schneeweißen Felsen. Doch da er kein Narr war, tat er es auf eine Art, die sich dem direkten Blick für immerdar verschließen würde. Danach aber kehrte er zum Himmel zurück.

Fortan regierte eine große Müdigkeit seine Seele, und er griff nicht mehr in die Geschicke seiner Welt Azuhr ein. Und wer des Nachts zum Himmel blickt, der kann sehen, wie sich das müde Nachtauge des Schöpfers immer wieder langsam schließt und wieder öffnet, denn ohne seine Tochter war auch ihm das Licht seines Lebens erloschen.

Alle tausend Jahre aber nähert sich der Schwarze Mond Azuhr, und die Magie, die der Welt von der Silbernen geschenkt wurde, erwacht, und die Gestalten ihrer Mären kehren zurück. Es ist eine Zeit, in der alles möglich wird. Und der Krähenmann, der Nacht für Nacht aufmerksam den Himmel beobachtet, weiß, dass sich einmal in tausend Jahren der Schwarze Mond und Azuhr eine Nacht lang so nahe stehen, dass es genügt, wenn er seine Schwingen dem Himmel entgegenreckt und die Silberne aus ihrem Schlummer weckt. Denn dann braucht sie nur die Hand auszustrecken, um die Spitzen seiner Schwingen zu berühren, so wie sie einst den Fächer von ihm entgegennahm. Und dann kann sie zu ihm herabsteigen, und nichts wird sie je wieder trennen können.

MONDBERGE,
ZWÖLF MEILEN WESTLICH DER STERNENBRÜCKE, NACHMITTAG, 18. TAG DES WEINMONDES IM JAHR VON SASMIRAS ZWEITER THRONERHEBUNG

Die Schar, die ihm folgte, wurde immer größer. Seit sie vor etwa einer Stunde aus dem Wald herabgestiegen waren, um ihren Weg auf der Passstraße fortzusetzen, hatten sich ihnen Dutzende Flüchtlinge angeschlossen.

Milans Waden brannten. Bald würden sie wieder rasten müssen. Der Marsch durch die Berge zehrte mehr an ihm, als er erwartet hatte. Auf der Straße war es zwar angenehmer, sie war aber nichtsdestotrotz so steil, dass er leicht vorgebeugt ging. Schweiß rann ihm den Rücken hinab, obwohl es kein warmer Tag war. Wolken verbargen das Tagauge des Herrn des Himmels. Nur hin und wieder zeigte es sich in einem Fenster aus ausgefranstem Grau.

Rainulf war irgendwo hinter ihnen, um die Straße zu sichern. Er und seine Bogenschützen waren es, die den Flüchtlingen neuen Mut machten. Sie verhießen Sicherheit. Jeder kannte die silberne Nadel an Rainulfs Wams, den von Rosen umrankten Pfeil. Dieses Zeichen höchsten Vertrauens seitens der Herzogin. Und ein Zeichen der Hoffnung. Noch kämpften die Männer des Schwertwaldes. Noch hatten die Kaufherren Cilias und ihre Söldner die Freiheit nicht in ihrem Würgegriff brutal erdrosseln können.

Verstohlen blickte Milan zu Nok, die sich seit ihrer Befreiung aus dem Bauch des Grym stets an seiner Seite hielt. Er fand es befremdlich, sie in dieser schlichten Gewandung zu sehen. Der dunkle Wollstoff, dieses Kleid, das abgetragene braune Schultertuch, nichts erinnerte an die Nok der sieben verwunschenen Nächte. Doch ganz gleich, wie sie sich auch kleidete, sie hatte nichts von ihrer Schönheit und Anmut eingebüßt. Im Gegensatz zu ihm hielt sie sich gerade. Und stets lag ein Lächeln auf ihren Lippen, als gäbe es etwas an diesem beschwerlichen Marsch, was ihr Freude bereitete. Sie wirkte nie erschöpft, schwitzte nicht und bewegte sich mit einer Anmut, wie es die jungen Patriziertöchter in den Ballsälen taten, wenn ein Lächeln und ein graziler Knicks über Familienbündnisse und Hochzeiten entschieden oder ein koketter Blick die Macht hatte, ganze Handelsflotten in neue Häfen umzulenken.

Je länger er sie insgeheim beobachtete, desto mehr beschlich Milan der Verdacht, dass sich Nok nie gehen ließ. Stets achtete sie darauf, welchen Eindruck sie erweckte. Selbst fern Dahlias und ungeschminkt. Ihr Haar hatte sie zu einem lockeren Zopf geflochten, aus dem sich einzelne Strähnen lösten. Manchmal strich sie sich eine von ihnen aus der Stirn. Ihr Blick war rastlos. Nie verweilte er, gerade so, als sei sie stets auf der Hut.

Manchmal sah sie kurz zu ihm herüber. Milan versuchte erst gar nicht zu verbergen, dass er sie betrachtete. Sie war schön. Klein und zierlich und doch voll unerwarteter Stärke.

Wenn sich ihre Blicke kreuzten, lächelte sie auf eine andere Art als zuvor. Fast scheu. Am vergangenen Abend war sie mit dem Kopf in seinem Schoß eingeschlafen. Er hatte ganz still dagesessen, kaum gewagt zu atmen, um ihre Ruhe nicht zu stören. Es war zu dunkel gewesen, um ihr Gesicht deutlich zu sehen. Stattdessen hatte er sich seinen anderen Sinnen überlassen. Ihre angenehme Wärme gespürt, ihren Atem auf seiner Hand. Und nach einer Weile war er des feinen Geruchs gewahr geworden, den sie verströmte. Unaufdringlich, doch schwer und betörend war er und anders als die Düfte, die Milan kannte. Ihr Geruch hatte etwas Sinnliches. Sie nackt im Bad zu sehen hätte ihn nicht mehr erregen können als dieser Duft.

Seine Erregung musste Nok schließlich gespürt haben, denn sie war erwacht, hatte ihm einen flüchtigen Kuss gegeben und gemurmelt, dass sie zu müde für das Spiel von Wolke und Regen sei. Dann hatte sie sich neben ihm auf dem ausgebreiteten Tuch zusammengerollt, so wie es Kinder manchmal tun. Die Beine angezogen, die Arme vor der Brust gekreuzt, war sie binnen weniger Herzschläge wieder eingeschlafen. Und sie hatte gelächelt, als sei sie in einen wunderbaren Traum getreten.

Vorsichtig hatte Milan sich neben sie gelegt. Sich an ihren Rücken geschmiegt. Nok hatte leise gemurmelt und seinen Arm über sich gezogen wie eine schützende Decke, um dann weiterzuschlummern.

Milan hingegen hatte lange keinen Schlaf gefunden. Er hatte auf das ruhige, gleichmäßige Geräusch ihres Atems gelauscht. Hatte gespürt, wie sich ihr Rücken im Rhythmus dazu hob und senkte, bis sein Atem schließlich eins mit dem ihren geworden war. Aller Kummer und alle Sorgen waren von ihm abgefallen. Es war eine kurze Zeit stiller Harmonie, verbunden mit dem Geschenk, sich dessen bewusst zu sein und sie ganz und gar auszukosten. So wenig brauchte es zum Glück. Eine Frau, mehr fremd als vertraut, die in seinen Armen Geborgenheit gefunden hatte und friedlich schlief, als sei sie nie einem Ungeheuer begegnet, das sie verschlungen hatte.

Diese Stunden des Sichanvertrauens waren verflogen. Jetzt war Nok mit der Welt in Zwietracht, nicht bereit, dem vermeintlichen Frieden auf diesem Fußmarsch durch den Wald zu wagen. Sie war ganz hier, horchte auf das Raunen des Windes in den Ästen, achtete auf jede Bewegung im Schatten der Bäume, wandte schließlich der großen Gruppe von Flüchtlingen, die ein Stück voraus am Rand der Straße rastete, ihre volle Aufmerksamkeit zu.

»Die da vorn sind gefährlich«, sagte sie so leise, dass es die Flüchtlinge, die ein paar Schritt hinter ihm gingen, nicht hören konnten.

Jetzt sah auch Milan es. Zwischen den Kiefern erhob sich eine einzelne Eiche. Vom tiefsten Ast hingen drei Gehenkte. Zwei Frauen, die eine in einem blauen Kleid, die andere ganz in Schwarz, und ein Mann in unscheinbarer Kleidung. Unter den Hingerichteten spielten zwei kleine Mädchen, die mit langen Stöcken nach den Toten stießen, so dass diese an den Seilen hin und her schwangen.

»Wir sollten dort nicht hingehen«, raunte Nok ihm zu.

Die Rastenden am Straßenrand sahen zu ihnen herüber. Milan entdeckte einen Bogenschützen unter ihnen sowie Männer, die wie Feldarbeiter aussahen, aber schwere Knüppel bei sich hatten. Einer war sogar mit einem Rabenschnabel bewaffnet.

Etwas an dem langen, schlaksigen Kerl, den sie gehenkt hatten, kam Milan vertraut vor. Sie waren vielleicht noch dreißig Schritt von der Eiche entfernt. Die Männer mit den Knüppeln erhoben sich jetzt.

Nok verharrte. Milan ging an ihr vorbei. Dieser Gehenkte … Er war jetzt weniger als zwanzig Schritt entfernt.

Die Mädchen stießen die Toten nicht mehr an, doch diese schwangen immer noch hin und her. Und nun drehte sich der magere Mann so, dass Milan sein Gesicht sehen konnte. »Olmo!«

Milan beschleunigte seinen Schritt in der absurden Hoffnung, dass er sich vielleicht geirrt hatte, dass er nur näher bei dem Toten sein müsste, um zu erkennen, dass der Gehenkte dem stellvertretenden Hauptmann der Stadtwache Dahlias nur ähnlich sah.

»Du kanntest den Mann?«, fragte der Bogenschütze und legte einen Pfeil auf die Sehne.

Milan blickte in das unrasierte, lange Gesicht des Toten. Olmos Kopf war auf seine linke Schulter gesackt. Jeder Irrtum war ausgeschlossen. Er war es. Aber wie kam er hierher? Und warum trug er nicht den Waffenrock Dahlias?

»Er gehörte zur Stadtwache Dahlias«, sagte Milan mit belegter Stimme. »Ich kannte ihn viele Jahre. Er war ein …« Es verschlug ihm die Sprache, als sich die Frau im schwarzen Kleid nun auch an ihrem Galgenstrick drehte. Er blickte in ein von Sonne und Entbehrungen gezeichnetes Antlitz. Es war die Bäuerin, bei der er vor einigen Wochen übernachtet hatte, nachdem der Riese Gideon ihn und Rainulf aus dem Schwertwald getragen hatte.

»Warum?« Eine unendliche Müdigkeit überkam Milan. Diese unbarmherzige Grausamkeit. Warum taten die Menschen so etwas, ganz gleich, ob sie zur Liga oder zu den Rebellen gehörten?

»Du bist also auch aus Dahlia?«

»Er ist mit dem Pfeil der Rosen zu uns gestoßen«, mischte sich eine der Flüchtlingsfrauen ein, die sich ihnen im Wald angeschlossen hatten.

»Mich hat der Kerl da auch getäuscht!«, sagte der Bogenschütze verbittert. »Hab mein Brot mit ihm geteilt. Süße Lügen hat er mir ins Ohr geflüstert.« Er hob seinen Bogen.

Noch bevor er die Sehne durchziehen konnte, schnellte Nok nach vorn. Ein Hieb mit dem Kurzschwert, das Milan ihr überlassen hatte, zerteilte das Eibenholz des Bogens.

»Keine Toten!«, schrie Milan, als Nok schon herumwirbelte und die Breitseite ihrer Klinge einem der Knüppelträger an der Schläfe traf. Sie duckte sich unter einem Hieb weg, ging in die Hocke und schmetterte den Knauf ihrer Waffe gegen das Knie des Mannes, dessen Hieb sie gerade verfehlt hatte. Während er schreiend zu Boden ging, kam sie hoch. Ein gerader Fausthieb traf die Kehle des Bogenschützen, der ein Messer ziehen wollte. Röchelnd taumelte der Mann zurück, ließ die Waffe fallen und rang mit hervorquellenden Augen um Atem.

Der Kampf hatte nur wenige Herzschläge gedauert. Milan war nicht einmal dazu gekommen, die Hand auf den Griff seines neuen Schwertes zu legen.

Der Mann mit dem Rabenschnabel stellte sich breitbeinig vor eine Gruppe von Frauen und Kindern. Die Hand, mit der er die Waffe hielt, zitterte.

»Genug!« Milan hielt Nok zurück. Dann trat er entschlossen vor den Erntehelfer mit der Waffe, die an einen langstieligen Hammer erinnerte, nur dass ein Ende des Hammerkopfes in einer gebogenen Spitze auslief, die mit sehr viel Vorstellungskraft an den Schnabel eines Raben erinnerte. »Warum mussten der Mann und die beiden Frauen sterben?«

»Weil … sie …« Der Bauer hatte so viel Angst, dass ihm keine zusammenhängenden Worte von den Lippen kamen.

»Verräter«, krächzte der Bogenschütze, dem das Atmen immer noch hörbar schwerfiel. »Der Kerl hat sich als Flüchtling ausgegeben. Er war bei uns … im Lager bei der Sternenbrücke. Aber er gehörte zur Liga … Es gab viele wie ihn. Sie sind uns bei der Schlacht in den Rücken gefallen. Er war einer ihrer Anführer … Und jetzt wollte es der Drecksack wieder so machen. Dumon hätte ihn auch ohne großes Federlesens aufknüpfen lassen. Er hatte es nicht besser verdient!«

»Dumon ist tot«, sagte Milan barsch. »Rainulf, der Pfeil der Rosen, befehligt jetzt die verbliebenen Bogenschützen.«

»Tot?« Der Schütze sah Milan aus weiten Augen an. »Dumon? Unmöglich, er …«

»Wir haben ihn gestern Abend beerdigt«, fuhr Milan ungerührt fort. »Und ihr holt die drei nun dort vom Baum und werdet Gräber ausheben. Aber vorher sagst du mir noch, warum die beiden Frauen sterben mussten.«

»Sie haben versucht, den Verräter mit frechen Lügen zu schützen, völlig wirrem Zeug.«

Milan konnte sich Sara nicht als Lügnerin vorstellen. Er hatte sie als Frau des offenen Wortes kennengelernt. »Was haben sie gesagt?« Zu seinem Erschrecken fiel ihm auf, dass er wie sein Vater klang. Auch hatte er die Klinge einen Zoll weit aus der Scheide gezogen, um seinen Worten noch mehr Schärfe zu geben. Es war diese Bereitschaft, sofort Gewalt anzuwenden, die Cilia ins Unglück stürzte und diesen Krieg zwischen den Bewohnern der Insel zum gnadenlosen Gemetzel werden ließ. Er aber war nicht hier, um Rache zu üben. Gerechtigkeit musste sein Ziel sein. Er stieß das Schwert in die Scheide zurück. »Rede!«

»Sie haben behauptet, der Kerl hätte sie vor dem Galgen bewahrt. Olmo, sagst du, hieß er?« Blanker Hass lag im Blick des Bogenschützen. »Mein Bruder ist an der Sternenbrücke gestorben, als uns diese Verräter, die sich unter uns gemischt hatten, in den Rücken gefallen sind. Warum sollte so ein Kerl jemanden vor dem Galgen bewahren? Das ist doch Unsinn!«

»Was haben sie noch gesagt?« Milan kämpfte gegen die Wut an, die erneut in ihm aufwallte.

»Angeblich sollte dein Olmo auch gehenkt werden, weil er

seine Befehle nicht ausführen wollte. Diese drei waren als Erste zum Galgenbaum an der Sternenbrücke gebracht worden. Aber ein altes Pferd hat ihre Henker getötet … während die Waffenknechte der Liga alle anderen Gefangenen ermordet haben … nur, um dann gleich anschließend eiligst über die Sternenbrücke zu verschwinden. Nur diese drei haben überlebt.« Die Stimme des Bogenschützen klang noch immer krächzend. Er räusperte sich, spuckte aus und sah Milan herausfordernd an. »Und jetzt sag mir, dass sich das nicht nach einer völlig verrückten Lügengeschichte anhört! Ein altes Pferd, das erwachsene Männer tötet, ein Heer, das gerade einen klaren Sieg errungen hat und dann in Panik flieht … Die drei müssen uns für schöne Trottel gehalten haben. Für dämliche Waldbauern, denen man jeden Bären aufbinden kann. Bis zuletzt haben sie behauptet, dass das stimmt.«

Milan konnte verstehen, dass der Schütze diese Geschichte nicht geglaubt hatte. Andererseits, wenn es nur eine freche Lüge war, warum hatte sich Olmo dann nichts ausgedacht, was glaubwürdiger klang? Er hätte doch wissen müssen, was andere von so einer Geschichte hielten. Er war lange genug in der Stadtwache gewesen. Die Lügen von irgendwelchen Langfingern und Schmugglern, die sich herausreden wollten, waren sein tägliches Geschäft gewesen. Warum hatte er es nicht besser gemacht? Ein altes Pferd, das ihre Henker getötet hatte … Was war das für eine Geschichte?

»Nehmt sie ab«, wiederholte Milan seinen Befehl.

Auch Rainulf hatte berichtet, dass sich ihre Verfolger zurückgezogen hatten. Irgendetwas war an der Brücke vorgefallen, das ein ganzes Heer in gewaltige Angst versetzt hatte. Aber was mochte es gewesen sein?

MONDBERGE,
ZWÖLF MEILEN WESTLICH DER STERNENBRÜCKE, SPÄTER NACHMITTAG, 18. TAG DES WEINMONDES IM JAHR VON SASMIRAS ZWEITER THRONERHEBUNG

Der Mann, den Rainulf, als er wieder zu ihnen aufschloss, mitgebracht hatte, war offenkundig übel zusammengeschlagen worden. Ängstlich blickte er aus den fast zugeschwollenen Augen zu Milan. »Der Basilisk ...« Die Stimme des Gefangenen überschlug sich fast. »Ihm war das Heer schon einmal ausgewichen. Er ist wieder da. Deshalb sind sie geflohen ...«

»Und du? Warum bist du nicht fort?«

»Sie haben mich zurückgelassen ...« Ihr Gefangener sah nicht aus wie ein Mann, der für die Entbehrungen des Krieges geschaffen war. Leicht übergewichtig, nicht sonderlich muskulös. Er wagte es kaum, Milan ins Gesicht zu schauen. Er war einer, der sich duckte. Seine Hände allerdings sahen aus, als sei er schwere Arbeit gewöhnt. Sie waren groß, die Innenseiten voller Schwielen. »Ich hatte mir den Fuß verstaucht. Anfangs haben sie mich noch gestützt. Aber als sie Angst bekamen, dass sie zu spät zur Brücke kommen könnten, haben sie mich einfach im Wald zurückgelassen.«

»Und dort haben wir ihn aufgegriffen«, sagte Rainulf grimmig. »Ich wollte, dass du ihn verhörst.« Da schwang eine Grausamkeit in den Worten seines Gefährten mit, die Milan fremd war. Erwartete Rainulf etwa, dass er den Kerl auch verprügeln würde?

»Woher kommst du?«

»Aus Panorma. Ich bin Küfer«, sagte der Gefangene stolz. »Ein verdammt guter. Meine Fässer sind nie undicht. Darin werden eingelegte Heringe verschifft. Die Salzhände der Stadt kaufen bei mir immer zuerst. Fässer in allen Größen kann ich fertigen. Und ich benutze nur das beste ...«

Rainulf hob die Hand, als wollte er den Mann ohrfeigen. Sofort verstummte ihr Gefangener.

»Das genügt!«, ging Milan seinen Gefährten an. »So nicht!«

Der Anführer der Bogenschützen ließ die Hand sinken. »Du und ich, wir müssen reden. Aber nicht hier!«

Milan war sich bewusst, dass sie beobachtet wurden. Einige Dutzend Flüchtlinge hatten sich bei den drei flachen Gräbern am Straßenrand eingefunden. Sie alle wollten sich den Bogenschützen anschließen, sobald diese weiterzogen. Sie hofften auf Schutz und Hilfe. Sie vertrauten dem Pfeil der Rosen.

Milan folgte Rainulf. Sie gingen ein Stück den Hügel hinauf in den Wald, bis sie außer Sichtweite der anderen waren.

»Du solltest einen anderen Ton anschlagen, Junge«, sagte sein Freund grollend. »Als Pfeil der Rosen kann ich nicht dulden, dass jemand meine Entscheidungen in Frage stellt. Nicht einmal du darfst das.«

Milan war bestürzt, wie sehr sich sein Gefährte in den letzten anderthalb Tagen verändert hatte. Sein Blick wanderte zu der Nadel an dem Lederwams. Dem Ehrenzeichen, das dort nicht hätte sein sollen …

»Wir dürfen nicht werden wie unsere Feinde«, sagte er entschieden. »Folter und Mord, das sind nicht unsere Mittel.«

»Ich werde jedes Mittel nutzen«, entgegnete Rainulf in einem Ton, der keinen Zweifel an seiner Entschlossenheit ließ. »Felicia hat dazu sehr klare Anweisungen gegeben.«

»Felicia?« Milan sah ihn verwundert an. »Sie hat Anweisungen zum Umgang mit Gefangenen gegeben? Wann denn?«

Rainulfs Blick wurde hart. »Du stellst manchmal seltsame Fragen. Natürlich bevor sie mich hierhergeschickt hat, damit ich zusammen mit Dumon die Sternenbrücke halte.«

Milan traute seinen Ohren nicht. Ihm war klar, dass er besser keine weiteren Fragen stellte. Rainulf war nie sonderlich duldsam gewesen. Und jetzt hatte er sich in einem Maß verändert, das ihn erschreckte. »Könntest du mir sagen …« Milan stockte, mochte immer noch nicht glauben, was er gerade gehört hatte.

»Ja?« Der Pfeil der Rosen sah ihn fragend an.

»Was … was hat sie dir aufgetragen?«

»Na, die Brücke zu sichern und den Vormarsch dieses verfluchten Nicolo Trimini, so gut es geht, zu verzögern. Das hatten wir doch alles schon besprochen«, schloss er reichlich unwirsch.

»Ja … ich bin wohl ein wenig durcheinander. Wann genau hat sie dir das aufgetragen?«

»Vor zwei Wochen, nachdem wir eine Maultierkarawane mit Nachschub für die Schwarze Schar aufgerieben hatten. Danach hat sie mich losgeschickt, weil sie den Stümpern vom Rat der Schwerter nicht viel zutraut. Und recht hat sie ja gehabt. Mit drei- oder vierhundert Bogenschützen hätte ich den Vormarsch von Trimini ganz zum Stillstand gebracht. Weniger als hundert Mann mit Dumon abzustellen war ein schwerer Fehler.«

Milan musste sich setzen. Er hatte das Gefühl, ihm sei der Boden unter den Füßen weggezogen worden. »Und es ging ihr gut?«

Rainulf legte den Kopf schief. »Ich frage mich, ob es *dir* gutgeht. Du stellst ziemlich seltsame Fragen. Was sollte Felicia schon fehlen? Du weißt doch, wie sie ist. Ein wahres Glückskind. Selbst wenn die Armbrustbolzen dicht wie Hagelschlag kommen, wird sie nie getroffen.«

Milan schluckte. Genau diese Formulierung mit den Armbrustbolzen und dem Hagelschlag hatte er in seinen Lügenmären über die rothaarige Bogenschützin verwendet.

Sie lebte! Er hatte es geschafft! Er hatte den Mord seines Vaters, ihren Tod auf dem Scheiterhaufen rückgängig gemacht. Er würde wieder bei ihr sein …

»Bist du in der Verfassung, deinen Auftrag auszuführen?« Immer noch lastete Rainulfs durchdringender Blick auf ihm, und in diesem Blick lag wieder dieselbe Geringschätzung wie bei ihren ersten Begegnungen.

»Wovon redest du?«

»Hast du denn alles vergessen?«, stieß der Schütze hervor.

»Beim Herrn des Himmels, Milan. Du wirst sie doch wohl nicht enttäuschen?«

»Enttäuschen?« Jetzt war er völlig überrumpelt.

»Der verdammte Basilisk. Sag nicht, ich hab den vermaledeiten Spiegel meilenweit durch den Schwertwald geschleppt, und du kneifst jetzt, Priestersöhnchen.«

»Den Spiegel?«

»Du sollst in der Nähe von diesem Biest bleiben. Wenn du kannst, treibst du ihn in die Richtung von Nicolo Triminis Männern. Wenn er aber in den Schwertwald eindringt, dann bringst du den Basilisken um.« Rainulf schüttelte den Kopf. »Ehrlich gesagt, habe ich einige Zweifel daran, dass du das hinbekommst. Aber sie vertraut dir ganz und gar.«

»Ich … ich werde das schaffen«, stammelte Milan, bemüht, das ganze Ausmaß dessen, was hier geschehen war, zu erfassen. Die Mär über die rothaarige Bogenschützin hatte sich verändert. Es war nicht mehr die Geschichte, die er noch vor ein paar Tagen erzählt hatte. Was aber noch erschreckender war: Rainulf schien sich der Geschichte angepasst zu haben. Als sei sein Leben wie ein Pergamentblatt, dessen Oberfläche vorsichtig abgeschabt worden war, um es neu zu beschriften. Und nun griff diese veränderte Wirklichkeit nach ihm. Oder war er auch nicht mehr der, der er gestern noch war? Würde er es bemerken, wenn er sich veränderte?

»Wird sie hierherkommen?«

»Erst, wenn sie deinem Vater ordentlich Feuer unter dem Arsch gemacht hat.« Rainulf lächelte spöttisch. »Aber das wird ihr sicherlich gelingen.«

Milan verschlug es den Atem. Wusste Rainulf, was er da sagte? Schimmerte da ein Rest der wirklichen Ereignisse in seinen Worten durch?

»Ich vermisse sie«, murmelte Milan leise.

»Jetzt bestimmt der Krieg unser Leben«, sagte Rainulf mit einer so grimmigen Genugtuung, als sei sein Ärger darüber, Felicia an Milan verloren zu haben, ebenfalls aufs Neue erwacht.

»Für Liebesgeschichten ist Zeit, wenn das alles vorüber ist. Und dann werden wir sehen, was für einen Mann sie erwählt – einen der Worte oder einen der Taten.«

Verhöhnt er mich?, fragte sich Milan. War es etwa wieder wie früher zwischen Rainulf und Felicia? »Sie weiß schon, warum sie mich auf den Basilisken ansetzt und nicht dich«, sagte er entschieden.

Rainulfs Augenbrauen ruckten zusammen. Eine steile Falte erschien mitten auf seiner Stirn. »So. Und was glaubst du?«

»Es übersteigt deine Fähigkeiten. Einen Basilisken bringt man nicht mit Pfeil und Bogen um. Dazu braucht man jemanden wie mich.«

Sie war zurück, dachte Milan. Und selbst wenn er ihr Herz ein zweites Mal erobern musste, weil sie sich verändert hatte, war er zuversichtlich, dass ihm das gelingen würde. Schließlich war es ihm schon einmal geglückt, und dieses Mal war er kein argloser Jüngling mehr.

Aber er würde es auf seine Art machen.

MONDBERGE,
ZWÖLF MEILEN WESTLICH DER STERNENBRÜCKE,
SPÄTER NACHMITTAG, 18. TAG DES WEINMONDES IM JAHR VON SASMIRAS ZWEITER THRONERHEBUNG

Nok beobachtete ihn mit traurigem Blick, sagte aber nichts. Milan schob den Rabenschnabel, den er einem der Flüchtlinge abgenommen hatte, in seinen Gürtel. Dann nahm er Brotbeutel und Wasserflasche auf. Er wollte noch vor Anbruch der Nacht ein gutes Stück des Weges zurück zur Sternenbrücke schaffen.

Er fragte sich, ob Nok spürte, dass es um Felicia ging. Vom Schwert der Rosen hatte er nicht gesprochen, als er ihr erzählt hatte, dass er zur Jagd auf den Basilisken aufbrechen wollte.

Rainulf löste sich aus der Gruppe der Bogenschützen, die sich zusammen mit den Flüchtlingen ebenfalls aufbruchsbereit machte. Er hatte sich ein großes Silbertablett unter den Arm geklemmt und blickte verkniffen drein. »Hier.«

Verwundert nahm Milan das Tablett entgegen. »Beutegut?«

»Deine Waffe gegen den Basilisken. Herzogin Felicia hat sie schicken lassen. Heute Morgen hat uns ihr Bote auf der Straße gefunden.«

Milan betrachtete das schwere Tablett, drehte es in seinen Händen. An dessen Rückseite waren Lederschlaufen angebracht wie bei einem Schild. So könnte er das Tablett leichter tragen und hätte die rechte Hand frei, um eine Waffe zu nutzen. Wobei im Kampf gegen den Basilisken seine Hauptwaffe dieser Schild sein würde.

»Nutze sie gut«, schärfte Rainulf ihm ein, »und erst dann, wenn der Basilisk in unsere Richtung zieht. Felicias Befehle waren, was das angeht, sehr eindeutig. Sie wünscht, dass dieses Märenwesen unseren Feinden den größtmöglichen Schaden zufügt. Hast du noch irgendwelche Fragen?«

Milan sah Rainulf lange an, suchte in ihm den Mann, der er noch vor ein paar Tagen gewesen war. War das hier vielleicht der ursprüngliche Rainulf? So schroff war der Bogenschütze gewesen, als sie sich nicht ganz freiwillig in Dahlia kennengelernt hatten. Zwar war zwischen ihnen auf der langen gemeinsamen Reise eine Freundschaft entstanden, doch davon schien nichts mehr geblieben zu sein. Lag es an der Rückkehr Felicias? Daran, dass sie wieder Rivalen im Kampf um ihre Gunst waren? Oder waren es seine Mären gewesen, die Rainulf so tiefgreifend verändert hatten?

Klar war jedenfalls, dass er bei diesem Bogenschützen mit netten Bitten nicht weit kommen würde. »Ich will deinen Gefangenen!«

Rainulf machte eine wegwerfende Geste. »Unsinn. Der Kerl wird dich nur aufhalten. Der verstauchte Fuß …«

»Es ist egal, ob ich dem Basilisken langsam oder schnell entgegengehe. Ich stehe in jedem Fall zwischen ihm und unseren Leuten. Also wird der Gefangene keinen Einfluss darauf haben, ob ich meine Aufgabe erfülle.«

»Und warum willst du ihn dann?«

Rainulf fragte in einem Ton, der Milan vor ein paar Wochen noch Angst gemacht hätte. Doch jetzt war er ihm lediglich unangenehm. Er wusste, dass der Pfeil der Rosen ihn brauchte und letztlich keine Wahl haben würde. »Ich möchte nicht, dass der arme Kerl an einem Galgenbaum endet. Du würdest es wahrscheinlich nicht selbst tun, aber du würdest auch nicht im Weg stehen, wenn der Mob nach neuen Opfern schreit und ihm die Schlinge um den Hals legt.«

»Warum sollte ich auch?«, entgegnete Rainulf ruhig. »Der Kerl hat an der Brücke auf meine Männer geschossen. Ein paar Tage, und er wird wieder laufen können. Und dann wird er wieder auf meine Männer schießen. Wenn ich ihn am Leben lasse, verurteile ich damit vielleicht andere, die mir mehr bedeuten, zum Tode.«

»Wofür kämpfst du, Rainulf?«

Sein Gefährte runzelte die Stirn. »Was für eine Frage ist das denn? Ich verteidige mich. Die verfluchten Ligisten sind in meine Heimat eingefallen.«

»Nachdem du zuvor mit Felicia in Dahlia warst«, sagte Milan bitter. »Ich weiß, dass ihr dort auch gemordet habt.«

»Weil die Liga einen Krieg gegen den Schwertwald vorbereitet hat«, erwiderte Rainulf entrüstet. »Auch damals haben wir uns nur verteidigt.«

»Aber wenn ihr ihn hängt, würde irgendjemand den Tod des Küfers und all der anderen rächen wollen, und so würde es immer weitergehen«, sagte Milan müde.

»Wir verteidigen uns nur!«, beharrte Rainulf.

Milan blickte zu der Eiche zwischen all den Kiefern am Rand der Straße. »Und dort wurde ein Mann gehenkt, der zuvor sein Leben riskiert hat, weil er nicht mehr an den Verbrechen dieses Krieges teilhaben wollte. Er hätte euer Held sein sollen!«

»Das ist eine Geschichte«, sagte Rainulf nachdrücklich. »Eine andere Geschichte ist, dass er ein Verräter war und uns heimtückisch in den Rücken gefallen ist. Vielleicht hatte er es ein weiteres Mal vor.«

»Vielleicht«, gestand Milan ein. »Wir werden es wohl nie erfahren. Aber es steht jedem frei, sich zu entscheiden, welche Geschichte er erzählen mag. Ich wünsche mir ein Cilia, wo niemand im Zweifel eine Galgenschlinge um den Hals gelegt bekommt. Irgendwann wird dieser Krieg vorbei sein, und dann wird unsere Insel solche Frauen und Männer, wie wir sie bedenkenlos hinmorden, bitter nötig haben, um im Frieden zu bestehen. Frauen wie Sara, die ihren Hof im Niemandsland durch die harten Jahre gebracht hat. Männer wie Olmo, die eine Stadtwache befehligen und Unrecht nicht hinnehmen mögen. Oder einfach nur Küfer, die gute Fässer bauen.«

»Du kriegst deinen Küfer und ich meine Ruhe«, schnauzte Rainulf ihn an.

So sehr sich der Pfeil der Rosen auch hart und unnachgiebig gebärdete, sah Milan doch, dass seine Worte nicht ganz ohne Wirkung geblieben waren. Wenn er nur einen Keim des Zweifels in das Herz seines Gefährten gepflanzt hatte, dann war schon viel erreicht. Rainulf war jetzt einer der wichtigsten Befehlshaber der Rebellen. Ein Vorbild!

Der Bogenschütze ging ohne ein weiteres Wort, und Milan betrachtete erneut den Schild, der ihn auf so seltsamem Wege erreicht hatte. Das erste Lebenszeichen von Felicia. Ein Schild, der ihn vor Unbill beschirmen sollte, verbunden mit einem Auftrag, der ihn in tödliche Gefahr brachte.

Gedankenverloren strich Milan über den Schild, der einmal ein großes Silbertablett in einem reichen Haus gewesen war. Die Vorderseite war blankpoliert, so dass er sein Antlitz darin sehen konnte. Wenn er den Basilisken dazu brachte, in diesen Spiegel zu schauen, dann würde er das Ungeheuer mit dessen eigener Waffe schlagen.

»Kannst du nicht einfach in die Berge gehen?«, fragte Nok,

die seinem Gespräch mit Rainulf gelauscht hatte, ohne sich anmerken zu lassen, was sie dachte. »Ein ganzes Heer flüchtet vor dem Basilisken. Warum musst du dich ihm entgegenstellen?«

»Genau deshalb, weil es sonst niemand tun wird. Stell dir vor, was geschieht, wenn er eine der großen Städte erreicht. Man muss ihn aufhalten.« Milan schob einen Arm durch eine Lederschlaufe des improvisierten Schildes und schwang ihn sich auf den Rücken. So wäre er halbwegs angenehm zu tragen.

»Aber warum du? Wäre es nicht die Aufgabe des Erzpriesters von Cilia, die Gefahr von den Gläubigen fernzuhalten?«, insistierte Nok. »Deshalb führen Erzpriester doch ein Schwert.«

»Und sie dürfen heiraten und Kinder haben, damit es Söhne gibt, an die sie diese Aufgabe weitergeben können.« Milan hatte seit Tagen kaum mehr an seinen Vater gedacht. Nandus war irgendwo im nördlichen Schwertwald mit der Schwarzen Schar unterwegs. Und nach den Gerüchten, die Milan zu Ohren gekommen waren, strebte er an, Thouar zu belagern. Aber daran war noch jeder gescheitert, der es versucht hatte.

»Ich kenne die Regeln deines Glaubens, Milan. Sich der Frauen zu enthalten ist ein freiwilliger Dienst am Herrn des Himmels. Außerhalb der Klöster erwartet niemand von den Dienern des Herrn des Himmels, ein keusches Leben zu führen. Sie alle zeugen Töchter und Söhne. Manche dürfen ihren Namen tragen. Andere nicht.« Noks Augen wurden schmal. »Glaube mir, ich kenne eure Priester und ihre verqueren Gelüste. Komm mir also nicht damit.«

Die Vorstellung, was sie mit *kennen* meinen mochte, erweckte Unwohlsein in Milan. Er liebte Felicia. Es sollte ihm egal sein, was Nok tat. Besser nicht länger daran denken, wer sie alles besuchte, wenn sie nicht damit beschäftigt war, mit beängstigendem Geschick bewaffnete Schläger niederzumachen.

»Du nennst mich doch Sohn des Lichts. Eine alte Seele …«, erwiderte er. »Bin ich da nicht dazu geboren, ein Held zu sein? Und was tun Helden? Sie stellen sich den Gefahren, vor denen alle anderen davonlaufen!«

»Ist es wirklich das, was dich antreibt?«, fragte Nok freundlich, ja fast klang sie dabei besorgt.

»Wie meinst du das?«

»Ich habe eher den Eindruck, dass du fortläufst, und dennoch würde ich dich begleiten.«

Er blickte auf den Rabenschnabel in seinem Gürtel und prüfte noch einmal, ob die Waffe sicher saß und nicht verlorengehen würde. Nok hatte ihn durchschaut. Und das so leicht! Taten andere das auch?

Ja, er wollte fort von den Rebellen. Diese unnötige Grausamkeit … Olmo gehenkt zu sehen. Und Sara. Er war sich sicher, dass auch die dritte Frau unschuldig gewesen war.

Andererseits konnte er die Verzweiflung der Rebellen verstehen. Diesmal ging es nicht nur darum, einen Landstrich vor der Eroberung zu bewahren. Die Anführer der Liga wollten den gesamten Schwertwald vernichten und alle, die darin lebten.

Er selbst würde die Liga dabei niemals unterstützen, dachte Milan. Im Grunde wusste er nicht mehr, wohin er gehörte. Er brauchte Zeit, um nachzudenken. Er konnte nicht hinnehmen, dass die Insel immer weiter entvölkert wurde. Dass der Hass alles verschlang, was ihm etwas bedeutet hatte.

Und er musste damit fertigwerden, dass seine Mär von der rothaarigen Bogenschützin Rainulf so sehr verändert hatte. Das war unerwartet geschehen … Er hatte gehofft, Felicia wiedererstehen zu lassen. Das schien gelungen zu sein. Aber dass seine Mär auch lebende Menschen veränderte, das war zutiefst unheimlich. In Zukunft würde er sich sehr genau überlegen müssen, welche Mären er erzählte.

Nok beobachtete ihn. Sie tat es auf eine unaufdringliche Art. Es lag nichts Forderndes in ihrem Blick. Eher Mitgefühl, als wisse sie um all das, was unausgesprochen war.

Der Küfer hinkte zu ihnen herüber. Er stützte sich schwer auf einen Stock, der in einer Astgabel mündete, die er sich unter die Achsel geklemmt hatte. »Ich soll zu Euch kommen, Meister Milan?«, fragte er ängstlich.

»Du kennst meinen Namen?«

»O ja!« Der Küfer nickte heftig. »Der Pfeil der Rosen hat mir gesagt, wer Ihr seid, Meister Milan. Der Sohn des Erzpriesters Nandus Tormeno. Ich … Ihr … wohin werdet Ihr mich bringen?«

»Zu deinen Leuten«, entgegnete Milan knapp. »Wir drei brechen jetzt auf.«

»Jetzt?« Der Küfer blickte zurück zu den Bogenschützen und den Flüchtlingen. Er wirkte, als würde er lieber bei ihnen bleiben.

»Sie werden dich wahrscheinlich hängen, wenn ich dich hier zurücklasse«, sagte Milan schonungslos.

»Möglicherweise«, gab der Küfer kleinlaut zu. »Aber am Ende dieser Straße lauert ein Basilisk, und das ist ganz sicher.«

AUF DEM KAI VON THOUAR, ABENDDÄMMERUNG, 18. TAG DES WEINMONDES IM JAHR VON SASMIRAS ZWEITER THRONERHEBUNG

Drei Tage dauerte der Regen nun schon ohne Pause. Nandus stand in einer Nische, die aus dem knochenfarbenen Felsen Thouars geschlagen war, und blickte über den langen Kai, auf dem die Regentropfen in Ketten von Pfützen tanzten.

Der Erzpriester streckte seine Hände über das kleine Feuerbecken, das die Kälte in seinen Knochen nicht zu vertreiben vermochte. Er trug volle Rüstung. All das Eisen am Leib tat ihm nicht gut. Seine Gelenke schmerzten. Den linken Arm konnte er nur noch bis auf Brusthöhe heben. Die linke Schulter fühlte sich an, als hätten ihm Folterknechte glühende Nägel durch die Knochen getrieben. Nie zuvor hatte er sich so sehr wie ein alter Mann gefühlt.

Bertrand, der Ritter des Ordens vom Schwarzen Adler, der ihm als Leibwächter nie von der Seite wich, stand mit blankem Schwert zwei Schritt entfernt am Rand der Felsnische und blickte angespannt über die Bucht, die hinter den Regenschleiern verschwamm.

»Sie ist bestimmt längst woanders«, bemerkte Orlando. Der Hauptmann der Armbrustschützen war trotz des üblen Wetters in bester Stimmung. Seine Männer hatten am Nachmittag ein verborgenes Weinlager in dem Labyrinth aus Tunneln und Höhlen tief im Inneren der Felsnadel, auf der Thouar errichtet war, ausgehoben und die Fässer zu dem großen Hurenhaus auf halbem Weg an der breiten Hafentreppe eingelagert, das ihnen als Quartier diente. Er hatte sich einen Krug davon bringen lassen. Nicht genug, um betrunken zu werden, aber ausreichend, um seine Laune aufzuhellen.

»Nein«, entgegnete Nandus grimmig. »Das ist ihre Art, uns zu belagern.«

»Der Regen?« Orlando lachte. »Es ist Herbst, und wir sind an der Westküste Cilias. Ich glaube, ein paar Regentage sind da nichts Ungewöhnliches.« Er streckte sich. »Trotzdem ein Scheißwetter. Du solltest dein Schwert wegstecken, Bertrand, sonst rostet dir noch die Klinge durch.«

Der Kaiserritter bedachte den Söldnerhauptmann mit einem mürrischen Blick.

Eine Weile schwiegen sie. Nur das Geräusch des Regens störte die Ruhe. Langsam wich das Grau des Tages dem Dunkel der Nacht.

»Sie erzählen in allen Schänken von unserem Kampf mit dem Riesen Gideon«, sagte schließlich Orlando in das Schweigen hinein. »Der Trottel wird jedes Mal, wenn über ihn erzählt wird, ein Stück größer. Heute Mittag habe ich gehört, dass er so hoch wie der Felsen Thouars sein soll. Und du hast ihm angeblich einen Zeh abgeschnitten, Erzpriester.«

»Du musst diese falschen Mären unterbinden, wenn du sie hörst!«, fuhr Nandus ihn an. Er war sich zwar nicht ganz sicher, aber er vermutete, dass jede Mär Einfluss auf die Wirklichkeit hatte. Gideon war nicht tot. Gewiss diente er immer noch den Herzögen des Schwertwaldes. Sollte er tatsächlich so riesig wie der Felsen der Hafenstadt werden, dann würden ihm auch die Felsbrocken, die ein Trebuchet schleuderte, nichts mehr anhaben können. Mit diesem dummen Gerede erschufen sie sich womöglich einen unbezwingbaren Feind.

»Sind doch nur Mären«, wiegelte Orlando ab.

»So wie die Meerhexe?«, bemerkte Bertrand spitz.

»Soll sie nur kommen«, entgegnete Orlando. »Ich jag ihr einen Armbrustbolzen durch den Kopf. Das ist eine Medizin, die immer hilft. Ich werde sie …«

»Still!«, zischte Nandus. Da war ein neues Geräusch im Regen. Das Klacken genagelter Stiefel.

Honiggelbes Laternenlicht erschien auf der Straße, die sich in steilen Serpentinen hinauf zur Stadt wand.

Orlando setzte den Fuß in den Bügel seiner Armbrust und spannte sie mit den Kurbeln seitlich am Schaft der Waffe. Nandus legte die Hand an das Schwert, wenngleich er sich sicher war, dass die Meerhexe lautlos und ohne Laternenlicht kommen würde.

Eine Gruppe schwarzer Gestalten nahte.

»Wer da?«, rief Bertrand.

»Verpasst mir keinen Bolzen!«, drang die befehlsgewohnte Stimme Wolfhards von Urschlingen durch das Rauschen des Regens. »Wäre nicht das erste Mal, dass übereifrige Wachen auf mich schießen.«

Nur von zwei schwarzgewandeten Laternenträgern begleitet, war der Condottiere nun deutlicher zu erkennen.

Orlando nahm den dicken, kurzen Pfeil von der Armbrust, löste klickend den Abzugshebel der Waffe, und der stählerne Bogen schnappte zurück.

»Du sagtest, das Schwert der Rosen sei tot«, polterte der Anführer der Schwarzen Schar ohne Grußwort los. Er stieß Bertrand zur Seite und stellte sich dicht vor das Kohlenbecken.

Nandus war an die Launen des Condottiere gewöhnt, aber so hatte er ihn noch nie erlebt. »In der Tat«, entgegnete er ruhig. »Sie wurde als Hexe verbrannt.«

»Dann hast du wohl die Falsche verbrannt. Gunnar?« Wolfhard winkte einem der Laternenträger. »Erzähl deine Geschichte.«

Gunnar war ein vierschrötiger Kerl im Schwarz der Söldnerschar. Eng beieinanderliegende Augen sahen Nandus furchtlos an. »Hab sie gesehen, Erhabener. Sie hat mir aufgetragen, Euch eine Botschaft auszurichten.«

»Von wem redest du?«, fragte Nandus sachlich.

»Diese Rothaarige. Hübsches Weib. Aber kalt wie Stahl an einem Wintermorgen. Hat mich leben lassen, damit ich Euch ihre Botschaft bringe, Erhabener. Sie sagt, sie hat noch einen Pfeil für Euch im Köcher und dass Ihr dem nicht entgehen werdet. Sie wartet auf Euch draußen im Wald.« Er deutete vage die gewundene Straße hinauf. »Sobald Ihr die Stadt verlasst und in den Wald reitet, wird sie Euch erlegen, sagt sie.«

»Erlegen?«, fragte Nandus ungläubig.

»Das waren ihre Worte«, bestätigte der Söldner.

Nandus lachte auf. »Ich fürchte mich nicht vor irgendeiner dahergelaufenen Jägerin, die sich einen großen Namen stiehlt, um ihren Worten Gewicht zu verleihen. Felicia da Rosa ist tot. Sie wurde auf dem Platz der Helden in Dahlia verbrannt.«

»Das mag ja alles richtig sein«, ging der Condottiere dazwischen, »aber so, wie ich die Geschichte kenne, wurde sie nicht als Herzogin des Schwertwaldes, sondern als Hexe hingerichtet. Ihr Name und ihr Rang wurden bei der Hinrichtung nicht genannt. Sie war einfach nur eine Fremde, die du verbrannt hast, Nandus. Irgendeine Hexe. Erst später fiel ihr Name. Damit hast du der Verbreitung von Mären Tür und Tor geöffnet. Das Volk hat nicht Felicia da Rosa sterben sehen. Und das Volk glaubt stets die bessere Geschichte, wenn die Wahrheit so … sagen wir mal, so greifbar wie Asche ist.«

Nandus wollte entschieden widersprechen – auch wenn er tief im Innersten wusste, dass Wolfhard recht hatte. Milan und Felicia den Gefallen zu tun, ihr eine Hinrichtung als Schwert der Rosen zu ersparen, war eine sentimentale Dummheit gewesen.

Er hätte allen auf dem Markt die Tätowierung auf dem Rücken der Herzogin zeigen sollen. Das Schwert, um das sich eine Rose schlang. Er hätte ihr die Haut abziehen lassen müssen, um sie über einen Schild zu spannen, der dann in Panorma, der Goldenen, im Saal der Schilde ausgestellt worden wäre. So verfuhr die Liga seit vielen Generationen mit besiegten Herzögen des Schwertwaldes.

Wolfhard schnitt ihm mit einer Geste wie ein Schwerthieb das Wort ab, noch bevor Nandus überhaupt zu einer Erwiderung ansetzen konnte. »Macht einen Spaziergang im Regen!«, blaffte der Condottiere die anderen an.

Die beiden Laternenträger gehorchten augenblicklich. Orlando gab sich, wie stets, ein wenig aufsässig, fügte sich dann jedoch. Bertrand aber warf ihm einen zweifelnden Blick zu.

»Geh!«, musste ihm Nandus befehlen, da sein Leibwächter sich in Anwesenheit anderer so gut wie nie weiter als eine Schwertlänge von ihm entfernte.

»Dieser Regen …«, begann Wolfhard, als sie allein waren. »Findest du ihn nicht seltsam?«

Nandus schwieg, wenngleich er sich längst Gedanken dazu gemacht hatte. Zunächst wollte er hören, was der Condottiere zu wissen glaubte.

»Dieses Weib, das sich Felicia da Rosa nennt, hat einen Wagenzug mit Nachschub überfallen. Nur acht Meilen von hier im Wald. Der Mann mit der Laterne ist der einzige Überlebende. Sie haben unsere Verwundeten an Bäume gebunden und für Zielübungen genutzt, bis sie ausgeblutet waren. Nur der eine, der mit der Nachricht für dich, durfte gehen. Wir werden uns um diese angebliche Herzogin kümmern müssen, denn wenn wir es nicht tun, wird uns hier in Thouar kein einziges Fass mit Fisch, kein Schinken und kein Sack mit getrockneten Bohnen oder Reis mehr erreichen. Angeblich hat diese Rebellin bereits hundert Bogenschützen um sich versammelt, und täglich werden es mehr.«

»Und die Vorräte in der Stadt?«, fragte Nandus.

»Wenn wir so, wie du es verlangst, die ganze Bevölkerung durchfüttern, dann reicht es für weniger als zwei Wochen. Kein Schiff wird Thouar anlaufen, solange die Hexe dort draußen ihr Unwesen treibt. Und was du noch wissen solltest …« Wolfhard senkte die Stimme zu einem Flüstern. »Es regnet nur hier ohne Unterlass. Der Überlebende des Wagenzugs hat mir erzählt, dass es auf dem Weg von Dahlia bis kurz vor der Stadt nur einen einzigen Schauer gab. Weniger als zwei Meilen von der Stadt entfernt hört der Regen auf.«

Nandus nickte. »Etwas in der Art hatte ich vermutet.«

»Ach. Und wann hattest du vor, mir das zu sagen, Erzpriester?«

»Ich rede über Fakten … Alles andere taugt nur dazu, Panik zu verbreiten.«

»Die Panik verbreitet sich schon von allein«, ereiferte sich Wolfhard. »Warst du in den letzten beiden Tagen einmal oben in der Stadt? Glaubst du, die wissen nicht, was die Stunde geschlagen hat? Die Dächer lecken. In alle Häuser tröpfelt es inzwischen hinein. Man kann gar nicht genug Eimer und Töpfe aufstellen. Die Zisternen laufen über. Die Straße zum Hafen hinab ist ein Sturzbach. Und dort draußen in der Bucht lauert das Heer der Meerhexe, Kreaturen, die auf Wasser gehen, aber auf trockenem Grund versinken. Hier in der Stadt gibt es nur noch ziemlich wenige trockene Flecken …«

»Dann sollen die Menschen sich dort versammeln. Dort wird es sicher sein. Ich indes bleibe hier. Ich stehe zwischen ihnen und der Meerhexe.« Nandus legte die Hand auf das Schwert an seiner Seite. »Zuerst muss sie mich überwinden.«

»Ich kannte eine Menge Männer, die gern von Ehre und Schwertern geredet haben«, erwiderte Wolfhard lakonisch. »Die meisten von ihnen sind inzwischen tot. Und lass es dir gesagt sein – in aller Regel war es kein ehrenvoller Tod. Im Übrigen denke ich, die Menschen verstehen nicht, was du hier tust. Du eroberst die Stadt für die Liga. Und die Kaufherren, der Kopf der Liga, jene, die alle Entscheidungen treffen, werden sämtliche

Bewohner Thouars in die Sklaverei verkaufen. Für diese gewissenlosen Bastarde hast du Thouar erobert. Doch nun stehst du hier unten, fast allein, und willst jene vor der Meerhexe schützen, die durch dich ein Schicksal von Sklaverei und Tod erwartet. Das ist selbst für mich schwer zu begreifen, Erzpriester. Mal sind dir die Menschen egal und dann doch wieder nicht?«

»Ich bin der Erzpriester aller Bewohner Cilias, ganz gleich, unter wessen Banner sie kämpfen«, sagte Nandus müde. Er blickte in die Glut des Kohlenbeckens. Streckte seine Hände noch ein wenig weiter aus und massierte seine Finger, deren Gelenke von der Kälte schmerzten. »Ich bin das Schwert, das zwischen ihnen und Kreaturen wie der Meerhexe steht. Immer! Alle anderen Priester der Insel kämpfen nur mit Worten. Ich bin der Eine, der Stahl sprechen lässt, um den Willen des Herrn des Himmels zu vollstrecken. Und wie du weißt, bin ich ganz gut darin.« In die letzten Worte legte Nandus mehr Zuversicht, als er tatsächlich empfand. Aber Schwäche zuzugeben hatte man ihm in den Jahren im Roten Kloster gründlich ausgetrieben.

»Und wenn sie sich dir nicht stellt? Sie kann ein ganzes Heer schicken.«

»Das wird sie nicht tun, Wolfhard. Es geht hier um mich – oder genauer um den Erzpriester von Cilia, und der bin nun einmal zufällig ich.«

Der Condottiere trat einen Schritt vom Feuerbecken zurück. »Du meinst, wenn ich dich ergreifen und ins Hafenbecken werfen lasse, ist der ganze Ärger vorüber?«

»Es gibt verschiedene Varianten der Mär von der Meerhexe, Wolfhard. Ich bin mir nicht ganz sicher, mit welcher wir es zu tun haben oder ob möglicherweise alle in dieser einen fleischgewordenen Meerhexe miteinander verschmolzen sind. Es gibt Mären, laut denen würde es sicherlich genügen, wenn du mich opferst. In anderen ist es ihr genauso wichtig, ein Heer aus Ertrunkenen aufzustellen, um an der ganzen Insel Rache zu nehmen.«

Der Condottiere blieb auf Abstand. »Mit Rache kenne ich mich aus. Der Hälfte der Auftraggeber, die mich und meine

Männer anheuern, geht es in irgendeiner Form um Rache. Was will sie denn?«

»Der Anfang der Mär über sie ist in allen Varianten, die ich kenne, gleich. Es muss mehr als zweihundert Jahre her sein. Zu einer Zeit, da der Seidenhandel mit dem Khanat aufblühte, gab es in Arbora, der Seidenen, einen Kapitän, der reich geworden war, weil ihm viele Fahrten ins Khanat glückten und er stets mit kostbarer Fracht zurückkehrte. Er war ein Mann aus einfachsten Verhältnissen. Angefangen hatte er als Lastenträger im Hafen. Dieser Kapitän hatte eine wunderschöne Tochter namens Clarissa. Der Sohn einer Kaufmannsfamilie verliebte sich in das Mädchen. Da sie aber nicht von seinem Stande war, mussten sie ihre Liebe geheim halten. Doch fanden sie einen Priester, der ihnen den Segen des Herrn des Himmels erteilte. Als der Vater des so Vermählten davon erfuhr, raste er vor Zorn ob der Schande. Im Rat selbst wetterte er gegen diese Heirat. Danach traf er auf offener Straße Clarissa und überschüttete sie mit den übelsten Beschimpfungen. Die Tochter des Kapitäns aber sagte kein Wort und bedachte ihn einzig mit einem eisigen Blick. Dann ging sie davon. In der nämlichen Nacht aber verstarb der Vater, ohne zuvor ein Anzeichen von Krankheit gezeigt zu haben.

Daraufhin wurde Clarissa der Hexerei beschuldigt. Selbst ihr frisch angetrauter Ehemann wandte sich von ihr ab und setzte sich gar an die Spitze der Ankläger. Wie in einem solchen Fall üblich, wurde Clarissa unter der Aufsicht des damaligen Erzpriesters an einen Hexenstuhl gefesselt, ein schweres Möbel mit breiten Lederriemen, um die zu Prüfende so festzuschnallen, dass sie sich nicht mehr bewegen konnte. Der Stuhl wurde von einem der Hafenkräne angehoben und ins Wasser getaucht. Beim ersten Mal so lange, wie ein Mann braucht, um langsam bis fünfzig zu zählen.

Als sie wieder aus dem Wasser gezogen wurde, war Clarissa aber nicht geständig.

Also wurde sie ein weiteres Mal getaucht. Dieses Mal so lange, wie es dauert, bis hundert zu zählen.

Als man sie herausholte, war sie mehr tot als lebendig. Aber immer noch beharrte sie darauf, unschuldig zu sein und den alten Kaufmann nicht durch den bösen Blick getötet zu haben.«

Nandus machte eine Pause in seiner Erzählung, und der Condottiere trat jetzt ganz nah an das Feuerbecken. Er strich sich über die Arme, als fröstelte es ihn. »Das ist doch nicht die ganze Mär. Wie ging es aus?«

Nandus blickte hinaus auf die See. Die Flut würde bald den Höhepunkt erreichen. Das Wasser stand kaum mehr als einen Schritt unterhalb des steinernen Kais. »Das war nur der Teil, der in allen Mären über sie gleich erzählt wird«, sagte er mit belegter Stimme. »Als der Hexenstuhl erneut in die Höhe gezogen wurde, da rief Clarissa mit unnatürlich lauter Stimme, dass sie, wenn sie ertrinken sollte, zurückkehren und der ganze Hafen nicht genügen würde, um die Leichen all jener aufzunehmen, die das nämliche Schicksal erleiden würden wie sie.

Anschließend wurde sie zum dritten Mal auf dem Stuhl im Hafenbecken versenkt. Dieses Mal wurde bis zweihundert gezählt. Doch als man den Stuhl wieder ins Trockene ziehen wollte, war das Seil durchtrennt. Mutige Männer, die ins Hafenbecken sprangen und nach dem Stuhl sahen, fanden ihn zwischen wogendem Tang im Schlamm stehend. Die Lederriemen waren gelöst. Und Clarissa verschwunden. Ihre Leiche konnte nicht gefunden werden. Fortan nannte ein jeder sie die Meerhexe.

Ihrem Ehemann wurde, da man ihren Vater verschollen und tot glaubte, ihr ganzes Vermögen zugesprochen. Niemand redete mehr davon, dass die Hochzeit nicht rechtmäßig gewesen sei. Manche munkeln, dass Kaufmannshaus habe damals kurz vor dem Ruin gestanden. Nach ihrem Tod aber blühte es auf, und die Familie Canali wurde durch den Seidenhandel reich wie keine andere. Als Clarissas Vater unverhofft eines Tages doch noch von allerdings Reise zurückkehrte, beschlagnahmte man auch sein Schiff und dessen Ladung, denn sein Vermögen war ja rechtmäßig an die Familie Canali übergegangen. So entschied jedenfalls der Rat Arboras. Manche sagen, der Kapitän verhungerte als armer Mann. In anderen Varianten der Mär reiste er zurück ins Khanat und verpfändete dafür, dass sich der Fluch seiner Tochter erfüllen sollte, seine Seele an die Weiße Schlange.«

Der Condottiere blickte durch den Silberschleier des Regens auf die Bucht, die sich im Dunkel der hereinbrechenden Nacht verbarg. »Kein Schiff kommt mehr zu uns durch«, stellte er bedrückt fest, »und diese Herzogin Felicia, die eigentlich tot sein müsste, fängt die Wagenzüge ab, die meine Männer ernähren sollten. Wie es um den Feldzug der anderen beiden Heere der Liga steht, wissen wir nicht, denn es erreicht uns kein Bote. In zwei Wochen werden wir hungern, wenn wir die Stadt nicht verlassen. In drei Wochen wird das Sterben beginnen. Zuerst wird der Tod die Kinder und die Alten dahinraffen, und diese Meerhexe wird in aller Ruhe zuschauen, wie sie verrecken.«

»Das wird sie nicht.« Nandus strich über den Knauf des Schwertes an seiner Seite. »Gottesurteile wie jenes mit dem Hexenstuhl werden stets an Tagen durchgeführt, deren Nächte uns einen Vollmond bescheren. Es sind die Tage, an denen der Herr des Himmels seine Welt Azuhr mit der größten Aufmerksamkeit betrachtet. Und er soll doch Zeuge sein, wenn in seinem Namen Recht gesprochen wird. Ich hege den Verdacht, dass die Meerhexe einen solchen Tag für ihr Strafgericht auswählen wird.«

Wolfhard sah beunruhigt zum Himmel hinauf.

Nandus folgte seinem Blick. Über ihnen gab es nur undurchdringliche Schwärze. »Du hast recht mit deiner Sorge, Condottiere. Würden die Regenwolken weichen, dann würden wir einen vollen, runden Mond sehen. Ich bin überzeugt, wenn die Flut den höchsten Stand erreicht, wird die Meerhexe kommen.«

»Warum sollte ich so lange warten?«, drang eine angenehme Frauenstimme durch das Rauschen des Regens. Und Nandus sah, wie Hunderte von Armen über die Kaimauer griffen und bleiche Finger in den Fugen zwischen den durchnässten Steinen nach Halt suchten.

AUF DEM KAI VON THOUAR, NACHT, 18. TAG DES WEINMONDES IM JAHR VON SASMIRAS ZWEITER THRONERHEBUNG

»Orlando! Das Horn!«, schrie Nandus und hob sein Schwert. »Alle Mann zu mir! Wir ziehen uns auf der Hafenstraße nach oben zurück. Schnell!«

Bertrand war sofort an seiner Seite. Orlando brauchte nur einen Herzschlag länger. Der Hauptmann der Armbrustschützen hatte bereits sein Signalhorn an den Lippen, als die ersten Ertrunkenen es hinauf auf den Kai schafften. Die Meerhexe hatte ihren Angriff zu früh begonnen. Es fiel ihren Kreaturen schwer, an der nassen Mauer hinaufzuklettern.

Nandus lief ihnen entgegen, trat mit dem Stiefel in Gesichter, schlug gnadenlos mit dem Schwert zu und löste sich sofort wieder aus dem Kampf.

»Die Ersten sind schon hinter uns«, rief Wolfhard ihm zu. »Sie kommen überall entlang der Hafenmauer hoch.«

Auch die beiden Männer mit den Laternen hatten sich ihnen angeschlossen. Zu sechst eilten sie die Straße hinauf.

Wind fegte durch die Bucht und trieb den Regen fast waagerecht vor sich her. In den engen Gassen hoch über ihnen am Felsen und unter den Dachfirsten erhob sich ein unheimliches Wimmern, als ritten hundert Geister auf dem Westwind.

Orlando stieß erneut ins Horn. Seine Armbrust hatte er sich auf den Rücken geworfen und stattdessen ein kurzes Schwert gezogen.

Vor ihnen versperrten drei Ertrunkene den Weg. Selbst im Dunkeln waren ihre marmorweißen Augen deutlich zu erkennen. Sie bewegten sich ein wenig unbeholfen auf dem nassen Pflaster. Und sie trugen keine Waffen.

In der Mär von der Meerhexe gab es keinen Hinweis darauf, wie man diese Gestalten, die längst schon gestorben waren, ein zweites Mal töten konnte. Nandus wusste nur, dass sie ihre Opfer, wenn möglich, unter Wasser zogen und ertränkten, um dem Heer der Meerhexe neue Rekruten hinzuzufügen.

Er schwang sein Schwert gegen einen Mann mit tätowierten Armen und einem zerfetzten Hemd. Die Klinge fuhr durch Arme und Leib des Ertrunkenen, als gelte es, nur ein Leinentuch zu zerteilen.

Für Bertrand, der an seiner Seite focht, war es weniger leicht. Das Schwert des Kaiserritters drang in den Brustkorb einer Frau, deren Antlitz hinter strähnigem rotem Haar verborgen blieb. Sie griff mit einer Hand nach dem Schwert, hielt die Klinge, die in ihrem Leib steckte, fest und streckte die andere Hand nach Bertrands Kehle aus.

Nandus kam seinem bedrängten Leibwächter zu Hilfe. Mit einem Hieb trennte er die Hand ab, die nach dessen Hals griff. Die Rothaarige drehte den Kopf. Ein Windstoß riss ihr nasses Haar zur Seite. Es war Lucille da Rosa!

Einen Herzschlag lang starrte Nandus sie fassungslos an. Die stolze Herzogin war also nicht entkommen.

Sie nutzte den Augenblick, rammte Bertrand ihren Armstumpf ins Gesicht und machte sich von der Klinge frei, um nun Nandus anzugreifen.

Ein Schwert traf sie schwer am Kopf und riss sie von den Beinen. »So muss man es machen!«, rief Orlando über das Wüten des Sturms hinweg. »Man muss den Kopf treffen oder sie verbrennen. So ist es jedenfalls in den Mären über Wiedergänger, die man sich im Reich erzählt.«

Lucille setzte sich auf.

Nandus schickte sie mit einem Stich mitten ins Gesicht für immer zu Boden. Er kannte die Mären über Wiedergänger. Es gab sie in der Westermark ebenso wie in einigen Provinzen des Khanats. Allerdings traten diese Kreaturen vereinzelt oder selten einmal in kleineren Gruppen auf. Nie in Horden wie die Ertrunkenen der Meerhexe.

Der Weg war wieder frei. Nun setzte ihnen das Toben der

Elemente zu. Wie die Fäuste unsichtbarer Riesen droschen die Windböen auf sie ein. Hinter ihnen formierte sich das Heer der Ertrunkenen. Dicht an dicht drängten sie sich auf den unteren Abschnitten des Kais.

Nandus glitt auf dem nassen Pflaster aus. Orlando fing ihn auf, bevor er der Länge nach hinschlug.

»Haben deine Männer getan, worum ich dich gebeten hatte?« Wie Nadeln stachen die Regentropfen Nandus ins Gesicht. Er blinzelte halb geblendet.

Ein Schatten stürzte aus dem Himmel. Mit einem gellenden Schrei ging einer der beiden Laternenträger zu Boden. Etwas Weißes schien sein Gesicht zu umklammern, schlug flatternd um sich und kam taumelnd auf die kurzen Beine. Eine Möwe! Aus marmorbleichen Augen blickte sie zu Nandus auf. Ihr Kopf war rot vom Blut ihres Opfers. In selbstmörderischem Sturzflug hatte sie sich mit dem Schnabel voran in eines der Augen ihres Opfers gebohrt, von dem nur noch eine blutige Masse geblieben war.

Der Laternenträger lag still.

Wolfhard enthauptete die Möwe und kniete neben seinem Waffenknecht nieder. Kurz tastete er nach dessen Hals. Dann schüttelte er den Kopf.

Nandus blickte zurück zur Horde der Meerhexe. Die Ertrunkenen bewegten sich langsam. Etwas mehr als zehn Schritt trennten sie voneinander.

»Weiter!«, drängte nun Wolfhard.

Immer wieder beinahe auf dem nassen, spiegelglatten Pflaster ausrutschend, eilten sie die Hafenstraße hinauf. Ihr Abstand zu den Ertrunkenen vergrößerte sich. Dafür sah Nandus allerdings weitere Möwen. Lebende Vögel hätten nachts bei diesem Sturm gewiss irgendeine Zuflucht gesucht. Dies mussten Kreaturen der Meerhexe sein. Nandus fragte sich, was sie noch für Überraschungen parat hielt.

Wieder stieß Orlando in sein Horn. Und dieses Mal ertönte ein Antwortsignal. »Sie werden bereit sein!«, rief der Hauptmann.

Sie passierten die schweren Tore von Lagerräumen, die in den Fels geschlagen waren. Das Wasser strömte inzwischen knöchelhoch über die Straße, ein weiß schäumender Sturzbach, der dem aufgewühlten Meer unter ihnen entgegenrauschte.

Dachschindeln fielen ein Stück vor ihnen ins Wasser auf der Hafenstraße.

»Der Sturm wird noch die ganze Stadt vom Felsen reißen«, schrie Wolfhard.

Nandus sparte sich seinen Atem. Tief gegen den Wind gebeugt, kämpfte er sich voran, setzte vorsichtig einen Fuß vor den anderen, um auf dem unsicheren Grund auf den Beinen zu bleiben. Jemand griff von hinten in seinen Gürtel, um mehr Halt zu finden.

Es war zu viel Wasser, dachte er voller Sorge. Das gefährdete seine Pläne.

Eine Möwe klatschte neben ihm gegen die Felswand, stürzte mit gebrochenen Flügeln ins gurgelnde Wasser und wurde davongespült. Weiter oben war ein Klirren und Krachen zu hören, als stünde Thouar unter Beschuss. Bestimmt würde es nicht mehr lange dauern, bis der Sturm das erste Dach davontrug.

Nandus musste sich eingestehen, dass er die Macht der Meerhexe unterschätzt hatte. Er hatte mit einem Heer Ertrunkener gerechnet, nicht aber mit den entfesselten Elementen.

Das Gefälle der Hafenstraße ließ nach. Der Anstieg wurde sanfter. Vor sich konnte Nandus in Sturm und Regen die Umrisse des Hafenbordells erkennen, in dem sich Orlandos Männer einquartiert hatten. Laternen knirschten schwankend in eisernen Verankerungen, die aus der Hauswand ragten. Ein Fensterladen, der sich gelöst hatte, krachte mit Donnergetöse immer und immer wieder gegen das knochenfarbene Gemäuer.

Männer mühten sich mit Fässern ab, die entlang der Straße aufgereiht standen.

Nandus blickte zurück. In der Dunkelheit konnte er die Ertrunkenen nicht mehr voneinander unterscheiden. Sie waren zu einer einzigen Masse aus vorgereckten Armen und fahlen Gesichtern verschmolzen. Etwa fünfzehn Schritt trennten sie noch von den Toten.

Die Tür des Bordells flog auf. Männer mit Fackeln traten in die Nacht. Einen Herzschlag lang sah es so aus, als würde der Sturmwind die Fackeln ausblasen, wie ein Kind Kerzen ausblies. Fast waagrecht zuckten die Flammen an den pechgetränkten Fackelstöcken.

Nandus erreichte die ersten Fässer. Mehrere Männer mit Äxten standen bereit. Der Regen hatte sie völlig durchnässt. Die schwankenden Laternen warfen tanzende Lichter auf entschlossene Gesichter und verkniffene Münder.

Das Wasser rauschte immer noch knöcheltief über die Hafenstraße. So hätte das alles nicht sein sollen, dachte Nandus verzweifelt.

»Eine Fackel!«, schrie er gegen den Sturm an.

Sofort eilte einer der Männer aus der Tür herbei.

»Schlag das Fass ein!«, wies er den Waffenknecht mit der Axt an. Krachend fuhr der Stahl in das alte Eichenholz. Die Fässer waren mit bestem Lampenöl gefüllt. Doch statt einen See aus Öl auf regennassem Pflaster zu bilden, wurde das Lampenöl vom strömenden Wasser davongespült.

»Schilde!«, schrie die vertraute Stimme Orlandos.

Nandus sah aus dem Augenwinkel eine Bewegung. Etwas Huschendes, Weißes. Er duckte sich zur Seite. Flügel klatschten gegen die gewölbte Schulterplatte seiner Rüstung. Die Wucht des Aufpralls ließ ihn einen Schritt nach hinten taumeln.

Männer schrien vor Schmerz und in blinder Panik. Überall waren Möwen. Wie lebende Geschosse stürzten sie vom Himmel herab. Dutzende! Und es wurden immer mehr.

Große Pavesen wurden durch die Tür des Bordells herausgereicht. Orlando kümmerte sich darum, dass sie Deckung bekamen.

Die verfluchten Ertrunkenen waren nur mehr acht Schritt entfernt. Lediglich wenige Herzschläge noch, und sie wären über ihnen.

Ein Vogelschnabel traf Nandus an der Braue. Blut rann ihm, verdünnt vom unablässig strömenden Regen, übers Gesicht.

Die Fenster des Bordells flogen auf. Armbrustschützen erschienen und schossen ihre Bolzen in die dunkle Masse der Feinde. Doch das hielt das Heer der Ertrunkenen nicht auf.

Nandus nahm die Axt des Söldners. Zwei Männer mit Pavesen eilten ihm zur Seite und versuchten, ihn gegen die Angriffe der Möwen zu schützen. Wie die Ertrunkenen waren auch die Vögel unheimlich still. Kein Schrei erklang. Nur das Hämmern der Schnäbel auf Schilde und Helme war zu hören. Und das Fluchen der Männer und ihr unterdrücktes Stöhnen, wenn doch ein Schnabel den Weg ins Fleisch fand.

Nandus schlug mit der Axt gegen ein frisches Fass. Die zähen Dauben widerstanden dem ersten Hieb. Er schlug ein zweites Mal, ein drittes Mal. Dann sprühte das Öl in einem Strahl aus dem undicht gewordenen Fass hervor.

»Gebt mir Feuer!«, schrie Nandus.

Eine Fackel wurde von Mann zu Mann gereicht.

Nandus hielt die Flammen direkt in den dünnen Ölstrahl. Die Flamme schrumpfte. Es sah aus, als wollte sie erlöschen, dann plötzlich loderte sie wieder auf. Kleine Inseln brennenden Öls wurden von dem Sturzbach aus Regen die Straße hinabgerissen. Zu wenig, um die Ertrunkenen zu erschrecken.

Die Feinde waren nur noch drei Schritt entfernt. Kein Plan wollte gelingen, dachte Nandus verzweifelt und riss sein Schwert aus der Scheide.

»Macht es wie ich«, befahl er, »entzündet das Öl direkt an den Fässern! Ich gehe ihnen entgegen.«

»Ihr werdet brennen, Erhabener!« Einer der Pavesenträger versuchte, ihn zurückzuhalten.

Nandus schlug die Hand des Mannes beiseite. »Befolgt meine Befehle!«, blaffte er und warf sich der Mauer aus Menschenfleisch entgegen.

VOR DEM HAFENBORDELL VON THOUAR, NACHT, 18. TAG DES WEINMONDES IM JAHR VON SASMIRAS ZWEITER THRONERHEBUNG

Nandus riss sich mit der Linken den Umhang von den Schultern und schleuderte ihn zur Seite. Mit der Rechten führte er das Schwert. In weitem Bogen sauste es in die Phalanx der Ertrunkenen. Es fühlte sich an, als läge der Zorn des Herrn des Himmels im Stahl der Klinge eingebettet. Ohne auf Widerstand zu stoßen, durchschnitt das Schwert Fleisch und Knochen.

Nandus fühlte sich, als sei er ein Schnitter, der durch ein Roggenfeld ging. Dennoch griffen Hände nach seiner Rüstung, tasteten über den gerundeten Stahl, krallten sich in die Kniekehlen, versuchten, ihn zu Boden zu zerren.

Rufe ertönten hinter ihm, doch der Wind riss den Sinn der Worte davon. Er hörte nur noch Laute.

Dann sah Nandus die Flammen. Erst waren es nur treibende Inseln auf dem gurgelnden Regenwasser. Dann zogen sich die Inseln in die Länge. Wuchsen an zu Bahnen aus Flammen, die den Ertrunkenen entgegentrieben. Sie leckten an den gewölbten Bein- und Wadenschienen seiner Rüstung.

Ein ertrunkener Junge, höchstens zwölf Jahre alt, klammerte sich an seinen linken Arm. Nandus entwand sich ihm, während sein Schwert weiter in die anderen Angreifer fuhr. Mit einem Hieb seiner gepanzerten Faust schickte Nandus den Jungen mit aufgeplatzten Lippen und zersplitterten Zähnen zu Boden.

Regungslos starrten die weißen Augen zu ihm auf. Und dann umfloss Feuer den Knaben. Sein schwarzes Haar ging in Flammen auf. Sein zerfetztes Hemd loderte.

Der Junge griff sich ins Haar, und seine Hand fing Feuer. Erschrocken wich er zurück.

Und jetzt setzte sich die Bewegung durch die Phalanx der Ertrunkenen fort. Sie versuchten, den treibenden Flammen auszuweichen. Etliche wurden über die niedrige Mauer gedrückt, die die Hafenstraße vom Abgrund trennte.

Plötzlich war ein Mann in weißem Waffenrock an Nandus' Seite. Auf seiner Brust prangte der schwarze Adler mit weit ausgebreiteten Schwingen.

»Zurück, Erhabener!«, rief Bertrand. Der Kaiserritter mühte sich mit seinem Schwert ab. Er war ein guter Kämpfer, doch seine Klinge hielt magere Ernte. Die Ertrunkenen schienen keinen Schmerz zu spüren. Stiche und Hiebe hielten sie nur auf, wenn sie am Kopf getroffen wurden. Aber die Flammen ängstigten sie.

Obwohl es immer noch wie aus Eimern goss, wollte das vom Öl gespeiste Feuer nicht verlöschen. Der Gestank verbrannten Fleisches hing in der Luft.

Nandus ließ sich von Bertrand nicht aufhalten. Nicht jetzt, da ihre Feinde endlich zurückwichen. Er stand inmitten der Ströme von treibendem Feuer, setzte den Kreaturen der Meerhexe nach. Und dann sah er sie. Mitten unter den Ertrunkenen. Eine hochgewachsene Gestalt mit schmalem, blassem Gesicht, gerahmt von nachtschwarzem Haar. Ihre Augen jedoch waren beängstigend. Sie hatten die Farbe von hellem Bernstein. Selbst jetzt in der Dunkelheit, bei Sturm und Regen waren sie deutlich zu sehen.

Die Hexe schien zu versuchen, seinen Blick zu fangen. Nandus trat einen Schritt zurück, und ganz gegen seine Gewohnheit klappte er das Visier seines Helmes herab. Ein Kribbeln überlief ihn. Und plötzlich wurde er sich auch der Hitze bewusst. Wie ein Krebs, der in seinem Panzer gekocht wurde, fühlte er sich. Er wich noch einen Schritt zurück.

Die Ertrunkenen flüchteten. Einige brannten. Immer noch waren sie unheimlich stumm.

Eine Möwe schmetterte gegen Nandus' Brustpanzer und ließ ihn einen weiteren Schritt zurücktaumeln. Da wurde er gewahr, dass sich an dem strömenden Wasser etwas veränderte. Es schien langsamer zu fließen, dann staute es sich, als würde die Straße von etwas blockiert. Die Oberfläche kräuselte sich. Kleine Wellen schwappten über seine Eisenschuhe. Der Regen ließ nach. Auch die Sturmböen ebbten ab. Nur ein sanfter Wind strich noch über die Hafenstraße … und trieb auf dem nun stehenden Wasser die Lachen aus brennendem Öl zurück zu ihnen.

»Zielt auf die Frau mit dem schwarzen Haar!«, schrie Nandus zu den Armbrustschützen in den Fenstern hinauf, dass ihm im geschlossenen Helm die Ohren klangen.

Kein Bolzen traf die Meerhexe. Ein Zauberbann musste sie schützen. Dass keiner von Orlandos Männern auf eine Entfernung von kaum mehr als fünfzig Schritt ein Ziel traf, war undenkbar.

Jetzt, da sich die Flammen auf dem Wasser von ihnen entfernten, endete die Flucht der Ertrunkenen. Sie sammelten sich vor ihrer Herrin.

Bertrand keuchte. Sein Waffenrock, den er über der Plattenrüstung trug, hatte Feuer gefangen. Hecktisch schlug er auf die Flammen ein.

Nandus kam ihm zu Hilfe. Er packte den feinen Leinenstoff und riss ihn in Fetzen. Doch Bertrand schlug sich immer noch mit den Panzerhandschuhen auf die Rüstung. Blanke Panik stand in seinem Blick. Rings um sie herum waren Flammen.

Wasserdampf quoll aus allen Öffnungen seiner Rüstung. Das nasse Unterzeug trocknete in der Hitze.

Nandus packte seinen Leibwächter beim Arm, zerrte ihn mit sich. Es gab noch eine verzweifelte, letzte Hoffnung. Es gab …

Die Männer vor ihm schrien auf. Wolfhard warf sich durch den Eingang zum Bordell, als suche er Schutz vor schwerem Beschuss.

Nandus blickte zurück. Hinter ihm hob sich das Wasser zu einer gewaltigen Woge. Höher und höher stieg es. Der Kamm der Woge schnellte dabei auf unnatürliche Weise vor, fast wie der Kopf einer Schlange, kurz bevor sie zustieß. Und dann begriff Nandus, was geschehen sollte. Er riss das Visier am Helm seines Leibwächters herab, packte ihn und wollte sich zu Boden werfen, als die aufgetürmten Wassermassen auf sie niederstürzten – und auf das brennende Lampenöl, das rings um sie herumtrieb.

So musste sich das Fauchen eines Drachen anhören, dachte Nandus, während sich alles um ihn herum in fauchende Flammen und heißen Dampf verwandelte.

Er schloss die Augen. Spürte den Glutatem des Feuers durch die schmalen Schlitze des Visiers. Die tanzenden Flammen wurden zu einer Wolke aus Feuer, als das Wasser sie traf. Wie von einer lohenden Faust getroffen, wurde Nandus durch die Luft geschleudert, bis er klirrend gegen die Hauswand schlug. Sein ganzer Leib war Schmerz. Grelle Lichter tanzten vor seinen Augen. Schreie gellten ihm in den Ohren, und da war ein Klingeln wie von einem Schellenbaum.

Blinzelnd versuchte er zu erfassen, was um ihn herum geschah. Ein Mann aus Flammen taumelte an ihm vorbei. Tote und Verletzte wanden sich im Wasser. Seine Rüstung bot dem Feuer keine Nahrung. Die Männer, die einen Gambeson oder eine Brigantine trugen, hatten weniger Glück.

Nandus kniff die Augen zusammen und öffnete sie wieder. Das Atmen verursachte ihm Schmerzen. Seine Rippen waren geprellt. Es fühlte sich an, als würden Bänder aus glühendem Eisen seinen Brustkorb umschließen.

Er stemmte sich auf den Handflächen hoch. Sein Schwert! Es war fort. Es musste ihm beim Aufprall gegen die Mauer aus der Hand geglitten sein. Die gesegnete Waffe, die so schrecklichen Schaden unter den Ertrunkenen angerichtet hatte.

Er tastete um sich herum im fließenden Wasser. Fand eine Armbrust. Der Bogen der Waffe war gespannt. Aber der Bolzen lag nicht mehr auf der Führungsschiene.

Die Ertrunkenen rückten vor. Jetzt waren sie wieder auf zehn Schritt heran. Und mitten unter ihnen war die Meerhexe. Sie schien zu schweben oder zu widernatürlicher Größe angewachsen zu sein, denn sie überragte alle ihre Gefolgsleute um mehr als einen Schritt. Ihr Torso erhob sich über den Köpfen der Ertrunkenen. Die Beine und der Unterleib waren nicht zu sehen, verdeckt von der sich unbeirrt voranschiebenden Masse der Toten, so dass es schien, als würde sie geradewegs aus ihnen herauswachsen, als sei sie ein Teil dieses tausendarmigen Ungeheuers, das nach der Stadt griff.

Solange ich noch atme, kommst du nicht an mir vorbei, dachte Nandus.

Ein Stück weiter lag ein Armbrustschütze an der rußgeschwärzten Wand des Bordells. So wie auch er schien der Mann gegen die Mauer geschleudert worden zu sein, nur dass der Unglückliche sich das Genick gebrochen hatte.

Nandus schob sich zu dem Toten hinüber, hielt den Blick aber unverwandt auf die Masse der Ertrunkenen gerichtet.

Noch fünf Schritt. Gleich wären sie über ihm, und dieses Mal hatte er kein Schwert!

Nandus griff nach der Tasche mit den Armbrustbolzen am Gürtel des Toten. Seine Hände schmerzten. Es fiel ihm schwer, sie zu bewegen. Es war, als sei die Haut, die sie umschloss, zu eng geworden.

Er bekam einen einzelnen Bolzen zu fassen. »Herr des Himmels, der du kraft deines Willens alle Märengestalten aus der Welt verbannt hattest, gib mir die Macht, deinen Willen erneut zu vollstrecken.«

Er legte den Armbrustbolzen auf die Führungsschiene, hob die Waffe und war sich nur zu bewusst, welch ein lausiger Schütze er war. Seine Hände zitterten vor Schmerz und Erschöpfung, als er auf die Meerhexe anlegte und den Abzug betätigte.

IM HAFENBORDELL VON THOUAR, NACHT, 18. TAG DES WEINMONDES IM JAHR VON SASMIRAS ZWEITER THRONERHEBUNG

Orlando rappelte sich auf. Er lag zwischen zerbrochenen Stühlen und Tischen im Schankraum des Hafenbordells. Als draußen alles zu Flammen und Licht geworden war, war er durch die Tür des Bordells ins Innere geschleudert worden.

Seine Glieder schmerzten, aber nichts schien gebrochen zu sein. Sein Gesicht brannte. Das Feuer hatte Spuren hinterlassen. Er unterdrückte den Impuls, nach der geschundenen Haut zu tasten. Stattdessen sah er sich um. Seinen Männern im Bordell schien es einigermaßen gutzugehen. Den meisten hatte der Feuerball draußen nichts anhaben können. Nur jene bei den Fenstern hatten etwas abbekommen. Es war wichtig, dass sie jetzt nicht anfingen nachzudenken und in Panik gerieten.

»Zurück an die Fenster und nachladen!«, befahl er scharf. »Zielt auf die Köpfe dieser Brut. Alles andere hilft nicht. Hurtig, sonst werdet ihr bald zusammen mit den Toten marschieren.«

Der Condottiere hatte es ebenfalls in die Sicherheit des Hauses geschafft. Wolfhard kauerte mit angezogenen Beinen auf dem Boden und hämmerte mit der Faust seitlich gegen sein Knie. »Die verdammte Rüstung hat sich verzogen«, fluchte er. »Kann das Bein nicht mehr strecken.«

Orlando nickte nur. Irgendjemand musste in der Tür stehen, um die Ertrunkenen aufzuhalten. Ein Mann in Rüstung wäre gut gewesen. Aber gut lief schon seit einer Weile gar nichts mehr.

Er zog das Schwert, trat in die Tür und sah, dass die Gefolgsleute der Meerhexe keine zehn Schritt mehr entfernt waren. Die meisten seiner Männer, die auf der Straße gestanden hatten, lagen nun reglos am Boden. Manche brannten. Es stank nach verschmorter Wolle aus den dick gepolsterten Gambesons und nach verbranntem Fleisch.

Orlando zog sein Schwert. Er war ein guter Schütze. Als Schwertkämpfer war er gerade mal mittelmäßig. Lange würde er die Ertrunkenen nicht aufhalten.

Schon sirrten erste Armbrustbolzen in die Masse der Toten. Der Beschuss zeigte Wirkung. Einige der Gestalten in der vordersten Reihe sanken lautlos zu Boden. Die anderen traten einfach über sie hinweg. Es mussten Hunderte sein, die auf der Hafenstraße hinauf in die Stadt drängten.

Und zum ersten Mal in all den Jahren, die er in der Schwarzen Schar kämpfte, dachte Orlando, dass es ganz gleich war, wie gut seine Männer schossen. Diese Massen würden sie nicht aufhalten. Die Stadt gehörte den Ertrunkenen. Und wer das Pech hatte, den ersten Angriff zu überleben, den würden sie zu ihresgleichen machen.

»Kein Grund aufzugeben«, sagte er halblaut und hob sein Schwert, bereit, die Tür zu dem Bordell mit dem klingenden Namen *Schwalbennest* so lange wie möglich zu halten. Wenigstens hatte er Glück, was den Ort seines Todes anging. Das hier war viel besser, als irgendwo dort draußen im Wald im Schlamm zu verrecken.

Etwas regte sich an der Hauswand. Der Erzpriester! Er hob eine Armbrust, legte an und zielte auf die verfluchte Meerhexe, die bislang von jedem Armbrustbolzen verfehlt worden war – so dass Orlando seinen Männern schließlich den Befehl gegeben hatte, sich lohnendere Ziele zu suchen.

Mit zitternden Händen richtete Nandus die Waffe aus und zog den Hebel unter dem Schaft.

Die Meerhexe sackte in sich zusammen.

Orlando hatte nicht erkennen können, wo sie getroffen worden war, aber alle ihre Ertrunkenen zuckten, als teilten sie den Schmerz ihrer Herrscherin. Und dann geschah das Wunder. Sie zogen sich zurück!

Orlando traute seinen Augen kaum. Die Möwen mit den Marmoraugen verschwanden vom Himmel. Die Ertrunkenen drehten sich um und gingen langsam die Hafenstraße hinab. Zurück blieben nur jene, denen die Armbrustschützen den zweiten, den erlösenden Tod geschenkt hatten.

Orlando trat aus der Tür des Bordells. Der Wind, der deutlich abgeflaut war, erstarb ganz. Es hörte auf zu regnen. Die Wolken teilten sich, und der Himmel riss auf.

Noch ehe Orlando weiter darüber nachsinnen konnte, hinkte Wolfhard durch die Tür. Sein linkes Bein war angewinkelt. Er stützte sich auf einen Armbrustschützen. Offenbar war das Kniegelenk der Rüstung noch verbogen.

»Er war es«, sagte Orlando leise und nickte in Richtung des Erzpriesters.

»Der Erhabene hat uns gerettet!«, rief einer der Schützen über ihnen an den Fenstern.

Linnea, die Herrin des Bordells, trat nun ebenfalls aus dem Haus. Sie trug ein scharlachrotes Kleid. Das blonde Haar wallte offen über ihre Schultern. Das Leben hatte scharf abgesetzte Falten in ihre Mund- und Augenwinkel geschnitten, von denen auch der Brombeersaft, mit dem sie ihren Lippen eine tiefrote Farbe verliehen hatte, nicht abzulenken vermochte.

Orlando hatte mit ihr die letzten beiden Nächte verbracht. Sie legte ihm eine Hand auf den Arm, als gäbe es zwischen ihnen eine Vertrautheit, die aus mehr als einem prallgefüllten Silberbeutel erwachsen war. »Ist es vorbei?«

Orlando zuckte mit den Achseln.

Mehr und mehr seiner Männer kamen aus dem Bordell und sahen den Ertrunkenen nach, die schon fast im Dunkel der Nacht verschwunden waren. Auch Linneas Mädchen schlossen sich ihnen an.

Nandus Tormeno würdigte sie keines Blickes. Der Erzpriester ging auf die Knie und hob den Kopf zum Firmament, an dem nun rund und prächtig das Nachtauge des Herrn des Himmels stand.

»Mein Herz ist eine feste Burg, ruht nur dein Blick auf mir …«, begann er, mit volltönender Stimme jenen Choral zu singen, mit dem die Priester gern die kleinen und großen Siege des Glaubens feierten.

Orlando kniete nieder. Er faltete die Hände vor der Brust und blickte zum Himmel hinauf, wie er es seit vielen Jahren nicht mehr getan hatte, denn er hatte zu viele Schlachtfelder gesehen, auf die der Herr des Himmels ganz gewiss nicht mit Wohlgefallen hinabgeblickt hatte.

»Mein Glaube ist mein treues Schwert …«, formten Orlandos Lippen jene Worte, die ihm seit der Kindheit vertraut waren, und auch wenn er sie lange nicht mehr ausgesprochen hatte, so waren sie ihm doch unauslöschlich ins Gedächtnis eingebrannt.

»… meine Zuversicht, mein fester Schild.« Linnea hatte eine helle Singstimme, deren Jugendhaftigkeit im Gegensatz zu ihrem hart gewordenen Antlitz stand. Die Herrin des *Schwalbennests* kniete neben Orlando nieder.

Auf der anderen Seite sank Wolfhard auf die Knie und fügte seinen Bass dem Choral hinzu, der mit jedem Herzschlag an Macht gewann.

Nun knieten auch die Huren und Söldner. Lauter und lauter erscholl der Gesang. Dann ertönten auch Stimmen weiter oben in der Stadt.

Als die letzte Strophe verklungen war, begann der Erzpriester noch einmal von vorn.

Überall war das Lied jetzt zu hören. Wie nie zuvor fühlte sich Orlando als Teil von etwas Machtvollem, Größerem. Als Knabe hatte er den Glauben an Wunder verloren. Doch was er in dieser Nacht gesehen hatte, ließ Hoffnung in ihm keimen. Die ganze Welt veränderte sich. Alles war möglich geworden. Und voller Inbrunst sang er: »Wir sind die Spiegel deines Willens, wir tragen die ganze Welt in uns.«

AUF DER HAFENSTRASSE VON THOUAR, VORMITTAG, 19. TAG DES WEINMONDES IM JAHR VON SASMIRAS ZWEITER THRONERHEBUNG

Nie hatte ein Sieg ihm so viel Pein bereitet. Selbst einfach nur zu atmen schmerzte. Nandus lehnte schwer an der Mauer der Hafenstraße und blickte auf die Knochenbucht. Endlich regnete es nicht mehr. Der Nebel, der die Bucht in den letzten Tagen verborgen hatte, war verflogen. Es war kühl, aber das Tagauge des Herrn des Himmels stand strahlend im wolkenlosen Blau.

»Erhabener?«

Es war ungewohnt, dass Orlando ihn so respektvoll ansprach.

Der rebellische Söldnerhauptmann war rasiert, sein Haar gerichtet. Er wirkte fremd, geradezu wie verwandelt. Aber die letzte Nacht hatte sie alle verändert.

»Sie warten«, sagte Orlando, ohne zu drängen.

Gestern Nacht, als die ganze Stadt in seinen Choral eingestimmt hatte, da hatte Nandus so klar wie nie zuvor die Anwesenheit des Herrn des Himmels in dessen Schöpfung gespürt. Er war immer da, in allen von ihnen, aber es war ihre Aufgabe, den Funken des Göttlichen, den der Herr des Himmels in jeden von ihnen gesetzt hatte, zu einer Flamme werden zu lassen. Er beobachtete sie nur. Er griff nicht ein. Er hatte die Welt den Menschen überlassen, und meist erfüllten ihre Taten ihn mit Traurigkeit. Aber nicht in der vergangenen Nacht.

Nandus blickte die Straße hinauf und seufzte. Wenn er gleich nicht die rechten Worte fand, konnte er alles, was in der Nacht entstanden war, wieder zunichtemachen.

»Gehen wir.« Sie folgten der Straße, die sich in weiten Kehren den Fels hinaufwand. Die Stadt war wie ausgestorben. Nirgends zeigte sich eine Menschenseele. Es schien, als würde Thouar allein ihm und Hauptmann Orlando gehören.

Als sie die ersten Häuser erreichten, waren die Schäden, die der Sturm angerichtet hatte, unübersehbar. Überall lagen noch zersplitterte Dachschindeln auf der Straße. Auch helle Federn und vereinzelt eine tote Möwe. Was unten beim *Schwalbennest* geschehen war, war nichts im Vergleich zu dem Angriff, dem die Stadt ausgesetzt gewesen war. Tausende von Seevögeln hatten sich auf die Dächer gestürzt und waren gegen die hölzernen Fensterläden angeflogen. Es hätte keine trockene Zuflucht mehr geben sollen, wenn das Heer der Ertrunkenen in die Stadt hinaufstieg.

Orlando führte ihn in eine Seitengasse, deren Ende von einem gedrungen wirkenden Turm überragt wurde. Dem Turm der Schwerter. Dem Ort, an dem Männer wie er an Tagen wie diesem zu stehen hatten.

Nandus fragte sich, ob es den anderen, die zuvor diesen Weg

gegangen waren, leichter gefallen war. Herzögen, die von Siegen und Niederlagen zu sprechen hatten, Kaufherren, die von verlorenen Schiffen berichten mussten …

Die Tür zum Turm war nur angelehnt. Im Inneren war es nasskalt. Licht fiel durch schmale Schießscharten auf eine Wendeltreppe. Nandus stieg durch eine Plattform auf das Dach des Turms und wandte sich den Zinnen zu. Unter ihm lag ein langer, schmaler Marktplatz, der nach Westen hin von einer senkrecht aufragenden Felswand abgeschlossen wurde. Schmale Häuser umstanden den Platz, der voller Menschen war – unzählige drängten sich bis in die angrenzenden Gassen.

Als Nandus an die Zinnen trat, wogte vielstimmiges Gemurmel über den Platz, das schnell erstarb, während sich ihm alle Gesichter zuwandten. Schwarzgewandete Söldner aus Wolfhards Heer standen dicht an dicht mit den Einwohnern Thouars. Die Menge war durchmischt, nicht länger in Lager getrennt.

Nandus räusperte sich. »Ich habe einen Traum«, rief er mit volltönender Stimme. »In diesem Traum wachsen auf Cilia keine Galgenbäume mehr. Es gibt keinen Krieg zwischen West und Ost. Niemand nennt sich Ligist oder Rebell. Es gibt nur noch Cilier in diesem Traum. Viele Jahre begleitet er mich schon, dieser Traum, und wenn ich morgens erwache und der Wirklichkeit gewahr werde, überkommen mich Schmerz und das Gefühl tiefer Trostlosigkeit, denn ich erinnere mich, dass diese Welt nicht ist, wie ich sie mir erhoffe.« Sein Blick schweifte über die Menge. Die Gesichter verschwammen. Es waren zu viele. Er war sich nicht sicher, wie seine Worte aufgenommen wurden. Zumindest ertönte noch kein Murren.

»Ich kam mit der Schwarzen Schar als Eroberer in die Stadt. Und ich weiß um die Pläne der Kaufherren, welche die Liga regieren und euch, deren Ahnen diese Stadt hier erbaut haben, in die Sklaverei verkaufen wollen, um sich Thouar für immer anzueignen. Viele von euch versuchten zu entkommen und liefen der Meerhexe in die Arme. Auch Herzogin Lucille da Rosa. Ich habe sie gestern wiedergesehen, mit marmorfarbenen Augen, ohne eigenen Willen, eine Kreatur der Meerhexe. Das darf nicht der Weg sein!«, rief er voller Zorn und schlug mit der flachen Hand auf die Brüstung.

»Aber ich habe auch Männer gesehen, die vor vier Tagen erst als Eroberer in die Stadt kamen und gestern Nacht ihr Leben gegeben haben, um euch, die ihr in Thouar geboren seid, zu schützen. Sie taten es, ohne zu zögern. Ohne ein Wort der Klage gaben sie ihr Leben für Fremde. Dreiundzwanzig der Eroberer sind tot. Gestorben für Thouar.«

Nandus machte eine kurze Pause, um seine Worte wirken zu lassen. »Gestern Nacht hatte ich wieder meinen Traum von einem Cilia der Brüder und Schwestern, die nicht mehr darüber stritten, was sie trennte, sondern sich voller Stolz bewusst waren, wie vieles sie vereinte. Und als ich heute Morgen erwachte, da überkam mich nicht der wohlvertraute Weltschmerz, mein steter Begleiter. Nein, ich blickte diesem Tag mit einem Lächeln entgegen, denn ich selbst war gestern Nacht Zeuge, wie mein Traum Wirklichkeit geworden war. Ich hatte gesehen, wie Fremde für eine Stadt stritten und bluteten, ja starben, die wenige Tage zuvor nicht mehr als nur ein Name für sie gewesen war.«

Wieder blickte Nandus über die Menge, ließ seine Worte auf die Menschenmenge wirken. »Ich bin entschlossen, das Wunder der letzten Nacht in diesen Tag zu tragen und in alle Tage, die noch folgen werden. Ich will den Traum, der Wirklichkeit geworden ist, nicht mehr loslassen. Doch ich bin nur ein Mann. Und schöne Worte allein werden die Welt nicht verändern. Es sind Taten, die vonnöten sind und die das Wohlgefallen des Herrn des Himmels finden. Und so frage ich euch: Seid ihr bereit, dieser Insel durch eure Taten ein neues Antlitz zu geben?«

Nandus hielt den Atem an. Das war der Augenblick, in dem sich alles entscheiden würde. Gingen sie mit ihm? Hatte er ihre Herzen berührt? Wer war der Erste, der etwas sagte? Oder schwiegen sie still?

»Ja!« Es war nur eine einzelne Frauenstimme. Sie war von einer klaren Schönheit wie ein strahlender Frühlingsmorgen nach einer Frostnacht. Nandus erinnerte sich an die Stimme, an die Sängerin, die neben ihm gekniet hatte. Linnea! Er entdeckte die blonde Herrin des Hafenbordells auf dem Platz. Auch heute trug sie ein auffälliges rotes Kleid. Und an ihrer Seite stand Orlando, sein Hauptmann. Und auch er rief voller Überzeugung: »Ja, das wollen wir!«

»Ja!«, rief ein weiterer schwarzgewandeter Söldner.

Und dann war der Bann gebrochen. Zu Hunderten riefen sie nun.

Nandus hob die Arme. Einige Herzschläge lang genoss er es. Jetzt hatte er sie. Das war wahre Macht!

»Ich erkläre Thouar zur freien Stadt! Weder die Schwertherzöge, die euch keinen Frieden bringen konnten, noch die Liga, die euch vernichten will, sollen hier regieren. Drei Hauptleute aus der Schwarzen Schar und drei Männer oder Frauen, die ihr benennt, werden von nun an über die Geschicke Thouars entscheiden. Ich aber will mit der Schwarzen Schar weiterziehen. Es gilt, noch eine letzte Schlacht zu schlagen, um diesen Krieg für immer zu beenden. Und ich verspreche Gerechtigkeit! Das ist es, was Cilia braucht! Reißen wir den alten Herrschern das Zepter aus der Hand, denn sie konnten uns nicht geben, was schwerer wiegt als alles andere: Gerechtigkeit!«

»Gerechtigkeit!«, wurde sein Ruf von tausend Kehlen aufgenommen. »Gerechtigkeit!«

ROSENBURG, THOUAR, MITTAG, 19. TAG DES WEINMONDES IM JAHR VON SASMIRAS ZWEITER THRONERHEBUNG

Kein Wort hatte er mit ihm abgesprochen, dieser verdammte Erzpriester. Er begann eine Rebellion gegen die Liga, und ihn und seine Männer zog er einfach mit hinein, ohne vorher zu fragen.

»Gerechtigkeit«, schnaubte Wolfhard von Urschlingen erbost. Die gab es nicht auf dieser Welt. Es herrschten die Starken, nicht die Gerechten. Manchmal mochte das Hand in Hand gehen, meistens jedoch nicht.

Wolfhard wusste, dass er sehr vorsichtig vorgehen musste. Nandus Tormeno hatte die Herzen seiner Männer erobert. Käme es zum offenen Bruch, wüsste er nicht mehr, wem er trauen konnte. Der Erzpriester verstand es, sich in Szene zu setzen. Der Sieg über den Riesen Gideon und gestern über die Meerhexe … zu viele seiner Männer hatten gesehen, wie Nandus gekämpft hatte. Wie der Erzpriester mit seiner strahlenden Rüstung inmitten wogender Flammen gestanden hatte, um die Ertrunkenen aufzuhalten. Als Einziger! Und wie er die Meerhexe niedergeschossen hatte. Und dann noch der Einfall, sie alle zusammen singen zu lassen, seine Söldner und die Bewohner von Thouar …

Nandus musste fort! Er, Wolfhard von Urschlingen, war nach Cilia gekommen, um einen Ort zu finden, an dem er vorerst bleiben konnte. Weit weg vom Reich. Eine Stadt oder einen Landstrich, wo er in Sicherheit wäre, bis die Kaiserin andere Dinge zu tun hatte, als den Männern nachzustellen, die im Kampf um die Herrschaft im Reich gegen sie gestanden hatten. Und dann, eines Tages, wenn der Krieg mit dem Khanat begann, würde Kaiserin Sasmira ihn und seine Männer brauchen. Da war er sich ganz sicher. Und bis dahin …

Wenn er dafür sorgte, dass Nandus aus der Welt geschafft wurde, dann wäre ihm der Dank der Kaufherren, die den Rat der Liga führten, gewiss. Gerechtigkeit! Wolfhard schüttelte den Kopf. Das konnte auch den Kaufherren nicht gefallen. Als Nächstes würde der Erzpriester noch gerechte Preise für Waren fordern und eine Obergrenze für Gewinne festlegen.

Der Rat würde sich dankbar zeigen, wenn Nandus Tormeno das Schicksal ereilte, das eher früher als später alle traf, die sich für den Weg der Helden entschieden.

Wolfhard überflog die Zeilen, die er zu Papier gebracht hatte.

Sie beschrieben das Äußere des Erzpriesters. Seine Rüstung, die immer noch die tiefen Schrammen vom Kampf gegen den Krähenmann auf der Brustplatte trug. Sein schlohweißes Haar, das asketische, schmale Antlitz. Es stand darin, an welcher Stelle er im Heerzug reiten würde. Wo ihre Truppen zum ersten Mal rasten würden. Einfach alles.

Felicia da Rosa, oder wer auch immer die Frau war, die sich nun das Schwert der Rosen nannte, hatte geschworen, den Erzpriester zu töten. Wenn sie dies las, würde sie wissen, wann und wo ihre Pfeile Nandus Tormeno treffen konnten. Er hatte sogar auf die Schwachstellen der Rüstung des Erzpriesters hingewiesen.

»Hagen?«

Der junge Ritter, der vor der schweren Eichentür gewartet hatte, trat in die Turmstube. Er war ein kleingewachsener Mann mit wulstigen Lippen und struppigem braunem Haar. Er hatte keine Familie, keinen Einfluss, und er hatte teuer für seine Überfahrt bezahlt, obwohl er so gut wie kein Vermögen besaß. Er hatte seine Nützlichkeit für die Schwarze Schar überlebt.

Wolfhard faltete das Pergament und versiegelte es. »Dieser Brief muss unbedingt Nicolo Trimini erreichen. Du weißt, der Ritt durch den Wald ist gefährlich. Mir ist ganz gleich, wie du es anstellst. Bringe ihn durch. Noch heute! Wenn du erfolgreich bist, werde ich dich zu einem meiner Hauptleute befördern.«

Hagen nickte ernst. »Es wird mir eine Ehre sein.«

Der Hellste war er auch nicht, dachte Wolfhard. Jeder in der Stadt wusste von der rothaarigen Bogenschützin dort draußen. Sie würde Hagen erwischen. Und dann würde sie sich Nandus Tormeno holen.

OKTAGON, THOUAR, NACHMITTAG, 19. TAG DES WEINMONDES IM JAHR VON SASMIRAS ZWEITER THRONERHEBUNG

Das Oktagon von Thouar war kleiner als jenes, in dem er in Dahlia seine Messen gehalten hatte. Auch für den Herrn des Himmels gab es zu wenig Platz auf dieser Felsnadel, dachte Nandus. Diese Stadt der Enge war nichts für ihn. Er war froh, Thouar bald verlassen zu können.

Bertrand stand bei dem einzigen Zugang zu dem achteckigen Turm, der nur ein kleines, rundes Fenster im Zenit der Kuppel besaß. Eine breite Säule aus Licht fiel herab durch die Finsternis. Die drei übereinander angeordneten Galerien, die wohl bis zu fünfhundert Gläubigen Platz boten, waren im Halbdunkel mehr zu erahnen, als zu sehen.

Nandus hatte eine Schale mit Räucherwerk entzündet. Er mochte den Duft von Weihrauch, mochte es, den blaugrauen Rauchschleiern nachzublicken, die in die Dunkelheit hinaufwogten. In Zeiten des Friedens waren Erzpriester nicht sonderlich beliebt. Er wusste, dass er den Leuten in seinen Messen zu sehr ins Gewissen redete. Dass er zu oft ansprach, was niemand hören wollte.

Fabricio, sein Zweitgeborener, hatte das besser gemacht. Er war im Roten Kloster gescheitert und kein Erzpriester geworden. Aber dafür war er ein guter Priester. Er vermochte mitreißend zu predigen. Die Menschen verließen seine Messen in gehobener Stimmung. Und als Seelsorger, im Gespräch unter vier Augen, war er erstaunlich einfühlsam. Gewiss würde er in der Priesterschaft noch weit aufsteigen, wenn er sich nicht zu sehr dem Wein und den schönen Frauen hingab. Fabricio war nach Dahlia zurückgekehrt. Er hielt sich aus dem Krieg heraus.

Ebenso, seit den Ereignissen vor Thouar, sein Erstgeborener Juliano, der immerzu versuchte, ein Sohn zu sein, auf den er stolz sein konnte. Selbst die Hinrichtung Rutgers hatte Juliano ihm inzwischen vergeben, so verzweifelt wollte er von ihm geliebt werden.

Und Milan? Über seinen Jüngsten hatte Nandus seit Wochen nur noch vage Gerüchte gehört. Es hieß, er reise über die Insel, um das Volk vor Märengestalten zu schützen. Dabei hätte Milan es im Roten Kloster so weit bringen können! Er hätte das Zeug gehabt, bis in die allerhöchsten Weihen aufzusteigen.

Erzpriester hatten nicht mehr als eine Ahnung davon, dass es ein großes Geheimnis gab, einen Schlüssel zur Welt. Wer mehr sein durfte als ein Erzpriester, der wurde zum Rücken der Welt geschickt, wo sich jenes Felsenkloster befand, das alle Antworten barg. Das besagten zumindest die Gerüchte. Nur sehr wenige traten diese Reise an. Und nie hatte Nandus davon gehört, dass jemand von dort zurückgekehrt war.

Aber es war müßig, über das nachzudenken, was nicht sein würde. Milan hatte sich gegen diesen Weg entschieden.

Nandus nahm den Krug mit Wein und füllte die beiden kostbaren Kristallkelche, die er mitgebracht hatte. Im Halbdunkel des Oktagons erschien der Wein fast so schwarz wie Tinte.

Würde er kommen? Nandus sah hinauf zu dem runden Fenster in der Kuppel. Das Stück Himmel, das er sah, war azuhrblau wie der ferne Horizont, an dem Himmel und Meer an schönen Sommertagen miteinander verschmolzen. Das war der Ort der Erfüllung. Der Ort höchster Vollkommenheit. Himmel und Erde eins. Das Ziel. Wer dorthin gelangte, hatte Missgunst, Ehrgeiz und alle dunklen Seiten der Seele abgestreift. Dort herrschte Harmonie.

Die hölzerne Tür zum Oktagon öffnete sich. Ein hochgewachsener Mann in geschwärzter Rüstung trat ein. Nur ein Schattenriss im Gegenlicht. Ein Ritter mit schmalen Hüften und breitem Kreuz.

Mit schweren Schritten ging er dem Altar entgegen, an dem Nandus auf ihn wartete. Ein Mann, der den Kämpfen, die ausgetragen werden mussten, nicht aus dem Weg ging.

»Bertrand, lass uns allein«, befahl Nandus.

Der Kaiserritter ließ sich sein Missfallen anmerken. Er bedachte ihn mit einem zweifelnden Blick. Sein Gesicht war rot und geschwollen. Er hatte in der vergangenen Nacht mehr abbekommen als Nandus. Langsam hinkte er davon, nicht ohne neben dem Condottiere kurz zu verhalten und ihm einen frostigen Blick zuzuwerfen.

Wolfhard seinerseits bedachte den Ritter mit einem selbstgefälligen Lächeln; dann kam er zu Nandus herüber.

»In einem Oktagon haben wir uns noch nicht gesprochen«, bemerkte der Condottiere und sah sich um. »Gibt es einen besonderen Anlass, sich hier zu treffen?«

Nandus wies zu dem kreisrunden Fenster im Zenit der Kuppel hoch über ihnen. »Wir sprechen sozusagen unter dem Blick des Herrn des Himmels.«

»Sieht er uns nicht überall?«

Nandus lächelte. »Es gibt durchaus Orte, die er mit mehr Aufmerksamkeit betrachtet. Und gestern war Vollmond. Er ist uns also sehr zugewandt. Und da ich dich heute Mittag verärgert habe …« Er deutete auf die beiden Kristallgläser mit dem dunklen Wein. »Ich möchte mich bemühen, die Wogen etwas zu glätten.«

Kurz erschien eine Furche zwischen den Brauen des Condottiere, aber Wolfhard war ein überaus geschäftstüchtiger Krieger und verstand es, sich zu beherrschen. »Unter Freunden sollte man über so bedeutende Dinge vorher reden.« Er machte eine Geste zur Tür. »Aber du scheinst mich ja nicht zu fürchten, wenn du deinen Leibwächter fortschickst.«

»Hätte ich denn Grund, dich zu fürchten?«, fragte Nandus höflich.

»Nun, mir fallen nicht viele Männer ein, die mich erst mehr als nur ein wenig verärgern, um mich dann allein zu einem Glas Wein zu empfangen.« Wolfhard legte die Hand entspannt auf den Schwertknauf – eher eine Andeutung von Möglichkeiten denn eine Drohung, wie es Nandus schien. »Aber ich kenne dich ja als mutigen Mann, Erzpriester. Umso weniger verstehe ich, warum dich stets dieser Ritter umschwirrt wie eine Biene einen Honigtopf.«

»Er unterstreicht meinen Status«, sagte Nandus leichthin. »Bevorzugst du eines der Gläser?«

»Wähle du ruhig zuerst.«

Nandus streckte die Hand nach dem linken Glas aus.

Wolfhard ebenfalls. »Das würde ich dann nehmen, wenn du erlaubst.«

»Du misstraust mir?«

»Nachdem du seit heute Mittag entscheidest, was die Schwarze Schar tut? Natürlich. Käme es dir nicht allzu gelegen, wenn ich plötzlich versterben würde? Dann müsstest du künftig Gespräche wie dieses erst gar nicht mehr führen.« Der Condottiere hob das Glas und schnupperte an dem Wein. »Fruchtiges Aroma«, lobte er.

»Eine exzellente Hanglage auf einem kleinen Weingut in den Hügeln nahe Kamarina. Meine Familie bezieht schon sehr lange Wein von dort. Ich gestehe, er ist teuer wie die Sünde. Aber ab und an braucht das Leben eine Sünde als Würze.« Nandus nahm sein Glas, hob es an die Lippen und nahm einen kleinen Schluck, den er genüsslich im Mund kreisen ließ.

Jetzt kostete auch der Condottiere vom Wein. Er nickte anerkennend. »Es stimmt schon, die besten Weine des Reiches kommen aus Cilia.« Er nahm einen weiteren Schluck. »Da du offenbar in Plauderstimmung bist, erkläre mir bitte eines. Du hast die Befehlsgewalt über die Kaiserritter. Wozu brauchst du mich und meine Männer? Könntest du nicht dein eigenes Heer zusammenrufen?«

»Nun, in der Tat ist es so, dass ich im Rang über einem Komtur stehe. Und nur Erzpriester dürfen Ordensrittern Befehle geben; einem gewöhnlichen Priester müssen sie nicht gehorchen. Der bewaffnete Arm des Glaubens ist allerdings – wie besonders du wissen solltest – der Kaiserin mehr zugetan als irgendwelchen Priestern.«

Wolfhard parierte die Spitze mit einem Lächeln. »Der Krieg im Reich ist vorüber. Ich habe für Gold gekämpft, nicht für meine Sicht auf die Welt. Die Kaiserritter werden mir das verzeihen.«

»Ich fürchte, was das angeht, könntest du eine unangenehme Überraschung erleben, Wolfhard, denn der Kampf der Kaiserritter wird ausschließlich von ihrer Sicht auf die Welt beherrscht. Für Gold zu kämpfen ist ihnen völlig fremd. Sie sind zu blindem Gehorsam erzogen. Und da nähern wir beide uns einander wieder. Bis zum Rang eines Komturs schulden sie mir Gehorsam, und ich kann mir sicher sein, dass sie meinen Worten Folge leisten. Es sei denn, sie erhalten einen Befehl vom Großkomtur oder vom Hochmeister oder von der Kaiserin selbst. Ich kann mir ihrer also niemals sicher sein. Deshalb lege ich so großen Wert darauf, dass du mir geneigt bist.«

Wolfhard leerte sein Glas. »Was das angeht, hast du heute den falschen Weg eingeschlagen, Erzpriester.«

»Das sehe ich auch so, lieber Freund.« Nandus entging nicht, dass diese kleine Schmeichelei keinerlei Wirkung zeigte. »Dafür möchte ich mich entschuldigen. Ich wurde gewissermaßen von den Ereignissen überrollt. Ich musste diese Rede halten … und ich habe improvisiert. Aber das ist …«

»Du hast versucht, mich zu entmachten!« Wolfhard gab es nun zur Gänze auf, freundlich und beherrscht wirken zu wollen, sein Ton war schroff geworden. »Ich bin die Schwarze Schar. Nimmst du sie mir weg, bin ich nichts. Glaubst du wirklich, das könnte ich dulden oder gar verzeihen? Der Rat der Liga hat dich zu meinem Befehlshaber bestimmt. Aber du verrätst auch sie. Glaubst du nicht, dass sie dir einen Meuchler schicken werden, wenn sie davon erfahren?«

»Wärest du sehr überrascht, wenn ich dir sagte, dass ich den besten Meuchler dieser Insel bereits in meinen Diensten hatte und glaube, dass er sich nicht gegen mich wenden wird?«

Wolfhard lachte auf. »Einen Priester wie dich habe ich wahrlich noch nicht getroffen, Nandus Tormeno. Und nein, ich wäre nicht überrascht.«

»Schön, dass wir uns darin einig sind. Dir ist natürlich bewusst, dass sie irgendwann, wenn die Rebellen besiegt sind, ganz gewiss auch zu dir einen Meuchler schicken werden? Die Liga hat kein Interesse daran, dass eine neue Macht auf dieser Insel entsteht, nachdem es endlich keinen Widerstand mehr im Schwertwald gibt. Ich glaube zwar, dass sie dir die Ruinen von Arbora überlassen werden, aber sobald du die Stadt wieder aufgebaut hast, hast du deinen Nutzen für sie überlebt. Ich sage dir, es gibt kaum etwas Übleres als Kaufleute.«

»Ich werde von Tausenden von Söldnern umgeben sein, die ich reich gemacht habe«, wandte Wolfhard ein.

»Und du glaubst, das schützt dich? Tausende Männer, die es gewohnt sind, Moral und Dankbarkeit zu vergessen, wenn die Summe stimmt?«

Der Condottiere hob abwehrend die Hände. »Das genügt. Hören wir auf damit, um den heißen Brei herumzureden. Sag mir einfach, was du willst, Nandus. Morgen wird dank dir mein Heer diese Stadt verlassen, und es gibt noch Dutzende dringender Angelegenheiten zu erledigen.«

»Ich glaube, mit mir eine einvernehmliche Lösung unseres Zwists zu finden, ist das Allerdringlichste für dich.«

Wolfhards Brauen ruckten zusammen. »Glaubst du?«, fragte er scharf.

»Ich setze einfach einmal voraus, dass du an deinem Leben hängst.« Nandus griff in die breite Stulpe seines Eisenhandschuhs. »Und ich muss sagen, dass mich dieser Brief doch sehr verärgert hat.« Er legte das Schreiben auf den Tisch, das Orlando vor einer Stunde einem jungen Ritter abgenommen hatte, der in großer Eile die Stadt verlassen wollte.

»Die Katze ist also aus dem Sack, Erzpriester.« Wolfhard wirkte nicht im mindesten eingeschüchtert. »Dann weißt du ja nun, wie sehr mir an deinem Wohlergehen gelegen ist.«

Nandus schob den Brief wieder in die Stulpe zurück. »So sehr, dass du sogar treffend die Schwachstellen meiner Rüstung beschreibst.«

»Treffend …« Der Condottiere schmunzelte. »Welch schöne Wortwahl, wenn man bedenkt, wer vor den Stadtmauern wartet.«

»Wie ich die Dinge sehe, sollten wir nun einen Weg finden, den wir gemeinsam gehen können, denn wenn wir uns nicht einigen, werden wir beide nicht mehr sehr alt werden.«

Wolfhard sah zu den Galerien hinauf und dann wieder zur einzigen Tür des Oktagons. »Du drohst mir unter dem Auge des Herrn des Himmels?«

»Eine Drohung wäre es nur, wenn ich dich mit der Ankündigung einschüchtern wollte, dass ich dir etwas antun werde. Letzteres ist aber bereits geschehen.« Nandus ließ den Blick nicht von dem Condottiere. Wolfhard standen seine sich überschlagenden Gedanken ins Gesicht geschrieben. Und dann, überdeutlich, die Erkenntnis.

»Der Wein!«, keuchte er. »Aber wie … ich habe doch dein Glas gewählt.«

»In beiden war Gift«, erklärte Nandus ruhig. »Aber ich habe vorher ein Gegengift zu mir genommen.«

Der Feldherr erbleichte. »Du … du ermordest mich im Oktagon des Herrn des Himmels? Du, ein Erzpriester?«

»Ermordet hätte ich dich, wenn du nun tot zu Boden sinken würdest. Aber dir bleiben noch etwa zehn Tage. Weniger, wenn du dich häufig aufregst. Vielleicht einer mehr, sofern du kaltes Blut behältst. Wenn die Stunde deines Todes kommt, wirst du längst nicht mehr hier sein …«

»Du …« Wolfhard zog sein Schwert und stürmte um den Altar herum.

Auch Nandus zog seine Waffe. Stahl schlug auf Stahl. Die Erschütterung des wuchtigen Hiebes fuhr ihm schmerzhaft bis ins Schultergelenk.

Ein neuer Hieb folgte. Und noch einer. Überdeutlich spürte Nandus, wie sehr er noch durch die Verbrennungen und Prellungen aus dem Kampf am Vortag geschwächt war. Entweder ging er nun zum Angriff über, oder er ging unter.

»Wenn ich sterbe, dann stirbt der Einzige, der weiß, wie du zu retten bist«, stieß er hervor und parierte mit Mühe einen Hieb, der so wuchtig geführt war, dass er ihn fast von den Beinen riss.

Wolfhard setzte zu einem Stich an, hielt dann aber inne, um plötzlich sein Schwert auf den Felsboden des Oktagons zu schleudern. »Schlangenbrut!«, schrie er, dass es von den hohen Wänden widerhallte.

»Spürst du einen leichten Kopfschmerz?«

»Ja …«, erwiderte Wolfhard bestürzt.

»Du musst ruhiger bleiben. Das Gift wirkt stärker, wenn dein Blut in Wallung gerät und schneller durch deine Adern strömt.«

Der Condottiere atmete schwer. Er ballte die Fäuste, trat ein Stück von Nandus zurück. Dann bückte er sich und hob sein Schwert auf. Einige Herzschläge lang betrachtete er die spiegelnde Klinge, dann stieß er sie in die Scheide.

»Das Gegengift, wo hast du es?«

Nandus hob abwehrend die Hände. »Es ist bei jemandem, bei dem du es nicht vermuten würdest. Eine Phiole aus zartem Kristallglas, verborgen in einem Zauberkistchen aus dem Khanat.«

»Zauberkistchen?«

»Ein sehr kunstfertig gefügtes Holzkistchen, das nur schwer zu öffnen ist. Macht man einen Fehler oder versucht man es mit Gewalt, dann zerbrechen beide Phiolen darin.«

»Zwei Phiolen?«

»Nur zur Absicherung. Eine mit dem Gegengift und eine, die das Gegengift vernichtet, wenn sich beides miteinander vermengt. Deshalb sollte ich auch zugegen sein, wenn du das Gegengift zu dir nimmst. Du hast nur eine Entscheidung. Leerst du beide Phiolen, tritt keine Wirkung ein. Trinkst du nur eine, und es ist die falsche …« Nandus zuckte mit den Achseln. »Mein Wohlergehen wird in den nächsten Tagen dein wichtigstes Anliegen sein, denke ich.«

»Und wie willst du dich danach meinem Zorn entziehen?«, fragte der Condottiere aufgebracht. »Wäre es nicht klüger, mich verrecken zu lassen?«

»Nein, Wolfhard von Urschlingen, denn ich brauche dich«,

entgegnete Nandus feierlich. »Die Zukunft Cilias liegt wesentlich in deinen Händen.«

»Schöne Worte gehen euch Priestern immer leicht von den Lippen …«

»Dann hör mir zu. Höre meine Vision. Das Cilia der Schwertherzöge und Kaufherren der Liga muss sterben. Deshalb muss es noch eine letzte Schlacht geben. Eine Schlacht, die klare Verhältnisse herstellt. Auf diesem Schlachtfeld brauche ich dich und deine Männer. Ich muss mir sicher sein, dass ihr mir folgen werdet, auch wenn ich ungewöhnliche Befehle gebe.« Nandus sah, wie das Interesse des Feldherrn erwachte.

Doch dann stieß Wolfhard ein bitteres Lachen aus. »Kennst du eure eigenen Mären nicht, Priester? Die Weiße Königin. In der Stunde der größten Not wird sie erscheinen, um das Schicksal des Volkes aus dem Schwertwald zu wenden. Wenn wir siegen, ist das zugleich der Beginn unserer Niederlage.«

Mit diesem Einwand hatte Nandus gerechnet. Die ganzen Tage über, die er während des langen Regens auf die Meerhexe gewartet hatte, hatte er in Gedanken das Problem ihrer unabwendbaren Niederlage im Falle eines Sieges hin und her gewälzt. »Es ist ganz einfach, Wolfhard. Es muss unser Sieg sein, nicht der Sieg der Kaufherren. Ein Sieg, der dem Schwertwald nicht den Untergang bringt, sondern die Befreiung von der Tyrannei ihrer ärgsten Widersacher. Dann wird es nicht die Stunde der größten Not sein, sondern der Beginn eines goldenen Zeitalters für alle Bewohner Cilias …«

»Ausgenommen die Kaufherren, vermute ich«, bemerkte der Condottiere.

»Sie sind das Übel, das es auszubrennen gilt«, bestätigte Nandus.

Wolfhard stieß ein schnaubendes Lachen aus. »Und ausgerechnet dich haben sie zum Befehlshaber des nördlichen Heeres ernannt.«

»Sie gingen davon aus, dass ich vor den Toren von Thouar scheitern und der Feldzug meinem Namen schaden würde.«

»Und jetzt glaubst du, du könntest sie nach dem Sieg inmitten ihres Heeres verhaften oder ermorden lassen? Alle gleichzeitig? Und dann willst du mit meinen Männern eine Stadt nach der anderen erobern? Dafür sind wir viel zu wenige. Das wird niemals gelingen.«

Nandus zögerte. Er brauchte Wolfhard auf seiner Seite. Und es musste mehr als nur die Angst um sein Leben sein, was den Condottiere anspornte. Er musste davon überzeugt werden, mit ihm eine goldene Zukunft zu haben. Dazu müsste er ihm alles enthüllen, dem Mann, dem er eben erklärt hatte, dass er ihn vergiftet hatte. Er begab sich damit völlig in Wolfhards Hand. Aber blieb ihm eine Wahl? Brachte er den Condottiere tatsächlich um, würden ihm dessen Leute nicht mehr folgen.

Wer zögert, verliert, hatte er seine Söhne unzählige Male ermahnt. Er hatte eine Vision von einer goldenen Zukunft für Cilia und von Gerechtigkeit für alle. Er konnte dieses Ziel nur erreichen, wenn er auch bereit war, alles dafür zu wagen.

»Der Schlüssel sind die Kaiserritter«, begann Nandus. »Sie müssen mir gehorchen. Sobald wir auf sicherem Boden sind und unsere Reiter nicht mehr von den Bogenschützen der Rebellen abgefangen werden können, werde ich Boten an die Komture in den fünf Städten der Liga schicken. Sie erhalten den Befehl, alle Mitglieder der großen Kaufmannsfamilien zu verhaften sowie jene, die ihnen loyal dienen. Ich habe bereits angefangen, Listen mit Namen aufzusetzen. Sie sollen alle an einem festgelegten Tag zur selben Stunde zuschlagen. Die Kaufherren werden keine Gelegenheit haben, einander zu warnen.«

Wolfhard sah ihn auf eine Art an, dass Nandus nicht sicher war, ob der Condottiere nur erschrocken oder gar entrüstet war. »Und was gewinne ich außer dem Gegengift?«

»Arbora. Wir werden die Stadt gemeinsam wieder aufbauen. Sie wird die neue Hauptstadt der Insel werden. Die Rebellen behalten ihre Gebiete im Schwertwald und werden sogar einiges an verlorenem Land zurückbekommen. Du wirst nicht mehr wie ein räudiger Hund über die Straßen des Reiches von Krieg zu

Krieg ziehen, um deine Dienste an den Meistbietenden zu verkaufen, sondern wie ein Fürst herrschen, eigenes Land besitzen und mit mir die Geschicke der Insel lenken.«

»Und die Kaufherren? Wirst du ein großes Grab für sie ausheben lassen?«

»Sie werden Plätze auf den unteren Decks der Sklavenschiffe bekommen, die sie gerufen haben.«

Wolfhard nickte. »Eine Auffassung von Gerechtigkeit, die dich im Schwertwald ohne Zweifel sehr beliebt machen wird.«

»Darum geht es nicht. Es wird niemals Frieden geben, wenn ich gegen diese Verbrecher nicht mit aller Härte vorgehe. Entweder sie verschwinden, oder ihre Erben werden die alten Fehden eines Tages wiederaufleben lassen. Wenn ich die Handelshäuser nicht vernichte, werden sie ihr Silber nutzen, um Unheil zu stiften. Und diese Insel braucht Jahrzehnte des Friedens, um sich wieder zu erholen.«

»Und du glaubst nicht, dass sie, wenn sie erst dort sind, ihre Kontakte im Khanat nutzen werden? Kannst du es dir leisten, sie in der Sklaverei überleben zu lassen? Solltest du sie nicht lieber …« Die letzten Worte ließ der Condottiere unausgesprochen.

»Ich will ihr Blut nicht an meinen Händen haben«, erwiderte Nandus entschieden. »Welches Schicksal sie im Khanat ereilt, ist mir gleich.«

»Also willst du töten, ohne selbst den Dolch zu führen?«

Nandus gefiel nicht, dass dies so deutlich angesprochen wurde. »Der Herr des Himmels hat mich dazu erkoren, auf dieser Insel für Gerechtigkeit zu sorgen. Mit seiner Hilfe habe ich die Meerhexe treffen und ihr Heer aufhalten können. Mit Hilfe des Vermögens der Kaufherren werde ich die Kriegsschäden wiedergutmachen und Cilia zu neuer Blüte führen. Und den Seehandel könnten vorerst die Händler aus dem Khanat für uns besorgen. Hier ist sehr viel Silber für sie zu verdienen, und sie werden es schätzen, mit den neuen Herren der Insel Geschäfte zu machen.«

»Du wirst also deine Herrschaft auf den Gebeinen der Kaufherren errichten.«

Nandus war des Wortgeplänkels müde. »Wird nicht jede Herrschaft auf diese Weise errichtet?«, fragte er gereizt. »Ich werde Tausende gerettet haben um den Preis einiger hundert raffgieriger Blutsauger. Bist du dabei?«

»Und das Gift?«

»Heute wirst du Kopfschmerz und eine leichte Übelkeit verspüren. Ab morgen fühlst du dich wieder ganz gesund. Aber am achten oder neunten Tag wird dich eine bleierne Müdigkeit überkommen. Wenn du ihr nachgibst und dich zur Ruhe legst, wirst du nicht mehr erwachen.«

Wolfhard hob die Hand vors Gesicht und strich sich mit Daumen und Zeigefinger über die Augenlider, als sei er schon jetzt todmüde. »Du bist ein schrecklicher Mann, Nandus Tormeno. Wann bekomme ich das Gegengift?«

»Sobald die Rebellen in der Schlacht besiegt und die Kaufherren danach in Ketten gelegt sind.«

Der Condottiere seufzte. »Und das soll ich in acht Tagen vollbringen?«

»Vielleicht auch in zehn, wenn du lange ohne Schlaf auskommen kannst«, entgegnete Nandus hart. »Sieh es einmal von einer anderen Warte. Ich weiß nicht, was der Condottiere Rudolfo Acuto im Süden tut, aber bei Nicolo Trimini bin ich mir ganz sicher, dass er einen Feldzug der brennenden Dörfer und Galgenbäume führt. Jeder Tag, den das Unrecht dieses Krieges noch andauert, wird vielleicht Hunderte Leben kosten. Eile ist unser höchstes Gebot. Schiebe deine Bedenken beiseite. Wir sind keine Ungeheuer, wir werden die blutenden Wunden der Insel stillen. Wir sind Helden!«

»Sagen das nicht alle Ungeheuer von sich?«, fragte Wolfhard und schlug in den Handel ein.

DREI MEILEN ÖSTLICH DER STERNENBRÜCKE, NACHMITTAG, 19. TAG DES WEINMONDES IM JAHR VON SASMIRAS ZWEITER THRONERHEBUNG

Du bist frei. Du kannst gehen, wohin du willst.«

Der Küfer sah Milan unsicher an. »Ist die Straße nach Osten denn sicher, Meister Milan?«

Sie standen zwischen verlassenen Fuhrwerken. Pferde und Ochsen waren ausgeschirrt. Nichts, was lebte, war zurückgeblieben. Nur die Vorräte eines ganzen Heers. Ein Stück weiter auf der Straße lag ein verlorener Helm. Am Wagen vor ihnen lehnten Speere. Einige Kisten der Fracht waren aufgebrochen, als hätten Nachzügler sich noch hastig mit Marschverpflegung eingedeckt.

Milan konnte etwa zweihundert Schritt die Straße entlangblicken, bis sie eine Kehre machte und hinter einem Hügel verschwand. Ohne all die Fuhrwerke wäre es einfach nur ein Streifen einsamen Hügellands. So aber wirkte das Land trostlos. Wie eine Einöde, aus der die Menschen für immer vertrieben worden waren, ging es Milan durch den Kopf.

Etwa zwanzig Schritt voraus flatterte ein Umhang, der sich zwischen den Speichen eines Rades verfangen hatte. Die Planen der Wagen knatterten leise im Wind. Die Büsche schwangen sanft mit der Brise. Das war alles. Keine Mäuse kamen, um die Bohnen, die aus aufgeschlitzten Säcken auf den Fahrweg mit den tiefen Furchen gerieselt waren, einzusammeln. Keine Vögel pickten vom goldenen Korn, das sich aus manchen Wagen ergossen hatte.

Nicolo Trimini und seine Männer würden hierher zurückkehren. Er könnte die Vorräte anzünden, hatte Milan schon vor mehr als einer Meile gedacht, als sie an den ersten aufgegebenen Fuhrwerken vorbeigekommen waren. Es würde dem Heer schweren Schaden zufügen. Und es war weit und breit niemand zu sehen, der ihn daran hätte hindern können.

»Werdet Ihr nicht doch nach Osten gehen, Meister Milan?« Es klang eher wie das Betteln eines furchterfüllten Kindes, als dass es eine Frage gewesen wäre. Der Küfer wusste, dass er von nun an auf sich allein gestellt sein würde.

Nok hatte in einem Streifen aufgeweichter Erde einen Krallenabdruck gefunden. Nur ein kleiner Fleck im Geröll an einem der steinigen Hänge. Erde und Sand, die vom Regen ausgewaschen worden waren.

Vier Zehen. Drei nach vorn gerichtet, eine nach hinten. Ein Abdruck wie von einem Vogel. Allerdings viel größer als der Fuß irgendeines Vogels, den es auf Cilia geben sollte. Was immer ihn hinterlassen hatte, schien den Hang erklommen zu haben und dem flüchtenden Heer nach Norden gefolgt zu sein.

»Also dann breche ich jetzt auf«, sagte der Küfer und machte keine Anstalten, sich von der Stelle zu bewegen.

»Viel Glück.« Milan nickte ihm zu.

»Ich … Ihr solltet meinen Namen wissen, Meister Milan. Ich …«

»Nein«, schnitt Milan ihm scharf das Wort ab. »Keinen Namen.« Er hob abwehrend die Hände. »Ich habe das Gefühl, dass jene, die ich mit Namen kenne, in diesem unglückseligen Krieg besonders schnell sterben. Keine Namen mehr!«, sagte er noch einmal mit Nachdruck. »Lebe wohl.«

Der Küfer sah ihn erschrocken an. Dann hinkte er, auf seine Krücke gestützt, so schnell davon, wie ihn seine Beine trugen.

»Glaubst du das wirklich?« Nok war vom Hang zurückgekommen, wo sie nach weiteren Spuren gesucht hatte.

»Ja«, sagte Milan bitter. Als sie am Morgen die Sternenbrücke erreicht hatten, war die Straße davor schwarz vor Krähen gewesen. Ihre Ankunft hatte die Vögel aufgescheucht, aber sie waren nicht weit geflogen. Manche vermochten, so vollgefressen, wie sie waren, nur noch davonzuhüpfen. Die Straße lag voller Toter, entstellt durch die Schnäbel der Krähen, und der Gestank war so unerträglich gewesen, dass sie sich Tücher vor den Mund gebunden hatten.

Der Anblick hatte Milan die Tränen in die Augen getrieben. Das waren keine Krieger gewesen. Nur Frauen, Alte und Kinder. Keine Gefahr für das Heer der Liga.

Jetzt blickte er zu dem Hang, auf dem Nok die Spur des Basilisken gefunden hatte. Sollte er vielleicht doch nach einer Möglichkeit suchen, diese Bestie auf das mordende Heer der Liga zu hetzen, so wie Rainulf es sich gewünscht hatte? War der Basilisk ein Geschenk der Weißen Königin an ihr Volk? War sie schon längst zurück, und war dies ihre Art, Krieg gegen die Liga zu führen? Der Basilisk, der Riese Gideon, der Nebelwolf und was für Märengestalten sich sonst noch erhoben haben mochten … und natürlich Felicia?

Was die Rebellen aus dem Schwertwald Olmo, Sara und der Unbekannten angetan hatten, war ein Verbrechen gewesen. Doch was vor der Brücke geschehen war, war noch hundertmal schlimmer. Wie konnte er da zögern, für die Rebellen einzutreten? Der Basilisk könnte sein Werkzeug sein …

Nein, der Wunsch, Rache zu nehmen, durfte nicht zur Leitschnur seiner Taten werden, ermahnte sich Milan. Wenn er die Welt besser machen wollte – oder zumindest die Insel Cilia –, dann durfte er sich nicht dazu hinreißen lassen, selbst zum Mörder zu werden. Die meisten Männer aus dem Heer Nicolo Triminis, die durch den Basilisken sterben würden, wären Handwerker oder Bauern, so wie der Küfer einer war. Sie waren nicht für das Massaker an der Brücke verantwortlich. Und er wäre nicht besser als jene, welche die Morde befohlen hatten, wenn er den Basilisken auf das fliehende Heer hetzte. Seine Aufgabe war es, die Insel zu schützen, wie ein Erzpriester …

Es überlief Milan eiskalt. Der Erzpriester, der zu werden er sich so entschieden gewehrt hatte, als er nicht ins Rote Kloster wollte.

Milan sah zu Nok auf. Sie hatte ihn schweigend beobachtet, und auch jetzt stellte sie keine Fragen. Sie drängte ihn nie zu etwas. Da war sie ganz anders als Felicia. Diese kraftvolle Ruhe, die von ihr ausging. Sie war die perfekte Gefährtin. Wobei …

Milan war sich nicht ganz sicher, ob nicht sie es war, die sich umgekehrt ihn zum Gefährten erwählt hatte. Immerhin war sie zu ihm gekommen.

»Warum begleitest du mich? Man muss ziemlich verrückt sein, um einem Basilisken nachzustellen. Wer vernünftig ist, läuft vor diesem Ungeheuer weg.«

Nok wich seinem Blick nicht aus und schenkte ihm jenes feinsinnige Lächeln, hinter dem er stets einen Hauch von Spott vermutete. »Vielleicht war ich es überdrüssig, immer zu tun, was klug ist oder von mir erwartet wird. Oder vielleicht mag ich dich auch ein wenig mehr, als gut für mich ist?«

Er dachte an ihre erste Nacht. Daran, wie sie ihn zuerst gelehrt hatte, was ihr Lust bereitete, bevor sie ihm gezeigt hatte, das alles, was er je gelesen hatte – nicht einmal der als besonders schlüpfrig geltende Giovanni d'Aquino in seinem Buch der zehn Tage –, nicht nur annähernd hatte beschreiben können, wie schön die körperliche Liebe war! Sein Vater hatte sie oft als schal und oberflächlich gegeißelt. Als ein Strohfeuer, das kurz hell loderte und doch nicht zu wärmen vermochte. Wer von dieser Flamme nie verzehrt worden war, der hatte nie gelebt, dachte Milan lächelnd. »Womöglich sind wir also zwei Verrückte.«

»Dann sollten wir uns bestens verstehen«, entgegnete Nok. »Ich wünsche mir, dass dies nicht die letzte Verrücktheit ist, die wir gemeinsam begehen.«

Verloren blickte er in ihre Augen. Diese Worte … Sie hatte sich schon immer darauf verstanden, zu erahnen, was er mehr brauchte als alles andere.

»Wir müssen vorsichtig sein, Milan. Ich nehme nicht an, dass du weißt, welcher Beute er bevorzugt nachstellt. Wie er jagt.«

Etwas ernüchtert schüttelte er den Kopf. »Das weiß ich in der Tat nicht.«

»Ich habe nicht weit von der Brücke versteinerte Vögel gefunden. Und nun die Fährte hier … Mir scheint, dass er ein sehr großes Gebiet heimsucht. Könnte es also sein, dass er gar nicht dem Heer der Liga folgt, sondern wahllos durch die Gegend streift?«

»Das wäre möglich …«

»Vielleicht kann er also jeden Augenblick auf dem Hügelkamm über uns erscheinen.«

Milan vermied es hinaufzublicken. »Ja, denkbar wäre das«, murmelte er.

»Dann gehe ich wohl besser vor.«

»Was? Auf gar keinen Fall! Du …«

Sie lachte. »Darf ich daraus schließen, dass du mich lieber in vergängliches Fleisch gekleidet siehst als in die Ewigkeit überdauernden Stein?«

»Ich …« Mit dieser Art des Neckens kam er nicht klar. Er sollte jetzt eine lockere, schlagfertige Antwort geben. Etwas, was sie beide lächeln ließ und die Spannung löste. Aber die passenden Worte fielen ihm immer erst dann ein, wenn die Gelegenheit, sie zu nutzen, verstrichen war.

»Ich habe einen Plan«, sagte er stattdessen. »Der Basilisk lockt seine Opfer. Deshalb gibt es so viele. Darum hört man hier keinen Tierlaut mehr. Alles, was lebt, hat ihn angesehen und ist versteinert.«

»Sollte mich das beruhigen?«, fragte Nok mit mildem Lächeln.

»Was ich damit sagen will, ist: Wir werden spüren, wenn er kommt. Er wird uns nicht überraschen.«

Sie sah nicht überzeugt aus. »Wie weit wirkt diese Kraft, die alles zu Stein werden lässt? Fünf Schritt? Zehn? Hundert? Und wie weit reicht die Verlockung, in seine Richtung zu sehen? Was geschieht, wenn wir auf einen Hügel steigen und ihn in hundert Schritt Entfernung erblicken, noch bevor wir bemerken, dass er uns zu betören versucht? Und kann man der betörenden Kraft überhaupt widerstehen?«

»Nun …« Milan räusperte sich. So viele Geschichten über Basilisken gab es nicht. Er wusste wenig über diese Märengestalten. »Die Sache mit dem Spiegel ist ganz sicher«, antwortete er ausweichend.

»Dann halten wir uns daran. Und ich hätte auch einen Vorschlag. Wir verbinden uns jetzt schon die Augen.« Nok zog zwei lange schwarze Stoffstreifen aus ihrem Brotbeutel. »Komm.« Sie schlang einen um Milans Augen und verknotete die Enden hinter seinem Kopf.

Das dreifach gefaltete Tuch war noch feucht. Und es erfüllte seinen Zweck. Er sah nichts mehr. Mit Schaudern dachte er daran, woher der Stoff stammte. Als sie auf der Sternenbrücke gewesen waren, war Nok noch einmal umgekehrt. Sie hatte ihm nicht gesagt, warum. Aber dies war ein schwarzer Stoff, wie ihn die Bäuerinnen für ihre einfachen Kleider verwendeten. Offensichtlich hatte Nok das Tuch gewaschen.

Sie fasste seine Hand. »Komm!«

»Deine Augen?«

»Sie sind verbunden«, behauptete sie.

Gemeinsam stiegen sie den Hang hinauf. Nok ging vor. Sie bewegte sich sehr geschickt. Nicht ein einziges Mal strauchelte sie, so dass Milan ein Verdacht kam.

Auf dem Hügelkamm hob er die Hand, wie um sich über die Stirn zu wischen, und streifte dabei wie zufällig ihren Hinterkopf. Er spürte feuchten Stoff und war unendlich erleichtert, auch wenn das Rätsel, warum sie sich selbst mit verbundenen Augen noch so gewandt zu bewegen vermochte, nicht gelöst war.

Milan konnte nur schätzen, wie das Land vor ihm aussah. Hügel, mit zum Teil schroffen Hängen voller Geröll, durch das einzelne Felsbrocken hervorstachen. Dazwischen windgebeugte Büsche und ab und an eine einzelne Korkeiche. Büschel von trockenem Gras, Hasenmulden, abgestorbenes Wurzelwerk. Es gab reichlich Möglichkeiten zu straucheln, und sie hatten keine Ahnung, wo der verfluchte Basilisk steckte. Vielleicht war er nur zweihundert Schritt entfernt und auf dem Weg zurück zur Straße. Vielleicht war er auch sieben oder acht Meilen voraus und trieb immer noch ein ganzes Heer vor sich her. Und wenn der Basilisk nur ein paar hundert Schritt östlich oder westlich von ihnen durch die Hügel zog, dann würden sie an ihm vorbeilaufen, ohne es zu bemerken.

Milan seufzte tief. Er war versucht, die Augenbinde wieder abzunehmen.

»Du wirst es schaffen!«, sagte Nok voller Zuversicht, nahm seine Hand und drückte sie. »Du bist eine Alte Seele, der Sohn des Lichts. Es ist dir bestimmt, Großes zu tun.«

Es tat gut, jemanden an seiner Seite zu haben, der so unverbrüchlich an ihn glaubte. Zugleich fürchtete sich Milan davor, Nok zu enttäuschen. Er sollte die Entschlossenheit eines wahren Helden zeigen. »Besser wir trennen uns!«, sagte er. »Wir bleiben in Rufweite zueinander. So können wir ein größeres Gebiet abdecken. Und sobald einer von uns den übermächtigen Wunsch verspürt, die Augenbinde abzunehmen, ruft er den anderen.«

»Hört sich vernünftig an.« Nok zog ihre Hand zurück. »Ich hole uns unten von der Straße zwei Speerschäfte als Blindenstöcke. Das Glück schenkt der Himmel dem Vorausschauenden, heißt es in meinem Land. Also bemühen wir uns um mindestens eine Speerlänge Voraussicht.«

Daran hätte er denken sollen, ging es Milan durch den Kopf. Er wollte noch etwas sagen, doch da hörte er schon, wie Nok sich entfernte. Er nahm das silberne Tablett vom Rücken und schob den linken Arm durch die Lederschlaufen. Dann tastete er nach dem Rabenschnabel in seinem Gürtel. Dabei glitt seine Hand auch über das Schwert, das Nok ihm gebracht hatte. War man im Khanat besser auf das vorbereitet, was gerade geschah? Milan kannte keine Mären über besondere Waffen, die geschmiedet waren, um den Kreaturen entgegenzutreten, die überall aus den Mären in die Wirklichkeit traten. Und würde ein solches Schwert nicht von Fürsten oder gar vom Khan selbst gehütet werden? Wie war es in Noks Besitz gelangt? Und warum half sie ihm und keinem Helden aus ihrem eigenen Volk? Sobald der Basilisk besiegt war, würde er sie danach fragen.

Ihm juckten die Augen unter der Binde aus grobem Stoff. Fahrig tastete er nach ihnen. Drückte auf das Tuch, verspürte einen Herzschlag lang Erleichterung, doch dann juckte es noch stärker als zuvor.

Er war geneigt, die Binde kurz abzustreifen, da hörte er Noks Schritte am Hang. Er musste sich beherrschen! Sie mochte zwar nicht sehen, was er tat, aber irgendwie war er sich sicher, dass sie dennoch bemerken würde, wenn er die Augenbinde abnahm.

Ein glatter Holzschaft schob sich in seine rechte Hand. »Brechen wir auf, edler Ritter in strahlender Rüstung.«

Er stellte sich vor, wie sie bei diesen Worten gelächelt haben musste. Was würde er dafür geben, das jetzt zu sehen! Nur einen ganz kurzen Blick auf sie zu erhaschen! Er wechselte den Speerschaft in die Linke und tastete nach dem Stoffstreifen.

Er sah ihr Lächeln vor seinem geistigen Auge. Wie sehr es ihr Gesicht verwandelte!

Milan schob die Finger unter die Augenbinde … und begriff.

»Er ist hier!«

DREI MEILEN ÖSTLICH DER STERNENBRÜCKE, NACHMITTAG, 19. TAG DES WEINMONDES IM JAHR VON SASMIRAS ZWEITER THRONERHEBUNG

Ich spüre ihn«, sagte Nok. »Aber wo ist er?«

»Bleiben wir bei dem Plan«, entschied Milan. »Wir trennen uns. In keiner Mär wurde je berichtet, dass ein Basilisk unsere Sprache beherrscht. Er wird nicht begreifen, was wir einander zurufen und dass wir ihn durch seine Gabe, uns zu locken, einkreisen können, auch wenn wir ihn nicht sehen.«

»Ja, trennen wir uns und sehen, ob du recht hast.« Nok klang nicht so, als sei sie von seinem Plan überzeugt. Aber er hörte eilige Schritte. Sie lief von ihm fort. »Ich lenke ihn ab, und du bereitest ihm die letzte Überraschung seines Lebens.« Es klang, als sei sie bereits mindestens zwanzig Schritt entfernt.

Ablenken? Was hatte sie vor? Milan tastete erneut nach seiner Augenbinde. Hatte sie ihre etwa abgenommen? Er musste sie sehen! Musste wissen …

War das wirklich er? Oder schon der Basilisk?

»Rede mit mir. Ich muss wissen, wo du bist!«

»Ich kann es spüren …« Sie klang jetzt eher verwundert. »Es ist anders, als ich erwartet hätte. Schön …«

Das hörte sich nicht gut an. Wie weit war sie entfernt? Sprach sie einfach nur leise? Ein kurzer Blick, und er wüsste es.

»Er ist nicht mehr weit. Hörst du das? Steh still!«, rief Nok.

Milan gehorchte. Da war das leise Rascheln der Blätter in den nahen Büschen. Und sein eigenes Herz. Es schlug so laut, dass er es hören konnte und … ein Knirschen. Wie Geröll, auf das ein Fuß gesetzt wurde. Aber er konnte das Geräusch nicht genau zuordnen. War es vor ihm? War es hinter ihm? Stille. Auch der Basilisk schien stehen geblieben zu sein.

Da lag ein Duft im Wind. Betörend. Minze! Felicias Küsse hatten so geschmeckt. Woher wusste dieses Biest das?

»Komm!«, rief Nok. »Ich kann ihm nicht mehr lange …«

»Sag etwas! Ich brauche deine Stimme, die mich leitet.«

»Hier … Hörst du die Wassermusik? Es ist wie im Palast des Khans zum Fest der Lichter …« Sie hörte sich wie entrückt an, während sie sprach. So hatte er sie noch nie reden hören.

»Es ist so schön. Die Musik, die Lichter, die Tänzer in ihren Kostümen. Ich wünschte, du würdest es auch einmal sehen. Wünschte, du könntest mit mir dorthin gehen.«

Milan streckte den Speerschaft vor. Tastete über den Boden. Er durfte jetzt nicht straucheln. Zugleich war da das Gefühl, dass Felicia ganz nah war.

Der Schaft stieß gegen einen flachen Fels. Milan glaubte, ihren warmen Minzatem im Nacken zu spüren. Gleich würden Felicias Lippen ihn unmittelbar unter dem Haaransatz berühren. So zart … Die Erinnerung an die Stunden bei ihr im Kerker übermannte ihn. Ihre letzten Stunden. Sie war zurückgekehrt! Er hatte das vollbracht. Er musste sich nur umdrehen …

»Wasserfontänen erheben sich im Rhythmus der Musik. Und sie erstrahlen in wunderbarem Licht. Ich habe nie verstanden, wie sie das schaffen. Es ist so schön, dass einem das Herz wehtut, wenn man dort ist. Und man möchte, dass es niemals endet. Es ist jetzt hier …«

Milan hob den improvisierten Schild. Sein Blindenstock stieß ins Leere. Eine Mulde? Eine Spalte? Hektisch stocherte er, traf wieder Grund. Es ging nur einen Hang hinab.

»Es ist so schön …« Noks Stimme wurde leiser.

Entfernte sie sich etwa noch weiter von ihm?

»Nicht aufhören zu reden!« Der Minzgeruch war verschwunden. Dafür glaubte er, plötzlich Musik zu hören. Betörend, fremd, Klänge, wie er sie noch nie zuvor vernommen hatte. Und dazu das Plätschern von Wasser.

»Es ist so schön.« Noks Stimme war nur noch ein Hauch.

Milan wusste, er würde sie verlieren, wenn nicht schnell etwas geschah. »Weißt du noch, wie wir uns zum ersten Mal begegnet sind? In der Abenddämmerung, am Turm der Conoscenti in Dahlia. Du trugst einen Kegelhut, von dem ein Schleier herabhing, der fast bis zum Boden reichte. Du warst sehr geheimnisvoll. Rede mit mir …« Milan tastete sich weiter vor. »Nok? Sag mir, woran du dich erinnerst.«

»Das Gedicht …« Sie klang, als sei sie in Trance.

»Ja«, griff Milan ihre Worte auf. »Es tut mir leid. Ich habe wenig Talent …«

»Es war das einzige Gedicht, das je in meinem Leben für mich geschrieben wurde. Es ist … Ich glaube, es ist hier. Ich muss nur …«

»Nein!«, schrie er entsetzt. »Bleiben wir bei der ersten Nacht. Du hast ein besonderes Kleid getragen. Du hast es Kleid der liebevollen Augen genannt. Weißt du noch?« Milan tastete mit dem Stock. Und plötzlich war die Erinnerung wie ein Feuer in seiner Seele, das ihn ganz und gar verschlang. Er sah wieder vor sich, wie sie das Kleid öffnete und zu Boden sinken ließ. Er hatte nie zuvor eine nackte Frau gesehen. Sie war so schön …

»Ich bin wieder nackt«, sagte Nok. »Sieh mich an.«

Er tastete sich mit dem Stock vorwärts. Stieß gegen etwas Weiches. Ein leises Fauchen erklang.

Er musste sie sehen! Musste …

Milan ließ den improvisierten Blindenstock fallen, griff mit seiner Rechten nach der Augenbinde. Da streifte etwas seine Brust. Eine Hand?

»Milan! Oh, Milan!« Schmale Hände schlossen sich um sein Gesicht. Sie küsste ihn und küsste ihn.

Sein Knie stieß gegen etwas Hartes, als er näher an Nok herantreten wollte. Er ließ von ihr ab. Ließ die Arme sinken. Tastete tiefer. Seine Fingerspitzen streiften etwas Gezacktes. Einen Hahnenkamm? Deutlich ertastete er einen Vogelkopf. Ein wenig mehr als hüfthoch.

»Tritt zurück«, bat er Nok, während er nach dem Rabenschnabel in seinem Gürtel griff, »und behalte die Augenbinde auf!«

Ihre Hände ließen von ihm ab.

Milan zog die schwere Waffe. Deutlich erinnerte er sich an die Mär von dem Basiliskentöter, der versteinerte, als er das zu Stein gewordene Ungeheuer betrachtete. »Ich werde dich vernichten!«, presste er zwischen zusammengebissenen Zähnen hervor. »Für immer!«

Er ließ den Hammerkopf niedersausen. Stein knirschte unter dem wuchtigen Hieb. »Es ist vorbei!« Ein weiterer Hieb schmetterte herab. Milan spürte, wie etwas zerbrach. Schlug zu. Wieder und wieder. Genoss das Gefühl, dass dieses Ding zersplitterte. Nie wieder Schaden anrichten würde. Es war wie ein Rausch. War …

Minzgeschmack füllte seinen Mund. Als habe Felicia ihn geküsst. Er hielt inne. Lächelte verzückt.

»Du hast ihn zerstört«, sagte Nok. »Es ist vorbei. Es sind nur noch formlose Trümmer.«

Erleichtert ließ Milan die Waffe fallen. Er fühlte sich leer. Alle Kraft und aller Zorn waren fort. Und Felicia … war tatsächlich hergekommen …

Er schob das schwarze Tuch herab. Sah Nok vor sich. Sah den Schrecken in ihrem Gesicht. Sie riss die Arme hoch, als wollte sie nach seiner Augenbinde greifen. »Nicht umdr…«

Die Warnung blieb unvollendet. Ihre Lippen waren grau. Waren zu Stein geworden.

HÜGELLAND,
ETWA DREI MEILEN ÖSTLICH DER STERNENBRÜCKE, NACHMITTAG, 19. TAG DES WEINMONDES IM JAHR VON SASMIRAS ZWEITER THRONERHEBUNG

Milan schob das Tuch wieder hoch, kniff die Augen zu und fuhr mit einem Schrei herum. War es denn möglich, dass es zwei von den Bestien gab? Oder hatte er den versteinerten Basilisken nicht gründlich genug zerschlagen? Hatten selbst die Trümmer des Steinbilds noch die Macht gehabt, Nok zu versteinern?

Da war immer noch der Minzgeschmack in seinem Mund. Und jetzt umfing ihn auch Felicias Duft. Es roch, wie ihr Haar gerochen hatte, wenn sie nach einem nächtlichen Streifzug über die Dächer Dahlias zu ihm gekommen war. Nach Sommer, dem Salz des Meeres und ihrem Schweiß.

Ich bin hier, sagte ihre Stimme in seinem Kopf. *Sieh mich an, mein Geliebter.*

»Ja, ich komme zu dir«, keuchte Milan. Seine Wut blendete jedes andere Gefühl aus. »Und ich bringe dir meine Liebesgabe. Sieh *du* mich an!«

Mit einem Schlag war es vorüber. Kein Minzgeschmack. Kein Duft verlorener Nächte. Keine lockende Stimme mehr. Selbst der Wind war erstorben. Totenstille lag über dem Land. Milan griff nach dem schützenden Stück Stoff. Er wollte endlich sehen, was geschehen war. Wollte zu Nok. Wollte begreifen …

Er wandte sich ab von dem, was da auf dem Hang war.

Wieso hatte der Basilisk einen so breiten Streifen des Landes verwüstet? Es konnte nicht nur einer gewesen sein. Hatten widerstreitende Berichte über den Weg des Untiers den zweiten erschaffen? Und warum hatten sich die beiden Biester nicht begegnen können, um sich gegenseitig zu töten? Warum hatten beide in dieser Stunde hier sein müssen?

Heiße Tränen rannen Milan über die Wangen, als er sich das Tuch von den Augen riss und auf Nok blickte. Sie hatte die Hände erhoben. Ihr letzter Gedanke war es gewesen, seine Augenbinde wieder hochzuschieben, um ihn vor der Gefahr zu retten, die hinter ihm lauerte.

Er schrie vor Wut, Trauer und Verzweiflung. Warum nur hatte sich der Fluch wieder erfüllt, von dem er vor nicht einmal einer Stunde noch gesprochen hatte? Die, deren Namen er kannte, die, die ihm am nächsten standen, starben. Erst Felicia. Jetzt Nok.

Er strich über ihr ebenmäßiges Gesicht. Der Stein fühlte sich warm an, als habe er den ganzen Tag in der strahlenden Sonne gestanden. War diese Wärme ein letzter Abglanz des Lebens, das vor Augenblicken noch in diesem Körper gebrannt hatte?

Milan ließ sich ihr zu Füßen nieder und weinte, bis ihm keine Tränen mehr blieben. Dann nahm er den schweren Rabenschnabel, setzte seine Augenbinde erneut auf, drehte sich um und erklomm den Hang. All seine noblen Gedanken waren zu Asche geworden. Er wollte Rache an jenen, die diesen Krieg begonnen hatten.

HÜGELLAND, ETWA SECHS MEILEN NORDÖSTLICH DER STERNENBRÜCKE, ABEND, 19. TAG DES WEINMONDES IM JAHR VON SASMIRAS ZWEITER THRONERHEBUNG

Nicolo Trimini blickte auf die Karte, die vor ihm auf einem improvisierten Tisch lag, dessen Platte aus einer aus den Angeln gehobenen Tür bestand. Er war in einem Ziegenstall untergekommen! Das Bauernhaus nebenan hatte er auf Anraten

Rodrigo Apolitas zur Versorgung von Kranken und Verwundeten freigegeben. Die Stimmung in seiner Truppe war schlecht. Obwohl sie zeitig die Straße geräumt hatten, hatte es durch den Basilisken Verluste gegeben. Mit den Zugochsen im Tross waren sie zu langsam über die Hügel gekommen. Heute Abend hatte er erlaubt, die letzten noch lebenden Ochsen zu schlachten, denn ihnen gingen auch die Vorräte aus. Fast alles war auf der Straße zur Sternenbrücke zurückgeblieben.

Vor einer Stunde hatten ihn gleich zwei Boten erreicht. Der verdammte einäugige Bastard, Rudolfo Acuto, hatte die Rebellen aus dem Schwertwald, die dreist in die Provinz Drepana eingefallen waren, in mehreren Gefechten zurückgeschlagen und war bis zum Ufer der Raga vorgestoßen. Dort hatte er alle Brücken zerstört vorgefunden und konnte den durch Regenfälle angeschwollenen Fluss nicht mit dem Heer überschreiten.

Doch weit schlimmer noch waren die Nachrichten aus dem Norden. Wolfhard von Urschlingen hatte mit seiner Schwarzen Schar Thouar erobert, die Stadt auf der Felsnadel, die als uneinnehmbar gegolten hatte. Außerdem hatte er auch noch einen Angriff eines Heeres von Ertrunkenen unter Führung der Meerhexe zurückgeschlagen.

Nicolo rang mit Tränen des Zorns. Alle ernteten Ruhm in diesem Feldzug. Die größte Beute, Thouar, war bereits vergeben. Und er … er hatte seinen Tross verloren, war von ein paar Plänklern endlos aufgehalten worden, und nun trieb dieser verfluchte Basilisk sein Heer vor sich her nach Norden. Die anderen würden über ihn lachen. Der Krieg, auf den er so lange hingearbeitet hatte, der Krieg, der ihn unermesslich reich und zu einem berühmten Feldherrn hätte machen sollen, war eine einzige Katastrophe. Spottlieder würde man über ihn singen, wenn all das hier vorüber war.

Er sah sich in dem jämmerlichen Ziegenstall um. Die Männer seines Stabes redeten leise miteinander. Alle vermieden sie den Blickkontakt mit ihm. Das war die Stimmung des Untergangs! Und obendrein tropfte es durch das marode Dach. Vor zwei

Stunden hatten ungewöhnlich starke Regenfälle eingesetzt. Sein geschlagenes Heer war durchnässt, die Moral hatte einen neuen Tiefpunkt erreicht. Die Nachtwachen waren auf Befehl Rodrigos verdreifacht worden. Nicht etwa, weil sie einen Feind fürchteten. Sie hatten vielmehr die Aufgabe, Deserteure zu fangen. In Scharen schlich sich das Fußvolk davon. In diesem verfluchten Hügelland war sein Heer bereits um mehr als zweitausend Mann geschrumpft. Weniger als zweihundert von ihnen waren dem Basilisken zum Opfer gefallen, der, traute man den verworrenen Berichten, überall zugleich war.

Rodrigo war gerade irgendwo draußen im Regen unterwegs. Er stellte sich an die Lagerfeuer, wechselte ein paar Worte mit den Männern, ließ hier und dort etwas aus den knappen Vorräten verteilen oder aß von einem Ochsen am Spieß. Er verstand es, sich mit den einfachen Männern gemeinzumachen. Gegen die meisten Sorgen konnte Rodrigo nichts tun. Aber auch das Reden schien zu helfen. Der Kerl war beliebt.

Es war wohl an der Zeit, dafür zu sorgen, dass er heimkehrte oder einen Unfall hatte …

Nicolo war nicht verborgen geblieben, was sein heimtückischer Berater da tat. Rodrigo Apolita hatte vor, ihm sein Heer zu stehlen! Ihm, der Jahre der Vorbereitung und Hunderttausende Kaisertaler in diesen Feldzug gesteckt hatte.

Verzweifelt zermarterte Nicolo sich den Kopf, wie er das Blatt wenden könnte. Wie besiegte man einen Basilisken? Mit einem Mann, der sein Leben wegwarf, und einem Spiegel. Aber er war ohne Spiegel in den Krieg gezogen. Natürlich hatte er längst danach geschickt. Aber es war nichts gekommen. Vermutlich irrten die Gesandten mit den Spiegeln jetzt über die Heerstraße voller verlassener Fuhrwerke und fragten sich, was dort vorgefallen war.

Wütend schlug Nicolo mit der Faust auf den Tisch. Das leise Tuscheln unter den Speichelleckern um ihn herum verstummte. Er hatte sogar schon daran gedacht, Balians Witwe, seine eigene Nichte, als Braut für den Helden, der den Basilisken erschlug, feilzubieten. Wenn Kreaturen aus Mären plötzlich die Insel unsicher machten, dann sollte man vielleicht auch Belohnungen wie in Mären ausrufen. Immerhin galt es, das Heer zu retten – und ganz nebenbei ihrem ungeborenen Kind einen neuen Vater zu verschaffen …

Missmutig blickte Nicolo auf eine Schale, in die es von der Decke tropfte. Gleich würde sie überlaufen.

»Kümmert sich einer darum, bevor wir alle in diesem Drecksloch ertrinken?«, polterte er los.

Die Männer sahen ihn erschrocken an. Hatten offensichtlich nicht begriffen, was er meinte. Dummköpfe! Er wollte gerade wieder losbrüllen, als vor dem Stall Stimmen zu hören waren.

»Der Feldherr will nicht gestört werden. Mach dich davon, wenn du kein Bote bist!«, war die resolute Stimme des Befehlshabers seiner Leibwache zu vernehmen.

»Du solltest mich lieber …« Der andere sprach nun so leise, dass seine Worte im Rauschen des Regens untergingen.

»Sehe ich aus, als würde ich mir von bartlosen Jüngelchen Befehle geben lassen? Du machst dich besser …« Der Anführer der Wachen brach mitten im Satz ab.

Der schwere Wollvorhang, der die fehlende Stalltür ersetzte, wurde zur Seite gezogen. Ein regendurchnässter, schlanker Jüngling trat in den von Öllampen und einem Feuerbecken nur spärlich beleuchteten Stall. Seine Augen waren gefrorener Hass. Er hielt etwas, groß wie ein kleiner Kürbis, in ein Tuch gehüllt in beiden Händen.

»Ergreift ihn!«

Keiner seiner Männer regte sich.

Der Fremde, obgleich so jung, hatte etwas zutiefst Furchteinflößendes an sich. Wie war er an dem halben Dutzend Wachen vor der Tür vorbeigekommen?

Nicolo griff nach seinem Schwert.

Den Jüngling schreckte das nicht. Er trug einen Rabenschnabel im Gürtel und ein seltsames Schwert mit langem Griff, das Nicolo an Waffen aus dem Khanat erinnerte.

»Die Toten haben mich gebeten, dir ein Geschenk zu bringen, Nicolo Trimini«, sagte der Jüngling mit tonloser Stimme und legte den in Stoff gehüllten Gegenstand auf den Tisch. »Sieh es dir an. Jetzt!«

Jeden Moment würden die Wachen von draußen hereinkommen, dachte Nicolo. Er müsste nur ein paar Augenblicke geschickt überbrücken. Also machte er gute Miene zu diesem Spiel. »Ein Geschenk, sagst du?« Er griff nach dem Stofftuch.

HÜGELLAND,
ETWA SECHS MEILEN NORDÖSTLICH DER STERNENBRÜCKE, ABEND, 19. TAG DES WEINMONDES IM JAHR VON SASMIRAS ZWEITER THRONERHEBUNG

Geht dort nicht hinein, Herr! Seht doch nur …« Der Waffenknecht deutete auf die Wachen vor dem Eingang zum Ziegenstall.

Rodrigo tastete ungläubig über eine der Statuen. Der Befehlshaber von Nicolos Leibwache, ein großer, breitschultriger Kerl mit einem Gesicht zum Fürchten, versteinert in dem Moment, da er sein Schwert halb gezogen hatte. »Was ist hier vorgefallen?«

Rodrigo war zu dem Stall zurückgekehrt, weil Gerüchte wie ein Lauffeuer die Runde machten. Es hieß, der Basilisk sei mitten im Heerlager. Andere sprachen von einem bösen Zauberer, der gekommen sei. Oder dem Tod – als sei der Tod etwas, das Gestalt annehmen könne.

Immer mehr Männer nahmen ihre Sachen und machten sich einfach im Schutz der Dunkelheit auf und davon. Und die Wachen, die Rodrigo höchstpersönlich eingeteilt hatte, versuchten erst gar nicht mehr, sie aufzuhalten.

Rodrigo sah zu den Waffenknechten, die im weiten Halbkreis um den Zugang zum Ziegenstall standen. Manche hatte ihre Armbrüste gespannt und zielten auf den Eingang. Regen fiel in dichten Schleiern und hatte die meisten Feuer erlöschen lassen. Aber Blendlaternen brannten. Rodrigo blickte in die grimmigen Gesichter. Versuchte, sie sich zu merken. Dies waren die Männer, auf die Verlass war!

»Ich werde das klären«, sagte er entschlossen und trat an die Wolldecke, die vor dem Eingang zum Stall hing. »Nicolo?«, rief er.

»Ich will den Befehlshaber dieses Heeres sprechen«, antwortete eine Stimme, die jung und unendlich müde klang. Und irgendwie geschlagen, fand Rodrigo.

»Den Befehl führt Nicolo Trimini«, entgegnete er. »Er sollte dort drinnen sein.«

»Nicolo befehligt hier nichts mehr. Nie wieder. Bist du der zweite Befehlshaber?«

Rodrigos Gedanken überschlugen sich. Diese Worte konnten nur eines bedeuten: Er war gerade zum Feldherrn aufgestiegen! Aber er wäre bis zum Morgengrauen ein Feldherr von nichts, wenn er dieses Problem nicht löste. »Wer bist du?«

»Ich bin Milan Tormeno, jüngster Sohn des Erzpriesters Nandus Tormeno.«

Rodrigo traute seinen Ohren nicht. Der Junge. Hatte Nandus ihn etwa geschickt?

»Komm herein!«

Diese herrische Stimme. Das klang schon ein wenig wie der Erzpriester. Aber wie hatte der Junge die fünf Wachen am Eingang zum Stall zu Stein werden lassen?

Rodrigo zog den Vorhang zur Seite. Milan stand ihm gegenüber. Neben dem Jungen Nicolo Trimini. Versteinert, ebenso wie alle anderen, die sich im Stall befunden hatten.

Auf dem improvisierten Tisch lag etwas, das durch ein fleckiges Tuch verhüllt war. Kugelförmig. Etwa so groß wie ein Kinderkopf.

»Die Bluttaten dieses Heeres werden aufhören«, sagte Milan mit schneidender Stimme.

Rodrigo nickte. Er durfte jetzt nichts tun, was den Jüngling verärgerte. Milan sah zum Fürchten aus. Sein bleiches Antlitz war eine Maske kaum beherrschten Zorns. Er musste ihn besänftigen!

»Ich hatte noch keine Gelegenheit, dir zu danken, Milan.«

Es klappte. Der Blick des Priestersohns änderte sich, wurde fragend.

»Du hast meinen Sohn Antonio gerettet. Du hast ihn vom Krähenmann zurückgeholt. Das werde ich dir niemals vergessen. Danke!«

»Beweise mir deine Dankbarkeit, indem du mir hilfst«, entgegnete Milan kühl.

»Gern.« Bloß nichts tun, was das Temperament des jüngsten Tormeno anheizte, dachte sich Rodrigo. »Was wünschst du?«

»Wir werden diesen Krieg beenden.«

Jetzt verschlug es Rodrigo doch die Sprache. Der Priestersohn sagte das mit einer Selbstverständlichkeit, als läge es ganz allein in seiner Hand.

»Du wirst nach außen hin den Befehl übernehmen«, fuhr Milan Tormeno fort. »Aber du wirst nichts tun, was du nicht zuvor mit mir abgesprochen hast. Wenn du meine Anwesenheit hier erklären willst, dann erzähl, ich sei ein Gesandter meines Vaters.«

Rodrigo machte eine vage Geste in Richtung des versteinerten Nicolo. »Ich fürchte, ich muss sehr viel mehr erklären als deine Anwesenheit.«

»Du bist Kaufmann, Rodrigo Apolita. Du wirst ihnen eine plausible Erklärung verkaufen. Das kannst du doch, oder?« Der junge Tormeno legte seine Hand auf das Tuch, das verhüllte, was auch immer den Tod in diesen Ziegenstall gebracht hatte.

Rodrigo hob abwehrend die Hände und wandte den Kopf zur Seite. »Ich stimme zu. Ich übernehme den Befehl, und du befehligst im Hintergrund. Darf ich sagen, dass du ein Strafgericht des Herrn des Himmels unter die Mörder so vieler Unschuldiger getragen hast? Viele in diesem Heer haben verabscheut, was Nicolo getan hat. Ich auch.«

»Mir musst du nichts verkaufen«, sagte Milan voller Verachtung. Die Hand des Priestersohns zuckte, als sei er versucht, das Tuch beiseitezuziehen. »Nicolo Trimini hätte nicht tun können, was er getan hat, wenn ihr nicht alle weggeschaut hättet. Aber damit ist es jetzt vorbei. Sorg dafür, dass deine Männer morgen im ersten Tageslicht aufbruchsbereit sind. Wir marschieren in den Schwertwald und werden diesen verfluchten Krieg beenden.«

»Natürlich«, stimmte Rodrigo beflissen zu. Jetzt wagte er es wieder, den Priestersohn direkt anzusehen. Da war eine Härte in dem Burschen, die nicht zu seiner Jugend passte. Rodrigo hatte zwar keine Ahnung, wie Milan es bewerkstelligen wollte, einen Krieg zu beenden, der jahrhundertelangem Hass entsprungen war, aber er traute ihm zu, das zu vollbringen. Der Junge war gefährlich. Ein Fanatiker. Einer, dem das eigene Überleben egal war, wenn er nur sein Ziel erreichte. So musste auch Lucio Tormeno gewesen sein, Milans Großvater, der Erzpriester, der sich und seine Stadt Arbora verbrannt hatte, um Cilia vor der Pest zu schützen.

HÜGELLAND,
ETWA SECHS MEILEN NORDÖSTLICH DER STERNENBRÜCKE, NACHT, 19. TAG DES WEINMONDES IM JAHR VON SASMIRAS ZWEITER THRONERHEBUNG

Verfluchter Regen, dachte Falce und zog seinen Umhang enger um die Schultern. Er würde es leichter machen, ins Feldlager einzudringen. Aber er brauchte das nicht. Er hätte es auch ohne Regen geschafft.

Dass der junge Tormeno sich hierhertraute! Milan hatte Schneid. Schade, dass es damit enden würde, dass er ihm die Kehle durchschnitt.

Vor einer Stunde war er schon mal durch das Lager gestreift. Er hatte sich an Feuer gestellt, wo denn welche brannten, und mit den Männern geplaudert. Jedes Mal hatte er sich als jemand anderes ausgegeben. Er würde keine Spur hinterlassen. Im Gegensatz zu Milan.

Der Junge war wohl nach Einbruch der Dämmerung einfach ins Feldlager marschiert. Darin waren sich alle einig, doch dann begannen sich die Geschichten sehr zu unterscheiden. Manche behaupteten, er habe im Auftrag des Erzpriesters den Feldherrn Nicolo Trimini und dessen Berater hingerichtet, weil sie so erfolglos waren. Das mochte Falce nicht glauben. So ein Jüngling, ganz allein ... Wahrscheinlicher erschienen ihm da die anderen Geschichten, in denen es hieß, der Feldherr sei wegen seiner Grausamkeiten auf Befehl des Erzpriesters in Ketten gelegt worden.

Gewiss war auch, dass der junge Tormeno Quartier in einem Ziegenstall mitten im Heerlager genommen hatte. Falce hatte den Stall bei seiner ersten Runde durch das Lager gesehen. Ein flacher Bau aus Naturstein. Ohne Fenster. Nur mit einem Eingang, vor dem eine Decke hing. Nicht ideal, dachte Falce, aber es waren derlei Herausforderungen, an denen über die Jahre sein Ruf gewachsen war. Er hatte schon unter wesentlich widrigeren Umständen gemordet.

Falce prüfte noch einmal die Zügel, mit denen er seine alte Stute an einem Busch angebunden hatte. Er würde sehen, dass er schnell ein paar Meilen vom Heerlager abrückte, sobald es getan war. Vermutlich würden sie Milans Leiche erst im Morgengrauen finden, wenn ihm jemand einen Krug frisches Wasser und etwas zu Essen brachte.

Der Himmel im Süden leuchtete rot auf, als würde noch ein Dorf brennen. Nur dass der Feuerschein dieses Mal plötzlich kam. Das rote Licht wogte einige Herzschläge lang über den südlichen Horizont. Dann verschwand es.

»Merkwürdig«, sagte Falce zu seiner Stute. »Keine gute Gegend hier. Wir werden schnell verschwinden, wenn ich fertig bin. Und dann suche ich für uns beide einen trockenen Platz.« Er tätschelte ihr die Stirn. »Diese Reise endet heute Nacht.«

Er tastete nach dem gekrümmten Dolch, den er, unter seinem Umhang vorborgen, auf dem Rücken am Gürtel trug. Es war einer der Tage, an denen ihm seine Arbeit keine Freude machte. Das war selten. Meist wurde er beauftragt, Menschen aus der Welt zu schaffen, die es mehr als verdient hatten. Aber der Priestersohn …

»Werde wohl im Alter ein wenig sentimental«, murmelte er halblaut vor sich hin.

Nur wenige Feuer trotzten im Heerlager noch dem Dauerregen. Die Nacht war dunkel. Das merkwürdige Wetterleuchten am Himmel wieder erloschen.

Die meisten Männer würden längst, in ihre Umhänge und Decken gerollt, schlafen. Die Wachen hatten in Regen und Finsternis schlechte Sicht. Er musste einfach nur durch das Lager schreiten, als würde er zum Heer gehören. Aufrecht gehend, ohne jede Heimlichkeit. So würde er keinen Verdacht erregen. So war es ihm auch vorhin schon geglückt, das Heerlager zu erkunden.

Du solltest das nicht tun.

»Ich habe das Geld genommen. Da gibt es nichts …« Falce blieb wie vom Donner gerührt stehen. Jetzt war es so weit, er wurde verrückt! Er war kein Narr. Dass er seltsam war, war ihm durchaus bewusst. Das brachten seine Arbeit und die Einsamkeit, die zwangsläufig dazugehörte, mit sich. Er hatte angefangen, Selbstgespräche zu führen und mit seiner Stute zu reden. Aber Stimmen in seinem Kopf …

Mir sind Männer sympathisch, die mit ihren Pferden sprechen.

»Und wer bist du?«, fragte Falce halblaut.

Etwas bewegte sich im Dunkel. Erschreckend nah. Ein großer Schatten. Ein Pferd! Wie hatte es an ihn herankommen können, ohne dass er es bemerkt hatte?

Auch ich bin gut darin, mich unauffällig zu bewegen. Du würdest dich wundern, wie viel wir gemeinsam haben.

»Ich und ein Pferd?«

Obwohl es dunkel war, war jetzt der alte Klepper, der sich ihm so geräuschlos genähert hatte, erstaunlich deutlich zu erkennen. Ein Schimmel mit durchhängendem Rücken. Alt, kraftlos und hässlich.

»Hübsch sind wir beide nicht«, murmelte Falce. »Das haben wir ganz gewiss gemeinsam.« Er lachte. Dass er jetzt tatsächlich mit einem Pferd plauderte, das vor ihm stand …

Du tust eben ungewöhnliche Dinge, Falce. So war es doch dein ganzes Leben schon.

»Du redest nicht nur … also zumindest in meinem Kopf … du kennst auch noch mein Leben? Träume ich das vielleicht?«

Wenn du eine Stute triffst, mit der du dich unterhalten kannst, ist es dann wirklich ungewöhnlich, wenn sie auch dein Leben kennt? Oder ist es nur folgerichtig? Ein unwahrscheinliches Ereignis reiht sich an das andere.

»Du redest viel. Darin unterscheiden wir uns. Und zieh besser deiner Wege, Pferd. Die da drüben haben Hunger. Du bist ihrem Lager schon viel zu nahe. Wenn du nicht Teil ihres Frühstücks sein willst …«

Die weiße Stute schnaubte. Es klang fast wie ein Lachen. *Nicht ich bin in Gefahr, Falce, sondern du. Ich werde nicht zulassen, dass du Milan Tormeno tötest. Die Weiße Königin braucht ihn noch. Er gehört ihr.*

Es verwunderte Falce nicht, dass dieser Gaul wusste, wen er töten wollte. Aber die Weiße Königin? Das war nun doch etwas viel. »Spielst du auf die Geschichte mit dem Baumeister an? Im südlichen Schwertwald heißt es, Milan würde ihren verfallenen Palast wiedererrichten. Ein Priestersöhnchen! Das kann er gar nicht. Er ist nicht zum Baumeister ausgebildet.«

Spielt das Denken von gestern heute noch eine Rolle? War es nicht unmöglich, die Wunden, die dir der Brückentroll zugefügt hat, zu überleben? Und doch stehst du hier und unterhältst dich mit einem Pferd. Diese Welt hat sich tiefgreifend verändert, Falce. Etwas muss nur denkbar sein, um auch greifbar zu werden. Was die Menschen glauben, wird Wirklichkeit. Wie der Meuchler, der einfach nicht umzubringen ist, ganz gleich, wie schwer er verletzt wird.

»Mären«, murmelte Falce abfällig. »Aber was versteht ein Pferd schon von der Welt? Und nun versuch nicht, mich von dem abzuhalten, was getan werden muss. Ich wurde bezahlt, und ich habe das Silber angenommen.«

Meuchlerehre?

»Nenn es, wie du willst.« Er wandte sich ab, entschlossen, zu Ende zu führen, wofür er hergekommen war.

Ich morde im Interesse der Weißen Königin.

Der Gaul verhöhnte ihn, dachte Falce wütend und ging weiter. Das war nur eine Stimme in seinem Kopf. Er begann verrückt zu werden, das war die ganze Erklärung. Er sollte nach dieser Nacht all sein Silber nehmen und irgendwohin weiterziehen, wo ihn niemand kannte.

Wie aus dem Nichts stand der klapprige Gaul wieder vor ihm. *Zwing mich nicht, dich aufzuhalten.*

»Was willst du tun? Mich totquatschen?«

Der Schimmel senkte drohend den Kopf. *Ich würde dich durchbohren, so wie die Schlächter, die im Dienste des Nicolo Trimini standen. Ich töte jene, die unbarmherzig Leid über das Volk dieser Insel bringen.*

»Durchbohren?« Falce ging einfach weiter. »Hättest du jetzt tottrampeln gesagt. Aber durchbohren … Und wenn du den Schwertwald schützen willst, hättest du dann nicht als Ersten diesen Trimini durchbohren müssen? Er ist doch der böse Geist hinter allen Untaten.«

Wahr und zugleich töricht. Gewiss, er ist der böse Geist, und doch ist er ein so schlechter Anführer dieses Feldzugs, dass ihn zu töten eine Verbesserung der Lage zugunsten der Feinde des Schwertwaldes bedeuten würde. Ganz gleich, wer auf ihn folgt, er würde seine Sache besser machen.

Das klang wie die Reden der Ratsherren, dieser Männer, die niemals einen Dolch zur Hand nahmen und doch mehr Blut an den Händen hatten als er.

Falce versuchte, den alten Gaul einfach zu ignorieren, und ging weiter, als ihn etwas Spitzes an der Schulter berührte.

Er fuhr herum, und seine Augen weiteten sich vor Entsetzen. Die alte Schindmähre war verschwunden. Vor ihm stand ein Geschöpf aus Licht und Schönheit, das alle Dunkelheit aus seiner Seele brennen würde. Drohend war ein in sich gedrehtes Horn auf seine Brust gerichtet.

»Wer bist du?«

Ich vollstrecke den Willen der Weißen Königin. Ich sagte doch, wir sind uns ähnlicher, als du glaubst.

Falce fuhr tastend mit der Rechten unter seinen Umhang. Seine Fingerspitzen berührten den Griff des Dolches. »Ich habe einen Kontrakt über Milans Tod geschlossen. Ich habe das Silber genommen …«

Und wenn dein Auftraggeber stirbt, steht es dir frei, ob du den Kontrakt erfüllst. Lucille, das Schwert der Rosen, ist tot. Du schuldest ihr nichts mehr.

Falces Hand schloss sich um den Griff des Dolches. Woher wusste dieser Gaul … dieses Einhorn, wer ihn geschickt hatte? Lucille hatte es ganz gewiss nicht weitererzählt.

Du vertraust mir nicht? Kennst du keine Geschichten über Einhörner? Gelten wir nicht als Geschöpfe des Lichts und als äußerst wahrheitsliebend?

Das Horn war jetzt nur einen Fingerbreit von seiner Brust entfernt. Es würde ihn direkt ins Herz treffen.

»In den wenigen Geschichten, die ich über Einhörner kenne, sind sie nie Meuchler. Sie leben zurückgezogen, tief im Schwertwald, und gestatten nur Jungfrauen, auf ihnen zu reiten. Also bist du entweder ein Mörder, wie du sagst, oder ein Lügner. Ein rechtes Einhorn scheinst du mir nicht zu sein.«

Jene, die sterben, lasse ich meine wahre Gestalt sehen. Möchtest du, dass ich dir diese Gunst erweise?

Falce wog die Worte ab. Ein Einhorn verbarg sich hinter der Maske eines alten Kleppers. War auch das Einhorn nur eine Maske? Und was würde sich hinter dieser Maske verbergen? Oder, allgemeiner gedacht, wer trug eine Maske? Doch wohl jemand, der etwas tat, was nicht im Einklang mit dem Bild stand, das man von ihm hatte. Und wer konnte all das über ihn wissen, was das Einhorn ihm gerade gesagt hatte?

Da überkam Falce eine schreckliche Ahnung, wer vor ihm stand, auch wenn die letzte Maske nicht gefallen war, und eine Angst ergriff ihn, wie er sie noch nie verspürt hatte. Die Beine wurden ihm so weich, dass er auf die Knie sank.

Wirst du in meinen Dienst treten? Obwohl es nur Worte in seinem Kopf waren, klang die Stimme nun ungleich feierlicher als zuvor.

»Ich betrachte meinen Kontrakt mit Lucille da Rosa durch ihren Tod als gelöst«, stammelte er, »und schwöre, dass ich Milan Tormeno nicht länger nach dem Leben trachten werde.«

Ich verlange mehr von dir, Falce. Du sollst von nun an über ihn wachen. Beschütze sein Leben mit deinem, wenn es sein muss, denn er hält den Schlüssel zur Zukunft in seinen Händen.

HÜGELLAND,
ETWA DREI MEILEN ÖSTLICH DER STERNENBRÜCKE, NACHMITTAG, 20. TAG DES WEINMONDES IM JAHR VON SASMIRAS ZWEITER THRONERHEBUNG

Milan war sich der misstrauischen Blicke der Männer bewusst, die an ihm vorüberzogen. Hunderte waren es. Und sie waren nur ein Teil des Heeres.

Rodrigo Apolita hatte die Truppen auf breiter Front durch das Hügelland zurück zur Heerstraße geführt. Hinter der nächsten Hügelreihe standen die verlassenen Fuhrwerke. Auch wenn es erst früher Nachmittag war, sollten die Männer dort ihr Nachtlager aufschlagen, Essen fassen und ausschlafen. Rodrigo hatte im Morgengrauen, bevor sie aufgebrochen waren, eine Ansprache gehalten. Er hatte von Milan Märentöter erzählt, von dem Jüngling, der Dahlia vom Fluch des Krähenmanns befreit und die verlorenen Kinder zurückgebracht hatte. Vom Retter des

Heeres, der nun auch den Basilisken erschlagen hatte. Doch es hatte nur wenig Begeisterung gegeben, und es war klar, dass auch andere Geschichten die Runde machten. Geschichten über Milan, den grausamen Rächer, der Nicolo Trimini mitsamt seinen Leibwächtern und engsten Beratern umgebracht hatte.

Im Morgengrauen hatte Milan die Männer vor seinem Stall reden hören. Es hieß, er habe dem Basilisken, als er ihn tötete, seinen versteinernden Blick gestohlen, und dass jeder, der sein Missfallen erregte, zu Stein werden würde.

Er hatte nichts unternommen, um die Geschichte zu entkräften. Er wollte diesen Krieg beenden, aber er wusste nicht, wie. Er fühlte nur eine unendliche Leere in sich.

Nok hatte, ohne zu zögern, ihr Leben für ihn gegeben. War er das wert?

Je länger er darüber nachdachte, desto tiefer war Milan davon überzeugt, dass sie viel mehr über die neue Zeit gewusst hatte als er. Er war ein Schiff ohne Kompass, verloren im dichten Nebel auf hoher See. Sie war in den wenigen Tagen, die sie ihn begleitet hatte, auf ihre unaufdringliche Art dieser Kompass gewesen. Und vielleicht auch schon früher. Sie hatte ihm ein Leben gezeigt, das er vorher nur aus Büchern gekannt hatte.

Tränen rannen Milan über die Wangen, und es war ihm gleichgültig, dass die Männer, die an ihm vorüberzogen, sie sahen. Er lenkte den prächtigen Rappen über einen Hügel, ignorierte die Bewaffneten ringsum und suchte nach der Stelle, an der Nok und er am vergangenen Nachmittag dem Basilisken begegnet waren. Gestern erst!

Es schien ihm, als sei seither viel mehr Zeit vergangen. Er hatte in der Nacht keinen Schlaf gefunden. Und das nicht nur, weil einige Vertraute Rodrigo Apolitas in dem Ziegenstall eine tiefe Grube ausgehoben hatten, um darin die Statuen von Nicolo Trimini und den anderen Männern verschwinden zu lassen, die er versteinert hatte. Immer wieder war er in Gedanken durchgegangen, was er hätte anders machen können. Er war sich bewusst, dass es müßig war. Er hatte Nok verloren, so wie er Felicia verloren hatte. Er vermochte die Frauen, die er liebte, einfach nicht zu beschützen.

Milan tastete nach dem schweren Leinenbeutel, den er rechts an seinem Gürtel trug. Er barg die gefährlichste seiner Waffen. Den Kopf des zweiten Basilisken. Er würde ihn wieder benutzen, wenn es nötig war. Möglicherweise war es die Waffe, die einen Frieden auf Cilia erzwingen konnte.

Flüche, laute Rufe, ein offener Streit rissen ihn aus seinen Gedanken. Milan gab dem Rappen die Sporen, trieb ihn einen sanften Hang hinauf und blickte dann in eine Senke, in der ein Feuer gewütet haben musste. Von den Büschen war nur noch schwarz verkohltes Geäst geblieben. Und dennoch erkannte er den Ort sofort wieder. Den Ort, an dem sein Herz zu Stein geworden war.

Aber Noks Statue vermochte er nirgends zu entdecken. Stattdessen stritten sich dort mehr als ein Dutzend Männer. Ein großer Kerl im gelben Waffenrock Ferrantas hielt etwas hoch und stieß die anderen Männer zurück, die ihn bedrängten. Und da erkannte Milan, was der Waffenknecht in der Hand hielt. Noks Gesicht.

Die Barbaren hatten die Statue zerschlagen!

»Leg das hin!« Seine Stimme klang Milan fremd in den Ohren. Maßloser Zorn lag in den drei Worten.

Aller Streit verstummte. Die Männer sahen zu ihm auf. Sie fürchteten sich vor ihm.

»Vergebt uns, Meister Milan«, stammelte einer, der das Blau und Weiß Dahlias trug. »Bitte, Herr! Lasst nicht auch uns zu Stein werden. Wir wussten nicht …«

»Leg das Gesicht hin!«, befahl Milan schroff und schwang sich aus dem Sattel. Seine Rechte tastete nach dem Beutel an seiner Hüfte. Er war versucht, ihre Ängste wahr werden zu lassen.

Der Mann, der Noks Gesicht in der Hand hielt, war leichenblass. Er trug den schwarzen Hammer Ferrantas auf der Brust, und ein großer Kriegshammer steckte in seinem Gürtel. Er musste ihn benutzt haben, um die Statue Noks zu zerschlagen.

Wahrscheinlich hatte er geplant, den Kopf an irgendeinen reichen Kaufmann zu verkaufen. Und dann hatte er auch ihn noch zerbrochen.

»Dein Name, Kerl!«

»Ich … das war schon …«

Milan vermochte sich nicht länger zu beherrschen. Wie ein silberner Blitz schnitt sein Schwert durch die Luft und verharrte nicht einmal einen Zoll vor der Kehle des Mannes in Gelb. »Dein Name!«

»Urgano.«

»Du da!« Milan deutete auf den Waffenknecht, der die Farben Dahlias trug. »Nimm Urgano den Kriegshammer ab. Und dann fessele ihn. Erzähl ihm, wie mein Vater vor zwei Monden die Diebe der Silberscheibe hat rädern lassen. Wie ihnen Glied für Glied gebrochen wurde. Das soll auch die Strafe für Urgano sein. Und jetzt bring ihn fort.«

»Herr!«, begehrte der Verurteilte auf und ließ Noks Gesicht fallen. Es schlug auf einen Stein und zerbrach in zwei Hälften.

»Bringt ihn fort!«, keuchte Milan. »Geht! Geht alle, oder ich vergesse mich.«

»Aber was habe ich denn getan?«, rief Urgano aus. »Ich habe …«

Er wurde niedergerungen. Jemand stopfte ihm das Maul, und plötzlich überschlugen sich alle vor Beflissenheit, Milans Befehl zu vollstrecken und den Mann, der sein Missfallen erregt hatte, fortzuzerren.

Milan ließ sein Schwert fallen und kniete nieder.

Er hob die beiden Hälften des Gesichts auf, hielt sie aneinander. Er sah Rußspuren auf dem Geröll rings um die Fragmente der Statue. Sah eine schlanke Hand, deren Finger unter einem groben Stiefel abgebrochen waren.

Milan hatte das Gefühl, als wolle ihm das Herz aus der Brust springen, so wütend hämmerte es in seinem Zorn. Doch dann versank er im Blick der toten Augen und besann sich. Nok wäre entsetzt gewesen, wenn sie ihn gerade gesehen hätte. Er war im

Begriff, das zu werden, was er gestern noch bekämpft hatte. Ein grausamer Tyrann, gerade so wie Nicolo Trimini.

DAHLIA, WEISSER BERG, KURZ VOR MITTERNACHT, 21. TAG DES WEINMONDES IM JAHR VON SASMIRAS ZWEITER THRONERHEBUNG

»Hast du je in deine eiserne Truhe hineingesehen?«, fragte Jacobo freundlich.

Der Kaiserritter, der ihm gegenüberstand, antwortete nicht. Francesco Forazi, der Komtur von Dahlia, war kein Mann vieler Worte. Jacobo hatte am frühen Abend zwei brennende Kerzen ins Fenster zur Straße gestellt. Das war das abgesprochene Signal. Das Geheimnis, um das nicht einmal Nandus Tormeno wusste. Eines von vielen.

»Wie geht der Feldzug voran?« Jacobo spürte ein Kratzen im Hals. Das Sprechen fiel ihm immer schwerer. Oft fühlte es sich an, als sei sein Rachen von Sand bedeckt. Zu trinken half kaum. Immer war da der Hustenreiz, und wenn es ihm nicht gelang, ihn zu unterdrücken, dann dauerte das Husten ewig. Er hatte zu lange gelebt.

»Die Schwarze Schar und der Erzpriester haben es geschafft, Thouar zu erobern«, erwiderte Forazi nüchtern.

»Ha!« Jacobo schlug mit der flachen Hand auf die Armlehne seines Lehnstuhls. »Das ist doch mal was! Das war sicher mein Nandus! Warum spricht man nicht in der ganzen Stadt darüber? Ich habe nichts gehört.«

»Die Nachricht hat uns erst am Abend erreicht.« Forazi klang müde. Und da war noch etwas in seiner Stimme, was Jacobo nicht zu deuten vermochte. Er wünschte sich, er könnte noch sehen und seinem Besucher forschend ins Antlitz blicken oder auf all die kleinen Gesten achten, die in der Summe meist verrieten, was die Zunge zurückhalten wollte.

»Die Schwarze Schar ist nach Süden aufgebrochen. Wie es heißt, wollen sich die drei Heere nahe dem Weißen Wald vereinigen und die Rebellen zur letzten Schlacht stellen. Sie gehen davon aus, mit einer Übermacht von zehn zu eins zu kämpfen. Der Ausgang der Schlacht scheint sicher …«

»Nichts ist mehr sicher. Dieser Riese lebt doch noch.« Jacobo hatte keine neuen Berichte mehr über Gideon gehört oder über Hexen und andere Märengestalten. Nur vom Basilisken wurde überall erzählt. Er schien das Heer dieses Popanz Nicolo Trimini vor sich herzutreiben.

Jacobo blickte in Richtung des Komturs. Der Kaiserritter hatte sich nicht gesetzt, wie er es sonst immer tat. Er schien in Eile zu sein, auch wenn er versuchte, es sich nicht anmerken zu lassen. Wenn er ihn nur sehen könnte! Forazi hatte eine angenehme Stimme, wenngleich er stets ein wenig zu laut sprach. Aber das taten die meisten Männer, die ihr halbes Leben lang Befehle gebrüllt hatten.

»Beim Weißen Wald zu kämpfen wäre unklug. Schweres Gelände. Gut zu verteidigen.«

»Du warst einmal dort?« Jetzt klang der Komtur überrascht.

»Du weißt doch, ich bin viele Jahre über die Insel gewandert und habe sogar das Reich bereist. Ich war auch im Weißen Wald. Als Waffenknecht. Vor einer Ewigkeit. Ich habe die Ruinen gesehen, die Knochen des Nebelwolfs. Und ich habe das Böse gespürt, das dort nistet. Selbst wenn unsere Heere zwanzig zu eins überlegen schienen, wäre es immer noch ein gefährlicher Ort, um eine Schlacht zu wagen. Dort ist alles möglich.«

»Aber es gibt keine Kunde von der Weißen Königin«, bemerkte der Komtur. »Sie hat sich noch nicht gezeigt.«

»Sie wartet bis zur Stunde der höchsten Not. So lautet ihre Mär. Sie wird noch kommen. Ich wünschte, ich wäre dort und könnte es sehen.« Jacobo kämpfte gegen den Hustenreiz, der ihn erneut überkam. Ihm traten Tränen in die blinden Augen. »Einen Becher … Wein«, röchelte er.

Er hörte, wie der Komtur einschenkte. Dann ergriff Forazi

seine Rechte und drückte ihm den Silberbecher, durch den in den letzten Jahren wahre Ströme von Rotwein gegangen waren, in die Hand.

Jacobo ließ den Wein im Mund kreisen. Nur kleinen Schlückchen gestattete er, ihm die Kehle hinabzurinnen. Es tat gut. Der Hustenreiz verging. »Tut es dir nicht leid, nicht an der Schlacht teilzunehmen, Komtur? Es ist der Kampf, der die Zukunft Cilias entscheiden wird. Und du sitzt in deiner Ordensburg, zur Untätigkeit verdammt.«

»Ich habe für ein Leben mehr als genug Schlachtfelder gesehen.«

Etwas an der Antwort stimmte Jacobo misstrauisch. Sie kam zu schnell. Klang nicht aufrichtig.

»Hast du noch weitere Anweisungen?«, setzte Forazi nach. »Ich muss aufbrechen.«

Eigentlich konnte es keinen Grund für den Komtur geben, es eilig zu haben. Dahlia lag weit abseits der Schlachtfelder. Jacobo hatte das Gefühl, dass da irgendetwas hinter seinem Rücken vorging. Er erwog, ob er den Komtur direkt darauf ansprechen sollte. Forazi war schon mehr als zwei Jahre in Dahlia. Wahrscheinlich würde er bald versetzt. Der Orden achtete sehr darauf, dass seine Ritter und Würdenträger nie zu lange an einem Ort blieben. Sie sollten keine Wurzeln schlagen. Keine persönlichen Beziehungen aufbauen, die womöglich ihren absoluten Gehorsam dem Orden gegenüber gefährden mochten.

Die Ritter des Ordens vom Schwarzen Adler waren stolz auf diesen Ruf bedingungslosen Gehorsams, den sie über die Jahrhunderte seit ihrer Gründung erworben hatten. Befehle wurden ohne zu zögern ausgeführt, und die strenge Hierarchie ließ nie Zweifel aufkommen, wessen Befehle befolgt werden mussten. Deshalb war der Komtur hier. Jeden Würdenträger des Ordens vom Schwarzen Adler erwartete eine kleine Eisentruhe, wenn er ein neues Kommando oder Amt übernahm. Selbst der Hochmeister war davon nicht ausgenommen. In dieser Truhe wurden Dokumente verwahrt, die klare Anweisungen gaben und Besonderheiten des neuen Postens erläuterten. Hier auf Cilia erwartete jeden Komtur ein Dokument, in dem von ihm die Rede war, dachte Jacobo nicht ohne Stolz. Die Komture mussten seinen Weisungen Folge leisten, und sollte einer seiner Wünsche jemals im Widerspruch zu einem Befehl des Erzpriesters Nandus Tormeno stehen, so waren es seine Weisungen, die befolgt werden mussten, und nicht die seines Zöglings Nandus. Erläutert wurde das nicht. Und es war auch nicht nötig, denn die Kaiserritter waren es schließlich gewohnt, zu gehorchen, ohne Fragen zu stellen, und dieses Dokument trug das Siegel des Hochmeisters.

»Tut sich etwas Besonderes, wovon ich wissen sollte?«, erkundigte sich Jacobo interessiert.

»Nein!«

Wieder kam die Antwort zu schnell und zu entschieden, dachte Jacobo. Der Orden musste in irgendeine Intrige verstrickt sein. Wahrscheinlich plante Nandus etwas. Einen Schlag gegen die Märengestalten vielleicht? Kurz dachte Jacobo daran, den Komtur dazu zu zwingen, sich ihm zu offenbaren. Dann verwarf er das. Er war hier nur der Beobachter. Jacobo schnaubte. Als Blinder …

Das Kratzen im Hals bedrängte ihn wieder. Er hustete, was es nur schlimmer machte. Hustete erneut. Es fühlte sich an, als wollte seine Kehle aufreißen.

»Noch etwas Wein?«, fragte der Komtur.

Jacobo winkte ab. Versuchte, den Hustenreiz zu unterdrücken, und unterlag. Wieder und wieder hustete er. Spie Schleim und vermutlich auch Blut. Er hasste es. Hasste sein Alter, das Gefühl, langsam zu zerfallen. Er hätte längst tot sein sollen. In diesem Zustand das Zeitalter zu erleben, für das der geheime Orden vom Roten Kloster einst gegründet worden war, war zutiefst frustrierend.

»Ich werde dann gehen«, bemerkte der Komtur.

Jacobo hatte keine weiteren Fragen. Und würden ihm doch welche einfallen, genügten zwei brennende Kerzen, um Francesco Forazi dazu zu zwingen, ihn erneut zu besuchen. Trotz der Schmerzen in seiner Kehle lächelte Jacobo. Er liebte den bedingungslosen Gehorsam der Kaiserritter.

Die Dielen knarrten unter den schweren Schritten des Ordensritters. Die Tür öffnete und schloss sich. Wenig später hörte Jacobo sich entfernende Schritte auf dem Straßenpflaster. Wenigstens seine Ohren hatten ihn nicht verraten. Er war sogar überzeugt, besser zu hören, als er es als junger Mann getan hatte. Die meisten der Bewohner des Hauses und seiner näheren Umgebung konnte er an ihren Schritten unterscheiden.

Die Kniegelenke schmerzten, als er sich aus seinem Lehnstuhl hochstemmte. Er ging die drei Schritt zu dem kleinen Tisch an der Wand, auf dem der Weinkrug stand, und schenkte sich noch einmal ein. Er bekam wenig Besuch. Seine Ausbildung im Roten Kloster hatte ihn für den Umgang mit der Einsamkeit gewappnet. Und doch fiel es ihm mit den Jahren schwerer, das Alleinsein zu ertragen. Er hatte alles dem Kloster und seiner Aufgabe geopfert. Er war nicht anders als die Kaiserritter, lebte ohne Kompromisse für das einmal gewählte Ziel. Nur dass er es im Verborgenen tat. Jeder hielt ihn für einen mittellosen Wanderarbeiter, dem die Gnade des Erzpriesters einen vergoldeten Lebensabend beschert hatte. Die Zimmer mit dem Blick aufs Meer bezahlte Nandus ebenso wie die Frau, die für ihn kochte, ihm beim Waschen half und ihn mit allem Lebensnotwendigen versorgte.

Nandus hatte ihn stets für einen Wanderer gehalten. Für einen, der den vierten Zirkel im Roten Kloster vollendet hatte, dem es aber verwehrt geblieben war, in den fünften Zirkel und damit zum Erzpriester aufzusteigen. Die Wanderer zogen durch das Reich und sogar bis ins Khanat. Sie sammelten die Mären, die man sich erzählte, schrieben sie nieder und ließen sie dem Roten Kloster zukommen.

Sie mischten sich unter das einfache Volk und durften sich nicht zu erkennen geben. Sie traten als Wanderarbeiter, Söldner, reisende Kesselflicker oder Kaufleute auf. Alles, was ihnen eine Rechtfertigung gab, rastlos umherzuziehen, war willkommen. Es war ein hartes Leben, aber oft auch erfüllt. Dabei wussten die Wanderer nicht einmal, warum sie die Mären sammelten.

Er hingegen schon. Jacobo ließ sich auf dem Lehnstuhl am offenen Fenster nieder. Könnte er noch sehen, würde er auf die Hafenbucht hinabblicken. Würde sehen, wie sich das Licht letzter Laternen und der Positionslampen der ankernden Schiffe im Wasser spiegelte.

Jacobo liebte es, hier zu sitzen und auf den Sonnenaufgang zu warten. Mit jedem Sonnenaufgang gewann er einen Tag. Solange er zurückdenken konnte, war er sich sicher gewesen, dass er in der Nacht sterben würde, nicht bei hellem Sonnenschein.

Als der Wind durch das Fenster blies, strich Jacobo sich fröstelnd über die Arme. Er war verfroren geworden mit dem Alter. Von der Kraft und Zuversicht der Jugend war nicht viel geblieben. Nur Erinnerungen … Er konnte sich an den Tag, an dem er zum Roten Turm aufgebrochen war, noch erinnern, als sei es erst gestern gewesen. Wohlverborgen in den schroffen Bergen des Weltenrückens, war dies der Ort der letzten Geheimnisse. Dort hatte er den sechsten Zirkel vollendet und war zum Bewahrer aufgestiegen. Nur der höchste Rang war ihm verwehrt geblieben. Der des Schlüssels. Desjenigen, der wusste, wer den Schlüssel zur Verbotenen Kammer verwahrte – dem Ort, über den es nur Gerüchte gab und an dem das Buch verwahrt wurde, in dem die letzten Geheimnisse niedergeschrieben waren.

Viele Jahre hatte Jacobo darauf gehofft, dass er selbst berufen werden würde. Der Schlüssel ernannte seinen Nachfolger nach eigenem Ermessen. Doch diese Nachricht war nie gekommen. Und als er erblindete, hatte Jacobo alle Hoffnung aufgegeben. Ihm war es bestimmt, die Familie Tormeno zu beobachten. Zu berichten, ob in ihnen Alte Seelen wiedergeboren waren. Er hatte Lucio Tormeno beobachtet, war bei Nandus gewesen, als Arbora brannte, und hatte den Jungen unaufdringlich auf den Weg seines Vaters geführt.

Und er hatte Nandus um dessen Zukunft betrogen. Eigentlich hätte Nandus, mit Abstand der Beste seines Jahrgangs, in den sechsten Zirkel aufsteigen sollen. Der Tag, an dem er dafür gesorgt hatte, dass Nandus nicht erhielt, was er sich durch Fleiß und Begabung verdient hatte, war der dunkelste in Jacobos Leben gewesen. Er hatte dem jungen Erzpriester vorgegaukelt, als väterlicher Freund zu ihm ins Rote Kloster gekommen zu sein. Als der Vater, den er vor langen Jahren verloren hatte. Er hatte Nandus getröstet und mit ihm gezecht, als er fassungslos die Entscheidung aus dem Munde der Oberen des Roten Klosters vernommen hatte. Ja, er hatte sogar dafür gesorgt, dass Nandus, der zum Erzpriester von Cilia berufen worden war, die schöne Cynthia kennenlernte. Noch ein Leben, das er zerstört hatte.

Jacobo hob den silbernen Becher an die Lippen und nahm einen tiefen Zug. Er hatte Nandus geliebt wie einen Sohn und ihm doch nie verraten, was auf ihn zukam oder auf Milan. Spätestens als der Krähenmann in Dahlia erschienen war und Nandus ihm von der Dunkelheit erzählte, welche die Sterne verschlang, hätte er dem Erzpriester die Augen öffnen müssen.

Er, der Blinde, sah viel klarer, was auf Cilia begonnen hatte und sich nun wahrscheinlich schon überall im Reich und im Khanat fortsetzte. Er wusste, welche Schlachten bevorstanden, weil es nicht zum ersten Mal geschah. Was er nicht wusste, war, wie man die Märengestalten wieder aus der Welt schaffte. Dies war das letzte Geheimnis. Jenes, das zu kennen dem Schlüssel vorbehalten war.

Jacobo wartete jede Nacht darauf, vor seinem Fenster das Rauschen mächtiger Schwingen zu hören. Unter den Märengestalten gab es welche, die um den geheimen Orden wussten. Jäger, die den Erzpriestern und Bewahrern nachstellen würden. Womöglich war der Krähenmann solch ein Jäger … oder vielleicht auch nicht?

Jacobo hatte Milan für verloren gehalten, als der Krähenmann den Jungen geholt hatte. Dass er wiedergekommen war, grenzte an ein Wunder. Aber es war zugleich ein Beweis dafür, dass auch in Milan eine Alte Seele wiedergeboren war, so wie in seinem Vater Nandus. Jacobo ahnte, in wessen Gestalt die dritte Alte Seele wiedergekehrt war. Und er glaubte, dass das Khanat schon vor vielen Jahren den Kampf gegen diese dritte Seele aufgenommen hatte. Es schien so offensichtlich …

Jacobo hob den Kopf zum Himmel, den seine Augen so viele Jahre schon nicht mehr sehen konnten. Und er betete, dass er nicht in dieser Nacht das Rauschen der Schwingen hören würde. Er wollte erleben, wie die Welt sich veränderte. Wie ein neues Zeitalter anbrach, in dem die Menschen vom Herrn des Himmels das größte nur denkbare Geschenk erhielten. Die Möglichkeit, die ganze Welt nach ihren Vorstellungen zu verändern.

Wie in jeder Nacht dachte Jacobo darüber nach, seine Eide als Bewahrer zu brechen und Nandus doch die Zukunft zu schenken, um die er ihn betrogen hatte. Noch war es nicht zu spät.

Aber er hatte geschworen, dass er die Geheimnisse bewahrte, solange er lebte, und bisher war er stets stolz darauf gewesen, so treu zu seinen Eiden zu stehen wie ein Kaiserritter.

Und weil er auch geschworen hatte, dass kein Unwürdiger zum Bewahrer werden würde, hatte er dafür gesorgt, dass derjenige, der anstelle von Nandus Tormeno die Reise zum Roten Turm angetreten hatte, sein Ziel nicht erreichen konnte. Dem jungen Erzpriester Marco Falcone hatte die innere Größe gefehlt, um in die Geheimnisse der Welt eingeweiht zu werden. Er hätte kein Leben in der Heimlichkeit, wie es der Rang eines Bewahrers erforderte, führen können. Er war ein junger Mann, wie geschaffen für den Glanz, der dem Auftreten eines Erzpriesters anhaften konnte – und niemand, der in den schmutzigen Baracken von Wanderarbeitern vegetierte, um zu beobachten, was er bewahren sollte.

Jacobo schloss die blinden Augen. Gestand sich ein, dass er sich schönredete, was er getan hatte.

Er genoss die kalte Brise auf seinem Gesicht und wartete auch in dieser Nacht wieder auf das Geräusch der Schwingen.

WEISSER WALD, KURZ VOR MITTAG, 22. TAG DES WEINMONDES IM JAHR VON SASMIRAS ZWEITER THRONERHEBUNG

Ein letzter Hieb mit dem schweren Holzhammer krachte auf den Pfahl, dann ließ Rainulf das unhandliche Werkzeug sinken. Er war nass bis auf die Knochen. Im kalten Regen dampften seine Kleider. Hose und Stiefel waren bis über die Knie mit Schlamm verkrustet.

Er prüfte den fast armdicken Stamm, den er schräg in den Waldboden getrieben hatte. Gleich würde er ihn abschließend mit dem Haumesser bearbeiten, ihm eine Spitze geben. Überall entlang des Hangs sprossen ähnlich angespitzte Pfähle aus dem Boden, die sich den Angreifern entgegenreckten, die bald kommen würden.

»Wir werden sie auf diesem verdammten Hang so nicht besiegen«, sagte Felicia missmutig. »Es werden zu viele sein. Und wir können nicht überall stehen. Sie werden einfach über unsere Flanken gehen, uns in den Rücken fallen und uns niedermetzeln. Hier zu kämpfen ist ein idiotischer Plan.«

Rainulf verkniff sich eine Antwort. Felicia war fürchterlicher Laune, seit sie hier war. Es war ein Befehl des Herzogs Umbaldo di Biscia, der sie aus den Wäldern bei Thouar hierhergebracht hatte. Gegen ihren Willen. Sie war erst am Morgen eingetroffen. Und er konnte sich nicht erinnern, sie je so verdreckt gesehen zu haben.

Mit einem wütenden Hieb schlug sie einen breiten Span von dem Pfahl, den sie gerade anspitzte. Sich unter die Männer am Hang zu mischen und genauso hart zu arbeiten wie jeder andere störte sie nicht. Deshalb schätzte Rainulf sie so sehr. Ebenso wie alle anderen Bogenschützen. Sie mochte als Herzogin geboren sein, aber sie war auch eine von ihnen. Sie teilte den Dreck mit ihnen, den Hunger, die Nächte an rauchenden Lagerfeuern.

»Ich denke, der steile Hang wird den verfluchten Ligisten ordentlich zu schaffen machen«, ertönte eine freundliche Stimme hinter ihnen.

Rainulf zuckte innerlich zusammen. Das war nicht gut. Die Stimme war unverwechselbar. Es war Umbaldo di Biscia, das Schwert der Schlangen. Er war mit zwei Leibwächtern den Hang hinabgestiegen, um den Fortgang der Arbeiten zu begutachten.

»Ich hätte mich gefreut, wenn du dich bei mir gemeldet hättest, Felicia da Rosa.«

»Warum? Findest du, ich sollte zu dir gelaufen kommen wie ein Hündchen, das getätschelt werden möchte? Du wolltest, dass ich hier bin, um zu kämpfen. Und hier bin ich. Sollte ich auch noch bei dir vorstellig werden? Soll ich mich für Lucille entschuldigen? Dafür, dass sie Thuoar verloren hat?«

Rainulf sah das Funkeln in ihren Augen. Sie war auf Streit gebürstet. Merkte Umbaldo das denn nicht?

»Ich wollte dich eigentlich nur in Anwesenheit des Rates der Schwerter zur Befehlshaberin unserer Truppen ernennen. Es ist immer besser, wenn das alle zur selben Zeit mitbekommen«, entgegnete Umbaldo ruhig. »Das erspart unnötiges Gerede.«

Felicia setzte an, etwas zu sagen. Dann wischte sie sich mit der schmutzigen Hand über die Stirn und durchs Haar. »Also gut, du hast mich überrumpelt«, knurrte sie, immer noch streitlustig. »Was soll das?«

»Sieh mich an. Ich bin zu dick, zu alt, habe auf zu wenigen Schlachtfeldern gestanden, und ich besitze nichts mehr. Meine Familie hat vor mehr als fünfzig Jahren das Herzogtum der Schlangen verloren. Das Land gehört bereits so lange der Liga, dass sich kaum jemand in unserem Heer noch daran erinnern kann, dass dort das Schlangenbanner wehte. Und nun sind auch meine letzten Besitzungen und Thouar dahin. Meine Schiffe und Waren. Ich bin nur noch mein Titel.« Umbaldo lächelte verschmitzt. »Und die Weisheit, die einem langen Leben entspringt. Mir folgen die Bogenschützen, weil ich gewählt wurde. Dir werden sie mit Begeisterung folgen.«

»Stimmt!«, stellte Felicia provokant fest.

»Deshalb führst du die Kämpfe. Doch nicht, dass es zu Missverständnissen kommt – den Vorsitz im Rat der Schwerter gebe ich nicht auf. Einzig hier auf dem Schlachtfeld ist es dein Wort, das entscheidet.«

»Gut«, sagte Felicia zu Rainulfs Erleichterung. »Warum kämpfen wir hier?«

Umbaldo wirkte verblüfft. »Weil hinter uns die Ruinen des Palastes der Weißen Königin liegen. Wir können ihr nirgends näher sein. Wir brauchen …«

»Völlig falsch!«, schnitt Felicia ihm das Wort ab. »Wir planen doch nicht mit unserer Niederlage. Damit, dass wir hier in Scharen niedergemetzelt werden, damit die Weiße Königin erscheint, um uns zu retten.« Ihre grünen Augen funkelten gefährlich. »Ganz im Gegenteil. Es werden die verdammten Ligisten sein, die diesen Hang mit ihrem Blut tränken! Wir brauchen die Weiße Königin nicht, um zu siegen. Wir sind die Bogenschützen des Schwertwaldes, der schlimmste Fluch der Ligisten!«

Die Männer ringsum ließen von ihrer Arbeit ab und hörten Felicia zu. Sie hatte etwas an sich, was einen an das Unmögliche glauben ließ.

»Folgt mir!« Sie stapfte den schlammigen, steilen Hang hinauf, bis sie den Kamm erreichte.

Unter ihnen lag ein annähernd kreisrundes Tal. Der obere Teil des Talkessels war mit verrottenden Bäumen bedeckt. Stümpfe ragten aus dem schlammigen Boden. Dazwischen lagen kreuz und quer umgestürzte Stämme. Weiter unten standen die Bäume noch dicht an dicht. Doch sie sahen aus, als seien sie gehäutet worden. Bleich, fast weiß, ohne Rinde verschränkten sich ihre Äste zu einem dichten Gespinst wie die Netze einer Trichterspinne. Der Wald war unheimlich.

Die Flüchtlinge, die zu Hunderten gekommen waren, lagerten oben am Hang zwischen den gestürzten Bäumen. Vereinzelt entdeckte Rainulf dort auch Märengestalten. Wurzelbolde, kleine Wichte, die berüchtigt für die üblen Scherze waren, die sie Wanderern und Jägern spielten, die sie verärgerten. Schlanke Dryaden, die ihre Bäume verlassen hatten, um die Kranken unter den Flüchtlingen zu pflegen. Einige Hexen, die sich in einem Kreis zusammengefunden hatten und von jedem gemieden wurden, der noch bei Verstand war. Und natürlich Gideon, der alles überragte und Rainulf nun noch größer erschien als bei ihrer letzten Begegnung.

»Ich brauche jeden Schmied und jeden Pfeilmacher«, erklärte Felicia. »Und ich möchte eine genaue Angabe, über wie viele Pfeile wir verfügen. Jeder da unten, der ein Messer halten kann, soll Äste zuspitzen. Wir werden Hunderte von Fußangeln auf den Hängen auslegen.«

Die Herzogin winkte dem Riesen. »Gideon!«, rief sie aus Leibeskräften.

»Herrin?« Die Stimme der Märengestalt rollte wie Donnerschlag über den Hang.

»Unten in den Ruinen wird es gestürzte Säulen geben. Die einzelnen Teile der Säulen sehen aus wie große Trommeln.«

»Stimmt«, sagte der Riese ernst.

»Diese Steintrommeln holst du und wirst sie an Stellen hier oben auf dem Hügelkamm ablegen, die ich dir genau zeige.«

Gideon schüttelte den Kopf. »Das wird der Königin aber nicht gefallen und ihrem Baumeister Milan sicher auch nicht. Wenn sie wütend wird, ist sie gar nicht nett.«

Gideon sagte das in einem Tonfall so eingeschüchtert und ernsthaft zugleich, dass Rainulf sich beherrschen musste, um nicht loszuprusten.

»Den Zorn der Weißen Königin nehme ich gern in Kauf, solange ich nur ihre Säulen nutzen kann, um die verfluchten Ligisten auf diesem Hang niederzuwalzen. Außerdem wirst du die größten Bäume dort unten ausreißen und an Stellen legen, wo der Hang sanft ansteigt und zu leicht zu erklimmen ist. Wir werden die Wege bestimmen, die unsere Feinde gehen können, und dort lassen wir sie gegen einen Hagelsturm unserer Pfeile anmarschieren. Wir haben uns lange genug vor den drei Heeren der Liga zurückgezogen. Hier an dieser Stelle halten wir an. Und wir werden nicht mehr weichen, bis es unsere Feinde sind, die schreiend vor Angst davonlaufen!«

Rainulf sah, wie in den Gesichtern der Flüchtlinge Hoffnung aufkeimte, sah, wie die Bogenschützen, die er von der Sternenbücke hierhergeführt hatte, wieder grimmig lächelten und neuer Kampfgeist in ihnen erwachte. Felicia war eine Anführerin, wie es sie sonst nur in alten Mären gab. Sie beherrschte die Herzen aller, die ihr zuhörten.

»Ich verspreche euch, dass ihr alle hier bis zum Abend meinen Namen verfluchen werdet«, verkündete sie selbstbewusst. »Ich werde euch arbeiten lassen, bis ihr im Stehen einschlaft, bis euch die Hände bluten und ihr glauben werdet, dass ihr kein Glied mehr rühren könnt, und wenn ihr euch erschöpft eine Atempause gönnt, werde ich neben euch stehen und euch unbarmherzig antreiben weiterzumachen. Euch alle, ganz gleich, ob ihr Kinder oder Greise, Frauen oder Männer, Hochgeborene oder Wilddiebe, Dryaden oder Wurzelbolde seid! Ihr werdet für mich arbeiten, bis ihr darum betet, dass die Schlacht endlich beginnt, weil ihr die Ligisten weniger fürchtet als mich. Aber am Ende werde ich euch den Sieg schenken.«

Einige der Zuhörer am Hang waren sichtlich eingeschüchtert. Keiner wagte es, der Herzogin zu widersprechen. Nicht einmal Umbaldo, obwohl das Schwert der Schlangen auf Rainulf so wirkte, als sei er nicht mit allem einverstanden, was Felicia gerade gesagt hatte.

»Pfeil der Rosen?«

Rainulf liebte es, mit seinem Ehrentitel angesprochen zu werden. »Herzogin?«

»Du wählst drei mal hundert Bogenschützen aus. Für sie gibt es Sinnvolleres zu tun, als diesen Hang mit angespitzten Pfählen zu schmücken. Das werden jetzt andere übernehmen. Bilde drei Trupps und schicke sie den heranrückenden Heeren entgegen. Der Marsch durch den Wald soll für unsere Feinde kein Spaziergang sein. Erschießt sie aus dem Hinterhalt. Macht die

Nachzügler nieder und jene, die sich zum Scheißen hinter einen Busch kauern. Mach ihnen Angst. Nimm ein paar Wurzelbolde mit. Die wissen gut, wie das geht. Lass die verdammten Ligisten bereuen, je hierhergekommen zu sein. Sorge dafür, dass ihre Herzen bereits voller Furcht sind, wenn die Schlacht beginnt!«

FÜNF MEILEN SÜDLICH DES WEISSEN WALDES, KURZ VOR MITTAG, 24. TAG DES WEINMONDES IM JAHR VON SASMIRAS ZWEITER THRONERHEBUNG

Sie haben Massimo erwischt«, raunte der Ritter, an dem er vorüberging.

Wann immer es zu einem Zwischenfall kam, bei dem übernatürliche Kräfte gewirkt hatten, wurde Milan gerufen. Der Ritter wagte es nicht, ihm ins Gesicht zu blicken. So wie alle im Heer. Ganz gleich, was er auch sagte, er konnte die Geschichten, die über ihn die Runde machten, nicht zum Verstummen bringen.

»Wo?«, fragte er den Ritter.

»Hinter den Büschen.« Der junge Mann zeigte nach Norden. Sein Gesicht war eingefallen, die Augen rot entzündet. Die endlosen Märsche durch den Regen setzten allen in ihrem Heer zu.

Rodrigo Apolita hatte dafür gesorgt, dass sie alle gleich waren. Reiche Kaufmannssöhne, die ihre Pferde am Zügel führen mussten, und einfache Bauern, die mit einem Spieß oder einer Armbrust in der Hand marschierten. Auch hatte der Kaufmann aus Dahlia alle privaten Vorräte im Heer beschlagnahmen lassen. Jeder bekam nun die gleichen Rationen, und die allgemeine Stimmung war trotz des schlechten Wetters gestiegen.

Nur die Männer aus Ferranta sonderten sich von allen anderen ab. Sie hatten Rodrigo nicht verziehen, dass er den Oberbefehl übernommen hatte. Am vergangenen Abend waren sie sogar vor das Zelt des kleingewachsenen Feldherrn gekommen und hatten von ihm gefordert, die Leiche Nicolo Triminis herauszugeben. Erst Männer aus der Stadtwache Dahlias hatten die Aufsässigen vertrieben.

Milan umrundete das Gebüsch. Dort, über dem Wurzelwerk einer Eiche, kauerte ein Mann mit heruntergelassenen Hosen. Aus dem aufgerissenen Mund wand sich ein frischer Trieb mit maigrünem Laub, obwohl ringsum im Wald der Herbst Einzug gehalten hatte und die Blätter fielen.

Männer in den schwarzen Waffenröcken Drepanas mit dem großen weißen Mond auf der Brust standen um den Toten. Der Mann mit den herabgelassenen Hosen trug teure Stiefel. Wahrscheinlich ein Kaufmannssohn, dachte Milan. Aber er schien auch bei den einfachen Waffenknechten beliebt gewesen zu sein. Etwa dreißig Mann sicherten das unübersichtliche Waldstück abseits der Straße, der das Heer folgte. Armbrustschützen und Spießträger, auch ein paar Fuhrleute aus dem Tross. Sie alle tuschelten aufgebracht.

»Wer tut so was?«, fragte der Ritter und blickte die Eiche an, als sei sie für Massimos Tod verantwortlich. »Waren das Dryaden? Baumgeister?«

Milan schüttelte den Kopf. »Dryaden sind feinsinnige Geschöpfe. Es muss viel Übles geschehen, um sie in Zorn zu versetzen. Ein Feuer im Wald. Großflächige Rodungen …«

»Vielleicht, weil er auf die Wurzeln …« Der Ritter stockte.

»Da ist was im Gebüsch!«, rief einer der Armbrustschützen.

Sofort riss ein halbes Dutzend Männer die Armbrust an die Schulter. Die Speerträger rückten näher zusammen und richteten ihre Waffen aus.

Vor ihnen lag ein sanft ansteigender Hang, bedeckt mit wild wucherndem Gebüsch, zwischen dem, gleich Säulen, die Stämme von Eichen und Buchen aufragten. Zu ihren Häuptern verschränkte sich Astwerk zu einer dichten Kuppel, durch die nur hier und dort ein Stück grauer Himmel zu sehen war. Wind zupfte goldene Blätter von den Ästen. Überall tröpfelte es. Leichter Regen ging seit dem Morgengrauen nieder. Ein Regen, der mit der Zeit jede Naht durchdrang, unerbittlich die Kleidung durchweichte und seinen Weg auf die bloße Haut fand. Und mit ihm kam eine Kälte, die sich tief in den Knochen einnistete.

Jetzt sah auch Milan, wie sich die Äste eines Buschs bewegten.

Armbrustbolzen sirrten ins Grün.

Ein schrilles Quicken hallte durch den Wald. Dann brach ein Schwarzkittel aus dem Dickicht. Ein riesiges Tier. Es pflügte durch das Gebüsch. Milan sah Blut auf dunklem Fell. Dann war das Wildschein auch schon wieder verschwunden.

Erleichtertes Gelächter löste die Spannung.

Milan wandte sich wieder dem Toten zu. Ein junger Trieb hatte ihn gepfählt. Er schien ihn ganz durchdrungen zu haben. Bis in die Mundhöhle.

Etwas an den zartgrünen Blättern war seltsam. Die Blattadern. Sie waren ein wenig dunkler, bildeten seltsame Muster.

Milan zupfte eines der Blätter ab. Die feinen Adern formten Buchstaben. *Am Arsch*, stand dort.

Der Ritter neben ihm, der sich vorbeugt hatte, fluchte leise. »Dafür werden wir sie bluten lassen. Diese elenden Mistkerle. Wir brennen den Wald nieder. Wir … Das ist Hexerei!«

Einige der Waffenknechte drängten heran und blickten auf das Blatt.

»Diese Waldhexen …«, wetterte der Ritter weiter. »Einen einzigen großen Scheiterhaufen machen wir aus dem Schwertwald! Sie werden es bereuen, Massimo, das verspreche ich dir …«

Milan überlief es eiskalt. Er musste das eindämmen! Es war schlecht, ihren Feinden zu viel Macht zuzusprechen. Nicht in diesen Zeiten. Es würde sie stärker machen. Er musste kleinreden, was geschehen war.

»Das ist kein Hexenwerk!«, sagte er entschieden. »Erkennt ihr es denn nicht? Bösartige Scherze! Ein abartiger Humor. Das sind Wurzelbolde. Nach diesem Zauber werden sie sich wochenlang in einem Erdloch verkriechen, um sich zu erholen und neue Kraft zu schöpfen. Üble kleine Kobolde. Aber so gut wie machtlos. Nehmt Massimo! Wir ziehen uns zur Straße zurück!«

Die Männer gehorchten augenblicklich. Milan spürte, dass sie genauso viel Angst vor ihm wie vor diesem Wald hatten. Und er fürchtete sich vor dem, was die Geschichten, die sie sich über ihn zuflüsterten, aus ihm machen würden.

FÜNF MEILEN SÜDLICH DES WEISSEN WALDES, KURZ VOR MITTAG, 24. TAG DES WEINMONDES IM JAHR VON SASMIRAS ZWEITER THRONERHEBUNG

Den mach ich kalt!«, ereiferte sich Gnarz.

Rainulf zischte den Wurzelbold an. Die kleinen Kerle waren eine Plage! Felicia hatte darauf bestanden, dass sie ihn und seine Schützen begleiteten. Sie sollten Angst verbreiten. Rainulf gefiel nicht, wie sie das machten. Der arglose Kerl bei der Eiche … Er war zu spät gekommen, um das zu verhindern. So führte man nicht Krieg, nicht einmal gegen die Liga.

Aber Milan dort zu sehen … Hatte der Junge die Seiten gewechselt? Er wurde mit Respekt, ja sogar Furcht behandelt. Auch wirkte er verändert. Der lange Kapuzenumhang war neu. Sein Gesicht halb im Schatten verborgen. Er hatte etwas Düsteres an sich. Und wo steckte Nok?

»Den schieß ich mir!«, murmelte Gnarz erbittert. »Dem schneid ich die Nase und die Ohren ab, und dann werde ich ihn häuten.«

Rainulf legte Gnarz die Hand auf den Rücken. Sie deckte beide Schultern ab. »Nein!«, sagte er leise, aber mit Nachdruck. Diese verdammten Kobolde hatten allesamt Flöhe im Hintern. Konnten einfach nicht stillsitzen. Wäre das Wildschwein nicht gewesen, wären sie eben schon entdeckt worden.

»Worauf wartest du denn noch?« Gnarz drehte sich halb zu ihm um und sah ihn mit seinen großen, gelben Augen an. Der Kobold hatte ein Gesicht, das an knorriges Wurzelholz erinnerte. In sein struppiges schwarzes Haar waren welke Blätter geflochten. Abgesehen von einem Lendenschurz, war er nackt. In der Linken hielt er ein langes Blasrohr. Rainulf hatte diese Waffe anfangs unterschätzt. Bis er sie zum ersten Mal im Einsatz gesehen hatte. Die Pfeile, die Gnarz damit verschoss, waren nicht einmal so groß wie ein Zahnstocher, aber sie waren mit einem Gift getränkt, das die Opfer lähmte. So hatte den Arglosen bei der Eiche vermutlich sein Schicksal ereilt. Er hatte dem Eichenschössling nicht entfliehen können.

»Ich nehm das jetzt in die Hand«, verkündete Gnarz. »Gleich hauen sie ab, und alles war vergebens.« Er funkelte Rainulf böse an. »Und nicht, dass wir uns missverstehen, der junge Schnösel, der gesagt hat, ich hätte keine Macht, der gehört mir. Samt Nase und Ohren.«

»Nein!«, fuhr Rainulf den Wurzelbold an. »Wir ziehen uns zurück.«

»Nachdem wir den halben Morgen damit zugebracht haben, diesen Mordbrennern eine Falle zu stellen?«

In den Gebüschen um sie herum lagen mehr als dreißig Bogenschützen verborgen. Und alle sieben Wurzelbolde, die zu seinem kleinen Trupp gehörten.

Es war ihr Plan gewesen, zwei oder drei Dutzend Männer von der Straße fortzulocken und dann niederzumachen. Aber dass Milan unter ihnen war, änderte alles. Rainulf wollte nicht riskieren, dass dem Jungen etwas geschah. Und wenn das Schießen erst einmal begann, dann würde es jeden dort unten erwischen. Felicia würde das wahrscheinlich nicht wollen. Sie sprach wenig von Milan, aber Rainulf war sich nicht klar darüber, wie er das deuten sollte. Verbarg sich dahinter zurückhaltende Zuneigung oder Gleichgültigkeit? Ganz sicher wollte er es nicht auf diese Weise herausfinden! Nicht, indem Gnarz Felicia Milans Nase als Jagdtrophäe präsentierte.

»Ich zerquetsch dich wie eine Laus, wenn du meinen Befehlen nicht gehorchst.«

»Wirklich?«, fragte der Wurzelbold drohend. »Glaubst du, du schaffst das?«

Aus dem Augenwinkel sah Rainulf, wie sich Milan in den Nacken schlug, als wolle er eine Mücke vertreiben. Und dann zog der Sohn des Erzpriesters etwas mit spitzen Fingern aus seinem Fleisch. Einen Pfeil, nicht einmal so groß wie ein Zahnstocher.

»Verdammt«, entfuhr es Rainulf. Das musste einer der Wurzelbolde gewesen sein.

»Wir werden angegriffen!«, schrie der Ritter an Milans Seite.

Ohne dass Rainulf den Befehl dazu gegeben hätte, erhoben sich ringsum seine Bogenschützen aus den Büschen.

FÜNF MEILEN SÜDLICH DES WEISSEN WALDES, KURZ VOR MITTAG, 24. TAG DES WEINMONDES IM JAHR VON SASMIRAS ZWEITER THRONERHEBUNG

Es war ein Stich wie von einer Pferdebremse. Scharfer Schmerz ließ Milan zusammenzucken. Er schlug nach seinem Hals, um das Insekt zu zermalmen. Etwas steckte in seiner Haut. Mit spitzen Fingern zog er es heraus und betrachtete einen nadelspitzen Holzsplitter, an dessen Ende ein Knäuel von Federn steckte.

Immer noch peinigte ihn ein Schmerz, als stecke ein glühender Dorn in seinem Hals. Ein bitterer Geschmack füllte seinen Mund. Seine Sinne trübten sich.

Der Ritter an seiner Seite schrie etwas, aber die Worte klangen dumpf und undeutlich. Etwas zischte dicht an seiner Nase vorbei.

Milan schwankte mit rudernden Armen. Sah, wie ein Armbrustschütze nach hinten gerissen wurde, als habe ihn eine unsichtbare Faust getroffen.

Er versuchte, sich dem Hang zuzuwenden. Jemand packte ihn am Arm. Aus dem Augenwinkel sah Milan eine gepanzerte Faust, die an ihm zerrte.

Milans Beine knickten ein. Sein Mund war wie mit Galle gefüllt. Plötzlich brach das Geschrei des Schlachtfelds lautstark über ihn herein.

»Sucht Deckung!«, brüllte jemand ganz nah bei ihm.

Ein Spießträger mit einem Pfeil in der Brust lag Blut spuckend am Boden und rief immer wieder nach einer Nera.

Milan bemühte sich, wieder hochzukommen, aber seine Glieder waren schwer wie Blei und wollten ihm nicht gehorchen. Der winzige Pfeil musste vergiftet gewesen sein!

Weitere Waffenknechte gingen zu Boden. Die Bogenschützen der Rebellen schienen überall zu sein. Die Sache mit Massimo war eine wohlvorbereitete Falle gewesen.

Stahl kreischte über Stahl. Die gepanzerte Hand ließ Milans Arm los.

»Armbrustschützen! Bildet einen Kreis!«, rief der Ritter.

Ein paar der Männer liefen zusammen. Schnallten die großen Pavesen von ihren Rücken und knieten nieder. Speerträger suchten bei ihnen Deckung. Sie übernahmen die schweren Pavesen, so dass die Schützen beide Hände frei hatten, um ihre Armbrüste nachzuladen.

Ein wuchtiger Schlag traf Milan an der Schulter und riss ihn nach hinten. Er fiel in kalten Schlamm. Spürte Wurzeln unter seinem Rücken. Und er sah viel zu nah vor seinem Gesicht einen Pfeilschaft aufragen. Er war getroffen worden! Aber noch empfand er keinen Schmerz.

»Zurück!«, rief der Ritter.

Die Waffenknechte, die sich gerade hinter die Pavesen gekauert hatten, wichen ein paar Schritte rückwärts. Von allen Seiten gingen Pfeile auf sie nieder. Immer mehr Männer sanken zu Boden.

Milan sah, wie ein Pfeil in die ungepanzerte Armbeuge des Ritters einschlug. Helles Blut rann über den silbern glänzenden Stahl der Rüstung. Das Schwert fiel dem jungen Ritter aus der Hand. »Zurück!«, rief er erneut, als ihn ein weiterer Pfeil ins offene Visier traf.

Die ersten Bogenschützen zogen nun ihre Schwerter und kamen den Hang hinab, während ihre Kameraden die Ligisten mit gezielten Schüssen niederhielten.

Was für ein wenig heldenhafter Tod, dachte Milan. Er war nicht verbittert, sondern eher überrascht, dass es nun so plötzlich mit ihm vorbei sein sollte. Doch er würde nicht dagegen ankämpfen. Seit Noks Tod hatte er jedes Ziel verloren. Er hatte die letzte Schlacht verhindern wollen, ohne zu wissen, wie. So war er einfach nur mit dem Heer geritten, ein von allen gefürchteter junger Mann. Ein Tormeno, dem sie jede Art von Grausamkeit zutrauten. Der Mörder ihres Heerführers. Von dem Milan, der er noch vor einer Woche gewesen war, war fast nichts geblieben.

War es Noks Tod, der ihn verändert hatte? War es das Gerede der Waffenknechte, das ihn zu dem kaltherzigen Tormeno werden ließ, dessen Blick seine Feinde versteinerte? Oder war das, was nun durchbrach, schon immer in ihm gewesen?

Ganz gleich, was zutraf, er wollte so nicht leben. Der Tod war ihm willkommen!

»Du glaubst also, ich kann nur einen Dreckssack wie dich aufspießen und muss mich dann wochenlang in einem Erdloch verkriechen? Ha! Dummer Fehler!«

Milan spürte, wie sich etwas unter seinem Rücken bewegte. Eine Wurzel schien lebendig geworden zu sein. Sie wand sich an seinem Rücken herab und schob sich unter seinen Gürtel.

Der Kobold stieg auf Milans Brust. Seine gelben Augen strahlten triumphierend. »Du wirst flennen wie ein Kind, das sag ich dir.«

»Lass die Finger von meinem Gold«, zischte Milan ihn an. »Das wirst du mir nicht stehlen. Ich hab zu viele Kehlen dafür durchgeschnitten.«

»*Dein* Gold?« Der Wurzelbold lachte ihm ins Gesicht. »Das wirst du gleich nicht mehr brauchen.«

»Fass es nicht an!« Milan versuchte, sich zu bewegen, aber alle Kraft schien aus seinen Gliedern gewichen zu sein. Selbst zu atmen und zu sprechen fiel ihm schwer. Er lallte, als sei er betrunken. »Mein Gold!«

»Na, das beschäftigt dich aber …« Der Wurzelbold zog ein kleines Messer aus dem Gürtel, von dem sein schmutziggrüner Lendenschurz hing. »Ich werde dir die Nase abschneiden.« Bei den Worten prüfte er mit seinem knotigen Daumen die Schneide des Messers. »Wird ein ordentliches Stück Arbeit bei so einem Zinken.«

Milan kämpfte gegen die Lähmung an, blieb aber machtlos. Er versuchte, all seinen Zorn und all seine Enttäuschung in seinen Blick zu legen. Vielleicht schaffte er es ja, das zu sein, wofür die Waffenknechte des Heeres ihn hielten.

»Dein Gold«, sagte der Wurzelbold, marschierte über Milans Brust und beugte sich zu dem Beutel vor, den Milan am Gürtel trug, »das wird jetzt Gnarz dem Schrecklichen gehören.«

»Lass die Finger davon. Das Gold ist verflucht!«

Gnarz lachte auf. »Seh ich aus wie ein Kind, dem du mit solchen Mären Angst einjagen kannst? Fühl das hier!«

Die Wurzel in Milans Rücken schob sich tiefer in seine Hose.

Der Wurzelbold schnitt den Lederriemen des Beutels durch und zog ihn auf. »Was ist denn …«

Die Bewegung unter Milan erstarb. Gnarz würde nie wieder eine Nase abschneiden!

Zwei weitere Wurzelbolde eilten herbei und teilten das Schicksal ihres Anführers.

Milan kämpfte neuerlich gegen die Lähmung an. Die Wirkung des Gifts ließ langsam nach. Er konnte bereits wieder eine Hand und beide Füße bewegen.

»Rückzug!«, befahl eine ihm wohlvertraute Stimme.

Keiner der Männer, die gekommen waren, um den Toten bei der Eiche zu sehen, lebte noch. Milan erwartete, jeden Augenblick einen der Bogenschützen über sich zu sehen, der ihm den Gnadenstoß versetzte.

Stattdessen erschien Rainulf. Er kniete sich neben ihn und prüfte die Verletzung durch den Pfeil. »Wird dich nicht umbringen«, murmelte er mürrisch. »Was machst du hier, bei den Mördern im Dienste der Liga?«

»Und was machst du an der Seite von Meuchlern wie diesem Gnarz?«

Rainulf zuckte die Schultern. »Wir haben dieselben Feinde.«

»Und das rechtfertigt alles?«

»Sagt der, der sich dem Heer angeschlossen hat, dessen Weg von Galgenbäumen gesäumt ist.«

»Jetzt nicht mehr!«, entgegnete Milan entschieden. »Ich habe Nicolo Trimini getötet und dem ein Ende gemacht.«

Rainulf sah ihn forschend an. »Du hast ihren Heerführer getötet, und sie lassen dich einfach mit sich ziehen?«

»Es ist etwas komplizierter …«

»Willst du nicht mit mir kommen? Ich könnte dich tragen. Felicia würde sich freuen, dich zu sehen.«

Milan musste an den Scheiterhaufen auf dem Platz der Helden denken. An den letzten Blick in ihre lindgrünen Augen. Und an die Flammen, die nach ihr griffen. »Wie ist sie?«

Rainulf wirkte verwundert. »Wie soll sie sein? Wie immer! Sie wird uns anführen.«

Milan presste die Lippen zusammen. Sein Gefährte konnte sich nicht mehr daran erinnern, dass das Schwert der Rosen als Hexe verbrannt worden war. Würde es ihm bald genauso ergehen?, fragte sich Milan. Und würde er ihr Herz ein weiteres Mal erobern können?

Er war stolz darauf, dass er sie zurückgeholt hatte. Aber er hatte zugleich Angst, ihr wiederzubegegnen und in ihr nicht mehr die Frau zu finden, die er geliebt hatte. Er wusste jetzt, wie gefährlich das Spiel mit den Mären war. Ließ er eine Mär in die Welt hinaus, hatte er keinen Einfluss mehr darauf, wie sie weitererzählt wurde.

»Du hast den Basilisken getötet?« Rainulf tätschelte den versteinerten Wurzelbolden über die Köpfe.

»Vorsicht!«, ermahnte ihn Milan.

»Ich hab schon gesehen, dass sie alle zu deinem Gürtel blicken.« Der Pfeil der Rosen beugte sich über ihn. Zugleich spürte Milan Rainulfs Hände an seinem Gürtel. Er zog den Beutel mit dem Basiliskenkopf zu. »Wo ist Nok?«

»Sie …« Milan versagte die Stimme. Er konnte immer noch nicht darüber reden. Zu schmerzlich war der Verlust.

Der Bogenschütze nickte nur. »War wohl ein schwerer Kampf …«

Obwohl er sich dagegen wehrte, traten Milan Tränen in die Augen.

»Du solltest nicht mit den Ligisten ziehen. Komm mit mir! Du gehörst zum Schwertwald. Dort stehst du auf der richtigen Seite. Du hast doch schon in Dahlia für uns gekämpft, als du all die geheimen Papiere deines Vaters für uns durchgesehen hast.«

In einem Bürgerkrieg gab es keine richtige Seite, dachte Milan bitter. Er musste das Gemetzel aufhalten, das war seine Aufgabe. Wenn er erreichen könnte, dass das Heer, das Nicolo Trimini aufgestellt hatte, nicht kämpfte, dann würde es vielleicht gar keine letzte Schlacht geben.

»Ich werde bleiben«, sagte er stockend. Die Enttäuschung in Rainulfs Blick traf ihn härter, als er erwartet hatte.

»Wie du meinst, Sohn des Erzpriesters«, sagte der Bogenschütze harsch. »Ich kann nicht zulassen, dass eine solche Waffe im Besitz der Liga bleibt.« Mit diesen Worten löste er den Beutel, in dem sich der Kopf des zweiten Basilisken befand, von Milans Gürtel. »Gib auf dich acht, Milan Tormeno. Ich bin dem Bogenschützen, der auf dich angelegt hat, in den Arm gefallen. Nur deshalb lebst du noch. Wenn wir uns im Weißen Wald begegnen, werden euch Hunderte Bogenschützen gegenüberstehen. Mach nicht den Fehler, sie anzugreifen! Dort werde ich dich nicht mehr beschützen können.«

NAHE DEM WEISSEN WALD, HEERLAGER DER LIGA, ABEND, 25. TAG DES WEINMONDES IM JAHR VON SASMIRAS ZWEITER THRONERHEBUNG

Milan lauschte dem Prasseln des Regens. Er hatte eines der wenigen Zelte bekommen, die das Heer mit sich führte. Die meisten Männer schliefen draußen auf dem durchnässten Waldboden.

Eine einzelne Öllampe warf einen Hauch goldenen Lichts auf das Innere des Zeltes. Es gab nur das Feldbett und eine Truhe, auf der ein Becher mit kalt gewordenem Glühwein stand.

Er lag angezogen unter einer klammen Decke und fror. Die Wirkung des Koboldgiftes hatte kaum nachgelassen. Zwar konnte er sich ein wenig bewegen, aber nur unter Schmerzen. Er fühlte sich, als sei er ein gichtkranker Greis. Er konnte nur auf einen Stock gestützt gehen. Und er war ratlos. Bei allen Gedankenspielen, wie er die letzte Schlacht verhindern könnte, hatte der Basiliskenkopf eine Schlüsselrolle gespielt. Er hätte mit ihm drohen können. Ganz sicher wäre es ihm damit gelungen, den Beginn der Kämpfe hinauszuzögern.

Er hatte sogar erwogen, in das Zelt zu gehen, in dem sich die Heerführer vor der Schlacht versammeln würden, und sie alle zu versteinern. Selbst seinen eigenen Vater. Denn ohne Anführer würde es keine Schlacht geben! All das war nun unmöglich. Ob sein Blick allein schon reichte? Die versteinerten Kobolde hatten dazu beigetragen, dass die Mär vom Sohn des Erzpriesters, der seine Feinde allein durch seinen Blick tötete, sich noch weiter verbreitete. Der Mann, der ihm Essen brachte, trug jedes Mal eine Augenbinde, wenn er kam. Ansonsten mieden ihn alle.

Unablässig waren draußen Hammerschläge zu hören. Keiner sagte ihm, woran da gearbeitet wurde. Verteidigungsstellungen, die das riesige Lager sicherten?

Am Morgen war das Heer Rudolfo Acutos aus dem Süden

eingetroffen. Am Mittag die Schwarze Schar unter der Führung Wolfhards von Urschlingen. Weit mehr als zwanzigtausend Ritter und Waffenknechte lagerten nun in Sichtweite der Hänge, hinter denen sich der Weiße Wald vor den Blicken verbarg. Wahrscheinlich zehnmal so viele Kämpfer, wie die Herzöge des Schwertwaldes aufbieten konnten. Es konnte keinen Zweifel geben, wie diese Schlacht ausgehen würde.

Die Zeltplane wurde zurückgeschlagen, und eine hagere Gestalt trat ein.

»Juliano!«

Sein Bruder wandte das Gesicht ab. Er hatte Angst, ihn anzusehen. »Stimmt es, was man erzählt?«

»Nein!«

»Sie zeigen dort draußen versteinerte Wurzelbolde. Du warst der einzige Überlebende eines Hinterhalts …«

Milan stemmte sich auf seinem Lager hoch. »Du weißt doch, wie es mit den Mären ist. Es gibt immer mehr als eine Geschichte.«

Juliano seufzte tief. »Ja.« Dennoch wagte sein Bruder es nicht, ihn direkt anzuschauen. Er hatte die Hände hinter dem Rücken verschränkt und stand leicht vorgebeugt.

Milan sah das Gesicht seines Bruders nur im Profil. Mit der riesigen Nase und dem fliehenden Kinn hatte er etwas von einer Krähe. Dazu das schulterlange schwarze Haar, das sich an der Stirn bereits zu lichten begann … Er wirkte unendlich müde und noch niedergeschlagener, als er ihn in Erinnerung hatte. Es waren nur wenige Wochen vergangen, seit Milan ihn zum letzten Mal gesehen hatte, und doch schien es ihm wie ein halbes Leben.

»Du siehst größer aus«, sagte Juliano. »Hast breitere Schultern.« Er blickte kurz zu dem Schwert, das an der großen Truhe lehnte. »Ein Held bist du geworden.«

Milan lachte bitter. »So fühle ich mich nicht. Was immer ich anfange, entgleitet mir …«

»Das kenne ich. Aber über mich erzählt man keine Mären.

Dabei habe ich in der Schlacht gegen die Meerhexe die zweite Linie befehligt. Eine verdammte Möwe hätte mir fast ein Auge ausgehackt.«

Er wandte sich so, dass Milan die halbverheilte Wunde im Licht der Öllampe sehen konnte.

»Der ganze Himmel über Thouar war voll von diesen Vögeln. Es waren Tausende. Und dennoch sind wir nicht gewichen.« Trotziger Stolz lag in Julianos Worten. Doch dann schlug seine Stimmung um. »Aber die Mär, die man sich überall erzählt, ist die von Vater, wie er, von Flammen umhüllt, der Meerhexe entgegengetreten ist. Und wie er am nächsten Tag seine große Rede gehalten hat. *Ich habe einen Traum* …« Juliano ahmte die Stimme ihres Vaters nach.

Für Milan war all das neu. »Erzähl mir davon!«

Der Bericht seines Bruders war eine seltsame Mischung aus Verbitterung und Stolz. Er bewunderte ihren Vater, daran gab es keinen Zweifel.

»Wie er werde ich niemals sein«, schloss Juliano seine Erzählung.

»Müssen wir das denn? Sein wie er?«

»Das fragst du?«

Milan verstand nicht. »Wie meinst du das?«

»Du hast den Basilisken getötet. Du gehst mitten in ein Heerlager und bringst im Zorn den Feldherrn und dessen gesamtes Gefolge um. Du hast den Grym erschlagen und die Schlange von Villa Alba für immer in ihrer Höhle eingeschlossen. Wohin man auch kommt, gibt es Mären über dich, Milan. Und sieh dich an. Du hast auch die Statur eines Helden. Bist groß, von geradem Wuchs und hartem Blick. Wo ist mein kleiner Bruder geblieben? Ich erkenne ihn nicht mehr in dir.«

»Und doch ist er immer noch da.«

Jetzt wagte Juliano zum ersten Mal, ihm in die Augen zu sehen. »Wie machst du das mit dem Versteinern?«, fragte er ehrfürchtig.

»Ich hatte den Kopf des Basilisken bei mir, aber er ist mir

gestohlen worden. Das klingt nicht so richtig wie eine Heldengeschichte, nicht wahr?«

Juliano nickte. »Sie erzählen im Heerlager auch von einem steinernen Gesicht, zu dem du jede Nacht sprichst. Stimmt das?«

Milan schluckte hart. Ihm war nicht bewusst gewesen, wie sehr er beobachtet wurde. Jede Nacht nahm er Noks steinernes Antlitz aus der Truhe, die ansonsten fast leer war. Wenn das Heer weiterzog, wurde das Zelt darin verstaut. Nun barg sie nur eine Wolldecke und, darin verborgen, in ein Seidentuch gehüllt, das Gesicht der Frau, die für ihn gestorben war.

»Dummes Gerede«, sagte er abweisend.

Juliano sah ihn auf eine Art an, die ihm klarmachte, dass er seine Ausflüchte durchschaute.

»Ich kann darüber jetzt noch nicht reden«, gab Milan leise zu.

Juliano sagte nichts. Es war ein mitfühlendes Schweigen, das lange währte. So wie an diesem Abend waren sie noch nie miteinander umgegangen. Früher war sein Bruder immer herablassend gewesen. Und irgendwann hatte Milan angefangen, ihn wegen seiner steifen Art zu verspotten und dafür, dass er an den Prüfungen im Roten Kloster gescheitert war. Zum ersten Mal tat ihm das leid. Sein Bruder war ein gebrochener Mann. Das begriff Milan erst jetzt. Und dennoch war er es, der zu ihm kam, und nicht ihr Vater, der doch auch im Heerlager sein musste.

»Wie geht es Fabricio?«

Juliano zuckte mit den Achseln. »Er ist in Dahlia. Ich möchte wetten, er liegt mit irgendeinem netten Mädchen im Bett und hat einen Krug Wein in Griffweite. Wenn du mich fragst, schafft er das mit einem schönen Leben am besten von uns dreien.«

Milan lachte auf und bereute es sofort. Die Pfeilwunde versetzte ihm einen schmerzenden Stich. Als jemanden, der gute Späße machte, kannte er Juliano noch nicht.

»Wir sollten ihn beizeiten mal fragen, wie er das macht«, fügte sein Bruder hinzu.

Milans Stimmung schlug um. Er dachte an Nok. An Felicia. Daran, dass er Frauen nur Unglück brachte.

Wieder schwiegen sie eine lange Zeit.

»Kann ich hier im Zelt schlafen?«, fragte Juliano schließlich. »Gibt nicht viele trockene Flecken im Heerlager. Und ich ertrage es nicht mehr, im Schlamm zu übernachten. Ich hab mir ein Fieber geholt und bin vollkommen durchgefroren.«

»Du kannst mein Feldbett haben …«

Juliano hob abwehrend die Hände. »Auf gar keinen Fall. Immerhin gehe ich noch nicht an einer Krücke wie du. Mir genügt ein trockener Flecken Erde. Ich hol mir meine Decke. Bin todmüde.«

»Wird Vater noch kommen?«

Sein Bruder schüttelte den Kopf. »Ich glaube nicht. Er war sehr wütend auf dich, als er das mit Nicolo Trimini gehört hat. Er meinte, es könne alle seine Pläne zunichtemachen, wenn die Pfeffersäcke misstrauisch auf die Familie Tormeno blicken. Er war wirklich außer sich. Ich hab ihn selten so erlebt. Er war ganz so wie damals, als er nicht mehr aufhören wollte, dich mit dem Rohrstock zu verprügeln, nur weil du zwei Varianten der Mär vom Krähenmann nicht den richtigen Gegenden Cilias zuordnen konntest. Hab nie verstanden, was ihn da geritten hat.«

Milan würde diesen Tag nie vergessen. Auf gewisse Weise hatte damals alles begonnen. Fabricio und Juliano hatten ihn vor ihrem rasenden Vater gerettet. Und Milan hatte beschlossen, sich an Nandus zu rächen. An jenem Tag war die Idee zum Kostüm vom Krähenmann in ihm geboren worden. Der Plan, die Silberscheibe mitten in einer Messe seines Vaters zu stehlen.

»Was für Pläne soll ich denn in Gefahr gebracht haben?«

Juliano schnaubte. »Glaubst du, er hätte mich eingeweiht? Da hat sich gar nichts geändert. Ich vermute, es hat mit der kommenden Schlacht und seinem Condottiere zu tun.« Er zuckte mit den Schultern. »Wir werden sehen. Wenn wir nicht wissen, was er vorhat, dann kann er uns hinterher alles als Erfolg verkaufen, nicht wahr?«

WEISSER WALD, PALAST DER WEISSEN KÖNIGIN, 25. TAG DES WEINMONDES IM JAHR VON SASMIRAS ZWEITER THRONERHEBUNG

Felicia hatte ihn aufgefordert, ihr in die Ruinen des Palastes der Weißen Königin zu folgen. Hätte sie nicht mit Nachdruck darauf bestanden, hierherzukommen, Rainulf hätte diesen Ort nie wieder betreten. Ein unheimliches fahles Licht ging von dem verfallenen Gemäuer aus. Keiner sonst, weder die Bogenschützen noch die Flüchtlinge, wagte sich hierher.

Undeutlich erinnerte sich Rainulf daran, mit Milan den verfallenen Palst besucht zu haben. Das war noch etwas, was ihn beunruhigte. Seine Erinnerungen an Milan waren auf seltsame Art verschwommen. Er war mit dem Baumeister der Weißen Königin hier gewesen. Und er war auch mit Milan gereist. Er hatte den Sohn des Erzpriesters vor einem Bären, dem Grym, gerettet. Ganz so, wie es der Pfeil der Rosen tun sollte. Aber irgendwie hatte er ganz unterschiedliche Orte im Kopf, fast so, als hätte er das öfter als einmal getan. Das war natürlich unmöglich!

Auch wusste er nicht mehr, warum er mit Milan gereist war. Vermutlich auf Befehl der Herzogin. Aber er konnte sich einfach nicht entsinnen, den Befehl dazu von ihr erhalten zu haben.

Diese Gedächtnislücken setzten ihm zu. Er vermochte sich ganz klar an unzählige Ereignisse aus seiner Kindheit und Jugend zu erinnern. Wie war es möglich, dass er bedeutsame Ereignisse aus jüngster Vergangenheit vergaß?

»Gideon hat gründliche Arbeit geleistet«, bemerkte Felicia und deutete auf eine Mulde im Boden. Vermutlich der Abdruck einer Säulentrommel, die dort bis vor kurzem gelegen hatte.

Das war noch etwas, womit sich Rainulf nicht wohlfühlte. Wie würde die Weiße Königin es aufnehmen, dass sie alle Säulentrommeln aus dem Palast geholt hatten? Und obwohl die Säulen entfernt waren, wirkte der Palast etwas weniger beschädigt als bei seinem Besuch hier vor einigen Wochen. Ihm kam es so vor, als würden die Mauern höher aufragen. Die Bäume, die sich zwischen den Ruinen erhoben, trugen silberweiße Blätter, und wenn der Wind durch sie strich, war das Geräusch ganz anders als bei den Bäumen draußen im Schwertwald. Hier klang es, als flüsterten die Geister derer, die einst an diesem Hof gelebt hatten. Und es lag etwas Drängendes in der Art, wie sie es taten.

Ein Schauder überlief Rainulf. »Wir sollten zurück zum Lager«, sagte er vorsichtig. »Ihr werdet dort gebraucht. Sie werden unruhig …«

»Sie werden ein paar Stunden ohne mich überstehen«, entgegnete Felicia mit einem kaltem Lächeln.

Rainulf schluckte. Ein paar Stunden? Was wollte Felicia hier?

Schweigend gingen sie durch den Nieselregen. Immer tiefer drangen sie in den Palast vor. Das Licht, das von den verfallenen Marmorwänden ausging, erzitterte zuweilen wie eine Kerzenflamme in einem Luftzug. Und es wurde heller. Obwohl dichte Wolken den Schein des Nachtauges des Herrn des Himmels und der Sterne schluckten, war es jetzt so hell wie an einem diesigen Sommermorgen.

Mit einem mulmigen Gefühl betrachtete Rainulf eine Doppelreihe von Sockeln, auf denen sich ursprünglich wohl Säulen erhoben hatten. Sie führten in gerader Linie auf ein riesiges Portal zu, dessen zwei gewaltige Türflügel aus grün angelaufener Bronze schief in schadhaften Angeln hingen. An diesen Ort konnte er sich nicht mehr erinnern.

Aber das mochte nicht viel bedeuten bei den Gedächtnislücken, die ihn plagten.

Der Boden, über den sie schritten, zeigte unter einer lockeren Laubschicht ein Mosaik aus Ranken und Blüten, ein Werk von anrührender Schönheit. Rainulf entdeckte ein junges Rehkitz, das zwischen Blättern hindurchspähte. Ein Stück weiter zeigte das Bodenbild eine Krähe, die auf einem von weißen Rosen umrankten Felsen kauerte. Hinter der Krähe erhob sich eine Schattengestalt mit weit gespreizten schwarzen Flügeln, die größtenteils unter der Laubschicht verborgen war.

Felicia ging mit festem Schritt geradewegs auf das Portal zu. Natürlich, dachte Rainulf mit klopfendem Herzen. Gefahr war für sie stets ein Anreiz. Etwas, woran es sich zu erproben galt.

Prächtige Reliefs fassten das Portal ein. Links war die Weiße Königin vor ihrem Thron zu sehen. Der Nebelwolf war an ihrer Seite. Gewaltige Beine ließen vermuten, dass dort auch Gideon stand, aber das Relief war beschädigt. Ritter in ganz unterschiedlichen Rüstungen umringten sie. Ihre Wappenschilde wiesen sie als Herzöge des Schwertwaldes aus.

Ergriffen erinnerte sich Rainulf an die Mär von der Rückkehr der Königin. Wenn doch nur endlich wahr würde, was in dieser Geschichte erzählt wurde!

Auf der anderen Seite des Portals war ein Einhorn zu erkennen. Mit einem kleinen Bärtchen am Kinn und wild zurückgeworfenem Kopf wirkte es sehr kämpferisch. Wurzelbolde, Dryaden, verschiedene Wölfe, zwei weitere Einhörner, eine Gruppe von Ulmenmännern und etliche Baumwürger umringten ein drittes auf einer Lichtung. Sie alle wirkten demütig, als fürchteten sie dieses wilde Einhorn oder als wären sie zumindest von tiefstem Respekt vor ihm erfüllt.

Die Bronzetüren selbst zeigten Hofdamen und festlich gewandete Edelmänner. An einem von ihnen entdeckte Rainulf eine winzige Schmucknadel, die einen Pfeil mit einer Rose zierte. Hatten einst Männer wie er zum Hof der Königin gehört? Der Mann auf dem Bronzebild war glattrasiert. Er trug etwas, das aussah wie ein Kleid. Dazu Sandalen, deren Lederschnürung bis fast zu den Knien hinaufreichte. Wenn er so etwas anziehen müsste, dachte Rainulf, würde er darauf verzichten, den Hof der Weißen Königin zu besuchen!

»Kommst du?«, fragte Felicia ungeduldig. Sie hatte das Portal bereits durchschritten, während Rainulf die Gestalten auf den

Bronzetüren betrachtete. Mehr als zehn Schritt war jeder der Türflügel hoch. Nie zuvor hatte er etwas Vergleichbares gesehen. Selbst das Stadttor von Thouar war deutlich kleiner.

Rainulf riss sich von dem Anblick los und trat durch den kaum einen Schritt breiten Spalt. Dabei fiel ihm auf, wie unsicher die Türen in den verzogenen Angeln hingen.

Der Saal, der ihn dahinter erwartete, raubte ihm den Atem. Er war von einem strahlenden Weiß. Das Licht, das von dem Marmor ausging, war hier schon fast blendend hell. Im hinteren Drittel wirkte der Steinboden wie frisch gefegt. Kein einziges welkes Blatt lag dort. Ein marmorner Thron erhob sich auf einem niedrigen Podest gegenüber dem Eingang.

Dies musste der Saal sein, in dem er mit Milan übernachtet hatte! Aber er war verändert. Es war ganz zweifelsfrei der Thron, neben dem das Skelett des Nebelwolfs gelegen hatte. Jemand hatte den Großteil der Trümmer fortgeräumt. Die Mauern waren nun deutlich höher, und über dem Thron spannte sich ein Kreuzgewölbe.

Näher bei dem hohen Portal, durch das er hereingekommen war, lagen Stapel von Bauholz, und jemand hatte einen niedrigen Schuppen errichtet, dessen Holztür aussah, als sei sie eingetreten worden.

»Wer hat das hierhergebracht?«, fragte Felicia und deutete auf das Holz.

Rainulf zuckte mit den Achseln.

»Dieses Gerede, dass Milan der Baumeister der Weißen Königin ist … entspricht das der Wahrheit?«

Rainulf schüttelte den Kopf. »Nein.«

Er erkannte die Nische mit dem großen Marmorquader wieder, dem Stein, der wie ein Altar aussah. Als sei er davon in Bann geschlagen, ging er hinüber.

Es hatte jetzt aufgehört zu regnen. Der Boden in der Halle war trotz des fehlenden Deckengewölbes trocken.

Dieser Ort gehörte nicht in die Welt, die er kannte, dachte Rainulf, während er sich dem Marmorblock näherte. Er war von

Magie durchdrungen. Rainulf konnte es spüren. Dies war ein Ort der Macht wie in den Mären seiner Kindheit.

Der Stein, der kein Altar sein konnte, stand in einer halbkreisförmigen Mauernische. Drei halbkugelförmige Vertiefungen waren in die ansonsten glatte Oberfläche geschnitten. In die Wand gegenüber waren seltsame Linien geritzt. Sie erinnerten ihn an Schrift. Aber die Buchstaben waren in sich verdreht und völlig verzerrt. Es war Rainulf unmöglich, aus ihnen einen Sinn herauszulesen.

»Schau dir das hier mal an.« Felicias fordernde Stimme brach den Bann. Rainulf kehrte dem Marmorblock den Rücken.

Die Herzogin stand vor der Hütte mit der eingetretenen Tür und spähte hinein. »Dort stapelt sich säckeweise Gips. Wozu?«

Er ging zu ihr hinüber. Neben der Hütte lagen große Gipsstücke. Rainulf kniete nieder, betrachtete sie näher. Eingetiefte Rankenmuster schmückten die zerbrochenen Platten, die einen drei Finger hohen Rand hatten. Die Ranken schimmerten seltsam. Er strich mit dem Finger darüber. Etwas Fettiges haftete an seiner Haut. Neugierig roch er an seinen Fingerkuppen. »Schmalz!«

»Und wozu das Ganze?« Felicia wirkte nicht wirklich interessiert. Rainulf hatte den Eindruck, dass sie in die Hütte wollte.

»Gipsguss. Die Formen werden eingefettet, damit man den gegossenen Gips leichter herauslösen kann.«

»Was du alles weißt!« Ihre Stimme klang, als wollte sie ihn necken.

»Hast du verges…« Rainulf biss sich auf die Lippen. Sie mochte es seit neuestem nicht, wenn er die Etikette schleifen ließ. »Habt Ihr vergessen, wie wir den Gipsarbeitern in der Rosenburg zugeschaut haben? Sie haben Gipsplatten als Deckenschmuck gegossen. Nicht lange nach dem letzten Jahreswechsel. Ihr habt gespottet, Gips sei der Marmor der Armen.«

»Nein, Rainulf, du erinnerst dich falsch. Einen solchen Morgen hat es nie gegeben«, sagte sie mit einer solchen Entschiedenheit, dass Rainulf erneut an seinem Gedächtnis zweifelte.

Konnte man sich an Dinge *erinnern*, die nie geschehen waren? Er sah noch deutlich vor sich, wie sie im Eingang des Westturms gestanden und den Arbeitern zugesehen hatten, wie sie den frisch angerührten Gips in Formen gossen.

»Gips gießen …« Felicia betrachtete die Formen vor dem Schuppen. Die Feuchtigkeit auf ihrem schweren grünen Wollumhang schimmerte, als sei er mit spinnwebfeinem Silber überzogen. Ihr Haar war zu einem Pferdeschwanz hochgebunden, der durchnässt auf ihren Rücken herabhing. Obwohl hier kein Feind zu erwarten war, hielt sie in der Linken einen Bogen. Er hatte sie schießen sehen. Nie hatte es eine Herzogin gegeben, die sich mit ihr hätte messen können. Gestern erst hatte sie auf fünfzig Schritt ein Astloch getroffen, das kaum größer als sein Daumennagel war.

»Ich glaube nicht, dass wir uns, was heute Nacht anbelangt, noch Sorgen machen müssen, dass uns die Liga mit einem Angriff überrascht.« Sie drückte den Rücken durch und streckte sich.

Deutlich sah Rainulf die Rundungen ihrer Brüste unter ihrem Wams.

Sie bemerkte seinen Blick und lächelte breit. »Ich dachte, wir lassen die Sorgen hinter uns und beschenken uns mit ein oder zwei schönen Stunden.« Sie nickte in Richtung der eingetretenen Tür.

Das war wieder ganz wie früher, dachte Rainulf. Es gab keine zärtliche Geste, keinerlei Vorgeplänkel. So direkt war sie immer schon gewesen.

Felicia duckte sich unter dem niedrigen Türsturz. Sie sah sich nicht nach ihm um. Sie war sich offenbar sicher, dass er ihr folgen würde.

Und natürlich behielt sie recht. Felicia war die schönste Frau, der Rainulf je begegnet war. Er hatte nie begriffen, was Milan an dieser zierlichen, mandeläugigen Nok fand. Die fordernde Art Felicias, ihre lodernden grünen Augen, das stets ein wenig spöttische Lächeln … Er liebte es. Würde es immer lieben!

Rainulf duckte sich unter dem niedrigen Türsturz hindurch. Streifen des blendend weißen Lichts fielen durch die Spalten zwischen den Brettern und sorgten dafür, dass im Inneren des Schuppens genug zu sehen war. Säcke voller Gips lagen übereinandergestapelt am Boden. Felicia streifte gerade ihren Gambeson über den Kopf. Darunter trug sie nichts.

Nackt, nur in Stiefeln und mit ledernen Stulpenhandschuhen, drehte sie sich um und hatte ihren Spaß daran, wie er auf diesen Anblick reagierte. Auch wenn ihr Antlitz und ihre Unterarme wettergegerbt waren, war ihr übriger Leib von makellosem Weiß. An frische Milch erinnerte ihn die Farbe. Rainulf schluckte. Blickte auf die Brüste, deren Knospen sich ihm entgegenreckten.

Rainulf lehnte seinen Bogen an die Wand und öffnete seinen Schwertgürtel.

»Du warst schon mal schneller«, neckte ihn Felicia.

»Sagtet Ihr nicht, wir haben Zeit, Herzogin?« Es fühlte sich seltsam an, eine nackte Frau so förmlich anzusprechen. Aber er wollte nicht riskieren, dass ihre Stimmung umschlug. So beharrlich und zielstrebig sie im Krieg war, so launisch und sprunghaft war sie in der Liebe.

Rainulf kämpfte sich aus seinem Gambeson. Durchnässt, wie er war, ließ er sich noch schwerer ausziehen. Das Hemd darunter klebte ihm regelrecht am Leib. Er musste vorsichtig sein. Wenn er sich falsch bewegte, würde der fadenscheinige Stoff reißen.

Felicia warf sich gutgelaunt auf das Lager aus Gipssäcken. »Ich werde dann ein wenig schlafen, bis es dem Pfeil der Rose beliebt, meinen Rosengrund zu erkunden.« Während sie sprach, spreizte sie lasziv die Beine.

Rainulf kämpfte mit dem nassen Hemd, das einfach nicht über seinen Kopf wollte. Das Geräusch reißenden Stoffs ließ ihn kurz innehalten. Er fluchte leise. Jetzt war ohnehin alles zu spät. Er krallte die Hände in das dünne Leinen und riss es sich vom Leib.

»Ohh!«, kommentierte Felicia lachend. »Was für ein wilder Bär. Ganz anders als der zarte Milan.«

Den Namen des Priestersohns zu hören traf Rainulf wie ein Pfeil.

»So empfindlich?«, neckte ihn die Herzogin. »Sieh es einmal pragmatisch. Du bist hier, und der Kleine ist irgendwo da draußen im Regen.«

Rainulf hatte keine Ahnung, was das Wort pragmatisch bedeutete. Aber die Entscheidung war wohl eindeutig zu seinen Gunsten gefallen. Dabei hatte er gedacht, dass Felicia Milan liebte. Das war wohl noch ein Punkt, in dem ihn seine Erinnerung trog. Er streifte die Hosen ab.

Felicia zupfte an den Fingerspitzen ihrer Handschuhe, zog sie aus und schleuderte sie lässig zur Seite. Ihre Hände waren lang und schmal. Vollkommen! Man sah ihnen nicht an, dass sie fast ein ganzes Leben lang Waffen gehalten hatten.

Rainulf zog seine Stiefel aus. Felicia betrachtete ihn, als sei er ein Zuchtbulle auf dem Viehmarkt. Ihr Blick jedoch war ihm egal. Er wollte sie mehr als alles andere in seinem Leben. Ihre Leidenschaft würde ihn ihren Spott vergessen lassen. Keine Frau war so wie sie! Einmal hätte sie ihm fast ein Ohr abgebissen. Wenn sie sich vereinten, dann war es halb wie ein Kampf, und sie war eine erfahrene Kriegerin.

»Du tropfst.« Sie lachte auf. »Komm, ich will dich. Ich …« Ihr Blick wurde starr. Hatte sich an einem der hellen Lichtstreifen verfangen, die durch das Dunkel des Schuppens schnitten. Feiner Gipsstaub tanzte in der Luft.

»Gips!«, flüsterte Felicia, als habe die Hand des Herrn des Himmels sie berührt. »Wir werden das Heer der Liga vernichten, und wir müssen dafür nicht einmal einen einzigen Pfeil abschießen!«, stieß sie hervor. »Wir werden siegen, ohne auf unserer Seite Tote zu haben.« Sie sprang vom Lager auf und bückte sich nach ihrem Gambeson. »Schnell! Jede Stunde zählt, Rainulf. Es gibt noch viel zu tun!«

NAH DEM WEISSEN WALD, HEERLAGER DER LIGA, ABEND, 25. TAG DES WEINMONDES IM JAHR VON SASMIRAS ZWEITER THRONERHEBUNG

Betretenes Schweigen herrschte in dem kleinen Zelt, in dem Nandus die drei Heerführer versammelt hatte. Er konnte sich vorstellen, was sie gerade dachten: *ein Tormeno eben.*

Er hatte ihnen seinen Schlachtplan erläutert. Er war klar, einfach zu verstehen, und es würde ohne großes Blutvergießen für ihre Seite abgehen.

Forschend sah er die drei an, und sein Blick blieb an Rodrigo Apolita hängen, dem Kaufmann, dem der Oberbefehl über die Truppen des Ostens in den Schoß gefallen war, nachdem Milan Nicolo Trimini getötet hatte. Was seinen Sohn dazu hatte hinreißen können, war Nandus ein Rätsel. Und es war zur denkbar ungünstigsten Zeit geschehen. Die Kaufherren und ihre Familien durften ihn nicht argwöhnisch beobachten. Nicht jetzt, kurz bevor er zu dem Schlag ausholte, der die Macht der großen Handelshäuser der Liga für immer brechen würde.

»Nun, was denkst du, Rodrigo?«, ging er den eher zart gebauten Kaufmann direkt an.

»Ich gestehe, ich bin überrascht«, erwiderte Rodrigo. »Das ist nicht der Angriff, mit dem ich gerechnet hatte.«

Gerechnet. Nandus lächelte innerlich. Das hast du ganz sicher, dachte er. Eine Schlacht, in der Hunderte von Söldnern starben, bevor sie ausbezahlt werden mussten, wäre ein gutes Geschäft für die Liga.

»Euch allen ist klar, dass das Blut unserer Männer in Strömen fließen würde, wenn wir den steilen Hang hinaufstürmten? Eine steile Pflasterstraße, auf die Fässer voller Öl entleert wurden, könnte nicht rutschiger sein als dieser schlammige Hang. Dort hinaufzuklettern wäre schon Kampf genug. Dabei von den besten Bogenschützen des Reichs beschossen zu werden wäre tödlich. Wenn wir das wagten, dann liefen wir Gefahr, den Sieg, der schon zum Greifen nahe ist, doch noch in eine Niederlage zu verwandeln.«

Sowohl der einäugige Rudolfo Acuto als auch der schwarzgerüstete Wolfhard von Urschlingen nickten.

»Die Rebellen haben alles getan, um den Hang in ein Festungswerk zu verwandeln.« Rudolfo Acuto rieb sich die leere Augenhöhle, die nicht vollständig unter dem quer über seine Stirn verlaufenden Seidentuch verborgen war. »Allerdings fürchte ich, dass die Vorräte meiner Weißen Kompanie allmählich knapp werden. Auf eine Belagerung war ich nicht vorbereitet.«

»Da Nicolo Triminis Truppen so lange durch ihren gewaltigen Tross aufgehalten wurden, sollte sich da genug Essen für ein paar Tage finden«, bemerkte Nandus entschieden.

Rodrigo hob abwehrend die Hände. »Das ist so nicht ganz richtig. Wir haben …«

»Möchtest du, dass ich durch die Männer der Schwarzen Schar und der Weißen Kompanie nachschauen lasse, was ihr alles auf den Wagen mitführt?«, ging er den Kaufherren aus Dahlia scharf an.

»Für zwei oder drei Tage sollte es genügen«, murmelte Rodrigo verärgert.

»Sehr schön!« Rudolfo Acuto bedachte den Kaufherrn mit einem gehässigen Lächeln. »Es hilft doch immer, einen Erzpriester zur Unterstützung zu haben.«

»Wie lange werden wir hierbleiben?«, meldete sich Wolfhard von Urschlingen zum ersten Mal zu Wort. Der Condottiere hatte die Arme vor der Brust verschränkt. Er wirkte abweisend. Seit Nandus ihm eröffnet hatte, ihn vergiftet zu haben, hatten sie kaum noch ein Wort gewechselt.

»Der Komtur von Drepana hat von mir den Befehl erhalten, uns zu schicken, was wir brauchen werden«, sagte Nandus. »Ich schätze, der Maultierzug ist bereits auf dem Weg. Bei dem üblen Wetter könnte sich dessen Ankunft allerdings verzögern.«

Rudolfo und Wolfhard nickten.

»Da Langeweile nur dazu führt, dass Unruhe unter den Truppen ausbricht, werden wir die Männer beschäftigt halten«, fuhr Nandus fort. »Es gilt, unbedingt zu verhindern, dass sie die Zeit und die Kraft haben, über die Weiße Königin zu schwatzen. Solches Gerede stärkt nur unsere Feinde.«

»Aber die Mär von der Weißen Königin besagt nun mal, dass sie erscheint, wenn die Not ihres Volkes am größten ist«, bemerkte Rodrigo spitz. »Es kann also nicht mehr lange dauern …«

»Du kennst meinen Plan!«, fuhr Nandus ihn an. »Kommt es zu einer Schlacht, schlagen wir so schnell und so hart zu, dass der Königin keine Zeit bleibt. Im Übrigen habe ich vor, den Rebellen morgen das Angebot zu unterbreiten, sich zu ergeben. Ich biete ihnen einen ehrenvollen Frieden an.«

»Ist das mit den Kaufherren der Liga abgestimmt?«, fragte der einäugige Condottiere. »Ich kann mir nicht vorstellen …«

»Es ist das Beste für Cilia«, schnitt ihm Nandus das Wort ab. »Und sollten die feinen Herren, die sich gerade in trockenen und warmen Hallen ihre in Seide gehüllten Hintern plattsitzen, etwas anderes als das Beste für ihre Heimat wollen, dann haben sie es nicht verdient, zu regieren.«

»Eine kühne These.« Rodrigo Apolita zupfte sein goldbesticktes Wams zurecht. »War das dann alles?«

»Möchtest du gern Nachrichten an deine Kaufmannsfreunde schicken?«, fragte Nandus mit kühler Höflichkeit.

»Es ist spät …«, antwortete Rodrigo ausweichend.

»Ich habe vor diesem Treffen den Befehl erteilt, dass von nun an kein Bote mehr das Lager verlässt. Doch kommen wir auf die Männer zurück. Damit sie keine Zeit haben, irgendwelche dummen Mären durch ihr Gerede größer und größer werden zu lassen, werden sie bis zum Umfallen arbeiten. Ich möchte, dass rings um den Weißen Wald ein Ring von kleinen befestigten Lagern angelegt wird. Alle fünfhundert Schritt ein mit Erdwällen befestigter Posten. Jeder soll mit einem Trebuchet und zwei Speerschleudern besetzt sein und einer Garnison von mindestens dreihundert Mann. Sollten die Rebellen kämpfen wollen, wünsche ich, dass keiner aus dem Weißen Wald entkommt. Des Weiteren sollen drei schlagkräftige Reitertruppen aufgestellt werden, die schnell Hilfe bringen, sollte es den Rebellen einfallen, eines dieser Lager anzugreifen. Es gilt also, Erde zu bewegen, Bäume zu fällen, Katapulte zu bauen, Schanzpfähle zu setzen. Lasst die Männer schuften, bis sie Blut schwitzen!«

Es war unübersehbar, dass alle drei nicht begeistert waren, wenn auch vermutlich aus unterschiedlichen Gründen. Nandus beschloss, dass es klüger war, das Treffen zu beenden. Alles Wichtige war gesagt. Was jetzt noch kommen konnte, war nichts als ein endloses Lamentieren über Bagatellen. Er klatschte in die Hände. »Morgen zur Mittagsstunde treffen wir uns erneut. Ich erwarte dann Berichte, wie sich die Arbeiten anlassen und was für Schwierigkeiten auftreten.«

»Und wenn der Maultierzug der Kaiserritter aus Drepana eintrifft?«, fragte Rodrigo.

»Für morgen rechne ich noch nicht mit ihm«, gestand Nandus. »Aber wenn er uns erreicht und die Rebellen sich nicht ergeben wollen, werden wir binnen weniger Stunden angreifen. Ich sitze genauso ungern hier im Wald im Regen wie ihr und unsere Männer.«

»Nun gut …« Rudolfo setzte sich sein Barrett mit den durchnässten, langen Fasanenfedern auf, warf sich seinen weißen Umhang um die Schultern und verließ das Zelt. Rodrigo hüllte sich in einen roten Kapuzenumhang aus feinster Wolle, von dem das Wasser abperlte. Zumindest eine Zeitlang. Er ging ohne Gruß.

Wolfhard von Urschlingen blieb. Immer noch hatte er die Arme vor der Brust verschränkt. Er sah Nandus herausfordernd an.

»Und?«, fragte ihn Nandus, obwohl er sich schon denken konnte, was Wolfhard von ihm wollte.

»Das Gegengift. Ich habe meinen Teil der Abmachung erfüllt. Wann bekomme ich es?«

»Wenn die Schlacht geschlagen ist und klare Verhältnisse herrschen.«

Eine steile Falte schoss zwischen den Brauen des Condottiere empor. »Du weißt, wie das mit Schlachten ist. Der Ausgang ist immer ungewiss. Dir könnte etwas passieren, und dann würde ich verrecken.«

»Für den Fall ist vorgesorgt, Wolfhard. Wenn ich es nicht mehr kann, wird dir jemand anders die Phiole bringen. Und denk erst gar nicht darüber nach, wer das sein könnte. Es sind weder mein Sohn Juliano noch mein Leibwächter Bertrand, die ich damit beauftragt habe. Die Aussicht, in der Schlacht nicht *aus Versehen* von einem verirrten Armbrustbolzen getötet zu werden, ist deutlich besser, wenn du noch auf dein Gegengift wartest.«

»Verdammt, Nandus! Du willst mit mir Arbora neu aufbauen und über diese Insel herrschen. Wäre es da nicht gut, wenn wir uns mit Respekt und Vertrauen begegneten?«

Der Erzpriester lächelte milde. »Ich respektiere dich doch, Wolfhard. Ich halte dich für einen der fähigsten Heerführer des Reiches. Du bist weitsichtig, deine Männer lieben dich, und du hast obendrein noch Glück. Aber dir vertrauen … Du bist ein Condottiere. Du bist von Berufs wegen käuflich. Wir schlagen gemeinsam diese Schlacht, und danach beginnt ein neues Kapitel unserer Freundschaft.«

»Freunde vergiften einander nicht!«, zischte der Söldnerführer.

»Geht es dir nicht gut?«, fragte Nandus, um einen höflicheren Tonfall bemüht.

»Wie soll es mir unter diesen Bedingungen gutgehen?«, entgegnete Wolfhard aufbrausend. »Jedes Mal, wenn ich mich zur Ruhe lege, packt mich die Angst, vielleicht nicht mehr wach zu werden. Dass ich einfach in den Tod hinein schlafe. Und ich habe bohrende Kopfschmerzen. Dieses Zeug frisst an mir. Bei jedem Herzschlag.«

Nandus hatte Mühe, sich nicht anmerken zu lassen, wie amüsiert er war. Er hatte den Wein im Oktagon von Thouar lediglich mit ein paar Tropfen eines Extrakts aus dem Gift des Rotschwanzskorpions versetzt. Das sorgte für Übelkeit und Kopfschmerzen und wirkte kaum länger als einen Tag. Dann war alles vorbei. Aber das würde er Wolfhard niemals sagen. Der Feldherr sollte seine Phiole mit *Gegengift* bekommen, nur dass sie lediglich ein wenig gefärbtes Wasser enthalten würde.

»Du kriegst einen Schnupfen, das ist alles. Und bei dem verfluchten Sauwetter auch kein Wunder. Erst wenn dich Kopfschmerzen und Übelkeit zur gleichen Zeit peinigen, Wolfhard, dann besteht Anlass zur Sorge. Dann komm zu mir. Und nun bitte ich dich zu gehen. Ich möchte mich noch ins Gebet versenken, bevor ich mir draußen einen Schlafplatz suche.«

Der Condottiere schüttelte den Kopf. »Draußen? Einen Schlafplatz? Du hast doch ein Zelt. Warum willst du im Schlamm nächtigen? Hast du dir eine Buße auferlegt?«

»Eine Buße?«, fragte Nandus verärgert. »Dazu müsste ich gefehlt haben. Ich bin mir aber keines Versagens bewusst. Nein, dieses Zelt nutze ich nur für Besprechungen und für den Fall, dass wir Karten oder Briefe einsehen müssen. Ansonsten bin ich auch jetzt draußen bei den Männern. Mein Amt als Erzpriester ist keine Rechtfertigung, mir einen Luxus zu erschleichen. Ich esse, was sie essen. Ich schlafe, wo sie schlafen. Meine Pflicht ist es, ein Vorbild zu sein. Ich werde nie etwas von ihnen verlangen, was ich nicht selbst zu leisten bereit bin. Dies ist die Saat, aus der wahre Hingabe erwächst.«

Wolfhard nahm seinen Umhang und zog die Kapuze über den Kopf. »Dies hier ist kein Oktagon, Nandus, und mir musst du nicht predigen. Ich werde mir gewiss nur bis zu dem Tag, an dem ich mein Gegengift bekommen habe, Sorgen um deine Gesundheit machen. Dir ist schon bewusst, dass du ein alter Mann bist? Fast ein Greis.«

»Ja, aber ich lasse weißes Haar nicht als Ausrede für Schwäche gelten.«

Wolfhard winkte ab. »Genug Predigten für einen Abend.« Er hob die Zeltplane am Eingang und verschwand in der Nacht.

Als er allein war, gestattete es Nandus sich, sich auf der Tischplatte aufzustützen. Seine volle Rüstung lastete schwer wie ein

Berg auf ihm. Die Kälte des Herbstes war ihm in die Gelenke gekrochen. Es stimmte. Er war ein alter Mann. Und dies hier würde seine letzte Schlacht sein. Aber er war fest entschlossen, sie zu gewinnen.

DAHLIA, WEISSER BERG, FRÜHE MORGENSTUNDEN, 26. TAG DES WEINMONDES IM JAHR VON SASMIRAS ZWEITER THRONERHEBUNG

Jacobo schreckte aus dem Schlaf. Ein fremdes Geräusch hatte ihn geweckt. Die Hafenkette? Hatte er noch einen Nachhall des Klirrens der schweren eisernen Kettenglieder gehört?

Er hasste es, so unvermittelt zu erwachen. Hasste es, nicht zu wissen, ob es draußen Tag oder Nacht war. Er spürte kein Sonnenlicht auf dem Gesicht, doch es war Herbst, das musste also nichts heißen.

Er ermahnte sich zur Ruhe. Mit seiner Blindheit zu hadern half nicht. Der Herr des Himmels hatte entschieden, ihn zu prüfen. Er sollte Langmut zeigen. So atmete er tief und regelmäßig und lauschte aufmerksam. Es regnete immer noch, wie schon den ganzen Tag zuvor. Das leise Rauschen des fallenden Wassers überlagerte alle anderen Geräusche.

Doch es waren diese Geräusche, die ihm halfen, den Tag in Stunden zu unterteilen, ihm ein Gesicht zu geben, obwohl sein Augen ihn schon lange nichts mehr sehen ließen. Jede Stunde, außer denen tief in der Nacht, hatte ihre unverwechselbaren Geräusche. So nahm der Bäcker an der Straßenecke stets im ersten Morgenlicht die schweren hölzernen Läden von den Fenstern seines Geschäfts. Das Geräusch, mit dem das Holz auf das Pflaster stieß und an der Wand entlangschrammte, war unverwechselbar. Manchmal, wenn der Wind richtig stand, konnte Jacobo sogar den Duft des frisch gebackenen Brotes riechen. Nur wenig später war jeden Morgen das Geräusch der jungen Frau mit dem schadhaften Schuh zu hören. Ihre Schritte hatten einen ungleichen Klang. Einmal war sie direkt unter seinem Fenster stehen geblieben und hatte mit der Haushälterin aus der Wohnung am Eingang gesprochen. Seither hatte die Person mit dem schadhaften Schuh für Jacobo das Gesicht eines jungen Mädchens, denn ihre Stimme hatte so geklungen. In seiner Vorstellung war sie gerade zwanzig und hatte große dunkelbraune Augen, so wie Agnezia, die er vor weit mehr als einem halben Jahrhundert in der Westermark am Rauwasser getroffen hatte.

Jacobo seufzte. Erinnerungen, das war alles, was einem das Alter ließ. Seine Gedanken schweiften zu leicht ab, ermahnte er sich. Angestrengt lauschte er in den Regen. Die Stadt lag still. Es musste tief in der Nacht sein. Näher am Morgengrauen als an der Mitternacht?

Er tastete nach dem silbernen Becher auf dem Beistelltisch neben seinem Lehnstuhl. Dessen Gewicht verriet ihm, dass noch ein ordentlicher Schluck Wein darin war. Jacobo setzte ihn an die Lippen, ließ den guten Kamariner im Mund kreisen. Er liebte es, wenn Rotwein eine beerige Note hatte. Noch ein zweiter Becher Wein, und er würde vielleicht wieder einschlafen können.

Sein Rücken knackte, als er sich aufrichtete und nach dem Weinkrug tastete. Mit dem Geschick, das aus fast einem Jahrzehnt des Lebens in der Finsternis geboren war, schenkte er sich ein, nahm den kühlen Becher und ließ sich zurück in seinen Lehnstuhl sinken.

Er würde nicht ins Bett gehen, entschied Jacobo. Der große Lehnstuhl war seine Welt, wie er den Tormenos gern sagte. Er verbrachte hier mehr Stunden als irgendwo anders. Und er schlief hier besser als in seinem Bett.

Die richtige Polsterung, das ist das Geheimnis, hatte er Nandus immer wieder gesagt. Es ist wie mit dem Leben. Die größten Lehren zieht man aus den Tagen, die hart sind. Und hat ein Lehnstuhl nicht auch harte Stellen, dann weiß man nicht zu schätzen, wo man weich sitzt.

Jacobo war sich nicht sicher, ob Nandus diese Lehre verstanden hatte. Mit dem Alter war der Erzpriester starrsinniger und ungeduldiger geworden. Das hatte Jacobo enttäuscht. Dafür war der junge Milan eine wahre Freude. Auch wenn dessen eigener Vater ihn für verträumt und zu weich für das Leben hielt, war Jacobo eher der Auffassung, dass es mit dem Jungen wie mit Kirschen war. Unter dem weichen Fruchtfleisch verbarg sich ein knochenharter Kern. Von Milan durfte man sicherlich noch Großes erwarten.

Etwas draußen ließ Jacobo aufhorchen. Das Flüstern des Regens war verstummt. Ungestört vom steten Rauschen, drangen nun alle Geräusche überdeutlich durch die Nacht. Da war er wieder, der Laut, der ihn aus seinen Gedanken aufgeschreckt hatte. Schiffsrümpfe, die an den dicken Ringen aus geflochtenem Stroh an den Kaimauern entlangscheuerten. Das Klatschen schwerer Leinen, die auf nasses Pflaster schlugen, um dann schnell um die Hafenpoller geschlungen zu werden. Das Knirschen von Laufplanken, die sich auf Stein senkten.

Und dann schwere Schritte. Gutes Schuhwerk. Genagelte Sohlen. Leise Kommandorufe.

Das waren keine Kauffahrer, die dort vor Anker gingen. Das klang nach Kriegern. Und die Kaiserritter hatten für sie die Hafenkette herabgelassen. Das konnte nur eines bedeuten. Der Orden vom Schwarzen Adler war nach Dahlia gekommen. Mit einer ganzen Flotte!

Das also hatte Komtur Francesco Forazi ihm bei seinem letzten Besuch verheimlicht. Ganz gewiss hatte der Komtur gewusst, dass die Flotte kommen würde. Das erklärte auch die Besuche des Großkomturs Mario Canali auf Cilia. Er war hier gewesen, um dieses Unternehmen vorzubereiten.

Jacobo wünschte sich, er könnte sehen. Ein Verband großer Kriegskoggen, der in den Hafen einlief, umgeben von kleineren Versorgungsschiffen, war sicherlich ein eindrucksvolles Bild.

Aber warum kam der Orden nach Cilia? Wollten sie sich in den Krieg auf der Insel einmischen? Oder waren sie hier, um die Märengestalten auszurotten?

Stumm verfluchte Jacobo sein Alter und seine Blindheit. Vor zwanzig Jahren wäre er von diesen Ereignissen nicht überrascht worden. Er hätte die richtigen Schlüsse gezogen. Hätte die Ereignisse, die für sich genommen bedeutungslos oder allenfalls seltsam waren, zusammengefügt wie die Steine eines Mosaiks, bis sich aus ihrer Gesamtheit ein klares Bild ergab.

Aber er war alt, schwelgte lieber in Erinnerungen, statt sich mit dem Neuen auseinanderzusetzen. Er hatte wahrlich zu lange gelebt. Hatte die Zeit seiner eigenen Bedeutsamkeit überlebt. Er war wie ein …

Ganz nah war das Rauschen von Schwingen zu hören. Keine Tauben oder Möwen. Es mussten gewaltige Schwingen sein! Der Krähenmann? Nutzte er die letzte Gelegenheit, ihn zu holen, bevor er sich in den Schutz der Kaiserritter flüchten konnte?

Wind peitschte ins Zimmer. Es knirschte auf dem Fenstersims, als habe sich etwas Schweres darauf niedergelassen. Schlagartig erstarb der Wind.

»Du bist also gekommen, um mich zu holen«, sagte Jacobo gefasst.

»Du hast mich erwartet, Jacobo Polidori?«

Es war eine Frauenstimme, die antwortete. Und sie kannte seinen vollständigen Namen. Jacobo hatte ihn schon sehr lange nicht mehr gehört. Nicht einmal Nandus wusste ihn. Für ihn war er immer nur der Wanderarbeiter Jacobo gewesen, nie Jacobo Polidori, der Bewahrer, aufgestiegen bis in den sechsten Zirkel des geheimen Ordens. Die Welt dort draußen glaubte, das Rote Kloster existiere allein, um Erzpriester auszubilden. Dass es höhere Ränge gab, wusste so gut wie niemand. Es war eines der großen Geheimnisse des Ordens.

Jacobos Finger krallten sich um die Armlehnen. Sie waren nur mit Leder bespannt, nicht gepolstert. »Wer bist du?«

»Ich bin Ira«, antwortete die Frauenstimme.

Schwere Stiefel krachten auf die Holzdielen. Sie musste vom Fenstersims gesprungen sein. Aber wie war sie dorthin gelangt?

»Ira, wie der Zorn?«

»Du hast also die Sprache des alten Reiches nicht vergessen, die man dich im Roten Turm gelehrt hat.«

Jacobo schluckte. Woher wusste sie das alles? »Was bist du?«

»Eine Schildmaid der Kaiserin, das bin ich für die Welt. Aber zuallererst bin ich mit Freuden ein Werkzeug des Meisters Marco Falcone.«

Eisiger Schrecken durchfuhr Jacobo. Der Erzpriester Marco Falcone sollte seit mehr als dreißig Jahren tot und vergessen sein. Wie konnte eine junge Frau, eine Schildmaid der Kaiserin …

Jacobo hatte sie nie gesehen. Er kannte nur die Geschichten, die man sich über die Kriegerinnen aus der Leibwache der Kaiserin erzählte. Vor einigen Jahren waren sie wie aus dem Nichts erschienen und hatten sich Sasmira angeschlossen, ähnlich wie die Karrenritter und der Orden vom Schwarzen Adler, die der Kaiserin bereits seit ihrer Geburt dienten.

»Du hast Flügel?« Er war sich durchaus bewusst, dass er sich wie ein staunender Junge anhörte. Vielleicht hatte er etwas zu viel Wein getrunken.

»Ich kann sogar fliegen«, antwortete Ira.

Jacobo hörte Schritte. Dann legten sich Hände in schweren Handschuhen auf seine Schultern. Er spürte ihren Atem auf seinem Gesicht. Der Geruch von Waffenfett, feuchter Wolle und einem Hauch von Salz, wie man ihn im Seewind wahrnahm, umfing sie.

Ihre Hände glitten über seinen Leib. Sie überprüfte, ob er verborgene Waffen bei sich trug! Das tat er seit Jahren nicht mehr. Jacobo musste unwillkürlich schmunzeln. »Ich bin nur ein harmloser alter Mann.«

»Ein alter Mann«, entgegnete sie scharf. »Ja. Aber harmlos warst du nicht mehr, seit du deinen Fuß über die Schwelle des Roten Turms gesetzt hast. Du hast die Ermordung eines Erzpriesters befohlen, und der Herr des Himmels allein weiß, wie viele weitere Morde durch dich geschahen.«

»Einige«, gestand Jacobo freimütig. »Doch was immer ich tat, geschah im Dienst einer höheren Sache. Manchmal waren es einfach nur Befehle. Manchmal ließ die Situation mir keine Wahl. Du wirst das wissen, Ira, du hast gewiss schon in manchen Schlachten gekämpft.«

Etwas Schweres wurde auf dem Beistelltisch mit dem Weinkrug abgestellt. Jacobo vernahm ein leises metallisches Klirren.

»Es ist ein Unterschied, ob man jemanden tötet, der einem mit der Waffe in der Hand gegenübertritt, oder jemanden, der sich einem anvertraut hat.«

»Philosophie«, bemerkte Jacobo abfällig. Seine Stimme hatte einen krächzenden Klang angenommen. Er brauchte etwas zu trinken, tastete nach dem Beistelltisch, doch der silberne Becher war nicht mehr dort, wo er ihn abgestellt hatte.

»Du brauchst nichts mehr zu trinken, Jacobo Polidori«, entschied Ira. »Wir werden uns jetzt ein wenig unterhalten.«

»Das tun wir doch schon«, entgegnete Jacobo mit einem Lächeln.

Sie begann, Dinge auf den Tisch neben ihm zu legen. Jacobo hörte das Klacken von Metall auf Holz.

»Daumenschrauben, ein kleiner Hammer, Messer mit gerader und solche mit gekrümmter Klinge, eine Hufnagelzange, eine Maulsperre, ein Rippenspreizer.« Jedes Mal, wenn sie ein neues Werkzeug nannte, folgte das klackende Geräusch.

»Diese Art von Gespräch willst du also führen.« Jacobos Hals fühlte sich noch trockener an.

»Das liegt ganz bei dir. Es bereitet mir keine Freude, diese Werkzeuge zu benutzen, aber ich weiß sie einzusetzen. Man hat mich darin genauso unterwiesen wie dich. Marco Falcone hat mich auserwählt, seinen Zorn zu jenen zu tragen, die ihn verraten haben. Daher mein Name. Wenn er eine besondere Gabe unter uns Schwestern erkennt, dann fördert er sie. Und bewähren wir uns, dann erhalten wie einen Ehrennamen, der unseren Fähigkeiten angemessen ist.«

»Du bist also Marco Falcones Zorn«, stellte Jacobo fest. Dass sie in der Kunst der hochnotpeinlichen Befragung unterwiesen worden war, war nicht zu verkennen. »Man zeigt erst die Werkzeuge. Da ich blind bin, benennst du sie mir in der Hoffnung, dass dieser Schrecken vielleicht schon genügt, um mich zu brechen.«

»Ich unterschätze dich nicht, alter Mann. Ich gebe mich nicht der Illusion hin, dass du mir leicht antworten wirst. Du bist ein Bewahrer. Dein Stolz ist, dass niemand das Siegel deiner Lippen brechen kann.«

»Was möchte Marco Falcone denn gern erfahren?«

Das Geräusch von Schritten erklang. Sie stand jetzt hinter ihm. Ein Seil legte sich über seinen Hals und wurde hinter der hohen Rückenlehne festgezurrt.

»Warum hast du den Befehl gegeben, ihn zu töten?«

»Weil er nie mehr als ein Erzpriester hätte sein dürfen. Er hatte nicht die innere Größe, die ein Bester unter den Erzpriestern mit sich bringen sollte. Männer, die junge Mädchen in Rüstungen stecken und ihnen den Namen *Zorn* geben, haben nicht das Format, Bewahrer zu sein.«

Ein Seil wurde unter den Achseln hindurch um seine Brust geschlungen und so festgezogen, dass es schmerzte und seinen Atem beengte. Jacobo versuchte erst gar nicht, gegen seine Fesselung Widerstand zu leisten. Ihm war klar, dass er der jungen Kriegerin nicht gewachsen wäre.

»Und warum wurde Meister Falcone dennoch zum Besten berufen?«

»Weil Nandus Tormeno die Insel Cilia nicht verlassen durfte. Seine Bestimmung war es, der Erzpriester Cilias zu werden. Aber wie hat Marco Falcone überleben können?«

Jacobos rechter Unterarm wurde auf die Armlehne des Lehnstuhls gefesselt.

»Ich stelle hier die Fragen«, entgegnete die Schildmaid der Kaiserin frostig. »Wer hat entschieden, dass mein Meister sterben sollte?«

»Der Schlüssel. Und bevor du fragst, ich bin dem Oberen unseres geheimen Ordens nie begegnet. Seine Befehle hat er mir schriftlich zukommen lassen.«

»Wie heißt der Mann, den du *Schlüssel* nennst?«

»Das weiß ich nicht.«

»Dann nenn mir die Namen anderer Bewahrer.« Ira fesselte nun seinen linken Unterarm an den Lehnstuhl. Sie hatte keine Eile, war gründlich. Es schien, dass sie in dem, was sie tun sollte, aufging.

»Sieh mich an, Mädchen. Ich bin ein alter Mann. Die wenigen Bewahrer, denen ich im Roten Turm begegnet bin, sind längst tot. Und jene, die nach mir kamen, sind mir nicht namentlich bekannt. Es gehört zu den Gepflogenheiten eines geheimen Ordens, sich in Ungewissheit und Schweigen zu hüllen.«

»Nenn mir dennoch ihre Namen«, beharrte Ira.

»Ich habe geschworen, das nicht zu tun. Ich habe in meinem ganzen Leben noch keinen Eid gebrochen.«

Ira verzichtete darauf, seine Beine an die des Lehnstuhls zu fesseln.

»Sind deine Flügel wirklich mit dir verwachsen?« Jacobo hätte sie zu gern gesehen. Die Schildmaiden waren keine Märengestalten im klassischen Sinne, obwohl die Geschichten, die über sie im Umlauf waren, durchaus so phantastisch wie Mären klangen. Jemand, der zu viel über die Geheimnisse der Vergangenheit wusste, hatte sich bei ihnen offenbar gezielt daran gemacht, die Wirklichkeit nach seinem Willen zu formen.

Konnte das Marco Falcones Werk sein? Das Wissen dazu hätte er erst im Roten Turm erlangen können …

»Du könntest mir sagen, wo sich der Rote Turm befindet, Jacobo Polidori«, schlug Ira vor.

»Auch das verbieten mir meine Eide.«

Sie machte sich an den Werkzeugen auf dem Beistelltisch zu schaffen. »Da auch du schon getan hast, was du mich nun zu tun zwingst, weißt du, dass am Ende immer alle reden. Ich beginne mit der Hufnagelzange und werde das oberste Glied deines kleinen Fingers entfernen. Danach werde ich die Wunde mit Säure verätzen, um zu verhindern, dass du zu viel Blut verlierst.«

»Keine Brandeisen?« Jacobo versuchte, herablassend und gefasst zu klingen.

»Da es in deinem Kamin keine Glut mehr gibt, werde ich darauf verzichten müssen.«

Er spürte, wie die Zange angesetzt wurde. »Ich hab nicht mehr viel Gefühl in meinen alten Knochen.«

Das Metall schnappte zu, und Jacobo erkannte, dass da noch mehr Gefühl war, als ihm lieb sein konnte. Er atmete scharf aus. Die Fingerkuppe fiel zu Boden. Säure wurde auf die Wunde getupft. Ihm traten Tränen in die Augen.

»Es könnte sein, dass ich mir die Blöße gebe zu schreien«, bekannte Jacobo. »Dann werden möglicherweise Nachbarn erscheinen und uns bei unserem Plausch stören. Dabei könnte das Bild, das das einfache Volk von euch Schildmaiden hat, Schaden nehmen.«

»Das glaube ich nicht.« Iras Stimme klang, als würde sie schmunzeln. »Hörst du die Schritte?«

Tatsächlich war jetzt der Gleichschritt vieler schwerer Stiefel zu hören. Dazu erstaunte Rufe.

»Die Waffenknechte des Ordens vom Schwarzen Adler werden dieses Haus sowie alle anderen in dieser Straße räumen. Du musst dich also zu nichts zwingen. Niemand wird dich schreien hören, alter Mann.«

Draußen klopften gepanzerte Handschuhe an Türen.

»Ich werde vielleicht schreien«, entgegnete er trotzig. »Aber meine Geheimnisse werden das Tor meiner Lippen nicht durchschreiten. Sie sterben mit mir.«

»Das halte ich für eine Mär«, sagte Ira mit erschütternder Zuversichtlichkeit.

NAHE DEM WEISSEN WALD, HEERLAGER DER LIGA, MORGEN, 26. TAG DES WEINMONDES IM JAHR VON SASMIRAS ZWEITER THRONERHEBUNG

Aufstehen! Müßiggang ist aller Laster Anfang, mein Sohn.« Milan schreckte aus seinen Träumen. Benommen blinzelte er ins Zwielicht des Zeltes. Juliano hatte sein Nachtlager bereits geräumt und war verschwunden. Stattdessen stand sein Vater mitten im Zelt.

»Zieh dich an! Wir werden zu Verhandlungen mit den Rebellen gehen. Ich bin mir sicher, dass wir dort auch deiner Kreatur begegnen werden.«

Milan setzte sich auf. Ein schmerzhafter Stich in der Brust erinnerte ihn daran, dass die Pfeilwunde noch lange nicht abgeheilt war. »Meiner Kreatur?«

»Gefällt es dir besser, wenn ich von der lebenden Toten rede? Ich weiß, was du getan hast, und finde es verabscheuungswürdig. Vermutlich wirst du ins Feld führen, dass du es aus Liebe getan hast. Für mich ist es das Gegenteil davon. Liebe bedeutet, den Toten ihren Frieden zu lassen. Du aber hast der Herzogin, dem Schwert der Rosen, diesen Frieden genommen. Und du hast ihr Wesen verändert. Diese Felicia wird auf deine Vorstellung von ihr reduziert sein.«

»Wir werden sehen«, entgegnete Milan streitlustig.

Nandus hielt seinem eisigen Blick stand, wirkte allerdings ungewöhnlich müde. Das schmale, asketische Gesicht hatte einen grauen Ton. Dunkle Ringe lagen unter seinen Augen, die schmalen Lippen waren von feinen Falten umkränzt, und das volle weiße Haar hing ihm in nassen Strähnen in die Stirn. An manchen Stellen zeigte seine Rüstung rotbraunen Flugrost.

Bei dem dauernden Regen wäre es auch ein Wunder gewesen, wenn es Nandus gelungen wäre, das Eisen stets blankpoliert zu halten. Aber Wunder waren ja jetzt möglich, dachte Milan.

»Stimmt es, was man sich über dich erzählt?«, fragte Nandus knapp.

Milan griff nach seiner Hose und zog sie an. »Ich glaube, man erzählt sich ziemlich viel über mich. Was genau willst du wissen?«

»Die Morde«, fuhr ihn sein Vater an. »Bist du wirklich in das Zelt dieses Narren Nicolo Trimini gegangen und hast ihn getötet?«

Milan blickte zu dem leeren Wasserkrug, der neben seinem Bett stand. Was glaubte sein Vater, hier erreichen zu können? Die Zeiten, in denen er sich von ihm noch irgendetwas hätte sagen lassen, waren vorbei, seit Felicia auf dem Platz der Helden verbrannt worden war.

Breitbeinig stellte er sich über den Wasserkrug und erleichterte sich. »Es war weniger pathetisch«, sagte er, ohne sich zu seinem Vater umzudrehen. »Nicolo und seine Speichellecker sind in einem Ziegenstall verreckt. Dein Freund Rodrigo Apolita hat die Statuen ein paar Schritt unter der Ziegenscheiße verscharren lassen.« Milan lachte zynisch. »Ich schätze, solch ein Grab hätte sich Nicolo in seinen wildesten Albträumen nicht vorgestellt. Doch er hat es sich verdient, dieser Drecksack.«

Milan schloss die Hose, drehte sich um und empfing eine schallende Ohrfeige.

»Ich habe dich nicht zum Mörder erzogen«, fuhr sein Vater ihn an.

Milan verzog keine Miene, obwohl erneut ein stechender Schmerz durch seine Wunde fuhr. »Ist es nicht offensichtlich, dass du dich da irrst? War es nicht Mord, als du die Schmuggler aus dem Hafen hast hinrichten lassen? Du hast sie angeklagt, die Silberscheibe gestohlen zu haben, obwohl du genau wusstest, dass keiner von ihnen der Dieb war, der in dein Oktagon gekommen war. Das nenne ich Mord, Vater!«

»Das verstehst du nicht.«

Nandus hatte einen Ton angeschlagen, als spräche er mit einem uneinsichtigen Kind. Milan hasste diese herablassende Art. »Das verstehe ich nicht? Glaubst du? Vielleicht ging es auch mir um ein höheres Wohl? Dieser Mistkerl hat Hunderte Unschuldige ermorden lassen. Er plante, das gesamte Volk des Schwertwaldes zu töten oder zu versklaven. Bist du nicht der Erzpriester aller Menschen, die auf Cilia leben, Vater? Wo warst du? Was hast du getan, um die Menschen im Schwertwald zu schützen? Verdienst etwa auch du an diesem schändlichen Sklavengeschäft?«

Dieses Mal sah Milan den Schlag kommen. Seine Hand schnellte hoch. Mit eisernem Griff packte er den Arm seines Vaters, kurz bevor dessen Handfläche seine Wange berührte. Er war selbst überrascht über die Kraft, die er besaß. Er hatte den Schlag nur abmildern wollen. Ohne Mühe drückte er den Arm seines Vaters herab.

Nandus schien einen Herzschlag lang perplex. Er hatte etwas sagen wollen, doch sein Mund blieb offen, ohne dass ihm auch nur eine Silbe über die Lippen gekommen wäre.

»Die Zeiten, in denen du mich mit einem Rohrstock verdrischst, sind vorbei«, sagte Milan mit frostiger Genugtuung.

Nandus hatte den Augenblick der Überraschung überwunden und funkelte ihn wütend an. »Es wäre schön, wenn auch die Zeiten vorbei wären, in denen du dir durch dein unbedachtes Handeln eine Bestrafung verdienst. Nicolo Trimini war der einflussreichste Patrizier Ferrantas. Der Rat der Stadt wird für deine Taten Vergeltung fordern. Die Frage ist nicht, *ob*, sondern *wann* sie kommen werden, um dich zu holen.«

»Glaubst du? Hast du die Geschichten über mich nicht gehört, die man sich hier im Lager erzählt? Niemand wird kommen, um mich in Eisen zu legen. Sie fürchten sich ja schon davor, dass ich sie nur anblicke.«

Sein Vater verzog verächtlich das Gesicht. »Hochmut steht dir nicht. Diese Pfeffersäcke sind rachsüchtig. Und deine Mären schützen deinen Rücken nicht vor Armbrustbolzen.«

Das ließ sich nicht von der Hand weisen. Milan schwieg. Es stimmte, er hatte sich verändert, und in letzter Zeit nicht zum Besseren.

»Ich warte draußen auf dich.« Nandus hob die Zeltplane. Nasskalte Luft strömte herein.

»Halt!«

Sein Vater drehte sich zu ihm um. »Was?«

»Warum holst du mich, wenn du mich so sehr verachtest?«

»Weil diese Märengestalt, die du erschaffen hast, vielleicht lieber mit dir redet als mit mir.«

AUF DEM HÜGELKAMM VOR DEM WEISSEN WALD, MORGEN, 26. TAG DES WEINMONDES IM JAHR VON SASMIRAS ZWEITER THRONERHEBUNG

Herrin!« Einer ihrer Bogenschützen kämpfte sich winkend den steilen Hang herauf.

Felicia setzte die Hacke ab, mit der sie sich in die Tiefe des wurzeldurchzogenen Bodens vorgearbeitet hatte. Gemeinsam mit einer Gruppe von Bauern und Bogenschützen hob sie seit dem ersten Tageslicht einen Graben aus. Der Aushub diente als Brustwehr. Doch der unablässig strömende Regen spülte zähen Schlamm zurück in den Graben. Sie alle standen bis über die Knöchel im Wasser. Keine vierhundert Schritt entfernt hatten Männer der Liga begonnen, ein befestigtes Lager zu errichten. Ähnliches geschah überall rings um den Weißen Wald.

Sollten die Söldner der Liga ruhig versuchen, sie zu belagern, dachte Felicia mit einem grimmigen Lächeln, denn jede Stunde, die sie gewannen, half ihnen, den Wald uneinnehmbarer zu machen.

Ein Stück weiter unten am Hang stand Rainulf mit ein paar Bogenschützen. Er machte den Ligisten mit sporadischen Pfeilschüssen das Leben sauer. Aber in dem Regen war es schwer, zu treffen. Es ging mehr darum, Angst zu verbreiten.

Der Winkende passierte die übrigen Schützen. Rainulf und zwei weitere Männer folgten ihm. »Herrin!«, rief er erneut.

»Nenn mich nicht so. Wir sitzen hier gemeinsam im Dreck. Wir kämpfen mit dem Bogen in der Hand gegen denselben Feind. Hier in dieser Schlacht gibt es keine Herzöge und Bauern mehr, sondern nur noch die Gerechten, die gegen die Schreckensherrschaft der Liga kämpfen.«

Felicia sah, wie die Männer ringsum in ihrer Arbeit innehielten. Sie sah, wie neuer Glanz in die Augen der Erschöpften trat, sah, wie sich ein Lächeln der Zuversicht in die harten Mundwinkel stahl.

»Unsere Feinde glauben, wir seien besiegt«, fuhr sie fort. »Aber wir sind nicht wie sie. Wenn wir weichen, heißt das nicht, dass wir verloren sind. Wenn wir keine Ritterschar in glänzenden Rüstungen in die Schlacht schicken, heißt das nicht, dass es für uns keine Hoffnung auf den Sieg gibt. Sie glauben, ihr Silber öffnet ihnen jeden Weg. Sie glauben, ein Mann, der mit Schwert und Rüstung vierzig Pfund Eisen trägt, sei unüberwindlich. Wir sind arm, das stimmt. Doch uns genügt schon ein Stück Eisen, groß wie ein Daumennagel, um unsere Feinde aufzuhalten! Eine Pfeilspitze!«

Sie sah, wie ihre Worte auf die Männer wirkten, und war zufrieden. »Ich stehe hier inmitten der besten Bogenschützen, die unsere Insel je hervorgebracht hat. Und wir besitzen mehr Pfeile, als die Liga Kämpfer aufbieten kann. Warum sollte ich Angst vor unseren Feinden haben? Ich weiß, wir werden gewinnen. Und bald werden das auch die dort unten wissen, wenn sie mit Pfeilen in ihren Gliedern den Hang hinabrutschen und ihr letzter Gedanke sein wird: Wäre ich doch niemals zum Weißen Wald gekommen!«

»Wir werden sie töten«, sagte der Mann, der ihr am nächsten stand, mit grimmiger Entschlossenheit. »Alle.«

Andere nickten. Für euphorische Jubelrufe waren sie zu erschöpft. Aber Felicia sah ihnen an, dass sie die Flamme des Widerstands neu in ihnen entfacht hatte. Die Männer würden durchhalten, ganz gleich, was kam.

»Hebt weiter Gräben aus!«, befahl sie. »Verschalt die Innenwände mit Holz und Flechtwerk, damit der Schlamm nicht dauernd nachrutscht. Macht die Stellungen tief. Wir müssen uns hineinducken, wenn die Ligisten glauben, sie könnten uns mit ihren Katapulten vertreiben.«

Felicia packte einen Pfahl und stieg aus dem Graben.

Der seine Arme schwenkende Schütze hatte sie fast erreicht. Seine Hosen und sein Wams waren über und über mit Schlamm bedeckt, als sei er einige Male ausgerutscht und der Länge nach hingeschlagen. »Drei Männer kommen, Herrin!«, keuchte er.

Felicia trat vor und legte ihm die Hand auf die Schulter. »Nenn mich nicht mehr Herrin«, sagte sie so laut, dass es noch in etlichen Schritt Entfernung gehört werden konnte. »Wir sind die Verschworenen vom Weißen Wald. Wir sind Brüder und Schwestern. Hier gibt es keine Herrinnen mehr und keine Diener. Und nun sprich! Was wollen die Ligisten?«

»Sie kommen unter der gelben Fahne eines Herolds. Sie wollen zu Euch, Her…« Er stockte. Es kostete ihn sichtlich Überwindung, das Wort über die Lippen zu bringen. »Zu Euch, Schwester.«

»Wohl gesprochen, Bruder«, ermutigte sie ihn. »Tragen sie Wappen? Hast du erkennen können, wer da kommt? Haben sie es vielleicht gesagt?«

Der Schütze nickte. »Ihr Anführer ist ein alter Mann mit weißem Haar. Es ist der Erzpriester. Ich habe seine Rüstung erkannt. Deutlich sieht man die tiefen Schrammen auf der Brustplatte aus seinem Kampf mit dem Krähenmann.«

»Nandus Tormeno«, sagte sie grimmig. Ihre Leute redeten zu viel über den Erzpriester. Dabei hatte die Geschichte aus Thouar noch nicht einmal die Runde gemacht. Dass er die Bevölkerung beschützt und sich der Meerhexe entgegengestellt hatte.

»Dort!«, rief ein Bogenschütze weiter unten am Hang. Im strömenden Regen kämpften sich drei Männer durch den Schlamm. Sie stützten sich schwer auf Speerschäfte, um nicht auszurutschen. Einer trug ein großes gelbes Seidenbanner, das schlaff von seiner Fahnenstange hing.

Rainulf, der inzwischen zu Felicia aufgeschlossen hatte, grunzte ärgerlich. »Die jungen Tormenos sind auch dabei, Juliano und Milan. Wenn wir jetzt schießen, ist die ganze Brut ausgelöscht.«

Felicia war kurz versucht, ihn zu fragen, ob er sich so sehr vor Milan fürchtete. War ihm klar, dass er für sie immer nur eine Affäre, ein Mann für zwischendurch sein würde? Milan hingegen …

Sie schob den Gedanken beiseite, konzentrierte sich wieder auf das Wesentliche. »Sie kommen unter dem Banner der Herolde«, erklärte sie mit fester Stimme. »Keiner hier wird auf sie schießen. Ihr macht weiter, und ich höre mir an, was sie zu sagen haben.«

Es war besser, wenn die anderen nicht mithörten. Der Herr des Himmels allein mochte wissen, was für Angebote dieser durchtriebene Fuchs Nandus Tormeno ausgeheckt hatte, um die Moral ihrer Truppen zu erschüttern.

Sie stieg sicheren Fußes den Hang hinab, unbeeindruckt von dem rutschigen Grund. Rainulf folgte ihr, ohne dass sie ihn dazu aufgefordert hätte. Das würde ein Nachspiel haben, dachte sie gereizt. Auch er sollte nicht hören, was die Tormenos zu sagen hatten. Wegschicken konnte sie ihn jetzt nicht mehr. Dann würde allzu offensichtlich, dass sie keine Zeugen haben wollte.

Nandus gab seinen Söhnen ein Zeichen, stehen zu bleiben. Der alte Erzpriester musterte sie auf seltsam eindringliche Art. Da war etwas in seinem Blick, was sie nicht zu deuten vermochte. Abscheu? Erstaunen?

Felicia rutschte aus, geriet unversehens ins Schlittern. Mit den Armen rudernd, kämpfte sie um ihr Gleichgewicht.

Endlich kam sie zum Stehen. Weniger als einen Schritt vor Nandus. Zu nah, wie sie fand. Eine Aura der Macht ging von dem alten Mann aus. Er hatte etwas Bedrohliches an sich. Überall auf dem Hang standen ihre Männer und beobachteten das Geschehen. Sie musste sich zwingen, jetzt nicht ein Stück zurückzutreten. Sie würde schwach wirken, wenn sie vor dem Erzpriester wich.

»Du bist nicht wirklich sie«, sagte Nandus nachdrücklich. »Du hast nicht ihr Charisma. Sie war besser als du. Du bist nur ein Schatten.«

Wovon redete er da? War der alte Mann irre geworden? »Sprich klar, Erzpriester. Wie lautet dein Angebot?«

Er wiegte den Kopf, starrte sie mit seinen durchdringenden dunkelbraunen Augen an. »Du hast es vergessen. Wobei … Du kannst es ja nicht wissen. Du bist ja nicht sie.«

Felicia wandte sich an Milan. Er war männlicher geworden, nicht mehr der ahnungslose Jüngling, den sie zu der Konkubine aus dem Khanat geschickt hatte. »Hat das Alter den Verstand deines Vaters verwirrt?«

»Er hat Gründe, dir das zu sagen«, entgegnete Milan und wirkte dabei bedrückt.

Auch er sah sie auf höchst seltsame Art an. Unsicher und forschend. Was versuchte er, in ihr zu entdecken? Sie hatte Geschichten über Milan gehört. Angeblich konnte sein Blick Menschen versteinern lassen. Aber das mochte sie nicht glauben.

Sie schüttelte sich. Straffte die Schultern.

»Wir sind hier, um den Verteidigern des Schwertwaldes eine ehrenhafte Kapitulation anzubieten.« Nandus sprach nun im salbungsvollen Ton eines Priesters. »Legt die Waffen nieder, und der Krieg endet noch in dieser Stunde. Wir werden …«

»Und zu welcher Stunde erscheinen die Sklavenhändler des Khanats?«, fragte Felicia ruhig. »Oder sind sie schon in euren Lagern und warten auf das Ergebnis deiner Verhandlungen? Glaubst du, wir wüssten nicht um eure Pläne? Glaubst du, wir hätten die Galgenbäume des Nicolo Trimini vergessen?«

Nandus nahm die Vorwürfe gefasst. »Ich denke, du hast schon gehört, dass Nicolo Trimini seine Strafe bereits erhalten hat. Und niemand anders als mein Sohn Milan hat sie vollstreckt.«

Felicia sah Milan misstrauisch an.

»Er ist in das Heerlager Nicolo Triminis gegangen«, fuhr Nandus fort. »Allein. Und er hat den Mörder gerichtet. Mit allen, die bei ihm waren.«

»Dein Sohn Milan?« Sie musterte den Jüngling, der ihr in Dahlia so willig alle Geheimnisse seines Vaters verraten hatte. Er war ein Betrüger gewesen. Ein Verräter an seinem Volk. War er jetzt auch ein kaltblütiger Mörder? Oder ein Held? Sie musste lächeln. Er war ihr Geliebter gewesen, das wusste sie. Aber irgendwie konnte sie sich an kein einziges Mal erinnern, das sie beieinandergelegen hatten. Wahrscheinlich, weil sie den Kopf zu voll hatte. Aber konnte man so etwas vergessen? Sie schob den beängstigenden Gedanken beiseite.

»Und?«, drängte Nandus Tormeno. »Wollen wir den Krieg nicht einfach beenden?«

»Nach all den Toten?«, fragte sie müde. »Sollen sie alle für nichts und wieder nichts gestorben sein?«

»Wird ihr Tod sinnvoller, wenn noch Hunderte weitere verrecken? Dieser Krieg war ein Fehler. Haben wir nicht beide geschworen, unser Volk zu beschützen? Beenden wir das!«

Felicia hatte das Gefühl, dass der Erzpriester es wirklich ernst meinte. Und dennoch wollte sie nicht nachgeben. Ihr Schlachtplan würde die Liga vernichten. Warum sollte sie jetzt demütig als die Schwächere Frieden schließen, wenn sie in ein paar Tagen schon die Bedingungen des Friedens diktieren könnte?

»Ich muss das überdenken …« Wenn sie es schaffte, noch einen oder zwei Tage Zeit zu gewinnen, dann würde ihr Sieg nur um so vernichtender werden. Noch stand er auf der Kippe. Noch waren die Vorbereitungen, die alles ändern würden, nicht abgeschlossen.

Der Erzpriester blickte säuerlich. »Dies ist der Tag, ist die Stunde der Entscheidung, Felicia, Schwert der Rosen. Manche Gelegenheiten kehren nicht wieder, wenn man sie verstreichen lässt.«

»Willst du mich erpressen, Erzpriester? Glaubst du, das beeindruckt mich? Glaubst du, ich fürchte einen alten Mann, der inzwischen andere schickt, um seine Kämpfe auszufechten? Wenn ich verhandele, dann mit einem Krieger. Mit einem, der in jeder Hinsicht mit mir auf Augenhöhe steht. Ich werde nur mit Milan reden. Alle anderen, zieht euch zurück!« Sie blickte über ihre Schulter. »Auch du, Rainulf.«

Nandus Tormeno ließ sich nicht anmerken, ob er überrascht oder gar verärgert war. Er nickte nur knapp. »Ich bin bereit, alles zu tun, um diesem Wahnsinn ein Ende zu setzen. Noch haben wir es in der Hand, Herzogin. Schenken wir Cilia Frieden.«

Er flüsterte seinem Sohn etwas ins Ohr, dann zog er sich zurück. Rainulf und Juliano waren bereits gegangen.

Felicia stand mit Milan allein im Regen, und eine seltsame Wehmut überkam sie.

NAHE DEM WEISSEN WALD, MORGEN, 26. TAG DES WEINMONDES IM JAHR VON SASMIRAS ZWEITER THRONERHEBUNG

Milan fühlte sich völlig überrumpelt. Auch davon, dass sein Vater sich zurückzog. Felicia zu sehen hatte ihn sprachlos gemacht. Sie war die Mär, die er erschaffen hatte. Sein verzweifelter Traum war Wirklichkeit geworden.

»Du bist einen weiten Weg gegangen, Milan.« Die Herzogin musterte ihn abschätzend, und ihm wurde bewusst, dass er sie die ganze Zeit schon auf diese Weise ansah. Er hatte in den Mären über sie nie von ihrer Liebe erzählt. Und er fand diese Liebe nun auch nicht in den lindgrünen Augen, die ihn betrachteten.

»Gehen wir ein paar Schritte«, sagte Felicia. »Manchmal fällt es leichter zu sprechen, wenn man einen Spaziergang macht.«

Sie tat das wohl für ihn. Sie schien schließlich kein Problem damit zu haben, sich zu unterhalten.

Vorsichtig bewegten sie sich den Hang entlang. Es war, dachte Milan, in gewisser Weise wie in jener ersten Nacht mit ihr. Er hatte sich in den letzten Wochen insgeheim immer wieder vorgestellt, dass er kühn ein weiteres Mal ihr Herz erobern könnte. Er hatte sich eingebildet, dass er nun viel erfahrener wäre. Aber ihr zu begegnen, seiner Schöpfung, machte ihn verlegen und unbeholfen. Furchtbar verletzlich, ja fast hilflos.

»Erinnerst du dich an uns?«, fragte er schließlich leise.

»Wir waren ein Liebespaar …« Es klang fast wie eine Frage. Jetzt sprach auch sie leise. Ihr Selbstbewusstsein schien zu bröckeln. »Rainulf machte ein paar Andeutungen.« Sie blickte den Hang hinauf. Da war der Pfeil der Rosen. Keine fünfzig Schritt entfernt. Er beobachtete sie, so wie Dutzende andere auch.

Milan schluckte. Er hatte eine Mär von jener Felicia erzählt, der er an dem Abend begegnet war, als er die Silberscheibe gestohlen hatte. Von der tollkühnen Diebin. In seiner Mär war Felicia die stolze Anführerin der Rebellen des Schwertwaldes. Nichts ließ sie je verzagen. Und der Kampf für ihr Volk war ihr wichtiger als alles andere. Zweifel passten nicht zu ihr. Er durfte jetzt nicht zulassen, dass sich das änderte!

»Wir waren ein Liebespaar«, bestätigte er. »Aber erinnerst du dich auch, wie wir auseinandergegangen sind?« Jetzt kam es auf jedes Wort an. Er war entschlossen, der Märengestalt, die er erschaffen hatte, den letzten Schliff zu geben.

Sie zögerte, sagte nichts.

Darauf hatte er gehofft. Sie war wohl nicht ganz die Felicia, die er in seiner Mär erschaffen hatte. Wie es schien, fanden auch die Erzählungen anderer ein Echo in ihr. Und sie vermochte darüber hinaus offenbar, sich selbst zu vervollkommnen. Hatte sie doch von Rainulf Dinge erfahren und sie sich gemerkt, die er selbst in seiner Mär ausgelassen hatte.

»Du bist zu höflich, es zu erwähnen«, sagte er mit belegter Stimme. »Aber natürlich erinnerst du dich daran, wie wir uns zerstritten haben in der Nacht, bevor du Dahlia verlassen hast. Du warst wütend, weil ich trotz allem ins Rote Kloster gehen wollte. Der Familientradition wegen.«

Sie nickte zögernd. »So sehe ich es immer noch. Das ist kein Grund. Oder wolltest du vor mir weglaufen?«

Das war gut, dachte Milan bitter. Je mehr Abstand sie zu ihm gewann, desto freier war sie.

»Vor dir konnte ich noch nie etwas verbergen.« Er lächelte gespielt scheu und überlegte kurz, wie er, wenn er jetzt ihre Gedächtnislücken füllte, so nah wie möglich an dem, was tatsächlich geschehen war, bleiben konnte. »Du hast den Widerstand im nördlichen Schwertwald aufgebaut. Aber deinen besten Mann hast du geschickt, um mich vor meinem größten Fehler zu bewahren. Rainulf hat mich aus der Kutsche geholt, um mich vor dem Roten Kloster zu retten. Er sollte mich nach Thouar bringen. Dort jedoch hatte deine Schwester das Gerücht verbreitet, du seist tot, und hat nach dem Herzogtitel gegriffen. Und noch einmal hat mich Rainulf gerettet. Gemeinsam sind wir aus Thouar geflohen. Wir waren hier im Palast der Weißen Königin, als der Nebelwolf erwachte. Rainulf war mir ein guter Freund.«

Milan sah, wie die Anspannung, mit der sie anfangs seinen Worten gelauscht hatte, aus ihrem Antlitz schwand. Mit einem Mal schien sich alles, auch was sie beide anging, für sie zu fügen. Plötzlich wirkte sie neben ihm im Regen nicht mehr unsicher, innerlich leer und aus der Balance, sondern wie von einer neuen Kraft und Zuversicht erfüllt.

»Du musst nicht wieder gehen, Milan«, sagte sie. »Es gibt hier im Schwertwald einen Platz für dich, wenn du es willst.«

Ihre Worte überraschten ihn.

»Stimmt es, was dein Vater sagt? Hast du Nicolo Trimini getötet? Ganz allein, mitten in seinem Heerlager?«

»Ja, das stimmt«, erwiderte er abwartend.

Sie lächelte. Aber es war nicht das Lächeln, in das er sich verliebt hatte. Etwas fehlte. Etwas, das seine Worte nicht hatten wiederauferstehen lassen. »Gut, dass er tot ist. Allein für diese Tat wirst du immer ein Held im Schwertwald sein, Milan.«

Er fühlte sich ungewollt geschmeichelt. Biss sich auf die Lippe. Dachte, nach all den Toten durfte das nicht alles sein! Vor allem nicht das Ende ihrer Liebe!

War sie damals als Diebin auf den Dächern von Dahlia, ebenso wie in seiner Mär, nicht jederzeit bereit, alles im Kampf für ihr

Volk zu opfern und selbst die ungewöhnlichsten Schritte zu wagen? Er musste es versuchen.

»Lass uns noch etwas Größeres tun, Felicia!« Er sah ihr tief in die lindgrünen Augen. »Lass uns Frieden schließen.«

Die Herzogin schüttelte entschlossen den Kopf. »Unterwerfung kommt für uns nicht in Frage. Wir werden nie wieder zu Opfern der Willkür eurer Kaufherren. Diese Schlacht zwischen Schwertwald und Liga muss noch ausgefochten werden. Erst danach, wenn wir gesiegt haben, kann es einen gerechten Frieden geben.«

Milan war überrascht von ihrer fast schon ignoranten Zuversicht. Was sie da sagte, mochte aus ihrer Sicht ja durchaus seine Berechtigung haben. Doch was würde aus ihr und ihrem Volk, aus den vielen Flüchtlingen, wenn sie nicht auf diese Schlacht verzichtete? Er war überzeugt, dass sein Vater mit den beiden Condottieri einen unfehlbaren Schlachtplan ausgearbeitet hatte.

»Muss es wirklich noch so viele Tote geben?«, gab er zu bedenken.

»Die Toten wird es auf eurer Seite geben«, sagte sie mit erschütternder Selbstsicherheit. »Bleib im Heerlager, wenn die Kämpfe beginnen, Milan. Ich würde es bedauern, wenn auch du zu den Verlusten gehören würdest.« Ihre Stimme klang sachlich, und er zweifelte nicht daran, dass sie es aufrichtig meinte, doch Liebe lag nicht in ihren Worten. Die gab es nicht mehr. Nicht für ihn.

»Ich habe noch eine Schlacht vorzubereiten.« Felicia beugte sich vor, hauchte ihm einen Kuss auf die Wange. Dann ging sie den Hang hinauf zu ihren Leuten.

Milan stand erschöpft im Regen.

Ihre Siegesgewissheit war furchteinflößend. So war sie früher nicht gewesen. Es war seine Mär von der klugen Rebellenführerin, der er gerade begegnet war. Sie war geschickt darin, Hinterhalte zu legen. Sie siegte durch List selbst in scheinbar aussichtsloser Lage. Traute sich und ihren Bogenschützen alles zu.

Die Erkenntnis traf ihn wie ein Hammerschlag. Er hatte verhindern wollen, dass es zu dieser Schlacht kam, aber seine Mär nicht bis zum Ende gedacht. In seinen Erzählungen über Felicia war es um kleine Scharmützel gegangen, um Überfälle und Fluchten. Sie hatte am Ende stets triumphiert, nie aufgegeben. Doch er hatte bei all diesen Geschichten nicht bedacht, was geschehen würde, wenn man Felicia zur Heerführerin berief. Nun sah er es deutlich vor sich: Sie machte einfach weiter wie in den Mären, nur dass aus Dutzenden Beteiligten jetzt Tausende wurden.

Er hätte das vorhersehen müssen, dachte Milan verzweifelt. Er allein war dafür verantwortlich, dass dieses letzte Massaker nun stattfinden würde, denn die Felicia, die er erschaffen hatte, verhandelte nicht, sie kämpfte und siegte.

In düstere Gedanken versunken, stieg er vorsichtig den steilen Hang hinab. Hoch über ihm am Himmel, hinter den Wolken, glomm ein roter Schein, als würde ein Komet vorüberziehen. Milan hatte ihn in den letzten Tagen schon mehrfach gesehen. Er war wie ein fernes Feuer. Und er schien zu wachsen. Kein gutes Omen.

Sein Vater und Juliano erwarteten ihn bereits.

Nandus sah ihn vorwurfsvoll an. Er als Erzpriester, im Roten Kloster eingeweiht in die Geheimnisse der Mären, war wahrscheinlich der Einzige, der das ganze Ausmaß dessen, was gerade geschah, begriff. »Was hat sie gesagt?«, fragte er frostig.

»Sie wird kämpfen.«

»Dann soll es so sein.« Sein Vater klang nicht enttäuscht. Er strahlte dieselbe Siegesgewissheit aus wie Felicia. Er war der Mann, der nur eine einzige Stunde benötigt hatte, um das uneinnehmbare Thouar zu erobern. Der Mann, der sich der Meerhexe gestellt und sie vertrieben hatte. Auch er würde nicht aufgeben. Er konnte nicht.

Milan fühlte sich, als lastete das Gewicht der ganzen Welt auf ihm. Er hatte die Frau, die er liebte, zurückgewinnen wollen. Bei dem Versuch aber, der ihm so aussichtsreich erschien, war er gerade eben nicht nur gescheitert, sondern schlimmer noch:

Er hatte begreifen müssen, dass er einen grundlegenden Fehler begangen und so diese umfassende Katastrophe heraufbeschworen hatte.

Hätte Herzog Umbaldo di Biscia, das Schwert der Schlange, die Rebellen angeführt, so wie es ohne Felicias Erscheinen zweifellos der Fall gewesen wäre, hätte es jetzt Friedensverhandlungen gegeben.

Milan packte sich mit beiden Händen an die Schläfen. Er hatte das Gefühl, sein Kopf müsse platzen. Es lag an ihm, dieses Unglück abzuwenden! Die mörderische Tragödie, deren letzter Akt jede Stunde beginnen mochte.

NAH DEM WEISSEN WALD, HEERLAGER DER LIGA, ABEND, 29. TAG DES WEINMONDES IM JAHR VON SASMIRAS ZWEITER THRONERHEBUNG

Drei verdammte Tage schon warten wir, Nandus Tormeno«, stieß Rodrigo Apolita hervor. Obwohl er der kleinste Mann im Zelt war, hörten sie ihm alle zu – der glorreiche Erzpriester, die beiden Condottieri und der Kaiserritter, der fast nie von der Seite des Erzpriesters wich. Und sie alle machten lange Gesichter, denn sie wussten, dass er recht hatte.

»Wo ist dein Maultierzug, Nandus?« Rodrigo genoss es, zu sehen, wie der Erzpriester litt. Denn die Kaiserritter hätten längst hier sein müssen. Doch etwas lief offenkundig schief mit dem glorreichen Plan des Nandus Tormeno. »Unsere Männer werden krank in diesem dauernden Regen. Die Schufterei drückt auf die Stimmung. Unsere Vorräte werden knapp. Etwas muss geschehen!« Rodrigo schlug mit der flachen Hand auf den Kartentisch. Allerdings nicht aus Wut. Es war eine wohlkalkulierte Geste. Auch wenn er den Entrüsteten gab, war sein Verstand ruhig. Das hier war wie das Feilschen vor einem guten Geschäft. Er mochte ein mäßiger Feldherr sein, aber auf Geschäfte verstand er sich.

Rodrigo ließ seine Worte wirken. Es war totenstill in dem kleinen Zelt des Erzpriesters. Regen trommelte leise auf das gewachste Leinen des Zeltdachs. Schließlich deutete er auf die Karte, die vor ihnen auf dem Tisch lag. »Die Bogenschützen an diesem Abschnitt des Hangs machen den meisten Ärger. Immer wieder kriechen sie aus ihren Löchern und nehmen unsere Lager unter Beschuss. Die Hälfte aller Toten der letzten drei Tage gab es hier. Und was tun wir? Nichts!«

»Die Trebuchets sind heute fertig geworden«, bemerkte Rudolfo Acuto. »Wir könnten diesen Abschnitt des Hangs von drei Vorposten aus unter Beschuss nehmen. Es wäre wichtig, unseren Männern zu zeigen, dass wir nicht immer nur einstecken, sondern auch austeilen können.«

»Da hat er recht«, stimmte Wolfhard von Urschlingen zu. »Sie verstehen nicht, worauf wir noch warten, wo wir den Rebellen doch um mehr als zehn zu eins überlegen sind.« Er wandte sich direkt an Nandus. »Manche vermuten, dass Ihr, Erhabener, auf das Erscheinen der Weißen Königin wartet, weil Ihr sie im Zweikampf stellen wollt wie die Meerhexe.«

»Das ist doch absurd«, zischte Nandus Tormeno.

»Was Männer halt so reden, Erhabener«, fuhr Wolfhard fort. »Sie haben Angst vor der Weißen Königin. Weit mehr als vor der Meerhexe. Und sie verstehen nicht, warum wir immer noch zögern. Krieger, die nicht mehr verstehen, wofür sie kämpfen, werden unberechenbar.«

Rodrigo sah mit wachsender Freude, wie die Argumente dem Erzpriester zusetzten. Er hatte schon seit Tagen das Gefühl, dass Nandus etwas gegen den Rat der Liga im Schilde führte. Der Erzpriester durfte keinesfalls allein den Ruhm dieses Sieges ernten. Dadurch würde er zu mächtig.

»Also gut«, gab Nandus nach. »Wir unternehmen im Morgengrauen einen begrenzten Angriff. Die Trebuchets dieser drei Vorposten werden den Hang beschießen.« Er schnitt eine säuerliche Grimasse. »Viel bringen wird das nicht, wenn die Rebellen in ihren Löchern und Gräben hocken bleiben. Selbst dann nicht, wenn die Speerschleudern der Vorposten den Angriff unterstützen.«

»Dann lassen wir einfach zusätzlich tausend Armbrustschützen zum Fuß des Hangs marschieren«, schlug Rudolfo Acuto vor. »Wenn die Rebellen Panik in ihren Löchern bekommen und fliehen, wird uns keiner entgehen. Und jeder unserer Männer, der einen fliehenden Rebellen sieht, wird die Geschichte am Abend einem Dutzend Kameraden erzählen. Wir brauchen alles, was die Moral hebt.«

Widerstrebend stimmte der Erzpriester zu. »Nun gut. Aber sie bleiben unten am Hang. Es gibt keinen großen Angriff auf den Weißen Wald. Schon gar nicht an der Stelle. Euch allen ist doch wohl klar, dass es gut sein kann, dass die Rebellen dieses Abschnitts den Befehl haben, uns zu provozieren. Dass sie wollen, dass wir dort angreifen. Und wenn dem so ist, dann wird uns auf der anderen Seite des Hangs eine mörderische Überraschung erwarten.«

»Und was sollte das sein?«, fragte Rodrigo. »Der Riese Gideon und ein paar Wurzelbolde? Zweihundert verdreckte Bogenschützen? Das würde unschön, aber irgendwann müssen wir uns ihnen stellen.«

»Wirst du in der ersten Reihe dabei sein, wenn wir uns dem Riesen stellen?«, fragte Nandus gereizt. »Ich bin ihm einmal entgegengetreten.«

»Und Ihr habt ihn besiegt, Erhabener. Ihr siegt immer. Warum sollte sich das jetzt ändern? Lockt den Riesen oben auf den Hang. Dort wird er ein gutes Ziel sein. Ganz gleich, wo er erscheint, wird er sich in Reichweite dreier Trebuchets befinden ...«

»Die wir nicht schnell genug werden auf ihn ausrichten können, wenn er sich entschließt, den Hang hinabzustürmen«, unterbrach ihn Nandus.

»Ihr seht zu schwarz, Erhabener«, wiegelte Rodrigo ab. »Dabei haben wir doch Euch. Wir sind geradezu dazu verdammt, zu siegen. Allerdings können wir es uns nicht leisten, noch länger untätig zu bleiben. Das schadet Eurem Namen.«

Nandus bedachte ihn mit einem giftigen Blick.

Sollte er nur!, dachte Rodrigo. Selbst der Erzpriester würde begreifen müssen, dass er nicht ewig auf den Maultierzug aus Drepana warten konnte, der aus unerfindlichen Gründen nicht kam.

»Gut. Ein begrenzter Angriff. Morgen früh«, entschied Nandus. »Gibt es sonst noch etwas zu besprechen?«

Keiner sagte etwas.

»Dann sehen wir uns in der Stunde vor dem Morgengrauen«, schloss der Erzpriester.

Rodrigo griff nach seinem nassen Umhang und schlang ihn sich um die Schultern. Im Gegensatz zu den anderen trug er keine Rüstung, sondern ein gefüttertes, mit Fuchspelz gesäumtes Wams. Und dennoch fror er. Dieser verdammte tropfnasse Wald. Niemand im ganzen Heer hatte mehr einen trockenen Faden am Leib. In der nassen Kälte bekam man die Feuchtigkeit einfach nicht mehr aus den Kleidern und Decken heraus. Immer mehr Männer wurden krank. Es war eine Katastrophe. Ihr Lager ein einziges Schlammloch.

Aber er würde diesen Feldzug bald zu einem Ende bringen! Welch eine Ironie, dass ausgerechnet er das tun musste und diesen ganzen Rüstungsträgern der Schneid dazu fehlte, die richtigen Entscheidungen zu treffen. Dann verreckten eben ein paar hundert Mann mehr auf dem Hang! Wenn sie untätig herumsaßen, würden ihre Kämpfer krank und sich die Seele aus dem Leib husten. Tote gab es also, ganz gleich wie sie sich entschieden. Dann war es schon besser, eine Entscheidung herbeizuführen.

Rodrigo schlug die Plane zurück und trat in den Regen hinaus. Drei Wachen drängten sich vor dem Zelt um ein rauchendes Feuer in einer Schale auf einem Eisenständer. Sie hatten die Schultern hochgezogen, als lägen sie unter Beschuss. Dabei regnete es nur. Wie immer.

Rodrigo fluchte und zog sich den Umhang enger um die Schultern. Es war eine nutzlose Geste, die nicht gegen die Kälte half.

Die Wachen grüßten ihn nicht, sahen ihn nur mürrisch an.

Er wusste, dass sie ihre Befehlshaber hassten, die sie in dieses Schlammloch geführt hatten.

Er machte einen großen Schritt über eine Pfütze hinweg. Doch ganz gleich, wohin man trat, der Boden schmatzte feucht unter jedem Schritt, und man versank fast bis zu den Knöcheln im Schlamm.

Übellaunig ging er weiter. Stapfte durch das Lager, das aus Hunderten von Unterständen mit Dächern aus geflochtenen Ästen bestand. Andere hatten Planen aus Segeltuch aufgespannt oder suchten Schutz unter den schweren zweiachsigen Wagen. Die Verwundeten und Kranken durften in den Wagen schlafen. Dort war es zwar auch feucht, aber zumindest lagen sie nicht im nassen Dreck.

Der Rauch der Feuer brannte Rodrigo in den Augen. Der Qualm verursachte ihm einen leicht säuerlichen Geschmack im Mund.

»Rodrigo Apolita?«

Er drehte sich überrascht um. Rudolfo Acuto, der einäugige Condottiere, war ihm gefolgt.

»Ihr habt wirklich recht mit dem, was Ihr gesagt habt.« Der Feldherr in seiner polierten Eisenrüstung und mit seinem dramatischen weißen Umhang, dessen Saum von Schlamm verkrustet war, schloss zu ihm auf. »Die Männer brauchen ein kleines Spektakel.«

»Sie brauchen mehr«, murrte Rodrigo.

Der Condottiere blinzelte mit seinem verbliebenen Auge, als sei ihm Regenwasser hineingelaufen. »Ihr denkt doch nicht etwa über einen größeren Angriff nach? Der Erzpriester hatte nicht ganz unrecht. Es ist eine gängige Kriegslist, genau auf diese Weise einen Angriff an einer bestimmten Stelle zu provozieren und dort eine Falle zu stellen.«

»Ihr gehört also auch zu den Schwarzsehern? Bei Wolfhard mit seiner Schwarzen Schar, der dauernd mit dem Erzpriester zusammengluckt, kaum dass wir gehen, wundert mich das nicht. Aber Ihr, der Befehlshaber der strahlenden Weißen Kompanie, die Ihr seit Jahren von Sieg zu Sieg führt? Ich hätte von Euch mehr Optimismus und Wagemut erwartet.«

Rudolfo lächelte abgeklärt. »Optimismus und Wagemut, das findet ihr bei jungen Recken. Mein Alter erreicht man als Söldner nur, wenn man pessimistisch und bedachtsam ist. Glaubt mir, der Erzpriester hat mit seiner Vorsicht recht. Ein begrenzter Angriff morgen ist eine gute Sache. Mehr wäre blanker Leichtsinn.«

»Nun, wenn Ihr das sagt …« Rodrigo war dennoch anderer Meinung.

»Wenn das Kaiserwasser nur käme«, seufzte der Condottiere. »Damit würden wir klare Verhältnisse schaffen. Selbst wenn die verdammte Weiße Königin erscheint. Ich wette, auch sie würde brennen. Zwei Schuss in die Stellungen der Rebellen. Dann eine Stunde Bedenkzeit, so wie er es bei Thouar getan hat. Und sollten sie sich nicht ergeben …« Rudolfo zuckte leichthin mit den Achseln. »Dann brennen wir das Tal aus, so wie es Lucio Tormeno damals mit Arbora gemacht hat. Das wird auch der verdammte Riese nicht überleben. Wenn die Ordensritter mit dem Kaiserwasser kommen, ist der Krieg an einem einzigen Vormittag beendet.«

»Dann sollte ich wohl gleich vor der Nachtruhe noch beten«, bemerkte Rodrigo süffisant. »Möge der Herr des Himmels dem Warten ein Ende machen.«

»Ihr steckt voller Überraschungen, Rodrigo Apolita«, entgegnete Rudolfo milde lächelnd. »Ich hätte Euch niemals für einen frommen Mann gehalten.«

Es ärgerte Rodrigo, wie sehr der Söldnerführer in sich ruhte. Nichts schien ihn erschüttern zu können. Hatte er ein Geheimnis? Er war ein hässlicher Mann, sein Gesicht voller Narben, und er war auch nicht gerade von stattlicher Gestalt. Außerdem hatte er an der Seite der Feinde der Kaiserin gekämpft. Im Reich sollte er sich besser nicht blicken lassen, ebenso wenig wie Wolfhard von Urschlingen mit seiner Schwarzen Schar. Warum war er so selbstsicher? Vielleicht ließ sich diese Ruhe ja ein wenig erschüttern?

»Findet Ihr es nicht auch seltsam, dass Wolfhard immer beim Erzpriester bleibt, wenn wir gehen? Was die beiden wohl zu besprechen haben?«

Der Condottiere machte eine wegwerfende Geste. »Die Intrigen der beiden interessieren mich nicht. Ich diene der Liga, die Ihr hier vertretet, Rodrigo Apolita. Deshalb gehen wir gerade ein Stück Weg gemeinsam, obwohl ich eigentlich in die andere Richtung müsste. Ich möchte, dass man uns ins Gespräch vertieft sieht, so wie man den Erzpriester und Wolfhard oft miteinander reden sieht. Damit ist das Gleichgewicht wiederhergestellt. Zerbrecht Euch nicht den Kopf wegen mir. Ich habe noch nie einen Kontrakt gebrochen. Was auch immer geschehen mag, mein Platz ist an der Seite der Liga.«

Rodrigo schluckte. Jetzt hatte der Mistkerl es geschafft, Zweifel in ihm zu wecken. Plante Nandus etwa tatsächlich einen Verrat? Umso wichtiger wäre es, dem Erzpriester zuvorzukommen.

»Ich weiß Euer klares Bekenntnis zur Liga sehr zu schätzen. Mir bereitet auch der jüngste Sohn des Erzpriesters Sorgen. Habt Ihr gehört, was er tut?«

»Sich einen altertümlichen Topfhelm aufsetzen, durch das Lager streifen und schwatzen?«, fragte Rudolfo leichthin. »Macht Euch ein Mann, dem niemand in die Augen blicken möchte, wirklich Sorgen? Oder worum geht es Euch?«

»Es sind die Mären, die er erzählt, die mich beunruhigen.« Rodrigo seufzte. Er verstand einfach nicht, warum dieser Priestersohn das tat. Es hieß, die Herzogin, das Schwert der Rosen, hätte ihn am Ende ihres Gesprächs geküsst. Hatte diese rothaarige Hexe ihm etwa den Kopf verdreht? Und warum griff Nandus Tormeno nicht ein? Waren sein Sohn und dessen Mären Teil seiner geheimen Pläne?

»Du meinst die Mär von dem Land, in dem Milch und Honig fließen? Von der Insel, irgendwo am Ende der Welt, unter der Herrschaft einer weisen Königin? Wo das Volk der Wälder in Frieden Seite an Seite mit den Handwerkern in den Küstenstädten lebt? Wo selbst die Märengestalten friedlich sind? Ein Land, in dem es keine Armut gibt, keine Bettler, keine Krankheiten? Wo die Königin von strahlender Schönheit, alterslos und immer gesund, eine Allegorie der ganzen Insel ist …«

»Ich sehe, Ihr kennt die Mär«, unterbrach Rodrigo ihn.

»Ich habe Milan Tormeno gestern in mein Zelt geladen«, bekannte der Condottiere. »Ich wollte diese Mär aus seinem Munde hören. Sie macht auch schon an meinen Lagerfeuern die Runde. Es ist eine schöne Geschichte, und er hat wahrlich Talent, zu erzählen. Schließt man die Augen und lauscht seinen Worten, so entstehen in Gedanken Bilder. Es ist, als könnte man sehen, was er erzählt. So etwas habe ich noch nie erlebt. Wenn er Priester würde … Ich glaube, Tausende würden kommen, um ihm zu lauschen. Er könnte wirklich etwas verändern mit seinen Mären.«

»Ist Euch nicht klar, was er da tut?«, entgegnete Rodrigo empört. »Er meint keine Insel am Ende der Welt. Er spricht von Cilia. Und die weise Königin …«

»… ist die Weiße Königin«, unterbrach ihn der Condottiere. »Selbst die schlichtesten Gemüter begreifen das. Er hat einen ungewöhnlichen Weg gewählt, aber mir ist selbstverständlich aufgefallen, was er da tut. Er zettelt eine Rebellion gegen die Herrschaft der Liga an. Auch deshalb bin ich hier.« Er legte Rodrigo die Hand auf die Schulter. »Ich stehe an Eurer Seite. Ich habe einen Kontrakt mit Euch geschlossen und meine Loyalitäten nicht vergessen.«

»Gut zu wissen.« Rodrigo war aufrichtig erleichtert. »Und würdet Ihr den jungen Tormeno für mich aus der Welt schaffen? Ich bin mir sicher, die Liga würde sich sehr, wirklich sehr großzügig zeigen …«

Der Condottiere lachte auf, doch es lag keine Heiterkeit in diesem Laut. »Ein Meuchler bin ich nicht. Da müsst Ihr Euch einen anderen suchen, Rodrigo Apolita. Ich vermiete mein Schwert, und es sind schon Dutzende Männer unter meiner Klinge gefallen. Tausende im Pfeilhagel meiner Bogenschützen. Und dennoch betrachten wir uns nicht als Mörder. Wir sind

Krieger. Da gibt es einen Unterschied. Und den nehme ich sehr ernst. Deshalb führe ich die Weiße Kompanie. Das ist unser Kodex. Geht zur Schwarzen Schar. Vielleicht findet Ihr den Mann, den Ihr sucht, ja dort.« Er nickte knapp. »Nun, da alles geklärt ist, gestattet, dass ich mich zurückziehe.«

Der arrogante Kerl ließ ihn tatsächlich im Regen stehen. Rodrigo sah ihm nach, wie er sich schlendernd seinen Weg zwischen den Lagerfeuern suchte. Ab und an grüßte er einen Krieger. Alle behandelten ihn mit Respekt.

»Mach dir nichts vor«, murmelte Rodrigo verärgert. »Du bist ein Mörder, den man mieten kann. Du tust es nur im großen Stil. Das ist der einzige Unterschied.«

Morgen würde er die Entscheidung auf dem Schlachtfeld suchen. Wenn die anderen nicht wagemutig waren, dann würde er es eben sein! Sobald die Rebellen unter dem Beschuss der Katapulte und der Armbrustschützen der Liga von der Hügelflanke flüchteten, würde er mit seinen Männern bereit sein, sie zu verfolgen. Nichts würde die Sache der Liga so sehr stärken wie ein klarer Sieg. Ein Sieg, errungen von seinen Männern. Nicht von gemieteten Söldner. Und wenn er, bedeckt mit Schlachtenruhm, heimkehrte, dann würde er der einflussreichste aller Kaufherren sein.

WEISSER WALD, PALAST DER WEISSEN KÖNIGIN, NACHT, 29. TAG DES WEINMONDES IM JAHR VON SASMIRAS ZWEITER THRONERHEBUNG

Falce betrachtete verwundert die Statue des kleinen Mädchens. Wie alt mochte sie sein? Sieben Jahre? Acht? Sie war in Lumpen gehüllt, kauerte auf einem Knie, das Gesicht war zum Boden gerichtet. Irgendwie passte sie gar nicht in den Palast. Das Standbild war aus unscheinbarem grauem Stein, aber beängstigend lebensecht. Wäre der Basilisk nicht tot, dann hätte er vermutet, dass die Kleine das Pech gehabt hatte, diesem Biest über den Weg zu laufen.

Er erhob sich, sah sich unschlüssig zwischen den Ruinen um. Es war nicht leicht gewesen, durch die Linien der Rebellen zu gelangen. Ihre Wachen waren gut postiert. Keiner war schläfrig oder unaufmerksam gewesen. Und da er keinen von ihnen umbringen durfte, hatte er mehr als drei Stunden benötigt, um bis zum Palast vorzudringen, obwohl dieser vom Heerlager der Liga kaum mehr als eine halbe Stunde Fußmarsch entfernt lag.

Diese Mauern aus von innen heraus leuchtendem Marmor machten ihn nervös. Sogar die Bewohner des Schwertwaldes mieden diesen Ort. Wie das Mädchen wohl hierhergekommen war? Und was hatte sie zu Stein werden lassen?

Statt sich an den Raumverläufen und verfallenen Türen zu orientieren, soweit sie in den Ruinen zu erkennen waren, stieg Falce einfach über eine der Mauern. Und fand noch mehr Statuen.

Die Wände waren hier hoch. Was immer dieser Raum einmal gewesen war, jetzt war er ein Lager unheimlicher Statuen. Und er war schwer einzusehen, weil die Mauern höher waren als an anderen Stellen des Palasts.

Die Standbilder zeigten Frauen, alte Männer und Kinder. Sie alle sahen aus wie die Flüchtlinge, denen er unterwegs begegnet war. Alle blickten sie zu Boden. Was war hier geschehen? Das fahlweiße Licht ließ die Statuen besonders trostlos erscheinen. Versteinerte Hoffnungen, ging es ihm durch den Kopf.

Komm zum Thronsaal.

Das war kein Gedanke. Das war die Stimme, die ihn schon am Nachmittag gerufen hatte. Falce schnaubte und kletterte über eine weitere Mauer. Er war hier zwar noch nie gewesen, aber er hatte ein ungefähres Gefühl, wo der Thronsaal zu finden sein sollte. Er musste verrückt sein! Ganz sicher. Er hörte Stimmen in seinem Kopf, und er tat auch noch, was sie ihm sagten.

Falce kam an einem verfallenen Brunnen vorbei. Das Becken lag voller Marmortrümmer. Aber es gab auch kristallklares Wasser, in dem Fische schwammen, wie Falce sie noch nie gesehen hatte. Sie sahen aus, als seien sie aus Gold und Silber gesponnen, unglaublich zart, und wie der Marmor waren auch sie von Licht umspielt. Aber es war ein schillerndes Leuchten, das alle Farben des Regenbogens in sich vereinte. Sie zu betrachten war Balsam für die Seele, dachte er.

Komm.

Die Stimme in seinem Kopf klang keineswegs befehlend. Aber sie hatte etwas an sich, dass man ihr besser Folge leistete. Auch ahnte er ja, wer da zu ihm sprach.

Mit einem Seufzer des Bedauerns ließ er den Brunnen hinter sich. Im Raum nebenan hörte er Hufschlag, schwer und langsam. Er beeilte sich, über die nächste Mauer zu klettern, und erhaschte gerade noch einen Blick auf den alten Schimmel mit dem durchhängenden Rücken, der zwischen den hohen Bronzetüren eines Portals am anderen Ende des Saals verschwand.

Marmortrümmer schlugen neben ihm auf den Boden, als Falce zu hastig von der Mauer herabglitt. Er lief durch einen Saal voller leerer Sockel. Der Boden war mit einem schönen Mosaik ausgelegt. Aber Falce hatte nur Augen für das gewaltige Portal.

Als er es erreichte, fiel sein Blick in einen noch beeindruckenderen Saal, in dem er jetzt das Einhorn entdeckte. Es stieg die Stufen zu einem marmornen Thron empor. Oben angekommen, wandte es, fast kokett, den Kopf zu ihm um – eine Geste, die verriet, dass es sehr genau wusste, dass er dort stand.

Komm!

Die Stimme in seinem Kopf wurde fordernder.

Dieser Saal … Falce trat nur zögernd ein. Das war kein Ort für Männer wie ihn. Er fragte sich, ob überhaupt schon einmal Menschen hier gewesen waren. Diese Halle war von abweisender, kalter Schönheit. Hier gab es nur noch den strahlenden Marmor. Keine Bodenmosaiken. Die Wände erhoben sich zu mächtigen Kreuzgewölben. Ein strahlendes, fast schon blendendes Licht durchtränkte den Saal.

Langsam ging Falce dem Thorn entgegen. Das Einhorn war nur

undeutlich zu erkennen. Sein weißes Fell verschmolz mit dem weißen Licht. Dann trat es hinter den Thron und verschwand.

Falce blieb stehen. Was sollte er jetzt tun? Er konnte sich keinen unpassenderen Ort für sich vorstellen als diesen Thronsaal, das Herz des Palastes der Weißen Königin. Einer wie er gehörte hier einfach nicht hin.

Du würdest dich wundern, wer schon alles hierhergekommen ist. Und nun tritt näher.

Die Worte halfen nicht. Er fühlte sich unwohl. Er versuchte, das Einhorn hinter dem Thron zu entdecken. Versuchte, etwas Vertrautes in all dem Fremden hier zu finden.

Doch statt des Einhorns trat eine schlanke Frau hinter dem Thron hervor. Falce erkannte sie sofort. Er sank auf die Knie.

»Ich bitte dich, lieber Freund.« Es lag eine Warmherzigkeit in ihren Worten, die ihn ganz schwindelig machte. Niemand hatte jemals in einem solchen Ton zu ihm gesprochen. Nicht einmal seine eigene Mutter.

»Steh auf, Falce. Wir sind allein an diesem Hof. Niemand sieht uns zu. Nichts zwingt uns zu Förmlichkeiten.« Sie schritt die Stufen vom Thronpodest mit einer Leichtigkeit herab, dass es wirkte, als würde sie schweben.

Er räusperte sich. »Ähm, Majestät ... Wie kann ich Euch dienen?«

Glockenhelles Lachen, dem nichts Verletzendes anhaftete, war ihre Antwort.

»Ich bitte dich, Falce, können wir nicht reden wie zuvor? Von Meuchler zu Meuchler?«

»Das seid Ihr nicht, Majestät.« Er wagte es, den Kopf zu heben. Sein Blick wanderte an ihr empor. Sie trug ein fließendes weißes Kleid, so zart, als sei es aus weißen Kirschblüten geschnitten. Ihr Haar war golden wie reifes Korn. Genau wie ihre Augen. Das schmale Gesicht, betont durch hohe Wangenknochen, war von einem blassen Teint, ihre Lippen von einem fast farblosen Rosa. Sie war von so ergreifender Schönheit, dass Falce an etwas Banales denken musste, um überhaupt noch ein Wort hervorzubringen. Er stellte sich einen dampfenden Teller Erbsensuppe vor.

Die Königin lachte erneut. »Das hat noch keiner getan.«

»Du liest in meinen Gedanken?«, keuchte er bestürzt.

»Praktisch als Meuchler, nicht wahr?«

Er sah sie an. So schön hatte er sich als kleiner Junge die Silberne Prinzessin vorgestellt.

»Würdest du uns nebeneinander sehen, wäre ich nicht mehr als eine Motte neben einem Schmetterling.«

»Du kennst sie?«, fragte Falce.

»Ich habe sie einst mit dem Krähenmann vermählt, was mir der Herr des Himmels nie verziehen hat.«

Falce sackte der Kopf auf die Brust. Das war zu viel. Natürlich war sie der Silbernen Prinzessin begegnet. Vielleicht sogar dem Schöpfer. Sie war … die Herrin der Insel, so alt wie die Welt.

»Vergiss nicht, wie wir uns zuerst begegnet sind. Wollen wir es nicht bei dieser Art von Freundschaft belassen?«

»Wie könnte ich mit dir befreundet sein?«, flüsterte er demütig.

»Indem du einfach nur zustimmst.«

Ihre schlanke Hand erschien vor seinem Gesicht. Sie wollte, dass er einschlug. Er wischte seine Rechte an seiner Hose ab. Zögerte. Dann nahm er all seinen Mut zusammen und hob die Hand.

Ihre Finger waren kühl. Ihr Griff kräftig. »Steh auf. Du bist mein erster Ritter in diesem neuen Leben.«

»Ritter?«, fragte er mit belegter Stimme. Er war der unscheinbarste Mann, den er kannte. Jemand, den man flüchtig ansah und sofort wieder vergaß. Was bei dem, was er tat, durchaus nützlich war.

»Jeder, den ich bitte, für mich in den Kampf zu ziehen, ist mein Ritter, Falce di Luna. Wirst du diese Ehre und Pflicht annehmen?«

»Ja«, sagte er, ohne einen Herzschlag zu zögern. »Aber darf ich eine Frage stellen? Ich … Etwas verstehe ich nicht.«

»Nur zu.« Sie hielt immer noch seine Hand. »Doch vorher erhebe dich, Ritter Falce von der Mondsichel.«

Mit weichen Knien tat er, wie ihm geheißen. Wohlgeruch umfing die Weiße Königin. Sie duftete nach Pfirsich, aber da war auch eine herbe Note wie der Geruch des Laubes vom Vorjahr, wenn es von Regen benetzt wurde.

»Warum der alte Schimmel? Und dann das Einhorn?«

»Versuchst du nicht auch, harmlos zu erscheinen, wenn du dich einem Opfer näherst oder einfach nur Menschen beobachtest? So wie bei deinen Morden an den Bogenschützen vor den Stadtmauern Dahlias.«

Das war ihm unangenehm. »Davon weißt du?«

»Ich bin das Land, Falce. Diese Insel. Selbst wenn ich noch keine Gestalt angenommen habe, bin ich immer hier. In jedem Baum, in jedem Stein, überall.«

»Aber dann müsstest du doch gar nicht als Pferd …«

»Es ist etwas anderes, in Fleisch und Blut zu existieren. Und die Gestalt eines Einhorns nehme ich an, weil niemand schreit, der einem Einhorn begegnet. Sie gaffen mit offenem Mund. Niemand läuft weg. Oder denkt gar daran, mich anzugreifen. Das tut man alles nicht bei einem Einhorn. Es gibt keine bessere Gestalt, wenn du jemanden ermorden willst. Ganz gleich, was für rabenschwarze Seelen sie haben, sie freuen sich, wenn sie einem Einhorn begegnen. Erst im allerletzten Augenblick, bevor ich sie durchbohre, lasse ich sie in den Spiegel ihrer eigenen Dunkelheit blicken. Und ich lasse sie wissen, wer wirklich gekommen ist, denn ich möchte nicht, dass man ihre Leichen mit einem verzückten Lächeln auf dem Gesicht findet.«

»Aber warum?« Falce verstand das nicht. »Du könntest sie doch auf so viele andere Arten töten.«

»Ich will ihnen in die Augen sehen, wenn sie sterben. Es sind nur die Übelsten, die ich hole. Und ich gestehe, ich habe es genossen. Du kennst dieses Gefühl, Falce. Wenn man den Richtigen tötet und weiß, die Welt wird von nun an ein besserer Ort sein.«

Falce nickte zögerlich. Er hatte, was das anging, einige Kompromisse geschlossen. Es waren nicht immer die Richtigen in diesem Sinne gewesen. Aber meistens …

»Ich bin weit mehr, als die Menschen sich in ihren Mären über mich erzählen. Was nicht zum Bild der Weißen Königin passt, versuche ich, verborgen zu halten. Deshalb gibt es die nur wenig verbreitete Mär vom Einhorn, das mein Scharfrichter ist. Ein bisschen Wahrheit, ein bisschen Phantasie, das werden die besten Geschichten. Aber nun kommen wir dazu, warum ich dich gerufen und dich zu meinem ersten Ritter gemacht habe, Falce von der Mondsichel. Es gibt einen Fluch, der auf mir lastet. Ich bin gezwungen zu sein, was die Menschen von mir glauben. Verändert jemand die Mär von der Weißen Königin, dann verändere auch ich mich. Dies ist die Nacht meiner Rückkehr in meiner eigentlichen Gestalt, und der Tag, an dem sich meine Mär erfüllen muss, steht bevor. Doch jemand hat begonnen, meine Geschichte zu verändern. Ich beginne, die ersten Auswirkungen bereits zu spüren. Dieser Jemand könnte alles verändern. Und das muss enden! Du bist der beste Meuchler dieser Insel, mein erster Ritter in diesem neuen Zeitalter, und ich bedauere sehr, dich zu jemandem zu schicken, der es nicht verdient hat. Du musst für mich Milan Tormeno zum Schweigen bringen. Noch in dieser Nacht!«

NAHE DEM WEISSEN WALD, HEERLAGER DER LIGA, FRÜHE MORGENSTUNDEN, 30. TAG DES WEINMONDES IM JAHR VON SASMIRAS ZWEITER THRONERHEBUNG

Verdammtes Scheißwetter«, murmelte Falce, während er an dem Wachtposten vorüberging. Der Junge beachtete ihn kaum. Zitternd hatte er die Hände den Flammen im Feuerkorb entgegengestreckt, die Augen starr auf das Licht gerichtet.

Was für ein Idiot, dachte Falce. Damit war seine Nachtsicht

ruiniert. Wenn er den Blick hob, um ins Dunkel zu spähen, würde er keine drei Schritt weit sehen. Bei solchen Wachen könnten die Rebellen aus dem Schwertwald das Heer der Liga in einem einzigen Ansturm überrumpeln und davonjagen.

Falce machte einen Umweg, schlich an unzähligen, im Schlaf zusammengekrümmten Gestalten vorbei, duckte sich unter Regenplanen hindurch, stieg über verloschene Feuerstellen hinweg.

Niemand hielt ihn auf oder sprach ihn auch nur an. Es waren noch vier Stunden bis zur Morgendämmerung. Das Heer der Liga war in tiefen Schlaf versunken. Röchelndes Schnarchen, hin und wieder Hustenanfälle, das waren die einzigen Laute, abgesehen vom Schmatzen des allgegenwärtigen Schlamms unter seinen Sohlen.

Zelte gab es so gut wie keine. So war es selbst in der Finsternis leicht, Milans Unterkunft zu finden. Auch hier fehlten die Wachen. Nirgends brannte ein Licht. Nichts regte sich.

Falce stand vor der Zeltklappe. Seine Hand fuhr zum Griff des gekrümmten Dolchs hinter seinem Rücken. Jetzt war er ein Ritter der Weißen Königin, und doch hatte sich nichts in seinem Leben geändert. Er schlich durch die Nacht zu arglosen Opfern.

Er wandte sich von der Zeltklappe ab. Es war nie gut, den offensichtlichsten Weg zu nehmen. Vorsichtig umrundete er das Zelt. Immer noch zeigte sich keine Wache. Jemand schnarchte laut im Inneren des Zeltes.

Falce hatte Milan als einen der Gerechten eingeschätzt. Er fand es erstaunlich, dass die Weiße Königin den jungen Mann fürchtete. Ihre Befehle waren sehr klar gewesen.

»Ritter Falce von der Mondsichel«, flüsterte er leise. Er mochte den Klang dieses Ehrennamens, den zu erlangen er sich niemals auch nur erträumt hätte. Aber alles im Leben hatte seinen Preis, dachte er bitter und zog den gekrümmten Dolch.

Ein Schnitt, und die Rückwand des Zeltes klaffte auf. Falce trat ein und war überrascht zu sehen, dass hier zwei Männer schliefen. Der eine in einem Bett, der andere auf dem Boden.

Letzterer war es, der schnarchte. Es war zu dunkel, um seine Züge zu erkennen.

Falce stieg über den Schläfer hinweg und trat an das schmale Feldbett. Er starrte so lange auf das Gesicht, bis er sich ganz sicher war. Dort lag Milan Tormeno, der die Weiße Königin mit seinen Mären erzürnt hatte.

Falce presste dem Jungen die Hand auf den Mund und hob den Dolch.

AUF DEM HÜGELKAMM VOR DEM WEISSEN WALD,
ERSTES MORGENLICHT, 30. TAG DES WEINMONDES
IM JAHR VON SASMIRAS ZWEITER THRONERHEBUNG

Dort unten bewegt sich einiges«, sagte Felicia gutgelaunt. »Sie werden kommen.«

Rainulf war nicht überzeugt. Es war zu offensichtlich, dass dies hier eine Falle sein musste. Der Erzpriester war zu gewieft, um auf so etwas hereinzufallen. Außerdem waren auch Wolfhard von Urschlingen und Rudolfo Acuto erfahrene Heerführer. Es würde anders kommen, da war er sich ziemlich sicher. Ebenso wie er sich sicher war, dass es verdammt ungemütlich für die armen Schweine werden würde, die in den Stellungen an der Hügelflanke bleiben mussten. Jene armen Schweine, die er befehligen würde.

»Trink was. Das vertreibt die Kälte aus dem Bauch.« Felicia reichte ihm den schlichten braunen Tonbecher, den sie mit beiden Händen umklammert hielt. Versonnen betrachtete er die Schlammspritzer auf ihrem Hals. Das kantige Kinn, die schön geschwungenen Lippen. Als ihre Augen sich trafen, lächelte die Herzogin. »Heute Nacht«, versprach sie.

Rainulfs Hände legten sich um ihre. Ihre Finger waren kalt. Trotz des warmen Bechers.

Felicia zog die Hände zurück. Ihr Lächeln erstarb. Sie mochte

Zärtlichkeiten vor den Augen der anderen nicht. Nicht mit ihm. Ob es mit Milan genauso wäre?

Er versuchte, nicht an den Jüngling zu denken. Stattdessen blickte er in den Becher. Minzblätter trieben darin. Wasserdampf stieg auf. Er mochte den Geruch von Minze. Felicias Atem roch oft so.

Rainulfs Finger schlossen sich fester um den Tonbecher. Die Wärme kroch in seine Gelenke. Er nahm einen Schluck, ließ ihn im Mund kreisen. Es tat gut.

»Ich nehme die Auserwählten mit«, sagte Felicia leise und griff nach ihrem Bogen, den sie an eine Korkeiche gelehnt hatte.

Er nickte nur. Sie würde die besten Schützen auf die andere Seite des Hügelkamms führen. Die Männer, die ihm verblieben, waren nur hier, um den Eindruck zu erwecken, dass sie den Hang verteidigten. Von denen, die wirklich mit dem Bogen umgehen konnten, durften sie keinen verlieren.

Felicia klopfte ihm mit der flachen Hand auf die Schulter. »Denk an heute Nacht«, sagte sie mit einem Lächeln, das all seine Zweifel vertrieb. Er würde das hier überleben, was auch immer kommen mochte.

Schnell verschwand die Herzogin mit den auserwählten Schützen im morgendlichen Zwielicht zwischen den Bäumen. Unten am Fuß des Hügels wogte dichter Nebel und verbarg die Vorbereitungen der Liga. Aber Rainulf konnte sie hören. Hammerschläge auf Holz. Die quietschende Achse eines Fuhrwerks. Ab und an dumpf ein gebellter Befehl.

Rainulf stieg in den nächsten Graben. Das Wasser stand mehr als knöchelhoch. Keiner der Männer hier hatte geschlafen. Ihre Gesichter waren fahl, die Wangen voller Stoppeln, die Augen eingesunken. Keiner von ihnen wusste, was die Herzogin plante. Aber es gab Gerüchte. Kinder waren verschwunden, Mütter, ein paar Alte. Einfach fort, wie verschluckt von der weiten, fast kreisrunden Senke, in welcher der Weiße Wald lag. Wer mit den Flüchtlingen gekommen war, wer Familie oder Freunde hinter dem Hügelkamm hatte, der machte sich Sorgen. Zu Recht, wie

Rainulf wusste. Er hatte mitgeholfen, einige der *Toten* verschwinden zu lassen. Es wäre schlecht für die Moral gewesen, wenn sich das herumgesprochen hätte. Die Überlebenden wurden vom Rest des Heeres getrennt. Es durfte nicht geredet werden. Sie konnten nur gewinnen, wenn es gelang, die Truppen der Liga zu überraschen.

Rainulf hasste diese Art, Krieg zu führen. Zu viele Unschuldige waren in ihn verstrickt, fielen ihm zum Opfer. Manchmal vermochte er in all dem kaum noch zwischen Guten und Bösen zu unterscheiden. Selbst wenn er an die Galgenbäume Nicolo Triminis dachte, war es für ihn nicht leicht, sich selbst davon zu überzeugen, dass die Kämpfer des Schwertwaldes in diesem Krieg die Gerechten waren.

»Trink was davon!« Er drückte den Becher mit dem Minzsud dem erstbesten Mann in die Hand, einem hageren Kerl ohne Schneidezähne, der ihn überrascht anlächelte.

»Nur einen Schluck«, ermahnte Rainulf ihn. »Dann gibst du den Becher weiter. Sollst nicht als Einziger Glück haben.« Er blickte zu dem Bogen aus schlammbesudeltem Eibenholz. Wenigstens stand er nicht im Wasser. »Wo sind deine Sehnen?«

Der Mann nahm seine Lederkappe ab. Zwischen fettigen schwarzen Locken lagen zwei ordentlich aufgerollte Bogensehnen. »Der einzige trockene Ort«, erklärte er, immer noch lächelnd.

»Gut.« Rainulf nickte zufrieden. »Von einer trockenen Sehne hängt die Kraft deines Bogens ab. Ich glaube, heute werden sie kommen. Und wir werden sie sogleich verjagen, das verspreche ich dir.«

»Werden wir!« Sein Kamerad setzte die Lederkappe wieder auf. Er klang wirklich überzeugt.

Rainulf presste die Lippen zusammen und nickte. Seine Männer vertrauten ihm, dem ruhmreichen Pfeil der Rosen, der den Grym getötet und die Sternenbrücke gegen eine hundertfache Übermacht gehalten hatte. Das machte Rainulf zu schaffen. Er wusste nur zu gut, dass sie der Köder waren, den Felicia ausgelegt hatte. Und es war das Schicksal eines Köders, verschlungen zu werden.

Rainulf ging weiter. Der Graben war so schmal, dass er mit den Armen ständig an einer der beiden Seitenwände entlangstreifte. Sie waren nun an vielen Stellen mit geflochtenen Ästen befestigt, immerhin. Durch die Erde, die vor dem Graben zu einem flachen Wall aufgeworfen war, konnte er allerdings nur mehr an wenigen Stellen den Hang einsehen. Auch war es schwer, sich an den Kameraden im Graben vorbeizuzwängen.

Er ließ ein paar markige Worte fallen, klopfte auf ein paar Schultern, dann stieg er wieder aus dem Graben. Er brauchte einen Überblick. Die Enge dort unten war nichts für ihn.

Kaum hatte er sich auf den Hang gekauert, ertönte ein Geräusch, das ihn an das dutzendfach brechende Geäst eines stürzenden Baum erinnerte.

»Deckung!«, schrie Rainulf, sprang selbst aber nicht in den Graben zurück. Zwanzig Schritt links von ihm ging ein Schauer zersplitterter Äste auf den Waldboden nieder. Dann traf etwas den Hang mit solcher Wucht, dass er unter seinen Füßen erbebte. Dicht unter dem Hügelkamm war ein Felsbrocken eingeschlagen, so groß wie eines der riesigen Weinfässer, aus denen sich tausend Krüge befüllen ließen.

Wieder setzte das Prasseln der Äste ein. Dieses Mal sah Rainulf den Felsbrocken, der eine Schneise der Zerstörung durch die Bäume am Hang schnitt. Er flog fast in seine Richtung, würde ihn nur um ein paar Schritt verfehlen. Würde …

Das Geschoss streifte den Stamm einer mächtigen Eiche, zerfetzte die Rinde und das direkt darunterliegende Holz, ließ den Baum aber nicht abknicken, sondern wurde durch ihn ein wenig nach links abgelenkt. Geradewegs auf ihn zu!

Wie gelähmt vor Entsetzen, starrte Rainulf auf den Felsbrocken. Der durchschlug einen Pinienstamm. Dann sackte der schwere Stein herab. Keine drei Schritt vor Rainulf schlug er in den aufgeweichten Waldboden ein und verschwand zu mehr als einem Drittel im Erdreich.

Schlamm spritzte Rainulf ins Gesicht. Er blinzelte. Konnte kaum fassen, dass er noch lebte.

»Hab ihr das gesehen?«, rief der Bogenschütze, dem er den Becher überlassen hatte. »So was von kaltblütig! Hat sich nicht einen Zoll bewegt, als wüsste er genau, dass der Stein ihn nicht treffen kann.«

Rainulf wischte sich den Schlamm aus dem Gesicht. »Ihr bleibt trotzdem im Graben«, rief er den Männern zu.

Ein weiterer Felsbrocken zerschmetterte Bäume und Astwerk. Soweit er es beurteilen konnte, wurden sie aus drei verschiedenen Richtungen beschossen.

»Köpfe unten halten!«, schrie er.

Ein Baumstamm stürzte quer über den Graben. Holzsplitter, lang wie Armbrustbolzen, regneten auf den Hang nieder. Jemand schrie auf.

Rainulf nahm eine Sehne aus der geölten Ledertasche an seinem Gürtel, grätschte in den Bogen und zog die Sehne auf die Hornenden.

Weiter unten am Hang schlug ein Speer krachend in einen Baumstamm. Der Schaft der Waffe zerbrach durch die Wucht des Aufpralls.

Sie schossen blind, dachte Rainulf. Es ging nur darum, Angst und Schrecken zu verbreiten. Er sah zu dem Felsbrocken, der so nah bei ihm gelandet war. Was ihn anging, war das bereits geglückt. Aber weichen würde er nicht. Nicht dem Beschuss. Felicias Befehle waren unmissverständlich.

Er wünschte sich, Gideon wäre hier, um einige der Felsbrocken zurück in die Stellungen der Liga zu schleudern. Der Riese hätte sicher seinen Spaß daran. Aber Felicia hatte ihm verboten, die innere Verteidigungslinie zu überschreiten. Gideon war zu einfältig. Sie fürchtete, er könnte sich aus Versehen selbst töten, wenn er im falschen Moment zurückblickte.

Wieder pflügte ein Felsbrocken durch den Wald.

Rainulf ging ein Stück vor und nutzte das Geschoss, das ihn verfehlt hatte, als Deckung. Der Nebel unten am Fuß des Hangs driftete. Undeutlich erkannte Rainulf Gestalten dort. Hatte der Angriff begonnen? Oder waren das nur Plänkler? Wenn er nur besser sehen könnte!

»Vorsicht, Armbrustschützen!«, rief ein rothaariger Bogner, der noch ein Stück vor dem Graben in einem Erdloch kauerte.

»Erlegt mir ein paar von ihnen!«, befahl Rainulf und griff nach seinem Köcher mit den Pfeilen.

Überall erhoben sich seine Männer aus dem Graben und den Erdlöchern. Sie mochten nur die zweite Wahl sein, was ihre Treffsicherheit anging, aber in ihrer Tapferkeit standen sie ganz sicher nicht hinter jenen zurück, die mit Felicia gegangen waren.

Rainulf legte einen Pfeil auf die Sehne. Deutlich erkannte er eine blaue Pavese, auf die der weiße Turm Dahlias gemalt war. Etwa siebzig Schritt entfernt, dachte er. Kein leichter Schuss, aber zu schaffen.

Schon ertönten die dumpfen Schläge, mit denen sich Pfeile in die Pavesen der Armbrustschützen bohrten.

Rainulf zog die Sehne leicht an, wartete. Als der Armbrustschütze sich mit fertig gespannter Waffe umdrehte und die Deckung der auf seinen Rücken geschnallten Pavese aufgab, zog Rainulf die Sehne bis hinter sein Ohr. Er atmete aus und ließ den Pfeil davonschnellen. Er traf den Mann aus Dahlia mitten in die Brust. Ohne Mühe durchschlug die stählerne Pfeilspitze den dicken Gambeson. Die Wucht des Treffers ließ den Armbrustschützen eine halbe Drehung machen. Er wirkte fast wie ein Tänzer, sah elegant aus. Dann sackte er zusammen.

Splitter und Äste gingen auf den Hang nieder. Etwas streifte Rainulfs linke Wange. Ein Armbrustbolzen zupfte an seinem Wams. Er drehte sich hinter den Felsbrocken in Deckung.

Wieder erbebte der Hang. Ununterbrochen sirrten nun Armbrustbolzen zu ihnen herauf. Die verdammten Ligisten stützten die Waffen auf den Pavesen ab und warteten mit gespannter Sehne darauf, dass sich jemand aus der Deckung erhob. Es war nicht mehr wie an der Sternenbrücke. Sie waren besser geführt. Und es waren verdammt viele.

Langsam lichtete sich der Nebel. Deutlich leuchteten die schreiend bunten Farben der hohen Pavesen. Es waren Hunderte dort unten versammelt. Der weiße Turm Dahlias, die drei goldenen Ähren Panormas, die rote Amphore aus Kamarina, der schwarze Hammer von Ferranta und der weiße Mond von Drepana. Nur die schwarzen und weißen Schilde der beiden großen Söldnertruppen fehlten.

Der Stamm einer Korkeiche zersplitterte, getroffen von einem Felsbrocken. Rainulf ließ sich auf die Knie sinken. Dicht wie Hagelschlag gingen die Splitter um ihn nieder.

Die Baumkrone stürzte direkt auf den Graben, der hinter der Eiche verlief. Männer sprangen, um sich zu retten, aus der Deckung und gerieten in ein mörderisches Kreuzfeuer aus Armbrustbolzen. Sogar Speere wurden auf sie abgeschossen. Rainulf sah, wie der Rothaarige, der ihm vorhin noch etwas zugerufen hatte, von einem Speer am Hinterkopf getroffen wurde. Die blutige Spitze trat dicht neben seiner Nase aus dem Schädel wieder aus, wurde länger und länger. Ohne noch einen Laut von sich zu geben, stürzte der Mann.

Ein paar Schritt neben Rainulf prallte ein Felsbrocken auf den Hang, zerquetschte dichtes Wurzelwerk und rollte dann abwärts, bis er sich in einem Erdloch verfing und den Bogenschützen darin unter sich begrub.

Rainulf biss die Zähne zusammen. Er richtete sich auf, zog die Sehne zurück. So viele Ziele. Er schoss auf einen Ligisten, der sich hinter einem weißen Schild mit roter Amphore erhob. Sein Pfeil fand sein Opfer. Ein Angreifer weniger. Aber das spielte keine Rolle mehr. Es waren einfach zu viele.

Schon prasselten Armbrustbolzen gegen den Felsbrocken, der ihm Deckung gab. Rainulf wusste, dass jetzt etliche Männer mit auf ihre Pavesen gestützten Waffen darauf warteten, dass er sich erneut erhob, um auf ihn zu schießen.

Lange würde dieses Spiel mit dem Tod nicht mehr gutgehen.

DRITTE SCHANZE, BELAGERUNGSRING UM DEN WEISSEN WALD, ERSTES MORGENLICHT, 30. TAG DES WEINMONDES IM JAHR VON SASMIRAS ZWEITER THRONERHEBUNG

Verärgert blickte Nandus in Richtung des Heerlagers. Keine Spur von Rodrigo Apolita. Der Kaufherr ließ den nötigen Einsatz fehlen. Da kein Angriff befohlen war, hielt er seine Anwesenheit in der Schanze wohl für überflüssig. Nur die Armbrustschützen seiner Truppen waren gekommen. Viel zu viele von ihnen. Vor den Erdwällen der Schanze wimmelte es nur so von den Männern der Liga.

Rudolfo Acuto und Wolfram von Urschlingen waren pünktlich im ersten Morgenlicht erschienen, um den Einsatz der schweren Katapulte und der Speerschleudern zu beobachten. Sie standen an dem niedrigen, zum Hang hin mit angespitzten Pfählen gesicherten Erdwall.

Orlando kam zu ihm herüber. Die Stoppeln in seinem Gesicht waren fast zu einem geschlossen Bart zusammengewachsen. Seine Augen waren rot entzündet. Wahrscheinlich hatte er die ganze Nacht nicht geschlafen. Nandus hatte ihm den Befehl über die drei Schanzen übertragen, von denen aus der Hang beschossen wurde. Er brauchte hier einen Mann, dem er vertrauen konnte. Keinen Heißsporn, der sich zu Dummheiten hinreißen ließ.

»Möchte nicht an deren Stelle dort oben sein«, bemerkte Orlando. »Das ist schlimmer, als ich erwartet hatte.«

»Sie haben noch Glück«, entgegnete Nandus. Er dachte an das Kaiserwasser. Sobald es eintraf, würde die Entscheidung fallen. Auch wenn die schweren Katapulte, deren Geschosse die Bäume zerfetzten, ein eindrucksvolles Spektakel veranstalteten, würde das nicht genügen, um zu siegen. Aber darum ging es heute auch nicht. Ein Spektakel war genug, um die angeschlagene Moral der Truppen zu heben. Und die Armbrustschützen, die hinter ihren Pavesen darauf lauerten, dass sich am Hang ein armer Tropf aus seiner Deckung erhob, nur um niedergeschossen zu werden, fühlten sich sicher gerade wie Helden.

Wieder blickte Nandus in Richtung des Heerlagers. Dass seine Söhne nicht erschienen, war seltsam. Zumindest Juliano hätte hier sein sollen. Er war immer zuverlässig. Von Milan hingegen erwartete er nichts. Sein Jüngster trieb sich an den Lagerfeuern der Söldner herum und erzählte seine Mären. Das war nicht die Art, wie man Schlachten gewann.

»Tapfere Idioten, diese Rebellen«, sagte Orlando leichthin. »Wie siehst du das, Bertrand? Ziemlich dämlich, dort am Hang zu bleiben, oder?«

Nandus konnte sich denken, wie das enden würde. Der Hauptmann der Armbrustschützen der Schwarzen Schar mochte es, den Kaiserritter zu reizen, und sein Leibwächter ging jedes Mal darauf ein.

»Ich schätze, einen guten Mann erkennt man daran, dass er dort ausharrt, wohin man ihn befiehlt«, antwortete Bertrand gelassen. »Ich habe den Eindruck, dir ist das fremd.«

Der Söldner grinste breit. »Es ist doch immer wieder erleuchtend, sich mit dir zu unterhalten, mein Lieber. Jetzt verstehe ich die Welt. Deshalb sind gute Männer so selten! Sie verrecken so schnell. Aber …« Er sah Bertrand mit gespielter Bestürzung an. »Wie lange dienst du noch gleich dem Orden? Ich meine, du hast es schon einmal gesagt. Mehr als zehn Jahre, oder?«

»Dreizehn.«

»Und du lebst immer noch? Verdammt. Muss ich daraus schließen, dass du kein guter Mann bist und im entscheidenden Moment, genau wie ich, den Kopf einziehst?«

»Ich habe in dreiundzwanzig großen Schlachten und unzähligen Scharmützeln gekämpft, Orlando. Ich bin neunzehnmal verwundet worden. Siebenmal so schwer, dass mein Leben auf Messers Schneide stand«, zählte der Kaiserritter sachlich auf.

Orlando hob abwehrend die Hände. »Schon gut. Bei einer

dieser schweren Verletzungen scheinen die Feldschere wohl aus Versehen sämtlichen Humor aus dir herausgeschnitten zu haben.«

»Ich mache keine Witze darüber, wenn tapfere Männer sterben«, bemerkte Bertrand kühl.

»Ich kann diese sinnlosen Tode besser ertragen, wenn ich darüber scherze.« Orlando verschränkte die Arme vor der Brust.

Ein weiterer Baum stürzte am Hang. Ein Bogenschütze trat aus seiner Deckung und wurde sofort mit einem Hagel von Armbrustbolzen eingedeckt. Gleich von mehreren Geschossen durchbohrt, wurde er in den Dreck gerissen. Das war eher ein Massaker als ein Kampf. Nandus konnte Orlando verstehen. Es war schwer mit anzusehen, wie tapfere Männer so sinnlos starben.

Knapp zwei Dutzend Söldner zogen jetzt an den Hanfseilen, die vom Wurfarm des Trebuchets herabhingen. Langsam stieg das Gegengewicht in die Höhe. Sechs Mann trugen den nächsten Felsbrocken heran, der gegen die Stellungen am Hang geschleudert werden sollte. Er ruhte in einer flachen Holzwanne, aus deren Wänden Tragestangen ragten.

Auch die Speerschleudern, die das große Katapult flankierten, wurden nachgeladen.

Nandus sah noch einmal in Richtung des Heerlagers. Keine Spur von seinen Söhnen. Dafür lagen dort die Geschosse für den Trebuchet. Es mussten fast hundert sein. Der Hang würde geradezu mit Felsbrocken gepflastert sein, wenn sie die alle abschossen.

Ein Reiter preschte zwischen den Männern hindurch, die die nächsten Felsbrocken holten. Gnadenlos drosch er mit der Gerte auf die Flanken seines Fuchses ein. Als er Nandus entdeckte, hob er den Arm und winkte. Einen Augenblick später zügelte er das Pferd.

»Erhabener«, rief er atemlos, »sie kommen! Die Kaiserritter! Ein ganzer Heerzug. Auf der Straße, die durch die Mondberge führt.«

»Von der Sternenbrücke her?«, fragte Rudolfo überrascht.

»Ja, Herr«, bestätigte der Späher. »Ich hab sie mit eigenen Augen gesehen.«

»Das erklärt, warum sie so spät dran sind«, bemerkte Nandus. »Sie haben offensichtlich einen riesigen Umweg gemacht.« Und natürlich gab es eine große Eskorte. Sie brachten das Kaiserwasser durch feindliches Gebiet. Der Komtur von Drepana hatte sichergestellt, dass kein versprengter Trupp von Rebellen es wagte, seine Ritter anzugreifen. Immerhin brachte er eine Waffe, die diesen Krieg für diejenigen, die sie einsetzen konnten, entscheiden würde.

In Hochstimmung blickte Nandus zum Hang, der inzwischen voller zersplitterter Bäume lag. Das blaue Feuer würde dort reichlich Nahrung finden. Er würde es wie in Thouar machen. Zwei Schuss zur Warnung. Diese Felicia war keine Närrin. Sie würde sich ergeben. Zur Mittagsstunde wäre dieser unselige Feldzug beendet.

NAHE DER VIERTEN SCHANZE, BELAGERUNGSRING UM DEN WEISSEN WALD, MORGEN, 30. TAG DES WEINMONDES IM JAHR VON SASMIRAS ZWEITER THRONERHEBUNG

Rodrigo Apolita bewegte nervös die Schultern. Die Brigantine, eine mit bronzenen Schmucknieten verzierte Weste, in der Eisenplatten verborgen waren, lag schwer auf seinen Schultern. Auch der ungewohnte Helm drückte. Der Schaller reduzierte seine Sicht auf einen schmalen Streifen. Er reichte bis weit in den Nacken. Sein Kinn steckte in einer eisernen Halsberge. Aber immerhin war sein Kopf bestens geschützt. Außerdem wichen vier auserwählte Stadtgardisten aus Dahlia nicht von seiner Seite. Sie alle trugen große Pavesen mit dem Stadtwappen des weißen Turms. Ihre Armbrüste hatten sie im Feldlager gelassen. Sie würden ihn mit Schwertern und Rabenschnäbeln verteidigen, sollte das Schlimmste geschehen. Sie alle waren ehrgeizig. Sie würden ihr Leben für das versprochene Silber und die anderen Vergünstigungen wagen. Eine Schanklizenz, zwei Handwerksbriefe und eine Heiratserlaubnis. Es war erstaunlich, wovon Männer wie diese vier träumten.

Ein ungerüsteter Botenjunge näherte sich im Laufschritt. »Sie reden darüber, dass der Widerstand bald zusammenbricht«, verkündete er.

Darauf hatte Rodrigo gewartet. Auch wenn er beim Treffen der Heerführer fehlte, hatte er natürlich seine Spitzel dort.

Die Zeit zum Angriff war also gekommen. Alles lief so, wie er es sich vorgestellt hatte. Er hatte seine Waffenknechte nahe der vierten Schanze in einer langgezogenen Bodensenke versammelt. Der Nebel hielt sich hier noch immer. Sie waren gut vor Blicken verborgen. Vor allem vor denen dieses anmaßenden Nandus Tormeno. Der Erzpriester war ein gefährlicher Mann. Ganz gewiss führte er etwas gegen die Liga im Schilde. Doch er, Rodrigo Apolita, würde ihm mit seinem Sieg einfach zuvorkommen.

Rodrigo stellte sich vor, wie er als der Held vom Weißen Wald in Dahlia einritt. Wie Blumenmädchen das Pflaster vor ihm mit Rosen bestreuten. Wie Tausende die Straßen säumten und ihm zujubelten. Selbst seine Frau, Maria, würde endlich einmal Respekt vor ihm haben. Vor ihm, dem Helden Cilias!

»Zum Angriff!«, rief er entschlossen und hob den Speer, seine einzige Waffe, die er vor allem als Stütze gebrauchen wollte, wenn es den schlammigen Hang hinaufging.

Sein Befehl wurde durch die Reihen weitergegeben. Kein Horn erklang, keine Trommel wurde gerührt. Sie sollten einfach wie Geister aus dem Nebel kommen. Und Nandus und die beiden Condottieri sollten erst merken, was geschah, wenn es zu spät war, um sie noch aufzuhalten.

Rodrigo hatte keine Mühe gehabt, unter den Hauptleuten aus den Städten Männer zu finden, die das Gefühl hatten, immer hinter den Söldnern zurückstehen zu müssen. Männer, die sich um den Ruhm des Feldzugs betrogen sahen. Sie hatten heute vor dem Morgengrauen ihre Truppen versammelt.

Rodrigos Leibwachen waren wie eine lebende Mauer. Er konnte nur einen schmalen Ausschnitt des Hangs sehen. Sie schwenkten nach links, bewegten sich parallel zu der Steigung. Dort, wo die Trebuchets gewütet hatten, sollte es hinaufgehen.

Jetzt, da sich seine Gedanken geklärt hatten, da er ganz genau wusste, was er wollte, schien auch der Herr des Himmels sich zu erbarmen. Schon vor ein paar Stunden hatte es aufgehört zu regnen. Es war einfach besser, wenn an einem Heldentag die Sonne schien.

Die Kämpfer der Liga gingen schweigend. Wann immer er einen Blick auf eines ihrer Gesichter erhaschte, sah er darin grimmige Entschlossenheit.

Ein scharfer Knall splitternden Holzes durchdrang die Stille. Rodrigo blickte auf, sah herbstgoldene Blätter auseinanderstieben. Ein Regen aus Ästen und Laub ging nieder.

Seine Armbrustschützen, die den Rebellen zusetzten, begannen, sich langsam den Hang hinaufzubewegen, als sie ihn kommen sahen. Ganz, wie es abgesprochen war. Die Rebellen sollten keine Gelegenheit haben, zur Ruhe zu kommen. Getrieben sollten sie sein. Wie eine Herde Schafe, die von einem Rudel Wölfe gehetzt wurde.

Ein Schrei erscholl rechts von ihm. Er klang überrascht, voller Wut. Rodrigo zwang die Pavesen auseinander. Ein Stück den Hang hinauf kauerte einer seiner Armbrustschützen. Er zerrte an etwas, was in seiner Sohle steckte.

»Fußangeln«, bemerkte einer von Rodrigos Leibwächtern. »Wir versuchen es da vorn. Dort scheint der Weg frei zu sein.« Er deutete dorthin, wo der Hang dicht voller Laub und Äste lag, zwischen denen hell die Splitter geborstener Stämme aufschienen. Der Hügel sah aus, als habe dort eine Gewalt getobt, die nicht aus der Welt der Menschen stammte.

Etliche seiner Armbrustschützen waren bereits auf dem Weg

den Hang hinauf. Manche hielten zuweilen inne, um auf flüchtende Rebellen zu schießen.

Die Pavesen um Rodrigo schlossen sich wieder enger. Nicht einmal ein Spalt blieb. Er sah nur noch Baumstämme und Himmel. Doch was er zuletzt erblickt hatte, genügte, um ihm eine eisige Furcht einzujagen. Die Fußangeln und die Barrikaden auf dem Hang trieben seine Männer zusammen, so wie Nandus es vorhergesehen hatte.

Sie waren wie der Sand, der durch die Enge eines Stundenglases rieselte. Das Schwert der Rosen hatte sie genau dort, wo sie sie haben wollte. Und gewiss war die Herzogin bestens auf ihren Angriff vorbereitet.

AUF DEM HÜGELKAMM VOR DEM WEISSEN WALD, MORGEN, 30. TAG DES WEINMONDES IM JAHR VON SASMIRAS ZWEITER THRONERHEBUNG

Rainulf blickte auf die Hunderte von bunt gewandeten Kriegern, die sich den Hang hinaufarbeiteten. Jetzt galt es für ihn, die letzten seiner Männer zu retten. Gegen diese Flut würden sie nicht bestehen. Es wäre ein sinnloses Opfer. Vielleicht hatte er auch schon zu lange gewartet.

»Zurück!«, schrie er aus Leibeskräften. »Alle zurück über den Hügelkamm. Sofort!«

Er trat hinter dem Felsen hervor, der ihm Deckung gab, und schoss noch einen Pfeil auf die Angreifer. Ein Mann im gelben Waffenrock Ferrantas stürzte. Einer von tausend oder noch mehr.

»Zurück!«

Rainulf sah die letzten Überlebenden aus den Löchern und dem Graben am Hang steigen. Die Katapulte hatten aufgehört zu schießen. Ebenso die Speerschleudern. Zu groß war jetzt die Gefahr, dass die Ligisten ihre eigenen Männer trafen.

Auch die Armbrustschützen auf dem Hang schossen nur noch sporadisch. Sie hatten sich von den Waffenknechten mitreißen lassen. Alle wollten sie nun den Hang hinauf. Nur an den äußersten Flanken kniete ab und an einer von ihnen nieder, um einen Bolzen abzuschießen.

»Los!«, schrie Rainulf erneut. »Beeilt euch!« Seine Männer stützten verwundete Kameraden, waren viel zu langsam.

Rainulf zog einen weiteren Pfeil aus seinem Köcher, suchte nach einem lohnenden Ziel. Weit unten am Hang mühte sich eine Gruppe von Pavesenträgern, einen einzelnen Mann mit ihren großen Schilden abzuschirmen. Sie waren gut. Er sollte auf den so Geschützten nicht seine Zeit vergeuden. Er würde ihn nicht treffen.

Sein Blick schweifte nach rechts. Ein Mann mit den goldenen Ähren Panormas auf der Brust drehte die Spannkurbeln an den Seiten seiner Armbrust.

Rainulf zog die Sehne zurück, ließ los. Sein Pfeil traf den Fremden aus Panorma in den Hals.

Seine eigenen Männer waren schon an ihm vorbei. Es waren nur zwanzig Schritt bis zum Kamm des Hangs.

Bolzen sirrten um ihn herum durch die Luft. Zwei prallten gegen den Felsbrocken. Er hatte es geschafft, dass jetzt mehr Armbrustschützen auf der Flanke niederknieten. Sie riefen einander zu, zeigten mit ausgestreckten Armen auf ihn.

Rainulf sprang aus der Deckung, lief seinen Schützen hinterher. Er schlug Haken wie ein flüchtender Hase. Bolzen schlugen rings um ihn in den Hang ein.

Nicht zurückblicken!, ermahnte er sich. Sie hatten ihn zum Ziel auserkoren. Auf die Männer, die die Verwundeten zum Kamm hinaufschleppten, die viel leichtere Ziele waren, schien keiner mehr zu schießen.

Immer wieder geriet Rainulf ins Rutschen, schlidderte ein Stück den Hang hinab, klammerte sich an Bäume, wich niedergebrochenen Ästen aus oder griff mit der freien Linken in offen liegendes Wurzelwerk, um voranzukommen.

Ein Streifschuss hinterließ eine tiefe Kerbe in dem Bogen in seiner Rechten. Ein anderer Bolzen traf seinen Köcher.

Nur noch fünf Schritt bis zum Kamm. Rainulf schlug erneut einen Haken. Es war fast geschafft. Fast …

Sengender Schmerz durchbohrte seine Kniekehle, überfiel ihn so plötzlich, dass er aufschrie. Er taumelte. Sah die vierkantige Spitze eines Armbrustbolzens aus seinem Knie ragen.

Er versuchte, noch einen Schritt zu machen. Unmöglich. Das Bein ließ sich nicht mehr anwinkeln. Nicht mehr belasten. Es war …

Ein Bolzen traf ihn am linken Oberarm. Rainulf stürzte, fing sich an einem zersplitterten Baumstamm ab. Warmes Blut rann an seinem Arm hinunter. Der Bogen war seiner Hand entglitten. Sein kostbarer Bogen, der ihm so oft das Leben gerettet hatte.

Dicht neben seinem Kopf schlug ein Armbrustbolzen in den Stamm. Was für lausige Schützen, dachte er und ließ sich zu Boden gleiten. Vielleicht konnte er ja davonkriechen.

Seine Finger krallten sich in Wurzeln. Er zog sich vorwärts.

Hinter ihm auf dem Hang erscholl Jubel. Gleich würden sie kommen und ihn holen. Ihn mit Kurzschwertern und Handäxten in Stücke hacken. Seinen Kopf auf einen Speer spießen, um ihn im Heerlager herumzuzeigen und zuletzt den Trosshunden zum Fraß zu überlassen.

Rainulf streckte den rechten Arm vor. Seine Fingerspitzen berührten eine Wurzel. Er versuchte, sie zu umklammern.

»Wir lassen dich nicht zurück, Pfeil der Rosen.« Kräftige Hände packten ihn. Der hagere Kerl ohne Schneidezähne zog ihn hoch. »Stütz dich auf und …« Er duckte sich, als ein ganzer Schwarm von Armbrustbolzen um sie herumpfiff.

»Los jetzt!«

Rainulf belastete nur das unverletzte Bein. Halb hinkend, halb hüpfend, kämpfte er sich, auf seinen Retter gestützt, voran. Sie erreichten den Hügelkamm. Ein paar Schritt über den Zenit hinaus, und sie waren außer Reichweite der Armbrustschützen. Vorerst.

»Wir schaffen das!« Andere Männer kamen ihnen zu Hilfe. Weitere Bogenschützen, die mit ihm gekämpft hatten.

Vor ihnen fiel der Hang sanft zum Weißen Wald hin ab. Etwa hundertfünfzig Schritt entfernt wartete Felicia. Sie hatte Pfähle in den Hang schlagen lassen. Alle zehn Schritt einen neuen. Auf jedem der Pfähle saß etwas Kugeliges, etwa so groß wie ein Kinderkopf, das unter einem schlichten Sack verborgen war. Neben jedem der Pfähle stand ein Flüchtling, bereit, den Sack auf das vereinbarte Hornsignal hin zurückzuziehen.

An diesem Abschnitt des Hangs gab es drei gestaffelte Pfahlreihen. Felicia hatte nichts dem Zufall überlassen wollen.

Nur ein Dutzend ihrer auserwählten Bogenschützen umgaben sie. Und jene seiner Männer, die es schon hinter die Pfahlreihen geschafft hatten.

»Wir müssen uns beeilen«, keuchte Rainulf. »Wir müssen es hinter die Pfähle schaffen.« Er wusste, dass sich Felicia nicht davon aufhalten lassen würde, dass er nicht in Sicherheit war. Sie hatte sich nicht einmal von toten Kindern aufhalten lassen. Mit Schrecken dachte er an das erste versteinerte Mädchen, das er in den Palast getragen hatte. Die Kleine war neugierig gewesen. Sie hatte trotz aller Warnungen sehen wollen, was sie in Gips abgegossen hatte.

Er hätte Milan nicht den Basiliskenkopf stehlen sollen. Felicia hatte ihn hundertfach abgießen lassen. Auf jedem der Pfähle ruhte ein solcher Kopf.

»Schneller«, stöhnte Rainulf. »Wir müssen es bis zur Herzogin schaffen.« Er krallte sich in das Wams seines Retters. Es war ihm unmöglich, das verwundete Bein auch nur leicht zu beugen.

Gleich würde alles vorbei sein. Er hörte die Feinde schon.

Der Weiße Wald am Grund des Talkessels lag in dichtem Nebel verborgen. Anders als auf der anderen Seite des Hügelkamms wollte er hier einfach nicht weichen. Es schien, als habe er sich im Geäst der bleichen Bäume verfangen. Er wirkte hier auch dichter. Irgendwie lebendig.

Gideon erschien im Nebel. Sein Kopf und seine Schultern ragten aus dem Dunst hervor. Er kam zu der Stelle am Hang, an der das Schwert der Rosen wartete.

»Bringt euch hinter den Pfählen in Sicherheit!«, feuerte Rainulf seine Männer an. Sie gingen nun rings um ihn. Wollten mit ihrem Anführer gemeinsam vor Felicia treten. Sie hatten keine Ahnung, was unter den Stoffsäckchen auf den Pfählen verborgen war. Alle, die die Gipsköpfe gegossen hatten, waren in kleinen Gruppen isoliert worden. Die versteinerten Toten in den Palast der Weißen Königin geschafft worden.

Rainulf wusste, all das war nötig gewesen, um gegen die erdrückende Übermacht der Feinde auf einen Sieg hoffen zu dürfen. Aber was war ein Sieg wert, für den man selbst alle Moral aufgegeben hatte?

»Schneller!«, drängte er.

Noch etwa dreißig Schritt. Rainulf blickte über seine Schulter zurück. Schon erschienen die ersten Armbrustschützen auf dem Hügelkamm über ihnen. Und sie waren unglaublich erleichtert, kein Heer von Bogenschützen vor sich zu sehen, sondern nur noch eine kleine Schar Geschlagener. In aller Ruhe luden sie ihre Waffen und warteten darauf, dass ihre Kameraden zu ihnen aufschlossen.

»Schneller«, drängte Rainulf seine Männer erneut. Er hätte ihnen am liebsten befohlen, nicht auf die Pfähle zu blicken, ahnte aber, dass sie es dann erst recht tun würden, weil ein solcher Befehl zu seltsam war.

Der Nebel schien noch dichter zu werden. Er wirkte wie lebendig. Gideon war stehen geblieben. Der Riese blickte auf etwas, das zu seinen Füßen im wogenden Weiß verborgen blieb.

Rainulf tanzten grelle Lichter vor den Augen. Der Schmerz in seinem durchbohrten Knie drohte ihn zu übermannen. Er biss sich auf die Lippe, bis er den Geschmack von Eisen auf der Zunge spürte. Bekämpfte Schmerz mit Schmerz.

Nur ein ganz kleines Stück noch. Sie hatten es fast geschafft.

Da begann der Nebel, Gestalt anzunehmen. Ein weißer Reiter. Eine Erscheinung irgendwo zwischen Traumbild und Wirklichkeit. Ätherisch, wie aus einer anderen Welt.

Dann noch einer.

Und noch einer!

Männer in fremden Rüstungen auf Schlachtrössern mit schlanken Fesseln und vornehm gebogenen Nacken. Zu schön, um wirklich zu sein. Wie lebendig gewordene Mären.

Seine Kameraden, die ihn stützten, blieben stehen. Gafften mit offenen Mündern auf das, was der Nebel gebar.

Jetzt wandte auch Felicia sich um, die bislang den Blick nicht von den Feinden auf dem Hügelkamm gewandt hatte.

Und dann sah Rainulf *sie*. Obwohl sie immer nur eine Mär gewesen war, eine vage Vorstellung, die je nach Talent des Märenerzählers zu einem mehr oder weniger undeutlichen Bild in seiner Phantasie geworden war, erkannte er sie auf den ersten Blick. Jeder Zweifel war ausgeschlossen.

Die Weiße Königin war zurückgekehrt, um das Volk des Waldes in der Stunde der größten Not zu retten.

NAHE DEM WEISSEN WALD, MORGEN, 30. TAG DES WEINMONDES IM JAHR VON SASMIRAS ZWEITER THRONERHEBUNG

Die Weiße Königin saß im Damensitz, beide Beine über den Sattel geschlagen, auf einem prächtigen Schimmel. Sie trug ein langes Seidenkleid unter einem Umhang, der in sanfter Brise hinter ihren Schultern tanzte. Ihr goldenes Haar trug sie offen. Das schmale Gesicht wirkte streng.

Sie ritt an Felicia vorbei und zog mit einer fließenden Bewegung das Schwert, das an einem breiten goldenen Gürtel an ihrer Hüfte hing. In anmutigem Bogen fuhr die Klinge nieder und zerschmetterte den Basiliskenkopf, der unter dem groben Sack auf dem Pfahl neben der Herzogin verborgen war.

»Dies ist nicht die Art, wie ich Kriege führe!« Obwohl sie von zarter Gestalt war, hatte ihre Stimme die Macht eines wütenden Sturms. Rainulf hatte keinen Zweifel, dass jeder auf dem Hang die Worte der Königin gehört hatte.

Und als seien die Worte ein Befehl gewesen, preschten, so weit Rainulf blicken konnte, Reiter aus dem Nebel und zerschmetterten die verborgenen Basiliskenköpfe.

Tränen traten ihm in die Augen. Wieder sah er das Mädchen vor sich, das neugierig nachgesehen hatte, was es denn da in Gips gegossen hatte. Die Erste von so vielen Versteinerten, die er in die Ruinen des Palasts der Weißen Königin getragen hatte.

Jetzt schälten sich auch Dryaden auf zierlichen Stuten und Wurzelbolde, die mit grimmigen Gesichtern auf Ponys saßen, aus dem Dunst. Angehörige der anderen Völker des Schwertwaldes. Und dazu kamen immer mehr Reiter aus dem Nebel. Manche waren wie zum Turnier gerüstet. Andere auf eigenartige Weise imposant. Rainulf entdeckte Panzerplatten, die wie die Bauch- und Brustmuskeln eines kräftigen Mannes geformt waren. Etliche der Krieger trugen Helme, wie er sie nie zuvor erblickt hatte, mit Raupen aus wogenden Federn oder Schweifen aus Rosshaar. Etwa jeder fünfte der Reiter führte ein großes seidenes Banner. Es gab keine Farben. Nur Weiß- und Grautöne. Manche der Banner waren durchscheinend. Nicht jedoch die Reiter, auch wenn Licht wie leuchtender Nebel viele von ihnen umgab. Rainulf sah die Wappen der Schwertherzöge. Den Kelch und den Bären, die Schlange und die Rosen und all die anderen. Und dann begriff er, wer dort gekommen war. Es war eine Mär, die nur selten erzählt wurde, denn meist war allein von der Weißen Königin die Rede. Aber jetzt schien es ihm, als seien zu dieser letzten Schlacht alle gekommen, die je den Titel eines Schwertherzogs geführt hatten. Und wie er sie so in ihrer Pracht und ihrem unirdischen Glanz sah, fielen aller Kummer und aller Schmerz von Rainulf ab, denn es musste einen Ort jenseits des Grabes geben, an den man ging, wenn der Tod kam. Einen Ort voller Licht. Und von dort hatte die Weiße Königin ihr Gefolge gerufen.

»Legt die Waffen nieder, Männer der Liga!«, befahl sie nun und ritt langsam den Hang hinauf. »Ich dulde keinen Krieg unter meinen Kindern. Ich bin die Königin dieser Insel. Die Königin allen Landes, das je vom Schwertwald bedeckt wurde. Und was immer Cilia hervorbringt, ist auch durch mich geboren.«

Voller Sorge wandte sich Rainulf um. Er wollte seinen Bogen heben, doch die Waffe hatte er auf der Flucht verloren. Schon ein einziger Ligist, der nicht der Weißen Königin gehorchte, sondern seine Armbrust hob, schon eine einzige dunkle Seele könnte das Wunder zerstören. Und nicht alle Armbrustschützen ließen die Waffen sinken.

Die Königin schob ihr Schwert in die Scheide zurück. Ein Lächeln wie das einer gütigen Mutter lag auf ihrem Gesicht.

Sie ritt zwischen den Bewaffneten hindurch, als gäbe es nicht den geringsten Zweifel daran, dass sie unberührbar war. Und tatsächlich, keiner wagte es, sie anzugreifen. Nicht einmal jene wenigen Verstockten, die ihr mit verkniffenen Gesichtern nachblickten.

Die meisten Ligisten aber starrten die Königin mit offenem Mund und voller Verzückung an. Denn ihnen war bewusst geworden, dass sie ein Wunder erlebt hatten. Und dass die Weiße Königin soeben ihrer aller Leben vor dem Blick der Basilisken aus Gips gerettet hatte.

DRITTE SCHANZE,
BELAGERUNGSRING UM DEN WEISSEN WALD, MORGEN, 30. TAG DES WEINMONDES IM JAHR VON SASMIRAS ZWEITER THRONERHEBUNG

Er führt ein Drittel des Heeres in den Untergang.« Nandus gelang es kaum, seine Wut zu beherrschen. Immer noch stiegen Männer vor ihnen den Hang hinauf. Nicht die Söldner der Weißen Kompanie oder der Schwarzen Schar, aber die einfachen Männer aus den Städten schien Rodrigo Apolita mit seinen Worten verführt zu haben, was immer er ihnen auch versprochen hatte.

»Was sollen wir tun?«, fragte Wolfhard von Urschlingen ruhig.

»Abwarten.« Nandus fühlte sich plötzlich unendlich alt. Wie hatte ihm dies entgleiten können? War er zu selbstsicher gewesen?

Hufschlag ließ ihn aufblicken. Ein einzelner Ritter näherte sich der Schanze. Seine Rüstung war verbeult, und Flugrost nistete in den Vertiefungen, die nur schwer zu reinigen waren. Der weiße Umhang, der dem Reiter von den Schultern bis weit auf den Rücken seines prächtigen Rotschimmels hing, war mit Schlamm bespritzt. Die Stute sah aus, als habe der Flugrost auf ihr weißes Fell übergegriffen. An Hals und den Beinen schien Rost in das prächtige weiße Fell geraten zu sein. Es war unübersehbar, dass der Reiter eine lange Reise gemacht hatte.

Nandus hoffte, es würde sich um einen Boten von den Ordensrittern handeln. Er brauchte das Kaiserwasser nun noch dringender als zuvor. Darauf, dass er Rodrigo und die Männer, die mit ihm den Hang erklommen hatten, noch einmal wiedersah, wollte er besser nicht bauen. Allerdings wunderte es ihn, dass er keinen Schlachtenlärm hörte und auch keine Verwundeten sah, die über den Hang zurücktaumelten, um sich vor den Pfeilen der Rebellen in Sicherheit zu bringen.

»Habt ihr einen Schluck Wasser für eine Reisende?«

Nandus horchte überrascht auf. Eine Frauenstimme? Ein Harnischweib? Als Botin der Kaiserritter? Das konnte nicht sein.

Die Fremde zügelte ihr Pferd, griff nach ihrem Helm, löste den Kinnriemen und nahm ihn ab. Sie schüttelte den Kopf, so dass ihr das lange dunkelblonde Haar frei über die Schultern fiel. Ihr Gesicht war von der Sonne gebräunt. Sie hatte ausgeprägte Wangenknochen und schmale, dunkle Lippen. Augen von einem so hellen Blau, wie Nandus es noch nie zuvor gesehen hatte, beherrschten ihr Antlitz. Sie waren leicht schräg gestellt, was ihr etwas Katzenhaftes gab.

»Man hat mir schon berichtet, dass du kämpfenden Frauen gegenüber mitunter ein etwas ungehobeltes Wesen an den Tag legst, Nandus Tormeno.« Sie wandte sich an die beiden Condottieri. »Habt ihr denn Wasser für mich?«

»Wer bist du?«, fuhr Nandus sie an.

Sie hob spöttisch eine Braue. »Reisen die Nachrichten über mich so langsam, Nandus Tormeno?« Sie schnalzte mit der Zunge. Ihr Rotschimmel drehte sich ein wenig, so dass nun der verschrammte Schild zu sehen war, der auf der linken Seite von seinem Sattel hing. Der Schild war in eine weiße und eine gelbe Hälfte gespalten. Auf dem Weiß erhob ein halber schwarzer Adler seine mächtige Schwinge. Es war der Adler der Kaiserritter. Auf die gelbe Hälfte war ein roter Kelch gemalt.

Über dieses Wappen gab es unzählige Geschichten. Es war das Wappen der Frau, die vom Orden vom Schwarzen Adler und von den Karrenrittern auf den Thron des Reiches gehoben worden war. Das Wappen der Kaiserin Sasmira. Niemand außer ihr durfte es führen.

Wolfhard, Rudolfo und Bertrand sanken auf die Knie. Selbst Orlando kniete nieder, als er den Schild sah.

Nandus schluckte. Dann überwand er den ersten Schreck. Es war unmöglich, dass Sasmira hier war. Warum hätte sie in die entfernteste Provinz des Reiches kommen sollen? Und noch dazu, ohne sich anzukündigen?

»Es ist ein schweres Vergehen, sich das Wappen der Kaiserin anzueignen«, sagte er mit fester Stimme. »Bertrand, du Narr, erhebe dich und lege dieses Weib in Fesseln, das deinen Orden und uns alle hier mit diesem frechen Auftritt verspottet.«

Bertrand blickte verwirrt zwischen ihm und der Hochstaplerin hin und her, blieb aber auf den Knien.

»Wie ich sehe, brauchst du unumstößliche Beweise, bevor du einer Frau trauen magst, die mit Nachrichten kommt, die dir nicht gefallen werden, Erzpriester.« Sie griff nach einer dünnen silbernen Pfeife, die an einem roten Lederriemchen von ihrem Gürtel hing, und setzte sie an die Lippen. Ein durchdringender, in den Ohren schmerzender Ton erscholl.

»Ich bitte um einen Augenblick Geduld«, erklärte die Fremde mit geradezu majestätischer Gelassenheit. »Ich habe sie gebeten, außer Sicht zu bleiben.«

»Beende diese Farce, Bertrand!«, befahl Nandus, als hoch über ihnen das Schlagen gewaltiger Flügel den Himmel erfüllte.

Nandus blickte auf und wusste, dass alles verloren war.

DRITTE SCHANZE, BELAGERUNGSRING UM DEN WEISSEN WALD, MORGEN, 30. TAG DES WEINMONDES IM JAHR VON SASMIRAS ZWEITER THRONERHEBUNG

Wie Falken, die ein Kaninchen schlagen wollten, stürzten die Schildmaiden der Kaiserin vom Himmel herab. Nie zuvor hatte Bertrand etwas Schöneres und zugleich Furchteinflößenderes gesehen. Die Ritterinnen aus Sasmiras Leibwache trugen vergoldete Rüstungen, die hell im Morgenlicht strahlten.

Erst dicht über dem Boden spreizten sie ihre mächtigen Schwingen. Die Flügel waren unterschiedlich. Manche weiß wie die von Schwänen, andere braun, wie Bertrand sie von den Steinadlern kannte, die hoch auf den Bergen des Weltenrückens nisteten.

Die Kriegerinnen federten in den Knien, als sie landeten. Ihre Hände lagen auf ihren Waffen. Schwerter und Kriegshämmer, die in karmesinroten Waffengurten steckten. Manche hielten auch Speere in Händen, eine Ritterin führte eine riesige Streitaxt, eine andere eine Hellebarde. Rote Tücher waren durch ihre Gürtel geschlungen. Wie Lendenschurze hingen sie vor ihren Rüstungen herab. Alle trugen sie geschlossene Helme. Und so unvergleichlich prächtig sie auch aussahen, spürte Bertrand die

Bedrohung, die sich hinter dem strahlenden Gold verbarg. Es war die Art, wie sie standen, wie sie ihre Waffen hielten, wie sie mit knappen Blicken jeden im Umkreis von fünfzig Schritt um ihre Kaiserin taxierten. Sie waren keineswegs die prächtigen Schmuckstücke einer affektierten Herrscherin. Sie waren willens und fähig, Sasmira vor jeder Gefahr zu schützen.

Eine Herrscherin, der all das Gold, das sie so verschwenderisch für die Rüstungen ihrer Schildmaiden zur Verfügung gestellt hatte, selbst nichts zu bedeuten schien. Sasmiras Harnisch war zweifellos eine gute Arbeit, doch kam er ohne jeden Schmuck aus. Pomp bedeutete der Herrscherin offenbar nichts. Sie war es wahrhaft wert, dass der Orden vom Schwarzen Adler seit der Stunde ihrer Geburt für sie kämpfte!

»Ira«, ermahnte sie eine Kriegerin, die nahe bei Nandus gelandet war und aussah, als wartete sie nur darauf, dass Nandus ihre Herrscherin beleidigte.

»Ich habe Euch gesagt, er ist ein Mann von beengtem Geist und voller Zorn, Erste Schwester«, ertönte die Stimme der Schildmaid dumpf unter dem schweren Helm. »Es ist dieselbe Arroganz wie bei seinem Mentor Jacobo.«

»Concordia, Furia, Ordina, sichert zum Hang hin!«, befahl Sasmira knapp. »Bertrand, entwaffne den Erzpriester, führe ihn in sein Zelt ab und lass ihn nicht aus den Augen. Ich werde noch heute über ihn zu Gericht sitzen.«

»Wessen bin ich angeklagt?«, blaffte Nandus empört.

Bertrand trat von hinten an den Erzpriester heran. Er packte dessen Arme und drehte sie ihm auf den Rücken. Nandus bäumte sich dagegen auf. Er war erstaunlich stark für einen Mann mit weißem Haar, aber nicht stark genug, um gegen den Kaiserritter anzukommen.

»Du hast in Dahlia zwei Schmuggler für ein Verbrechen, das sie nicht begangen haben, hinrichten lassen, obwohl du wusstest, dass sie unschuldig waren«, sagte die Kaiserin streng. »Ein Mann, der auf diese Art *Gerechtigkeit* übt, ist es nicht wert, Erzpriester zu sein. Außerdem klage ich dich an, Mitglied eines geheimen Bundes zu sein, der sich dazu verschworen hat, mich zu stürzen.«

»Verleumdung!« Als Nandus sich erneut aufbäumte, hielt Bertrand eisern dagegen.

»Wurdest du nicht im Roten Kloster ausgebildet, Nandus Tormeno? Die Intrigen deiner Lehrmeister sind mir nicht verborgen geblieben. Du wirst dich genauso wie alle anderen verantworten müssen.«

Nandus war kaum zu halten, so setzte er sich zur Wehr. »Alles Lügen!« Er fluchte zwischen zusammengebissenen Zähnen. »Das ist kein Recht, das ist …«

»Wer sich Kaiserwasser aneignen will, um damit Tausende meiner Untertanen zu verbrennen, der verdient es schon allein dafür, auf dem Richtgerüst zu landen, Nandus Tormeno. Deine Pläne sind mir wohlbekannt. Bereite dich darauf vor, dass meine Gnade so groß sein wird wie die Gnade, die in deinem Herzen wohnt.«

Bertrand straffte sich, als sie sich an ihn wandte. »Und jetzt hinweg mit ihm!«

»Bitte, Erhabener, fügt Euch«, flüsterte er Nandus zu. »Ich möchte Euch nicht die Arme auskugeln.«

Nandus atmete aus. Dann gab er auf. Aber Bertrand machte sich nichts vor. Er durfte dem Erzpriester gegenüber keinen Herzschlag lang unaufmerksam sein. Nandus Tormeno war ein gefährlicher Mann.

Plötzlich ging ein Raunen durch die Versammelten. Die Schildmaiden spreizten nervös ihre Flügel. Auf dem Hügelkamm, hinter dem der Weiße Wald lag, erschien eine lange Reihe von Reitern. Seltsam ätherische Erscheinungen. Eine Frau mit goldenem Haar führte sie an.

Erstaunlich ungerührt trat Sasmira an ihren Rotschimmel und saß auf. »Bleibt allesamt zurück!«, befahl sie. »Ich werde mit ihr reden. Allein!«

NAHE DEM WEISSEN WALD, HEERLAGER DER LIGA, NACHMITTAG, 30. TAG DES WEINMONDES IM JAHR VON SASMIRAS ZWEITER THRONERHEBUNG

Der schwere Deckel der Truhe klappte auf. Tageslicht brannte Milan in den Augen. Er versuchte, sich aufzusetzen. Vergebens. Die Fesseln, in die er geschlagen war, machten ihm jede Bewegung unmöglich. Er wollte etwas sagen, doch der längst mit Speichel vollgesogene Knebel versiegelte seine Lippen.

Eine unscheinbare Gestalt beugte sich über die Truhe. »Euer Martyrium hat ein Ende. Solltet ihr jedoch fluchen oder irgendwelche Beleidigungen loswerden wollen, werde ich euch die Knebel sofort wieder anlegen.«

Milan blinzelte. Das Licht tat ihm in den Augen weh. Seine Glieder waren durch die Fesseln wie abgestorben. Er würde gute Miene zum bösen Spiel machen. Vorerst!

Er konnte sich keinen Reim darauf machen, was geschehen war. Eine Hand hatte sich auf seinen Mund gelegt. Das war das Letzte, woran er sich erinnerte. Danach war er irgendwann in völliger Finsternis erwacht. In dieser Truhe. In der sein Bruder Juliano neben ihm lag.

Der Knebel wurde ihm abgenommen.

»Ich habe die ganze Zeit würgen müssen. Wenn ich mich erbrochen hätte, wäre ich erstickt«, sagte Milan vorwurfsvoll.

»Stimmt«, bekräftigte sein Befreier, von dem Milan das Gefühl hatte, dass er auch derjenige war, der ihn zusammen mit Juliano in die große Truhe für das Zelt gepackt hatte. »Deshalb habe ich auch die meiste Zeit über auf dem Deckel gesessen und gelauscht. Wollte ja nicht, dass euch was passiert. Ich mag dich, Milan. Bist wirklich außergewöhnlich …«

Der Fremde sah ihm tief in die Augen. »Allerdings glaube ich nicht, dass dein Blick einen versteinern kann. Das ist wohl nur eine Mär.«

Der Fremde nahm nun auch Juliano den Knebel ab.

Sein Bruder atmete schwer. »Ich will zum Erzpriester.«

»Das willst du sicher nicht.«

»Nandus Tormeno, du Tropf!«, fuhr Juliano den Fremden an. »Du wirst mich sofort zu ihm bringen. Er ist der Erzpriester Cilias.«

Der Fremde tätschelte Juliano die Wange. »Mach dich mal lieber mit dem Gedanken vertraut, dass niemand aus der Familie Tormeno im Augenblick in der Position ist, irgendwelche Forderungen zu stellen.« Er schnitt Julianos Fesseln durch. Dann Milans.

»Wer bist du?«, fragte Milan vorsichtig.

»Ritter Falce von der Mondsichel«, erklärte der Fremde mit sichtlichem Stolz.

Milan massierte sich seine tauben Handgelenke. »Du sagst, du magst mich?«

»Der spinnt doch, dieser Ritter von der Mondsichel«, murmelte Juliano. »Das hier tut man mit niemandem, den man mag.«

Das Lächeln des seltsamen Ritters wurde breiter. »Kannst du dir vorstellen, was ich mit Leuten mache, die ich nicht mag, Juliano Tormeno? Du bemühst dich gerade nach Kräften, dir meinen Unwillen zuzuziehen …«

Milan legte seinem Bruder die Hand auf den Arm und bedachte ihn mit einem Blick, der um Schweigen bat. »In wessen Diensten steht Ihr, Ritter Falce.«

»Steigt aus der Truhe, und ihr werdet es sehen.«

Juliano schwang seine langen Beine über den Rand der Truhe, musste sich dann aber am Mittelpfosten des Zeltes festhalten.

»Ihr dehnt besser erst eure Glieder«, riet ihnen der seltsame Ritter. »So verschnürt herumzuliegen ist nicht gut.«

Milan sah, wie sich sein Bruder auf die Lippe beißen musste, um nicht schon wieder etwas Patziges zu sagen.

Milan streckte sich. Angezogen war er noch. So wie Juliano hatte er in seinen Kleidern geschlafen. Es war einfach zu nasskalt in dem verfluchten Zelt gewesen.

»Seid ihr bereit?«, fragte Falce, nachdem er ihnen eine Weile schweigend zugesehen hatte.

Milan nickte. Er hatte auf die Geräusche außerhalb des Zeltes gelauscht. Etwas hatte sich verändert. Es war mehr, als dass der Regen aufgehört hatte. Es war ungewöhnlich ruhig. So, als würde geflüstert statt normal gesprochen. Er hörte keine Schritte, kein Gelächter oder Fluchen. Nur hin und wieder raunende Stimmen. Und erstaunlich oft dumpfen Hufschlag auf dem aufgeweichten Waldboden.

»Gehen wir!« Ritter Falce schlug die Zeltplane am Eingang zurück. Draußen standen vier Ritter vom Orden vom Schwarzen Adler. »Eure Eskorte.«

»Was?«

Milan rammte Juliano den Ellenbogen in die Rippen. »Still! Das ist keine Ehrengarde.«

»Sehr scharfsinnig«, bemerkte Falce.

Die Ritter nahmen sie drei in die Mitte. Die Visiere ihrer Helme waren geschlossen. Keiner von ihnen sprach ein Wort.

Überall im Heerlager waren Kaiserritter. Es mussten Hunderte sein! Einige von ihnen gingen zu Fuß. Die meisten waren beritten. Sie machten den Eindruck, einen langen Marsch hinter sich zu haben. Alle bewegten sich in Richtung des Hangs, hinter dem der Weiße Wald lag.

Milan hob den Blick. Überall auf dem Hang standen Menschen, unzählige, dicht an dicht. Er entdeckte aber auch den Riesen Gideon und andere Wesen, bei denen es sich um Märengestalten handeln musste. Und dazu seltsame weiße Reiter, die sich unter Bannern versammelt hatten, die so fein waren, als seien sie aus Licht und Luft gesponnen.

»Was ist hier los?«, flüsterte Juliano.

Milan wusste keine Antwort.

Das Gedränge der Menschen wurde nun auch im Heerlager größer. Doch ihre Eskorte sorgte dafür, dass sie durchgelassen wurden.

Endlich erreichten sie einen freien Platz unterhalb des Hangs von etwa zwanzig Schritt Durchmesser. Alle Blicke waren darauf gerichtet. Eine besonders schön gewachsene Korkeiche erhob sich dort. Ihr Laub schimmerte, als sei es aus gehämmertem Gold gefertigt.

Links der Eiche standen Kriegerinnen in goldenen Rüstungen, über deren Rückenplatten sich mächtige Schwingen erhoben. Sie umringten eine Frau in einem eher unscheinbaren, leicht verbeulten Harnisch. Ungläubig starrte Milan auf das Spektakel. Es gab nur eine Ritterin, die eine Eskorte aus geflügelten Kämpferinnen hatte. Sasmira, die junge Kaiserin, war mitsamt ihrer märenhaften Schildmaiden nach Cilia gekommen.

Wie in Trance wandte Milan den Kopf. Rechts der Eiche wartete eine ätherische Frauengestalt von strahlender Schönheit, deren Gefolge seltsam körperlos, fast durchscheinend wirkte. Etliche der Männer trugen Rüstungen, wie Milan sie noch nie erblickt hatte.

Die Weiße Königin zu sehen ließ Milan das Herz aufgehen. Sie war die Hoffnung für Cilia. Die Macht, die den Krieg auf der Insel beenden konnte.

Plötzlich erschollen Fanfaren. Kaiserritter zu Pferd in voller Ordensrüstung ritten auf den Platz.

Alle Gespräche verstummten.

Die riesige Menschenmenge, die sich versammelt hatte, blickte zu den beiden Frauen.

Gemessenen Schrittes trat die Weiße Königin auf die Kaiserin zu. Dann kniete sie nieder.

Leises Raunen ging durch die Menge. Sie war die Herrscherin der Insel. Sie war so alt wie Cilia, verbunden mit jedem, der je hier geboren worden war. Auch mit ihm, dachte Milan. Das besagte ihre Mär.

Sie warf einen Blick in die Menge. Ganz kurz hatte er das Gefühl, als sähe sie unter all den Versammelten allein ihn. Spürte sie sein Unwohlsein? Ihr Blick schien wenig freundlich. Einen Herzschlag nur ruhte er auf ihm, dann richtete sie ihre Aufmerksamkeit ganz auf ihr Gegenüber.

»Du bist alt wie die Zeit«, begann die junge Kaiserin in getragenem Ton, »und doch bist du nun auch meine Untertanin. Wirst du mir Treue und Gefolgschaft geloben?«

»Ich gelobe feierlich, dich als meine Kaiserin anzuerkennen, gelobe dir Treue und werde deinem Ruf folgen, wann immer er mich erreicht.«

»So seist du nun mit dem Königtum Cilia belehnt«, verkündete die Kaiserin. »Ich enthebe die Räte der Liga ihrer Ämter, und ich lege es in deine Hand, ob du die Lehen der Herzogtümer des Schwertwaldes bestätigst oder neu vergibst. Ich verspreche dir den Schutz des Reiches und werde an deiner Seite stehen, sollte der Tag kommen, da deine Macht nicht genügt, um Cilia zu verteidigen.« Die Kaiserin streckte der Knienden würdevoll ihre Hand entgegen. »So erhebe dich nun, Weiße Königin, und tritt deine Herrschaft an, die dir von alters her zusteht und von mir als Kaiserin des Reiches kraft meiner Herrschaft bestätigt ist.«

Die Weiße Königin erhob sich, wie geheißen. Sie küsste Sasmira auf die rechte Wange, und die Kaiserin erwiderte den Kuss, und ihre Lippen berührte die rechte Wange der Weißen Königin.

Vereinzelte Jubelrufe kamen von den Bogenschützen am Hang. Die Männer der Liga indes wirkten überrascht, manche ängstlich.

Milan vermochte kaum zu glauben, was er da gerade gesehen hatte. Die Herrscherin der Märengestalten und die Herrscherin des Reiches hatten einen Bund geschlossen, wie er es nie erwartet hätte. Aber wenn er es recht bedachte, mochte daraus jene friedliche Zukunft erwachsen, nach der er so verzweifelt gesucht hatte …

»Der Krieg ist beendet!«, rief er voller Inbrunst. »Mögen nun Weisheit und Gerechtigkeit herrschen!«

Jetzt sahen beide Herrscherinnen zu ihm herüber. Ihre Aufmerksamkeit zu erregen war nicht seine Absicht gewesen. Seine Zunge war mit seinen Gefühlen davongaloppiert.

»Mögen Weisheit und Gerechtigkeit herrschen!«, nahm ein Kaiserritter seinen Ruf auf. Weitere Ritter stimmten ein, ebenso die Schildmaiden. Und dann waren es plötzlich alle, die den Ruf aufnahmen. Und Männer, die vor wenigen Stunden noch erbitterte Feinde gewesen waren, schlossen sich in die Arme, Tränen in den Augen. Es war vorüber. Der Albtraum des Krieges, der so viele Jahrzehnte lang zwischen Liga und Schwertwald gewütet hatte, war beendet. Mit einem Kniefall und zwei Küssen.

»Das wird unserem Vater nicht gefallen«, brummte Juliano leise.

»Warum nicht?«

»Es ist Frieden, und er hat keinerlei Anteil daran. Dabei hat er so hart darum gekämpft.«

Ihre Leibwachen hatten Mühe, sie beide abzuschirmen. Einige Männer warfen mit Freudenschreien ihre Helme in die Luft. Die ausgelassene Stimmung wollte auf alle übergreifen.

»Gehen wir«, sagte einer der Kaiserritter ihrer Eskorte scharf. »Linksschwenk!«

Die Männer der Eskorte drehten sich. Einer packte Milan und stieß ihn in die neue Richtung. Dann setzten sie sich in Bewegung.

Jetzt erst ging Milan auf, dass er Nandus nirgends gesehen hatte. Die beiden Condottieri und auch Rodrigo Apolita waren zugegen gewesen. In der Ferne hatte er sogar Felicia inmitten einer Gruppe von Bogenschützen bemerkt. Aber sein Vater, der Erzpriester, fehlte.

»Ritter!« Eine schneidende Stimme ließ die Eskorte anhalten. Vor ihnen stand ein äußerst gepflegt wirkender kleiner Mann mit ordentlich zurückgekämmtem grauem Haar. Über dem prächtig gestickten schwarzen Adler auf seinem strahlend weißen Wams lag eine schwere goldene Kette. Was Milan verwunderte, denn soweit er wusste, nutzten die Kaiserritter Gold nur für ihre Sporen oder vielleicht noch zum Schmuck ihrer Waffengurte.

»Ihr seid abgelöst«, erklärte der seltsame Ordensritter. »Die Ritter der Weißen Königin sollen nun das Geleit unserer beiden … Gäste übernehmen.« Er sah Milan an. Uralter Hass lag in seinem Blick. Dabei war sich Milan sicher, diesem Mann nie zuvor begegnet zu sein.

Einige der ätherischen Krieger, die schon bei der Zeremonie des Lehnseides zugegen gewesen waren, traten vor. Männer in Brustplatten, die wie ein muskulöser Torso geformt waren, mit schulterlangem Haar und dichten Bärten. Ritter aus einer anderen Zeit. Sie sprachen kein Wort.

Auch der Mann mit der Goldkette sagte nichts weiter.

Ihre Eskorte hatte sich verdoppelt. Nun waren es acht Bewaffnete, die sie umringten.

Als Milan zögerte, sich zu bewegen, wurde er von zweien der Männer grob bei den Armen gepackt. Mochten sie auch ätherisch aussehen, gab es nun keinen Zweifel mehr, dass sie doch sehr körperlich waren. Sie zerrten ihn mit sich, bis er freiwillig ging.

Ihr Weg führte quer durch das Heerlager, in dem bereits ausgelassene Feststimmung herrschte. Die Botschaft vom Frieden schien sich wie auf Flügeln zu verbreiten.

Dort, wo die Straße zu den Mondbergen am Heerlager vorbeiführte, standen etliche neue Fuhrwerke. Entlang des Straßengrabens waren Hunderte von Maultieren angepflockt, deren Lasten abgeladen wurden. Schwere Weinamphoren mit den Siegeln Kamarinas und Panormas. Fässer mit gesalzenem Fisch, Säcke voller Korn. Jenseits des Grabens standen Rinder, die Milan aus ängstlichen schwarzen Augen anglotzten. Die Kaiserin hatte wirklich alles mitgebracht, um den Frieden mit einem großen Festmahl zu feiern.

»Was wollen die von uns?«, raunte Juliano, der bleich wie der Marmor der Mondberge war.

»Keine Ahnung«, erwiderte Milan. Aber so, wie sie behandelt wurden, konnte es keinen Zweifel daran geben, dass sie nicht Gäste, sondern Gefangene waren.

Sie gingen lange auf der Straße. Nur sporadisch begegneten sie noch Männern aus dem Heerlager. Von Osten, von den Bergen, zogen Wolken heran. Der Regen, der die Tage im Heerlager zur Qual gemacht hatte, würde bald zurückkehren.

Unvermittelt schwenkte ihre Eskorte von der Straße ab. Auf einer Lichtung nahe dem Weg stand eine Kutsche, die Milan auf den ersten Blick wiedererkannte. Es war die Kutsche, aus der er Felicia auf dem Scheiterhaufen erblickt und in der er dann seine Reise zum Roten Kloster angetreten hatte.

Eine Gruppe von etwa zwanzig Kaiserrittern hielt sich auf der linken Seite der Lichtung. Sie warteten mit aufgezäumten Pferden. Bereit, sofort aufzubrechen.

Auf der gegenüberliegenden Seite standen ebenso viele Ritter der Weißen Königin. Ihre wunderschönen Pferde scharrten unruhig mit den Hufen. Auch die Reiter wirkten ungeduldig. Ihre Helme hingen von ihren Sätteln, oder sie trugen sie unter ihre Arme geklemmt. Sie tuschelten miteinander und sahen Milan mit einer Mischung aus Neugier und Abscheu an.

Die Kaiserritter hingegen standen in gerader Linie, die Helme aufgesetzt, das Visier geschlossen, eine Mauer aus Menschen.

Der Schlag der Kutsche wurde geöffnet. Milan sah die Weiße Königin im Inneren.

Im selben Moment traten einige der Ritter der Herrscherin zur Seite. Auf dem Waldboden zwischen ihnen stand ein großer Hackklotz, zerfurcht von unzähligen Axthieben. An ihm lehnte ein Richtschwert.

»Der Mörder ist nun hier, meine Königin«, sagte der Anführer der Eskorte feierlich.

Dann wurde Milan an den Armen gepackt und in die Kutsche geschoben.

NAHE DEM HEERLAGER DER LIGA, BEI DER STRASSE IN DIE MONDBERGE, NACHMITTAG, 30. TAG DES WEINMONDES IM JAHR VON SASMIRAS ZWEITER THRONERHEBUNG

»Willkommen, mein Mörder.«

Klackend schloss sich der Schlag hinter Milan. Goldene Augen sahen ihn durchdringend an. Die Weiße Königin saß auf einer ledergepolsterten Bank. Der Stuhl, auf den Milan während seiner unfreiwilligen Reise gefesselt gewesen war, war wieder ausgebaut worden. Milan stand dicht vor der Königin. Die niedrige Decke zwang ihn in eine leicht gebückte Haltung. Demütig, auch wenn er so nicht empfand.

»Ich habe niemals versucht, Euch zu ermorden. Ich habe …«

»Was ist ein Mord, Milan Tormeno? Die absichtsvolle Beendigung des Seins eines verstandesbegabten Wesens. Umschreiben wir einen Mord auf diese Art, dann hast du nicht weniger versucht.«

»Ich verstehe nicht, worauf Ihr hinauswollt …«, begann er, obwohl ihm durchaus dämmerte, was die Königin meinte.

»Du hast versucht, meine Mär zu verändern, Milan Tormeno. Hast du wirklich durchdacht, was du damit tust? Kannst du ermessen, wie es ist, wenn in dir das vage Gefühl keimt, dass du nicht mehr du selbst bist? Und dass du nichts tun kannst, um das wieder umzukehren? Ja, dass du bald sogar vergessen haben wirst, wie du einmal warst, denn die angedichtete Wirklichkeit ist zu deiner Wirklichkeit geworden.«

»Es ist wahr«, bekannte Milan, »im Sinne dieser Anklage bin ich schuldig, Majestät.«

Sie hatte etwas Einnehmendes an sich, dem er sich, selbst im Angesicht des Todes, nicht entziehen konnte. Wohlgeruch erfüllte den engen Kutschenraum. Ihre Schönheit beglückte. Allein sie zu sehen war ein Fest. Der Höhepunkt eines Lebens. Wie es wohl sein musste, ein Lächeln von ihr geschenkt zu bekommen?

»Ich kann zu meiner Verteidigung lediglich ins Feld führen, dass ich Frieden schaffen wollte. Es war mein Ziel, diesen Krieg zu beenden.«

»Ich weiß.«

Jetzt lächelte sie tatsächlich. Es war, als weiche das Zwielicht aus der Kutsche. Ein tiefes Glücksgefühl durchdrang Milan.

»Weil du das Beste für Cilia wolltest, sitzt du hier vor mir und kniest nicht draußen vor dem Richtblock. Ich wollte dich kennenlernen, bevor ich über dein Schicksal entscheide.«

»Heißt es nicht in Eurer Mär, dass Ihr das Herz eines jeden Eurer Untertanen kennt? Jedes Menschen, der auf Cilia geboren wurde, Majestät?«

»Das mag wohl sein, Milan. Doch ist es eine Sache, eure Herzen zu kennen, und eine andere, die Gedanken, aus denen eure Entscheidungen geboren wurden. Ich fühle, du bist nicht böse. Und doch hast du mir Übles angetan. Du hast eine außerordentliche Begabung. Die Mären, die du erzählt hast, würden nicht sterben, wenn ich an diesem Nachmittag dein Leben enden ließe. Vielleicht würden sie durch deinen Tod sogar noch wachsen. Mir hat deine Vision von dem Land, in dem Milch und Honig fließen, gefallen. Ich wünsche, dass Cilia eines Tages so sein wird, wie du erzählt hast. Und ich weiß, welchen Weg ich beschreiten muss, damit diese Vision Wirklichkeit werden kann. Du jedoch könntest jederzeit meine Wege stören, und obendrein gibt es da noch eine Macht … etwas, das dich schützt und das mir zutiefst fremd ist.« Sie sah ihn auf eine Art an, als wolle sie allein kraft ihrer Blicke diese fremde Bedrohung aus seinem Innersten reißen, um sie näher betrachten zu können.

Milan versuchte, ein wenig aufrechter zu stehen, mannhaft zu sein, was immer jetzt geschah. Doch sein Kopf stieß gegen die niedrige Decke der Kutsche. Sie kam ihm jetzt noch enger vor als in jenen Tagen, in denen er in ihr gefangen gewesen war.

»Deine Anwesenheit auf Cilia muss enden! Übrigens denkt

die Kaiserin nicht anders über deinen Vater und seine Gegenwart auf dieser Insel. Sie wird ihn nach Dahlia bringen lassen, um ihn dort auf dem Platz der Helden hinrichten zu lassen.«

»Das …« Es fühlte sich an, als flösse nicht Blut, sondern flüssiges Eis durch seine Adern. Milan erschauerte am ganzen Leib. »Das ist keine Gerechtigkeit. Wie kann sie …«

»Die Erzpriester und der geheime Orden, der hinter ihm steht, scheinen irgendeinen schrecklichen Verrat begangen zu haben. Sasmira hat von Geburt an um ihren Thron gekämpft. Entgegen jeder Wahrscheinlichkeit ist sie Kaiserin geworden. Solche hoch gesteckten Ziele erreicht man nur durch Härte. Härte gegen sich selbst und gegen jeden, der sich einem in den Weg stellt. Das Leben hat sie gestählt. Ich zweifele nicht daran, dass ihr Urteil vollstreckt werden wird. Dein Vater wird an genau dem Ort sterben, an dem er Felicia, das Schwert der Rosen, hat verbrennen lassen. Doch im Gegensatz zu ihr wird er nicht zurückkehren. Er wird unter seinem Namen sterben, vor Tausenden von Zeugen. Sein Tod wird endgültig sein. Erfüllt dich das mit Genugtuung?«

Wenn sie wirklich in sein Herz sehen könnte, dachte Milan, wüsste sie die Antwort.

Aber es gab auch Geschichten, in denen sie in Gedanken las. Und es stimmte. Nach Felicias Tod hätte er seinen Vater am liebsten eigenhändig umgebracht. Er hatte Nandus aus tiefstem Herzen gehasst. Doch dieses Gefühl war gewichen. Milan vermochte nicht zu sagen, wann. Es hatte einfach aufgehört, in ihm weiterzuleben. War gestorben. Unspektakulär. Leise. Jetzt machte es ihm zu schaffen, seinen Vater auf dem Weg in den Tod zu wissen.

So unterschiedlich sie beide auch waren, wusste Milan doch, dass sein Vater stets nur das Beste für Cilia gewollt hatte. Er hatte nie für sich gekämpft. Für seinen Ehrgeiz.

»Sein Tod ist beschlossen«, sagte die Weiße Königin mit niederschmetternder Endgültigkeit. »Du aber hast noch die Wahl zwischen Tod und Verbannung. Wenn du jemanden verrätst, der dir vertraut und dem du noch die Einlösung eines Versprechens schuldest, dann werde ich dein Leben verschonen und dir gestatten, das erste Schiff zu besteigen, das Cilia verlässt, um nie mehr hierher zurückzukehren.«

»Sehe ich aus wie jemand, der sein Leben höher schätzt als sein Wort?«, fragte Milan bitter. Er wusste, von wem sie sprach, und er wollte seinen Freund, den Krähenmann, nicht verraten. Er hatte seine Schuld bei ihm nicht abgetragen. Dessen war er sich nur zu bewusst. Er hatte ihm versprochen, die Silberne Prinzessin zurückzubringen, doch außer ein paar Mären zu erzählen, hatte er noch nichts getan.

»Ich vermag nicht einzuschätzen, was für ein Mann du bist«, sagte die Königin freundlich. »Und ich wünsche, dass du ein paar Tage Zeit hast, darüber nachzudenken. Ich glaube fest, dass du noch viel Gutes tun könntest. Wirf dein Leben nicht weg, Milan Tormeno. Blicke zum fernen Horizont. Sieh das Azuhr. Den Ort, an dem Erde und Himmel eins werden. Vielleicht kannst du die ganze Welt dorthin führen. Wie unermesslich viel größer wäre der Verrat, dies aus falsch verstandener Loyalität aufzugeben!«

»Wer kann im Großen siegen, wenn er bereits im Kleinen fehlt?«, fragte Milan niedergeschlagen. Er hatte den Krähenmann gemocht. Überraschenderweise war er anders gewesen als in so mancher Geschichte, die sich die Leute über ihn erzählten. Wie auch immer ihm das gelungen sein mochte.

Die Weiße Königin erhob sich von der Sitzbank. »Du wirst nun Gelegenheit haben, darüber nachzudenken, ob Phrasen es wert sind, dass du ihnen das größte Opfer bringst.«

Der Schlag der Kutsche wurde aufgerissen.

»Wenn dieser Wagen vor dem Quartier der Stadtwache Dahlias hält, wird, so wie jetzt, einer meiner Männer diese Tür öffnen. Ein Wort Milan, ein Ja oder ein Nein, wird genügen. Du entscheidest, ob deine Reise zum Azuhr führt oder in die ewige Finsternis.«

NAHE DEM HEERLAGER DER LIGA, BEI DER STRASSE IN DIE MONDBERGE, NACHMITTAG, 30. TAG DES WEINMONDES IM JAHR VON SASMIRAS ZWEITER THRONERHEBUNG

Die Frau, die aus der Kutsche stieg, war von so überwältigender Schönheit, dass Juliano die Knie weich wurden. Sie sah ihn an und lächelte.

Er konnte nicht anders, als vor ihr demütig niederzuknien. Frauen blickten üblicherweise durch ihn hindurch, als sei er Luft. Ausgerechnet die Weiße Königin war anders.

»Ich weiß, dass dir ernsthaft daran gelegen war, einen Frieden auszuhandeln, und es beschämt mich, dass durch Lucille da Rosa, eine Herzogin des Schwertwaldes, deine Unantastbarkeit als Herold auf unverzeihliche Weise missachtet wurde. Wisse, gegen dich und deinen Bruder Fabricio werde ich keine Anklage erheben. Ihr beide seid mir willkommen, auf Cilia wie auch an meinem Hof.«

Überwältigt von ihrer bloßen Ausstrahlung, blickte Juliano zu ihr auf, kaum fähig, den Sinn ihrer Worte zu erfassen. Gegen ihn war keine Anklage erhoben? Wessen hätte er denn angeklagt sein sollen? Er hatte doch nichts verbrochen!

»Und Milan?«

»Für Milan und deinen Vater kann ich nichts mehr tun. Aber du kannst dich noch retten und vielleicht Fabricio.«

»Aber ich dachte …« Verdattert sah er sie an. Sie hatte ihm doch gerade noch gesagt, dass es keine Anklage gegen ihn geben würde …

»Es ist jemand mit der Kaiserin auf diese Insel gekommen, der einen alten Groll gegen die Familie Tormeno hegt. Er wünscht euch allen den Tod. Er ist ein mächtiger, einflussreicher Mann, und er bekommt in aller Regel seinen Willen. Du bist ihm bereits begegnet, Juliano. Du weißt, dass meine Worte wahr sind.«

Sofort musste er an den Mann mit der Goldkette denken. Der Gedanke kam so plötzlich, dass Juliano sich fragte, ob es sein eigener war. Schließlich wusste er um die mannigfaltigen Möglichkeiten der Weißen Königin, jeden zu beeinflussen. Auch er hatte viele Jahre damit verbracht, die Mären Cilias in all ihren Varianten zu studieren.

»Du sollst genug Silber erhalten, um an einem Ort deiner Wahl unter einem anderen Namen ein neues Leben zu beginnen. Auch wirst du ein schnelles Pferd von mir bekommen. Betrachte beides als Wiedergutmachung für das Unrecht, das dir in Thouar angetan wurde.«

»Aber ich kann doch nicht …«

»Es ist töricht, aufhalten zu wollen, was schon jetzt unabänderlich ist«, sagte die Weiße Königin mit Nachdruck. »Finde deinen eigenen Weg, Juliano Tormeno, und vertraue mir. Ganz gleich, welchen Weg du wählst, er wird dich in die Freiheit führen. Wage es, endlich aus den langen Schatten deines Vaters und Großvaters zu treten.«

Sie ließ ihn auf Knien zurück. Juliano war unfähig, sich zu erheben. Unfähig, die tiefgreifende Veränderung zu erfassen, die seinem Leben bevorstand. Milan und sein Vater verurteilt. Und die Königin fühlte sich in seiner Schuld. Er war überwältigt von widerstreitenden Gefühlen. Stolz und Trauer, Furcht und eine ganz neue, nie gekannte Zuversicht. Könnte er wirklich alles hinter sich lassen?

Er sah der Weißen Königin nach. Mit welcher Anmut sie ging. Es war fast wie ein Schweben. Sie hatte ihn an ihren Hof eingeladen! Vielleicht könnte er dort ein Amt finden, für das seine Begabungen genügten.

Die Herrscherin hatte die Straße erreicht und wechselte ein paar Worte mit einer soeben eintreffenden Eskorte von Kaiserrittern, die einen Gefangenen umringten. Dann setzte sie ihren Weg in Richtung des Heerlagers fort.

Der Gefangene trug nur ein schmutzigweißes Büßerhemd. Dicke eiserne Schellen umschlossen seine nackten Fußgelenke.

Die kurze Kette dazwischen erlaubte nur kleine Schritte. Eine Schandmaske umschloss seinen Kopf. Unter den breiten Eisenbändern war schlohweißes Haar zu sehen. Ein Schweineunterkiefer war in die Maske eingepasst und verfremdete die Kopfform. Eiserne Schweineohren waren aufgenietet. Zwischen den Bändern waren Teile des Gesichts zu sehen. Dennoch musste die Gestalt erst bis auf drei Schritt herankommen, bis Juliano erkannte, wer sich hinter der Maske verbarg. Sein Vater!

Mit einem Satz war Juliano auf den Beinen. »Das ist Nandus Tormeno«, rief er empört. »Der Erzpriester Cilias. Das könnt ihr nicht machen! Nehmt ihm dieses Ding ab!«

»Das ist ein Hochverräter, den das Urteil der Kaiserin erwartet«, erscholl eine markige Stimme unter einem der Helme.

Juliano wollte das nicht akzeptieren. Dann würde er ihm eben selbst die Maske abnehmen. Er drängte sich zwischen zwei Rittern hindurch, wollte nach dem Verschluss der Maske greifen, als er grob gepackt wurde. Jemand drehte ihm die Arme auf den Rücken.

Sein Vater schüttelte den Kopf, gab unartikulierte Laute von sich.

Wieder auf Knien, konnte Juliano von unten in die halboffene Maske hineinblicken. Ein Rundeisen war seinem Vater in den Mund gezwungen. Eine Schelle, die seine Kiefer auseinanderzwängte. So war es ihm unmöglich zu sprechen. Sie hatten ihn seiner mächtigsten Waffe beraubt. Der Worte!

Nandus wurde durch den Schlag in die Kutsche geschoben. Jemand bellte einen schroffen Befehl. Die Reiter, die gewartet hatten, saßen auf. Eine Peitsche knallte. Die Kutschpferde setzten sich in Bewegung, und der schwere Wagen rollte auf die Straße, die nach Osten in die Mondberge führte.

Jetzt erst ließ der Ritter, der Juliano die Arme verdreht hatte, ihn los. Juliano verkniff sich einen wütenden Protest.

Ganz gleich, was die Königin gesagt hatte, es fühlte sich jetzt wieder genauso an wie in Thouar, als sie ihn in den Kerker mit den Ratten gebracht hatten.

Er würde sich sein Silber und sein Pferd holen, dachte Juliano aufgebracht. Und er würde seine Familie nicht im Stich lassen!

AUF DER GROSSEN SCHLANGE, DAHLIA, NACHMITTAG, 4. TAG DES NEBELMONDES IM JAHR VON SASMIRAS ZWEITER THRONERHEBUNG

Wieder machte die Straße eine Kehre. Die eisenbeschlagenen Räder der Kutsche knirschten über das Pflaster, begleitet vom Donnern des Hufschlags. Sie mussten auf der Großen Schlange sein, überlegte Milan, jener in Serpentinen gewundenen Straße, die vom Mondtor hinab in die Stadt führte.

Er blickte zu seinem Vater, der mit trotzig erhobenem Kopf auf der Bank ihm gegenüber saß. Die verfluchte Schandmaske erlaubte ihm kein Wort. Dennoch hatte Milan während der viertägigen Reise immer wieder versucht, mit ihm ins Gespräch zu kommen. Er hätte ja nicken oder den Kopf schütteln oder mit den Händen einfache Zeichen geben können. Doch sein Vater war verstockt. Er saß einfach nur reglos da. Er bewahrte die Fassung. Schluchzte nicht. Ließ die Schultern nicht hängen, hielt sein Haupt stolz erhoben und blieb verschlossen.

Milan fragte sich, ob Nandus ihm die Schuld an seiner Lage gab. Aber das wäre absurd! Die Ankunft der Weißen Königin war vorhersehbar gewesen, die der Kaiserin jedoch wahrlich nicht, und die beiden zusammen waren wie eine Naturgewalt. Nichts hätte sie aufhalten können.

Die Kutsche wurde langsamer. Dann neigte sie sich zur Seite. Erneut passierten sie eine der engen Kurven. Weit konnte es nicht mehr sein, bis sie die Garnison der Stadtwache erreichten.

Vier Tage lang hatte Milan in seiner Entscheidung geschwankt. Die Weiße Königin war mehr als deutlich gewesen, was ihn erwartete, wenn er keinen Verrat beging. Er hatte dem Krähenmann nicht geholfen. Was wollte sie von ihm? Und warum war es für sie so schwierig, ihn zu treffen? Verließ er sein unterirdisches Versteck nicht mehr? Jenen Ort, der angeblich außerhalb dieser Welt existierte. Der Platz, an dem Kinder niemals alterten und er einen Silberschatz hortete, der eines Tages groß genug werden sollte, um daraus einen zweiten Mond für den Himmel zu schmieden und einen Platz zu schaffen, an den die Silberne Prinzessin zurückkehren konnte.

Was wollte die Weiße Königin vom Krähenmann? So eindrucksvoll sie war, Milan traute ihr nicht. Sie war machtbewusst. Zu manipulierend.

Wieder fuhr die Kutsche in eine Kehre.

Sein Vater nickte ihm zu.

Hatte Nandus die Wegkehren gezählt? Wusste er, wann ihre Reise enden würde?

Bevor Milan ihn fragen konnte, kreischten die Bremsklötze der Kutsche. Das Mahlen der Räder verstummte. Die Pferde standen still.

Der Schlag wurde aufgerissen. Ein bärtiger Mann sah zu ihnen herein. Einer der Ritter der Weißen Königin. Er wirkte jetzt viel weniger ätherisch als zu Beginn der Reise, als würde er umso stofflicher, je länger er in der Welt verweilte.

Schwarze Augen sahen Milan fragend an.

»Sag deiner Herrin, meine Antwort lautet nein. Ich werde niemanden verraten, der sich mir anvertraut hat. Und ich bin bereit, den Preis dafür zu zahlen.«

BIENENGASSE, DAHLIA, NACH EINBRUCH DER DÄMMERUNG, 4. TAG DES NEBELMONDES IM JAHR VON SASMIRAS ZWEITER THRONERHEBUNG

Du bist der Einzige, der noch helfen kann«, sagte sein Bruder Fabricio drängend.

Hauptmann Lorenzo Dolendo, der Befehlshaber der Stadtwache, hatte sich von ihnen abgewandt. Seine Hände hatte er hinter dem Rücken verschränkt, seine Finger bewegten sich nervös. Verkrampften sich ineinander, entspannten sich, nur um sich einen Herzschlag später erneut zu verkrampfen.

»Wenn ich das tue, werde ich selbst meinen Kopf auf den Richtblock legen.« Der Hauptmann drehte sich zu ihnen um. Seine Wangen waren eingefallen. Er war dünn geworden. Fast hager. Lange hatte er nach seiner Verwundung durch den Krähenmann mit dem Tod gerungen, und es war nicht zu übersehen, dass er sich immer noch nicht ganz erholt hatte. Obwohl er seit etlichen Wochen wieder das Kommando über die Stadtwache führte. Seit sein Stellvertreter, Olmo, mit zwei Dritteln der Männer in den Krieg gezogen war.

Juliano hatte Mitleid mit Lorenzo. Sie hätten ihn nicht aufsuchen sollen. Es musste noch einen anderen Weg geben.

»Du weißt, wie viel du unserem Vater verdankst. Er hat sich damals in der Gasse beim Fischmarkt zwischen den Krähenmann und deinen Neffen Mario gestellt, den du bedenkenlos als Köder benutzt hast«, bedrängte Fabricio den Hauptmann weiter.

Juliano war es unangenehm, wie skrupellos Fabricio jedes Druckmittel verwendete.

Trotz seines guten Pferdes war Juliano erst am Morgen in Dahlia eingetroffen. Gleich nach der Frühmesse hatte er seinen Bruder abgepasst, um mit ihm zu beratschlagen, wie ihr Vater zu retten sei. Die Kaiserritter bewachten die Stadttore und den Hafen. Der Rat war entmachtet. Unter den Kaufherren der Stadt herrschte Angst. Niemand wusste, was er von der Weißen Königin zu erwarten hatte.

Ganz anders stand es um die Stimmung im einfachen Volk. Die Nachricht vom Frieden hatte sich in Windeseile auf der Insel verbreitet. Nun erwartete die Stadt die Heimkehr der in den Krieg gezogenen Ehemänner, Söhne, Brüder. Doch lag auch ein Bangen in der Luft. Man wusste um die Kämpfe an der Sternenbrücke, wusste, dass nicht jeder, der erwartet wurde, zurückkommen würde.

So waren die Schenken überfüllt, die Läden der Fleischhauer und Weinhändler leergekauft. Die Menschen redeten lautstark über die Festessen und Feierlichkeiten für die Heimkehrer, und die leise Angst wurde hinter Worten und Vorbereitungen verborgen.

»Du willst dich also einfach drücken?«, fragte Fabricio kalt.

Sein Bruder war in den letzten Wochen fülliger geworden, dachte Juliano. Seine Wangen waren leicht gerötet. Er hatte am Nachmittag mehr Wein getrunken, als gut für ihn war. Er trug ein Priestergewand aus feinem Leinen. Alle paar Schritt wurde er gegrüßt, wenn sie gemeinsam auf der Straße gingen. Deshalb hatten sie bis nach Einbruch der Dämmerung gewartet, um Lorenzo Dolendo zu besuchen. Sie wollten kein Aufsehen erregen.

»Und was hat Milan nicht alles für diese Stadt getan?«, fuhr Fabricio weiter fort. »Er hat all die Kinder zurückgeholt, die der Krähenmann entführt und in sein geheimes Versteck verschleppt hatte. Wäre das nicht deine Aufgabe gewesen, Hauptmann?«

»Euer Bruder ist des Mordes an Nicolo Trimini angeklagt«, sagte Lorenzo leise. »Außerdem hat er dabei noch ein halbes Dutzend weiterer Patriziersöhne mit in den Tod genommen. Er hat sich sehr verändert. Sein Blick …« Der Hauptmann erschauderte sichtlich. »Bei den Geschichten, die man sich über ihn erzählt, wage ich es kaum, ihm in die Augen zu schauen. Und das Schlimmste ist, er bestreitet die Morde nicht. Er bereut nicht. Ich sehe nicht, wie man ihn vor der Hinrichtung bewahren könnte.«

»Bestimmt nicht durch irgendwelche Winkelzüge und schöne Worte!«, wetterte Fabricio. »Taten, Lorenzo. Taten sind gefragt. Hat unser Vater gezögert, deinen Neffen zu retten? Ist er gewichen, nachdem der Krähenmann seine Brustplatte durchschlagen hatte? Und hat sich dann nicht unser Bruder diesem Ungeheuer gestellt, um diesen Fluch von der Stadt zu nehmen, was eigentlich deine Aufgabe gewesen wäre?«

»Komm, wir gehen.« Juliano packte Fabricio am Arm. Er war mit wenig Hoffnung in das kleine Haus der Schwester des Hauptmanns gekommen, in das sich Lorenzo immer noch zurückzog, wenn er die Garnison der Stadtwache verließ. Nun war auch der letzte Hoffnungsfunke in ihm erloschen. So würden sie Milan und ihren Vater nicht retten. Es musste noch einen anderen Weg geben.

»Weißt du, was du für mich bist?«, zischte Fabricio. »Ein Stück Dreck!« Er spuckte vor Lorenzo aus. »Wage es nie wieder, deinen Fuß über die Schwelle eines Oktagons zu setzen, in dem ich predige. Und verlass dich darauf, die Bewohner dieser Stadt werden von Stund an erfahren, was ich vom Hauptmann ihrer Stadtwache halte!«

KERKER DER STADTWACHE, DAHLIA, NACHT, 4. TAG DES NEBELMONDES IM JAHR VON SASMIRAS ZWEITER THRONERHEBUNG

Milan starrte auf die Pritsche, auf der er vor wenigen Wochen Felicia ein letztes Mal geliebt hatte. Damals war er so voller Zuversicht gewesen, ganz sicher, dass er ihr Schicksal fest in seinen Händen hielt. Dass er sie vor dem Galgen retten würde. Doch sein Vater hatte sie nicht gehenkt, sondern verbrannt. Und nun saß sein Vater auf dieser Pritsche, in ebenjener Zelle, in der Felicia die letzte Nacht ihres Lebens verbracht hatte.

War das Zufall? Vielleicht war dies einfach nur die Zelle für die Todgeweihten?

Nandus lehnte mit dem Rücken an der Kerkerwand. Seine Augen waren geschlossen, aber Milan glaubte nicht, dass er schlief. Sein Vater trug immer noch die Schandmaske. Der großartige, wortgewaltige Erzpriester hatte ihm in der letzten Nacht seines Lebens nichts mehr zu sagen. Er machte nicht einmal den Versuch, sich durch Gebärden oder Zeichen mit ihm zu unterhalten. Es war wie in der Kutsche. Sie waren zusammengesperrt, und doch war jeder für sich allein.

Milan trat unter das Kerkerfenster. Er hörte den Regen auf den Innenhof prasseln. Ein feiner Salzgeruch vom nahen Meer hing in der Luft. Das hatte er vermisst. Noch einmal in das endlose Blau am Horizont zu schauen wäre schön. Aber die tiefhängenden Regenwolken verbargen den Himmel. Für ihn gab es in der letzten Nacht seines Lebens keinen Mond, ja, nicht einmal einen einzigen Stern am Himmel. Nichts, was vielleicht Trost gespendet hätte. Nur undurchdringliche Finsternis und das leise Rauschen des Regens.

Es war wohl an der Zeit, dass er seinen Frieden mit sich machte. Oder war das nur ein albernes Klischee? Felicia hatte er diese Zeit genommen, als er in ihrer letzten Nacht zu ihr gekommen war. Und er würde es wieder tun. Die letzten Stunden mit ihr hier im Kerker hatten zu den schönsten seines Lebens gehört. Ob noch etwas von ihr innerhalb dieser Mauern geblieben war?

Er blickte erneut zu der Pritsche. Sein Vater atmete gleichmäßig. Seine Augen waren immer noch geschlossen. Was er wohl dachte?

Milan wünschte sich, er hätte das Seidentuch noch, in dem er das versteinerte Antlitz von Nok mit sich getragen hatte. Aber es war im Feldlager geblieben, wie alle seine Habseligkeiten. Dass irgendjemand das steinerne Gesicht besitzen würde, machte ihm zu schaffen. Jemand, der Nok nicht gekannt hatte. Der nichts mit den fein geschnittenen Gesichtszügen verband.

Es fühlte sich an, als läge ein großer Stein auf seiner Brust, wenn er daran dachte, wie sie versucht hatte, seine Augenbinde wieder hochzuschieben, ohne an ihre eigene Sicherheit zu denken. Sie hatte ihn geliebt. Ganz gewiss mehr als Felicia. Die Herzogin wäre zu solch einem Opfer nicht bereit gewesen. Und er war blind für diese Liebe gewesen.

Milan schluckte. Das war es, was er am meisten in seinem Leben bereute. Und was ihm am wenigsten leidtat, war, wie er zu Nicolo Trimini gegangen war. Auch wenn er für diese Tat morgen sterben sollte. Er war nicht weniger ein Ungeheuer gewesen als die schrecklichsten Märengestalten und hatte den Tod verdient gehabt.

Schritte waren auf dem engen Gang vor der Zelle zu hören. Sie verharrten vor ihrer Tür. Der Riegel wurde zurückgeschoben, die schwere Eichentür aufgestoßen. Ein Streifen gelben Lichts fiel in den Kerker. Lorenzo Dolendo, der Hauptmann der Stadtwache, trat ein. Zwei Stadtgardisten, die Blendlaternen hielten, folgten ihm. Angst und Misstrauen spiegelten sich in ihren Blicken.

Milan sah sie herausfordernd an.

Sofort senkten beide die Köpfe.

Die Mär, dass sein Blick Menschen versteinern lassen konnte, breitete sich wohl immer weiter aus. Milan fragte sich, wann der Tag kommen würde, an dem es tatsächlich so sein würde. Er lächelte. Die Antwort war ernüchternd einfach: nie. Ihm blieb ja nicht einmal mehr ein halber Tag.

Lorenzo räusperte sich nervös. »Ich wollte sehen, ob es euch an etwas fehlt.«

Nandus legte den Kopf schief. Er trug nicht nur die Schandmaske. Es hatte auch niemand seine Fußschellen gelöst.

»Ich …« Lorenzo seufzte und winkte seiner Eskorte. »Nehmt dem Erzpriester die Eisen ab. Habt ihr einen Wunsch? Ein Essen … Ich habe einen Koch rufen lassen. Er wird euch zubereiten, was immer ihr wollt.«

»Ich hätte gern eine frische Suppe von der roten Sofia auf dem Fischmarkt«, sagte Milan. Ihre Kochkünste waren in der ganzen Stadt berühmt, und selbst Salzhände und Silberfürsten ließen sich Suppe von ihr holen, wenngleich sie sich nicht in eine Schlange mit den Tagelöhnern und Schauerleuten stellten, die Sofias Suppen rund um deren Marktstand aus Holzschalen schlürften.

»Den Wunsch werde ich dir erst nach Anbruch der Morgendämmerung erfüllen können«, sagte Lorenzo. Der Hauptmann trat ein Stück zur Seite, näher zur Tür. Seine beiden Begleiter hatten ihre Laternen abgestellt und machten sich an den Eisenketten von Nandus zu schaffen.

Der Hauptmann tat Milan leid. Er hatte sich sichtlich nicht gut von seiner schweren Verletzung erholt. Er war bleich und wirkte verlegen. Es machte ihm zu schaffen, sie beide hierzuhaben.

»Endlich!«, seufzte Nandus erleichtert, als sich die breiten Eisenbänder der Schandmaske öffneten. Er nahm dem Stadtgardisten, der die letzte Schließe gelöst hatte, mit einem dankbaren Lächeln die Maske aus den Händen.

Mit einem metallischen Klacken glitt der Stift aus seinen Fußschellen. Eines der Eisen wurde abgestreift. Das Fußgelenk darunter war rot entzündet und mit eitrigem Schorf bedeckt.

Schon öffnete sich auch die zweite Fußschelle.

Milan sah, wie sich die Finger seines Vaters fester um die Eisenmaske schlossen, als kämpfte er darum, den Schmerz zu unterdrücken. Im selben Augenblick riss Nandus die Maske hoch. Er rammte sie dem Stadtgardisten, der vor ihm kniete, gegen das Kinn. Der Kopf des Unglücklichen wurde zur Seite gerissen. Nandus änderte die Schlagrichtung und hämmerte die Maske dem zweiten Mann gegen die Schläfe.

Milan stürmte vor. Er packte Lorenzo, zerrte ihn weiter in die Zelle hinein und schob die schwere Tür zu. Zog das Schwert aus dem Gürtel des Hauptmanns und setzte ihm die Spitze der Klinge an die Kehle.

Lorenzo hob die Hände. Er wirkte nicht erschrocken, ja nicht einmal überrascht. »Bring die beiden nicht um, Nandus«, sagte er ruhig. »Ihr einziges Verbrechen ist, dass sie ungefähr eure Statur haben.«

Nandus ließ von den Wachen ab. Mit blutenden Gesichtern lagen sie am Boden. Beide sahen nicht so aus, als hätten sie die Worte ihres Hauptmanns noch gehört.

»Du bist gekommen, um uns hier herauszuholen?« Milan spähte durch den Türspalt in den Flur. Etwa zehn Schritt entfernt, am Treppenaufgang, brannte eine Fackel. Ansonsten war es dunkel. Keine Menschenseele zeigte sich.

»Heute Abend ist eine große Gesandtschaft aus Ferranta in der Stadt eingetroffen. Sie wollen dich brennen sehen, Milan.«

»Brennen?« Er hatte damit gerechnet, enthauptet zu werden. Das wäre seinem Stand und seinem Verbrechen angemessen.

»Schwatzt nicht«, murrte Nandus. »Los, Milan, zieh eine der Wachen aus und leg seine Kleider an. Wir sollten schnell verschwinden. Du wirst uns herausbringen, Lorenzo. An deiner Seite fallen wir weniger auf.«

»Ja«, stimmte der Hauptmann zu.

»Danke, alter Freund.« Nandus kniete bereits am Boden und zog einem der Bewusstlosen die Stiefel aus. Er hielt die Sohle an seine Füße und fluchte leise. Dann warf er den Stiefel zu Milan herüber. »Zu klein.«

Milan schnappte den Stiefel im Flug und gab dem Hauptmann dessen Schwert zurück.

»Hab nicht daran gezweifelt, dass du kommen würdest«, erklärte Nandus, während er den Gürtel des Mannes vor ihm öffnete und ihm die Hosen herabstreifte.

»Ich schon«, bekannte Lorenzo. »Stimmt es, Milan, was man über dich erzählt? Hast du wirklich Nicolo Trimini umgebracht? Und all die anderen? Kaltblütig, inmitten ihres Heeres?«

»Es stimmt.« Milan kauerte sich neben den zweiten Wachmann. Er öffnete dessen Gürtel und zog ihm den blauen Waffenrock aus, auf den der weiße Turm Dahlias gestickt war. Aus den Augenwinkeln sah er, wie Lorenzo eine unglückliche Grimasse schnitt.

»Dann hatten sie es wohl verdient«, sagte der Hauptmann schließlich.

»Und wie er das hatte«, mischte sich Nandus ein. »Er hat Hunderte Unschuldige aufknüpfen lassen. Er wollte alle aus dem Schwertwald in die Sklaverei verkaufen oder ermorden. Dem gierigen Drecksack das Licht auszublasen war das Beste, was Milan je getan hat.«

Milan war überrascht, seinen Vater derart reden zu hören, nachdem er die Morde noch im Heerlager verdammt hatte. Wann hatte er die Wahrheit gesagt? Im Zelt oder jetzt? Aber warum hätte Nandus ihm etwas vormachen sollen?

Lorenzo stellte keine weiteren Fragen.

Schweigend legten sie die Kleidung der Wachmänner an.

Nandus riss sein Büßerhemd in Streifen, dann fesselte und knebelte er die beiden bewusstlosen Stadtwachen.

»Ihr müsst noch heute Nacht die Stadt verlassen«, erklärte Lorenzo. »In der Nacht, als die Kaiserritter kamen, wurde Jacobo ermordet. Üble Sache. Er wurde gefoltert. Die Ritter haben den ganzen Häuserblock abgesperrt, als es geschah. Angeblich, um Jacobos Mörder zu suchen.« Die Stimme des Hauptmanns wurde immer leiser, während er sprach. »Sie haben keinen Mörder gefunden. Ich glaube …«

Milan kannte Jacobo, solange er sich erinnern konnte. Der alte Wanderarbeiter war immer in der Nähe gewesen. »Wer tötet denn einen blinden Greis? Und warum?«

Nandus gab einen gequälten Laut von sich. Er kauerte neben den Wachen, in sich zusammengekrümmt, als habe man ihm einen Dolch in die Eingeweide gerammt.

»Vater …« Milan wollte zu ihm. Er wusste, wie viel mehr Jacobo seinem Vater bedeutet hatte. Der alte Mann war immer für ihn da gewesen. Seit sich ihr Großvater Lucio in Arbora verbrannt hatte. Er war der Leitstern im Leben des Nandus Tormeno gewesen. Deshalb hatte sein Vater für den blinden alten Mann gesorgt.

»Wir werden …« Milan wollte seinen Vater in die Arme schließen, doch der hob in harscher Geste die Hand, duldete keine Nähe, wie stets.

»Wie ist er gestorben?« Jede Silbe war mit Mühe über die Lippen gepresst.

»Ich glaube, zuletzt hat sein Herz versagt …« Lorenzos Stimme war ein tonloses Flüstern. »Er wurde grausam gefoltert. Lange, fürchte ich. Es war … Ich hab seinen Leichnam gesehen. Das war … Auf das Rad geflochten zu werden wäre im Vergleich dazu ein sanfter Tod gewesen.«

Milan wollte nicht noch mehr über den Tod des alten Mannes hören, auf dessen Knien er als Kind gesessen hatte. Der ihn getröstet hatte, wenn er die Unerbittlichkeit seines Vaters nicht mehr ertragen konnte.

»Ihr könnt da nichts machen …« Jetzt klang Lorenzo beschwörend. »Wir müssen fort von hier. Schnell.«

Nandus richtete sich auf. Er war aschfahl, seine Lippen wundgescheuert von der Schandmaske, seine Augen seelenlos. »Ja, gehen wir.«

Sie verließen den Kerker.

Es war still in der Garnison der Stadtwache. In einigen Wandnischen waren Blendlaternen mit Kerzen aufgestellt. Dennoch regierte die Dunkelheit in den Gängen und Fluren, durch die sie Lorenzo führte.

Milan hielt den Kopf gesenkt. Er trug einen Helm, der an einen umgedrehten Suppenteller mit breitem Rand erinnerte. Sein Gesicht sollte im Schatten liegen. Aus dem Augenwinkel spähte er immer wieder zu seinem Vater. Nandus wirkte müde, sein Körper schien die gewohnte Spannung verloren zu haben. Er war ein alter Mann geworden, dachte Milan.

Lorenzo führte sie zu einem Seitenausgang des großen, festungsartigen Gebäudes. Kalte, regennasse Luft schlug ihnen entgegen, als sie ins Freie traten. »Ihr müsst die Stadt noch in dieser Nacht verlassen«, drängte der Hauptmann erneut. »Am besten gleich die Insel …«

Milans Gedanken jagten sich. Da gab es noch ein Versprechen, dessen Einlösung er einfordern könnte. »Ich weiß jemanden …«

»Und den behältst du für dich!«, fuhr sein Vater ihn an. »Je weniger Lorenzo weiß, desto besser ist es für ihn.«

»Ich würde euch nie …« Weiter kam der Hauptmann nicht. Die Faust des Erzpriesters traf ihn mit solcher Wucht am Kinn, dass er gegen die Tür taumelte. Ein weiterer Hieb zielte auf den Magen, ein dritter in die Leber. Lorenzo knickte in sich zusammen. Nandus riss sein Knie hoch und rammte es dem Unglücklichen gegen das Kinn, so dass dessen Zähne krachend aufeinanderschlugen.

Lorenzo ging zu Boden.

Milan griff nach seinem Vater, wollte ihn fortziehen. »Wie kannst du …«

»Ich tu ihm einen Gefallen!«, herrschte Nandus ihn an. »Je übler er aussieht, desto weniger wird er im Verdacht stehen, uns freiwillig geholfen zu haben.«

»Dein Vater …«, röchelte Lorenzo, »… hat recht.«

Nandus versetzte ihm einen Tritt, dass Milan die Rippen des Hauptmanns knacken hörte. Dann kniete er sich auf Lorenzos Brust und begann, dessen Gesicht mit Fäusten zu bearbeiten.

Milan packte seinen Vater und zog ihn weg. »Aufhören! Du prügelst ihn noch tot!«

Lorenzo rührte sich nicht mehr. Seine Lippen waren aufgeplatzt, die Augen zugeschwollen, die Nase eingeschlagen. Es war mehr als nur die Sorge um Lorenzos Sicherheit, die seinen Vater dazu getrieben hatte.

»Jacobo …«, sagte Nandus leise, als würde das alles erklären.

»Ich weiß, wer uns aus der Stadt bringen wird«, überging Milan das Thema. »Aber ich muss noch etwas erledigen. Treffen wir uns am Fischmarkt? Ich werde dort auf dich warten.«

Nandus nickte grimmig. »Das trifft sich gut. Auch ich habe noch etwas hinter mich zu bringen.«

DAHLIA, WEISSER BERG, KURZ VOR MITTERNACHT, 4. TAG DES NEBELMONDES IM JAHR VON SASMIRAS ZWEITER THRONERHEBUNG

Nandus hatte eine Kerze entzündet und sah sich in dem verwüsteten Zimmer um. So oft war er hierhergekommen, hatte so viele Stunden an der Seite des blinden alten Mannes gesessen, der zu gern von Wein und schönen Frauen gesprochen hatte. Er hatte selbst alt werden müssen, bis er begriffen hatte, was Jacobo da tat. Diese Geschichten waren eine Maske, hinter der er sein wirkliches Leben verbarg. Das ewige Gerede über die Frauen vergangener Tage hatte dafür gesorgt, dass Nandus nie sonderliche Lust verspürt hatte, Fragen über Jacobos Leben zu stellen. Früher hatte er befürchtet, nur noch mehr Weibergeschichten zu hören zu bekommen. Was sollte ein Wanderarbeiter auch zu erzählen haben? Flüchtige Affären für eine Nacht oder im günstigsten Fall ein paar Tage waren die Höhepunkte eines Lebens in Armut.

Als Nandus begriffen hatte, dass es da viel mehr geben musste, war ihm auch klargeworden, dass dieser alte Mann darüber niemals reden würde. Ja, hätte er Jacobo direkt auf seine Vermutungen angesprochen, hätte das vielleicht ihre Freundschaft zerstört. Also hatte Nandus geschwiegen. Hatte nicht erfahren, wie es sein konnte, dass dieser Wanderarbeiter zu lesen und zu schreiben vermochte und dass hinter seinen Ratschlägen mehr Weisheit steckte, als ein einfacher Mann je hätte erlangen können.

Nandus betrachtete die Muster aus dunklen Blutspritzern auf den Holzdielen. Die eingetrocknete Pfütze neben dem umgestürzten Lehnstuhl. Die aufgeschlitzten Lederpolster. Das zerschlagene Mobiliar. Wer auch immer hierhergekommen war, hatte gewusst, dass Jacobo etwas zu verbergen hatte.

Die Luft in dem Zimmer, in dem Jacobo die letzten Jahre seines Lebens verbracht hatte, roch unangenehm süßlich. Nandus öffnete das Fenster. Dann richtete er den schweren Lehnstuhl auf.

Sein Blick blieb an etwas Zerknittertem, Hautfarbenem haften. Etwa so groß wie eine weiße Bohne. Er kniete nieder. Hob es auf. Sah den Nagel. Eine Fingerkuppe!

Ein Geschmack wie bitterste Galle füllte seinen Mund, und heiße Wut stieg in Nandus auf. Dieselbe Wut, die er schon vorhin nicht im Zaum hatte halten können, als er immer weiter auf Lorenzo eingeschlagen hatte.

Sein Blick schweifte haltlos durch das Zimmer. Wie im Schwindel. Alles begann sich vor seinen Augen zu drehen. Zerschmetterte Möbel. Die Muster aus Blutstropfen. Jetzt erst sah er, dass selbst an die Decke Blut gespritzt war.

Wie lange hatte das hier gedauert? Was hatte man von Jacobo wissen wollen? Hatte er geredet? Wohl nicht, sonst hätten seine Peiniger nicht das Zimmer verwüsten müssen.

Nandus hockte sich auf den Holzboden. Die Dielen knarrten leicht unter ihm. Er betrachtete den zerstörten Lehnstuhl. Den größten Teil seiner letzten Jahre hatte Jacobo darin gesessen und sich wortreich an eine erfundene Vergangenheit erinnert, um sein wahres Leben dahinter zu verbergen. Oder hatte es all die Frauen doch gegeben? War er durch das Reich gewandert, wie er immer wieder behauptet hatte?

Der Lehnstuhl sei jetzt seine Welt, hatte er immer wieder gesagt. War das allegorisch gemeint? Oder war es ein Hinweis?

Das weiche Lederpolster der Rückenlehne war zerschnitten, die Füllung aus Rosshaar hervorgezerrt. Die Beine des Stuhls waren zerbrochen, als hätten Jacobos Peiniger dort verborgene Hohlräume vermutet. Selbst das Leder, das über die harten Armlehnen gespannt war, war aufgeschlitzt worden. Als sei der Stuhl gehäutet worden, hing es von den Armlehnen herab.

Die richtige Polsterung, das ist das Geheimnis. Es ist wie mit dem Leben. Die größten Lehren zieht man aus den Tagen, die hart sind. Und hat ein Lehnstuhl nicht auch harte Stellen, dann weiß man nicht zu schätzen, wo man weich sitzt.

Das hatte Jacobo mit entnervender Regelmäßigkeit über seinen Lehnstuhl gesagt. Es hatte kaum einen Besuch gegeben, bei dem er nicht früher oder später diese Lebensweisheit verkündet hatte. Hatte er dadurch sicherstellen wollen, dass Nandus sich an diese Worte erinnerte, wenn der Tag kam, an dem Jacobo nicht mehr in seinem Lehnstuhl saß?

Die größten Lehren zieht man aus den Tagen, die hart sind.

Nandus betrachtete das zerschnittene Leder an den Armlehnen. Es war mit Nägeln mit bronzenen Schmuckköpfen an das Holz geheftet worden. Jacobos Mörder hatte es dicht neben den Nagelköpfen aufgeschnitten und zurückgeklappt. Es war nichts Auffälliges zu sehen. Keine Beschriftung auf der Innenseite. Keine Zeichen. Keine verborgene Botschaft.

Nandus nahm das Leder und rieb es zwischen Daumen und Zeigefinger. Es war dünn, wie zu oft abgeschabtes Pergament. Und da war noch etwas. Getrockneter Leim? Nein, dafür war es zu weich.

Nandus holte die Kerze und betrachtete das Leder näher. Wachs!

Er hatte sich vor Jahren mit verschiedenen Methoden beschäftigt, geheime Botschaften zu verschicken. Seine Nachrichten mit einem Wachsstift aufzuschreiben war eine von zahllosen Möglichkeiten. Nandus hatte sie verworfen aus Sorge, das Wachs könne im warmen Klima Cilias schmelzen und die Botschaft unleserlich werden.

Sichtbar wurde diese Schrift, wenn man das Leder mit Tinte tränkte, welche die mit Wachs versiegelten Stellen nicht erreichen konnte.

Nandus sah sich im Zimmer um. Tinte würde er hier ganz gewiss vergeblich suchen. Jacobo hatte, seit er blind war, nichts mehr niedergeschrieben. Sein Blick blieb an den Blutstropfen am Boden hängen. Es gab auch eine andere Möglichkeit.

Wind rauschte am offenen Fenster. Nandus hörte die Tauben im Schlag oben auf dem Dach unruhig gurren. Einige Herzschläge lang blickte er auf das Rechteck aus Finsternis. Das Fenster. Kaum ein Licht brannte noch in der Stadt. Es war stockdunkel. Sollte jemand Jacobos Wohnung beobachten, musste der Kerzenschein auffallen. Er sollte sich beeilen.

Nandus zog das Kurzschwert, das er dem Wachmann im Kerker abgenommen hatte, und trennte das Leder von den Armlehnen ab. Er hatte die Kerze schon erhoben, um sie auszublasen, als seine Neugier siegte. Er brauchte keine Tinte. Er schnitt sich in den Handballen, träufelte das Blut auf die Lederstücke und verrieb es. Helle Buchstaben erschienen zwischen dem Rot.

Gierig verschlang Nandus die Zeilen. Die Ortsbeschreibung eines abgelegenen Tals im Weltenrücken. Und dann las er, warum jeder, der den Roten Turm suchte, unweigerlich scheitern musste.

Er lachte auf. Trug und Täuschung. Das war das Leben Jacobos gewesen. Er war nicht der, für den Nandus ihn immer gehalten hatte. Und genauso war es mit dem Roten Turm.

»Du hast also gefunden, was mir verborgen blieb«, erklang eine Frauenstimme vom Fenster her.

Gold leuchtete im Kerzenlicht, als sich eine Gestalt in prächtiger Rüstung mit mächtigen Schwingen auf dem Rücken durch die Öffnung schob.

Nandus steckte sich das Leder in den Mund und begann zu kauen. Es war so dünn, dass es seinen mahlenden Zähnen kaum Widerstand leistete. Ein salzig herber Geschmack kitzelte seinen Gaumen. Er begann zu schlucken und hob, zum Kampf bereit, sein Schwert.

Die geflügelte Schildmaid zog ihre Klinge, entbot ihm einen spöttischen Fechtergruß und ging sofort zum Angriff über. Mit großer Wucht führte sie Schlag um Schlag. Nandus parierte, bemüht, ihre Klinge abgleiten zu lassen und nicht zu blocken, so dass die Kraft der Schläge nicht wirkte. Dennoch schmerzten schon nach wenigen Paraden sein Handgelenk und sein Arm. Er griff mit der Linken nach dem Lehnstuhl, zerrte ihn in den Weg, in der Hoffnung, dass seine Angreiferin vielleicht straucheln würde, doch die Kriegerin trat das Möbel einfach nur beiseite.

Die Mären, die man sich über die Schildmaiden erzählte, zeigten bereits Wirkung, dachte Nandus verzweifelt. So stark konnte kein normaler Mensch sein.

Er lächelte über seine Naivität. *Normale* Menschen hatten auch keine Flügel.

»Nicht schlecht für einen alten Mann«, sagte die Kriegerin. »Natürlich habe ich nicht wirklich die Absicht, dir etwas zu tun. Du musst ja noch reden. Bisher war es nur ein Übungskampf.«

Schritte erklangen im Treppenhaus. Die Tür zu Jacobos Bleibe wurde eingetreten. Ordensritter stürmten die kleine Wohnung.

»Du glaubst, ich würde dir irgendetwas sagen?«, fragte Nandus wütend. Es war aussichtslos weiterzukämpfen. Und sich das Leben zu nehmen verbot ihm sein Glaube. Selbstmörder verachtete der Herr des Himmels und schleuderte ihre Seelen in die ewige Finsternis jenseits der Sterne.

»Jacobo hat mich beeindruckt, das gestehe ich.«

»Du warst das?« Nandus sprang vor.

Die Schildmaid musste einen Schritt zurückweichen, um zu parieren. Sie trat auf eines der abgebrochenen Beine des Lehnstuhls, geriet aus dem Gleichgewicht und taumelte weiter zurück.

Nandus setzte nach. Ein wuchtiger Stich, der sie mitten auf die Brustplatte traf, richtete zwar keinen Schaden an, ließ sie aber weitertaumeln, verhinderte, dass sie sich fangen konnte.

Sie war jetzt fast am Fenster. Nandus ließ sein Schwert fallen, packte den Lehnstuhl und setzte die Lehne aus massivem Holz wie einen Rammbock ein. Krachend schepperte er gegen die Brust der Schildmaid, die mit einem überraschten Schrei aus dem Fenster stürzte. Ihre Flügel spreizten sich im Fall.

Wuchtige Hiebe, mit den Breitseiten von Schwertern geführt, trafen Nandus am Rücken und in die Kniekehlen. Doch er hörte das Scheppern von Metall auf dem Pflaster. Dann aufgeregte Schreie, als er vor dem Fenster zusammenbrach.

»Für dich, Jacobo«, murmelte er.

Unsanft wurde er gepackt und davongezerrt.

DAHLIA, FISCHMARKT, KURZ VOR MITTERNACHT, 4. TAG DES NEBELMONDES IM JAHR VON SASMIRAS ZWEITER THRONERHEBUNG

Es fühlte sich falsch an, dachte Milan, als er die Straße zum Fischmarkt hinabging. Dass sein Vater Lorenzo derart verprügelt hatte. Dass Jacobo tot war. Dass sie nun auf der Flucht waren. Alles geriet durcheinander. Nichts war mehr so, wie es sein sollte.

Nein, das stimmte nicht ganz, ermahnte er sich in Gedanken. Der Krieg war beendet. Das Volk des Schwertwaldes würde nicht ausgelöscht werden. Vielleicht war alles andere der Preis, der dafür zu zahlen war.

Milan erreichte den Marktplatz. Noch immer erhob sich dort das Richtgerüst. Undeutlich sah er die Räder auf den Holzmasten. Seine Füße brannten bei der Erinnerung daran, wie er selbst dort oben auf der Folterbank gelegen hatte.

Wind fing sich heulend unter Dachfirsten. Soweit Milan sah, war der Platz verwaist. Hierher war er mit den Kindern aus dem geheimen Reich des Krähenmanns zurückgekehrt. Hier hatte er zuvor mit der unheimlichen Märengestalt gekämpft.

»Bist du da?«, fragte er leise. »Kannst du mich hören?«

Eine Sturmbö pfiff vom Hafen durch die enge Gasse, bei der Milan stand. Der Wind rüttelte an Fensterläden und lockeren Dachpfannen. Wenigstens regnete es nicht.

Milan suchte sich einen schattigen Winkel und beobachtete den Platz. War es vermessen gewesen, darauf zu hoffen, dass der Krähenmann irgendwie spüren würde, dass er hier war? Ein letzter Irrtum in einer schrecklichen Folge von Irrtümern? So wie bei Felicia?

»Bringst du mir Nachricht?«

Milan zuckte vor Schreck zusammen. Die Stimme erklang aus der dunklen Gasse. Die Finsternis dort nahm Gestalt an. Mehr als zwei Schritt groß und mit Flügeln, die auf dem Rücken zusammengefaltet waren, kam der Krähenmann auf ihn zu. Den Kopf vorgereckt, bewegte er sich seltsam hüpfend auf seinen dürren Beinen.

»Ich habe es versucht«, sagte Milan.

»Die Mären. Ich weiß.« Die Stimme des Krähenmanns klang freundlich. Jetzt hatte er ihn fast erreicht. »Es ist ein neuer Weg.« Er streckte eine seiner Schwingen vor. Lange Federn strichen sanft über Milans Wange. »Du hast etwas an dir, das mich an die Silberne Prinzessin erinnert. Sie war manchmal eine Träumerin. Verschlossen gegen alles, was ihr nicht gefiel. Der Zorn ihres Vaters … Wir hätten das kommen sehen können.

Sie wollte es bis zuletzt nicht glauben.« Er gab ein leises, wehmütiges Krächzen von sich, legte den Kopf zurück, blickte zum Himmel empor und spreizte majestätisch seine Schwingen.

Ein Prickeln überlief Milan. Es fühlte sich an, als würde etwas Körperloses ihn berühren. Überall zur gleichen Zeit.

Die Wolken über ihnen rissen auf. Das Nachtauge des Herrn des Himmels war nur eine schmale Sichel. Er war es leid, auf seine Welt zu blicken.

Dafür erstrahlte das Licht Tausender Sterne. Nie hatte Milan so viele am Himmel gesehen. Aber sehr deutlich war auch das Dunkel zu sehen, das sich ausbreitete. Jener Fleck am Himmel, an dem die Sterne verschwunden waren.

»Sie kommt zurück«, sagte der Krähenmann sehnsüchtig. »Es ist der dunkle Mond. Dieses Mal muss ich es schaffen. Ich muss sie erreichen. Sie herabholen. So nah war sie mir beim letzten Mal …« Er wandte seinen Krähenkopf. Seine obsidianfarbenen Augen spiegelten das Licht der Sterne. »Wenn du die richtige Mär erzählst, kannst du sie dann zurückholen?«

Milan dachte an Felicia. »Ich weiß nicht, ob das klug wäre. Ich bin bei diesem Versuch schrecklich gescheitert.«

»Weil du eine Tote geholt hast!«

Milan zuckte zurück, so laut hatte der Krähenmann ihn angefahren.

»Das ist anders. Sie ist nicht tot. Nur entrückt. Du musst sie nicht erschaffen. Du musst sie nur zu mir führen. Du …« Der Krähenmann hob unvermittelt den Kopf. Blickte zum anderen Ende des Fischmarkts.

Da war jemand, nahe beim Richtgerüst. Eine schlanke Gestalt. Quer über den Markt kam sie auf sie zu. Sie trug einen langen Kapuzenumhang. Es sah aus, als würde sie über dem Boden schweben, so anmutig bewegte sie sich.

»Es ist schön, dich wiederzusehen«, erklang eine glockenhelle Stimme.

»Meine Königin.« Der Krähenmann neigte das Haupt.

Die Gestalt schlug die Kapuze zurück. Goldenes Haar floss

über den zarten Stoff. »Ich wusste, du würdest ihn aus seinem Reich locken, Milan. Dafür danke ich dir. Allerdings wirst du mich zum Kerker zurückbegleiten müssen. Dein Vater hat eine der Schildmaiden der Kaiserin getötet. Sasmira rast vor Zorn. Ich kann dich nicht mehr ziehen lassen, wie es eigentlich meine Absicht war.«

»Ihr habt Milan benutzt, um zu mir zu gelangen, meine Königin?« Der Krähenmann klang eher verblüfft denn empört.

»Du giltst als launisch«, sagte die Weiße Königin mit leichtem Tadel. »Ich wusste, dass du auf Milan wartetest. Zu ihm würdest du ganz sicher kommen. Zu mir nur vielleicht. Und ich brauchte mehr als ein Vielleicht.«

»Was ist mit meinem Vater?«, unterbrach Milan die beiden.

Die Königin bedachte ihn mit einem verärgerten Blick. »Er wurde in den Kerker zurückgebracht. Dorthin wirst auch du nun gehen.«

»Milan Tormeno war also Euer Köder für mich.« Die Stimme des Krähenmanns war rauer, kratzender geworden.

»Es geht um die Silberscheibe, die er aus dem Oktagon seines Vaters gestohlen hat und die sich nun in deinem Hort befindet«, bekannte die Weiße Königin. »Sie gehört in den Weißen Wald. Ich habe sie einst erschaffen, und ich will sie zurückhaben.«

Der Krähenmann senkte den mächtigen Schnabel auf seine Brust und legte den Kopf schief. »Ihr werdet die Silberscheibe erhalten, meine Königin«, sagte er nachdenklich, »sobald Milan Tormeno sicher die Insel verlassen hat.«

Milan war überrascht, dass er dem Krähenmann so viel bedeutete, hatte er bislang doch so wenig für ihn getan.

»Nach Nandus' Mord an der Schildmaid liegt Milans Schicksal nicht mehr in meiner Hand. Du verlangst Unmögliches.«

»Seid Ihr die Königin dieser Insel?« Die Stimme des Krähenmanns war in ein ärgerliches Krächzen umgeschlagen. »Gilt Eure Herrschaft so wenig, dass Ihr nicht einmal das Leben eines Eurer Untertanen retten könnt?«

»Nicht gegen den Willen der Kaiserin.«

»Findet einen Weg, meine Königin.« Der Krähenmann breitete seine Schwingen weit aus. Hinter ihm klaffte plötzlich ein Loch im Boden. Ein Tunnel, der schräg hinab zu einem silbernen Leuchten in ungewisser Ferne führte. »Die Silberscheibe gegen das Leben des Jungen. Das ist mein Preis.«

DAHLIA, SEILERGASSE, KURZ VOR MITTAG, 5. TAG DES NEBELMONDES IM JAHR VON SASMIRAS ZWEITER THRONERHEBUNG

Milans Hände umklammerten die Seitenwand des Karrens, auf dem er mit seinem Vater zum Richtplatz geschafft wurde. Dreißig Mann der Stadtwache eskortieren sie.

Hinkend ging ihnen Lorenzo Dolendo voran. Das Gesicht des Hauptmanns war grün und blau geschwollen. Sein linkes Auge konnte er nicht öffnen. Dennoch hatte er kein Wort über die letzte Nacht verloren, als er sie aus dem Kerker geholt hatte.

Der Richtkarren war durch Seitenstraßen gefahren, doch nun rollte er durch die Seilergasse auf den Platz der Helden zu. Von Ferne schon hörte Milan das Stimmengewirr der unzähligen dort versammelten Menschen.

Die Gasse, durch die der Karren rollte, führte pfeilgerade bergan. Wie die Wände einer Felsklamm erhoben sich die grob verputzten Fassaden der Häuser rechts und links. Leere Wäscheleinen spannten sich wie dunkle Spinnweben vor dem strahlend blauen Himmel. An allen Fenstern standen Menschen und blickten auf sie herab. Keiner sprach ein Wort.

Es war ein sonniger Tag. Kaum eine Wolke zeigte sich am Firmament. Ein goldener Herbsttag. Wenigstens das, dachte Milan. Es überstieg seine Vorstellungskraft, dass er in einer Stunde tot sein würde. Und noch dazu auf diese Weise. Sterben wie Felicia … Es war so unwirklich. So ganz und gar nicht wie in einer Mär.

Bis Hauptmann Dolendo erschienen war, um sie zu dem Karren zu führen, war Milan davon ausgegangen, dass sich ihr Schicksal wenden würde. Er war felsenfest davon überzeugt gewesen, dass die Weiße Königin sie befreien würde. Oder dass zumindest ein Bote von ihr käme. Aber wie es schien, hatte die Kaiserin sich durchgesetzt.

»Du warst von euch dreien der Beste«, sagte sein Vater plötzlich. Seine Stimme war undeutlich. Nandus sah nicht besser aus als Lorenzo. Die Kaiserritter hatten ihn in der vergangenen Nacht übel zusammengeschlagen. Er war nicht mehr in der Lage, aus eigener Kraft zu stehen. Auf einen Stuhl gefesselt, saß er im Karren, den Oberkörper gerade aufgerichtet, obwohl ihm das gewiss Schmerzen bereitete. Er hielt die Fassade aufrecht, bis zuletzt.

»Ich hätte dir das früher sagen sollen. Dies ist wohl die letzte Gelegenheit. Dass ich dich das nie habe spüren lassen, ist das Einzige, was ich bereue.«

Milan wollte davon jetzt nichts hören. Es war zu spät. Diese Worte änderten nichts mehr. Sie hätten wirklich früher kommen müssen. Das Lärmen der Menge wurde lauter.

»Du hast mir von allen den meisten Ärger gemacht. Mit deiner Dickköpfigkeit. Ich schätze, dass du das nicht hören willst, aber du bist mir am ähnlichsten. Juliano hat immer zu sehr versucht, meine Wünsche zu erfüllen, als dass er einen eigenen Willen hätte entwickeln können.« Nandus seufzte. »Und Fabricio hat mir lächelnd zugestimmt, um am Ende stets doch zu tun, was er für richtig hielt. Du aber hast mit mir gerungen, wenn du anderer Meinung warst. Du hast die Bastonade über dich ergehen lassen, meine Wutausbrüche … Dein eiserner Wille, zu dem zu stehen, was du für richtig hältst, hat mich stolz gemacht.«

Was fiel ihm ein, jetzt davon zu reden? Kurz war Milan versucht, ihm eine passende Antwort zu geben. Aber dann wäre er ja ein weiteres Mal der Sohn, der ihn durch seinen Widerstand stolz machte. Das wollte er nicht. Also schwieg er.

Nandus sah ihn unverwandt an. Erwartete eine Antwort. »Du

solltest das wissen«, sagte er schließlich. Seine genuschelten Worte gingen schon fast im Lärm der Menge unter. »Du darfst mich nicht missverstehen. Ich fürchte, sie werden dich benutzen, um …« Er schüttelte den Kopf. Verstummte.

Der Wagen rollte auf den weiten Platz der Helden mit seinen schattigen Arkaden und dem eindrucksvollen Reiterdenkmal des Giovanni Villani, des Helden von der Blutbrücke, der einst die Silberscheibe erbeutet hatte, die der Weißen Königin so viel bedeutete.

Das Raunen verstummte, als sie erschienen. Tausende Köpfe blickten zu ihnen hoch. Zwei hölzerne Tribünen waren an der Westseite des Platzes errichtet. Eine große, auf der die Kaiserin und die Königin samt ihrem Gefolge Platz fanden. Die Banner des Schwertwaldes wehten über ihren Köpfen, aber auch der Schwarze Adler und die vielen verschiedenen Feldzeichen der Karrenritter.

Die kleine Tribüne indes wurde ganz von der Farbe Gelb beherrscht und vom Wappen des schwarzen Hammers. Waffenknechte mit Armbrüsten oder Hellebarden schirmten diese Tribüne ab. Dort saßen die Ratsherren aus Ferranta mit ihren prächtigen Goldketten, dazu Witwen ganz in Schwarz. Ein einzelner Pfiff ertönte von dort. Eine füllige Frau erhob sich und deutete auf Milan. »Mörder!«, schrie sie. »Brennen sollst du in den Flammen der Gerechtigkeit!«

Ein Murren erhob sich. »Halt's Maul!«, schrie jemand aus der Menge. »Dein Mann war der Mörder! Hundertfach!«

Ordensritter standen in doppelter Reihe vor den Tribünen, um die Masse der Schaulustigen zurückzuhalten.

Hauptmann Dolendo und seine Stadtwachen mussten sich mit den stumpfen Enden ihrer Hellebarden einen Weg bahnen, damit der Henkerskarren es bis zu den beiden Plattformen schaffte, die vor den Tribünen errichtet waren.

Links, nahe bei der Kaiserin, war ein mächtiger Scheiterhaufen aufgeschichtet, über dem sich ein Pfahl erhob, von dem eiserne Ketten hingen. Sein Anblick ließ Milan erschauern.

Ihr Karren hielt. Männer der Stadtwache stiegen auf die Pritsche. Sie hoben Nandus samt dem Stuhl, auf den er gefesselt war, herab. Mit einigem Aufhebens wurde er auf den Scheiterhaufen gehievt und dann, immer noch sitzend, an den Pfahl gekettet. Er sagte kein Wort. Den Kopf stolz erhoben, strafte er die Würdenträger des Reiches und die Weiße Königin mit Blicken voller Verachtung.

»Kommst du?« Hauptmann Lorenzo stand neben dem Karren und winkte Milan.

Jetzt erst wurde Milan bewusst, dass zwei Stadtwachen vor ihm standen, ihn aber nicht angerührt hatten.

Er stieg hinab und folgte Lorenzos Wink zu dem zweiten Gerüst. Immer noch fühlte es sich so an, als ginge es hier nicht wirklich um ihn. Als sei er ein Gast, der dies alles gelassen von außen betrachtete. Ja, er hatte zwar Nicolo Trimini mitsamt dessen Getreuen getötet, aber er hatte nicht erwartet, dafür zur Rechenschaft gezogen zu werden.

Zugleich nahm er alles um sich herum mit unheimlicher Intensität wahr. Er roch den Schweißgeruch Lorenzos, das Öl, das man über das Holz auf dem Scheiterhaufen seines Vaters gegossen hatte, damit es schneller Feuer fing. Das frische Brot, das unter den Schaulustigen verkauft wurde, das Salzgebäck, den jungen Wein und den Apfelsaft.

Überdeutlich sah er die Maserung im Holz der kurzen Treppe, die hinauf zum Richtpodest führte. Dann die feinen Fältchen um die mittelbraunen Augen der Schildmaid, die ihn dort oben erwartete. Wenn man ihr nahe genug stand, erkannte man die Schrammen im Gold ihrer Rüstung. Wo sie tief waren das Eisen, das darunterlag. Sie roch wie ein nasses Huhn, dachte Milan und betrachtete das schwarze Gefieder der mächtigen Schwingen, die aus ihrem Rücken sprossen.

Die Richtbank, eine Tischplatte mit breiten Lederriemen, wartete auf ihn.

»Hinlegen!«, befahl die Schildmaid scharf.

Er gehorchte. Dabei drückte er die Hände auf das grobe Büßerhemd, das er trug. Es reichte ihm nur bis knapp zu den Knien. Er hatte Sorge, dass es hochrutschen könnte.

Schließlich lag er auf dem Tisch. Mit einem Geschick, das aus Übung resultierte, schnallte die Schildmaid ihn fest.

Milan starrte in den weiten blauen Himmel.

Unter den Zuschauern war es wieder still geworden.

»Gerechtigkeit am Ende eines Krieges ist eine Illusion«, war plötzlich eine kräftige, befehlsgewohnte Frauenstimme zu vernehmen. Eine Stimme, geschmiedet in einem Leben ununterbrochener Feldzüge.

Milan wandte den Kopf.

Die Kaiserin hatte sich von ihrem Sitz erhoben. Sie sah völlig anders aus als im Heerlager. Jetzt trug sie eine rote Brigantine mit Schmucknieten, die goldene Rosenblüten zeigten. Dazu eine enge Hose, wie sie der Mode der Patrizier entsprach, und hohe Stiefel, auch sie im Rot frisch erblühten Klatschmohns. Das aschblonde Haar war zu einem Pferdeschwanz hochgebunden. Ihr schmales Gesicht wirkte hart. Sie erschien ihm seltsam androgyn. Ein Wesen, weder Mann noch Frau.

»Zu viel Unrecht ist auf beiden Seiten geschehen, als dass Gerechtigkeit noch zu finden wäre«, fuhr sie fort. »Mein Versprechen an euch ist, für Recht und Ordnung zu sorgen. Und das will ich hier und heute zum ersten Mal einlösen.« Sie machte eine kurze Pause. Es war still. Alle erwarteten gebannt ihr Urteil.

»Nandus Tormeno, ich klage dich an, auf diesem Platz eine Spionin aus dem Schwertwald unter der falschen Anklage, sie sei eine Hexe, verbrannt zu haben. Außerdem klage ich dich an, zwei Diebe unter der falschen Anklage, sie hätten im Kostüm des Krähenmanns die Silberscheibe aus deinem Oktagon gestohlen, gerädert zu haben. Es ist schändlich, die Macht eines Amtes zu nutzen, um im vollen Bewusstsein seiner Taten Unrecht zu sprechen. Es gibt kein höheres Wohl, das solchen Umgang mit Recht und Gesetz rechtfertigt.«

Wieder machte die Kaiserin eine kurze Pause.

Milan schloss die Augen. Es war wahr, was sie sagte. Die Taten seines Vaters waren, so betrachtet, das Resultat einer verschobenen Wahrnehmung von Moral.

»Des Weiteren klage ich Nandus Tormeno an, sich zusammen mit den anderen Erzpriestern des Reiches gegen das Kaiserhaus verschworen zu haben. Der geheime Orden, der seine Angehörigen im Roten Kloster und im Roten Turm ausbildet, hat seit vielen Jahrzehnten die Politik des Kaiserreichs beeinflusst, und seine Mitglieder waren die treibende Kraft hinter der Rebellion der Reichsfürsten. Sie waren es, die für den Tod meines Großvaters, des Kaisers Orelian, verantwortlich waren. Sie haben nicht Hand angelegt, als meine Familie aus dem Palastfenster in den Tod gestürzt wurde, doch waren es ihre Gedanken, ihre perfiden Einflüsterungen, die diese Bluttat gebaren. Habt Ihr dazu etwas zu sagen, Nandus Tormeno, Erzpriester von Cilia?«

Sein Vater schwieg.

Milan konnte sich nicht vorstellen, dass er ein Verschwörer war. Aber was nutzte es, dagegen aufzubegehren? Was zählte sein Wort schon gegen das der Kaiserin?

»Milan Tormeno«, sprach die Kaiserin nun ihn an. »Gestehst du, Nicolo Trimini und elf seiner Gefolgsleute ermordet zu haben?«

Milan atmete aus. Ihm war klar, dass sein Tod auf dieser Tischplatte hässlich werden würde. Wahrscheinlich würde er als ein blutiger, winselnder Klumpen Fleisch verrecken. Dies war seine letzte Gelegenheit, Größe zu zeigen.

»Ich gestehe, diese zwölf Männer getötet zu haben. Sie hatten sich zum Mord an einem ganzen Volk verschworen, einzig in der Absicht, sich zu bereichern. Ich bereue diese Tat nicht!«

»Verleumdung!«, erklang erneut die Frauenstimme auf der Tribüne der Patrizier Ferrantas. »Ich werde nicht dulden, dass der gute Name der Familie Trimini durch einen Meuchler in den Dreck gezogen wird …«

»Sklavenhändler!«, ertönte es dagegen aus der Menge. »Der junge Tormeno hätte euch alle versteinern sollen!«

Die Kaiserin nickte. »Wahr ist auch, dass Milan Tormeno

vielfach bewiesen hat, dass er ein Held ist. Niemals wird man ihm hier in Dahlia vergessen, dass er die entführten Kinder vom Krähenmann zurückholte. Er erlegte den Grym und erschlug die beiden Basilisken, die so viel Tod und Unheil gebracht hatten. Wie wird man einem solchen Mann gerecht? Er vereint in sich Licht und Dunkel wie alle, die in diesem Krieg gekämpft haben. Gerechtigkeit kann es hier nicht geben. Nur die Kraft zu verzeihen vermag die Wunden, die alle Beteiligten einander geschlagen haben, zu heilen. Ich bin bereit, ihm zu verzeihen. Er wird als ein freier Mann gehen.«

Milan traute seinen Ohren nicht. Er war frei?

»Eine einzige Bedingung knüpfe ich daran«, fuhr die Kaiserin fort. »Nandus Tormeno: Nenne mir den Ort, an dem ich den Roten Turm finde. Ich weiß, du kennst ihn.«

»Ich habe gelobt, diese Geheimnisse für immer zu bewahren.« Es fiel Nandus schwer zu sprechen. Seine machtvolle Stimme war gebrochen. Seine Worte ein undeutliches Nuscheln.

»Da ich weiß, aus welchem Holze du geschnitzt bist, und dich die hochnotpeinliche Befragung nicht brechen wird, muss sie nun dein Sohn an deiner Stelle erdulden, bis du bereit bist, mir zu antworten. Dies ist meine Gerechtigkeit. Dein Sohn kann unverletzt als freier Mann Cilia verlassen, wenn du es so entscheidest, Nandus Tormeno. Wirst du mir meine Frage beantworten?«

Atemlose Stille lag über dem Platz.

DAHLIA, PLATZ DER HELDEN, MITTAG,
5. TAG DES NEBELMONDES IM JAHR VON SASMIRAS
ZWEITER THRONERHEBUNG

Nandus sagte nichts.

Milan hatte es nicht anders erwartet.

Der Tisch, auf den er geschnallt lag, kippte plötzlich nach vorn. Die Holzplatte musste eine Achse haben. Fast aufrecht blickte er über die Menge der Schaulustigen. Die Kaiserin und seinen Vater konnte er nicht mehr sehen. Dafür ein Meer von Gesichtern.

Er entdeckte Pietro, ihren alten Hausdiener, und an seiner Seite die Köchin Luisa. Sah Marktfrauen, die er seit seinen Kindertagen kannte.

Manche wandten beschämt den Blick ab, als er sie ansah.

Da war auch Valerio, der alte Fischer mit dem struppigen weißen Bart. Seine unheimliche Schädeltätowierung hatte er unter einem Strohhut verborgen. Einst hatte Valerio ihm versprochen, er würde ihn an jeden Ort bringen, den ein Boot erreichen konnte, und seien es die fernen Säulen der Welt im Khanat.

Andere Fischer waren bei dem Alten. Noch mehr Gesichter, an die er sich erinnerte.

Die Schildmaid packte den kleinen Finger seiner linken Hand und bog ihn ohne Vorwarnung zurück, bis er brach.

Milan keuchte auf, schaffte es gerade noch, einen Schrei zu unterdrücken. Aber er konnte nicht verhindern, dass ihm Tränen in die Augen stiegen.

»Weiter, Furia!«, war hinter ihm die Stimme der Kaiserin zu vernehmen.

Die Schildmaid nahm seinen Ringfinger und bog ihn zurück, diesmal langsam, so dass er den Schmerz auskosten konnte.

Milan biss die Zähne zusammen, dass sie knirschten. Das Krachen des Fingergelenks war Pein und Erlösung zugleich.

Das Meer der Zuschauer verschwamm vor seinem Blick. Nur die vorderste Reihe sah er noch halbwegs deutlich. Luisa vergrub ihr Gesicht an Pietros knochiger Schulter.

Etwas bewegte sich weit hinten am Ende des Platzes. Die Menge teilte sich vor zwei silbernen Gestalten.

Furia packte seinen Mittelfinger. Dieses Mal riss sie ihn wieder schnell nach hinten, und Milan konnte nicht verhindern, dass ihm ein gellender Schrei entfuhr. Die Scham darüber war fast so schlimm wie der Schmerz. Milan wand sich in den breiten Lederfesseln, ließ den Kopf auf die Brust sinken.

»Nandus Tormeno«, erscholl die Stimme der Kaiserin. »Es ist an dir, diese Marter zu beenden. Hast du mir etwas zu sagen?«

Sein Vater antwortete nicht.

»Vielleicht sollte er besser sehen können, was mit seinem jüngsten Sohn geschieht ...«

Furia reagierte sofort auf die Worte der Kaiserin. Sie packt den aufgestellten Tisch und drehte ihn mit übermenschlicher Kraft ein Stück, bis er schräg zum Scheiterhaufen stand.

Milan war tief getroffen, als er sah, wie beherrscht sein Vater war. Sollte es ihm Qualen bereitet haben, der Folter zuzuhören, so war ihm davon nichts anzumerken.

Auf einer niedrigen Bank lagen Messer, Daumenschrauben, Spreizer, etwas, was aussah wie eine Käseraspel. Aus einem Kohlebecken ragten Brandeisen mit hölzernen Griffen. Am meisten aber erschreckten Milan die *Stiefel des Khans* – eiserne Stiefel, die in ihrem Inneren bewegliche Druckplatten besaßen. Man konnte darin Zehen zerquetschen oder langsam durch Druck auf die Mitte den Schienbeinknochen brechen.

Milan blinzelte die Tränen weg. Er wollte aushalten. Und er hatte Angst. Diese Werkzeuge waren dazu geschaffen, härtere Männer zu brechen, als er einer war.

»Brandeisen!«, befahl die Kaiserin.

Furia packte sein Büßerhemd im Ausschnitt und riss es ihm vom Leib.

Milans Arme bäumten sich in den Fesseln auf. Er wollte seine Scham bedecken. Dann war plötzlich eine glühende Eisenstange direkt vor seinem Gesicht. Er drückte den Kopf hart gegen das Holz. Spürte die lohende Hitze an der Nasenspitze.

Das Eisen sank herab. Berührte wie zufällig seine Brust.

Er keuchte. Unterdrückte aber einen Schrei.

Die glühende Stange berührte seinen Bauchnabel.

Er warf den Kopf hin und her. Biss sich auf die Lippe. Er wollte nicht schreien. Wollte nicht zu einem wimmernden Elend verkommen.

Der Geruch von bratendem Fleisch stieg ihm in die Nase.

Plötzlich endete der Schmerz.

Erleichtert keuchte er auf. Er blickte nach unten. Sah, wie Furia ausholte und das glühende Eisen in seinen Oberschenkel stieß.

Milan biss sich die Lippe durch. Blut spritzte ihm über die Brust, füllte seinen Mund. Er sah Rauch von seinem Oberschenkel aufsteigen. Grelle Lichter tanzten ihm vor den Augen.

»Aufhören! Im Namen des Herrn des Himmels verlange ich, dass die Folter sofort endet!«

Die Stimme war ihm vertraut. Milan wollte den Kopf heben, um zu sehen, wer dort sprach. Aber seine Kraft reichte nicht.

Er sah das Eisen, das immer noch in seinem Oberschenkel steckte. Sah den Rauch.

Furia drehte den hölzernen Griff. Befreite das Folterinstrument aus der Wunde. Schwarz verbrannte Fleischfasern hafteten an dem Eisen, das jetzt schwarz war.

»Ich verlange ein Gottesurteil!«, forderte die vertraute Stimme.

Milan fühlte sich, als läge er in Brandungswellen am Strand. Sein Körper hob und senkte sich, obwohl er gefesselt war. Er fühlte sich ohne Gewicht. Und wie entrückt.

Er sollte die Stimme kennen, doch er konnte keinen klaren Gedanken mehr fassen.

DAHLIA, PLATZ DER HELDEN, MITTAG, 5. TAG DES NEBELMONDES IM JAHR VON SASMIRAS ZWEITER THRONERHEBUNG

Die Menge teilte sich vor ihnen, und Juliano ergriff ein Hochgefühl, das ihm die Kraft gab, voranzuschreiten. Fabricio an seiner Seite rang sich ein verkniffenes Lächeln ab. Bis zuletzt hatte sein Bruder gezögert. Er, der so salbungsvoll vom Herrn des Himmels sprechen konnte, dass sein Oktagon stets von Gläubigen überquoll, glaubte nicht an Gottesurteile.

Sie beide trugen die herrlichen Harnische, die Rüstungsschmiede aus Ferranta für sie maßgefertigt hatten. Schwere Rüstungen, ausgelegt für den Kampf zu Fuß. Auf seiner rechten Schulter ruhte der Bidenhänder, den er genau wie Fabricio als Waffe gewählt hatte. Keine Klinge für tänzelndes Geplänkel. Anderthalb Schritt bester Stahl, dessen wuchtigen Hieben keine Rüstung standhalten konnte.

Unzählige Übungsstunden hatte ihr Vater ihnen abverlangt. Sie beide waren vielleicht keine Meisterfechter, aber nach den Wochen bei der Schwarzen Schar wusste Juliano ganz sicher, dass er der Mehrzahl der Kämpfer gewachsen war. Seit ihrer Kindheit hatte ihr Vater sie im Kampf gedrillt. Heute würden sie die Früchte dieser endlosen Mühen ernten.

»Sieh dir das an!« Fabricio blickte mit angstweiten Augen zu Milan hinauf. Ihr kleiner Bruder war in den Fesseln der Folterbank zusammengesackt. Mit glasigen Augen starrte er vor sich hin.

Kalte Wut packte Juliano. Das durfte keiner mit Milan machen. Nicht einmal die Kaiserin. »Die Martern enden sofort!«, schrie er mit sich überschlagender Stimme. Und das zustimmende Raunen aus der Menge hinter ihm schenkte ihm Zuversicht. Milan war beliebt wie kaum ein anderer in Dahlia. Jeder kannte eine Familie, der er ein verlorenes Kind zurückgebracht hatte.

Sie erreichten die Absperrlinie aus Kaiserrittern. »Lasst mich durch!«, verlangte er mit Donnerstimme.

»Sie dürfen passieren.« In der Mitte der größeren Tribüne stand eine schlanke Frau ganz in Rot von ihrem Sitz auf, die ausgesprochen unziemliche Hosen trug.

Erst auf den zweiten Blick erkannte Juliano die Kaiserin in ihr. Wie konnte sich eine Herrscherin nur so kleiden?, dachte er entrüstet.

»Jeder frei geborene Mann«, begann er, »hat das Recht, einem Verurteilten mit der Waffe in der Hand zur Seite zu treten und unter dem wachsamen Auge des Herrn des Himmels einen Zweikampf zu fordern, auf dass der Schöpfer entscheiden möge, wo Recht und Unrecht liegen. Dies ist seit undenklichen Zeiten …«

»Ich weiß«, unterbrach ihn die Stimme der Kaiserin. »Fortituda! Ordina! Kämpft für eure Kaiserin!«

Zwei Schildmaiden schwangen sich aus der geflügelten Leibwache der Herrscherin in die Luft empor.

»Hab ich dir nicht gesagt, dass es so kommen würde?«, raunte Fabricio ihm zu. »Verfluchte Schildmaiden. Die werden uns in Stücke hauen.«

»Soweit ich gehört habe, genügte Vater gestern ein zerbrochener Lehnstuhl, um einem dieser Harnischweiber das Lebenslicht auszulöschen.«

»Wir sind nicht unser Vater«, sagte Fabricio niedergeschlagen.

Am Morgen, als sie die Rüstungen angelegt hatten, hatte der Atem seines Bruders nach saurem Wein gerochen. Vielleicht hatte Fabricio sogar noch mehr Angst als er selbst, dachte Juliano. Aber es war das erste Mal, dass sie als Familie für eine Sache stritten. Die ruhmreichen Tormenos. Die gefürchteten Tormenos. Wenn Milan mit seinen seltsamen Ideen über die Mären, von denen er ihm im Heerlager erzählt hatte, nicht irrte, dann würde der Glaube der Männer und Frauen auf dem Platz der Helden ihnen Kraft geben. Der Glaube, dass die Tormenos für Recht standen und in diesem Bestreben ebenso gnadenlos wie unbeirrbar waren.

Sie mussten siegen!

Und obendrein hatten sie auch noch einen Plan …

Die Kaiserritter ließen sie passieren. Dann drängten sie die Zuschauer weiter zurück, um mehr Platz für den Zweikampf zu schaffen.

»Der Herr des Himmels sieht euch!«, rief jemand in der Menge hinter ihm. Juliano fand das nicht sehr ermutigend. Dass er unter dem gleißenden Auge des Schöpfers stand, war ihm nur zu bewusst.

Die beiden Schildmaiden sanken mit ausgebreiteten Schwingen vom Himmel herab. Sie waren ein erschreckender Anblick in ihren goldenen Rüstungen. Der Wind spielte mit den roten Lendenschurzen, die von ihren Hüften hingen. Beide trugen sie keinen Helm. Sie hatten markante Gesichter. Gezeichnet von Entbehrungen und der asketischen Hingabe an die Kaiserin.

Die Art, wie sie sich bewegten, verriet, dass auch sie ihr ganzes Leben dem Umgang mit Waffen gewidmet hatten. Sie waren größer und stärker. Ganz gleich, was die Menge über die Tormenos glaubte, es würde ein ungleicher Kampf werden.

»Ich streite für das Recht auf Unversehrtheit meines Bruders Milan!« Julianos Stimme zitterte leicht, und er hoffte, jene, die es bemerkten, würden es für ein Zeichen seiner Wut halten.

»Ich streite für das Leben meines Vaters!«, ertönte der angenehme Bass seine Bruders Fabricio. Eine Stimme, geformt in Hunderten von Predigten. Das war sein Talent. Er klang nicht im mindesten nervös oder gar ängstlich.

»Möge der Herr des Himmels dem Recht zum Sieg verhelfen!«, bekräftigte die Kaiserin. »Der Zweikampf kann beginnen.«

Juliano klappte das Visier seines Helms herab, und seine Welt schrumpfte auf zwei schmale Sehschlitze zusammen. Er drehte sich leicht. Klirrend stieß seine Rückenplatte gegen den Schulterpanzer Fabricios. Rücken an Rücken, so wollten sie beginnen. Einander deckend. Unangreifbar. So hatten sie es besprochen. So wollten sie das Geschick der Schildmaiden auf die Probe stellen.

Die Kriegerin, die vor ihm stand, hatte schneeweiße Schwingen, schlank und lang wie Möwenflügel. Eine Narbe in ihrem Mundwinkel erweckte den Eindruck, dass sie ihn spöttisch belächelte. Ihr langes braunes Haar war mit einem Seidentuch zurückgebunden. Mit beiden Händen hielt sie einen massigen Kriegshammer, eine Waffe, schwer genug, um Wände damit einzuschlagen. Der Hammerkopf war wie ein Löwenhaupt gearbeitet. Schön anzusehen und doch tödlich.

Ob sie wohl Fortituda war oder Ordina?, fragte sich Juliano.

Die Kriegerin machte einen Schritt nach links.

Juliano folgte der Bewegung, achtete aber darauf, dass sein Rücken gegen den Fabricios gepresst blieb. Das war die einzige Sicherheit, die sie in diesem Duell mit den geflügelten Furien der Kaiserin hatten. Dass ihr Rücken gedeckt war, solange sie so zueinander standen. Keine ungewöhnliche Praxis im Kampf. Das sollten ihre Gegnerinnen auch denken.

Die Schildmaid bewegte sich ein paar Schritt nach rechts. Schneller diesmal.

Juliano hielt den mächtigen Bidenhänder zum Schlag erhoben. »Willst du mit mir tanzen, Mädchen?«, rief er ärgerlich.

Gelächter erscholl.

Die Schildmaid schnitt eine Grimasse. Plötzlich breitete sie die Schwingen aus. Kräftige Flügelschläge hoben sie in die Luft. Langsam nur.

Juliano folgte der Bewegung. Legte den Kopf in den Nacken und fluchte innerlich. Im Kampf mit fliegenden Gegnern hatte er keinerlei Erfahrung. Das musste übel enden.

Die verdammte Schildmaid hielt den Hammer nur noch mit einer Hand und ließ ihn kreisen, als wollte sie ihn gleich werfen.

»Meine Schildmaid flattert wie ein Huhn!«, rief Fabricio hinter ihm.

»Nehmen wir deine!«, entschied Juliano und drehte sich um, begleitet von der Angst, jeden Augenblick von dem Hammer im Rücken getroffen zu werden.

Fabricio warf sich nach vorn. Seine Schildmaid war mit einem kurzen Speer mit dreikantiger Spitze bewaffnet.

Juliano schlug die Waffe mit einem wuchtigen Hieb des Bidenhänders zur Seite, während Fabricio sein Schwert fallen ließ und mit beiden Händen nach den Beinen der Schildmaid griff.

Sein Gewicht genügte, um sie augenblicklich auf den Boden zurückzuholen. Fabricio und die Kriegerin stürzten. Einer ihrer Flügel brach und spreizte sich in unnatürlichem Winkel zur Seite.

Juliano stürmte vor, trat versehentlich auf das Schwert seines Bruders, strauchelte, ging auf ein Knie.

Metall schepperte.

Der Kriegshammer der Schildmaid mit den weißen Flügeln hatte Fabricio in den Rücken getroffen. Der Rückenpanzer war tief nach innen gebeult.

Juliano kämpfte sich hoch und riss den Bidenhänder über den Kopf. Sein Bruder lag über der Schildmaid mit den hellbraunen Flügeln. Ihr Kopf ragte unter Fabricios Schulter hervor.

Sein Schwert war zu lang, um es in dieser Situation sinnvoll zu nutzen. Juliano konnte keinen Stich gegen ihr ungeschütztes Gesicht führen.

Die Kriegerin spannte ihre Muskeln an. Hob seinen reglosen Bruder.

Julianos Hände schlossen sich fester um den Griff des Bidenhänders. Ohne nachzudenken, warf er sich nach vorn, presste sie mit seinem zusätzlichen Gewicht zurück auf den Boden und ließ den in einem Dorn endenden Knauf des Bidenhänders in ihr Gesicht krachen.

Das dunkle Eisen grub sich in ein hellblaues Auge, zerquetschte es, sank tiefer ein. Roter Brei quoll seitlich aus der Augenhöhle. Die Schildmaid zuckte auf und lag still.

Juliano rollte sich zur Seite.

Die weißgeflügelte Schildmaid landete dicht neben ihm und bückte sich nach ihrem Kriegshammer.

DAHLIA, PLATZ DER HELDEN, MITTAG, 5. TAG DES NEBELMONDES IM JAHR VON SASMIRAS ZWEITER THRONERHEBUNG

Das Scheppern von Stahl drang in Milans Bewusstsein. Er blickte in den Himmel. Sah eine zweite, seltsam rötliche Sonne bei dem Tagauge des Herrn des Himmels stehen.

Er blinzelte. Sein Blick senkte sich auf den Platz vor dem Richtgerüst. Der Schmerz bemächtigte sich seiner Sinne. Er schluchzte leise, gab ihm nach.

Seine Lippe blutete noch immer. Füllte seinen Mund mit dem Geschmack von Eisen.

Ein Ritter kniete auf dem Platz. Er hielt einen mächtigen Bidenhänder, dessen Klinge schräg nach oben gerichtete war.

Dicht neben ihm landete eine weißgeflügelte Schildmaid. Sie bückte sich.

Da schnellte ein Fuß des Ritters vor, hakte sich hinter ihre Ferse. Der Kniende zog das Bein an. Brachte die Schildmaid aus dem Gleichgewicht.

Im selben Augenblick sprang der Ritter auf. Sein riesiges Schwert wirbelte in tödlichem Bogen.

Die Kriegerin in der goldenen Rüstung warf sich nach vorn, um dem Hieb zu entgehen, der auf ihren Hals zielte. Sie rettete ihren Kopf, doch das Schwert fuhr durch die Mitte des linken Flügels und trennte auch von der rechten Schwinge noch das obere Drittel ab. Blut sprühte über die weiße Federpracht.

Die Schildmaid tat einen gellenden Schrei. Es war ein Laut zwischen blinder Wut und Entsetzen.

»Genug!«, ertönte die Stimme der Kaiserin. »Der Kampf ist entschieden. Der Herr des Himmels steht aufseiten der Familie Tormeno!«

Jubelrufe brandeten auf.

Milan verstand nicht, was da vor sich ging. Der Schmerz hatte ihn weit fortgetragen. Was vor seinen Augen geschah, erreichte nicht seinen Verstand.

Der Ritter in der vertrauten Rüstung beugte sich über einen zweiten Ritter, der am Boden lag. Er öffnete dessen Visier. Hob ihm den Kopf an.

Immer noch brandete Jubel über die Szene hinweg.

Doch in der Haltung des Ritters lag kein Triumph. Er zog den anderen an sich. Seine Schultern erbebten.

»Alle Anklagen gegen Milan und Nandus Tormeno werden

aufgehoben. Befreit die beiden von ihren Fesseln.« Mühelos übertönte die Stimme der Kaiserin die Jubelrufe. »Im Interesse des Friedens ordne ich an, dass die Familie Tormeno bis zur Abenddämmerung Cilia verlassen muss, und bis ans Ende ihrer Tage soll es ihnen verboten sein, je wieder einen Fuß auf den Boden dieser Insel zu setzen.«

Der Ritter richtete sich auf. Sanft bettete er den Toten auf das Pflaster. Ein wenig steif trat er an das Richtgerüst vor Milan.

Ohne ihn anzublicken, öffnete Furia die Lederriemen, mit denen Milan gefesselt war. Kraftlos lehnte Milan an der Tischplatte. Jeden Augenblick würden seine Beine unter ihm nachgeben.

Hände in Eisenhandschuhen packten ihn. Er sah Julianos Gesicht vor sich. »Du?«

Juliano schloss ihn in die Arme, und Milan ließ sich nach vorn sinken.

»Sollte ein großer Bruder nicht zur Stelle sein, wenn sein kleiner Bruder ihn braucht?«

Ein Kloß stieg Milan in den Hals. Er wollte etwas sagen, wollte sich bedanken. Doch nur unartikuliertes Gestammel kam ihm über die Lippen. »Fabricio …«, brachte er schließlich hervor.

Juliano schüttelte den Kopf. Tränen füllten seine Augen. »Er …« Sein Bruder schob Milan einen Arm unter den Achseln hindurch. »Zeigen wir dem Reich unsere stolz erhobenen Häupter«, sagte er mit zitternder Stimme. »Fabricio hätte das gemocht. Er liebte die großen Gesten. Tun wir es für ihn.«

Juliano drehte sich mit ihm um, so dass sie zu den beiden Tribünen blickten. Triumphierend hob sein Bruder den rechten Arm.

Milan sah, wie die Kaiserin ihnen zunickte, ihrem Sieg Achtung zollte.

Auf der gelben Tribüne erhob sich eine Frau. Sie schien zu schreien, doch ihre Stimme ging in den Jubelrufen unter. Sie hatte ein volles, schönes Gesicht, das nun von Hass verzerrt war. Mit ausgestrecktem Arm wies sie auf Milan. Und einige Männer in ihrem Gefolge hoben ihre Armbrüste an die Schultern. Sie waren keine zwanzig Schritt entfernt. Keine Distanz für einen geübten Schützen.

Auch Juliano sah sie nun. Er drehte sich rasch. Stellte sich schützend vor Milan.

Der hagere Körper in der Rüstung erbebte unter den Treffern.

Juliano hatte beide Arme um ihn geschlungen. Schirmte ihn mit seinem Rücken, mit seinem Leib ab.

Die Augen seines Bruders weiteten sich.

»Nein!«, keuchte Milan.

Geschrei erhob sich.

Furia packte sie beide, verhinderte, dass sie stürzten, als Julianos Kraft wich und sein Gewicht Milan umzureißen drohte. Die Brustplatte der Rüstung drückte schwer auf Milan, ließ ihn kaum atmen. Das Gesicht seines Bruders war nur eine Handbreit von ihm entfernt. Schaumiges Blut trat auf seine Lippen. Sie bebten. Rangen um Worte.

»Bin ich ein Held?«

»Nein, du bist mehr als das, heute bist du eine Mär geworden.«

Ein Lächeln legte sich auf Julianos Lippen. Seine Augen aber waren schon leer, blickten nicht mehr in diese Welt.

DAHLIA, PLATZ DER HELDEN, MITTAG, 5. TAG DES NEBELMONDES IM JAHR VON SASMIRAS ZWEITER THRONERHEBUNG

Jäh erstarb der Jubel.

Lähmendes Entsetzen ergriff Nandus. Breite Streifen von Blut rannen über die Rückenplatte seines Sohnes. Fünf Armbrustbolzen hatten ihr Ziel gefunden.

»Nein«, flüsterte er. Das durfte nicht sein. Das konnte der Herr des Himmels nicht zulassen!

»Ergreift Ornella Trimini!«, befahl die Kaiserin.

Die Schildmaiden stiegen mit zornigem Flügelschlag in den Himmel auf, den Willen ihrer Herrscherin zu vollstrecken. Kaiserritter umringten die Tribüne in Gelb.

»Es kann kein Friede erwachsen, wo vergiftete Herzen herrschen, Ornella Trimini«, erklärte die Kaiserin, äußerlich ungerührt.

Nandus war erschüttert, wie nüchtern sie sprach. Als sei gerade kein Mord geschehen.

»Deine Bluttat besudelt die Gerechtigkeit des Herrn des Himmels. Deshalb wirst du nun den Platz des Nandus Tormeno einnehmen«, fuhr die Kaiserin fort. »Sollen die Flammen deines Hasses dich noch in dieser Stunde verschlingen!« Sie wandte sich an die Menge. »So wird es von Stund an jedem ergehen, der den Frieden auf Cilia mit seinem Hass düngt.«

Ornella Trimini wurde von den Schildmaiden ergriffen. Ihre Waffenknechte verteidigten sie nicht. Auch die Armbrustschützen wurden gepackt.

Auf dem weiten Platz aber war es still geworden.

Manche sprachen leise miteinander. Andere hatten sich in die Arme genommen.

Die Trauer vereinigte sie, begriff Nandus, aber es tröstete ihn nicht.

DAHLIA, PLATZ DER HELDEN, MITTAG, 5. TAG DES NEBELMONDES IM JAHR VON SASMIRAS ZWEITER THRONERHEBUNG

Ein älterer Mann mit einem verbeulten Strohhut und einem weißen Vollbart war bis dicht vor das Richtgerüst getreten und winkte Milan zu. »Komm her!«, rief er. »Komm!«

Furia nahm Juliano zur Seite und bettete ihn auf den Boden. »Er war mutig«, sagte die Schildmaid respektvoll.

Milan blinzelte gegen seine Tränen an. Er wünschte sich so sehr, dass dies die Mär war, die man sich künftig von Juliano erzählte. »So war er immer schon. Er war mein Vorbild.«

»Das glaube ich. Einen Ritter wie ihn kann man nicht an einem Morgen schmieden.« Furia deutete auf den bärtigen Mann in der Menge, der immer noch winkte. »Kennt Ihr ihn, Meister Tormeno? Soll ich ihn vorlassen?«

»Ja«, sagte Milan schwach. Seine Beine gaben unter ihm nach. Er sackte gegen die aufgerichtete Tischplatte und glitt an ihr herab.

Die Schildmaid blaffte einen Befehl, und das Spalier der Kaiserritter öffnete sich. Der Alte wurde durchgelassen und stieg zu ihnen auf das Richtgerüst.

»Junge!«, sagte er ergriffen und packte Milan an beiden Armen. »Dammich, du bist ein Mann geworden.« Seine Augen funkelten vor Stolz. »Hab's immer gewusst. Bist kein Schnösel wie diese Brut der Silberfürsten. Musst weg hier. Und das schnell.«

Milan dachte an das Versprechen, das ihm der Fischer einmal gegeben hatte. »Bis zu den Säulen der Welt?«

»Bisschen weit«, murrte Valerio und zeigte lächelnd zwei Reihen riesiger gelber Zähne inmitten des weißen Vollbarts. »Aber weg musst du. Und nicht auf einer Kogge der Kaiserritter oder auf einer Kogge der Kaufleute. Denen fällst du noch ins Meer. Verstehste?«

Milan nickte müde. »Mein Vater muss auch mit.«

Valerio verdrehte die Augen.

»Ohne ihn gehe ich nicht«, beharrte Milan.

»Verdammt dickköpfiges Gezücht seid ihr Tormenos.« Valerio hob Milan auf seine Arme. »Er kann mitkommen. Aber wenn er sich danebenbenimmt, dann wandert er über Bord.«

»Das wird er nicht«, sagte Milan. »Ich glaube, er wird sehr still sein.«

DAHLIA, VOR DEN STADTMAUERN, ABEND, 5. TAG DES NEBELMONDES IM JAHR VON SASMIRAS ZWEITER THRONERHEBUNG

Die Weiße Königin hatte die Augen geschlossen und lauschte dem leisen Flattern der Zeltwände. Am Abend war ein böiger Wind aufgekommen. Er zerrte an dem großen Zelt, das vor der Stadt für sie aufgeschlagen worden war. Sie fühlte sich innerhalb der engen Mauern unwohl. Nach den Maßstäben der Menschen war Dahlia eine schöne Stadt. Sie jedoch fand alles bedrückend und klein. Würde sie diese Gefühle je hinter sich lassen?

Die Königin versuchte, sich an ihre Vergangenheit zu erinnern. Manches war leicht greifbar. Die Hochzeit zwischen der Silbernen Prinzessin und dem Krähenmann. Sie konnte sich an diesen strahlenden Tag entsinnen, als sei es erst gestern gewesen. Aber waren es wirklich ihre Erinnerungen? Oder gab es sie, weil diese Hochzeit Bestandteil ihrer eigenen Mär war?

Sie wusste nicht, wie oft sie zurückgekehrt war. Wusste nicht, warum sie aus der Welt verschwunden war. Dahlia war ihr durch und durch fremd. Sie war sich fast sicher, dass es hier auch früher eine Stadt gegeben hatte.

Aber wann war dieses Früher? Vor hundert Jahren? Vor tausend? Sie argwöhnte, dass sie es einmal gewusst hatte. Und sie glaubte sich zu erinnern, dass sie damals Spuren hinterlassen hatte. Hinweise, die es ihr erlaubten, sich schneller zurechtzufinden, wenn sie zurückkehrte.

»Majestät?«

Sie öffnete die Augen. Falce stand ein paar Schritt vor ihr. Seine Fähigkeit, sich lautlos zu bewegen, war ebenso nützlich wie bedenklich. »Man betritt das Zelt seiner Königin nicht, ohne dazu aufgefordert worden zu sein.«

Er nickte ernst.

»Was willst du?«

»Ein Mann aus Dahlia wartet vor dem Zelt«, sagte Falce. »Ich würde Euch raten, ihn zu empfangen und seiner Bitte entgegenzukommen.«

»Du bist mein Ritter, Falce, nicht mein Berater. Zügele künftig deine Zunge!«

»Entschuldigt, Majestät. Ich übe mich noch darin, ein Ritter zu sein. Bitte weist mir meine Grenzen.«

Da war ein rebellischer Unterton in seiner Stimme, der ihr verriet, dass er sehr wohl schon jetzt wusste, wo seine Grenzen lagen und dass er sie überschritten hatte. Hinter ihr im Zelt ertönte ein leises Knurren.

Falce blickte an ihr vorbei. Er musste sehen, wer dort vor ihrem Nachtlager ruhte. Der Nebelwolf war in der Dämmerung zu ihr gekommen. Sollte noch jemand aufbegehren wie diese impertinente Ornella Trimini, dann würde sie ihn schicken. Oder doch Falce? Sie mochte den frechen Meuchler. Und sie wünschte sich die Tage des Einhorns zurück. Die langen einsamen Stunden des Beobachtens. Unerkannt in Gestalt des Schimmels mitten unter den Menschen zu sein. Sie hatte sich so viel freier gefühlt! Und es hatte gutgetan, jene zu richten, die es verdienten.

Anders als an diesem Mittag. Das hatte sich verdreht und falsch angefühlt. So wollte sie nicht herrschen.

Aber bald würde die junge Kaiserin gehen. Dann müsste sie keine Rücksichten mehr nehmen.

»Majestät?«, insistierte Falce. »Eure Entscheidung?«

»Ich sehe ihn mir an.« Sie erhob sich von dem Lehnstuhl, den man in ihr spärlich möbliertes Zelt geschafft hatte. Da war noch ein großer Tisch mit goldenen Löwenköpfen als Füßen, der hier ziemlich deplatziert wirkte. Das Feldbett. Zwei große Truhen. Teppiche auf dem Boden. Und viel Platz.

Früher war sie einmal prachtvoller gereist, dachte sie. Das würde wieder kommen … Genau wie ihre Erinnerungen.

Sie folgte Falce auf den fackelerleuchteten Platz vor dem Zelt.

Ein alter Mann in einer braunen Wollhose und einem schlichten schlammfarbenen Leinenhemd wartete dort. Er hatte demütig den Kopf gesenkt. In seinen Händen drehte er nervös eine abgewetzte Lederkappe.

»Du kannst sie einfach ansprechen, Pietro«, sagte Falce freundlich.

Der Alte wagte es nicht, sie anzusehen. »Die toten Jungen, Herrin. Sie haben auf meinem Schoß gespielt, als sie klein waren. Ich … Sie sollten zu ihrer Mutter zurück.«

Die Königin verstand ihn nicht. Ratlos sah sie zu Falce.

»Er war sein Leben lang Leibdiener der Tormenos, meine Königin. Er spricht von den beiden toten Rittern.«

»Ja, Herrin …«

Falce flüsterte ihm etwas ins Ohr.

»Majestät, meine ich …« Die Stimme des Alten war nur ein Wispern. Doch klang er durch und durch aufrichtig. »Es gibt eine Gruft. Dort liegt ihre Mutter Cynthia. Ich würde Juliano und Fabricio gern an ihrer Seite bestatten, wenn Ihr erlaubt, Majestät. Es ist der Ort, an dem sie ruhen sollten.«

»Sie sind in die Festung der Kaiserritter am Hafen gebracht worden«, erklärte Falce. »Man gewährt Pietro dort keinen Zugang. Vielleicht könntet Ihr seinen Wunsch der Kaiserin vortragen, Majestät.«

»Die beiden waren tapfer«, sagte die Weiße Königin anerkennend.

Jetzt wagte der alte Diener, zu ihr aufzublicken. »Das waren die Tormenos immer. Nicht beliebt, aber tapfer«, sagte er voller Stolz.

»Sie werden zu ihrer Mutter zurückkehren. Noch heute Nacht.«

»Danke.« Der Alte sah sie seltsam ergriffen an. »Erlaubt Ihr mir, noch etwas zu sagen?«

Sie nickte lächelnd. »Nur zu.«

»Die Menschen setzen große Hoffnungen in Euch«, begann er, in tiefster Seele bewegt. »Alle reden sie von Euch. Von Versöhnung und davon, dass Ihr die alten Wunden heilen werdet, weil Ihr noch viel älter seid als alle Wunden. Weil Ihr aus der goldenen Zeit kommt und sie mit Euch zurückkehren wird.«

Die Königin musste an die Mär denken, die Milan erzählt hatte. An die Geschichte von dem Land, in dem Milch und Honig flossen. Wirkte sie immer noch nach? Breitete sie sich weiter aus? Hatte auch sie sich verändert?

Die Worte des alten Dieners hatten sie auf seltsame Weise berührt. Das war ein Gefühl, an das sie sich nicht erinnern konnte. Wie an so vieles nicht.

»Ich werde eine gerechte Königin sein«, sagte sie entschieden. »Und deine Toten sollen wie Helden beigesetzt werden.«

Sie wandte sich ab. Trat in ihr Zelt. Floh vor den unerwarteten Gefühlen und erstarrte.

Auf dem Tisch mit den Löwenkopffüßen stand die Silberscheibe.

Der Krähenmann war gekommen. Er hatte Wort gehalten.

DAHLIA, OKTAGON, NACHT, 5. TAG DES NEBELMONDES IM JAHR VON SASMIRAS ZWEITER THRONERHEBUNG

Sasmira betrachtete die Säule aus Mondlicht, in deren Mittelpunkt der schneeweiße Altar des Oktagons stand. Langsam legte sie den Kopf in den Nacken, folgte mit ihrem Blick dem Licht, das die ummauerte Finsternis des Tempels durchschnitt, bis ihre Augen bei der großen, runden Öffnung in der Kuppel verweilten. Das Auge des Herrn des Himmels war nur eine schmale Sichel. Und doch spendete es so viel Licht. Ruhte sein Blick auf ihr? War er zufrieden mit ihr?

Sie war es nicht. Das Geheimnis des Roten Turms war ihr entglitten. Und zwei ihrer Schildmaiden waren tot. Eine dritte verstümmelt. Wenn tatsächlich der Herr des Himmels dieses Urteil gesprochen hatte, dann war es deutlich gegen sie ausgefallen.

Morgen würde sie Cilia verlassen. Es blieb keine Zeit, länger zu verweilen. Mit jedem Tag wuchs die Gefahr, dass die Herbststürme aufzogen und die Überfahrt mit ihrem Heer zu einem unkalkulierbaren Risiko wurde. Im Reich galt es noch vieles zu ordnen. Auch dort hatten die vergangenen Kämpfe tiefe Wunden gerissen. Und ein neuer Krieg stand bevor: Der Khan vermehrte seine Reiterscharen an der Grenze der Westermark. Darüber hinaus gab es Gerüchte, dass er eine Flotte hatte bauen lassen, aus Schiffen, groß wie Städte.

Sasmira lächelte. Das war gewiss eine Mär.

Dann gefror ihr Lächeln, denn ihr wurde klar, dass die Gefahr dadurch nicht geringer wurde. Auch wenn sie selbst eine Leibwache aus geflügelten Jungfrauen unterhielt, fiel es ihr immer noch schwer zu akzeptieren, dass Lügen zur Wirklichkeit werden konnten, wenn nur genug Leute daran glaubten.

Das leise Ächzen von Türangeln störte ihre selbstgewählte Einsamkeit im Oktagon des Nandus Tormeno. Eine weiße Gestalt trat ein. Sie wirkte durch und durch majestätisch. Jeder Zoll eine Königin. Es war die Herrscherin Cilias.

Sie würde nie ein solches Auftreten haben, dachte Sasmira. Aber sie war ja auch keine Märengestalt! Sasmira straffte ihre Schultern, trat ihr entgegen … und bemerkte eine zweite Gestalt.

Die Frau, die der Weißen Königin folgte, hatte sie noch nie zuvor gesehen. Sie hatte etwas an sich, dass sich Sasmira die feinen Härchen im Nacken aufrichteten. Die Fremde trug ein enges schwarzes Kleid. Ein silberner Gürtel betonte ihre schmalen Hüften. Das Gesicht der Frau war von dem gleichen Weiß wie die Kerzen hier im Oktagon. Schwarzes glattes Haar fiel bis zu ihren Hüften hinab. Am beunruhigendsten aber waren ihre Augen. Sie hatten die Farbe von hellem Bernstein. Die Pupillen waren schmale Schlitze, wie bei einer Katze.

»Darf ich dir Vedora vorstellen?«, fragte die Weiße Königin freundlich.

Die Katzenaugen musterten Sasmira eindringlich. Vedora verneigte sich nicht vor ihr.

»Willkommen, Vedora.« Sasmira wandte sich an die Königin. »Was verschafft mir die Ehre eures Besuchs?«

Die Königin ging an ihr vorbei und legte etwas auf die schneeweiße Oberfläche des Altars. Eine Phiole aus Kristallglas, gefüllt mit einer dunklen Flüssigkeit.

Sasmira fragte sich, was das sein mochte und was die beiden von ihr wollten.

»Blut des Erzpriesters Nandus Tormeno«, sagte Vedora bedeutungsschwer.

»Du liest in meinen Gedanken?«, empörte sich die Kaiserin.

»Ich bitte um Verzeihung. Ich vernehme sie so deutlich, als hättest du mit mir gesprochen. Dem kann ich mich nicht entziehen.«

»Vedora …« Sasmira wog ihre Erinnerungen. Sie hatte den Namen schon gehört. In dunklen Mären voller Heimtücke und Verrat. »Du bist die Schwarze Vedora. Eine Hexe!«

Vedoras Lippen, rot wie frisch gepflückte Himbeeren, verzogen sich zu einem Lächeln. »Man kennt mich selbst im Reich?«

»Dein Name wird hinter vorgehaltener Hand geflüstert.« Sasmira wandte sich an die Königin der Insel. »Warum bringst du sie her?«

»Vedora kann dich von nun an begleiten, wenn du dies wünschst.«

»Damit du weißt, was ich denke?« Da die Hexe ohnehin in ihren Gedanken las, entschied sich Sasmira, auf diplomatisches Feingefühl zu verzichten. Diese Kreatur, geboren aus Ängsten, war ihr zutiefst unsympathisch.

»Sie könnte dir eine große Hilfe sein. Jedenfalls, wenn dir noch daran gelegen ist, Nandus Tormeno zu finden.«

»Was für ein Zauber ist das?«

Vedora machte eine wegwerfende Geste. »Nur ein gebrochenes Versprechen und ein wenig von seinem Blut. Beides zusammen gibt mir Macht über ihn. Ich kann ihn finden, wohin er auch geht.«

Sasmira blickte zur Phiole, dann zur Hexe. Wenn sie Nandus folgte, gäbe es noch Hoffnung, die Geheimnisse des Roten Turms zu ergründen. Und sie könnte den geheimen Orden, der sich gegen sie verschworen hatte, ganz und gar zerschlagen.

»Was verlangst du für diese Hilfe?«

Die Weiße Königin lächelte. »Nichts. Betrachte es als ein Abschiedsgeschenk. Ich werde noch heute Nacht zu meinem Palast aufbrechen. Vielleicht werden wir uns nie wieder begegnen. Mir gefällt der Gedanke, dass ich dir nichts schuldig bin, wenn wir uns trennen.«

»Ich betrachte mich ebenfalls als nicht in deiner Schuld stehend, ganz gleich wie ich entscheide«, entgegnete Sasmira kühl. Wieder blickte sie zu der Phiole. Die Versuchung war groß.

»Lebe wohl, Kaiserin Sasmira.« Die Weiße Königin hauchte ihr einen Kuss auf die Wange. Dann wandte sie sich ab, ohne sich noch einmal umzudrehen.

Die Schwarze Vedora blieb zurück.

SEIDENSEE,
ZWEIHUNDERTFÜNFZIG MEILEN WESTLICH VON CILIA, ABENDDÄMMERUNG, 8. TAG DES NEBELMONDES IM JAHR VON SASMIRAS ZWEITER THRONERHEBUNG

Die Silhouette des riesigen Schiffes zeichnete sich schwarz gegen den Abendhimmel ab. Es hatte Beiboote, groß wie Galeeren, zu Wasser gelassen. Weiß schäumte die dunkle See, wo die Ruder sie zerwühlten. Selbst im Schlepp der vier Galeeren schloss das Schiff nur langsam zu ihnen auf.

»Wir werden ihnen in der Dunkelheit entkommen«, sagte Valerio zuversichtlich. »Schon eine Mütze voll Wind genügt, und sie werden uns nicht mehr wiederfinden.«

Milan war sich da nicht sicher. Schließlich hatte dieses Schiff sie ja auch heute Nachmittag in der endlosen Weite der Seidensee gefunden. Er glaubte nicht, dass das ein Zufall war.

»Wenn kein Wind aufkommt, rudern wir«, sagte Nandus entschlossen. Sein Vater hatte sich in den drei Tagen auf See gut erholt. Er konnte wieder gehen, auch wenn das kleine Fischerboot nicht wirklich Gelegenheit gab, mehr als fünf Schritte in eine Richtung zu tun. Die Schwellungen in seinem Gesicht waren abgeklungen. Wie es ansonsten um ihn bestellt war, konnte Milan nur erahnen. Nandus hatte kaum gesprochen. Stundenlang hatte er den östlichen Horizont betrachtet, hinter dem Cilia verborgen war, ihre Heimat, die sie nie wieder betreten durften. Dann war dieses rätselhafte Schiff erschienen.

»Rudern ist gut!« Valerio rang sich ein falsches Lächeln ab. Seit es windstill geworden war, war der Fischer nervös.

Auch Milan wusste, dass völlige Windstille an einem Abend im Nebelmond mehr als ungewöhnlich war. Zu dieser Jahreszeit durfte man froh sein, wenn man die Überfahrt zur Westermark schaffte, ohne in schwere See zu geraten.

Das Meer lag glatt wie ein riesiger roter Spiegel.

Milan blickte wieder zur Silhouette des Schiffes. Sieben Masten zählte er. Nie hatte er von so einem Schiff gehört. Die größten Segler des Reiches waren Dreimaster. Und sie waren selten.

Daran, woher das Schiff kam, konnte es keinen Zweifel geben. Die fast trapezförmigen Segel, die eng am Mast lagen, waren unverwechselbar. Auch wenn es sich von Osten näherte, musste sein Heimathafen im Westen an den Küsten des Khanats liegen. Was tat es hier, weit abseits der üblichen Handelsrouten und weit über zweitausend Meilen von seinen angestammten Hoheitsgewässern entfernt? Viele fürchteten sich vor einem kommenden Krieg mit dem Khanet. Hatte er vielleicht schon begonnen?

Keine zehn Schritt von ihrem Fischerboot entfernt, schoss ein blasser Arm aus dem Wasser. Er legte sich auf die spiegelnde Oberfläche, als sei diese fester Stein. Ein Kopf und schmale Schultern stemmten sich aus dem Dunkel der See. Ein Mann in triefend nassen, zerfetzten Kleidern richtete sich auf. Marmorbleiche Augen starrten Milan entgegen.

Gleich neben dem Ertrunkenen legte sich ein Paar schlanker Hände auf das Wasser. Eine Frau mit langem schwarzem Haar, das ihr in Strähnen vor dem Gesicht hing, schob sich aus dem Wasser wie jemand, der über eine Mauer kletterte.

»Wir sind verloren«, stammelte Valerio. »Die Meerhexe holt uns zu ihrem Heer.«

»Mach dir nicht wegen zweier Ertrunkener in die Hosen!«, fuhr Nandus den Fischer an. Er blickte zu Milan. »Wir kämpfen!«

Milan nickte und griff nach seinem Schwert, das an der Bordwand lehnte. Als er sich aufrichtete, durchfuhr ein stechender Schmerz seinen Oberschenkel. Die tiefe Brandwunde heilte schlecht und hatte zu nässen begonnen. Milan presste die Lippen zusammen. Die Krusten brachen auf. Blut benetzte seine Zunge.

Muschelhörner erschollen auf dem Schiff in der Ferne.

Weitere Gestalten erhoben sich aus der See. Langsam, ohne Eile kamen sie auf das Fischerboot zu.

»Nicht an die Reling treten!«, blaffte Valerio sie an. Der Fischer hielt jetzt einen langen Bootshaken in der Hand. »Wir scharen uns um den Mast. Wenn wir alle an der Reling stehen und die auch noch ins Boot steigen, kentern wir.«

»So leicht wollen wir es denen nicht machen«, murmelte Nandus.

Der Mann in den zerfetzten Kleidern erreichte die Reling. Ungelenk stieg er an Bord.

Nandus schnellte vor. Seine Klinge traf den Ertrunkenen ins rechte Auge. Ohne einen Laut von sich zu geben, sackte der Mann in sich zusammen.

Im gleichen Moment stieg die Frau ins Boot.

Valerio rammte ihr den Bootshaken in die Brust. Ihre schlanken Finger schlossen sich um den Schaft der Waffe. Sie hob den Kopf. Das nasse Haar teilte sich. Sie lächelte.

Da traf sie ein Schwerthieb an der Schläfe. »Kennst du deine Mären nicht, Fischer?«, knurrte Nandus. »Du musst ihnen den Schädel einschlagen. Alles andere hilft nicht.«

Valerio befreite mit einem Ruck den Haken aus der Brust der Toten und sagte nichts.

Milan lehnte sich an den Mast. Sein verletztes Bein wollte sein Gewicht nicht tragen. Vor ihnen waren Dutzende Ertrunkene aus dem Wasser gestiegen. Und es wurden immer noch mehr. Es war absehbar, wie dieser Kampf enden würde.

Weitere Gefolgsleute der Meerhexe stiegen an Bord.

Milan warf sich nach vorn. Strauchelte. Fing sich an der Schulter eines Ertrunkenen ab. Rammte sein Schwert in Fleisch und Knochen.

Kalte Finger krallten sich in sein Wams, zerrten an seiner Hose. Er hackte eine Hand ab, die sich ihm entgegenstreckte, beugte sich zurück und konnte doch nicht verhindern, dass eisige Finger über seine Wange kratzten. Überall waren tote marmorfarbene Augen. Am westlichen Horizont erblühte eine zweite Sonne.

Das Schwert seines Vaters stach dicht an seinem Kopf vorbei und traf ein junges Mädchen mitten ins Gesicht.

Schwingen aus roten Flammen entwuchsen dieser Sonne.

»Runter!«, keuchte sein Vater und zog ihn mit sich.

Unirdisches Feuer glitt dicht über die See. Ein Vogel wie lebende Lohe, wunderschön, mit weit ausgestreckten Flügeln, eilte ihnen entgegen. Und er war groß. Zwanzig Schritt von Flügelspitze zu Flügelspitze. Vielleicht auch mehr.

Wie körperlos glitt er durch die Ertrunkenen, die bei seiner Berührung zu Asche vergingen.

Gleißend helle Augen blickten auf Milan.

Lebe wohl, mein Dichter, vernahm er eine melodiöse Stimme.

»Nok?«

Mit einem Mal herrschte wieder Dämmerlicht. Der Feuervogel war verschwunden.

»Nok!«

»Ein Feuervogel«, sagte sein Vater ergriffen. »Ein Phönix aus dem Khanat.«

Valerio sandte ein inbrünstiges Dankgebet zum Herrn des Himmels.

Die See war wieder spiegelglatt. Der Geruch von verbranntem Fleisch hing in der Luft. Die Ertrunkenen, die nicht unter den Feuerschwingen vergangen waren, hatten sich in die See zurückgezogen.

Milan blickte in alle Richtungen. Im Osten war der Himmel jetzt schwarz. Das Schiff aus dem Khanat war vom Dunkel am Horizont verschlungen. Dafür glomm das Licht erster Sterne.

Er wusste, dass er vergebens suchte. Er kannte die Mären der Feuervögel. Sie waren geboren aus Flammen, um Schönheit zu sein.

Milan dachte an das zerbrochene Steinbild Noks. Daran, dass es ausgesehen hatte, als hätte dort in der Senke ein Feuer gewütet. Er erinnerte sich an das rote Leuchten am Horizont in der Nacht, als er Nicolo Trimini getötet hatte. An das Licht, das er immer wieder gesehen hatte.

Er presste die Lippen zusammen. Sie war nicht tot gewesen, sondern ihm immer nah. Hatte über ihn gewacht.

»Nok«, sagte er leise. Sie war ein zweites Mal für ihn gestorben.

»Sie können wiedergeboren werden, wenn man ihre Asche einsammelt.« Sein Vater legte ihm tröstend die Hand auf die Schulter. »Ich kenne sogar eine Mär, in der die Asche des Feuervogels von einem magischen Wind zusammengetragen wird.«

»Wir sind auf dem Meer«, sagte Milan verzweifelt. »Hier bleibt keine Asche, die ein Wind zusammentragen könnte.«

Etwas kratzte unter ihnen am Rumpf entlang. Dann traf ein Schlag das Boot. Und noch einer. Wasser sickerte durch einen Spalt zu ihren Füßen.

»Sie kommen zurück!«, schrie Valerio auf. »Diesmal von unten!«

WEISSER WALD, PALAST DER WEISSEN KÖNIGIN, ABENDDÄMMERUNG, 8. TAG DES NEBELMONDES IM JAHR VON SASMIRAS ZWEITER THRONERHEBUNG

Die drei Halbkugeln unter dem Fuß der Silberscheibe versanken in den drei Vertiefungen des Marmorblocks, der in der Wandnische ihres Thronsaals stand.

Die Weiße Königin hatte ihren Hofstaat aus dem Saal verbannt. Nur der Nebelwolf war geblieben. Unruhig strich er um den Marmorblock. Dann legte er seinen Kopf auf die polierte Oberfläche.

Die Königin richtete die runde Silberscheibe im Halter aus. Sie hatte nie den Mond darstellen sollen. Mit einiger Verwunderung hatte die Herrscherin vernommen, dass es nun viele solcher Scheiben gab und sie auf den Altären der Tempel standen. Es stimmte, es gab eine Verbindung zwischen der Silberscheibe und dem Herrn des Himmels. Doch die hatte nichts mit Anbetung zu tun. Eher mit Rebellion gegen den Schöpfer.

Die Weiße Königin blickte auf den Stein, der in die Marmorwand eingelassen war, herausgebrochen aus dem schneeweißen Fels, den sie in einem ihrer vergangenen Leben in den Mondbergen gefunden hatte. In den Stein gegraben waren Linien, deren Sinn sich dem direkten Blick für immer verschließen sollte.

Die Weiße Königin drehte den Spiegel leicht um seine Achse. Eine tiefe Schramme war neu hinzugekommen, als sei eine Klinge gegen die Silberscheibe gerichtet worden. Die Beulen in dem gewölbten Silber waren hingegen mit voller Absicht dort.

Die Königin justierte noch einmal. Richtete den Blick auf die Silberscheibe, und aus den verworrenen Linien wurde ein Schriftzug.

RUSANA

»Rusana«, sagte die Weiße Königin leise. Es war das Wort, das seit unzähligen Jahrhunderten niemandem mehr über die Lippen gekommen war, der Name, den der Herr des Himmels für immer hatte tilgen wollen.

»Rusana«, wiederholte sie, und die Erinnerung an all ihre früheren Leben übermannte die Weiße Königin.

Die Erinnerung an ihre stets wiederkehrende Niederlage, die in Stein gemeißelt schien, geradeso wie dieser Name.

SEIDENSEE, ZWEIHUNDERTFÜNFZIG MEILEN WESTLICH VON CILIA, ABENDDÄMMERUNG, 8. TAG DES NEBELMONDES IM JAHR VON SASMIRAS ZWEITER THRONERHEBUNG

Das Wasser stand schon knöchelhoch in Valerios Fischerboot, als die Galeere längsseits ging. Befehle in einer fremden Sprache wurden gerufen, Leinen zu ihnen herübergeworfen, die Ruder auf der Steuerbordseite eingezogen.

Valerio hob eine der Leinen auf. Eine Hand schob sich dicht neben ihm durch den Rumpf, versuchte, das Bein des Fischers zu packen.

Milan hieb mit dem Schwert nach der Hand.

Jetzt nahm auch sein Vater eine der Leinen auf.

Das Fischerboot wurde längsseits der Galeere vertäut. Hände streckten sich ihnen entgegen. Sie wurden auf das niedrige Deck gehievt.

Blendlaternen strahlten ihnen entgegen.

Ein Mann in einem reich mit Gold bestickten blauen Seidenmantel verbeugte sich vor ihnen. »Ich heiße Euch willkommen an Bord der *Dritten Tochter*«, sagte er mit schwerem Akzent. »Ich bitte zu verzeihen, wenn unser spätes Eintreffen Euch Unannehmlichkeiten bereitet hat.«

»Unannehmlichkeiten?«, wiederholte Valerio mit einer Mischung aus Überraschung und Empörung. »Hast du das gehört? Unannehmlichkeiten?«

»Ich bitte, mir zu verzeihen, sollte ich in meiner Unkenntnis Eurer Sprache das falsche Wort gewählt haben.« Der Decksoffizier verbeugte sich erneut.

Nandus versetzte Valerio einen Stoß mit dem Ellenbogen. »Benimm dich. Die sind immer etwas förmlich.«

»Wie kann man ein Schiff nur *Dritte Tochter* nennen?«, grummelte der Fischer. »Das ist unanständig.«

Milan blickte über die Reling hinab auf das Fischerboot, das langsam sank. Die Ertrunkenen der Meerhexe gaben nicht auf. Hände tasteten über die Bordwand. Wieder schoben sich Gestalten aus dem Wasser.

Ein Befehl in fremder Zunge wurde gerufen. Bogenschützen eilten an die Reling. Ein weiterer Befehl ließ alle in perfektem Gleichklang nach ihren Köchern greifen. Es waren Männer in langen roten Gewändern mit weißen Rossschweifen auf ihren Lederhelmen.

Die Ruder auf der Steuerbordseite wurden ausgerannt. In weitem Bogen wendete die Galeere und lief wieder gen Osten. Am Bug wurden Lichter entzündet.

Wie zur Antwort flammten vor ihnen auf See weitere Lichter auf. Keine halbe Meile entfernt, näherte sich ihnen das riesige Schiff, das von den drei anderen Galeeren gezogen wurde.

Milan begann zu zittern. Mit der Erleichterung übermannten ihn Erschöpfung und Trauer. *Lebe wohl, mein Dichter*, hallten Noks letzte Worte in ihm nach.

Eine Decke aus schwerer roter Wolle wurde ihm um die Schultern gelegt. Milan murmelte einen Dank. Für mehr war er zu müde.

Schnell näherten sie sich dem großen Schiff. Wie eine Steilklippe erhob sich die Bordwand vor ihnen aus dem Meer.

Die Galeere wendete erneut in weitem Bogen, bis sie parallel zu ihrem Mutterschiff fuhr. Der Ruderschlag wurde langsamer.

Hoch über ihnen schwang der hölzerne Arm eines Krans über

die Reling. Auf Fässer genagelte Bretter, flankiert von einem fragilen Geländer, wurden herabgelassen. Die kleine schwimmende Plattform setzte zwischen den Schiffen auf dem Wasser auf.

»Ihr seid eingeladen«, sagte der Offizier im blauen Seidenmantel.

Es war nicht mehr als ein großer Schritt vom Deck der Galeere. Die Plattform trieb dank der Fässer hoch im Wasser.

Nandus sprang als Erster hinüber. So war er, sein Vater, dachte Milan. Immer voran. Oder musste er sich selbst beweisen, dass er noch nicht alt war?

Valerio verließ als Zweiter die Galeere.

Milan biss die Zähne zusammen. Der Schmerz in seinem Oberschenkel war zu einem unablässigen dumpfen Klopfen angewachsen. Er sprang. Valerio und Nandus fingen ihn auf. Und doch versetzte es ihm einen bösen Stich ins verletzte Bein.

Der Offizier hinter ihnen rief etwas. Das Seil, von dem die Plattform hing, straffte sich.

Da griff etwas nach Milans Fußgelenk. Eine kalte Hand. Ein Kopf schob sich aus dem Wasser. Schmale Schultern. Hüftlanges nachtschwarzes Haar, aus dem Ströme von Wasser troffen.

»Geben die denn nie auf?«, seufzte Nandus und griff nach seinem Schwert.

Mandelförmige Augen blickten zu Milan empor.

Die Bogenschützen auf der Galeere hoben ihre Waffen.

»Nein!«, schrie Milan aus Leibeskräften. »Nein!«

»Mein Dichter«, sagte die Stimme, die ihn das Spiel von Wolke und Regen gelehrt hatte.

»Nok!« Er schloss sie in die Arme. Wollte spüren, dass sie wirklich war. »Wie …«

»Feuervögel werden wiedergeboren«, sagte sie nur. »Ich war plötzlich im Wasser. Dann habe ich dich gesehen.« Sie zuckte mit den Achseln, als sei all dies nichts Besonderes.

»Aber du …«

Nok versiegelte seine Lippen mit einem Kuss und zog die